KB252235

# 카프카 평전

## 실존과 구원의 글쓰기

이주동 지음

소나무

**이주동**

서강대학교 독어독문학과 학사·석사
독일 뷔르츠부르크 대학 박사
서강대학교 교수, 서강대학교 인문과학연구원(소)장, 한국 카프카학회 회장
유럽·아시아 비교문학협회 상임위원, 프란츠 카프카 전집 발간 상임위원장
현재 서강대학교 명예교수

저·역서
*Taoistische Weltanschauung im Werke Franz Kafkas*
『현대 비유설화의 구조와 기능－카프카·브레히트』, 『세기전환기 서구문학과 모더니티』(공저),
『카프카 전집 1: 변신(단편 전집)』, 『카프카 전집 2: 꿈같은 삶의 기록(잠언과 미완성 작품집)』,
『카프카 전집 3: 소송』, 『이것은 파이프가 아니다』, 『모더니즘과 포스트모더니즘의 변증법』
(공역) 외 다수


서강인문정신 016

# 카프카 평전 — 실존과 구원의 글쓰기

초판 발행일 2012년 2월 10일

지은이　　이주동
펴낸이　　유재현
출판감독　강주한
편집　　　박수희
마케팅　　장만
디자인　　박정미
인쇄·제본　영신사
종이　　　한서지업사

펴낸곳 소나무
등록 1987년 12월 12일 제2-403호
주소 121-830 서울시 마포구 상암동 11-9 201호
전화 02-375-5784　　팩스 02-375-5789
전자우편 sonamoopub@empas.com
전자집 www.sonamoobook.co.kr

ⓒ 이주동, 2012

ISBN 978-89-7139-616-2　　03850
책값　35,000원

카프카 평전

카프카의 책들은 놀랍다.
그 자신은 더욱더 놀랍다.

중부 유럽의 도시 프라하에서 태어난 프란츠 카프카, 그는 독일계 유대인 으로서 작가이며 보험공사의 관리였다. 그가 세상을 떠난 지도 벌써 80여 년이 흘렀다. 그러나 새로운 수많은(數多) 헤석의 시도에도 불구하고 그의 작품은 여전히 안개에 싸여 있다.

그는 40년 11개월을 살았다. 짧은 생애가 말해주듯, 카프카가 완성한 작 품은 그리 많지 않다. 그가 생전에 발표한 작품은 50편인데, '산문소품'이나 '단편' 그리고 몇 개의 '평론'에 한정되어 있어 인쇄된 작품의 쪽수는 다 합쳐도 기껏해야 438쪽에 불과하다. 그러나 카프카는 그보다 훨씬 많은 유 고와 일기와 편지 ― 인쇄된 쪽수로 대략 3,400쪽에 달하는 일기와 유고와 단편(斷 片) 그리고 3편의 미완성 소설인 『실종자』, 『소송』, 『성(城)』 ― 를 남겼다. 또한 그는 세계문학사상 유례를 찾아보기 어려울 정도로 엄청난 양의 편지를 남 겼는데, 그가 사랑했던 여인들, 친구들, 출판업자들, 가족들에게 보낸 편지는 대략 1,500통에 이른다.

원래 이 원고들은 그의 유언에 따라 몇 작품을 제외하고는 모두 불태워졌 어야 했다. 그러나 그의 충실한 친구 막스 브로트는 유언을 따르지 않았다. 카프카 작품에 대한 그의 존경심과 평가는 개인적인 양심을 훨씬 뛰어넘었 기 때문이다. 브로트는 카프카 사후 그의 작품과 유고를 발간함으로써 문학사에서 완전히 사라졌을지도 모르는 작가 프란츠 카프카를 '현대 문학의 아버지'로 부활시켰다.

짧은 생애만큼이나 카프카가 살아왔던 삶의 지리적 반경 또한 협소했다. 주로 독일어권 나라에서 주말여행을 보낸 것을 제외하고는 그가 외국에 머무른 날은 한 달 반 정도에 불과했다. 그는 베를린, 뮌헨, 취리히, 파리, 밀라노, 베니스, 베로나, 빈, 부다페스트 등지를 잠시 여행했을 뿐이고, 북해와 발트 해 그리고 이탈리아의 아드리아 해안으로 잠시 여름휴가나 요양을 떠난 게 전부였다. 그 외에 그는 공무와 병가로 자주 보헤미아와 모라비아 지방에 머물렀을 뿐이다. 그가 사십 평생을 주로 머문 곳은 프라하 구시가 광장 주변에 있는 부모의 집들과 거기에서 걸어서 몇 분 거리에 있는 학교들과 14년 8개월을 다녔던 '노동자재해보험공사'가 전부였다. 그는 세 번 약혼했으나, 자신의 문학적인 삶 때문에 세 번 모두 결혼에 실패했다. 그에게 문학적인 삶은 실존의 근거였으므로, 그것 없이는 그 자신이 존재할 수 없었기 때문이다. 그는 죽기 전 마지막 6개월 동안 베를린에서 도라 디아만트와 함께 지낸 것을 제외하고는 평생 독신으로 살았다.

그의 짧은 생애와 협소한 지리적 환경과는 달리 카프카의 상상력과 환상의 세계는 그가 살았던 시공의 세계를 뛰어넘는 무한한 것이었다. 그가 '머릿속에 지니고 있는 어마어마한 세계'와 그의 '꿈같은 내적인 세계' 속에서 상상되고 그려지는 그의 이야기들은 멀리 사막으로, 아메리카로, 아시아로, 달나라로, 천상으로, 볼 수도 알 수도 없는 내적인 꿈과 무의식과 정신과 영혼의 세계로 무한히 펼쳐져나갔다.

카프카가 살았던 유럽의 세기전환기는 모던으로 넘어가는 시대로 다양한 이즘과 양식이 공존하며 서로 교차하고 있었다. 특히 오스트리아헝가리 왕국의 지배하에 있던 보헤미아 지방의 프라하는 다양한 민족과 언어와 종교가 공존했고, 또한 소수의 독일인이 다수의 체코인을 지배하는 비극적이고 모순적인 독특한 공간이었다.

카프카는 부모의 권위주의적인 가부장적 세계와 엄격한 통제와 감시 속에 이루어지는 주입식 교육제도, '주체성도 창의성도 행동의 자유도 없는' 오직 '명령과 규율'로 이루어진 오스트리아 왕국의 관료주의적 정치체제, 군주의 권력과 자본이 결탁한 초기 자본주의의 폐해, 힘과 기술의 각축장이 된 제1차 세계대전, 유럽 전체에 만연된 테러와 멸시를 동반한 반유대주의라는 공포와 절망의 소용돌이 속에 서 있었다.

이렇듯 강압적이고 폭력적인 역사적·정치적·사회적 현실 속에서 카프카가 인식한 것은 자유롭고 주체적이고 개성적이어야 할 인간 존재가 권력과 욕망의 제도화된 메커니즘 속에서 물화되고 소외된 존재로 전락하고 있다는 것이었다. 그가 이러한 부정적인 현실 세계를 기리를 두고 관찰하고 그 세계의 숨겨진 진실을 밝히고 나아가 자신의 상실된 주체성과 정체성을 되찾고자 노력할 수 있는 길은 오로지 자유로운 사고와 상상이 가능한 문학적인 삶, 글쓰기에서뿐이었다.

글쓰기는 자유로운 상상과 환상, 날카로운 예지, 직관적인 사고를 가능하게 할 뿐만 아니라 차갑고, 불행하고, 억압적인 현실 세계를 따뜻하고, 행복하고 자유로운 세계로 변화시킬 수 있으리라고 생각했기 때문이었다. 그에게 '진실한 문학'은 '정상적인 상태에서는 인식할 수 없는 깊은 심연'으로부터 흘러나오는 정신과 영혼의 샘과 같은 것이었다. 그가 보았던 사회주의혁명, 제1차 세계대전, 오스트리아헝가리 왕국을 비롯한 군주제의 붕괴, 체코공화국을 비롯한 독립 국가의 새로운 탄생 등과 같은 엄청난 세기적인 사건은 물론이고, 그가 살고 있는 주변 세계 모두가 그에게는 문학적 상상력과 환상의 공간 속에서 새롭게 그려지고 해석되어야 할 문학적 소재였다. 그것은 창작된 작품 속에서 비로소 참된 가치와 의미를 지닐 수 있기 때문이었다. 그러므로 그의 눈에는 모든 현상이 뇌리 속의 문학적 상상과 환상의 대상이었다.

모든 게 환상이다. 가족, 사무실, 친구들, 거리, 모든 게 환상이다. 먼 것이건 가까운 것이건, 여성은 가장 가까운 환상이다. 그러나 진실은 네가 창문도 문도 없는 작은 방의 벽에 머리를 눌러대는 것에 불과할 뿐이다.

카프카는 글을 씀으로써 낯설고 부조리하고 그로테스크한 현실 세계 속에서 상실된 자신의 고유성을 찾으려 했고, 불안과 공포로부터 안정을 취할 수 있었으며, 고독 속에서도 자신의 존재감을 느낄 수 있었고, 무엇보다 자신이 대면하고 있는 '허위의 세계'를 '진실과 순수와 지속의 세계'로 고양시키고자 했다. 이렇게 성공적인 글쓰기는 그를 행복하게 하고 더욱 자의식적인 존재로 키웠으며, 삶을 위협하는 실존적 위기를 극복해낼 수 있는 구원의 수단이었다.

이런 점에서 그의 실질적인 삶은 행복과 쾌락과 명예와 권력을 추구하는 일상적인 욕망의 삶이 아니라 꿈과 환상과 상상과 정신과 영혼을 양식으로 하고 있는 '고독하고 가난한' 그러나 의미 있는 문학적인 삶이었다. 그는 자기실존을 위해 영(靈)과 육(肉)의 불꽃이 혼용되어 분출하는 작품을 썼고, 한순간도 '자의식을 잃지 않기 위해 매일 한 줄이라도' 성찰적이고 명상적인 일기를 기록했으며, 창작력을 잊지 않기 위해 그리고 타인과의 사회적 소통을 위해 수많은 편지를 썼다. 또한 영감이 떠오르지 않거나 글을 쓸 수 없을 때는 산책을 하거나 교외에 나가 원예일과 목공일을 했고, 틈이 나는 대로 끊임없이 독서를 했다. 독서광이었던 그는 작가·예술가·철학자의 전기나 자전적 일기와 편지와 명상록을 탐독하며 그들의 문학적 실존, 정신세계 그리고 사랑의 기쁨과 슬픔과 고통을 함께했으며 그것을 자신의 문학적 삶의 양식(糧食)으로 삼았다.

카프카는 현실적인 생활을 위해 '빵 벌기를 위한 직장'을 가졌지만, 글을 쓸 수 있는 시간을 가능한 많이 얻으려고 안간힘을 썼다. 그는 직장에서 일하는 이외의 시간을 극대화하기 위해 군대의 '기동 연습' 같은 엄격한 시간표에 따라 생활했다.

오후에는 할 수 있는 한 침대에서 잠을 자고, 다음 두 시간 동안은 산책을 하고, 그다음에는 할 수 있는 한 잠을 안 자려고 하지요……오후에도 밤에도 그러하지만 내가 사무실에 나가면 일찍부터 아주 지쳐버립니다. 그리고 진짜 노획품은 깊은 한밤중 둘째, 셋째, 넷째 시간에야 걸려들지요. 그러나 늦어도 자정까지 잠자리 침대에 가지 않으면 나는 밤과 낮을 잃어버리게 됩니다. 그렇지만 그 모든 것은 아무런 상관도 없으며, 아무런 성과가 없다 하더라도 이렇게 근무 중이라는 사실 그 자체 그대로가 좋은 것입니다.

그는 남들이 잠든 밤에 홀로 깨어 글을 쓰고 있다는 사실만으로도 만족했다. 그는 글을 쓴 결과보다 그 과정에서 행복과 기쁨을 느꼈다. 그는 창작 과정의 망아(忘我)적 순간이 주는 희열감에 취하곤 했다. 그의 성공적인 첫 단편 『선고』는 '영혼과 육체', '생각과 감정', '직관과 체험', '글쓰기와 삶'이 하나가 된 여덟 시간의 '무아경(無我境) 상태'에서 나온 산물이었다. 그는 자기만의 고유한 비유적인 형상언어를 사용해 불가시적이고 이해할 수 없는 심오한 '꿈같은 내적인 삶'의 세계를 드러내고자 했다. 그리하여 그의 작품에서는 '현실과 꿈', '의식과 무의식', 긍정과 부정, 진실과 허위, '절대적 시간과 상대적 시간', '외적 공간과 내면 공간'의 경계가 사라지는 것이다. 그리하여 그의 작품은 어떤 이념적 개념이나 형식적 논리로 포착하려는 종래의 해석학적 시도의 궤도를 벗어나 있다. 결국 그의 작품은 일종의 수수께끼와 같고 패러독스한 의미와 '꿈의 논리'로 남게 되는데, 이것이 바로 카프카 작품의 난해성과 위대성을 낳게 하는 근본 요인이다.

1917년 4월 10일 카프카는 한 독자로부터 예기치 못한 매우 흥미로운 편지 한 통을 받았다. 그에게 작품 『변신』을 설명해달라는 애원하는 듯한 글이었다.

> 존경하는 선생님.
>
> 당신께서는 저를 불행하게 만들었습니다. 저는 선생님의 『변신』을 구입했고, 그것을 여 사촌에게 선물했습니다. 하지만 그녀는 그 이야기를 규명할 수가 없었습니다. 제 사촌은 그녀의 어머니에게 그것을 주었지만 그녀도 어떻게 설명해야 할지를 몰랐습니다. 그녀의 어머니는 그 책을 저의 다른 여 사촌에게 주었습니다만 그녀도 설명할 길이 없었습니다. 이제 그들은 저에게 편지를 했습니다. 저에게 그것을 설명해달라는 거였습니다. 제가 집안의 박사이기 때문이라는 것이지요. 하지만 저는 어찌할 바를 모르겠습니다.
>
> 선생님! 저는 몇 달 동안 참호 속에서 러시아인들과 싸웠지만 눈썹 하나 까딱하지 않았습니다. 하지만 사촌들에게서 제 명성에 손상을 입게 된다면 참을 수가 없습니다. 오직 선생님께서만 저를 도울 수 있습니다. 그러셔야만 합니다. 왜냐하면 선생님께서 저를 곤경에 빠뜨렸으니까요. 그러니 제발 제 여 사촌이 『변신』을 어떻게 생각해야 할지를 말씀해주십시오!

이 편지에 대해 카프카가 답장을 보냈는지, 보냈으면 어떤 내용이었는지는 알 길이 없다. 그러나 카프카가 보낸 다른 편지로 이 질문에 대한 답변을 간접적으로 유추할 수 있다. 약혼녀 펠리스가 단편 『선고』에 대해 어떤 의미인지 이해할 수 없다며 설명을 부탁하자 카프카는 이렇게 회답했다.

> 당신은 『선고』 속에서 어떤 의미를 발견했나요? 내 말은 직접적인 연관성

을 토대로 유추할 수 있는 의미 말입니다. 나는 그러한 의미를 발견할 수도 없고, 그 안에서 아무것도 설명할 수가 없습니다.

이렇게 수수께끼 같은, 나아가 비술적(秘術的)이기까지 한 자신의 작품을 강조하듯 카프카는 미완의 단편인 「사냥꾼 그라쿠스」에서도 "내가 여기에 쓰고 있는 것을 아무도 읽지 못할 것이다"라고 쓰고 있다.

이렇듯 비유적인 형상언어로 상상하고 느끼고 생각하는 그의 작품 세계에서는 어떤 일의적인 사회적·역사적인 객관성이 적용될 수도 통용될 수도 없다. 또한 그러한 허구 세계를 창조해내려는 그의 삶은 고독하고 처절하기까지 한 '죽음과 같은' 삶일 수밖에 없었다. 그것은 평상인의 삶으로는 불가능한 일이기 때문이다. 그는 잠언에 "예술과 삶의 관점은 예술가 자신 안에서조차 다르다"라고 쓴 적이 있다. 그는 작가를 두 그룹으로 나누어 생각했다. 하나는 사회 속에 군림하고 이끌어가는 작가이고, 다른 하나는 사회 변방으로 밀려나 있지만 인간세계를 조감하고 통찰할 수 있는 작가이다. 스스로 후자이기를 원했던 카프카는 우리에게 익숙한 세계를 다르게 보고, 다르게 생각하고, 다르게 느낄 수 있었던 '탁월한 예지적 능력의 천재' 작가였다. 그가 통찰하고 예지한 현대 세계는 불안과 부조리와 절망으로 가득 찬 '허위의 세계'였다.

이 책은 자유롭고 주체적이며 창조적인 작가로서 살아가려고 했던 프란츠 카프카의 처절한 문학적인 삶을 있는 그대로 보여주려는 시도이다. 카프카는 한 인간으로서 (가족, 교육, 시험, 직업, 건강, 섹스, 결혼, 병의 문제 등) 일상적인 삶 속에서 끊임없이 불안해하고 고뇌하며 절망했던 나약한 존재였다. 그러나 그는 인간을 억압하고 통제하는 '감옥'이나 '철창' 같은 현실 세계를 항상 거리를 두고 관찰하고 탐구하고 인식하고자 했고, 동시에 그 배후에 숨겨진 불가해한 내적 세계를 수수께끼 같은 비유적인 문학 작품으로 표출해내려고 노력했다. 이를 위해 그는 처절할 정도로 인내하고 금욕하고 결단하는 고독한 작가(독신주의자, 채식주의자, 자연요법자, 고행적이고 망아적인 글을 쓰는 작가, 명상가)로서 철저하게 문학적인 삶을 살았다.

지금까지의 카프카 연구서는 수많은 모순에 찬 해석을 내세움으로써 카프카의 작품을 이해하는 데 오히려 혼란만 가중시켰다. 필자는 이 책에서 주로 카프카의 자전적 작품인 일기와 편지, 완성된 작품과 미완성된 유고와 단편, 그리고 '노동자재해보험공사'의 공무 증명 기록 등 실제적인 그의 글들을 바탕으로 카프카의 진솔한 삶과 문학 세계를 가능한 한 새로운 시각으로 관찰하고 조망하려고 했다. 카프카의 연구서 중에서는 카프카의 전기(傳記)를 비교적 충실하게 다루었던 저작들(막스 브로트, 클라우스 바겐바흐, 하르무트 빈더, 언스트 파월, 페터-안드레 알트, 라이너 슈타흐 등의 저작)만을 참고했다.

이 책에서 필자는 카프카의 삶의 체험과 문학적 창작 과정을 연대기적 순서로 탐색해가면서 중간중간에 나타나는 여러 가지 중요한 주제와 작품에 대한 해설을 가미시켜 서로 독립적이면서 상호보완적인 일종의 벌집 형태의 카프카 전기를 구성하고자 했다. 또한 지금까지의 카프카의 전기 서술에서 종종 논란이 되어온 여러 이슈(예를 들어, 카프카의 종교관, 무정부주의와 사회주의 문제, 카프카의 지손 유무, 프라하의 소수문학에 대한 논의 등)를 자전적 증거와 논증을 통해 객관적으로 규명함으로써 독자들이 오도(吾道)하지 않도록 했다.

일차 문헌으로는 1982년부터 새로 나온 피셔 출판사의 학술 비평 본들을 사용했다. 많은 오류에도 불구하고 그동안 학계에서 계속 사용해왔던 막스 브로트가 편집한 카프카 전집은 여기에서는 제외시켰다. 그리고 카프카의 일기와 편지 가운데 아직 편집 중에 있는 것은 이미 발간된 비평 본 이외에 과거에 개별적으로 발간된 여러 자전적 텍스트를 병행·사용했다.

끝으로 원고를 함께 읽어가며 격려와 조력을 아끼지 않았던 아내 백현정의 노고에 이 자리를 빌려 고마움을 전한다. 또한 이 책을 내는 데 여러 가지 배려와 도움을 아끼지 않은 서강대학교 인문과학연구소와 이 책의 발간을 흔쾌히 맡아준 소나무출판사 여러분의 노고에도 깊은 감사를 드린다.


2011년 2월 노고산 연구실에서

26년간 정들었던 서강언덕을 떠나며

이주동

일러두기

1. 본문에 사용한 기호는 다음과 같다.
    『  』: 소설, 저서, 단행본, 그리고 책으로 출간된 단편
    「  」: 단편, 시, 논문
    ≪ ≫: 잡지, 신문
    < >: 연극, 영화, 오페라, 오페레타, 공연물로 언급된 희곡

2. 본문에 병기되지 않은 인명, 작품명 등의 원어는 찾아보기를 참고

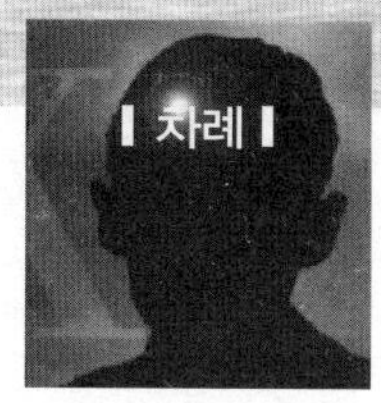

# 유년 시절

중부 유럽의 몰다우 강변에 위치한 프라하, 마치 중세 도시를 옮겨놓은 듯한 고딕과 르네상스, 바로크와 로코코 양식의 온갖 고색창연한 건축물과 수많은 첨탑으로 넘쳐나는 '황금빛 도시', 예전에는 보헤미안 왕국의 중심 도시였고 지금은 체코 공화국의 수도인 프라하, 그곳은 독일계 유대 작가 프란츠 카프카의 도시이기도 하다. 그는 그곳에서 태어나 자랐고 학창 시절을 보냈으며 직장 생활과 문학 활동을 병행하며 살다가 마지막으로 그곳에 묻혔다.

'프라하'는 체코어로 '문지방'이란 뜻이다(HBI 40). 그 이름에 상응하듯 프라하는 중세기부터 전 세계의 상인이 모이는 교역 중심지였고, 동서 유럽의 여러 나라들이 지리적·정치적·문화적으로 서로 교차해왔던 중부 유럽의 최대 도시 중 하나였다. 특히 19세기에서 20세기로 넘어가는 '세기전환기'의 프라하는 유럽의 다민족·다문화·다언어 사회가 공존하는 접합점이기도 했다. 정치적으로는 오스트리아헝가리 왕국이 이 보헤미아 지역을 통치하고 있었고, 인종적으로는 체코인·독일인·유대인 등이 함께 살고 있었고, 언어적으로는 독일어·체코어·히브리어 등이 사용되었으며, 종교적으로는 신교·구

카프카가 태어난 집

교·유대교·러시아정교 등이 공존했다. 이처럼 복잡하고 미묘한 배경을 지닌 야누스적인 도시 프라하를 가리켜 프랑스의 초현실주의자 앙드레 브르통은 "유럽의 마술적인 수도"[1]라고 부르기도 했다.

신비롭고 아름다운 도시 프라하에서 프란츠 카프카는 1883년 7월 3일에 독일어를 사용하는 체코계 유대인 아버지 헤르만 카프카와 어머니 율리에 카프카(결혼 전 성은 뢰비) 사이에서 태어났다. 카프카가 태어난 곳은 예전에 유대인 집단거주지였던 게토와 프라하의 중심 지역인 구시가가 경계를 이루고 있는 '니클라스 거리' 9번지의 건물 2층 27호였다. 바로 그 옆에는 오랜 역사를 지닌 단아하고 아름다운 바로크 양식의 성 니콜라우스 교회가 서 있었다.

1885년 봄, 프라하 시 행정당국의 보건위생위원회는 도시계획에 따라 낙후된 유대인 집단거주지역인 요제프슈타트 프라하 5구역[2]과 오래된 구시가 북쪽 일부를 위생정비구역으로 설정해 1893년과 1912년 두 차례에 걸쳐 역사적 가치가 있는 중요한 몇몇 유대교회당[3]과 르네상스 양식에 로코코 양

---

1 Detlev Arens, *Prag. Eine Bildreise*, Ellert und Richter, Hamburg 1992, S.6.

2 Hartmut Binder, *Kafkas Welt. Eine Lebenschronik in Bildern*, 1. Aufl., Reinbek bei Hamburg 2008, S.7. 1784년 몰다우 강 주변 4개의 독립된 작은 도시들이 통합되어 프라하로 불렸다. 즉, 알트슈타트(Altstadt)를 '프라하 1', 노이슈타트(Neustadt)를 '프라하 2', 클라인자이테(Kleinseite)를 '프라하 3', 흐라드신(Hradschin)을 '프라하 4' 구역으로 정했다. 1851년 프란츠 요제프 2세가 몰다우 강 굴곡 부분에 위치한 유대인 게토 지역을 요제프슈타트(Josefstadt)로 명명하고 '프라하 5' 구역으로 지정했고, 1883년 비세라트(Wischehrad)를 '프라하 6' 구역으로 병합함으로써 프라하는 명실공히 보헤미아의 수도가 되었다.

3 당시 프라하에는 1270년에 세운 유럽에서 가장 오래된 초기 고딕식 건물인 알트노이 교회당(Altneusynagoge)을 포함해서 르네상스 양식의 핑카스 교회당(Pinkassynagoge)과 호흐 교회

식이 첨가된 옛 유대인 시청 건물 그리고 2만여 기 이상의 묘석이 12개 층으로 층층이 매장되어 있는 고(古)유대인 공동묘지만 남겨두고 정비작업에 들어갔다. 그러나 카프카의 유년 시절에만 해도 유대 집단구역에는 누옥(陋屋)과 사창가와 헌옷가게와 자질구레한 물품 등을 파는 잡화상이 즐비했다. 가정을 꾸린 지 얼마 안 되는 헤르만 카프카 역시 이곳에서 그리 멀지 않은 구시가 광장 한쪽 편에 자기 소유의 작은 잡화상을 운영하고 있었다.

프란츠 카프카의 아버지 헤르만 카프카는 프라하 출신은 아니었다. 그는 1852년 9월 14일 프라하에서 남쪽으로 60마일쯤 떨어진 남부 보헤미안 지방의 도시 슈트라코니츠 근처의 작은 마을인 보섹에서 태어났다. 그곳에는 체코인과 유대인이 함께 살았는데, 대부분은 체코인 농부였고, 유대인은 20여 가구도 100여 명 성도였다. 헤르만은 그 마을의 가난한 도축업자인 야곱 카프카[4]의 여섯 명의 자녀 중 넷째 아이로 태어났다. 그들은 방이 하나밖에 없는 작고 낮은 오두막집에서 살았는데, 굶는 날이 허다해서 감자로라도 끼니를 때우는 날이면 모두 기뻐할 정도였다. 그러므로 헤르만 카프카는 일곱 살 때부터 아침 일찍 손수레를 끌고 이웃 마을로 배달을 나가야 했다. 겨울철에는 제대로 된 옷도 없이 상처 난 발을 드러낸 채 며칠씩 지내야 했다 (KKANII 169). 헤르만의 여동생 율리 역시 열 살 때부터 남의 집 가정부로

---

당(Hochsynagoge), 바로크 양식의 클라우스 교회당(Klaus-Synagoge) 등 역사적 기념비가 될 만한 유대인교회당이 있었다.

4 야곱 카프카(Jakob Kafka)는 카프카의 증조할아버지 요제프 카프카(Josef Kafka)와 증조할머니 마리 슈타인(Marie Stein)의 아홉 자녀 중 둘째로 1814년에 태어났다. 그는 거인처럼 장대하고 힘이 세서 이빨로 밀가루 한 자루를 들어 올릴 정도였고, 마을 사람들은 이런 그를 두려워했다. 그는 1849년 서른다섯 살 때 착하고 활달하고 개방적이며 의술지식이 있는 이웃 처녀 프란치스카 플라토프스키(Franziska Platowski)와 결혼했다. 그들은 1850년과 1859년 사이에 여섯 아이들을 낳았다. 둘은 여자아이이고, 넷은 남자아이였다.

일했는데, 부엌일과 빨래를 하느라 항상 옷이 젖어 있었고 추운 겨울에도 잠을 잘 때야 겨우 체온으로 젖은 옷을 말릴 수 있었다.

프란츠 카프카의 할아버지 야콥 카프카는 집에서는 체코어를 사용하게 했지만, 아이들은 유대 학교에 보냈다. 그것은 그 마을의 다른 유대 가정에서도 마찬가지였다. 아이들은 유대 학교에서 6년간 의무교육을 받았고, 수업은 당시 오스트리아 법에 따라 모두 독일어로 진행되었다. 헤르만은 의무교육 덕택에 일찍부터 독일어를 유창하게 구사할 수 있었으나 문어체 사용에는 미숙한 편이었다. 그가 서른 살 때 약혼녀 율리 뢰비에게 보낸 독일어 편지에는 오자도 많았고, 모범 서간문체에 따른 표현을 사용한 흔적이 역력했다. 그러나 그의 유창한 이중 언어(독일어와 체코어) 구사 능력은 후에 행상인으로 장사할 때나 상점을 경영할 때 여러모로 도움이 되었다.

헤르만 카프카는 경제적으로 자립하기 위해 열네 살[5] 되는 해에 고향을 떠나 이웃 도시인 피젝으로 나갔다. 그곳에서 그는 친척의 섬유제품 상점의 견습생으로 일했다. 벌이가 신통치 않자 얼마 후 그는 상점 일을 그만두고 이 마을 저 마을을 다니며 행상을 했다. 처음에는 단추, 실타래, 구두끈 등과 같은 작고 간단한 물품을 팔았으나 시간이 지나면서 점차 다양하고 값나가는 물품을 팔기 시작했다. 당시 보헤미안 지방은 오스트리아헝가리 왕국의 가장 중요한 산업지역으로 일상생활에 필요한 다양한 물품을 생산해냈는데, 유대인 행상인은 이것을 외지에 내다팔아 재산을 모았다. 그들 중 행상에 성공한 몇몇 사람들은 직접 공장을 차리기도 했는데, 표현주의 작가이자 후에 카프카의 친구가 된 프란츠 베르펠의 아버지는 보헤미아 지방에서 가장 큰 장갑공장을 차렸으며, 심리학자 프로이트의 아버지는 모라비아 지방에

---

5 유대 법에 따르면 성년식은 열세 살이어서 열네 살의 헤르만 카프카는 부모 곁을 떠날 수 있었다.

커다란 섬유공장을 소유하고 있었다. 또한 몇몇 유대인은 대도시로 나가 수공업이나 사채업 혹은 금융업에 진출하거나 스스로 상점을 차리기도 했다.

젊은 헤르만 카프카는 6년 동안의 상점 일과 행상을 청산하고, 스무 살이 되던 1872년 오스트리아 군대에 입대했다. 아무 걱정 없이 의식주를 해결할 수 있었던 군 생활은 그의 젊은 시절 중 가장 행복한 시절이었다. 그는 군대에서 받은 돈을 집으로 부쳐 가사에 보탬이 되도록 했으며 3년간의 군 복무를 무사히 마치고 하사로 제대했다. 그러나 거칠고 엄격한 군 생활은 후에 어린 카프카의 정서 교육에 좋지 않은 영향을 끼쳤다. 그는 어린 카프카에게 부동자세로 거수경례 하는 법을 가르쳤고, 행진하며 군가를 부르게 했으며, 맥주를 마시게 하고 카드놀이와 거친 상투어를 가르치기도 했다. 카프카는 성인이 된 후에도 술과 카드놀이를 싫어했다.

1875년 군대에서 제대한 헤르만은 고향인 보섹으로 돌아가지 않고, 보다 나은 일자리를 구하기 위해 대도시인 프라하로 진출했다. 1849년 이후 유대인은 헌법상 거의 완전한 자유를 얻어 자유롭게 도시로 이주할 수 있었는데, 유대인에게 도시는 반유대주의가 팽배한 시골과 비참한 소작농 생활을 벗어날 수 있는 보다 나은 생활에 대한 보장이자 보호막이나 다름없었다. 그들은 아무런 제재 없이 도시의 주민들 속에서 익명으로 살아갈 수 있었고, 농촌보다 손쉽게 일자리를 얻을 수 있었으며 더 많은 돈도 벌 수 있었다. 계속되는 도시 이주로 시골에 거주하는 유대인의 수가 줄어들자 지방의 게토 지역은 버려졌고 보섹과 같은 마을의 유대교회당은 폐쇄되었다.

헤르만 카프카는 우선 프라하의 옛 유대인 집단거주지였던 값싼 요제프슈타트 슬럼 지역에 자리를 잡았다. 그는 프라하에서 리큐르 술 공장 사업과 술집 경영으로 성공한 사촌형제인 안겔루스 카프카(1857~1908)의 도움으로 한 대리상에서 일할 수 있었다. 카프카 가문의 타고난 생활력과 끈기, 강인한 체력, 군 생활의 체험 등은 그가 자립하는 데 큰 도움이 되었다. 1882년

옛 유대인 집단거주지의 모습(1898년경)

8월 9일 그는 슈몰카라는 동료와 함께 구시가 광장에서 멀지 않은 첼트너 거리에 작은 상점을 열었다. 옛 경험을 살려 처음에는 실·솜·장신구 등의 간단한 물건을 팔았고, 한 달쯤 후엔 프라하의 부유한 양조장집 딸인 율리에 뢰비와 결혼해 그녀의 결혼지참금으로 자기 소유의 상점을 가지게 되어 훨씬 안정된 생활을 하게 되었다.

프란츠 카프카는 1911년 12월 25일의 일기에서 자기 가문의 성이 지니고 있는 특이한 의미와 함께 어머니 가문의 출처와 이력을 자세히 기록하고 있다. 그는 자신의 유전적 성향이 실용주의적이고 권위주의적인 아버지 쪽의 카프카 가문보다는 지적이고 경건한 어머니 쪽의 뢰비 가문을 닮았다고 자랑스럽게 밝히고 있다.

내 이름은 히브리어로 '암쉘'이다. 나의 어머니의 외할아버지 이름을 딴 것이다. 그분이 돌아가셨을 때 여섯 살이었던 어머니의 기억으로는, 그분은 긴 흰 수염을 가진 매우 경건하고 학식 있는 분이었다고 한다. 어머니는 시신의 발가락을 꼭 붙잡고 외할아버지를 향해 잘못한 일들이 있었다면 용서해달라고 빌었던 일을 기억하신다. 또한 온 벽에 가득 들어찼던 외조부의 방대한 장서도 기억하고 계신다. 그분은 매일 강에서 몸을 씻으셨는데 겨울에도 얼음에 구멍을 뚫고 목욕하셨다고 한다. 나의 어머니의 어머니는 장티푸스로 일찍 돌아가셨다. 딸의 죽음으로 해서 어머니의 외할머니께서는 우울해지기 시작해서 식음을 전폐하고 아무와도 이야기를 하지 않다가 딸이 죽은 지 일 년 후 어느 날 산책을 나갔다가 영영 돌아오지 않았는데, 그분의 시체는 엘베 강에서 인양되었다. 어머니의 외할아버지보다 더 학식이 풍부했던 사람은 어머니의 외증조부였는데, 그는 기독교인과 유대교인 모두에게 존경을 받았 다. 언젠가 화재가 났을 때 그의 깊은 신앙심으로 인해 기적이 일어났는데, 주위의 집들은 불타고 있었는데도 불이 그의 집을 건너뛰어 아무런 피해를 입지 않았다. 그는 네 아들을 두었는데, 한 아들은 기독교로 개종해 의사가 되었다. 어머니의 외할아버지를 제외하고는 모두 일찍 돌아가셨다. 어머니의 외할아버지는 아들 하나, 딸 하나를 두었는데, 아들은 어머니께서 정신병이 있는 나탄 아저씨라고 알고 있는 분이고, 딸은 바로 나의 외할머니시다 (KKAT 318f.).

카프카가 여기서 말하는 '암쉘'은 어머니 쪽의 증조부인 암쉘 브리아스를 말하며, 이것은 중고지독일어 암젤이 이디시어[6]인 암쉘로 전환된 것으로 '카 프카'란 뜻과 연관이 있음을 강조하고자 한 것이다. 카프카는 외증조부의 이름과 자신의 성이 같은 의미를 지니고 있다는 것을 자랑스럽게 여겼던 것이다. 원래 체코어로 카프카(Kavka)는 검 은 새, 즉 '까마귀'를 뜻하기 때문이다. 그래 서 카프카의 아버지 헤르만은 '나뭇가지 위 에 앉아 있는 까마귀'를 자신의 상표로 삼아 상점 봉투와 명함에 인쇄해서 사용했다.

헤르만 카프카의 명함(1906년 이전)

카프카가 양가로부터 어떤 개성을 물려 받았는가를 분명하게 밝히기는 어렵지만,

---

6 이디시어(Jiddisch)는 유대인 독일어로서 주로 동유럽 유대인의 독일어를 나타낸다.

그는 자신이 어머니 쪽의 경건하고 지적이고 감성적인 성향을 더 많이 물려받았다는 점에는 조금도 의심하지 않았다.

카프카는 특히 외중조부를 가장 자랑스럽게 여겼다. 그의 외중조부 암쉘 포리아스는 1794년 엘베 강변의 보헤미아의 소도시 포디브라트에서 태어났고, 1862년 그곳에서 죽었다. 그는 경건한 랍비이자 학식 있는 탈무드 학자로 주변의 유대인이나 기독교인 모두에게 성인(聖人)으로 존경받았다. 그의 아들 나탄은 1824년에 태어났는데 후에 정신병을 얻어 고생했고, 1830년에 태어난 딸 에스터는 양복 판매인이자 후에 양조장 소유주가 된 야콥 뢰비, 즉 카프카의 외할아버지와 결혼했다. 그러나 그녀는 1859년 29세의 젊은 나이로 장티푸스에 걸려 죽었다. 그들 사이에 세 자녀가 있었는데, 알프레트, 요제프 그리고 카프카의 어머니 율리에였다.

카프카의 어머니 율리에는 1856년 3월 23일 포디브라트에서 태어났다. 그녀의 어머니 에스터가 세상을 떠났을 때 그녀는 겨우 세 살이었다. 그녀의 아버지 야콥 뢰비는 일 년 뒤 재혼했는데, 거기서 세 아들을 다시 얻었다. 그들이 율리에의 이복 남동생들인 리하르트, 루돌프, 지크프리트이다. 이처럼 그들이 유대식이 아닌 독일식 이름을 갖게 된 것으로 보아 야콥 뢰비는 이미 유대정교적인 교육에서 멀어져 있었음을 알 수 있다. 그는 전형적인 유대 중산층에 속한 사람으로 서유럽 문화에 동화되어 있었고, 언어도 독일어를 사용했을 뿐만 아니라 정치적으로도 오스트리아헝가리 황제에 충성을 표하는 사람이었다. 그는 후에 포디브라트의 집과 양조장 사업체를 팔아 프라하로 이사했는데, 그곳에서도 그의 양조장 사업은 번창했다.

카프카의 어머니인 율리에는 부유한 가정에서 태어났지만, 계모 슬하에서 보낸 어린 시절은 불행했다. 이복형제를 포함한 여섯 아이 중 유일한 딸이었던 그녀는 집안일을 도맡아하다시피 했다. 그러나 그녀는 아무런 불평 없이 일했으며, 자신의 감정을 표현하지 않고 인내하는 법을 배웠다. 그녀가 결혼하기 오래전에 다섯 형제는 각기 독립해서 여러 지역으로 흩어졌다. 큰오빠 알프레트 뢰비는 후에 스페인 마드리드 철도청장까지 승진했지만 끝까지 독신으로 살았다. 둘째오빠 요제프 뢰비는 객지로 돌아다니다가 아프리카의 콩고에서 많은 대상을 거느린 식민회사를 건립했고, 후에 파리에서 프랑스 여인과 결혼해 수입품 상사를 운영했다. 율리에의 이복동생 리하르트 뢰비는 작업복과 아동복을 취급하는 상인으로 네 명의 자녀를 두고 평범하게 살았다. 그리고 카프카가 가장 좋아했던 외삼촌 지크프리트 뢰비는 아주 특이한 괴짜로 돌아다니기를 광적으로 좋아했으며 독서를 좋아하는 교양이 있는 사람이었다. 그는 재치 있고 남을 돕기를 좋아했으며, 겉보기에는 좀 "차가와"(Br 478) 보여도 늘 타인에게 관대했다. 그는 생을 마칠 때까지 독신으로 지냈다. 그는 모라비아 지방인 트리쉬에서 시골 의사로 근무했는데, 카프카는 김나지움 시절과 대학 시절에 종종 그곳에서 여름휴가를 보내곤 했다. 카프카는 "새처럼 재담"을 늘어놓기 좋아하는 그를 "지빠귀"(Br 163)라고 부르기도 했다. 어머니의 둘째 이복동생인 루돌프 뢰비 역시 독신이었는데, 코지르 양조장의 부기계원으로 일했다(MB 15). 그는 가장 별나고 폐쇄적인 인물이었는데, 후에 가톨릭으로 개종하고 나서 점점 더 "수수께끼 같은 인물이 되었다. 그는 지나치게 친절하고, 지나치게 겸손하고, 고독해 하면서도 수다스럽다고 할 수 있는 사람"(Br 361)이었다.

카프카는 이러한 외가의 특성 중에서 무엇보다 자신에게 두드러지게 나타나는 것은 정신적이고 예술적인 특성 이외에도 "부끄러움을 잘 타며 지나칠 정도로 겁먹은 듯한 겸손함, 소심함 그리고 사람들과의 접촉을 꺼리는 것"(KWI 15)이라고 말했다.

카프카의 어머니 율리에는 남자 형제가 모두 출가한 후에도 부모 곁에서 집안일을 도우며 살았다. 그녀가 스물여섯 살 되던 해 중매쟁이와 프라하에 사는 친척의 소개로 헤르만 카프카를 알게 되었다. 당시 유대인에게 여성의

카프카의 부모

지위 향상은 느리게 진행되었으나, 그녀는 어머니 세대와는 달리 남편을 선택할 수 있는 발언권이 있었다. 신랑이 될 헤르만 카프카는 경제적으로나 사회적으로나 그리고 지적으로도 율리에와 비교가 되지 않았다. 헤르만은 농촌 출신 유대인으로 그 당시 예전의 게토 지역이었던 요제프슈타트에 살고 있는 반면에, 율리에는 "자산 있고 학식 있는 독일계 유대인 중산층 출신으로 구시가 광장에서도 가장 아름다운 저택의 하나인 스메타나 하우스에서 살고 있었다"(KWI 17). 헤르만은 율리에의 결혼지참금뿐만 아니라 그녀의 강한 생활력, 협동심, 착한 마음씨에 끌렸다. 그는 그녀의 생활태도에서 어려운 가운데서도 여섯 아이를 돌보며 이웃에게 의료봉사까지 했던 자신의 어머니 모습을 떠올렸다. 율리에는 헤르만의 남성적인 모습과 생활태도에 끌렸다. 그는 남들보다 머리 하나는 더 큰 키에 건장한 체구를 가지고 있었고 독립적인 의지력과 활력이 넘쳤다. 또한 헤르만은 열네 살 때부터 고향을 떠나 외지에서 살아왔고 율리에는 계모 밑에서 어린 시절과 청소년 시절을 보냈으므로 서로의 어려웠던 사정을 잘 이해할 수 있었다. 그 공통점은 아마도 그들이 일생 동안 서로 신뢰하고 의지하며 '행복한 결혼생활'을 유지할 수 있게 해준 계기가 되었을 것이다.

그들의 결혼식은 1882년 9월 3일 헤르만의 상점과 같은 건물에 있는 구시가 로터리 12번지의 우아한 골트함머 호텔에서 거행되었다. 그들은 게토로 통하는 엥에 거리(후에 마이젤 거리가 됨)와 구시가의 카르펜 거리가 만나는 거리에 있는 집에서 2년 반 동안 신혼살림을 차렸다. 부부의 열성적인 노력으로 그들의 장신구 상점은 점점 안정되어갔고, 결혼 10개월 만에 율리에 카프카는 첫 아이를 갖게 되었다. 그 아이가 바로 맏아들 프란츠 카프카였다. 그 아이는 황제 프란츠 요제프의 이름을 따서 프란츠라고 이름 붙였고, 유대 풍습에 따라 출생 8일 만인 7월 10일 모리츠 봐이슬 박사의 집도로 할례 수술을 받았다. 당시 그 의식에서 대부 역할을 맡은 사람은 헤르만 카프카의 사촌 형제이자 리큐르 술 공장주인 안겔루스 카프카였다.

카프카가 태어난 집은 1897년 도시 신축 계획에 의해 허물어졌고, 1902~1903년 신바로크식 건물이 들어섰다. 옛 건물의 정면 입구를 그대로 살린 이 새로운 건물 벽면에는 오늘날 청동으로 된 카프카의 흉상과 '이곳에서 프란츠 카프카 태어나다'라고 새겨진 동판이 걸려 있다.

1885년 5월 중순 카프카 가족은 상점을 확장하기 위해서 신시가지인 벤첼 광장 56번지로 이사했다. 오늘날 프라하의 심장부와 다름없는 벤첼 광장 지역은

카프카가 태어난 집 벽면의 흉상

당시에도 프라하의 번화가로 교통의 중심지였다. 그러나 편리한 교통 때문에 어떤 정치적 사건이나 사회적 이슈가 생길 때마다 그곳에서는 대규모 집회와 시위가 벌어졌다. 그리고 그 시위는 종종 반유대주의적인 폭력행위로 변질되곤 했다. 불경기로 인한 체코인의 불만이 경제권을 쥔 유대인에게로 향했기 때문이었다. 그러나 헤르만 카프카는 체코어에 능했고 매우 사교적인 사람이어서 모두가 그를 체코인으로 생각했다. 한번은 체코 민족주의자

시위대가 그의 상점으로 들어가려고 하자 지나가던 행인들이 "카프카는 내버려둬라. 그는 체코인이다"(KW 19)라고 말할 정도였다. 비록 시위대에게 피해를 당하진 않았지만 잦은 시위에 불안을 느낀 카프카 가족은 몇 달도 되지 않아 그들에게 익숙한 구시가 지역으로 다시 이사했고, 1889년 6월 미누타 하우스로 옮길 때까지 목 좋은 곳을 찾아 네 번이나 더 집을 옮겨 다녀야 했다. 12월에는 가이스트 거리 27번지로, 그다음에는 첼트너 거리 3번지로, 그리고 니클라스 거리 6번지로 옮겼으나 요제프슈타트 구역과 경계를 이루고 있는 그곳에서는 그리 오래 머무르지 않았다. 카프카 가족의 잦은 이사는 장사하기 적합한 장소를 물색하기 위해서였지만, 동시에 사업 번창에 따른 사회적 상승의 결과이기도 했다. 그러나 그 이후 카프카 가족은 프라하 중심가인 구시가 광장 지역을 더 이상 벗어나지 않았다.

미누타 하우스는 구시가 광장 2번지에 위치한 5층짜리 중세풍 건물로 구시가 대광장과 소광장의 분기점에 위치하며 의사당을 등지고 있었다. 1층에 카프카 가족의 상점이 있었고, 위층에 살림집이 있었다. 이 미누타 하우스에서 카프카의 남동생 게오르크와 하인리히[7]가 태어났으나 모두 어린 나이에 일찍 죽었고, 얼마 후 누이동생 엘리, 발리, 오틀라[8]가 태어났다. 구시가 소광장과 거기서 갈라져 나간 골목길, 좁은 안뜰 그리고 '파블라체'라는 길고 넓게 트인 발코니가 빙 둘러 나 있는 일명 '통로집'이, 가끔 시내 공원이나 가까운 교외로의 소풍 때를 제외하고는 어린 카프카 남매들의 주된 놀이터였다. 그곳에서 그들은 숨바꼭질을 하거나 소꿉놀이를 했다. 그러나 누이동

---

7 게오르크(1885년 9월 11생)는 두 살 때 홍역으로 죽었고, 하인리히(1887년 9월 27일생)는 6개월도 못 되어 중이염으로 죽었다.
8 엘리(1889~1941)의 본명은 가브리엘(Gabriele)이고, 발리(1890~1942)의 본명은 발레리(Valerie)이며, 오틀라(1892~1943)의 본명은 오틸리에(Ottilie)이다. 엘리, 발리, 오틀라는 모두 애칭이다.

생들과 나이 차이가 많이 나는 카프카는 혼자 그림책이나 동화책을 보거나 아니면 전차표와 우표 그리고 옛날 동전 등을 모으는 일에 취미를 붙였다.

카프카의 부모는 자녀들의 교육 문제보다 상점 일에 전적으로 매달렸다. 초창기 작은 잡화상으로 시작한 그들은 이런 노력의 결과로 몇 년 안 가서 자신들의 상점을 도매상으로 성장시킬 수 있었다. 여러 유행품, 장갑, 실내화, 양산과 우산, 산책용 지팡이 등의 잡화와 면직물 등을 팔았고, 또 지방의 몇몇 소매상에 물품을 조달했다. 비참한 어린 시절과 청소년 시절을 경험했던 헤르만 카프카는 생존을 위해 오직 돈을 벌고 성공하는 것이 삶에서 가장 중요한 일이라고 생각했다. 그는 인간이 빵만으로는 살 수 없지만 또한 빵 없이는 절대로 살 수 없다는 것을 뼈저리게 느꼈던 것이다. 그에게 돈은 기본적인 생활을 유지하게 할 뿐만 아니라 인간 현존새로서의 의미와 사회적 명성을 가져다주는 전부였다. 그는 더 많은 돈을 벌기 위해 계속 더 좋은 장소로 이사했고 끊임없이 사업을 확장해나갔다. 그는 카프카 가문이 지니고 있는 "강인함, 건강, 식욕, 풍부한 목소리, 화술, 자기만족, 우월감, 끈기, 침착함, 사람에 대한 인식력, 어느 정도의 아량 그리고 이러한 장점"(KKANII 146)에서 비롯된 뛰어난 사업수단과 허물없는 사교성, 강인한 추진력과 근면성으로 사업을 더욱 번창시켰다.

어머니는 '무척이나 착했지'만 가부장적이고 독선적인 남편이 하는 일에 말없이 따랐고 그의 사업을 헌신적으로 도왔다. 아침부터 밤늦게까지 일에만 매달려 있는 부모는 자녀들의 교육을 등한시할 수밖에 없었다. 그들은 아동심리상태나 정서교육에 전혀 관심이 없었다. 아이들은 밤늦게 귀가하고 아침 일찍 상점으로 나가는 부모를 며칠씩 보지 못하는 경우도 있었다.

카프카와 누이동생들은 부모의 따뜻한 사랑과 보호를 받는 대신 유모, 보모, 가정부, 가정교사 등 타인의 손에서 자라야 했다. 당시 프라하의 중산층과 상류층 집안에서는 이러한 고용인을 두어 자녀를 양육하는 것이 일반화되어 있었지만, 특히 카프카의 부모는 일 이외에는 어느 것에도 관심을 두지 않았다. 경제적인 부와 그에 따르는 사회적 지위만이 그들 가정생활의 목표였다.

　감성적인 어린 카프카에 대한 부모의 무관심은 그의 삶에서 크나큰 심리적 장애로 작용했다. 1912년 스물아홉 살의 카프카는 그 당시 약혼녀였던 펠리스 바우어[9]에게 보내는 편지에서 자신의 외로웠던 어린 시절에 대해 이렇게 기록하고 있다.

　나는 여섯 남매 중 첫째입니다. 어린 두 남동생은 의사의 잘못으로 어려서 죽었고, 사오 년 뒤 여동생 세 명이 일 년과 이 년 간격으로 태어나기까지 그 공백 기간 동안 나는 집안의 유일한 아이였습니다. 그래서 나는 오랫동안 혼자서 살았고 유모, 나이 든 보모, 심술궂은 요리사 아주머니, 우울한 가정교사 등과 티격태격했습니다. 부모님은 늘 상점에 계셨으니까요(F 193).

　또한 1919년에 쓴 「아버지께 드리는 편지」를 보면, 부모님의 관심을 끌고 싶어서 밤에 칭얼대던 두세 살 된 어린 자신에게 보여주었던 아버지의 냉혹함과 무정함을 생생하게 기억하고 있다.

　어린 시절에 겪었던 일로 제가 직접 기억하고 있는 한 가지 사건이 있습니다. 아버지께서도 그 일을 기억하고 계실 것입니다. 어느 날 밤 제가 물이 먹고 싶다고 계속 칭얼댄 적이 있었습니다. 특별히 갈증이 나서가 아니라 그저 짜증을 부리고 싶었거나 혹은 이야기가 하고 싶었는지도 모릅니다. 그

---

9 우리나라에서는 지금까지 카프카의 약혼녀였던 'Felice Bauer'를 이탈리아어식 발음인 '펠리체 바우어'로 표기했는데, 이는 잘못된 것이다. 양친이 벨기에 출신이어서 Felice는 원래 프랑스어식으로 발음되므로 '펠리체'가 아니라 '펠리스'로 표기해야 한다(HBI 418).

런데 몇 번이나 심하게 위협해도 소용없자 아버
님은 저를 침대에서 끌어내어 뜰 쪽으로 나 있는
발코니로 끌고 가서 내의 바람인 저를 혼자 문
밖에 세워두고는 문을 닫아걸었습니다. 그 처사
가 옳지 않았다고 말하고 싶지는 않습니다. 당시
로서는 그 외의 다른 방법으로는 고요한 밤이 될
수 없었을 테니까요. 하지만 저는 그 일을 통해
아버지의 교육방식과 그것이 저에게 미친 영향

한 살 무렵의 카프카

을 분명히 하고 싶은 것입니다. 저는 그 이후로 말 잘 듣는 아이가 되었지만,
그로 인해 저는 마음의 상처를 입었습니다. 별 뜻 없이 물을 달라고 조르는
것은 그 나이의 저로서는 당연한 일이었고, 그 일로 인해 밖으로 끌려 나가는
표현할 수 없이 두려운 일을 당한다는 사실이 저로서는 도저히 이해가 가지
않았습니다. 그로부터 수년이 지난 후에도 거인인 아버지께서, 즉 최종 심급
인 아버지께서 별 이유 없이 나타나서 한밤중에 저를 침대에서 끌어내어 발
코니로 데려갈 수도 있다는 사실이, 그러니까 제가 아버지께 그처럼 가치 없
는 존재라는 사실이 고통스러운 상념이 되어 저를 괴롭혀왔던 것입니다
(KKANII 149).


그는 아주 어린 시절부터 "다정한 말 한마디, 조용히 손을 잡아주는 일,
따뜻한 눈길"(KKANII 148)을 받을 수 없었던 가정의 '낯섦'과 '차가움'을
마음속 깊이 느끼고 있었다. 부모가 상점 일에 매달려 있느라 그들과의 대면
은 겨우 식사시간뿐이었는데, 그 시간도 아버지의 명령과 훈계가 이어지는
가부장적인 상투적 교육이 전부였다. 아버지가 하는 말은 '대부분이 식사시
간의 올바른 태도'에 관한 것이었고, 그의 말에 어떤 이의나 반발도 불가능
했다. 아이들이나 가정부들은 매번 오직 가장의 "욕설과 위협과 반어법 그리
고 악의적인 웃음과 자기한탄"(KKANII 160)[10]을 들을 뿐이었다. 어린 카프카

의 눈에는 아버지에게 항상 말없이 복종하는 어머니 역시 아버지의 보조적
인 인물에 불과했다. 아버지에게 '짐승', '개' 혹은 '월급을 받아먹는 적(敵)'
으로 여겨졌던 고용자들을 달래고 조정하는 역할은 '무한히 착하기만 한'
어머니의 몫이었다. 어머니는 늦은 밤 아버지와 '평범한 카드놀이를 하면서
도 탄성과 웃음과 언쟁을 섞어가며' 아버지의 말동무가 되었다. 아버지가
카드놀이를 하면서 담배를 계속 피워대도 그녀는 아이들의 건강에 대해서
아랑곳하지 않았다. 카프카는 당시 이런 어머니의 태도에 대해 반어적으로
표현했다.

> 어머니는 아버지를 너무도 사랑하셨고 또 아버지께 지극히 충실하게 헌신
> 하셨기 때문에 자식과의 싸움에서도 늘 자주적이며 정신적인 힘이 될 수는
> 없었습니다. 어쨌든 그것은 자식의 올바른 본능에서 나온 결론입니다. 왜냐
> 하면 해가 갈수록 어머니는 아버지와 점점 더 화목해지셨기 때문입니다. 어
> 머니 자신에 관한 한 그분은 항상 최소한도 내에서 자신의 자주성을 아름답
> 고 상냥하게 지켜나감으로써 이제껏 한 번도 아버지를 진정으로 상심시켜드
> 린 적은 없었습니다. 어머니는 해가 거듭될수록 자식들에 대한 아버지의 판
> 단과 선고를 이성적인 면보다는 감정적인 면에서 더욱더 맹목적으로 받아들
> 였습니다(KKANII 175).

물론 아이들과 아버지 사이에 벌어지는 논쟁에서 어머니는 아이들을 보호
하고 옹호해주기는 했지만, 결국에는 아버지의 권위와 판단을 따르곤 했던
것이 어린 카프카에게는 몹시 서글펐다. 아버지가 이따금씩 내뱉는 밑도 끝
도 없는 짧은 명령과 지시, 그리고 이유 없는 일방적인 판단과 선고 등은

---

10 "널 생선처럼 찢어발길 테다"(KKANII 161), "그런 일을 우리 아드님께 기대할 수나 있겠
   어"(KKANII 162).

어린 카프카로서는 도저히 이해할 수 없었고 수수께끼처럼 느껴졌다. 그는 당시 "모든 사물이 불확실해져버려 실제로 내가 소유했던 것이라고는 이미 손 안에 쥐고 있거나 입안에 들어가 있는 것, 혹은 적어도 손이나 입을 향해 가는 도중에 있는 것에 불과했다"(KKANII 178)라고 고백할 정도였다. 카프카가 모든 일에 불확실성과 불신을 가지게 된 것은 무엇보다도 자기 기준에 따라 판단하는 아버지의 일방통행적인 교육방식에서 비롯된 것이다. 카프카는 "아버지께서는 아이를 아버지의 성격대로 다루셨습니다. 완력과 큰소리와 격분으로 말입니다"라고 비판했다. 아이들의 인격이나 정서 상태를 전혀 고려하지 않은 아버지의 독단적인 교육방식은 카프카를 심리적으로나 정서적으로 타인의 세계에 다가갈 수 없는 고립된 존재로 만들었다.

이로써 세계는 저에게 세 가지로 분류되기에 이르렀습니다. 첫째로 제가 노예로서 살고 있는 세계인데, 저를 위해서만 고안된 법칙, 그러면서도 그 이유가 무엇인지 몰라도 전적으로 수긍할 수 없는, 그런 법칙이 지배하는 세계를 말합니다. 둘째는 제 자신의 세계와 무한히 동떨어져 있는 세계로, 그곳에서는 아버지께서 지배하고 명령하는, 그러나 따르지 않기 때문에 화를 내시며 사시는 곳입니다. 세 번째는 행복하고 자유롭게 명령과 복종으로부터 벗어나 살고 있는 나머지 다른 사람들의 세계입니다. 저는 언제나 수치감 속에서 살았습니다(KKANII 156).

여기에서 카프카는 자신을 노예로 느끼게 하는 자기에게만 적용되는 이해할 수 없는 법칙, 아버지의 강압적인 규율 속에서 살아가야 하는 자기 자신, 명령과 복종에서 벗어나 자유롭고 행복하게 살고 있는 타인의 세계 사이에서 크나큰 불안과 외로움과 동경을 품고 살았다고 고백하고 있다. 부모의 무관심에서 오는 애정결핍과 식탁에서 벌어지는 강압적인 교육에 대한 불안과 수치감은 카프카의 생 전체를 짓누르는 고통이 되었고, 그의 작품 속에 중요 모티브나 주제로 남게 되었다. 그는 훗날인 1912년 1월 3일 일기에서 자신의 이러한 실존적 불안과 심적인 수치심을 극복하고 마음의 안정과 자신감을 얻기 위해 글을 써야 했고 그렇게 함으로써 자신의 고유한 존재와 정체성을 찾으려 했다고 고백한 적이 있다. 왜냐하면 카프카는 글쓰기를 자기 존재의 유일한 "가장 성과 있는 방향"(KKAT 341)으로 인식했기 때문이다.

카프카는 자신의 불안, 의지박약, 자신감 상실, 현실 적응력 부재 등을 가져오게 한 것은 아버지의 자기 본위적인 교육 이외에도 어려서 부모의 따뜻한 품이 아닌 낯선 타인의 손에 자라야 했기 때문이라고 생각했다. 예를 들어 가정부 마리 베르너는 체코 여성으로 수십 년간 카프카 집에서 살았다. 그녀는 작고 겸손하며 체코어밖에 말할 줄 모르는 가장 헌신적인 여자였다(F 399). 그녀는 상점 개업 때부터 카프카 집에 들어와 살았고 그의 누이동생들까지도 키웠다. 그녀 덕분에 카프카와 누이동생들은 체코어를 매우 능통하게 할 수 있었다. 가정부와 하녀들은 카프카의 아버지에게 절대복종해야 했으므로 아이들 문제로 그와 이견이 있어도 언제나 "제가 무슨 말을 하겠어요. 그저 그렇게 생각할 뿐입니다"(KW 26)라고 대꾸할 뿐이었다. 카프카가 다섯 살 되던 해 부모는 자녀 교육을 위해 가정교사를 집에 들였는데, 벨기에 출신의 루이제 바일리였다. 카프카는 그녀에게 프랑스어를 배워 후에 플로베르의 소설 『감정교육』 등을 원어로 낭독하기도 하고(F 178), 자신의 대학 친구인 막스 브로트와 함께 이 작품을 원서로 읽기도 했다. 그러나 카프카는 후에 일기에서 자신의 부모를 포함한 많은 사람들이 자신을 잘못된 방향으로 교육시켰다고 여러 차례 고백하곤 했다.

깊이 생각해볼 때 나에 대한 교육이 많은 방향에서 나에게 해를 끼쳤다고 말하지 않을 수 없다. 이러한 비판은 많은 사람들에게 해당되는데, 즉 부모님,

몇몇 친척, 우리 집을 방문했던 여러 방문객들, 여러 작가들, 나를 일 년간
학교에 데려다주었던 어느 가정부, 여러 명의 선생님들⋯⋯이다(KKAT 18).

# 독일 소년초등학교 시절

오스트리아 합스부르크 제국은 원칙적으로 모든 아이에게 여섯 살 때부터 의무교육을 받게 했다. 1889년 7월 3일 여섯 번째 생일을 맞은 프란츠 카프카는 구시가 광장에서 멀지 않은 독일 소년학교[1]에 입학했다.

원래 유럽에서 처음으로 의무교육을 실시한 나라는 신교를 신봉하는 독일의 프러시아였다. 1763년 프리드리히 2세는 국민의 교양과 계몽을 위해 모든 어린이에게 적어도 4년제 의무교육을 실시하도록 법으로 정했다. 1774년 오스트리아헝가리 제국은 교육개혁을 통해 프러시아의 의무교육제도를 그대로 모방해 받아들였다. 당시 오스트리아헝가리 제국은 오스트리아인과 헝가리인 이외에도 여러 다수민족과 소수민족을 포함하고 있었는데 체코인, 유대인, 슬로바키아인, 크로아티아인, 루테니아인, 슬로베니아인, 루마니아인, 폴란드인이 그들이었다. 그들은 각기 자기 민족의 언어를 사용하고 있었으므로 종종 정치적·행정적으로 어려운 문제를 야기했다. 1774년의 교육개혁은 바로 이러한 상이한 그룹의 민족들을 문화적으로 통일시키고 서로 동

---

1 독일 소년학교(Deutsche Knabenschule)의 원래의 명칭은 '프라하 독일 초등학교와 시민학교 I (Deusche Volks-und Bürgerschule I in Prag)'이다.

화시키려는 목적을 가지고 있었다. 모든 초등학교에서는 독일어를 필수과목으로 도입해야 했고, 의무교육 이상의 상급 학교에서도 독일어를 공동의 수업 언어로 사용했다. 또한 모든 국가기관은 독일어를 공식적인 관청어로 사용하도록 했는데, 이렇듯 독일어 능력을 책임 있는 국민의 전제조건으로 내세웠던 배경에는 분쟁의 소지가 다분한 여러 민족을 한데 통합시키려는 국가의 계산이 깔려 있었다. 그러나 도처에서 각 민족의 독립운동과 더불어 자국 언어 보호운동이 거세게 일어나자 오스트리아헝가리 제국은 원래의 목적을 포기하고 모든 학교가 원하는 대로 점차 각자 자신들의 민족 언어로 가르칠 수 있게 했는데, 이것은 후에 제국의 몰락을 가져온 중요한 이유 중 하나가 되었다. 이러한 상황이 되자 보헤미아 지방에서는 체코인은 체코어로 가르치는 학교에, 독일인은 독일 학교에 지녀를 입학시켰다.

그러나 유대인의 상황은 달랐다. 그들은 자신이 원하는 대로 히브리어를 사용하는 유대 학교를 세울 수가 없었다. 보헤미아 지방과 모라비아 지방에서는 유대 교구들이 유대인 초등학교를 건립할 때 의무적으로 독일어를 공식적인 교육 언어로 사용해야 했기 때문이었다. 그렇지 않을 경우 유대 아이는 무조건 독일어를 사용하는 기독교 학교에 다녀야 했다. 그나마 유대인 초등학교가 건립될 수 있게 된 배후에는 중세기부터 18세기까지 모든 사회적·문화적 혜택에서 완전히 소외된 채 다른 민족과 차별받는 삶을 살아온 유대인의 불행한 상황에 대한 요제프 2세의 종교 관용령이 있었다. 그는 비국교도인 유대인에게도 종교의 자유를 허락했고, 나아가 유대 학생에게도 독일 상급 학교 진학과 대학 입학을 개방했다. 이로써 공식적으로는 유대인을 차별하는 실질적인 장애물이 제거된 것처럼 보였다. 그러나 유대인은 의무적인 독일어 교육, 언어와 제도의 일원화를 꾀하는 제국의 정책 등으로 점차 유대인의 전통과 고유한 정체성을 잃어갔고 서구 문화에 동화된 독일계 유대인으로 변화되어갔다.

카프카가 입학한 독일 소년초등학교는 '정육시장'이라고 부르는 구시가 광장 뒤편의 음침하고 거부감을 느끼게 하는 거리에 자리 잡고 있었다. 예전에 정육점들이 모여 있던 이 '정육시장'에서는 이제 고기 대신 생선을 주로 팔고 있었다. 당시 카프카의 어머니는 임신한 상태였고, 카프카가 학교에 입학한 지 일주일 만에 첫딸인 엘리를 낳았다. 유아기뿐만 아니라 초등학교 입학 첫날부터 어머니의 보살핌을 받을 수 없었던 어린 카프카는 일 년간 매일 가정부의 손에 이끌려 등·하교를 했는데, 그는 그때 받았던 마음의 깊은 상처를 잊지 못했다. 31년이 지난 후 그는 1920년 6월 21일 밀레나에게 보내는 편지에서 1889년 가을에 일어났던 일을 다음과 같이 회상했다. 그것은 구시가 광장 2번지에 있는 자신의 집 미누타 하우스를 출발해서 구시가 광장을 지나 타인 거리를 거쳐 독일 소년초등학교에 이르는 통학로에서 벌어졌던 가정부와의 불행했던 에피소드였다.

우리 집 가정부는 키가 작고 메마르고 빈약한 몸매의 여인으로 코가 뾰쪽하고 볼이 움푹 들어간 얼굴이었는데, 얼굴빛은 누렸지만 단단하고 힘이 넘치며 위압감을 주었습니다. 그녀는 매일 아침 나를 학교에 데리고 갔습니다. ……먼저 광장을 건넌 다음 타인 거리로, 그다음에는 일종의 아치형 성문을 지나 정육시장 거리를 내려가야 했습니다. 이 똑같은 길을 매일 아침 거의 일 년 동안 되풀이해서 걸어갔습니다. 집을 나설 때마다 가정부는 내가 집에서 얼마나 버릇없이 굴었는지 선생님에게 이야기하겠다고 말했습니다. 그때 나는 아주 심하게 버릇없는 아이는 아니었겠지만, 반항적이고 별 도움이 안 되는 침울하고 늘 화가 나 있는 아이였으므로 생각해보면 선생님께 일러바치기 좋은 거리야 언제나 있었겠지요. 나도 그것을 알고 있었으므로 가정부의 위협을 가볍게 받아들일 수 없었지요. 그래도 처음에는 학교까지 가는 길이 굉장히 멀어서 도중에 여러 가지 일이 일어날 수 있으리라 믿었습니다(사실 그 길은 그렇게 먼 길이 아니어서, 그런 어린아이의 짧은 생각은 점차 두려운 마음과 죽은 자의 눈과 같은 진지함으로 바뀌었습니다). 구시가 광장에 이르러서도 여전히 나는 존경받기는 하지만 가정부인 찬모가 온 세상의 존경을 받는 선생님이라는 인물과 감히 말을 할 것인가 하고 의심하였습니다. 나 또한 그와 비슷한 이야기를 했겠지요. 그러면 그 가정부는 항상 얇고 냉혹한 입술로 내가 믿을 필요는 없겠지만 자기는 그것을 이야기하겠다고 짤막하게 말했습니다. 그러다가 대략 정육시장 입구쯤에 오면……위협에 대한 공포는 훨씬 강해집니다. 그때는 학교 자체가 이미 공포였는데, 이제 가정부가 나의 학교생활을 더욱 힘들게 하려는 것이었습니다. 나는 부탁하기 시작했고 가정부는 고개를 가로저었습니다. 조르다보면 점점 꼭 더 졸라야 될 것 같고, 위험은 그만큼 더 커 보였습니다. 내가 멈추어서 꼼짝하지 않은 채 용서를 빌면 가정부는 나를 앞으로 잡아끌었고, 또 내가 부모님께 일러 보복하겠다고 위협하면 그녀는 웃었어요. 여기서는 그녀가 전능했지요. 나는 상점 정면이나 기둥 돌을 꼭 붙잡고는 그녀가 용서하기 전에는 한 발짝도 떼어놓으려 하지 않은 채 뒤에서 그녀의 치마를 잡아 당겼으나(그녀도 쉽지는 않았지요), 이런 짓마저 선생님께 분명히 이야기하겠다고 하면서 나를 앞으로 끌고 갔고, 그러다보면 늦곤 했습니다. 야콥 성당에서는 8시 종을 쳤고 학교의 종소리도 울려왔습니다. 다른 아이들은 뛰기 시작했으며, 나는 언제나 지각할까봐 몹시 두려워했습니다. 이제 우리도 뛰어야만 했습니다. 그러면서도 끊임없이 '가정부가 그걸 이를까 안 이를까'를 생각했습니다. 그 당시 그녀는 그 이야기를 하지 않았고, 결코 한 번도 일러바친 적은 없었지만, 언제나 그럴 가능성이 있었고, 심지어 그 가능성은 점점 커지는 것처럼 보였으며(어제는 이르지 않았지만 오늘은 꼭 이를 것처럼), 그녀는 그 가능성을 결코 늦추는 법이 없었습니다. 그리고 때로는 나에 대해서 화가 난 나머지 골목길에서 발을 굴러댔으며, 여러 번 석탄 장수까지 와서 쳐다보았습니다(M 71f.).[2]

---

2 이 시기 카프카 가족의 가정부는 체코 여자 프란티즈카 네드베도바(Františka Nedvědová)였

이러한 상황에서 등굣길 아침은 어린 카프카에게 새로운 악몽의 시작이었다. 그의 집에서 정육시장 길을 지나 학교까지는 걸어서 10분 정도의 거리였으나, 어린 카프카에게는 불안과 공포로 가득 찬 아득히 먼 거리였다. 그의 하굣길도 마찬가지였다. 여기에는 어린 카프카의 개인적 상황도 있었지만, 보헤미아 지방의 유대인이 처한 사회적 불안에도 그 원인이 있었다.

당시 보헤미아 지방의 유대인은 다수민족인 체코인과 소수 지배계층인 독일인에 의해 양쪽으로 위협받고 있었다. 체코인은 유대인이든 독일인이든 독일어를 사용하는 사람은 모두 독일인으로 취급했다. 또한 교육 개혁 초기에는 공동 목표와 독일어라는 공동 언어가 독일인과 유대인 사이에 어느 정도 정치적·경제적 협력관계를 조성했으나, 점차 범게르만주의가 반유대주의적 경향을 띠게 되면서 1890년대에는 그들 역시 적대적인 관계로 변해가고 있었다. 오스트리아헝가리 제국의 밑바닥에는 이미 유대인에 대한 깊은 인종차별주의가 자리 잡고 있었기 때문에 독일과 오스트리아에 거주하는 일부 유대인은 기독교로 개종함으로써 돌파구를 찾으려 했다. 특히 보헤미아 유대인은 체코어와 독일어를 구사하면서 양쪽 사회와 소통을 꾀하고, 합스부르크가의 빈 정부에 충성함으로써 사회질서를 유지하고 반유대적 테러로부터 자신의 권리와 재산을 보호받기를 원했다. 그러므로 몇몇 정통파 유대인을 제외한 대부분의 프라하 유대인은 이미 서부 유럽 도시문화에 동화되어 히브리어 공부나 유대 전통의식과 종교생활에 별 관심을 가지고 있지 않았다. 그들은 유대교회당에도 거의 나가지 않아서 사람들은 당시의 프라하 유대인을 '사흘간의 유대인'이라고 불렀다. 왜냐하면 그들은 가장 중요한 세 개의 유대 축제일과 8월 18일 프란츠 요제프 1세의 생일날에만 유대교회당에 나가 예배를 드렸기 때문이다. 이렇게 서유럽화한 유대 중산층은 자녀

다(FC 13).

를 대부분 독일 학교에 보냈고, 체코 학교에 보내는 유대인은 10퍼센트에 지나지 않았다.

카프카가 다니는 독일 소년초등학교도 독일인 교장이 운영하는 학교로 체코인과 유대인 교사들이 함께 가르쳤으며, 학생은 대부분이 유대인이었다. 온유한 성품을 지닌 프란츠 피거 교장을 비롯해서 교사들은 대부분 계몽된 자유주의 사상을 지닌 사람들이었다. 1학년 때 카프카를 가르쳤던 한스 마르케르트 선생은 카이저수염을 한 친절한 독일인이었으며, 2학년 때의 담임이었던 체코인 카렐 네투카는 자유롭고 꾸밈이 없는 사교성과 뛰어난 유머 감각을 지닌 사람이었다. 3학년과 4학년 때의 담임이었던 유대인 선생 마티아스 베크는 훌륭하고 진지한 교육자로 수업시간 이외에도 학생들이 하는 일에 깊은 관심을 기졌고 학부모들과도 친밀한 관계였다.[3] 그러나 소심하고 수줍음을 잘 타는 카프카는 늘 그들을 두려워했는데, 자신감이 없고 낯선 상황을 겁내는 성격 탓이었다.

5층짜리 초등학교 건물은 비교적 새로운 건물이긴 했지만, 운동장이 아주 협소해서 학생들은 휴식시간에도 밖에 나가 뛰어놀지 못하고 교실이나 통로에서 떠들어대는 게 고작이었다. 이 학교 건너편에는 체코 초등학교가 있었는데, 그 입구에는 "체코 어린이는 체코 학교에 다녀야 한다"(AK 20)라는 체코인 교육자이자 목사인 요한 아모스 코메니우스(1592~1670)의 말이 걸려 있었다. 그것은 오스트리아헝가리 제국의 지배하에 있는 어린 체코 학생의 민족의식을 고취시키기 위한 것이었다.

---

3 독일 소년초등학교의 1학년 과목은 독일어, 종교, 노래, 체조, 산수, 독서, 시각교육과 그림 그리기였고, 2학년 때는 문법과 맞춤법이, 3학년 때는 시각교육이 빠지는 대신 자연사, 지리와 역사가 추가되었으며, 4학년 때는 3학년 과목들이 계속되었다. 카프카는 3학년과 4학년 때 체코어 수업을 스스로 선택해서 들었다. Hartmut Binder, "Kindheit in Prag. Kafkas Volksschuljahre," Harry Järv(Hrsg.), Humanismen/Stockhom 1987, S.63-115.

카프카는 가정부가 늦게 데리러 오는 날이면 그녀와 만나는 것을 피하려고 동급생들과 어울려 집과는 반대 방향으로 돌아갔다. 그때 그는 이웃 체코 초등학교를 지나가야 했는데, 독일 소년학교 학생과 체코 초등학교 학생 사이에는 항상 적대적인 긴장감이 감돌았고 종종 거리에서 패싸움이 벌어지곤 했다. 카프카 역시 "나약한 유대인 녀석이라는 취급을 받기 싫어" 패싸움을 하고는 "울어서 눈이 붓고 옷은 엉망이 되어 윗도리에서는 단추가 떨어지고 옷깃은 찢어진 채 집으로 돌아오기"(J 125)도 했다. 후에 카프카의 친구가 된 시각장애인 오스카 바움도 필센에서 학교 다닐 때 벌어진 이런 패거리 싸움에서 돌에 맞아 두 눈을 실명했다.[4]

카프카와 누이동생 엘리(오른쪽), 발리(1890년경)

초등학교 시절 카프카의 친구 관계는 그다지 활발한 편은 아니었다. 그는 거의 외톨이었고 가끔 동네아이들과 술래잡기, 공치기, 축구 등을 했다. 그는 후에 펠리스 바우어에게 쓴 편지에서 당시 같은 또래의 아이들과 노는 일이 그에게 "별로 즐거움을 주지 못했고"(F 190), 누이동생들 역시 카프카의 나이에 비해 너무 어려서 놀이친구가 되지 못했기 때문에(MB 21), 그는 "혼자 있는 것을 필연적인 행복으로 여겼다"(F 711)고 고백했다. 혼자 있을 때 그는 전차표와 작은 광고 그림 또는 옛날 동전이나 우표 등을 모으거나 동화책이나 모험에 관한 책을 읽었다. 그는 부모의

---

4 Oskar Baums autobiographisches Nachwort "Im Spiegel" in seinem Roman *Die Memoiren der Frau Marianne Rollberg*, Berlin s.a.(1910).

의지에 따라 음악 교육을 받았다. 처음에는 피아노를, 후에는 바이올린 수업을 받았지만, 자신이 별로 음악적 재능이 없다(KKAT 887; F 103)고 생각했기 때문에 곧 그만두었다.

어린 시절 부모의 강압적인 교육과 무관심, 낯선 고용인의 보살핌 그리고 주변 환경의 정치·사회적인 불안 요소, 이러한 것들은 카프카로 하여금 모든 낯선 것에 대한 불안감을 갖게 했고, 그를 나약하고 소심한 아이로 성장하게 했다. 카프카는 학업 성적이 4년 동안 평균성적을 뛰어넘는 모범적인 학생이었지만 불안감과 자신감 부족으로 시험에 떨어지거나 상급반으로 진학하지 못할까봐 항상 두려워했다. 담임선생 마티아스 베크는 카프카의 이런 심적인 나약성과 두려워하는 마음을 간파하고 있었다. 1893년 카프카가 초등학교를 마칠 때 베크 신생은 카프카의 어머니에게 그를 새로운 낯선 김나시움에 보내기보다는 익숙해 있는 같은 학교에서 계속 다니게 할 것을 권하면서, "그[카프카]를 5학년으로 가게 하십시오. 그는 너무나 약해서 과도하게 서두르면 나중에 좋지 않은 결과를 초래할 수 있습니다"(KKAT 846)라고 말했다.

이처럼 그의 독일 소년초등학교 생활은 그다지 행복하지 않았다. 선생님들의 친절함에도 불구하고 심적으로 불안한 그에게 "학교는 이미 그 자체가 하나의 두려움이었다"(M 72). 그는 무엇보다 자신감과 자부심이 부족했고, 학교 규율과 선생님의 요구에 따르는 일이 힘들게 느껴졌다. 그는 평상시에도 학교에 지각하거나 과제물 등을 잊을까봐 조바심쳤으며, 선생님들과 마주치는 것조차 두려워 일부러 피해 다녔다. 그는 자신도 모르는 사이에 권위적이고 강압적인 아버지에게서 느꼈던 두려움을 선생님들에게서도 느꼈던 것이다.

1916년 7월 중순 친구 막스 브로트에게 보내는 편지에서 "아버지와 초등학교와 김나지움 선생님들"(Br 143f.)을 같은 "계층의 권위자들"(F 206)로 표현하고 있듯이, 그에게 학교와 선생님은 권위적인 아버지의 연장선으로서

'최후의 심급부' 같은 무섭고 엄격한 기구와 위계질서의 실행자 혹은 지배자로 다가왔다. 그러므로 가정과 마찬가지로 학교 또한 어린 카프카에게는 그의 자유로운 고유성을 전혀 인정하지 않으려는 '성인(成人)들의 결탁' 장소로 느껴졌고, 따라서 공포와 두려움의 대상이었다.

모든 인간은 각자 고유하며, 그 고유성을 발휘하도록 되어 있다. 물론 각자의 고유성에서 좋은 점을 찾아내야 한다. 그러나 내가 경험한 바로는 학교도 가정도 이 고유성을 지우려고만 노력한다. 그렇게 해야 교육이 수월해지고 아이의 삶도 수월해진다. 그러나 그에 앞서 아이들은 강요가 가져다주는 고통을 맛보지 않으면 안 된다.……그렇듯 나의 고유성은 인정되지 않았다 (KKANII 7).

이렇게 카프카는 자기 본위적인 부모의 교육과 아이들을 세상의 기준과 틀에 짜 맞추어 넣으려는 학교 교육 및 제도 모두를 어린아이의 자유로운 개성과 고유성을 억압하고 고착화시키려는 "성인들이 만든 감옥"(Br 339)으로 느꼈다. 그러므로 그는 가정과 학교라는 첫 사회생활을 통해 자신에게 맞서 있는 현실 세계에 대해 부정적인 시각을 갖지 않을 수 없었다.

# 오스트리아 왕립 김나지움 시절

　4년간의 독일 소년초등학교를 마친 후 열 살의 카프카는 입학 규정대로 종교, 독일어, 수학 시험에 합격한 후 1893년 9월 20일 오스트리아 왕립 김나지움[1]에 진학했다. 부모가 그의 소심함과 심리적 불안감 때문에 새로운 학교로 옮기는 것보다 익숙해진 학교에서 1년간 더 학업을 계속하는 게 좋겠다는 담임선생 베크의 충고를 받아들이지 않았던 것이다. 당시 김나지움은 미래의 학자와 행정관리를 배출해내는 독일인의 엘리트 코스이자 출세의 지름길이었다. 출세 지향적인 헤르만 카프카는 아들이 실업학교를 나와 상인이나 하급 공무원이 되는 것을 원치 않았으므로 그를 당연히 김나지움에 보냈다.[2] 카프카가 다니게 된 김나지움은 주로 자립한 중산층과 관리의 자제가 다녔고, 약 2/3가 유대인 학생이었다. 그 학교는 18세기 바로크 당초무늬

---

1 클라우스 바겐바흐(Klaus Wagenbach)는 이 김나지움을 오스트리아헝가리 왕국의 고등학교라고 하지만, 당시 학교에 다닌 사람들의 증언에 따르면 이 학교는 오스트리아 왕립 김나지움이었다. 당시 오스트리아 학제는 초등학교 과정 4년과 김나지움 8년을 합해 12학년으로 되어 있었다(AK 22).

2 당시 프라하에는 독일 행정관청 아래 5개의 김나지움과 2개의 실업학교(Realschule), 그리고 독일어권 대학과 1개의 공업전문학교가 있었다(PAA 74).

오스트리아 왕립 김나지움

장식이 아름다운 '킨스키 팔레'라는 건물의 3층에 있었다. 예전에 궁이었던 이 건물은 프라하 구시가 광장의 북동쪽에 위치하고 있어서 카프카 가족이 1896년에 이사한 첼트너 거리 3번지의 미누타 하우스에서 걸어서 몇 분밖에 걸리지 않았다. 이 학교의 방침은 오스트리아 왕국의 엄격한 위계질서와 규정을 준수하고 위대한 군주국을 표방하는 세계관에 절대 복종하는 학생을 길러내는 것이었다. 당시 학교, 수도원, 병원, 감화원 등은 모두 제도권 안에 속해 있어서 군주제의 권력을 유지·계승하는데 중요한 보조 역할을 했다. 학교에서는 개인의 자유로운 창조적 능력보다 관료주의적 위계질서의 준수를 우선시했다. 카프카가 다니던 김나지움은 프라하에서도 가장 엄격한 학교로 "공포 그 자체"(M 72)였다. 카프카가 입학하던 당시 83명이던 학생 중에서 8년 후 졸업 시험에 살아남은 학생은 겨우 24명에 불과했다. 카프카의 김나지움과 대학 동창이자 오랜 친구였던 후고 베르크만은 당시 카프카와 자신의 담임선생이었던 에밀 그슈빈트[3]에게서 경험했던 일을 이렇게 기술하고 있다.

학교는 특히 한 가지를 꼭 가르쳤다. 즉, 의무 이행이었다. 훌륭한 선생도 있었고 그렇지 못한 선생도 있었다. 그러나 학급 분위기는 가톨릭 신부님이 좌우했다. 그는 주당 7~8시간 하는 라틴어 정규 수업에 만족하지 못했다. 그는 두터운 노트에 개별적인 강독과 (다른 학생과 함께 작성해야 하는) 라틴어

---

3 에밀 그슈빈트(Emil Gschwind)는 가톨릭 신부로서 그리스어와 라틴어, 철학을 가르쳤다. 그는 김나지움 8년 동안 내내 카프카와 후고 베르크만(Hugo Bergmann)의 담임선생이었다.

숙어장을 요구했다. 이 노트를 나는 아마 프란츠와 함께 사용했던 것 같다. 우리는 개인적으로 공부한 것을 증명해 보이기 위해서 일 년에 몇 번씩 한가한 일요일이면 피아리스텐 수도원에 갔다(AK 23).

우수학생이었던 후고 베르크만이 3학년 때 친척 결혼식 때문에 이틀간 결석을 허락받았는데, 먼 시골에서 하는 결혼식이어서 베르크만은 부모의 동의하에 이틀 늦게 학교에 돌아오게 되었다. 그는 학교 규정을 어겼다는 이유로 담임선생에게 엄한 질책을 받았고 여러 달 동안 근신해야 했으며, 나중에는 우수학생이자 극빈학생에게 주는 학비 면제까지 취소당할 뻔했다. 1900년대에 나온 다른 작가들의 작품에서도 볼 수 있듯이, 당시의 김나지움은 사소한 규칙 위반에도 가혹한 제재와 처벌을 가했디.

토마스 만의 『부덴부르크가』, 라이너 릴케의 『체조 시간』, 하인리히 만의 『운라트 교수』, 헤르만 헤세의 『수레바퀴 아래서』, 로베르트 무질의 『생도 퇴를레스의 혼란』 등의 소설은 모두 지나치게 엄격하고 편향적인 대우를 받는 김나지움 생활 속에서 방황하고 고뇌하는 젊은 주인공을 다룬 작품들이다. 카프카가 읽었던 에밀 슈트라우스의 소설 『친구 하인』[4] 역시 같은 부류에 속했다.

당시 김나지움의 교사는 오스트리아 황제에게 충성하는 공무원이었고, 축제일이나 성적표를 나누어줄 때는 깃털을 꽂은 헬멧을 쓰고 은빛 벨트에 작은 단도를 차고 뻔쩍거리는 유니폼을 입었다. 교사들은 시간표 작성, 수업 계획서, 학습 훈련방법뿐만 아니라 규정된 규칙의 준수 여부까지 상부 조직

---

4 에밀 슈트라우스(Emil Strauß)의 『친구 하인(Freund Hein)』에 나오는 하인리히 린드너는 뛰어난 예술적 재능을 지닌 김나지움 학생이지만, 학교의 강압적인 메커니즘과 아버지의 냉혹한 몰이해를 견디지 못하고 자살하고 만다. 카프카는 이 작품을 읽고 자신의 힘들었던 학창 시절을 떠올렸다.

에 일일이 보고하고 그에 따른 지시를 받았다. 커리큘럼은 정부에 의해 미리 규정되어 있었고 기계적이고 강압적인 주입식 교육이 가장 효과적인 교육 방법으로 통용되고 있었다. 김나지움은 비록 인문계 중고등학교 과정이긴 하지만 엘리트 관료를 양성하고 관료의 조직생활을 익히게 하는 준비 과정으로서 관료주의에 충실한 직업학교라 할 수 있었다.

한 학년은 10개월간 계속되었는데, 주당 24시간의 수업에 하루에 2시간 내지 4시간의 가정학습과 숙제가 부과되었다. 수업 시간의 1/3은 고전어 수업이었다. 인문주의 정신을 형성하는 데 가장 중요한 과목으로 여겨졌던 라틴어 수업이 3학년까지는 주당 8시간이었고, 4학년부터는 주당 5시간의 라틴어 수업에 세 시간의 그리스어 수업이 첨가되었다. 수업은 딱딱한 문법을 배우고 어려운 단어와 중요한 구절을 외우고 문장을 번역하는 식으로 진행되었다. 이 시기에 카프카는 그리스·로마 시대의 고전을 접하게 되었는데, 그는 플라톤의 『변명』, 소포클레스의 『안티고네』, 호메로스의 『일리아스』와 『오디세이』, 오비디우스의 『변신 이야기』, 그리고 키케로, 버질, 타키투스, 호라티우스 등의 저서를 알게 되었다. 또 1학년에서는 4시간의 독일어 독본(4학년부터는 3시간으로 축소), 3시간의 수학과 지리, 2시간의 체코어와 자연사와 체조, 그리고 선택과목으로는 미술, 음악 등이 있었다. 2학년 때 여기에 고대역사가 첨가되고, 3학년 때 물리학이 부가되었다.

카프카는 선택과목으로 체코어·프랑스어·속기를 택했으며 때로는 바이올린을 배우기도 했다. 김나지움 시절 카프카가 특히 좋아한 과목은 낯선 나라들의 지형·기후·생물·인간을 보여주는 지리 과목이었는데, 나중에 1시간이 역사 시간으로 대치되자 카프카는 이를 몹시 섭섭하게 여겼다. 역사 시간에는 유명 전투의 날짜와 유럽 왕조, 즉 카이사르로부터 합스부르크 왕조에 이르는 지배자의 승계를 연대기별로 외우는 것이 주였다. 카프카가 특히 싫어한 과목은 수학이었는데, 그 성적은 늘 하위권에서 맴돌았다. 언젠가 수학

선생인 벤첼 로지키는 수학 숙제를 풀지 못한 카프카를 방과 후 늦게까지
홀로 교실에 남아 문제를 풀게 했다. 카프카는 말년에 머물렀던 슈핀델밀레
요양원에서 친구 막스 브로트에게 보내는 편지에서 그때의 일을 이렇게 회
상했다.

> 나는 지금 김나지움 시절처럼 지내고 있다네. 반 아이들은 모두 학교 수업
> 을 마치고 집으로 가버렸는데, 선생님은 왔다 갔다 하시고 나는 혼자 남아
> 수학 문제의 기본 오류를 해결하느라고 고심하면서 그 착한 선생님을 기다리
> 게 했었지(Br 370f.).

또한 그는 체육 시간에 하는 체조와 댄스는 싫어했으나 몰다우 강에서
실습하는 조정·카약·수영은 좋아했다. 나중에 그는 조종경기용 보트를 구입
해 대학 시절 친구인 막스 브로트와 몰다우 강에서 즐겨 타곤 했다. 카프카
의 김나지움 성적을 보면, 4학년까지는 우수학생에 속했고 상급 학년에서는
수학을 제외하고는 평균 이상이었으며, 선생들 역시 조용하고 얌전한 그를
좋아했다. 그러나 아버지로 인한 열등감에서 오는 편집병적인 불안과 자격
지심이 늘 그를 따라다녔다. 그는 지각하거나 학교 숙제를 빼먹지 않을까
두려워했으며, 특히 학년 시험에 떨어지지 않을까 항상 불안해했다. 그는
「아버지께 드리는 편지」에서 그때를 이렇게 회상하고 있다.

> 저는 초등학교 1학년도 통과하지 못할 것이라고 생각했지만, 잘 해냈습니
> 다. 더구나 상까지 받았습니다. 또한 김나지움 입학시험에서 틀림없이 낙방
> 하리라고 생각했는데 성공했습니다. 또 김나지움 1학년 학년 말 시험에서도
> 이번에야말로 낙제하려니 했는데 떨어지지 않았고 그 후로도 계속 진급할
> 수 있었습니다. 그렇다고 해서 자신감이 생긴 것도 아니었습니다. 그 반대였

습니다. 제가 언제나 확신하고 있었던 것은……제가 성공하면 성공할수록 결국에는 더욱더 좋지 않은 결과를 낳을 거라는 것이었습니다. 종종 저는 마음속으로 무서운 교수회의를 떠올렸습니다(김나지움은 가장 일관된 한 예[例]지만, 제 주변은 어디나 비슷한 상황이었습니다). 그것은 흡사 제가 최상급 반을 통과했다면 그 아래 학급으로, 그 학급도 통과했다면 다시 그 아래 학급으로 내려가며 이 유례없는 수치스러운 사건, 즉 어떻게 저같이 가장 무능하고 아무것도 모르는 아이가 이런 상급반까지 몰래 올라올 수 있었는지를 조사하기 위해 모인 교수회의 같은 것입니다. 이제 사람들이 저를 주시하고 있기 때문에 학급은 저를 뱉어낼 것이고, 이런 악몽에서 벗어난 죄 없는 자들은 일제히 환호성을 지를 것입니다. 그러한 생각을 품고 산다는 것은 어린아이에게는 쉬운 일이 아니었습니다(KKANII 196f.).

감수성이 예민하고 소심한 카프카는 이처럼 늘 시험에 대해 견디기 힘든 불안감과 심적 부담감을 가지고 있었다. 그것은 학교의 엄격한 규정과 관료적인 선생님들, 성적에 따른 인간존재에 대한 무조건적인 평가 그리고 가부장적 전권을 휘두르는 아버지가 함께 만들어낸 감정이었다. 청소년기의 심리적인 억압과 불안은 카프카의 인생 전반을 지배하게 되는 어두운 심적 분위기로 작용했다. 그러나 사회 속에서 살아가는 인간은 어린 시절부터 늘 다양한 시험을 통해서 평가되고, 그것이 공정하든 공정하지 않든 간에 그 결과에 따라 이익과 불이익을 얻게 된다. 후기구조주의자의 한 사람인 미셸 푸코가 『감시와 처벌』에서 밝혔듯이, ‘시험’은 사회체제가 그 ‘권력을 행사하는 데 가시적인 경제성’을 얻게 되는 하나의 통제 방법이다. 개인은 시험을 통해 자신에게 주어진 의무와 자신이 고정된 위계질서에 속해 있는 존재임을 깨닫게 되고, 이로써 자유를 추구하는 개개 주체는 어쩔 수 없이 규격화되고 사회체제의 권력과 위계질서 속에 편입될 수밖에 없다. 지식의 획득을 통해서 표명된 권력은 자의적이 아니라 규준이 되며, 사실에 근거한 규범 속에 확고하게 존재하는 것으로 나타나게 된다.[5] 이렇듯 규격화되고 통제된 교육제도와 그 속에 복속되어 있는 기성세대와의 갈등은 카프카뿐만 아니라 그의 세대 젊은이 모두가 비슷하게 겪어야 했던 상황으로 세기전환기 문학의 공통된 주제의 하나이기도 했다.[6] 또한 감수성이 가장 민감한 청춘 시절의 카프카는 주변 사회로부터 유대인에 대한 반감과 증오감을 몸소 느껴야 했다. 그를 둘러싼 모든 환경이 어린 카프카에게 '개인적인 무력감'과 '수치감', 알 수 없는 '죄책감' 같은 감정을 낳게 했던 것이다.

카프카가 김나지움을 다닌 8년은 사회적으로나 정치적으로 적지 않은 변혁기였다. 산업화로 인한 생산품 증가, 대도시로의 인구 집중과 노동자계층의 등장, 특히 다민족국가가 지니고 있는 민족갈등 문제 등이 여전히 군주국으로서의 교만함에 사로잡혀 있던 오스트리아헝가리 왕국의 존속을 위협하기 시작했다. 특히 제국의 가장 중요한 산업 분야를 담당하고 있던 보헤미아와 모라비아 지방은 많은 잠재된 위험요소를 안고 있었다. 1900년을 기준으로 보헤미아 왕국의 산업 생산량은 오스트리아 왕국 전체의 75퍼센트를 차지하고 있었는데, 광산업, 면직공장, 제당공장, 금속가공공장이 그곳에 집중되어 있었다. 체코인은 전적으로 노동력을 담당하고 있었고, 독일어를 사용하는 소수의 독일인과 유대인 자본가의 지배를 받고 있었다. 따라서 기업가와 노동자 간의 분쟁은 점차 잠재되어 있던 인종 간의 문화적·사회적 갈등으로 확대되고 첨예화되었으며, 특히 유대인은 체코인과 독일인 사이에서 이중의 고통을 겪어야 했다. 체코인은 유대인 사업가를 토착민의 노동력을 착

---

5 Michel Foucault, *Überwachen und Strafen. Die Geburt des Gefängnisses*. Aus dem französischen übers. von Walter Seitter, Frankfurt am Main 1994, S.239ff.

6 Theodor Karst, "Kindheit, Jugend, Schule: zum Beispiel Hermann Hesses 'Unterm Rad'," in Gerhard Haas(Hrsg.), *Literatur im Unterricht*, Stuttgart 1982, S.30-45, hier S.32.

취하는 초기 자본주의 체제의 대표자로 간주했고, 독일인은 유대인을 시장과 고객을 점유하려는 사업 경쟁자로 간주했기 때문이다. 점차 민족주의와 반제국주의에 눈뜨게 된 체코인은 오스트리아 당국에 우선 자신의 언어 사용에 대한 권리를 요구함으로써 사회운동을 전개해나가기 시작했다. 당시 체코인의 수가 80퍼센트를 차지하고 있던 보헤미안은 체코어가 당연히 독일어보다 우위를 차지해야 한다는 주장을 폈고, 그 결과 1891년 프라하의 모든 독일어 도로 표지판과 광장이나 지역 표시판이 체코어로 바뀌었다. 그것은 작은 변화였지만, 체코인에게 그 상징적 효과는 매우 컸다. 곧이어 진보적 '청년 체코당'의 결성과 의회의 진출이 이루어졌고, 이것은 새로운 체코 민족운동과 독립운동으로 거세게 이어졌다. 청년 체코당 운동은 특히 경제적으로 홀대받고 있던 노동자계층과 소시민의 열렬한 지지를 받았다.

1897년 총리인 카시미르 바데니가 보헤미아 지방 관리에게 독일어와 체코어의 이중 언어 능력을 갖추도록 규정하자, 체코어를 모르는 기득권층인 독일인 관리들이 집단적으로 항의했다. 다수민족 주민의 언어인 체코어도 함께 사용해야 한다는 새로운 규정 역시 문화적·사회적 주도권 싸움을 조정할 수 없었던 것이다.[7] 이로써 프라하에 살고 있는 다민족 사이의 긴장과 갈등은 최고조에 달하게 되었다.

체코의 온건파 정치가 토마시 마사리크가 이끄는 '사실주의 당'은 유대민족을 포함한 여러 민족에게 동등한 권리와 자율권을 부여함으로써 이 문제를 자유민주적으로 조화롭게 해결하려 했으나, 청년 체코당, 민족민주당, 민족사회당 등의 급진파 정치인들은 1900년을 전후로 독일인과 유대인을 체

---

7 당시 체코의 관용어는 독일어였지만, 체코인을 중심으로 한 일상생활에서는 체코어가 생활언어로 사용되었고, 독일인과 대부분의 유대인은 독일어를 사용했으며, 극소수의 정통파 유대인만 히브리어를 사용하고 있었다.

코인의 공식적인 적으로 선언했다. 프라하의 체코인은 점차 영업 거부, 거리 데모와 소요, 독일인의 상점과 문화시설의 파괴, 학교와 대학에서의 린치 행위 등을 감행했다. 그 여파로 독일어를 사용하며 독일민족에 합류하려 했던 유대인[8]은 3일간에 걸쳐 대대적인 수난을 겪어야 했다. 수많은 유대인 상점이 파괴되고 약탈되었으며, 유대교회당이 습격당했고 유대인이라고 여겨지는 사람은 무차별 공격을 당했다. 더군다나 1899년 4월 유대인 구두장이 도제인 레오폴트 힐스너가 종교의식을 위해 보헤미아 지방 폴르나에서 19세의 체코 처녀를 살해했다는 풍문과 함께 그것이 법정 사건으로 비화되면서 유대인에 대한 적대감정이 극에 다다르게 되었다. 시위와 폭동이 점차 프라하 중심으로부터 시외로 번져나가자 결국 정부가 프라하 도시 전역에 비상사태를 선포하고 군대를 진주시켜 질서를 회복했다. 이로 인해 많은 유대인이 이곳을 떠났고, 일부는 미국으로 이주했다. 프라하에 남아 있는 유대인은 늘 민족갈등 문제를 떠안은 채 매우 불안한 상황 속에서 살아가야 했다.

카프카 가족이 운영하는 상점은 부모의 유창한 체코어 구사 능력과 헤르만 카프카의 뛰어난 상술 덕분에 체코 시위 군중에게 다행히 피해를 당하지 않았다. 그러나 어린 카프카는 등·하굣길에서 종종 반(反)유대 시위대를 만날 수밖에 없었다. 그는 심적으로 많은 충격을 받았으나 가능한 한 모르는 척 비켜갔고 그런 모임에 관심을 보이려 하지 않았다.

그는 어린 시절부터 주변에서 벌어지는 일에 거리를 두고 객관적으로 관찰하려 함으로써 외부 세계로부터 오는 모든 장애물을 차단하고 자신의 내적인 고유한 생활태도를 고수하려고 했다. 김나지움 시절 이웃에 살고 있는 동급생 후고 베르크만과 더불어 가장 우수한 급우였던 에밀 우티츠의 기억

---

8 1890년 당시 프라하 유대인의 73.8퍼센트가 독일어를 그들의 주(主)언어로 사용했고, 나머지는 체코어를 사용했다.

속에 카프카는 남의 시선을 끌지 않는 의복을 입은, 수줍은 듯 거리감을 두는 태도와 학교 수업에 대해 별 관심이 없는 듯한 모습을 한 친구로 남아 있었다.

우리는 모두 그를 매우 좋아했고 또 인정했습니다. 그러나 그와 한 번도 제대로 친한 적은 없었습니다. 왠지 모르게 얇은 유리벽 같은 것이 그를 둘러싸고 있었기 때문이지요. 그는 조용하고 상냥하며 관심 있는 미소로써 자기 자신을 세계에 열어보였지만, 동시에 세계 앞에 자신을 폐쇄시켰습니다. 그는 한 번도 우리의 떠들썩한 모임에 참가한 적이 없었습니다. 그런데 단 한 번 아주 이상한 음식점에 우리와 함께 있었던 적이 있었습니다. 그러나 그는 평소와 다름없었습니다. 익숙하지 않은 환경을 관심 있게 음미하면서 깊은 이해심으로 미소 짓고 있는, 그러나 그것으로부터 거리감을 두고 있는 그런 손님 같았지요……다른 친구들에 대해서라면 아마 훨씬 많은 이야기를 들려드릴 수 있을 것입니다. 그들은 숨김없이 속을 털어놓았으니까요. 하지만 내 기억에 남아 있는 것은, 아주 조용하고, 섬세하며 거의 성스럽게 보였던, 선량하고 약간 당혹스럽게 웃는, 선선히 다른 사람의 공을 인정하면서도 언제나 약간 떨어져 있어 낯설기만 했던, 날씬하고, 키가 크며, 소년처럼 보였던 인간의 모습뿐입니다(AK 50f.).

카프카는 일찍부터 그가 몸담고 있는 혼란스런 사회, 학교와 가족생활을 통해 자신의 자유로운 개성과 환상을 억압하려는 외부 세계에 대해 자신을 최대한 감추고 심리적 거리감을 둔 채 철저한 냉철함과 관망자적 시각으로 바라볼 수 있는 '차가운 상상력을 가진 아이'로 남아 있는 것이 필요하다고 생각했던 것 같다. 그는 세상일에 항상 심리적 거리감을 두고 관찰하고 상상하고 생각하고 판단하는 자기만의 고유한 삶의 방식으로 뛰어난 창조적 능력을 키워나간 것으로 보인다. 현대 사회심리학자는 이러한 심리적 거리가 개인의 사고와 행동에 미치는 영향을 분석해왔다.[9] 그것은 단적으로 객관적인 상황 자체보다는 그것에 대한 개개인이 갖는 주관적이고 독창적인 해석의 중요성을 밝히고 있다. 그들에 따르면 인간은 동일한 사건에 대해 시간적·공간적 거리에 따라 다르게 해석하고 판단할 뿐만 아니라 동일한 사물에 대해서도 심리적으로 시간·공간·사회적 거리가 가깝다고 여기면 구체적으로 해석하는 반면 그렇지 않다고 느끼면 추상적으로 해석하는 경향이 있다.[10]

2009년 미국 인디애나 대학 심리학자 라일 지아는 '실험사회심리학(JESP)' 6월 9일 온라인 판에서 심리적 거리를 증대시키면 창의성이 향상된다는 실험 결과를 발표했는데, 거리를 두고 사물을 생각하면 좀 더 창의적이 되는 까닭은 사물을 좀 더 추상적으로 보기 때문이라는 것이다. 또한 '해석 수준 이론(CLT)' 제안자인 니라 리버만은 '시이언티픽 아메리칸' 7월 21자 온라인 판에 기고한 글에서 심리적 거리를 응용하여 창의성을 향상시킬 수 있는 간단한 방법을 이렇게 소개한 적이 있다. "먼 나라로 떠난다. 그것이 여의치 않으면 그곳에 가는 꿈을 꾼다. 먼 훗날을 상상한다. 자신과 다른 사람들을 떠올려본다. 그러면 색다른 생각과 판단이 떠오른다."

이러한 '심리적 거리두기'는 늘 자신을 감춘 채 모든 사물과 사람들을 거리를 두고 미소를 머금은 채 관찰하는 카프카의 삶의 태도와 바로 일맥상통한다. 다른 사람들과는 색다른 카프카 특유의 창의적인 이미지, 형상적 사유, 직관적 판단은 바로 이러한 심리적 거리두기의 결과라고 할 수 있다. 카프카의 심리적 거리두기 태도와 사고는 독서와 글쓰기를 통해 더욱더 깊

---

9 미국 뉴욕 대학 야코브 트롭과 이스라엘 텔아비브 대학의 니라 리버만이 편집한 ≪인성과 사회심리학 저널(Journal of Personality and Social Psychology)≫ 1998 참조.

10 K. Fiedler, "Construal level theory as an integrative framework for behavioral decision-making research and consumer psychology," *Journal of Consumer Psychology,* 2007, 17(2), pp.101-106 참조.

고 넓은 예지적 상상력으로 뻗어나갔다. 그는 일찍부터 다양한 책에 관심을 보였다. 후고 베르크만은 김나지움 시절의 카프카를 이렇게 기억하고 있다.

우리는 언젠가 프라하 시청을 지나 미누타 하우스의 한 진열창에 이르렀다. 그것은 큰 서점의 진열창이었는데, 그때 카프카가 나에게 "자, 나를 한 번 시험해봐! 내가 눈을 감고 있을 테니 진열된 책들의 제목을 말해봐. 그러면 내가 그 저자들을 맞출게"라고 말했다. 내가 책 제목을 말하자 프란츠는 완벽하게 그 '시험'에 합격했고, 나는 그것에 깊은 인상을 받았다(AK 27).

그뿐만이 아니다. 카프카의 독서에 대한 열의는 이미 어린 시절부터 시작되었다. 카프카의 어머니 율리에는 카프카 사후 언젠가 그의 친구인 막스 브로트에게 "그는 나약하고 부드러운 아이였는데, 대체로 진지했지만 때로는 장난도 잘 쳤어요. 그리고 독서는 많이 했지만 체조는 싫어하는 아이였어요……수학을 싫어해서 동급생인 후고 베르크만의 노트를 베끼곤 했지요"(MB 21)라고 기억했다. 그는 초등학교시절 학교 숙제도 아침으로 미룬 채 밤늦게까지 침대에 누워 흥미진진한 모험에 관한 책을 읽다가 아버지가 강제로 불을 꺼버리는 통에 즐거운 독서 시간을 망쳐버린 일에 대해 생생하게 기억했다.

가령 밤중에 흥미진진한 이야기를 읽고 있는 소년에게 오직 그 아이에게만 적용되는 이유로 그가 책을 그만 읽고 자러 가야 한다는 사실을 납득시킬 수는 결코 없을 것이다. 이런 경우 누군가가 나에게 '너무 늦었다', '눈 나빠질라', '늦게 자면 아침에 일어나기 힘들다', '그런 형편없고 어리석은 이야기는 아무런 가치도 없다'라고 말했을 때 나는 거기에 대해 분명하게 반박할 수는 없었다. 하지만 그렇게 하지 않은 것은 이 모든 것이 조금도 생각해볼 만한 가치가 없다는 이유 때문만은 아니었다. 왜냐하면 모든 것은 무한하거나 혹은 불확실한 것 속으로 흘러들어가므로 그것은 무한한 것과 동일하게 받아들여질 수 있기 때문이었다. 시간은 무한했다. 그러므로 너무 늦었다는 것은 있을 수 없었다. 나의 시력은 무한했다. 그러므로 그것을 상하게 할 수도 없었다. 게다가 밤도 무한했다. 그러므로 아침에 일어날 것을 걱정할 필요도 없었다. 나는 책을 어리석음과 현명함으로 구별하지 않고, 그것이 나를 감동시키는가 그렇지 않은가에 따라서 구별했다. 그런데 그 책은 정말 감동적이지 않았던가. 이 모든 것을 그런 식으로 표현할 수는 없었지만, 그 결과 나는 더 읽게 해달라고 부탁하기가 싫어지거나 아니면 허락 없이 더 읽어야겠다는 결심을 하게 되는 것이었다. 이것이 나의 고유성이었다. 사람들은 가스를 꺼버려 등불 없이 나를 남겨두었고 그로써 나의 고유성은 억압당했다. 그들의 설명은 "모두 잔다. 그러니 너도 자야 한다"는 말이었다. 그것은 나도 알고 있었기 때문에 납득할 수 없으면서도 그것을 믿지 않을 수 없었다. 어느 누구도 어린아이가 바라는 만큼의 개혁을 행하고자 하지는 않는다. 어떤 의미에서 인정할 만한 탄압은 제외하고라도 거의 언제나 마찬가지지만 여기서도 마음에 어떤 고통이 남게 되었다. 이 고통은 아무리 보편성을 끌어댄다 해도 무디게 할 수 없었다. 오늘 밤만은 세계의 어느 누구도 나만큼 꼭 책을 읽고 싶어 하는 사람은 없을 거라는 믿음을 버릴 수가 없었다. 이것에 대해서만은 그 어떤 보편성도 나를 반박할 수 없었다. 아무도 누를 길 없는 나의 독서욕을 믿어주지 않는다는 것을 알았을 때 더더욱 그러했다. 서서히 그것도 훨씬 훗날에, 그러니까 독서하고 싶은 마음이 약화되었을 때 많은 사람들도 독서하고 싶은 똑같은 마음을 가지고 있었으나 자제했으리라는 믿음이 비로소 생겨났다. 그러나 그 당시에는 나에게 행해진 부당한 처사로만 느껴졌다. 나는 슬픈 마음으로 잠을 자러 갔다. 그리하여 증오의 싹이 트기 시작했다. 이로부터 나의 가정생활과 어떤 의미에서는 나의 전 생애는 증오로 물들여졌다. 독서에 대한 금지는 단지 하나의 예에 불과하지만, 매우 의미 있는 예이다. 왜냐하면 독서 금지가 이렇듯 큰 영향을 주었기 때문이다. 나의 고유성은 인정되지 않았다.……이렇게 공공연하게 드러나는 고유성마저도 부당한 평가를 받는다면, 나 자신이 약간 떳떳하지 못하다고 인정하기 때문에 숨기고 있는 고유성은 얼마나 더 나쁜 상황에 놓여 있겠는가(KKANII 7ff.).

'독서하고 싶은 마음'과 '책에 대한 갈망'을 자신의 고유한 특성으로 간주한 카프카는 책을 소유하고 읽는 현상을 "동물적인 것에서 정신적인 것으로 그리고 동시에 '나'로부터 벗어나 어떤 다른 객관적인 것으로 충동의 위치를 변경시키는 것"[11]으로 이해했다. 그는 학교에서 배우는 단편적인 지식과 교과서적인 설명을 떠나 환상적인 여행기와 특히 모험과 탐험에 관한 이야기를 좋아했다. 그는 어린 시절 코난 도일의 흥미진진한 탐정소설 『셜록 홈스』를 읽었고(KKAT 349), 극지방과 심해와 남쪽 바다에 대한 탐험, 스벤 헤딘의 아시아에 관한 신기한 여행 이야기, 남아메리카에 관한 이야기, 다윈과 난센 등의 항해기 등에 흠뻑 빠지기도 했다(Br 428, 484; M 40). 그리고 니콜라우스 헤닝젠이 발간한 샤프슈타인의 초록색 작은 책 시리즈는 모든 연령층을 위한 것이었는데, 카프카는 그중에서도 오스카 베버의 남아메리카에 간 전직 독일 장교의 운명을 그린 『설탕 남작』과 『인디언 이야기』(F 738) 등을 가장 좋아했다. 특히 후자의 경우는 카프카의 작품 모음집 『관찰』에 나오는 단편 「인디언이 되고 싶은 마음」에 영향을 주기도 했다. 또한 그가 학과목 중 가장 좋아했던 '지리'의 그림 교과서와 삽화가 첨가된 여행 기록 ≪육지와 바다에 대하여≫도 즐겨 읽는 잡지였다(KKAT 954).

카프카 역시 다른 청소년들과 마찬가지로 열서너 살에는 주로 모험 이야

---

11 A. Freud, *Das Ich und die Abwehrmechanismen*, München 1968, S.97f.

기를, 열네댓 살에는 탐험 이야기에 관심을 보였다.[12] 그는 모험과 탐험 이야기 속에서 집과 학교의 구속적인 분위기와는 다른 자유로운 환상과 꿈을 발견할 수 있었다. 낯선 땅에서 볼 수 있는 신비롭고 환상적인 세계, 어린 소년이 온갖 고생 끝에 얻게 되는 행복과 악한 자에게 가해지는 징벌 등은 불안과 열등감에 사로 잡혀 있던 어린 소년의 마음에 큰 위안과 정서적 안정을 가져다주었다. 이러한 모험과 탐험 이야기에 나타나는 영웅적인 이야기는 어린 카프카의 마음을 사로잡는 '어린아이의 꿈'의 실현처럼 보였다. 먼 나라에 대한 카프카의 동경은 계속 유지되었는데, 1921년까지 그는 체코 보이스카우트 운동 잡지 ≪나스 스카우티크≫(KKAT 876)를 읽으며 먼 나라에서 개척자로 살아가는 모험을 꿈꾸기도 했다.

이리한 책들에 나오는 이국적인 세계와 낯선 사람들의 특이한 생활풍습, 그리고 자유롭고 신기한 분위기는 카프카의 불안한 성장 시기에 억압된 주변 환경으로부터 벗어나는 데 도움을 주었다. 특히 따뜻하고 햇빛이 찬란하게 비치는 남쪽 나라에서 생활하고 싶다는 꿈은 일생 동안 그의 마음을 떠나지 않았다. 그래서 그는 후에 전 세계에 많은 지점을 가지고 있는 보험회사 아씨쿠라치오니 게네랄리에 입사했고 "아주 멀리 떨어져 있는 나라들의 안락의자에 앉아서 사무실 창문으로 사탕수수 밭이나 이슬람 국가의 공동묘지를 바라보고 싶다는 희망을 항상 가지고 있었다"(Br 49). 그리고 약혼녀 펠리스 바우어와 남쪽의 어느 섬이나 호숫가로 가서 그곳에서 '영원히' 세상을 등지고 풀과 과일을 먹으며 살고 싶다고 쓰기도 했다(F 427).

독서가 주는 환상과 영감은 자연스럽게 문학에 대한 관심으로 이어졌다. 카프카의 글쓰기는 과거의 삶 속에서 자신을 잘못된 방향으로 이끈 것이

---

12 Carl Bühler, *Das Seelenleben des Jugendlichen. Versuch einer Analyse und Theorie der psychischen Pubertät*, 6. erweiterte Auflage, Stuttgart 1967, S.205.

무엇인가를 탐구하는 일이었고, 그것으로 인해 잃어버렸던 본래의 자기 모습을 찾아가는 노정이었으며, 그것을 위해 자신의 꿈과 상상력을 마음껏 펼칠 수 있는 한 방법이었다.

어린 시절 크리스마스 때 누이동생들과 집에서 인형극을 상연하며 작가의 꿈을 키웠던 괴테처럼 카프카 역시 어린 시절부터 부모의 생일이나 집안에 축하할 일이 있을 때면 스스로 창작하거나 각색한 연극을 상연했다. 누이동생들은 배우 역할을 하고 카프카 자신은 연출과 감독을 맡았다. 1902년 10월 1일 누이동생들의 교육을 위해 새로 들어온 체코인 가정교사 안나 푸차로바는 그들이 공연했던 장면과 연극의 제목을 기억하고 있었다. 어린 카프카가 좋아했던 서커스 관람에서 얻은 모티브를 사용한 '요술쟁이', 거실에 걸려 있는 가족사진을 보고 재미있게 극화한 '사진들이 말을 하다', 체코 후스파 교도의 인도자이고 보헤미아 왕이었던 게오르크라는 역사적 인물을 다룬 '포디브라트의 게오르크' 등이 그들이 공연한 연극 제목이었다. 현재 이들 희곡 텍스트는 존재하지 않지만, 그가 아홉 살 때 썼다고 한다(PE 162).

카프카 스스로 고백하듯이, 그의 모방능력과 유희는 가족 중 어느 누구보다도 뛰어났다(KKAT 219f.). 종종 그는 직접 기이하고 이상한 변장을 하고 나타나 가족을 놀라게 하고 즐겁게 했으며, 연극을 할 때에는 세 명의 누이동생들과 함께 변장한 모습으로 거실 테이블 주위를 행진하며 "우리는 찢어진 바지를 입은 용감한 바보들"(KW 52, 200)이란 노래를 부르곤 했다. 그럴 때면 집안은 한바탕 웃음바다가 되곤 했다. 그가 대본과 감독을 맡았던 가족 연극 상연은 대학 시절까지 계속되었다. 특히 중세기의 가인(歌人)을 풍자한 <한스 작스의 단막극>을 누이동생들과 상연했는데, 그것은 그가 김나지움 6학년 때 배웠던 독본에서 따오기도 하고 바그너의 오페라 <뉘른베르크의 명가수>의 텍스트를 읽고 각색한 것이기도 했다. 스물한 살의 젊은 가정교사 안나 푸차로바도 이 연극 중 하나를 함께 공연했는데 그녀는 그때를 이렇게 회상했다.

　　카프카 어머니의 생일이었다.[13] 누이동생들이 말했듯이, 프란츠는 연극을 위해서 초고를 썼다. 연극의 절정은 생일을 축하하는 것이었다. 카프카의 누이동생들과 나는 프란츠가 쓴 텍스트에 따라 연극을 했다. 우리는 상연에 앞서 몇 번의 예행연습을 했고 대사를 외웠다. 프란츠는 치밀하고 엄격한 감독이었다. 마침내 초연의 날이 다가왔다. 관객은 응접실에 앉았고, 식당 전부가 무대였으며 커튼은 널따란 연결 문이었다. 연극을 보기 위해서 카프카의 외할아버지와 삼촌들도 가족과 함께 왔다. 우리의 공연이 아주 아름답고 멋지다고들 했다. 카프카의 누이동생들은 내가 그 장면에서 박식한 사람으로 보이도록 알이 없는 커다란 안경을 씌워주었다. 단막극의 내용은 아주 간단했지만 지금은 기억할 수가 없다(AK 68).


　　어린 시절의 희곡 창작 이후에도 카프카의 연극에 대한 열정은 오랫동안 지속되었던 것 같다. 그는 김나지움 시절 체코 국립극장과 신독일 극장을 자주 방문했고, 또한 그가 사후에 남긴 유고집에는 여러 편의 짧은 희곡 작품의 구상과 습작이 엿보이지만, 유감스럽게도 그가 구상했던 습작 중 한 작품만이 미완성으로 남아 있을 뿐이다. 친구 오스카 바움에 따르면 카프카는 그 극의 제목을 '동굴' 혹은 '납골당'으로 하려 했지만, 카프카 사후 막스 브로트는 그 희곡을 「영묘지기」라는 제목으로 발간했다. 그것은 후에 프랑스에서 각색되어 여러 차례 상연되기도 했지만 큰 반응을 얻지 못했다.

　　생전의 카프카도 그 작품을 친구들에게 낭독하려 하지 않았다. 친구들이 계속해서 그 미완성된 희곡의 낭독을 요청하자 그는 "내가 그것을 낭독하게 되면 그 작품은 아마추어적인 것이 될 걸세"(AK 74) 하고 아이러니하게 답했

---

13　1903년 4월 23일을 말한다.

다고 한다.

감나지움 시절 카프카는 희곡에 대해 관심을 보였을 뿐만 아니라 진지하고 열정적으로 글을 쓰기 시작했다. 초등학교와 감나지움까지 친한 급우였고 대학 초기까지 동창이었던 후고 베르크만의 진술로 미루어보아 그가 작가가 되고 싶다고 생각한 시기는 사춘기가 시작된 열세 살쯤이었던 것으로 추정된다. 전 과목 최우수 학생이었던 베르크만은 지적이고 너그러웠으며 다양한 재주를 가지고 있었는데, 카프카의 학교 공부, 특히 수학 학습에 많은 도움을 주었다. 그들은 함께 숙제를 하고 난 후 종종 종교·철학·문학에 대해 이야기를 나누곤 했다. 감나지움의 첫 학기나 둘째 학기였을 때 카프카는 베르크만과 숙제를 마친 후 서로 장래의 꿈에 대해 이야기를 나누었다. 그때 카프카는 진지하고 신중한 목소리로 작가가 되는 것이 장래 꿈이라고 고백했다. 그리고 후고 베르크만의 형이자 카프카와 동년배인 아르투르(후고 베르크만은 급우이긴 했지만 카프카보다 한 살 아래였다)에게 첫 작품을 헌정하겠노라고 약속했다(AK 25f.). 이것이 그가 남에게 밝힌 최초의 비밀이었다. 그리고 그는 1897년 2월 16일 베르크만의 앨범에 두 줄의 짧은 글을 남겼는데, 거기에서 이미 의미심장한 카프카적인 독특한 표현방식을 엿볼 수 있다. 바로 양가적 의미의 표현이 그것이다.

오고감은 있다. 그러나 헤어짐은 있으되 재회는 흔치 않다(KKANI 7).

그때 그는 오랜 친구였던 베르크만과의 정신적 이별을 예감하고 있었는지도 모른다. 카프카는 후고 베르크만이 문학보다는 종교에 더 많은 관심을 가지고 있다는 것을 잘 알고 있었기 때문이다. 베르크만은 유대교에 대한 지속적인 관심을 가지고 있었고 당시 프라하 유대인이 찬양하던 시온주의를 삶의 실천 강령으로 여기고 있었다.

그러나 카프카는 사춘기에 접어들면서 육체적으로나 정신적으로 많은 변화를 겪고 있었다. 그는 베르크만이 주장하는 유대교의 신 대신에 새로운 시대의 사상가들에게 더 깊은 관심을 보였다. 그는 김나지움의 라틴어와 그리스어 선생인 에밀 그슈빈트와 자연사와 물리학 선생인 아돌프 고트발트의 영향으로 빌헬름 분트의 『생리학의 근본 특성』, 에른스트 마흐의 『감각의 분석』, 구스타프 페히너의 『정신물리학』, 다윈의 '진화론', 니체의 '생철학', 스피노자의 '범신론' 등에 매료되어 있었다(PAA 78ff.). 현대 학문에 대한 지대한 관심과 더불어 카프카는 급우들 몰래 매일 밤 열심히 글을 썼다. 그러면서 자신의 글을 이해하고 평가해줄 새로운 친구를 찾고 있었다. 지금까지 의존해왔던 베르크만은 자기와는 다른 길을 가고 있는 것이 분명했기 때문이다. 카프카는 1911년 12월 31일 일기에 이 김나시움 시절에 있었던 베르크만과의 종교에 관한 논쟁에 대해 이렇게 쓰고 있다.

나는 김나지움 시절……마음속에 담아두었던 방식이었는지 아니면 그 친구를 모방한 탈무드적인 방식이었는지는 모르겠으나, 베르크만과 꽤 자주 신과 그 가능성에 관해 논쟁했던 것을 기억한다. 당시 나는 기독교 잡지 ≪기독교 세계≫에서 시계(時計)와 세계, 그리고 시계공과 신을 대비시켜 시계공의 존재가 신의 존재를 증명한다는 주제의 글을 보았는데 그것을 즐겨 화제의 실마리로 삼았다. 그렇게 함으로써 내 생각으로는 매우 훌륭하게 베르크만을 논박할 수 있었던 것 같다(KKAT 333).

당시 프라하의 유대인은 독일과 체코 양쪽 진영으로부터 소외되어 그들 스스로도 팔레스티나에 유대민족의 자긍심과 정체성을 보전할 수 있는 국가를 세워야 한다는 시온주의 운동을 표방해나가고 있었다. 베르크만은 카프카가 아는 최초의 시온주의자로 후에 프라하 시온주의 운동의 대변자이자 조직자의 한 사람이 되었다. 이렇듯 지적인 관심사의 차이로 베르크만과 카프카의 관계는 점점 소원해졌다. 카프카는 유대교나 시온주의보다는 문학과 현대 학문에 더 관심을 가졌다. 그 당시 자신과 다른 카프카의 학문적 태도에 대해 베르크만은 자신의 회고록에 이렇게 기록하고 있다.

> 프란츠는 그때 무신론이나 범신론적인 시기여서 나의 유대적 신념을 완전히 떼어놓으려고 했다. 그는 아주 훌륭한 토론의 명수였다.……그러나 카프카의 변증법은 나를 굴복시키지 못했다.……마지막 학창 시절인 1900~1901년 우리의 우정은 좀 식어버린 게 틀림없었다. 추측건대 내가 다른 학급동료들처럼 그의 아름다운 문학에 대한 관심을 나눌 수 없었기 때문인 것 같다. 또한 그의 사회주의와 나의 시온주의가 너무 강했기 때문인지도 모른다.[14]

사춘기 시절의 카프카는 이제 종교적·이념적 확신에 차 있는 베르크만과 이별을 고하고 자신의 다양한 지적 호기심과 문학에 대한 열정을 가지고 독자적인 길을 걸어가기 시작했다. 베르크만에 비해 카프카는 나약하고, 전문지식이 부족하고, 열등감에 사로잡혀 있는 소심하고 불안한 존재였다. 그러나 그는 부드럽고, 감성적이며, 사려 깊은, 그리고 언어를 연마해 '세계의 차가운 공간을 덥혀야 할 하나의 불'을 찾는 고독한 몽상가의 길을 가고 있었다. 후에 자신의 청춘 시절에는 글 쓰는 길보다 더 좋은 길은 생각할 수 없었다(KKAT 341)고 고백할 정도로 카프카는 자신의 문학적 재능을 믿었고 글 쓰는 것에 자부심을 가졌다. 그러나 열다섯 살의 어린 문학소년 카프카는 자기 내면세계에만 머무르지 않고 차츰 사회에 눈을 돌리기 시작했다. 사회공동체의 일원으로서 사회변혁운동에 관심을 보이기 시작한 것이다.

14 Hugo Bergmann, "Erinnerungen an Franz Kafka," *Exhibition Franz Kafka 1883-1924, Catalogue*. The Jewish National and University Library, Jerusalem April 1969. S.8.

카프카는 다윈, 니체, 스피노자 등에 열중하면서 모든 정교(正敎)적이고 종교적인 것에 거부감을 나타냈다. 그는 자신의 첫 번째 정신적 지도자로서 유대인 합리주의 철학자인 스피노자를 선택했다. 1656년 암스테르담의 유대 교회집단으로부터 파문과 동시에 추방당한 이 이단아에게서 카프카는 아마도 어떤 무의식적인 동질감을 느꼈는지도 모른다. 또한 '신과 자연은 하나의 동일한 실재를 가리키는 두 개의 이름일 따름'이라는 스피노자의 범신론은 카프카의 아버지의 형식적인 신앙과 후고 베르크만의 종교적 민족주의와 결별하는 데 근본적인 바탕이 되었다. 뒤이어 카프카는 김나지움의 자연사 교사이자 다윈 숭배자인 아돌프 고트발트의 영향으로 다윈주의에 몰두하게 된다. 모든 생물이 신에 의해서 창조되고 다스려지는 것이 아니라 적자생존의 법칙에 따라 진화·발전하는 것이라는 다윈의 주장은 어린 카프카에게 충격적이었다. 또한 독일의 철학자이자 생물학자인 에른스트 헥켈의『세계의 수수께끼』(1899)를 읽고, 기적 신앙에 기초를 둔 창조주로서의 신이 아닌 인과론적 자연법칙과 일치된 신이라는 일원론의 입장을 가진 자연과학적 세계관을 접하기도 했다.

그즈음 카프카의 급우 중에 무신론을 주장하는 에발트 펠릭스 프리브람이라는 동급생이 있었는데, 그는 놀랍게도 공식적으로 유대 신앙과 유대 교회 단체를 과감히 탈퇴했다. 후에 브로트에게 밝혔듯이, 카프카는 당시 프리브람을 "예술 이외의" 모든 것에 대해 "이성적인 안목"[15]을 가지고 있는 사람이라고 평가할 정도로 그의 입장을 지지했다.

또한 카프카는 사회주의 경향을 지닌 몇몇 급우들과도 어울렸는데, 학급

---

15 Franz Kafka, *Beschreibung eines Kampfes. Novellen, Skizzen, Aphorismen aus dem Nachlaß*(hrsg. von Max Brod), Fischer Tschenbuch Verlg 1976, S.24.

오스트리아 왕립 김나지움 시절의 카프카(원 안), 루돌프 일로비(둘째 줄 맨 왼쪽), 후고 베르그만(둘째 줄 왼쪽에서 세 번째), 에발트 펠릭스 프리브람(둘째 줄 맨 오른쪽), 오스카 폴락(셋째 줄 왼쪽에서 두 번째)

최고우등생으로 후에 독일 민주공화국의 철학교수가 된 에밀 우티츠, 후에 프라하 시 참사회의 독일 최초 공산당 의원이었으며 미국으로 건너가 병원을 개업한 피부과 의사 후고 헤히트, 카프카에게 사회주의 이념에 잠시 관심을 갖게 한두 살 위의 루돌프 일로비 등이 그들이었다. 당시 체코 사회주의자들은 반유대적인 행위나 폭력에 반대하고 유대 주민을 동등한 시민으로 받아들여야 한다고 주장했기 때문에 김나지움의 유대 학생은 심정적으로 그들을 따르고 있었다.

그러나 김나지움 학생에게는 정치집회 참여나 이념서적에 대한 관심이 엄격히 금지되어 있었기 때문에 카프카와 동료들은 신문에서 정보를 얻고 있는 일로비를 통해 사회주의에 대한 아주 제한적인 지식만 전해 들었을 뿐이었다. 사회주의에 대한 그들의 관심은 정치철학적인 이데올로기 자체라기보다는 주변에서 일어나고 있는 부당하고 불공정한 정치·사회·민족 문제에 대한 비판의식에서 비롯된 것이었다. 특히 아버지가 자신의 상점 고용인들을 대하는 경멸적인 태도와 모욕적인 언사를 보아온 카프카는 늘 억압받는 자와 약자의 편에 서고 싶어 했으므로 당시 공정성과 평등성을 주장하는 사회주의에 깊이 공감하고 있었다(HBI 241).

카프카는 당시 김나지움 학생단체의 회원으로 친구들과 함께 여러 종류의 학생집회에 참석하고 있었다. 어느 날 그는 급우들과 함께 학교에서 공식적으로 금지하고 있는 독일민족주의 단체의 하나인 '구시가 동지회'라는 예비 대학생 연합회에 참석한 적이 있었다. 어느 간이술집에서 치러진 이 연합회가 끝날 무렵 국민의례에 따라 모든 참석자가 일어나서 옛 독일 국가였던 <라인 강의 수비>를 노래했다. 그러나 그러한 국수주의적인 행동에 대해 카프카와 추고 베르그만은 자리에서 일어나지 않음으로써 무언으로 동참을 거부했다. 그들은 즉시 연합회에서 쫓겨났다(AK 24). 또한 1899~1902년 대영제국과 보어인이 세운 공화국들 사이에 자원 쟁탈 전쟁(보어전쟁)이 일어났을 때 대영제국의 식민지 정책에 맞서 독립운동을 하는 보어인을 전적으로 옹호하는 발언을 하기도 했다.

비록 카프카가 김나지움 상급 학생 시절 여러 학생모임에 참여하며 사회활동에 관심을 보이긴 했지만 그는 언제나 조용한 관찰자였을 뿐 직접 활동에 참여하거나 과격한 행동을 보인 적은 없었다. 당시 다민족 사회의 소수민족의 한 사람으로서 그의 의식에는 유대인 중산층의 절충주의적 가치관이 깊숙이 자리 잡고 있었을 것이다. 그런 그에게는 급진적인 무정부주의나 집단투쟁적인 정치운동에 참여하기보다는 오히려 억압받는 자와 억눌린 자에 대한 인도주의적인 관심이 더 중요했다. 그의 인도주의적인 성향은 이미 어린 시절에도 찾아볼 수 있다. 그는 어린 시절 체험했던 어느 여자 거지에 대한 이야기를 후에 연인이었던 밀레나에게 들려준 적이 있다.

아주 어린 소년이었을 때 1젝세를[16]을 선물 받은 적이 있었는데, 나는 그것을 큰 로터리와 작은 로터리 사이에 앉아 있는 늙은 여자 거지에게 무척 주고 싶었어요. 그러나 금액이 너무 컸기 때문에 아무도 그런 큰돈을 거지에게 준 적이 없을 거라고 생각되어서, 그 할머니에게 그렇게 엄청난 일을 한다는 것이 부끄러웠습니다. 그래도 난 그 돈을 꼭 주어야 했기 때문에 젝세를을 크로이처로 바꾸었지요. 나는 그 거지 할머니에게 1크로이처를 주고 나서 작은 로터리 주변의 시청과 가로수 길 전체를 한 바퀴 돈 다음 다시 완전히 새로운 자선가가 되어 왼쪽에서 나타나 그 할머니에게 또 1크로이처를 주고 또다시 달리기 시작해 열 번이나 그렇게 했던 것입니다. 아니 그보다는 약간 덜 했을 겁니다. 왜냐하면 그 할머니가 인내심을 잃어버리고 곧 사라져버렸다는 생각이 들기 때문입니다(M 127).

앞에서 살펴본 것처럼 감나지움 시절의 카프카가 사회주의, 무신론, 다윈주의, 범신론, 민족주의 등 여러 가지 이념에 관심을 쏟았던 것은 수많은 이념과 양식이 서로 교차하는 시기였던 유럽의 세기전환기 분위기와 상응할 뿐만 아니라 동시에 그의 사춘기 시절의 다양한 사상과 학문에 대한 지적 충동과 호기심의 발로로 보아야 할 것이다. 막스 브로트 다음으로 카프카 전기를 쓴 클라우스 바겐바흐는 그 시기에 카프카가 사회주의로 전향했으며 이것이 미래의 삶에 결정적인 의미를 부여했다고 강조하고 있지만(KW 62, 161), 그것은 잘못된 주장으로 뒤에서 자세히 다룰 것이다(177~185쪽 참조).

---

16 1젝세를(Sechserl)은 옛날 오스트리아의 화폐로 10크로이처 주화에 해당된다.

# 어린 카프카와 유대교

유대민족과 유대교를 적대시하는 기독교적인 유럽 사회에서 카프카는 의식적이긴 무의식직이건 유대인으로서 사신이 저해 있는 고통스러운 사회적 상황에 대해 늘 고민하지 않으면 안 되었다. 그의 부모는 서유럽에 동화된 첫 유대인 세대로 이미 전통적인 엄격한 유대 종교생활로부터 멀어져 있었으나 단지 어린 시절부터 몸에 배어 있던 기본적인 종교 의례를 지키며 자신들이 속해 있는 사회계층에 걸맞은 권리와 의무를 부여받고 오스트리아헝가리 제국의 국민으로서 보호를 받으며 안정된 생활을 살아가기를 원했다. 그들은 시대 상황에 따라 변화된 유대인으로서 나름대로의 존재감과 종교관을 가지고 있었다. 그러나 그것은 어린 카프카에게는 유대교에 대한 몰이해와 심적 혼란을 가져다주었다. 1919년 「아버지께 드리는 편지」에서 카프카는 아버지의 유대교에 대한 무지와 무성의에 다음과 같이 놀라움을 표시했다.

어렸을 때 저는 아버님과 같은 마음으로 충실하게 유대교회당에 나가지도 않았고 금식도 하지 않았기 때문에 제 자신을 비난했었습니다. 저는 그 일로 제 자신에게가 아니라 아버님께 나쁜 짓을 저질렀다고 생각했기 때문에 온통 죄의식에 사로잡혀 있었습니다. 후에 청년이 되었을 때 저는 아버님 자신은 유대교에 대해서 그렇게 자유롭게 행동하고 유대교란 이렇게 공허한 것이라고 말씀하시면서도, 왜 저를 그토록 비난하셨는지 이해가 가지 않았습니다(아버님은 경건함 때문이라고 표현하시지만). 제가 그와 같은 공허한 일을 하려고 노력하지 않는다고 저를 비난하실 줄은 몰랐습니다. 제가 보기에는 유대교는 정말 아무것도 아니었어요. 장난, 아니 장난도 아니었습니다. 아버님은 일 년에 나흘 사원에 가셨습니다. 거기에서도 유대교를 진지하게 받아들이기보다는 아무래도 좋다는 식의 무관심한 편에 속했지요. 참을성 있게 형식적인 기도를 끝내셨고, 제 기도서에서 방금 낭송되고 있는 구절을 짚어줄 수 있으셔서 가끔 저를 놀라게 하곤 하셨지요. 그런데 저는 사원에 갔을 때만은 (이것이 가장 중요한 점입니다) 어디든 제가 원하는 곳을 돌아다녀도 괜찮았습니다. 그곳에서 저는 여러 시간 내내 하품을 하거나 꾸벅꾸벅 졸기도 했습니다(그 후로 이처럼 지루했던 것은 댄스 교습 시간이었던 것 같습니다). 그러면서 그곳에서 번갈아 일어나는 몇 가지 작은 일들을 가능한 한 즐기려고 애썼습니다. 어쩌다 '계약의 궤'[1]가 열릴 때면 저는 항상 사격장의 오두막집을 떠올리곤 했습니다. 검은 부분의 과녁을 맞히면 궤짝 문이 열렸죠. 사격장에서는 언제나 재미난 것이 튀어나오는데, 여기서는 항상 거듭해서 목 없는 낡은 인형만 나온다는 점이 달랐습니다.……그렇지만 그것 이외에는 지루함을 달래줄 것이 아무것도 없었습니다. 고작해야 어리석은 암기만을 요구하는 바르 미츠바[2] 시간 정도였습니다. 그러나 그것도 우스꽝스러운 시험 성적 비슷한 것이 될 뿐이었습니다. 그리고 아버님과 관련된 별 의미 없는 사소한 일인데, 아버님께서 율법의 부름을 받아 저에게는 단지 사교적인 일처럼 느껴지던 그 일

---

1 유대교회당의 성소에 안치된 모세 십계의 석판을 넣은 상자.
2 바르 미츠바(Bar Mizwa)는 '의무의 아들'이라는 뜻으로 유대인 남자아이가 열세 살이 되면 신앙공동체의 일원으로 받아들여지는 축일로, 그 아이는 자신의 종교적 성숙을 증명하는 의미에서 예배하는 동안 토라의 결말부(Maftir)를 낭송한 후 예언서에서 나오는, 그 주일에 해당하는 부분의 텍스트(Haftara)를 읽었다(KW 59).

을 훌륭하게 넘기셨을 때나 혹은 연령추모제가 열리면 저를 내보내시고 아버님만 교회당에 남으셨을 때는 — 분명히 제가 교회당 밖으로 나오게 되었기 때문이기도 하고 한 번도 진정으로 참여한 적이 없었기 때문이기도 하지만 — 여기에서 무엇인가 점잖지 못한 한 일이 행해지고 있는 게 아닌가 하는, 처음에는 결코 인식할 수 없었던 느낌을 오랜 시간 동안 불러일으키기도 했습니다. 교회당에서의 상황이 이러했으므로 집에서는 더욱 형편없이 되어버려서, 첫 제더아벤트[3]에 그쳤고, 그것도 커가는 아이들이 간섭하는 바람에 점점 웃음을 참기 힘든 하나의 희극이 되어버렸지요……그런 가운데서도 아직 충분히 유대교 신앙이 남아 있기는 했으나, 아이에게 전승되기에는 너무나 빈약한 것이어서, 아버지께서 그걸 제게 넘겨주시는 동안에 그것은 한 방울도 남김없이 모두 새어나가 버렸던 것입니다.……사실 이 모든 것은 아버지만의 개인적인 현상은 아니었습니다. 아직 신앙심이 매우 깊은 시골을 떠나 도시로 이주한 과도기적인 유대인 세대 대다수가 비슷한 형편이었기 때문입니다.……아버님의 생활을 인도하는 신앙의 근본을 따져보면, 아버님께서 무조건 정당하다고 믿고 계셨던 특정 유대인 계층의 견해입니다. 그러한 견해는 사실 아버님의 본성에 따른 것이므로 당신 자신을 믿고 계셨다고 말할 수 있습니다. 물론 그 속에도 훌륭한 유대교가 충분히 남아 있었습니다. 그러나 그것은 자식에게 전수되기에는 너무 부족했습니다. 아버님께서 그것을 계속 유지해나가는 동안 한 방울씩 떨어져서 쇳덩어리가 되어버렸기 때문입니다. 그것은 한편으로는 타인에게 설명할 수 없는 젊은 시절의 인상이었으며, 다른 한편으로는 그것이야말로 우리가 두려워하던 아버님의 본성이었습니다. 잔뜩 겁을 먹고 지나치게 예민한 눈빛으로 바라보는 자식에게 아버님께서는 이것이 유대교라고 말씀하시면서, 그 공허함에 맞는 무관심한 태도로 열거하신 그 두서너 가지의 사소한 것들 속에 보다 고귀한 의미가 담겨 있는 것처럼 이해시키려

---

3 제더아벤트(Sederabend)는 유대인이 이집트 탈출을 기념하기 위해서 행하는 대축제일 밤으로, 유월절의 첫째·둘째 날 밤을 말한다.

했지만 그것은 불가능했습니다. 그 사소한 것들은 아버님에게는 젊은 시절의
작은 추억을 의미했기 때문에 저에게 전달하려고 하셨겠지요. 하지만 그것은
이미 아버님 자신에게도 가치를 잃어버렸기 때문에 억지로 설득한다든가 위
협하는 수밖에는 다른 도리가 없었던 것입니다. 그러나 그런 식으로는 이루
어질 리가 없고, 다른 한편으로는 아버님께서 자기 입장의 약점을 전혀 깨닫
지 못하셨기 때문에 제가 고집스러운 듯이 보여 심하게 화를 내셨던 것입니
다(KKANII 186ff.).

카프카의 편지는 당시 프라하 유대 중산층 가족의 신앙생활의 전형을 보
여주고 있다. 어린 카프카의 눈에 비친 아버지와 주변 유대인의 신앙생활은
단지 형식적인 것에 불과했다. 그들은 봉헌식(Chanukka), 퓨림절(Purim) 혹은
추수감사절(Sukkot) 같은 중요한 축일도 지키지 않았고, 단지 유대 달력에
표시된 세 개의 축제날에만 교회당을 찾았다. 신년축일4과 이집트로부터 탈
출을 기념하는 유대인의 대축제인 유월절(逾越節)5 그리고 속죄의 날인 욤 키
프르 축일6이 그것이다. 헤르만 카프카는 적어도 이 축일에만은 카프카를
데리고 교회당에 참석해 예배를 보았다. 그러나 어린 카프카에게 예배는 마
음을 움직이는 성스러운 의식이 아니라 단지 재미없는 권태로운 일로만 느
껴졌다. 그리고 그는 아버지가 그 예식을 내적 소속감 없이 공허한 전통에

---

4 히브리어로 'Rosch ha-Schna'라고 부르며, 새해를 맞이하는 축일을 말한다.
5 히브리어로 'Pessach'라고 하며 이스라엘 민족이 이집트에서 탈출한 날을 기념하는 대축제
  일이다.
6 히브리어로 yôm kippûr(독일어로는 Jom Kippur라 함)라고 하며 유대교의 축일이다. 고대
  이스라엘력 제7월(오늘날 유대력의 신년, 태양력의 9∼10월 무렵) 10일인 이날은 유대교도에
  게 가장 엄숙한 성일(聖日)로 금식과 기도를 한다. 유대교도는 이날을 준수함으로써 일상적
  인 죄를 속죄 받고 본래의 자기로 되돌아가 신과의 영적인 접촉과 화해가 이루어진다고
  생각한다.

대한 의무로 행하고 있다는 것을 알아차렸다. 아버지의 기도에는 신을 향한 진정한 마음이 엿보이지 않았고, 율법적인 상징 또한 세속화된 종교생활의 의미 없는 표상이 되어버린 듯했다. 아버지 자신은 유대교를 진정으로 믿고 있지 않으면서 아들인 카프카에게 의례적이고 형식적인 신앙을 강요한다는 게 우스꽝스러웠다.

카프카가 열세 번째 생일을 맞고 며칠이 지난 후인 1896년 6월 13일 9시 30분 그는 치고이너 유대교회당에서 성인식인 바르 미츠바 축일을 맞는 행사를 가졌다. 그러나 아버지 헤르만 카프카는 초청 카드에 '바르 미츠바'라는 히브리어 대신 '견진성사'라는 가톨릭식 제목을 붙여 보냈다. 또한 이 의식에 대해 카프카가 기억하고 있는 것은, 히브리어를 전혀 모르

P. T.
Ich lade Sie höflichst zur Confirmation meines
Sohnes
Franz,
welche am 13. Juni 1896 um ¾10 Uhr Vormittag in der
Zigeuner-Synagoge statifindet.
Hermann Kafka,
Zeltnergasse 3.

카프카의 바르 미츠바 초청장

는 자신이 뜻도 모른 채 "힘들게 머릿속에 주입했던 기도 부분을 낭송"해야 했고, 집에서는 이에 대한 짧은 소감을 이야기해야 했으며, 그저 "많은 선물" 을 받았다는 것뿐이었다(M 207). 성스럽고 자부심을 느껴야 하는 바르 미츠바가 '우스꽝스러운 암기'나 하고 그 대가로 선물 받는 날로 기억될 뿐이었다.

한편 김나지움에서는 각 종파에 따라 주당 두 시간의 종교 수업이 있었다. 대부분의 유대 부모는 자녀를 서부 유럽에 익숙하도록 신교나 구교 수업에 보냈고, 소수의 유대 가족만 유대 정교의 규칙에 따라 유대교 수업을 받고 있었다. 유대교 수업을 받은 카프카는 랍비뿐만 아니라 유대 전문 학술강좌에서 특별교육을 받은 선생에게 수업을 받았다. 그러나 카프카에게 종교 시간은 권태롭고 부수적인 것에 불과했고, 김나지움 마지막 학기에 들었던 나탄 그륀 선생의 유대 전설에 관한 이야기들만 흥미로웠을 뿐이었다. 사실 김나지움의 종교 시간은 도덕적 설교와 훈계가 중심이어서 "랍비들이 하는

공식적이고 필수적인 종교 수업은 유대 전통의 육성이나 심오한 종교 감정의 보존에는 별로 도움이 되지 않았다."[7] 유대 학생은 유대교는 물론 유대인의 역사와 문학에 대해 별로 아는 게 없었고 히브리어 지식도 전무했다.

이러한 상황에서 히브리어로 된 성서나 토라에 나오는 구절을 뜻도 잘 모르는 채 외워야 하고, 딱딱한 문법을 공부하거나 정확한 의미를 찾기 힘든 석의(釋義)를 번역하는 일은 어린 학생에게는 고역이나 다름없었다. 체코의 극작가 프란티셰크 랑어가 기억하듯이,[8] 프라하의 젊은 유대인에게 종교적 전통으로 남아 있는 것이란 그저 자신과 직접 관계된 성인식인 바르 미츠바 행사가 전부였으며, 그들은 유대교회당도 거의 찾지 않았고 유대교 정교를 믿는 극소수 젊은이만 히브리어로 된 토라 텍스트를 읽고 종교 의식에 참여했을 뿐이었다. 후에 카프카의 친구가 된 펠릭스 벨치 역시 당시 그들에게 "유대교는……아무런 내용도 제공하지 못했다. 젊은 세대에게서는 종교적 지속성을 거의 찾아볼 수 없었고, 카프카의 아버지와 같이 나이 든 세대에게는 내용 없는 형식으로 경직되어버렸다"[9]고 기술했다.

형식적이고 의례적인 종교적 풍토에서 살았던 카프카 역시 1918년 2월 자신의 종교적 결함에서 오는 정체성 문제를 언급했다. 그는 믿고 의지하며 살아가야 할 '바탕과 공기와 계율의 결핍'으로 자신이야말로 "진실로 상속권이 박탈된 아들"[10]로서 뿌리 없는 고통의 삶을 살아야 했다고 고백했다.

---

7 Hans Kohn, *Bürger vieler Welten*, Frauenfeld 1965, S.62.

8 Wilma Iggers(Hrsg.), *Die Juden in Böhmen und Mähren. Ein Historisches Lesebuch,* München 1986, S.241.

9 Felix Weltsch, "Religion und Humor." *Im Leben und Werk Franz Kafkas*, Berlin 1957, S.35.

10 Gesammelte Werke in zwölf Bänden. Nach der kritischen Ausgabe, Bd. 7: *Zur Frage der Gesetze und andere Schriften aus dem Nachlaß,* hg. von Hans-Gerd Koch, Frankfurt am Main 1994, S.49.

# 오스카 폴락과 예술 잡지 ≪데어 쿤스트바르트≫

어린 시절부터 김나지움 후반까지 지속되었던 후고 베르크만과의 우정 그리고 사회주의적 성향을 지닌 급우들과의 관계가 소원해지면서 1899년 초 카프카는 오스카 폴락과 열정적인 교우 관계를 맺는다. 카프카와 동갑인 폴락은 다른 급우들에 비해 정신적으로 훨씬 성숙했고 자신감·경험·지식도 깊고 풍부했다. 그는 돋보이는 재능과 열정을 지닌, 건강한 본성과 이성을 겸비한 아주 활달한 학생이었다. 그는 수줍음 잘 타고 내성적이고 결단력이 부족하고 불안감에 사로잡혀 있는(KWI 249) 카프카에게 후원자 역할을 자청했다. 김나지움의 엄격한 규율과 감시 그리고 구태의연한 교과 과정이 주는 '지식의 무덤'에서 벗어나고 싶었던 카프카는 폴락에게서 많은 정신적·정서적 도움을 받았다. 당시 폴락은 예술사, 자연과학, 인도철학, 미학이론 등 다방면에 깊은 관심을 가지고 있었는데, 학문과 예술에 대한 그의 욕망과 의욕은 거의 파우스트적이라고 할 수 있었다.

그의 관심은 무진장할 정도로 풍부했다. 그의 마음을 사로잡거나 빼앗는 일이 있으면 언제나 다른 모든 것을 잊은 채 완전히 그것에만 매달려서 곧 그것의 숭배자와 포고자가 되었다. 그렇게 그는 우파니샤드, 성서, 루터, 프란체스코 폰 아시시, 이탈리아 르네상스 단편소설가들(그는 얼마나 맑고 명확하게 『데카메론』을 낭독했는지 모른다)을 연구했고, 류트를 연주했고, 여러 가지 스포츠를 했다.[1]

폴락은 보헤미안 지방의 활강 스키를 개척할 만큼 전문적인 스포츠맨이기도 했다. 그는 육체적으로나 정신적으로 카프카의 이상적인 친구였다. 1902년 2월 4일 오스카 폴락에게 보내는 편지에서 카프카는 3년 동안 그들이 서로 많은 대화를 나누었고 많은 점에서 의견이 일치한다는 점을 강조하고 있다(Br 10). 그들은 당시 학교에서 무신론적 입장 때문에 금기시되었던 다윈의 진화론에 공통된 관심을 보여 서로 친하게 되었고, 함께 라틴어로 된 키케로의 수사성이 뛰어난 연설문들을 읽었다. 특히 카프카에게 당대의 새로운 예술적·정신적 방향을 접할 수 있도록 잡지 ≪데어 쿤스트바르트≫[2]를 소개해준 사람도 오스카 폴락이었다.

≪데어 쿤스트바르트≫는 카프카의 다양한 지적 모험에 긍정적인 영향을 주었고, 그를 더욱 폭넓은 독서의 길로 이끌었다. 철학자 니체가 창간 동인이었던 이 잡지는 월 2회 발행되는 예술 잡지로 문학, 연극, 음악, 조형예술, 응용예술, 평론 등 시대의 다양한 예술 흐름을 간단명료하게 소개했다. 이 잡지의 발행인이자 민속학자인 페르디난트 아베나리우스는 당시의 세기 전환기적 한 현상이었던 저널리즘적 잡문(雜文)주의에 반기를 들고, 모름지기

---

1 *Bohemia*, 4 Juli, 1915.

2 잡지 ≪데어 쿤스트바르트(Der Kunstwart: Halbmonatsschau über Dichtung, Theater, Musik, bildende und angewandte Künste)≫는 '예술의 파수꾼'이라는 뜻으로, 1887~1894년에는 드레스덴에서, 1894~1937년에는 뮌헨에서 발간된 월간 잡지로 발행자는 페르디난트 아베나리우스(Ferdinand Avenarius, 1887~1923)였다. 이 잡지는 제1차 세계대전 전까지 젊은이의 비상한 관심을 불러일으켰고, 특히 대학생과 교사의 문화 교육에 지대한 영향을 끼쳤다.

예술가는 참되고 깊고 자연친화적이어야
한다는 취지 아래 독일 문학의 '순수한
근원성'을 지키고자 했다. 특히 이 잡지
에서는 니체의 개혁적인 철학에 동조하
는 리하르트 바그너와 슈테판 게오르게
계열의 편집자와 작가들이 활동했다. 카
프카는 김나지움 졸업반인 1900~1901
년부터 1904년 중반까지 이 잡지를 정기
구독하면서(KW 103), 동시대의 문학·예
술·철학의 흐름을 알게 되었고, 어느 정
도 지적 고립에서 벗어날 수 있었다. 카
프카는 이 잡지를 통해 여러 예술가에 대

예술 잡지 《데어 쿤스트바르트》

한 연구서(HBI 265f.)와 헤벨, 뫼리케, 토마스 만, 폰타네, 켈러, 에밀 슈트라우
스, 호프만스탈, 괴테 등 당대에 사랑받는 작가와 작품에 대한 새로운 정보를
얻을 수 있었다.

　그는 《데어 쿤스트바르트》에 소개된 책 중에서 특히 작가의 자전적
요소가 담긴 일기, 전기, 서한집을 구해 탐독했다. 카프카는 헵벨, 아미엘,
바이런, 그릴파르처 등의 일기, 에커만의 『괴테와의 대화』, 괴테, 그라베,
뒤 바리의 서간들, 쇼펜하우어와 도스토옙스키의 전기 등을 읽고 큰 감명을
받았다. 어렵고 고통스러운 삶 속에서 문학적 삶을 어떻게 쟁취하는가를 보
았던 것이다. 그리고 이 잡지에 실린 후고 폰 호프만스탈의 작품 「티치안의
죽음」에 열광하기도 했다(KW 103). 호프만스탈은 당대 천재 시인으로 추앙
받던 빈 출신의 작가로 『첸도스의 편지』에서 언어 회의 문제를 갈파해 20세
기 산문 혁명의 선도자가 되었다.

　카프카는 이 잡지의 지면에서 많은 철학자를 접하게 되었는데, 피히테,

슐라이어마허, 쇼펜하우어, 키르케고르, 니체, 플라톤 같은 철학자의 저서는 카프카의 윤리적·종교적 문제와 삶의 실천적 방향에 적지 않은 영향을 끼친 것으로 보인다. 특히 당시 자라나는 세대의 우상이었던 니체는 그에게도 특별한 의미를 가졌다. 그는 '신의 죽음'을 선언한 니체의 『차라투스트라는 이렇게 말했다』를 구입해서 읽었는데, 1900년 여름방학 때 가족과 함께 휴가를 보낸 휴양지 로츠토크에 그것을 가지고 갔다가 그곳에서 만난 소녀 젤마 콘[3]에게 자랑스럽게 읽어주기도 했다. 또한 니체의 초기 작품인 『음악 정신으로부터 나온 비극의 탄생』에 나타난 그의 수사적이고 은유적인 언어관에서 카프카는 자신의 형상언어적 사고와의 유사성을 발견하기도 했다.[4]

카프카는 ≪데어 쿤스트바르트≫를 정기 구독함으로써 자신의 독서 방향과 수준을 한층 높여갈 수 있었고, 이를 계기로 다양한 분야의 독서뿐만 아니라 글쓰기에도 더욱 열중하게 되었다. 그는 자신이 사랑하고 탐독했던 작가들과 어깨를 나란히 하고 싶었던 것이다. 오스카 폴락과의 우정이 깊어지자 카프카는 그동안 숨겨왔던 문학에 대한 자신의 비밀을 토로했다. 카프카는 김나지움 마지막 학년부터 1904년까지 자신의 삶과 문학에 관한 거의 모든 문제를 오스카 폴락과 편지로 나누었다. 1902년에는 자신이 쓰고 있는 소설 「수줍은 껑다리와 마음이 불순한 자에 관한 이야기」(Br 14)에 대해 처음 언급하고 있으며, 1903년 11월 9일 편지에서는 폴락에 대한 자신의 절대적인 신뢰감을 이렇게 표현했다.

---

3 젤마 콘(Selma Kohn)은 휴양지 로츠토크(Rotztok) 우체국장의 딸로 카프카 가족이 휴양 차 그곳에 갔을 때 그녀의 집 2층을 임대했다. 그녀와 카프카는 서로 좋아했는데, 그녀는 카프카의 첫사랑이라고 할 수 있다. 그들은 저녁이면 정원과 연결된 언덕의 긴 의자에 앉아 담소를 나누었고, 카프카는 그녀에게 대학 공부를 하도록 종용하기도 했다(Br 495f.).

4 Hartmut Binder, *Motiv und Gestaltung bei Franz Kafka*, Bonn 1966, S.89ff.

나는 모든 청년 중에서 정말로 자네하고만 이야기를 나누었네. 내가 다른
사람들과 말한다면, 그것은 그저 부차적인 것이거나 아니면 자네 때문이거나
혹은 자네로 인해서이거나 혹은 자네와의 관계 때문이었다네. 자네는 내게,
많은 다른 것도 있지만, 창문과 같은 존재였지. 그것을 통해 내가 거리를
바라볼 수 있는 창문 말이야. 나 혼자서는 할 수가 없었어. 왜냐하면 내가
키가 크다고는 하지만 그 창턱에는 아직 미치지 못하기 때문이야(Br 20).

이 글을 통해 우리는 폴락과의 우정이 소심하고 수줍어하는 카프카에게
자기가 갇혀 있던 어두운 알 속에서 세상 밖으로 빠져나올 수 있는 힘과
용기를 주고 있다는 것을 알 수 있다. 1903년 여름 스무 살이 된 카프카는
고독의 방에서 나와 주위 사람들과 자연스럽게 어울리기 시작한 자신의 변
화된 모습을 이렇게 표현하고 있었다.

나는 한층 건강해졌으며(오늘은 그다지 좋지 않지만), 한층 강건해지고, 사람
들과 꽤 잘 어울리고, 여자들과도 이야기를 잘 할 수 있다네. 나는 여기서
이것을 모두 말할 필요가 있어.……그러나 이젠 무엇인가가 내 입술을 넓게
열어놓았는데, 아니면 부드럽게라 할까. 아니지, 입을 열어놓았다는 게 맞아.
그런데 나무 뒤에선 누군가가 내게 나직이 말하는 거야. "너는 다른 사람들
없이는 어느 것도 이룰 수 없을 것이다." 그러나 나는 의미심장하게 그리고
기품 있는 문장으로 이렇게 쓴다네. "은둔은 지겹다. 정직하게 그대의 알들을
세상에 내어 놓아라. 그러면 태양이 그것들을 부화시킬 것이다. 그대의 혀가
아닌 삶을 물어뜯을지어다. 두더지와 그 동류를 존중하되, 그것을 성인으로
보지는 말지어다"(Br 17f.).

1903년 9월 6일에 쓴 이 편지는 모든 점에서 카프카의 전환점을 나타낸
다고 볼 수 있다. 그가 지금까지의 은둔자적인 '두더지 같은 생활'을 포기하

고 이제 지금까지 숨겨왔던 자신의 비밀스러운 삶을 세상에 드러내기로 결심했기 때문이다. 그것은 그가 오래전부터 아무도 모르게 밤늦도록 투쟁해왔던 글쓰기에 대한 비밀을 드러내는 것을 뜻한다. 카프카는 자신이 가장 신뢰하고 존경해왔던 폴락에게 자신의 비밀스러운 문학적 '실존방식'을 솔직하게 털어놓으며 도움을 청하고 있었다.

　　나는 자네를 위해 글 한 묶음을 준비할 걸세. 그 속에는 지금까지 내가 써왔던 모든 것, 내가 쓴 것이든 다른 데서 따온 것이든 일체를 담게 될 걸세. 빠뜨린 것은 없을 걸세. 제외되는 것은 어린 시절에 쓴 것(자네가 알다시피 이 불행은 일찍부터 내 등 위에 앉아 있었지)과 내가 이미 가지고 있지 않은 것, 이런 맥락에서 무가치한 것으로 여겨지는 것, 또 계획……그리고 끝으로 자네에게조차 보일 수 없는 것……뿐이네. 그런 데다가 지난 반년 동안은 거의 아무것도 쓰질 못했어. 그러니까 나머지 것을, 실제로 얼마나 될지 모르겠으나 자네에게 보낼 걸세. 만일 자네가 여기에 응해 좋다고 편지를 쓰거나 알려준다면 말이야. 이것은 말하자면 뭔가 특별한 것이네. 그리고 내가 그러한 사실을 서술하는 데 아주 서투르다 해도(매우 무지하다 해도), 아마 자네는 벌써 알고 있을 거야. 내가 자네에게 듣고 싶은 대답은, 여기서 기다리고 있는 것이 기쁨인지 또는 가벼운 마음으로 장작더미에 불을 붙여 태워버릴 수 있는지 하는 것은 아니네. 사실 나에 대한 자네의 태도를 알고 싶은 것이 아니라네. 왜냐하면 그 역시 자네에게 무언가를 강요하는 것이니까 말이네. 그러니까 내가 원하는 것은 무언가 좀 쉬우면서도 어려운 건데, 자네가 그 내용을 읽기를 바라는 걸세. 설령 무관심하고 또 내키지 않더라도 말이네. ……낯선 두 눈이 그것을 바라본다면 모든 것을 한층 온화하고 생동감 있게 만들 걸세.……나는 한 조각(왜냐하면 지금 자네에게 보내는 것보다 더 많이 보낼 수 있으니까. 그리고 그렇게 할 거야, 그래), 내 심장의 한 조각, 그것을 몇 십 장 기록한 종이 안에 깨끗하게 포장해서 자네에게 보내는 것이라네(Br 18f.).

이 편지를 보면 카프카는 자신이 베르크만 형제에게 미래에 작가가 되겠다고 고백했던 김나지움 첫해인 1895년 이전부터 확고하게 글 쓸 계획을 가지고 있었음을 알게 된다. 물론 초기에 시도했던 작품은 남아 있지 않다. 그는 초기에 썼던 불완전한 작품 모두를 스스로 불태워버렸기 때문이다. 1911년에 쓴 그의 일기에서 카프카는 그동안 계속적으로 소설 습작을 해왔으며 그리고 왜 글을 쓰지 않으면 안 되었는지 근본적인 이유를 소상하게 밝히고 있다.

얼마나 비참하게……나는 시작했던가! 날이면 날마다 이미 써놓은 것에서 나오는 한기(寒氣)는 또 얼마나 나를 뒤쫓았던가.……한번은 형제가 서로 싸우다가 하나는 미국으로 건너가고, 다른 하나는 유럽이 감옥에 남이 있게 되는 소설을 쓰려고 했다. 나는 이따금씩 몇 줄 쓰곤 했는데, 그 이유는 그것이 나를 곧 피곤하게 만들었기 때문이었다. 어느 일요일 오후 우리 가족이 할아버지 댁을 방문해서 버터를 바른, 늘 먹는 아주 부드러운 빵을 먹고 있을 때 나는 감옥에 관한 것을 쓰고 있었다. 나는 그것을 대부분 우쭐한 기분에서 썼고, 쓴 종이를 테이블 위로 밀어놓고는 연필을 두들기면서 램프 아래 주변 사람들을 휘 둘러보았다. 그렇게 함으로써 누군가 내가 쓴 것을 읽어보고 내게 경탄해 보이도록 유도하려는 속셈이 없지 않았다. 몇 줄 쓴 것 중 중요한 부분은 감옥의 통로를 묘사한 것인데, 특히 그 적막과 냉기였다. 뒤에 남겨진 형제에 대해서는 연민 섞인 말이 언급되었는데, 그 이유는 그가 착한 사람이었기 때문이다.……마침내 큰 소리로 웃기 좋아하는 아저씨가 내가 그저 가만히 잡고 있던 글 쓴 종이를 빼앗아 슬쩍 보시고는 아무 말도 않은 채 다시 내게 돌려주었다. 그러고는 그를 눈으로 쫓고 있던 다른 사람들에게 "별거 아니야"라고 말하면서 정작 나에게는 아무 말도 하지 않았다. 나는 비록 그냥 앉은 채로 전과 같이 소위 별것 아닌 내 종이 위로 몸을 구부리고 있었지만, 실은 그 모임으로부터 한 방에 축출된 것이었다. 아저씨의 판결이

이미 현실적인 의미로 내 마음속에 반복되어 나타남으로써 나는 가족의 감정
안에서조차 우리 세계가 냉혹한 공간임을 통찰하게 되었고 이 냉혹한 공간을
따뜻하게 해줄 어떤 불길을 찾아야겠다는 생각을 갖게 되었다(KKAT 146).

이 일기에서 보듯이 어린 카프카가 택한 글의 주제와 글을 쓰고자 하는
이유는 그의 나이를 생각할 때 아주 주목할 만한 것이다. 어린 시절에는
보통 낭만적인 것에 대한 동경이나 모험적인 것에 대한 이야기를 쓰는 법인
데, 어린 카프카의 일기에는 이미 후에 그의 '고독의 삼부작'에 나타나게
될 무거운 주제인 '죄'와 '벌'과 '구원'에 대한 문제의식이 담겨 있는 듯
보이기 때문이다. 더구나 그는 어린 나이에도 불구하고 벌써 이 세상이 황량
하고 냉혹한 세계라는 것을 깨닫고 있었고, 또 글을 씀으로써 이 세계를
녹여줄 따뜻한 불꽃이 되어야겠다는 자신만의 문학적 사명을 분명하게 인식
하고 있었던 것이다.

당시 운문이나 산문을 써서 발표했던 많은 프라하 젊은이들은 공개적으로
시인이 되겠다고 밝혔고, 그들 중 조숙하고 재능 있는 몇몇 김나지움 학생[5]
은 이미 성숙된 여러 작품을 발표하고 있었다. 그러나 김나지움 학생으로서
창작의 초보 단계에 있던 카프카는 자신의 글쓰기를 아무도 모르는 '비밀스
러운 삶'으로 감추어왔다. 그러나 그때 만난 오스카 폴락은 자신의 가장 내
적인 비밀, 즉 글쓰기를 이야기할 만큼 성숙하고 신뢰할 만한 친구였다. 카프
카는 오스카 폴락에게 '한 조각의 마음'을 보낼 거라는 서신을 보낸 후, 연이
어 편지를 보내면서 처음으로 자신이 쓴 글을 평가해달라고 부탁했다.

---

5 카프카와는 다른 김나지움에 다녔던 막스 브로트와 프란츠 베르펠 등은 김나지움 시절에
  이미 작품을 발표했다. 그때 카프카는 아직 그들을 몰랐다.

내가 자네에게 주는 수천 행 가운데 단 열 행이라도 참을성 있게 귀 기울일 수 있을지 모르겠네. 지난번 편지의 큰 나팔소리는 필요 없는 것이었네. 뭔가를 드러내는 대신에 아이들이 끄적거린 것 같은 것이 나온다네.……대부분이 역겹네. 솔직히 말하는 거야(예컨대 「아침」[6] 운운한 것). 전체를 읽는 일이 나로선 불가능해. 자네가 임의로 골라준다면 나로서는 만족하겠네. 하지만 자넨 내가 그런 시기에 시작했음을 유념해주게. 사람들이 과장된 것을 쓰면서 "작품을 창작했노라"는 그런 시기 말이야. 그러나 시작에 나쁜 시기란 없는 법이지. 그리고 나는 위대한 말에 미친 듯이 빠져들고 있어(MB 57f.).

카프카는 스스로 자신의 작품이 졸렬하다고 신랄한 자기비판을 하고 있는데, 무엇보다도 스스로의 평가보다 제삼자인 친구의 객관적 시각이 필요하다는 것을 분명히 말하고 있다. 물론 전문적인 비평가의 입장을 요구하는 것이 아니라 자기 글에 귀 기울여주고 분발을 촉구해줄 조력자를 요청하고 있는 것이다. 그는 다음과 같이 편지를 계속 이어가고 있다.

내게 부족한 것은 교육이라네. 최소한 내가 오늘 자네에게서 원하는 것은 부분적으로라도 노트를 낭독하는 것이네.……내가 거기서 다음다음 토요일부터 시작해서 매주 토요일마다 반시간씩 낭독하게 해주기 바라네. 석 달 동안은 부지런해지려네. 무엇보다도 오늘 한 가지를 알았어. 수공업기술이 예술을 필요로 하는 것보다 예술이 수공업기술을 더 많이 필요로 한다는 것을. 물론 사람이 억지로 아이를 낳을 수 있다고 생각하지는 않지만, 그래도 자녀 교육은 그렇게 해야 할 거라고 생각하네(MB 58).

폴락이 카프카의 작품에 대해 어떤 반응을 보였는지 글로 남겨진 것은

6 「아침(Der Morgen)」은 남아 있지 않은 카프카의 초기 작품으로 보인다.

없다. 그러나 예술을 포함해 여러 분야에 관심을 가졌던 그는 분명히 카프카의 작품에 관심을 가지고 논평해주었으리라고 짐작된다. 왜냐하면 폴락이 가정교사 자리를 얻어 쥐레츠 근교의 오버슈트데네츠 성(城)으로 떠나 간 후에도 카프카는 계속 편지를 띄우고 있기 때문이다.[7] 거기서 그는 마르쿠스 아우렐리우스의 독일어 판 명상집 『자기 관찰』[8]과 "헵벨의 일기를 단숨에 읽었고" 독일의 자연철학자이자 실험심리학자 구스타프 페히너와 독일의 신비주의자 마이스터 에케하르트 등을 읽고 있는데 "많은 책이 자신의 성 안에 있는 낯선 방들에 들어가는 열쇠 같은 역할을 한다"고 독서의 의미를 이야기하고 있다. 그리고 자신은 "꽤 오랫동안 아무것도 쓴 것이 없다"고 한탄하면서 "신은 내가 글쓰기를 원하지 않는 거야. 하지만 내가 원해. 그러니 해야 하네"(Br 20f.)라고 글쓰기에 대한 강한 의지를 전하기도 하고, 아래의 편지에서처럼 독서와 글쓰기에 대해 자기 나름의 확고한 정의를 내리기도 한다.

우리는 오직 우리를 깨물고 찌르는 그런 책만 읽어야 할 거야. 만약 우리가 읽는 책이 주먹으로 쳐서 우리의 두뇌를 일깨우지 않는다면 무엇 때문에 책을 읽겠는가? 자네가 쓴 대로 책이 우리를 행복하게 하기 위해서라고? 맙소사, 만약 책이 전혀 없다고 해도 우리는 행복할 수 있을 거야. 그러니까 우리를 행복하게 해주는 그런 책은, 필요하다면 우리 스스로 쓸 수 있을 거야. 그러나 우리에게 필요한 것은, 우리에게 큰 고통을 가져다주는 재앙 같은,

---

7 1903년 11월 8일 편지, 1903년 12월 20일 편지, 1904년 1월 10일 편지, 1904년 1월 27일 편지, 1904년 이른 봄의 편지 등을 말한다.

8 로마 황제이자 철학자인 마르쿠스 아우렐리우스(Marcus Aurelius)의 사상과 생애는 그가 쓴 『자기 관찰(Selbstbeobachtung)』과 그의 스승 프론토(Fronto)에게 보내는 서신 등으로 알 수 있다. 독일어판 『자기 관찰』은 1903년 디데리히 출판사에서 재출간되었고 다른 독일어판도 있어서 카프카가 어떤 판본을 읽었는지는 알 수 없다.

우리가 우리 자신보다 더 사랑했던 누군가의 죽음과 같은, 모든 사람으로부터 숲 속으로 추방된 것 같은, 자살과 같은 느낌을 주는 그런 책이지. 책이란 우리 마음속에 있는 얼어붙은 바다를 깨는 도끼여야 해. 나는 그렇게 생각해 (Br 27f.).

이렇게 김나지움 시절 가장 신뢰할 수 있었던 친구들과의 우정은 카프카에게 외부 세계와 소통할 수 있는 매우 중요한 통로였다. 학습과 숙제를 도와주었던 후고 베르크만, 무신론과 사회주의 이념에 대해 공통의 관심을 가졌던 에발트 펠릭스 프리브람, 사춘기 시절 청춘과 예술과 학문에 대한 열정적인 관심으로 만난 오스카 폴락이 그들이었다. 오스카 폴락과의 우정은 고등학교 졸업 시험 후에도 몇 년간 지속되었다 그가 말한 것처럼 "숲 속에서 길을 잃은 아이들처럼 황량한"(Br 19) 청춘 시절에 폴락과 같은 친구는 "지옥과 같은" 외부 세계를 내다볼 수 있는 "창(窓) 같은 존재"(Br 20)였다. 그러나 폴락 역시 예술학, 고고학, 중세의 프라하 건축 등에 지대한 관심을 가지면서 카프카와는 다른 분야의 길을 걸어가게 됨으로써 카프카와 점차 소원해졌다. 폴락으로서는 당시 글 쓰는 것보다 "더 나은 길이 없다"(KKAT 886)고 생각하면서 글쓰기에서 자기 현존재의 유일한 정당성과 실존수단을 찾고 있는 카프카를 전적으로 이해하고 동조하기 힘들었을지도 모른다.

# 고등학교 졸업 시험

카프카는 1901년 5월 6일에서 10일까지 고등학교 졸업 시험을 치렀다. 수학 필기시험, 독일어 텍스트를 라틴어로 옮기기, 그리스어와 라틴어 텍스트를 독일어로 옮기기, 그리고 독일어로 쓰는 논문 시험이었다. 카프카의 급우 에밀 우티츠의 기억에 따르면 카프카의 독일어 논문 주제는 '오스트리아는 그의 세계적인 입지와 토지 상황으로부터 어떤 이익을 얻을 수 있을까'였는데, 이에 대해 무엇을 써야 할지 아무것도 몰랐다고 한다(KW 61). 왜냐하면 독일인과 체코인 간의 적대관계에 대한 그의 경험과 체코인에 대한 그의 공평성 때문에 결코 지배자인 오스트리아에 대해 특별한 충성심이나 애국심을 보이려 하지 않았기 때문이었다고 한다. 필기시험이 있은 지 거의 두 달 후인 7월 8일에서 11일 사이에 구두시험이 있었다. 구두시험 과목에는 키케로의 대화와 데모스테네스의 연설문에 대해 묻는 라틴어와 그리스어에 대한 지식 그리고 지리와 역사 문제가 포함되어 있었다(KW 58).

카프카는 결코 뛰어난 학생은 아니었으나 졸업 시험에 떨어질 정도는 아니었다. 그러나 소심한 "그는 졸업 시험에 대해 말할 수 없이 불안해했다"(KW 268). 그는 후에 「아버지께 드리는 편지」에서 "사실 부분적으로는 속임수를 써서"(KKANII 197) 구두시험에 합격했다고 고백하고 있는데, 급우들인 후고 헤히트, 파울 키슈와 함께 그리스어 선생 구스타프 아돌프 린드너의 건물 관리인을 매수해 그가 없는 틈을 타 수첩을 뒤져 각 학생별로 주어진 번역 텍스트를 알아냈던 것이다. 그들은 각자 잘 모르는 부분을 일부러 조금씩 틀리게 써서 의심을 사지 않았다고 한다(HBI 255). 후고 헤히트에 의하면, 카프카는 그 사건에 마지못해 끌려들어갔는데, 소심하고 양심적인 그로서는 매우 견디기 힘든 일이었을 것이

김나지움을 졸업할 무렵의 카프카
(1901년)

다. 카프카는 불안과 걱정에도 불구하고 별 탈 없이 고등학교 졸업 시험에 합격했고, 그는 그것을 커다란 기적으로 여겼다.

1901년 7월 말경 그는 바라던 졸업성적 증명서를 받았다. 성적은 합격을 의미하는 '미(美)'였다. 이 합격 통지서는 대학 교육을 받을 수 있는 자격증인 동시에 미래의 특권적 삶에 대한 일종의 보증서였다. 그는 초등학교 4년, 김나지움 8년을 합쳐 12년 동안의 강요된 교육 속에서 심적인 붕괴 없이 살아남았다는 것에 안도했다. 위태로운 사춘기를 무사히 극복해낸 것이다.

카프카가 입학하게 될 프라하 독일 카를 대학의 겨울학기는 11월 중순에 시작되었다. 여름 동안은 자유였다. 아들의 김나지움 졸업을 자랑스럽게 생각한 아버지 헤르만은 그에게 졸업 선물로 4주간의 휴가여행을 보내주었다. 7월 28일부터 8월 27일까지 카프카는 처음으로 보헤미아 지방과 모라비아 지방을 떠나 당시 프라하 중산층 유대인이 즐겨 찾는 북해 지역의 헬골란트와 노르트에르나이에서 휴가를 보냈다(Br 491). 당시 그곳은 독일의 몇 안 되는 해수욕장으로 유대인이 아무런 적대감을 느끼지 않고 안전하게 휴가를 지낼 수 있는 곳이었다. 그것이 카프카에게는 첫 해외여행이었다. '도시 출신 아이'로서 처음 보는 바다에서 받은 그때의 깊은 감동은 평생 그의 마음

속에 남게 된다. 빛나는 태양, 파도가 넘실거리는 광활한 푸른 바다, 그 위에
그림같이 떠 있는 아름다운 돛단배들, 카프카에게는 모든 게 아름답고 장대
하게 느껴졌다.

8월 4일 그는 헬골란트에서 휴가 중인 지크프리트 뢰비 외삼촌을 만났다.
그러나 8월 8일 갑작스런 한사리와 폭풍으로 아저씨와 함께 급히 배를 타고
노르트에르나이의 춤 라이히자들러 호텔로, 12일에는 프리지아 여관으로 옮
겨가야 했다. 그는 그곳에서 처음으로 자연요법 치료를 받았는데, 매우 흥미
롭고 신기하게 느껴졌다. 그것은 트리쉬의 시골 의사로 있는 지크프리트 외
삼촌이 알려준 수치법(水治法)과 공기 치료였다(KW 213f.). 그리고 그때 경험
한 바다의 폭풍우는 변화무쌍하고 "너무나 영웅적"(Br 274)이어서 자연의 위
대함과 장엄함을 처음 가슴 깊이 느끼게 되었다. 그는 후에 쓴 잠언에서
"해변에 부딪혀 부서지는 파도는 그 무엇보다 강력하다. 파도가 부서지는
곳이 협소하긴 하나 정말 대적할 것이 없다"(HBI 257)고 썼다.

# 독일 페르디난트 카를 대학 시절

여름휴가에서 돌아온 카프카는 1901년 11월 프라하의 독일 페르디난트 카를 대학[1]에 입학했다. 그러나 그는 전공분야의 선택을 놓고 부모와 또다시 갈등을 겪어야 했다. 김나지움 졸업자 명단의 미래 직업난에 "철학 공부" (KW 242)라고 썼던 카프카는 휴가에서 돌아온 후 '철학 공부는 굶어죽기 딱 알맞은 미친 짓'이란 아버지의 격한 반대에 부딪쳤다. 대학을 학문 연구를 위한 곳이라기보다는 직업 선택과 직결되어 있다고 생각했던 헤르만 카프카는 자기 자식이 사회적 신분 보장과 지위 상승의 기회를 얻을 수 있는 법학을 공부하기를 원했다. 카프카는 첫 겨울학기에 원래 계획했던 철학 공부를 포기하고, 예상치 않은 화학과에 등록했다. 처음에는 변호사가 되는 것을 원치 않았고(F 100), 유대인으로서 공직에 근무하는 것이 매우 어렵다는 것을 알고 있었기 때문에, 그는 김나지움 친구들인 에발트 프리브람, 오스카

---

1 카를 대학(Karls Universität)은 신성로마 제국의 황제이자 보헤미아의 왕이었던 카를 4세와 그의 추종자 바츨라프 4세가 프라하를 제국의 수도로 정하면서 1348년 건립한 대학이다. 그러나 1882년 오스트리아헝가리 제국의 프란츠 요제프가 민족들의 요구에 따라 이 대학을 '독일 카를 대학'과 '체코 카를 대학'으로 분리했다. 독일계 유대인인 카프카는 독일 카를 대학에 입학했다. 분리되기 전의 카를 대학은 독일어권 및 중부 유럽 최초의 대학이다.

폴락, 후고 베르크만과 함께 유대인으로서 취직 가능성이 있는 화학을 택했다. 후고 베르크만의 회고로 미루어볼 때 카프카의 선택에 그의 결정이 작용했던 것으로 보인다.

> 당시 상황으로 볼 때 세례[1]받기를 원치 않는 유대인 대학 졸업자에게 남는 것은 사실 자유직업밖에 없었다. 즉, 의사나 변호사가 되는 것이었다. 우리 두 사람은 이 직업을 원치 않았기 때문에 다른 가능성을 타진해보게 되었는데, 사람들은 화학을 공부하도록 충고했다. 왜냐하면 유대인도 화학연구소에 채용될 가능성이 있었기 때문이다. 그래서 우리 두 사람은 함께 프라하 독일 대학의 화학과로 가게 되었다. 그곳에는 세례 받은 유대인 골트슈미트 교수가 과장으로 있었는데, 우리는 그와 상담한 후에 받아들여졌다. 우리 두 사람은 책이 아닌 실험실에서 화학을 배워야 한다는 것을 생각하지 못했다. 실험실 작업은 우리 두 사람에게는 쉽지 않았다. 우리 손이 화학 시험관을 다루는 데 능숙치 못했기 때문이다. 카프카는 오래 견디지 못했다. 그는 학기 초 화학을 결정하기 전 업신여겼던 법학으로 옮겼다. 그러나 실제적으로는 청강생으로 아우구스트 자우어에게서 독일 문학 강의를 들었다. 나는 1년 동안 견딘 후 결국 화학 공부를 포기했다. 그러고는 수학, 물리학, 철학으로 방향을 돌렸다(AK 24f.).

이렇게 카프카는 실험실 작업에 놀라 2주 만에 전공을 법학으로 바꿨다. 이에 가장 기뻐한 사람은 물론 아버지 헤르만이었다. 왜냐하면 아들이 법학 박사가 된다면 재판소, 우체국, 은행, 기업, 시청 또는 국가 행정부 등에 취직할 수 있었기 때문이었다. 그러나 카프카는 첫 학기 7개의 강의와 세미나 중 4개만 로마법과 독일법 등 기초과목을 택했고, 그 외에는 인문계 필수과

---

2 여기서 말하는 세례는 '가톨릭 세례'를 의미한다.

목인 '실천철학'과 '독일 예술사 입문'을 수강했다. 1902년 봄 필수과목인 법제사(法制史)와 법 이론에 거부감을 느낀 그는 다시 한 번 전공을 바꾸기로 마음먹고 1902년 여름학기에 독어독문학과 예술사 강의에 등록했다. 또다시 아버지의 강한 반대와 직업이라는 현실적인 고민에 둘러싸인 채 그는 고대 독일 문학사, 하르트만 폰 아우에, 신고지독일어 통사론, 네덜란드 미술사, 기독교 조각 등을 수강하면서 정신적인 빈곤감을 달랬다. 그러나 그는 친구 파울 키슈와 함께 들었던 아우구스트 자우어의 독일 문학사와 독일 문체 연습 강의에 크게 실망했다. 자우어는 독일 민족주의를 강조하는 독문학자로 강의와 그가 편집을 맡고 있는 잡지 ≪도이체 아르바이트(Deutsche Arbeit)≫ 를 통해 독일 민족 우월주의를 강조함으로써 체코 민족과 반목을 야기했기 때문이다. 자우어는 후에 민족주의 문학사가가 된 요제프 나들러의 스승으로, 당시에 이미 문학이란 개인의 창조물이 아니라 그것이 속해 있는 종족, 집단적 심리, 풍토의 산물이라는 이론을 내세웠다. 그 시기에 오스카 폴락에 게 보낸 카프카의 편지에는 자우어의 독일 민족 우월주의와 반유대주의에 대한 날카로운 비판이 담겨 있다(Br 496).

그는 자우어의 독문학에 실망한 채 1902년 8월 리보흐에 있는 친척 집에 서 여름휴가를 보냈다. 카프카는 집을 떠나 자신의 생각을 정리하기 위해 프라하에서 북쪽으로 30킬로미터쯤 떨어진 엘베 강가에 있는 작은 도시 리 보흐로 갔던 것이다. 그러나 마드리드의 철도청장으로 근무하고 있는 외삼 촌 알프레트 뢰비가 프라하를 방문한다는 소식을 듣고 급히 돌아왔다. 1902 년 8월 24일 그는 바이마르 괴테 박물관을 방문하고 있는 오스카 폴락에게 알프레트 뢰비와 자신의 미래 계획을 상의할 예정이라고 편지를 썼다.

마드리드에 사는 나의 외삼촌이 오셨는데, 나는 그분 때문에 프라하로 돌 아왔네. 그분이 도착하기 직전에 이상한, 이상하다고 여겨지는 생각이 떠올랐어. 그분께 부탁해보자는, 아니 부탁이 아니라 물어보자는 생각 말일세.
그러니까 어쩌면 그분이 나를 구해낼 어떤 방법을 알려줄 수 있지 않을까,
어쩌면 새롭게 출발할 수 있는 어떤 곳으로 나를 인도해줄 수 있지 않을까
하고 말이네(Br 13).

그러나 알프레트 뢰비는 미래의 안정된 생활을 위해 법학 공부를 계속하
는 게 좋을 것이라고 충고했고, 카프카는 이에 크게 실망했다. 그가 떠난
후 카프카는 8월 24일 리보흐로 다시 갔다가 8월 말 시골 의사인 지크프리
트 뢰비가 사는 트리쉬에 일주일간 더 머물렀다. 독신주의자인 지크프리트
는 다양한 분야에 관심을 가지고 많은 독서를 했으며, 카프카의 가족 중
가장 큰 서재를 가지고 있었다. 카프카는 외삼촌 중에서 자기와 비슷한 성향
의 지크프리트를 가장 좋아했다. 그는 고독을 사랑했고 삶에 대해 진지하게
생각했으며 독특한 행동으로 사람들에게 즐거움과 놀라움을 주었다. 카프카
가 1917년에 쓴 단편 「시골 의사」의 배경이 된 장소와 인물은 바로 트리쉬
의 시골 마을과 지크프리트이다. 그는 리보흐와 트리쉬에 머무는 동안 도시
생활의 분주함을 잊고 정말 오랜만에 목가적인 자연 풍경과 평화로움을 맛
보았다. 그는 점차로 자연친화적 생활을 좋아하기 시작했다.

깊은 골짜기의 길가, 포도원 바로 맞은편에 작은 집 한 채가 있다네. 이
마을의 첫 집이자 마지막 집이지. 대단한 집은 아니어서 기껏해야 백 굴덴이
나 나갈까.……아마 그 집을 좋아하고 꿈에도 잊지 못하는 사람이 있다면,
그 집 주인을 포함해서 나밖에는 없을 거야. 그 집은 작고 낮지만 그리 낡지
는 않았어. 그래 그 반대지. 고작해야 5년에서 10년쯤 되었을까? 기와지붕,
사람이 겨우 기어들어갈 수 있을 만큼 작은 대문, 그리고 옆에는 창문 두
개, 교과서에서처럼 모든 것이 대칭적이라네. 그러나 대문은 육중한 나무이
고 갈색 칠이 되어 있다네. 창틀도 갈색인데, 맑은 날이나 비오는 날이나

항상 닫혀 있네. 그런데도 그곳에는 사람이 살고 있어. 대문 앞에는 육중하고 넓찍한 돌로 된 벤치가 있어. 그것은 꽤 오래된 것 같아. 그리고 한 번은 손에는 지팡이를 짚고 등에는 가벼운 배낭을 메고 지나가던 일꾼 셋이 그곳에 앉아서 쉬는 거야. 이마의 땀을 닦아내더니 곧 머리를 맞대고 무엇인가 이야기하는 거야. 나는 위에서 그 모든 것을 잘 볼 수 있다네. 그것은 마치 먼 옛날의 사랑스러운 독일 동화처럼 보이더군(B1 15f.).

1902년 8월 말에서 9월 초까지 오스카 폴락에게 보낸 편지에서도 트리쉬에서 보낸 시간에 대해 "정원에 앉아서 아이들에게 동화이야기를 들려주거나 모래성을 쌓거나 숨바꼭질 놀이를 하거나 아니면 탁자를 깎아 만들거나 하면서"(B1 16) 자신의 미래에 대해 여러 가지 생각을 했다고 썼다. 그는 그때 처음으로 부모 집을 떠나 타지에서 공부하는 것을 고려해보았다. 그는 여름휴가에서 프라하로 돌아온 후 10월 13일 김나지움 친구인 파울 키슈와 함께 뮌헨에서 독문학을 계속 공부할 생각으로 독일 행 비자를 신청했다(Br 13). 그리고 17일 후 혼자서 뮌헨으로 떠났다. 그곳에서 독문학 공부를 할 수 있는 여건을 알아보기 위해서였다. 그러나 그의 첫 번째 탈출 시도는 며칠 동안의 뮌헨 체류로 허무하게 끝나고 말았다. 지크프리트 뢰비의 충고와 그의 '쓸데없는' 계획을 위해서는 한 푼도 줄 수 없다는 아버지의 강력한 반대 때문이었다. 카프카는 뮌헨 유학과 독문학 공부를 포기하고, 세 번째 학기에는 프라하에서 다시 법학 공부를 시작했다. 그는 그때의 슬픈 심정을 1902년 12월 20일 오스카 폴락에게 보낸 편지에서 이렇게 표현했다.

프라하가 떠나도록 내버려두지 않네. 우리 모두를 말일세. 이 어미는 갈퀴 발톱을 가지고 있네. 따를 수밖에. 아니면 우리는 거기 두 곳, 비셰흐라드 요새와 흐라드신 궁[3]에 불을 질러야 하네. 그래야만 떠나는 일이 가능할 거야. 사육제 때까지 한 번 고려해보세(Br 14).

기괴한 소설 『골렘』의 작가 구스타프 마이링크가 프라하의 '악마적인 마력'이 자신을 놓아주지 않는다고 말했듯이, 카프카 또한 날개 꺾인 새처럼 프라하에 유폐된 듯한 느낌을 가졌다. 카프카는 이러한 낙담한 심정을 자신의 미완성된 소설 「수줍은 껑다리와 마음이 불순한 자에 관한 이야기」[4]에서 표현한 적이 있다. 프라하와 부모와 지루한 법학 공부로부터 벗어나고자 했던 시도가 좌절된 후 카프카는 결국 법학을 전공으로 택했다. 당시 법학과는 법학뿐만 아니라 국가학을 병행하고 있어서 8학기 동안 법제사와 법이론 외에도 헌법, 행정법, 국민경제학, 재정학 등을 마쳐야 했다(HBI 271). 수업은 주로 이론적 강의에 치우쳐 있어서 이론과 실제 사례를 연관시켜 논쟁을 벌일 수 있는 세미나는 아주 드물었다. 모든 강의는 필수였고 매 강의는 자세하게 필기해서 졸업 시험 때 모든 자료를 제출하게 되어 있었다. 카프카의 대학 동창이자 후에 유명한 법 사학자가 된 구이도 키슈는 토론이나 실습 없이 이론에만 치우친 당시의 법학 수업이 "삭막하고, 터무니없고, 전혀 내적인 관계를 찾을 수 없었다"[5]고 비판했다. 카프카에게 법학 공부는 권태롭고 무미건조할 뿐만 아니라 특히 필기와 외우는 일은 마치 '톱밥'을 씹는 것처럼 고통스러운 것이었다. 그는 일기에 "이것은 어떤 의미에서는 예전의 김나지움이나 후의 관리 생활에서 경험했던 맛이었다"(KKANII 176)고 썼다.

---

3 비셰흐라드(Vysehrad)는 가파른 바위 위에 세워진 중세의 요새이고 흐라드신(Hradschin)은 프라하의 왕궁인데, 이것들은 모두 프라하의 상징이다.
4 「수줍은 껑다리와 마음이 불순한 자에 관한 이야기(Die Geschichte vom schamhaften Langen und vom Unredlichen im Herzen)」(Br 14f.)는 미완성 소설 스케치다.
5 Guido Kisch, *Der Lebensweg eines Rechtshistorikers. Erinnerungen*, Sigmaringen 1976, S.40.

# 막스 브로트를 만나다

카프카는 대학 시절에 자주 체코어[1] 연극과 독일어 연극 공연을 보러 갔다. 어린 시절부터 연극에 관심이 많았던 탓도 있었지만, 그가 장기 구독하고 있는 문예 잡지 ≪데어 쿤스트바르트≫에서 프로테스탄트 신학자 아르투르 보누스가 쓴 「신비적인 것」을 읽고 감동받은 탓도 있었다(Br 286F.). 보누스는 여기에서 드라마를 내적 투쟁의 표현이자 고통스러운 병과 갈등의 꿈같은 비전으로서 이해하고, 그것이 영혼의 심층적 차원을 열어놓기 때문에 사람에게 강한 감동을 불러일으킨다고 했다.[2] 이외에도 카프카는 여러 문학 강연회나 봄의 축제 같은 무도회에도 참석했다.

특히 그는 후고 베르크만과 함께 프라하 독일 대학의 가장 큰 연맹인 '프라하 독일 대학생을 위한 독서와 강연 회관'이 주최하는 강연과 시낭독회에 규칙적으로 참석했다. 당시 프라하의 페르디난트 거리에 있었던 '독서와 강연'은 대학생의 문화 활동을 위한 학회로 독일 문화 일반을 대학에 정착시키

---

1 카프카는 유년 시절 체코인 보모·가정부·가정교사와 함께 생활했기 때문에 다른 프라하 출신 독일계 작가인 라이너 마리아 릴케, 프란츠 베르펠 등과는 달리 체코어에 능통했다. 그는 체코인의 마음을 이해했고 후에 체코인 직장 동료에게도 많은 사랑을 받았다.

2 Arthur Bonus, "Mystisches," *Der Kunstwart*, 15, Heft 3(Erstes Novemberheft 1901), S.90-93.

'프라하 독일 대학생을 위한
독서와 강연'의 포스터

기 위한 목적으로 1848년에 창립되었다. 이 모임의 회관에는 많은 장서를 갖춘 도서관이 있었고, 활발한 문화 활동을 통해 영향력 있는 프라하의 독일 문화 클럽으로 자리 잡았다. 매주 독일 문학인의 낭독회나 강연회를 열었고 자주 콘서트와 미술전람회도 개최했으며, 토론 서클에서는 예술과 문화에 대한 다양한 주제가 논의되었다. 그러나 1892년 범게르만 민족주의자들이 반유대주의와 반자유주의 운동인 '게르마니아'를 활성화하기 위해 이 모임에 들어오면서 부분적으로 정치적인 색채를 띠게 되었다. 그들은 모임을 이끌어가는 지도위원회를 장악해 순수 문화 활동을 통제하고 정치적 목적을 은밀히 수행하고 있었다.

카프카도 회원이었던 이 학회의 당시 회원 수는 450여 명이었는데, 소수의 독일인과 체코인을 제외하고는 거의가 독일어를 말하는 유대인이었다. 그들 중에는 범게르만 민족주의에 편승해 유대인이라는 자신의 출신 배경을 거부한 채 완전한 독일인이 되기 위해 가톨릭으로 개종하고 서부 유럽 문화를 찬양하며 적극적으로 독일인 행세를 하는 사람들도 적지 않았다.

'독서와 강연'의 지도위원회에는 카프카의 사촌 형인 브루노 카프카[3]가 위원장으로 있었다. 두 살 위였던 브루노는 카프카와는 전혀 다른 사람이었다. 그는 공격적이고 목표 지향적인 남성사회의 전형적인 인물로 언제나 힘이 넘쳤고 자신감에 차 있었으며 명예욕으로 가득 차 있었다. 또한 후에

---

3 브루노 알렉산더 카프카(Bruno Alexander Kafka, 1881~1931)는 헤르만 카프카의 사촌이자 법률고문인 변호사 모리츠 카프카(Moritz Kafka)의 아들이다.

법학교수가 되어 형법 책에 대한 논평을 쓸 정도로 지식과 재능도 갖추고 있었다. 두 사람은 검은 눈, 검은 머리, 큰 키 등 외모가 비슷했지만 전혀 다른 삶의 방식을 가지고 있었다. 카프카가 일생 동안 유대정신에 대해 복합적이고 양가적인 태도를 보이면서도 늘 객관적인 입장을 고수하려고 노력했던 반면에, 브루노는 유대정신과 유대인에 관계된 모든 것을 거부하고 서구 사회에 편입하기 위해 적극적으로 노력했다. 그는 가톨릭으로 개종한 후 프라하 독일 카를 대학 법학부 학장과 총장으로 출세했고, 보헤미아의 '구리왕' 막스 본디의 딸과 결혼해 거대한 자산가가 되었다. 유대인이었던 막스 본디 역시 개종해 귀족 칭호를 받았는데, 그가 프라하의 독일어 일간지 ≪보헤미아≫를 인수했을 때 브루노는 그 신문의 발행인 겸 편집자가 되기도 했다. 그는 후에 이러한 권력과 명성을 비탕으로 체고의 독일민족민주당의 당수가 되었고, 체코 국회 의장으로서 정치적 명성을 날리기도 했다.

'독서와 강연'에는 독자적으로 활동하는 여러 분과 위원회가 있었는데, 그중 '문학과 예술 분과'의 위원장은 막스 브로트였다. 활동적이고 책임감이 넘치는 막스 브로트는 문학 및 예술 강연회를 위한 사례금 승인이나 금액 결정 문제 등으로 브루노 카프카와 사사건건 부딪쳤다. 브루노가 조직의 자금을 조정해 유대인인 막스 브로트가 속해 있는 '문화 위원회'의 활동을 축소하려 했기 때문이다. 막스 브로트와 브루노의 충돌은 막스 브로트가 표현했듯이 '모기와 코끼리'의 대결이었다. 그만큼 브루노는 강력한 전권을 행사했으며, 그에게 브로트의 도덕적인 분노나 낭만적 이상주의는 우스꽝스러운 것이었다.

문화 위원회에는 문학과 예술에 관심이 있는 대학생들이 모여서 '문학과 예술 분과'를 '독서와 강연'의 지성적이고 문화적인 활동의 주축으로 키워가고 있었다. 그들은 문학과 예술에 헌신하며 당시 사회를 휩쓸고 있었던 급진적 민족주의에 대한 비판적 시각도 확대시켜나갔다. 법학 공부에 권태를 느끼며 혼자서 글쓰기에 열중해 있던 카프카에게 '문학과 예술 분과'는 여러 가지 면에서 매우 중요한 역할을 했다. 사춘기를 거쳐 대학 초까지 이어오던 오스카 폴락과의 우정은 이 클럽을 통해 자연스럽게 여러 문학 지망생들과의 인연으로 넘어가게 된다. 여기서 카프카는 프라하 내외의 이름 있는 문학인에 대한 정보를 얻고 여러 가지 비평과 토론에 참여하면서 고립된 자기만의 삶으로부터 벗어나게 된다. 카프카는 '독서와 강연'에서 개최하는 다양한 문학 강연, 낭독, 토론 등에 참여하면서 스스로도 매주 개최되는 작가독회를 조직하는 데 협력하기도 하고 잠시 동안이지만 '문학과 예술 분과'의 예술 리포터 역할을 맡기도 했다. 또한 구스타프 마이링크, 파울 레핀, 후고 잘루스, 파울 키슈, 프란츠 베르펠 등 재능 있는 프라하 작가가 초대되거나 작품이 낭독되었고, 이외에도 외국의 유명한 작가들의 작품이 낭독되거나 작가론에 대한 강연이 열리기도 했다.

카프카의 평생지기이자 후원자가
된 막스 브로트(1900년)

바로 이 '독서와 강연' 모임에서 카프카는 둘도 없는 친구이자 문학의 대변자이자 후원자가 되어준 막스 브로트를 만나게 된다. 대학의 첫 학기가 시작되던 1901년 10월 23일 카프카는 '문학과 예술 분과'에서 개최하는 막스 브로트의 '쇼펜하우어 철학의 미래와 운명'이라는 강연회에 참석했다. 당시 막스 브로트는 김나지움을 갓 졸업하고 카를 대학 법대에 입학한 열여덟 살의 앳된 청년이었다. 그는 '신동'이라 불릴 정도로 이미 프라하 문화계에 음악가, 작곡가, 서정시인, 소설가로 알려져 있었다. 여러 신문과 잡지에 기사와 에세이를 쓰고, 번역을 하고, 많은 작가와 서신을 교환하고 있었으며, 프란츠 베르펠, 야로슬라브 하제크, 레오스 야나체크 등과 마찬가지로 잊혀져가는 유대 민족의 신의 존재를 찾아가고 있었다. 당시 쇼펜하우어의 열렬한 숭배자였던 막스 브로트는 이 강연회에서 '신의 죽음'과 더불어 '모든 가치의 재평가'를 주장하는 니체를 노골적으로 사기꾼이라고 비판했다. 이에 대한 카프카의 이견(異見)은 둘 사이의 특별한 대화로 이어졌다. 막스 브로트는 카프카와 처음 알게 된 당시 상황을 이렇게 기록했다.

그 강연이 끝난 후 한 살 위인 카프카는 귀갓길에 나와 동행하게 되었다. 카프카는 거의 빠짐없이 '분과'의 회합에 참석하고 있었지만, 우리는 그때까지 서로에게 한 번도 주목한 적이 없었다. 그는 거의 말이 없었고, 그의 외모는 결코 눈에 띄지 않았으므로……그런 그에게 관심을 기울인다는 것은 힘들었을 것이다. 그러나 그때 그는 내가 가진 무엇인가에 이끌렸던 것 같은데, 다른 때보다 마음을 열었고, 어쨌든 나의 지나치게 과격한 표현에 대해 강하게 반대하면서 우리의 끝없는 귀갓길 대화가 시작되었다. 그때부터 우리는 자신이 좋아하는 작가들에 대해 이야기하게 되었고, 서로에게 그들을 옹호하곤 했다. 나는 당시 마이링크에 매우 심취해 있었다. 김나지움에서는 고전주의 작가를 보며 성장해 모든 '현대적인 것'을 거부했으나 상급 학년 때 이미 급격한 변화가 시작되어 이제 진정한 '질풍노도'에 접어든 나에게는 모든 진기한 것, 제멋대로인 것, 뻔뻔한 것, 냉소적인 것, 무절제한 것, 과장된 것이 모두 환영을 받았다.

카프카는 침착하고 지혜롭게 나의 의견에 반대했다. 그는 마이링크는 별로 좋아하지 않았다.[4] 나는 나비를 펼쳐진 커다란 미술 책과 비교한 마이링크의 「보라색 죽음」 가운데서 몇 군데 '멋진 대목'을 인용했다. 그러자 카프카는 코를 찡그렸다. 그런 것이 그에게는 억지스럽고 부담스러운 것 같았는데,

---

4 카프카는 구스타프 마이링크를 비롯해서 베데킨트, 오스카 와일드, 하인리히 만 같은 아방가르드적이고 퇴폐적인 작가에게는 별 관심이 없었지만, 토마스 만, 함순, 헤세, 플로베르, 카스너, 빌헬름 쉐퍼, 한스 카롯사, 헵벨, 슈티프터, 고골, 도스토옙스키, 톨스토이, 스트린드베리, 클라이스트 등은 매우 좋아했다(MB 46).

그는 그것이 인상적이고 지적이며 인위적으로 꾸며낸 것 같은 인상을 준다고 비판했다(물론 이렇게 목록을 나열하는 식의 단어를 쓰지는 않았지만). 그의 내면에는 괴테가 말했던 '조용히 속삭이는 자연의 목소리'와 같은 무엇……이 있었다. 반대의 예로, 그의 마음에 들었던 호프만스탈의 한 구절을 인용했는데, "어느 현관의 젖은 돌 내음"이라는 구절이었다. 그는 오랫동안 침묵을 지켰고, 그러한 은밀한 것, 소박한 것은 스스로 말해야만 한다는 듯이 더 이상 아무 말도 하지 않았다. 그때 나는 너무나 깊은 인상을 받아서 오늘날까지도 이야기를 나누었던 집 앞과 골목길까지 모두 기억하고 있다(MB 45f.).

막스 브로트를 만날 즈음인 1902년과 1903년까지만 해도 카프카는 여전히 오스카 폴락과 예술 잡지 ≪데어 쿤스트바르트≫의 영향을 받고 있었다. 특히 그는 자신도 모르는 사이에 그 잡지의 상투적인 문체와 지엽적인 단어들 그리고 문장 표현에 익숙해 있었다. 그러나 그는 그 잡지가 지니고 있는 문체상의 결함을 잘 알고 있었다. 그는 오히려 그들의 전통적인 어법과 전래 동화적인 표현에 은유적 요소를 가미해 아이러니하고 그로테스크한 문체를 독자적으로 만들어나감으로써 그 영향으로부터 벗어나고자 노력했다. 그리고 1903년 오스카 폴락을 통해서 알게 된 피셔 출판사의 문예지 ≪디 노이에 룬트샤우≫도 카프카가 ≪데어 쿤스트바르트≫의 고전풍 문체 양식에서 벗어나는 데 큰 도움을 주었다. ≪디 노이에 룬트샤우≫는 '모던적' 경향의 개방적이고 포괄적인 문학 잡지로 카프카에게 많은 젊은 모던적 작가들과 그들의 작품 경향을 소개해주었다.

또한 바로 그때 만난 막스 브로트는 카프카를 한층 더 넓은 세계로 이끌어주고자 했다. 다재다능하고 개방적이고 사회적으로 폭넓은 활동을 하던 막스 브로트는 당시 어느 누구도 예감치 못했던 카프카의 숨겨진 천재성을 점차 알아보았던 것이다. 그는 일찍부터 카프카가 자기 시대의 가장 위대한

작가로 발전하리라는 가능성을 발견하고, 무명이었던 카프카의 예술적 우수
성을 공개적으로 인정하고 찬사를 아끼지 않았다. 막스 브로트는 그를 도와
그가 성공하고 인정받도록 최선을 다했으며, 경쟁자일 수도 있었던 카프카
에게 끝까지 우정과 신의를 지키는 도덕적 위대성을 보였다.

# 첫 성경험과 후반부 대학 생활

대학생활 첫 4학기를 총 정리하는 중간 시험인 법제사 국가시험이 1903년 7월 18일로 예정되어 있었다. 카프카는 그때까지 매 학기 일주일에 20시간 이상을 로마법, 교회법, 독일법, 오스트리아 법제사 등 지루한 법학 과목을 수강하고 있었다.

7월 초 어느 무더운 여름 날 중간 시험을 준비하던 카프카는 로마 법제사를 소리 내어 외우며 이층 창가를 왔다 갔다 하고 있었다. 그때 첼트너 거리 3번지의 카프카 집[1] 건너편 기성복 상점 문 앞에 서 있는 여점원과 눈이 마주쳤다. 그녀는 이따금씩 창가에 서 있는 카프카에게 매혹적인 미소를 보내곤 했었다. 법제사를 외우느라 한창 골머리를 썩이고 있던 카프카에게 그녀의 유혹은 자극적이었다. 그는 17년이 지난 1920년 8월 9일 편지에서 불안감에 싸여 맞이했던 그때의 첫 성경험을 당시 연인이었던 밀레나에게 이렇게 밝혔다.

---

1 첼트너 거리 3번지(Zeitnergasse Nr.3)에 있는 하우스 추 덴 드라이 쾨니겐(Zu den drei Königen)에서 카프카는 1896년 9월에서 1907년 5월까지 살았다. 1887년 이래 여기에 역시 부모의 상점이 자리하고 있었다.

우리는 그 당시 첼트너 거리에 살고 있었습니다. 맞은편에는 기성복점이 있었는데, 문 앞에는 항상 점원 아가씨가 서 있었습니다. 나는 스무 살이 조금 넘었었는데, 이층 방에서 계속 왔다 갔다 하며 첫 번째 국가시험 준비를 하느라고 아무 의미도 없는 것들을 신경을 곤두세워 외우고 있었습니다. 여름이었고 견딜 수 없을 정도로 몹시 더웠습니다. 나는 그 지긋지긋한 로마법사를 중얼거리면서 항상 그렇듯이 창가에 서 있었는데, 결국 우리는 신호를 통해 서로 의사를 통하게 되었습니다. 저녁 8시에 그녀를 데리러 가기로 했지요. 그러나 내가 그곳으로 내려갔을 때는 이미 다른 남자가 와 있었습니다. 그렇다고 별로 달라질 것은 없었습니다. 나는 전 세계에 두려움을 느꼈기 때문에 그 남자에게도 두려움을 느꼈습니다. 그가 그곳에 없었다 해도 나는 그에게 두려움을 느꼈을 것입니다. 그 아가씨는 그의 팔을 끼고 있으면서도 내게 자기들 뒤를 따라오라고 신호를 보냈습니다. 그래서 우리는 슈첸인젤로 가서 맥주를 마셨습니다. 나는 옆 테이블에서 마셨습니다. 그러고는 천천히 나는 뒤떨어 걸었지만, 어딘가 정육시장 근처에 있는 그 아가씨의 숙소로 갔습니다. 그곳에서 남자는 작별을 하고 그 아가씨는 집으로 달려 들어갔지요. 나는 그녀가 다시 나올 때까지 잠시 기다렸다가 우리는 클라인자이테 구역에 있는 어느 호텔로 들어갔습니다. 그 모든 것은 호텔 앞에서도 매혹적이고 자극적이며 추악한 것이었지만, 호텔 안에서도 다르지 않았습니다. 그리고 아침에, 여전히 덥고 아름다운 날씨였는데, 우리가 카를 다리를 건너 집에 올 때 나는 물론 행복했습니다. 그러나 그 행복은 단지 내가 영원히 신음하는 육체로부터 마침내 평안을 얻었다는 사실에 있었습니다. 그러나 무엇보다도 그 행복은 모든 것이 추악하지도 불결하지도 않았었다는 데 있었지요. 나는 그 아가씨와 다시 한 번 잠자리를 같이했습니다. 이틀 후라고 생각되는데, 모든 게 첫 번째와 똑같았습니다. 그러나 그 후 곧 여름휴가를 떠나 외지에서 어느 처녀와 조금 어울렸기 때문에 프라하에서 그 점원 아가씨를 쳐다볼 수가 없었습니다. 나는 그녀와 더 이상 한 마디 말도 하지 않았습니다. 그녀는 (내 쪽에서 보면) 나쁜 적이었지만, 온순하고 친절한 아가씨였으며 아무것도 알아채지 못하는 눈길로 계속 내 뒤를 쫓아다녔습니다. 말하고 싶지는 않지만, 내가 적개심(물론 그것은 아니었습니다)을 갖게 된 유일한 이유는 그녀가 너무 순진해 호텔에서 사소한 추악한 짓(말할 가치도 없지만)을 했으며, 한 가지 사소한 불결한 이야기(말할 가치도 없지만)를 했다는 데 있습니다. 그러나 그 기억은 남게 되고, 그 순간 나는 그것을 결코 잊지 못하리란 것을 알았습니다. 또한 추악하고 불결한 것이 겉으로 보기에는 그다지 필연적이진 않았지만, 내적으론 극히 필연적으로 전체 상황과 관계가 있으며, 평소 같으면 마지막 힘을 다해서라도 피했을 추악함과 불결함(그것에 대한 작은 표시란 그녀의 사소한 행동과 사소한 말뿐이었지만)이 그렇듯 광적인 힘으로 나를 이 호텔로 끌어들였다는 사실을 알았거나 안다고 생각했었습니다(M 196f.).

카프카의 첫 성경험은 당시 프라하에서 보통 일어날 수 있는 별로 놀랄 만한 일이 아니었다. 당시 프라하 사람들은 성적으로 매우 개방적이었고 중산층 남성과 근로 여성의 성관계 역시 자주 있던 일이었다. 카프카의 친구인 막스 브로트나 프란츠 베르펠 역시 이러한 일반적인 성생활을 즐겼다. 그러나 결벽에 가까울 정도로 순진했던 카프카에게 첫 성경험은 쾌락만이 아닌 역겨움과 불쾌감과 불결함으로 남게 되었다. 그는 자신의 욕망에 치우친 행동에 대해 양심의 가책과 죄책감을 느끼기까지 했다. 그때의 성적 경험은 카프카에게 늦게까지 이중적인 감정, '매혹적이고 자극적'이며 동시에 '역겹고 혐오스러운 것'으로 남았다. 그때의 경험은 그가 후에 만나게 되는 여성들과의 관계에서도 심리적 억압으로 작용하곤 했다.

7월 18일 카프카는 시험에 대한 지나친 불안감에도 불구하고 '좋은 성적'으로 중간시험을 통과했다. 마음이 홀가분해진 카프카는 가족과 함께 엘베 강변의 도시 아우시히 근처의 잘레젤로 여름휴가를 떠났다. 당시 카프카의

누이들의 교육을 맡고 있던 가정교사 안나 푸차로바[2]는 그때 일을 이렇게
기억했다.

> 우리는 엘베 강에서 자주 수영을 했고 강가에서 일광욕을 했다. 대부분
> 자연과 함께 지내기 위해서, 그리고 햇빛과 여름을 온전히 즐기기 위해서
> 항상 서로 떨어져서 수영복 없이 지냈다.……밖에서 프란츠는 아주 기분이
> 좋았다. 그는 자전거를 많이 탔고 어느 아름다운 처녀와 테니스를 쳤다. 프라
> 하로 돌아온 후 그는 장시(長詩)「스텔라」를 썼다. 그것은 바로 그 처녀의
> 이름이었다(AK 66).

여름휴가 중이던 8월 23일 카프카는
가족과 떨어져 드레스덴 근교의 바이서
히르슈에 있는 라만 박사의 자연요법 요
양소에서 신경쇠약 치료를 받았다. 육체
적으로 건강한 스물한 살의 젊은 남자가
시험의 신고(辛苦)를 회복하기 위해 노인이
나 환자가 찾는 요양원을 찾아갔다는 것

바이서 히르슈의 요양소(1903년)

은 좀 특이한 일이다. 하지만 그는 이후로 평생 신경쇠약으로 고생하게 되는
데, 시험에 대한 불안감과 과로 때문이었는지 아니면 첫 성경험에서 온 심리
적 죄의식에서 야기된 것인지는 알 수 없다. 그러나 그 이후 요양원을 찾는
일은 그가 중병에 걸리기 전부터 하나의 습관이 되다시피 했다. 가족이나
친구를 피하고 싶을 때 또는 힘든 일이 있을 때마다 그는 요양원을 찾았다.
1903/04년 겨울학기와 함께 시작된 그의 후반부 대학 생활에서도 부담스

---

2 1902년 10월 1일 안나 푸차로바(Anna Pouzarová)가 엘비라 슈테르크(Elvira Sterk)를 대신해
  서 카프카의 누이동생들의 가정교사로 들어왔다(FC 30).

런 법학 공부가 계속되었다. 형법, 오스트리아 사법(私法), 일반법 및 국법 그리고 국민경제학을 수강했는데, 그때 몇몇 뛰어난 교수들을 만난다. 실제 자료들을 들어가며 민사소송법을 가르친 안톤 리텔렌, 혼란스럽고 복잡한 오스트리아 민법을 뛰어난 교수법으로 간단명료하게 설명해준 호라츠 크라스노폴스키, 그리고 카프카가 특히 5·6·7학기 동안 형법, 형사소송법, 법철학을 들었던 형법학자 한스 그로스 등이 그들이었다.

한스 그로스는 수년 동안 오스트리아 그라츠에서 예심판사로 실무를 쌓은 후 1902년 프라하 카를 대학의 형법과 법철학 교수가 되었다. 그는 현대 범죄학을 학문으로 확립시킨 창시자의 한 사람이고, 범죄 수사에 최초로 경찰견 투입을 고안해낸 사람이기도 하다. 그의 저서『예심판사, 경찰관 그리고 지방순경을 위한 안내서』(1893)는 수십 년에 걸쳐 범죄자 수배를 위한 모범서로 사용되었고 모든 유럽어로 번역되었으며, 당대 범죄소설의 소재와 자료가 되기도 했다. 이 책은 충실한 사례와 더불어 범죄자에 대한 관상학, 심리학 연구, 병적인 거짓말쟁이나 도둑의 은어에 대한 언어 연구 등을 담고 있다. 가장 중요한 기여는 무엇보다도 그의 연구가 단순히 범죄행위뿐만 아니라 범죄자의 심리상태에 주목했다는 데 있다. 그의 의견에 따르면, 법률가는 모든 법 지식을 넘어서 범죄자의 심리적 원인을 이해해야 한다는 것이다. 그는 이러한 새로운 주장과 실제적 범례가 뒷받침된 이론을 통해 프라하의 명망 있는 법학자가 되었다. 카프카는 세 학기 동안 그로스의 강의에 몰두했다. 그는 특히 그의 강의를 통해 수사 작업과 심문 방식에 대한 안목을 얻었다. 몇몇 문예학자들은 그로스라는 인물과 그의 강의가 후에 나온 소설『소송』에 영향을 끼쳤다고 주장한다. 특히 카프카는『소송』을 쓰기 일 년 전에 일어났던 한스 그로스와 그의 아들 오토 그로스의 비극적인 사건[3]을 잘 알고

---

3 카프카 보다 여섯 살이 많은 한스 그로스의 아들 오토는 심리학과 학생으로 뛰어난 능력을

있었고, 1917년 카프카가 개인적으로 알게 된 오토의 심리학적 작업이 그의 후기 작품에도 영향을 끼쳤다고 주장하고 있다.[4]

한편 카프카는 '독서와 강연'의 회원이자 문학 리포터로 막스 브로트와 친해지면서 그의 친구들과도 자연스럽게 어울리게 되었다. 작고 붉은 머리를 한 영어 선생 에밀 바이스는 브로트의 친척으로 브로트와 카프카에게 셰익스피어, 입센, 바이런 등의 작가와 작품을 소개해주었다. 카프카는 이에 자극 받아 1906년경부터 영어를 배우기 시작했고, 그 덕분에 1908년 노동자 재해보험공사의 입사용 자기소개서에 어느 정도 영어를 할 수 있다고 쓸 수 있었다(KW 250).

브로트의 또 다른 친구인 막스 보이믈은 당시 유니온 은행의 공무원이었는데, 김나지움 시절 몸이 자고 척추 장애가 있는 막스 브로트를 늘 보호해준 친구였다. 그리고 브로트는 대학 초기 보이믈을 통해 그의 사촌 오스카 바움을 알게 되는데, 그는 장님임에도 불구하고 일찍부터 음악 교육을 받아 음악에 남다른 재능이 있었으며 특히 피아노를 잘 쳤다. 그는 "우리 그룹은

---

보였다. 학자의 길을 가라는 아버지의 뜻을 어기고, 그는 빈으로 가서 심리연구가인 E. 요네스에게 능력을 인정받아 프로이트를 중심으로 한 심리 연구 클럽에 들어갔다. 요네스에 따르면, 프로이트는 오토와 카를 융을 제자들 중 유일한 창의적인 두뇌의 소유자들로 칭찬했다고 한다. 그러나 정신분열증에 시달리던 오토는 심적 고통을 모르핀으로 해결하려다 병세를 더욱 악화시켰다. 융이 오토의 정신분열증을 심리요법으로 치료하려고 하자 이를 불신한 그로스는 경찰과 법원을 움직여 자신의 아들을 강제로 정신병원에 보냈다. 아버지의 가혹한 처사는 특히 개인의 자유를 중시하는 클럽, 좌파 정치인, 전위작가와 예술가의 비판을 받으면서 유명사건으로 언론에 기사화되었다. 그들은 한스 그로스가 취한 행동은 당시 강압적이고 권위적인 부모의 권력 남용의 본보기로 세대갈등을 상징하는 것이라고 생각했다. 1915년 한스 그로스는 아들과 화해하지 않은 채 죽었고, 아들 오토 역시 5년 후 자살했다. 이 일은 부자간의 갈등이 낳은 비극적인 종말로 당대의 범례적인 사건이었다.

4 Hartmut Binder, *Motiv und Gestaltung bei Franz Kafka*, Bonn 1966, S.106f.

적어도 문학과 같은 정도로 또는 그보다 더 음악에 감동되어 있었다"[5]라고 쓸 정도로 막스 브로트와 그의 친구들은 음악에도 조예가 깊었다. 그들은 자주 만나 음악회와 영화관에도 가고 문학 논쟁을 벌이면서 하나의 작은 그룹을 형성해나갔다. 또한 막스 브로트의 어린 시절 친구인 펠릭스 벨치도 여기에 참여했다. 두 사람 모두 카프카와는 다른 피아리스텐 수도원 초등학교를 다녔고 또한 막스 브로트는 슈테판 김나지움을 다녔기 때문에 대학 때까지는 서로를 몰랐다. 1903년 '카페 루브르'에서 막스 브로트는 카프카에게 펠릭스 벨치를, 그리고 1904년에는 오스카 바움을 소개했다. 막스 브로트를 중심으로 이제 프라하 친구들의 조그마한 정신적인 그룹이 형성되었는데 거기에는 오스카 폴락, 후고 베르크만, 카프카와 동년배의 급우 카밀 기비안, 에발트 펠릭스 프리브람 그리고 카프카의 급우인 오토 슈토이어 등도 참여하게 되었다.

그 그룹은 시간이 지나면서 카프카, 브로트, 벨치, 바움 등 네 명의 그룹으로 다시 좁혀졌다. 그들은 규칙적으로 만나 자신들의 삶과 문학적 경험을 교환하고, 돌아가며 자신들이 창작한 작품을 낭독하고 논평을 가함으로써 서로의 창작 활동에 자극제가 되어주었다. 그러나 카프카는 1906년까지 그들에게 자신의 문학 창작에 대해서 침묵으로 일관했다. 초기에 그는 다른 친구들과는 달리 자기가 좋아하는 작가들의 작품을 낭송하는 것으로 대신했다. 오스카 바움은 맹인이라는 약점을 이겨내면서 소설을 써 문학적인 성공을 거두고 있었고, 펠릭스 벨치는 철학 공부와 정신적 훈련을 통해 1910/11년 겨울학기에 「존 로크의 인식」으로 박사 학위를 받음으로써 철학자의 길을 갔다. 그리고 막스 브로트는 작가·비평가·음악가로 왕성하게 활동하면서 침묵하고 있는 카프카의 창작력을 자극하기도 하고 작품을 쓰도록 용기를

---

5 Max Brod, *Der Prager Kreis*, Stuttgart/Berlin/Köln/Mainz 1966, S.128.

북돋아주기도 했다. 카프카는 이 시기에 특히 프리드리히 헵벨의 일기(Br 27), 바이런의 일기와 편지 등 자전적인 장르의 작품을 즐겨 읽으면서(BKB 12), 자신의 '거룩한 비밀'인 글쓰기를 몰래 키워나가고 있었다. 그가 유난히 자전적 작품을 좋아했던 이유는 훌륭한 선인들의 삶 속에서 자신감 없고 유약하기만 한 자신의 인생 길잡이가 될 스승을 만나기 위해서였다.

1904년 8월 부모와 함께 프라하 주변의 시골에서 여름휴가를 보내고 있던 카프카는 창작에 매우 큰 영향을 준 중요한 작품과 만나게 된다. 1904년 문예지 ≪디 노이에 룬트샤우≫ 2호에 실린 후고 폰 호프만스탈의 에세이 「시에 대한 대화」[6]였다. 그 글을 통해 카프카는 단순한 것, 평범한 것 속에 숨어 있는 마술적 이미지에 눈뜨게 되었고, 그 속에 예견하지 못한 놀랍고 신비로운 세계가 숨겨져 있음을 깨달았다. 이제 그는 너욱너 신상된 마음으로 자신이 살고 있는 세상을 다른 시각으로 바라보고 새롭게 인지하고 새로운 언어로 형상화해야 한다고 생각했다. 그는 "단어 하나하나에 자신의 삶을 연결시킬 수 있는"(KKAT 146) 그런 묘사에 대한 예감에 사로잡히곤 했다. 카프카에게 글쓰기는 무엇보다도 기존의 고착화되고 강요된 세계에 반기를 드는 '투쟁의 기록'과 같은 것이어야 했다. 그가 일상적인 것 속에 숨겨져 있는 엄청난 비밀을 예감한 것은 어린 시절의 아주 평범한 사건에서였다. 그는 1904년 8월 28일 막스 브로트에게 보내는 편지에서 자신이 어린 시절

---

6 후고 폰 호프만스탈(Hugo von Hofmannsthal)은 카프카의 대학 중간 시절쯤 그에게 가장 큰 영향을 준 작가로 알려져 있다. 막스 브로트와 처음 만났을 때 카프카는 호프만스탈의 「어떤 편지(Ein Brief)」(당시 '첸도스 경의 편지(Chandos-Brief)'라는 제목으로 알려진 에세이)를 언급한 적이 있었다. 그 에세이는 20세기 독일 문학에 '언어 회의'에 대한 논쟁과 더불어 많은 영향을 끼쳤다. 릴케, 카프카, 무질의 작품에도 언어 회의에 대한 문제가 뚜렷이 각인되어 있다(이주동, 「세기전환기 서구문학과 모더니티」, 『인문연구논집』, 제33집, 효일문화사, 2004, 79-123쪽 참조).

에 겪었던 놀라운 체험을 이렇게 기록하고 있다.

> 내 삶이 아직 확실치 않았을 때였네. 어느 날 잠깐 낮잠을 자다 눈을 떴을
> 때였는데, 나는 우리 어머니가 발코니에서 아래에다 대고 자연스러운 목소리
> 로 "뭐 하세요" 하고 묻는 소리를 들었네. 어떤 여자가 정원에서 대답했지.
> "정원에서 간식을 들고 있어요." 그때 나는 사람들이 어떤 확고함을 통해
> 생을 영위해나갈 줄 아는 데 놀랐네(Br 29).

카프카는 두 여인의 질문과 대답을 통해 그가 지금까지 그냥 무심코 지나
쳤던 현실 세계의 숨겨진 비밀을 깨닫는다. 거기에는 어린 카프카가 알지
못하는 고정되고 자동화된 질서가 있었다. 인간의 소통이 마치 이미 녹음된
대화를 틀어놓은 듯 하나의 고정 된 틀 속에서 이루어진다는 사실은 어린
카프카에게 아주 놀랍고도 낯선 것이었다. 단순한 것 속에서 느낀 놀라운
체험을 카프카는 1904년부터 쓰기 시작한 산문 스케치 모음집『어느 투쟁의
기록』에 생생하게 기록했다. 그 작품 속에 등장하는 소박하고 예지적인 인물
은 규격화된 틀 속에 살고 있는 주위의 인간에게 도대체 "너희의 세계에
무슨 일이 일어난 것이냐"는 질문을 던진다.

> 자신이 아주 나약하고 불행하게만 느껴져서 숲의 땅바닥에 얼굴을 묻었다.
> 나를 에워싼 지상의 사물을 보려는 긴장을 견뎌낼 수 없었기 때문에. 나는
> 움직임 하나하나, 생각 하나하나가 모두 강요된 것이며, 따라서 그런 것을
> 경계해야 한다고 확신하고 있었다.[7]

---

7 Franz Kafka, *Sämtliche Erzählungen*, hrsg. von Paul Raabe, Frankfurt am Main 1971,
S.210.

그는 타인과 다르게 지상의 사물을 새롭게 보고 새롭게 기술함으로써 전에는 한갓 '물질 더미'로만 보였던 세계가 마치 마술에 걸린 듯 살아 움직였다. 타인에게 고정된 인과론적 법칙에 따라 움직인다는 자연의 세계가 그의 직관적 상상력 속에서는 환상적인 세계로 바뀐다. 다른 사람에게는 당연한 것으로 보이는 확고부동한 세계 질서가 무너져 내리고 마치 마력에 홀린 듯 새로운 변형된 모습으로 나타나기 시작했다.

나는 전나무 숲을 좋아하므로 전나무 숲을 지나갔다. 또 별이 빛나는 하늘을 바라보기를 좋아하므로 광활하게 펼쳐진 하늘에서는 별들이 천천히 그리고 조용히 내 위로 떠올랐다. 물론 별들은 늘 그런 식이긴 하지만……나는 긴 건너편 꽤 먼 곳에 높은 산을 우뚝 세웠는데……산을 보니, 비록 평범한 광경이긴 했지만, 하도 기뻐서 나는 한 마리 작은 새가 되어 이 먼 덥수룩한 관목들의 가지에 매달려 그네를 타느라 달을 떠오르게 하는 것을 잊고 있었다. 달은 벌써 산 뒤에 와 있었는데, 내가 늦장을 부린다고 틀림없이 화를 내고 있었을 터였다(KKANI 74f.).

카프카는 이제 사물과 자신의 관계를 새롭게 구축해나갔다. 별과 달이 뜨고 산이 우뚝 서 있는 것은 더 이상 매일 반복되는 자연 현상이 아니라 자신의 생각·환상·상상력과 더불어 생겨나고 변화되었다. 꿈이나 환상 속에서처럼 사물과 동물과 인간이 자유자재로 관계를 맺고 변형되어졌다. 카프카의 상상력과 환상이 자유로운 창조력을 발휘하고 있는 것이다. 카프카는 1920년 초 「그(Er)」라는 잠언적인 글 중에서 김나지움 졸업 시험 시절 자신의 인생관을 결정했던 순간을 이렇게 기억하고 있었다.

여러 해 전 언젠가 나는 분명 슬픔에 잠겨 라우렌츠 산의 가파르지 않은 경사지에 앉아 있었다. 나는 내가 인생에 대해 가지고 있는 몇 가지 소망을 점검해보았다. 가장 중요하고 마음을 끄는 소망으로 남은 것이 생애에 대한 하나의 조망을 얻고 싶다(그리고 아무튼 그것은 필연적으로 결부된 것이지만 다른 사람들이 그것을 글로 확신할 수 있는 그런 생의 조망)는 소망이었다. 생이 자연스럽고도 힘든 영고성쇠를 지니고 있으면서도 동시에 그에 못지않게 또렷이 하나의 무(無)로, 하나의 꿈으로, 하나의 부동(浮動)으로 인식되는 그런 조망(眺望) 말이다. 만약 내가 그것을 올바르게 소망했다면, 그것은 아마 멋진 소망이었을 것이다. 아주 치밀하고 정연한 수공(手工) 규칙에 맞추어 망치질해 책상 하나를 짜 맞추면서 동시에 아무것도 하지 않는 그런 소망 같은 것, 그것도 "그에게는 망치질이 하나의 무(無)다"라고 말할 수 있는 것이 아니라 "그에게는 그 망치질이 실질적인 망치질이면서 동시에 하나의 무(無)이기도 하다"라고 말할 수 있는 상태, 그러므로 망치질이 더욱 담대해지고 더욱 단호해지고 더욱 실제적이 되고, 그리고 원한다면 더욱 미친 듯이 되어버릴 수도 있는 그런 상태의 소망 말이다.

그러나 그는 도저히 그렇게는 소망할 수 없었다. 왜냐하면 그의 소망은 결코 소망이 아니었기 때문이었다. 다만 그때는 그가 그 안으로 의식적인 첫걸음을 내딛지는 않았지만, 이미 그것이 자신의 원소로 느끼고 있었던 무(無)에 대한 옹호요, 적응이자 그가 무(無)에 주고자 했던 생기 있는 입김에 불과했기 때문이다. 그때 그것은 청춘의 공상 세계에 고하는 결별이었다. 아무튼 청춘은 그를 직접 기만한 적은 한 번도 없었고, 다만 그는 사방에서 들려오는 온갖 권위의 설교에게 기만당했을 뿐이었다. 그래서 그 소망은 불가피하게 되었던 것이다(BK 217).


그 소망이란 바로 아주 조용히 남몰래 그러나 끈질기게 연마하는 글쓰기였다. 그는 '망치질을 하되 마치 무(無)[8]를 행하는 듯한 망치질처럼' 완벽한 글쓰기에 이르기 위해 대장장이가 망치를 연마하듯 수없이 반복해서 문장을 갈고 닦고 있었다. 앞서 오스카 폴락에게 언급한 수천 행의 습작 이외에도 그는 본격적으로 작품을 쓰기 시작했다. 그것은 1904년경부터 쓰기 시작한 『어느 투쟁의 기록』이다. 이 초기 작품부터 카프카는 작품 줄거리의 인과론 적인 흐름을 고려하지 않고 장별(章別)로 따로따로 쓰는 독특한 글쓰기를 보 여주고 있다. 이 작품은 틀 소설 형식으로 뚱보와 기도자(祈禱者)가 벌이는 개별적인 체험을 마치 모자이크 형태로 서로 연결하고 있다. 이 작품의 핵심 이 되는 이야기는 1904년 가을에, 틀 소설의 형태는 1904~1905년에, 그들 사이의 연결부는 1905년 봄에 각각 쓴 것이다. 클라우스 바겐바흐에 따르면, 흥미롭게도 이 연결부는 한스 하일만이 중국의 시들을 산문으로 번역한『기 원전 12세기부터 현재까지의 중국 서정시』(1905)와 일본 화가 안도 히로시게 (安藤広重)이 자연 풍경 묘사의 모티브에 영향 받은 것이라고 한다(KW 123, 219, 224).

사실 극동 예술과 문화의 영향은 이 시기에는 결코 별난 일이 아니었다. 세기전환기의 작가들인 호프만스탈, 헤세, 되블린, 브레히트 등과 마찬가지 로 카프카는 극동의 예술과 문학뿐만 아니라 고대 중국의 철학과 종교 등에 도 많은 관심을 가졌다. 그는 특히 노자『도덕경』의 비유와 장자의 비유설화 그리고 동양화를 좋아했는데, 장자의 비유설화가 지닌 패러독스한 사고와 표현방식 그리고 동양화가 지닌 '오감도적 시각'은 사고의 다양성뿐만 아니 라 사물을 다각적으로 보고 표현하려는 카프카의 독특한 관점과 묘사 형식 에도 큰 영향을 끼쳤다.[9] 카프카의 사고방식과 보기방식은 서양적인 것에만 머무르지 않고 보다 깊고 넓은 세계적인 안목을 띠고 있었던 것이다.

---

8 Walter Benjamin, *Über Franz Kafka*, Frankfurt am Main 1981, S.35. 벤야민은 여기에
　　서 'Nichts(無)'를 도(道)로 간주한다.

9 Joo-Dong Lee, *Taoistische Weltanschauung im Werke Franz Kafkas*, Frankfurt am Main/
　　Bern/New York 1985, S.11-33, 92-102.

카프카는 '독서와 강연'에 회원으로 나가면서, 1902년 여름학기에는 감나지움 친구들인 후고 베르크만, 오스카 폴락, 에밀 우티츠와 함께 기술심리학의 창시자인 프란츠 브렌타노의 제자인 안톤 마르티와 크리스티안 폰 에렌펠스의 철학 강의를 들었다.

프란츠 브렌타노는 프라하 대학에서 가르친 적이 있었으나, 신부 서품을 받고도 결혼했기 때문에 신부직과 교수직을 모두 잃고 1896년 이탈리아 플로렌츠로 이주해 그곳에서 1917년에 죽었다. 그는 기술적(記述的) 심리학에 역점을 두었는데, 그것은 마음의 여러 현상을 기술하는 '현상적 심리학'으로 현상이 내적 지각에 의해 나타나는 것을 기술하고자 했다. 그에 따르면, 내적인 지각은 명증적(明證的)이며 직접적인 확실성을 갖는다. 그러므로 물적인 현상, 외적인 지각의 대상은 내적인 지각에 의해 지향되는 한에서만 존재하고 의미를 갖는다. 그러므로 내적인 지각에 의해 인지된 현상만 참되며 명증적이다. 심적인 여러 현상의 본질은 그것이 객관을 향하고 지향적인 관계를 갖는 점에 있다. 그러므로 어떤 의식이든 대상의식(對象意識)이다. 다시 말해서 '모든 심리적 행위는 실재하는 존재나 이상적인 존재를 향한 뚜렷한 목표 지향성을 갖는다.' 그의 저술은 후에 후설의 현상학과 형태심리학에 영향을 끼쳤다. 프라하에서는 법학과와 철학과에서 계속 그의 추종자들이 배출되었는데, 특히 철학과에서는 여러 명의 강사들과 교수들이 지속적으로 그의 이론에 관한 강의와 세미나를 열었다. 카프카 역시 이러한 흐름을 접하게 되는데, 철학부 학장인 안톤 마르티의 '기술심리학의 기초 문제' 강의와 1896년 프라하 독일 대학의 정교수가 된 크리스티안 폰 에렌펠스의 '실천철학'과 '악극의 미학' 강의 등을 들었다. 카프카는 특히 에렌펠스의 강의를 관심 있게 수강했는데, 그의 우주 진화론에도 관심을 보여서(Br 241) 직장에 다니던 1913년에도 그의 세미나(KKAT 325; F 468)와 토론회에 참석했으며(KKAT 246), 그의 창작 드라마 <별의 신부(新婦)>(KKAT 273)를 관람하기도 했다. 에렌펠스는 점차 자신의 독자적인 이론을 발전시켜 심리 현상의 전체성과 유기성을 강조하는 형태심리학의 창시자 중 한 사람이 되었으며, 그의 제자가 된 카프카의 친구 펠릭스 벨치는 그의 영향으로 『은총과 자유』(1920)를 저술하기도 했다.

이러한 분위기 속에서 카프카는 김나지움 친구들인 후고 베르크만, 오스카 폴락, 에밀 우티츠와 함께 페르디난트 거리 12번지에 있는 '카페 루브르'에서 2주마다 저녁 때 열리는 '브렌타노 클럽'에 참석했다. 에밀 우티츠는 당시 이 클럽 모임을 이렇게 회상했다.

우리는 뜻을 같이하는 큰 그룹으로 종종 저녁에 모여 끝없는 토론을 했다. 물론 프란츠 브렌타노는 참석하지 않았다. 그러나 그의 거대한 음영이 우리의 모든 대화에 드리워져 있었다. 그 대화는 그의 이론에 대한 올바른 해석과 그의 이론과 반대되는 생각들에 관한 것들이었다.[1]

---

1 Emil Utitz, "Erinnerungen an Franz Brentano," Wissenschaftliche Zeitschrift der Martin-Luther-Universität, *Halle-Wittenberg. IV*(1954), Heft 1.

카페 루브르가 있던 건물(1907년)

카페 루브르의 브렌타노 클럽에는 마르티와 에렌펠스는 참여하지 않았지만, 강사들인 오스카 크라우스와 알프레트 카스틸이 적극 참석해 이 클럽을 주도해나갔다. 오스카 크라우스는 후에 카스틸과 함께 브렌타노의 유고집 편집자로 일했으며, 브렌타노의 윤리학과 법철학의 전문가가 되었다. 그들 외에도 실험심리학자인 요제프 아이젠마이어, 막스 레데러, 레오폴트 폴락, 베르타 판타 부인 그리고 그녀의 누이동생 이다 프로인트 등이 이 클럽에 참석했다. 그리고 뒤늦게 1903년 이 그룹에 막스 브로트와 펠릭스 벨치가 합류했다.

특히 베르타 판타는 구시가 광장에 중세기부터 있던 비더마이어 건축 양식으로 지어진 약국 '춤 아인호른'의 약사인 막스 판타의 부인으로, 그녀의 동생인 인지학자 이다 프로인트와 더불어 여성 최초로 프라하 대학을 다닌 신여성이었다. 그녀는 그즈음 자신의 저택에서 문화 살롱 비슷한 모임을 가졌는데, 여행을 통해 알게 된 여러 나라 여성의 활동에 관한 보고회나 프라하의 여러 문화 단체들과 연계해서 철학과 문학과 종교 등에 관한 강연회를 여는 등 문화·학술 활동을 펼쳐나가고 있었다. 이 모임은 점차 독립된 문화 살롱으로 발전해나가면서 카페 루브르의 브렌타노 클럽의 회원들을 흡수해 갔다.

카프카는 1904/05년의 겨울학기에도 브렌타노의 제자이자 그리스 철학 교수인 에밀 아를레트[2]의 신철학사 강의를 들으며 브렌타노 클럽과의 관계

2 에밀 아를레트(Emil Arleth, 1856~1909)는 뛰어난 그리스 철학 전문가로 1905년 인스부르크

를 이어가고 있었다. 그러나 1905년 가을 그는 갑자기 브렌타노 클럽과의 관계를 끊었다. 막스 브로트의 짧은 소설 『영혼의 쌍생아』가 브렌타노의 학설과 배치되는 내용을 담고 있다는 이유로 클럽에서 그를 배제시키자 카프카 역시 나가지 않았던 것이다.[3] 그러나 카프카는 베르타 판타의 집에서 개최되는 새로운 문화·학술 모임에는 1906년부터 거의 규칙적으로 참석했다. 1910년 모임에 참석했던 수학자 게르하르트 코발레프스키는 그 모임을 이렇게 기억하고 있었다.

프라하에는……마담 드 슈타엘 시대와 유사하게 그 주변에 지성인의 그룹이 모이는 베르타 판타 부인이 있었다. 우리는 함께 헤겔이나 피히테를 읽었는데, 이때 철학자 후고 베르크만 박사가 해설자 역할을 맡았다.[4]

카프카는 대학 시절 이후에도 오랫동안 판타 하우스 모임에 참석했는데, 베르타 판타와 그녀의 아들 오토 판타 그리고 후고 베르크만이 이 모임을 계속 주도해나갔다. 오토는 당시 프라하 대학에서 강의했던 알베르트 아인슈타인과도 가까운 사이였으며, 1912/13년 겨울학기에 프라하 대학에서 철학박사 학위를 땄다. 그의 초청으로 아인슈타인이 그 모임에 참석하기도 했다. 카프카의 친구 후고 베르크만은 베르타 판타의 딸 엘제 판타와 결혼했는데, 그녀의 진술에 따르면 1904년 송년회 때 카프카가 오스카 폴락과 함께 대본을 써서 판타 하우스에서 연극을 상연했다고 한다. 그 연극은 명가수들

---

대학으로 자리를 옮겼다.

3 Max Brod, "Beinahe ein Vorzugsschüler oder pièce touchée," *Roman eines unauffälligen Menschen*, Zürich 1952, S.32-37.

4 Gerhard Kowalewski, "Bestand und Wandel," *Meine Lebenserinnerungen, zugleich ein Beitrag zur neueren Geschichte der Mathematik*, München 1950, S.249.

의 가면을 쓴 인물들이 나와 브렌타노파 사람들을 풍자화한 것이었다. 나중에 알려진 사실이지만 그 연극의 대본을 쓴 사람은 막스 브로트였다고 한다 (HBI 288). 그러나 카프카가 열심히 이 모임에 참석했다는 사실은 1905년 12월 18일 후고 베르크만이 박사 학위를 받았을 때 판타 회원들이 그에게 선물한 루트비히 부세의 『정신과 육체, 영혼과 신체』(1903)라는 책에서 증명된다. 거기에는 '공동 노력을 기념하며'라는 헌사와 더불어 베르타 판타, 막스 레더러, 에밀 우티츠, 오스카 폴락, 이다 프로인트, 레오폴트 폴락 그리고 프란츠 카프카의 서명이 들어 있기(AK 28) 때문이다.

판타 하우스 모임은 1908년 철학과 종교에 심취했던 펠릭스 벨치의 참여로 새로운 자극을 얻게 된다. 그들은 제1차 세계대전 이전까지 여러 해에 걸쳐 칸트의 『미래의 모든 형이상학에 대한 서문』(1783), 『순수이성비판』(1787), 피히테의 『지식론 입문』(1797), 헤겔의 『정신현상학』(1807) 등을 정독하며 토론회를 가졌다. 카프카는 그때 헤겔의 『정신현상학』과 피히테의 『축복된 삶에 대한 지시』, 슐라이어마허의 『종교에 대하여』를 함께 읽었다. 카프카는 자신의 주된 작품을 쓰기 전에 고전 철학뿐만 아니라 새로운 과학 시대의 학문을 익혀나가고 있었던 것이다.

그 모임에는 1911/12년 겨울학기에 강의했던 알베르트 아인슈타인, 수학자 게르하르트 코발레프스키, 철학자 크리스티안 폰 에렌펠스, 물리학자 필리프 프랑크 등 당대의 학계를 이끌던 중요한 인사들이 초대 손님으로 참여했다. 프랑크는 '상대성 운동'과 '양자론'에 대해, 코발레프스키는 젤리히만 칸토르의 '무한수'에 대해 강연했고, 아인슈타인의 친구인 호프는 '상대성 이론과 심리 분석'에 관해 강연했다. 또한 시인이자 부인과 전문의인 후고 잘루스, 후에 베를린 국립 오페라단의 총지휘자가 된 에리히 클라이버, 프라하 태생의 시인 라이너 마리아 릴케, 종교학자 마르틴 부버 등이 강연했고, 많은 프라하의 지식인과 예술가가 강연회에 초대되었다.

판타 하우스를 배경으로
알베르트 아인슈타인, 베르타 판타,
**루돌프** 슈타이너, 그리스디인 폰 에렌펠스,
필리프 프랑크(위로부터 시계방향으로,
오른쪽 맨 위는 판타 하우스 정면에 새겨져 있는 유니콘)

평생 다양한 교양을 습득하고 넓히는 데 열중했던 베르타 판타와 이다 프로인트는 어떤 학파나 종교를 구분하지 않고 다양한 주제의 강연회를 개최하고 새로운 학설, 이념, 교리, 예언자를 개방적으로 받아들였다. 초기에 니체와 바그너 그리고 인도철학에 심취했던 그녀는 브렌타노를 거쳐 마침내 유심론자인 마담 블라바츠스키의 신지학(神智學)과 루돌프 슈타이너의 인지학(人智學) 등으로까지 계속 모임을 이끌어갔다. 또한 판타 하우스의 주인인 막스 판타는 이슬람교의 절대 추종자였고, 골렘 신화의 도시 프라하의 분위기를 반영하듯 베르타 판타는 심령학에도 관심을 보였다. 프라하는 역사적으로 신비로운 연금술사, 기적을 행하는 랍비, 비밀스러운 이단아, 후스파 순교자의 도시로 비밀과 신비로움으로 가득 찬 도시였다.

카프카는 대학 졸업 후에도 자신의 관심 여부에 따라 판타 하우스 모임에 참여했다. 카프카는 그 모임을 통해 상대성 이론과 양자론 같은 현대물리학,

현대수학, 정신분석학 등에 관한 지식을 얻을 수 있었고, 동양철학과 동양의 종교 그리고 신지학 등에도 관심을 갖게 되었다. 카프카는 1911년에 판타 하우스에서 개최된 신지학자 루돌프 슈타이너의 강연회에 참석했고, 알베르트 아인슈타인의 상대성 이론에 대해서도 자신의 일기나 편지 등에서 큰 관심을 보이기도 했다(KKAT 579; O 118, 122).

카프카가 판타 하우스 모임에 뜸하게 참석한 것은 아마 1914년쯤으로 여겨진다. 제1차 세계대전 동안 그 모임은 프라하 외곽에 있는 후고 베르크만의 여름별장에서 열렸는데, 카프카는 그곳에 오직 한 번 참석했을 뿐이라고 넬리 엥겔이 확인해주고 있다.[5]

클라우스 바겐바흐는 카프카가 오랫동안 브렌타노 철학을 공부했고 깊은 영향을 받았으며 지속적으로 그의 사상에 머물렀다고 주장했다(KW 111- 115). 또한 페터 네젠은 소설 『소송』에 이르는 카프카의 주요 작품을 브렌타노 철학과 연관시켜 이해하려고 했다.[6] 그러나 여러 가지 정황으로 미루어볼 때 그들의 주장은 설득력이 없어 보인다. 카프카는 브렌타노 클럽에 규칙적으로 참여하지 않았고 막스 브로트 사건을 기해서 그 그룹과 일찍 결별했으며, 판타 하우스에서는 더 이상 브렌타노에 대한 연구가 이루어지지 않았기 때문이다. 그리고 자유로운 연상에 의한 형상 사유를 꾀했던 카프카는 무엇보다 브렌타노식의 논리적이고 개념적인 사고에 대해 항상 부정적인 시각을 가졌으며, 그의 일기나 편지 어디에서도 브렌타노에 대한 언급이 전혀 발견되지 않고 있다.

---

5 Nelly Engel, "Erinnerungen an Franz Kafka," *Neue Züricher Zeitung*, 193, Nr.434 (Fernausgabe Nr.256, 1972. 9. 17), S.53.

6 Peter Neesen, "Vom Louvrezirkel zum Prozess," *Franz Kafka und die psychologie Franz Brentanos*, Göttingen 1972.

# 박사 학위를 따다

카프카의 법학 공부는 마지막 몇 학기를 남겨놓고 점점 더 심한 고통을 가져다주었다. 특히 다기오는 졸업 시험에 대한 지나친 불안감과 긴장감은 그에게 심각한 심리적 압박이 되었다. 1905년 7월 초 여름학기가 끝나기도 전에 그는 혼자서 도망치다시피 요양원으로 갔다. 그는 슐레지엔 지방의 숲과 호수로 둘러싸인 추크만텔에 있는 루트비히 슈바인부르크 박사의 요양원에 머무르면서 노이로제와 불면증을 위해 수치법 치료를 받았다. 카프카는 자연의 평화로움과 고요함 속에서 오래간만에 심신의 자유를 느꼈다. 그는 사람들과 어울려 이야기도 나누고 숲으로 산보도 가고 소풍도 함께 즐겼다. 그리고 요양소에서 만난 자기보다 연상인 어느 여인[1]과 짧지만 행복한 사랑을 나누었다. 그의 편지와 일기에 드러나 있듯이, 그녀는 성숙하고 따뜻한 마음을 가진 여인으로 어머니 율리에가 그에게 주지 못했던 포근하고 아늑한 사랑을 주었던 것 같다. 카프카는 1904년 8월 23일경 브로트에게 보내는

---

1 막스 브로트는, 추크만텔에서 카프카가 보낸 우편엽서에 또 다른 그림엽서(숲 속의 산보)가 첨부되어 있었는데, 거기에 브로트가 모르는 여성의 필체로 "이것이 숲입니다. 그리고 이 숲에서는 사람들이 행복할 수 있습니다. 그러니 오십시오"라고 쓰여 있었고 식별하기 어려운 속기식 서명이 있었는데 리치 그라더(Ritschi Grader)였다고 기억한다(Br 497).

편지에서 여러 사람들과 즐거운 휴가를 보내고 있다고 썼다.

> 만일 내가 프라하에 있었더라면 틀림없이 편지를 썼을 걸세. 그러나 나는
> 이렇듯 분별이 없다네. 슐레지엔 지방의 요양원에서 벌써 4주째라네. 굉장히
> 많은 사람들과 여인들 사이에서 꽤 생기 있게 되었다네(Br 32).

또한 1916년 7월 6일 일기와 1916년 7월 중순 마리엔바트에서 브로트에
게 보낸 편지(Br 139, 149)에서도 그때의 추억을 이렇게 기억하고 있었다.

> 나는 추크만텔에서 있었던 일과 그 후 리바에서 만난 스위스 처녀 이외에
> 는 아직 한 번도 여자와 친해진 적이 없어. 첫 번째 여자는 여인이었고, 나는
> 철없는 젊은이였지. 두 번째 여자는 어린아이나 다름없어서 나는 아주 혼란
> 스러웠다네(KKAT 795).

1905년과 1906년 두 번의 만남을 가졌던 연상의 여인과 1913년 9월 리
바에서 만난 어린 소녀는 카프카가 청춘 시절에 만나 사랑을 나눈 낯선 여성
들로 그는 그녀들에 대해서는 아무것도 밝히지 않았다. 카프카는 추크만텔
에서 즐거운 휴가를 보낸 후 프라하로 돌아오는 중에 할아버지가 살았던
시골 마을 슈트라코니츠에 살고 있는 숙모 안나 아들러 집에 들러 누이동생
들과 몇 주간 더 체류했다. 소박하고 조용한 시골생활이 더 없이 마음에
들었기 때문이었다.

1905년 가을 프라하로 돌아온 카프카는 1905/06년의 겨울학기에는 어떤
과목도 등록하지 않은 채 박사 학위 시험 준비만 했다. 당시 오스트리아의
법학박사 학위 시험은 논문 없이 세 개의 구술시험만으로 치러졌다. 10월
중순 이후 매일 대부분의 시간을 시험공부로 보내야 했던 카프카는 "시험

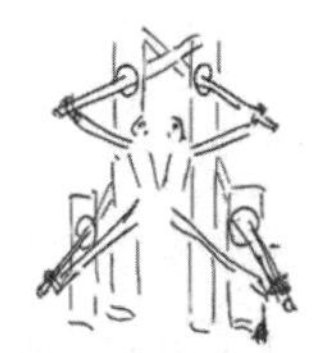

기둥에 사지가 묶인 남자

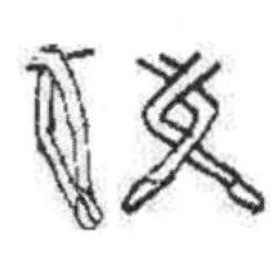

팔을 낀 상태로 가다

두 명의 대기자

투덜거리는 남자

와일드한 술꾼

거울 앞에 서 있는 남자

카프카가 그린 그림들

몇 달 전은 신경이 잔뜩 긴장되어 그야말로 정신적으로……앞서 수천 명의 입들이 씹었던 톱밥을 씹는 것"(KKANII 198) 같다고 당시의 심경을 밝혔다. 법학 강의를 들을 때마다 지겨워했던 카프카는 강의 노트와 필사록 가장자리에 우스꽝스럽고 재미있는 그림을 그려놓곤 했다. 브로트는 그 그림들을 간직했다가 카프카 사후에 자신의 『카프카 평전』에 실었다(MB 394).[2]

1905년 11월 7일 카프카는 첫 번째 시험인 '구두시험 II'(민법, 상법, 어음법)을 보았는데 시험관 4명 중 3명은 합격을, 민법을 가르쳤던 호라츠 크라스

---

2 막스 브로트는 자신이 쓴 『카프카 평전』 395~403쪽에 카프카의 여러 그림들을 실었다. 이 그림들은 카프카가 주거나 휴지통에 버리거나 오스트리아 광업법과 민사소송에 관한 노트 가장자리에 그린 것들을 막스 브로트가 정성스레 모은 것들이다(MB 214, 393f.). 카프카는 1913년 2월 11일에서 12일 사이에 펠리스 바우어에게 보낸 편지에서 자신은 "위대한 화가였으나 다만 형편없는 여선생한테 그림을 배운 탓에 재능을 망치고 말았다"(F 294)고 썼다. 최근 카프카의 그림에 관한 저서가 프라하에서 발간되었다. Niels Bokhove und Marijke van Dorst(Hrsg.), *Einmal ein großer Zeichner. Franz Kafka als bildender Künstler*, 2. erw. u. revid. Aufl., Vitalis 2006.

노폴스키는 불합격을 주어 3:1로 겨우 통과했는데, 성적은 '미'였다. 그런데 카프카는 두 번째이자 가장 어려운 '구두시험 III'(오스트리아 헌법, 국제법, 정치경제학)의 날짜를 너무 앞당겨 잡아놓은 바람에 시험공부 외의 다른 활동을 포기해야 했다. 카프카는 1906년 2월 19일 막스 브로트에게 보내는 편지에 이렇게 썼다.

이제 결국 자네에게 알리는 것을 더는 늦추어서는 안 되겠네. 나는 내일 전시회에 갈 수 없네. 더 이상 아무데도 갈 수가 없다네. 내가 잠시 미혹했던 게야. 어리석게도 너무 빠르게 시험 날짜를 잡아버렸다네. 내 지식이 변변치 않은 것은 아니지만 말이야. 그것은 정말 경솔한 짓일지도 몰라. (정해진 빠른 시험 시간을) 철회하기 위해서 내가 곧 받게 될 의사의 증명서만 생각한다면 아주 멋지긴 하지만(BKB 21).

이 시험에서 카프카에게 가장 부족했던 과목은 추커칸들이 강의한 재정학, 국민경제론, 국민경제정책 세 과목이었다. 그의 강의는 최신 연구에 기초를 둔 재정학으로 카프카로서는 매우 이해하기 힘들었다. 그러나 1917년 10월 중순경 펠릭스 벨치에게 보낸 편지에서 그는 허풍으로 가득 찬 선생님들과는 달리 추커칸들의 순수하고 진지한 강의 자세와 내용에 대해 각별한 존경심을 표한다고 쓰고 있다(Br 188). 카프카는 마침 막스 브로트가 1905/06년 겨울 학기에 수강했던 추커칸들의 재정학 강의 노트를 빌릴 수 있어서 시험을 무사히 통과할 수 있었다. 그는 막스 브로트에게 고마움을 표시했다.

원래는 시험기간 동안 자네에게 편지를 썼어야 했네. 왜냐하면 자네가 내 일생의 석 달을 재정학을 배우는 데 쓰기보다는 다른 목적에 쓰도록 구해주었으니까 말이네. 오로지 자네 노트가 나를 구해주었네. 그 덕택에 나는 W.

에게 자기 자신의 반사로서 심지어 흥미로운 오스트리아식 색조까지 더해서
빛을 보냈고, 비록 그가 이번 학기 중에 자신이 강의했던 잡동사니 더미에
사로잡혀 있었고 나는 내 기억 속에 다만 자네의 작은 노트만 가지고 있을
뿐이었는데도, 우리는 최고의 합의에 도달했네(Br 33).

카프카는 1906년 3월 16일 요제프 울부리히, 하인리히 라우흐베르크, 알
프레트 베버, 로베르트 추커칸들, 그리고 당시 학장인 프랑클(HBI 298)로 구
성된 시험위원회의 '구술시험 III'에 3:2로 겨우 통과할 수 있었고, 성적은
겨우 불합격을 면한 '미'였다. 그러나 카프카는 이 구두시험이 "비록 지식을
풍요롭게 하지는 못했지만……매우 흥미로웠다"고 막스 브로트에게 역설
적으로 편지를 썼다(Br 33).

그는 힘든 시험 준비 기간 동안 가끔 막스 브로트
와 함께 구독한 ≪아메티스트≫를 읽었는데, 그것은
전 세계 문학에서 뽑은 선정적인 그림이 삽화로 들어
있는 연예문학예술 잡지였다.[3] 여기에는 동시대의 시
인과 그래픽 화가인 루돌프 알렉산더 슈뢰더, 알프레
트 쿠빈, 카를 호퍼 등의 논문이 그림과 함께 실려
있었다. 이 선정적인 그림들은 후에 소설 『소송』의
법률 서적에 들어 있는 '춘화'로 연계되어 나타난다.
'구술시험 III'에 합격한 후 카프카는 또다시 마지
막 '구술시험 I'(로마법, 교회법, 독일법)을 준비했다.

≪아메티스트≫

이 시험은 첫 4학기 동안 배웠던 과목을 복습시키기 위한 시험이었는데,

---

3 아메티스트(Amethyst)는 '자수정'이란 뜻으로, 잡지의 원래 제목은 ≪아메티스트: 진기한 문
  학과 예술 잡지(Amethyst: Blätter für seltsame Literatur und Kunst)≫이다. 프란츠 블라이(Franz
  Blei)가 뮌헨에서 1905년 12월부터 1906년 11월까지 발간했다.

카프카는 시험을 위해 아침 여섯 시부터 밤늦게까지 공부해야 했다. 이 시험은 1906년 6월 13일에 치러졌는데, 이번에는 모든 시험관[4]이 '미'를 주어 합격할 수 있었다.

1906년 6월 18일 마침내 카프카는 공식적으로 법학박사가 되었고, 카롤리눔 연회장에서 이에 대한 축하식이 열렸다. 그때 카프카의 박사 학위 지도교수는 알프레트 베버(KW 129)였는데, 그는 1904년 프라하로 온 사회학자이자 경제학자로서 국가경제학을 가르쳤다. 그는 저명한 사회경제학자 막스 베버의 동생이다. 카프카는 그로부터 많은 영향을 받았는데, 아이러니하게도 그의 강의는 한 번도 들은 적이 없었다. 그러나 구술시험 전에 공부했던 그의 논문과 강의 복사물 그리고 그를 높이 평가했던 막스 브로트를 통해 그의 생각과 이론을 배워 익힐 수 있었다.[5]

베버는 산업현장 문제, 가내공업, 노동력 문제 등을 다루면서 원료산업에 치우친 노동력 집중의 위험성을 예고하고, 오스트리아 황권 중심의 관료체제가 당국을 신권 정치화하고 관료계급에 대한 우상숭배를 야기함으로써 개인을 독재적인 노예화와 부자유 속으로 몰아갈 것이라고 경고했다.[6] 그의 학문적 이론은 불합리한 사회구조와 제도에 대한 회의와 그 속에서 무력하게 살아가는 인간에 대해 연민을 갖고 있던 카프카의 생각과 일맥상통하는 것이었으며, 후에 그가 노동자재해보험공사에서 일할 때 북보헤미아 지방의 산업중심지에서 발생되는 다양한 산업재해문제와 노동문제 등을 해결하는 데 여러 가지로 도움이 되었다.

카프카는 비록 뛰어난 결과를 얻지는 못했지만, 박사 학위 수여와 함께

---

4 구술시험 I의 시험관은 프랑클(Frankl), 파프(Pfaff), 징거(Singer), 치하(Zycha) 등이었다(KW 133).

5 Max Brod, *Streitbares Leben. 1884-1968*, München/Berlin/Wien 1969, S.205-209.

6 Alfred Weber, "Der Beamte," *Die Neue Rundschau*, 21(1910), S.1321-1339, hier 1333ff.

그렇게 힘들었던 학업을 무사히 마칠 수 있었다. 카프카가 법학 공부와 시험에 늘 거부반응을 보인 것은 그의 개인적인 성향에 따른 것이기도 하지만 법학에 대한 본질적인 학문적 이해보다는 잡다한 암기식 지식을 요구하는 당시 대학의 경향에도 영향을 받은 측면도 있다. 1907년 익명의 기고자가 일간지 ≪프라거 타크블라트≫에 이런 기사를 썼다.

보수적인 대학 사회도 오스트리아에서 법학박사 학위를 획득하는 데 전혀 특별한 요구를 하지 않거나, 그러한 요구를 한다 해도 전체적으로 볼 때 공허하고 형식적인 것이 되어버렸기 때문에 신참 박사들 대부분이 이런저런 학문 분야에 충분한 지식이 없다는 사실을 감출 수는 없을 것이다.[7]

그러나 당시 대학생에게 법학박사라는 칭호는 사실 검사나 변호사로 진출하거나 국공립기관의 관리로서 출세하는 데 필요한 전제조건이었다. 그러나 카프카는 법 규정에 따라 인간의 죄와 처벌 문제를 다루는 검사나 변호사가 될 의향은 전혀 없었다.

---

7 Anonym, "Die Reform des juridischen Doktorats," *Prager Tagblatt*, 31, Nr.71, Morgen-Ausgabe(12. 3. 1907), S.3.

# 막스와 그의 친구들 그리고 프라하의 카페 생활

카프카가 대학생활에서 얻은 중요한 것 중 하나는 일생 동안 그를 위해 헌신한 참된 친구 막스 브로트와 오스카 바움, 펠릭스 벨치를 알게 되었다는 것이다. 그들은 모두 힘든 환경 속에서 결코 자신의 뜻을 굽히지 않고 묵묵히 독자적인 길을 가면서 끝까지 서로 신뢰하며 우정을 지켜나갔다.

이러한 우정은 카프카와 막스 브로트의 만남에서부터 시작되었다. 브로트가 쓴 『카프카 평전』에 따르면, 그가 카프카를 알게 된 것은 앞서 밝힌 것처럼 1902년 '독서와 강연' 클럽에서였지만, 실제로 친구가 된 것은 1908년 어릴 때부터 단짝이었던 막스 보이믈이 죽은 후였다. 막스 브로트는 『카프카 평전』에서 "그때부터 프란츠와의 관계는 깊어졌다. 우리는 매일 만났고, 프란츠가 프라하에 있는 동안에는 종종 하루에 두 번씩 만났는데, 그것은 습관으로 굳어졌다"(MB 61)라고 썼다.

브로트의 소개로 카프카를 만나게 된 맹인 소설가이자 음악가인 오스카 바움은 첫 만남에서 벌써 카프카의 남을 배려하는 본질적인 특성을 알아보았다. 그는 1904년 카프카를 처음 만났던 때를 이렇게 기억하고 있었다.

카프카가 내 방에 들어서면서 했던 첫 번째 동작은 나에게 깊은 인상을 남겼다. 브로트가 소개하는 동안 그는 나에게 말없이 절을 했다. 그것은 나에게 의미 없는 형식적인 것이라고 생각할 수도 있었다. 나는 그것을 볼 수 없었으니 말이다. 그가 절하는 순간 내가 동시에 급히 맞절을 했기 때문에 그의 가지런히 빗은 머리카락이 슬쩍 내 이마를 스쳤다. 나는 그 순간 왜 그런지 완전히 이해할 수는 없었지만, 어떤 감동을 느꼈다. 그때 그는 내가 만났던 모든 사람 중에서 처음으로 (나의 처지를) 받아들이거나 고려하지 않음으로써, 자신의 태도를 조금도 바꾸지 않음으로써 내 결함이 오직 나 혼자 맞서 싸워야 하는 것임을 확인시켜준 사람이었다. 그는 그랬다. 합목적적이고 통상적인 것으로부터 그가 취하고 있는 단순하고 자연스러운 거리감은 그렇게 작용했다. 그의 엄격하고 냉정한 거리감은 통례적인 선함(내가 평소 사람들과 처음 만났을 때 근거 없이 고조된 따뜻한 말과 어조와 악수를 통해 알고 있는)을 능가하는 깊은 인간성을 느끼게 해주었다(AK 72).

이렇게 카프카에게는 사람의 마음을 끄는 어떤 알 수 없는 진지한 매력이 있었다. 그는 절친한 친구는 물론 잠시 알고 지낸 주변 사람에게도 진정한 사랑과 존경을 받았다. 사람들은 그의 성실한 마음가짐과 진지한 태도에 늘 어떤 감동과 깨달음을 얻었다. 그는 항상 조심스럽고 신중하며 겸손했다. 그러나 그 자신은 늘 소심하고 자신감 없고 고독한 사람이었다. 그는 자기 자신을 실제적인 삶을 살아가는 데 한없이 미숙하고 무능력하며 나약한 존재로 여겼다. 그러므로 언제나 사람들로부터 거리를 두고 세계와 그 안에서 살아가는 인간의 삶을 냉철하게 관찰하려고 했다. 그리고 끊임없이 자기 자신을 연마하고 극기의 자세로써 선하고 공정한 삶을 살아가려고 노력했다.

이렇듯 수동적이고 소심한 카프카에게 활기차고 능동적인 막스 브로트는 현실 세계와의 긍정적인 관계를 배울 수 있는 좋은 인생의 스승이었다. 막스 브로트는 비록 육체적으로 허약하고 신체적 장애를 가지고 있었지만 넘쳐나

막스 브로트

는 에너지와 낙관주의적인 자세로 세상과 활발한 유대감을 가지고 있었다. 그의 붙임성 있고 사교적인 성격은 주위에 많은 사람을 불러 모았고, 그 자신 스스로 다른 사람의 중심에 서기를 좋아했다. 그는 조숙했고 다방면에 탁월한 재능을 가지고 있었으며 매우 의욕적이었다. 그는 작가, 비평가, 음악가, 철학자이며 조직자, 정치가, 여인들의 사랑받는 애인이었다. 그러나 그의 다양한 재능은 오히려 그에게 가장 절실한 한 가지에 집중해서 위대한 업적을 이룰 수 있는 길을 방해했다. 그는 자신의 많은 재능에 너무 관여하는 바람에 자신의 고유한 내면의 소리를 주의 깊게 듣지 못했던 것이다.

그러나 그는 카프카에 관해서만은 처음부터 끝까지 변함없이 무한한 예찬과 희생정신을 보여주었다. 수줍고 말없이 혼자 앉아 있는 카프카에게서 숨겨진 재능을 발견하고 그를 세상 밖으로 끌어내기 위해 그의 의욕을 북돋워 주려고 노력했다. 카프카 또한 브로트의 활달한 정신과 너그러움 그리고 자신에 대한 확고한 신뢰감을 통해 놀라움과 존경심으로 그를 대했다. 하지만 카프카는 막스 브로트 주변에 몰리는 많은 사람과 그룹에 대해서는 냉정한 평가를 내리고 있었다.


……나는 자네의 동아리, 자네가 속한 그 작은 동아리를 잊고 있었네. 낯선 사람이 처음 볼 때 그것은 자네에게 유리하게 보이지 않네. 왜냐하면 그것은 부분적으로는 자네에게 의존해 있고 부분적으로는 독립되어 있기 때문이지. 의존적인 한 그것은 준비된 메아리를 지닌 민감한 산지(山地)처럼 자네를 에워싸고 있겠지. 그것은 듣는 사람을 당황하게 만드네. 그의 두 눈이 앞에 있는 대상에 조용히 열중하고 싶어 하는 동안 그의 등은 두들겨 맞게 되네. 그때는 양쪽 모두에게 즐길 줄 아는 능력이 사라질 수밖에 없지. 특히 만일

그가 아주 노련하지 않다면 말이야. 그러나 그 동아리가 독립적인 한 그들은 자네에게 한층 더 해를 끼칠 거야. 왜냐하면 그들은 자네를 왜곡시키고 자네는 그들로 인해 부당한 곳에 모습을 보이게 될 테니까.……친절한 군중은 오직 혁명에서만 도움이 되는 것이네(Br 24).

이 편지가 보여주듯이, 카프카는 막스 브로트가 수많은 사람과 어울려 쓸데없는 시간을 보내는 것을 매우 진지하게 충고하고 있다. 그러나 사교적인 막스 브로트는 그의 충고에 아랑곳하지 않았다. 오히려 그는 카프카를 그들 그룹에 참여시킴으로써 그에게 같은 동년배의 관심사를 알게 하고 그를 소외와 고립의 상태로부터 벗어나게 하고자 했다. 그러나 카프카는 친구 관계를 막스 브로트, 펠릭스 벨치, 오스카 바움과 함께 만든 작지만 정신적 유대로 맺어진 친밀하고 강력한 그룹 이상으로 넓히려 하지 않았다. 네 명의 친구는 지적이고 창조적인 문인이었고, 비슷한 배경과 넓고 다양한 관심으로 묶여져 있었으며, 모두 자신은 다른 일반 사람과 다른 종류의 인간이라고 생각했다. 육체적 장애를 가졌지만 무한한 지적 능력을 지닌 막스 브로트와 오스카 바움 그리고 내향적인 독특한 성격을 지닌 카프카와 철학적인 사고를 지닌 펠릭스 벨치는 분명히 일상적인 사람들과는 달랐다.

카프카가 처음 만났을 때 그들은 모두 이미 자신의 작품을 발표해서 사회로부터 인정을 받아가고 있었다. 그 사실은 아마도 아무런 확신 없이 남몰래 혼자 글을 쓰고 있던 카프카의 마음을 꽤 불편하게 했을 것이다. 더구나 남에게 속마음을 드러내기 힘들어했던 그는 자신의 작품을 친구들 앞에서 읽을 수 있을 때까지는 몇 년이란 시간이 걸렸다. 막스 브로트 역시 카프카가 글을 쓰고 있다는 사실을 안 것은 그들이 사귄 지 한참 후 카프카가 일간지 공모에 단편소설을 응모했다는 사실을 말했을 때였다.

수년 동안 나는 카프카가 글을 쓴다는 사실을 모르는 채 친하게 지냈다. 나 자신은 이미 여러 편의 글을 잡지와 신문에 발표했고 1906년에 첫 책이 나왔다. 그 친구가 나에게 자신의 문학 활동에 대해 처음 언급한 것은, 빈의 일간지 ≪디 자이트≫가 공모한 현상 모집에 단편소설을 투고했다고 말했을 때였다. 원고는 「좁은 골목길의 하늘」이라는 코드명으로 보내졌다. 아마 그 것은 그 이야기의 제목이었던 모양인데, 더 이상 자세히는 모르겠다. 응모에 낙선했고 원고는 실종되었다(MB 59).


그 후 친구들은 카프카에게 작품을 발표할 수 있는 용기를 주기 위해 애썼다. 철저하고 세심한 카프카는 그러한 친구들의 도움으로 창작하고 있거나 완성된 작품을 조금씩 낭독하기도 하고 토론에 부치기도 했다. 그는 그들로부터 열광적인 호응을 받았을 뿐만 아니라 예술적 발전 단계에서 절대적으로 필요한 비판과 용기를 얻을 수 있었다. 브로트는 물론 바움과 벨치도 카프카가 글쓰기를 통해 희망·구원·평화를 찾으려고 노력하는 데 충고와 배려를 아끼지 않았다. 그들은 모두 인간을 사랑하는 적극적인 휴머니스트였다.

펠릭스 벨치

카프카보다 한 살 어린 펠릭스 벨치는 그와 같은 왕립 김나지움을 다니긴 했지만, 그곳에서는 서로 만난 적이 없었다. 벨치는 카프카와 마찬가지로 자신의 의지와는 반대로 법학을 공부했지만 1907년 법학박사 학위를 받은 후 다시 철학을 공부해서 1911년에 철학박사 학위도 받았고, 한때는 후고 베르크만과 더불어 판타 하우스 모임을 이끌기도 했다. 그는 조용하고 정확한 성격에 매우 논리적이며 분석적인 사람으로 네 친구들 중에서 가장 폭넓은 교양을 지녔다. 그는 후에 현대 유대정신의 대표자 중 한 사람이 되었지만 늘 겸손하고 수줍어하는 성격이었다. 그는 철학박사 학위를 받은 후 프라하 대학 도서관 사서로 일했고, 1938년 팔레스티나로 이주할 때까지 그 자리를 지켰다. 그 후에는 예루살렘 히브리 대학 도서관에서 일했다. 그는 도서목록의 분류와 정리기술이 뛰어나서 서적제본과 과장이 되었지만, 박봉이어서 가족을 부양하기도 어려웠다. 그러나 단순한 업무 덕분에 그는 자신의 진정한 관심사인 철학서 저술에 전념할 수 있었다. 1913년에 쓴『직관과 개념』을 필두로『자비와 자유』(1920), 그리고 카프카 사후인 1957년에는『카프카 작품에 나타난 중용의 모험과 종교 그리고 유머』를 발표했다. 그는 비록 전문 철학자가 되지 못했지만 중요한 철학적 문제와 유대교와 시온주의 문제를 극단에 치우치지 않고 현명하게 다루었으므로 제1차 세계대전 후 유대인의 정신적 지도자 중 한 사람이 될 수 있었다. 그는 프라하의 시온주의 주간지 ≪젤프스트베어(Selbstwehr)≫ 발행인으로도 활동했는데, 그 잡지에 카프카의 작품 일부를 싣기도 했고 카프카 사후에 그의 작품을 처음으로 '유머' 문제로 해석하기도 했다. 그는 1964년 여든 살의 나이로 죽었다.

카프카와 동년배인 오스카 바움은 태어나면서부터 한쪽 눈이 실명 상태였다. 그리고 열한 살 때 고향 필센에서 초등학교를 다니던 시절 체코 학생과 독일 학생 간에 벌어진 길거리 싸움에서 나무 필통에 맞아 나머지 눈도 실명하고 말았다. 그 후 그는 빈의 맹인학교에 다녔고 그곳에서 청춘 시절을 보냈다. 그는 빈에서 '보호 천사'라는 미명하에 맹인에게 가해지는 강압적이고 폭력적인 행위를 경험했고, 그것

오스카 바움

은 그의 마음속에 보호시설에 대한 씻을 수 없는 상처와 증오심을 남겼다. 그는 후에 소설을 통해 장애인을 무시하는 태도와 행동 그리고 그들에게 주는 값싼 연민과 동정심이 독립적인 자립심 대신 오히려 인간으로서의 존엄성마저 상실하게 하는 결과를 가져올 수 있다는 것을 신랄하게 비판했다. 그는 강한 의지와 노력으로 모든 종류의 자기연민으로부터 자

유로워질 수 있었다. 그는 시각장애를 가지고 있었지만 자의식이 강하고 다른 친구들보다 더 남성적이고 투쟁적이었다. 다른 친구들이 아직도 부모에게 의지해서 살며 부모와 갈등을 겪는 동안 그는 가장 먼저 재정적으로 자립해서 결혼하고 아들을 낳아 스스로 교육시켰다. 그는 자신의 작품 활동과 사회복지 활동을 통해 맹인복지시설 개혁을 위한 운동을 펼쳐나갔고, 그 운동의 지도적인 인물이 되었다. 그는 그 운동을 통해 값싼 연민 대신에 정의를, 제도화된 이웃사랑 대신에 동등한 권리를 요구했다. 그는 또한 일생 동안 열렬한 인권 옹호자로 활동했다. 그는 매우 감동적인 소설을 써서 성공을 거두었으며, 처음에는 피아노 선생과 오르간 연주자로 생활비를 벌었지만 나중에는 프라하에서 가장 유명한 음악 비평가의 한 사람으로 꼽혔다. 1939년 나치 군대의 체코 점령 후 그는 체코 유대인과 나치 정부 반대자를 도피시키기 위해 조직된 단체를 도왔다. 그는 1941년 프라하의 병원에서 병으로 죽었으며, 그의 부인은 그가 죽은 직후 테레지엔 시의 유대인 집단수용소로 끌려가 살해되었다. 다행히 그의 아들 레오는 팔레스티나로 도망칠 수 있었다.

그렇다고 그들의 우정이 늘 삶의 고뇌와 도전으로 어둡기만 했던 것은 아니었다. 모두에게 그렇듯이 그들에게도 젊음은 삶에 대한 순수하고 날카로운 열정과 밝고 힘찬 청춘의 순간으로 차 있었다. 그들은 주말이면 프라하 주변을 산보하고, 부활절이나 오순절 같은 휴일에는 이삼 일씩 멀리 도보여행을 떠나서 어떤 때는 하루에 일고여덟 시간씩 걷기도 했다. 특히 카프카는 여러 가지 스포츠를 좋아했다. 여름에는 프라하 주변의 강과 옥외 풀장에서 수영을 하거나 몰다우 강에 띄운 거룻배를 젓거나 그 위에 누워 일광욕을 즐겼고, 카를 교 아래 공터에 있는 독일인용 잔디 테니스 클럽에서 테니스를 치기도 했으며, 겨울철에는 유덴인젤에서 가끔씩 스키를 타기도 했다. 막스 브로트는 그가 재능 있는 진정한 스포츠 애호가였다고 회고했다.

나는 프란츠의 수영 기술과 노 젓는 기술에 감탄했다. 그는 '영혼을 적시
는 자'라고 명명한 자신의 보트를 능숙하게 몰았다. 그는 언제나 나보다 노련
하고 대담했는데, 목숨을 건 상황에서도 냉혹한 미소(대략 '넌 네가 알아서 해'
라는 뜻이었다)를 띠면서 우리를 운명에 내맡기는 특이한 기질을 가지고 있었
다. 그러나 나는 많은 신뢰감과 용기 또한 담고 있었던 그 미소를 얼마나
사랑했는지 모른다. 내가 보기에 프란츠는 변화된 새로운 스포츠를 찾아내는
데 지칠 줄 몰랐던 것 같다. 그 점에서도 그의 개성이 드러났는데, 그것 역시
(다른 모든 것처럼) 혼신을 다해 추진했다(MB 91).

막스 브로트는 카프카와 1906년 1월 1일 새해를 늦은 밤까지 즐겁게 보
냈던 일을 일기에 기록했다.

카프카와 함께 있었다. 인생은 정말 얼마나 아름다운가! 우리는 온통 대단
히 행복한 분위기였다. 그다음엔 프리브람과 함께였다. 그다음에 우리는 눈
덩이를 벨치의 창문에 던졌다. 그러자 그가 아래로 내려왔다. 밤 열두 시였다
(FC 38).

그들은 밤에 종종 어울려 단골 카페에 들렀다. 카프카는 자유롭고 아무런
의무감 없는 분위기의 카페를 좋아했다. 카페에서는 아무런 공식적인 초대
없이도 다른 사람과 어울릴 수 있었고, 서로 밀접한 관계가 아니더라도 이야
기를 나누거나 그들을 말없이 관찰할 수 있었기 때문이었다. 또한 당시의
카페는 누구나 아무런 위선적인 꾸밈없이 언제나 환영받을 수 있는 장소이
기도 했다. 당시의 카페는 가난한 문인과 예술 지망생에게 한 잔의 커피
값으로 낮 12시부터 새벽 5시까지 머물 수 있는 따뜻한 은신처였고, 모든
중요 일간지와 잡지를 마음대로 읽을 수 있는 곳이기도 했다.
당시 프라하에는 수백 개의 카페가 산재해 있었다. 카페는 클럽과 술집을

혼합해놓은 형태로 나름대로 분위기를 살려 프라하의 문화적 커뮤니케이션에서 중추 역할을 했다. 저널리스트와 출판업자, 작가와 예술보호자, 극장 관계자와 비평가, 화가와 예술품 수집가들이 그곳에서 의견을 교환하고 정보를 얻었다. 또한 논쟁을 좋아하는 문인, 시를 쓰는 아나키스트, 무절제한 호색한, 명망 있는 의사와 변호사 그리고 거래소 중개인도 들락거렸다. 세기 전환기의 작가들, 이를테면 엘제 라스커-쉴러, 페터 알텐베르크, 안톤 쿠 같은 이들은 집필 장소로 개인 서재보다 카페를 더 선호했다. 카를 크라우스는 당시 작가들의 카페에 대한 숭배를 "카페 신학"[1]이라고 비꼬며 작가들이 이를 통해 마치 세계를 하나의 어록으로 만들려 하고 있다고 비난했다. 이렇듯 당시의 카페는 뚜렷한 사회적·문화적 기능을 가지고 있었다.

당시 프라하의 문인에게 인기 있었던 곳은 카페 아르코[2]와 카페 루브르였다.[3] 카페 아르코는 특히 아방가르드 예술가의 본거지로 유럽 각지로부터 온 급진적이고 전위적인 잡지와 신문이 구비되어 있었다. 카프카 세대에 카페 아르코는 유럽에서 문화의 중심지 중 하나로 알려져 있었다. 그가 가장 활발하게 글쓰기에 전념했던 1912년에는 배우, 화가, 독일 유대계 작가, 몇몇 체코 작가 등 프라하의 모든 예술적 엘리트가 그곳의 단골손님이었다.

카프카는 막스 브로트에 이끌려 카페 아르코에 자주 나타났다. 막스 브로트는 그곳에서 카프카를 작가 서클과 예술가 그룹에 소개했다. 카프카는 노

---

1 Karl Kraus, *Schriften*, Bd.III, S.177.

2 1908년에 건립된 카페 아르코(Arco)는 프라하 히버르너 거리에 위치하고 있었는데, 프란츠 베르펠(Franz Werfel)과 그의 친구이자 평론가인 빌리 하스(Willy Haas)를 중심으로 한 문인들의 아지트였다.

3 Johannes Urzidil, *Da geht Kafka*, Frankfurt am Main 1966, S.13f. 카프카의 친지였던 작가 요하네스 우르치딜에 따르면, 카프카는 이곳들 외에도 카페 에디슨(Edison), 카페 콘티넨탈(Continental), 카페 코르소(Corso) 등도 찾았다고 한다.

카페 아르코의 내부(가운데)와 프란츠 베르펠, 빌리 하스, 레오 페루츠, 루돌프 푹스, 파울 코른펠트, 오토 피크, 후고 잘루스, 에르곤 키슈, 요하네스 우르치딜 (맨 위 왼쪽에서 시계방향으로)

르베르트 아이슬러, 루돌프 푹스, 빌리 하스, 파울 코른펠트, 알프레트 쿠빈, 오토 피크, 프란츠 베르펠 등 젊은 프라하의 문인 및 예술가들과 친교를 맺었다. 막스 브로트, 프란츠 베르펠, 에르곤 키슈, 오토 피크, 루돌프 푹스와 같이 독일어와 체코어를 동시에 사용하는 작가들에 의해 촉진된 체코와 독일 아방가르드는 카페 아르코를 중심으로 탄생했다고 해도 과언이 아니다. 이렇게 카페 아르코는 지성적이고 예술적인 문화공동체로 프라하 문화계의 상징으로 각인되어 있었다. 그러나 카를 크라우스는 카페 아르코의 문인들을 '아르코 호 선원들'이라고 비아냥거리면서 "아르코는 베르펠화되고 브로트화되고 카프카화되고 키슈화되고 있다"(EP 166)고 조롱했다. 스스로를 언어의 문지기이자 대사제(大司祭)로 칭했던 카를 크라우스는 후에 독일어와 체코어를 동시에 사용하는 네 명의 프라하 유대계 작가들을 가리켜 순수 독일어를 오염시키는 반역 유대작가들이라고 비판했다.

카프카는 카페 아르코뿐만 아니라 카페 센트럴을 좋아했다. 그곳에는 300여 종의 문예 잡지가 비치되어 있었는데, 독일 모던 문학의 중요 잡지인 ≪데어 슈투름≫, ≪디 악치온≫, ≪데어 브레너≫, ≪판(Pan)≫, ≪새턴(Saturn)≫, ≪다스 노이에 파토스≫, ≪다스 포룸≫, 그리고 프라하의 젊은 작가 작품뿐만 아니라 그들의 중요한 활동 상황과 공개토론회 등을 게재한 르네 시켈레가 발행하는 잡지 ≪디 바이센 블레터≫ 등이었다. 카프카는 당시 문학과 예술의 흐름을 알 수 있는 여러 "잡지에 대한 욕구"(B2 132)를 카페의 방문으로 해소할 수 있었다. 그러나 그는 다른 작가들처럼 카페에서 글을 쓰지는 않았다. 그는 창작을 위해서는 혼자만의 고요가 절대적으로 필요했기 때문이다.

카프카는 흔히 생각하듯 은둔자나 소외된 자는 아니었다. 그는 늘 자기만의 고독을 필요로 했지만, 젊은 대학생으로서 체험해야만 하고 또 체험할 수 있는 것을 등지지는 않았다. 그 시기 카프카와 가장 많은 시간을 보냈고 거의 모든 일을 함께한 막스 브로트는 카프카에 관한 모든 일을 자신의 일기에 세세하게 기록하고 그의 편지들을 보관함으로써 카프카의 충실한 증인이 되었다. 그를 통해 카프카 역시 모든 젊은이처럼 성인(成人)으로 성장하기 위한 여러 가지 사회적 통과의례를 치렀다는 것을 알 수 있다.

카프카는 극장·강연회·사교모임에도 참석했고, 가끔 술집과 유곽에도 갔으며, 여급·여점원·숙녀를 유혹하기도 했고, 마음을 빼앗긴 여자 때문에 조바심하기도 했다. 어느 날 바리에테 극장에 등장하는 인도 무용수에게 반해버린 카프카는 막스 브로트에게 그녀에게 접근할 수 없는 애타는 마음을 이렇게 써서 보냈다.

나의 사랑하는 막스, 언제 우리가 그 인도 무용수에게 갈 것인가. 만일 그 꼬마 아가씨가 우리한테서 도망쳐버렸다면 말이야. 현재로서는 그녀의 숙모가 그녀의 재능보다 훨씬 강력하다네(Br 34).

대학 마지막 학기 동안 카프카는 또 한 명의 친구와도 친하게 지내는데, 바로 꽃을 사랑하는 에발트 펠릭스 프리브람이었다. 그들은 법학 졸업 시험을 함께 보았기 때문에 서로 시험에 관한 여러 가지 정보를 교환하면서 친해졌다. 프리브람은 우수한 법학과 학생으로 모든 시험을 우수한 성적으로 합격했으며, 후에 프라하의 유명 변호사가 되었다. 프리브람의 아버지 오토 프리브람은 기업의 책임자이자 노동자재해보험공사의 사장으로서 프라하에서 영향력 있는 인물이었다. 프리브람은 상류층 자제답게 항상 멋진 의복에 우아한 몸짓으로 돌아다녔으며 처세에도 능한 사교계 인물이었다. 카프카는 친구 프리브람을 통해 자기로서는 낯선 부유한 상류 세계와 접촉할 수 있었다. 그는 사교적 수완이나 예법을 배우기 위해 예절에 대한 모범적인 책인 오스카 비(Oscar Bie)의 『사교적 소통』을 구해서 읽기도 했다. 사교계에 대한 그의 낯선 감정에도 불구하고 카프카는 그러한 기본적 예절도 인간세계에 필요한 것이라면 배워야 한다고 생각했던 것이다.

# 아씨쿠라치오니 게네랄리 보험회사에 들어가다

1906년 봄이 되자 카프카는 박사 학위 취득 후의 진로를 고민하기 시작했다. 그가 우선 고려해야 했던 것은 자신의 실존이유가 된 글쓰기를 계속하는 동시에 부모로부터 독립하는 것이었다. 더 이상 부모의 재정적 보조를 원하지 않았지만 취직하려면 글쓰기를 포기해야 할지 모른다고 생각했다. 그러나 글쓰기를 결코 포기할 수 없었던 그는 직장 생활과 글쓰기를 병행하기로 결심했다. 아직 글을 발표한 적이 없는 그는 막스 브로트와 다른 친구들처럼 대중적 성공을 기대할 수도 없었고 창작만으로 생계를 유지할 수 있는 입장도 아니었다. 카프카는 1906년 3월 22일 박사 학위 구술시험 III에 합격한 후 6개월 후인 10월 1일부터 있을 법정 실습 때까지의 공백 기간인 4월 1일부터 9월 30일까지 프라하 구시가 광장 20번지에 있는 리하르트 뢰비[1] 변호사 사무실에서 시보(試補)로 근무했다. 그 일은 무보수이고 형식적인 것이어서 별로 일도 없었고 책임감도 따르지 않았다. 카프카는 이러한 직업적

---

1 리하르트 뢰비(Richard Löwy)가 카프카의 친척이라는 클라우스 바겐바흐의 주장은 잘못된 것이다. 단지 그의 성이 카프카의 어머니 쪽과 같지만 우연일 뿐 친척은 아니다(Peter-André Alt, *Der erwiger Sohn. Eine Bilgraphi*e, München 2005, S.166.)

시도를 통해 자신의 직업과 미래의 생활에 대한 아버지의 불안과 채근을 사전에 방지하고 싶었던 것이다.

그사이 아버지의 상점은 점점 더 번창해서 상점을 첼트너 거리 3번지에서 더 좋은 장소인 첼트너 거리 12번지 1층으로 옮겼지만, 부모는 이제 고령이어서 카프카에게 자주 상점 일을 돕도록 요구했다. 어머니 율리에는 위장장애와 부인병으로 고생했고 반복되는 우울증에 시달렸다. 아버지 헤르만은 심장병으로 고생했는데, 신경에 거슬리는 일이 있을 때면 심장병을 핑계로 가족과 고용인을 괴롭히곤 했다.

변호사 사무실 시보 일을 통해 카프카는 직장 생활이 아침에 그를 일찍 일어나게 하고, 일상 속으로 걸어 나가게 하고, 현실적인 삶과 연결시켜주는 끈이 될 것이라고 생각했다. 그는 궁극적으로 "위대한 것으로 부름"(KKAT 147)으로 생각되는 자신의 글쓰기를 가능하게 하려면 그 끈을 잡을 수밖에 없다고 생각했다. 글을 쓰려면 그 말마따나 '빵 벌이'가 전제되어야 했다. 원치 않던 법학 공부를 끝내고 이제 또다시 직장 생활을 하지 않으면 안 되었던 카프카는 마음속으로 '신은 내가 글 쓰는 것을 원치 않는다. 그러나 나는 써야만 한다'고 다시 한 번 굳게 다짐했다. 시보로 일하는 중 6월 13일 박사 학위 구술시험 I에 합격하고 6월 18일 법학박사 학위를 획득한 카프카는 긴장했던 몸과 마음을 추스르기 위해서 7월과 8월 두 달간 다시 추크만텔 요양원에서 휴가를 보냈다. 그는 지난해에 만났던 익명의 여성을 생각하고 다시 그곳을 찾았는지 모른다.

여름휴가에서 돌아온 후 9월 19일, 카프카는 프라하 경찰국에 공무원 채용에 필요한 신원조회를 요청했다. 아무런 문제없이 신원조회에 통과한 그는 10월 1일부터 지방민사법원에서 재판 실습을 받고 지방형사법원에서 무보수 법률 실습생으로 1년간 근무하게 되었다. 그 당시 이러한 실습 과정은 공무원이 되기 위한 필수조건이었다. 하지만 공직사회에서는 유대인 채용을 꺼렸고, 그도 검사나 변호사나 공무원 같은 직업을 원래부터 원치 않았다. 그는 실습 기간 동안 시간을 벌어가며 최종 결정을 미룬 채 미래를 기획하고 있었다. 법률 실습 일은 그에게 유용하지도 않았고 그런 능력도 없는 것 같았다(Br 37). 그는 그때의 심정을 막스 브로트에게 이렇게 고백했다. "내가 가는 길은 전혀 좋지 않네. 앞날을 내다보건대, 나는 개처럼 몰락하고 말 걸세"(MB 67).

그는 그 시기에 틈틈이 「멍하니 밖을 내다보다」, 「집으로 가는 길」, 「골목길로 난 창」, 「거부」 등과 같은 짧은 산문과 소설 『시골에서의 결혼 준비』를 쓰고 있었는데, 법률 실습 일을 하면서 글을 쓴다는 것이 불가능해 보였다. 그는 마지막 순간까지 어떤 기적이라도 기대하는 듯 불안한 심정을 달래기 위해 자신이 재능이 있다고 생각되는 그림 그리는 일에 한눈을 팔기도 했다(Br 52f.). 막스 브로트는 그런 그를 위해 '8인'이라는 젊은 프라하 예술가 그룹을 소개해주었다. 그때 카프카는 급우였던 프리드리히 파이글, 막스 브로트의 동창생인 막스 호르프와 빌리 노바크 등과 어울려 한동안 그림에

카프카의 그림
(브로트는 '보이지 않는 줄에 매달린
검은 꼭두각시'라고 이름 붙였다.)

재미를 붙였다. 카프카의 그림 솜씨에 감탄한 막스 브로트는 악셀 융커 출판사에서 나오기로 한 자신의 시집의 표지 그림을 그에게 부탁했다. 그러나 출판사에서 그의 그림을 책 겉표지에 재생할 수 있는 기술이 없어서 그 일은 성사되지 못했다. 카프카는 얼마 후 그림 그리는 일을 중단했는데, 자기가 원래 가지고 있던 그림 그리는 재능이 미술선생의 규범적인 교육방식으로 이미 망가져버렸다는 것을 깨달았기 때문이다(F 294). 그러나 그 후에도 그는 종종 연필이나 펜으로 기이한 형태의 "개인적인 암호"(J 60)나 "개인적인 상형문자"(J 180) 같은 그림을 그리곤 했다.

카프카는 무미건조한 법률 실습에 지쳐 마드리드, 남아메리카(파라과이),

마다이라 섬 같은 먼 나라에 가서 일자리를 구했으면 하는 허황된 꿈을 꾸기도 했다. 그것은 '저주스러운 프라하'와 부모의 압박 그리고 구속된 자신으로부터 벗어나 어디에선가 자유로운 삶을 살고 싶었기 때문이다.

그때 그가 처해 있던 우울하고 절망적인 상황은 『시골에서의 결혼 준비』(KKANI 12-42)에 잘 나타나 있다. 그 작품은 미완성으로 남았지만, 1904년경에 쓰기 시작했던 『어느 투쟁의 기록』(KKANI 24-171)에 비해 구성과 서술 면에서 훨씬 발전한 것이었다. 이 작품은 대도시에서 힘든 직장 생활을 하고 있는 젊은이가 결혼 준비를 하기 위해 시골로 신부를 만나러 가야 하지만 내심으로는 목전에 와 있는 결혼을 일종의 사회적 강요로 느끼고 차라리 한 마리의 딱정벌레로 변신해 자유로운 상상의 나래를 펴기를 원한다는 이야기이다. 여기에 나오는 주인공 라반(Raban)의 이름은 카프카(Katka)의 이름처럼 동일한 모음 'a'가 자음 뒤에 올 뿐만 아니라 철자가 다섯 자로 동일하다. 또한 독일어로 라베(Rabe)는 '까마귀'라는 뜻이어서 마치 라베를 변형시킨 라반이라는 주인공이 카프카 자신을 의도적으로 암시하고 있는 듯 보이게 했다.

이 작품에서 이미 카프카는 인간사회의 필수적인 관습인 직장과 결혼 문제를 연관시켜 그 굴레에서 헤매는 자신의 불행한 미래상을 예시(豫示)하고 있는 듯했다.


어렸을 때는 위태로운 일도 곧잘 했는데 이제 와서는 도대체 왜 이런 일을 할 수 없는 걸까? 내 자신이 직접 시골로 갈 필요는 없을 텐데. 그럴 필요야 없지. 내가 보내는 것은 옷을 걸친 이 몸뿐이지. 그 몸이 내 방문을 향해 밖으로 나오려고 발버둥 친다면, 그것은 두려움 때문이 아니라 그의 무용성을 보여주는 것이다. 층계 위로 비틀거리며 오르거나, 흐느끼면서 시골로 가 거기에서 울면서 저녁식사를 든다 하더라도 그것은 흥분 때문만은 아니다.

왜냐하면 그럭저럭 잠자리에 들어 조금 열어놓은 방문으로 새어 들어오는 공기를 쐬면서 황갈색 이불을 꼭 덮고 누워 있을 테니까 말이다.……침대에 누워 있는 모습이 한 마리의 커다란 딱정벌레나 하늘가재 아니면 쌍무늬바구미 같다는 생각이 든다. 딱정벌레의 커다란 모습, 그렇다. 나는 동면이라도 하는 듯이 불룩한 몸뚱이에 나의 작은 다리를 갖다 댔다. 그러곤 몇 마디를 소곤거린다. 그건 내 곁에 바짝 붙어 굽혀져 있는 슬픈 몸뚱이에게 지시하는 말이다. 육신은 지시의 말을 다 듣고 나서 절을 하고 얼른 걸어갔다. 내가 쉬고 있는 동안에도 육신은 모든 일을 잘 해나갈 것이다(KKANI 17f.).

이렇게 주인공 라반이 느끼는 현실적인 강요와 슬픔과 피로감은 카프카가 법률 실습을 통해 느끼고 있던 미래의 직업에 대한 두려움과 속박을 예시하는 듯했다. "직장에서는 과도하게 일하느라 너무 피곤해서 휴가를 즐길 수 없을 정도이다. 그러나 일을 아무리 한다 해도 어느 누구도 정답게 대해주리라고 기대할 수 없다. 오히려 고독하고 생소하며 단지 호기심의 대상일 뿐이다"(KKANI 13f.)라고 한탄하고 있는 주인공의 모습은 5년 후에 나타나게 될 저 유명한 단편 『변신』의 비극적인 주인공 그레고르 잠자의 전형을 이미 잉태하고 있었다.

카프카가 직업 선택 문제로 괴로워하고 있을 때 숙부 필리프 카프카의 아들인 사촌형 오토 카프카가 파라과이에서 돌아와 프라하에 잠시 들렀다. 카프카는 즉시 막스 브로트에게 연락해서 함께 사촌형에게 아메리카에 대한 여러 가지 이야기를 들었다(Br 34). 그때 들은 이국의 낯선 이야기는 후에 막스 브로트가 '아메리카'라고 제목을 부친 소설 『실종자』의 무대가 되고 카를 로스만과 숙부 야곱이라는 등장인물을 만들어내게 된다.

먼 곳에 직장을 잡았으면 하고 있는 카프카는 1907년 2월 11일 전혀 예상치 못한 일을 만나게 된다. 2월 9일 베를린 주간지 ≪현재≫에 다른 작가들과 함께 아직까지 글을 발표한 적이 없는 카프카의 이름이 난데없이 소개된 것이다. 그것은 여러 차례 카프카의 작품 원고를 읽고 그의 낭송을 들어보았던 막스 브로트가 그의 문체 특성을 언급한 것이었다. 막스 브로트는 프란츠 블라이의 희곡 『어두운 길』에 대한 서평에서 "하인리히 만, 베데킨트, 마이링크, 프란츠 카프카 그리고 이 극을 쓴 작가 등 현존하는 몇몇 작가들은 극히 다양한 면을 예술과 섬뜩함으로 장식하는" 기법을 사용하고 있다고 칭찬했다. 이에 대해 카프카는 2월 12일 막스 브로트에게 아이러니한 의미의 편지를 띄웠다. "그것은 사육제야, 순수한 사육제. 하지만 가장 사랑스러운 사육제였어"(Br 35). 그러면서 동시에 "그것은 괜한 고려일 뿐이며" 거기서 즉각 자신의 "이름이 망각되어야 한다"(Br 36)고 썼다. 그는 근거 없는 외부의 평판 이전에 무엇보다 자기 작품의 내적인 완성도를 염려하고 있었던 것이다.

1907년 6월 20일 카프카 가족은 첼트너 거리 3번지에서 다시 니클라스 거리 36번지에 있는 엘리베이터가 딸린 현대식 건물 5층으로 이사했다. 그 건물의 이름은 '춤 쉬프(Zum Schiff)'였는데, 이름에 걸맞게 몰다우 강 남쪽 언덕에 서 있는 그 집에서는 한눈에 강을 내려다볼 수 있었다. 카프카 방의 창문에서는 몰다우 강과 강 건너편에 있는 벨베데레 공원 그리고 멀리 언덕 위로 우뚝 선 흐라드신 성이 보였다. 그는 후에 발표한 단편 『선고』에서 그 창문에서 바라본 전경을 자세하게 묘사했다. "책상 위에 팔꿈치를 괴고 창 너머로 강과 다리와 푸르스름한 빛에 싸인 건너편 뚝 언덕을 바라보았다"(KKAD 43). 그는 자신의 눈에 들어온 이미지를 항상 뇌리에 기억해두었다가 글 쓰는 데 이용했다.

새로 이사 간 집은 습기 차고 어두운 이전의 집에 비해 훨씬 나았지만, 부모, 카프카, 세 명의 여동생, 하녀, 가정부 마리 베르너 등 여덟 식구와 고양이 한 마리 그리고 새장 속의 카나리아 두 마리가 모두 함께 살기에는 여전히 비좁았다. 방음장치가 전혀 되어 있지 않아 옆방에서 재채기를 하거나 기침을 하거나 목욕탕을 사용하거나 잠자리에서 몸을 뒤척이는 작은 소리까지 모조리 들렸다. 세 자매는 돌출창이 있는 협소한 방을 함께 써야 했고, 카프카의 방은 거실과 부모의 침실 사이에 있어서 한시도 자유로울 수가 없었다. 매우 민감한 카프카로서는 불편하기 그지없었다. 특히 조용함을 요구하는 글쓰기와 독서를 방해하는 주변 소음에 그의 고통은 말할 수가 없었다. 그는 막스 브로트에게 이렇게 한탄했다.

왼편에서 아침식사의 소음이 그칠 무렵이면 오른편에서는 점심식사의 소음이 시작되지. 문들은 요사이 어디나 열려 있어서 마치 벽들이 부서진 것 같다네. 하지만 무엇보다도 모든 불행의 중심에 있는 것은 글을 쓸 수 없다는 것이지. 내가 인정할 수 있는 글은 한 줄도 쓰지 못하고, 오히려 모든 것을 지워버렸네(Br 85).

이런 소음에 대한 절망감은 1911년 11월 5일 일기에서도 계속된다.

나는 글을 쓰고 싶다. 이마에 끊임없는 전율을 느끼면서. 나는 온 집안이 소음으로 뒤덮인 본영(本營)의 내 방에 앉아 있다. 모든 문의 여닫는 소리가 들린다. 이들 소음을 통해 문들 사이로 뛰어가는 사람들의 발소리만 내게 남겨진다. 부엌에서는 화덕 문들이 탁 하고 닫히는 소리가 여전히 들린다. 아버지는 내 방문을 열어젖히고 저녁 가운을 질질 끌며 통과하고 있고, 옆방 난로에서는 재 긁는 소리가 난다. 발리는 곁방을 통해서 마치 파리의 골목길을 통해 부르듯이 알아들을 수 없는 것을 묻고는 아버지의 모자를 손질해놓았는지 묻는다. 나에게 익숙해 있는 쉿 하는 소리 때문에 대답하는 목소리가 한층 높아진다. 갑자기 거실 문소리가 짧게 울리고 가래 긁는 목소리에서

나는 듯한 소음이 들리더니 짤막한 노
래를 부르는 여자의 목소리와 함께 거
실 문이 열리고 전혀 거리낄 게 없다는
듯이 문을 밀치는 남자의 둔중한 소리
와 함께 문이 닫힌다. 아버지가 나가자
이제 부드럽지만 더 어지럽고 더 절망
적인 소음이 시작된다(KKAT 225f.).

카프카의 일기

1910년 말 첫째 누이동생 엘리가 카
를 헤르만과 결혼해서 서부 교외 프라하-바인베르게 지역의 네루다 거리에
있는 집으로 이사했지만, 상황은 조금도 나아지지 않았다. 집 안의 소음과
삭막한 법정 실습 일에서 오는 고통은 먼 나라에서 다른 일을 하고 싶어
하는 그의 마음을 더욱 간절하게 만들었다. 그는 지친 몸과 마음을 쉬기
위해 1907년 8월의 휴가 전체를 트리쉬에 있는 외삼촌 지크프리트 뢰비의
집에서 보냈다. 시골의 자연 속에서 정신적인 안정을 찾고 외삼촌에게서 혹
시 좋은 충고를 얻지 않을까 생각에서였다. 그는 트리쉬에서 당시 프라하
북쪽에 위치한 도시 코모타우의 내무부 산하 임시직 세입 관리로 일하고
있는 브로트에게 편지를 썼다.

나는 법정에서 일 년 동안 아무것도 이루지 못했네. 그리고 다음 이야기인
데, 직업이란 누구든 그것에 적응하게 되자마자 곧 무기력한 것이 되어버리
지. 나는 근무시간에 — 단지 여섯 시간일망정 — 끊임없이 나 자신을 바보로
만들게 될 걸세.……아니야, 만일 10월까지도 나의 앞길이 나아지지 않는다
면 나는 상업 아카데미에서 졸업생 과정[2]을 밟을 것이네. 그리고 프랑스어와

---

2 고등학교 졸업 시험인 '아비투어(Abitur)'를 끝낸 학생을 대상으로 하는 일 년짜리 단기

영어에 스페인어까지 배울 참이네. 외삼촌[3]이 우리에게 스페인에 자리를 찾아주셔야 하는데, 아니면 그 밖에 어디든 남미나 아초렌 군도, 마다이라 섬[4]까지도 말이야. 잠정적으로 나는 8월 25일까지 여기에 머물러도 된다네. 나는 오토바이를 타고 꽤 돌아다니면서, 수영도 많이 하고, 연못가 잔디에 알몸으로 누워 여러 시간을 보내기도 하고, 사랑에 얼이 빠진 성가신 한 소녀와 더불어 한밤중까지 공원을 어슬렁거리고, 목장에 건초더미를 쌓아놓기도 하고, 회전목마를 만들고, 폭풍 뒤에는 나무들을 세웠으며, 소 떼와 염소 떼를 돌보고 저녁에는 집으로 데려오곤 한다네. 당구도 많이 치고, 멀리 산보도 하고, 맥주를 엄청나게 마시고, 심지어 사원에도 갔네. 하지만 대부분의 시간을 두 소녀들과 보냈지. 매우 재치 있는 학생인데, 매우 사회민주당 성향이야. 이들은 어떤 확신이나 원칙을 표현할 때마다 설득당하지 않으려고 이를 악물고 있음에 틀림없다네. 하나는 A.[5]이고, 다른 쪽 H. W.는 키가 작고 볼이 끊임없이 그리고 한없이 빨갛다네. 그녀는 매우 심한 근시이고, 코에 건 코안경을 움직이는 예쁜 동작만은 아닌데 — 그녀의 코끝은 조그마한 평면으로 참으로 예쁘게 모아져 있다네 — 간밤에 그녀의 짤막하고 토실토실한 다리를 꿈꾸었다네. 이렇게 에돌아감으로써 나는 처녀의 아름다움을 인식하고 사랑에 빠지려나봐. 내일은 그들에게 『실험』[6]을 낭독해주려네. 그것이 지금으로서는 스탕달[7]과 ≪오팔≫[8]을 제외하고는 내가 가지고 있는 유일한 책이야(Br 37f.).

---

교육과정으로 카프카는 법률에 관한 직업이 아닌 다른 상업직을 생각했던 것 같다.

3 여기에서 언급된 외삼촌은 마드리드의 철도철장으로 국제적인 사업관계를 잘 알고 있던 알프레트 뢰비를 말한다.

4 아초렌(die Azoren)은 대서양에 있는 군도로 포르투칼어로 '매의 섬'이라는 뜻이며, 마다이라(Madeira)는 아프리카 서안에 있는 섬이다.

5 A.는 아가테 슈테른(Agathe Stern)으로 유대 법률학자인 막시밀리안 슈테른(Maximilian Stern)의 딸이다.

6 『실험(Experimente)』(1907)은 막스 브로트의 초기 단편집으로 그중 「카리나 섬(Die Insel Carina)」에 나오는 인물 카루스(Carus)는 프란츠 카프카를 모델로 삼았다.

이 편지 속에 언급되고 있는 H. W.는 헤드비히 바일러의 약자로 카프카가 트리쉬에서 만났던 모라비아 지방 출신의 유대 처녀였다. 푸른 눈에 아름다운 금발을 가진 19세의 그녀는 이미 두 학기 동안 빈 대학에서 철학을 공부했고(Br 43), 앞으로 언어들을 더 공부할 생각이었으며 당시 트리쉬에 있는 할머니 댁에서 잠시 휴가를 보내는 중이었다. 그녀는 정신적으로 매우 활달하고 삶에 긍정적이며 사회 참여적인 여성이었다. 그녀와 카프카는 주로 사회운동, 니체의 철학, 스탕달의 일기, 스칸디나비아 문학에 관해 대화를 나누었다.

트리쉬에서 프라하로 돌아온 카프카는 1907년 8월 29일부터 그녀에게 편지를 자주 쓰기 시작했다(Br 39). 그들의 서신 왕래는 1909년 4월까지 이어졌는데(Br 66f.), 카프카는 자신이 헤드비히가 있는 빈으로 가서 일 년 동안 '수출전문학교'에 다닐 생각을 한 적도 있었다. 외국에서 일자리를 구할 수 있지 않을까 하는 생각에서였다. 그러나 독일 기업이나 상점에 대한 체코인의 보이콧 운동으로 아버지 헤르만 카프카의 상점이 심각한 침체를 겪고 있었기 때문에 카프카는 경제적 이유로 빈에 갈 수도 없었다. 그때 헤드비히가 빈을 떠나 프라하에서 공부할 생각을 했다. 카프카는 그녀를 위해 프라하의 일간지 ≪보헤미아≫에 상류층을 위한 대화상대나 가정교사 자리를 구하는 광고를 내기도 했다. 헤드비히는 카프카가 처음으로 지속적인 서신 왕래를 한 여성이었다. 그녀와의 서신 왕래는 문학청년 카프카에게 출구가 보이지 않는 암담한 심정을 토로하기 위한 애정이 담긴 탈출로 같은 것이었다.

---

7 카프카의 유품에서 발견된 『스탕달의 일기(Journal de Stendal)』(1899)일 것으로 추정된다.
8 ≪오팔(Die Opale)≫(1907)과 ≪아메티스트≫(1906)는 프란츠 블라이가 편집·발간한 문예 예술 잡지이다. ≪아메티스트≫가 포르노그래픽한 텍스트와 삽화로 검열에서 금지되자, 블라이는 ≪오팔≫을 발간했는데, 그것 역시 완화되긴 했어도 에로틱한 주제와 아방가르드적 색채를 띠고 있었다. 카프카는 막스 브로트와 함께 잠시 그 잡지들을 정기 구독했다.

그런데 실은, 나는 사교성도 없고 기분전환도 모르오. 저녁 내내 강 위 작은 발코니에 앉아 있고, ≪노동자신문≫조차 읽지 않으며, 또한 선량한 인간도 못 되오⋯⋯아시겠소, 나는 웃기는 인간이오 만일 그대가 나를 조금이라도 좋아한다면 그것은 연민이며, 내 몫은 두려움이오. 서신으로 만난다는 것은 얼마나 무용지물인지. 서신이란 바다를 두고 떨어져 있는 두 사람의 해변에 철렁거리는 바닷물과 같은 것이지요(Br 39f.).

1907년 9월 19일 그녀에게 보내는 편지에서는 자신의 빈으로 가고 싶다던 계획을 번복하고 어쩔 수 없이 "지긋지긋한 도시"(Br 42) 프라하를 떠나지 못하고 그곳에서 새로운 직업을 갖게 되리라는 사실을 아이러니하게 표현하고 있다.

그래요 결정이 났어요 그것도 오늘에서야. 다른 사람들은 결정을 내리는 일은 아주 드물고, 그리고는 그 결정을 오래도록 즐기지요 그러나 나는 끊임없이 결정을 한다오, 마치 권투선수처럼 자주. 다만 그러고 나서 권투를 하지 않지요 그게 사실이오⋯⋯나는 프라하에 계속 머무를 것이고, 거의 확실하게 몇 주 이내에 한 보험회사에서 일자리를 얻게 되오 몇 주 동안 쉴 새 없이 보험 관련 공부를 해야 할 거요 그런데 그 공부가 꽤 흥미롭소(Br 45).

결국 카프카는 프라하에 머물렀고, 헤드비히는 얼마간의 프라하 체류 후 다시 빈으로 되돌아갔다. 그들 사이에 있었던 일은 몇 편의 서신 외에는 그 어느 작품 속에도 흔적을 찾을 수 없지만, 카프카의 8월 29일 그녀에게 보내는 편지에는 그가 쓴 슬픈 시 한 편이 남아 있다.

석양 속
공원의 벤치에

우린 등을 굽힌 채 앉아 있네.
우리의 팔은 축 처져 있고,
우리의 눈 슬프게 반짝이네.

그런데 사람들은 옷을 걸치고
자갈길 위를 비틀거리며 산보하네.
먼 언덕에서
먼 언덕까지 펼쳐지는
이 광활한 하늘 아래서(Br 39f.).


그들이 왜 소원해졌는지 명확히 알 수 없다. 단지 우리가 알 수 있는 것은,
1909년 1월 7일 카프카는 헤드비히의 요구에 따라 그녀의 모든 편지를 빈으
로 되돌려 보냈다는 것뿐이다. 그러나 그녀는 1909년 4월에도 외롭다는 편
지를(Br 66f.), 1914년에는 박사 학위를 땄다는 사실을, 그리고 1917년 10월
에는 결혼했다는 소식을 카프카에게 알렸다(B1 646). 카프카를 향한 헤드비
히의 애틋한 마음을 읽을 수 있는 흔적이다.

오랜 방황 끝에 카프카는 프라하의 한 보험회사에서 일하기로 결정했다.
1937년에 나온 『카프카 평전』에서 막스 브로트는 그들이 그때 어떤 적합한
직업을 찾아야 했는지, 그리고 어떤 문제가 걸림돌로 작용했는지 명확히 기
술해주고 있다.

……빵을 위한 직업을 찾는 일이 문제가 되었을 때 프란츠는 이렇게 주장
했다. 그 일자리는 문학과 전혀 관계가 없어야 한다. 그에게는 그것이 문학적
창조의 위상을 떨어뜨리는 것처럼 보였기 때문이다. 빵을 위한 직업과 창작
예술은 서로 완전히 분리되어야 한다. 카프카는 저널리즘에서 보이는 것과
같은 양자의 혼합을 거부했다.……그의 이런 생각은 나와 나의 직업 선택에

도 수년에 걸쳐 영향을 미쳤다. 나는 (그처럼) 예술에 대한 존경심 때문에 예술과 거리가 먼, 가장 끔찍한, 메마른 법률에 관한 직업으로 이것저것 애를 많이 썼고, 한참 후에야 비로소 극 비평과 음악 비평의 길을 찾았다.……우리 두 사람이 열렬히 추구했던 것은 '간단한 출석'이 가능한 자리였다. 그러니까 아침부터 오후 2시나 3시까지 근무하고……오후에는 자유로운 직업 말이다.……우리가 열망하는 2시까지 근무하는 자리는 지극히 드물었다. 그런 것은 오직 고위관직에만 있었는데, 당시 구(舊) 오스트리아 시절에 유대인이 그런 자리를 얻으려면 고위층의 후원을 받는 경우에만 가능했다(MB 7f.).

브로트의 진술이 뒷받침하듯, 카프카에게 글쓰기는 생계나 경제적인 수단이 되어서는 안 되는 신성한 행위, 그의 존재와 삶이 비로소 정당화될 수 있는 유일한 방법이고 목적이었다. 그러므로 직업을 선택하는 데도 항상 글쓰기를 전제로 했고, 생활비를 벌기 위해 글을 쓰거나 대중적인 인기를 누리기 위해 글을 쓰는 행위는 철저하게 거부했다. 마치 토라를 가르쳐 돈 버는 것이 금지되어 있는, 그래서 생계를 위해서 다른 직업을 수행해야 했던『탈무드』의 현자들과도 비슷했다. 그는 오전에는 일하고 오후에는 글을 쓸 수 있기를 바랐지만, 그런 특별한 일자리를 구하기란 어려운 일이었다. 그는 늘 프라하를 떠나 외국에서 일자리를 얻고 싶어 했기 때문에 이미 배워 습득한 프랑스어와 영어 이외에 스페인어를 배울 계획을 했고, 마드리드에 있는 외삼촌 알프레트 뢰비에게도 도움을 청했다. 그러나 외삼촌은 직업에 대한 사전 준비나 경험도 없이 연고도 없는 타지에서 고생하는 것보다 부모 곁에서 자신이 공부했던 분야를 활용하는 게 훨씬 나을 거라고 충고했다. 그러던 중 외삼촌 알프레트 뢰비와 콜린에 있는 친척의 소개로, 그리고 체코 주재 미국 부영사와 보헤미아의 유니온 은행의 은행장인 막스 브로트 아버지의 추천으로, 카프카는 1907년 10월 1일부터 프라하의 벤첼 광장에 자리한 이탈리아계 보험회사 아씨쿠라치오니 게네랄리 지사에서 일하게 되었다(Br 52). 카프카가 그 직장을 서슴없이 택한 이유는 무엇보다도 나중에 프라하 혹은 체코 밖의 지역에서 근무할 수 있는 기회가 올 거라고 생각했기 때문이다.

보험회사 아씨쿠라치오니 게네랄리는 1831년에 건립된, 보헤미아에서 가장 오래된 보험회사로 당시 오스트리아의 도시 트리스트에 본점이 있었다. 그 보험회사는 처음에는 운송·해운·화재보험으로 시작해 나중에 생명보험 분야로까지 확대되었다. 그러나 회사의 현대적이고 공격적인 사업 실천과는 다르게 인사정책은 여전히 오스트리아 봉건주의적 사고에 머물러 있었다. 1907년 10월 2일 카프카가 기입한 채용 서식 전문(前文)에는 여러 가지 엄격한 사내 규칙 및 지시와 규정이 있었다. '무조건 의욕적으로 일할 것, 초과근무수당은 시불하지 않음, 2년마나 2주간의 휴가, 사직 의사는 3개월 전에 미리 통보할 것, 사무실 책상에는 개인 물건을 보관할 수 없음' 등 사소한 사항까지 엄격하게 통제했다. 카프카는 그 서류에 자신은 "소아전염병을 앓은 이래로 항상 건강"한 상태이고, 몸이 "약해서" 군 복무를 면제 받았으며, "독일어 속기"를 할 수 있고, 체코어를 유창하게 말할 수 있으며, 프랑스어와 영어를 배웠으나 더 숙련이 필요하고, 재산 상태에 대해서는 상점을 가지고 있는 부모와 함께 살고 있다고 기록했다(KW 257f.). 카프카는 우선 임시 고용인으로 채용되었고, 월급은 80크로네로 아주 적었다. 그리고 그 서류의 비고란에는 미래의 타지 근무를 위해 우선적으로 생명보험분과로 발령을 내린다는 것과 마드리드의 아씨쿠라치오니 게네랄리 지점장 호세 바이스베르거의 아버지인 미국 부영사 아놀드 바이스베르거[9]의 추천이 있었다는 것, 그리고

---

9 아들의 소원에 따라 카프카를 보증해준 아놀드 바이스베르거(Arnold Weissberger)는 카프카를 개인적으로 전혀 몰랐다. 그는 유니온 은행의 지배인으로 골동품 수집가이자 전문가로 잘 알려져 있던 인물이었다. 1868년 그는 미국으로 이주해 미국 시민이 되었고, 고향으로 돌아온 후 체코 주재 미국 부영사라는 명예 타이틀을 수여받았다.

아씨쿠라치오니 게네랄리 보험회사의 프라하 지사

카프카는 "명망 있는 가문 출신"이라고 기록되어 있었다(KW 256).

또한 카프카의 인사기록 카드에는 카프카가 채용 전에 받았던 건강검진에 대한 의사진단서가 남겨져 있는데, 보험회사의 공의(公醫) 빌헬름 폴락은 카프카가 "민감하지만 건강하며, 182센티미터의 키에 몸무게가 61킬로그램이며, 날씬하고 섬세하다"고 확인해주면서, 다만 "척추가 휘어 위쪽 폐엽이 약간 흐릿하다"고 판단 결과를 기재했다. 그러나 전체적으로 볼 때 모든 점에서 보험회사 근무에 "절대적으로 적합하다"고 평가를 내렸다(KW 141f.).

어쨌든 카프카는 박봉에도 불구하고 타지로 나갈 수 있다는 기대감을 품고 생명보험과의 임시 보조원으로 일을 시작했다. 앞서 헤드비히에게 쓴 편지에서 알 수 있듯이, 카프카는 부모로부터 독립적 삶을 위해 선택한 첫 직업에 대해 처음에는 보험 관련 공부를 하면서 꽤 흥미를 보였다. 그러나 입사한 지 일주일 만인 10월 8일 편지는 벌써 회의적으로 변해 있었다.

내 삶은 지금 완전히 엉망입니다. 어쨌든 나는 직장을 얻었는데, 80크로네[10]의 박봉에다 일은 여덟아홉 시간이라 끝이 없지만, 나는 사무실 밖의 시간을 한 마리 야생동물처럼 먹어댄답니다. 지금까지는 단 여섯 시간으로 내

---

10 영어의 'Crown'과 같은 뜻으로, 화폐에 왕의 초상이나 왕관이 디자인된 데서 유래했다. 1892년 오스트리아헝가리 제국은 새로운 화폐법의 제정해 금화를 법정화폐로 하고 순금 4그레인(0.2592그램)을 기본 화폐단위인 크로네라고 했다. 제1차 세계대전 후 오스트리아 헝가리 제국은 붕괴되어 오스트리아 공화국, 헝가리, 체코슬로바키아 3국으로 분열되었고, 주변 국가의 침략과 극심한 인플레이션으로 화폐단위의 혼란이 심했다.

사생활을 한정하는 데 익숙해 있지 않았기에 과외로 이탈리어를 공부하고 있고, 이 좋은 날들의 저녁을 바깥에서 보내고 싶지 않기에 나는 여가시간의 혼잡함에서 거의 벗어나지 못하고 있습니다. 지금은 사무실에 있습니다. 여기 아씨쿠라치오니 게네랄리 보험회사에 있으면서도, 언젠가는 멀리 떨어진 나라들의 의자에 앉아 있는 희망을 품고 있답니다. 사무실 창밖으로 사탕수수밭과 무하마드의 공동묘지를 바라보는 희망 말입니다. 보험제도 자체는 매우 흥미롭지만 내 현재의 일은 서글픈 것입니다. 그렇지만 가끔은 매우 좋기도 하답니다(Br 48f.).

그는 자신에게 부족한 보험 업무에 관한 실질적인 지식을 보강하려고 1908년 2월과 5월 사이에 직장 근무와 병행해서 프라하 '상업 아카데미'에서 보험법과 부기 과정을 수강하는 적극성을 보이기도 했다. 카프카는 그곳 강사진 중에서 후에 자신과 일하게 되는 '노동자재해보험공사'의 직속상관과 동료 직원이 될 로베르트 마르슈너, 오이겐 폴, 지그문트 플라이슈만을 만난다. 카프카의 적극적인 노력에도 불구하고 실무를 잘 모르는 그에게는 단순 업무만 수없이 주어져서 무척 고되고 지루했으며, 사무실 분위기는 늘 긴장 상태였다. 여덟 시

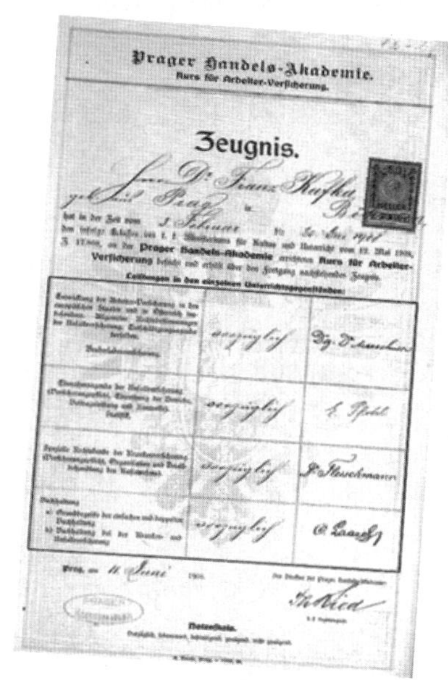

카프카의 상업 아카데미 수료증

정각에 출근해서 여섯 시 반에 퇴근하는 매일 매일의 생활에서 "나는 야생동물처럼 쫓아다녔는데, 나는 동물이 결코 아니니 얼마나 피곤한지 모른다"(Br 55)고 한탄했다. 매일 열 시간의 근무, 무보수의 초과업무, 잦은 일요일 근무, 예외적인 경우에만 허락되는 휴가, 모든 사회단체의 개인적 참여도 간섭하는 이사회, 사원을 회사의 소유물처럼 부리며 인격 모독과 전횡을 일삼는

상관들, 이 모든 것은 군주국가의 관료주의 체제로부터 비롯된 것이었다.

상관 중에 카프카보다 한 살 위인 에른스트 아이스너가 있었는데, 그만이 유일하게 카프카를 같은 동료로 대해준 인간적인 사람이었다. 그는 교양 있고 섬세한 감각의 소유자로 이해심이 많았으며 문학에도 관심이 많았다. 브로트의 친구인 작곡가 아돌프 슈라이버의 친척이기도 한 그는 독문학자 파울 에른스트 등 프라하의 문화계 인사들과도 교류하고 있었다. 그는 카프카에게 정기적으로 문학 잡지 ≪디 노이에 룬트샤우≫를 빌려주었고, 카프카는 그 보답으로 프란츠 블라이가 발간하는 문예 잡지 ≪히페리온≫을 빌려주거나 다른 읽을거리를 추천해주기도 했다(B1 115). 그들은 주로 현대 작가에 관해 이야기를 나누었는데, 그것은 힘든 직장 생활에 지쳐 있던 카프카에게 유일한 위안거리였다. 그들은 1911년까지 그 친교를 이어갔다(Br 88f.).

힘겨운 근무환경 속에서 그는 원래 계획했던 글쓰기를 위한 시간이나 창조적인 영감 같은 것은 기대할 수 없었다. 그러나 카프카는 틈틈이 짬을 내어 산문소품 「상인」, 「집으로 가는 길」, 「지나가는 사람들」, 「승객」 등을 써서 남몰래 서랍에 간직해두었다. 그즈음 헤드비히가 빈에서 알게 된 어느 젊은 작가의 시 한 편을 편지와 함께 보내왔는데, 그것이 카프카에게 약간의 질투심과 경쟁심을 유발시켰던지 그는 1907년 11월 그녀에게 '만남'이라는 제목으로 예전에 써두었던 산문소품 「거부」를 적어 보냈다.

그 시를 읽었소 그리고 그대가 나에게 그것을 판단할 권리를 부여했기 때문에 이렇게 말할 수 있소 그 시에는 꽤 자부심이 있으나, 불행히도 완전히 혼자서 산책하는 자부심이라오 전체로 봐서 나에겐 어린애 같기도 하고, 그렇기 때문에 또 공감하고 경탄할 만한 동시대인인 것 같소 이상이오 그러나 그대의 귀여운 손에 쥐고 있는 저울의 표면적인 균형을 위한 과장된 감수성을 고려해서 여기 아마 일 년쯤 된 예전의 시시한 작품을 하나 동봉하오

……만일 그가 나를 철저히 비웃는다면 그것은 큰 기쁨이 될 것이오. 그런
다음 나에게 그 쪽지를 돌려보내주시오. 내가 그것을 되돌려주듯이(Br 50).

이렇듯 카프카는 여성에게만은 글쓰기에 대한 자신의 강한 의욕을 솔직하
게 드러냈고 자신의 글을 소개하기도 했다. 그는 여성에게서 예술적 의욕과
창작을 자극하는 강렬한 영감을 받는 듯했다. 그러나 아씨쿠라치오니 게네
랄리에서의 생활은 카프카를 점점 더 절망으로 이끌었다. 회사 자체의 부당
한 근무환경뿐만 아니라 자신이 보험에 관련된 전문지식이 매우 부족하고
하루 종일 회사에서 일하고 틈틈이 아버지 상점 일까지 도와야 한다는 것이
그를 힘들게 했지만, 무엇보다 글쓰기를 위한 시간적 여유가 없다는 사실이
견딜 수 없었다. 그는 결국 몇 주 후에 새로운 직장을 찾기로 결심했다. 그는
나중에 펠리스 바우어에게 쓴 편지에서 당시의 절망적이었던 상황을 이렇게
표현했다.

사무실로 가는 좁은 길에 어떤 곳이 있었는데, 그곳에서 거의 매일 아침
절망감에 사로잡히곤 했습니다. 나보다 더 강하고 더 단호한 사람에게는 황
홀한 자살로 이끌기에 충분한 그런 절망감이었습니다(F 102f.).

그는 이제 근무시간이 적은 직장을 구하고자 했다. 그러나 당시에는 직장
을 바꾸는 일이 회사에 대한 배신행위로 생각되었기 때문에 매우 조심스러
운 일이었다. 그것은 신입사원에게는 앞으로의 직장 경력에 부정적인 영향
을 끼칠 수 있었고, 더구나 자신의 보증인이나 중재인에게도 큰 누가 될
수 있기 때문에 그는 비밀리에 직장을 알아보아야만 했다. 그리하여 카프카
는 1907년 10월 말이나 11월 초에 브로트에게 급히 편지를 썼다.

부디, 어떤 경우에라도 내가 (이 직장에) 불만이라거나, 이곳을 떠날 것이며 우체국에 자리를 얻을 것이라는 등의 이야기를 해서는 안 되네. 그러면 난 정말 난처해질 거야. 왜냐하면 바이스베르거 씨가 상당한 공을 들여서 나를 여기 아씨쿠라치오니 게네랄리 보험회사에 넣어주셨거든. 그리고 그 이전의 절망을 생각해보면 당연한 것이지만, 나는 무한히 감격하고 그에게 미친 듯이 감사했기 때문이라네. 그분은 나를 위해 그 회사에 말하자면 보증을 선 것이라네(Br 52).

그러나 비밀리에 두 번째 직장을 찾기란 처음보다 더 어려웠다. 그는 브로트에게 스스로를 "정말 쓸모없는"(Br 58) 인간으로, 그리고 헤드비히에게는 보험회사의 억압이 더욱 심해지고 있으며 "사람들이 나를 야생동물처럼"(Br 55) 취급하고 있다고 비탄해했다. 그는 이러지도 저러지도 못하는 어려운 상황에 처해 있었다.

# 최초의 산문소품들을 발표하다

직업에 대한 불만과 글을 쓸 수 없다는 사실은 카프카에게 크나큰 심적 압박이었다. 아무런 출구를 찾지 못한 그는 '야생동물처럼 먹어'대거나 술집이나 사창가(Br 33, 59; KKAT 70, 72), 노래와 곡예를 보여주는 바리에테(Br 66) 그리고 은은한 음악과 춤을 보여주는 카바레 등을 찾았다. 카프카는 막스 브로트와 함께 때때로 장교, 화가, 풍자 가수 그리고 베를린이나 파리에서 온 손님들과 어울려 떠들썩하게 밤 시간을 보내기도 했다. 프라하 시내 벤첼 광장에서 멀지 않은 곳에 있는 카바레 루체르나 또는 런던 그리고 같은 건물에 있는 와인 전문 술집인 트로카데로, 새벽까지 여는 오프스트가의 술집 엘도라도 그리고 프란츠 베르펠과 그의 친구들이 즐겨 찾는 술집 넬리 막심[1] 등을 전전했다. 1912년까지 카프카가 자주 찾은 이 술집들은 프랑스풍의 레스토랑 분위기 속에서 반나체의 무희들이 작은 무대 위에 올라 노래와 춤을 보여주는 곳이었다. 그는 특히 오스트리아 무희 구스티 오디스의 스커

---

1 Willy Haas, *Die Literarische Welt. Lebenserinnerungen*, Frankfurt am Main 1983, S.19ff.; Hartmut Binder, *Wo Kafka und seine Freunde zu Gast waren*, Prag: Furth im Wald 2000, S.74ff.

트 댄스를 좋아했다(T1 37f.). 카프카는 상송, 오페레타에 나오는 유행가, 후렴이 있는 재치 넘치는 시사 풍자시와 레뷰식 춤을 좋아했다. 1909년 막스 브로트는 당시의 그곳 분위기를 이렇게 전하고 있다.

> 방은 비좁고 더웠으며 다음 날 아침까지도 담배냄새 때문에 눈이 쓰라렸다. 피아노 연주자는 멋졌다.……아리따운 아가씨들이 나오면 우리는 피아노 연주자를 잊었다. 그녀들은 금속비늘 모양의 옷에 몸에 착 달라붙은 긴 양말을 입고 있었다.……그녀들은 몸을 굽혀 인사를 하면서 자신들의 헤어스타일을 보여주고, 다리를 내밀어 구두를 보여줬는데, 이것은 간단히 말해서 자신들이 머리에서 발끝까지 '카바레의 여왕'이라는 것을 암시하기 위해서였다. 그녀들이 수행하는 몇 가지 관습적인 양식이 있는데, 그것은 거의 신성시되는 동작들로서 산책용 지팡이를 맵시 있게 앞으로 들어 올린다든지, 통통한 넓적다리 위로 짧게 입은 비단 바지로 '골목대장'을 의미한다든지, 여러 절(節)에 걸쳐 반복적으로 "난 아직 젊어요"라는 말을 크게 외쳐댐으로써 새로움을 일깨웠다.[2]

당시 프라하에서는 유럽의 어느 지역 못지않게 자유 분망한 성생활이 유행하고 있었다. 1906년 11월 18일 프라하 일간지 ≪프라거 타크블라트≫의 통계에 따르면,[3] 당시 프라하에는 2,300명가량의 공창과 500여 명의 밤거리 여인, 그리고 약 6,000명가량의 등록되지 않은 창녀가 있었다. 또한 1912년 프라하의 사생아 출생 비율이 45퍼센트에 달했는데, 당시 베를린의 사생아 비율이 16퍼센트였다는 사실과 견주어볼 때 프라하의 성생활이 특히 문란했음을 알 수 있다. 이러한 도시 분위기 속에서 카프카 역시 1912년

---

2 Max Brod, "Im Chantant," *Frankfurter Zeitung*, 13. 6. 1909.

3 *Prager Tagblatt*, 30, Nr.318, Morgen-Ausgabe(18. 11. 1906), S.2f.

그가 작가로서의 사명감에 눈뜨기 전까지는 당시의 젊은이와 다름없이 성에 대한 관심, 에로틱한 분위기 그리고 바리에테가 주는 도시적인 분위기를 즐겼다.

종종 카프카는 성자나 현자로 비유되곤 하는데, 만약 우리가 그를 단지 그러한 이미지 속에서만 보려 한다면 그것은 그의 또 다른 인간적인 면모를 감추는 결과가 된다. 그리고 그렇게 해서는 그의 진정한 전체의 모습을 볼 수도 없고 그를 완전히 이해할 수도 없을 것이다. 그는 원하던 원치 않던 프라하의 오래된 관습과 전통 속에서 살았고, 당시 남성 우월주의적인 사회 분위기에 반감을 갖기도 하고 휩쓸리기도 하면서 동시대인으로 살아갔다. 그 또한 중산층이 누리는 쾌락적 삶을 즐기기도 하고 감각적이고 예술적인 젊은이로서 여러 여성들과 관계를 갖기도 했다. 이 시기에 쓴 편지에는 많은 연애사건이 언급되고 있는데(Br 56, 58; B1 88), 요시, 말춰, 한지 같은 당시 술집 여성의 별명도 거론되고 있다.

1906년에서 1908년 사이에 찍은 사진 중에는, 비스듬히 모자를 눌러쓴 카프카가 22세의 밝게 미소 짓고 있는 율리아네 스초콜과 그녀의 개와 함께 찍은 사진이 있다. 그녀는 '한지'라는 별명의 술집 여급으로 그녀의 명함에는 모자를 만드는 여자로 소개되어 있다.[4] 1908년 6월 9일 막스 브로트에게 보낸 편지를

카프카와 한지 율리아네 스초콜

보면, 그들은 매우 가까운 듯했다. 그는 "해질 무렵에는 물론 사랑하는 H.[5]의

---

4 Klaus Wagenbach, *Franz Kafka. Bilder aus seinem Leben*, Berlin 2008, S.61.

5 이니셜 H는 카프카가 사랑에 빠졌던 한지 율리아네 스초콜(Hansi Juliane Szokoll)의 약자다

침대 옆 소파에 앉아 있었다네. 그동안 그녀는 붉은 담요 아래서 자신의 아기 같은 몸을 납작 웅크리고 있었네"(Br 58)라고 쓰고 있다. 그러나 그녀와의 에로틱한 관계는 몇 달 못 가서 끝났다. 막스 브로트에 따르면, 그녀가 다른 사람들과의 관계를 빈번하게 계속했기 때문에 카프카가 상심했다(MB 104)고 한다.

카프카의 이러한 생활은 펠리스 바우어와 서신 교환을 시작한 1912년 가을까지도 중단되지 않았다. 1913년 7월 초 그는 막스 브로트와 그의 부인 엘자 브로트 그리고 펠릭스 벨치와 함께 호텔 춤 골데넨 엥겔(Zum goldenen Engel)의 카바레 샤트 노아의 외설스러운 야간 공연에 가기도 했다. 그는 펠리스 바우어에게 그 상연이 너무 야해서 "친구의 부인과 가서는 안 될" 정도였지만 "두근거리는 마음으로……그것을 즐겼다"고 고백하고 있다(B2 231). 그러나 그는 후에 그때의 대도시의 환락적인 밤 생활을 가리켜 권력과 욕망이 "극에 달한 시대"이자 "본능이 병든"(Br 317) 시대상을 반영한 것이라고 비판했다.

이런 가운데서도 그동안 틈틈이 짧은 산문을 써온 카프카는 막스 브로트의 도움을 받아 1908년 3월 초 『관찰』이라는 제목으로 프란츠 블라이와 카를 슈테른하임이 공동 발간하는 문예 잡지 ≪히페리온≫에 최초로 글을 실었다. 1907년에 썼던 「상인」, 「멍하니 밖을 내다보다」, 「집으로 가는 길」, 「지나가는 사람들」, 「승객」에 새로 쓴 「옷」, 「거부」, 「나무들」을 합한 여덟 편의 작품이었다. 막스 브로트의 첫 작품인 『죽은 자들에게 죽음을!』에 매료된 뮌헨의 작가이자 출판업자인 프란츠 블라이가 그의 원고를 얻기 위해 자주 브로트를 방문했는데, 그때 브로트가 카프카를 그에게 소개했던 것이다. ≪히페리온≫의 첫 호에는 카프카 작품 외에도 당시 이름 있는 작가들

(MB 49, 211).

≪히페리온≫ 속표지와 잡지에 실린 카프카의 『관찰』

인 릴케, 호프만스탈, 로베르트 무질 그리고 토마스 만의 형인 하인리히 만의
작품이 소개되었다.

카프카의 작품이 발표된 즈음 브로트는 친구들에게 카프카의 작품을 자랑
하고 평가받고 싶어서 『관찰』 중 몇 편을 골라 프란츠 베르펠과 함께 있는
빌리 하스의 집으로 갔다. 당시 빌리 하스는 유능한 젊은 평론가로, 프란츠
베르펠은 젊은 천재 시인으로 문학계의 각광을 받고 있었다. 그러나 그들의
반응은 싸늘했다. 오만한 베르펠은 "그런 작품은 결코 보덴바흐를 넘어서지
못할 것입니다"라고 비웃었다. 보덴바흐는 북부 보헤미아와 독일 제국 사이
에 있는 국경 지대로, 베르펠은 카프카의 작품이 보헤미아 지역 이외에서는
사람들의 관심을 전혀 받지 못할 것이라고 평가했던 것이다. 이 말에 잔뜩
화가 난 브로트는 말없이 원고를 들고 빌리 하스의 집을 나와 버렸다(AK
82). 그러나 후에 베르펠은 자신의 평가가 얼마나 잘못된 것이었는지 뼈저리
게 깨달아야 했다. 카프카의 글은 점차 독일어권 최고의 작품으로 평가받기
시작했기 때문이다.

# 노동자재해보험공사에 입사하다

카프카는 아씨쿠라치오니 게네랄리 보험회사에 입사한 지 9개월 후인 1908년 7월 15일에 결국 건강상의 이유로 퇴사했다. 상관인 아이스너와 마드리드 외삼촌의 도움, 그리고 의사 한(Hahn) 박사의 진단서 덕분에 별다른 어려움 없이 회사를 그만둘 수 있었다. 그의 진단 결과는 규칙적인 신경성장애를 동반한 "과민성 심장장애"(KW 144)로 업무를 계속할 수 없으며 전지요양이 필요하다는 것이었다. 그는 김나지움 급우이자 대학 동창인 에발트 펠릭스 프리브람의 중재로 새로운 직업을 얻었다. 앞서 언급했듯이, 그의 아버지 오토 프리브람은 가톨릭으로 개종한 유대인으로 가장 보수적인 그룹인 금융계와 산업계에서 일찍부터 출세한 인물이었고, 여러 기업체의 감독위원회 임원이기도 했다. 그는 1895년부터 1917년까지 '보헤미아 왕국 프라하 노동자재해보험공사'의 사장으로 일했는데, 카프카는 그의 도움을 받을 수 있었다(Br 194; F 237). 이 반(牛)국영업체는 원래 유대인을 채용하지 않았기 때문에, 직원의 3/4이 체코인으로 주로 체코 사회민주당원이었고, 나머지는 독일인이 고위직을 맡고 있었다. 당시 프라하에서 유대인이 국가 공무원이나 지방공무원이 될 수 있는 가능성은 매우 낮아서 1909년 프라하 전체 공무원 3,000명 중 유대인은 고작 23명에 불과했다.[1] 이런 상황에서

프라하의 노동자재해보험공사 건물

카프카의 입사는 극히 이례적인 것이었다. 카프카는 250여 명의 공사 직원 중에서 사장인 오토 프리브람과 지그문트 플라이슈만[2]을 제외하고는 유일한 유대인이었다(Br 189f.). 카프카의 입사에 사장의 도움이 절대적이었음을 알 수 있다.

카프카는 1908년 7월 30일부터 새 직장에서 일하기로 되어 있었다. 그사이 2주간의 공백 기간을 이용해 그는 보헤미아 숲에 있는 슈피츠베르크로 휴가를 떠났다. 그는 7월 16일에서 24일까지 그곳의 얀 프로코프 호텔에 머물면서 나비가 날고 풀꽃이 만발한 숲 속에 누워 책을 읽거나 명상으로 시간을 보냈다(B1 86). 9개월간의 악몽 같은 아씨구라지오니 세네랄리에서의 직장 생활을 정리하고 새 직장과 글쓰기에 대한 새로운 설계와 각오를 다졌다. 8일간의 휴양에서 돌아온 카프카는 7월 30일부터 새 직장의 보험기술 분과의 연금 담당부서에서 근무하게 되었다.[3]

카프카는 새로운 직장에서 비교적 안정감을 찾을 수 있었다. 이전 직장에서 보험에 관해 일했던 것과 2월 3일부터 5월 20일까지 프라하 '상업 아카데미'에서 '노동자 보험에 관한 과정'을 수강했던 것이 많은 도움이 되었다. 처음에는 매일 3크로네의 적은 봉급을 받는 임시직이었지만, 승진에 대한

---

1 Christoph Stölzl, *Kafkas böses Böhmen. Zur Sozialgeschichte eines Prager Juden*, München 1975, S.78.

2 법률가인 지그문트 플라이슈만(Sigmund Fleischmann)은 체코와 독일 배경을 가진 유대인으로 사회민주당원이었고, 확고한 평화주의자이자 열정적으로 보험법에 헌신한 카프카의 같은 부서 동료였다(Br 189f.).

3 *Franz Kafka. 1883-1924. Manuskripte, Erstdrucke, Dokumente, Photographien*, hrsg. von Klaus Wagenbach, Berlin 1966(Ausstellungskatalog), S.57.

전망은 밝은 편이었다. 무엇보다도 그곳의 근무시간은 아침 8시에서 오후 2시까지로, 그 이후에는 자유시간이 보장되어 있어서 카프카에게는 안성맞춤이었다. 그러나 그곳에는 해외 근무가 없었으므로 외국에 나갈 기회는 없어진 셈이었다.

'노동자보험'은 1878년 독일의 비스마르크가 노동자를 위한 사회법으로 도입해 1883년 5월 말부터 공식적으로 시행한 사회보장제도였다. 오스트리아 정부도 1887년 노동자재해법을 제정해 1889년 오스트리아 전역에 7개의 '노동자재해보험공사'를 설립했다. 이 보험공사들은 내무부의 규정에 따라 건립된 반(半)국가기관이었다. 특히 1889년 11월 1일에 건립된 프라하의 '보헤미아 왕국 노동자재해보험공사'는 오스트리아 전 지역의 1/3을 관리했기 때문에 당시 7개 보험공사 중 가장 크고 중요했다. 카프카가 입사했을 때 이 공사는 창립 초기 52명이었던 직원 수가 250명으로 늘어나 있었다. 그러나 처음 3,500개의 관할 기업체에서 1911년 28,094개로 늘어난 기업체를 담당하기에는 턱없이 부족한 인원이었다. 게다가 직원들은 권위적인 관료주의와 태만한 업무 관행이 몸에 배어 있어서 작업 능력은 제자리걸음을 하고 있었고, 그로 인해 회사는 1893년에서 1908년에 걸쳐 연속 재정손실을 내고 있었으며, 그 손실은 국가보조금으로 충당되고 있었다. 그리하여 정부의 고위 관리들은 공사의 개혁을 촉구하게 되었다.

공사의 구조 조정은 신입사원인 카프카에게는 자신의 능력을 보여줄 수 있는 기회였다. 카프카가 속해 있는 부서의 나이 든 국장인 하우프너가 물러나고 그 자리에 '상업 아카데미'의 보험학 강사인 젊은 로베르트 마르슈너가 들어오게 되었다. 카프카는 입사한 지 몇 주도 안 되었지만 이 부서를 대표해서 그를 위한 환영 연설문을 작성했다. 그는 이 환영사에서 "정당한 것이든 부당한 것이든 공사에 대한 불평불만은 오래전부터 쌓여왔습니다. 그러나 지금에 와서 한 가지 분명한 사실은 앞으로 훌륭한 작업이 수행되리라는 것입니다. 현행 법규 안에서 요구되고 필요로 하는 것이라면, 그것이 무엇이 됐던 개혁이 이루어질 것입니다"(KKANI 180)라는 기대에 찬 문장으로 환영사를 마무리함으로써 신임 국장의 관심을 끌었다.

신임 국장 마르슈너는 느슨하고 태만했던 제도에 개혁의 칼을 대기 시작했다. 우선 그는 감독처리제도를 도입해 회사 내부의 회계제도에서 의심스러운 재해 보고에 이르기까지 엄격한 검사 기준을 적용했다. 또한 그는 기업에게는 노동자가 안전하게 작업할 수 있는 기술을 확보하고 재해방지를 위한 능동적이고 체계적인 사고방지대책을 강구하도록 지시했다. 기술의 근대화로 작업 중에 사고가 빈번하게 일어났기 때문이었다. 마르슈너의 조치는 빠른 시일 안에 괄목할 만한 성과를 가져왔다. 1910년 연례 보고서에 따르면 그가 재직한 2년 넘짓한 기간에 17년 이래 처음으로 300만 크로네의 수익을 올렸다.

이런 개혁 과정에서 마르슈너는 조용하면서도 근면하고 창의력이 넘치는 카프카의 업무능력을 알아보았다. 특히 공사의 연례 보고서에 쓴 카프카의 보고서는 그가 업무분야에 대해 넓은 안목과 능력을 가지고 있음을 증명해 주었다. 그의 업무는 기업가의 항소 문제나 기업을 위한 법률적 조언 및 사고방지대책에 관한 것이었다. 보험공사의 개혁적 노력은 종종 기업의 반발에 부딪쳤는데, 카프카는 연례 보고서나 1911년 11월 4일 일간지 ≪테첸-보덴바흐 신문≫에 실린 자신이 쓴 익명의 논문 등을 통해 이를 논박하거나 긍정적인 평가를 내림으로써 문제 해결에 앞장섰다. 당시의 기업가, 특히 '틀림없이 보험의 기본 문제에 대해 잘 알고 있는 대기업'이 의무적인 보험 분담금 지불을 계속 '고의적으로 미루고' 있고 '노동자는 그들의 생존이 달린 이익이 불투명해지고 있는데도 무관심한 태도를 취하고 있으며', 기업가의 상설 변호단체는 원칙적으로 의무보험을 철폐하자고 선동하고 있었다. 카프카는 재해 예방과 위험 등급에 따른 기업의 분류, 이에 대한 기업의 항소에 대한 법적 대응, 기업의 개선책을 촉구하는 강연, 기업과 노동자 간의 문제점과 그 개선책에 대한 조언 등 다양한 일을 실천해나갔다. 또한 그는 부족한 보험 전문지식을 보충하고 생산체제와 생산보장에 대한 실무를 배우기 위해 상사의 허가를 받아 1908/09년 겨울학기에 '독일 기술전문학교'에서 카를 미콜라셰크의 역학기술 강의와 하인리히 라우흐베르크의 보험의 본질에 관한 세미나에 참석했다. 강의와 세미나가 오전 시간에 이루어졌기 때문에 강의를 듣는 몇 달 동안 그의 근무시간은 늦게야 시작되었다.

이외에도 카프카는 행정부에서 하달되는 서류를 검토하거나 보험에 관한 통계자료를 작성하고, 각 기업과의 보험에 관한 서신 교환, 기술적 표준치에 대한 평가와 기업의 이의에 대한 서면 응답, 재해방지를 위한 공장의 개선 가능성에 대한 논의를 다루었다. 그러나 계속해서 늘어나는 업무량 때문에 카프카가 가졌던 새로운 직업에 대한 기쁨과 자유로운 여유시간에 대한 기대감이 점점 시들어가는 듯했다. 그는 막스 브로트에게 이렇게 하소연했다.

만일 내가 또 못 가게 되더라도 바움과 바움 부인이 화내지 않길 바라네. 내가 해야 할 일이 얼마나 많은지 몰라! 내가 맡은 이 4구역[4]에서는 사람들이 마치 술에 취한 듯 발판에서 미끄러지고, 기계 속으로 떨어지고, 모든 발코니는 무너지고, 모든 제방은 새고, 모든 사다리는 미끄러지고, 뭔가 사람들이 옮겨놓은 것은 아래로 떨어지고, 그들은 자신이 아래에 놓아둔 무엇인가에 비틀거리며 넘어진다네. 그리고 이놈의 도자기 공장의 젊은 처녀들 때문에 골치가 아프다네. 이들은 끊임없이 접시를 탑처럼 포개들고 그대로 넘어지곤 한다네(Br 73).

---

4 노동자재해보험공사는 구역 관리를 행정구역에 따라 시행했는데, 카프카가 담당한 구역은 북보헤미아 지역으로 프리트란트, 라이엔베르크, 룸부르크, 카불로츠 네 곳이었다.

이러한 과정에서 카프카는 보험회사 자체의 제도 개혁의 필요성뿐만 아니라 보험회사와 기업 간의 문제들 그리고 그 사이에 끼어 부당한 처사를 견뎌야 하는 노동자의 여러 가지 고통을 인지하게 되었다. 그는 노동자를 위해 직접 안전한 기계장치를 고안하기도 했다. 1910년 연례 보고서에는 노동자가 목재를 대패질할 때 자주 사고를 당하게 되는 종래의 위험한 4각 회전축 톱날 대신에 카프카가 결함을 보완해서 고안한 둥근 안전톱날 도입을 추천하는 내용의 글이 실려 있다.

　　다음 그림들은 4각 회전축과 예방기계학적 고려를 한 원형 회전축의 차이를 보여주고 있습니다. 4각 회전축의 칼은 나사로 직접 회전축에 고정되어 칼날이 누출된 채 1분에 3,800번 내지 4,000번 회전하고 있습니다. 칼날의 축과 작업대 사이의 간격이 넓어서 노동자에게 일어나는 위험이 뚜렷이 보입니다. 따라서 노동자는 이 회전축에서는 위험을 모르고 일하여 위험을 더욱 가중시키거나 혹은 피할 수 없는 부단한 위험을 의식하면서 일했습니다. 아마 아주 조심스러운 노동자는 작업을 하면서 목재를 대팻날 머리 위로 밀 때 손가락이 목재 앞으로 나가지 않도록 주의할 수 있습니다만 조심을 비웃기라도 하는 듯 대부분의 사고가 여기서 일어납니다. 가장 조심스러운 노동자의 손조차도 미끄러져 내릴 경우 또는 흔치 않지만 한 손으로 대패질을 할 목재를 작업대 위로 눌러주고 다른 손으로는 그것을 칼 축으로 보내다가 목재가 뒤로 떨어질 경우에는 틀림없이 날 틈으로 빠져버리게 됩니다. 이렇게 목재가 튀어 오르거나 뒤로 미끄러져 떨어지는 것은 미리 예견할 수도 방지할 수도 없습니다. 목재가 한두 군데 불거져 나와 있거나 옹이가 있을 때 혹은 대팻날의 회전 속도가 느려지거나 칼날이 제자리에 꼽히지 않았을 때 또는 목재를 누르고 있는 두 손의 압력이 균일하게 분배되어 있지 않을 때 그런 사고가 일어나기 때문입니다. 그런데 그런 사고는 일어났다하면 반드시 손가락 몇 마디, 심지

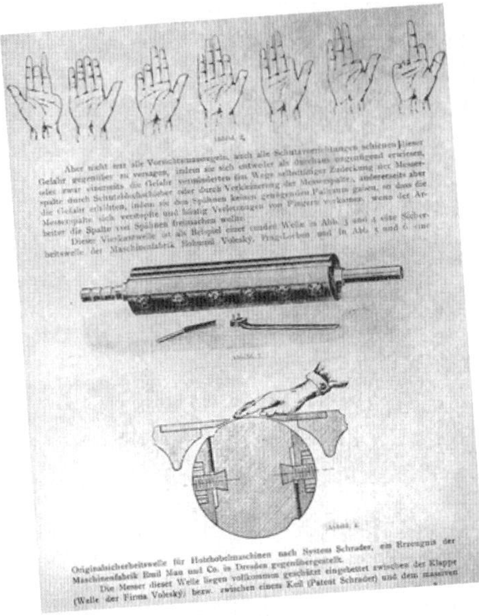

카프카의 보고서

어는 손가락 전부를 절단당합니다.

그렇지만 온갖 안전조처뿐만 아니라 온갖 예방장치를 해도 이러한 위험을 막을 수가 없습니다. 그런 조처나 장치는 전적으로 불충분하거나, 그렇지는 않다 하더라도 한편으로 (미닫이 납 뚜껑을 해달아 칼 틈을 자동적으로 막게 하거나 칼 틈의 간격을 줄임으로써) 위험을 감소시키기는 하지만 다른 한편으로는 (대팻밥이 떨어질 충분한 공간이 없어짐으로써) 위험이 배가되었습니다. 그 결과 칼 틈이 막히거나 혹은 노동자가 틈에 끼인 대팻밥을 파내려 하다가 손을 다치는 일이 자주 일어납니다.

이러한 4각 회전축의 결함을 보완한 원형 회전축의 예가 안전 회전축입니다. 이 회전축의 칼은 완전히 감싸여 판, 즉 결합 쐐기와 낡은 육중한 동체 사이에 끼어 있습니다. 뭐니 뭐니 해도 예방기술적인 관점에서 가장 중요한 것은 칼날이 전부 노출되어 있는 것이 아니라 날만 앞으로 나와 있다는 점과 칼이 회전축 속에 끼어 있기 때문에 아주 얇아도 되고 그러면서도 부러질 위험이 없다는 점입니다.

이상의 설비로 해서 한편으로는 손가락이 4각 회전축 틈으로 빠지게 되는 주된 사고의 가능성이 제거되고 다른 한편으로는 설령 손가락이 틈새로 빠지는 경우라 할지라도 일을 중단하는 결과까지는 초래하지 않는 정도의 경미한 상처밖에 나지 않게 됩니다(AS 134ff.).


그가 고안한 둥근 안전 톱날은 시간이 흐르면서 많은 목재산업체가 사용함으로써 노동자가 목재기계를 다룰 때 따르게 되는 위험도를 줄이는 데

일익을 담당하기도 했다.

1908년 9월 임시 직원으로 보험공사에 입사한 카프카는 1910년 5월 1일 서기로 승진하면서 정식 직원이 되었다. 같은 해 보험공사의 재조직화로 카프카는 과장인 오이겐 폴 밑에서 일하게 되었고 1913년 5월 초에는 그의 부비서관으로 승진하면서 동시에 과장 대리가 되었다. 카프카는 아씨쿠라치오니 게네랄리의 동료나 상관인 에른스트 아이스너와 인간적인 관계를 가졌던 것처럼 노동자재해보험공사에서도 모든 사람과 선의의 좋은 인간관계를 유지했다. 그것은 그가 가진 직업상의 창의적이고 지적인 능력 이외에도 모든 사람에게 항상 객관적인 태도를 보임과 동시에 특히 남을 배려하는 따뜻한 인간적인 마음씨 때문이었다.

부서 국장인 마르슈너와 직속상관인 오이겐 폴은 카프카의 창의력과 문서 작성 능력을 높이 평가했기 때문에 공사의 영업결산 보고서 작성을 그에게 일임했다. 카프카는 1908년에는 '건축업과 건축 부대영업에 대한 보험 의무의 범위'에 대해서, 1909년에는 당시로서는 아주 새로운 '자동차 보험'에 대해서, 1910년에는 앞서 언급한 대패기계 사용 시 기술적 보호 조처에 대해서, 1911년에는 재해 예방의 원리에 대해서 논문을 발표했다. 카프카는 이러한 보고서 작성을 일종의 문체 연습으로 여겼고, 첫 몇 해 동안은 자신의 보고서가 기사로 실리는 것을 자랑스럽게 여겨 친구들에게 보여주기도 했다.

또한 보험공사사무실 동료들에 의하면, "그는 어려운 사회적인 문제와 항소사건을 수려한 문체와 법률가적인 능력으로 처리하는 것은 물론 남의 마음을 끄는 독특한 대화법과 진심 어린 배려로 사람들로부터 사랑과 존경을 받았다"(KW 148)고 한다. 1917년까지 카프카의 직속상관이었던 오이겐 폴은 보험공사에 근무한지 일 년이 조금 넘은 카프카를 "뛰어난 재능과 의무감에 충실한 매우 근면한 직원"[5]으로 평가하면서, 그가 없으면 온 부서가 마비

될 거라고 말할 정도로 그를 완전히 신임했다. 카프카 역시 자신을 "아들처럼"(KKAT 29) 대해주는 그를 늘 고맙게 생각했다. 카프카는 오이겐 폴을 인간으로서 동시에 상관으로서 존경했다. 그는 후에 펠리스 바우어에게 "나의 과장의 무조건적인 단호함이 내게 힘을 준다는 사실을 그대는 알고 있나요? 그를 따라갈 수는 없지만, 어느 정도까지는 의식적으로 그다음의 어느 정도까지는 무의식적으로 그를 모방하고 더 나아가서는 최소한 그를 엿보거나 내 자신을 꿰어 맞출 수는 있습니다"(F 337)라고 쓸 정도로 그의 사무능력을 높이 평가했다. 또한 그는 폴의 뛰어난 기억력에 놀라워하고(F 196), 그의 직업능력에 존경심을 느꼈으며(Br 335; F 90; O 31), 그의 따뜻한 인간적인 면을 사랑했다(HBI 342).

부서의 국장인 로베르트 마르슈너도 카프카의 예술적인 면을 사랑하고 자주 그와 문학에 관해 이야기를 나누기도 하며 그를 늘 보살펴주었다. 마르슈너는 후에 괴테 연구가로서도 문화계의 인정을 받았는데, 1932년에는 온천 도시 카를스바트로부터 '괴테 상'을 수여받기도 했다(HBI 447). 카프카의 문학과 업무능력 그리고 따뜻한 인간미는 이렇게 상관뿐만 아니라 동료 직원, 수위 그리고 청소부 아줌마에 이르기까지 존경과 사랑을 받았다. 언젠가 막스 브로트가 포리츠 7번가에 있는 노동자재해보험공사 사무실을 찾아갔을 때, 카프카와 같은 부서에서 같이 일하는 동료 직원 알로아 귀틀링이 카프카에 대해 이렇게 말하는 것을 들었다.

프란츠 카프카는 누구에게나 사랑을 받고 있고 적대자가 한 사람도 없습니다. 그의 의무감은 모범적이고 그의 업무활동은 높이 평가받고 있습니다. ……무슨 일이든 다른 사람보다 능숙하게 처리하곤 한답니다.……그는 우

---

5 1909년 9월 10일 MS 능력평가 기록(KW 149).

리 직장의 귀염둥이이지요(MB 76f.).

오랫동안 카프카의 사무실 청소를 해온 한 아주머니는 후에 카프카를 따라다니던 구스타프 야누흐에게 카프카는 다른 사람과 다르게 그녀에게 작은 선물하는 등 항상 그녀를 배려하는 마음으로 대해주었다고 기억했다.

카프카 박사는 훌륭한 분이랍니다. 그분은 보통 사람과는 아주 다르지요. 그분이 사람에게 무엇을 주시는 것만 보아도 그것을 알 수 있습니다. 다른 사람은 뭘 줄 때 쭉 찌르는 것같이 내줍니다. 그것은 무엇을 주는 것이 아니라 사람을 천대하고 모욕하는 것입니다. 그런 식으로 주는 팁은 가끔 던져버리고 싶은 생각이 들지요. 그런데 카프카 박사님은 정말 기쁨 마음이 들도록 주시지요. 예를 들면 오전에 먹다 남겨둔 포도 말입니다. 다른 사람은 보통 그것을 먹다버린 것처럼 남겨두지요. 그러나 카프카 박사님은 그걸 맛없는 퇴적물처럼 보이게 두시지 않습니다. 그분은 포도나 과일을 예쁘게 작은 접시에 놓아두시지요. 그리고 제가 사무실에 들어가면, 다른 말을 하다가 슬그머니 내가 혹시 그것을 필요로 하는가를 물으십니다. 그래요, 카프카 박사님은 저를 늙은 청소부로 취급하시지 않습니다. 그분은 정말 훌륭한 분입니다(J 234f.).

그러나 카프카는 직장 일을 통해서 당시 공기업의 관료주의적인 제도와 구조, 초기 자본주의가 지닌 기업가와 노동자 간의 갈등, 그리고 기술 산업사회에서의 기능화되어가는 인간 소외 문제를 깊이 깨닫고 있었다. 카프카의 이러한 체험은 후에 소설 『실종자』에서 미국의 거대한 자본주의 산업사회의 메커니즘 속에서 아무런 희망도 없이 방황해야 하는 젊은 주인공의 모습에 투영되어진다.

시간이 갈수록 카프카의 일에 대한 열정과 관심은 점차 식어갔다. 그는

곧 사무실의 단조로운 일에서 오는 권태감, 보험공사나 기업이 노동자에게
가하는 부당한 처사, 그리고 자신이 맡은 일에 열중하면 열중할수록 자신이
바라는 글을 쓸 수 없다는 것에 대한 절망감으로 힘들어했다. 특히 계획성
없는 사고 예방조치, 낡은 기계설비 그리고 과도한 노동력의 강요에 따라
발생되는 노동자의 빈번한 부상과 그에 대한 부당한 처리와 대우에 대해
그는 막스 브로트에게 종종 분노를 털어놓곤 했다. "(부당한 처사를 당한) 이들
은 얼마나 겸손한가. 그들은 우리들에게 부탁하러 온다네. 회사로 쳐들어와
모든 것을 때려 부수는 대신에 부탁하러 온단 말일세"(MB 76). 1913년 7월
2일 일기에는 가난에 못 이겨 자신의 어린아이마저도 살해해야 했던 어느
여성 근로자에 대한 신문기사를 읽은 그의 참담한 마음이 표현되어 있다.

　　스물세 살 마리 아브라함의 소송 기사를 읽고 목메어 울었다. 궁핍과 기아
　　때문에 그녀가 양발 대님으로 사용했다가 풀었다 하는 남성용 넥타이로 겨우
　　9개월밖에 안 된 자신의 아이인 바바라를 목 졸라 죽였다. 매우 흔히 있는
　　이야기이다(KKAT 564).


카프카는 자신의 직업상의 위치와 부당한 대우를 받는 노동자에 대한 연
민 사이에서 종종 딜레마에 빠지곤 했다. 노동자가 공무원에게 부당한 취급
을 받으면 그는 몰래 법률적 조언을 해주거나 때로는 가난한 노동자를 위해
법정비용을 마련해주기도 했다. 그는 국가기관인 보험공사의 직원이면서도
언제나 힘없는 노동자 편에 서서 그들을 돕고 싶어 했고 그들을 향한 따뜻한
시선을 잃지 않으려 했다.

# 카프카는 무정부주의 사회주의자였나

  카프카는 회사 일로 보헤미아 지방의 공장과 기업을 직접 방문할 기회가 많았다. 그곳에서 그는 열악한 환경에서 살아가는 체코 노동자의 비참한 생활을 목격했다. 또한 프라하에서는 점점 더 자주 강력하게 반유대주의 운동이 일어나고 있었다. 그러한 가운데서 그는 자연스럽게 체코의 정치 문제에 관심을 가지게 되었다(MB 287). 특히 체코 젊은 민족민주주의당의 정치 지도자 크라마르쉬(Karel Kramář), 사회민주당의 수쿱(František Soukup), 민족사회당의 클로파슈(Václav Klofáč) 등의 연설을 들으러 가끔 대중 집회를 찾았고, 체코의 온건 정치가 마사

대중 연설을 하는 수쿱(1910년경)

리크(Tomáš Garrigue Masaryk)의 정치 이념과 그의 군소정당인 국민당이 발행하는 체코 신문 ≪차스(Čas)≫[1]의 시사·정치면을 관심 있게 읽었다. 그는 다수민족인 체코인의 대표 정치인들이 앞으로 국민의 노동환경을 개선하기

---

1 체코어로 차스(Čas)는 '시대', '시간'이란 뜻이다.

위해 어떤 노동정책과 비전을 가지고 있는지 그리고 소수민족인 독일계 유대인에 대해서는 어떤 정책과 태도를 가지고 있는지 알고 싶어서였다.

막스 브로트를 도와 카프카 전집 발간에 참여하였을 뿐만 아니라 1958년에 카프카 전기에 대한 최초의 박사 학위 논문인『프란츠 카프카: 그의 젊은 시절의 전기』[2]를 쓴 클라우스 바겐바흐는 1909년부터 1912년까지 카프카의 가장 중요한 관심사는 체코 무정부주의자들과의 만남이었다고 주장했다. 이것은 후에 카프카를 철저한 무정부주의 사회주의자로 오해하게 되는 동기가 되었다. 또한 카프카 사후 과거 프라하의 급진적 무정부주의 사회주의자의 모임이었던 '클럽 믈라디히'[3]의 몇몇 참여자들은 카프카가 이 클럽의 집회와 시위에 적극적으로 참여했다고 주장하고 나섰는데, 이것은 과거 클럽 믈라디히의 회원이자 카프카와 친밀한 관계가 있었다고 주장하는 미하엘 마레시(Michal Mareš)가 1946년 체코 문예지 ≪신(新)문학(Literárini Noviny)≫에 기고한 기록 때문이었다.[4] 마레시는 이 글에서 카프카가 클럽 믈라디히의 모임과 시위에 열렬히 참여한 아나키스트의 회원이었던 것처럼 소개했다.

마레시에 따르면, 그는 1909년 9월 15일 이후 카프카를 알게 되었다고 한다. 그는 그때 카프카가 살고 있던 니클라스 거리의 한 사무실에서 일하고 있었는데, 거리에서 오고가다 가끔 마주치게 되어 인사하고 지내는 사이가 되었다고 한다. 어느 날 아침 마레시는 카프카 손에 클럽 믈라디히의 시위 모임에 초대하는 유인물을 쥐어주었고 카프카가 그 모임에 참석했다고 한다. 마레시는 카프카가 그 후에도 여러 차례 자신과 함께 아나키스트의 모임과

---

2 Klaus Wagenbach, *Franz Kafka. Eine Biographie seiner Jugend*, Bern, 1958, S.162ff.

3 클럽 믈라디히(Klub Mladých)는 '젊은이들의 클럽'이란 뜻이다.

4 Joseph(Ps. Michal) Mareš(1893~1971), "Setkáni s Franzem Kafkou," *Literárini Noviny* (Praha), XV(1946), S.85-86. 이것은 베르코바(Dana Verková)에 의해 「카프카와 무정부주의자들(Franz Kafka und die Anarchisten)」이라는 제목으로 독일어로 번역되었다(AK 86-91, 248).

시위에 적극적으로 참석했다고 밝혔다(AK 86ff.). 그 후 카프카의 문학 추종자였던 구스타프 야누흐(J 49)도 그렇게 주장함으로써 마치 카프카가 근본적인 무정부주의자인 것처럼 치부되었다.

그러나 카프카는 단 한 번도 일기에서나 친구에게 클럽 플라디히의 집회나 모임에 참석했다고 이야기한 적이 없다. 다만 그는 자신이 종종 읽었던 표현주의 잡지 ≪디 악치온≫에 실렸던 헤르첸(KKAT 712, 731), 바쿠닌(KKAT 731), 벨린스키(KKAT 731), 크로포트킨(KKAT 585) 같은 이름을 단순히 일기에 열거하고 있을 뿐이다. 그들은 당시 유럽의 젊은 지식인이라면 누구라도 관심을 가지고 있었던 공산주의자이거나 사회주의자였다. 카프카와 가장 친한 친구였던 막스 브로트조차 그가 생전에 클럽 플라디히의 집회나 시위에 참여했다는 것을 전혀 알지 못했다. 다만 클럽 믈리디히기 해체된 후인 1910년 12월 9일 카프카가 베를린에서 마레시에게 우편엽서를 보낸 사실이 있었다. 거기에는 체코어로 '진심으로 인사를'이라고 단 두 단어가 쓰여 있었고, 이것이 그가 마레시 또는 무정부주의자에게 쓴 전부였다.[5] 이에 대해 클라우스 바겐바흐[6]는 카프카가 호칭도 없이 단 두 마디 인사말을 쓰고, 친구들에게 무정부주의들과의 만남을 숨겼던 것은 당시 공무원 신분이었던 카프

---

5 카프카는 1910년 12월 9일 엽서에 요제프 마레시 앞으로 아무런 호칭 없이 단 두 마디의 체코어로 'Srdečný pozdrav(진심으로 인사를)'이라고 써 보냈는데, 이것이 마레시와 아는 사이라는 유일한 증거이다. 많은 비평가들은 이 엽서의 수신자가 무정부주의자 미하엘 마레시가 아니라고 주장했다. 그러나 2006년 바겐바흐는 그의 수정판 『프란츠 카프카: 그의 젊은 시절의 전기』에서 미하엘 마레시의 원래 성은 요제프이지만 무정부주의자가 된 후 미하엘을 사용했다고 주장하면서, 많은 점에서 마레시의 진술에 오류가 있다고 밝혔다(KW 239f., 162ff.). 훨씬 나중에 편지가 추가로 발견되어 밝혀진 일이지만 카프카는 1922년 9월 밀레나 폴락에게 보내는 편지에서 마레시를 그저 "거리에서 알고 지낸 사이"(M 306)라고 밝혔을 뿐만 아니라 그를 "어리석은 마레시(pitomec M)"(M 137)라고 부르기도 했다.

6 Klaus Wagenbach, *Franz Kafka. eine Biographie seiner Jugend*, Neuausgabe, Berlin 2006.

카의 신중함과 조심성에 기인한 것이라고 주장했다. 그러나 카프카가 마레시에게 그것도 공개된 엽서에 인사말 한 마디를 써 보냈다고 해서 그가 아나키스트 사회운동에 적극 참여한 사회주의자라고 단정하는 것은 무리이다.

바겐바흐는 박사 논문을 쓰기 위해 마레시와 야누흐에게 카프카와 사회주의자들과의 관계에 대해 써줄 것을 부탁했다. 그는 그것을 토대로 카프카가 1910년 9월 중순 '평화주의와 반교회적인 목적'을 표방하는 클럽 플라디히 행사, "노동자들에 대한 정치적·경제적 탄압에 반대하는"(KW163) 노동자연맹인 필렘 쾨르버(Vilem Körber)와 노동조합인 '체코 무정부주의운동' 집회 등에 참여했고, 거기서 김나지움 시절의 사회주의 학생이자 후에 마르크스주의자가 된 루돌프 일로비를 만났다고 주장했다(KW 163). 그러나 바겐바흐는 2006년에 나온 수정판의 각주에서 이 사실이 오류였음을 분명하게 인정했다.

> 카프카가 클럽 플라디히[7]와 얼마나 밀접한 관계가 있었느냐는 문제가 남아 있다. 카프카는 보통 그런 회합에 혼자서 갔기 때문에 대답하기가 어렵다. 경찰 서류에 카프카의 이름이 없는 것으로 보아 그는 클럽의 회원이 아니었다. 내가 163쪽[자신의 카프카 전기]에서 주장했던, 그 회합들에 그[카프카]가 참여했다는 주장은 틀린 것이다(KW 240).

마레시의 주장을 믿기 어렵게 만드는 또 다른 증거는 1912년 춤 그로센 프라하 홀에서 개최된 집회에서 벌어졌다는 사건 때문이다. 이것은 파리의

---

7 클럽 플라디히는 "무정부주의 청년조직"(KW1 69)이자 불순한 이념 집단이라는 이유로 1910년 10월 10일 경찰당국에 의해 해체되었다. 프라하의 일간지 ≪보헤미아≫에 따르면, 이 클럽은 100명 미만의 작은 단체였음에도 프라하 행정당국은 '사회주의적이고 반군국주의적이며 기타 국가 안위를 해치는' 이념을 유포시키려는 청년연합단체로 간주했다고 한다.

노동운동 지도자인 J. J. 리아뵈프의 처형에 반대하기 위해 열린 집회였는데, 마레시는 이 집회에 참석한 카프카에 대한 에피소드를 이렇게 밝혔다.

나는 그런 기회가 있을 때마다 프란츠를 자주 보았다. 그는 보통 혼자 앉아 있었다. 아무도 그를 몰랐다. 조용하고 주의력 깊고 신중한 청중이었다. 앞에는 맥주 한 컵이 놓여 있었지만 거의 건드리지도 않았다.……나는 선동자, 유포자, 광고판 안내자, 기수(旗手), 주최자, 연설자로 일했으며 출구에서 손에 접시를 들고 출납계로도 일했다. 그것은 투옥된 정치범, 파업 중인 북부 보헤미아 지방 광부들을 위한 기금을 마련하기 위해 늘 있던 일이었다. 모두가 형편에 따라 기부했다. 대개 5헬러 동전과 6크로이첼 소액 은화였으며, 굴덴(은화로 대략 2마르크) 정도도 드물었다. 그러나 내가 초대한 그 손님은 항상 겸손하고 눈에 띄지 않게 5크로네짜리 동전(약 2마르크 50페니히 정도)을 작은 동전들 위에다 내곤 했다. 그 5크로네짜리 동전 한 면에는 프란츠 요제프 황제가 다른 면에는 오스트리아를 상징하는 독수리가 새겨져 있었다(묵직한 은화 한 닢으로 당시 60개의 작거나 큰 소시지를 살 수 있었다). 어느 날 나는 외투에서 금서인 크로포트킨의 『어느 봉기자의 연설』 한 권을 꺼내 보이고는 서로 악수하고 통성명도 했다. 카프카는 경찰이 강제 해산시켰던 쾨니클리헤 바인베르게 지역에 있었던 '위대한 프라하를 위하여'라는 홀의 집회에도 참석했었다. 거기서 기술자 동료인 블라스티밀 보렉이 파리의 노동지도자이자 무정부주의자 리아뵈프의 처형에 반대하는 발언을 했다. 보통사람보다 머리 하나가 더 컸던 프란츠 카프카 같은 사람이 벗어나기엔 매우 어려웠다. 카프카 또한 달아나려고 하지 않고 경찰과 시위참여자 간의 혼잡스러운 외중에 조용히 서 있었다. 그는 여러 사람들과 함께 가까운 파출소로 연행되었다. 거기서 사람들은 소위 특허 낸 구타를 마친 후 대개 관대한 1굴덴 벌금형이나 24시간 구류에 처해졌다. 분명 매일 아침 정시에 출근했던 카프카는 거기서 밤을 새지 않고 벌금 1굴덴을 물었다. 그가 나를 위해 벌금을 지불하려고 했지만, 나는 그 돈을 기부금으로 쓰기로 하고 감사하게 받고 파출소에서 오늘날에는 잊힌 젊은 빵장수이자 시인인 카밀 베르뒤크와 밤을 새웠다(AK 87f.).

여기에서 마레시는 카프카가 아나키스트의 강연회나 모임에 종종 참여했다고 주장하고 있을 뿐만 아니라 공무원이나 다름없는 보험공사의 법률 담당직원이자 유대인인 그가 경찰서에 끌려가 보석금을 지불하고 나왔다고 이야기하고 있다.

하지만 이것은 당시 반(半)국가기관인 보험공사에서는 용납될 수 없는 일이었다. 더구나 바겐바흐뿐만 아니라 1984년에 카프카의 전기를 쓴 언스트 파월[8]도 당시 프라하 경찰국의 무정부주의 사회주의 단체 명단이나 그 집회에서 체포된 자들의 명단에 프란츠 카프카의 이름이 기록되어 있지 않았다고 밝히고 있다. 사실 마레시가 카프카에 대해 쓴 것은, 카프카 사후 20여 년이 지난 제2차 세계대전이 끝난 후의 일이어서 오래된 기억에 의존한 것이었다. 또한 카프카의 명성이 영미와 유럽 전역에서 널리 퍼져 있던 1946년에야 마레시가 카프카에 대해 언급한 점으로 미루어 그 진실성을 믿기는 어렵다는 게 일반적인 평가이다.[9] 카프카의 무정부주의적 사회주의와의 관계를 가장 강력히 주장했던 바겐바흐도 1946년 ≪신문학≫에 발표한 마레시

---

8 Ernst Pawel, *Das Leben Franz Kafkas. Aus dem Amerikanischen von Michael Müller*, München/ Wien 1986, S.176f.

9 HBI 361ff.; Ernst Pawel, *Das Leben Franz Kafkas. Aus dem Amerikanischen von Michael Müller*, München/Wien 1986, S.176ff.; und auch Peter-André Alt, *Franz Kafka. Der ewiger Sohn. Eine Biographie*, München 2005, S.200. 최근에 나온 전기인 Bern Neumann, *Franz Kafka. Gesellschaftskrieger. Eine Biographie*, München 2008과 카프카의 안내서인 Bettina von Jagow und Oliver Jahraus, *Kafka-Handbuch. Leben-Werk-Wirkung*, Göttingen 2008에도 카프카의 무정부주의나 사회주의 참여에 관한 언급이나 항목이 없다.

의 1차 기록(AK 86-91)과 1957년 바겐바흐에게 보낸 그의 2차 기록 사이에 많은 점에서 차이가 있음을 확인해주면서 마레시의 주장의 신빙성에 대해 의심을 드러내고 있다(KW 236ff.).

더구나 밤낮을 가리지 않고 거의 매일 만나다시피 한 친구 막스 브로트도 카프카가 사회주의 집회에 참여했다는 사실을 전혀 몰랐다는 것은 이해하기 어렵다. 브로트는 카프카 사후에 자신의 자서전적 소설 『슈텐판 로트 혹은 결단의 해』의 구상을 위해 제1차 세계대전 전의 체코 무정부주의운동에 관한 자료를 모으는 과정에서 우연히 이 운동에 참여했던 미하엘 카차(Michal Kácha)를 만났다. 그리고 브로트는 그로부터 카프카가 평화주의와 반교회적인 목적을 추구하는 무정부주의 사회주의자의 클럽 블라디히에 참석했다는 사실을 접했다. 그는 이를 자기 소설 전개를 위한 좋은 에피소드라고 생각하고 그를 소설 속의 인물로 끌어들여 카차가 언급했던 것을 그대로 인용했다.

큰 식장의 식탁에 앉아 있는 일단의 체코인 사이에 독일인 한 사람이 앉아 있었는데, 비록 서른 살은 넘었겠지만 매우 날씬하고 젊어 보였다. 그는 저녁 내내 한 마디 말도 하지 않았고 회색빛을 띤 큰 눈으로 주의 깊게 바라볼 뿐이었다. 그의 눈은 숱이 많고 새까만 머리카락 밑에 드러난 갈색 얼굴과 이상한 대조를 이루고 있었다. 그가 바로 작가 카프카였다. 그는 종종 조용히 이 모임에 도움을 주곤 했다. 카차는 그를 좋아했고 그를 '과묵한 사람' 혹은 '침묵의 거인'이란 뜻으로 체코어로 '클리다스'고 불렀다.[10]

당시 이러한 불법적인 단체의 정치적 모임에는 항상 사복 경찰이나 프락치가 숨어들어 참가자 명단과 신상에 대한 자료를 매일 경찰의 사찰 기록부

---

10 Max Brod, *Über Franz Kafka*, a.a.O., S.79. 체코어 '클리다스(Klidas)'는 '침묵하는 사람' 이란 뜻이다.

에 자세히 기록했다. 카프카도 물론 이런 사실을 알고 있었고, 더구나 법률가이자 공무원 신분인 그가 위험을 감수하면서 아무렇지 않게 무정부주의 모임에 참여했다는 것은 설득력이 없다. 또한 언스트 파월의 주장에 따르면, 당시 무정부주의자로 활동했던 동명이인이 있었는데, 마레시가 그를 작가 카프카로 착각했다는 것이다(EP 176). 막스 브로트도 후에 골트스튀커와의 대화에서 카차의 말을 전적으로 믿었던 것이 착오와 오류를 낳았음을 시인했으며(HBI 363), 1966년에 쓴 『프라하 모임(Prager Kreis)』에서는 더 이상 카프카를 무정부주의자와 연결해서 언급하지 않고 있다.[11]

1943년에 작성되어 1951년과 1968년에 나온 구스타프 야누흐의 『카프카와의 대화』에서도 카프카와 무정부주의자의 연관성 주장이 근거 없음을 찾을 수 있다. 야누흐는 1951년에 나온 첫 판에서는 카프카가 개인적으로 무정부주의자를 알고 있었지만 진지한 관계가 아니었다(J 122f.)고 언급했다. 그러나 1968년의 증보판에서는 그사이에 발간되거나 접하게 된 바겐바흐의 『카프카 전기』, 브로트의 소설, 그가 접할 수 있었던 카프카의 삶에 대한 자료를 이용해 마치 카프카와 무정부주의자의 관계를 밀접했던 것처럼 첨가해서 발표했다(J 123-129). 그러나 골트스튀커의 자세한 분석과 증명으로 야누흐의 『카프카와의 대화』의 상당 부분이 진실이 아니라는 것이 드러났다.[12]

앞서 언급했듯이, 카프카가 태어나고 살았던 유럽의 세기전환기는 전통적 가치가 붕괴되고 사회주의, 무신론, 다원주의, 범신론, 민족주의 등 새롭고 다양한 시대적 이즘이 대두했다. 20대의 젊은 문학인 카프카가 동시대의 새로운 이즘에 관심을 가진 것은 당연한 일이었을 것이다. 그러나 항상 소심

---

11 Eduard Goldstücker, "Kafkas Eckermann? Zu Gustav Janouchs 'Gespräche mit Kafka'," Claude David(Hrsg.), *Franz Kafka. Themen und Probleme*, Göttingen 1980, S.253.

12 Ebd. S.238-255.

하고 내향적이었던 카프카에게 과격한 무정부주의적 사회주의가 '생의 결정적인 의미'로 작용하였다는 바겐바흐의 주장은 지나친 감이 없지 않다.

코모타우의 지방 재무과와 프라하의 연금보험과 등을 전전하던 막스 브로트는 1909년 3월 중순 오랫동안 찾던 마음에 맞는 직장을 구했다. 프라하 우체국의 인사과였는데, 카프카처럼 이른 오후까지 근무할 수 있었다. 그는 오후에 자유로운 시간을 가질 수 있는 이 직장에 대해 이렇게 썼다.

우리 둘이 간절한 마음으로 찾았던 것은 짧은 근무시간의 일자리였다. 그러니까 아침 일찍부터 오후 두 시나 세 시까지 근무하고……오후에는 자유로운 직장 말이다. 오전과 오후 근무시간 후에는 사적인 일을 할 수 있고, 일과는 아무 관계없는 문학 작업, 산책, 독서, 영화 관람 등과 같은 일을 할 수 있었다(MB 73).

4월 16일 카프카는 지금까지 근무하던 보험기술 분과에서 재해 분과로 자리를 옮겼다. 그때 오이겐 폴은 그의 근무 기록에 "아주 대단히 근면하며 모든 책임 과제에 지속적인 관심을 가지고 있음. 근무시간 이외에도 종종 공사에 관심을 가지고 활동하고 있음.……내가 경험한 바로는 상기인은 우수한 기획 인력이라고 생각함"(FC 49)이라고 썼다. 그러나 카프카는 직장 일을 마친 한가한 오후나 휴일에는 틈틈이 연극과 영화를 관람하고 친구들과 어울려 프라하 주변의 숲이나 강 그리고 공원으로 산책을 가거나 자기가 좋아하는 운동을 즐겼다. 앞서 언급했듯이 연극에 관심이 많은 그는 자주 극장을 다녔는데, 4월엔 '신(新)독일 극장'에서 프라하에 와 있던 빈 출신 작가 아르투르 슈니츨러의 희곡 <삶의 외침>(1906)을 관람했으며, 5월 말에는 같은 극장에서 5월의 봄 축제를 위해 상연되는 페테르부르크 러시아 왕실 발레단의 공연을 막스 브로트와 함께 보러 갔다. 카프카는 특히 무대 위에서 음악에 맞춰 "격렬한 춤을 추는 무용수"(F 254) 오이게니 에두아르도 바에게 매료되어 그녀를 자기가 쓰는 이야기의 대상으로 삼으려 했으며 (KKAT 10-11), 여러 달 동안 그녀에 대한 꿈을 꾸기도 했다. 특히 그녀의 '치르디스'[1] 춤은 유연한 몸놀림과 뛰어난 표정 연기로 예술비평계의 찬사를 받았는데, 카프카 역시 매료되어 그녀에게 여러 가지 질문을 던지기도 했다. 그녀의 거칠고 정열적이며 불같은 특성은 후에 카프카의 소설 『소송』에 나오는 레니라는 간호사의 모습으로 변형되기도 했다.

날씨가 화창한 주말이면 카프카는 브로트, 벨치 등과 몰다우 강 주변으로 산책을 나갔다. 오순절인 5월 30일과 31일 양일에 걸쳐 그들은 프라하 남쪽에 자리 잡은 여름 휴양소로 사랑받는 빌라 지역인 도브리코비츠로 짧은 여행을 떠나기도 했다. 또한 그의 집이 몰다우 강가 가까운 언덕에 자리 잡고 있었기 때문에 조정 보트를 사서 은빛 물결이 반짝이는 몰다우 강을 오르락내리락 했는데, 막스 브로트는 그의 뛰어난 운동신경에 항상 놀라워 했다. 그리고 거의 매주 일요일에는 몇 시간씩 걸리는 긴 도보 여행을 했다. 그는 프라하 주변의 시골을 찾아다녔고, 14세기 중엽 카를 4세에 의해 건립된 카를슈타인 요새나 몰다우 강의 여울목으로 소풍을 가기도 했다. 카프카

---

1 차르다스(Csárdás)는 집시 음악에 맞추어 추는 헝가리의 국민무용이다.

와 브로트는 여름철에는 숲 속 개울에서 발가벗고 목욕하기를 좋아했는데, 당시 그들은 생동하듯 흐르는 물속에서 목욕을 하면 자연과 생리적인 결합이 이루어져 자연의 기를 받을 수 있고 육체뿐만 아니라 정신 건강에도 좋다고 믿었다(EP 226ff.). 1909년 어느 여름날 그들보다 몇 살 어린 프란츠 베르펠이 이들 자연숭배자의 '비밀단체'에 참여했다. 막스 브로트는 베르펠이 낭랑한 목소리로 읊는 시를 들으며 친구들과 수영했던 즐거웠던 날을 이렇게 회상했다.

> 우리는 어느 아름다운 여름날 일요일에 자차바 강의 깨끗한 은빛 강물로 갔다. 숲 속의 야외 수영장에서 옷을 벗었다. 우리는 언제나 이곳을 시설이 갖추어진 시내 수영장보다 훨씬 좋아했다. 발가벗은 강과 나무의 신들처럼 「세계의 친구」라는 새로운 시를 듣고 여러 시간 강에서 수영을 했다. 이 숭고한 고대 그리스의 여름날은 나의 기억 속에서 결코 사라질 줄 모른다.[2]

그들은 자차바 강의 낭만적인 계곡과 그림 같은 바위, 부드러운 푸른 초원과 가문비나무 숲 속에서 자연의 아름다움과 고요를 즐겼다. 특히 카프카는 가문비나무 숲(F 641)과 전나무 숲을 좋아했는데, 그들의 축축 늘어진 모습이 독일 동화의 한 장면을 연상시켰기 때문이었다. 그럴 때면 카프카는 마치 자신이 "천상에 있는 것과 유사한"(Br 71) 기분을 느꼈다.

그는 밤에는 틈을 내어 글을 썼는데, 6월 중순에는 산문소품 모음집인 『어느 투쟁의 기록』에서 발췌한 두 개의 산문 「기도하는 자와의 대화」와 「술 취한 자와의 대화」(KKAD 384ff.)를 ≪히페리온≫에 실었으며, 1907년에 중단했던 『시골에서의 결혼 준비』 B판과 C판(KKANI 43-53)을 쓰거나

---

2 Max Brod, *Streitbares Leben. 1884-1968*, Berlin/München/Wien 1969, S.37.

『어느 투쟁의 기록』 B판(KAANI 121-171)을 새로이 작업했다. 직장의 많은 일(Br 70, 73)과 밤의 글쓰기 그리고 부모의 상점 일 돕기는 그에게 종종 심한 피로감과 위장장애를 가져왔다. 특히 밤마다 계속되는 글쓰기 작업으로 그는 심신의 피로뿐만 아니라 일생 동안 두통과 위장장애에 시달렸다.

카프카는 보험공사에 입사한 지 거의 1년이 되어가는 1909년 8월 19일 그동안 쌓였던 신경성 피로감을 풀고 휴식을 취하기 위해 의사의 진단서를 첨부해 일주일간의 휴가를 신청했다(AS 123). 보험공사의 공의 지그문트 콘은 진단서에서 카프카가 "휴가도 없이 쉬지 않고 거의 2년 동안 지속된 업무(아씨쿠라치오니 게네랄리의 근무를 포함해서)로 최근에 정신과 육체가 모두 지쳐 있고 신경쇠약 증세를 느끼고 있으며 종종 두통으로 고생하고 있어 짧게라도 휴가를 가질 필요가 있다"(AS 425f.)고 확인해주었다.

며칠 후 휴가를 받은 카프카는 9월 4일부터 열흘간 막스 브로트와 네 살 아래 동생 오토 브로트와 함께 가르다 호숫가의 휴양 도시 리바로 여행을 떠났다. 1908년 그곳에 가본 적이 있는 오토가 그림처럼 아름다운 해안 도시를 두 사람에게 소개했던 것이다. 그들은 당시 오스트

가르다 호숫가의 휴양 도시 리바

리아 제국에 속해 있던 그곳의 깎아지른 바위 벽 아래에 자리 잡고 있는 허름한 여관 벨레뷔를 숙소로 정했다. 그들은 아침나절엔 호숫가를 거닐었고, 낮에는 수영을 하거나 햇볕에 누워 있거나 바위 벽 그늘에 앉아 더위를 식히거나 이따금씩 보트를 빌려 노를 저어 호수로 나아가기도 했으며 브로트가 가져온 카메라로 사진을 찍으며 즐거워했다. 또한 티롤 출신의 작가 카를 달라고(Carl Dallago)의 삶에 대해 토론을 벌이기도 했는데, 그는 자연의

가르다 호숫가의 오토 브로트와
카프카(오른쪽. 막스 브로트가 찍은 사진)

사도이고 반(反)문명생활의 신봉자이며 채식주의
자로 당시 그곳에서 원시적인 생활방식으로 여
름을 보내고 있었다. 그리고 그들이 경애하는 괴
테가 1786년 9월 12일에 5막의 희곡『타우리스
섬의 이피게니』를 마무리했던 인근의 토르볼레
를 방문하기도 했다. 막스 브로트는 후에『카프
카 평전』에서 그와 함께 보냈던 그 휴가 기간의
잊을 수 없는 추억을 이렇게 기술했다.

내 일생에서 카프카와 함께 보냈던 그 몇 주간의 여행처럼 즐거웠던 때는
다시없었다. 모든 근심과 불쾌한 일은 프라하에 남겨두었다. 우리는 즐거운
어린아이가 되었고, 가장 신기하고 아름다운 농담을 주고받았다. 카프카 가
까이에서 그의 활달하게 용솟음쳐 나오는 생각을 직접 즐길 수 있다는 것은
커다란 행복이었다(MB 90).

카프카도 후에 펠리스에게 보내는 편지에서 그때의 즐거웠던 “여행에서
처럼” 그들이 서로 “그렇게 가까워 본 적이 없었다”(F 559)고 회상했다. 아침
나절의 한가로움과 평화스러움, 빛나는 태양 아래 오후의 노곤한 분위기,
멀리 보이는 바다의 수평선 등 그때 리바에서 체험했던 장면과 회상은 1917
년에 쓴 그의 미완성 작품「사냥꾼 그라쿠스」에서 그 어디에도 안주하지
못한 채 저승과 이승 사이를 떠돌아다니는 주인공 사냥꾼 그라쿠스의 환상
적인 이야기로 변용되어 나타난다.

아씨쿠라치오니 게네랄리 보험회사에 다닐 때 이탈리아어를 배워두었던
카프카는 9월 9일 리바의 이탈리아어 지역 신문 ≪라 센티넬라 브레시아나
(La Sentinella Bresciana)≫를 읽다가 리바에서 남쪽으로 80킬로미터 떨어진 도

시 브레시아에서 9월 8일부터 20일까지 '국제 비행 쇼'가 열린다는 사실을 알게 되었다. 첫 며칠은 관중을 위해 비행기전시회가 예정되어 있고, 그다음엔 두둑한 상금이 걸린 비행시합이 개최된다는 기사였다. 세 명 중 어느 누구도 비행기를본 적이 없었고, 특히 "모든 새로운 것, 현실성이 있는 것,기술적인 것에 관심을 보이던"(MB 92)[3] 카프카로서는 그곳으로 구경을 가지 않을 수 없었다. 9월 10일 아침 그들은 리바

브레시아 비행 쇼 포스터

에서 이탈리아 행 증기선을 타고 데젠차노로 가 그곳에서 열차로 갈아타고 이른 오후에 브레시아에 도착했다. 그들은 마차를 타고 시내를 구경한 후 빠듯한 경비를 줄이느라고 "도둑 소굴"(MB 93) 같은 비좁고 더러운 방 하나를 빌려 셋이서 밤을 보냈다. 그다음 날 수전 녕의 군중이 구성하는 브루크히에라 평야에서 벌어지는 비행 시합은 초기 항공사들의 멋진 비행 기술을 보여주었다. 비행 시합의 참가자는 모두 세계적으로 이름난 비행사들이었다. 그중에는 몇 주 전에 처음으로 도버 해협을 횡단한 프랑스인 루이 블레리오, 1911년 9월 11일 저녁에 198미터의 최고(最高) 비행을 하게 될 그와 동향인 앙리 루지에, 비행 최고 속도 보유자인 미국인 글린 커티스, 이탈리아 최고의 투우사인 알렉산드로 안차니와 마리오 칼데라 등도 있었다. 이탈리아 명문가들이 모인 관중석에는 오페라 작곡가 지아코모 푸치니와 기계기술에 열광하는 이탈리아 작가 가브리엘레 단눈치오도 있었는데, 그는 비행에 관한 소설을 썼을 뿐만 아니라 9월 12일에는 미국인 비행사 커티스의 승객으로 함께 하늘을 날아오르기도 했다.[4] 비행사들은 고공비행 기술, 비행속도, 비행시

---

3 1908년 이래로 카프카는 새로운 영상 매체인 영화에 열정적인 관심을 가졌다(B1 132). 특히 무성영화에 나오는 몸짓, 손짓 연기 등의 표현은 카프카의 작품에서는 언어가 표출할 수 없는 부분을 보충해주는 중요한 표현수단으로 사용되었다(PAA 214ff.).

4 Peter Demetz, *Die Flugschau von Brescia. Kafka, d'Annunzion und die Männer, die vom*

간 등에서 경합을 벌였다. 흥분된 분위기 속에서 프라하에서도 이러한 비행 시합을 해야 한다고 외치던 브로트가 카프카에게 비행 쇼에서 보고 느낀 것을 각자가 르포타주 형식으로 쓴 다음 서로 비교해서 승자를 가리자는 제안을 했다. 처음엔 객기로 시작된 제안이었지만, 그날 밤 리바로 돌아온 그들은 마지막 휴가 동안 원고를 정리했다. 그때 카프카가 쓴 여행기 「브레시아의 비행기」(KKAD 401-412)는 1909년 9월 29일 프라하 일간지 ≪보헤미아≫[5]에 실렸다. 막스 브로트가 그 신문의 편집자인 파울 비글러 등과 협의한 결과였다. 어쨌든 여행 에세이 「브레시아의 비행기」는 독일어권 문학사상 비행기에 관한 최초의 기록이 되었다.[6] 한편 브로트가 쓴 기사는 얼마 후 독일 문화지 ≪메르츠(März)≫에 게재되었고, 3년 뒤에 나온 그의 소설 『아놀드 베어(Arnold Beer)』에도 그때의 체험이 다시 언급되기도 했다.

리바 여행에서 돌아온 카프카는 1909년 9월 15일부터 다시 사무실 일을 시작했다. 그는 리바 여행에서 자신이 직접 보고 체험한 사건을 생생한 이미지로 기억해 그것을 다시 문자로 옮긴다는 것이 얼마나 중요한가를 느꼈다. 그러나 리바에 다녀온 후 카프카는 밀린 직장 일과 공무 여행으로 거의 5개월 동안 아무것도 쓰지 못했다. 카프카는 막스 브로트에게 당시 상황을 이렇게 한탄했다.

오늘 여섯 시 반에 나는 가블론츠로 떠났다네. 가블론츠에서 요하네스베르크로, 그리고 그렌츠도르프로 갔다네. 이제 나는 마퍼스도르프로 떠나서

---

*Himmel fielen*, Wien 2002, S.70ff.

5 ≪보헤미아≫의 편집진인 파울 비글러(Paul Wiegler)와 빌리 한들(Willi Handl)은 막스 브로트와 밀접한 관계였다.

6 Hartmut Müller, *Franz Kafka. Leben, Werk, Wirkung*(Hermes Hamdlexikon), Düsseldorf 1985, S.54.

라이헨베르크로, 그다음엔 뢰힐리츠로 그리고 저녁쯤엔 루퍼스도르프로 갔다가 되돌아올 거네(Br 76f).

그는 계속되는 공무 여행과 목재산업과 연관된 재해방지책을 기획하느라 정신이 없었다. 목재산업은 그 지역의 중요한 산업 중 하나인 데다가 재해방지는 국장인 로베르트 마르슈너의 전문 분야여서 더욱 관심을 쏟아야 했다. 그러면서 그는 저녁에는 가능한 시간을 내어 사교생활과 문화생활을 즐기기도 했다. 그와 브로트는 그들이 좋아하는 작가인 플로베르의 『성 앙투안의 유혹(La Tentation de Saint Antoine)』을 원서로 읽었고, 앞으로 있을 파리 여행을 염두에 두고 레오 피에르가 진행하는 프랑스의 사회·문화·정치생활, 파리의 구경거리와 여인에 대한 강연을 들었다. 그리고 카페를 찾아 친구들이 쓴 작품들의 낭독을 듣거나 극장이나 카바레와 카지노에 가기도 했다. 그들은 타데우스 리트너의 연극 <작은 집>을 보았고, 또 팔라키 거리에 있는 바리에테 극장에서 일본의 줄타기 곡예 <더 미추타스(The Mitsutas)>를 구경하기도 했다. 카프카에게 "동양적인 것은 늘 기묘하고 흥미로운 것"(KKAT 14)으로 다가왔다. 그리고 주말이면 건강을 위해 강에서 노를 젓고 수영을 하고 승마를 하고, 가끔 쿠헬바트에 있는 경마장으로 경마 구경을 가기도 했다.

그러나 착상이나 영감이 떠오르지 않아 그가 바라는 글을 쓸 수 없어서 내심으로는 무척 괴롭고 고통스러운 상태였다. 당시 막스 브로트는 장편 소설 『수많은 만족』을 쓰고 있었고, 오스카 바움은 소설 『어둠 속의 삶』을 발간했다. 카프카는 1910년 1월 16일 프라하 일간지 ≪보헤미아≫에 펠릭스 슈테른하임의 소설 『젊은 오스발트의 이야기』에 대한 간단한 서평 「어느 청춘 소설」(KKAD 413-415)을 썼을 뿐이었다.

카프카는 글을 쓸 수 없는 이유가 자신의 착상에 문제가 있기 때문이라고 생각했다. 그는 당시 일기에 "내 마음속에 떠오르는 모든 것은 나의 근원에

카프카(1910년)

서 떠오르지 않고 내 마음의 중간쯤 어디에선가에서 비로소 떠오른다"(KKAT 14)고 한탄했다. 그렇다고 하더라도 사다리를 땅이나 벽에 기대지 않은 채 발바닥 위에 세워놓고 그 위로 기어오르는 곡예를 하는 일본의 곡예사들처럼 자신도 불가능해 보이는 그러한 마술과 같은 글쓰기를 해낼 수 있을 거라고 생각했다. 그러기 위해서는 "망원경으로 혜성을 살피듯이 자신을 향해 매일 적어도 한 줄의 글이라도 써야 한다"(KKAT 14)고 스스로에게 다짐했고, 1910년 봄부터 본격적으로 일기를 쓰기 시작했다.[7] 그것은 자신의 일상생활에 대한 정신적 반영이자 미래의 문학 창작을 위한 일종의 글쓰기 작업 노트였다. 그는 조금이라도 일기 쓰는 일이 해이해지기라도 하면 금방 자신을 채찍질했다. 1910년 12월 16일의 일기에 그는 이렇게 다짐하고 있었다.

나는 더 이상 일기를 떠나지 않을 것이다. 나는 이곳에 나를 꼭 붙잡아 두어야 한다. 왜냐하면 나는 이곳에서만 그것(글쓰기)을 할 수 있기 때문이다 (KKAT 131).

진실한 자기 존재의 본질을 구축해나가려면 이렇게라도 글을 쓰는 일만이 유일한 방법인 듯했다.

1910년 5월 27일은 막스 브로트의 스물여섯 번째 생일이었다. 카프카는 그에게 생일 선물로 로베르트 발저의 소설 『야콥 폰 군텐』과 슈테판 게오르게의 『목동의 시와 찬미시, 전설과 노래 그리고 계단식 가공정원에 관한

---

7 Chris Bezzel, *Kafka Chronik. Daten zu Leben und Werk*, München/Wien 1975, S.39.

책들』 그리고 작은 조약돌 하나를 선물했다. 카프카는 항상 자신과 자신의 문학을 위해 헌신적으로 도와주고 격려해주고 평가해주는 막스 브로트에게 진정으로 고마운 마음을 가졌다. 그는 선물과 함께 긴 편지를 썼다.

> 자네도 알다시피 자네에 대한 나의 사랑은 나 자신보다도 훨씬 크며, 그 사랑이 내 안에 산다기보다는 내가 거기에 살고 있다네. 그래서 내 불안정한 존재 때문에 그것은 튼튼한 지지대를 얻지 못하네. 그러니 그것은 이 조약돌에서 바위처럼 단단한 집을 얻게 될 거네.……이 사랑은 오래전부터 자네가 아는 것보다 훨씬 자주 나를 구해주었지. 그리고 바로 지금 내가 그 어느 때보다 갈피를 못 잡고 완전히 의식이 있음에도 반쯤 잠들어 있는 것 같은 이때에 정말 그렇게도 손쉽게, 지금까지도 여전히 — 나는 마치 내장이 검게 된 채 돌아다니는 느낌이네 — 이렇게 조약돌 하나를 세상에 던지며, 그래서 불확실성에서 확실한 것을 구분해낼 수 있다니 얼마나 좋은 일인가.……조약돌은 자네를 권태롭게 할 수 없다네. 조약돌은 또한 부서지지 않지. 그렇다 해도 먼 미래일 뿐이지.……그러니까 나는 자네를 위한 생일 선물 중에서 최선의 것을 발견한 걸세. 그리고 자네에게 그것을 건네네. 자네가 존재하는 데 대한 나의 서투른 감사를 표현해줄 입맞춤과 더불어(BKB 76f.).

조약돌처럼 영원히 변치 않는 우정을 간직하자는 카프카의 말에 기분이 좋아진 막스 브로트는 그다음 날 오후 우체국 일이 끝나자마자 카프카에게 달려갔다. 그들은 햇빛에 반짝이는 몰다우 강으로 가 몇 시간이고 노를 젓고 승마를 하고 수영을 했으며 피곤하면 햇볕에 누웠다(KKAT 17). 그들은 더욱 더 깊고 따뜻한 우정을 쌓아가기 위해서 저녁에는 카페 플라타이스에 들려 머리를 맞대고 오래전부터 생각하고 있던 파리 여행을 계획했다. 우선 그들은 파리 여행 준비를 위해서 6월에서 10월까지 화가이자 그래픽 화가인 친구 빌리 노바크에게 프랑스어 수업을 받기로 했다. 7월 30일에는 카프카와 브로트 그리고 얼마 전 군대에서 제대한 브로트의 동생 오토와 셋이서 코린타 레스토랑에서 만나 파리 여행에 대한 사전 준비 사항을 점검했다. 그리고 젊은이들의 호기심을 자극하는, 바움가르텐의 경마장에서 개최되는 미인대회를 참관하러 갔다.

카프카는 승급과 봉급인상 그리고 휴가에 관해서 매우 철저했다. 공사 규정에 따른 진급과 봉급인상이 이루어지긴 했지만, 진급이 늦어지거나 봉급인상이 되지 않을 경우 그는 즉시 이의를 신청했다. 그는 5월 1일부로 서기로 승진했음에도 봉급인상이 이루어지지 않자 8월 31일에 이사회에 봉급인상을 요구했다. 이에 따라 그의 봉급은 기본 월급으로 2,100크로네와 기본 급료의 30퍼센트에 해당하는 물가수당과 주택수당을 받았다(AS 133). 또한 9월 15일에는 보험공사에 서신으로 10월에 휴가를 갈 수 있도록 조치해달라고 신청했다. 봄과 여름에 보험 등급에 따라 기업을 새롭게 정리하는 데 따른 후속 일들을 자신이 도맡아 하느라고 여름휴가를 가지 못했다는 이유였다. 이미 그가 기대 이상으로 조직을 개편하고 보험 관계법을 새로이 개정하는 데 많은 공헌을 했다는 것을 알고 있는 보험공사 측은 그다음 날로 그의 휴가를 승인해주었다(AS 133). 그러나 파리로 여행을 떠나기 10일 전에 그는 또 가블론츠로 공무 여행을 떠나야 했다. 그는 보험공사와 기업가 상호 간에 신뢰적인 절충안을 찾을 수 있도록 겔링 호텔에서 기업가들을 모아놓고 뛰어난 수사력(修辭力)을 발휘해 새로 개정된 보험제도를 설명한 다음(AS 443), 끈질긴 협상 끝에 결국 기업가들의 공감을 이끌어냈다. 그로 인해 보험공사 당국뿐만 아니라 해당 분과 상관들과 동료들은 그의 투철한 의무감과 전문적 능력을 다시 한 번 높이 평가하게 되었다. 그러나 그의 유능함은 사무실 책상 위에 산더미 같은 서류를 불러왔다.

카프카의 파리 여행에 대한 계획은 오랜 시간에 걸쳐 진행되어왔다. 1907년 말부터 누이동생들의 프랑스어 가정교사에게 기초 프랑스어를 배웠고,

대학 시절에 배운 프랑스 지식을 바탕으로 막스 브로트와 함께 플로베르의 소설 『감정교육』과 당대의 반소설(反小說)이라 할 수 있는 『부바르와 페퀴셰(Bouvard et Pécuchet)』 등의 원서를 정기적으로 읽었으며, 여행을 앞둔 1910년 여름부터는 친구인 화가 빌리 노바크와 프랑스 여교사에게서 프랑스어 개인교습을 받았다(Br 82). 그렇게 해서 카프카는 간단한 프랑스어 회화를 어려움 없이 할 수 있었다. 그는 파리 관광안내 책자를 구입해 막스 형제와 본격적으로 여행 계획을 짰다.

1910년 10월 8일 카프카는 여행 마니아인 오토 브로트와 함께 드디어 2주간의 파리 여행을 떠났다. 그들은 필센8에서 오는 막스 브로트와 합류하기 위해 뉘른베르크에서 하룻밤을 지냈다. 다음 날 세 사람은 14시간이나 길리는 긴 기차 여행 끝에 10월 9일 늦은 지녁에 파리에 도착했디. 키프키기 본 파리는 자신이 즐겨 읽었던 플로베르의 『감정교육』에 나오는 파리와는 사뭇 달라 보였다. 여행자 프로그램은 여러 가지 관광과 즐길 거리로 채워져 있었다. 젊은 세 친구들은 튀일리 공원, 루브르 박물관, 몽마르트 언덕, 룩셈부르크 공원, 개선문, 에펠 탑 같은 고전적인 장소와 역사적인 박물관, 오데옹 국립극장, 보드빌, 축음기 살롱, 백화점 등을 구경했다. 그들에게 특히 매력적인 것은 에로틱한 댄스 프로그램과 코믹한 상송이 곁들여진 버라이어티 쇼 구경이었다. 막스 브로트는 1909년에 화가 게오르크 카르스와 파리를 방문한 적이 있었기 때문에 그곳 지리에 밝았고, 그의 희망에 따라 세 사람은 10월 15일 몽마르트 부근의 나이트 바를 전전했으며 늦은 시각에는 에로틱한 분위기의 그랑드 타베르느 술집을 들르기도 했다. 그러나 다음 날인 10월 16일 공교롭게도 카프카의 등에 난 종기가 악화되는 바람에 여행은

---

8 필센(Pilsen)은 보헤미아에서 프라하 다음으로 큰 도시로서 세계적인 '필스너 맥주(Pilsner Bier)'로 유명하다.

침울한 분위기로 바뀌었다. 프랑스 의사를 찾아가 대종증(大腫症)이라는 진단을 받았으나 당시로서는 포도상균에 대한 항생물질이 알려지지 않은 터라 치료가 어려웠다. 카프카는 자기로 인해 여행 계획에 차질이 생기지 않도록 혼자 지하철을 타고 파리 구경을 나갔다. 그는 어릿광대 인형극 무대인 테아트르 드 기뇰과 왁자지껄한 경마장을 구경했다. 그때 경마장에서 받은 인상은 후에 소설 『실종자』의 단편(斷片) 2에 나오는 클레이튼 경마장(KKAV 387-417)에 반영되기도 했다. 파리 여행 9일째인 10월 17일 카프카는 계획된 2주간의 여행을 포기하고 종기 치료를 위해 혼자 프라하로 돌아왔다(Br 82; O 13).

여행에서 돌아온 그는 주치의인 크랄 박사에게서 종기 치료를 받았다. 다시 직장 일을 시작한 그는 여행 덕분이었는지 창작욕이 되살아났다. 그때 그는 짧은 산문 「불행」을 썼고, 11월 15일에는 제목이 없는 어떤 노벨레를 쓰는 일에 몰두했지만 성공하지 못했다(KKAT 126). 그는 늘 창작 의욕을 높이려고 가능한 문화적 활동과 독서를 열심히 병행하려고 노력했다. 11월 6일에는 마담 헤누(Chenu)의 알프레드 드 뮈세에 관한 강연을 들었고(KKAT 120), 7일에는 파울 비글러의 헵벨의 생애에 대한 강연을 들었는데 그의 가난하고 슬펐던 작가생활을 전해 듣고(KKAT 121f.) 카프카는 그의 일기를 다시 읽었다(KKAT 131). 11월 16일에는 김나지움 시절부터 그가 경애해왔던 괴테의 희곡 『타우리스 섬의 이피게니』를 읽었는데(KKAT 126f), 마치 순진한 어린아이의 입에서 흘러나오는 듯한 리드미컬하고 운율적인 괴테의 언어에 그는 감탄사를 연발했다.

11월 27일 일요일 스물한 살의 첫째 누이동생 엘리가 유대교회당에서 서부 보헤미안 지방의 취라우 출신 사업가 카를 헤르만과 결혼했다(Br 85). 그들의 결혼은 중매로 이루어졌는데, 양친은 자신의 아들과는 완전히 다른 사업가 정신과 능력을 갖춘 사위를 맞고 많은 결혼지참금을 받을 수 있어서 기뻐했다. 그날 저녁 카프카는 혼잡한 가족 행사에서 빠져나와 작가 베른하르트 켈러만이 자신의 창작품을 낭독하는 모임에 참석했다(KKAT 127).

베를린의 거리 풍경(1910년)

종기가 낫고 한 달쯤 지나서 카프카는 지난번 파리 여행 때 남은 휴가를 쓰기 위해 12월 3일 토요일 혼자서 급행열차를 타고 베를린으로 떠났다. 파리의 오데옹 극장에서 본 연극을 생각하며 독일의 수도이자 문화의 중심지인 베를린에서 연극을 보고 싶었던 것이다. 또한 오래전부터 채식주의자가 된 그는 베를린의 여러 채식 레스토랑을 찾아다니며 자신의 취향을 만끽하고도 싶었다(Br 83). 베를린에 도착한 날 저녁부터 그는 이미 예매해두었던 셰익스피어의 <실수의 희극>과 몰리에르의 <강제 결혼>을 관람했고(Br 83), 다음 날에는 레싱 극장에서 아르투르 슈니츨러의 <아나톨>을 구경했으나 극적 효과만 노린 표피적인 감각적 연애사건과 퇴폐적인 인물 설정 등은 카프카에게 별로 큰 인상을 주지 못했다. 그러나 12월 6일 독일 극장에서 본 막스 라인하르트 연출의 <햄릿>은 매우 감동적이었다. 특히 햄릿으로 출연한 연극배우이자 영화배우인 알베르트 바서만의 연기에 감동을 받은 그는 1910년 12월 9일 브로트에게 이렇게 편지를 썼다.

막스, <햄릿> 공연을 보았네. 아니 차라리 바서만을 경청했다고 해야 할까. 한 15분 정도를 맙소사, 난 전혀 다른 얼굴이 되었지. 때때로 무대로부터 텅 빈 관람석으로 고개를 돌려야 했네. 정신을 가다듬기 위해서(Br 84).

그때 느낀 감동으로 카프카는 후에 약혼식을 하러 베를린에 같이 온 누이동생 오틀라에게 <햄릿>을 꼭 보도록 추천하기도 했다(F 585).[9] 그러나 베렌스 거리에 있는 메트로 극장에서 본 레뷰[10] <만세! 우리는 아직 살아 있

다>와 자크 오펜바흐의 오페레타 <파리의 생활>은 아주 지루했다. 이들 작품에 대한 기억을 2년 후인 1912년 10월 24일 편지에 "무대 공간보다 더 크게 온 전신으로 하품"(BI 187)했다고 표현했다. 그러나 다양한 문화공간과 프로그램을 제공해주는 독일의 수도 베를린은 카프카가 말년까지 자유 작가로서 활동하고 싶어 했던 "오아시스"(EP 249)와 같은 곳이었다.

12월 9일 프라하로 돌아온 그는 여행에서 받은 여러 가지 느낌에 고무되어 글을 쓰고 싶었지만 힘든 일상이 반복되고 있었다. 연말에 있을 이사진과 중재재판소 위원의 보궐선거 때문에 많은 일이 그를 기다리고 있었고, 엘리 결혼식의 여운으로 집에는 손님들로 북적거려 번거로웠다. 카프카는 12월 15일과 17일 편지에서 글을 쓸 수 없는 불행한 상황에 대해 막스 브로트에게 또다시 호소하고 있었다.


나는 베를린에 있었어.……8일간의 완벽한 자유를 만끽했지. 지난밤에야 사무실 일을 걱정하기 시작했네. 어찌나 걱정스러운지 책상 아래로 숨어들어가고 싶었어.……아버지는 내가 책상에 너무 늦게까지 앉아 있는 것을 보면 화를 내시지. 왜냐하면 아버지는 내가 지나치게 부지런을 떤다고 생각하시거든.……결혼식은 끝났고 새 사돈들[11]과 익숙해지고 있는 중이네.……하지만 무엇보다도 모든 불행의 중심은 글을 쓸 수 없다는 것, 나는 내가 중시하는 것을 한 행도 쓰지 못했어. 그와 반대로 파리 이후에 썼던 모든 것을 지워버렸지. 온몸이 내게 경고를 하네. 모든 단어에서 그래. 모든 단어를 써내려가


9 카프카는 셰익스피어를 높이 평가했다(Br 20). 그는 10권짜리 셰익스피어 선집을 소장하고
   있었다(KW260).
10 레뷰(Revue)는 노래, 춤, 풍자 따위를 호화롭게 엮어 만든 극을 일컫는다.
11 새 사돈들은 결혼한 누이동생 엘리의 남편 카를 헤르만(Karl Hermann, 1883~1939)의 두
   형제들인 파울(Paul)과 루들(Rudl) 그리고 그들의 부친인 레오폴트(Leopold)를 말한다.

기 전에 우선 모든 방향을 둘러보는 것이야. 그럼 모든 문장이 문자 그대로 와해되어버리지. 난 그 내부를 들여다보지만, 그다음엔 곧 중단해버리는 거야(Br 84f.).

같은 날인 12월 17일 일기에도 그는 그해에 썼던 아주 많은 양의 글을 없애버렸음을 시사하고 있다. "나는 아주 많은 것을 치워버리고 지워버렸는데, 그것은 내가 금년에 썼던 거의 모든 것이다.……그것은 산더미 같다. 내가 여태까지 썼던 것의 다섯 배는 족히 된다"(KKAT 133). 카프카는 영감이나 착상이 떠오를 때의 습작 이외에도 새로운 차원에서 글을 모색할 수 있는 길을 발견해갔다. 일기와 편지를 쓰는 일이 한 가지 방법이었다. 특히 일기를 쓰는 일이 가장 쉽고 적절한 듯싶었다.

나는 일기를 더 이상 떠나지 않을 것이다. 여기에 나는 매달려야 한다. 그래야만 나는 해낼 수 있다. 나는 지금처럼 때때로 내 마음속에 일어나는 행복한 감정을 기꺼이 규명해내고 싶다(KKAT 131).

그는 일기를 써내려감으로써 자신의 내적 체험뿐만 아니라 주변 세계를 새롭게 조망하고 형상화할 수 있었고, 단어 하나 문장 하나에까지 자기 고유의 독특한 표현방식을 익혀나갈 수 있었다. 실제로 그 시기의 일기에서 카프카 특유의 표현이 도처에서 엿보인다. 12월 16일 일기에 보면 그리스의 궤변론자 제논의 말에서 빌려온 "그렇다, 내 화살은 정지하고 있다"(KKAT 132)라는 표현이 있는가 하면, "위의 반은 죽어 있지만 아래의 반은 살아 있는 아이", "돌 같은 강물"(KKAT 136) 등과 같은 카프카 특유의 역설적이거나 양가적인 표현이 자주 등장하고 있다. 그러나 글 쓰는 행복감은 늘 직장 일과 집안 일로 방해를 받았고, 그것으로 인해 그는 다시 절망감에 빠지곤 했다. 이틀 후인 12월 18일 늦은 밤 그는 일기에 이렇게 쓰고 있었다.

사무실로부터 벗어나지 못하는 한 나는 상실된 존재에 불과하다는 것은 아주 분명하다. 일이 진행되는 동안에도 내가 익사하지 않도록 머리를 높이 쳐들고 있어야 한다. 그러나 그 일이 얼마나 어렵고 얼마나 많은 힘을 요하는지는 내가 오늘 8시부터 11시까지 글 쓰는 책상에 있어야 한다는 내 새로운 시간 분배를 지킬 수 없었다는 데서 이미 나타나고 있다(KKAT 134).

그는 촌음을 아껴가며 글 쓰는 일을 멈추지 않았다. 크리스마스 밤에도 그는 홀로 깨어 글을 써내려갔다.

불행하고, 불행하다. 하지만 좋은 생각을 했다. 한밤중이다.……불이 켜져 타오르는 램프, 조용한 집 안, 어두운 바깥, 깨어 있는 마지막 순간들, 그것은 나에게 쓸 수 있는 권리를 부여한다. 비록 가장 불행한 권리이긴 하지만. 나는 이러한 권리를 서둘러 이용한다. 그러므로 나는 존재한다(KKAT 34).

그는 모든 가족이 휴가를 떠난 크리스마스 휴가 이틀 밤을 홀로 글을 쓰며 지새웠다. "혼자 있는 것, 즉 고독은 그에게 거부할 수 없는 힘"이 되고, 동시에 그의 "내적인 것이 풀리면서 보다 심오한 것이 밖으로 나오도록 마련해준다"(KKAT 139). 남들이 모두 잠든 적막 속에서 홀로 깨어 글을 쓴다는 것, 그것은 카프카에게는 유일한 존재이유였다. 그는 그때 느꼈던 자신의 실존적 상황을 후에 「밤에」라는 산문소품에서 이렇게 표현했다.

주위 사람들은 모두 잠들어 있다. 그들은 집 안에서, 탄탄한 침대에서, 탄탄한 지붕 밑에서, 매트리스 위로 몸을 쭉 뻗치거나 오그린 채 시트 속에서 이불을 덮고 잠자고 있다.……그런데 너는 깨어 있다. 너는 파수꾼의 하나다.……너는 왜 깨어 있는가? 한 사람은 깨어 있어야 한다. 한 사람은 여기 있어야만 한다(E 309).

1911년 1월 새해를 맞은 카프카에게 계속해서 밤늦게까지 글을 쓰고 매일 일기를 쓰는 습관은 그의 자의식을 날카롭게 해줄 뿐만 아니라 창작의욕을 배가시켜주는 듯했다. 거기다가 놀랍게도 내·외적인 상황이 그전 해보다 더 친밀하게 다가오는 듯한 느낌이 들었다. 그러나 1911년 1월 19일에 그는 또다시 절망적인 감정에 사로잡힌다. 밤마다 무엇인가를 수없이 끄적거리고 있지만 아무런 결실이 없었기 때문이다. 그는 쓴 원고를 지우고 다시 쓰고 그리고 찢어버리기를 반복했다. 그는 수없이 전진을 꾀해보지만 늘 제자리걸음을 하고 있는 것 같았다. "나는, 내가 완전히 끝장나 있는 것 같아.…… 매일 지상으로부터 떠나가고 싶어 해야 하거나, 내가 그 안[글]에서 일말의 희망조차도 보지 못할 경우 처음부터 어린아이로서 시작해야만 할 것이다"(KKAT 39). 그럴 때면 그는 자신에게 글을 쓸 능력이 부재하는 듯한 절망감에 빠지곤 했다. 그는 자신의 능력에 대한 회의에 빠질 때면 침대에 누워 끝없는 환상세계로 도피하거나 책상에서 머리를 감싸 쥔 채 연민에 빠지거나 어린아이처럼 무력감에 몸을 맡긴 채 잠을 청했다.

그러나 1911년의 이러한 절망과 갈등은 사실은 카프카의 문학적 발전과 도약을 예고하고 있었다. 오랫동안 자아와의 투쟁 결과로 그는 글쓰기에 대한 확신감과 현실과의 갈등 문제에 대한 성숙함을 보여주고 있었다. 그것은 인간으로서뿐만 아니라 예술가로서 현실 속에서 살아갈 수 있는 가능성을 보이는 성숙함이었다. 그것은 그가 수없이 고통스러운 밤들을 새우고 수많은 시행착오를 거친 결과였다. 그가 비록 막스 브로트에게 "나는 수없는 거짓된 감정, 무서운 감정을 가지고 있었다. 올바른 감정은 나타나지 않거나 그저 조각으로 아주 약하게 나타날 뿐이었다"(MB 343)고 말하고 있지만, 그 것은 자신의 창작의지나 능력의 부족 때문이라기보다는 직장 일로 일관되게 글을 쓸 수 없는 여건 때문이었다. 그러나 카프카는 조금이라도 자신의 글 쓰는 마음이 약해지기라도 하면 곧 자아 인식에 대한 불안정과 게으름 탓으 로 돌렸다.

나는 요즈음 나에 대해서 많은 것을 기록하지 못했다. 부분적으로는 게으름 때문이고 부분적으로는 나의 자아인식을 폭로하게 되지 않을까 하는 두려움 때문이었다. 이러한 불안은 정당하다. 왜냐하면 궁극적으로는 기록을 통해 고정될 터이지만, 이 기록이 모든 부수적인 결과에 이르기까지 아주 완전하게 그리고 역시 아주 진실 되게 행해질 경우에만 자아 인식이 이루어질 것이기 때문이다. 사실 이런 기록은 가능하지 않다. 그리고 나는 어쨌든 그럴 능력도 없다. 그다음 이것은 자기 멋대로 그리고 고정되어진 것이 지닌 강력한 힘으로 인해 올바른 감정은 사라지게 되는 식으로, 단순히 일반적으로 느껴진 것을 대체할 뿐이다. 반면에 기록된 것이 무가치하다는 것은 아주 나중에야 인식되어지는 것이다(KKAT 143).

그는 진실에 바탕을 둔 올바른 생각과 감정을 완벽하게 글로 옮기 위해서 언어와 인지, 영혼과 육체, 직관과 체험 그리고 글쓰기와 삶이 하나로 융해될 때까지 쓰고 지우기를 반복했다. 그때야 비로소 자기가 기대하는 완벽한 텍스트가 완성될 것이기 때문이다. 그가 자신의 글쓰기를 그런 단계까지 끌어올리는 데 일 년 반이라는 세월이 또 흘러갔다. 그것은 정말 혼신을 다한 자기 자신과의 '투쟁의 기록'이요 '기도 형식으로서의 기록'이었다. 카프카의 이러한 각고의 노력을 모르는 막스 브로트는 문학적 결과물이 없어 보이는 그에게 문학 작업을 게을리하지 말도록 설득하려 했고 그릇된 생각을 갖지 말도록 다그치기도 했다. 어느 날 직장 일을 끝내고 산보를 하면서 고뇌하는 카프카의 모습을 본 막스 브로트는 "그렇듯 수많은 헛된 감정이나 생각을 가지고 있더라도 적어도 자네가 나에게 전달할 수 있는 무언가 하나 는 떠오르지 않겠는가"라고 물었다. 그러나 카프카는 침묵했다. 아직은 그럴 단계가 아니었다. 푸른 하늘과 빛나는 태양을 향한 찬란한 부상을 위해 여전 히 긴 잠수가 필요했던 것이다. 그러나 인내와 각고의 순간은 한없이 고통스 러웠다. 그는 이로 인해 종종 두통과 소화불량과 우울증에 빠지곤 했다. 그의 의중을 알 길이 없었던 막스 브로트는 자신의 일기장에 "우울증을 버리도록 그에게 계속 충고하다"(KW 227)라고 기록했다. 카프카가 글쓰기에 그렇듯 철저한 완벽주의자라는 사실을 막스 브로트도 알지 못했다.

이렇듯 각고의 시간을 보내고 있는 카프카는 1월 30일부터 2월 12일까지 보험공사의 형사사건과 민사사건의 관리대리권(HBI 379)을 가지고 또다시 북부 보헤미안 지역의 프리틀란트와 섬유산업의 중심지인 라이헨베르크로 출장을 떠났다. 그러나 그는 공무 여행 중에도 매일 여행일기를 쓰기로 작정 했다. 자신이 여행 중에 보고 듣고 느낀 것을 작품의 소재나 자료로 사용하 고자 했던 것이다. 그는 열차 속에서 승객의 인상이나 모습, 그들의 대화 내용을 하나하나 매우 자세하고도 생생하게 묘사했다. 특히 30년 전쟁 때 발렌슈타인의 봉토였던 17세기에 지어진 프리틀란트 성을 걸어 올라갈 때엔 머릿속으로 성을 가능한 한 여러 각도에서 한꺼번에 기술해보려고 시도했다. 그는 천천히 걸음을 옮겨가며 평지에서, 다리에서, 공원에서, 숲에서 그리고 성의 밖과 안에서 바라본 성의 각 부분적인 모습을 모아 자신의 뇌리에서 다시 하나의 융합된 전체로 조합해보고자 했다. 이것은 마치 동양화가들이 즐겨 사용하는 '오감도'와도 같은 것이었다.

프리틀란트 성. 이것을 바라볼 수 있는 수많은 가능성들. 평지에서 바라볼

때, 다리에서 바라볼 때, 공원에서 바라볼 때, 잎이 떨어진 나무들 사이로
바라볼 때, 커다란 전나무들 사이의 숲에서 바라볼 때. 놀라울 정도로 겹겹이
지어진 성이다. 궁정 뜰로 들어서게 되면 이 성은 어두운 담쟁이넝쿨과 흑
회색빛 성벽과 하얀 눈과 산허리를 덮고 있는 슬레이트 색깔의 얼음 때문에
그 다양함이 배가되면서 길게 무질서하게 서 있다(KKAT 935).

이처럼 그는 사물을 다양한 시각과 위치에서 바라보고 그것을 동시적으로
묘사함으로써 성의 부분과 전체를 유기적이면서 조화롭게 조망하고자 했다.
이러한 보기방식과 묘사방식은 카프카의 전형적인 표현기법[12]으로 후에 그가
밀레나 폴락에게 언급했던 바로 "최고의 조감적 관점(Vogelperspektive)"(M
177)의 기법이다. 이러한 표현기법은 초장기 모자이크식 형태로 이루어진
산문 모음집인『어느 투쟁의 기록』과 병렬적이면서 동시적 서술방식을 사용
한 산문소품「갑작스러운 산책」(KKAD 17-18) 등에서 이미 나타나고 있다.
프리틀란트 성이나 아버지가 출생한 보섹에 있는 성이 그의 소설『성』의
모델이 되었는지는 알 수 없으나, 그가 서술하고 있는 소설 속의 눈 덮인
성은 실제의 성보다 훨씬 비밀스럽고 환상적이며 그로테스크하다. 그가 본
실질적인 성의 모습이 그의 다양한 시각과 상상 속에서 새롭게 조망되고
창조되었기 때문이다.
카프카는 분망한 공무 여행에도 불구하고 라이헨베르크의 시립극장에서
세 개의 공연을 보았다. 특히 2월 24일 그릴파르처의 <바다와 사랑의 파
도>를 보았을 때 "제1막 끝에서 주인공들의 눈이 서로 떨어질 줄 모를 때
……여러 번 눈물을 흘렸다"(KKAT 940)고 썼다. 카프카는 그 순간 연극에
몰입해서 주인공의 눈으로 보고 그의 감정으로 느끼고 있었던 것이다.

---

12 이주동, 「카프카의 움직이는 조감도와 형상사유」, 『카프카 연구』, 제7집(1999), 44쪽.

카프카가 공무 여행을 마치고 프라하로 돌아온 직후 인사과는 그를 서기로 임명했고 또다시 같은 지역으로 두 번째 출장을 보냈다. 그는 그해 대부분을 공무 여행으로 보내야 했지만, 여행 중에도 정해진 계획에 따라 글을 쓰고 책을 읽고 그 지역에서 벌어지는 문화 강연회와 연극 공연을 관람했다. 그 당시 그는 특히 하인리히 폰 클라이스트에 큰 관심을 보였는데, 1910년 라이프치히의 템펠 출판사에서 나온 5권짜리 그의 전집 중 『삶과 작품과 편지』라는 제목의 자전적 기록물을 담은 마지막 권을 그 여행 중에 읽었다(Br 87). 카프카는 그 책에서 자신의 처지와 아주 비슷한 클라이스트의 어려운 생애와 불행한 가족사를 알게 됨으로써 그를 혈육처럼 느끼게 되었다. 또한 그는 클라이스트의 극적인 구조로 이루어진 노벨레 『미하엘 콜하스』를 높이 평가했

하인리히 폰 클라이스트

는데, 1912년 이전에는 판타 하우스 모임과 펠릭스 벨치의 양친 집에서, 1913년 12월에는 토인비 홀의 자선 모임에서 그 작품을 낭독했다(F 291f).

그러나 잦은 출장과 바쁜 직장 일, 그리고 밤중의 글쓰기 작업이라는 고된 생활은 그에게 정신적·육체적으로 지속적인 피로를 가져왔다. 어떤 때는 실신해서 직장에 나갈 수 없을 정도였다. 1911년 2월 19일 그는 일기장에 상관인 폴에게 직장을 그만두어야겠다는 편지를 썼지만, 그것을 보내지 않은 채 서랍 안에 간직해두었다.

오늘 자리에서 일어나려다가 그만 쓰러져버렸습니다. 이유는 아주 간단한데, 제가 전적으로 과로했기 때문입니다. 사무실 때문이 아니라 제 부업 때문입니다. 제가 만일 출근하지 않고 제 일을 위해 유유히 살아갈 수 있고 여섯 시간을 그곳에서 날마다 보내지 않아도 된다면 얼마나 좋았겠습니까. 특히 금요일과 토요일이면 일거리에 파묻혀서 그 시간들이 제게 고통을 주었을

때 귀하께서 그것을 생각하지 못하셨다는 사실만으로 사무실이 죄 없이 그것
에 관여하게 되었습니다. 잘 압니다만, 결국 이 모든 것은 변명에 불과합니다.
제 잘못이며, 사무실은 제게 아주 명백하고 정당한 권리를 가집니다. 다만
이것은 저에게는 끔찍한 이중생활입니다. 여기서는 아마도 미쳐서 빠져나가
는 길밖에는 없을 것입니다(KKAT 29).

밤을 새워가며 글 쓰는 일에서 느꼈던 작은 행복이 다음 날의 직장 일에는
불행으로 다가왔고, 성과 있는 낮의 바쁜 직장 일은 밤의 글 쓰는 일에 쏟아
야 할 힘을 모두 앗아갔다.

어느 날 저녁에 멋진 글을 썼다면 그다음 날 나는 사무실에서 안달이 나서
아무것도 할 수가 없다. 이렇게 우왕좌왕하는 생활이 점점 더 심해져간다.
사무실에서 나는 외적으로는 의무를 다하지만, 내적인 의무에는 만족하지
못한다. 그러므로 저 충족되지 않은 내적인 의무는 불행으로 변하고, 그것은
나로부터 아무런 감동도 일으키지 못한다(KKAT 39).

'끔찍한 이중생활' 속에서 그는 「도시의 세계」(KKAT 151-158)라는 글을
일기에 썼다. 그것은 18개월 후인 1912년 9월에 나타날 작품『선고』의 초기
형식에 해당되는 것으로, 아버지와의 갈등 문제를 주제로 담고 있는 이야기
이다. 이 이야기 속의 늙은 아버지는 10년 이상 박사 논문에 매달려 있는
나이 먹은 대학생인 오스카 M을 "게으름과 낭비와 악의와 어리석음으로
나이 든 아버지를 무덤으로 몰아넣는 자식"(KKAT 151f.)이라고 비난하고 있
다. 그 이야기에는 직장 일보다 늦은 밤까지 '쓸데없는 일', 즉 글에 매달려
있는 아들에게 비난의 눈길을 보내고 있던 아버지에 대한 카프카의 분노와
죄책감이 동시에 반영되어 있다.

그러나 불행한 삶 속에서도 카프카는 자신의 글쓰기가 점점 발전해나가는 것을 느낄 수 있었다. 2월 19일 밤늦게까지 글을 쓰다가 지쳐 잠자리로 돌아갈 때 그는 처음으로 글쓰기에 대한 자신의 특별한 재능이 살아나고 있음을 느끼고 행복해했다. 그가 영감(靈感)에 우러나와 쓰고 있는 문장들이 마치 물 흐르듯 자연스럽게 표현되고 있기 때문이었다.

내가 지금 밤 두 시에 가장 행복한 자이자 가장 불행한 자가 되어 잠자러 갈 때 갖는 특별한 종류의 영감은……내가 단지 어떤 정해진 일만 할 수 있는 것이 아니라 모든 것을 할 수 있다는 그런 영감이다. 내가 아무런 생각 없이, 이를테면 '그는 창밖을 내다보았다'라는 문장을 써내려갈 경우 그것은 정말 완벽한 것이 된다(KKAT 30).

그럴 때 그는 마치 다른 "제2의 생"을 사는 것 같은 "무감각한 상태를 느꼈다"(KKAT 149). 이렇듯 카프카가 깊은 밤에 글을 쓰는 순간 느끼는 망아적인 영감 상태는 프라하에서 인기리에 연속 강연을 하고 있던 신지학자(후에 인지학자로 개칭)인 루돌프 슈타이너[13]에게 관심을 쏟게 만들었다.

---

13 1875년 아니 베잔트(Annie Besant)와 성 올코트(H. St. Olcott)에 의해 세워진 신지학협회 (Die Theosophische Gesellschaft)는 처음으로 신비적 지식을 세상에 알렸다. 오스트리아 출신의 비교(秘敎)주의자이자 철학자인 루돌프 슈타이너(Rudolf Steiner, 1861~1925)가 신지학(神智學, Theosophie)에 기독교적 불가지론, 관념론, 인도의 한두교 등을 연결해 새로운 신비주의적 통일사상에 속하는 비의(秘義)적인 세계관 즉, 인지학(人智學, Anthroposophie) 이론을 세웠다. 이 이론을 근거로 슈타이너는 교육, 예술, 종교, 음악, 농업 등과 같은 삶의 여러 영역에까지 영향을 끼쳤다. 프라하에서 강연하던 1911년 3월 당시 그는 신지학협회 독일 분과의 사무총장직을 맡고 있었다.

# 인지학자 루돌프 슈타이너를 만나다

1900년대 전후로 루돌프 슈타이너에 의해 유럽에서 발전한 신지학 또는 인지학은 고대의 지혜, 기독교의 불가지론, 독일의 관념론, 괴테의 예술론, 인도의 한두이즘 등이 혼합된, 즉 종교와 예술과 학문이 결합된 독특한 '비밀스러운 학문'이다. 그의 이론에 따르면, 신의 모상(模像)인 인간은 육체와 영혼과 정신이라는 세 가지 부분으로 구성되어 있으며, 특히 영혼의 감각적 인지와 편견 없는 정신적 사고를 통해 신적인 초감각적 세계를 인식할 수 있다는 것이다. 나아가 정신은 우리가 죽은 후에도 계속 존속하게 되며 얼마간의 기간을 거쳐 후세에 다른 육체를 가진 존재로 환생한다는 것이다. 그러므로 인간은 내세에 보다 고귀한 존재로 환생하려면 자신이 살고 있는 현실 속에서 정신집중, 요가, 명상, 직관 등과 같은 육체적·정신적 훈련의 길을 수행해야 하며, 이러한 계속적인 수련 과정을 통해 보다 높고 초감각적인 현실 영역으로 인식을 확대하고 경험해나가는 것이 인간 현존재의 근거와 의미라는 것이다.

이러한 신비적이고 비의적인 새로운 학문 이론으로 유럽 전역을 돌며 순회강연을 하던 루돌프 슈타이너는 1911년 3월 초 신지학 지부를 개설하고자, 그리고 베르타 판타가 그 창립에 적극 참여했던 프라하의 신지학협회

'아뒤아르(Adyar)'의 초대를 받아 프라하에 왔다. 슈타이너가 프라하에 오기 전부터 이미 신지학이 영혼세계와 정신세계의 인식에서 특히 직관과 신비적 체험을 중시하는 학문임을 여러 지면을 통해 알고 있던 카프카는 브로트를 통해 그의 '신비로운 생리학'에 관한 강연 계획을 알고 있었다. 카프카가 1911년 3월 2일 일기에 "신지학, 루돌프 슈타이너 박사의 고귀한 세계들, 매우 고무적이다"(TI 281)라고 적

루돌프 슈타이너

은 것으로 보아 그가 당시 슈타이너의 신지학에 지대한 관심이 있었음을 알 수 있다. 카프카는 인간이 정신 집중과 깊은 명상 그리고 요가식 수련의 길을 통해 보다 높은 지혜와 초감각적인 정신적 세계로 인식을 확대해나갈 수 있다는 그의 이론에 끌려 '신비로운 생리학'에 관한 강연을 두 차례나 들었다. 베르타 판타의 딸인 엘제 베르크만은 그때의 기억을 이렇게 되새겼다. "나는 강연 동안 카프카의 눈이 얼마나 반짝이고 빛났는지 그리고 미소가 그의 얼굴을 얼마나 환하게 비추고 있었는지를 지켜보았던 것이 기억난다"(KW1 75).

강연을 듣고 난 후인 3월 26일과 28일 일기에 카프카는 슈타이너에 대해 "그는 현재의 가장 위대한 정신 연구가가 아닐지는 모르지만, 신지학을 학문과 통합하려는 과제를 홀로 받아들이고 있다. 그러므로 그는 모든 것을 역시 알고 있다"(KKAT 31)라고 쓰고 있다. 그는 당시 자신의 관심을 반영하듯 슈타이너가 행한 강연의 내용을 일기에 자세하게 기록해놓았다. 즉, 사자(死者)의 영혼을 불러내는 일, 어느 여인의 죽음을 예언한 일, 정해진 색깔과 그림에 집중케 함으로써 환자의 정신병을 치료하는 일, 대서양의 몰락이 유럽인의 이기심에서 비롯될 것이라고 예언한 일, 일상생활에서 자연치료법과 채식주의를 실천하는 일, 그리고 카프카가 대화를 나눈 어느 여인이 카프카 역시 슈타이너를 찾게 되리라고 말했던 일 등을 기록했다(KKAT 32).

그 여인의 말대로 카프카는 1911년 3월 28일 슈타이너가 11번째 순회강연을 끝낸 다음 오후 3시 상담시간에 맞춰 그가 묵고 있는 빅토리아 호텔로찾아갔다. 슈타이너의 신지학과 자신이 글쓰기에서 느끼는 '망아적 상태에서 갖게 되는 영감'의 순간이 어떤 연관을 갖는지 묻는 동시에 밤의 글쓰기와 낮의 직장 일을 병행해야 하는 고통스러운 이중적 생활을 어떻게 하면극복할 수 있을지 상담하기 위해서였다. 슈타이너는 처음 만나는 순간 카프카에게 "당신이 카프카 박사인가요? 당신은 오랫동안 신지학에 몰두했습니까?"(KKAT 33) 하고 대뜸 물었다. 그는 아마도 카프카의 길고 검은 속눈썹으로 둘러싸인 "검푸른 잿빛"[1]의 커다란 눈에서 자신의 신지학과 통하는 어떤영적 기운을 느꼈는지도 모른다. 카프카는 자신이 품고 있는 의문 사항을그에게 솔직하게 털어놓았다.

그는 "예전부터 자신의 행복, 능력 그리고 가능성"을 "문학적인 것"으로이용해왔는데, 그가 글을 쓸 때면 슈타이너가 말하는 "천리안적인 상태",즉 "망아 상태"에 종종 빠지게 되며 "그 상태에서 모든 착상이 이루어지고,그 상태에서 모든 착상을 충족시킬 수 있으며, 그 상태에서 자신의 한계를느낄 뿐만 아니라 인간적인 모든 한계를 느낀다"(KKAT 34)고 밝혔다. 특히밤의 글쓰기와 낮의 직장 일이 그의 내적인 균형과 안정을 가져오지 못한다는 것, 그리하여 신지학이 둘 사이의 갈등을 해결해줄 수 있는 제3의 길이될 수 없는지를 물었다. 동시에 카프카는 글을 쓸 때 도달하게 되는 깊은명상과 정신적 집중, 그 속에서 무한한 상상력이 이끌어내는 새로운 착상,마치 유령의 손에 의해 써내려가듯 어떤 신비적인 망아 상태에 빠져 글을쓰게 되는 자신의 특별한 체험을 이야기했다. 그러나 유감스럽게도 이에 대

---

1 J. Bauer, *Franz Kafka und Prag*(Photos I. Pollak, Gestaltung J. Schneider), Stuttgart 1971,
　S.112.

한 루돌프 슈타이너의 답변이 무엇이었는지 카프카는 그 어디에도 밝히지 않았다. 카프카가 후에 막스 브로트와 오스카 바움에게 말했듯이, 그에게 "신지학은 문학을 위한 하나의 대체물"[2]이었을지도 모른다. 왜냐하면 그는 언제나 문학적 상상력과 영감을 위해 여러 가지 신비로운 체험과 정신과학에 대한 많은 사전 지식을 필요로 했을지 모르기 때문이다.

루돌프 슈타이너를 직접 만난 뒤로 그는 더 이상 신지학에 대해 언급하지 않았다. 그리고 그 후 프라하 문인 사이에서 사이비 심령술이 유행했을 때 그는 그것에 대해 명확하게 거부반응을 보였다. 언젠가 그와 브로트, 베르펠이 '심령의 힘으로 책상을 움직이는' 빌리 하스의 심령 실험을 보려고 모였을 때 끙끙거리며 기를 모으고 있는 하스에게 카프카는 이렇게 말했다.

내일 아침에 해가 떠오른다는 것은 하나의 기적입니다.……그러나 당신이 책상을 그렇게 오랫동안 학대해 책상을 움직이게 하려는 것은 결코 기적이 아닙니다(HB1 344).

---

2 1911년 11월 4일 막스 브로트의 일기(KW176, 228; Anmerkung 601).

# 자연요법과 만나다

카프카는 항상 몸이 허약했으므로 자신의 건강 문제에 매우 민감했다. 그는 피부에 비듬이 많이 생기고 변비, 위장장애, 잦은 두통, 발육이 덜 된 발가락 등으로 항상 고통스러워했다. 그러나 그는 의사의 처방이나 약의 효능을 불신했고 자연적이지 않은 방법은 모두 회피했다. 그는 음식 조절이나 규칙적인 운동으로 모든 신체기관이 자연스럽게 기능을 회복해 치료되기를 바랐다.

모리츠 슈니처

1911년 4월 말과 5월 초에 카프카는 직장 일로 치타우와 바른스도르프로 출장을 떠났다. 전원도시 바른스도르프에서 그는 공장주인 모리츠 슈니처를 만났는데, 그는 유명한 자연요법 치료사였다. 그는 성서를 채식주의자의 관점에서 설명하면서 "모세는 유대인이 채식주의자가 되도록 40년 동안을 사막으로 이끌었다. 고기가 들어 있지 않은 음식인 만나,[1] 죽은 메추라기, 옛날의 좋았던 시절에 대한 동경, 예수님은 신약에서 더욱 분명하게

---

1 이스라엘민족이 이집트를 떠나 사막에서 방황할 때 기적을 통해 하늘로부터 떨어진 음식을 말한다.

빵에 대해 '이것은 나의 살'이라고 말씀하셨다"(MB 97f.)고 언급했다. 그는 카프카의 목 옆과 앞을 자세히 관찰하고 나서 독의 기운이 척추와 거의 뇌까지 도달해 있다고 진단했다. 그리고 그 원인은 놀랍게도 장기간의 '전도(顚倒)된 생활방식' 때문이라고 했다. 실제로 카프카는 새벽까지 글을 쓰고 아침 8시에 회사에 출근하기 위해 일찍 일어나야 했으며, 회사에서 돌아와서는 저녁까지 잠을 자는 생활을 계속해왔다. 마술사 같은 슈니처는 치료방법으로 "창문을 열어놓고 잘 것, 일광욕, 정원 일, 자연치료연맹에서 치료를 받을 것, 연맹에서……발간하는 잡지를 구독할 것" 등을 추천하고 "의사와 의약품과 주사 놓은 것에 반대했다"(MB 97).

카프카는 이후 자연치료법과 그와 유사한 시술에 매우 열렬한 관심을 보였다. 그는 자연의 비밀스러운 치유력에 근거한 슈니처의 치료법과 사원적인 생활방식을 진지하게 받아들이고 그것을 일상생활에서 실천하려고 노력했다.[2] 그는 거의 일생 동안 계절에 관계없이 창문을 열어놓은 채 벌거벗고 잠을 잤고, 겨울에도 가벼운 옷차림으로 외출했으며, 고기와 알코올을 입에 대지 않고 채식주의자로 살았다. 또 틈이 날 때마다 규칙적으로 프라하 교외에서 원예 일을 하거나 코른호이저 목공소에서 목공 일을 했다(J 34). 또한 6년 후인 1917년 결핵 '폐첨(肺尖) 카타르' 판정을 받았을 때 카프카는 의사보다 슈니처에게 치료방법에 대해 조언을 구했는데(Br 171), 그는 카프카에게 단식을 추천했다. 결핵 환자인 카프카에게 '단식'을 권했다는 소식을 듣고 펠릭스 벨치가 비이성적인 행동이라고 슈니처를 비난하자 카프카는 오히려 그를 옹호했다.

---

2 Joo-Dong Lee, *Taoistische Weltanschauung im Werk Franz Kafkas*, Frankfurt am Main/Bern/New York 1985, S.74-92. 여기에 카프카의 자연요법에 관해 자세하게 기록되어 있다.

자네가 슈니처에 관해 하는 말은 아주 옳지만, 그러나 그런 사람은 너무 쉽게 과소평가된다네. 그는 전혀 기교가 없고 대단히 솔직하지. 따라서 아무런 기반이 없는 곳에서는 연설자로서, 작가로서, 심지어 사상가로서, 자네가 말한 대로 단순할 뿐만 아니라 어리석기까지 하다네. 그러나 그와 마주 앉아 그를 보게. 그 사람 전체를 바라보도록 노력하게. 특히 그의 영향력을, 잠시라도 그의 관점에 가까워지려고 노력해보게. 그는 그렇게 쉽게 무시할 수 없는 사람이라네(Br 187).

카프카가 의학적이고 인위적인 치료를 거부하고 자연치료법에 지대한 관심을 두었던 것은 자연과 인간의 조화로운 관계와 단순하고 자연적인 삶의 방식에 대한 동경에서 비롯된 것이다. 그는 자연과 더불어 일생을 살아가는 농부를 가리켜 "전체와 하나가 되어 현명하고 겸손하게" 살아가는 "귀인"이자 "실질적인 지상의 시민"(KKAT 840)이라고 표현했다. 그리고 그들처럼 자신도 자연과 함께 살아가는 단순하고 소박한 인간이 될 수 있기를 바랐다.

출장에서 돌아온 카프카는 글쓰기에 적합하지 않은 무더운 여름철에는 주로 몰다우 강변에 있는 시민수영학교에서 수영을 하거나 집에서 독서를 했다. 그는 1911년 8월부터는 그가 특히 사랑하는 영국의 사실주의 작가 찰스 디킨스의 소설을 읽기 시작했다. 특히 라이프치히에서 1910년에 리하르트 초츠만의 번역으로 출판된, 디킨즈의 전기가 첨가된 『데이비드 코퍼필드』와 『올리버 트위스트』를 즐겨 읽었다(F 746). 험난한 사회 속에서 역경을 이겨나가는 모험생활을 그린 그 이야기들은 그의 소설 『실종자』에도 영향을 주었다. 특히 『데이비드 코퍼필드』의 줄거리 특성, 모티브, 인물 배치, 허구적 형상을 특성화하는 방식은 『실종자』에 유사하게 드러나 있다.[3]

---

3 Wolfgang Jahn, *Kafkas Roman 'Der Verschollene'(Amerika)*, Stuttgart 1965, S.138-143; Mark Spilka, *Dickens and Kafka*, London, 1963.

# 여행일기와 여행소설 『리하르트와 자무엘』을 쓰다

1911년 8월 26일부터 9월 13일까지 브로트와 카프카는 같이 여름휴가를 떠났다. 카프카는 1911년 1월과 2월 프리틀란트와 리이헨베르그크로의 공무여행부터 여행일기를 쓰기로 결심한 후 여행 때마다 일기를 계속 써나갔다. 여행하면서 보고 듣고 느끼는 것을 기록하면서 글 쓰는 습관을 길들이고 실제로 체험한 것을 어떻게 글로 표현할 것인가를 직접 익혀나가고, 인물의 특징이나 장면을 문학 소재나 자료로 사용하기 위해서였다. 자세하게 기록된 그의 여행일기 덕분에 우리는 당시의 여행 과정을 자세히 알 수 있다.

브로트와 카프카는 뮌헨, 취리히와 루체른을 거쳐 루가노로 향했다. 뮌헨에서는 시간이 남아 택시를 타고 잠시 시청 건물과 같은 명소를 돌아본 다음 스위스의 취리히로 가 숙박을 했다. 다음 날인 8월 27일에는 취리히에서 로마네스크 양식의 대성당이 있는 구시가를 구경했고 날씨가 무더워 야외 수영장을 찾았다. 오후에는 루체른으로 가 레프스토크 호텔에 묵었다. 그들은 젊은 호기심의 발동으로 "손님을 즐겁게 하기 위해"(KKA 952f.) 한 번 베팅이 5스위스 프랑으로 정해져 있는 카지노에서 놀이를 했는데, 두 사람 모두 5스위스 프랑을 잃고 말았다. 카프카는 8월 27일 자신의 여행일기에 노름으로 돈을 잃은 것에 대해 아쉬움을 표했다. "돈(10프랑)이 완만히 경사진 평면으로 사라졌다.……모든 게 화가 났다"(KKAT 953).

8월 28일 그들은 루체른에서 증기선을 타고 피어발트슈테터 호수를 거쳐 비츠나우로, 그리고 다시 리기-쿨름에서 증기선을 갈아타고 플뤼엘렌으로 가서 호텔 슈테르넨에 묵었다. 그때 여행비용을 아껴야 했던 그들은 새로운 유형의 값싼 여행안내서를 만들어 팔면 좋겠다는 생각을 했다. 그리고 판매 부수를 높이기 위해 저렴한(Billig)이란 말을 넣어 안내서 제목을 '저렴한 스위스 여행', '파리에서 저렴하게 지내기' 등이라 짓고 관광객이나 여행객에게 유리한 교통망의 연결, 저렴한 호텔과 식당에 대한 정보를 제공하자는 것이었다. 그들은 그 일이 작가를 꿈꾸는 자신들을 백만장자로 만들어 그 끔찍한 직장 일에서 벗어나게 할 거라며 어린아이처럼 깔깔대며 웃었다.

8월 29일 오전 그들은 다시 열차를 타고 루가노로 가서 9월 4일까지 호텔 벨베데레 오 락크에 머물렀다. 그곳에서 낮에는 수영을 하거나 주변 숲과 산으로 산보를 하고, 저녁에는 호텔 테라스에서 낮에 경험한 것들을 서로 이야기하거나 각자 여행일기를 썼다. 앞서 그들은 브로트의 제안에 따라 여행에서 받은 인상뿐만 아니라 각자가 서로에게 느끼는 감정을 기록하기로 약속했었다. 카프카는 스쳐지나가는 인상을 순간 촬영한 스냅 사진처럼 그때그때 우발적으로 인지된 인상들을 자기 나름의 일관된 텍스트 질서 속에 편입시킴으로써 하나의 연결된 의미 체계를 생산해내고자 했다. 그러나 그는 영화 기법을 자신의 표현기법으로 이용하고는 있지만, 영화의 움직이는 영상보다 글이나 그림에 묘사된 이미지가 더 생생하다고 생각했다.

형상[묘사되거나 그려진]은 영화보다 더 생생하다. 왜냐하면 그 형상은 눈길에 현실의 안정을 허락하기 때문이다. 그러나 영사기는 보이는 것에 그 운동의 불안정을 부여한다. 그러므로 눈길의 안정이 더 중요하다(KKAT 937).

그는 영화 속의 움직이는 영상의 불안정성보다 그려지거나 묘사된 이미지가 현실의 실제를 인식하려는 눈길에 더 생생한 안정감을 부여한다고 생각했던 것이다. 카프카는 기계를 매개체로 해서 이루어진 영화나 사진이 인간의 시각에 주는 낯설음과 불안정성을 이미 깨닫고 있었던 것이다.

또한 카프카와 브로트는 새로운 장르의 글쓰기 실험을 위해 각자가 아닌 공동 작업으로 여행소설을 쓰기로 했다. 제목은 처음에 '로베르트와 자무엘'로 했다가 후에 '리하르트와 자무엘'로 고쳤다. 그즈음 브로트는 다른 사람들과 여러 가지 공동 작업을 시도하고 있었다. 그는 1909년 프란츠 블라이와 쥘 라포르그(Jules Laforgue)의 『피에로』(1887)를 번역했고, 펠릭스 벨치와는 철학 연구서인 『직관과 개념』을 공동 집필을 하고 있었으며, 프란츠 베르펠과는 풍자적인 연작시를 쓸 계획이었다.[1] 카프카와 힘께 쓰기로 한 여행소설 『리하르트와 자무엘』은 서로 성격이 다른 두 친구가 북부 이탈리아와 중부 유럽을 여행하면서 각기 병렬식으로 써내려가는 여행일기식 소설이다. 상반되는 성격의 두 인물이 남자들 간의 우정, 여행한 나라의 이국적인 풍경, 인간상 그리고 낯선 언어 등을 다른 시각에서 묘사한 이야기이다. 그러나 이 여행소설은 두 친구의 노력에도 불구하고 더 이상 진전이 없었다.[2] 그들은 성격뿐만 아니라 글 쓰는 방식이 사뭇 달랐기 때문이었다. 1911년 11월 19일 일기에서 카프카는 공동 작업의 어려움을 이렇게 토로했다.

나와 막스는 근본적으로 다른 게 틀림없다. 그의 글이 나나 타인이 개입할 수 없는 전체로서 내 앞에 놓여 있을 때면 나는 그 글에 대해 놀라움을 금치

---

1 Max Brod, *Streitbares Leben. Autobiographie 1884-1968*. Frankfurt am Main 1979, S.57; Jules Laforgue, *Pierrot*, der Spaßvogel, Berlin/Stuttgart/Leipzig 1909.

2 1916년 7월 중순에 쓴 브로트에게 보내는 편지에서 카프카는 『리하르트와 자무엘』을 완성하지 못한 것에 대해 아쉬워하고 있다(Br 141).

못한다. 오늘 있었던 일련의 작은 서평에서도 그렇고, 『리하르트와 자무엘』에서 쓰고 있는 모든 문장 하나하나도 내 쪽에서 볼 때는 억지춘양으로 양보한 것에 불과하다. 나는 그것을 내 마음 깊숙이 고통스럽게 느낀다(KKAT 258).

소설의 마무리가 늦어지자 1911년 말 브로트도 카프카와 공동 작업이 불가능하다는 것을 깨달았다. 그리하여 『리하르트와 자무엘』은 첫 장만 1912년 5월 빌리 하스가 프라하에서 발간하는 《헤르더블레터(Herderblätter)》 3호에 「첫 번째 긴 열차여행」이라는 제목으로 발표되었다. 내향적인 성격의 리하르트는 카프카를, 외향적인 유혹자 자무엘은 브로트를 묘사한 것으로, 이 작품의 매력은 똑같은 상황의 체험을 서로 다른 성격의 인물이 번갈아가며 다른 시각과 다른 관점에서 기술하고 있다는 것이다.

9월 4일 루가노에서 그들은 신문과 객실 담당 직원을 통해 이탈리아에 콜레라가 유행하고 있다는 정보를 접했으나 이에 아랑곳하지 않고 밀라노로 계속 여행했다. 그들은 이탈리아 최대의 고딕 성당인 밀라노 대성당 내부를 둘러본 다음 포사티 극장에서 두 편의 연극을 구경했다. 특히 밀라노의 대성당의 내부 모습은 후에 카프카의 소설 『소송』의 마지막 두 번째 장 '대성당에서'의 내부 장면을 묘사하는 데 도움을 준 것으로 알려졌다(EP 266).

9월 5일 오후 그들은 남부 알프스의 아름다운 풍광과 온화한 기후로 유명한 이탈리아 북서부 피에몬테 주 노바리에 있는 휴양지 스트레사로 떠나라고 마조레 호숫가[3]에서 온천욕을 즐겼다. 그러나 북이탈리아에서도 콜레라가 발생했다는 소식이 퍼지자 불안해진 그들은 9월 7일 이탈리아를 떠나 남은 6일간의 공동 휴가를 다시 파리에서 보내기로 했다. 발신자가 브로트와

---

3 라고 마조레(Lago Maggiore) 호수는 이탈리아 북부, 남부 알프스 산기슭에 있는 빙하 호수로 가르다 호수에 이어 이탈리아 제2의 호수이다. 밀라노, 토리노 등 큰 도시와 가깝고 경치가 아름다워 관광·휴양지대를 이루며 별장지대와 오락지대로도 이용되었다.

카프카 두 사람으로 되어 있는 1911년 9월 7일 오토 브로트에게 보내는 편지의 내용은 다음과 같았다.

> 사랑하는 오토, 스트레사에서 우리는 마침내 리바 온천(그것도 야외 온천)을 발견했네. 여기에 온천장을 지으면 부자가 되겠어. 아름답고 평평한 모래 해변이 있는 마조레 호수 전체에 온천장이라곤 하나도 없으니까. 믿을 수 없는 일 아니니? 콜레라로 취소된 이탈리아 여행 대신 우리는 적절한 연결 통로인 심플론 고개[4]를 이용해서 파리로 가고 있네, 그러니 파리로는 우체국 유치로 주소를 써 보내길 바래(B1 141).

9월 7일 그들은 스트레사에서 밤 열차를 타고 14시간이나 걸려 9월 8일 아침 파리의 리옹 역에 도착했다. 그들은 우선 루브르 박물관과 코미디 프랑세스에서 가까운 리볼리 거리 83번지에 있는 호텔 생트 마리에 투숙했다. 도착한 날 그들은 오페라 광장 주변의 크고 화려한 거리를 돌아본 후 오후에는 센 강에서 수영을 하고 저녁에는 오페라 코미크(Opéra Comique)에서 카프카가 가장 좋아했던 오페라의 하나인 비제의 오페라 <카르멘>을 관람했다. 그러나 오랜 밤 열차 여행으로 지친 그들은 마지막 막이 끝나기도 전에 극장을 빠져나와 카페에서 맥주를 마시며 피로를 풀었다. 다음 날에는 일찍 센 강에서 다시 수영을 한 후 이틀간의 예정으로 루브르 박물관 구경을 시작해서 인상파와 야수파의 그림[5]을 구경했다. 9월 9일 밤에는 테아트르 프랑세스

---

4 스위스 중남부 발레 주의 브리크와 이탈리아 북동부 이셀레 사이에 있는 2,006미터의 고갯길이다. 나폴레옹이 도로를 닦고 고갯마루에 숙박소를 세움으로써 스위스와 이탈리아 사이를 잇는 주요 교통로의 하나로 이용되어왔다.
5 오늘날 이 그림들은 주 드 폼 미술관(Musée Jeu de Paume)과 파리 시립 현대 미술관(Musée d'Art Moderne de la Ville de Paris)에 각각 소장되어 있다(HBI 383).

에서 라신의 고전 비극 <파이드라>를 구경했는데, 그 연극의 리드미컬하고 엄격한 무용안무법이 그들을 매료시켰다. 늦은 시각에 그들은 젊은이의 호기로 하노브르 가에 있는 사창가를 찾아갔다. 그곳은 브로트가 1910년 10월 파리를 방문했을 때 다녀갔던 곳으로 그의 추천에 따른 것이었다. 다른 곳과 달리 그곳에서는 여자 안내인이 새로운 손님을 맞이하고 초인종 시설을 갖춰 손님이 서로 객실 계단에서 만나는 것을 방지하고 있었다. 카프카는 "합리적으로 설비된"(KKAT 1006) 곳이라고 생각했지만, 거의 옷을 입지 않은 채 접대실에서 고객을 기다리고 있는 많은 여인을 보자 공포와 역겨움으로 혼자서 도망쳐 호텔로 돌아왔다. 이 장면은 그가 즐겨 읽었던 플로베르의 『감정교육』의 한 에피소드를 연상시킨다. 그 소설의 주인공 프리데릭은 그에게 봉사하고자 벌거벗은 여인들을 보자 얼굴을 붉힌 채 결단을 내리지 못하고 우물쭈물하는데, 그 여인들이 까르르 웃자 그는 그곳으로부터 도망쳐 나온다.[6] 카프카는 그날의 여행일기에 "고독하고 긴 그리고 무의미하게 집으로 돌아오는 길"(KKAT 1007)이었다고 쓰면서 1903년 여름 프라하의 상점 처녀와 가졌던 첫 경험에서처럼 역겨움과 동경으로 혼합된 기분을 나타내고 있었다.

9월 10일 그들은 루브르의 조각 전시실을 구경했다. 우선 밀로의 비너스 상과 보르게세의 검투사 대리석상을 보았는데, 특히 카프카는 비너스 상의 모습이 빛에 따라 계속 빠르고 놀랍게 변화하는 모습에 깊은 인상을 받았다. 그는 아주 천천히 그 조각상 주위를 돌며(KKAT 1007) 시시각각 변화하는 상의 이미지를 뇌리에 새겼다. 이러한 카프카의 사물을 보는 방법은 바로 조감적 시각이다. 사물을 다양한 시각과 관점에서 관찰하고 인식할 수 있는

---

6 Gustav Flaubert, *Lehrjahre des Gefühls*(1869). Übertragen von Paul Wiegler, Frankfurt am Main 1979, S.478.

카프카적인 독특한 보기방식인 것이다. 그다음 늦은 시각에 옴니아 파테 (Omnia Pathé)라는 영화관에서 8월 21일 루브르에서 있었던 모나리자 그림 도난사건을 다룬 <루브르에서의 지오콘다의 도둑질>[7]이라는 기록영화를 보았다. 카프카는 발전된 현대 기술에 대한 관심도 많아서 영화를 관람하는 것뿐만 아니라 지하철을 이용해보기도 하고 과학 전시회도 빠지지 않고 구경했다. 파리 체류 이틀을 남겨둔 9월 11일에는 샹젤리제에 있는 카페 앙바사도르의 버라이어티 쇼를 구경했지만, 의미 없는 단순 놀이에 권태를 느끼고 상연 도중에 나왔다. 파리 체류 마지막 날에는 베르사유 궁전과 비타유의 갤러리를 방문했고, 그곳에서 카프카는 영웅이면서도 여인들 앞에는 늘 나약한 모습을 보였던 나폴레옹에 관한 그림을 관심 있게 감상했다.

9월 13일 저녁에 두 친구는 파리에서 서로 헤어져야 했다. 브로트는 2주 휴가를 얻었기 때문에 프라하로 돌아가야 했고, 카프카는 아직 휴가가 일주일 더 남았기 때문에 벨포르트와 바젤을 거쳐 취리히 근교의 에를렌바흐로 향했다. 그는 열차에서 크라카우 출신의 20세가 조금 넘은 유대인 노동자를 만났는데(KKAT 978f.), 그는 2년 반 동안 북아메리카의 금광에서 일한 후 파리에서 왔다가 적당한 일자리도 없고 임금과 작업환경 또한 열악해서 고향 폴란드로 되돌아갈 예정이라고 했다. 그 노동자가 들려준 아메리카 동부 해안의 환경, 아메리카에서 돈 버는 이야기, 거대한 뉴욕의 화려한 거리와 크고 높은 빌딩에 관한 이야기는 카프카가 그 시기에 구상하고 있던 『실종자』에 여러 가지 자료를 제공해주었다. 카프카의 여행일기에 기록된 가방을 들고 있는 그 젊은 노동자의 모습은 『실종자』 제1장 「화부」에서 여행용 가방을 들고 갑판 위에 서 있는 청년 카를 로스만의 모습을 연상시킨다.

카프카는 9월 13일부터 19일까지 취리히 근교의 에를렌바흐의 자연요법

---

7 Hanns Zischler, *Kafka geht ins Kino*, Reinbek bei Hamburg 1996, S.63.

에를렐바흐 요양소(1911년)

요양소에 체류했다. 그곳의 환자는 주로 중산층 스위스 여인들로 소화불량과 비만으로 고생하는 사람들이었다. 카프카는 그곳에서 엄격한 외기(外氣) 치료법과 채식생활을 체험했다. 그는 1910년 이후 거의 채식 중심의 식사를 하고 있었다.[8] 예외적인 때를 제외하고는 고기를 먹지 않았으며, 알코올이나 커피와 차 마시는 걸 피했다. 종종 바에서 와인과 맥주나 샴페인을 마시는 경우가 있을 때도 즐기기보다는 몹시 거북해했다. 카프카는 에를렌바흐 요양소에서 자연요법과 채식요법을 체계적으로 배울 수 있었는데, 9월 17일 브로트에게 요양원에서의 생활을 이렇게 썼다.

여기에서의 하루는 목욕, 마사지, 체조 등의 응용 활동과 그 이전의 준비 휴식과 그 이후의 회복 휴식으로 채워지네. 식사는 어쨌거나 많은 시간을 빼앗지는 않아. 왜냐하면 사과 소스, 으깬 감자, 걸쭉한 채소, 과일 주스 따위로……즐기면서……먹을 수 있는 것이니 말이야. 다만 검은 빵, 오믈렛, 푸딩, 무엇보다도 여러 견과류로 다소 지연될 수도 있지만(Br 90).

그가 이렇게 즐겨 요양원 생활을 하는 것은 허약한 육체와 밤낮의 힘든 이중생활에 따른 불면증, 두통, 소화불량, 우울증을 치료하기 위해서일 뿐만 아니라 잠시 동안만이라도 친구와 가족으로부터 벗어나 자유롭게 살기 위해서이기도 했다. 그것은 사회적인 접촉을 완전히 끊어버리지 않으면서도 혼

---

8 카프카의 아침식사는 우유, 설탕물에 절인 과일과 케이크였고, 점심은 주로 퇴근 후 아버지와 같이 식사해야 했음으로 채소와 극소량의 고기를 먹었으며, 저녁에는 요구르트, 시몬스 빵, 견과류, 포도·바나나·사과·배·오렌지 등과 같은 과일을 먹었다(F 109; B1 250).

자만의 고독한 시간을 얻을 수 있는 그런 자유였다. 자연요법 요양소의 생활은 그의 심한 소화불량을 상당히 완화시켜주었다. 요양을 마치고 프라하로 출발하는 9월 19일 그는 오스카 바움에게 "나의 여러 병 중 하나가 나머지 병들이 놀라서 바라보는 가운데 사라지기 시작하고, 온 세상은 내가 사무실로 돌아가야 한다는 견해를 가지고 있다"(Br 92)고 유머러스한 편지를 썼다. 그러나 그가 프라하로 돌아와 일을 시작하자 소화불량이 다시 도졌다. 그러자 얼마 전에 막스 브로트를 통해 알게 된 화가 알프레트 쿠빈[9]이 으깬 해초인 레굴린(Regulin)의 복용을 추천했는데, 그것은 건강에 안 좋은 화학작용 없이 장(腸)에서 자연스럽게 부풀어 올라 자연스러운 장의 운동을 촉진시켜 소화가 잘되게 한다는 것이었다(KKAT 40). 에를렌바흐 자연요법 요양소 체류 후 카프카는 더욱 자연요법과 채식주의를 따르게 되었다.

---

9 그림에 관심이 많았던 카프카는 프라하에 살고 있는 화가들인 알프레트 쿠빈(Alfred Kubin), 빌리 노바크(Willy Nowak), 에른스트 아셔(Ernst Ascher) 등과 알고 지냈다. 특히 젊은 화가 아셔는 브로트와 함께 자신의 아틀리에를 방문한 키가 크고 마른 카프카를 보고 성자 세바스찬의 초상화를 위한 누드모델이 되어줄 것을 부탁하기도 했다(KKAT 54, 242).

# 동구 유대 극단의 이차크 뢰비를 만나다

어린 시절부터 유대교에 부정적인 태도를 가지고 있던 카프카에게 뜻하지 않은 일이 생겼다. 1910년 5월 1일부터 12일간 프라하의 '카페레스토랑 사보이'에서 폴란드의 렘베르크에서 온 동부 유럽 유대 극단이 이디시어 연극 작품을 상연했기 때문이다. 당시 유대교와 유대민족 문제에 관심이 많았던 막스 브로트는 카프카를 데리고 그곳에 갔다. 그것이 카프카에게는 유대 전통에 뿌리 내리고 있는 동구 유대문화와의 첫 만남이었다.

그러나 첫 번째 동구 유대인극단의 공연은 별로 훌륭한 것이 못 되어 카프카의 마음을 끌지 못했다.[1] 당시 서구 문화에 동화되어가던 서부 유럽 유대인은 가난한 생활 속에서 유대 전통을 지켜나가는 동구 유대인을 "배고픔에 시달리는 사람들, 부랑자 같은 유대인"(KWI 71)이라고 기피했으며 자신들과 차별화했다. 그들은 동구 유대인이 상연하는 작품을 구태의연한 싸구려 극으로 경시했고, 그것이 상연되는 상연장소를 범죄인 집단이나 부랑자의 소굴쯤으로 여겼다.

---

1 카프카는 1909년 말부터 일기를 썼는데 1910년 5월의 기록뿐만 아니라 1911년 10월까지 유대인, 유대교라는 단어를 그 어디에도 사용한 적이 없었다.

카페레스토랑 사보이가 자리했던 건물과
〈바르 코흐바〉의 공연을 알리는 ≪프라거 타크블라트≫의 기사

첫 번째 만남에서 별 관심을 보이지 않았던 카프카가 그들에게 새롭게
관심을 보이기 시작한 것은 1911년 9월 30일부터 시작된, 어느 정도 전문성
을 띤 동구 유대 극단의 상연을 보면서부터였다. 그들은 예전 유랑극단과는
달리 당대 이름 있는 고전적인 유대 극작가의 작품을 상연했고 배우들도
꽤 베테랑급이었다. 그는 10월 5일부터 1912년 1월 중순까지 열두 편 정도
의 연극을 보았다. 그의 일기장에는 10월 5일부터 상연된 연극의 내용과
배우들의 특징 등이 100쪽 이상이나 기록되어 있다. 카프카가 그때 관람한
작품은 당대 이름 있는 동부 유대극작가인 아브라함 골트파덴의 <바르 코
흐바>와 오페레타 <술라미트>, 야콥 고르딘의 <야만인>을 비롯한 여러
작가의 작품이었다.[2] 비록 카프카는 동구 유대인이 사용하는 이디시어를 정

---

2 카프카의 일기와 편지(KKAT 73, 96, 99, 100f., 195, 227, 265, 290, 301, 360; Br 92)에 언급된
  작가와 작품은 다음과 같다. Jakob Gordin(1853~1909), *Gott, Mensch und Teufel, Schechite,
  Der wilde Mensch*; Josef Lateiner(1853~?), *Davids Geige, Blümele oder die Perle von Warschau,
  Die Sejdernacht*; Moses Richter, *Herzele Mejiches, Der Schneider als Gemeinderat*; A. M.
  Scharkansky(1869~1907), *Kol Nidre*; Siegmund Feinmann(1862~1909), *Der Vizekönig*;
  Abraham Goldfaden(1840~1908), *Sulamith, Bar Kochba*.

확하게 이해하지는 못했지만, 자신의 마음속에 "그 은어들을 느끼고 이해할 수 있는 힘"이 작용하는 듯한 느낌을 가졌다. 그 연극들은 즉흥적인 요소뿐만 아니라 위트가 넘치는 언어 그리고 춤과 음악이 함께 어울려 리드미컬한 감흥을 불러일으켰다. 그러나 카프카는 이디시어 연극에서 언어와 형식보다는 오히려 "온몸으로 보여주는 기호언어"(RSI 50), 즉 제스처와 얼굴 표정이 주는 극적인 설득력에 더 관심을 보였다. 또한 그는 그 연극들에서 "어떤 장면이나 에피소드 자체를 빌려왔을 뿐만 아니라 어떤 텍스트에서는 직접적인 영감을 받기도 했다."[3] 이를테면 고르딘의 <신, 인간, 악마>와 샤르칸스키의 <콜 니드레>는 단편 『선고』에서 아들이 아버지를 안아 침대에 눕히는 장면과 아버지가 아들 위에 군림하며 그를 죽음에 이르게 하는 장면에서 그 유사성을 찾을 수 있으며, 고르딘의 <야만인>과 단편 『변신』에서는 '주인공이 동물로 변해 가족에게 격리된다는 점'에서 모티브와 주제가 일치한다. 또한 카프카의 작품에서 나타나는 사건의 돌연한 시작과 비극적인 종말, 그리고 언어가 표현하지 못하는 생각과 감정을 표출하는 제스처와 표정술 등의 극적인 요소는 동구 유대인 연극의 영향이 적지 않았음을 반영한다.[4]

카프카는 연극에 나오는 노래를 따라 부르거나 텍스트를 외우기도 했고, 연극의 단원인 이차크 뢰비를 비롯한 7명의 배우를 마치 동구 유대인 나라에서 온 사자(使者)처럼 느끼기도 했다. 왜냐하면 카프카는 자신의 뿌리에서 떨어져나간 언어를 구사하는 그들에게서 지금까지 프라하에서 느낄 수 없었던 유대민족의 정신적·영혼적 친밀감을 느낄 수 있었기 때문이다. 순수 체코인도, 순수 독일인도 아닌 유대인이지만 이미 서구 사회에 세속화되고 계몽

---

3 마르트 로베르, 『프란츠 카프카의 고독』, 이창실 옮김, 동문선, 2003, 75쪽.

4 Hartmut Binder, *Kafka in neuer Sicht. Mimik, Gestik und Personengefüge als Darstellungsformen des Autobiographischen mit 21 Abbildungen*, Stuttgart 1976, S.115-262.

된 자신과 그들을 비교해볼 때, 그들은 비참한 생활 속에서도 용기를 잃지 않고 유대민족의 고유한 뿌리와 역사를 알리려는 사명감에 넘쳐 있는 순수한 사람들로 보였다. 이런 점에서 그들의 등장은 카프카에게 자기 민족의 뿌리와 동질성에 대해 새롭게 생각하는 계기를 주었다. 카프카는 1911년 10월 5일 일기에 남장을 하고 나온 플로라 플루크의 연기를 보고 난 후의 인상을 이렇게 적었다.

> 많은 노래들에서, '어린 유대 꼬맹이들'이라는 표현에서, 무대 위에 선 그녀가 유대인이기 때문에, 기독교인에 대한 갈망이나 호기심 없이, 유대인인 우리 관객을 끌어당기는 모습을 바라보기만 해도, 내 두 뺨 위로 전율이 일었다(KKAT 59).

그뿐만 아니라 동구 유대인의 소박하고 경건한 생활 태도는 당시 프라하에서 행해지는 시온주의 정치운동이나 문화운동과는 사뭇 다른 느낌이었다. 당시 카프카는 자기 고유의 언어와 국가민족공동체를 지닌 유대문화의 재생을 표방하는 시온주의에 공감을 보였으나 급진적인 민족주의 정치집회나 추상적인 종교 논쟁 등에는 멀찍이 거리를 두고 있었다. 사실 카프카는 친구들인 막스 브로트, 후고 베르크만, 펠릭스 벨치, 오스카 바움 등과는 달리 시온주의 조직의 공식 회원으로 가입한 적이 없었다.[5]

이러한 그에게 동구 유대인 배우들의 삶과 예술은 감동 자체였던 것이다. 그는 이들에 대한 존경의 표시로 식사를 대접하거나 카페에서 함께 담소를 나누거나 공연의 편의를 위한 상담을 했으며, 필요한 경우에는 프라하 문화

---

5 Ernst Pawel, "Der Prager Zionismus zu Kafkas Zeit," Kurt Krolop und Hans Diter Zimmermann(Hrsg.), *Colloquium im Goethe-Institut*, Prag 24.-27. November 1992, S.33-43, hier S.43.

단체의 도움을 끌어오기도 했다. 그가 어린 시절부터 가지고 있던 유대교에 대한 부정적인 태도는 이렇게 새로운 변화를 맞고 있었다. 그는 1911년 10월 23일 일기에서 "이 배우들의 현존은 놀랍게도 내가 지금까지 그들에 대해 썼던 것들 대부분이 틀렸다는 것을 다시 확인시켜주고 있다"(KKAT 98)고 쓰고 있다. 그는 그들에게서 비참한 유랑 생활에도 활달하고 끈기 있게 연극을 이끌어가는 강인한 유대인의 특성을 보았다. 그는 특히 서른 살의 유부녀 배우인 마니아 취식에 대한 존경과 사랑을 자신의 일기(KKAT 96f. 99f.)에서 여러 차례 표현하고 있는데, 그것은 그녀가 굶주림과 힘든 유랑 생활과 바쁜 배우 생활에도 불구하고 남편과 어린 딸을 돌보면서 성실하고 검소한 생활을 꾸려가는 유대 여인의 표본으로 보였기 때문이다. 그는 사랑과 존경의 표시로 연극 상연이 끝난 후 그녀에게 꽃다발을 선사하기도 했다(KKAT 107).

그러나 카프카가 가장 좋아한 사람은 이 극단의 리더이자 매니저이고 배우인 이차크 뢰비였다. 브로트의 주선으로 카프카, 베르펠, 베르크만, 오토 피크, 오스카 바움 등이 그를 카페레스토랑 사보이에서 만났다. 그는 카프카보다 네 살 어렸지만 놀라울 정도로 삶의 경험이 풍부한 젊은이였다.

이차크 뢰비

이차크 뢰비는 1887년 바르샤바의 정교적인 하시디즘 가문에서 태어났다. 어릴 때부터 연극을 하고 싶었던 그는 열일곱 살 때 엄격한 부모에게서 도망쳐 파리로 갔다. 그는 거기서 힘든 노동을 하면서 독학으로 배우 공부를 했고, 마침내 유대독일계 아마추어 극단의 일원이 되었다. 그는 1907년 전문극단 그룹에 입문해 주로 유대인이 거주하고 있는 서유럽과 동유럽의 도시를 돌아다니며 연극 활동을 했다. 카프카는 뢰비로부터 바르샤바 유대인의 생활과 『탈무드』 공부, 이디시 문학과 하시디즘의 종교적 기념축제, 파리의 공장 노동생활 그리고 유럽 여러 곳을 돌아다니며 겪었던 힘든 배우 생활 등의 이야기를 들었다.

그 모든 것이 카프카에게는 놀랍기만 했다. 뢰비는 아버지의 반대를 무릅쓰고 자기가 좋아하는 연극을 선택할 용기가 있었고, 이를 위해 사회적 신분과 전도유망한 중산층의 편안한 생활을 과감하게 버렸던 것이다. 카프카는 그런 용기와 결단이 바로 그의 유대정신의 강한 의지의 실천에서 오는 것이라고 여겼다. 또한 그는 카프카 자신은 모르는 유대민족의 역사와 문화 그리고 유대교에 대한 깊은 지식과 신앙, 그리고 중세부터 전래되는 하시디즘에 얽힌 신비스럽고 비유적인 이야기를 무수히 많이 알고 있었다.

때때로 이차크 뢰비는 카프카의 집을 방문해 몇 시간이고 대화를 나누었으며, 어떤 때는 카프카와 오틀라와 동반해서 프라하 근교로 긴 산보를 하기도 하고, 체코 국립극장에서 연극 <라구안의 삼부작(Raguanische Trilogie)> 등을 함께 관람하기도 했다. 그러나 헤르만 카프카에게는 사기 아들이 유랑극단의 배우와 어울리는 것이 눈엣가시였다. 체코 사회에서 중산층의 입지와 명성을 유지하는 데 걸림돌로 여겼기 때문이다. 헤르만은 아들을 찾아오는 문인이나 동부 유대출신 배우를 자기 가문의 명성과 신분에 해를 끼치는 사람들로 여겼다. 1911년 10월 31일 일기에서 카프카는 이러한 아버지의 태도를 비난했다. "그[아버지]는 친척이 있는 앞에서 아무런 이유도 없이……막스를 '미친놈'이라고 불렀고, 어제 뢰비가 내 방에 있을 때는 아이러니하게 몸을 흔들거나 입을 비죽거렸다"(KKAT 214). 그리고 뢰비가 두 번째로 카프카의 집을 방문했을 때 뢰비 앞에서 입에 담지 못할 충격적인 발언을 했다.


뢰비에 대해 아버지가 이렇게 말했다. "개들과 잠을 자는 사람은 빈대들과 함께 일어나는 법이다." 나는 더 이상 참을 수 없어 거북한 말을 했다. 그러자 (잠시 뜸을 들인 후) 아버지는 조용히 이렇게 대답했다. "넌 내가 흥분하면 안 된다는 것을 알고 있지 않느냐. 그래서 조심해야 된다는 것을. 내게 또 그런 식으로 대하다니. 난 지금 완전히 흥분한 상태이다. 그러니 그런 말은 집어치워라." 그래서 나는 이렇게 말했다. "자제하려고 얼마나 노력하는지 모릅니다"(KKAT 223f.).

이 같은 경멸적인 발언에 카프카의 분노는 극에 달했고, 아버지와의 관계는 더욱 악화되었다. 경건하고 솔직하며 순수한 친구 이차크 뢰비 앞에서 그는 심한 수치심과 모멸감을 느꼈던 것이다.

카프카는 뢰비가 들려주는 동부 유대인의 생활상과 동부 유대 연극을 통해서 이디시 문학에 담긴 민족정신과 얼을 깊이 알고 싶었다. 그는 무대 위의 등장인물이나 줄거리가 축소되지 않은 원래의 "대형 이디시 연극을 보고 싶다는 욕망과……이디시 문학을 알고 싶다는 욕망"(KKAT 68)을 강렬하게 느꼈다.

1911년 가을 이차크 뢰비와 만나면서부터 카프카는 유대교에 관한 여러 종류의 책들을 읽기 시작했다. 그는 규칙적으로 성서와 『탈무드』를 읽어나갔고 토라와 『탈무드』에 담긴 유대민족의 사상과 생활양식 그리고 경건한 가르침을 고찰해나갔다. 특히 고전 비유설화(譬喩說話)의 기능과 구조로 이루어진 『아가다서』[6]의 이야기에 강한 매력을 느꼈는데, 그것은 후에 카프카의 비유설화의 구조와 기능에 영향을 주기도 했다. 1911년 11월 1일 하인리히 그레츠의 3권으로 된 『유대 민족사』를 "탐욕스럽고도 행복하게 읽기 시작했고"(KKAT 214), 특히 이 책의 끝 부분에 언급된 가나안 농장 이주에 관한 이야기는 호기심을 더욱 자극했다. 단순하고 소박한 농경생활에 대한 동경은 전에도 후에도 늘 그를 따라다녔다. 1912년 1월 말에는 피네(Meir Pines)의

---

6 『아가다(Agada)』 혹은 『핫가다[Haggada(h)]』라고도 한다. 유대인의 유월절 축하연에 사용되는 전례서로서 유대교 전승 중 전설·민화·설교·주술·점성 등에서 율법적 성격을 띠지 않은 이야기들을 말한다.

방대한 『유대독일 문학사(Histoire de la Littératur judéoallemande)』(1911)를 프랑
스어 원서로 꼼꼼히 정독했다.

> 오백 페이지, 나는 이와 유사한 책들을 결코 이렇듯 철저하고, 급하게 그
> 리고 기쁘게, 그것도 갈망하듯이 읽어본 적이 없다. 이제 나는 또 프로머의
> 『유대교의 조직체』를 읽고 있다(KKAT 360).

이외에도 그는 프로머의 『유대교의 신앙구조』를 읽었다. 그는 유대 문학
과 문헌을 읽음으로써 자기 내면에서도 순수한 종교적인 원천을 발견할 수
있으리라는 기대감을 갖게 되었다. 그것은 늘 자신을 비방해야 했던 그에게
지금까지와는 다른, 어쩌면 행복하고 확신에 찬 인간이 될 수 있다는 희망을
갖게 했다.

카프카는 이제 스스로 유대민족의 삶과 종교성 그리고 예술성을 담고 있
는 동구 유대인의 '이디시 연극'을 프라하 문화계에 널리 알리고 싶었다.
그러나 프라하의 일반 유대인은 물론이고 유대민족주의 문화개혁운동을 주
장하는 시온주의자도 동구 유대 연극에 냉담한 반응을 보였다. 시온주의자
는 모든 분산된 소수집단의 유대인을 모아 육체노동을 통해 그들을 구원으
로 이끌고 고전 히브리어를 모든 유대인의 공통 언어로 사용하는 새로운
유대 국가를 건설하는 것을 운동의 목표로 설정하고 있었다. 이러한 새로운
정치적 개혁을 주창하는 시온주의자에게 옛 이디시어 연극과 잊힌 종교적
주제, 은어식의 낯선 언어는 이미 사라져가는 게토 정신의 퇴락한 산물로
보였다. 그것은 서유럽에 동화된 유대인의 아버지 세대들이 가지고 있던 선
입견에서 나온 것이었다. 궁핍하고 불행했던 과거를 떠올리고 싶지 않은 서
구화된 유대인의 싸늘한 반응에 카프카는 놀라고 실망했다.

동구 유대인의 소박성과 순박함, 그리고 자유로운 종교적 삶에 대한 동경

에 친밀감을 느낀 카프카는 있는 힘껏 그들을 도와주고 싶었다. 카프카는 막스 브로트를 설득해 프라하의 일간지 ≪프라거 타크블라트≫에 동구 유대 극단의 공연을 소개하는 논평을 써줄 것을 부탁했다. 1911년 10월 22일에 실린 브로트의 기사는 호의적이었다. 배우들은 이국적인 문화의 대표자들로서 그들이 상연하는 이디시 연극은 자연스러운 삶의 기쁨을 주는 음악적인 언어와 짜임새 있는 극적인 문학적 구조를 갖추었을 뿐만 아니라 순수하고 소박한 원시적인 즐거움을 부여한다는 것이었다. 그러나 역사학자 한스 콘은 시온주의 독일어 잡지 ≪젤프스트베어≫에 '동구 유대 연극의 프로그램은 단순하고 무미건조하기 이를 때 없으며 아마추어적'이라는 비판적인 글을 실었다. 이에 화가 난 카프카는 인맥을 총동원해 동구 유대 연극 활동을 대대적으로 돕고자 했다. 그는 뢰비를 위해 지방 도시에 있는 친구들과 친지에게 공연을 위한 추천의 글을 써주었고, 당시 시온주의의 대표자 중 한 사람이었던 후고 베르크만으로 하여금 그 단체에 영향력을 행사해 주도록 부탁했으며, 시온주의 유대 대학생 연맹 '바르 코흐바'[7] 회원들을 아브라함 골트파덴의 작품 공연에 초대하기도 했다. 그의 열성적인 활동 덕분으로 ≪젤프스트베어≫도 유대 극단을 적극 도와주자는 일련의 호소문을 발표했

---

7 바르 코흐바(Bar Kochba)는 1892년 이래 존속했던 유대 대학생 연맹(Maccabaea)의 후신으로 1899년에 새로 조직된 조직이다. 이 조직은 전쟁 말까지 동구 유대교와 서구 유대교, 하시디즘과 모던 종교문화 사이의 중도 노선을 걸었다. 바르 코흐바는 테오도르 헤르츨의 단체에서 조직된 체코 유대인의 정치적이고 급진적인 시온주의와 유대민족주의를 표방하는 바리시아(Barrissia)와 경계를 그었다. 1911년 가을 카프카 친구인 펠릭스 벨치가 바르 코흐바의 대표를 맡음으로써 약속된 땅의 집단농장화 프로그램을 표방한 팔레스티나 이주운동인 '할루츠 운동'에 관한 강연회를 개최했다. 카프카는 이 강연회에 참석했고, 1912년 1월 말에는 펠릭스 아론 타일하버(Felix Aron Theilhaber)의 독일 유대정신의 몰락과 이스라엘 국가에서 그 해답을 찾는 강연을 들었고, 한 달 후에는 시온주의 세계 조직의 사무총장인 쿠르트 블루멘펠트(Kurt Blumenfeld)의 '아카데미 생활 속의 유대인'에 대한 연설도 들었다.

다. 이 호소문의 대부분도 카프카 자신이 작성하거나 그가 추천한 작가가 쓴 것이었다. 카프카는 1912년 1월 24일 일기에 동구 유대인의 공연을 위해 자기가 한 일을 아주 자랑스럽게 썼다.

> 결국 나는 유대 배우들과 많은 관계를 갖게 되었다. 그들을 위해 편지를 썼고, 시온주의 연맹에 가서 보헤미아의 시온주의 연맹이 그 그룹의 공연을 받아들일 의향이 있는지 물어보도록 관철시켰다. 거기에 필요한 회람문은 내가 작성했고 복사해 여러 부를 만들도록 시켰다(KKAT 360).

유대 연극을 위해 분주하게 뛰어다니던 카프카는 이차크 뢰비를 위한 야회(夜會)를 준비하기에 이른다. 뢰비는 연기와 노래뿐만 아니라 이디시어 작품과 하시디즘 노래의 가사를 낭독하기로 했다. 카프카는 1912년 2월 18일 유대인 시청 기념관에서 개최되는 이 뢰비의 '낭독의 밤'을 위해서 전례 없이 적극적으로 앞장을 섰다. 우선 그는 바르 코흐바의 지도부[8]를 설득해서 독회의 개

유대인 시청 기념관(1910년)

최를 후원하도록 했고 프라하 문화단체로부터 기념관 사용 허가를 받아냈으며, 싼 가격으로 기념관을 임대했고 손수 낭독회의 프로그램을 짰다. 그는 낭독 이외에도 이디시 문학의 하이라이트라고 할 수 있는 시와 노래와 극적인 장면을 상연할 수 있도록 뢰비와 함께 선정해서 첨가시켰다. 또한 손수

---

8 당시 바르 코흐바의 대표는 로베르트 벨치(Robert Weltsch)였고, 그 이전의 지도부는 후고 베르크만과 레오 헤르만(Leo Hermann)이었는데, 그들은 처음엔 '낭독의 밤' 개최를 말렸으나 카프카의 계속적인 요청으로 나중엔 이 낭독회를 후원하게 되었다.

입장권 인쇄와 발매, 좌석번호를 매기는 일에서부터 피아니스트 고용과 연단 마련, 경찰서와 단체공연 허가 문제, 신문기사용 단평 작성, 기부금 모음과 프로그램 실행에 필요한 전문 조력자의 고용 문제 등 잡다한 일까지 거의 모든 것을 도맡아 처리하고, 프로그램도 편성·총괄했다(KKAT 377).

또한 뢰비의 낭독에 앞서 오스카 바움이 하기로 되어 있던 '이디시어에 대한 강연'(KKANI 188-193)을 그가 사양함으로써 카프카 자신이 대신했다. 여기서 그는 뢰비로부터 알게 된 이디시어에 대한 사전 지식 이외에도 피네의 『유대독일 문학사』에서 알게 된 이디시어의 역사, 근대 초기에 나온 이디시 문학의 발단 그리고 모던 이디시어와 연극의 경향 등을 이야기했고, 당시 읽고 있던 프로머의 『유대교의 조직체』에 관해서도 언급했다. 이 강연문은 막스 브로트의 부인 엘자 타우시히가 당시 속기로 받아 쓴 것이 남아 있어 후세에 발간될 수 있었다(KKAFI 188-193).

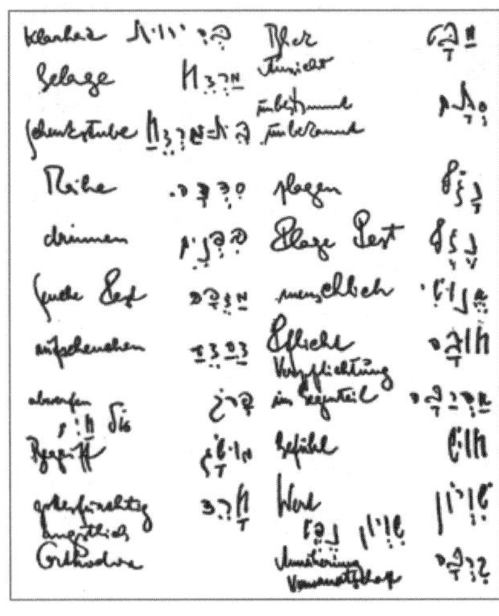

카프카의 이디시어 노트(1911년)

그는 이디시어의 기원을 설명하기 위해 중세 독일어에 가까운 몇 가지 은어의 형식을 예로 들어가며, 체계적인 문법을 가지고 있기보다는 여러 외래어와 사투리로 구성되어 있는 이디시 "은어를 오성으로 파악하지 말고 육체를 통해 작용케 하도록 해야 한다"(KKANI 193)고 주장했다. 이것은 이디시어가 문자와는 별개로 독일 유대인의 정서에 가장 근접한 의사소통 수단이라는 것을 말하고 있다.

1912년 2월 25일 일기에 카프카는 "L[뢰비]에 대한 기쁨과 그에 대한 신뢰, 내가 강연하는 동안 가졌던 자랑스럽고 초지상적인 의식, 강렬한 목소리, 어려움 없는 기억 ……"(KKAT 378)이라고 쓰면서 유대 문화에 눈뜨게 된 기쁨을 표현하고 있다. 비록 자신은 돌아갈 수 없으나 사랑할 수밖에 없는 같은 민족인 동구 유대인의 문화 행사를 직접 주관하고 강연도 했다는 사실에 그는 큰 기쁨과 자부심을 느꼈다. 그러나 카프카의 기대와는 달리 그의 부모는 끝내 아들의 강연에 모습을 드러내지 않았다. 카프카는 그 섭섭함을 일기에 간략히 적었다. "나의 부모님은 그곳에 오지 않으셨다"(KKAT 379).

카프카의 열정적인 노력에도 불구하고 이차크 뢰비의 보헤미아 지방 순회 공연은 재정적인 어려움을 겪었다. 1912년 그는 대도시이자 유럽의 문화 중심지 중 하나였던 베를린으로 극단을 옮겨 그곳에 자리를 잡았다. 그러나 그는 그 후에도 프라하에 종종 와서 공연을 했고 카프카를 만나곤 했다. 그 후 이차크 뢰비는 다시 동부 유대 극단과 헤어져 부다페스트로 건너갔다. 카프카 사후 그의 유고 안에서 1913년 10월 28일 뢰비가 빈에서 카프카에게 보낸 편지가 발견되었다. 그것은 예전에 카프카가 자신에 보여주었던 인간적인 호의와 따뜻한 사랑을 고마워하는 내용이 담긴 편지였다.

저는 오래전부터 모든 사람으로부터 소식이 두절되었습니다. 더 이상 친구도 부모도 가족도 없습니다.……그리고 모든 사람 중에 가장 사랑하는 카프카 당신조차 잃었습니다.……이런 손실은 전혀 예감하지도 못했었는데……하지만 당신은 저에게 좋게 대해준 유일한 분이었습니다. 당신은 저의 영혼에다 무언가를 말해주었고, 저를 정말로 이해해준 유일한 분이었습니다. 그러한 당신조차 잃어야 하다니 슬프기 그지없습니다.……애석한 일이지만 제게 편지를 쓰지는 마십시오 저에게 호의를 가져서도 안 됩니다. 하지만 미친놈이라 생각하지는 말아주십시오 저는 이미 죽은 자처럼 냉정하니 말입니다. 제가 기대할 수 있는 것이 무엇이겠습니까? 마약주사를 한 대 맞는 것뿐이지요(MB 102).

이 편지에 대한 응답인지 아니면 다른 편지에 대한 응답이었는지는 알
수 없으나, 유고 속에는 뢰비에게 보내는 카프카의 편지가 한 장 들어 있었
다. 그의 근황을 물으면서 자신의 약혼 소식을 알리고 있는 것으로 보아
1914년 이후에 쓴 편지인 것 같다.

당신께서 저를 기억하시다니 무척 기쁘군요. 이렇게 늦게야 답장을 드리
는 것으로 미루어 생각하실 수도 있는 그 이상으로 말입니다. 저나 그 밖의
어느 누구에게도 많은 유익함을 주지도 못한 채 저는 매우 혼란스럽고 분주
하기만 하답니다. 그 외에 한 가지 소식이 있다면, 내가 약혼을 했으며, 그것
으로써 좋고 필연적인 일을 했다고 생각합니다. 물론 세상에는 의심스러운
일이 하도 많아서 최선을 다해도 그들 앞에서는 안전치 못하지요.

당신이 여전히 괴로워하고 있고 어떤 탈출로도 보이지 않는다니 매우 슬
픈 일이군요. 당신이 그토록 오래 하필 헝가리에 머무르고 있다는 사실이
이상하긴 하지만 나름대로 안 좋은 이유들이 있겠지요.

저녁이면 프라하에서 어슬렁거렸던 때가 우리 두 사람에게는 훨씬 희망적
이었던 것 같습니다. 그때 저는 당신께서는 어떻게 해서든 타개해나갈 것이
다, 그것도 일격에, 하고 생각했지요. 그런데 제가 당신을 위한 그 기대를
전혀 포기하지 않았다는 사실, 그 점을 말씀드려야겠군요. 당신께서는 쉽게
절망하지만 또한 쉽게 행복해지기도 하지요. 절망 속에서는 그 점을 생각하
십시오. 미래의 더 좋은 시절을 위해서 건강을 유지하시고요. 당신이 겪어야
할 일이 마냥 좋지 않은 것 같으니, 건강을 해침으로써 사태를 약화시키지
마십시오.

당신과 친구분들에 대해 더 구체적인 것을 듣고 싶습니다. 이번에는 카를
스바트 온천장에는 가지 않습니까(Br 129).

그 후 카프카는 폐결핵에 걸려 누이동생 오틀라의 취라우 농장에 머물러

있던 1917~1918년 뢰비의 재정적 어려움을 도와주기 위해 그가 마르틴 부버가 발간하는 잡지 ≪유대인≫에 낼 「유대 연극에 관하여」라는 논문 원고를 수정해주기도 했다(Br 173). 1920년 극단의 재정적 어려움에 봉착한 뢰비는 오랜 방랑 끝에 자기 고향인 바르샤바로 돌아갔다. 그는 그곳에서 평범한 배우에서 점차 화려한 문체로 문예란에 글을 쓰는 저널리스트로 변신했다. 그는 1942년 바르샤바의 게토에서 마지막 작별 공연을 마친 후 트레블링카에서 나치에 의해 학살되었다.

동구 유대연극과 이디시어 문학과의 접촉은 유대교에 무관심하고 부정적이었던 카프카에게 제한적이긴 하지만 분명한 의식의 변화를 가져다주었다. 그는 1910년 후고 베르크만의 인도로 유대 대학생 연맹인 '바르 코흐바'를 알고 있었으나 아무런 관심을 갖지 않았었나. 그런 그가 동구 유내 극단이 프라하를 떠난 후에는 막스 브로트와 함께 이 연맹의 여러 행사를 찾아갔고, 후고 베르크만과의 시온주의 논쟁에도 참여했으며, 당시 프라하 유대 대학생의 정신적인 지도자가 된 마르틴 부버의 강연도 가끔 들었다. 바르 코흐바 유대 대학생 연맹과 시온주의를 표방하는 ≪젤프스트베어≫의 초대로 프라하에 와 있던 마르틴 부버는 강연회를 통해 정치 파벌과 조직 논쟁으로 상실될 위기 속에 있던 시온주의를 새로운 문화실천적 낙관주의로 변화시키려고 노력했다. 그는 유대인의 정체성은 각 개인이 종교적 공동체와 감성적으로 결합할 때에만 굳건하게 발전될 수 있다고 주장했다. 이미 브로트, 벨치, 바움은 그의 시온주의 추종자가 되어 있었으나, 카프카는 정치적 시온주의 운동이나 추상적인 종교이론에는 여전히 거리감을 두었다. 그 때문에 막스 브로트와의 우정이 잠시 소원해진 적도 있었다.

카프카는 1909년 이래로 매주 금요일에 나오는 시온주의를 표방하는 ≪젤프스트베어≫를 정기적으로 읽고 있었다. 그러나 그의 지속적인 관심은 주로 '할루츠 운동(Chaluz-Bewegung)', 즉 농장 개척을 위해 팔레스타나로 이주하려는 새로운 유대인 실천 운동에 대한 것이었다. 카프카는 일기에 "지난 며칠 동안 팔레스티나의 개척에 관한 다비드 트리치(David Trietsch)의 뛰어난 강연"(KKAT 423)을 들었다고 기록했다. 그것은 팔레스티나에 균등의 원칙과 육체적 노동의 헌신으로 자치적인 집단농장체제를 만들고 유대인의 공동 언어를 사용하는 이상적인 사회를 건립해서 이주하자는 계획에 대한 강연이었다. 카프카는 팔레스티나 이주에 대해 막연한 희망을 가지고 있었고 그것은 후에 병을 얻어 팔레스티나 이주 계획을 포기하게 될 때까지 계속되었다. 그는 같은 종족 사이에서 히브리어를 말하며 레스토랑의 평범한 웨이터로 살아가는 게 꿈이라고 말하기도 했다.

그러나 그의 유대교에 대한 관심은 제한적이었다. 1914년에 1월 8일에 쓴 일기에서 볼 수 있듯이 그는 여전히 유대교와 아무런 내적인 관계를 갖지 못했다. "나는 유대교와 어떤 공통점이 있는가? 나와는 공통점 같은 것은 거의 없다"(KKAT 622). 그는 시온주의의 정치적인 면보다 오히려 하시디즘[9]의 신비적이고 전설적인 문학에 더 많은 관심을 가지고 있었다. 1917년 9월 말 취라우에서 막스 브로트에게 보낸 편지에서 그가 보내준 하시디즘의 경건하고 신비로운 이야기는 자신에게 가장 편안함을 주는 가장 유대적인 것이라고 표현하고 있다.

≪유대의 메아리≫에 있는 하시디즘적인 이야기는 아마 가장 훌륭한 것은 아니겠지. 그러나 이 모든 이야기는, 왜 그런지는 모르겠지만, 내 심신 상태와는 관계없이 곧바로 그리고 언제나 집에 있는 것처럼 느껴지는 유일한 유대적인 것이라네(Br 172f.).

---

9 하시디즘(Hasidism)은 이스라엘 발 셈-토프(Israel Baal Shem-Tov)에 의해 18세기에 폴란드에서 제창된 신비적 경향이 농후한 유대교 운동으로 경직된 율법 규범을 활기 있는 경건함으로 대치했다.

카프카는 유대민족의 정신세계와 정체성을 알기 위해서 그리고 팔레스티
나로 여행을 떠나기 위해서 그 시기에 히브리어를 배우기 시작했으나, 죽기
몇 년 전에도 여전히 자신에게는 "발밑에 군건한 유대인의 기반이 없다"고
고백했다.

# 본격적인 문학 활동과 고독한 글쓰기

1908년을 기점으로 카프카의 짧은 산문소품이 가끔 잡지나 신문에 발표되기 시작했다. 앞서 보았듯이, ≪히페리온≫의 편집자 프란츠 블라이는 막스 브로트의 소개로 1908년 5월호에 『관찰』이라는 제목으로 카프카의 산문소품 8편을 실어주었다. 카프카는 브로트의 설득으로 자신의 첫 발표작을 실어준 데 대한 답례로 블라이의 작품 모음집 『분첩: 여성의 애독서』(1902)에 대한 서평을 썼는데, 이것은 1909년 2월 6일 독일 문예 잡지 ≪새로운 길≫에 실렸다. 카프카는 일주일 후 블라이에게 자신이 쓴 서평과 함께 체코어로 쓴 노동자재해보험공사의 연도 보고서를 동봉했다.

제가 베를린의 잡지 ≪새로운 길≫에서 『분첩』을 소개하고 비평한 사실에 대해 나쁘게 생각하지 말아주십시오……체코어가 당신에게 매우 중요하다고 생각되기에 제가 22쪽까지 쓴, 방금 나온 보험공사의 연도 보고서를 십자형의 띠로 묶어 보냅니다. 그것을 받아주시면 고맙겠습니다.[1]

---

1 Jürgen Born, Ludwig Dietz, Malcolm Pasley, Paul Raabe, Klaus Wagenbach, *Kafka-Symposion*, Berlin 1965, S.13.

자신이 쓴 글에 대한 카프카의 겸손하고 소박한 마음씨가 드러나 있는 편지이다. 블라이는 그에 대한 보답으로 1909년 봄 카프카가 1904년부터 1907년 사이에 썼던 『어느 투쟁의 기록』[2] 중 「기도하는 자와의 대화」와 「술 취한 자와의 대화」를 발표해주었다. 그러나 카프카는 오히려 그 작품들이 "인위적인 작품"(Br 9)이라면서 발표된 것을 부담스러워했다. 그는 자신의 작품이 완벽하다고 생각되지 않는 한 거의 병적이라고 할 정도로 항상 발표를 꺼렸다.

1910년 1월 16일 프라하 체코 일간지 ≪보헤미아≫에 다시 카프카가 쓴 서평 「어느 청춘 소설」이 실렸는데, 그것은 펠릭스 슈테른하임의 서간소설 『젊은 오스발트의 이야기』에 관한 것이었다. 그리고 1910년 3월 27일 ≪보헤미아≫의 부활절 부록에 『관찰』이라는 제목으로 ≪히페리온≫에 실렸던 산문 4편과 새로운 산문소품 「남자 기수들을 위한 숙고」가 발표되었다. 이번에도 브로트가 카프카의 창작의욕을 북돋우기 위해서 카프카 몰래 ≪보헤미아≫의 편집장인 파울 비글러에게 그의 작품을 소개했던 것이다.[3] 앞서 1909년 9월 29일에도 그는 카프카의 「브레시아의 비행기」를 ≪보헤미아≫에 보내 발표하게 했었다. 1911년 3월 19일 카프카는 ≪보헤미아≫에 「영면하게 된 어느 잡지」라는 제목으로 ≪히페리온≫의 폐간에 대한 논평을 실었다. 카프카는 이 논평에서 잡지의 폐간을 아쉬워하면서도 ≪히페리온≫이 인기 있는 잡지인 ≪판≫과 ≪인젤(Insel)≫에 비해 기획에 문제가 있었음을 솔직하게 평했다.

그는 작품을 쓰는 일과 병행해서 항상 독서를 했는데, 그즈음 그는 1911

---

2 『어느 투쟁의 기록(Beschreibung eines Kampfes)』의 제2판 초안은 1909년 늦가을에 씌어졌다.
3 Ludwig Dietz, *Franz Kafka. Die Veröffentlichungen zu seinen Lebenszeiten(1908-1924). Eine textkritische und kommentierte Bibliographie*, Heidelberg 1982, S.25ff.

년 1월과 2월에 걸쳐 라이프치히 템펠 출판사에서 나온 하인리히 폰 클라이스트의 전집 중『삶과 작품과 편지』를 감동 깊게 읽었다. 카프카는 특히 클라이스트가 글을 쓸 수 없는 혹독한 삶 속에서도 글쓰기를 지켜나갔고 가족관계로 힘들어했던 점 등에서 자신과 유사함을 느꼈다. 그리고 오히려 모든 현실적인 고통을 글쓰기로 극복해나갔던 클라이스트의 문학적 삶을 통해 용기를 얻었다. 카프카는 가족 문제를 포함한 현실적인 상황에 자신이 어떤 시각과 방향을 가져야 할지 새롭게 생각할 수 있었다. 1911년 12월 카프카는 율리우스 밥이 발간한 클라이스트의『일화 모음집』에 대한 서평을 썼다. 그러나 그것을 어디에 처음 발표했는지 아직까지 밝혀지지 않고 있다. 앞서 언급했듯이, 1911년 가을에 브로트와 카프카는 스위스 여행 중에 구상한 소설 작업을 했는데, 그것은 거의 일 년이 지난 1912년 5월에서야 소설의 제1장「첫 번째 긴 열차여행」만 문에 잡지 ≪헤르더블레터≫에 발표되었다.

카프카는 그 글이 별로 마음에 들었던 것은 아니었지만 문학 활동의 결과물이 여러 잡지와 신문에 발표되는 것을 어느 정도 자랑스럽게 여겼다. 그러나 자신의 초라한 결과물을 바라볼 때마다 그는 이제 글 쓰는 일에 더욱 정진해야겠다고 마음속으로 다짐하곤 했다. 카프카는 1912년 신년 초인 1월 3일 일기에 글쓰기에 대한 새로운 마음가짐을 기록하고 있다.

내가 글쓰기에 전념하고 있다는 것이 아주 확실하게 느껴진다. 나의 존재가 가장 큰 수확을 거둘 수 있는 방향이 글쓰기라는 것이 나의 생명체에 분명해졌을 때……성적 즐거움, 먹는 것, 마시는 것, 특히 음악에 대한 철학적 사고의 즐거움 등을 지향했던 모든 능력은 공허한 것이 되어버렸다. 나는 이런 모든 방향을 끊어나갔다. 그것은 필요한 일이었다. 왜냐하면 내 힘은 전체적으로 아주 적어서 오로지 그 힘을 모아야만 어느 정도라도 글 쓰는 일에 사용할 수 있기 때문이었다. 내가 이 목적을 독자적이며 의식적으로 발견한 것은 아니다. 그것은 스스로 나타난 것인데, 이제 다만 사무실에 의해서 철저하게 방해를 받고 있다.……그러므로 나는……나의 실질적인 생을 시작하기 위해서 오로지 사무실 일을 버리지 않으면 안 된다(KAAT 341).

무엇보다도 글 쓰는 일이 실질적인 삶이 되어야 하는 카프카에게 직장 일은 당연히 가장 큰 부담이었다. 하지만 그는 계속 직장 일과 독서, 강연회 참석, 연극 관람 같은 낮의 활동과 더불어 밤에는 새벽까지 글을 써나갔다. 그렇게 그의 철저하고 고통스러운 습작은 계속되었다. 1912년 3월 11일 그는 또다시 마음에 들지 않는 원고 뭉치를 난로불 속으로 던져 넣었다(KKAT 400). 단지 '쓸 만한' 몇 개의 짧은 산문 텍스트만 남겼을 뿐이었다. 그것이 「독신자의 불행」, 「사기꾼의 탈을 벗기다」, 「갑자스러운 산책」, 「결심」, 「인디언이 되고 싶은 마음」 등이었다. 1911년 마지막 몇 달 동안 또는 1912년 초에 쓴 이 작품들은 후에 나오게 될 그의 첫 번째 책 『관찰』에 함께 실리게 된다.

카프카는 자신의 글에 대해 누구보다도 철저한 비평가였다. 그가 인정하는 유일한 비평은 세상 사람의 비평이 아닌 오로지 자기 자신의 것이었다. 그러면서도 카프카의 일기에는 팔림세스트(palimsest)와 같이 수없이 썼다 지운 글들 사이에 "의심할 나위 없이 나는 지금 정신적인 면에서 프라하의 중심점이다"[4]라는 자만심에 찬 글귀와 그런 과대평가를 물리쳐야 한다고 스스로에게 다짐하는 글이 함께 발견되기도 한다. 1912년 3월 26일 일기에서 자만심을 더욱 경계하듯 "어제 쓴 것을 과대평가하지 말자. 그렇게 되면 내가 앞으로 쓰려는 것에 도달할 수 없을 것이다"(KKAT 413)라고 반성한다. 밤 시간의 글쓰기와 낮의 직업 생활을 지속적으로 병행한다는 것은 카프

---

4 KKAT APP 169.

카에게 엄청난 긴장감과 에너지를 요구했다. 게다가 그는 글쓰기를 위해서 완벽한 고요와 집중 그리고 은거생활이 필요했다. 그래서 그의 일기에는 일상의 분주함, 집 안의 소음과 번잡함으로 글을 쓸 수 없는 자신의 상황을 비탄하는 글이 수없이 많다. 1912년 3월 24일 "옆방에서 어머니는 L. 부부와 대화를 나누고 있다. 그들은 해충과 티눈에 대해 이야기한다(L씨는 손가락마다 여섯 개의 티눈을 가지고 있다)"(KKAT 412). 3월 25일 "옆방에서 양탄자를 쓰는 빗자루가 마치 간헐적으로 옷자락 끄는 소리처럼 들려온다"(KKAT 413). 4월 3일 "그렇게 하루가 지나간다. 오전엔 사무실, 오후엔 공장, 지금 저녁엔 집 안 왼쪽 오른쪽에서 외치는 소리, 나중에는 <햄릿>을 구경 간 누이들을 데려온다. 그래서 나는 한순간도 아무것도 할 수 없었다"(KKAT 414)라고 한탄조의 일기를 썼다.

카프카는 1910년 12월 말부터 밤 10시부터 시작하던 글쓰기를 11시로 늦췄다. 그때서야 비로소 부모님의 시끌벅적한 카드 놀이하는 소리와 누이동생들의 재잘거리는 소리, 부엌에서 가정부들이 내는 달그락거리는 소리가 더 이상 들리지 않기 때문이었다. 이렇듯 지나칠 정도로 소음에 민감한 카프카의 반응과 공포감은 일생 동안 우울증과 신경증을 일으킬 정도였다. 1912년 10월에는 집 안의 소음에 대해 기록했던 1911년 11월 5일 일기를 다듬어 「큰 소음」이라는 제목으로 ≪헤르더블레터≫[5]에 발표하기도 했다. 카프카는 조용한 가운데 하나의 텍스트를 중단 없이 끝까지 완성하기 위해 모두가 잠든 밤이나 새벽녘에 글을 써야 했고 아침 8시까지 직장으로 출근해야 했지만, 그 짧은 창작시간은 그에게 자신의 존재감을 확인시켜주는 유일한 시간

5 Franz Kafka, "Großer Lärm," hrsg. von Willy Haas, *Herderblätter*, I, 4/5(Okt. 1912), S.44. 앞서 이 잡지 5월 3호에 여행소설 『리하르트와 자무엘』의 1장인 「첫 번째 긴 열차여행(Die erste lange Eisenbahnfahrt)」이 실린 적이 있다.

이었다.

　　불행하고 불행하지만 잘 생각했다. 한밤중이다.……불 켜진 백열등, 조용
한 집 안, 밖은 어둡다. 깨어 있는 마지막 순간, 그것이 나에게 글을 쓸 수
있는 권리를 부여한다. 비록 가장 곤궁한 일이긴 하지만. 그리고 나는 이
권리를 서둘러 사용한다. 그러므로 나는 존재하는 것이다(T1 106).


　　카프카가 밤에 열정적으로 글을 쓰게 됨으로써 그동안 친구들과 밤 시간
에 즐겼던 카바레나 카페의 방문은 점점 줄어들었다. 또한 막스 브로트를
비롯한 친구들이 이미 약혼하거나 결혼해서 그들과 함께 어울리기도 번거로
웠다. 혼자 있는 밤 시간은 이제 카프카에게 자신의 존재이유가 되는 글쓰기
만을 위한 시간이 되었다. 그는 현실 세계의 번잡함 속에서 벗어난 은둔자가
되어 자신의 깊고 어두운 내면으로 침잠하기 시작했다. 밤의 깊은 고독함과
적막함 속에서 그는 자신의 조용히 울려오는 내면의 소리를 들을 수 있었다.
그때까지 어둠 속에 잠겨 있던 사물은 맑은 의식 속에서 빛을 발하고, 그것
에 상응하는 단어가 고물고물 살아 움직이기 시작했다. 망아적인 상태에서
글을 쓰고 있는 그에게 밤은 가장 멀리 그리고 가장 깊이 보고 듣고 느낄
수 있는 예지적이고 성찰적인 상상의 순간이었다.
　　카프카는 그간 써왔던 짧은 산문소품 대신에 장편소설을 쓰기 시작했다.
사실 그는 장편소설 작업을 위해서 이미 오래전부터 소재와 자료를 준비하
고 있었다. 이미 앞서 언급했듯이, 그는 1911년 1월 9일 일기에 한 사람은
미국으로 건너가고 다른 한 사람은 유럽의 감옥에 머무르게 된 형제 이야기
(KKAT 146)를 쓴 적이 있었고, 또한 미국으로 이주한 알프레트와 요제프
등의 이종사촌이 잠시 귀국했을 때 아메리카에 대한 여러 가지 소식을 접할
수 있었다. 그뿐만 아니라 그는 미국에 관한 신문기사와 르포타주를 읽고

수집해두었고, 미국을 여행한 사람들의 여행기를 찾아 읽거나 아메리카에 관한 강연회에 참석했으며, 보험회사 자료를 조사하다가 모범적인 미국 보험회사의 현대화 사례를 통해 미국의 산업사회 구조에 대해 익히기도 했다.[6] 이 장편소설은 후에 쓰게 될 『실종자』의 초본으로 1911년 겨울과 1912년 봄 사이에 구상된 것인데, 1912년 3월 16일 일기에 카프카는 그때의 작업에 대해 이렇게 썼다.

> 다시 힘이 솟는다. 떨어지는 공을 잡듯이……마음을 가다듬는다. 아침, 나는 자연스럽게 내 능력을 따르는 보다 큰 작업을 시작했다. 나는 내가 할 수 있는 한 그 작업을 그만두지 않을 것이다. 안정되고 편안하게 살아가기보다는 잠을 자지 않는 편이 오히려 낫다(KKAT 407).

그는 '잠도 잊은 채' 소설 쓰는 일에 매달렸다. 분명 그는 그때까지와는 '아주 다른 무엇인가'를 시작하고 있었다. 그리고 그것에 대해 브로트에게조차 침묵을 지켰다. 그러나 그 작업이 4월 1일과 5월 6일에 연달아 중단되더니, 일기에 "일주일 전부터 글쓰기가 거의 완전히 실패"(KKAT 414, 419)에 이르렀다고 적고 있다. 결국 소설 작업은 늦여름에 이르러 아예 손을 놓은 상태가 되었다. 그는 그때까지 쓴 것에 아주 불만족스러워했다. 『어느 투쟁의 기록』이 그랬던 것처럼 개별 장들이 하나의 유기적인 전체로 짜여 있지

---

6 아메리카에 대한 가장 중요한 자료 중 하나는 1912년에 나온 체코 사회민주당 정치가인 프란티셰크 수쿱의 『아메리카: 아메리카 생활의 여러 가지 모습(Amerika. Eine Reihe von Bildern aus dem amerikanischen Leben)』이었다. 1912년 6월 1일 수쿱은 '아메리카와 그 관리들'에 대해 슬라이드 강연을 했는데, 카프카도 여기에 참석했다. 또한 카프카는 당시 프라하 독일 언론에 소개된 아메리카에 관한 여러 기사들을 주의 깊게 읽었다(Hartmut Binder, *Kafka. Der Schaffensprozess*, Frankfurt am Main 1983, S.101-104).

않다는 결함 때문이었다. 그것은 지속적인 집중을 필요로 하는 글쓰기 작업이 직장에 나가는 일로 중단되었기 때문이다. 그는 소설 쓰는 것을 중단하고 다시 밖으로 눈을 돌렸다. 아메리카에 가본 적이 없는 그가 그곳에서 벌어지는 사건을 이야기로 쓰기에는 많은 어려움이 있었던 것이다. 그는 더 많은 자료와 에피소드가 필요했다. 그는 체코 사회민주당 정치가인 프란티세크 수쿱의 '아메리카와 그 관리들'에 관한 강연을 들으러 갔고(KKAT 424), 친구들과 게르하르트 하우프트만의 <쥐새끼들>(KKAT 420)과 후고 폰 호프만스탈의 <누구나(Jedermann)>(F 252)를 관람했고, 다비드 트리취의 강연 '식민지의 땅 팔레스타나'(KKAT 423)를 들었으며, 카페에서 친구들과 어울리거나 침대에 누워 플로베르의 『그의 작품에 관한 편지』(KKAT 425)를 읽으며 시간을 보냈다.

1912년 6월 6일 카프카는 플로베르의 편지 속에 담긴 글을 자신의 일기에 이렇게 옮겨 적었다. "나의 소설은 내가 매달려 있는 바위이다. 그래서 나는 세상에 무슨 일이 벌어지고 있는지 아무것도 모른다"(KKAT 425). 연이어 그는 "나도 5월 9일에 그와 비슷한 것을 기록한 적이 있다"라고 썼다. 그러나 그는 더 이상 소설을 쓸 수가 없었다. 그는 밤거리를 천천히 거닐며 소설에 대해 다시 곰곰이 생각해보았지만 아무런 영감도 떠오르지 않았다 (KKAT 425). 낭패였다.

# 라이프치히와 바이마르 여행

1912년 6월 11일 카프카는 더 이상 글쓰기와 직장 일에서 오는 긴장감과 스트레스를 이기지 못하고 보험공사의 공의인 지그문트 콘에게 건강진단을 받았다(AS 175). 카프카는 "소화불량, 체중미달, 신경과민으로 시설이 좋은 치료소에서 적어도 4주간의 요양을 받는 게 좋겠다"[1]는 의사의 검진 결과를 보험공사에 제출했다. 그는 일주일간의 병가에 3주간 휴가를 보태 4주간의 휴가를 얻었다.

그는 1912년 6월 28일 막스 브로트와 함께 드레스덴을 거쳐 당시 독일 서적출판업의 심장부나 다름없었던 라이프치히로 여행을 떠났다. 브로트는 자신이 그동안 관계하고 있던 출판사 악셀 융커와 소원해져 있었기 때문에 새로운 출판사를 구할 겸 카프카에게도 출판사를 소개할 겸해서 그곳에 들른 것이다. 라이프치히에는 스물다섯 살의 동갑내기인 에른스트 로볼트와 쿠르트 볼프가 공동으로 차린 로볼트 출판사가 있었다. 로볼트는 학식 있는 작가이면서 스스로 인쇄공, 제본공, 서적판매업자 일을 맡아보고 있었고, 경

---

1 H. Hermsdorf, "Briefe des Versicherungsangestellten Franz Kafka," *Sinn und Form*, 9(1957), S.639-662, hier 655f.

라이프치히의 독일 서적인쇄박물관과 국립도서관

제적 능력과 함께 문학사적인 교양을 갖추고 있는 볼프는 주로 고전주의 작가의 작품을 발긴하고 있었다. 볼프는 교수가 되기 위해 문학박사에 도선했다가 실패한 이후 전적으로 출판업으로 방향을 돌려 주로 현대 문학의 젊은 작가를 물색하고 있었다.

6월 29일 오전 막스 브로트는 앞으로의 출판 계획을 로볼트와 볼프 앞에 펼쳐놓았다. 그 계획에는 그릴파르처·라포르그·플로베르의 전기들, 새로운 유형의 여행안내서, 문학 연감, 새로운 희곡『감정의 높이』, 펠릭스 벨치와 공동 작업한 철학 서적『자비와 자유』등의 발간 계획이 포함되어 있었다. 그리고 카프카가 그동안에 쓴 짧은 산문 몇 편을 소개하면서 그가 가장 중요한 신세대 작가라는 것을 강조했다. 그들이 만나는 동안 카프카는 혼자서 라이프치히 시내를 구경했다. 그는 독일 서적인쇄박물관과 도서관 등을 방문했고 '만나'라는 채식 식당을 찾아가 점심을 먹기도 했다. 오후 두 시경 다시 카프카와 만난 브로트는 젊은 출판업자들이 카프카를 만나고 싶어 한다고 알렸다.

그들이 찾아간 곳은 젊은 표현주의자들의 라이프치히 아지트인 빌헬름 술집이었다. 에른스트 로볼트와 ≪베를린 타게블라트≫ 통신원이자 로볼트 출판사의 문학고문이고 표현주의 작가이자 평론가인 쿠르트 핀투스, 당시 원고심사위원으로 있는 발터 하젠클레버, 『유다』의 저자인 게르트 폰 바세비츠 백작 등이 기다리고 있었다. 로볼트는 수줍어하고 말없이 미소만 띤 채 서 있는 카프카에게 정중히 발간할 작품을 요청했다. 이에 대해 1912년 6월 29일 카프카는 자신의 여행일기에 이렇게 기록했다. "로볼트가 상당히 진지하게 나에게 책을 원했다"(KKAT 1023). 로볼트는 그에게 소설을 원했으나 카프카는 쓴 것이 없어 대신 짧은 산문을 모아 책을 내기로 했다. 그런 다음 카프카와 브로트는 로볼트 출판사를 직접 둘러보았다. 그곳에서 쿠르트 볼프가 그들을 맞이했다. 볼프는 그때 만난 카프카의 모습을 "시험관 앞에 서 있는 감나지움 학생처럼"[2] 말이 없고 서투르며 겁이 많은 듯이 보였다고 기술했다. 또한 그를 놀라게 한 것은 지금까지 어떤 작가에게서도 들어본 적이 없는 그의 작별 인사였다. 카프카는 "제 원고들을 발간해주심에 감사드리기보다는 제 원고들을 반려해주시는 데 더욱 감사드릴 것입니다"[3]라는 작별 인사를 했던 것이다. 그는 자신의 글이 책을 낼 만큼 훌륭하지 않다고 생각될 경우 서슴지 말고 되돌려달라고 말했던 것이다. 그것은 그가 자신의 작품 발표에 얼마나 신중한 태도를 가지고 있었는가를 짐작케 하고, 늘 한 단계를 뛰어넘는 세심한 배려로 상대방을 대하고 있는 그의 대화법을 잘 보여주고 있는 대목이다. 라이프치히의 출판업자들과의 만남은 카프카가 후에 작가로서 등단하는 데 매우 중요한 전환점이 되었을 뿐만 아니라 그의 생전과 사후의 작품 발간에서도 결정적인 역할을 하게 된다. 특히 후에 카프카의 작품을 발간하게 된 볼프는 1912년 11월 로볼트 출판사를 인수해 직접

---

2 Kurt Wolff, *Autoren, Bücher, Abenteuer. Beobachtungen und Erinnerungen eines Verlegers*, Berlin 1965, S.68.

3 Ebd.

운영함으로써 성공적인 출판업자로 자리매김하게 된다.

라이프치히의 성공적인 회합을 마치고 6월 29일 오후 5시에 카프카와 브로트는 괴테와 실러의 도시이자 독일 고전주의의 산실인 바이마르로 여행을 계속했다. 그곳을 여행 목적지로 정한 것은 괴테에 대한 존경심이 남달랐던 카프카의 소망 때문이었다. 그는 김나지움 시절에 독일어 선생이자 괴테 숭배자인 요제프 비한의 영향으로 그의 작품을 읽기 시작한 후 그를 일생 동안 사랑하고 존경했다(HBI 201). 그는 그 전년 겨울에는 괴테의 개인과 삶에 대한 전기(傳記), 자서전, 편지와 일기 등을 읽으면서 자신의 문학적 무능을 한탄하기도 했었다. 또한 그는 괴테의 작품을 그저 모방하는 데 급급한 자들을 혐오했는데, 많은 사람이 괴테를 모방함으로써 오히려 "독일어의 발전을 저해한다"(T1 247)고 생각했기 때문이다. 괴테에 대한 존경심과 경외감은 카프카로 하여금 한때 "괴테의 놀라운 본질"(KAAT 318, 367)에 관한 논문을 쓸 계획을 갖기도 했다.

브로트와 카프카는 바이마르의 켐니티우스 호텔에 여장을 푼 후 곧장 키르슈베르크의 야외수영장으로 달려가 저녁 늦게까지 수영을 했다. 여행에 따른 땀과 피로를 한꺼번에 해소하기 위해서였다. 그다음 날 오전 일찍 그들은 실러 하우스를 구경한 후 오후엔 괴테 하우스를 관람했다. 카프카는 그림들을 통해서만 보았던 괴테의 집 여러 방을 돌아다녔다. 그들은 특히 괴테의 사교활동의 공간과 서재 그리고 침실을 관심 있게 보았는데, 피곤해진 카프카는 잠시 정원으로 난 계단에 앉아 생각에 잠겼다.

바이마르의 괴테 하우스

괴테의 집. 사교활동의 공간들. 잠시 들여다본 글 쓰는 방과 침실의 모습.

돌아가신 할아버지들을 회상하며 슬퍼하는 모습. 괴테 사후 지속적으로 변화하는 이 정원. 그의 작업실을 어둡게 하는 너도밤나무. 우리가 야외 계단 아래쪽에 앉아 있을 때 그녀가 여동생과 우리 곁을 지나갔다(KKAT 1025).

괴테가 살았던 집과 정원 그리고 높고 푸른 너도밤나무는 괴테의 영혼과 더불어 아직도 살아 숨 쉬고 있는 듯했다. 그때 파우스트의 1막에 나오는 순진한 처녀 그레트헨이 다시 소생한 듯 괴테 하우스 관리인의 딸인 열여섯 살 소녀 마가레테 키르히너(Br 97)가 카프카의 눈에 들어왔다. 그녀는 그들을 위해 개관 시간 외에 여행객에게 허락되지 않는 장소를 안내해주었다. 그녀는 무도회에 입을 옷과 춤출 순간만 생각하는 아름답고 마음이 들떠 있는 철부지 소녀였다. 카프카는 그레트헨과 같은 그녀에게 매혹되었으나, 그녀는 카프카의 눈길 따위는 아랑곳하지 않았다. 위대한 사자(死者)의 집 정원에서 여동생과 깔깔대며 웃고 떠들거나 발코니나 부엌의 문틈 사이로 몰래 그들을 내려다볼 뿐이었다. 어떤 때는 "아버지의 등 뒤에서" 그에게 "아무런 의미도 없이 속절없이 미소를 지을 뿐이었다"(KKAT 1028).

카프카는 종종 괴테 하우스의 건너편 술집 창가에 앉아 그녀가 집 앞에 나타나기를 몇 시간씩 기다리기도 하고, 그녀가 다니는 재봉학교 귀가 길에서 기다렸지만 모두 허사였다. 그녀는 여자 친구와 깔깔대며 그의 곁을 모르는 척 지나쳐 가버렸다. 그가 여러 번 선물을 주려 했지만 그녀는 슬쩍 피하거나 못 본 척 해버렸다. 또 몰래 만나기로 약속했지만 약속 장소에 나타나지도 않았다. 둘만의 만남은 전혀 이루어지지 않았다. 가족과 함께 티푸르트로 소풍을 가거나 카프카의 생일인 7월 3일 괴테 하우스 정원에서 그녀의 아버지가 보는 가운데 그녀와 둘이 벤치에 앉아 사진을 찍은 게 고작이었다(KKAT 1029). 낙담한 카프카는 7월 5일 여행일기에 이렇게 적었다.

그녀는 분명 나를 사랑하지 않는다. 그러나 어느 정도 존경심은 가지고 있다. 나는 하트 모양의 장식과 줄로 감긴 초콜릿 상자를 주고 그녀와 한 구획을 걸었다. 데이트에 대해 몇 마디를 주고받았다. 괴테 하우스 앞에서 오전 11시. 그러나 그것은 그저 구실에 불과할 뿐이었다. 그녀는 음식을 만들어야 한다. 그리고 괴테 하우스 앞에서라고! 하지만 난 그걸 인정한다. 슬픈 인정이다. 나는 호텔로 간다. 침대에 누워 있는 막스 곁에 잠시 앉는다(KKAT 1033).

어린 소녀에게 영혼을 빼앗긴 카프카는 실러의 집, 프란츠 리스트의 빌라, 카를 아우구스트의 묘와 그의 여름 별장 벨베데레, 대공(大公)의 도서실, 가든 콘서트 <카르멘> 관람, 그리고 일름 공원에 있는 괴테의 가르텐 하우스와 괴테와 슬픈 사랑을 나누었던 샤를로테 폰 슈타인 부인의 집 등을 구경했지만 눈에 제대로 들어오지 않았다. 그는 구경 중에도 틈틈이 그녀와 데이트 약속을 지키기 위해 괴테 하우스로 달려갔지만, 그녀는 나타나지 않았다. 그녀는 젊은이들과 어울린 채 딴청을 하고 있었다. 그럴 때면 카프카의 마음은 쓸쓸했다. 괴테가 틈날 때마다 머물면서 정원 일을 했던 일름 공원의 가르텐 하우스에서 카프카의 졸이는 마음을 알기나 하는 듯 앵무새가 계속해서 '그레테'를 부르고 있었다.

그동안 막스 브로트는 예나에 있는 디데리히 출판사를 방문해 그곳의 사정을 알아보았다. 그리고 카프카와 같이 바이마르에 살고 있는 현대 문학의 대표적 희곡 작가인 파울 에른스트와 자연주의 시인 요하네스 슐라프를 방문하기도 했는데, 슐라프는 브로트와 카프카에게 이해할 수 없는 천문학과 지구 중심적 체계 이론을 열심히 설명했다. 저녁에는 브로트와 함께 베를린의 초기 표현주의 강령의 입안자의 한 사람이자 언론인 쿠르트 힐러를 방문하기도 했다. 카프카는 브로트의 넓은 인맥에 그저 놀라워할 뿐이었다.

한편 두 사람이 가장 관심 있게 관찰한 곳은 '괴테-실러 기록보관소'였는데, 그곳에서 두 문호의 수많은 원본 문서와 친필 원고를 볼 수 있었다. 특히 카프카에게 놀라움과 충격을 준 것은, 괴테가 초고를 거의 수정하지 않고 작품을 완성했다는 사실이었다. 독일 교양소설의 전범이라는 괴테의『빌헬름 마이스터의 수업 시대』에 나오는 아름다운 시「미뇽의 노래」가 담긴 초본 원고에는 수정한 곳이라곤 단 한 곳도 없었다(KKAT 1032). 그의 뛰어난 문학적 재능을 엿볼 수 있는 순간이었다.

카프카는 바이마르 체류 마지막 날인 7월 6일 저녁에 마가레테를 찾아갔다. 그녀는 그날 저녁에 개최될 무도회에 입고 갈 아름답고 귀여운 옷을 차려입고 열린 부엌문 앞에 서 있었다. 그녀는 댄스 파트너 문제 때문에 심하게 운 듯했다. 카프카는 작별의 순간을 이렇게 썼다.

> 나는 영원히 작별을 고한다. 그녀는 그 사실을 알지 못한다. 그리고 그녀가 설령 그 사실을 알고 있다 하더라도 그녀에게는 아무것도 아니었을 것이다. 장미를 가져온 한 여인이 짧막한 작별마저 방해했다. 거리엔 온통 댄스 시간에 맞춰 가는 신사숙녀들뿐이다(KKAT 1035f.).

이렇게 작별한 이가 누구였는지 마가레테 키르히너는 알지 못했다. 아마 그녀는 그 후로도 그를 알지 못했을 것이다. 카프카가 작별하던 그날 밤 그녀는 오로지 생애 처음 아버지와 무도회에 갈 생각으로 가득 차 있을 뿐이었다. 그것이 카프카가 바이마르에서 보낸 마지막 밤이었다.[4]

---

4 마가레테 키르히너는 카프카의 작별 인사가 담긴 엽서에 대한 답변으로 두 번 엽서를 보냈다. 그녀가 그날 밤 무도회에서 즐거운 시간을 보냈고 새벽 네 시 반에야 부모님과 귀가했으며 파빌리옹 전시관 옆 정원에 앉아서 카프카를 회상하고 있다는 것과 양친의 진정어린 작별 인사를 보낸다는 내용이었다. 그리고 사진도 몇 장 동봉했다(Br 97).

다음 날인 7월 7일 카프카와 브로트는 헤어졌다. 브로트는 다시 라이프치히를 거쳐 프라하로 돌아갔고, 카프카는 아직 남은 휴가 기간을 하르츠 산에 있는 요양소 융보른에서 보내기 위해 할레로 떠났다.

# 자연치료 요양소 융보른에 가다

7월 7일 카프카는 바이마르를 떠나 혼자서 할레를 거쳐 할버슈타트로 갔다. 그곳 출신의 계몽주의 시인 요한 빌헬름 루트비히 글라임 집을 구경하기 위해서였다. 카프카는 그 도시의 역 호텔에서 하룻밤을 지낸 후 하르츠의 융보른에 있는 '루돌프 유스트 자연치료 요양소[1]'를 찾아갔다. 그는 그곳에서 공의 지그문트 콘이 정해준 대로 7월 29일까지 남은 휴가 기간을 보낼 생각이었다. 자연요법자인 아돌프 유스트에 의해서 1896년에 세워진 융보른 자연치료 요양소는 자연에 순응해서 살아가는 생활이 건강을 위한 최상의 치료법이고, 빛과 물과 흙과 식물이 인간 신체의 건강을 유지해주는 중요한 요소로 작용하도록 해야 한다는 생태학적 이론과 실제를 따르고 있었다. 융보른 자연치료 요양소는 20세기 초 유럽 사회에서 '생활개혁과 자연요법'이란 말과 동일한 의미로 통할 정도였다. 유스트 형제는 8만 평방킬로미터 이상의 초원 지역에 태양빛과 공기가 사방으로 자유롭게 통할 수 있는 통풍

---

1 이 요양소의 전체 명칭은 '융보른, 루돌프 유스트 요양소 자연치료소와 휴양소 자연요법과 생활방식을 위한 정착지(Jungborn, Rudolph Just's Kuranstalt. Naturhrilanstalt und Erholungosheim, Heimstättte für natürliche Heil-und Lebensweise)'였다.

창과 창문을 단 통나무 오두막을 짓고, 여름밤에 간단한 담요를 들고 나가 초원에서 자거나 오두막에 누워 새와 바람소리를 들으며 하늘에 반짝이는 별을 감상하게 했다. 그들이 만든 오두막집은 '빛과 공기의 작은 집'을 뜻하는 루트(Ruth)라고 불렸다. 그 요양소는 사람의 몸을 가능한 한 많은 시간 햇빛과 신선한 공기에 노출시키기 위해 누드 생활을 권장했다. 물론 채식을 위주로 한 식당, 독서실, 강연실 같은 공동장소에서는 간단하고 편한 옷을 입었다. 수줍음을 잘 타고 자신의 앙상한 몸을 부끄러워했던 카프카는 쑥스러워 얼마 동안은 수영복을 입고 지냈다. 그만 유일하게 옷을 입고 있어 사람들은 그에게 "수영복을 입은 사나이"(KKAT 1041)라는 별명을 붙여주었다. 그는 프로그램대로 매일 아침 냉수마찰을 하고, 실내 운동을 하고, 초원 위 숲 속에서 공동 체조를 하고, 몇 곡의 찬송가를 부르고, 큰 원을 이루어 공놀이를 했다. 그리고 몇 시간의 휴식과 명상을 갖기도 하고, 시간이 나면 환자들과 숲과 초원으로 자유롭게 산보를 가기도 하고, 사다리에 올라 버찌를 따기도 하고, 풀을 베거나 건초더미를 뒤엎는 일을 했다. 그는 샌들을 신거나 맨발로 돌아다니며 손님들과 카드놀이를 하고, 이웃 마을에서 벌어지는 사격대회를 구경하고, 어린아이와 회전목마를 타기도 하고, 달빛이 비치는 댄스홀에서 수도원에 들어갈 처녀와 못 추는 춤을 추기도 했다. 그는 프라하에서는 누릴 수 없었던 자유로운 사교생활을 그곳에서 마음껏 즐겼다. 그는 너무 고립된 생활을 하지 말고 사람들과 어울리라는 막스 브로트의 충고에 이렇게 회답했다.

사교성에 거슬리는 말은 아무 말도 하지 말게나! 나 또한 인간들 때문에 이리로 왔고, 내가 적어도 그 점에 환멸을 느끼지 않는다는 것에 만족하네. 대체 난 프라하에서 어떻게 살고 있는지? 인간을 향한 이 열망, 내가 지닌 이 열망은 성취되면 곧 불안으로 변하고 휴가 동안에야 비로소 바른 길을 찾네. 확실히 나는 약간 변했어(Br 101).

한편 그곳의 담당 의사는 마스다스난 운동[2]의 추종자로 강당에서 일주일에 세 차례 자연요법을 강연했다. 카프카는 이에 대해 여행일기에 이렇게 적었다.

어제 옷에 대한 강연이 있었다. 중국 여인은 큰 엉덩이를 갖기 위해서 발들을 기형으로 만든다.……사람이 완벽하게 기형화된 발가락을 갖게 되고 그 발가락으로 몸을 끌면서 그때 숨을 깊게 쉬면 시간이 지날수록 그것을 만들어낼 수 있다. 정해진 호흡 연습 후에는 성기관이 자란다. 행동 방법으로는 '밤에 하는 공기욕이 매우 추천되나(나에게 맞으면 간단히 침대에서 나와 오두막 앞에 있는 초원으로 걸어 나갈 수 있다), 단 달빛에는 너무 노출해서는 안 된다. 그것은 몸에 해롭다(KKAT 1040f.).

1912년 7월 17일 브로트에게 보내는 편지에서는 복식호흡과 생식기의 연관관계에 대해 이렇게 쓰기도 했다. "근래에 그가 설명한 바로는 복식호흡이 주로 생식기의 성장과 자극에 기여한다는 거야. 따라서 주로 복식호흡에 의존하는 여성 오페라 가수들은 그렇게 품위가 없다는군. 그러나 바로 그런 여자들에게 흉식호흡을 하도록 즉시 시킬 수도 있다는구먼. 좋을 대로 골라 취하게나"(Br 99). 한편 항상 소화불량으로 고생했던 카프카가 담당 의사를 찾아가 상의했는데, 그는 카프카에게 과일을 먹지 말라고 권했다. 그러나 그것은 채식주의자인 그에게는 시행하기 어려운 권고사항이었다.

---

2 마스다스난 운동(Mazdaznan-Bewegung)은 원래 배화교 창시자인 차라투스트라의 가르침에 근거한 종교적 구원 운동으로 오토 하니시(Otto Hanish, 1844~1936)가 창시했다. 이 운동은 채식 위주의 식사와 특수한 호흡 연습으로 인간의 정신적 개혁을 꾀하고자 했다(PAA 211).

또한 유스트의 자연 치료소는 신교공동체 이념을 표방하고 있었기 때문에 프로그램 소책자 역시 기독교 독자층을 위해 만들어졌고, 치료 프로그램에는 야외 예배도 포함되어 있었다. 게다가 모든 방에는 성서가 준비되어 있어서 카프카는 아마 생애 처음으로 그곳에서 매우 진지하게 신약과 구약을 읽을 기회를 가졌던 것 같다.

카프카는 그곳에서 신교 부흥운동 단체 회원인 슐레지엔 출신의 측량사 헤어 히처를 알게 되었는데, 그는 카프카가 유대인인지 알면서도 그를 개종 대상으로 지목해 그에게 여러 가지 기독교 논문과 팸플릿 등을 탐독하도록 건네주었다. 그리고 카프카와 한 시간 반 동안이나 이야기하며 그를 개종하려 들었다. 카프카가 진담 반 농담 반으로 어째서 현재의 자기에게는 어떤 자비에 대한 전망이 보이지 않느냐고 묻자, 그는 가프가가 생각하고 있는 관점으로 미루어보아 신의 자비에 가까이 와 있다고 말했다. 카프카가 신의 자비를 증명해 보이려는 노력 대신에 자기 내면의 소리에 귀 기울여야 되지 않느냐고 말하자, 그는 이 말에 동의했다(KKAT 1047).

카프카는 또한 브레슬라우의 시의원인 무신론자 프리드리히 실러와도 자주 어울렸는데, 그들은 풀밭에 누워 장시간에 걸쳐 기독교에 대해 논쟁을 벌이기도 하고 숲으로 함께 산책을 가기도 했다. 열흘이 지난 후 어느 정도 그곳 누드 생활에 익숙해진 그는 아마추어 화가이기도 한 프리드리히 실러의 누드 모델이 되기도 했다. 그는 여행일기에 자신이 생애 처음으로 놀랍게도 "전라(全裸)의 체험"(KKAT 1047)을 했다고 기록했다.

그런 중에도 카프카는 매일 시간을 내어 책을 읽고 글을 썼다. 플라톤의 영혼과 이성으로 빚어진 이상국가론을 다룬 『국가』를 읽었고, 플로베르의 『감정교육』을 베갯잇 속에 넣어두고 읽었으며 시간이 날 때 실러에게 그 책의 일부를 낭독해주기도 했다. 또 오이겐 퀴네만이 쓴 요한 크리스토프 프리드리히 폰 실러의 전기와 철학자이자 서정시인인 발터 크링켈의 『영혼

의 꿈과 현실로부터: 고독한 시간에서 나온 고요한 사상』 등을 읽었다(KKAT 1047-1052). 그는 때와 장소를 가리지 않고 시간이 날 때면 언제나 다양한 책들을 읽는 게 일상화되다시피 했다.[3]

카프카는 원래 휴가기간을 이용해서 그동안 중단되었던 『실종자』를 새로 정리해볼 생각이었다. 카프카는 매일 이른 저녁에 '글 쓰는 방'에 머물면서 소설을 다시 수정해보려고 노력했지만 별 진전이 없었다. 그는 지금까지 썼던 것에 도저히 만족할 수 없어 괴롭기만 했다. 7월 10일 그는 브로트에게 자신의 글쓰기에 대한 무능력을 한탄하는 편지를 썼다.

여기는 정말 좋네. 하지만 나는 너무나 무능력하고 슬프네. 그것이 영구적이어서는 안 되지. 나도 알아. 어쨌거나 아직 글쓰기에 이르기까지는 요원하네. 그 소설은 너무 방대해서, 마치 하늘 전체를 가로질러 스케치된 것 같아(또한 오늘 날씨처럼 색깔도 없이 불투명하고). 그래서 나는 쓰고자 하는 첫 문장에서 혼란에 빠져들고 만다네. 이미 써둔 것의 황량함으로 스스로 놀라지 않아야겠다는 것 또한 알아차렸지. 그리고 어제는 이 경험이 여러 가지로 유용했다네(Br 96).

융보른의 체험은 카프카에게 신비로운 자연치료법에 대한 믿음과 만족감을 주었다. 카프카는 오랜만에 프라하의 폐쇄되고 고립된 사고에서 벗어나 자유롭고 해방된 자연의 품속에서 자연의 법칙을 따르고 숭배하며 여러 사랑하는 사람들과 함께 지낼 수 있어서 즐거웠다. 아마 카프카에게 이때가 그의 생애에 가장 행복한 때가 아니었나 싶다. 비록 소설 쓰는 일이 진전이 없어 괴로웠으나 그는 아직 젊고 건강했으며 한가하게 휴가를 즐길 수 있었

---

3 Jürgen Born, *Kafkas Bibliothek. Ein beschreibendes Verzeichnis*. Frankfurt am Main 1990.

기 때문이다.

융보른에서 3주간의 휴양을 마친 그는 7월 27일 토요일 그곳을 떠나 프라하로 돌아가는 길에 드레스덴에서 하룻밤을 머물면서 그곳 동물원을 구경했다. 그가 사랑하는 여러 종류의 동물을 보고 그들의 독특한 행동과 습성을 관찰하기 위해서였다. 그는 언제나 인간과 동물을 같은 계보의 존재로 보았고, 동물이 인간과 똑같이 느끼고 생각한다고 여겼다. 그러나 욕망과 기만에 가득 찬 인간은 자신이 규정한 규칙과 가치관에 따라 그들을 저급한 존재로 멸시하고 취급하며 또한 자신의 욕구를 충족시키기 위해서 멋대로 그들을 도살하고 불에 구어 먹는다고 생각했다. 카프카는 자신의 문학이 바로 이러한 인간이 만들어낸 이기적이고 부당한 법과 재판소를 탐구해 그것의 부당성과 허위를 밝혀내고, 인간이나 동물을 막론하고 민족스럽게 직용될 수 있는 간단한 새로운 규칙과 질서를 찾아내는 것이 한 인간이자 작가로서의 유일한 궁극적 목표임을 밝힌 적이 있다.

나는 정직하지 못한 사람입니다. 그게 내가 평형을 유지할 수 있는 유일한 길입니다. 내가 탄 배는 부서지기 쉽습니다. 나의 궁극적인 목표를 검토해볼 때 내가 좋은 사람이 되려 하지 않는다는 것과 최고의 재판관에 부응하는 사람이 되려고 하지 않는다는 것이 드러납니다. 바로 그 반대이지요 나는 모든 인간과 동물 사회를 알려고 노력합니다. 그들의 기본적인 애호, 욕망, 도덕적 이상을 알려고 하고 그것을 간단한 규칙으로 만들어 가능한 한 빨리 이 규칙을 누구에게나 만족스럽게 적용하려고 합니다. 그리고 실제로 (여기서 모순이 나옵니다) 너무나 만족한 나머지 보편적인 사랑을 잃어버리지 않은 채 결국엔 불에 태워지지 않는 유일한 죄인으로서 나의 타고난 비열함을 온 세상이 볼 수 있게 행동으로 옮깁니다. 요약해 말하면 내가 관심을 갖는 것은 인간 재판소입니다. 그러나 이것마저 속이려 합니다. 물론 실질적인 기만 없이 말입니다(F 755f.).

　그래서 그의 작품에서는 인간과 동물 사이 종(種)의 경계가 사라진다. 인간이 동물로 변하기도 하고, 역으로 동물이 인간으로 변하기도 한다. 그런가하면 동물과 동물 사이의 경계도 사라진다. 카프카의 작품에서는 인간과 동물 사이의 우열이 없다. 아니 어떤 때는 동물이 더 우수하고 선하고 신뢰감을 주는 존재로 등장한다. 그의 동물 형상은 어떤 때는 자유에 대한 무한한 동경을 나타내기도 하고, 어떤 때는 내적인 의식이나 무의식의 상태를 드러내기도 하고, 어떤 때는 성찰적인 자아를 구현하기도 하고, 어떤 때는 순진무구한 존재의 상태를 비유하기도 하고 어떤 때는 고귀하고 숭고한 예술의 경지를 의미하는 뛰어난 시적 수단으로 사용되기도 한다.『변신』,「자칼과 아랍인」,「학술원에 드리는 보고」,「요제피네, 여가수 또는 서씨족(鼠氏族)」,「튀기」,「작은 우화」,「어느 개의 연구」,「굴」 등은 이에 대한 좋은 예이다.

1912년 7월 28일 휴가에서 돌아온 카프카는 에른스트 로볼트와 약속한 일에 매달렸다. 이미 잡지에 발표된 것 말고 다른 신문작품을 첨가해서『관찰』이라는 제목으로 책을 내기로 했기 때문이었다. 그러나 거기에 실을 만한 작품이 없었고, 손볼 수 있는 것이라곤 기껏해야 일기장에 써둔 일곱 편의 산문소품뿐이었다. 어쩔 수 없이 그는 오래전에 써두었던『어느 투쟁의 기록』중에서 짤막한 산문 몇 편을 뽑아 수정하기로 했다. 그러나 선정한 작품을 읽어보니 전혀 마음에 들지 않아 포기하고 싶은 심정이었다. 카프카는 며칠 밤을 괴로워하며 자신의 글쓰기 능력에 대해 심한 자괴감을 느꼈다. 그는 8월 7일 브로트에게 보내는 편지에서 그런 상태로 자신의 작품을 인쇄에 넘긴다는 것은 양심상 있을 수 없는 일이라고 썼다.

오랜 번민 끝에 그만두네. 아직 남은 작품을 완성하는 일을 해낼 수가 없어. 이다음에도 결코 하지 못할 거야. 그러나 내가 그것을 지금은 할 수 없지만 언젠가 적당한 때가 되면 분명히 해낼 수 있을 테니까, 맑은 정신으로 이 형편없는 것을 인쇄에 넘기라고 자네는 나에게 충고하려 들겠지. 어떤 이유를 들어가면서 말이야. 그러지 말게나. 그것은 ≪히페리온≫에 실린 두 대화처럼 나중에 나에게 혐오감을 느끼게 할 걸세. 지금까지 타자기로 쓴 것은 틀림없이 책 한 권이 되기에는 충분치가 못해. 하지만 인쇄되지 않는다 해도 이 빌어먹을 자기 강요보다 별로 더 나을 것도 없으며, 그게 더욱 화나는 일이지. 이 작품의 몇몇 부분 때문에 나는 수만 명의 조언자를 원했었어. 하지만 그들을 저지하고, 자네와 나 이외에는 누구도 필요하지 않으며, 그것으로 만족한다네. 나에게 옳다고 해주게나! 이러한 인위적인 작업과 성찰은 이미 오랫동안 나를 방해하고 내게 불필요한 비탄을 만들어주네. 나쁜 일을 영원히 나쁜 상태로 내버려두는 것은 오직 죽음의 침상에서나 할 수 있는 일이네. 내가 옳다고 말해주게나. 아니면 최소한 자네가 이 일로 나를 나쁘게 여기지 않는다고 말해주게나. 그러면 나는 다시 양심껏 그리고 자네에 대해서도 안심하고 무언가 다른 것을 시작할 수 있을 것 같아(B1 165f.).

브로트는 그가 작가로서 새롭게 출발할 수 있다는 기대감을 갖기보다 절망하는 것을 이해할 수 없었지만, 그를 달래고 작품 선정에 도움을 주겠다며 작품 발간을 포기하려는 그의 마음을 되돌렸다. 그러나 4일 후인 8월 11일 카프카가 쓴 일기에는 여전히 고통과 절망감이 묻어나 있었다.

보잘것없다, 보잘것없어. 이 작은 책자 하나를 정리하는 데 얼마나 많은 시간을 빼앗긴단 말인가. 그리고 책을 출판하기 위해 예전의 작품을 읽으면서 얼마나 해롭고 우스꽝스러운 자의식이 생겨나는가.……내가 다만 진실 속으로 나의 손끝을 집어넣는 일에 만족하지 못한다면 이 책을 발간한 후에는 잡지와 비평으로부터 더욱더 몸을 사리게 될 게 틀림없다(KKAT 428f.).

노심초사 끝에 8월 12일 늦은 밤, 카프카는 산문 텍스트의 수정을 끝내고 책상 앞에 놓여 있는 원고를 기쁨 반 슬픔 반으로 내려다보고 있었다. 원고지로 겨우 31쪽이었지만, 그래도 자신이 직접 선정해서 수정한 첫 작품집

원고였다. 그는 일시에 몰려오는 피로를 느끼며 오
랜만에 깊은 잠에 빠져들었다.

8월 13일은 카프카에게 운명적인 날이었다. 그는
막스 브로트와 최종적으로 자신이 선정한 작품을 통
독하고 싶는 순서를 정하기 위해 약속보다 한 시간
쯤 늦은 저녁 9시에 원고를 들고 샬렌 거리 1번지에
있는 그의 집으로 갔다. 브로트의 집 큰 식탁에는 그
의 가족 외에 낯선 젊은 숙녀가 손님으로 앉아 있었
다. 그녀는 막스 브로트의 누이동생 조피의 남편 막

샬렌 거리 1번지 건물. 이 건물의 맨 꼭대기
층에 살고 있는 막스 브로트의 집에서
카프카와 바우어가 처음 만났다.

스 프리드만[1]의 사촌 여동생인 스물네 살의 펠리스 바우어였다.

그녀는 상부 슐레지엔 지방의 도시 노이슈타트 태생으로 베를린에서 성장
했다. 그녀의 아버지 카를 바우어는 빈 출신으로 1899년 베를린의 보험대리
점 외판원으로 근무했으며, 북독일과 스칸디나비아에 있는 회사들을 담당했
다. 펠리스는 카를 바우어의 다섯 자녀 중 셋째 딸로 상업학교를 마치자마자
1908년 베를린의 오데온 레코드 제작사에서 속기타자수로 일하다가 3년 전
부터는 축음기, 대화 재생기, 구술용 녹음기를 생산하는 카를 린트슈트룀
(Carl Lindström) 주식회사의 속기 타자수로 일하고 있었다. 그녀는 스물다섯
살 때인 1912년에 지배인으로 승진할 정도로 근무능력이 뛰어났다. 게다가
그녀는 다양한 취미를 가지고 있어서 연극과 오페레타와 레뷰 공연을 좋아
했고 동시대의 노벨레와 소설을 즐겨 읽었다. 그녀는 결혼한 첫째 언니[2]를

---

1 조피 브로트(Sophie Brod)와 사업가인 막스 프리드만(Max Friedmann)은 1911년 6월 5일 결혼
  했는데, 프리드만은 펠리스 바우어의 종형제로 브레슬라우에 살았다(FC 67, 88).
2 펠리스 바우어의 가족은 온화한 아버지 카를 바우어(Carl Bauer), 엄격하고 지배적인 어머니
  안나 바우어(Anna Bauer), 드레스덴 근처의 제프니츠(Sebnitz)에서 여비서로 일하고 있는 언
  니 에르나(Erna), 1911년 헝가리인 베르나트 브라운(Bernát Braun)과 결혼해서 부다페스트에

만나러 부다페스트로 가는 길에 프라하의 브로트 집에 잠시 들렸던 것이다.

카프카와 브로트는 그녀와 허물없이 이야기를 나누고, 카프카가 바이마르 여행 중 마가레테 키르히너 가족과 찍은 사진을 돌려가며 보기도 했다. 바우어는 자신은 타이핑을 좋아하니 타이프 칠 것이 있으면 베를린으로 보내라고 브로트에게 제의하기도 하고 예전에 히브리어를 배운 적이 있다고도 말했다. 그 말을 듣는 순간 카프카는 감격해서 자신도 모르게 책상을 손바닥으로 두드렸다. 그녀가 서구 유대인이라는 사실을 알게 되고 또한 시온주의에 관심을 보이자 카프카는 자신이 우연히 가방 안에 가지고 있던 월간지 ≪팔레스티나≫[3] 8월호를 꺼내 보여주면서 다음 해 휴가를 전부 팔레스티나에서 보낼 생각이라고 말했다. 그래서 브로트와 바우어도 그 여행에 동행하기로 의견이 모아졌다. 합의의 표시로 바우어와 카프카는 서로 손을 잡기도 했는데, 후에 카프카는 그 순간에 영혼이 그의 손을 내미는 듯이 느껴졌다고 했다. 그는 즉시 그녀의 주소를 물어 ≪팔레스티나≫ 표지에 적었다. 어느 정도 스스럼이 없어진 그들은 막스 동생 오토와도 어울려 피아노도 치고 유대 은어 연극과 춤 그리고 문학에 대해 환담을 나누기도 했다.

그 후 잠시 짬을 내어 카프카는 브로트와 작품의 차례를 정했다. 우선 브로트는 얼마 안 되는 원고 분량에 놀랐다. 원고지 31쪽으로 어떻게 책을 만든단 말인가? 그 대신 작품 순서를 정하는 일은 쉽게 끝났다. 이미 ≪히페리온≫에 발표했던 여덟 편의 산문소품에 그간에 썼던 열 편의 산문 텍스트가 첨가되었는데, 작품집 맨 앞쪽에는 여름날 시골아이들이 자유롭게 뛰노

---

서 살고 있는 언니 엘리자베트(Elisabeth. 엘제라고도 부름. 1883년생), 1892년생으로 펠리스와 함께 부모님 집에서 살고 있는 여동생 토니(Toni), 1912년부터 내복회사에 다니고 있는 유일하게 대학 출신인 남동생 카를 페르디난트(Carl Ferdinand)로 모두 7명이었다.

3 아돌프 뵘(Adolf Böhm)이 빈에서 발행하던 ≪팔레스티나(Palästina)≫는 주로 팔레스티나 재건운동을 다루던 월간 잡지였다.

는 목가적인 풍경을 그린 「국도(國道)의 아이들」을 넣고, 맨 마지막에는 독신자의 고독한 삶을 그린 작품 「불행」을 넣기로 했다. 그리고 카프카는 원고 맨 앞장에 "'M. B.에게 바침'"[4]이라고 친필로 헌사를 썼고, 그것으로 작업은 마무리되었다.

그러고 나서 그들은 다시 이야기를 이어갔는데, 여행을 위한 읽을거리(펠리스는 안데르센의 『그림 없는 그림책』을 가지고 있었다)를 비롯해서 여행 중에 있었던 에피소드를 늦게까지 나누었다. 늦은 밤이 되어서야 카프카와 브로트의 아버지 아돌프 브로트가 내일 아침 일찍 기차로 부다페스트로 떠나기로 되어 있는 펠리스를 호텔 춤 블라우엔 슈테른[5]까지 바래다주기로 했다. 호텔 로비의 엘리베이터 앞에서 카프카는 그녀에게 작별 인사를 하면서 다시 한 번 팔레스티니 여행을 생기시켰다.

다음 날 아침 카프카는 "어제 작품을 정리하는 동안 그 처녀의 영향으로"(Br 102) 판단력이 흐려졌을지 모른다는 생각에 사무실에 도착하자마자 브로트에게 사람을 보내 원고를 다시 한 번 찬찬히 살펴봐달라고 청했다. 브로트는 원고를 다시 한 번 읽어본 후 카프카의 동봉 편지와 함께 원고를 로볼트 출판사로 보냈다.

여기 귀하께서 보고 싶어 하셨던 짧은 산문들을 동봉합니다. 아마 작은 책이 될 수는 있을 것입니다. 이번 목적으로 산문들을 한데 모으는 동안 저는 가끔 진정한 책임감을 선택할 것인가 아니면 귀사의 훌륭한 서적 가운데 제

---

4 M. B.는 막스 브로트(Max Brod)의 약자이다. 후에 카프카는 막스 브로트가 자신의 친구라는 사실을 모두가 다 알고 있는데 어째서 친구의 이름을 다 쓰지 않고 약호로 썼는지 스스로도 의아하게 생각했다.

5 독일어의 '춤 블라우엔 슈테른(Zum Blauen Stern)'은 '푸른 별에게로'라는 뜻이다. 이 호텔은 당시 프라하에서 가장 비싸고 좋은 호텔이었다(PAA 264).

책을 하나 가지고 싶다는 욕심을 택할 것인가 하는 기로에 섰습니다. 제가 전혀 사심 없이 결정을 내린 것은 분명 아닙니다. 그러나 이제는 이것이 귀하의 마음에 들어서 인쇄할 수 있게 된다면, 물론 저는 행복하겠습니다. 궁극에 가서는 아무리 이해력이 뛰어나고 훈련이 되어 있다 해도 이들 산문에 있는 나쁜 점이 첫눈에 드러나지는 않을 것입니다. 가장 널리 퍼져 있는 저자의 개성은 사실 각자가 아주 독특한 방식으로 그의 결점을 은폐하는 데 있을 것입니다(Br 103).

로볼트 출판사로 원고를 보내고 나서도 카프카의 마음은 여전히 꺼림칙했다. 8월 14일 일기에 그는 "로볼트가 그것을 되돌려 보내고 내가 다시 모든 것을 유폐시켜 아무 일도 없던 상태로 되돌아갈 수 있을지 모르겠다. 그렇게 되면 그저 예전처럼 불행한 상태가 되겠지"(KKAT 431)라고 적고 있다. 카프카는 글 쓰는 일에 대한 자신의 게으름과 무능력을 자책하면서 그날 오후를 침대에 누워서 보냈다. 설상가상으로 심한 스트레스 탓이었는지 온몸에 농양이 번져 고생했다. 그는 누운 채 자신의 일기장 이곳저곳을 뒤적거렸다. 그때 이상하게도 "펠리스 바우어가 자꾸 생각이 났다"(KKAT 430).

카프카가 몸 상태도 좋지 않고 글쓰기에 대한 무능력을 자책하느라 우울한 얼굴을 한 채 침대에 누워 있을 때 눈치 빠른 막내 누이동생 오틀라가 기분을 풀어주기 위해 괴테의 서정시 「눈물 속의 위로(慰勞)」, 「로테에게 부쳐」, 「베르터에게 부쳐」, 「달에 부쳐」 등을 진실한 감정을 실어 암송해주었다(KKAT 430). 8월 20일에도 카프카는 또다시 일주일 전에 만났던 펠리스 바우어의 모습이 자꾸 머리에 떠올랐다. 그녀의 인상이 생생하게 그의 뇌리에 남아 있었다. 그는 침대에서 일어나 그녀의 인상을 일기에 쓰기 시작했다.

펠리스 바우어 양. 내가 8월 13일 브로트에게 갔을 때 그녀가 테이블 옆에 앉아 있었는데 내게는 정말 하녀처럼 보였다. 나는 그녀가 누군지 조금도 궁금하지 않았으나, 곧 그녀와 어울렸다. 공허함을 드러내는 뼈가 불거진 텅 빈 얼굴. 드러낸 목. 걸쳐 입은 블라우스 완전히 집 안에서 입는 옷차림처럼 보였지만, 나중에 보니 전혀 그렇지도 않았다. [내가 그녀의 몸에 아주 가까이 다가가면 그녀와 약간 서먹해지겠지. 어쨌든 모든 선한 것과 멀어져 있는, 지금의 내 상황이 무어란 말인가. 게다가 아직은 그렇다고 생각하지도 않다니.……] 거의 주저 앉다시피 한 코. 다소 뻣뻣하고 매력 없는 금발. 강한 턱. 나는 앉으면서 처음으로 그녀를 좀 더 자세히 바라보았고, 다 앉았을 때에는 이미 확고한 판단을 내리고 있었다(KKAT 431f.).


마지막 문장의 '확고한 판단을 내리다'라는 표현에도 불구하고 이 일기 속에서는 어떤 사랑의 감정을 느낄 수가 없다. 다만 그녀에게서 받은 인상이 매력적인 것은 아니었지만, 무언가 카프카에게 거부할 수 없는 관심을 불러 일으켰던 것은 틀림없다. 카프카는 펠리스의 공허한 얼굴에서 오히려 자신 이 생각하는 주관적이고 환상적인 여인을 본 것일까? 그는 그녀를 통해 사랑 과 삶이 조화될 수 있는 어떤 이미지화된 여성의 이상적인 상(像)을 꿈꾸고 있었는지도 모른다.

펠리스의 등장 이후 그는 예전부터 마음속으로 생각하고 있던 결혼, 가족, 아버지와의 관계 등을 되살리기 시작했다. 얼마 안 있으면 막스 브로트는 엘자 타우시히와 약혼할 예정이었고, 다른 친구들 역시 결혼해서 가정을 꾸 리고 있거나 정해진 여자 친구가 있었다. 그만이 독신으로 아직 부모 집에 살고 있었다. 8월 말 마드리드에 사는 외삼촌 알프레트 뢰비가 휴가 중에 프라하를 방문했다. 철도청장이라는 높은 지위를 가진 그는 카프카 가족의 존경을 받는 대상이었다. 그러나 그는 아직까지 독신이었다. 카프카는 독신 생활이 어떤지 알고 싶었다. 어느 날 그가 외삼촌에게 독신생활이 어떠한지 물었을 때 그는 여러 가지 경험한 이야기를 들려주면서 "개인적으로는 만족하지만 전체적으로는 충분하지 않다"고 대답했다. 카프카는 저녁마다 똑같은 사람들과 고급 프랑스 식당에서 식사해야 한다는 독신자가 털어놓은 이야기를 일기에 자세히 기록했다.

나는 이미 모든 이들을 잘 알고 있고, 그들 모두에게 인사를 하면서 내 자리에 앉는다. 나는 기분이 내킬 때만 말하기 때문에 다시 작별 인사를 할 때까지 한 마디 말도 하지 않는단다. 그런 다음 혼자 거리에 나서게 되고, 이런 저녁이 무엇에 도움이 되는 건지 정말 알 수가 없단다. 나는 집으로 돌아가면서 결혼하지 않은 것을 후회한다. 그것은 물론 내가 그런 생각을 끝내거나, 그런 생각이 지나가게 되면 다시 지워져버린다. 그러나 그것은 기회가 있으면 다시 찾아오곤 하지(KKAT 435).

카프카가 알프레트 외삼촌에게서 힘든 독신생활에 대해 이야기를 들었을 때 마침 막스 브로트가 펠리스가 브레슬라우에 체류 중이라는 사실을 알려주었다. 그녀를 염두에 두고 있던 카프카는 앞서 융보른 요양소에서 알고 지냈던 브레슬라우의 시의원인 프리드리히 실러에게 편지를 띄워 펠리스에게 자기 이름으로 꽃다발을 전해달라고 부탁했다(KKAT 437). 카프카의 어떤 예감에서 우러나온 그녀에게 보낸 첫 번째 호감의 표시였다.

9월 14일 토요일 둘째 여동생 발리가 보헤미아 출신 유대인 요제프 폴락과 약혼했다. 거의 일 년에 걸쳐 여러 중매인과 협상한 끝에 이루어진 결과였다. 세 명의 누이 중 고집 센 오틀라는 후에 스스로 남편을 선택했지만, 나머지 두 명은 중매로 결혼했다. 결혼지참금에 따라 결혼을 성사시키는 부모의 결정에 따라야 했기 때문이었다. 카프카는 부모의 방식에 따른 강요된 사랑을 "매제와 누이 사이의 사랑, 아버지와 어머니 사이의 사랑의 반복"

(KKAT 438)이라고 일기에 비판적인 글을 남겼다. 그리고 다음 날 오후엔 시끌벅적한 집을 벗어나 막스가 벨치와 함께 이탈리아 여행을 떠난 사실을 알면서도 그의 집으로 피신했다. 카프카는 자기 가족과는 달리 문학에 대해 이해심이 깊었던 막스 브로트 가족을 좋아했다. 막스의 부모는 이미 작가로 명성을 얻고 있는 아들에게 커다란 자부심을 가지고 있었고, 그의 친구들도 귀한 손님으로 맞이하곤 했기 때문이다. 예기치 않은 카프카의 방문으로 소파에 누워 오수를 즐기던 막스 브로트의 아버지가 잠을 깨게 되자 카프카는 죄송하다는 말 대신에 양팔을 높이 들고서 조심스럽게 발끝으로 선 채 방을 살그머니 지나가면서 "부디 저를 꿈이라고 보아주세요!"[6]라고 조용히 말했다. 펠릭스 벨치가 말했듯이, 일상 속에서도 늘 카프카의 "눈빛은 미소였고 그의 말은 유머였다."[7]

이렇듯 카프카가 스스럼없이 언제든지 찾아갈 수 있고 자연스럽게 유머를 나눌 수 있던 막스 브로트의 양친과는 달리, 카프카의 눈에 항상 상점 일에만 매달려 있고 자신의 글 쓰는 일에 항상 시큰둥한 반응을 보이고 있는 부모가 낯설고도 야속하게만 느껴졌다. 그런데 펠리스 바우어의 등장, 알프레트 외삼촌의 쓸쓸한 독신생활에 대한 언급, 그리고 누이동생의 갑작스러운 약혼식 등은 서른 살에 접어든 카프카로 하여금 결혼 문제를 생각하지 않을 수 없게 만들었다. 지금껏 결혼생활에 대해 부정적인 생각을 가지고 있던 그의 태도 역시 조금씩 달라지는 듯했다. 결혼 후 놀랄 정도로 성품이 조용해지고 착해진 누이동생 엘리를 보면서(F 243), 카프카는 "결혼한다는 것, 가정을 이루고 태어날 모든 자식을 떠맡아 이 불확실한 세상에서 양육할 뿐만 아니라 그들을 올바로 이끌어주는 일이야말로……한 인간의 성패를

---

6 Franz Baumer, *Franz Kafka*, Berlin 1960, S.5.

7 Felix Weltsch, *Religion und Humor. im Leben und Werk Franz Kafkas*, Berlin 1957, S.78.

가름할 수 있는 궁극적인 일"(KKANII 200)이라고 쓸 정도로 결혼에 중요한 의미를 부여하는 듯했다.

1911년 11월 24일 일기에는 유대인 작가 고르딘의 희곡 <도살 기술을 배우는 사람(Schehite)>을 관람한 후 극 중에 나오는 말을 인용해 카프카는 "『탈무드』에 이르기를, 부인이 없는 남자는 인간이 아니다"(KKAT 266)라고 쓰기도 했다. 그러나 다른 한편으로 그는 신체적인 나약함, 소화불량, 불안, 불면증, 우울증세로 보아 결혼생활을 원만히 이끌어갈 자신이 없었다. 또한 결혼 후에 따르게 되는 '부부의 의무감'을 생각하면 오랫동안 쌓여왔던 불안과 두려움과 구역질까지 느껴졌다. 그는 늘 부부 간의 은밀함에 불안감을 느꼈고 그 불안감을 합리화하려고 했다. 즉, 육체적인 나약함, 극도의 피로감, 정서적인 불안감, 그리고 특히 글쓰기에 대한 사명감, 이런 것이 그로 하여금 자신이 혹시 결혼하더라도 아이를 가질 수 없을 것이라는 확신을 갖게 했다.

그가 아무런 육체적 결함이 없음에도 아이를 낳을 능력이 없다고 생각하는 데는 두 가지 이유가 있었던 것 같다. 첫째는 아이에게 좋은 아버지가 되기 위해 필요한 건강과 사회성이 자신에게는 결여되어 있고, 둘째는 무엇보다도 아이를 낳아 기르는 일과 글쓰기는 병행될 수 없다는 생각 때문이었다. 그래서 그는 "마드리드 외삼촌처럼 독신주의자가 된다 해도 결코 불행하지는 않을 것이다. 나는 사려 깊게 순응할 수 있을 테니까"(KKAT 304)라고 자신에게 다짐하기도 했다.

이렇듯 결혼과 독신주의 사이에서 방황하면서 그는 자신에게는 결여된 안정되고, 활동적이고, 활달하고, 명랑하고, 건강하고, 확고하고, 능력을 갖춘 여성 펠리스 바우어를 떠올렸다(F 323). 그는 후에 펠리스 바우어에게 이런 편지를 썼다.

당신의 본질은 행동에 있습니다. 그대는 활동적이고 빨리 생각하며 모든 것을 알아차립니다.……그대는 항상 적극적이고 안정되어 있었습니다(F 502).

카프카는 그런 사실을 며칠간 곱씹어보고 나서 결혼에 대한 자신의 미진한 태도에도 불구하고 편지 교환을 통해 우선 그녀에게 다가가기로 결심했다. 그는 자신에게 결여되어 있는 요소인 건강하고 활달하며 확고하고 능력 있는 펠리스 바우어와 함께라면 자신이 꿈꾸고 있는, 그러나 힘든 '문학적 삶'을 이끌어나갈 수 있지 않을까 하고 생각했는지도 모른다.

펠리스 바우어

1912년 9월 20일 유대인 축제일 화해의 날인 욤 키푸르(Jom Kippur)가 시작되기 몇 시간 전이었다. 6시간의 사무실 일을 마치고 카프카는 평소와는 달리 집으로 가지 않고 타자기가 놓여 있는 사무실 책상 앞에 앉았다. 그는 노동자재해보험공사라는 상호가 인쇄된 용지를 타자기에 밀어 넣고 느릿느릿 타자를 치기 시작했다.

대단히 존경하는 아가씨!
혹시라도 그대가 저에 대한 기억을 조금도 떠올리지 못할 경우를 위해 다시 한 번 저를 소개하겠습니다. 제 이름은 프란츠 카프카이며, 프라하의 브로트 지점장 댁에서 처음 뵙고 인사했던 사람입니다. 그는 탈리아 여행[8]의 사진들을 한 장 한 장 식탁 너머로 건네주었고, 지금 타자를 치는 이 손으로

---

8 1912년 여름 카프카가 막스 브로트와 함께했던 바이마르 여행을 말한다. 그는 괴테 하우스와 실러 하우스가 있는 바이마르를 예술의 명소라는 뜻으로 예술의 여신 '탈리아'의 이름을 붙여 불렀다. 원래 탈리아는 희극과 농촌 문학의 뮤즈로서 오늘날엔 연극예술의 상징으로 그리고 연극을 보호하는 여신으로 간주된다.

그대의 손을 잡았고, 그대는 그 손으로 내년에 그와 함께 팔레스티나 여행을
가겠다는 약속을 확인시켜주었지요(F 43).

그것은 카프카가 그녀를 만난 지 5주 반 만에 쓴 첫 번째 편지로 오랜
고심 끝에 내린 결정이었다. 그는 함께 가기로 한 팔레스티나 여행을 계획하
려면 그녀와 연락해야 한다는 핑계로 편지 교환의 필요성을 주장했다. 물론
그는 그 편지에 즉각적인 답변을 기대하지는 않았다. 그러나 답장이 올 경우
놀랄 것이라며 은근히 답장을 강요하고 있었다. 그는 그 편지를 기해 그녀와
의 규칙적인 서신 왕래를 얻어내야 했다. '그것은 단순한 서신 왕래나 자기
만족을 위한 것이 아니라 자신의 유일한 실존방식인 글쓰기에 기여하는' 것
이기도 했기 때문이었다. 그는 아마 편지 교환으로 '약속의 땅' 팔레스티나
여행과 더불어 시작될 어떤 미래의 희망을 확고히 하고 싶었는지 모른다.
펠리스 바우어에게 편지를 보낸 이틀 후 카프카는 특이한 경험을 한다.
오랫동안 가슴을 짓누르던 긴장감과 불안감이 놀랍게도 사라지고 숨어 있던
창작의욕이 타오르기 시작한 것이다. 그것은 흔히 예술가에게 여성의 존재
가 무한한 영감을 불러일으키는 창작의 동기가 되는 것과 같았다. 그것은
일요일 저녁 10시쯤 발리의 약혼식으로 떠들썩했던 집 안이 다시 조용해졌
을 때 일어났다. 그는 우울한 마음으로 책상에 앉았고, 원래는 전쟁에 관한
이야기를 쓸 생각이었지만 어둠 속에서 최근의 일들이 주마등처럼 뇌리를
스쳐지나갔다. 끊임없이 자신을 괴롭히는 집안의 석면공장 일[9]과 아버지와의
갈등, 펠리스와의 만남, 독신자로 살고 있는 마드리드 외삼촌과의 대화, 9월
14일 아버지의 생일에 확연히 드러난 가족 내에서 확고한 그의 위치, 누이동
생 발리의 약혼, 9월 20일과 21일의 유대인 화해의 날인 욤 키푸르 축일의

---

9 이 석면공장에 대해서는 다음 장에서 자세하게 다룰 것이다.

일 등이 한꺼번에 흘러가면서 어떤 용해된 영감처럼 분출되기 시작했다. 그는 자신도 모르게 미친 듯이 글을 써내려갔다. 그때 쓴 작품이 최초로 완성된 단편이자 문학 활동의 전환기가 된 『선고』였다. 1912년 9월 23일 일기에 그는 망아 상태에서 작품을 쓴 과정을 자세히 기록하고 있다.

카프카가 쓴 『선고』의 첫 페이지 원고(1912년)

나는 이 이야기 『선고』를 22일과 23일 밤 10시부터 아침 6시까지 단숨에 썼다. 앉아 있어서 뻣뻣해진 다리를 책상 아래서 거의 끌어낼 수가 없었다. 내가 물속에서 어떻게 전진해나갔는지, 내 앞에서 이야기가 전개되어갈 때의 끔찍한 고통과 희열. 어젯밤 나는 여러 번 내 온 무게를 어깨에 실었다. 어떻게 그 모든 것이 두려움 없이 감행될 수 있을까? 모두를 위해, 극히 생소한 착상들을 위해, 그것들이 소멸했다가는 다시 소생하는 거대한 불이 어떻게 마련되었을까? 창 앞이 푸르스름해졌을 때 마차 한 대가 지나갔다. 두 남자가 다리를 건너갔다. 두 시에 마지막으로 시계를 보았었다. 하녀가 처음으로 곁방을 가로질러 갔을 때 나는 마지막 문장을 써내려갔다. 램프가 꺼지고 날이 밝았다. 심장 부위에 가벼운 통증. 한밤중에 사라진 피로감. 누이들의 방으로 몸을 떨면서 들어갔다. 낭독. 앞서 하녀 앞에서 기지개를 켜고는 이렇게 말했다. "나는 지금까지 글을 썼어요." 지금 막 정돈한 듯 건들이지도 않은 침대의 모습. 내가 장편소설을 쓰게 된다면 글쓰기는 분명히 나를 해롭고 열악한 상황에 처하도록 할 것이다. 오직 그렇게 해서만, 그렇게 혼과 육이 완전히 열린 상태에서만, 오직 그러한 맥락에서만, 글을 쓸 수 있을 것이다(KKAT 460f.).

카프카는 처음으로 완성된 작품다운 작품을 갖게 된 것이 기뻤다. 자신도 막스 브로트가 발행하는 시문학 연감 ≪아르카디아≫에 다른 작가들처럼 떳떳하게 작품을 실을 수 있다는 것, 즉 브로트의『아놀드 베어』와 베르펠의『여자 거인』이 실렸던 자리에 자신의『선고』가 버젓이 실릴 수 있을 거라고 생각했다.

지금까지 수천 쪽에 달하는 원고를 썼지만,『어느 투쟁의 기록』과『시골에서의 결혼 준비』, 그리고 몇몇 짧은 산문소품과 최근 9개월간에 걸쳐 쓴 200쪽 분량의『실종자』초고를 제외하고는 모두 거실의 난로 속으로 들어가 잿더미가 되었다. 남겨진 작품도 마음에 들지 않기는 마찬가지였다. 그런데『선고』를 8시간 동안 꼼짝하지 않고 자신도 잊은 채 완전히 몰입해 단숨에 써내려갔다는 것이 스스로도 놀라운 일이었다. 그것은 그에게 그 작품의 완결성과 신뢰감을 느끼게 해주었다. 밤의 비전이 그에게 새로운 단계의 창조적인 집중력을 주었고, 그렇게 탄생한 작품은 형식과 양식 그리고 모티브와 주제에서 이전 작품과는 다르게 조화로운 통일성을 이루고 있었다. 이제 그는 친구들 앞에서 타인의 작품이 아닌 자신의 작품을 자랑스럽게 낭독할 수 있게 되었다.

그는 마지막 문장을 쓰고 난 후 아침 6시에 누이동생들의 방으로 걸어가 자신의 새 작품을 천천히 읽어주었다. 그녀들은 모두 오빠의 완성된 작품에 놀라움과 환호를 보냈다. 그다음 날인 9월 24일에 오스카 바움 집에 모인 몇몇 친구들과 오틀라와 발리 앞에서 그 이야기를 자랑스럽게 다시 읽었다 (KKAT 63). 9월 25일 일기에 그는 그때의 심정을 이렇게 밝혔다.

어제 바움 집에서 낭독을 했다. 바움 가족, 내 누이동생들, 마르타, 두 아들

과 함께 있는 블로흐 박사 부인 앞에서. 끝날 즈음 내 손은 내 얼굴을 정말
주체할 수 없이 이리저리 문질러댔다. 내 눈에는 눈물이 고였다. 이야기의
확실함이 증명되었다(KKAT 463).

그리고 10월 6일에는 막스 브로트와 펠릭스 벨치에게도 읽어주었다. 그는
오랜만에 만족스러운 작품을 갖게 되었다는 도취감에 빠져 있었다. 과거의
냉혹한 자아비판의 목소리는 침묵했고 기쁨의 감정이 용솟음쳤다. 카프카는
그 이야기에 특별한 애착심을 가졌다. 이야기 속에는 자신의 가장 깊고도
모순적인 생각과 감정이 예술 형식을 통해 진실하게 표현되었기 때문이었다.
11월 빌리 하스가 그를 공개적인 낭독에 초대했을 때도 그는 전례 없는 열정
으로 그 초대를 스스럼없이 받아들였다.

저는 물론 헤르더 협회의 초대를 받아들일 뿐만 아니라 낭독은 저에게
커다란 기쁨을 줍니다. 저는 ≪아르카디아≫에 실린 이야기를 읽겠습니다.
시간은 삼십 분이 채 안 걸릴 것입니다. 그곳의 청중은 어떤 사람들입니까?
어느 분들이 또 낭독합니까? 전체 시간은 얼마나 걸릴
까요? 신사복이면 충분할까요(Br 112).

낭독회는 12월 4일 슈테판 호텔에서 '프라하 작가
들의 밤' 행사로 열렸다. 그리고 1913년 2월 11일 벨
치의 집에서 다시 한 번 그 작품을 낭독하고 그는 다
음 날 일기에 그것을 자랑스럽게 썼다.

내가 어제 벨치의 집에서 이 이야기를 낭독하자, 나
이 드신 벨치 씨(친구 벨치의 아버지)가 잠시 나갔다가

카프카의 작품 낭독회가 열린
슈테판 호텔의 엽서(1911/1912년)

돌아오신 후 특히 이야기 속에 담긴 비유적인 묘사를 칭찬하셨다. 그는 손을 내밀면서 "내 앞에 그 아버지를 보는 것 같구나" 하고 말하더니, 낭독할 때 그가 앉아 있었던 빈 안락의자를 바라볼 뿐이었다. 그러자 누이동생이 "그것은 우리 집이에요"라고 말했다(KKAT 493).

그 작품 속에서 누이동생은 물론 벨치의 아버지는 카프카 부자(父子) 간의 갈등을 생생하게 느꼈던 것이다. 카프카가 그 작품에 대해 이렇듯 강한 애착을 보인 이유는 바로 카프카적 특성을 지닌 첫 완결 작품이었기 때문이다. 이후 카프카의 전 작품을 관통하게 될 카프카적 특성이란 바로 "매우 강력하면서도 '더러운' 부(父)라는 재판부, 시점 인물의 텅 빈 합리성, 사법구조가 만들어내는 중첩된 일상, 줄거리가 지니고 있는 꿈의 논리, 그리고 특히 주인공의 기대나 희망과는 반대로 설정된 서술 흐름의 소용돌이"(RSI 117)라는 말로 요약될 수 있다. 특히 그 이전까지의 작품과는 달리 카프카의 핵심적 주제 중 하나인 '부자(父子) 갈등' 문제가 그 작품에는 확고하게 드러나 있었다. 후에 카프카는 「아버지께 드리는 편지」에서 "나의 글쓰기는 바로 당신[아버지]에 관한 것입니다. 저는 이 글에서 아버님의 가슴에 하소연할 수 없었던 것을 하소연했을 뿐입니다"(KKANII 192)라고 고백했다. 또한 그 작품에서 카프카는 처음으로 개인적인 글쓰기와 텍스트의 주제, 인물, 줄거리를 여러 통로로 연결시키고 그를 통해 문학과 삶의 모순적인 관계를 암시적으로 표현하고 있다. 바로 『선고』의 완성으로 카프카만의 고유한 글쓰기 방식이 정립되기 시작한 것이다.

이 친밀하고 주관적인 관점의 작품이 나오게 된 간접적인 동기로 이상하게도 펠리스 바우어가 언급된다. 『선고』가 완성된 1912년 9월 23일에는 아직 펠리스 바우어로부터 아무런 답장을 받지 못한 상태였으므로 둘 사이는 아무것도 아닌 상태였다고 할 수 있다. 하지만 카프카는 후에 일기에서

"『선고』에서 나온 결론은 나의 경우에도 해당된다. 그 이야기는 간접적으로
는 그녀 덕분이다. 그러나 게오르크는 그 신부(新婦) 때문에 몰락하고 만다"
(KKAT 574)라고 쓰고 있다. 또한 1913년 2월 12일 일기에서는 그 이야기에
나오는 주인공 게오르크 벤데만과 자신의 이름인 프란츠 그리고 약혼녀 프
리다 브란덴펠트와 펠리스 바우어의 이름의 유사점을 밝히고 있다.

　　게오르크(Georg)는 프란츠(Franz)와 글자 수가 같다. 벤데만(Bendemann)에
서 만(mann)은 나로선 아직 알 수 없는 갖가지 가능성의 이야기를 위해 제시
된 벤데(Bende)라는 이름을 강조한 데 지나지 않는다. 그러나 '벤데'는 카프카
(Kafka)와 글자 수가 같다. 카프카의 모음 'a' 대신 'e'가 반복 사용되었을
뿐이다. 프리다(Frieda) 역시 펠리스(Felice)와 글자 수가 같으며, 이니셜도 같
다. 브란덴펠트(Brandenfeld)는 [바우어의] B와 이니셜이 같으며, 펠트(feld)라는
단어를 통해 'Bauer'와 일정한 의미관계를 갖는다. 베를린에 대한 생각이
내게 어떤 영향을 미쳤을 수도 있다. 브란덴부르크 행진에 대한 추억 역시
한몫했을 것이다(KKAT 491f.).[10]

　　카프카는 곧 『선고』의 첫 인쇄판에 "F에게 바친다"는 헌정사를 써넣었다.
그것이 펠리스 바우어의 호감을 얻기 위해서였는지, 아니면 그녀에게 작가
로서의 확고한 위치를 증명해보이고 싶어서였는지는 알 수 없다. 그러나 그
러한 흥미로운 일련의 자전적인 관계나 카프카 자신의 설명에도 불구하고
그의 고유한 작품이 내포하고 있는 비밀스러운 의미를 규명하기란 대단히
어렵다. 카프카는 이 첫 작품에서 벌써 독자를 놀리기라도 하듯이 펠리스에
게 슬쩍 이렇게 묻고 있었다.

---

10 독일어 바우어(Bauer)가 농부를 뜻하듯이, 브란덴펠트(Brandenfeld)의 'feld'는 '들[野]'이라
　는 의미여서 이들 사이의 상호연관성을 엿볼 수 있다(F 394).

당신은 『선고』에서 어떤 의미를 발견했나요? 내 말은 직접적인 연관성을 토대로 유추할 수 있는 의미 말입니다. 나는 그러한 의미를 발견할 수도 없고 그 안에서 아무것도 설명할 수가 없습니다(F 394).

이와 같이 수수께끼 같고 비술적(秘術的)인 작품에 대한 호기심은 계속해서 그의 창작열을 부추겼다. 그리고 영감이 되살아난 듯 그는 소설 『실종자』의 원고를 새로 쓰기 시작했다.

9월 28일은 보헤미아 수호성인 벤첼의 날이어서 휴일이었는데도 그는 무슨 예감이 있었는지 아침 10시에 불쑥 자신의 사무실을 찾았다. 그런데 놀랍게도 기다리던 펠리스의 첫 번째 답장이 도착해 있었다. 그는 기쁜 나머지 콧노래가 절로 나왔다. 그는 책상에 앉아 즉시 답장을 썼다. 우선 자신은 신경과민으로 변덕스러울 뿐만 아니라 기억력이 없어 종종 자기가 잠시 전에 생각하고 기억해두었던 문장까지도 정확히 기록할 수 없다고 하소연을 늘어놓았다. 그러고는 편지를 쓰고 받는 일은 무한한 기쁨을 주는 일이니 일기를 쓰듯 자세하게 그녀의 사무실, 친구들, 식사의 종류, 선물하는 이유 등 그가 "알지 못하는 수많은 존재들과 가능성에 대해 기록해줄 것"(F 46)을 요청했다. 그는 자신의 생활과는 다른 그녀의 일상생활을 모두 알고 싶어했고 자신의 생각과 생활을 글로 표현해 보이고 싶었다.

한편 그는 매일 밤 몇 시간이라도 글 쓰는 일에 몰두하기 위해서 좀 더 짜임새 있는 생활 계획을 세워야겠다고 생각했다. 글쓰기를 방해하는 일상적인 습관과 가족의 구속으로부터 벗어나 정진할 수 있는 자기만의 생활방식이 필요했기 때문이다. 그는 펠리스 바우어에게 이미 9월 중순부터 자신이 새로운 시간표에 따라 글 쓰는 작업을 추진해나가고 있다고 밝혔다.

저의 생활방식은 오직 글 쓰는 작업만 위해 준비된 것입니다. 만일 그것에 변화가 생긴다면 단지 글 쓰는 일에 가능한 한 좀 더 부응하기 위해서입니다. 시간은 짧고 저의 힘은 미약하며, 사무실은 끔찍하고 집은 시끄럽기 때문입니다.……한 달 전부터 저의 시간표는 이렇습니다. 8시부터 2시까지 혹은 2시 반까지 사무실에서 일하고, 3시나 3시 반까지 점심, 그때부터 7시 반까지 잠자기, 그리고 10분간 창문을 열어놓고 벌거벗은 채 체조하기, 그다음엔 1시간 동안 산책하는데, 혼자서 하거나 막스와 함께 아니면 다른 친구들과 함께하기도 합니다. 그러고는 가족들과 저녁식사……그리고 10시 반까지 (그러나 흔히 11시 반까지) 앉아 글을 씁니다. 체력과 의욕과 행운에 따라 1시, 2시, 3시까지 쓴 적도 있고 한 번은 아침 6시까지 쓴 적도 있습니다. 다시 모든 긴장을 피하려고 위에서 한 것처럼 체조를 한 뒤 몸을 씻고는 가벼운 가슴통증과 배 근육의 경련과 함께 잠자리에 듭니다. 잠들려고 모든 시도를 해보지만 불가능합니다. 잠들 수가 없습니다(F 66f.).

그가 새로운 생활 계획을 만들어 실천하게 된 데는 『관찰』을 완성하기 위해 여러 작품을 모으고 수정하는 가운데 느꼈던 글쓰기에 대한 위기감과 새로운 각오 그리고 펠리스에게 작가로서 무엇인가를 보여주어야겠다는 의욕 때문이기도 했다. 그 결과는 첫 작품인 『선고』의 완성으로 나타났고, 게다가 바라던 펠리스와의 서신 교환도 시작되었던 것이다. 그것은 오랫동안 아무런 결실이 없던 '글쓰기의 위기'로부터의 탈출이며 새로운 작가로서의 비상을 의미했다. 『선고』에 대한 만족감은 더욱 강렬한 창작욕으로 이어졌다. 마치 출구를 찾지 못하고 감추어져 있던 창작의 원천이 드디어 샘솟듯 위로 뿜어져 나오는 듯했다. 그는 희열에 넘쳐 밤새워 글 쓰는 일에 매달렸다. 이제 그에게는 영감을 불러일으켜주고 새로운 창작 소재를 부여해주고 자신의 글을 읽어줄 여인이 있었다.

　『선고』를 끝낸 이틀 후인 9월 25일, 그는 중단했던 『실종자』의 첫 장

「화부」를 새로 쓰기 시작했다. 9월 29일 막스와 펠릭스가『직관과 개념』의 공동 집필을 위해 함께 떠났던 이탈리아 여행에서 돌아왔을 때 프라하 역에는 뜻밖에도 카프카가 미소 띤 얼굴로 그들을 기다리고 있었다. 그는 하룻밤 사이에 써내려간『선고』에 대해 자랑스럽게 보고하면서『실종자』를 다시 쓰고 있다고 이야기했다. 전과는 전혀 다른 카프카의 흥분된 모습을 보고 놀랍고 기쁘기도 했던 막스 브로트는 그날 일기에 이렇게 썼다. "카프카가 황홀감에 젖어 있다. 여러 밤을 새며 글을 쓰고 있다. 미국에서 벌어지는 소설을." 그리고 10월 2일 일기에서는 "계속 깊은 영감에 사로잡혀 있는 카프카. 하나의 장(章)을 마쳤다. 그 점에 대해 나는 행복하다"(MB 113).

이 기록에 따르면, 카프카는 이미 10월 1일 저녁에 두 번째 원고인『실종자』의 첫 장「화부」를 완성한 것이 틀림없다. 10월 6일 카프카는 막스와 펠릭스에게『선고』와「화부」를 자진해서 낭독해주었다. 단편『선고』가 두 인물, 즉 부자간의 갈등구조에 초점이 맞추어져 있다면,「화부」는 부자간의 갈등뿐만 아니라 사회적 기능과 구조에 따라 발생되는 인물들 간의 권력관계도 함께 다루고 있었다.

카프카가『실종자』와 씨름을 벌이고 있는 동안 쿠르트 볼프에게서『관찰』을 발간하겠다는 최종승인서와 계약서가 도착했다. 그 원고는 한 권의 책으로 발간하기엔 부족한 분량이었으나, 볼프 출판사는 활자체를 최대한으로 크게 하고 가장자리 여백을 넓히고 조색된 두꺼운 종이를 사용함으로써 책의 분량을 99쪽으로 늘렸다. 이러한 배려에 매우 흡족해진 카프카는 후에 펠리스 바우어에게 조판 견본을 보내면서 "활자체가 지나치게 아름다워" 자신의 작은 책보다는 "모세의 계명 석판에 더 잘 어울릴 것 같다"(F 83)고 자랑스러워했다.

『선고』의 완성, 펠리스 바우어의 회답,『관찰』의 발간을 위한 계약 체결, 소설『실종자』의 새로운 집필로 카프카는 벅찬 희망과 설렘으로 한껏 부풀

어 있었다. 카프카는 밤마다 희열 속에 소설
쓰는 일에 매달렸다. 이렇게 고조된 창작 활동
은 10월 7일까지 계속되었다. 그러나 신의 시
샘이었을까, 뜻하지 않은 일로 그의 글쓰기는
난항을 겪게 된다. 카프카가 함께 투자한 가족
의 프라하 석면공장에 문제가 생긴 것이다.

『선고』 초판본

# 석면공장 일로 자살을 생각하다

헤르만 카프카는 오래전부터 독립된 사업체를 하나 가지고 싶어 했다. 그것은 사회적 업적을 통한 신분 상승과 함께 더 큰 부(富)를 상징하는 것이기 때문이었다. 마침내 그는 1911년 사업가 사위인 카를 헤르만과 '프라하 석면공장 헤르만 회사'를 건립했다. 명목상으로는 카를 헤르만이 회사의 책임자로 되어 있었지만, 회사 건립에 대한 모든 아이디어는 헤르만 카프카의 머리에서 나온 것이었다.

그는 딸 엘리의 결혼지참금이 남편의 사회적 성공에 보탬이 되어야 한다며 그러기 위해서는 미래에 가족 소유의 작은 기업체로 성장할 수 있는 사업에 투자해야 한다고 주장했다. 또한 그는 이번 기회를 통해 상점 일에 전혀 관여하지 않는 아들 카프카로 하여금 회사에 관심을 갖게 하여 그를 문학으로부터 떼어놓을 생각이었다. 그는 여러 가지 말로 아들을 꼬드겨 그 회사에 투자하게 했다. 그것도 자신의 돈을 빌려주어 갚아가는 형식이었다.

이렇게 해서 카프카 가족 소유의 석면공장'이 설립되었다. 그러나 카프카

---

1 현재 석면은 폐암이나 악성 중피증 등을 발생시키는 1급 발암성 물질로 사용을 금지하거나 제한하고 있다. 그러나 20세기 초만 해도 그 위험성이 밝혀지지 않아 석면 재료가 여러

는 그 공장 일이나 경영에는 사전지식도 없었고 관심도 없었다. 그는 오로지 회사가 잘되어 배당금만으로 자신의 생계를 꾸려갈 수 있다면 '빵을 벌기 위한 직업'을 버리고 글만 쓰면서 살아가겠다고 생각했을 뿐이었다.

1911년 11월 석면공장은 25명의 노동자(주로 여성이었다)와 함께 14개의 현대적 기계시설을 갖추고 생산에 들어갔다. 공장장인 카를 헤르만이 회사 경영을 도맡아 했지만, 가끔 판매처를 찾기 위해 출장을 가 공장을 비워야 할 때가 있었다. 그럴 때엔 독일인 작업반장이 회사 일을 대신 맡아 했는데, 종종 태만하거나 부정행위가 생기기도 했다. 이를 알아차린 헤르만 카프카는 아들에게 사위의 부재 시에 회사를 맡아 공장 일을 감시하도록 종용했다. 그러나 직장에서 돌아와 계획에 따라 글을 써야 했던 카프카로서는 불가능한 일이었다. 이로 인해 자주 부자간에 말다툼이 벌어졌다. 1911년 12월 14일 일기에 카프카는 그때의 상황을 이렇게 썼다.

내가 공장을 돌보지 않는다고 아버지가 정오에 나를 비난했다. 나는 이윤을 기대했기 때문에 참여하긴 했지만, 내가 사무실에서 근무하는 한 협조할 수 없다고 설명했다. 아버지는 계속 비난해댔고 나는 창가에 말없이 서 있었다. 그러나 저녁 때 정오의 대화에 대해 생각하면서 깨달은 것은, 내가 현재의 위치에 매우 만족할 수 있고 문학을 위해 모든 시간을 얻어내도록 경계해야 한다는 것이다(KKAT 293).

공장 문제로 카프카와 가족의 갈등은 더욱 커져만 갔다. 가족 모두가 카프카의 행동을 이기적이라고 생각하고 적대적인 태도를 보였다. 카프카는 글쓰기가 자신에게는 존재의 의미를 부여하는 유일한 길이라는 것을 전혀 이

---

곳에 사용되었다. 유럽 선진국에서도 1980년대에 비로소 석면 사용을 금지·제한했다.

해하려 들지 않는 가족이 원망스러웠지만, 그렇다고 그들의 요구를 따를 수
도 없는 처지여서 매우 곤혹스러웠다.

　　공장이 나에게 주는 고통. 사람들이 나에게 오후에는 그곳에서 일하도록
의무를 지웠을 때 어째서 그것을 그냥 내버려두었을까? 아무도 나를 완력으
로 강요하지는 않지만, 아버지는 비난으로, 카를은 침묵으로 나의 죄의식을
부추겨 강요한다. 나는 공장에 대해 아무것도 몰라서, 오늘 아침 일찍 주문받
은 물건을 검사할 때 아무 하는 일 없이 그리고 매 맞은 놈처럼 기가 죽어
서 있었다. 나에게는 공장 운영의 모든 일을 일일이 간파할 능력이 없다.
그리고 설령 모든 당사자에게 끝없이 질문하고 귀찮게 해서 그런 능력을 얻
는다 해도 무슨 소용이 있겠는가? 이런 지식으로는 실질적인 것을 아무것도
할 수 없을 것이다.⋯⋯다른 한편으로는 공장에 들이는 쓸데없는 노력 때문
에 나는 한두 시간의 오후 시간을 나를 위해 사용할 수 있는 가능성을 빼앗길
것이다. 그것은 필연적으로 내 존재의 완전한 파괴를 낳게 될 게 틀림없다
(KKAT 327).


그는 가족에게 얽매어 살아가는 자신의 불행한 상황을 후에 잠언 기록인
「그(Er)」에서 이렇게 썼다. "그는 자신의 개인적인 삶 때문에 사는 것이 아니
고, 자신의 개인적인 생각 때문에 생각하는 것이 아니다. 그는 가족의 강요를
받으며 살고 생각하는 것 같다"(BK 295).
　　그뿐만 아니라 그가 직접 공장에 가서 보니 공장 노동자들은 말할 수 없이
열악한 환경 속에서 일하고 있었다. 공장 안은 소음과 석면먼지로 가득했고,
빛도 들어오지 않고 통풍도 잘되지 않아 숨이 막힐 지경이었다. 그 속에서
일하는 여공들은 봉두난발에 땀으로 얼룩져 더러워진 옷을 아무렇게나 걸쳐
입고 돌아다녔다. 그리고 그녀들은 자기가 맡은 일도 아닌 여러 가지 잡다한

일에 쉴 새 없이 이리저리 불려 다녔다. 카프카는 그들이 처한 지옥 같은 노동환경과 비인간적인 대우에 매우 놀랐다. 그는 열악한 공장시설과 환경을 고려하지 않고 무계획적으로 일에 참여한 것을 크게 후회했다.

카프카 가족 소유의 석면공장이 있던 건물

게다가 시간이 갈수록 공장은 경제적인 난관에 봉착하고 있었다. 자본금도 빈약했을 뿐더러 당시 유럽의 경제난으로 판로를 찾기도 어려웠기 때문이었다. 카를 헤르만이 재정적 어려움을 호소하자 어쩔 수 없이 카프카가 나서서 부유한 외삼촌 알프레트 뢰비 등에게 재정적 도움을 요청했지만 그들도 상황이 좋지 않다며 투자에 부정적인 반응을 보였다. 그러자 가족들은 공장이 부실 채인을 모두 카프카의 무관심과 무책임으로 돌렸다. 가족들은 그가 조금만 관심을 가지고 협조했더라면 그렇게 되지 않았을 거라고 생각했다. 가족들은 그가 직장에서 돌아와 잠자는 오후 시간에 프라하 근교인 치츠코프의 공장에 가서 직접 감독하고 운영해야 한다고 압박했다. 하지만 밤에 글을 쓰기 위해서는 오후의 수면과 휴식은 카프카에게 꼭 필요한 것이었다. 카프카는 이에 대해 침묵으로 일관했고 가족의 비난은 더욱 거세지기만 했다.

그러던 어느 날 카를 헤르만이 공장일로 2주간 여행을 떠나서 공장을 비우게 되자 문제는 극에 도달했다. 아버지와 어머니는 잡화상 일로 시간이 없었고 기울어가는 공장을 믿을 수 없는 작업반장에게 맡길 수도 없었기 때문이었다. 부자간의 갈등으로 매일 집 안이 소란스러워지자 유일하게 카프카를 옹호해주던 막내 동생 오틀라마저 부모의 편을 들고 나섰다. 오틀라는 밤을 새워가며 소설을 쓰고 있는 오빠의 어려운 사정을 알고 있었지만 어려움에 처한 공장 일에 단 2주일간의 협조마저 거부하는 카프카의 편을 들 수는 없었다.

그녀마저 등을 돌리자 카프카는 모든 가족으로부터 완전히 버림받은 것처럼 느꼈고 그 일로 큰 충격에 빠졌던 것으로 보인다. 왜냐하면 후에 나오게 될 작품 『변신』에서 그 일은 벌레로 변한 오빠에 대한 누이동생의 '파문'으로 형상화되기 때문이다. 오틀라를 포함한 모든 가족의 비난과 포기할 수 없는 자신의 글쓰기 사이에서 카프카는 정말 죽고 싶은 심정이었다. 그는 이미 9월부터 군대식 '기동연습'이라고 부르는 엄격하게 짜인 시간표에 따라 시간을 쪼개 글을 써나가고 있었다. 그런 그가 공장 일 때문에 더 이상 소설 『실종자』를 계속 써나갈 수 없게 된 것이다.

그는 불안과 좌절감에 싸여 어두운 창가로 다가갔다. 저 멀리 아래로 보이는 체흐 다리[2]의 가로등 불빛이 안개에 싸여 희미하게 빛나고 있었다. 1912년 3월 8일 또다시 아버지에게 심한 욕을 들은 카프카는 "안락의자에 올라가 창문으로 뛰어내릴까 하고 한 시간 동안을 곰곰이 생각"(KKAT 397)했다. 그러나 그는 다시 책상에 앉아 자신의 둘도 없는 친구이고 보호자나 다름없는 막스 브로트에게 편지를 쓰기 시작했다.


이 순간 나에게는 두 가지 가능성만 존재한다는 것을 아주 분명하게 깨달았네. 늘 하듯이 잠을 자고 나서 창문에서 뛰어내리거나, 아니면 다음 2주 동안 날마다 매제의 공장 사무실로 나가는 것 말이네. 전자는 방해받은 내 글쓰기와 버려진 공장에 대한 모든 책임을 벗어던질 수 있는 가능성을 주고, 후자는 무조건 글쓰기를 중단시키지만⋯⋯만일 내가 의지와 희망의 힘을 충분히 가지고 있다면, 2주일 후에 오늘 내가 중단한 바로 그 지점에서 다시

---

2 1907년에서 1913년까지 카프카는 니클라스 거리 35번지 집의 맨 위층에 살았는데, 그의 방에서 몰다우 강의 체흐 다리(Čechbrücke)가 내려다보였다. 이 다리의 이름은 체코의 시인 스바토플루크 체흐(Svatopluk Čech, 1846~1908)에서 따온 것이다. 민족해방의 열렬한 투사였던 그는 체코의 프롤레타리아 문학의 선구자로 불린다.

계속할 수 있을 거라는 전망을 내게 남겨주었네.

　그래서 나는 뛰어내리지 않았고, 이것을 작별의 편지로 삼겠다는 유혹 또한 그렇게 강한 게 아니네. 나는 창가에 오랫동안 서 있다가 몸으로 유리창을 밀어보았네. 나의 추락으로 다리 위의 통행세 징수원을 놀라게 하는 일이 일어날 수도 있었네. 하지만 그 시간 내내 길바닥 위에 내 자신을 박살내려는 결심이 합당한 결정적 깊이에 도달할 수 있으리라는 것이 너무도 확고하게 느껴졌다네. 또한 죽음보다는 살아 있는 것이 나의 글쓰기를 덜 중단시킬 것처럼 보였네.……그리고 그 소설의 시작과 2주 동안의 진전 사이에서 공장에서도, 바로 흡족해하는 부모님을 대하면서도 어떻게든 내 소설의 가장 깊은 내면에 몰두하고 그 안에서 살게 될 거라는 생각이 들었다네.

　가장 친애하는 막스, 내가 이 모든 것을 자네에게 공개하는 것은 판단을 구하기 위해서는 아닐 거야. 왜냐하면 자네는 거기에 대해 아무런 판단을 내릴 수 없으니까 말이네. 그러나 내가 작별의 편지도 없이 뛰어내릴 결심을 굳혔었기 때문에 — 마지막을 앞두고는 누구나 지치게 되지 — 그러나 나는 다시 거주자로서 내 방으로 퇴진해야 하고 그것을 위한 긴 재회의 편지를 자네에게 쓰고 싶었기 때문에, 그래서 여기에 이 편지가 있는 거네(Br 108f.).

동시에 다음 날 아침 편지 끝에 첨가한 추신에는 가족에 대한 미움과 불안감이 더욱 증폭되어 있음이 드러나 있다.

　그렇기는 하지만, 지금 이 아침 내가 침묵으로 은폐해서는 안 될 것은 내가 그들 모두를 차례대로 미워하고 있다는 것, 그리고 내가 이 14일 동안 그들에게 인사말조차 제대로 건네지 않으리라고 생각한다는 것이네. 미움 — 그것은 다시 내 자신에게 향해 있네 — 은 조용히 침대에서 자고 있을 때보다는 창문 밖에서나 필요한 것이지. 나는 지금 밤보다 훨씬 더 불안정하다네(Br 109).

편지를 받은 막스 브로트는 깜짝 놀랐다. 지나치게 예민한 감수성을 가지고 있는 데다 문학만이 자기 존재의 전부이자 자기 자신이라고까지 생각하는 카프카에게 정말 무슨 일이 일어날지 모른다는 불안감에 막스 브로트는 즉시 카프카의 어머니 율리에에게 카프카가 쓴 편지 내용과 함께 글을 써 보냈다. 물론 충격을 완화시키기 위해 카프카의 추신 부분은 뺀 채로였다.

편지를 받아 본 어머니 율리에는 엄청난 충격에 휩싸였다. 그녀는 그때까지도 카프카를 "약간의 상상력 때문에 괴로워하는 건강한 젊은이로 생각하고" 있었다. "이러한 상상력은 시간과 함께 자연스럽게 없어질 것"이고, 후에 "결혼하고 아이를 낳게 되면 말끔하게 사라질 것"이며, "문학에 대한 관심 역시 교양 있는 사람에게 필요한 수준으로 되돌아갈 것"(KKAT 303)이라고 믿고 있었다. 예상 밖의 사태에 놀란 율리에 카프카는 막스 브로트에게 심장병으로 고생하는 남편 몰래 그 사건을 해결하겠다는 내용과 함께 감사의 편지를 보냈다.

당신의 귀중한 편지를 방금 받았습니다. 제가 얼마나 흥분하고 있는가는 저의 떨리는 글자에서 알아볼 것입니다. 내 아이들 모두를 행복하게 해주기 위해 모든 심혈을 기울이려고 하는 나로서는 이 일에 무력할 수밖에 없군요 그렇지만 내 자식의 행복한 모습을 보기 위해 최선을 다할 것입니다.······ 또한 박사님 편지에 대해서는 언급하지 않고, 프란츠에게 내일부터는 더 이상 공장에 갈 필요 없다고 오늘 이야기할 예정입니다. 그가 내 제의에 찬성하고 마음의 안정을 찾았으면 합니다. 박사님 제발 그를 진정시켜주십시오 그에 대한 박사님의 사랑에 대해서 정말 한없이 감사드립니다.[3]

---

3 이 편지는 율리에 카프카가 1912년 10월 8일 막스 브로트에게 보낸 편지와 1912년 11월 22일 펠리스 바우어에게 보낸 편지에서 재인용했다. Zitiert nach Max Brod, *Über Franz Kafka*, Frankfurt am Main 1966, S.85f. und 125f.

그녀는 남편에게는 카프카가 매일 공장에 잘 나가고 있다고 속이고, 그 대신 사위인 카를 헤르만의 동생 파울 헤르만에게 공장 일을 보게 했다. 이로써 공장 문제로 인한 갈등은 얼마간 일단락된 듯했다.

# 펠리스와 활발히 서신 왕래를 하다

공장 문제가 일단락됨으로써 카프카는 소설 쓰는 일에 다시 전념할 수 있었고 베를린의 펠리스 바우어를 생각할 여유도 가졌다. 그는 그사이 그녀에게 두 통의 편지를 썼으나 부치지 않은 상태였다. 9월 28일에 쓴 두 번째 편지에 그녀가 답장을 보내지 않았기 때문이었다. 초조해진 카프카는 10월 13일 펠리스에게 회답을 재촉하는 편지를 썼다.

어째서 그대는 저에게 편지를 쓰지 않나요? 내 편지 속에 그대를 혼란시킬 수 있는 무언가 어리석은 글이 담겨져……있을 수 있습니다. 하지만 근본적으로 내 말들이 담고 있는 그대를 향한 좋은 의도가 사라질 리는 없습니다. 편지가 없어진 것은 아닐까요?[1]

다음 날인 10월 14일 아침 카프카는 막스 브로트에게 『실종자』의 제2장

---

1 1912년 10월 13일 이 편지는 에리히 헬러(Erich Heller) 판에는 빠져 있으나, 한스-게르트 코흐(Hans-Gerd Koch) 판에는 카프카가 1912년 11월 16일 날짜로 펠리스 바우어에게 보내는 편지에 첨가되어 있다. *Briefe 1900-1912*, hrsg. von Hans-Gerd Koch, Frankfurt am Main 1999, S.238f.

을 읽어달라고 원고를 보냈고 저녁에는 막스 브로트와 함께 강연회 때문에
프라하의 한 여관에 투숙하고 있는 빈 출신의 소설가 오토 슈퇴슬을 만났다.
그리고 혹시 침묵하고 있는 펠리스의 소식을 들을 수 있을까 하여 막스의
집에 잠시 들렀다. 카프카는 거기서 막스의 누이동생 조피가 부모에게 보낸
편지에 펠리스 바우어와 카프카 사이에 '빈번한 서신 교환'이 이루어지고
있다는 내용이 들어 있음을 알게 되었다. 그때까지 카프카는 두 번, 펠리스는
단 한 번 편지를 썼으므로 전혀 예상치 못한 소식이었다.

카프카는 그날 밤 베를린에 있는 조피 프리드만에게 그간의 자신과 펠리
스 사이에 있었던 과정을 밝히고 어떻게 된 일인지 해명을 부탁하면서 오히
려 그들 사이의 중재를 부탁했다. 카프카는 조피를 통해 펠리스가 자신의
두 번째 편지에 대한 답장을 썼다는 사실을 알게 되었으나 아직 그 편지를
받은 적이 없어 중간에 어떤 일이 있었는지는 정확히 알 수 없었고, 펠리스
도 이에 대해 전혀 언급하지 않았다. 그러나 10월 23일 카프카는 마침내
말린 장미꽃과 함께 보낸 펠리스의 두 번째 편지를 받았다. 그녀는 편지에서
카프카가 요청한 대로 자신의 일상생활을 상세하게 이야기해주었다. 연극
관람에 대해, 동료들에게서 받는 책이나 과자 종류와 꽃 등의 선물에 대해
그리고 그녀가 읽는 잡지와 책에 대해 이야기하고 있었다. 기쁨에 찬 카프카
는 사무실에서 지체 없이 답장을 썼다.

세 명의 상사가 모두 제 책상 주위를 둘러싸고 제 펜을 내려다보고 있더라
도 저는 곧장 당신에게 답장을 써야 합니다. 그대의 편지가 3주나 헛되게
바라보던 구름으로부터 내려오듯이 저에게 떨어졌기 때문입니다(F 50).

한편 카프카는 펠리스의 두 번째 편지가 도착하기 전부터 그녀의 집 위치
를 자세히 알고 싶어서 베를린에서 공연 중이던 이차크 뢰비에게 그녀가

사는 거리를 자세히 알아봐달라고 부탁했다. 그만큼 펠리스에 대한 카프카의 관심과 열정은 대단했고, 그것은 그녀의 놀라운 독서열로 더욱 가중되었다. 그녀는 편지에 예상 밖으로 여러 작가들의 이름을 언급하면서 그들의 책을 읽고 있음을 알렸다.[2]

그러한 그녀에게 카프카는 자신이 작가로서 막스 브로트가 발행하는 시문학 연감 ≪아르카디아≫에 발표할 작품 『선고』에 "그녀에 대한 사랑의 명백한 표시"로 "펠리스 B. 양에게"라는 헌사를 써넣었다는 사실을 알렸다(F 53, 298). 그리고 그 작품이 그녀와 직접적인 관계는 없으나 여주인공의 이름과 펠리스 바우어의 이름이 우연하게도 유사점이 있으므로 그녀에게도 의미 있는 작품이 될 거라고 썼다. 이를 계기로 그녀는 그에 대해 어느 정도 신뢰감을 갖게 되었고, 그들 사이에 비로소 빈번한 편지 교환이 시작되었다.

카프카는 히스테리와 유머로 점철된 음조로 '자아 연민', '절실한 요청', '넘쳐나는 감정', 그러나 역시 '영리한 관찰', '날카로운 논평' 그리고 세상사에 대한 탁월한 글귀가 담긴 편지를 그녀에게 쏟아내기 시작했다. 펠리스는 계속되는 카프카의 엄청난 양의 긴 편지와 상세한 답장 독촉에 놀랐고 그의 요구대로 매일 편지를 쓰겠다고 약속했다(F 74). 카프카는 이성으로 한 여인과 서신을 주고받는다는 사실에 기쁘고 행복해하며 설레었다. 카프카는 그녀와의 공동 관심사를 이끌어내기 위해 베를린에서 뢰비가 공연하고 있는 이디시어 연극을 보라고 추천하면서 자기도 "작년에 그 공연을 여러 차례나 관람했다"고 썼다. 그는 계속해서 그녀의 신상에 관한 일을 더 자세히 알고 싶어 했고, 자신이 관심을 가지고 있는 것에 대해 그녀의 관심을 유발시키려고 애썼다.

---

2 Elias Canetti, "Der andere Prozeß. Kafkas Briefe an Felice," *Das Gewissen der Worte. Essays*, Frankfurt am Main 1987, S.78-169, hier S.87.

　　1912년 10월 31일 이래로 카프카와
펠리스는 거의 매일, 어떤 때는 하루에
도 두세 차례 편지를 썼다. 그것은 종종
속달이나 등기로 보내졌고, 때로는 전
보도 포함되었다. 1912년 9월에서 1917
년 10월까지 카프카가 쓴 편지와 우편

펠리스에게 보내는 편지의 겉봉투

엽서는 모두 500통이 넘었고, 그중에서도 첫 1년 동안 보낸 편지는 전체의
반을 넘었다. 그리고 펠리스 바우어에게 편지를 쓰기 시작했던 1912년 9월
25일 이후부터 1913년 1월 말까지 카프카의 일기는 공백으로 남아 있는데,
그것은 그녀에게 편지 쓰는 일이 일기 쓰는 일을 대신하게 되었다는 것을
뜻한다. 펠리스에게 보낸 500통이 넘는 카프카의 편지는 언어의 예술적인
완성도와 깊은 자아 성찰에 대한 "세계문학사상 유례없는 증명서"[3]였다. 또
한 그는 펠리스에게 독신자이자 구애자로서 때로는 여자의 사랑을 얻기 위
해 애쓰는 질투심 많은 남자이기도 하고 때로는 영원한 아들이며 성숙한
남자이기도 하고 또 작가이자 사랑에 빠진 평범한 남자이기도 했다.

　　빈번한 편지 교환이 시작된 지 몇 주일이 지나자 카프카가 그녀를 부르는
호칭도 "매우 경애하는 분"(F 43), "존경하는 분"(F 44), "자비로운 분"(F 47)에
서 "사랑하는 펠리스 양"(F 65)으로 그리고 "가장 사랑하는 펠리스 양"(F 78)
과 "가장 사랑하는 이"(F 87)로 바뀌어갔다. 그리고 1912년 11월 11일 편지
교환이 시작된 지 50일 만에 존칭인 '당신(Sie)' 대신에 친근한 호칭인 '그대
(du)'로 바뀌었다. 펠리스도 형식에서 벗어난 개인적인 친밀한 편지를 빈번하
게 주고받게 되자 편지를 더 이상 카프카의 사무실이 아닌 니클라스 거리에

---

3 Reiner Stach, *Kafka. Die Jahre der Entscheidungen*, 4. Aufl., Frankfurt am Main 2003,
　S.142.

있는 그의 집으로 직접 보냈다.

편지 교환이 정상적인 궤도에 오르고 펠리스와의 관계가 친밀해지면서 그의 편지에 뚜렷한 변화가 보였다. 점차로 신상에 일어난 일을 써서 보내는 대신에 그녀에게 글쓰기의 의미를 이해시키고 그녀의 이해를 구하고 있었다. 자신의 존재와 삶은 글 쓰는 일에 근거하고 있으며, 그러므로 펠리스와의 관계 역시 자신의 글쓰기와 밀접한 관계 속에 있다고 고백했다.

저의 삶은 근본적으로 예전부터 글을 쓰려는 시도로 이루어져왔고, 이루어져 있습니다. 그러나 대부분 실패했지요. 글을 쓰지 않을 때는 방바닥에 누워 있어서 빗자루로 쓸어내기에나 적합했지요. 예전부터 저의 기력은 비참할 만큼 약했습니다. 제가 그 사실을 인식하지 못했다 하더라도 모든 점에서 힘을 절약해야 하고 주목적으로 여기는 것을 위해 충분한 에너지를 유지해야 하므로 모든 것을 조금은 포기해야 한다는 것이 곧 명백해졌습니다. 만일 저 스스로 그렇게 하지 않고……제 힘의 한계를 벗어나려고 하면, 저는 저절로 원점으로 돌아가서 상처입고 실망하고 영원히 나약해졌습니다. 그러나 저를 한순간 불행하게 했던 바로 이런 일은 시간이 지나면서 자신감을 안겨주었고, 비록 발견하긴 어렵다 해도 어느 곳엔가 틀림없이 행운의 별이 있어서 그 별 아래서 계속 살아나갈 수 있으리라 믿기 시작했습니다. 저는 언젠가 제가 글 쓰는 일을 위해 희생했던 것, 글 쓰는 일로 인해 잃었던 것, 더 정확히 말해 이러한 설명으로 견디어내게 되었던 손실에 대해 하나하나 목록을 만들어보았습니다.

그리고 사실 저는 매우 말랐습니다. 아마도 내가 아는 사람 가운데 가장 말랐을 것입니다.……그와 똑같이 저에게는 글 쓰는 데 불필요한 것 그리고 좋은 의미에서 불필요한 것이라고는 아무것도 없습니다.……이제 저는 그대에 대한 생각만큼 저의 삶을 연장했습니다. 깨어 있는 동안 그대를 생각하지 않는 시간은 십오 분도 안 되고, 십오 분 동안 다른 일은 아무것도 하지 못하는 때도 허다합니다. 그러나 이 사실조차도 글쓰기와 연관이 있습니다. 오로지 글쓰기의 고저만이 저의 삶을 결정합니다. 글을 제대로 쓸 수 없는 때라면 절대로 그대에게 용기는 내지도 못했을 것입니다.……그렇더라도 글을 쓰는 동안은 그대에 대해 조금도 생각하지 않는다고 믿었는데, 이제는 그대가 나의 글쓰기와도 밀접한 관계를 맺고 있다는 것을 최근에 발견하고 놀랐습니다.……

저의 생활방식은 오직 글 쓰는 작업만 위해 준비된 것입니다. 만일 그것에 변화가 생긴다면 단지 글 쓰는 일에 가능한 한 좀 더 부응하기 위해서입니다. 시간은 짧고 저의 힘은 미약하며, 사무실은 끔찍하고 집은 시끄럽고, 만일 아름답고 반듯한 삶이 가능하지 않다면, 재주껏 극복해나가도록 힘써야 하기 때문입니다. 하지만 시간을 성공적으로 잘 분할하는 요령에 대해 느끼는 만족감은, 원래 쓰려고 했던 것보다 쓴 글에 모든 피로감이 훨씬 더 잘 그리고 더 명확하게 나타나고 있다는 끝없는 비탄에 비하면 아무것도 아닙니다(F 65ff.).


현실적이고 실용적인 펠리스는 편지의 내용으로 그가 글쓰기를 위해 현실적인 것을 많이 희생하고 있다는 것을 알았지만, 그의 시적 환상에 동조해 자신의 현실적 감각을 잃어버리지는 않았다. 그녀 역시 카프카의 어머니처럼 그가 지금은 문학에 대해 낭만적인 생각에 젖어 있지만, 결혼해 사랑하는 아내와 가정을 꾸리게 되면 더 이상 글 쓰는 일로 쓸데없이 시간을 허비하지 않고 자신의 안정된 직업에 헌신하리라고 생각하고 있었다. 그러므로 그녀는 우선 그의 마음을 안정시키고 절도 있게 생활하며 잠을 푹 자도록 종용했다. 그러나 11월 5일 펠리스가 보낸 편지에 대해 카프카는 자신의 문학적 실존방식에 대한 확고한 태도를 다시 한 번 분명히 하고 나섰다.

저의 글쓰기와 글쓰기에 대한 저의 태도를 그대는 좀 다르게 평가할 수도 있겠지요. 그러면 저에게 더 이상 '절도와 한계'를 충고하지 않겠지요. 인간의 나약함은 이미 '절도와 한계'를 충분히 정해놓고 있으니까요. 제가 서 있을 수 있는 유일한 위치에 모든 것을 다 걸어야 되지 않겠습니까? 만일 제가 그렇게 하지 않는다면 전 얼마나 구제할 길 없는 바보이겠습니까? 저의 글쓰기가 무의미할 수 있습니다만, 그렇다면 분명히 그리고 의심할 여지없이 저의 존재 또한 철저히 무의미한 것입니다. 이런 점에서 제 몸을 아낀다면, 그것은 제 몸을 아끼는 것이 아니라 진정한 의미에서 오히려 저를 죽이는 것입니다(F 76).

1911~1912년경의 카프카

카프카는 자신의 숙명적인 글쓰기에 대한 펠리스의 일상적인 반응을 걱정했다. 그러나 자신의 일방적인 주장이 주말 저녁이면 춤 파티를 즐기는 사교생활에 익숙한 평범한 여성인 펠리스에게 불안과 혼란을 줄 수 있다는 것을 이해했다. 그럴수록 카프카의 구애는 점점 더 강렬해졌고, 그녀가 자신의 글쓰기의 진정한 의미를 이해하고 일반적인 남편과는 다른 자신의 존재와 생활방식을 인정하고 받아들여주기를 소망했다. 그는 자신의 지나치게 야윈 모습, 채식주의, 음식을 오랫동안 씹는 습관, 특히 의복에 대한 이상한 습관 등을 솔직하게 이야기함으로써 우선 자신의 별난 습관에 그녀가 익숙해지기를 바랐다.

몇 년 전부터 제 옷차림 또한 단정하지 못합니다. 같은 양복을 사무실에서, 거리에서, 집 안의 책상 앞에서, 더구나 여름이나 겨울이나 입고 다닙니다. 저는 나무 조각보다도 더 추위에 무감각합니다만, 그것이 제가 이런 모습으로 돌아다니는 결정적인 이유는 아닙니다. 그러니까 예를 들면, 11월로 접어든 지금까지도 가벼운 것이든 무거운 것이든 어떤 외투도 입지 않고 있지요. 거리에서 단단히 무장한 사람들 사이에서 여름 모자에 여름 양복을 입은 바보 역할을 하고 있고요. 예외 없이 조끼를 입지 않는데……속옷에 대해서는 설명할 수 없을 만큼 유별나기 때문에 침묵하겠습니다.……저의 생활방식에 대해서는 (그렇게 살아온 이후로 예전보다 비교할 수 없을 만큼 건강해졌다는 것은 빼놓고라도) 몇 가지 설명이 있습니다만, 그대는 그 어떤 것도 인정하려 들지 하겠지요. 특히 제가 이미 오래전부터 수면 부족으로 (물론 저는 담배도 피우지 않고, 술도 커피도 차도 마시지 않으며, 대개……초콜릿도 먹지 않습니다만) 건강을 좌우하는 모든 것을 무너뜨리고 있기 때문이지요. 가장 사랑하는 펠리스 양, 그렇다고 저를 물리치지는 마십시오. 또한 이런 일들로 저를 고쳐보려고도 하지 마시고 먼 거리를 떨어져 있으니 친절하게 참아주십시오(F 79f.).

평범한 생활인인 펠리스는 카프카의 진의를 알 수가 없었다. 그는 과연 결혼할 의사가 있는 것일까? 아니라면 그는 왜 이렇듯 열정적으로 편지를 보내는 것일까? 펠리스는 그의 이상한 편지 내용을 이해할 수 없었다.

11월 7일 밤, 카프카는 너무 피곤해서 글 쓰는 일의 진척이 없자 추운 날씨에도 외투도 조끼도 없이 평상복으로 산보를 나섰다. 두 시간 동안 산보를 하고 온몸이 뻣뻣하게 굳을 정도가 되어서야 그는 집으로 돌아와 6시간을 내리 잤다(F 81). 그는 겨울에도 외투나 두꺼운 내의를 입지 않는 게 버릇처럼 되어 있었다. 다음 날 이른 아침 비몽사몽간에 뒤척이고 있던 카프카는 가정부 마리 베르너가 숨을 헐떡이며 첫째 누이동생 엘리가 딸을 낳았다고 외치는 소리에 잠이 깼다. 그는 이제 엘리의 아들 펠릭스와 새로 태어난 딸 게르티, 두 아이의 삼촌이 된 것이다. 그러나 카프카는 이를 축하하기는커녕 펠리스가 이해할 수 없는 황당한 편지를 썼다.

오빠이자 삼촌인 저는 호의는 털끝만큼도 없이 시기심만, 제 누이에 대해 아니 누이의 남편한테 오직 심한 시기심만 느꼈습니다. 저는 결코 아이를 갖지 않을 생각입니다. 이것은 그 무엇(더 큰 불행을 쓸데없이 말하고 싶지 않습니다)보다도 확실합니다(F 82).

펠리스는 아이를 갖지 않겠다는 카프카의 일방적이고 단호한 결정에 충격을 받았다. 그의 발언들은 그녀를 불안하게 하고 그를 아주 낯설게 느끼게까지 했다. 그녀는 자신의 염려하는 솔직한 심정을 카프카에게 전했고, 그는 그녀의 편지에 낙담했다. 사랑하는 사람에게 자신의 문학적 삶이 이해되지 못한다고 생각하자 그는 자신이 "아무 의미도 없는 존재"(F 83)처럼 느껴졌다. 그는 지금까지 편지로 펠리스에게 자신의 존재와 문학적인 삶의 방식을 충분히 이해시킬 수 있으리라고 믿었다. 자신이 추구하는 문학적 삶이 자신에게 그랬듯이, 펠리스의 마음도 사로잡을 수 있으리라고 생각했기 때문이었다. 사랑하는 사람과의 서신 교환은 카프카에게 자신의 문학적 삶을 더욱 풍부하게 하는 시적 수단이며 동시에 현실적으로는 서로에게 필요한 적당한 거리를 유지하면서 내면적으로는 더욱더 일치된 사랑을 이룰 수 있게 하는 문학적인 사랑의 수단이었다. 그러나 펠리스에게 그것은 이해할 수도 없고 가당치도 않은 사랑이었다. 어떻게 편지로만 사랑이 가능하단 말인가? 그녀는 카프카에게 여러 가지 제안과 충고로써 그를 일상적인 삶으로 이끌려고 노력했다.

카프카의 편지는 인간 상호간의 소통수단만이 아니라 집중된 자아의식의 주체적 체험에 대한 기술(記述)로 마치 일기와 같은 성격을 지닌 것이었다. 그래서 그는 일기를 편지로, 편지를 일기로 대체할 수 있다고 썼던 것이다. 편지를 쓰면서 그는 자신의 의식과 감정을 검진하고 자정하며 명상에 잠길 수 있었다. 그렇기 때문에 그는 직접적이고 빠른 소통을 목적으로 하는 전화의 사용을 피했다. 그것은 내면에서 흘러나오는 성찰과 시적인 언어 선택의 시간을 허용하지 않을뿐더러 매 순간 심적 긴장감을 요구하기 때문이었다. 카프카는 편지지 위에 쓴 글자에서 멀리 떨어져 있는 펠리스의 생각과 감정과 체취를 느끼고자 했다. 그는 편지가 마치 살아 있는 사람인 양 그녀의 편지에 얼굴을 묻고 키스하고 손을 얹고서 그녀의 숨결을 느끼려고 했다. 감촉이 사라지면 다시 그 감촉을 느끼기 위해 그녀에게 편지를 썼다. 그런 그녀가 자신의 편지 내용을 낯설어 할 때면 카프카는 과민 반응을 보이거나 그녀의 제안을 정중하게 혹은 확고하게 거부했다.

연속되는 그녀의 설교식 충고에 카프카는 11월 9일 짧지만 분명한 태도로 작별 편지를 썼다. 그녀가 자신의 문학적 삶을 이해하지 못하는 한 미래의 그녀 삶은 불행해질 것이 뻔하기 때문이었다.

제게 편지하지 마십시오. 저도 당신에게 편지하지 않겠습니다. 제 편지가 당신을 불행하게 만들었습니다. 어쩔 수가 없습니다. 그 사실을 깨닫느라 오늘 밤 내내 시계가 몇 시를 치는지 셀 필요가 없었습니다. 제가 당신을 불행하게 만든다는 것을 첫 번째 편지를 보내기 전에 알고 있었습니다. 그럼에도 제가 당신에게 집착하려 했다면 당연히 저주받을 만합니다. 만일 편지를 돌려받고자 하신다면 돌려드리겠습니다. 그러나 저는 그 편지를 보관하고 싶습니다.……그 대신 간절히 부탁하건데 제 편지는 간직해주세요. 허깨비 같은 저를 빨리 잊으시고 이전처럼 즐겁게, 편안하게 생활하십시오(F 83).

그러나 작별의 편지는 부치지 않았다(B1 22f.). 그것은 자신에 대한 경고, 글을 쓰기 위해서 언젠가는 모든 것을 포기해야 할지 모른다고 자신에게 주는 "불행한 가능성의 예고"(F 86)였다. 카프카는 그 주말을 미동도 하지 않고 자신의 침대에 누운 채 보냈다. 월요일 아침 그의 심정을 모르는 펠리스에게서 연달아 세 통의 편지가 날라 왔다. 예전과 다름없이 일상적인 이야기와 더불어 서로를 더 잘 이해하기 위해서는, 그리고 두 사람의 행복한 미래를 위해서는 직접 만나는 것이 좋겠다며 한번 베를린을 방문해달라는 내용이었다. 카프카는 그녀의 갑작스러운 베를린 초대에 당황했다. 그것은 그가 전혀 예상치 못했던 상황 전환이기 때문이었다.

11월 11일 카프카는 깊은 생각에 잠겼다. 펠리스와 작별하면 또다시 찾아올 고독에 대한 불안, 글을 쓸 수 없게 될지도 모른다는 불안, 병약함에 대한 불안, 결혼과 가족에 대한 불안 등이 주마등처럼 뇌리를 스쳐지나갔다. 그는 책상에 앉았다. 다시 한 번 그녀에게 자신의 확고한 입장을 다짐해두려는 듯이 어째서 그가 기차를 타고 베를린으로 달려가는 그 간단한 일을 할 수 없는지 설명했다. 그리고 작별을 예고하는 편지를 썼다.

내가 왜 그렇게 할 수 없는지 슬픈 이유가 있습니다. 나의 건강은 겨우 제 한 몸을 지탱할 정도여서 결혼을 하기엔 좋지 못합니다. 아버지가 되는 것은 말할 것도 없고요. 그러나 그대의 편지를 읽을 때는 지나쳐서는 안 될 일을 지나칠 수 있는 것 같습니다. 지금 그대의 답장을 받을 수 있다면! 얼마나 끔찍하게 그대를 고문하고 있습니까? 그대의 조용한 방에서 이 편지를 읽으라고 얼마나 강요하는지요? 때때로 저는 허깨비처럼 행복을 가져다주는 그대의 이름에 의해 살아가는 것 같은 생각이 듭니다. 그대에게 다시는 편지 하지 말라고 했던 토요일의 편지, 나 역시 그대에게 같은 약속을 했던 그 편지를 부쳤으면 좋았을 텐데요. 아, 무엇이 그 편지를 부치지 못하게 했을까요? 그랬다면 모든 것이 다 좋았을 텐데요. 평화로운 해결책이 아직 있습니까? 우리가 서로한테 일주일에 한 번 편지를 쓴다면 도움이 될까요? 아니오 저의 괴로움이 그런 식으로 치유될 수 있다면 그 괴로움은 심각하지 않은 것입니다. 저는 일요일 편지조차도 견딜 수 없습니다. 그래서 토요일에 놓쳐버린 기회를 만회하기 위해 이 편지 끝에 겨우 남아 있는 기력으로 그대에게 부탁합니다. 우리가 우리의 삶을 아낀다면 그 모든 것을 그만둡시다(F 88f.).

카프카의 변덕스러운 마음을 석연찮게 여기고 있던 펠리스는 이 편지로 더욱 혼란에 빠졌다. 그녀는 막스 브로트에게 카프카의 이런 태도를 이해할 수 없다는 내용의 편지를 썼고, 그와의 교제를 끊으려고 한다고 했다. 그러나 막스는 베를린에 갔을 때 펠리스에게 전화를 걸어 그들 사이를 중재하고, 편지로 카프카가 처해 있는 가족관계, 직장 일, 글 쓰는 일에 대해 설명하면서 그가 항상 불안과 초조 속에 있기 때문에 '병적인 감수성'을 가질 수밖에 없다는 것을 이해시켰다(MB 123ff.). 그 후 그녀는 막스의 말대로 카프카에게 부드러우면서도 마음을 달래는 편지를 보냈고, 막스에게서 엄중한 암시를 받은 카프카 역시 펠리스에게 지난번과는 달리 자신의 마음이 평온해졌다고 편지를 썼다. 그리고 앞으로는 펠리스가 걱정하지 않도록 노력할 것이며 자신의 본연인 소설 쓰는 일에 전념하겠다고 썼다.

마지막 숨을 거둘 때까지 소설을 위해 내 자신을 모조리 소비할 생각이기 때문입니다. 그 소설은 당신의 것이기도 합니다. 또한 당신에게 긴 일생 동안 보내는 긴 편지 속의 암시적인 말들보다 제 안에 존재하는 장점에 대해서 더 선명한 개념을 줄 것입니다. 제가 쓰고 있는 이야기는 미완성 작품으로 설정된 것입니다. 그대가 생각해볼 수 있도록 임시 지은 것이긴 하지만, 제목은 '실종자'이고 미합중국이 배경입니다(F 86).

그는 자신의 앞서 보낸 '악의에 찬 편지'에 사과하는 뜻으로 꽃다발을 보냈다. 펠리스 또한 그 상태의 카프카에게는 신경과민을 어루만져줄 수 있는 부드러운 마음이 약이라고 생각했다. 그녀는 프라하로 가서 그를 직접 만날까도 생각했지만, 마음을 돌려 막스에게 앞으로 문제가 있을 때 그들 사이의 원만한 중재를 부탁했다. 그리고 그녀 스스로 단순한 편지나 주고받는 여자 친구가 아니라 연인으로서 우유부단하고 변덕스러운 이 남자를 적극적으로 끌어주어야겠다고 생각했다. 그녀는 그에 대한 호칭을 친밀하게 '그대'로 바꾸었고, 그에게 행복감을 줄 수 있는 사랑의 감정이 담긴 말들을 쓰면서, 상호간에 걸림돌이 될 만한 일 등은 가능한 피하고 서로에게 신뢰감을 보이자고 제안했다. 그녀의 친밀감과 호의적 표현으로 카프카의 마음은 어느 정도 안정되는 듯싶었다. 그는 고마운 마음에 막스에게 "모든 게 상상할 수 없을 만큼 잘되었네"(BKB 120)라고 편지를 했다.

그러던 중 예상치 못한 일이 벌어졌다. 자살 소동 이래로 언제나 카프카의 기분과 그의 방을 주의 깊게 살피던 어머니가 카프카의 벗어놓은 웃옷에서 여성의 필적으로 보이는 편지를 발견한 것이다. 그 편지에는 바로 펠리스가 카프카의 신경과민을 염려해 카프카의 어머니와 한번 이야기했으면 하는 내용이 담겨 있었다. 어머니 율리에는 아들 모르게 펠리스에게 편지를 썼다. 율리에는 아들의 글 쓰는 일을 '소일거리'로 여기고 있으나, 카프카 자신은 그것에 너무 집착한 나머지 잠도 못 자고 먹지도 못해서 건강을 해칠까 두렵다며 그녀에게 그의 하루 일과를 꼼꼼히 체크해달라는 부탁의 글이었다. 펠리스는 카프카 어머니가 보낸 의외의 편지를 받고 깜짝 놀랐다.[4] 카프카는 곧 막스를 통해 이 사실을 알게 되었고, 어머니에게 "거의 완전히 주체할 수 없는 감정의 폭발"(B1 254)을 토해냈다. 왜 자신의 사적인 일에 사전에 양해도 없이 관여했느냐 것이었다. 이 사건으로 인해 가족에 대한 그의 불신감은 더욱 깊어져서 "부모를 박해자로 느꼈고" "생명이 없는 물건을 대하듯 냉담했다"(F 112).

설상가상으로 펠리스의 집에서도 어머니 안나 바우어와 펠리스의 여동생

---

4 *Julie Kafka an Felice Bauer*, 16. November 1912(B1 554).

토니가 펠리스의 방에서 낯선 남자에게서 온 수북이 쌓인 편지들을 발견했
다. 펠리스 역시 늦은 밤까지 편지를 쓰느라 일과 건강에 지장을 받고 있었
고, 어머니 안나가 읽어본 낯선 남자의 편지는 정상이 아닌 사람의 글에
가까웠다. 어머니 안나는 펠리스가 별난 사람에게 편지를 쓰느라 시간과 노
력을 낭비하는 것을 염려해 편지 쓰는 것을 금했다(F 108). 이로 인해 그녀의
편지가 뜸해지자 다시 불안해진 카프카는 그녀에게 편지를 자주 쓸 것을
간청했다. 그러나 펠리스가 서로 편지 쓰는 것을 줄이자고 제안하자, 이에
화가 난 그는 아프다고 하면서도 춤추러 다니는 그녀를 비난하는 편지를
썼다.

> 그대는 반나절이나 아팠는데도 한 주일 내내 연습 공연에 참석했습니다.
> 그대는 아파도 토요일 밤에 춤추러 가고 아침 일곱 시경 집에 돌아와 새벽
> 한 시까지도 자지 않고 또 월요일 저녁엔 개인 무도회에 가시나요? 세상에
> 무슨 삶이 그러합니까! 사랑하는 이여, 부디 설명을, 설명을 해주세요(F 106).

자유로워야 할 사생활까지 들먹이는 편지에 화가 난 펠리스는 어머니가
편지 쓰는 것을 금했다며 카프카에게 아예 며칠간 편지를 쓰지 않았다. 이들
의 불화는 다시 막스의 중재로 해소되었다. 막스는 펠리스에게 카프카는 문
학에 자신의 모든 것을 걸고 있으며, 수년간 고생했던 위장병을 식이요법으
로 잘 극복해나가고 있고, 직장과 문학 양쪽을 위해 규칙적인 시간표에 따라
생활해나가고 있으며, 곧 멋진 책이 나와 성공을 거둘 것이라는 내용의 편지
를 쓰면서 그의 힘든 상황을 배려해줄 것을 부탁했다.

카프카는 그런 막스 브로트의 편지를 증명해 보이려는 듯이 11월 18일부
터 단편『변신』을 쓰고 있음을 펠리스에게 알렸다. 그는 "내가 쓰면 쓸수록,
내가 자유로울수록 아마 나는 그대를 위해 더욱 순수해지고 더욱 품위 있게

될 것이며……그래서 밤 시간도 이 극도의 환희에 찬 일을 하기에 충분치 못하다"(F 117)고 썼다. 게다가 그는 예전에 없던 아주 부드럽고 달콤한 사랑의 편지를 보냈다.

나는 그대에게 내가 얼마나 그대를 사랑하는지 귀에다 속삭이겠습니다. 펠리스여! 그대를 너무 사랑해서, 그대를 계속 간직할 수 있다면 나는 영원히 살고 싶습니다. 무엇보다도 내가 잊지 말아야 할 것은 건강하고 그대에게 필적할 수 있는 남자로서 말입니다(F 117).

그렇지만 그다음 날 보내는 카프카의 열정적인 글과 그가 인용하고 있는 중국의 시 속에는 "예외 없이 어두운 부분"(F 117)이 여전히 도사리고 있었다. 그는 중국 시인 원매(袁枚, 1716~1797)의 시⁵를 인용하면서 자신과 펠리스 사이의 관계를 넌지시 빗대고 있었다. 중국 시인은 밤늦게까지 글공부를 하느라 여자 친구가 침상에 향료를 뿌린 채 기다리고 있다는 것도 잊은 채 글만 읽고 있다는 내용의 시였다.

---

5 이 시의 번역과 주석은 한스 하일만(Hans Heilmann)의 『기원전 12세기부터 현대까지의 중국 서정시(Chinesische Lyrik vom 12. Jahrhundert v. Chr. bis zur Gegenwart)』(1905)에서 인용한 것이다. 카프카는 1912년 12월 4/5일과 1913년 1월 14/15일과 1월 21/22일의 펠리스에게 보내는 편지에서 세 번이나 이 중국 시에 대해 언급하고 있다. 막스 브로트는 『카프카의 작품에서 절망과 구원』(1959)의 67쪽에서 "카프카는 이 책을 다른 어느 책들보다 가장 좋아해서 자주 열정적으로 낭독해주었다"고 적고 있다. 또한 1981년의 노벨 문학상 수상자인 엘리아스 카네티도 『다른 소송: 펠리스에게 보내는 편지(Der andere Prozeß. Kafkas Briefe an Felice)』에서 카프카를 "가장 중국적인 서구 작가"로 평했다(EC 149). 카프카의 동양 사상과 문학의 수용에 대한 포괄적인 연구로는 Lee, Joo-Dong, *Taoistische Weltanschauung im Werke Franz Kafkas*, Frankfurt am Main/Bern/New York. 1985 참조.

깊은 밤에

차가운 밤에 책을 보느라
잠자러 가는 시간을 잊어버렸네.
금빛으로 수놓은 이불의 향기는 이미 사라져 버렸네.
벽난로도 더 이상 타지 않네.
아름다운 여자 친구는 그때까지 간신히 화를
억누르고 있다가 내게서 등잔불을 빼앗아가며 묻네.
지금 몇 신지나 알아요(F 119).

이 시는 그녀가 후에 카프카에게서 무엇을 기대하게 될 것인가를 암시해 주는 것이기도 했다. 편지 속에서 상상의 나래를 펴고 있는 그는 연인과 함께 보내는 즐거움이 아니라 오직 글쓰기에서 즐거움을 찾고 있었다. 그는 펠리스와 함께 지내는 직접적인 삶 속에서 창작의 힘을 얻는 것이 아니라 현실적인 문제가 침범하지 못하는 편지 속의 간접적인 삶에서 영감과 창작력을 얻고 있었다. 카프카에게 진실한 생은 현실이 아니라 오히려 문자가 보여주고 있는 이미지의 공간과 상상의 세계 속에 있는 듯했다. 펠리스는 실제의 자신보다 편지 속 이미지가 만들어낸 자신을 더욱 사랑하는 카프카로 인해 1912/13년 가을과 겨울 내내 신경쇠약에 시달려야 했다.

그뿐만이 아니었다. 펠리스는 자신의 가족 문제로 적지 않은 심적인 부담을 가지고 있었다. 드레스덴의 남동쪽에 있는 소도시 제프니츠에서 전기설비장치 회사의 여비서로 있는 그녀의 언니 에르나는 유부남과의 부적절한 관계로 임신 중이어서 그 문제를 해결하는 데 펠리스의 도움이 필요했고, 부모 역시 아버지의 여자 문제로 심각한 불화상태에 있었으며, 남동생은 회사 자금 횡령문제로 말썽이 되고 있었다. 펠리스는 가족 문제를 카프카에게 철저히 비밀에 부쳤지만, 힘든 상황에서 그에게 의지하고 싶었다. 그러나 그에게서 위안을 얻기보다는 오히려 그의 예민한 감정을 달래줘야 하는 상황이 계속되었다. 그럼에도 그녀는 카프카의 상태가 좋지 않을 때면 전보로 위안의 말을 보내거나 자신의 사진과 함께 꽃과 책을 보냈다. 그리고 그들이 서로에게 완전히 속해 있음을 자주 강조하면서(F 224), 카프카를 '위대함이 숨겨져 있는' 정말 '특이한 사람'이라고 말해주었다. 그리고 목걸이 메달에 그의 사진을 넣고 다닌다는 사실을 알려줌으로써 카프카의 마음을 매우 흡족하게 했다.

11월 25일과 26일, 공무로 라이헨베르크 근교의 크라차우 지방재판소에 다녀온 카프카는 일요일인데도 사무실에 나갔다. 최근 자신에게 따뜻한 배려의 편지를 보내고 있는 펠리스에게 보답하는 마음에서 자신의 변덕스럽고 모순적인 태도에 대해 장문의 편지를 썼다. 그는 그것이 자신의 건강상태에서 기인한다는 것을 명확하게 밝히고 있었다.

그런데 이 모든 모순에는 단순명료한 이유가 있습니다. 내 스스로 그렇게도 잘 잊어버리는 일이기에 다시 한 번 말씀드립니다. 나의 건강상태 때문입니다. 그 이상도 그 이하도 아닙니다. 거기에 대해서는 더 이상 쓸 게 없습니다. 그러나 건강은 그대에 대한 확신을 앗아가며 나를 이리저리로 휘둘러 결국은 그대까지 함께 휩쓸어갑니다. 무엇보다도 그러한 이유로 ― 결코 그대에 대한 사랑 때문이 아닙니다 ― 나는 그대의 편지를 필요로 합니다. 그리고 그것을 완전히 탐식해버립니다. 또 그러한 이유로 그대의 좋은 말들을 아무리 믿어도 충분하지가 않습니다. 오로지 그러한 이유로 그대 앞에서 이 슬픈 부탁을 하면서 몸을 뒤틀고 있습니다. 단지 그러한 이유 때문에. 물론 그럴 때면 가장 훌륭한 존재의 힘도 제대로 힘을 발휘하지 못하게 됩니다(F 129f.).

카프카는 그녀와의 관계가 원만하지 못한 것은 자신의 허약한 건강상태 때문이라고 강조했다. 특히 결혼하게 되면 피할 수 없는 부부관계에 대한 불안이 그를 사로잡기도 했다. 카프카가 예전의 육체관계에서 느꼈던 역겨움 역시 펠리스와 더욱 가까워지는 것을 방해했다. 그러나 펠리스는 이번에도 이런 고백을 심각하게 받아들이지 않고 그저 그의 육체적 나약성과 심리적 허약성에서 오는 자기비하로만 여겼다.

11월 27일 카프카는 앞으로 올 크리스마스 휴가 동안에 무엇을 할 것인가를 곰곰이 생각해보았다. 아직 마무리되지 않은 단편『변신』을 계속 써나갈 것인지, 아니면 최근에 마음이 부드러워진 펠리스를 만나러 베를린에 갈 것인지를 고심했다. 그리고 12월 9일 카프카는 그동안 편지 왕래를 통해 생긴 오해와 갈등을 해소할 겸 그녀를 한 번 만나는 것도 좋을 것 같다고 생각되어 그녀에게 크리스마스 휴가 때 베를린 방문의 가능성을 내비쳤다. 이에 대해 펠리스는 그가 공식적으로 청혼하려는 것이라고 지레 짐작했다. 그러나 아직 집안 문제가 완전히 해결되지 않은 상태어서 카프카에게는 사정 이야기를 하지 않은 채 그냥 침묵으로 지나쳤다. 카프카는 펠리스의 침묵에 그와의 상봉을 원치 않는 것으로 생각하고 베를린 행을 포기했다.

12월 6일 펠리스는 작가 파울 비글러가 《보헤미아》에 카프카에 대해 "그의 단편『선고』는 놀랍도록 위대하고 정열적이고 잘 훈련된 재능이 밖으로 드러난 것이다. 그 재능은 이제 혼자 자신의 길을 걸어갈 힘을 가지고 있다"[6]라고 쓴 글을 오려 카프카에게 보냈다. 카프카는 펠리스가 자기 작품에 관심을 쏟고 있다는 사실에 고무되어 그의 평론이 지나친 칭찬이라며

---

6 작가이자 비평가이자 번역가인 파울 비글러(Paul Wiegler, 1878~1949)는 프라하 일간지 《보헤미아》(1912년 12월 6일, 12쪽)에 카프카의 작품『선고』를 놀라운 재능이 부각된 작품으로 칭찬하는 평론을 썼다(F 162).

겸손해했지만, 한편으로는 파울 비글러의 작품과 프랑스 번역서가 탁월하다며 그에 대해 칭찬을 아끼지 않았다.

카프카는 펠리스가 자신의 문학에 관심을 표하자 1912년 11월 말경부터 쓰기 시작한 작품의 진척 상황을 일일이 보고하면서 그것이 거의 마무리 단계에 있음을 알렸다. 그것은 후에 20세기의 "몇몇 되지 않는 위대하고도 완벽한 작품 중 하나"(EC 92)로 평가되는 『변신』이다. 드디어 12월 6일과 7일 밤사이에 결말 부분이 마음에 들지는 않았지만 자신이 며칠간 심혈을 기울여 써왔던 『변신』이 완성되었음을 펠리스에게 알렸다.

나의 작은 이야기가 끝났습니다. 그런데 오늘의 결말이 나를 기쁘게 하지는 못합니다. 더 잘될 수도 있었거든요, 분명히(F 163).

『관찰』(1912년)

그는 열 시간씩 두 번의 기회만 주어졌더라면 보다 완벽한 작품이 되었으리라고 못내 아쉬워했다. 그는 12월 9일 보험공사의 공판 문제로 여행을 떠나야 했기 때문에 한창 집필 중이던 『변신』을 마무리할 충분한 시간이 없었다.

공판이 연기되는 바람에 허탕을 치고 프라하로 돌아온 12월 10일 카프카는 로볼트 출판사로부터 첫 작품 모음집 『관찰』의 견본을 받았다. 그는 한껏 기쁨에 들떠 있었다. 비록 작은 책자이긴 하지만 이제 자신의 책을 가진 진정한 작가가 되었다고 느꼈기 때문이었다. 바로 그다음 날 그는 펠리스에게 그 책을 보냈다.

나의 보잘것없는 이 책을 정답게 대해주면 좋겠소! 이것은 우리가 만났던 그날 저녁 내가 정리하는 것을 당신이 목격했던 바로 그 얼마 되지 않은 원고들이라오……혹시 당신은 각 소품의 발생 시기가 어떻게 다른지 알아 차렸는지요? 예컨대 그중에는 분명히 8~10년이나 묵은 것도 하나 있소 가능하면 사람들에게 그 전부를 보여주지 마십시오. 그래야 나에 대한 당신의 마음이 변치 않을 테니까요(F 175).

그러나 책을 보냈는데도 그녀에게서 아무런 반응이 없자 12월 13일 카프카는 그 책에 대해 다시 언급하면서 자신이 쓴 책을 보낼 수 있고 또 그것을 읽어줄 여인이 있다는 사실을 자랑스러워했다. "나는 아주 행복합니다. 나의 책은 비록 내가 혹평을 하긴 했지만(간결함만은 흠잡을 데가 없지요), 그대의 사랑스런 손 안에 있다는 것을 아니까요"(F 180). 그는 스스로 그 책이 터무니없이 혼란스럽고 끝없는 혼돈을 지니고 있다고 인정했으며(F 218), 작품이 그녀의 취향에 맞지 않을 거라는 것도 잘 알고 있었다. 그렇지만 그녀가 그 책에 대해서 적어도 무언가 언급해주기를 기대했다. 그러나 펠리스는 그 작품을 이해할 수 없어 아무런 언급도 하지 않았다. 오히려 자신이 좋아하는 작가들인 오일렌베르크 헤르만, 프란츠 베르펠, 리카르다 후흐, 야콥슨 등에 대해서만 이야기했다. 이에 실망한 카프카는 1912년 12월 28/29일 편지에 사랑의 투정이 가득한 글을 썼다.

그대 편지에 나오는 모든 사람한테 질투가 납니다. 이름이 거론되었든 안 되었든, 남자든 여자든, 사업가든 작가든 (말할 필요도 없이 특히 작가에게는) 말입니다.……나는 베르펠, 소포클레스, 리카르다 후흐, 라거뢰프, 야콥슨한 테도 질투가 납니다. 나의 질투심은 그대가 헤르베르트 대신 오일렌베르크 헤르만이라고 부르는 것에 대해 어린아이처럼 즐거워합니다. 그러나 프란츠 는 틀림없이 그대 머리에 새겨졌지요……오일렌베르크는 그것을 여기서 낭

독한 적이 있습니다만, 산문이 너무 숨이 막히고 미숙해서 거의 참을 수가
없었습니다(F 214).

또한 펠리스가 라스커-쉴러의 시에 대해서 묻자 "나는 한마디로 라스커-
쉴러의 시를 좋아하지 않습니다. 인위적인 사치로 인한 공허함과 거부감을
지겹도록 느낄 뿐입니다. 그녀의 산문 또한 똑같은 이유에서 좋아하지 않습
니다. 거기에는 지나치게 흥분한 대도시 여인의 좌충우돌식 생각이 담겨 있
습니다"(F 296)라고 썼다. 후에 펠리스가 좋아하는 슈니츨러의 연극 <베른하
르디 교수>를 보러 가고 싶다는 이야기를 썼을 때, 같은 날 저녁에 카프카는
베데킨트와 그의 부인이 출연하는 <히달라 혹은 존재와 소유>라는 연극을
보러 갔다. 그리곤 그는 그 이유를 이렇게 편지에 썼다.

왜냐하면 나는 슈니츨러를 전혀 좋아하지도 존경하지도 않으니까요. 그는
확실히 능력은 좀 있습니다. 그러나 그의 희곡과 산문은 내가 보기에 역겨운
글 나부랭이로 채워져 있습니다. 비난받아 마땅합니다. 내가 본 그의 연극들
(<막간 연극>, <삶의 외침>, <메다르두스>)은 눈길이 가기도 전에 마음에서
멀어졌습니다. 듣는 동시에 잊어버렸지요. 다만 그의 형상과 잘못된 몽상,
손가락 끝도 대고 싶지 않은 애절함 등은 그가 부분적으로 초기 작업(<아나
톨>, <윤무(輪舞)>, <구스틀 중위>)에서 어떻게 스스로를 발전시켰는지 이해
할 수 있게 해줍니다(F 299).

다른 작가들에 대한 카프카의 질투심과 자기 작품에 대한 펠리스의 몰이
해가 그의 마음을 종종 불안하게 만들기는 했지만 그녀의 존재는 어느 사이
에 그에게 없어서는 안 될 중요한 소통의 상대가 되어가고 있었다.

그대여, 들어봐요. 그대는 나를 떠나지 않아요. 그건 당신도 여러 번 말했

지요. 하지만 나는 모든 것에서, 모든 것에서 그대에게 아주 가까이 있기를 바랍니다. 그대가 가지고 있는 그 무엇도 나를 떠나지 않게 해줘요. 그러니까 그대의 불만조차도 나를 떠나지 않게 해줘요. 나와 함께 있어주세요. 사랑하는 이여, 지금 그대의 모습 그대로 나와 함께 있어주세요……나는 그대로 가득 차 있고 어떻게든 그것을 외부 세계에 널리 알려야 하기에, 나는 그대에게 편지를 씁니다(F 200f.).

비록 서로 완전한 소통은 불가능하더라도 누구에겐가 자신의 마음을 솔직하게 털어놓을 수 있고 또 그것을 사랑으로 호소하고 받아줄 수 있는 사람이 존재한다는 것은 분명 고독한 카프카에게 크나큰 마음의 위안이 아닐 수 없었다. 더군다나 그녀의 출연은 지금까지 잠자던 자신의 창조적 영감을 일깨우는 계기가 되지 않았던가? 사실 펠리스를 만나면서 그의 창작력은 샘솟듯 일어났으며, 그 결과 처음엔 『선고』를, 그다음엔 『변신』을, 그리고 1913년 1월부터는 소설 『실종자』를 연이어 쓸 수 있었다.

철저히 계획된 삶에도 불구하고 직장과 글쓰기의 이중생활은 카프카에게 시간 부족과 신경과민과 불면증 그리고 신체적 허약함을 가져왔고, 그의 기분은 글쓰기의 진전에 따라 변하는 생활이 반복되었다. 그러나 소시민적 사고를 가진 펠리스는 그의 내적인 고뇌를 이해하기 힘들었다. 그녀는 그의 깊은 자기고통, 자기증오, 불면증과 신경과민 등을 작가의 나르시스적인 의식에서 나오는 변덕스러운 심리적 변화라고만 생각했다. 펠리스는 그의 건강을 생각해서 글쓰기를 하루에 한 시간 내지 두 시간으로 제한할 것을 제의했으나, 카프카는 단호하게 '열 시간이 맞을 것'이라고 반대했다. 거기에 덧붙여 그러한 글쓰기를 위해서는 철저한 고독이 필요하다고도 했다. 타인과의 공동생활이 자신의 글쓰기에 방해물이 될 거라고 생각했기 때문이었다.

나는 사람들과 함께는 살 수 없습니다. 모든 친척이 무조건 싫습니다. 그들이 내 친척이거나 나쁜 사람이기 때문에, 또는 최고라는 생각이 들지 않기 때문이 아니라 단순히 내 곁에 살고 있는 사람들이기 때문입니다. 나는 사람들과의 공동생활을 참을 수 없습니다.……차라리 황야나 숲 속 또는 섬에서 더할 나위 없이 행복하게 살고 싶을 정도입니다(F 563f.).

이런 점에서 카프카는 펠리스도 자신과 함께 이틀을 살 수 없을 것이라고도 했다(F 328). 그러나 결혼은 카프카에게 아주 가까운 미래에 받아들여야 할 현실로 다가왔다. 1913년 1월 11일의 펠리스에게 보내는 우편엽서에는 다른 내용은 없고 오직 인사말로 "결혼"이란 단어만을 두 번 반복해서 쓰고 있는 것(F 245)으로 보아 그의 심정을 알 수 있다.

1913년 1월 12일 가이스트 거리의 유대교회당에서 둘째 누이동생 발리의 결혼식이 치러지고, 2월에 있을 막스 브로트와 엘자 타우시히의 결혼식 준비를 위해서 카프카는 막스와 함께 가구점에 들르기도 하고 그들이 살 집도 보러 다녔다. 그는 누이동생 결혼식 파티가 끝난 후 "고갈되고 의기소침해져서 가장 비참한 손님보다도 더 나쁜 상태에서" 홀로 카페에 들러 화가 "도미에의 네 개의 사진들"(F 248)을 보면서 쓸쓸한 마음을 달랬다. 그는 결혼이 주는 행복보다는 그녀와 함께할 경우 자신의 글 쓰는 일이 방해받지 않을까 두려워할 뿐이었다. 누이동생의 결혼식이 있은 지 이틀 후인 1913년 1월 14/15일 밤사이에 카프카는 펠리스에게 이렇게 편지를 썼다.

언젠가 그대는 글을 쓰는 동안 내 옆에 앉아 있고 싶다고 한 적이 있지요. 생각해봐요, 그러면 난 쓸 수 없을 거예요(그렇지 않아도 나는 많이 쓰지 못합니다). 전혀 쓸 수 없을 겁니다. 글을 쓴다는 것은 자신을 지나칠 정도로 활짝 열어놓는 것을 뜻합니다.……그렇기 때문에 글을 쓸 때는 아무리 혼자 있어도 충분치 않습니다. 그렇기 때문에 글을 쓸 때는 아무리 주위가 조용해도 충분치 않지요. 밤도 짧아 마음껏 쓸 수 있는 시간이 충분치 않습니다. 갈 길은 먼데 쉽게 길을 잃어버리기 때문입니다.……나는 자주 생각해보았는데, 내게 가장 좋은 삶의 방식은 글 쓰는 도구와 램프를 가지고 밀폐된 넓은 지하실의 가장 깊숙한 곳에 앉아 있는 것입니다. 사람들이 음식을 가져다주는데, 내 방에서 멀리 떨어진 지하실 밖 가장 먼 방에다 내려놓습니다. 잠옷을 입고 음식이 있는 데로 가는, 아치형의 천장이 있는 복도가 유일한 산책길이지요. 그러고는 천천히 책상으로 돌아와, 찬찬히 생각에 잠겨 먹고 나서 곧 다시 쓰기 시작합니다. 그러고 나서 무엇을 쓰게 될까요! 얼마나 깊은 곳에서부터 그것을 끄집어내게 될는지요(F 250).

결혼해서 복잡한 집안일에서 벗어나 안정된 생활을 하고 싶어 하는 펠리스의 생각에는 아랑곳함이 없이 카프카에게는 이렇듯 절대적인 침잠 속에서 상상의 나래를 마음껏 펼칠 수 있는 것만이 유일하고도 본질적인 행복의 순간인 것 같았다. 그러나 일상적인 삶의 요구에서 벗어나 글을 쓰는 밤의 은둔자는 매일 아침 직장에 나가야 하는 순간 일상의 현실적 경계와 충돌했다. 또한 허약한 육체와 피로의 누적으로 글 쓰는 작업이 진전되지 않거나 중단되면, 그는 불안과 불면증과 신경과민에 시달렸다. 그의 삶은 이러한 과정의 끊임없는 반복이었다.

그렇게 살을 깎는 듯한 힘든 노정을 강행하는 이유를 모르는 펠리스는 앞으로 자신과의 관계에 대한 그의 계획과 전망이 무엇인지 물었다. 그러나 그는 엉뚱하게 "나는 전혀 계획도 없고 전망도 없습니다. 미래로 나아가는 것이 아니라 미래로 추락하거나 떠돌거나 비틀거릴 뿐입니다"(F 320)라고 대답할 뿐이었다. 그들의 소통 부재는 갈등만 증폭시킬 뿐이었고 카프카의 글 쓰기는 점차 창작력을 잃어갔다.

그즈음 오랫동안 작업해온 『실종자』가 더 이상 진척되지 않고, 『변신』을 끝냈으나 마지막 부분에 불만족스러워했던 그는 분위기를 바꾸기 위해 1913년 2월 28일 산문작품 「에른스트 리만에 관한 이야기」(KAAT 493-499)를 쓰려고 시도했으나 그것 역시 실패로 끝나고 말았다. 1912년 9월에서 1913년 2월 사이에 있었던 희열에 찬 글쓰기는 이제 중단된 듯싶었다. 5개월 동안에 그는 거의 500여 쪽의 글을 썼다. 거기에는 『선고』, 『변신』, 『실종자』, 「에른스트 리만에 관한 이야기」가 포함되어 있었다. 그리고 그는 방대한 양의 편지를 썼다. 계속된 밤의 글쓰기가 피로를 가중시키고 펠리스와의 소통부재가 심적 갈등을 야기함으로써 창작력을 떨어뜨린 것 같았다.

갑자기 영감과 창작력이 고갈된 느낌이 들자 카프카는 일기에 "나는 궁극적인 한계에 도달했다. 아마 다시금 끝나지 않은 새로운 이야기를 시작하기 위해서는 또다시 수년간을 그 경계선 앞에 앉아 있어야 할지 모르겠다"(T3 42, 59)라고 썼다. 여기에서 말하는 경계선이란 현실 세계와 영감과 상상력의 세계가 만나는 지점으로, 오랜 고뇌와 침잠 끝에 그 경계를 넘어서는 순간 그의 창작력은 다시 활동하게 될 것이다.

1913년 2월 이후 카프카의 글쓰기는 거의 일 년 반 동안이나 정체 상태에 머물렀다. 그 대신 그는 1913년 2월 11일부터 중단했던 일기를 다시 쓰기 시작했다(KKAT 557ff.). 그는 언젠가 다시 찾아올 창작의 불꽃을 지피기 위한 불쏘시개를 준비했던 것이다. 1913년 2월 초 일기에서 그는 "창작에 대한 나의 기쁨은 무한했다"(T2 33)라는 괴테의 글을 부러운 듯 인용했다. 그것은 1771년 늦은 여름 괴테가 제젠하임에서 아름다운 처녀 프리데리케를 만나고 돌아와 시정(詩情)에 넘쳐 글을 쓰던 심정을 토로한 글이었다. 카프카는 1913년 4월 1일 침묵하고 있는 펠리스에게 자신의 문학적 삶을 이해하지 못하는 한 그녀가 불행에 빠질 것이라며 다시 한 번 이해를 구하는 듯한 편지를 썼다.

　내 근원적인 두려움은 — 이보다 더 나쁜 것을 말하거나 들을 수는 없습니다 — 내가 그대를 결코 소유할 수 없으리라는 점입니다. 가장 유리한 경우에도 나는 마치 무작정 충직한 개처럼 그대가 내게 내민 손에 입맞춤을 할 수 있을 뿐입니다. 이것은 사랑의 표시가 아니라 침묵과 영원한 이탈을 선고받은 동물의 절망의 표시입니다. 이미 그런 적이 있듯이, 내가 그대 옆에 앉으면 그대 육체의 숨소리와 생기를 느끼게 되겠지만, 근본적으로는 지금 내 방에 있을 때보다 더 그대에게서 멀어질 것입니다. 결코 그대의 시선을 끌 수 없을 것이며, 그대가 창밖을 내다보거나 손으로 얼굴을 감쌀 때 그대의 시선은 실제로 내게서 떠나가고 말 것입니다. 내가 그대와 함께 손을 맞잡고 세상을 헤쳐 나갈 것 같지만, 그 어떤 것도 진실이 아닙니다. 간단히 말해서 나는 그대에게서 영원히 제외될 것입니다. 그대가 나를 향하여 몸을 굽힌다면, 그것은 그대를 위험에 빠뜨리는 일입니다(F 351f.).

이처럼 카프카가 펠리스와 극구 거리를 유지하려고 했던 것은, 그가 자신의 글쓰기를 위해 사랑, 결혼, 가정생활을 포함한 모든 현실적인 삶을 포기해야 되기 때문만이 아니라 그의 곁에서 펠리스가 받게 될 고통과 불행에서 미리 그녀를 보호하고 싶었기 때문이었다. 그것은 글쓰기를 택하느냐 사랑과 현실을 택하느냐 하는 문제가 아니었다. 카프카에게 글쓰기는 선택 이전에 존재하는 근본적인 실존방식이었으며, 사랑과 현실은 그의 실존방식과 공존할 수 없으면서도 어쩔 수 없이 인간에게 주어진 삶의 조건이었다. 그는 그 어느 쪽도 결코 버리지 못하고 둘 사이를 영원히 방황해야 할 처지에 놓인 것이었다. 그는 사랑을 위해서 끊임없이 타진하고 모색했지만, 자신에게서 상처받고 불행해질 펠리스를 위해 그가 할 수 있는 것은 아무것도 없다는 것을 잘 알고 있었다. 그러므로 그는 펠리스가 자신의 문학적 삶의 방식을 이해해주기만 바랄 뿐이었다.

카프카는 5월 2일 일기에 고통스러운 상황을 이겨내기 위해 "다시 일기를 써내려가는 것이 필요하게 되었다"고 쓰고 있다. 그는 "나의 불확실한 머리, 펠리스, 사무실에서의 몰락, 글을 쓸 수 없는 육체적 상황, 글쓰기에 대한 내적 욕구"(KKAT 557)라고 썼다. 이렇듯 그는 펠리스와의 사랑과 글쓰기 사이에서 어렵게 줄타기를 하고 있었다.

# 『실종자』의 창작 과정과 해설

카프카는 『실종자』의 초벌 원고를 1911년 겨울과 1912년 봄 사이에 썼다. 3월 말끼지만 해도 작업은 순조로웠지만 4월 1일 갑자기 중단되면서 일기에 "처음으로 일주일 전부터 글을 거의 전혀 쓸 수 없다"(KKAT 414)고 토로했다. 그때 『실종자』의 초벌 원고는 200여 쪽에 달해 있었다. 그는 7월 중순 융보른 요양원에서 휴가를 보내면서 이 원고 전체를 훑어보았다. 그는 작품 구조에 문제가 있다는 것을 알았고 곧 막스 브로트에게 편지를 썼다.

여기는 정말 좋네. 하지만 나는 너무나 무능력하고 슬프네. 그것이 영구적이어서는 안 되지. 나도 알아. 어쨌거나 아직 글쓰기에 이르기까지는 요원하네. 그 소설은 너무 방대해서, 마치 하늘 전체를 가로질러 스케치된 것 같아 (또한 오늘 날씨처럼 색깔도 없이 불투명하고). 그래서 나는 쓰고자 하는 첫 문장에서 혼란에 빠져들고 만다네. 이미 써둔 것의 황량함으로 스스로 놀라지 않아야겠다는 것 또한 알아차렸지. 그리고 어제는 이 경험이 여러 가지로 유용했다네(Br 96).

그는 여기서 이미 소설의 미래가 '불확실하다'고 밝히고 있다. 그러나 그는 『선고』를 쓰고 난 이틀 후인 1912년 9월 26일부터 그동안 중단되었던 『실종자』를 일기장에 완전히 다시 써내려가기 시작했다.[1] 이 소설은 열다섯 살 때부터 그때까지 써왔던 작품 중에서 "최초로 큰 작업"(F 86)이었다. 그는 10월 초까지 첫 장 「화부」를 막힘없이 써내려갔다. 한밤중 자신이 쓴 구절에 스스로 감동한 나머지 옆방에서 자고 있는 부모가 깰까 두려워하며 책상에 얼굴을 파묻고 흐느껴 울 정도였다(B1 278). 막스 브로트는 글쓰기에 흠뻑 빠져 행복해하는 카프카의 모습에 감격해서 9월 29일 자신의 일기에 "희열에 싸인 카프카, 밤새도록 글을 쓰다. 아메리카에서 벌어지는 소설을"(MB 113)이라고 썼고, 10월 2일에는 "계속 깊은 영감에 사로잡혀 있는 카프카. 하나의 장(章)을 마쳤다. 그 점에 대해 나는 행복하다"(MB 113)라고 썼다. 그러나 이렇게 호조를 보이던 카프카의 글쓰기가 10월에 접어들면서 석면공장 사건으로 중단될 위기에 빠지자, 그는 자살을 생각할 정도로 고통스러워했다. 그런 가운데에서도 그는 글쓰기를 계속했고 소설의 진척 사항을 펠리스에게 일일이 써 보냈다. 우리는 그 편지들을 근거로 1912년 9월에서 1913년 1월까지 『실종자』의 창작 과정을 소상히 알 수 있다.

제가 쓰고 있는 이야기는 미완성 작품으로 설정된 것입니다. 그대가 생각해볼 수 있도록 임시로 지은 것이긴 하지만, 제목은 '실종자'이고 미합중국이 배경입니다. 우선 5장이 끝났고, 6장도 거의 끝났습니다. 각 장은 1장 '화부', 2장 '외삼촌', 3장 '뉴욕 교외의 별장', 4장 '람세스로 향한 행군', 5장 '옥시덴탈 호텔에서', 6장 '로빈슨 사건'으로 제목을 달았습니다. 사람들이 무엇인가 상상할 수 있을까 해서 제목을 이렇게 지었지만, 그것은 불가능합니다. 그러나 가능해질 때까지 그 제목을 그대에게 보관할 생각입니다. 이것은 열

---

1 1911년 겨울과 1912년 봄에 걸쳐 쓴 초본 『실종자』의 원고는 더 이상 존재하지 않는다.

다섯 살 이후 갖게 된 최초의 비교적 큰 작품이며, 저는 한 달 반 전부터 절망적인 고통의 순간에서도 안정감을 느끼고 있습니다(F 86).

11월 12일 그는 제6장 「로빈슨 사건」을 마무리했다. 그러나 다음 줄거리를 어떻게 이어갈지 몰라 그는 또다시 불안감에 휩싸였다. 그는 11월 13일 오스카 바움 집에서 소설의 완성된 부분을 낭독하기로 한 약속을 지킬 수 없었다. 그는 막스 브로트에게 편지를 썼다. "일요일 바움 집에서 낭독하지 않을 걸세. 현재로선 소설 전체가 불확실해. 어제는 내 자신을 다그쳐 제6장을 억지로 끝냈어. 그러나 조야하고 형편없이 끝냈지"(Br 111). 그리고 11월 17일에서 12월 6일 사이에 주인공 카를 로스만이 옥시덴탈 호텔에서 도망친 후 경찰의 심문을 받게 되는 장면에서 또다시 소설이 중단되었는데, 그것은 그 3주 사이에 갑자기 착상이 떠오른 단편 『변신』을 썼기 때문이다. 그 후 다시 1912년 12월 9일부터 1913년 1월 24일까지 『실종자』의 장 번호도 제목도 언급하지 않은 채 소설의 마지막 부분을 마무리하려고 노력했다. 그것은 전직 오페라 여가수에서 창녀로 전락한 브루넬다의 집에서 사환으로 일하는 카를 로스만의 비참한 운명을 그리고 있었다. 그러나 앞서의 글쓰기와는 다르게 작업 시간이 현저하게 축소되었고 진척도 없었다. 카프카는 절망에 싸여 1913년 1월 26일 펠리스에게 이렇게 편지를 썼다.

내 소설! 그저께 저녁에 완전히 두 손 들고 말았습니다. 내게서 달아나는 소설을 더 이상 붙잡을 수가 없습니다. 내 자신과 전혀 관계없는 것은 절대로 쓰지 않는데, 최근에는 지나치게 풀어지고 말았습니다. 오류가 나타나더니 사라지려 하지 않습니다. 그대로 작업을 계속한다면 잠시 그냥 놓아두는 것보다 더 위험한 사태가 올 겁니다. 게다가 일주일 전부터 보초 근무자처럼 잠을 자는 바람에 매 순간마다 깜짝깜짝 놀라 깨어납니다. 두통은 일상사가 되어버렸고 이따금씩 찾아오는 신경과민도 끊임없이 나를 괴롭힙니다. 간단히 말해서, 글쓰기를 완전히 그만두고, 일시적으로 일주일 동안 실제로는 아마 훨씬 더 오랫동안 쉬기만 할 겁니다(F 271).

이렇게 해서 『실종자』는 중단되었다. 카프카는 1912년 가을부터 시작된 불같은 창작력을 더 이상 유지할 수 없었다. 글을 지속적으로 쓸 수 없다는 절망감은 그에게 언제나 두통과 불면과 위장장애를 가져왔고, 그는 위장장애를 치료하기 위해 단식을 해야 했다(F 280). 그러면서도 그는 끊임없이 소설에 매달렸고 한밤중에도 "소설과 관련해 침대에서 언뜻 떠오른 착상을 기록하려고"(F 280) 잠자리를 박차고 일어나곤 했다. 1913년 2월 28일과 3월 1일 사이에 카프카는 펠리스에게 거리에서 일어난 우연한 사건을 이야기하면서 자신의 중단된 소설에 대해 괴로운 심정을 토로했다.

지난번에 아이젠 거리를 지나고 있을 때 누군가가 옆에서 "카를은 뭘 하고 있지" 하고 말했습니다. 뒤돌아보니 한 남자가 내게는 신경도 쓰지 않은 채 혼잣말을 하며 걸어가고 있었습니다. 그 질문도 혼잣말이었습니다. 카를은 내 불행한 소설 속에 등장하는 주인공입니다. 악의 없이 내 곁을 지나가던 남자는 무의식적으로 그 과제를 제기함으로써 나를 비웃은 셈입니다. 그의 말을 격려로 여길 수는 없으니까요(F 319).

1913년 3월 8일과 9일 주말 동안 카프카는 다시 소설 전체를 읽어보았지만 유일하게 첫 장 「화부」만 마음에 들었을 뿐이었다. 그는 절망적인 상태에서 『실종자』의 진행 상태를 펠리스에게 이렇게 알렸다.

마침내 전체 내용 가운데 제1장만 내면의 진실에서 나온 것이라는 부정할 수 없는 확신에 도달했습니다. 반면에 각각의 크고 작은 몇 군데를 제외한 나머지 부분은 물론, 말하자면 위대하지만 진정성 없는 감정에 대한 기억을 더듬어 쓴 것이므로 단념해야만 합니다. 다시 말해서 큰 공책으로 약 사백 쪽 중에서 (내 생각으로는) 오십육 쪽만이 남게 됩니다(F 332).

그러나 1913년 4월 2일 막스 브로트로부터 카프카가 장편소설을 쓰고 있다는 언질을 받은 출판인 쿠르트 볼프가 카프카에게 소설의 제1장「화부」를 보내달라는 편지를 보내왔다.

　　진심으로 간절히 바라옵건대, 그것을 훑어볼 수 있도록 당신의 소설 첫 번째 장을 가능한 한 빨리 보내주셨으면 합니다. 당신과 브로트 박사님께서도 생각하고 계시듯이, 그것은 따로 발간해도 훌륭할 것입니다.[2]

이번에는 막스의 개입 없이 카프카가 스스로『실종자』의 제1장「화부」의 발간을 고려해 타자기로 원고 사본을 만들었다. 이렇게 타자된 원고를 카프카는 1913년 4월 4일 쿠르트 볼프에게 보내면서「화부」,『변신』,『선고』를 묶어 '아들들'이라는 제목으로 한 권의 책으로 냈으면 한다는 의견을 첨가했다(F 115). '단편(斷片)'이란 부제가 붙은「화부」가『실종자』의 첫 장이긴 하지만 카프카는 그것이 '부자간의 갈등', '죄와 벌', '아들들의 저항', '아버지들과 그 권력의 승리'를 주된 모티브로 삼고 있고 독립된 에피소드를 담고 있다는 점에서『변신』이나『선고』와 연관성이 있다고 생각했다. 4월 11일 그는 처음으로 자발적으로 볼프에게 편지를 썼다.

2 Kurt Wolff, *Briefwechsel eines Verlegers. 1911-1963*, hrsg. v. Bernhard Zeller, Ellen Otten. Frankfurt a. M. 1966, S.29.

지난번 편지에서 이미 말씀드렸듯이, 한 가지 청이 있습니다. 저의 「화부」, 『변신』, 『선고』는 모두 외적으로나 내적으로 한 묶음입니다. 그들 사이에는 분명하고도 한층 중요한 비밀스러운 연결이 존재하며, 그래서 대강 이를테면 ‘아들들’이라는 한 권의 책으로 요약함으로써 그 연계를 드러내는 일을 포기하고 싶지 않습니다.……저로서는 각 작품의 완결성과 마찬가지로 세 편 이야기의 통일성이 중요합니다(Br 116).

『화부』(1913년 초판)

볼프는 즉각 그 제안에 관심을 표명했지만, 그 약속을 이행하지는 않았다. 그 대신 그는 카프카의 「화부」를 1913년 5월 로볼트 출판사[3]에서 시리즈로 내고 있는 ‘최후의 심판의 날’이라는 총서의 제3권으로 발간했다. 이 총서 시리즈는 원래 “우리 시대의 독자적이고 강력한 표현인 젊은 대표적인 작가들을 소개”(KWB 80)하려는 목표를 가지고 있었다. 카프카는 5월 24일 47쪽짜리 『화부』의 견본 책자를 받아 쥐고 자랑스러움을 느꼈다. 그는 일기에 이렇게 썼다. “『화부』가 아주 훌륭하게 보여 기분이 날아갈 것 같다. 나는 저녁에 그것을 부모님께 낭독해드렸다”(KKAT 561). 이 책의 출판으로 그는 로볼트 출판사와 인연이 깊었던 젊은 표현주의 작가들인 고트프리트 벤, 알베르트 에렌슈타인, 발터 하젠클레버, 프란츠 융, 오스카 코코슈카, 게오르크 트라클, 프란츠 베르펠 등의 대열에

---

3 1908년 라이프치히에서 에른스트 로볼트가 로볼트 출판사를 설립했고, 몇 달 후 쿠르트 볼프가 주주로 참여했다. 그러나 각자 개성이 뚜렷한 그들은 헤어지게 되고, 1912년 로볼트가 피셔 출판사의 지배인으로 옮겨가자 쿠르트 볼프는 로볼트 출판사를 인수해 1913년 2월 15일에 쿠르트 볼프 출판사로 개명했다. 여기서 『화부』이후에도 계속해서 카프카의 책들이 나오게 된다. 볼프는 1930년까지 독일에서 성공적인 출판업자 중 하나였다.

합류하게 되었다. 『화부』는 카프카의 다른 책들보다 훨씬 더 많은 독자의 호응을 받았다. 1913년 5월부터 1918년 봄까지 3판이 나왔는데, 각 판마다 1만 부까지 판매되었다.[4] 이러한 상황은 1915년 카프카가 '폰타네 상'을 수상하는 데 적지 않은 영향을 주었을 것이다.

1914년 카프카는 『실종자』의 마지막 부분을 다시 손질해보려고 여러 차례 시도했지만 완결을 보지 못했다. 2년간에 걸친 수정 노력에도 불구하고 그것은 미완으로 끝나고 말았다. 그는 미국을 직접 체험해본 적이 없었기 때문에 독서와 강연이나 친지를 통해 얻은 지식[5]만으로 방대한 세계를 그리기가 쉽지 않았을 것이다.

『실종자』는 구상부터 '정거장식 소설'로 계획되었다. 열여섯 살의 순진한

---

4 Bettina von Jagow und Oliver Jahraus(Hrsg.), *Kafka-Handbuch. Leben-Werk-Wirkung*, Göttingen 2008, S.445.

5 소설 『실종자』의 소재적 원천은 가족과의 불화로 미국으로 이주한 3명의 카프카의 사촌들이 들려주는 아메리카 생활에 대한 이야기, 1909년 잡지 ≪디 노이에 룬트샤우(Die Neue Rundschau)≫에 소개된 덴마크 출신의 요한 빌헬름 옌젠(Johan Vilhelm Jensen)의 단편 「작은 아하스버(Der kleine Ahasver)」, 1911년과 1912년 사이에 ≪디 노이에 룬트샤우≫에 소개되었고 1912년에 그것을 책으로 엮은 아르투르 홀리처(Arthur Holitscher)의 여행기 『아메리카: 오늘과 내일. 여행 체험(Amerika. Heute und morgen. Reiseerlebnisse)』, 프라하 사회주의자인 프란티셰크 수쿱의 미국 관리들에 관한 슬라이드를 사용한 비판적 강연회 — 이것은 1912년 체코어로 『아메리카: 아메리카 생활에서 본 일련의 사진들(Amerika. Eine Reihe von Bildern aus dem amerikanischen Leben)』이라는 제목으로 발간되었다 — 등이 있으며, 또한 찰스 디킨스의 소설 『데이비드 코퍼필드(David Copperfied)』는 사건의 모티브와 구조에서 『실종자』에 영향을 주었다. 그러나 그중에서도 특히 홀리처의 아메리카 여행기가 가장 큰 영향을 미친 것으로 알려졌다. Hartmut Binder, *Kafka. Der Schaffensprozeß*, Frankfurt am Main 1983, S.75-135; Bodo Plachta, "Der Verschollene: Verschollen in Amerika," Michael Müller(Hrsg.), *Interpretationen Franz Kafka. Romane und Erzählungen(Reclam)*, Stuttgart 1994, S.81-83.

소년 카를 로스만은 하녀의 유혹으로 아이를 갖게 되고, 아버지에 의해 미국으로 추방된다. 그는 뉴욕 사람으로 출세한 숙부를 만나 희망에 찬 미국 생활을 시작하지만, 시간이 갈수록 현대 자본주의 산업사회의 원칙과 위계질서에 적응하지 못하고 점차 몰락의 길을 가게 된다. 카프카는 로스만을 통해 "가장 현대적"이고 "무한한 것"(F 86)을 지향하는 미국의 현대 자본주의 산업사회의 복잡하고 다양한 모습을 파노라마식으로 묘사하려고 했다. 특히 카프카는 가장 현대적인 미국의 산업사회를 사실주의적이면서도 환상적인 세계로 드러내 보이기 위해 여러 다른 환경, 다양하지만 자연스러운 장소의 변경, 반복적인 주도 동기, 인물 간의 권력관계에서 오는 갈등의 변형적 반복 등으로 여러 시각에서 각 부분을 결합시키고자 했다. 또한 각 장을 거의 병렬식으로 연결시킴으로써 다양한 긴장의 순간이 발생하도록 했으며, 개별 장이 그 자체로서 비교적 완결되어 있는 독자적인 이야기를 지니고 있어서 따로 독립될 수 있도록 했다. 예를 들어, 제1장 「화부」는 미완으로 끝난 소설 『실종자』 전체의 줄거리의 갈등구조를 예상케 하는 사건의 발단이 될 뿐만 아니라 자신의 기본 권리를 찾으려는 화부와 원칙을 고수하려는 권위적이고 권력 지향적인 선장 간의 갈등 문제를 독립적인 줄거리로 갖추고 있다. 그러면서도 각 장의 사건이 일직선으로 발전되어나가는 것이 아니라 연관 부분이 계속 순환적으로 포개어지며 나선형 모양으로 발전되기 때문에, 그 작용력이 서로 강화되어 각 부분은 전체와 고유한 독자적인 통일성으로 접합되고 있다. 이러한 카프카의 독창적인 소설적 구성은 '무한한 것'을 지향하는 이 소설의 이념에도 부응한다.

카프카는 1913년 5월 25일 쿠르트 볼프에게 『화부』의 속표지에 실린 19세기 뉴욕 항구 입항 장면의 판화를 가리켜 "가장 최신의 뉴욕을 묘사하는"(Br 117) 자신의 소설 내용과 맞지 않는다고 밝혔다. 이런 점으로 미루어 보아 카프카는 이 소설 속에 당대 일반인이 생각하고 있는 가장 현대적인 미국의 모습과 상황을 담으려 했을 것이라고 짐작할 수 있다. 당시 유럽인에게 미국으로의 이주는 하나의 유행이자 희망이었듯이, 소설 『실종자』에서도 유럽의 젊은이 카를 로스만의 미국 이주가 소설의 출발점이 되고 있다. 더구나 이미 그곳에 이주해서 "중개업과 운송업"(KKAV 65)으로 부를 얻은 사업가이자 상원의원인 에트바르트 야콥을 외삼촌으로 두고 있는 주인공 카를 로스만은 미국 생활의 미래를 보장받은 것처럼 보인다. 그리고 당시 현대적인 미국의 다양한 이미지를 대변하는, 한없이 꼬리를 물고 달리는 '자동차들의 물결', 그물망처럼 얽혀져 있는 수많은 '전화 부스', '뉴욕 브루클린 다리', '스트라이크', '선거 집회', '스테이크', '코카콜라' 등의 장면이 리얼하게 묘사된다. 그러나 이러한 미국의 거대한 현실 세계는 그 세계에 대해 아무것도 모르는 순진한 카를에게 끊임없는 불안과 낯설음을 가져다주고 결국 그를 고립시켜 무기력한 상태로 몰아넣는다. 그가 유럽에서 배워 습득한 교육과 교양, 생각과 가치관은 미국 현대 산업사회의 원칙과 질서 속에서는 더 이상 통하지 않는다. 카를은 자신이 만나는 인간관계에서나 노동생활 속에 숨겨져 있는 낯설고 거대한 현대 자본주의 산업사회의 위계질서와 관료주의 체제를 전혀 이해할 수가 없었다. 그것은 알 수 없는 권위와 규칙과 원칙으로 구성된 보이지 않는 어떤 권력의 세계처럼 보였다.

이러한 낯설고 거대한 현실 세계와 순진한 카를의 인지 사이에 나타나는 관점의 괴리감은 이미 첫 장에서부터 시작된다. 여러 가지 부당한 취급을 받고 있는 화부를 위해서 카를 로스만은 용기 있게 정의에 호소하지만, 선장과 외삼촌이 주장하는 정의와 원칙은 전혀 다른 것이었다. 결국 화부는 그들의 정의와 규율에 따라 해고되고 만다. 또한 그는 순진하게도 "피아노 연주를 통해서 미국 생활에 직접 영향을 끼칠 수도 있다"(KKAV 60)고 믿는 데서도 현실과의 괴리감이 뚜렷이 나타난다. 반면에 그는 외삼촌의 사업친구인 폴룬더의 딸 클라라와의 대화하면서 자신은 "이미 유럽과 미국을 알고 있지만, 그녀는 미국만 알고 있다"(V 88)고 생각한다. 이러한 열여섯 살 카를의 축소된 관점은 오히려 『실종자』를 서술적 실험의 장으로 만든다. 그것은 미국이라는 신화의 실체를 파헤쳐 그 사회적 모델 속에서 유럽을 대신할 수 있는 제2의 가능성이나 어떤 전형을 발견할 수는 없다는 것을 인식하게 만든다. 왜냐하면 유럽에서 습득한 사회적 모범이나 문화 기술과 윤리적 가치관이 신세계에서는 전혀 통용될 수 없는 것으로 나타나기 때문이다.[6]

『아메리카』 초판(1927년)

'가장 최신의 뉴욕'을 묘사하려는 카프카의 의도는 서술 방법에서도 나타난다. 왜냐하면 카프카는 주제적인 관점에서뿐만 아니라 미국의 이미지에 대한 새로운 미디어적 중재를 통해서도 모더니티의 양가성을 표현하려고 하기 때문이다. 막스 브로트는 『아메리카』[7]의 초판 후기에서 다음과 같이 밝혔다.

이 책 속에는 (내가 '피난처'라고 명명했던, 교외에서 벌어지는 장면들을 말한다) 분명히 채플린의 영화, 분명 아직까지는 그것이 어떻다고 묘사된 적인 없는 저 아름다운 채플린 영화를 상기시켜주는 장면들이 있다. 이때 잊어서는 안 될 것은, 이 소설이 나왔던 시대(전쟁 전이다)에는 채플린은 알려져 있지 않거나, 아마 아직까지 전혀 등장하지 않았다는 사실이다.[8]

---

6 Karlheinz Fingerhut, "Erlebtes und Erlesenes-Arthur Holitschers und Franz Kafkas Amerika-Darstellungen. Zum Funktionsübergang von Reisebericht und Roman," *Diskussion Deutsch*, 20(1989), S.337-355, hier S.350f.

7 막스 브로트는 카프카의 미완성 소설 『실종자』의 제목을 『아메리카』로 변경하고, 6장만으로 이루어진 이 소설에 7장 '피난처'와 8장 '오클라호마의 야외극장'을 덧붙이고 수정을 가해 1927년 첫 판을 발간함으로써 텍스트상의 문제점을 야기했다.

8 Franz Kafka, *Amerika. Ein Roman*, hrsg. von Max Brod, München 1927, S.392.

잘 알려진 것처럼 카프카는 초기 '영화 기술'에 대한 관심이 높았다.[9] 1908년 이래로 그는 일기와 편지 속에서 당시 선풍적인 인기를 끌고 있던 무성영화라는 새로운 매체에 관심을 나타내고 있다. 그는 무성영화의 표현 기법인 표정술과 제스처를 이용해 고정된 이미지를 끊임없이 변화시킬 수 있다고 생각했고, 연속으로 촬영된 카메라 장면과 커팅 기술을 통해 시각을 바꾸거나 상이한 서술 층위와 관찰 층위를 합성하는 새로운 기술을 제시하고자 했다. 실제로 카프카는 초기 무성영화에서 자주 볼 수 있었던 표현적 동작언어의 요소를 『실종자』의 제1장에 나오는 "화부는 피로한 기색으로 다시 자리에 앉아 두 손으로 얼굴을 감쌌다"(KKAV 14), "카를은……자기 앞 방바닥에……시선을 던졌다"(KKAV 239) 등과 같은 문장에서 사용했다. 또한 막스 브로트가 제시한 소위 '피닌치' 징에 나오는 군중의 묘사라든가 뉴욕 거리의 쉴 새 없이 흘러가는 자동차의 물결에 대한 묘사에서는 영화 기술적인 특수성을 이용해 전형적인 미국의 이미지를 부각시키고 있고, 이러한 수법으로 도처에서 영화적 모티브를 환기시키고 있다. 카프카는 1911년 1월 여행일기에서 영화의 특성을 "눈에 보이는 것에 그 운동의 불안감을 부여하는"(KKAT 937) 한 방법이라고 표현하기도 했다. 계속해서 『실종자』에 나오는 "밖은 자동차들이 약간씩 끊기긴 했지만 여전히 그 수가 증가하면서 낮보다 더 속력을 냈고, 헤드라이트의 흰빛은 도로의 바닥을 더듬으며 멀어져가서는 희미해진 불빛으로 호텔의 밝은 지대와 교차하면서 계속 어둠 속으로 빛을 던졌다"(KKAV 160) 같은 장면은 영사막 위에서 쉴 새 없이 빠르게 움직이는 초기 영화의 영상에서 영향을 받은 표현기법이었다. 여기에 흑

---

9 Wolfgang Jahn, "Kafka und die Anfänge des Kinos," *Jahrbuch der deutschen Schillergesell-schaft*, 6(1962), S.353-368; Ders., *Kafkas Roman Der Verschollene(Amerika)*, Stuttgart 1965, S.53-66; Hanns Zischler, *Kafka geht ins Kino*, Reinbek bei Hamburg 1996.

백 영상을 이용해 이미지의 대조를 부각시키고 명암을 강조함으로써 카를
로스만이 뉴욕 거리를 관찰할 때 느끼는 인상을 부각시키기도 한다.

카를의 고향 도시에서라면 아마도 좋은 경치를 조망할 수 있는 제일 높은
장소일지 모르나, 여기서는 거리 하나를 내다보는 것 이상은 허용되지 않았
다. 그 거리는 칼로 벤 것처럼 두 줄로 늘어선 집들 사이를 마치 멀리 달아나
듯이 뻗어 있었다. 그 길 끝에는 대성당의 모습이 짙은 매연 속에 우뚝 솟아
있었다. 아침저녁으로 또 밤의 꿈속에서도 이 거리는 항상 복잡한 교통으로
혼잡했다. 위에서 내려다보면 거리는 일그러진 사람들의 모습과 각종 차량
지붕들의 혼합물이었는데, 그것은 언제나 새로운 출발점에서 흩어졌다. 여기
에서 소음과 먼지와 악취의 복합적이고 요란한 새로운 혼합물이 올라왔다.
이 모든 것을 한줄기 강력한 햇빛이 포착하고 사로잡았다. 그 햇빛은 수많은
대상에 의해 줄곧 흩어져서 사라지고, 다시금 부지런히 다가오기도 했다. 현
혹당한 눈엔 그 햇빛이 물체인 것처럼, 즉 마치 모든 것을 덮고 있는 유리판
이 이 거리 위에서 금방이라도 되풀이해 산산이 부서지는 것처럼 보였다
(KKAV 55).

이처럼 『실종자』는 지속적으로 변화되는 현장을 에피소드적인 서술방식
으로 기록했다. 그것은 영화 속에서처럼 소설 사건의 시간적·공간적 집중으
로 이어졌다. 더 나아가 카프카는 당시의 영화 양식인 르포르타주 특성으로
거리, 군중 장면, 공장과 대로, 교통의 흐름 등을 사실적으로 그렸는데, 볼프
강 얀은 이러한 방법을 가리켜 영화 기법에서 오는 "시각적인 묘사방식"이
라고 특징지었고, 이것을 텍스트에 내재한 "환상적인 깊이"[10]를 다치지 않고
"가시적인 현실"을 묘사한 『실종자』의 특수한 양식 수단으로 인식했다.[11]

---

10 Ebd., S.37.

미국에서 펼쳐지는 카를 로스만의 운명은 그때그때 주어지는 주변 세계에 의해 순환적으로 수용과 축출을 거듭하며 이루어지는 단계적인 몰락으로 나타난다. 비록 첫 번째 장에서 외삼촌을 우연히 만남으로써 아버지에게 추방된 카를이 미국에서 긍정적인 전환을 하게 되리라는 기대감이 엿보이지만, 곧이어 순진한 카를은 현대 산업사회의 권위나 위계질서와 지속적인 갈등 메커니즘에 빠지게 된다. 그것은 언제나 비인간적인 처벌로 끝남으로써 카를을 충격적인 좌절감과 죄의식에 사로잡히게 한다.

이렇게 반복되는 갈등 모델은 옥시덴탈 호텔에서 같이 일하는 유럽 처녀 테레제가 들려주는 그녀의 비극적인 가족사에서도 나타난다. 그녀의 가족은 '아메리칸 드림'을 꿈꾸며 왔지만, 그녀의 아버지는 뉴욕의 비인간적인 사회적 환경과 대우를 견디지 못하고 캐나다로 도망갔고 어머니는 기아와 피로로 공사장에서 죽었으며 테레제는 낯선 세계에 홀로 남게 되었다(KKAV 195ff.). 볼프강 얀이 지적했듯이, 이 비유적인 이야기는 소설의 중간에 위치해 미국이라는 새로운 현대 산업사회가 지닌 모순과 비인간적인 메커니즘[12] 속에서 앞으로 카를이 겪게 될 고난과 좌절을 예측하게 만든다. 그러나 아무 것도 모르는 순진한 카를 로스만은 제6장 '로빈슨 사건'과의 관계에 이르러서야 비로소 거대하고 완벽하게 조직화된 현대 산업사회의 메커니즘 속에서는 어떤 개인의 선의나 정의의 변호가 불가능하다는 것을 깨닫는다.

"선의가 없다면 변호하는 일이 불가능하지"라고 카를은 자신에게 말했다. 테레제가 아마도 그 때문에 괴로워하게 될지라도, 카를은 웨이터장에게 더 이상 대답하지 않았다. 카를은 그가 했던 모든 말이 나중에 본뜻과는 전혀

---

11 Reproduktion dieser Anzeige bei Hanns Zischler, "Maßlose Unterhaltung. Franz Kafka geht ins Kino," *Freibeuter*, 16(1983), S.368.

12 Wolfgang Jahn, *Der Verschollene*, a.a.O., S.410f.

다르게 받아들여진다는 것과 선으로 보느냐 악으로 보느냐 하는 것도 판단의
방법에 달려 있다는 것을 알았다(KKAV 245).

옥시덴탈 호텔에서 쫓겨난 후 카를은 마침내 모든 사회적 관계를 잃고
사회의 가장 낮은 계층을 떠돌게 된다. 그는 몰락한 예전의 오페라 여가수의
집에 머물렀다가 결국은 "25번 사업장"(KKAV 384)이라는 교외 사창가의 사
환으로 일하게 된다. 카를은 사회적으로 몰락하면서 동시에 도덕적 가치관
마저 상실하게 된다. 그는 이제 모든 것에 무기력하게 반응할 뿐이다. "카를
은 이런 얘기에 거의 귀를 기울이지 않았다. 누구나 자신의 권력을 이용했고
자기보다 낮은 사람을 모욕했다. 일단 이런 것에 익숙해 있다면 이런 것은
규칙적으로 치는 시계소리같이 들렸다"(KKAV 384). 평소에 그렇게도 정확하
고 깔끔하고 자신의 결점을 개선하려고 노력했던 카를은 이제 모든 의욕을
상실했다. "그는 여기에서 무엇을 해야 할지 몰랐다"(KKAV 383). 그는 이제
유럽에서 올 때 가져온 가방을 정리하는 일도 잊었고, 그렇게 애지중지했던
양친의 사진도 잃어버렸다. 방 안의 비품과 옷을 말끔히 정리하던 일도, 규칙
적으로 하던 저녁식사도 점차 무시해버렸다. 그는 희망 없이 떠도는 실향민
이 되어버린 것이다.

마지막 장으로 예측되는, 단편(斷片)으로 남은 「오클라하마의 야외극장」에
서 카를은 아무나 조건 없이 채용한다는 광고를 보고 일자리를 얻으러 그곳
으로 간다. 그곳의 한 부스 책임자가 이름을 묻자 그는 스스로 "니그로"
(KKAV 402f.)라고 칭한다. 카를은 마침내 자신의 정체성마저 완전히 상실한
것이다. 이렇듯 주인공이 자신의 의지와는 상관없이 정체성과 주체성을 상
실하게 될 징후는 이미 카를이 뉴욕 항에 도착했을 때부터 나타난다. 그가
"내릴 생각을 전혀 하지 않았는데도 그의 옆을 지나가는 짐꾼들이 더 늘어나
면서 그는 차츰차츰 갑판의 난간에까지 밀려났다"(KKAV 7)는 문장에서 그가

막 도착한 미국에서 어떤 궁지에 몰리게 되리라는 것을 감지할 수 있기 때문이다.

이런 점에서 막스 브로트가 1927년 이 소설에 희망적인 의미가 담긴 '아메리카'라는 제목을 붙여 발간한 것은 분명 카프카의 본래 의도와는 맞지 않는다. 카프카 스스로 밝힌 '실종자'(F 86)야말로 바로 이 소설의 내용과 주제에 들어맞는 제목이다. '아메리카'라는 제목은 당시 사람들에게 신세계에서 자신의 꿈을 실현시키고자 하는 '아메리칸 드림'이라는 잘못된 이미지를 유추시킬 수 있지만, '실종자'라는 제목은 누구나 아메리칸 드림을 꿈꾸는 그곳에서 사실은 거주할 곳도 얻지 못하고 자신의 주체성과 정체성마저 잃게 되는 실종자가 되고 만다는 것을 함축하고 있기 때문이다. 그래서 카프카는 1915년 9월 30일 일기에서 『실종자』외 『소송』을 서로 연관시키며 그 주인공들 모두가 비극으로 끝난다고 밝혔던 것이다.

> 로스만과 카(K), 죄 없는 자와 죄 있는 자, 이 두 사람은 결국 똑같이 벌을 받아 살해된다. 죄 없는 자는 타도되기보다는 오히려 비교적 손쉽게 옆으로 밀려나버린다(KKAT 757).

이 일기에 의하면 카프카는 카를 로스만과 요제프 카 모두 마지막에는 죽음을 당하는 것으로 구상하고 있었음을 알 수 있다. 그러나 『실종자』는 미완으로 끝났기 때문에 『선고』나 『소송』처럼 죽음의 판결이 나오는 구체적인 장면은 없다. 그리고 소설의 마지막 장인 「오클라하마의 야외극장」에서는 지금까지와는 사뭇 다른 양상의 사건을 보여준다. 이 장에서는 겉으로 보기에 마치 카를의 사회적 몰락이 잠시 멈춘 것처럼 보인다. 지금까지 비판적으로만 보였던 현실 세계가 어떤 조화로운 사회적 유토피아 세계로 변형되어 나타나는 듯이 보이기 때문이다. 바로 이러한 점 때문에 막스 브로트는 작품의 제목을 '아메리카'로 바꾸고 어떤 긍정적 결말을 기대했던 것으로 생각된다. 그는 생전에 카프카와의 대화를 소개하면서, 실제로 "존재하는 '오클라호마의 야외극장'에 관한 미완성된 장이 마지막 장이며 화해 속에 끝나기로 되어 있었고", "젊은 주인공이 이 끝이 없는 극장에서 마치 파라다이스적인 마술을 통해 직업과 자유와 후원과 심지어 고향과 부모를 다시 만나기로 했다"[13]고 주장했다.

그러나 카프카 연구가들 사이에서는 마지막 장에서 드러나게 될 주인공의 구원과 처형의 결말에 대해 많은 논란이 야기되어왔다. 이미 이 장의 도입부에서 카를은 노동과 보장에 관한 벽보들을 보면서 지금까지와는 달리 매우 정확한 현실감을 보여주고 있다. "벽보가 아주 많았지만 어떤 사람도 벽보를 더 이상 믿지 않았다. 이 벽보는 다른 벽보들보다 훨씬 더 황당무계했다. 특히 이 벽보에는 하자가 있었는데, 거기에는 보수에 대해선 일언반구도 없었다"(KKAV 387). 카를이 사회에서 자신의 자리를 찾았다고 믿었을 때 어떤 구원적인 결과가 가까운 듯 보였고 "마침내 그는 번듯한 직장 생활의 출발점을 찾으려 했다. 그는 아마도 거기서 자신의 능력을 보일 수 있을 것"(KKAV 388)이라고 생각했다. 그러나 벽보를 자세히 관찰해보고 그는 자신에게나 다른 사람들에게나 '배우가 된다'는 것은 일반 사회에서 엔지니어의 직업을 갖고자 하는 바람과는 다르다는 것을 알게 된다. 카를은 극장의 인사부장을 만나면서 겉으로 보기에 안정된 새로운 생활이 사실은 '근본적인 정신적 구조 변화'를 요구하고 있다는 것을 알게 된다. 카를은 지금까지의 태도와는 달리 부당함을 알면서도 모든 일에 수동적인 태도를 취한다.

카를은 선전 팀의 미끼가 너무 거창해서 아마도 거부감을 주었을 거라는

---

13 Franz Kafka, *Amerika,* a.a.O., S.389f.

사실을 그 남자에게 말해줄까 하고 생각했다. 그러나 그는 그것을 말하지 않았다. 왜냐하면 그 남자는 이 팀의 단장이 아니기 때문이었다. 게다가 아직 채용도 되지 않은 카를이 개선 건의를 한다면 그건 별로 좋지 않을 것이기 때문이다(KKAV 396).

또한 다른 증거가 이 장의 화해적인 성격에 의문을 제시한다. 화해란 양쪽 모두의 조정과 노력에 의해 문제를 개선하는 데서 생겨나는 것이지만, 카를의 상대는 결코 변화하지 않는 현대 산업사회의 구조이기 때문이다. 거기에서는 단지 카를의 고집스런 몰락 아니면 포기와 적응만 가능하기 때문이다. 그래서 현대 산업사회의 구조 안에서 구원을 추구한다는 것은 우스꽝스러울 뿐이다. 이 작품에 나오는 선교적인 선전과 지나칠 정도로 낯선 관료적인 입회의식, 그리고 의심스러운 허황된 사회적 약속 등은 마치 성서의 구원 요소를 패러디화한 것처럼 보인다. 이를테면 커다란 날개를 단 천사들로 분장한 소녀들, 최후의 심판을 암시하는 듯한 트럼펫, 미국 대통령의 그림 아래서 제공되는 가난한 자들의 식사 등이 그런 예이다. 이런 점에서 이 장이 지니고 있는 유토피아적인 내용은 상대화된 것이라고 볼 수 있다. 또한 옥시덴탈 호텔의 요리장이 빛나는 미국의 입신출세자가 되리라고 보장했던 엘리베이터보이 쟈코모 역시 그곳에서 또다시 엘리베이터보이로 채용된 것을 미루어보았을 때 '오클라하마의 야외극장'이 발전이 아니라 오히려 정체나 몰락을 의미한다는 사실을 강하게 시사해준다.

쟈코모의 외모 자체는 전혀 변한 게 없었다. 쟈코모가 반년 후에는 골격이 튼튼한 미국인이 된다던 여주방장의 예언은 맞지 않았다. 그는 이전과 마찬가지로 여렸다. 뺨도 예전처럼 움푹 들어갔다.⋯⋯카를은 쟈코모도 배우로 채용되지 않았고 엘리베이터보이로 채용되었다는 사실을 팔에 찬 그의 완장을 보고 알 수 있었다(KKAV 414).

　‘오클라하마의 야외극장’이 지니고 있는 낙관주의적인 요소를 의심할 만
한 가장 강력한 증거는 무엇보다도 ‘아름다운 나라’를 의미하는 오클라호마[14]
라는 단어 대신에 카프카가 의도적으로 ‘오클라하마’라는 단어를 사용하고
있다는 점이다. 카프카가 읽었던 책 중에는 1912년에 나온 아르투르 홀리처
의 미국 여행보고서인 『아메리카: 오늘과 내일. 여행 체험』이 있다. 거기에
는 ‘오클라하마의 목가적 풍경’이라는 제목으로 섬뜩한 ‘린치 장면’의 사진
이 담겨져 있다.[15] 그것은 한 젊은 유색인의 처형 장면으로 나무에 목이 매달
린 채 죽어 있는 그의 주위에 백인들이 냉소적인 표정을 지으며 서 있는
사진이다. 또한 그 책에 나오는 한 “젊은 니그로”는 니그로와 유대인을 가리
켜 “같은 배를 탄”[16] 인종이라고 말하고 있다. 이런 맥락에서 볼 때 그 죽음의
판결은 분명히 카프카의 주의를 끌었을 것이고, 그는 거기서 미국에서 벌어
지는 백인과 유색인 간의 갈등을 보면서 프라하의 비유대인과 유대인 간의
갈등을 생각했을지 모른다. 홀리처의 책에 실린 이 처형 사진의 제목인 ‘오
클라하마의 목가적 풍경’은 ‘오클라호마’의 잘못된 표기였을 것이다. 그러나
카프카는 분명히 의도적으로 잘못된 표기인 ‘오클라하마’를 자신의 소설에

---

14　막스 브로트는 자신이 편집한 『아메리카』에서 ‘오클라하마의 야외극장’을 ‘오클라호마의
　　야외극장’으로 고쳤을 뿐만 아니라 노르베르트 퓌르스트(Norbert Fürst)와 함께 이것을 ‘아
　　름다운 나라’, 즉 ‘낙원’으로 이해해 이 작품을 ‘신의 제국에로의 편입’이라고 긍정적으로
　　해석하는 우(愚)를 범했다. Franz Kafka, *Amerika*, hrsg. von Max Brod, Frankfurt am
　　Main 1953, S.357; und auch Norbert Fürst, *Die offenen Geheimtüren Franz Kafka*,
　　Heidelberg 1956, S.54.

15　Oliver Jahraus, *Kafka. Leben, Schreiben, Machtapparate. Mit 24 Abbildungen*, Stuttgart
　　2006, S.259.

16　Arthur Holitscher, *Amerika. Heute und morgen*. Reiseerlebnisse, Berlin 1912, S.351.

그대로 가져와 '호클라하마'의 야외극장으로 표기하고 있다(KKAV 387). 그러므로 오클라하마의 야외극장은 '아름다운 나라'가 아닌 죽음의 장소나 "법정에 대한 메타포"[17]라고 생각할 수 있다.

이런 입장을 대변해주는 또 다른 증거는, 야외극장의 한 부스 책임자가 이름을 물었을 때 카를 로스만은 스스로를 '니그로'라고 명명한다는 점이다(KKAV 402).[18] '오클라하마의 목가적 풍경'에 나오는 유색인 린치 장면의 사진과 연관시켜볼 때 카를 스스로 자신을 '니그로'라고 부른 것은 그의 운명의 방향을 어느 정도 유추할 수 있게 한다. 그는 이미 미국의 모든 사회로부터 버림받은 존재이고, 동질성을 상실한 '실종자'이며, 멸시받는 최하층의 '니그로'인 것이다. 이로써 그는 이미 사형선고를 받은 것과 다름없는 처지인 것이다. 카를은 카프카의 이전 단편인 『선고』와 『변신』 그리고 그 후에 나온 『소송』의 주인공처럼 비참한 결말을 맞이하게 되거나, 거대한 현대 자본주의 산업사회의 이름 없는 무정형의 '실종자'로 영원히 사라져버릴 존재인 것이다. 그래서 카프카는 "로스만과 카(K), 죄 없는 자와 죄 있는 자, 이 두 사람은 결국 똑같이 벌을 받아 살해된다"라고 일기에 썼던 것이다.

---

17 Oliver Jahraus, *Kafka. Leben, Schreiben, Machtapparate. Mit 24 Abbildungen*, Stuttgart 2006, S.260.

18 흥미롭게도 카프카는 자신의 원고에 처음 썼던 '레오'를 '니그로'로 수정했다(KKAV APP 85). 그가 이 단어를 특별히 염두에 두고 있었음을 알 수 있다.

# 『변신』의 창작 과정과 폰타네 상금 수여

1912년 11월 17일 일요일, 카프카는 침대에 누운 채 전혀 일어날 생각을 하지 않았다. 사흘 전만 해도 그는 행복했다. 사랑하는 펠리스가 처음으로 자신에게 '당신'이란 친밀한 호칭을 썼던 것이다. 그런데 자신이 여러 번 편지를 띄웠음에도 무슨 일인지 이틀째 연락이 없었다. 아직까지도 그녀가 자신을 진지하게 생각하지 않는 것이라고 여겨졌다. 게다가 앞서 쓰던 『실종자』가 며칠째 제자리걸음이었고 막스에게서도 연락이 없었다. 며칠 전 카프카가 깊이 잠드는 바람에 약속시간을 지키지 못해 그가 화가 난 탓이었다.[1]

그는 막스와 펠리스에게 버림받은 듯한 느낌 속에서 진척이 없는 소설로 괴로워하고 있는데, 가족들은 예전과 다름없이 떠들썩하게 아침식사를 하고 있었다. 그 순간 그는 자신이 그 어디에도 속하지 않은 낯선 이방인이라는 생각이 들었다. "비참함 가운데 침대 속에" 누워 있는데, 한순간 그를 "내적으로 강하게 압박하는" 어떤 "작은 이야기"가 번뜩 뇌리를 스쳐 지나갔다(F 102). 그는 벌떡 일어나 책상에 앉아 미친 듯이 원고를 써내려갔다. 바로

---

[1] 카프카는 1912년 11월 6일 저녁 막스 브로트와 그를 방문한 작가 오스카 A. H. 슈미트와 카페 아르코에서 만나기로 했던 약속을 지키지 못했다(FC 92).

"20세기의 가장 유명한 단편"(RSI 210) 『변신』이 탄생하는 순간이었다. 그러나 생각보다 훨씬 길어진 『변신』은 『선고』처럼 '단숨에' 쓸 수 없었다. 그것은 후에 나오게 될 '고독의 삼부작'(『실종자』, 『소송』, 『성』) 다음으로 가장 긴 이야기가 될 터였다. 일주일이 지나 이야기를 반쯤 썼을 때 카프카는 펠리스에게 이 작품의 내용을 이렇게 소개했다.

> 이것은 정말 역겨운 이야기입니다.……이제 절반 이상 진척되었습니다. 대체적으로 불만스럽지는 않습니다. 그러나 역겹습니다.……하지만 밤 시간도 이 극도로 환희에 찬 일을 하기에 충분히 길지 못합니다(F 117).

그는 아직 완성되지 않는 작품을 1912년 11월 24일 오스카 바움, 막스 브로트, 엘자 타우시히에게 낭독해주었다. 모두가 놀라워하며 작품의 결말을 기대하는 표정이었다. 그러나 그의 열정적인 글쓰기는 현실적으로 지속될 수가 없었다. 그는 11월 26일에 보험공사 소송 건으로 크라차우로 공무 여행을 가야 했고, 작품이 마무리되기 이틀 전인 12월 4일 밤에는 빌리 하스가 주관하는 '헤르더 협회'에 나가 『선고』를 낭독해야 했다. 그렇지만 『변신』의 주요 부분을 끝낸 후인 12월 5일 밤과 6일 사이에 그는 펠리스 바우어에게 다시 편지를 썼다.

> 그대여, 눈물을 흘리세요. 지금은 울 때입니다. 내 단편 이야기의 주인공이 조금 전에 죽었습니다. 주인공이 평화롭게 모든 것과 화해한 채 죽었다는 것을 안다면 조금은 위안이 될 것입니다. 이야기 자체는 완전히 끝나지 않았지만 지금은 더 쓸 기분이 아니어서 결말을 내일까지 미뤄두려 합니다(F 160).

그녀에게 주인공의 죽음에 대해 눈물을 흘리라고 한 것으로 보아 카프카

는 그 인물에게 특별한 애착심을 느끼고 있었다는 것을 알 수 있다. 그는
『변신』의 나머지 부분을 12월 6일에 마무리했다. "나의 단편 이야기가 끝났
습니다. 그런데 오늘의 결말이 나를 기쁘게 하지 못합니다. 분명히 더 잘
될 수도 있었을 텐데요"(F 163). 그는 외부적 방해로 제대로 정신을 집중하지
못한 채 서둘러 마무리한 마지막 부분에 만족하지 못했다. 그는 결말 부분을
새로 쓸 수 있지 않을까 하는 마음에 거의 석 달 동안 『변신』 원고를 책상에
놓아두었다.

하지만 『변신』을 새로 손보는 일은 더 이상 이루어지지 못했고, 1913년
2월 28일 저녁에 브로트 집에서 마지막 부분을 낭독했다. 그러나 막스 브로
트는 그의 작품에 놀라고 감탄했다. 그는 그 이야기를 즉시 쿠르트 볼프
사의 원고 심사위원으로 있는 프란츠 베르펠에게 알렸고, 베르펠은 쿠르트
볼프에게 카프카가 쓴 '빈대'[2]라는 제목의 단편에 대해 보고했다. 볼프는
1913년 3월 20일 카프카에게 "프란츠 베르펠 씨가 당신의 새로운 노벨레
― '빈대'라고 하더군요― 에 대해 많은 이야기를 했습니다. 그 이야기를 정
말 알고 싶군요"(B2 572)라고 편지를 띄웠다. 이에 대해 카프카는 4월 11일
볼프에게 보내는 편지에서 『화부』, 『선고』, 『변신』을 함께 묶어 '아들들'
(Br 166)이라는 제목으로 책을 내자고 제안했고 긍정적인 답변을 들었다. 그
러나 카프카는 여전히 작품의 끝 부분이 마음에 들지 않아 계속 신중을 기하
느라 『변신』 원고를 넘기는 데 너무 많은 시간을 끌었다. 볼프가 편지한
지 10개월이 지난 1914년 1월 14일까지도 그는 여전히 "변신에 대한 커다
란 거부감"과 "읽을 수 없는 끝"(KKAT 624)에 대해 언급하고 있었다. 그러나
카프카가 작품 발표에 신중하다는 것을 잘 알고 있는 볼프는 독촉하지 않았
다. 그때 프란츠 블라이의 소개로 젊은 백만장자 에릭-에른스트 슈바바흐가

---

2 Joachim Unseld, *Franz Kafka. Ein Schriftstellerleben*, München/Wien 1982, S.87.

볼프 사를 도와 표현주의 노선의 문예 잡지 ≪디 바이센 블레터≫[3]를 창간했다. 이 기회를 놓치지 않고 막스 브로트는 『변신』의 발표를 주저하고 있는 카프카를 여러 차례 설득해 당시 그 잡지의 편집장으로 있는 프란츠 블라이에게 『변신』 원고를 보내게 했다. 마지못해 카프카는 1914년 1월 말 『변신』 원고를 타자지에 옮겼는데, 원고 분량은 77쪽이었다. 그러나 ≪디 바이센 블레터≫의 편집진은 잡지에 싣기에는 원고의 분량이 너무 많다는 이유로 발표를 미루었다. 그러다 1914년 2월 베를린에서 발간되는 문예 잡지 ≪디 노이에 룬트샤우≫의 편집장 로베르트 무질이 카프카에게 함께 잡지 일을 하자[4]고 제안하며 원고 청탁을 해왔다. 잡지 ≪디 바이센 블레터≫가 발간을 주저하는 사이 카프카는 『변신』 원고를 따로 로베르트 무질에게 보냈다(F 556). 그러니 그곳에서도 분량이 많다는 이유로 그 잡지의 출판업자 자무엘 피셔가 반대해 발표가 무산되었다. 그리고 얼마 지나지 않아 제1차 세계대전의 발발로 1914년 8월 쿠르트 볼프와 프란츠 베르펠이 군대에 입대했고 볼프 출판사 직원 12명 중 10명이 입영하게 되어 출판사는 거의 휴업 상태가 되었다. 이렇게 해서 『변신』의 출판은 무한정 연기되었다.

카프카가 ≪디 바이센 블레터≫에 『변신』 원고를 넘긴 지 거의 21개월이 지난 1915년 10월 중순경 막스 브로트가 불쑥 그의 집으로 찾아왔다.

---

3 ≪디 바에센 블레터(Die weißen Blätter)≫는 라이프치히에서 1913년 9월부터 발행된 잡지로 처음에는 에리크-에른스트 슈바바흐(Erik-Ernst Schwabach)에 의해, 1915년부터는 르네 시켈레(René Schickele)에 의해 발간되었다. 이 잡지는 헤르바르트 발덴(Herwarth Walden)의 ≪데어 슈투름(Der Sturm)≫과 프란츠 펨페르트(Franz Pfemfert)의 ≪디 악치온(Die Aktion)≫과 더불어 표현주의를 표방하는 중요한 잡지에 속했다.

4 1914년 2월 말 로베르트 무질은 카프카에게 ≪디 노이에 룬트샤우≫에서 함께 일하자는 편지를 보냈다. "당신께서 예술이나 혹은 그것과 연관된 영역에서 알고 싶은 모든 것을 관철할 수 있는 개인적인 잡지로 여겨주셨으면 감사하겠습니다"(B2 579). 이를 계기로 카프카는 1914년 3월 자유 작가로서 베를린으로 이주할 계획을 하기도 했다.

그의 손에는 갓 인쇄된 문예 잡지 ≪디 바이센 블레터≫의 견본 몇 권과
쿠르트 볼프 사에서 온 편지가 들려 있었다. 그것은 군대에 간 쿠르트 볼프
대신 출판사를 맡게 된 게오르크 하인리히 마이어가 보낸 편지로 카프카의
주소를 잘못 기재해 막스 브로트에게 보내진 것이었다. 그 잡지에는 자신이
수정 인쇄본도 읽은 적이 없는『변신』이 인쇄되어 있었다. 카프카는 불쾌했
지만, 이미 벌어진 일이었다.

마이어는 출판계에서 산전수전을 다 겪은 노련한 서적 출판업자였다. 그
는 여러 개의 출판사를 직접 경영하기도 했고 수년간 '독일 출판사'의 위임
을 받아 수많은 서점과 거래한 적이 있기 때문에 출판사의 경향과 독자의
취향, 서적 도·소매상의 판매경로와 욕구 등을 자세히 파악하고 있었다. 그
는 사업 수완을 발휘해 이미 구스타프 마이링크의 괴기소설『골렘』, 노벨
문학상 수상자 라빈드라나트 타고르의 작품들, 당시 인기작가인 카를 슈테
른하임의 소설『나폴레옹』, 막스 브로트의 소설『신을 향한 티호 브라헤의
길』등을 출판해 베스트셀러로 만들었다. 그는 작품성보다는 판매량에 관심
이 많았고 시대가 호응하는 다작의 작가를 선호했다. 그러한 그가 분량 때문
에『변신』의 발표를 미루고 있는 ≪디 바이센 블레터≫의 편집자 르네 시
켈레의 생각을 바꾸게 했던 것이다. 더 나아가 마이어는 카프카에게 보낸
10월 11일 편지에서 잡지에 발표된『변신』을 '최후의 심판의 날' 총서의
독립된 책으로 발간할 것을 제안했다. 카프카는『변신』의 발표를 오랫동안
미루어왔던 볼프 사의 태도에 의아해하지 않을 수 없었다. 그러나 그 이유는
마이어의 편지로 밝혀졌다.


폰타네 상은 가장 훌륭한 현대 작가에게 수여되는 상입니다. 우리끼리만
아는 일이지만, 금년엔 슈테른하임이『부제코프』,『나폴레옹』,『슐린』세
작품으로 그 상을 받기로 되어 있습니다. 그러나 귀하께서도 아시겠지만, 슈

테른하임은 백만장자이기 때문에 그분에게 상금을 수여하는 것은 별로 유용하지 않습니다. 그래서 금년에 폰타네 상을 주기로 계획했던 프란츠 블라이가 슈테른하임을 설득해 800마르크 총상금을 가장 적임자인 귀하에게 양도하기로 했습니다. 슈테른하임은 귀하의 작품들을 읽은 적이 있으며, 귀하께 동봉한 엽서에서 미루어 짐작하실 수 있듯이, 당신에게 대단히 매료되어 있습니다. 그러니 귀하께서는 『변신』에 대한 대가로 다음과 같은 것을 기대하셔도 좋을 듯싶습니다. ①《디 바이센 블레터》에 대한 사례금(시켈레가 귀하와 그것에 대해 어떤 결정을 했는지 저는 모릅니다), ②'최후의 심판의 날'에서 발간되는 소량의 발행부수에 해당하는 일회 사례금 350마르크, ③폰타네 상금 800마르크. 그러니 귀하께서는 정말 행운아인 셈이지요.[5]

마이어는 '폰타네 상'으로 그동안 『변신』의 발표가 미루어져 기분이 상했을 카프카의 환심을 사고 동시에 『변신』과 더불어 그의 팔리지 않는 책들에 대해서도 상금 수여라는 광고를 통해 판매효과를 보고자 하는 노련한 사업가의 속셈을 가지고 있었던 것이다. 자존심 강한 카프카는 정식 공동 수상도 아닌 상금을 받을 이유가 전혀 없다고 단연 반대했다.

그 상 자체나 공동 수상이 아무리 중요하다 해도 저로서는 공동 수상도 아닌 상금만 수령하는 것은 바라지 않습니다. 저에게는 그런 권리가 전혀 없다고 생각됩니다. 또한 저로서도 상금에 대한 절실한 필요가 전혀 없습니다. 귀하의 편지 중 제 자신의 견해와 상충하는 유일한 대목은 다음입니다. "폰타네 상으로 주목을 끌게 될 것이며 등등"(Br 133).

---

5 Georg Heinrich Meyer an Kafka, 11. Oktober 1915(B3 739f.). 여기에 첨부된 카를 슈테른하임의 엽서는 전해지지 않고 있다. 그리고 다른 자전적 자료에서도 슈테른하임이 카프카의 작품에 심취해 있었다는 것을 알려줄 아무런 간접적인 증거를 얻을 수가 없다.

카프카는 상(賞)이라는 허세를 빌려 세상의 주목을 받는 일 따위에는 관심도 없었고, 더구나 그런 식으로 명성을 얻거나 돈을 버는 일도 결코 원하지 않았다. 그는 상금을 양보한 슈테른하임에게 감사의 편지를 쓰라는 마이어의 종용에 대해서도 자신의 의사와는 전혀 관계없이 진행된 일을 자신이 감사해야 할 이유가 없다며 간단히 거절했다. 그는 폰타네 상금에 대해서는 확고하게 거부했지만, 『관찰』의 제2판을 내는 것과 『변신』을 총서로 발간하는 일에는 동의했다. 그는 『변신』의 교정본을 마이어에게 보내면서 자신의 텍스트 인쇄와 구성에 대한 여러 가지 불만을 표시하고 개선을 요구했다. 그는 『변신』을 카를 슈테른하임의 『나폴레옹』과 같은 모양의 책자로 인쇄해줄 것과 『화부』의 표지를 '최후의 심판의 날' 총서 시리즈에 걸맞게 좋은 장정으로 바꾸어줄 것을 요구했다. 그는 자신의 책 자체를 사례금 수준보다도 더 중요하게 여겼다. 그러나 자신의 여러 이야기들을 하나로 묶어 '아들들'이라는 제목으로 책을 내자는 볼프와의 구두 약속은 마이어의 유보로 무산되었다. 이러한 우여곡절 끝에 이루어지긴 했지만, 『변신』의 발간은 그에게 "특별히 중요했다"(B3 145). 그가 그 단편을 쓴 지 3년 만에 비로소 문예지에 발표되고 책으로 발간되어 나오게 된 것이다.

그 후로 폰타네 상에 관해 카를 슈테른하임과 카프카 사이에 어떤 이야기가 오갔는지 알려진 게 없다. 다만 1915년 12월 6일 일간지 ≪프라거 타크블라트(Prager Tagblatt)≫에 백만장자인 슈테른하임이 자신에게 수여된 폰타네 상을 심사위원장인 프란츠 블라이의 제안에 따라 『관찰』, 『화부』, 『변신』을 쓴 카프카의 재능을 인정하는 표시로 그 상의 상금 800마르크를 카프카에게 양도했다는 보도가 실렸다. 카프카는 슈테른하임이 그에게 선물한 800마르크를 오스트리아 국가를 위해 전시공채에 넣어버렸다(KKAT 771). 그러나 나중에 그 공채를 발행한 회사가 부도가 나는 통에 채권은 거의 쓸모없게 되어버렸고, 카프카는 그 남은 돈을 자기 방의 벽지를 바르는 비용으로 사용했다.

여하튼 아이러니하게도 폰타네 상금 수여는 카프카 생전에 그에게 부여된 유일한 문학적인 명예였다. 극소수를 제외한 동시대의 작가·비평가·출판업자는 낯선 아웃사이더적인 작가를 제대로 평가하지 못했다. 그러나 친구 막스 브로트만은 달랐다. 1915년 4월 카프카가 그에게『소송』의 두 장을 읽어주었을 때 "그는 우리 시대의 가장 위대한 시인이다"[6]라는 최고의 찬사를 자신의 일기에 썼다. 그러나 카프카는 타인의 칭찬이나 평가보다는 항상 자기 자신의 엄정한 평가와 자기만족을 절대적이고 우선적인 비평의 잣대로 삼았다.

카프카의『변신』이 잡지와 책으로 발표되면서 주위에서도 변화가 일어났다. 사실 프란츠 베르펠은 쿠르트 볼프 사의 원고 심사위원으로서『변신』원고를 받고서도 반년 동안이나 읽어보지 않은 채 방치했었다. 당시 젊은 천재 시인으로 각광받던 그는『변신』이 수년 동안 발표되지 않았으면서도 여러 친구들 사이에서 회자되며 찬사를 받고 있다는 것을 알고 있었다. 그러나 그는『변신』이 1915년 11월에 쿠르트 볼프 사의 '최후의 심판의 날' 시리즈의 두 권(22권과 23권)으로 나온 후에야 이 작품을 읽었고 몹시 충격을 받았다. 그는 비로소 막스 브로트의 그늘 속에 숨어 있던 카프카를 완전히 잘못 인식했음을 깨달았다. 그는 카프카에게 그동안의 실수를 보상하려는 듯이 최고의 찬사로 가득 찬, 자신의 성격에 걸맞게 격정적이며 순진하고

---

6 Zitiert nach, Reiner Stach, *Kafka. Die Jahre der Erkenntnnis*, Frankfurt am Main 2008, S.56. 후의 일이지만, 1917년 12월 18일 취라우에서 폐결핵 치료를 하고 있던 카프카에게 막스 브로트는 프란츠 베르펠이 자신에게 쓴 편지 내용을 알려주었다. "베르펠이 자네의 「원숭이 이야기」에 완전 매료되어 이렇게 쓰고 있다네. 자네가 가장 위대한 시인이라는 거야. 자네가 알다시피 내 의견도 오래전부터 그렇다네." Macolme Pasley(Hrsg.), *Max Brod·Franz Kafka*, Eine Freundschaft II. Briefwechsel, Frankfurt am Main 1989, S.210.

『변신』 초판(1915년)

진실한 편지를 보냈다.

　정말 제가 얼마나 충격을 받았는지 말로 이루 표현할 수 없습니다. 또한 귀하로 인해 내 자신감은 유익한 충격을 얻게 되었습니다. 그 결과 저는 (천만다행으로) 저 자신이 매우 초라하다는 것을 느끼게 되었습니다.

　사랑하는 카프카어. 당신은 매우 순수하고, 새롭고, 독립적이고, 보다 완벽해서 사람들이 정말 당신과 교제하고 싶어 할 게 틀림없습니다. 마치 귀하가 이미 죽어 불멸인 것처럼 평소 살아 있는 사람에게서는 그런 걸 느낄 수가 없습니다. 당신이 최근의 작업에서 수행한 업적은 정말 과거의 어떤 문학에도 없었던 것입니다. 한마디로 말해서, 완숙하고 독특하며 리얼한 이야기로써 무엇인가 보편적이고 상징적이며 온 인류로부터 비롯된 비극적인 것을 묘사했습니다……당신과 함께하고 있는 모든 사람은 그것을 틀림없이 알 것입니다. 그러므로 당신을 같은 인간으로 취급할 수 없습니다. 저는 제가 당신에게 마음속으로 품을 수 있는 경외감에 대해 감사의 말을 표합니다.[7]

　이처럼 『변신』에 대한 호응은 예상을 뛰어넘었다. 막스 브로트는 카프카의 입지를 굳히려고 마르틴 부버를 찾아가 그가 1916년 4월부터 발간하게 될 월간지 《유대인》에 참여할 수 있도록 추천했고, 부버는 11월 말 카프카에게 그 잡지에 참여해줄 것을 요청했다. 그러나 카프카는 여전히 소극적인 태도를 보이며 부버의 요청을 고사했다. 자신은 너무 의기소침해 있고

---

7 Franz Werfel an Franz Kafka, 10. November 1915(B3 740f.).

불안정한 상태이며, 또한 그 잡지를 꾸려나갈 역량이 못 된다는 이유에서였다.[8] 그러나 그의 친구들과 대표적 유대 지성인인 헤르만 코헨, 구스타프 란다우어, 프란츠 로젠츠바이크, 아놀드 츠바이크, 막스 브로트, 후고 헤르만, 펠릭스 벨치 등은 이미 그 잡지에 적극적으로 참여하고 있었다.

8 Martin Buber, *Briefwechsel aus sieben Jahrzehnten*, 3 Bäude., hg. und eingel. von Grete Schaeder. *Bd. I: 1897-1918*, Heidelberg 1972, S.409.

# 『변신』해설

『변신』은 전혀 예기치 못한 사건으로 시작된다. 자신의 침대에서 자고 있던 영업사원 그레고르 잠자는 아침에 불안한 꿈에서 깨어났을 때 자신이 커다란 해충으로 변해 있음을 발견한다. 이것은 신화나 동화에서나 나올 법한 이야기지만, 그레고르의 변신은 신의 능력이나 마술의 힘을 빌려 일어난 것이 아니라 우리가 살고 있는 현실 속에서 실제로 일어났다는 점에서 충격적이다.

이와 같이 인간이 동물로 변하는 모습은 카프카에게는 돌연적인 비전이 아니다. 이미 수년 전에 쓴 미완성 소설 『시골에서의 결혼 준비』에서도 인간이 동물로의 변신을 바라는 장면이 나온 적이 있다. 일로 인해 몸과 마음이 지쳐 있는 주인공 라반이 시골에서 결혼식을 앞두고 역으로 가는 도중에 결혼식에는 "옷을 걸친 몸"(KKANI 17)을 보내고 자신은 "커다란 딱정벌레"(KKANI 18)로 변한 채 침대에 누워 있기를 원하는 장면이다. 물론 이것은 주인공의 상상 속에 떠오르는 사고의 유희이긴 하지만, 우리 눈에 보이지 않는 생각과 의식을, 즉 내면의 세계를 이미지로 형상화한 것이다. '옷을 걸친 몸'이 사회생활의 요구에 적응하려는 세인(世人)으로서의 자신을 형상화한 것이라면, '딱정벌레'는 그런 사회생활의 요구를 거부하고 침대에 누워 자유를 꿈꾸는 자아의 마음을 이미지화한 것이라 볼 수 있다. 문예비평가 토마스 안츠는 이 장면을 "사회적 의무감을 추구하는 한 개인의 일부와 자신의 소원을 추구하는 다른 부분 사이의 갈등 형식으로 이미지화한 것이다"[1]라고 분석했다.

카프카에게 동물의 메타포, 특히 그가 다루었던 '무용(無用)하고 낮은 동물'의 이미지 혹은 '고귀하고 영원한 것'을 추구하는 동물의 이미지는 자기 실존을 나타내는 중심 메타포로 사용된다. 『변신』을 시발점으로 카프카의 작품에는 말하고 생각하고 괴로워하는 많은 동물들이 주인공으로 등장한다. 즉, 탐구하는 개, 욕망에 찬 자칼, 자신을 보호하기 위해 굴을 파는 동물, 계명(啓明)된 원숭이, 노래하는 쥐 등은 모두 고유의 의지에 따라 생각하고 말하고 행동한다. 카프카의 작품에 나오는 동물은 사회적 규범성과 구별되는 다른 것을 대표한다. 그러나 상이함 때문에 그들은 사회적 권력과 폭력의 희생물이 된다. 그들은 동물이라는 인간과 같은 계보에 속하면서도 함께 살 수 없는, 그러면서 동시에 인간의 모순점을 알고 있는 말없는 증인이기도 하다. 인간은 같은 동물이면서도 오직 지적 능력의 차이와 가치관과 모습이 다르다는 이유로 동물을 무시하고 학대해왔다.

카프카의 자아상은 오래전부터 이렇게 이미지화된 동물적인 입장과 위치에 접근해 있었다. 카프카는 자신뿐만 아니라 주변의 인물이 아무 이유 없이 동물로 폄하되는 발언과 행동을 보며 자라왔다. 특히 아버지 헤르만은 음식 솜씨가 없는 식모를 "짐승 같은 것"으로, 폐결핵에 걸린 상점 점원을 "병든 개 같은 놈"으로, 식탁에서 흘리면서 먹는 아들을 "큰 돼지 같은 놈" 등으로 욕을 해대거나 자신의 마음에 들지 않는다고 아들을 "생선처럼 찢어발길 테다"라고 위협을 하기도 했으며, 카프카가 동구 유대 연극배우인 이차크

---

1 Thomas Anz, *Franz Kafka*, 2. durchgesehene Aufl., München 1992, S.81.

뢰비를 집으로 데리고 왔을 때는 "개들과 잠자는 자는 빈대와 함께 일어난다"(KKAT 223)라고 모욕을 주기도 했다. 그뿐만이 아니었다. 유럽인은 유대인을 개나 쥐로 비교하기 일쑤였다. 이렇듯 카프카는 일찍부터 아버지의 욕지거리에서만이 아니라 현실에서도 아무 이유 없이 동물이 경멸과 무용성과 결합되는 것을 보아왔다. 인간 세계에서 동물로 존재한다는 것은 저주요 공포였다. 길거리에서도, 동물원에서도, 서커스에서도 그랬고, 도살장은 말할 것도 없었다. 그들에 대한 구타와 속박과 단말마의 울음소리는 인간사의 도덕률 그 어디에도 적용되지도 기록되지도 않았다. 그중에서도 작은 곤충은 가장 무시되는 존재였다. 한 인간을 벌레나 해충으로 취급한다는 것은 그가 추하고 무용하거나 해롭다는 것을 의미했다.

그렇다면 카프카는 작품의 주인공으로서 왜 동물 중에서도 빈대를 택한 것일까? 카프카는 1917년 12월 4일 브로트에게 쓴 편지에서 동물에 대한 자신의 편견과 부정적 의식과 느낌을 표현했다. 당시 카프카는 폐결핵으로 취라우의 농가에서 휴양하고 있었는데, 쥐들의 소음으로 잠을 잘 이룰 수가 없었다.


내가 쥐에 대해 가지고 있는 것은 순전한 공포감일세. 이것이 어디서 오는지를 탐구하는 것은 정신분석학자의 일이지, 내 일은 아니네. 확실히 이것은 곤충에 대한 공포감처럼 예기치 못하고 달갑지 않으며, 불가피하게, 어느 정도 잠잠하고, 집요하게, 비밀스러운 의도를 지니고 나타나는 이 동물의 출현과 관계가 있으며, 그것이 담벼락 주위에 수백 배로 굴을 뚫어서 그곳에 잠복하고 있다는 느낌, 그들이 밤 시간에 속해 있고 크기가 아주 작아 우리에게 멀리 떨어져 있으며 그래서 쉽게 잡을 수 없다는 느낌과 관련되어 있네. 특히 그 왜소함은 중요한 공포감을 부여한다네. 예컨대 만일 꼭 돼지처럼 보이는 어떤 동물이 있다는 상상은 그 자체로서 재미있지. 그러나 그것이 쥐처럼

작고 어쩌다 마룻바닥의 구멍에서 쿵쿵거리며 기어 나온다면 소름끼치는 상
상이 아닌가(Br 205).


　인간사회에서 하찮게 여겨지는 동물의 이미지와 작은 곤충의 확대된 모습
이 주는 충격과 공포감은 바로『변신』이란 작품에서 카프카적 시적 변용을
통해 문학사의 새로운 이미지로 탈바꿈한다. 그는 해충으로 변해가는 인간
의 의식을 시각화해 우리 시대의 의식구조를 충격적으로 폭로하고 있다. 그
는 대상을 바라봄으로써 그 상황을 묘사하고 서술하는 것이 아니라, 의식의
시각화를 통해 우리가 볼 수 없는 숨겨진 내면세계를 이미지화하고 서술한
다. 구스타프 야누흐와의 대화에서 볼 수 있듯이 카프카는 사진을 찍듯 눈에
보이는 '인간을 그린 것이 아니라' 이야기를 통해 이미지를 보여준다. "그것
은 이미지이다. 단지 이미지일 뿐이며" 그래서 오히려 그의 소설은 눈을 뜨
고 바라볼 수 있는 세계가 아니라 "눈을 감음으로써"(J 54) 볼 수 있는 이미지
의 세계인 것이다. 이러한 세계는 카프카가 피카소의 그림을 "우리의 의식
속에 아직 들어오지 않은 기형을 묘사하고 있다"(J 195)고 말한 '데포르마시
옹' 기법과 같은 것으로 더욱 충격적이고 섬뜩하게 각인된다.『변신』의 그로
테스크한 데포르마시옹은, 이미 우리의 의식을 잠식하고 있으나 그것을 인
식하지 못하고 있는 20세기 현대인의 잠든 의식을 깨우는 충격 요법인 셈이
다. 그러므로 당연히 작품에 등장하는 빈대는 빈대이면서 결코 빈대가 아니
다. 그것은 의식이나 무의식의 시각화로 나타나는 주인공의 모습이다. 그러
므로『변신』이 출판되기 전, 볼프 출판사가 위임한 화가 오토마르 스타르케[2]
가『변신』의 표지에 실제로 커다란 곤충의 모습을 그려 넣으려 한다는 소문

---

2 오토마르 스타르케(Ottomar Starke, 1886~1962)는 무대 디자이너 겸 삽화가로 볼프 출판사
　에서 나오는 '최후의 심판의 날' 총서의 표지 삽화를 그렸다.

을 들은 카프카는 볼프 출판사에 강한 반대 의사를 전했다.

> 지금 저는 작은……걱정을 합니다. 스타르케는 실제로 삽화를 그리는 사
> 람이니 그 곤충 자체를 그리려 하지 않을까 하는 것입니다. 그렇지 않기를.
> 제발 그렇게 해서는 안 됩니다! 제가 그의 권한을 제한하려는 것이 아니라,
> 다만 당연히 그 이야기를 더 잘 알기에 부탁하려는 것입니다. 그 곤충 자체를
> 묘사해서는 안 됩니다(Br 135f.).

왜냐하면 여기서 메타포로서 표현되는 커다란 곤충은 실제로는 다음과
같은 두 가지 의미로 이해될 수 있기 때문이다. 첫째는 자유를 갈망하는
한 개인의 자율적인 실존형식(예술가적 실존이나 주체적이고 자율적인 자아)과
그것을 추구하는 삶의 태도로서, 이것은 고정된 사회질서를 유지해야 하는
인간사회에서는 무가치하고 해로우며 그러므로 낯설게 보일 수밖에 없다.
둘째로 한 인간이 사회의 경제적·기능적 존재로서의 의무를 이행할 수 없거
나 그것을 원치 않을 때 그는 20세기 자본주의 산업사회의 경제논리에서는
무용하고 열등하며 부정적인 해충과 같은 그로테스크한 존재로 보일 뿐만
아니라 파멸할 수밖에 없다는 이 시대의 충격적인 가치관을 반영하고 있다.
『변신』에서 카프카가 그리고 있는 사회는 가정을 포함해서 피라미드식
위계질서로 조직되고 구성되어 있는 경제적 권력기구라고 할 수 있다. 그레
고르 잠자는 아버지의 빚을 갚고 가족을 부양하느라 5년 동안 힘든 직장
생활을 해왔다. 아버지와 직장의 대리와 사장 그리고 보험회사의 의사 모두
가 사회의 경제적 논리에 움직이는 "꼭두각시"(KKAD 130) 같은 권력기구의
조직원이다. 그레고르는 지금까지 그들에 의해 기능적인 도구처럼 노동력을
착취당해왔다. 그에겐 주체적이고 자율적인 자아도 없었고 사생활도 없었다.
그는 그 권력기구에 종속되어 밤낮없이 일해야 하는 '아니말 라보란스'[3]였

다. 그는 아버지의 빚을 갚는 즉시 직장을 그만두고 무언가 다른 삶을 살겠다고 새로운 도약을 꿈꾸고 있었다. 그러한 가운데 변신이 이루어진 것이다.

그러나 해충으로 변한 그레고르 잠자는 특이한 경험을 하게 된다. 실제의 인간사회 생활에서 벗어난 해충으로서의 삶은 그를 의식적으로 사회적 폭력과 강요로부터 벗어나게 해주었다. 그러나 사회와 가족은 그의 변화된 내적 의식에 대한 강한 거부감뿐만 아니라 노동을 거부하고 경제력을 포기한 그를 낯설고 혐오스럽고 무용한 존재로 받아들인다. 해충으로 변신한 잠자는 카프카 스스로 "가장 사랑하는 사람들 가운데서도 이방인보다 더 낯선 존재로 살고 있다"고 표현했던 바로 그러한 특이한 존재방식을 갖게 된 것이다.

그레고르의 동물로의 변신은 가족에게 커다란 경제적 손실을 가져오고 그것을 메우려고 잠자 가족은 세 명의 임대인을 받게 된다. 잠자의 누이동생이 그들을 환영하기 위해 바이올린을 연주하는데, 임대인들은 그 음악에 실망하고 지루해하지만 그레고르는 그 음악 속에서 자신이 "열망했던 미지의 양식에 이르는 길이 나타나는 듯한 느낌"을 갖는다. 그는 "음악에 이렇게 감동하는데도 내가 동물이란 말인가"(KKAD 185)라고 반문하며 자신의 변신이 정말 동물로의 전락을 의미하는지 독자에게 의문을 제기한다. 경제적 권력 질서 안에서 노예나 기계 부속품 같은 기능적 존재로 전락한 인간으로 살아가는 삶이 과연 한 마리의 자유로운 벌레로 존재하는 것보다 더 나은 것인지 묻는 것이다. 여기에 바로 단편 『변신』의 놀라운 반전이 있다. 그레

---

3 한나 아렌트(Hannah Arendt)는 노동하는 인간의 유형을 두 종류로 구분했다. '아니말 라보란스(Animal Laborans)'와 '호모 파베르(Homo Faber)'이다. '아니말 라보란스'가 매일 오직 고된 일을 되풀이하는 동물 같은 유형의 인간을 의미한다면, '호모 파베르'는 판단력을 갖고 노동하는 인간을 의미한다. 전자가 어떻게 일할 것인가 하는 방법과 수단만 생각한다면, 후자는 왜 일하는가 하는 노동의 의미에 윤리적 가치를 부여한다. 현대 인간은 후자보다는 전자에 더 가깝다는 게 아렌트의 생각이다.

고르를 더 이상 인간이 아닌 한 마리의 추하고 무용한 존재로 보는 사람들, 인간사회의 평범한 사람들인 그들을 다른 관점에서 보아야 함을 역으로 부각시키고 있는 것이다.

인간사회의 평범한 그들은 누구인가? 그레고르의 희생적인 직장 생활에도 불구하고 몰래 작은 재산을 숨기는 아버지, 그레고르의 일거수일투족을 회사에 보고하면서 '사장의 꼭두각시' 노릇을 하는 복종적인 대리, 회사에 속해 있으면서 사원의 건강을 챙기기는 일보다는 회사의 규칙을 따르는 기능인에 불과한 '비인도적인' 의사 등이다. 그들은 경제적·사회적 권력기구와 질서체제에 완전히 복속되어 있는, 인간적인 주체적이고 자유로운 삶을 잃어버린 사람들이다. 더구나 그레고르의 변신 후 수입원을 잃은 가족은 완전히 생업에 매달린다. 어머니는 밤에 바느질을 하고, 누이동생은 낮에는 판매원으로 일하면서 저녁에는 보다 나은 자리를 얻기 위해 계속 교육을 받고, 아버지는 마치 일할 준비를 하고 상관의 명령을 기다리는 듯이 집에서도 유니폼을 입은 채 졸고 있다. 그리고 이제 그들은 권력체제의 속성에 따라 무능하고 무용한 자에게 무자비한 폭력을 행사하는 자로 변한다. 그들에게 경제적·사회적 기능을 잃은 그레고르 잠자는 더 이상 아들도 오빠도 아닌 위협적인 '짐승'이나 무용한 '물건'일 뿐이다. 그레고르는 그들에 의해 가족의 영역에서 소외되고 결국 죽음으로 내몰리게 된다. 특히 처음에 그레고르를 정성껏 돌보아주던 누이동생 그레테는 가장 극단적인 적대자로 돌변한다. "없어져야 해요 아버지, 그 방법밖에 없어요 저게 그레고르 오빠라는 생각은 집어치우세요"(KKAD 191). 그레고르는 아버지가 던진 사과로 깊은 상처를 입고 자기 방에 유폐된 채 죽음을 맞는다.

그레고르처럼 초기 자본주의 경제체제 속에서 살아가야 했던 20세기 초의 인간은 더 이상 자유롭게 생각하고 행동하는 주체적인 존재가 아니다. 그는 오직 유용성의 원리에 지배당하고 있는 소외된 존재, 즉 권력체제에

함몰된 세인에 불과하다. 그리고 사랑과 휴머니즘으로 감싸주어야 할 가족
도 비인간적인 경제논리에 그 존재가치를 상실해버리고 만 것이다. 이 작품
은 당시의 독자들에게 전혀 의식하고 있지 못했던 인간의 부조리한 현존
상태를 섬뜩한 충격으로 전해주었다. 이것은 바로 젊은 카프카가 1904년
1월 27일 친구 오스카 폴락에게 보낸 편지에서 말했던, 독자의 물화(物化)된
사고와 고착화된 세상사의 관습을 해체시키는 그런 작품인 것이다.

우리는 다만 우리를 깨물고 찌르는 책을 읽어야 할 거야. 만일 우리가
읽은 책이 주먹질로 두개골을 깨우지 않는다면, 무엇 때문에 책을 읽는단
말인가?……우리가 필요로 하는 것은 우리에게 엄청난 고통을 주는 재앙
같은, 우리가 우리 자신보다 더 사랑했던 누군가의 죽음 같은, 모든 사람에게
서 추방된 것 같은, 자살 같은 느낌을 주는 그런 책들이지. 책이란 우리 내면
에 존재하는 얼어붙은 바다를 깨는 도끼여야 해(Br 27f.).

# 펠리스와의 갈등과 구혼

밀물처럼 밀려오던 카프카의 창조적 영감은 1913년 2월에 들어서면서 점차 사라져갔다. 소설 『실종자』는 진척 없이 중단된 상태였고, 『변신』도 마지막 부분이 만족스럽지 못한 상태 그대로였다. 게다가 그의 변덕스러운 감정 변화를 이해할 수 없는 펠리스 역시 침묵하고 있었고, 하루에도 몇 번씩 만나던 막스 브로트도 2월 2일 엘자 타우시히와 결혼한 후에는 일주일에 한 번 만날 정도로 소원해졌다(F 267). 또한 막스 브로트를 비롯한 펠릭스 벨치, 후고 베르크만 등은 프라하에 시온주의 운동을 불러일으키고 있는 마르틴 부버의 영향으로 시온주의에 깊이 관여하느라 정신이 없었다. 그러나 카프카는 유대민족주의를 표방하는 시온주의가 유럽의 민족주의와 별반 다르지 않게 생각되었기 때문에 거리감을 두고 바라볼 뿐이었다.

막스 브로트는 고립되어 있는 그의 침울한 마음을 북돋아주기 위해 1913년 2월 뮌헨의 주간문예지 ≪메르츠≫에 카프카의 작품 모음집 『관찰』에 대해 극구 칭찬하는 글을 실었다. 이에 대해 카프카는 감사하는 마음이었지만, 펠리스에게 보내는 편지에서 브로트가 사적 감정 때문에 자신을 너무 과대평가하고 있다고 썼다.

오늘 낮에 나는 구멍이라도 있으면 숨어들어가고 싶었습니다. 새로 나온
≪메르츠≫에서 내 책에 대한 막스의 서평을 읽었거든요……물론 제가
아는 사람들이 쓴 몇몇 서평[1]이 이미 나와 있습니다. 거기에 담긴 과분한
칭찬과 주석은 쓸데없는 것들이며, 다만 오도된 우정과 인쇄된 글에 대한
과대평가, 보편성과 문학의 관계에 대한 몰이해 등을 나타낼 뿐입니다.……
막스의 서평은 도가 지나칩니다. 물론 나에 대한 우정이 문학의 시작보다
훨씬 깊은 가장 인간적인 면에 뿌리를 두고 있는, 따라서 문학이 생겨나기도
전에 이미 강력한 것이지만 그는 나를 과대평가해서 나를 부끄럽게 만들고
허영과 자만에 들뜨게 했습니다(F 300).

그러나 펠리스는 그의 문학에 관한 이야기에는 여전히 언급을 회피한 채
베를린의 사교생활에 더 관심을 보이는 듯했다. 그녀는 저녁이면 친구들과
한창 유행하는 탱고를 추러 갔고, 망년회에서는 '아주 멋진 소아과 의사'와
춤을 추며 데이트를 즐겼으며, 주말이면 친구들과 연극을 보러 가거나 야외
로 소풍을 가거나 여행을 떠나기도 했다. 1913년 당시 프라하에서 탱고는
너무 선정적인 춤이라는 이유로 금지되어 있었다.[2] 카프카는 그런 펠리스에
게 자신의 작가로서의 존재감을 다시 한 번 일깨우려고, 청대의 시인 원매가
쓴 잠을 자지 않고 자신을 기다리고 있는 여인의 애틋한 이야기를 다시 한
번 상기시키며 이렇게 호소했다.

나를 받아들이고 붙잡아주세요. 그리고 흔들리지 마세요……나를 버리

---

1 프라하의 저널리스트이자 서정시인, 소설가, 번역가인 오토 피크(Otto Pick, 1887~1940)와
  오스트리아의 소설가이자 수필가인 오토 슈퇴슬(Otto Stoessl, 1875~1936) 등이 카프카의
  『관찰』에 대해 높이 평가하는 서평을 썼다(F 278, 325).
2 Hans-Gerd Koch, *Kafka in Berlin*, Berlin o. J., S.22.

지 마세요. 그대와 나를 연결하는 것은 사랑만이 아닙니다. 사랑은 그리 대단
한 것이 아닙니다. 사랑은 시작되었다가, 왔다가 떠나고, 또다시 오는 것입니
다. 그러나 내가 그대의 존재에 닻을 내려야 한다는 필연성에는 변화가 있을
수 없습니다. 그러니 그대여, 내게 머물러줘요(F 257).

그는 마치 신이 그녀를 자신에게 맡긴 것처럼 그녀를 걱정하고 사랑한다
고 고백했다. 그러면서도 그녀와 함께할 수 없는 자신의 소극적인 태도를
나폴레옹에 빗대어 설명하기도 했다. 그는 나폴레옹이 여성을 사랑하면서도
별로 뚜렷한 관계를 이루지 못한 이유를 놀랍게도 "나폴레옹의 시체에 관한
주목할 만한 해부 소견서"(F 271)를 들어 해명하고 있다. 카프카가 읽었던
≪디 노이에 룬트샤우≫에 소개된 파울 프레모의 책『죽어가는 나폴레옹』
의 말미에 영국 군의관 윌리엄 헨리가 쓴 시체 해부 소견서가 있었는데,
나폴레옹의 "성기 부분과 고환이 매우 작았고, 성기 전체는 죽은 자가 성적
욕망을 가지고 있지 않았고 동정(童貞)이었음을 설명해주는 듯 보인다"[3]고 기
록되어 있었다. 카프카가 이 사실에 관심을 가졌던 것은, 감나지움의 급우였
던 성병 전문의 후고 헤히트에게 왜소한 성기를 가진 사람은 성욕부진이
된다는 말을 들은 적이 있기 때문이었다. 카프카는 영웅 나폴레옹에 빗대어
자신의 결혼에 대한 심리적 부담감을 은연중에 드러내 보였던 것이다.
　　그러나 이런 말에는 아랑곳하지 않고 펠리스는 오히려 단둘이 함께 지낼
수 있도록 베를린에서 만날 것을 청했고, 자신의 언니 에르나가 머물고 있는
드레스덴으로 주말여행을 함께 떠나자고 제안했다. 카프카는 둘이 함께 지
내야 한다는 것에 대한 두려움과 불안감(F 316) 때문에 이를 거부했다. 그러
나 그가 리비에라 해안의 성 라파엘에서 보낸 막스 부부[4]의 카드를 받았을

---

3 Paul Prémeaux, *Der sterbende Napoleon*, Berlin 1911, S.212f.

때엔 펠리스에게 가을에 그곳에서 일주일간 휴가를 보내고 싶다면서 날씨가 따뜻하고 채식을 할 수 있으며 혼자여도 버림받은 것처럼 느끼지 않는 곳(F 302)이라고 써 보냈다. 그러자 펠리스는 남쪽 지방으로의 여행이 더 좋을 수도 있다고 생각하고 "아름다운 곳을 그에게 찾아준 다음 그 혼자 지내게 하겠다"(F 309)고 답장을 보냈다. 그러자 남쪽 지방으로의 여행을 핑계로 펠리스가 프라하로 올지 모른다는 생각에 당황한 카프카는 다시금 그녀에게 동반 여행을 거절하는 편지를 썼다.

> 현재 상태에서나 또한 그것이 가능한 미래에도 저는 그대의 여행 동반자가 되려고 해서는 결코 안 됩니다. 칸막이가 된 객차의 구석이 나 홀로 있어야 할 자리입니다. 나는 그곳에 머물러야 합니다. 내 마지막 힘까지 다해 지키려고 하는 그대와의 관계를 그러한 동반 여행으로 위험에 빠뜨릴 수는 없습니다(F 309).

이를 이해할 수 없는 펠리스가 함께 갈 수 없는 정확한 이유를 설명해달라고 하자 카프카는 자신은 그녀 없이는 살 수도 없고 또한 그녀와 함께 살 수도 없지만 "그대는 단 이틀도 내 곁에서 살지 못하기"(F 329) 때문이라고 회답했다. 일주일 후 그는 그녀로부터 답장이 없자 이번에는 그녀를 요정이라는 뜻의 'Fee'를 줄여 'Fe'라고 부르며, 그것은 아름다운 중국 여인을 연상시키는 호칭이라고 썼다(F 334). 그렇게 함으로써 그녀의 화난 마음을 달래려고 한 것이다. 그러나 펠리스에게 그런 말은 이미 아무런 의미도 없었다.

펠리스의 편지는 계속 뜸해져만 갔다. 불안한 마음을 달래려고 3월 3일 그는 책상에 앉아 앞서 쓰다만 「에른스트 리만에 관한 이야기」를 쓰려고

---

4 막스 브로트와 엘자 타우시히(Elsa Taussig)는 1913년 2월 2일에 결혼했다.

노력했으나 진척이 없어 "완전히 내동댕이쳐진"(F 322) 기분이었다. 마음을
안정시킬 수 있는 글도 써지지 않았고, 펠리스에게서도 며칠째 연락이 두절
된 상태였기 때문이었다. 그는 진정한 첫사랑이라고도 할 수 있고 편지로
엮어진 상상 속의 연인이기도 한 그녀를 잃고 싶지 않았다. 그는 갑자기
용기를 내어 부활절 일주일 전인 2월 16일에 펠리스에게 부활절 휴가 때
베를린에서 만나자고 청했다.

터놓고 묻겠습니다. 펠리스, 그대가 부활절, 즉 일요일이나 월요일에 나를
위해 한 시간쯤 내줄 수 있다면 가도 되겠습니까? 다시 말하면 한 시간이면
족합니다. 베를린에서 그 시간을 기다리는 것 말고는 아무 일도 하지 않을
생각입니다(F 340).

그것은 그들이 막스 브로트 집에서 만난 지 7개월이 넘은 후 처음 만나는
일이었다. 그는 베를린으로 가려는 이유를 이렇게 적었다.

내가 베를린으로 가는 것은 다른 목적이 있어서가 아니라, 편지로 당신을
헷갈리게 했기 때문에 당신에게 내가 정말 어떤 인물인지를 말해주기 위해서
입니다. 편지로 쓰는 것보다 직접 말하는 게 더 분명하지 않겠습니까(F 343).

그러나 사전에 정확한 약속 날짜를 정하지 못했으므로 그는 베를린으로
떠나는 날 오전에야 도착 시간을 편지로 알렸다. 그는 3월 22일 밤늦게 베를
린에 도착했고 포츠담 광장 옆 쾨니히그레처 거리에 있는 아스카니셔 호프
호텔에 들었다(F 345). 그러나 주말이어서 편지가 전달되지 않은 탓에 일요일
까지 펠리스에게서는 아무 연락이 없었다. 그가 사환을 통해 펠리스에게 자
신이 기다리고 있다는 사실을 알린 후에야 그녀는 그의 도착을 알게 되었지

만, 그녀는 친지의 결혼식에 가기로 약속되어 있어서 그들은 겨우 두서너 시간의 여유밖에 없었다. 그들은 그 시간을 이용해서 베를린 교외의 반제 호숫가에 있는 그루네 숲을 함께 걸었고, 카프카의 제안으로 그곳에 있는 작가 클라이스트의 무덤을 찾았다.[5] 펠리스는 비극으로 끝난 연인의 무덤이 카프카가 선택한 첫 데이트 장소라는 것이 마음에 들지 않았다. 또한 그동안 의 많은 서신 교환에도 불구하고 그들 사이에는 서먹서먹함과 보이지 않는 긴장감마저 감돌았다. 그들은 겨우 성령강림절에 다시 만나자는 약속을 했 을 뿐이었다. 마음속으로 펠리스는 그때는 무뚝뚝하고 쑥스러워하는 이 남 자를 다독여 그가 자신에게 꼭 필요한 존재임을 각인시켜야겠다고 생각했다. 펠리스와 헤어진 후 카프카는 저녁에 혼자서 메트로폴 극장에서 상연하는 징 길베르(Jean Gilbert)의 오페라 <영화 여왕(Die Kino-Königin)>을 관람했다.

　3월 24일 카프카는 프라하로 돌아오기 전에 베를린 카페 요스티에서 오토 피크, 알베르트 에렌슈타인, 카를 에렌슈타인, 파울 체히, 프란티세크 콜,[6] 엘제 라스커-쉴러 등의 작가를 잠시 만났다. 그들은 모두 쿠르트 볼프 출판 사에서 활동하는 작가들이었다. 그런 후에 돌아오는 길에 잠시 라이프치히

---

5 1811년 11월 21일 하인리히 클라이스트(Heinrich von Kleist,1777~1811)는 권총으로 먼저 여자 친구인 유부녀 헨리에테 포겔(Henriette Vogel)의 가슴을 쏜 다음 자기 목구멍에 권총을 쏘아 자살했다. 당시 포겔 부인은 암으로 고생하고 있었다. 두 사람의 무덤이 반제 호숫가에 있다. 후에 펠리스의 언니 에르나는 카프카가 펠리스와 함께 반제에 있는 클라이스트의 무덤을 찾아갔다고 펠리스 편지의 편집자 에리히 헬러(Erich Heller)와 위르겐 보른(Jürgen Born)에게 전했다. 그녀의 기억에 따르면 카프카는 그 무덤가에서 '깊은 생각에 잠겨' 오랫 동안 머물렀다고 한다(F 460).

6 프란티세크 콜(František Kohl, 1877~1930)은 체코 작가로서 1904년에서 1915년까지 프라 하 국립박물관의 사서였으며, 그 후에는 국립극장의 희곡 전문가로 활동했다. 카프카가 1914년 6월이나 7월에 콜에게 자신의 첫 번째 약혼을 알리는 편지를 보냈는데, 그 편지를 얀 바그너가 《스보르니크 나로토니호 무제아 프라체》 제8권(1963)에 실었다(F 346).

에 들러 쿠르트 볼프, 프란츠 베르펠, 이차크 뢰비를 만났다. 이차크 뢰비는 그사이 옛 그룹에서 떨어져 나와 새로운 극단을 건립해 베를린과 라이프치히 등을 오가며 연극 상연을 하고 있었다. 그러나 흥행은 예전보다 못해 빚을 진 상태였고 건강도 좋지 않았다. 카프카는 그에게 팔레스티나로 이주할 것을 권유했다.

카프카가 3월 25일 드레스덴을 경유해 프라하로 돌아온 후 그다음 날 북보헤미아 산업도시 아우시히의 소송 사건을 위해 엄청난 분량의 서류를 밤늦게까지 처리하고 3월 27일 이른 새벽에 아우시히로 공무 여행을 떠나야 했다. 그날 밤늦게 프라하로 돌아온 그는 피로에 지친 채로 펠리스에게 편지를 썼다. 자신이 베를린 여행을 통해서 펠리스와 좀 더 가까워진 것 같지만, 자신은 그녀의 내면에서만 숨 쉬고 있다고 썼다(F 348). 그러나 펠리스는 용기를 낸 그의 베를린 방문에 답변이라도 하듯 그가 "자신에게 꼭 필요한 존재"(F 349)라고 그의 마음을 달래는 듯한 편지를 썼다. 카프카는 기뻐하며 성령강림절에 다시 건강한 상태로 만날 수 있도록 항상 일찍 잠자리에 들자는 약속의 편지를 보냈다. 그러나 하루도 채 못 되어 4월 1일 그는 펠리스에게 또다시 전혀 엉뚱한 편지를 쓰고 있었다. 현재의 건강과 불안한 심리 상태에서는 그녀와 결코 정상적인 결혼생활을 할 수 없다는 예전과 같은 이야기였다.

내 근원적인 두려움은 ― 이보다 더 나쁜 것을 말하거나 들을 수는 없습니다 ― 내가 그대를 결코 소유할 수 없으리라는 점입니다.……이미 그런 적이 있듯이, 내가 그대 옆에 앉으면 그대 육체의 숨소리와 생기를 느끼게 되겠지만, 근본적으로는 지금 내 방에 있을 때보다 더 그대에게서 멀어질 것입니다. 결코 그대의 시선을 끌 수 없을 것이며, 그대가 창밖을 내다보거나 손으로 얼굴을 감쌀 때 그대의 시선은 실제로 내게서 떠나가고 말 것입니다. 내가 그대와 함께 손을 맞잡고 세상을 헤쳐 나갈 것 같지만, 그 어떤 것도 진실이 아닙니다. 간단히 말해서 나는 그대에게서 영원히 제외될 것입니다. 그대가 나를 향하여 몸을 굽힌다면, 그것은 그대를 위험에 빠뜨리는 일입니다(F 351f.).

『다른 소송』이란 글에서 펠리스와의 관계를 소설 『소송』의 창작 과정과 비교한 엘리아스 카네티는 카프카가 자신의 심리적인 콤플렉스인 "임포텐츠에 대한 암시"(EC 110)를 시사하고 있다고 주장하고 있다. 그러나 근본적으로는 카프카가 결혼이 자신의 글쓰기에 지장을 주지 않을까 두려움을 드러낸 것이라 할 수 있다. 그는 일기에 부부의 "섹스 행위를 함께 있음으로써 얻게 되는 행복에 대한 처벌"(KKAT 574)이라고 썼다. 펠리스는 이 편지에 대해 어떤 반응도 보이지 않았다. 아마 카프카의 변덕이 도졌다고 생각하고 그런 상황에서는 침묵이 낫다고 생각했을지도 모른다.

4월 초 바우어 가족은 베를린의 임마누엘 키르히 29번지에서 베를린 샤를로텐부르크의 빌머스도르프 거리 73번지로 이사했다. 카프카는 펠리스가 이사하는 일 때문에 편지를 쓰지 못할 것이라고 생각하면서도 그녀에게서 더 이상 편지가 오지 않을지도 모른다고 생각했다. 이에 그는 자신을 "어리석은 절망과 분노 속에서 방황"(F 356)하는 존재처럼 느꼈다. 펠리스를 잃는다면 그는 또다시 은둔자와 같은 예전의 고독과 고립 상태로 되돌아가야 하기 때문이었다. 그는 우선 그녀가 강조하듯이 자신의 마음의 안정과 건강을 찾는 게 중요하다고 생각했다.

4월 3일 카프카는 건강과 정신적 안정을 찾기 위해 프라하 북쪽의 근교 누슬레 지역에 있는 카를 드보르스키의 집을 찾았다. 나무와 꽃밭과 채소밭을 가꾸고 있는 원예농장 주인 드보르스키는 『변신』의 작가인 그를 기꺼이 환영했다. 카프카는 4월 7일부터 직장이 끝난 후 그곳에서 일을 했다. 그는 꽃보다 채소 가꾸는 일을 더 좋아했고 자기 소유의 텃밭을 가꿀 마음이 있었기 때문에 매일 두 시간씩 이른 저녁에 그곳에서 원예 지도를 받았다. 그는 펠리스에게 채소밭을 가꾸는 목적에 대해 이렇게 썼다.

원래 주된 목적은 몇 시간 동안 나를 자기 학대에서 해방시키고, 아무리 노력해도 손에 잡히지 않는 끔찍한 업무 — 사무실은 정말이지 지옥과 다름없습니다. 다른 것은 더 이상 두렵지 않습니다 — 와는 정반대로 우직하고 성실하며 유용하고 말이 필요 없으며 고독하고 건강하며 힘이 드는 작업을 해보려는 데 있습니다.……나는 두 시간 동안 이 고통에서 벗어나 은근한 행복감 속에서 그대를 생각하고 밤에 약간의 숙면을 취할 수 있는 계기로 삼고 싶었습니다.……그래서 가까운 장래에 내 자신의 텃밭을 갖고 싶고 그때를 대비해 조금이나마 정원 일을 배우고 싶었습니다(F 358f.).

카프카는 도시생활의 삭막함 대신에 바람과 비를 맞으며 고무장화를 신고 채소밭에서 일하는 것이 좋았다. 신선한 공기와 단순한 육체노동, 그것은 그의 채식주의와 자연요법의 취향과도 잘 맞았다. 2년 전 자연요법자인 모리츠 슈니처는 이미 독의 기운이 카프카의 뇌에까지 퍼져 있다고 진단하면서 원예를 추천했었다. 지난여름에도 그는 과일 수확과 풀베기를 했었다. 언니의 출산을 도우러 하노버에 가 있는 펠리스가 정원 일이 그의 육체와 정신 건강에 좋을 거라고 편지를 쓰자 그는 이렇게 답장을 썼다.

정원 일에서 너무 좋은 결과를 기대하지는 마세요 오늘까지 나흘째 일했습니다. 당연히 근육이 약간 팽팽해졌고 몸 전체가 더 무겁고 뻣뻣한 느낌이 듭니다. 타고난 재능도 없는 상태에서 책상과 소파에 붙들려 앉아 시달리던 육체가 삽을 잡고 작업하는 것은 물론 무의미하지는 않습니다(F 362).

카프카는 실제로 병은 없었으나 신체적으로는 건강하지 않아서 불면증과 두통, 잦은 소화불량과 피부발진 그리고 우울증으로 고생했다. 그것은 물론 밤을 지새우며 글을 쓰기 때문이었다. 그는 신선한 공기와 밝은 태양, 그리고 소박한 농부들과 가난한 사람들 속에서 일하는 것이 좋았다. 단순한 육체노동을 하는 사람들과 웃고 담소하면서 채소를 가꾸는 일은 지쳐 있는 그의 심신을 자연스럽게 치유할 수 있는 방법이었다. 모든 정신적인 압박과 도시의 우울한 일상에서 벗어나 자연과 하나가 되어 단순하고 소박한 일을 하면서 카프카는 평온하고 건강한 생명력을 느꼈던 것이다. 그의 능숙한 체코어와 수줍은 듯한 조용한 태도, 그리고 그들을 대하는 따뜻한 마음은 농부들에게도 호감과 신뢰감을 주었다. 그들은 조용한 미소를 머금고 일하고 있는 이 낯선 도시의 이방인에게 마음을 열었고 자신의 일상사를 허물없이 이야기했다. 정원 일을 하는 동안 그는 처음으로 행복감과 해방감을 느꼈고 밤에는 충분한 수면도 취할 수 있었다.

그러나 펠리스가 언니의 일로 하노버에 머물기도 하고 회사의 전시회 일로 하노버에서 프랑크푸르트로 여행하느라 닷새 전부터 아무런 소식을 전하지 않자 카프카는 또 불안한 마음에 잠을 이루지 못했다(F 364). 사실 그녀는 바쁘기도 했지만 우유부단한 그의 태도에 잔뜩 화가 나 있었다. 과연 이렇게 변덕이 심한 남자와 평생을 함께할 수 있을지 의문이었다. 그녀는 일주일간 프랑크푸르트에 머물면서 그림엽서 한 장만 보냈고, 베를린으로 돌아간 후에도 간간이 안부 인사를 묻는 짧은 편지만 보냈다. 그러면서 그녀는 그가 자신에 대해 결단 내리기를 기다리고 있었고, 내심 3주 후 성령강림절에는 결혼 확약을 받을 수 있기를 기대했다.

4월 14일, 닷새나 펠리스에게서 아무런 소식이 없자 카프카는 자신에 대한 그녀의 태도가 변했다고 생각했다. 그는 다시 그녀에게 "글쓰기가 자신의 유일한 내적인 현존 가능성"(F 367)임을 강조하면서 자신을 이해하지 못하는 그녀와 그것을 이해시키지 못하는 자신을 자책하는 편지를 썼다. 그러나 4월 20일 공무로 아우시히 행 열차를 타러 역으로 가는 도중에 그 편지를 찢었다가 다시 그대로 펠리스에게 부쳤다. 편지로 그녀의 마음을 사로잡지도 자신의 진심을 전하지도 못하면서 편지 쓰는 일 말고는 아무것도 할 수 없는 자신에게 분노가 치솟았기 때문이었다(F 368). 카프카 역시 성령강림절에 다시 만날 때까지 펠리스의 진심을 알고 싶었다.

> 그대에게 나와의 관계를 명확히 할 시간을 주고 싶습니다. 부활절 이후 그대에게서 받은 소식을 보면 내가 계속 편지를 보냈음에도 그대의 생각을 이끌어내지 못했습니다.……지금 나는 당신의 최종적인 결심을 알지 못합니다. 다만 그대의 지난번 편지에서 그것을 예감할 수 있을 뿐입니다.……당신의 최근 편지들은 좀 다릅니다. 나에 관한 일은 당신에게 더 이상 중요하지 않습니다. 더욱 화가 나는 것은 당신에 관해 편지를 쓰는 일이 당신에게 더 이상 중요하지 않다는 것입니다(F 370).

하지만 그녀의 침묵이 계속되자 더욱 안달이 난 카프카는 성령강림절에 만나기로 한 약속을 상기시켰다. 그러나 펠리스는 남동생 페르디난트의 약혼식 때문에 성령강림절 약속을 미루자고 했다. 결혼을 결정할 때까지 자기 가족의 사생활을 드러내고 싶지 않았기 때문이었다. 이에 놀란 카프카는 처음으로 성령강림절에 그녀의 가족을 만나겠다고 했지만, 그녀는 동생 약혼식에 대해서는 알리지도 않은 채 이를 거절했다.

5월 2일, 계속되는 냉담한 반응에 그는 자신을 혼란스럽게 만드는 펠리스와의 관계와 최근의 생활을 되돌아볼 수 있는 시간이 필요하다고 느꼈다. 그는 다시 일기를 쓰기로 했다. 사실 펠리스에게 편지를 쓰기 시작한 1912년 9월 말부터 일기 쓰는 일을 거의 중단하고 있었다. 그만큼 그는 펠리스와 그녀에게 편지 쓰는 일에 몰입해 있었던 것이다. 그러나 냉정한 태도로 보아 그녀와의 관계가 마지막이 될지 모르겠다고 생각하고 있었다.[7]

5월 3일 토요일 오후, 카프카는 펠리스와의 복잡한 관계, 번잡스러운 사무실 일 그리고 한밤에 글 쓰는 일로 피로한 심신을 추스르기 위해 몰다우 강변을 따라 멀리까지 산책을 나갔다. 그는 도시의 모든 번거로운 일을 잊은 채 강가에 작은 텃밭이 딸린 다 허물어진 오두막집을 사서 채소를 가꾸면서 때로는 작은 보트를 타고 넓은 강을 오르내리며 조용하고 평화롭게 살고 싶었다(F 376).

5월 7일, 펠리스의 동생 약혼식에 대해 막스 브로트에게 뒤늦게 전해들은 카프카는 약혼식에 참석하겠다는 의사를 여러 번 전한 후에야 겨우 펠리스의 승낙을 얻어냈다. 그는 성령강림절인 5월 11일과 12일 베를린에서 펠리스와 그녀의 가족과 친척을 만날 수 있었다. 페르디난트와 그의 회사 사장 딸 리디아 하일브론의 약혼식 날, 펠리스의 부모와 친척은 처음 보는 그를 무뚝뚝하게 대했다. 그는 자신이 그들의 첫눈에 "추한 인상"(F 383)을 주었기 때문이라고 생각했다.

성령강림절인 일요일에 카프카는 잠시 짬을 내어 펠리스와 베를린 주변의 니콜라스 호수로 소풍을 갔지만, 그들 사이는 여전히 서먹했다. 카프카의 지나치게 진지하고 신중한 태도는 평범한 여인인 펠리스에게는 오히려 낯설기만 했다. 그녀는 별로 말이 없었고 그의 눈을 바라보는 것도 피했다. 그녀는 그가 먼저 결혼 문제에 대해 말하기를 기다렸지만, 그는 침묵을 지켰다. 그다음 날 카프카는 꽃다발을 들고 빌머스도르프 거리에 있는 펠리스의 집

---

7 4월 28일 펠리스에게 보내는 편지에서 "우리가 다시 존칭을 쓸 수 있다고 그대에게 제안하고 싶었습니다"(F 371)라고 쓴 점으로 보아, 그리고 그 이후의 편지들을 미루어볼 때 카프카는 그때 어느 정도 그녀와의 결별을 생각했던 것 같다. 그가 계속해서 성령강림절의 재회를 강조한 것은 그녀의 결심을 명확히 알고자 해서였다.

을 찾아가 그녀의 부모에게 정식으로 인사를 했다. 그녀의 아버지는 그와 자연스럽게 담소를 나누었으나 그녀의 어머니는 무뚝뚝했다. 온통 검게 입은 그녀의 어머니는 "슬프고, 거절하는 듯, 나무라는 듯, 주시하면서, 미동도 하지 않고, 가족 안에서도 낯설어 보였다"(F 418). 펠리스의 어머니는 카프카가 그녀에게 그렇게 많은 편지를 보내면서도 결혼 문제에 대해 일언반구도 하지 않는 것을 의아하게 생각했다.

그러나 그는 여전히 결혼에 대해 결론을 내리지 못하고 있었다. 그는 프라하로 가기 위해 가방을 챙기면서 여전히 "그녀 없이는 살 수 없지만 그녀와 함께도 살 수 없다"(F 380f.)고 생각했다. 프라하로 돌아온 카프카는 펠리스의 가족에게서 느꼈던 소외감을 이렇게 표현했다.

나는 스스로 너무 왜소함을 느낀 반면에, 모든 사람은 숙명적인 표정으로 내 주위에 거인처럼 서 있었습니다(친근하게 느꼈던 그대 언니 에르나까지 말입니다). 하지만 모든 것은 상황에 불과했습니다. 그들은 그대를 소유하고 있었기에 거대했고, 나는 그대를 소유하지 않았기에 왜소했습니다(F 383).

그러나 펠리스는 성령강림절 만남 이후에도 계속 침묵으로 일관했다. 그의 요청으로 가족과 만나게 해주었지만, 카프카가 결혼 문제에 대해 일체 언급하지 않았기 때문이었다. 그리고 펠리스는 만약 그가 자신과 결혼할 의향이 있다면 자신의 아버지에게 청혼 편지를 쓰리고 강권하다시피 했다. 그는 그녀의 아버지에게 청혼 편지를 쓰겠다고 약속은 했지만 미완성인 채로 남아 있었다. 화가 난 펠리스는 또다시 침묵했다. 이에 카프카는 '이제는 끝'이라고 윽박질러보기도 하고 다시 편지를 보내달라고 간청하기도 했다. 그러나 그녀는 침묵으로 일관했다.

5월 27일 카프카는 "펠리스, 이제는 끝장입니다. 침묵으로 그대는 나를 저버렸고 이 세상에서 유일하게 가능한 행복에 대한 희망을 꺾어버렸습니다. 왜 그대는 한마디 말도 없는 두려운 침묵으로 몇 주 전부터 나와 더불어 그대 자신을 끔찍스럽게 괴롭히는 건가요"(F 390)라고 으름장을 놓았다. 그러면서도 그는 한편으로는 친구들에게 중재를 요청했다. 막스 브로트는 편지로, 이차크 뢰비는 직접 펠리스를 찾아가 그들 사이를 중재하려고 했다.[8]

6월 1일 펠리스는 마지못한 듯 다시 편지를 쓰겠노라는 편지를 보냈다. 이에 그는 6월 2일 답장으로 "사랑하는 펠리스여, 처음처럼 내게 다시 그대와 사무실, 여자 친구들, 가족, 산책, 책 등에 관해 편지해주세요. 내 삶에 그것이 얼마나 필요한지 모릅니다"(F 393)라며 예전의 상태로 돌아가기를 간청했다. 자신은 그녀를 알게 됨으로써 글을 쓸 수 있게 되었고, 그녀의 존재가 새로운 영감과 창조력을 가져다준다는 것을 다시금 강조했다. 그리고 『선고』의 등장인물이 자신도 모르는 사이에 자기와 펠리스의 이름을 닮은 것도 그런 이유에서일 것이라고도 했다. 그리고 펠리스가 『선고』를 이해하기 어렵다고 하자 그는 6월 10일 거기에 대해 이렇게 설명했다.

『선고』는 설명될 수 없습니다.……그 이야기는 귀속되어짐이 없는 추상성으로 가득 차 있습니다. 작품에 나오는 친구는 실제 인물이 아닙니다. 그는 아마도 아버지와 게오르크의 공통분모일 겁니다. 그 이야기는 아버지와 아들 주위를 맴돌고 있습니다. 친구가 변모하는 형상은 아버지와 아들 관계에 대한 관점의 변화입니다. 그러나 이것마저도 확인할 수 없습니다(F 396f.).

그는 이 답변과 함께 5월 볼프 출판사의 총서 '최후의 심판의 날'의 제3권

---

8 이차크 뢰비는 베를린에서 펠리스를 만나 그녀에게서 자신은 여전히 카프카를 사랑하고 있다는 말을 들었으며, 그것을 카프카에게 전했다.

으로 나온 『화부』[9]를 그녀에게 보냈다. 그러나 그 후에도 펠리스의 편지는 뜸했다. 그녀는 가끔 보내는 편지에서 그의 "솔직하고 진지한 말을 듣고 싶어 했고, 구속과 침묵에서 벗어나려는 태도를 보였다"(F 399). 다급해진 카프카는 원래 전화의 사용을 몹시 싫어했지만 신속하게 전화로 그녀의 안부를 묻기도 하고 편지를 쓰도록 전보를 치기도 했다(F 397).

펠리스와의 문제로 고민하느라 카프카는 계속 불면증과 두통(F 645)에 시달렸고, 집중력과 기억력이 떨어져 사무실에서 서류를 찾지 못해 당황하는 경우도 있었다. 가족과 친구들은 그에게 너무 복잡하게 생각할 것 없이 빨리 결혼하라고 권유했다. 그는 남자인 자신이 먼저 청혼해야 한다는 그들의 권고를 받아들여 1913년 6월 10일부터 일주일 동안 '논설문'처럼 18쪽이나 되는 긴 '구혼의 편지'를 썼다. 그는 오랜 고심 끝에 6월 16일 월요일 오후에야 그 편지를 마무리할 수 있었다. 집은 전에 없이 조용했다. 오틀라는 상점에 나갔고, 부모는 이주일째 프란첸스바트에서 휴양 중이었다. 부모에게 약속한 대로 카프카는 잠시 상점을 둘러보고 편지를 부치러 역으로 갔다. 그러나 이미 모든 우체국의 문이 닫힌 후였다.

그때 펠리스에게 쓴 구혼 편지의 내용은 "모든 청혼서 중에서 가장 별난 것이었다"(EC 112). 구혼 편지라기보다 오히려 결혼생활에 방해가 되는 자신의 여러 문제점을 하나하나 열거하면서 이것들을 고려해 결혼을 신중하게 선택하기 바란다는 내용이었다.

그대는 이미 내 독특한 처지를 인식하고 있습니다. 그대와 나 사이에는

---

9 프라하의 ≪젤프스트베어≫에 한스 콘(Hans Kohn)이, ≪프라거 타크블라트≫에 오토 피크가, 빈의 ≪노이에 프라이에 프레세(Neue Freie Presse)≫에 카밀 호프만(Camill Hoffmann)이 『화부』에 대한 평론을 썼다.

다른 누구보다도 의사가 서 있습니다. 그가 하게 될 말은 의심스러운 것입니다. 그러한 판단에서 의학적 진단은 별다른 역할을 하지 못합니다. 그렇다면 그것을 요구할 필요는 없지요. 이미 말했듯이 나는 원래 병이 있었던 것은 아니지만, 지금은 그렇습니다. 생활환경이 바뀌면 건강해질 수 있을지도 모릅니다. 그러나 생활환경을 바꾼다는 것은 불가능합니다. 의학적인 판단……은 오로지 면식 없는 의사가 자신의 성격에 따라 하게 될 것입니다. 이를테면 우리 집 주치의는 우둔할 정도로 책임감이 없어서 가장 사소한 장애도 보지 못할 것입니다. 반대로, 다른 더 나은 의사는 아마도 놀란 나머지 말문이 막혀버릴 것입니다.

그러니 펠리스, 이러한 불확실성 때문에 어렵게 말을 하고 있으며 이것은 정말 이상하게 들린다는 것을 감안해주세요. 물론 지금 말하기는 너무 이릅니다. 그러나 나중에 하기에는 너무 늦습니다. 그렇게 되면 그대가 최근 편시에서 말했다시피, 그런 것을 이야기할 시간이 더 이상 없습니다. 오래 망설이기에는 더 이상 시간이 없습니다. 최소한 나는 그렇게 느낍니다. 그래서 이런 질문을 하렵니다. 유감스럽게도 제거할 수 없는 위의 전제조건하에서도 그대가 내 아내가 되고 싶은지 숙고해보겠습니까? 그대는 그러기를 원하나요(F 399f.).

카프카는 그렇게 의아스러운 질문을 던지고는 곧바로 또다시 자기를 비하함으로써 그녀의 결혼에 대한 결정을 유보시키려 했다.

나는 아무것도 아닙니다. 전혀 아무것도 아닙니다.……어느 정도 인간을 평가하고 그들의 입장에서 그 마음을 이해하는 것, 그것은 이해할 수 있습니다. 그러나 나는 여기 삶 속에서 사람들과의 소통(그것 말고 무엇이 문제겠습니까)에서 지속적이고 일반적으로 나보다 더 고심하는 사람을 만난 적은 없다고 생각합니다(F 400).

그는 활달하고 생기 넘치며 자부심과 사무능력이 있고 건강한 펠리스에게 육체적인 허약함, 비사교적인 성질, 가족에 대한 이해심 결여, 우정을 꾸려나갈 능력 부재, 고독과 집중을 요하는 문학 작업 등 자신의 결점을 자세하게 기술함으로써 그들 사이의 결혼이 얼마나 위험스러운 모험인가를 보여주려는 듯했다.

내가 가진 유일한 것은 정상적인 상태에서는 인식 불가능한 심연에서 문학에 집중하는 어떤 힘입니다. 그러나 현재의 직업적·육체적 상황에서는 그 힘을 신뢰할 엄두가 나지 않습니다.……그대가 행복한 결혼을 위해 요구하는 듯한 교육이나 지식 및 고도의 노력과 이해력에서 우리 두 사람 사이의 일치는, 내가 볼 때, 첫째, 거의 불가능하며, 둘째, 부차적이며, 셋째, 바람직하지 않습니다. 결혼이 요구하는 것은 인간적인 일치, 즉 모든 의견의 근저에서 이루어지는 일치입니다. 이러한 일치는 검증할 수 없고 느낄 수만 있으며, 따라서 인간적인 결합의 필연성입니다.……사람들은 내가 고독을 타고났다고 믿을지도 모릅니다.……그러나 글을 쓸 때를 제외하고는 내 자신과 좋은 관계를 유지할 수 없습니다.……펠리스, 우리의 결혼으로 어떤 변화가 일어나고 각자가 무엇을 잃고 얻을지에 관해서 곰곰이 생각해보세요. 나는 끔찍스러운 고독을 잃고 그 누구보다도 사랑하는 그대를 얻을 것입니다. 반면에 그대는 거의 만족스러웠던 지금까지의 삶을 잃게 되겠지요. 베를린과 즐거웠던 사무실, 친구들, 소박한 오락, 건강하고 활달한 좋은 남자와 결혼해 바라 마지않던 예쁘고 건강한 아기를 낳을 전망을 잃을 것입니다. 이처럼 상상하기 어려운 손실 대신에 그대는 병약하고 비사회적이며 말이 없고 우울하며 경직되어 있을 뿐만 아니라 거의 희망이 없고 유일한 덕목이라고는 그대를 사랑한다는 것밖에 없는 남자를 얻을 것입니다. 그대와 같이 건강한 처녀의 본성에 걸맞게 아이들을 위해 희생하는 대신에, 그대는 가장 나쁜 의미에서 순진하며 그대에게 인간적인 언어를 배울 준비가 전혀 되어 있지 않은 이

남자를 위해 희생해야 할 것입니다. 사소한 모든 것도 그대는 잃게 될 것입니
다. 내 수입은 그대의 수입보다 많지 않습니다.……물론 연봉을 받을 자격이
있지만, 수입이 공무원과 비슷하게 늘어날 가망은 별로 없습니다. 부모님에
게 기대할 것도 많지 않으며, 문학에 기대할 것은 전혀 없습니다. 그대는
지금보다 검소하게 살아야 할 것입니다(F 401ff.).

이 세상에 이렇게 구혼하는 사람은 없을 것이다. 그것은 구혼이라기보다
는 오히려 상대방에게 자신의 청혼을 거부하라는 요구 같았다. 그러나 다른
한편으로 생각해보면 그것은 그런 어려운 상황을 이겨내고 글쓰기에 온 존
재를 던지고 있는 자신을 이해하고 사랑해주기를 바라는 간청서이기도 했다.
그는 이 편지를 부친 후 1913년 6월 21일 일기에 문학만이 자신의 전부라는
듯 이렇게 썼다.

내 머릿속에 있는 저 거대한 세계, 하지만 찢어발기지 않고서는 어떻게
나와 그 세계를 해방시킬 수 있을까? 그것을 내 마음속에 보류해두거나 묻어
두기보다는 오히려 수천 번이라도 찢어발기고 싶다. 그것을 위해 내가 여기
에 존재한다는 것은 아주 분명하다(KKAT 562).

같은 날 펠리스에게 "글쓰기가 나의 본래적이고 좋은 본성이라는 것……
내게 좋은 면이 있다면 바로 이것입니다. 해방된 상태를 원하는 이 세계를
머릿속에 지니고 있지 않았다면 그대를 얻고 싶다는 생각을 품지도 못했을
것입니다"(F 407)라고 썼다. 그는 자신의 삶 자체 그리고 그녀에 대한 사랑
자체가 바로 자신의 문학적 실존에서 나오는 것임을 이해해주기 바랐다. 자
신이 사랑하는 여인, 자신의 문학적 실존을 이해해주고 자신을 사랑해주는
여인의 존재는 그의 '꿈같은 내적인 삶'의 거대한 세계를 표출해내는 원동력

이 되어 『선고』를 써나갈 때처럼 '영혼과 육체가 한꺼번에 열리는 글'을 쓸 수 있다고 생각했던 것이다.

이렇게 유별난 구혼 편지를 받고도 펠리스는 이틀 만에 그의 청혼을 간단히 승낙했다. 그녀는 절대적으로 결혼을 원했다. 그녀는 긴장과 위기감이 팽배해 있는 집에서 가능한 한 빨리 벗어나고 싶었고, 결혼으로 카프카의 심적 갈등과 우울증세 등을 해결할 수 있을 거라고 믿었다. 그리고 카프카가 언급한 재정 문제나 건강도 걱정하지 않았다. 그녀는 상당한 돈을 저축하고 있었고, 행복한 부부생활로 그의 건강 문제도 해결할 수 있을 거라고 확신하고 있었기 때문이었다. 그녀는 오직 "훌륭하고 사랑스러운 남자"(F 406)로 족할 뿐이며, 그 외의 다른 것은 잊어버리자고 했다. 그리고 그들이 처음 만났을 때 약속했던 팔레스티나로의 여행을 8월 휴가 때 떠나자고 했다.

이에 카프카는 도시 근교에 신혼집을 알아보겠다면서, 저축을 해서 장래에는 "교외에 정원이 딸린 작은 집을 마련하도록 노력하겠다"(F 408)고 했다. 그러면서도 자신의 글쓰기는 운명적이고 본성에 가까운 것이어서 그 어느 누구도 자신을 거기로부터 끌어낼 수 없다며 믿음과 용기를 가지고 자신의 문학세계를 이해해달라고 다시 강조하는 것을 잊지 않았다.

창작과 사람들에 대한 나의 태도는 변하기 어려운 것이며, 그때그때의 상황에 따른 것이 아니라 본성을 바탕으로 하고 있습니다. 나는 창작하기 위해서 '은둔자' 정도로는 어림도 없습니다. 죽은 사람과 같은 정적이 필요합니다. 이러한 의미에서 창작은 깊은 잠, 곧 죽음입니다. 죽은 사람을 무덤에서 끌어낼 수 없듯이 그 누구도 나를 밤에 책상에서 끌어낼 수 없습니다. 이것은 사람들의 태도와 직접적인 관계가 없습니다. 나는 이렇듯 체계적이고 일사분란하며 엄격한 방식으로만 글을 쓸 수 있고 그 때문에 살아갈 수 있습니다(F 412).

이와 같이 카프카는 청혼을 한 상태에서도 결혼과 글쓰기 사이에서 여전히 고민하고 있었다. 그는 어머니와 오틀라가 종종 자신과 펠리스에 대해 이야기하는 소리를 들었고, 양가의 아버지들 또한 그들의 관계를 어느 정도 알고 있는 상태였다. 이제 그의 결심을 정식으로 알리는 일만 남아 있었다. 그러나 마음을 정하지 못한 그는 7월 1일 자신의 여러 가지 결점을 언급하면서 다시 한 번 결혼에 대한 그녀의 각오를 타진했다.

그대를 나의 사랑하는 신부로 받아들입니다. 그러나 곧바로, 아마도 마지막으로 하는 말이지만, 우리의 미래와 공동생활에서 그대가 가장 먼저 당하게 될 불행에 엄청난 불안을 느낍니다. 그 불행은 완전히 내 성격과 책임으로 생기는 것입니다 나는 근본적으로 차갑고 이기적이며 감정이 없는 사람입니다. 그것을 완화시키기기보다는 숨기려 하는 내 모든 나약함에도 불구하고 말입니다(F 417).

카프카는 최종적으로 펠리스의 부모에게 정식으로 구혼의 편지를 쓰기로 결심했다. 마음을 굳힌 카프카는 잠시 기분을 전환하려고 저녁에 영화를 보러 갔다. 그는 주간 뉴스와 세 개의 즐거운 소동을 담은 단편 영화를 보았는데, <오직 한 관리만을 사위로 삼다>라는 제목이었다. 그는 고지식한 사위를 집안에 들이면서 벌어지는 코믹한 소동을 다른 관객과 함께 즐겼다. 그리고는 집으로 돌아와 일기에 엉뚱하게 이렇게 썼다. "절대적 고독에 대한 소망"(KKAT 562). 그는 여전히 번민하고 있었다.

1913년 7월 3일, 그날은 그의 서른 번째 생일이었다. 그는 "결혼을 통한 실존의 확대와 고양. 설교의 금언. 그러나 나는 그것을 거의 예감할 수 없다"(KKAT 564)라고 일기에 썼다. 그는 결혼이 당사자의 삶을 넓혀주고 고양시켜 준다는 어느 주례사의 말을 기억하면서도 이를 실천할 자신이 없었다.

그가 평상시처럼 이른 오후에 직장에서 돌아왔을 때 집 안은 평상시보다 조용했다. 아버지는 시골에 가고 없었고 어머니가 그의 생일을 축하하기 위해 식탁 앞에 앉아 있었다. 그는 어머니의 생일 축하에 대한 응답으로 자신에게 신부가 있노라고 정식으로 밝혔다. 이미 그 사실을 알고 있던 어머니는 조용히 듣기만 하더니 한 가지 부탁이 있다며 홍신소를 통해 펠리스의 가족 상황과 재산 관계를 알아보라고 했다. 그것은 결혼지참금을 지불할 능력과 그녀에 대한 주위의 평판을 알아보기 위한 아버지의 생각이라고 했다. 당시 유대인 중류 사회에서는 결혼에서 재산 관계와 도덕적 평판을 중요한 기준으로 삼고 있었다.

카프카는 놀라 이에 반대했지만 부모의 의지를 꺾을 수 없었다. 카프카에게 이 소식을 전해들은 펠리스는 깜짝 놀라 화를 냈고 마음에 큰 상처를 입은 듯했다. 그녀는 가족의 불미스러운 일들이 밝혀질까 두려웠던 것이다. 그 사실을 모르는 카프카는 그녀의 예상치 못한 강력한 반발에 놀라워하며 어머니에게 홍신소 탐문을 그만두라고 요구했다. 그러나 어머니 율리에는 다음 날 아들 몰래 프라하의 홍신소에 카를 바우어 가족 신상에 관한 일체의 서류를 주문했다. 그러나 당시 홍신소는 신뢰할 만한 것이 못 되는 형식적인 곳이어서 탐문은 별 탈 없이 지나갔다. 돈 문제나 가족의 스캔들은 전혀 언급되지 않은 채 우스꽝스럽게도 펠리스의 훌륭한 요리솜씨만 특이 사항으로 기재되어 있었다(B2 246). 카프카는 그녀에게 모욕을 준 것에 용서를 빌었고, 한편으로는 부모가 펠리스와 그녀의 가족을 신뢰하게 된 것을 다행으로 여겼다.

카프카는 이듬해 5월에 이사할 수 있는 신혼집을 보아두었는데, 그것은 자신이 조합원으로 있는 주택건설조합에서 지은 집이었다. 그리고 약혼식은 크리스마스 때 또는 1월이나 2월 무렵으로 생각하고 있었다. 그러나 일주일쯤이 지난 7월 21일이 되자 그는 또다시 절대 고독을 요구하는 글쓰기에 결혼이 가져올 방해에 대해 불안해했다.

나는 늘 홀로 있어야 한다. 내가 이룩했던 것은 오직 고독의 성과일 뿐이다. 문학과 연관이 없는 모든 것을 나는 싫어한다. 대화를 나누는 것(비록 그것이 문학에 관계된 것이라도), 누군가를 방문하는 것은 권태로우며, 친척의 고통과 기쁨은 내 영혼 속까지 권태롭게 한다. 대화는 내가 생각하는 모든 것으로부터 중요성과 진지함과 진실을 앗아간다.……결혼한 상태로는 불가능해질 것이다.……결합에 대한 불안, 저쪽으로 흘러들어감에 대한 불안. 그럴 경우 나는 결코 더 이상 혼자일 수 없다(KAAT 569).

게다가 그는 그날 일기에 결혼이 자신에게 끼칠 영향을 세세하게 검토하고 분석했다 그는 일곱 항목 중 여섯 가지를 부정적인 것으로, 한 가지만 긍정적인 것으로 생각했다. 그는 "혼자서는 삶을 이겨낼 수 없다"면서도 "F[펠리스]와의 결합이 자신의 실존에 더 많은 저항력을 줄 것"(KKAT 568ff.)이라고 결론 내렸다. 결혼에 대한 그의 양립적인 태도는 변하지 않았다.

7월 24일 헤르만 카프카는 아들에게서 약혼 계획에 대해 정식으로 이야기를 들었다. 결혼 자체보다 돈 문제에 더 관심이 많은 그는 베를린을 직접 방문해서 바우어 가족과 결혼지참금을 상의해야겠다고 주장했으나, 카프카는 상대방 가족에게 예의에 벗어난 짓이라며 강하게 반대했다.

카프카의 결혼 계획을 승낙한 펠리스는 그에게 며칠간 함께 휴가를 보내자고 제안했다. 그러나 하필 그 기간이 카프카의 상관인 오이겐 폴의 휴가 기간이었기 때문에 카프카는 떠날 수 없었다(B2 246). 그러나 펠리스는 연차 휴가를 얻어 북해의 섬 질트에 있는 베스터란트 해수욕장에서 여사촌인 에르나 단치거와 휴가를 보냈다.

8월 2일 카프카는 갑자기 펠리스에게 휴가에서 돌아가는 길에 프라하로 와서 부모와 약혼식 문제를 상의하자는 편지를 보냈고, 8월 3일에는 다음 해 5월에 결혼하는 게 어떤지 의향을 물으면서 며칠 전부터 심장에 고통을 느껴 주치의의 진단을 받았는데 뚜렷한 병은 없지만 아마 과격한 수영과 빠르게 걷는 긴 산책 때문일 거라고 덧붙였다(F 434). 그는 아마도 미래를 위해 건강도 생각한 듯했다. 8월 4일에도 카프카는 펠리스에게 어떻게 해서든 휴가에서 돌아가는 길에 프라하에 들러달라고 청했다. 그는 이상하게도 그때 둘이 같이 있지 않으면 자신이 파멸하게 될지도 모른다는 불안감에 휩싸였던 것이다.

그러나 펠리스는 프라하로 가려면 이틀을 꼬박 열차에서 보내야 하므로 휴가를 마친 후에 약혼 문제를 의논하자고 했다. 그리고 8월 11일 편지에서는 무엇 때문에 약혼 문제를 그렇게 서두르냐며 느긋하게 크리스마스 휴가 때 베를린에서 만나 상의하기를 원했다(F 443). 크리스마스까지는 아직 4개월이나 남아 있었기 때문에 카프카는 조바심이 났다. 그는 이미 마드리드의 외삼촌 알프레트 뢰비에게 조만간 자신이 약혼하게 될 거라는 사실을 편지로 알렸기 때문이었다. 카프카는 성령강림절 이후로 계속 구상하고 있던 펠리스의 아버지에게 보낼 '구혼 편지'를 마무리해서 서둘러 베를린으로 보냈다.[10]

그때 펠리스는 휴가 중에 어느 점쟁이에게 카프카의 필적 감정을 의뢰했었다며, 그가 오직 문학에만 지대한 관심이 있다는 점괘를 받았다고 편지를 했다. 카프카는 이때다 싶어 자신에게 문학이 어떤 의미인지를 또다시 그녀에게 자세히 설명했다.

---

10 카를 바우어에게 보낸 카프카의 첫 편지는 남아 있지 않다. 단지 그가 1915년 8월 15일 일기에서 7월 20일에 썼던 예전의 편지 내용을 거의 그대로 보냈노라고 어머니에게 이야기하고 있다.

나는 문학에 관심이 있는 것이 아니라 문학으로 이루어져 있습니다. 나는 그 외의 무엇도 아니며 그럴 수도 없습니다. 최근에 『사탄의 종교사』에서 이런 이야기를 읽었습니다. 한 성직자의 목소리가 너무나 아름답고 달콤해 누구나 그 소리를 듣고 싶어 했습니다. 어느 날 그의 사랑스런 목소리를 들은 다른 성직자는 이것은 사람의 소리가 아니라 사탄의 소리라고 했습니다. 그리고는 모든 숭배자 앞에서 사탄을 불러냈습니다. 그러자 성직자의 몸에서 사탄이 빠져 나왔고 그 몸은 심한 악취를 풍기는 시체로 변했습니다(사탄의 영혼을 대신해 인간의 육체가 살아 숨 쉬었던 것입니다).[11] 나와 문학의 관계도 이와 매우 유사합니다. 다만 나의 문학은 성직자의 목소리처럼 그렇게 달콤하지는 않습니다. 물론 내 글에서 그것을 끄집어내기 위해서 사람들은 노련한 필적 감정사가 되어야 합니다(F 444f.).

8월 18일 오후 카프카가 정원 일을 하고 있는 프라하 근교의 트로야로 막스 브로트가 불쑥 찾아왔다. 그는 여행에서 막 돌아오는 길이었다. 이야기를 나누다가 그는 막스에게 펠리스에게 정식으로 청혼했노라고 말했다. 막스 브로트는 오랜 고심 끝에 결정한 그의 결혼 계획을 진심으로 축하하며 자신이 쓴 시를 그에게 헌사했다.

루가노 호수

프란츠 카프카에게


부드러운 양 날개를 편 채
잠자리들이 우리 다리에서 휴식을 취하네.
암벽이 뜨거워 물속에 길게 몸을 담근

---

11 Gustav Roskoff, *Geschichte des Teufels*, Leipzig 1869, Bd.1, S.326.

우리는 그들에게 바위나 꽃으로 보이고 싶네.

높이 위쪽엔 햇빛에 하얗게 타버린 거리가
석회먼지와 톱니 모양 맞물려 있고,
무거운 포도송이가 우리를 향하고 있는
포도덩굴 숲에선 슬며시 냉기가 젖어드네.

허나 사랑하는 친구여, 우리의 영혼은
고통스러운 과거 때문에 격앙된 채,
말 속에 음울하고 아득하게 울리지 않는가.

지금은 햇빛에 그을려 귀여우나
머지않아 변함없는 무거운 짐에 굴복되어
매정하게 퇴색되리라는 것을 우리는 알고 있지(MB 74).[12]

카프카와 펠리스가 약혼한다는 이야기가 알려지자 사람들은 그들이 이미
약혼식을 한 듯 축하해주었다. 이에 당황한 카프카는 그 사실을 펠리스에게
알렸지만, 그녀는 그 기회에 카프카의 우유부단한 성격에 일침을 가하려는
듯 일부러 느긋한 모습을 보였다.

펠리스는 약혼식 이야기는 언급하지도 않고 건강을 위해 카프카가 가르쳐
준 뮐러식 체조를 하고 있다며 카프카의 여름휴가가 시작되기 전에 한 번
베를린에 오는 게 어떠냐고 물었다. 그가 자신의 휴가를 쪼갤 수 없다고
하자 펠리스는 중간 지점인 드레스텐에서 만나자고 다시 제안했고, 이에 카
프카는 다른 계획이 있다며 이를 거부했다. 그는 펠리스가 자신의 입장을

---

12 이 시는 원래 뮌헨의 주간 문예지 ≪메르츠≫, 1913년 8월 7일(S.247)에 실렸다.

충분히 생각하지 않는다고 생각했고, 그녀의 느긋한 태도가 그를 지치게 만들었기 때문이었다. 게다가 그녀의 아버지 카를 바우어는 그의 구혼 편지에 대해 아무런 답을 주지 않고 있었다. 이에 카프카는 펠리스 가족이 자신을 거부한다는 생각이 들었고, 8월 22일 펠리스에게 "그대 아버지는 내게 답장하는 것을 망설이고 계십니다. 당연한 일이지요. 하지만 질문에 대해서조차 망설인다는 것은 전반적으로 회의를 품고 있음을 증명하는 것 같습니다"(F 450)라고 썼다.

카프카는 카를 바우어에게 보낸 구혼 편지가 잘못 이해되었다고 생각한 듯, 새로이 편지 초안을 작성하기 시작했다. 그러던 중 8월 24일 그는 뜻밖에도 카를 바우어로부터 결혼을 허락한다는 편지를 받았다. 카를 바우어는 펠리스가 휴가에서 돌아오길 기다린 후 가족회의를 해 결정하느라 회신이 늦어졌다고 썼다. 그런데 그렇게 기다리던 결혼 승낙을 받은 카프카는 이해할 수 없는 반응을 보였다.

그는 카를 바우어에게 새로 쓰던 편지를 완성해 펠리스에게 보내는 편지에 동봉하면서 그녀의 아버지에게 전해달라고 부탁했다. 카프카는 그 편지에서 결혼을 허락한 카를 바우어에게 그동안 자기가 서신 교환을 통해 펠리스를 얼마나 괴롭혔는지 잘 모르기 때문에 결혼을 승낙했을 거라면서 펠리스에게 자신이 보낸 편지를 다시 꺼내보게 해서라도 자신과의 결혼을 재검토해달라고 요청했다. 그러고는 자신의 "모든 존재는 문학을 향해 있으며"(F 456) 수많은 편지로 펠리스에게 사랑을 고백하긴 했으나 그것은 어디까지나 문학을 위한 사탕발림이었고 헤어질까 두려워 기만했을 뿐이라고 적었다. 게다가 자신은 "말이 없고 비사교적이며 짜증을 잘 내고 이기적이며 우울증상을 보이고 실제로 병약할" 뿐만 아니라 가족에게까지 "이방인보다 더 낯설게 살아가고 있는"(F 456) 상황이니 결혼할 경우 펠리스는 "수도원 같은 삶을 견뎌내야 할 것"(F 457)이라고 썼다. 물론 펠리스는 그 편지를 아버지에게 전달하지 않았지만 마음속으로는 깊은 상처를 받았다. 펠리스는 전보로 그런 일에 부모를 개입시키지 말고 둘이서 해결하자고 그를 다독거렸다.

카프카는 그사이 키르케고르의 『심판자의 서(書)』를 읽었는데, 파혼 후 독신자로 살았던 키르케고르를 자신과 "같은 편의 세계"에 살고 있는 "친구"(KKAT 578)라고 불렀다. 그는 키르케고르처럼 약혼이 목전에 와 있는데도 여전히 결혼과 문학 사이에 서서 그 둘이 병행될 수 없다는 것을 뼈저리게 느끼고 있었다. 게다가 카프카의 아버지는 재정적인 측면에서 결혼을 반대하고 있었다. 그는 베를린으로 가서 펠리스의 부모와 결혼지참금 문제를 논의하려고 벼르고 있었다(F 608). 그는 카프카가 결혼 후에도 빠듯한 수입 때문에 딸들처럼 그에게 손을 벌릴까 두려웠던 것이다.

1913년 9월 6일 일요일 저녁, 카프카는 '구호체제, 재해예방 그리고 위생을 위한 제2차 국제회의'에 참석하기 위해 빈을 방문했다. 오이겐 폴과 로베르트 마르슈너가 각각 9월 11일과 13일에 강연하기로 되어 있었는데, 카프카가 그들이 발표할 보고서를 작성했기 때문이었다. 그는 문학 관계 일로 동반한 오토 피크와 그릴파르처[13]가 즐겨 점심을 먹었던 마차커 호프 호텔에 머물렀다.

한편 비슷한 시기인 9월 2일부터 9일까지 빈에서 '제11차 시온주의 세계회의'가 개최되었다. 자신이 알고 지내는 작가들과 시온주의자들 그리고 보험전문가들이 이 회의에 참석하고 있었다. 카프카는 유대인 신문 ≪젤프스트베어≫를 통해 그 행사의 날짜와 주제를 알고 있었다. 그는 9월 7일 오토 피크, 알베르트 에렌슈타인[14] 그리고 리제 벨치[15]와 함께 빈의 놀이공원 프라

---

13 그릴파르처(Franz Grillparzer, 1791~1872)는 오스트리아 출신의 극작가이다. 1913년 9월 초 카프카는 하인리히 라우베(Heinrich Laube)가 쓴 『그릴파르처 자서전』을 읽었다(F 464).

14 서정 시인이며 소설가인 알베르트 에렌슈타인(Albert Ehrenstein, 1886~1950)은 ≪베를리너 타크블라트(Berliner Tagblatt)≫에 카프카의 『관찰』에 대해 "천재적 시인의 독특하고 정교

터(Prater)에서 회전목마를 타기도 하
고 사격 게임도 하고, 큰 모형 비행
기를 타고 넷이서 기념사진도 찍었
다. 저녁에는 카페 베토벤과 박물관
등을 전전하며 시간을 보냈고, 7월
말 프라하에서 알게 된 작가 에른스
트 바이스 등을 만났다.

카프카, 알베르트 에렌슈타인, 오토 피크,
리제 벨치(왼쪽부터. 빈의 놀이공원 프라터에서, 1913년)

다음 날인 9월 8일 카프카는 그들과 함께 1887년 8월 시온주의 창립자
중 한 사람인 테오도르 헤르츨에 의해 바젤에서 건립된 시온주의 세계 조직
의 중앙 회의에 참석했다. 그곳에는 변호사 테오도르 벨치, 엘제 베르크만,
그녀의 동생인 오토 핀다 그리고 핀티 부인 집에서 알게 된 클라라 타인과
유대 대학생 연맹인 바르 코흐바의 대표단 등도 참석하고 있었다. 카프카는
처음으로 온 세계에서 온 엄청난 수의 유대인 대표단과 참관인을 보았다.
그들은 시온주의 정체성 교육, 언어정책, 유대문화 농경제와 집단농장 문제,
이주자 문제와 학교교육 문제 등 여러 분과별로 나누어 강연을 하거나 토론
을 벌였다. 그러나 그들은 계획성 없이 중구난방으로 떠들어대거나 격렬한
논쟁을 벌이곤 했다. 조용히 관찰하기를 좋아하는 그에게 이들 모임은 완전
히 낯설게 느껴졌다. 회의에 실망한 카프카는 펠리스에게 이렇게 썼다.

시온주의 회의. 작고 둥근 머리와 단단한 뺨을 지닌 유형의 사람들. 팔레
스티나에서 온 노동자 대표와 끝없는 고함소리. 헤르츨의 딸. 야파(Jaffa)에서

___

한 책"이라는 논평을 썼다. Jürgen Born(Hg.), *Kritik und Rezeptionen zu seinen Lebzeiten
1912-1924*, Frankfurt am Main 1983, S.29.

15 로베르트 벨치의 누이이자 카프카 친구인 펠릭스 벨치의 사촌 여동생으로 시온주의 일에
열심이었다. 나중에 ≪젤프스트베어≫의 주간(主幹) 지그문트 카츠넬존의 부인이 되었다.

온 전직 김나지움 교장. 계단에서 몸을 바로 함. 희미한 수염 자국. 거칠게
흔들리는 상의(上衣). 성과 없는 독일어 연설. 히브리어를 많이 사용. 주로
소회의를 통해 활동. 리제 벨치는 참여하지도 않고 그저 전체에 이끌려가면
서 종이 탄환을 절망적으로 회의장 안으로 던지고 있습니다(F 465).

그는 함께 개최된 다른 프로그램인 팔레스티나에서 온 사진 전시회와 체
조 시범 등은 보지도 않고 거리로 나와 쉰브룬 공원을 혼자 거닐었다. 그는
다음 날부터 13일까지 계속되는 보험회사 국제회의를 준비를 위해 호텔로
돌아갔다. 9월 10일 회의를 무사히 마치고 카프카는 일찍 잠자리에 들었으
나 잠은 오지 않고 두통만 심했다. 그는 가져온 하인리히 라우베의 『그릴파
르처 자서전』을 꺼내들었다. 자서전 속의 그릴파르처는 관리로서의 삶과 작
가로서의 글쓰기를 어려움 없이 잘 극복해냈고 그가 꿈꾸고 있는 것을 이미
실행했다.

# 트리스트, 베니스, 베로나, 리바 여행을 떠나다

카프카는 빈 회의에 참석하면서 회의가 끝나는 대로 여행을 떠날 수 있도록 연차 휴가를 얻어놓았다. 1913년 9월 14일 아침, 그는 기차를 타고 혼자 오스트리아의 항구도시 트리스트로 갔다(F 463). 그곳에서 하룻밤을 머문 후 베니스로 가는 증기선을 탔는데, 비바람이 세차게 몰아치는 바람에 심한 배멀미를 했다(F 465). 그는 베니스의 잔트비르트 호텔에서 묵었는데, 9월 16일 아침 침대에서 청명한 베니스의 하늘을 바라보고 있자니 갑자기 자신의 신세가 처량하다는 생각이 들었다. 그는 카를 바우어에게 결혼에 대한 약속 편지를 다른 방식으로 쓰도록 계속 강요하는 펠리스를 피해 여행을 떠나왔기 때문이었다.

카프카는 심리적 압박 때문에 차라리 펠리스와 이별하는 게 낫겠다고 생각했다. 그는 그 자리에서 "자 펠리스, 내가 어떻게 해야 할까요? 우리는 헤어져야 합니다"(F 466)라고 이별을 통고하는 편지를 쓰고 막스 브로트에게도 편지를 썼다. "프라하를 멀리 떠나와 조용한 곳에서 혼자 지내는 게 좋다"며 오랫동안 자신에게 아무런 호의를 보이지 않던 "문학이 다시금 기억나기 시작했다"(Br 120)고 썼다. 사실 그는 『선고』와 『변신』, 『실종자』를 쓴 이후 펠리스와의 결혼 문제로 거의 글을 쓰지 못하고 있었다.

그는 이 편지를 끝으로 10월 29일까지 펠리스에게 한 장의 편지도 쓰지 않았으며, 일기 역시 8월 30일 이후 10월 14일까지 중단했다. 그 대신 간간히 막스 브로트, 오스카 바움, 펠릭스 벨치에게 편지를 썼다. 이렇듯 그는 한시라도 글 쓰는 일을 놓지 않았다.

그는 닷새 동안 베니스에 체류한 후 9월 20일 기차로 베로나로 갔다. 그는 그곳에서 이틀간 머무르며 민속 축제도 구경하고 멜로드라마를 보고 감동해서 눈물을 흘리기도 했다. 특히 영화 <가난한 아이들(Poveri Bimbi)>를 본 극장 휴게실에서 테너 카루소가 부르는 <아이다>의 아리아들이 흘러나와 카프카를 더 감상적인 분위기로 빠뜨렸다.[1] 그는 여행자 무리에 끼어 성 아나스타시아 교회를 구경하기도 했다. 그리고 베로나를 떠나 가르다 호수 근처에 있는 데젠차노로 가서 증기선을 타고 리바로 향했다.

그는 9월 22일에서 10월 13일까지 리바에 있는 폰 하르퉁엔 박사의 호화로운 요양원 및 물리치료소에 머물렀다. 그곳은 우울증 환자, 히스테릭 환자, 노이로제 환자, 일 중독증 환자 등을 물을 이용해 치료하는 유명한 치료소였다. 그곳에서는 공기, 태양, 모래, 물을 이용한 전신욕과 반신욕 외에도 전기충격요법, 탄산욕, 산소욕, 유황욕, 이토욕(泥土浴) 등을 할 수 있었고, 치료 체조, 스웨덴식 야외놀이나 산책 그리고 마사지를 받을 수 있었다. 그리고 식사는 자극적인 재료를 뺀 채식주의 식단으로만 꾸며져 있었다. 하인리히 만과 토마스 만 형제, 루돌프 슈타이너, 지그문트 프로이트, 막스 오펜하이머 같은 유명 인사도 그 시설을 즐겨 이용했다. 카프카도 4년 전 브로트 형제와 함께 머문 적이 있었다. 그는 자연요법 외에도 보트를 타거나 수영을 하고, 햇볕을 쬐며 잔디에서 뒹굴기도 하고, 사람들 틈에서 치료 체조를 하고 종종

---

1 Hanns Zischler, *Kafka geht ins Kino*, Reinbek bei Hamburg 1996, S.131ff.

주변으로 산책을 나갔다. 9월 28일에는 여러 사람들과 함께 괴테가 무너진 성터를 스케치하다가 스파이로 오인 받아 하마터면 체포당할 뻔했다고『이탈리아 기행』에서 언급했던 '말체지네'로 소풍을 가기도 했다(O 20).

그는 리바의 요양소에 머물며 식사시간에는 다른 사람들과 자주 대화를 나누었는데, 한 번은 러시아 여인에게 카드 점을 쳤다. 카프카의 점괘에는 흥미롭게도 근심·부(富)·야심을 얻지만 '사랑'은 얻을 수 없다고 나왔다(Br 123). 카프카는 저녁식사 중에 오스트리아 출신 퇴역 장군 루트비히 폰 코흐와 스위스 처녀 게르트루드 바스너를 알게 되었다. 그 장군은 신경쇠약증 중환자로 몇 달 전부터 그곳에서 온천 요양을 하고 있었는데, 10월 3일 아침 갑자기 권총으로 머리를 쏘아 자살하는 바람에 한바탕 소동이 일었다. 카프카는 그 장군과 함께 식사했던 열여덟 살이 게르트루트 바스너와 잠시 사랑에 빠지게 되었다(FC 108). 독서를 좋아하는 그녀는 식사 중에 카프카의 대화에 관심을 갖게 되었고, 그들의 방이 바로 위아래 층에 있어서 아침저녁으로 만나 인사를 하고 발코니를 통해 서로 왕래하게 되었다. 열흘간의 짧은 연애 사건은 자신의 일기[2]에만 잠깐 언급되었을 뿐 친구들과 펠리스에게도 얼마동안 비밀로 했다.

카프카가 여행 중에 만났던 가장 인상적인 여인은 추크만텔의 유부녀와 리바에서 만난 게르트루드 바스너였다. 카프카의 막내 동생보다 어린 그 스위스 처녀는 펠리스와는 매우 달랐다. 거세고 실용적인 펠리스와는 달리 그녀는 부드럽고 발랄하고 공상적이었다. 동화를 즐겨 읽었고 아름다운 옷을

---

2 리바에 사는 이 스위스 여자와의 만남에 대해 카프카는 일기(1913년 9월 15·20·22일)와 막스 브로트에게 보낸 편지(1913년 9월 28일)에서 언급하고 있다. 카프카는 그녀의 이름을 말할 때 항상 W. 또는 G. W.라는 이니셜을 사용했는데, 게르트루트 바스너(Gertrud Wasner)를 뜻한다. 1913년 10월 20일 일기에 따르면 카프카는 그녀와 리바에서 함께 지낸 일을 발설하지 않기로 약속했다.

입고 즐거워 깡충깡충 뛰거나 기분이 좋으면 흥얼대며 노래 부르는 자유
분망한 소녀였다. 카프카는 오랫동안 가슴속에 묻어두었던 사랑의 감정에
자신을 내맡겼다. 그는 프라하에 돌아온 후에도 그녀를 생각하며 추억에 잠
기곤 했다. 그는 일기에 이렇게 썼다.

> 비애와 사랑의 달콤함. 보트에서의 그녀의 미소 그것은 가장 아름다운
> 것이었다. 이대로 죽고 싶은 욕망과 자제. 이것만이 사랑인 것을(KKAT 588).

카프카는 서른 살의 나이에 처음으로 여자에 대한 애틋한 사랑이 무엇인
지를 이해한 듯했다. 그는 앞서의 일기에 이렇게 썼다. "리바에서의 체류는
나에게 매우 의미가 있었다. 나는 처음으로 한 기독교 소녀를 이해하게 되었
다. 그리고 거의 완전히 그녀의 활동 범위 안에서 살았다"(KKAT 582). 그는
사랑스러운 그녀를 위해 아름다운 동화를 써야겠다고 생각까지 할 정도였다.

2년 후 아름다운 리바는 제1차 세계대전으로 요새화된 전선으로 변했다.
그곳은 여행객이나 요양객 대신 번쩍거리는 창검을 단 군인들로 북적거렸다.
카프카는 후에 미완으로 남긴 「사냥꾼 그라쿠스」에서 목가적인 아름다움을
지닌 리바를 신화적인 죽음의 지대로 묘사했다. 카프카는 리바에서 죽음의
가장 낮은 지역에서 불어오는 바람에 내맡긴 채 키도 없는 거룻배를 타고
삶과 죽음, 이승과 저승 사이를 끊임없이 떠다니며 방황하는 현대인의 모습
을 창조해냈다. 또한 카프카가 체코어 'kavka'로 '까마귀'를 나타내듯이 그
라쿠스는 이탈리아어로 '까마귀(Gracchio)'라는 뜻을 지니고 있는 점에서 그라
쿠스는 삶과 죽음, 현실과 비현실, 잠과 깨어남, 과거와 미래 등의 중간 경계
선상에 서서 '양극적인 세계'를 조망하는 작가 자신의 실존적 상을 나타내기
도 한다.[3]

1913년 10월 13일 카프카는 이탈리아 여행에서 돌아왔다. 한 달 만의

귀향이었으나 그는 펠리스에게 아무런 연락도 하지 않았다. 그는 프라하로 돌아와서 책을 읽고 친구들을 만나고 철학 세미나에 참석하고 공무로 공장을 방문하면서 시간을 보냈다. 펠리스에게 마지막으로 편지를 쓴 지 6주가 지나서야 그는 그녀에게 장문의 편지를 썼다. 그러나 그것은 약혼식을 앞둔 사람의 편지가 아니라 여느 때처럼 결혼의 불가능성을 강조하는 편지였다.

아무리 노력한다 해도 나는 함께 즐길 수는 있어도 함께 살 수는 없습니다. 지속적인 공동생활에서 진실을 지킬 수 없을 뿐만 아니라 진실이 없는 공동생활은 견딜 수 없습니다.……지속적인 공동생활이 허위 없이는 불가능하듯 나는 진실이 없이는 불가능합니다. 내가 그대 부모님을 바라본 첫 번째 시선은 허위일 것입니다(F 467f.).

이미 카프카와 펠리스 사이에는 보이지 않는 불신의 골이 깊어져 있었다. 여행 동안 중단된 서신 교환은 서로의 마음을 안정시켜주기는커녕 오히려 더욱 불신과 갈등만 키웠다. 카프카가 여행에서 돌아온 후 그들은 누가 먼저랄 것도 없이 오랫동안 침묵을 지켰다.

---

3 이주동, 「「사냥꾼 그라쿠스」에 나타난 문명사의 비판과 작가의 사명」, 『카프카 연구』, 제10집 (2002), 139-171쪽.

# 중재자 그레테 블로흐[1]의 등장

침묵과 갈등을 더 참을 수 없게 된 펠리스는 막스 브로트뿐만 아니라 자신의 친구 그레테 블로흐를 중재자로 내세웠다. 그레테 블로흐는 1913년 4월 펠리스가 프랑크푸르트 광고 박람회에서 알게 된 스물한 살의 젊은 처녀로 프랑크푸르트의 차이스 회사에서 속기타자수로 일하고 있었다. 그녀는 1913년 11월 1일부터 빈에 있는 엘리오트-피셔 사무용기계 제조회사의 상설 대리점에서 일하기로 되었기 때문에 빈으로 가는 기차의 기착지인 프라하에 들를 예정이었다.

1913년 10월 29일 카프카는 펠리스의 친구라는 그레테 블로흐에게 10월 30일 정오쯤에 만나자는 전갈을 받았다. 카프카는 그레테가 묵고 있는 슈바

---

1 그레테 블로흐(Grete Bloch)는 1892년 3월 21일 베를린에서 태어났다. 아버지는 대리상을 하고 있었고, 그녀의 오빠 한스는 블로흐의 도움으로 의학을 공부했으며 열렬한 시온주의 운동가였다. 그는 누이동생의 소개로 후에 문학작품을 써서 카프카에게 보이기도 했다. 블로흐는 상업학교를 졸업한 후 1908년에서 1915년까지 베를린, 프랑크푸르트, 빈에서 속기타자수로 일했고, 1915년 이후 베를린의 사무용기계 제조회사의 비서와 대리로 근무했다. 1935년 그녀는 처음에 이스라엘로, 그다음에 이탈리아로 망명했으나, 나치 점령 후 체포되어 유배 중 죽었거나 집단수용소에서 죽었다고 한다(F 469f.).

르체스 로스 호텔 로비로 찾아갔다. 펠리스와 비슷한 연배의 여성을 예상했던 그는 젊고 자그마한 체구에 부드러운 인상을 지닌 활력 넘치는 아가씨를 만나게 된다. 여성 토시에 모피 숄을 걸치고 베일로 살짝 얼굴을 가린 그녀는 처음 보는 카프카를 거리낌 없이 대했다. 그녀는 펠리스가 부탁한 일을 설명하고, 펠리스가 그의 방문을 기대하는 듯하니 베를린으로 그녀를 직접 방문해달라고 설득했다. 카프카는 그녀의 당돌함과 침착함에 놀랐고 그녀의 붙임성과 여성적 매력에 끌렸다.

그들은 그날 오후 내내 긴 시간 동안 이야기를 나누었다. 그레테는 그간 펠리스가 치통으로 고생해서 수술 받은 일 그리고 그녀의 직업적인 능력과 업무 등을 자세히 이야기해주었다. 또한 카프카는 그녀를 통해서 펠리스 가족의 불미스러운 일도 알게 되었다. 이미 알고 있었던 언니의 혼외 임신과 아버지의 외도 사건 외에도 6개월 전 남동생 페르디난트 바우어와 하일브론의 약혼이 무산되었다는 이야기를 들었다. 페르디난트는 미래의 장인 회사에서 고객의 돈을 횡령하고 물건 대금을 가로채 파혼 당했던 것이다. 카프카는 펠리스가 가족의 비밀을 숨긴 것은 그녀가 자신을 신뢰하지 않았기 때문이라고 생각했다. 그리고 만난 지 몇 시간도 되지 않은 자신에게 친구의 사적인 일을 전하고 있는 블로흐를 그녀의 진정한 친구라고 생각할 수도 없었다.

어쨌든 카프카는 그레테에게 약속한 대로 그다음 주말인 11월 8일에 베를린을 방문했다. 그는 11월 6일 그들 사이의 문제 해결을 위해 한 번 만나는 것이 절대적으로 필요하니 토요일 오후 3시에 출발해서 아스카니셔 호프 호텔에 있겠다는 내용의 편지를 펠리스에게 보냈다(F 471). 그는 이별이냐 아니면 새로운 시작이냐의 기로에 서 있었다. 그는 이미 베니스와 리바에서 작별의 편지를 보냈고, 프라하에 돌아와서도 '함께 즐겁게 지낼 수는 있어도 함께 살 수는 없다'고 의사를 전했었다.

카프카는 거의 8시간이 걸려서 베를린 역에 도착했다. 그러나 펠리스는 플랫폼에 없었고, 아스카니셔 호프 호텔 프런트에도 아무런 연락을 남기지 않았다. 다음 날 아침까지 그녀에게서 아무런 소식이 없자 그는 그녀의 샤를 로텐부르크 집으로 심부름꾼을 보냈다. 그러자 그녀는 전화로 장례식에 참석해야 하므로 한 시간 반 동안만 시간을 낼 수 있다고 알려왔다. 그들은 별다른 이야기도 나누지 않고 비가 내리는 동물원 안을 걷다가 12시에 어느 공동묘지 앞에서 싱겁게 헤어졌다. 그녀는 세 시간 후에 다시 전화를 걸어 카프카가 떠날 때 역으로 배웅을 나오기로 했다. 카프카는 점심을 먹은 후 쉐네베르크에 살고 있는 에른스트 바이스를 잠깐 만났다. 그는 인도와 일본을 포함한 세계 여행을 다녀온 후 의사 직을 포기하고 베를린에서 자유 작가로 활동하고 있었다. 동양에 관심이 많던 카프카는 그에게서 동양에 관한 여러 가지 이야기를 들을 수 있었다.

카프카는 펠리스와 약속한 대로 오후 3시에 호텔로 돌아와 오후 4시까지 전화를 기다렸다. 그러나 그녀는 전화하지 않았고 그는 하는 수 없이 이미 예약된 오후 4시 28분 열차로 베를린을 떠났다. 그러나 펠리스는 오후 6시에 브뤼셀로 도망치듯 떠나는 남동생 페르디난트를 역에서 배웅하고 있었다. 그녀는 카프카에게 그동안의 침묵에 대해 아무런 해명도 들을 수 없어서 단단히 화가 나 있었던 것이다. 펠리스는 이미 카프카가 자기 아버지에게 쓴 첫 번째 편지와 여행 중에 썼던 작별 편지를 보면서 그에 대한 신뢰감을 잃고 있었다.

아무런 소득도 없이 프라하로 돌아온 카프카는 11월 10일 그레테 블로흐에게 베를린에서 만난 펠리스의 냉담한 태도에 대해 자세히 써 보냈다. 그레테 블로흐가 그들 사이에 끼어들면서 오히려 그들의 서신 교환은 다시 중단되었고 갈등은 심화된 셈이었다. 그레테는 카프카의 베를린 방문이 실패한데 대해 책임을 느끼면서도 문학과 삶 사이에서 고민하는 카프카의 작가로서의 진지하고 솔직한 태도에 감동하고 있었다. 그녀는 펠리스에게 한편으로는 질투심도 느끼고 있었다. 카프카도 신중한 펠리스와는 전혀 다른 그레테의 소녀다운 매력과 솔직하고 단순한 성격을 좋아했다. 카프카는 이제 그레테를 통해서 펠리스의 소식을 듣게 되었다. 11월 15/16일 그레테에게 보내는 편지를 보면, 카프카는 펠리스에게 아무 소식을 들을 수 없어서 걱정하고 있었다. "F[펠리스]에 대해 무언가 아는 게 있나요? 혹시 그녀가 아픈가요? 11월 말쯤 당신은 펠리스에게 여러 장의 카드를 받은 것으로 알고 있는데, 거기에는 병에 대해서는 언급이 없었습니까"(F 480).

이들 두 사람은 서서히 서로에게 끌리고 있었다. 카프카에게 그레테는 착한 요정 같았고 자신의 고독한 마음을 나누고 괴로움을 토로할 수 있는 새로운 친구였다. 그녀 역시 이홉 살 많은 카프카를 바사님이라 부르며 따랐다. 그는 그녀의 일과 신상에 대해 자상하게 관심을 가져주었고 혼자 사는 여성의 불편한 점에 대해서도 여러 가지 충고를 아끼지 않았다. 또 어떤 책을 사고 어떤 작가를 읽어야 하는지 상세하게 이야기해주는 그는 그녀에게 자상한 아버지 같은 존재로 다가왔다. 빈에서 외롭게 혼자 지내고 있는 그녀로서는 그런 카프카의 배려가 고마울 수밖에 없었다. 그녀는 펠리스와 마찬가지로 유능한 직장 여성으로 힘들게 일하면서도, 펠리스보다 훨씬 신선하고 감성적이고 여성적이었다. 그때 카프카가 같은 날짜에 그레테와 펠리스에게 보낸 편지들을 읽어보면, 그레테에게 보내는 편지의 행간에 더 깊은 사랑의 의미가 담겨 있었다.

카프카는 펠리스에게 매일 편지를 쓰는 일이 없어지게 되자 퇴근 후 오후에는 친구들과 어울리는 일이 잦아졌다. 영화를 보거나 이따금씩 다시 카바레를 찾기도 했으며, 후고 베르크만의 '모세와 현재'라는 종교 강연도 들었다. 또한 '토인비 홀'에서 자기가 좋아하는 클라이스트의 노벨레 『미하엘 콜하스』의 앞부분을 낭독했고, 뢴트겐 선 연구가의 이야기를 다룬 에른스트 바이스의 소설 『갈레선』을 낭독하기도 했다. 그는 자신의 작품뿐만 아니라 다른 작가들의 작품을 낭독하는 것을 좋아했는데, 정확한 발음과 억양, 리드미컬한 음성에 제스처까지 가미시킴으로써 문자가 전달하지 못하는 정서적 분위기를 한층 높일 수 있기 때문이었다.

카프카는 11월 27일 베를린을 다녀온 후 처음으로 펠리스에게 등기로 그리고 2주일 후에는 속달로 크리스마스에 베를린으로 가겠다는 편지를 띄웠다. 아마 최후의 결판을 내리려는 의도였을 것이다. 그러나 그녀에게서 아무런 응답이 없었다(F 491). 더욱 차가워진 그들 사이를 중재하기 위해서 막스 브로트의 부인 엘자 브로트까지 나서서 펠리스를 크리스마스에 집으로 초대했으나 그녀는 그것에도 응하지 않았다. 12월 18일에는 카프카의 부탁으로 에른스트 바이스가 직접 펠리스의 직장으로 찾아가 그녀에게 그의 편지를 전달했다. 그제야 비로소 그녀는 바이스에게 그날로 상세한 회답을 주겠다는 쪽지를 건네주었으나, 카프카는 그 회답 편지도 받지 못했다. 그녀는 카프카의 친구들에게 한 약속도 지키지 않았다.

12월 20일 카프카는 그녀와의 관계를 정리하기 위해 여러 차례 그녀에게 편지를 해달라고 애걸하듯 청했다. 이에 대해 그녀는 편지를 보내겠다는 전보를 치면서도 계속 무소식이었다. 기다리다 못한 카프카는 펠리스의 사무실로 직접 전화를 걸어 크리스마스에 그녀에게 가겠다고 알렸다. 그녀는 그의 베를린 방문을 거부하면서 편지를 꼭 쓰겠다고 약속했다. 그러나 편지를 부쳤다는 전보를 받았지만 결국 그녀의 편지는 오지 않았다.

그 후 7주 만에 온 펠리스의 편지는 결코 화해의 편지가 아니라, 그녀 없이도 살 수 없고 그녀와 함께 살 수도 없다는 카프카의 이중적 태도를 도저히 이해하지 못하겠다는 편지였다. 그녀의 편지는 "우리 두 사람은 결혼으로 많은 것을 포기해야 할 것입니다. 어디에 가중치를 둘 것인지 서로 신중하게 따져보고 싶지는 않습니다. 그것은 우리 모두에게 힘겨운 일입니다”(F 483)라는 의미를 내포하고 있지만, 그녀가 말하고 싶은 것은 그가 문학에 대한 집착을 버려야 한다는 것이었다. 카프카는 결혼 후에도 지금의 자신으로 남아 있을 것임을 확고히 밝히고, 오히려 그녀가 그것을 극복하고 자립적인 인간으로 살아주기를 바랐다.

그러나 그는 상처 받은 펠리스를 그 상태로 그냥 내버려 둘 수는 없다고 생각했다. 지난 9월 공식적인 약혼을 앞두고 그는 마지막 순간에 펠리스를 버려두고 빈으로, 베니스로, 베로나로, 리바로 훌쩍 여행을 떠났던 것이 늘 마음에 걸렸다. 게다가 여행 중에서도, 프라하에 돌아와서도 한동안 그녀에게 편지를 쓰지 않았다. 그는 1913년 12월 29일 40쪽에 달하는 장문의 편지와 함께 다시 한 번 펠리스에게 결혼할 의사가 있는지 타진했다(F 481ff.). 그리고 그동안 그녀에게 비밀로 해두었던 리바에서 만났던 열여덟 살의 스위스 처녀와의 짧은 사랑의 모험을 펠리스에게 솔직하게 고백했다.

여기서 아주 솔직해져야 한다는 생각이 들어서 지금까지 아무에게도 말하지 않았던 것을 그대에게 말해야 한다는 생각이 듭니다. 요양소에서 한 소녀와 사랑에 빠졌습니다. 열여덟 살쯤 된 스위스 아이지요. 하지만 이탈리아의 제노아 근처에서 살고 있습니다. 그녀는 기질적으로 나와는 딴판이며, 아주 미숙하지만 독특하고, 병이 있긴 해도 매우 귀하고 심지어는 속이 깊었습니다. 어쩌면 그 당시 공허하고 절망적인 상태인 나를 사로잡기에는 너무나도 보잘것없는 처녀였는지도 모르지요……우리는 서로에게 전혀 속해 있지 않으며, 우리에게 허락된 열흘 뒤에는 모든 것이 끝나야 하며, 단 한 줄의 편지도 써서는 안 된다는 것이 그녀에게나 나에게나 분명했습니다. 어쨌든 우리는 서로에게 많은 것을 의미했고, 그녀가 작별하면서 사람들 앞에서 훌쩍거리지 않도록 나는 공연히 너스레를 떨어야 했는데, 나라고 해서 마음이 더 나은 것은 아니었습니다. 그곳을 떠나오면서 모든 것은 끝이 났습니다(F 484).

편지 말미에 당시 그 스위스 처녀는 물론 펠리스의 존재를 알고 있었고, 카프카가 그녀와 결혼하기를 고대하고 있다는 것도 알고 있었다고 밝혔다. 카프카는 로맨스 사건을 솔직하게 고백하면서도 펠리스와의 결혼을 한 번도 포기한 적이 없었음을 고백했다. 그러나 펠리스는 침묵으로 일관했고 거의 2개월 동안 냉담하고 무관심한 태도를 보였다.

새해 첫날인 1914년 1월 1일 카프카는 그녀에게 최후의 통첩과 같은 편지를 썼다. 그는 그녀를 사랑하고 결혼하고 싶지만, 그녀가 사랑하는 "베를린, 사무실, 그대를 기쁘게 하는 일, 근심이 거의 없는 삶, 특별한 종류의 자립심, 그대에게 어울리는 사람들과의 교제, 그대 가족과의 삶"(F 486) 등을 포기하지 않는 한 결합 가능성은 없다고 선언했다. 이 편지의 마지막 단락에서는 세 번씩이나 반복해서 "결혼한다는 것은 불가능하다"(F 487)라는 문장을 썼고, 또 그 말로 편지를 끝맺었다.

카프카의 단호하고 강경한 태도에 펠리스는 한 발 물러서듯 "결혼에 대해서는 더 이상 생각하지 말고 이전처럼 서로에게 편지만 하자"는 답장을 보냈다. 그러나 카프카는 그들 사이의 "관계를 유지시키기 위해서는 어떤 형식"(F 488)이 필요하다는 것을 절실하게 느끼고 있었다. 그것은 물론 결혼이었다. 그는 다시 펠리스의 결단을 요구했고 새로운 구혼이 시작되었다. 그러나 그것은 부드럽고 진지하면서도 여전히 모순에 차 있었다. 그는 결혼의 조건으로 여전히 펠리스의 변화를 요구하면서도 자신에게는 어떤 변화도 요구하지 말아야 한다고 쓰고 있었다.

내가 가지고 있는 인간적으로 좋은 것, 가치 있는 것을 모두 다 바쳐서라도 펠리스, 그대를 사랑합니다.……지금의 그대 모습처럼 내게 좋게 보이는 것과 좋지 않게 보이는 것 모두를 포함하여 그대를 사랑합니다. 그러나 그대는 내게 만족하지 못하고 있습니다. 그대는 여러 가지 면에서 트집을 잡고 지금의 나와는 다른 모습을 원합니다. 그대는 내가 '더 많이 현실 안에서' 살아야 하고 '주어진 것에 따라야' 한다는 등등의 말을 합니다. 그대가 현실적인 필요성에서 그런 것을 원할 경우 더 이상 나를 향해서가 아니라 나를 비껴가기를 원하는 것이라는 점을 깨닫지 못하는 건가요? 왜 인간이 변하기를 원하지요. 펠리스, 인간은 현재 모습을 받아들이거나 현재의 모습대로 내버려두어야 합니다. 인간을 변하게 할 수는 없습니다. 기껏해야 본질을 방해할 뿐이지요……이제 결정하세요, 펠리스! 그대는 지난번 편지에서 그 어떤 결정도 내리지 못했습니다(F 488).

카프카는 1914년 1월 23일에 그레테 블로흐에게 펠리스에게 다시 청혼을 했으나 아직 응답을 받지 못했다는 사실을 알렸다(F 490). 또다시 그레테 블로흐는 1914년 여름까지 두 사람 사이에서 중간 역할을 맡게 된다. 그러나 그녀는 펠리스에게 카프카의 편지를 인용해주고 결혼에 대한 카프카의 이의를 전하면서도, 카프카에게는 그가 원하는 방식의 결혼을 계속 추진해나갈 것을 충고했다. 그녀는 두 사람의 조정이 사실상 어렵고 결혼이 성사되려면 펠리스의 포기가 전제되어야 한다는 것을 잘 알고 있었는지도 모른다.

카프카의 새로운 청혼에 펠리스는 한 달 이상 어떤 의사표시도 하지 않았다. 카프카의 가족은 그사이 몰다우 언덕의 집에서 니클라스 거리에 있는 오펠트 하우스로 이사했다. 그 집은 도시 중심에 속해 있는 구시가 광장 가도에 있는, 방이 6개나 있고 욕조와 엘리베이터가 있는 호화로운 집이었다. 거기서 몇 걸음만 가면 부모의 잡화상점이 있는 킨스키 팔레가 있었다. 새 집은 예전 집에 비해 넓고 따뜻하고, 특히 어린 시절의 추억이 담긴 구시가에 있어서 카프카의 마음에 들었다. 그는 그레테 블로흐에게 새로 이사한 집의 전망에 대해 이렇게 썼다.

오펠트 하우스

4층이나 5층에 있는 내 창문 앞 정면에는 두개의 탑을 가진 러시아 교회의 큰 둥근 지붕이 보이고, 그 둥근 지붕과 이웃의 임대주택 사이의 작은 삼각형 모양의 공간으로는 멀리 작은 교회가 있는 라우렌치 산이 보입니다(F 480).

그리고 후에 그에게 히브리어를 가르치러 그의 집에 들르던 프리드리히 티베르거에게 구시가 광장이 내려다보이는 창가에 서서 추억에 잠긴 듯 그는 이렇게 말했다.

이쪽에 김나지움이 있고, 이쪽을 향하고 있는 저기 저 건물 안에 대학이 있으며, 왼쪽으로 조금 더 가면 내 사무실이 있습니다. 이 조그마한 구역에 나의 전 생애가 담겨 있습니다.[1]

그는 이 지역에서 100미터도 떨어져 있지 않은 집에서 태어났고, 광장 남쪽에 있는 초등학교에 다녔으며, 그의 교실 아래 일층에는 부모의 상점이 있었고, 앞쪽에 보이는 춤 아인호른 약국 너머에는 그가 몇 년간 다녔던 문학 살롱 판타 하우스도 있었다. 말하자면 구시가 광장을 끼고 거의 그의 모든 생활이 이루어진 셈이었다.

1914년 1월 말 그는 펠리스의 회답을 기다리며 독서로 시간을 보냈다. 빌헬름 딜타이의 『체험과 문학』, 프리드리히 니콜라이의 『독일 미학의 현 상태에 대한 서신』, 톨스토이의 약혼에 관한 이야기가 담긴 책을 읽었고, 프랑스 극작가이자 외교관인 폴 클로델의 희곡 『황금 두상』을 헤어 환틀의 낭독으로 들었다.

---

1 Hans-Gerd Koch(Hg.), "Als Kafka mir entgegenkam.." *Erinnerungen an Franz Kafka*, 1. Aufl., der erweiterten Neuausgabe, Berlin 2005, S.133.

그러나 펠리스는 여전히 침묵을 지키고 있었다. 그즈음 베를린의 에른스트 바이스는 약속을 지키지 않는 펠리스를 믿을 수 없는 여자라고 단정하고 그녀와의 약혼을 결사반대하고 나섰다. 또한 막스 브로트는 베를린의 한 호텔 객실 담당 처녀와 사랑에 빠지면서 결혼생활이 위기에 처해 있었다. 더구나 당시 시온주의 정치적 운동에 몰두해 있던 막스 브로트는 시온주의에 대한 카프카의 미온적인 태도가 마음에 들지 않아 카프카와 소원해져 있었다. 1914년 1월 8일 일기에서 카프카는 유대인에 대한 자신의 생각을 이렇게 기록하고 있다. "나는 유대인과 무엇을 공유하고 있는 것일까? 나는 나와 공유하는 것이 아무것도 없다. 그러므로 내가 숨을 쉴 수 있다는 것에 만족하면서 조용히 한쪽 구석에 서 있어야 한다"(KKAT 622). 그는 이제 주변 사람 모두로부디 완진히 고립된 기분이었다.

그에게 유일한 소통 창구는 그레테 블로흐뿐이었다. 그는 그녀에게 펠리스와 자신과의 중재를 계속 부탁했다. 그레테의 반복되는 강요에 못 이겨 펠리스는 카프카에게 엽서를 보냈으나 별 내용이 없었다. 그는 계속해서 그레테에게 자신이 펠리스의 편지를 기다리고 있다고 그녀에게 전해달라고 부탁했다. 또한 그는 그레테와 서로의 일상사에 대해서 자상한 편지를 주고받았다. 그는 그녀가 누구와 피아노를 치고, 어떤 음악을 좋아하며, 누구와 산으로 소풍을 갔는지, 일요일 오후엔 어두운 방에서 무엇을 하면서 지내는지 등등 세세하게 관심을 가졌다. 그리고 그는 이틀 전부터 잠을 자지 못해서 사무실에서 말하거나 글을 쓰면서 순간적으로 꾸벅꾸벅 졸게 된다는 것, 깨어 있을 때보다 더 생생하고 힘겨운 꿈을 꾼다는 것 등 자신의 이야기도 들려주었다. 또한 그녀에게 자신이 읽고 있는 책을 추천하기도 했는데, 그것은 룰루 그레핀 튀르하임이 쓴『나의 삶: 위대한 세계 오스트리아의 추억 1788~1819』이었다(F 501).[2] 카프카는 예전에 펠리스에게 그랬던 것처럼 그레테 블로흐의 세세한 일상생활을 모두 자기 이미지의 세계로 끌어들이려

하고 있었다.

　그가 모든 걸 알고 싶어 하는 여인은 이제 그레테이다. 그래서 카프카는 옛날과 동일한 질문을 던지고 있다. 그녀가 어떻게 살고 있으며, 그녀의 하는 일, 사무실이나 여행 따위를 머릿속에서 상상하고 싶어 하는 것이다. 그는 자기 편지에 대해 즉각적인 회신을 원하고 있다. 그러나 그 편지들이 지연되는 시간이 아주 잠깐이라고 하더라도 때때로 연착하기 때문에 그는 그녀에게 규칙적으로 회신해줄 것을 간청한다(EC 115).


그레테 블로흐는 펠리스보다 유연하고 감수성이 풍부했으며 보다 열정적이었기 때문에 그들 사이의 서신 교환은 훨씬 수월했다. 그녀는 금방 마음을 열었고 그의 편지에는 한탄이나 비탄이 훨씬 줄어들었다. 그녀는 어려운 일이 생기면 카프카에게 물었고 그는 같이 고민해주었다. 펠리스와 그레테에게 보내는 당시의 편지에서 카프카가 그들에게 느끼는 친밀감의 차이를 느낄 수 있다. 그는 편지 서두에 펠리스에게는 단순히 F.로, 그레테에게는 "사랑하는 그레테 양"으로, 편지 말미에서도 펠리스에게는 수식어 없이 "프란츠"로, 그레테에게는 "진심으로 인사를 보내며 당신의 프란츠 K."로 쓰고 있기 때문이다. 또한 펠리스에게 쓰는 편지의 문체가 투박하다면, 그레테에게는 자상하고 다정했다. 펠리스에게 "사무실입니다. 할 일이 많습니다. 나는 나쁜 사람이 아닙니다. 나는 화가 나 있고, 슬프고 또 그런 감정입니다. 정확성을 기하기 위해 부연합니다. 당신이 편지를 쓰지 않은 지는 이틀이 아니라 사흘입니다"라고 사무적으로 간단명료하게 썼다면, 그레테에게는

---

2 그즈음 카프카는 시간이 나면 빌리 하스가 추천한 파스칼의 『팡세』, 도스토옙스키의 『카라마조프가의 형제들』, 헤르만 샤프슈타인의 『18070/71의 우리 젊은이들. 나의 어린 시절의 추억』 등을 읽었다(KKAT 614, 615).

"편지 하나가 벌써 회답이 없습니다. 두 번째 편지도 내일 회답이 없겠지요. 그리고 그렇게 진행되겠지요. 하지만 오래는 안 됩니다"(B2 354)라고 부드럽고 상냥하게 썼다. 그는 인간적으로 따뜻하게 감싸줄 누군가의 진정한 마음이 필요했다. 그레테는 분명 그에게 큰 위안이 되었다. 카프카는 그런 관계 속에서 펠리스에게 양심의 가책을 느꼈지만, 그녀의 침묵이 길어지자 그의 몸과 마음은 소진되어갔다.

2월 6일 카프카는 치통과 두통으로 집에 있었는데, 오랜만에 브로트에게서 연락이 왔다. 브로트는 자신의 소설『신을 향한 티호 브라헤의 길』을 카프카에게 헌정하고 싶다며 그의 의사를 물어왔다(BKB 137). 카프카는 친구의 호의에 감사하며 이렇게 편지를 썼다.

자네가 『티호』를 나에게 헌정하겠다는 것은, 근래 오랜만에 처음으로 직접 나와 관련된 기쁨이야. 그와 같은 헌정이 무엇을 의미하는지 자네는 알지? 그것은 내가 (설사 그것이 다만 가상에 지나지 않는다 하더라도, 이 가상의 측면에서 나오는 빛 같은 것일지라도, 실제로 나를 따뜻하게 해준다네) 높이 추켜세워지는 것이며, 나보다는 훨씬 활력이 넘치는『티호』에 첨부되는 것이야. 이 이야기 주변에서 나야말로 얼마나 왜소하게 맴돌고 있는가! 하지만 나는 이 이야기를 나의 가상의 소유물로서 얼마나 사랑하게 되겠는가! 항시 그렇지만 막스, 자네는 내가 받을 자격이 없는 그 이상의 좋은 일을 해주는 거네(Br 126).

그는 펠리스와의 갈등을 잊으려고 하루 종일 여기저기를 쏘다녔다. 오랜만에 막스 브로트의 새로 이사한 집을 방문했고, 리제 카츠넬존와 함께 학부모의 밤 모임에 참석해 어린아이들의 교육 문제에 관해 경청했으며, 전차를 타고 오스카 바움 집도 방문하고 돌아오는 길에는 펠릭스 벨치 집에 들러 그가 곧 결혼할 것이라는 소식도 들었다. 카프카는 아들의 결혼 문제로 들떠 있는 펠릭스 벨치의 어머니에게 농담조로 웃으며 이렇게 말했다.

저는 이 결혼으로 펠릭스도 잃게 될 겁니다. 결혼한 친구는 결코 친구가
아니거든요(KKAT 638).


그때 그레테에게서 그녀가 빈의 허름한 하숙집에서 외로움에 떨고 있다는
편지가 왔다. 카프카는 그녀에게 그릴파르처의 단편 「가련한 거리의 악사」
를 아느냐고 묻고, 빈에서 볼거리는 빈 박물관 안에 있는 그릴파르처의 전시
실뿐이니 그곳을 구경하면 한결 기분이 나아질 것이라고 위로해주었다. 그
리고 친지도 없는 빈을 떠나 베를린으로 직장을 옮기는 게 좋겠다고 충고했
다. 그는 프란츠 요제프 역 우편함에 편지를 넣고 돌아오는 길에 젊은 작가
얀 게르케와 만나 함께 몰다우 강으로 산보를 나갔다가 그의 집을 방문했다.
그리고 저녁에는 펠릭스 벨치를 다시 방문해 펠릭스와 이르마 헤르츠의 약
혼 서약식에 참석하고 왔다. 그는 이제 친구 중에서 자기만 외톨이로 남은
기분이 되었다. 몸과 마음은 괴롭고 지쳐 있었고 펠릭스에게서는 여전히 소
식이 없었다. 그는 밤늦게까지 잠을 이루지 못하며 그달 안으로 베를린에
가서 펠릭스를 직접 만나 결판을 내기로 마음먹었다(KKAT 637).

1914년 2월 28일 금요일 밤, 하루 휴가를 얻어 카프카는 3개월 만에 예고
도 없이 베를린을 방문했다. 그는 토요일 아침에 프랑크푸르터 대로(大路)에
있는 펠릭스의 사무실로 불쑥 찾아갔다. 그녀는 뜻밖의 방문에 놀라기도 하
고 기뻐하기도 했다. 두 사람은 점심시간에 한 시간 동안 제과점에서 이야기
를 하고, 그녀의 업무가 끝난 후 다시 만나 세상에서 "가장 행복한 약혼자처
럼"(F 508) 처음으로 팔짱을 낀 채 두 시간 동안 베를린 거리를 산보했다.
그러나 저녁이 되자 그녀는 "사업상의 이유로 빠질 수가 없다"(F 507)며 무도
회에 참석하러 가버렸다. 카프카는 또다시 버려진 기분이었다. 그는 오후에

마르틴 부버의 집을 방문해서 차를 마시며 구약성서 시편의 해석과 신 없는 재판관의 모티브 등에 대해 열띤 토론을 벌였다. 후에 마르틴 부버는 상호 존경 속에서 이루어진 카프카와의 대화가 자신이 베를린에서 경험했던 가장 순수한 추억이었다고 회고했다.[3]

저녁이 되자 카프카는 호텔로 돌아와 혼자 시간을 보내야 했다. 그다음 날 오전에 그와 펠리스는 다시 세 시간 동안 티어가르텐 공원을 산책했으나 결혼에 대해서는 아무런 결론도 나지 않았다. 그녀는 다른 누구와 결혼하지 않을 것이지만, 그의 개성을 지속적으로 참아낼 수 있을지는 모르겠으며 결혼을 한다 해도 베를린을 떠날 수 없다고 말했다. 카프카가 그녀의 아버지를 찾아가 결혼에 대한 확답을 받겠다고 하자 그녀는 불같이 화를 내며 아직 그와 결혼할 마음의 준비가 되어 있지 않다고 잘라 말했다.[4] 무안해진 카프카는 펠리스를 집까지 배웅한 후 오후 4시 기차로 프라하로 돌아왔다. 3월 2일 카프카는 베를린의 방문 결과를 그레테에게 이렇게 보고했다.

모든 결과는 이렇습니다. F는 나를 아주 좋아합니다. 그러나 그녀의 생각은 이 결혼이 충분치 못하다는 것입니다. 그녀는 공동의 미래에 대해서 참을 수 없는 불안을 가지고 있습니다. 아마 내 성격을 견뎌낼 수 없을 것 같은 모양입니다. 또 그녀는 베를린을 포기할 수 없고, 아름다운 옷 없이 지내야 한다는 것, 3등 열차를 탄다는 것, 극장에서 좋지 않은 좌석을 갖는 것을

---

3 Martin Buber, *Briefwechsel aus sieben Jahrzehnten*. 3 Bände, h. u. eingel. v. Grete Schaeder. *Bd.I: 1897-1918*, Heidelberg 1972, S.409.

4 펠리스가 아직 마음을 정하지 못한 이유는, 카프카의 이중적인 태도에 대한 불만도 있었지만 여러 가지 복잡한 가족 문제로 난관에 처해 있었기 때문이기도 하다. 특히 남동생 페르디난트의 회사 돈 횡령 사건과 공장주 딸과의 파혼 그리고 비밀리에 이루어진 미국 출국 등으로 인한 모든 재정적 문제를 펠리스가 도맡아 처리해야 했으므로 그녀는 심신이 괴로운 상태였다(RS 452).

두려하고 있습니다(이런 말들을 써야 된다는 게 우스울 따름입니다)(F 508).

카프카는 펠리스가 그를 위해 현실적인 행복의 포기를 주저하고 있다고 생각했다. 그래서 그레테에게 자신이 펠리스 없이도 살아갈 수 있을지 타진 중에 있다고 썼다. 그러나 그레테가 몸의 피로와 심한 두통을 호소하는 편지를 보내오자 곧바로 그녀에게 자상한 답장을 보내주었다. 그녀의 건강이 나쁜 것은 "그녀가 많은 일을 하는 데다 거의 외출도 하지 않고, 체조도 전혀 안 하고, 저녁에는 소파에 누워 있다가 그대로 침대로 옮겨가 창문도 닫은 채로 잠을 자고, 밤에는 가스 등을 켜두며, 매일 가족으로부터 고통스러운 소식을 듣기 때문"(F 508)이라고 위로하고, 자기처럼 자연치료요법과 채식 생활을 하도록 권하면서 자신이 알고 있는 빈의 값싸고 맛있는 채식 식당 탈리지아를 추천했다.[5]

그 시기에 두 여인에게 보내는 편지를 비교해보면, 카프카의 마음이 그레테와 펠리스 사이에서 흔들리고 있는 것처럼 보인다.[6] 카프카가 베를린을 방문했을 때 펠리스와 함께 어느 카페에서 우연히 에른스트 바이스를 만났는데, 그녀는 그 앞에서 카프카에게 "당신에게는 블로흐 양이 훨씬 중요한 것 같군요"(F 514)라고 농담하듯 말한 적이 있었다. 그것으로 미루어 펠리스도 그레테를 향한 카프카의 마음을 어렴풋이 느끼고 있었을지 모른다. 카프카는 그레테에게 펠리스 몰래 빈과 프라하의 중간 지점인 국경도시 그뮌트에서 함께 일요일을 보내자고 열차시간을 자세히 써 보낸 적도 있었다. 그러나 그다음에는 다시 펠리스에 대한 문의로 가득 찬 편지를 보내고 있다.

---

5 카프카는 1914년 5월 16일(F 576)과 5월 21일(F 581), 5월 24일(F 587)에 걸쳐 그녀가 불면증과 두통을 호소할 때마다 자연치료법의 이용과 뮐러 체조법 등을 추천했다.

6 엘리아스 카네티는 그 시기에 블로흐에게 잇달아 보내는 편지들에서 펠리스에게 보내는 편지보다 사랑의 감정이 더 짙게 드러나고 있다고 밝히고 있다(EC 117).

그레테도 자신이 둘 사이의 중재자임을 잊고 펠리스에게 불리한 일을 하기도 했다. 그녀는 펠리스에게 받았던 예전의 엽서를 그에게 보냈는데, 거기에서 펠리스는 카프카를 가리켜 "불쌍한 녀석"이라는 표현을 사용했다. 물론 카프카는 속으론 불쾌한 마음이 들었으나, 그레테에게 이에 대해 펠리스에게 아무 말도 하지 않겠다고 약속했다.

3월에 접어들면서 카프카는 다시 펠리스에게 베를린과 프라하의 중간 지역인 드레스덴에서 만나 그간의 심정을 솔직히 털어놓고 오해를 풀자고 끈질기게 요청했다. 그러나 그녀는 여전히 답이 없었다. 하는 수 없이 카프카는 드레스덴에서 만날 수 없으면 토요일에 직접 베를린으로 가겠다는 전보를 쳤다. 이에 대해서도 응답이 없자 카프카는 최후의 수단으로 어머니 율리에에게 도움을 청했다. 카프카의 어머니는 펠리스에게 자기 아들의 편지에 곧 회답해줄 것을 부탁하고 그가 그녀의 침묵에 얼마나 괴로워하는지 모른다고 부연했다(F 525). 그러나 펠리스는 그레테를 통해 어째서 자신들의 일에 부모까지 끌어 들이냐고 화를 내며 그와 만날 수 없다고 통보해왔다. 그러자 카프카는 최후의 수단으로 3월 19일 펠리스의 부모에게 직접 최근 펠리스에게서 아무런 소식이 없어 몹시 걱정된다는 편지를 썼다.

드디어 펠리스로부터 3월 21일에는 전보가 그리고 3월 23일에는 긴 편지가 도착했다. 그것은 카프카의 청혼에 대한 회답이었다. 그녀는 모든 "두려움"(B2 366)에도 불구하고 마음속으로 결혼을 생각하고 있다는 내용이었다. 아마 그녀 부모의 강력한 종용이 있었던 듯했다. 이에 한결 마음이 가벼워진 카프카는 펠리스에게 전화를 걸어 4월 12일 베를린에서 만나 구체적으로 논의하기로 약속했다. 그녀의 편지로 그들의 관계는 예상치 않게 급진전을 보이고 있었다. 그가 기쁨에 들떠 비오는 거리를 한참이나 거닐다가 집으로 돌아오니 카를 바우어가 보낸 전보가 기다리고 있었다. 그녀의 결혼 약속이 아버지의 뜻에 따른 것이라는 사실을 알게 되자 그의 기쁨은 반으로 줄었다.

3월 25일 카프카는 펠리스에게 다시 한 번 자신의 확고한 결혼 의사를 밝혔다. "어떻게든 꼭 결정을 내려야 한다는 이처럼 확연한 표지는 내 생애에 가져본 적이 없습니다. 나는 그대와 결혼하든지 아니면 직장을 그만두고 여행을 떠나든지 간에 현재의 삶에서 벗어나야 합니다"(F 534f.). 카프카는 이번의 만남으로 그들 사이의 모든 갈등을 끝내야 한다고 결심하고 있었다.

카프카의 친구들은 이미 결혼했거나 약혼한 상태였고, 작품을 써서 성공을 거두었거나 출판사나 잡지 등에 고정된 자리를 잡고 일하면서 안정적으로 글을 쓰고 있었다. 행복한 결혼을 앞두고 있는 펠릭스 벨치는 대학도서관 사서로 일하며 저술 활동을 하고 있었고, 당시 시온주의 운동 지도자로 활동하고 있던 막스 브로트도 『신을 향한 티호 브라헤의 길』로 대성공을 거두고 있었다. 또한 젊은 프란츠 베르펠은 1912년 이미 쿠르트 볼프 사의 원고 심사위원으로 근무하면서 많은 시를 발표하고 있었다. 그리고 카프카가 알고 있는 많은 프라하 문인들은 프라하를 떠나 베를린이나 다른 도시로 옮겨가 활발한 문예 활동을 하고 있었다.[7] 그들은 "새로운 것, 새로운 주변 세계, 새로운 인간, 간단히 말해서 삶의 새로운 변화에 대한 소망"[8] 때문에 프라하를 떠나고 있었다. 그러나 카프카는 거의 19개월간을 펠리스와의 문제로

---

7 당시 프라하 문인의 공통 관심사는 프라하를 떠나 좀 더 자유롭고 다양한 문예활동을 할 수 있는 직장을 얻는 일이었다. 카프카의 동급생이었던 파울 키슈(Paul Kisch)는 빈의 ≪노이에 프라이에 프레세≫의 기고자로, 동생 에곤 에르빈 키슈(Egon Erwin Kisch, 1885~1948)는 베를린의 저널리스트로, 에밀 파크토르(Emil Faktor, 1876~1942)는 ≪베를리너 뵈르젠-쿠리어(Berliner Börswen-Courier)≫로, 파울 비글러(Paul Wiegler, 1878~1949)는 ≪베를리너 모르겐포스트(Berliner Morgenpost)≫로, 빌리 하스는 프란츠 베르펠을 따라 라이프치히로, 리제 벨치는 베를린으로, 파울 코른펠트(Paul Kornfeld, 1889~1942)는 자유 작가로 프랑크푸르트로 자리를 옮겼다.

8 Karl Krolop, "Hinweis auf eine verschollene Rundfrage: 'Warum haben Sie Prag verlassen?'" *Germanistica Pragensia*, 4(1966), S.55.

고통스러운 시간만 보내고 있었다. 또한 1913년 초 이래로 이렇다 할 작품도 쓰고 있지 못했다. 게다가 프라하에는 그가 일할 만한 중요한 출판사나 문학 잡지사도 없었고 지도적인 연극무대도 없었다.

체코인이 아닌 사람에게……이 도시는 현실성이 없었다. 그것은 그에게서 활력을 빼앗아가는 게토요……공허한 세계였다. 그 세계로부터는 어떤 능동성이나 헛된 활동조차 나올 수가 없었다.……오직 마약의 도취로서, 삶의 신기루로서만 프라하를 참아낼 수 있을 뿐이었다. 그것이 바로 많은 예술가들이 도피하지 못한 이유이기도 했다.[9]

카프카도 협소하고 단조로운 프라하를 떠나고 싶었다. 그의 고향 프라하는 그에게 "고향과는 전혀 다른 장소, 추억의 장소, 슬픔의 장소, 편협함과 수치심의 장소, 유혹의 장소, 권력 남용의 장소"(Br 265)로 다가왔기 때문이었다.

게다가 베를린에 있는 에른스트 바이스는 카프카에게 현실적인 것에 매달려 그의 영육을 지치게 하는 펠리스 바우어를 무작정 기다리는 것은 바보같은 짓이라 충고했다. 그는 창조적인 활동은 완전한 자유 속에서만 가능하다며 카프카에게 펠리스를 포기하고 프라하를 떠나라고 충고했다. 카프카 자신도 오래전부터 프라하를 떠나고 싶었고 부모의 그늘에서 벗어나고 싶었다. 그는 직업을 포기하고 프라하를 떠나거나 아니면 적어도 봉급이 없더라도 긴 휴가를 얻어야겠다고 결심했다(F 551).

그렇다면 어디로 갈 것인가? 그는 우선 빈과 베를린을 생각해보았다. 그러나 빈은 그의 마음에 들지 않았다. 보험공사 일로 빈의 국제회의에 참석했

---

9 Franz Werfel, "Prag als Literaturstadt," *Prager Tagblatt*, 49, Nr.298(1922. 3. 6), S.6.

을 때 그는 거기서 단지 "죽어가는 괴물 마을"(F 545) 같은, 과거의 영광만을
간직한 도시를 보았을 뿐이었다. 단조로운 관습에 젖어 있는 생명력 없는
그 도시는 프라하와 별반 다를 게 없었다. 그러나 베를린은 달랐다. 낯설긴
했지만 자극적이고 미래적이었고 "생명력과 모던성"[10]이 공존하는 살아 있
는 도시였다. 다양한 문화 행사가 열렸고, 작가들의 활동무대 또한 넓었다.
카프카는 1914년 3월 9일 일기에 이렇게 기록했다.

> 나는 프라하에서 떠나야 한다. 그리고 나는 빈을 싫어하며 그곳에서 나는
> 틀림없이 불행해질 것이다. 왜냐하면 그런 필연성을 아주 깊이 확신하면서
> 떠나가게 될 터이니까 말이다. 그러므로 나는 오스트리아 밖에 있어야 한다.
> 게다가 나는 언어에 대한 재능도 없고 육체적인 활동이나 상업적인 일도 그
> 저 형편없이 수행할 테니까, 적어도 우선은 독일로 가야 하며 나를 부양할
> 수 있는 가장 가능성이 있는 그곳 베를린으로 가야 한다. 나는 그곳의 언론계
> 에서 작가적 역량을 가장 훌륭하고 직접적으로 이용할 수 있고 어느 정도
> 내게 맞는 돈벌이를 발견할 수 있을 것이다. 내가 영감에 사로잡힌 작업에
> 이르게 될지 지금으로서는 분명하게 말할 수는 없지만, 내가 베를린에서 갖
> 게 될 독립적이고 자유로운 상태로부터 유일한 행복감을 끌어내리라는 것을
> 확신할 수 있다.……나는 채식이 가능한 방 하나 딸린 하숙집 외에는 아무것
> 도 필요 없다(KKAT 508).

그러나 베를린에서 자유 작가로서 살아가려면 이름을 알릴 수 있는 비중
있는 작품을 써야 했다. 막스 브로트, 오토 피크, 에른스트 바이스도 같은
생각이었다. 그러나 그에겐 짧은 단편들 외에 제대로 완성된 소설이 없었다.
그런 상태로 자유 작가로서 활동한다는 것은 불가능했다. 1914년 2월부터

---

10 Hans Gerd-Koch, *Kafka in Berlin*, Berlin 2008, S.11.

그는 ≪디 노이에 룬트샤우≫에서 활동하고 있는 로베르트 무질을 통해
그곳의 전속작가 자리를 알아보았고, 마르틴 부버와 에른스트 바이스를 만
나 베를린에서 저널리스트로 활동할 수 있을지 타진해보았다. 그러나 베를
린에서 독립적인 작가로 활동하려면 우선적으로 작가로서의 명성이 절대적
으로 필요하다는 것을 알게 되었을 뿐이다.

# 펠리스 바우어와 약혼하다

부활절 일요일인 4월 12일 정오에 카프카는 펠리스와 약속한 대로 베를린으로 떠났다. 그는 이번에는 확실한 결론을 내야겠다고 생각했다. 저녁 7시 반쯤 예전에 머물렀던 아스카니셔 호프 호텔로 가서 펠리스를 만났다. 이번에는 두 사람 모두 이것저것 따지지 않고 약혼 문제를 마무리하고 싶어 했다. 그들은 다음 날 정식으로 펠리스의 부모를 만나 약혼식 날짜를 오는 성령강림절로 잡고 그에 따른 여러 가지 일을 의논했다. 그러나 그는 그날 "너무 피곤하고, 산만하고, 부주의하고, 침착하지 못하고, 무관심하기까지"(F 548) 해서 펠리스의 어떤 요구에도 거의 반대하지 않았다. 그는 그녀가 원하는 대로 5월에 중류 가정의 시설을 갖춘 방 세 개짜리 집을 함께 찾아보기로 하고, 결혼은 종교예식으로 하며, 일간지 ≪프라거 타크블라트≫와 ≪베를리너 타게블라트≫에 그들의 약혼 광고를 게제하기로 합의했다.[1] 당사자보다 펠리스 부모가 적극적으로 개입한 탓에 약혼식에 관한 절차 등은 손쉽게

---

1 그들의 약혼식 광고는 4월 21일 ≪베를리너 타게블라트≫에, 그리고 4월 24일 ≪프라거 타크블라트≫에 실렸다. 광고는 "프라하 노동자재해보험공사의 부비서관 프란츠 카프카 박사는 베를린 출신 펠리스 바우어 양과 약혼을 했다"(RSI 474)는 내용이었다.

결정되었다.

4월 13일 카프카는 밤차로 프라하로 돌아왔다. 그레테 블로흐가 약혼식 건에 대한 축하 전보를 보내왔다. 카프카는 자신의 "약혼이나 결혼이" 자신과 그레테의 "관계를 조금도 변화시키지 않을 것"이고, 그들의 "관계에는 아름답고 절대적으로 필요한 가능성이 내포되어 있다"(F 550)고 답장을 썼다. 그리고 그다음 주에는 거의 매일 그녀에게 편지를 쓰다시피 했다. 그는 펠리스와의 약혼을 결정하고도 그레테 블로흐와의 사랑과 우정을 계속 유지하고 싶어 했고, 심지어 펠리스와 셋이서 프라하나 그뮌트에서 만나는 게 어떠냐고 그레테의 의견을 묻기도 했다.

그러나 자기가 보낸 편지들을 나중에 펠리스가 읽게 될까봐 걱정이 된 그레테는 4월 16일 카프카에게 갑자기 편지들을 모두 돌려줄 것을 요구했다. 사실 그녀의 편지는 펠리스와의 불화로 고통 받던 그에게 큰 위로가 되었고, 또한 그녀와의 소통을 통해 글을 쓰지 못하고 있는 마음을 달래기도 했다. 그는 자신의 "글 쓰는 능력은 손에 있는 것이 아니라, 유령처럼 오고 가는데 일 년 전부터 전혀 글을 쓰지 못했다"(F 555f.)고 그녀에게 한탄하기도 했다. 그런 이유로 그는 그녀의 편지를 간직하게 해달라고 부탁했고, 그녀는 결혼 전까지는 편지들을 불태워달라고 요청하는 것으로 마무리되었다.

1914년 5월 1일, 그들이 막스 브로트 집에서 처음 만난 지 거의 20개월 만에 펠리스가 프라하를 방문했다. 약혼을 앞두고 카프카의 가족과 친척에게 인사도 하고 결혼 후 살 집을 보기 위해서였다. 카프카는 프란츠 요제프 역 플랫폼에서 그녀를 기다렸다. 우아하게 차려 입은 그녀는 오래간만에 환하게 웃고 있었다. 집에서 기다리고 있던 카프카의 가족과 친척도 그녀를 기쁘게 맞이했다. 그들은 무표정한 카프카보다는 사교적이고 세련되고 밝은 펠리스를 더 좋아했다(F 571). 다음 날 두 사람은 프라하 시내에 예약해둔 집을 보러 갔지만, 집이 어두웠기 때문에 그녀의 마음에 들지 않았다. 그녀는 밝고 아늑하고 설비가 잘된 큰 집을 원했다. 카프카가 새 집을 알아보기로 하고, 5월 5일 오후 펠리스는 5일간의 프라하 일정을 마치고 베를린으로 돌아갔다.

펠리스가 프라하에 와 있는 동안에도 카프카와 그레테의 서신 왕래는 계속되었다. 그는 그녀를 약혼식에 초대했고 그녀는 약혼식 참석을 약속했다. 그녀는 그가 추천했던 그릴파르처의 단편 「가련한 거리의 악사」를 읽고 빈 박물관에 있는 그릴파르처의 전시실을 구경하고 나서 그 전시실이 담긴 그림엽서를 카프카에게 보냈다. 카프카는 매우 기뻐하며 자신이 일기나 편지에서 읽었던 그릴파르처와 약혼녀 카티 프렐리히의 파혼과 재결합의 시도가 허사로 끝난 이야기를 해주었다(F 574). 그 이야기는 결국 약혼식을 앞둔 그에게 어떤 예시와도 같은 것이 되고 말았다.

카프카는 결혼 후 살 집을 손수 구하러 다녔다. 그는 가능한 부모의 집에서 어느 정도 떨어져 있는 곳을 원했다. 또한 소음에 민감하고 허약한 몸 때문에 주변이 조용하고 햇빛이 잘 들고 공기가 맑고 전망이 좋은 곳을 택하고자 했다. 카프카는 자신의 사무실에서 몇 집 안 떨어져 있는 타인 교회에서 가까운 랑에 거리 923호에 방 세 개와 베란다가 두 개 있고, 아침 햇살이 잘 들고, 가스와 전기가 들어오고, 하녀 방과 욕실까지 딸린 월세 1,200크로네짜리 집을 발견했다. 그러나 5층 집인데도 엘리베이터가 없고 전망이 황량하고 시끄러운 거리를 접하고 있는 게 흠이었다(F 577). 그러나 카프카의 부모는 그의 결혼을 위해 이미 집을 보아두고 있었다. 그는 부모의 배려가 고맙기도 하고 또 항상 그들에 얽매어 있는 자신이 부끄럽기도 했는지 일기에 이렇게 썼다.

부모님께서 펠리스와 나를 위해 아름다운 집을 발견해둔 것 같다. 나는 아름다운 오후 내내 부질없이 이곳저곳을 돌아다녔던 거다. 그분들의 세심한 배려로 행복한 삶을 살고 난 후 그분들은 나를 무덤에 눕히기까지 하는 게 아닌지 모르겠다(KKAT 514).


약혼식 날짜가 다가오면서 두 사람은 집에 들일 가구 문제로 자주 의견 충돌을 빚었다. 카프카는 독일 수공업 공장의 가구를 가장 "우아하고 소박한 가구"(F 591)로 선호한 반면, 펠리스는 크고 호화로운 가구를 원했다. 카프카는 사소한 가구 문제로 대립하자 또다시 "불면증과 두통과 근심"(KKAT 524)에 시달렸다.

5월 27일 어머니와 여동생 오틀라가 약혼식 준비를 위해 먼저 베를린으로 떠났고, 카프카는 3일 후인 5월 30일 아버지와 함께 뒤따라갔다. 약혼식은 1914년 6월 1일에 샤를로텐부르크에 있는 펠리스의 집에서 거행되었다. 양가 부모, 카프카의 여동생 오틀라, 펠리스의 언니 에르나, 펠리스의 친척과 그녀의 몇몇 직장동료 그리고 그레테와 그녀의 남동생 한스 등이 참석했다. 모두가 보는 앞에서 푸른 옷을 입은 펠리스에게 카프카가 키스하자, 모두가 환호하고 건배를 했다. 약혼식을 치르고 난 후 그는 펠리스와 잠시 마르틴 부버에게 들러 인사를 했고, 다음 날 오후에는 가족과 함께 프라하로 돌아왔다. 양가 부모들이 원하는 형식에 따라 치른 약혼식은 그에게 매우 부담스러운 것이었다. 그는 6월 6일 일기에 약혼식장에서 자신이 마치 유치장 속에 묶여 있는 죄수처럼 느껴졌다고 쓰고 있었다.


베를린에서 돌아오다. 마치 죄수처럼 묶여 있었다. 사람들이 나를 진짜 쇠사슬로 방 한구석에 묶어 놓고 내 앞에 경찰들을 세워서 나를 이런 식으로 구경거리로 만든다면, 차라리 덜 화가 났을 것이다. 어쨌든 나의 약혼은 그러했고 모두가 나에게 활기를 불어넣어주려고 애썼지만, 그것은 그때의 내 모습을 참을 수 없었기 때문일 것이다(KKAT 528f.).

그는 약혼에 대해 별로 기뻐하지 않았다. 그는 약혼식 날 그레테에게 보낸 편지(F 595)에서 약혼식 과정이 "고문"처럼 느껴졌고 "지금과 같은 상태로 어떻게 결혼에 대한 책임을 질 수 있을지"(Br 139) 고민스러운 마음을 토로했다. 그는 예전에 펠리스에게 그랬던 것처럼 다시 그레테에게 그가 유년 시절부터 갖게 된 인간적인 약점을 걱정하고 있었다. 자립심과 과단성 부족, 비사회적인 기질, 허약한 건강상태, 시온주의와 유대 신앙에 공감할 수 없기 때문에 유대 공동체로부터 고립되는 자신의 상황, 직장 일에 대한 거부감 등의 결함 때문에 그는 늘 결혼하기에 부적합하다는 결론에 이르게 된다고 썼다.

그의 결혼에 대한 두려움과 불안감은 결혼 날짜가 가까워질수록 점점 더 심해졌다. 그레테는 이런 카프카를 보면서 당황했다. 그녀는 그사이 외로웠던 빈에서의 생활을 청산하고 베를린으로 돌아와 어느 정도 안정된 생활을 하고 있었다. 그리고 그녀가 예전에 펠리스에게 느꼈던 질투심과 카프카에 대한 사랑의 감정은 그들의 약혼식을 계기로 우정 쪽으로 기울고 있었다. 더구나 펠리스는 그레테를 자신의 약혼을 성사시켜준 은인이라고 믿고 있었고 그녀와 따뜻한 우정을 나누고 있었다. 그런 상황에서 그레테는 카프카와의 지속적인 서신 교환을 주저할 수밖에 없었다. 그러나 카프카는 펠리스가 이해하지 못하는 자신의 문학적 삶을 누군가가 이해해주기를 바랐고 문학적 소통의 상대자로서 그녀를 계속 필요로 했다. 그래서 그레테에게 문학만이 자신의 약점을 극복해낼 수 있는 '보다 나은 길'이며 자신의 진정한 삶의 의미임을 끈질기게 이해시키고 싶어 했다.


모든 사람은 각자 자기 식으로 나락으로부터 자신을 끌어올립니다. 나는 글쓰기를 통해서 그렇게 합니다. 그러므로 나는……안정과 잠을 통해서가 아니라 오직 글쓰기를 통해서 그 위에서 나를 지탱할 수 있습니다. 나는 안정을 통해 글쓰기를 얻기보다는 오히려 글쓰기를 통해서 많은 것을 얻게 됩니다(F 595).

6월 21일, 그는 오랜만에 글쓰기에 매달렸다. 그는 약혼이라는 굴레가 주는 억압된 분위기에서 벗어나고 싶었다. 당시 일기에 쓴「마을에서의 유혹」이라는 단편은 후에 나오게 될 그의 장편소설『성(城)』의 밑그림이 된다. "어느 여름날 저녁, 한 남자가 마을에 와서 밤을 지내려고 한다. 사람들이 말하기를 여관이 하나 있으나 더럽고 냄새가 지독해서 묵을 수 없다는 것이다. 이때 농가 담에 기대어 앉은 한 남자가 혼란에 빠져 있는 그에게 그 마을과 경계를 이루고 있는 한 농가에서 밤을 보내는 것을 허락한다"(KKAT 643ff.)는 내용이었다.

그가 계속「마을에서의 유혹」을 쓰느라 고심하고 있던 6월 27일, 오토 피크가 불쑥 카프카를 찾아왔다. 몇 년 전 드레스덴 근교에 형성된 예술인 전원도시 '헬러라우'를 구경하고 그곳에서 실용적인 가구를 만드는 독일 수공업 작업장을 함께 둘러보자고 제안했다. 우울한 나날을 보내고 있던 카프카는 기꺼이 그를 따라나섰다. 그들은 기차를 타고 드레스덴으로 간 후 그곳에서 마차를 타고 시골길과 숲길을 달려 헬러라우로 갔다.

5년 전 그곳 숲 속에 건강에 좋은 친환경 주택이 들어서기 시작했는데, 그사이 2,000명가량의 예술인이 모여 사는 아방가르드 문화의 중심지가 되어 있었다. 특히 에밀 자크-달크로체[2]가 그곳에 새로운 교육 개혁을 표방하

---

2 에밀 자크-달크로체(Émile Jacques-Dlacroze, 1865~1950)는 스위스의 음악 교육자이자 작곡자로 음악에 맞추어 율동 체조를 하고 그를 통해 음악을 해석함으로써 인간에 내재하는 음악성을 발전시키고, 나아가 그것을 정신적·육체적 치료법으로 사용했다. 그는 1910~1914년 헬러라우에 '음악과 리듬 교육 학교'를 건립해 세계 여러 나라에서 온 학생, 예술가, 학자를 교육시켰다. 1915년 제네바에 '자크 달크로체 연구소(Jacques-Dalcroze Institut)'를 건립해 음악적·육체적·정서적 경험의 상호관계를 발전시켰다. 1925년에는 그의 '리듬 교

며 '음악과 리듬 교육 학교'를 세웠다. 그 학교에서는 자연 속에서 이루어지는 자유로운 학습 외에도 음악과 율동 체조와 춤을 통해 건강한 육체와 자유로운 영혼과 풍부한 정서를 함양시키는 교육을 지향했다. 심신의 단련은 물론 고유한 개성을 발달시킬 수 있는 자유로운 교육 방식은 카프카의 마음을 사로잡았고, 수년 후에 그는 누이동생 엘리의 아들 펠릭스와 딸 게르티의 교육을 위해 그 학교를 추천하기도 했다. 부모의 강압적이고 편협한 교육 방식에 상처받았던 자신의 어린 시절을 돌아볼 때 조카들이 보다 자유롭고 자기 개성과 취향에 맞는 교육을 받을 수 있기를 바랐기 때문이었다. 1921년 그 학교는 영국인 알렉산더 닐[3]에 의해 국제학교로 발전하게 된다.

또한 헬러라우에는 독일 수공업 작업장이 있었는데, 그곳에서는 '바우하우스'의 합리성과 기능성 이론보다 앞서서 단순하고 기능적인 여러 종류의 가구들이 생산되고 있었다. 그곳의 편리하고 단순 소박한 가구는 카프카의 마음에 쏙 들었다. 그는 그 가구들을 하나하나 구경하면서 베를린 가구점에서 펠리스가 골랐던 현란한 당초무늬가 새겨진 거대하고 육중한 가구를 떠올리며 한숨을 지었다.

다음 날인 6월 28일 일요일, 카프카는 '출판업 및 그래픽 국제 전시회'가 열리는 라이프치히에 가기 위해 펠리스와 베를린에서 함께 주말을 보내기로

---

육'이 독일 음악대학의 교육과정으로 채택되었다.

3 알렉산더 서덜랜드 닐(Alexander Sutherland Neil, 1883~1973)은 영국의 교육자로서 1921년 헬러라우(Hellerrau) 국제학교를 공동으로 설립했고, 1924년에는 서머힐(Summerhill) 실험학교를 세웠다. 이 학교는 어린아이의 입장에서 보는 교수법이라는 새로운 교수법으로 아이들을 이해하고 모든 규율적인 조치를 배제하는 자유로운 교육을 목표로 삼았다. 그는 놀이와 자유로운 성적(性的) 발달을 강조했으며, 지적인 배움보다 정서적으로 균형 잡힌 내적인 실존을 더 높은 단계에 두었다. 그는 권위적이고 규율적인 교육에 대한 비판적 시각을 자기 학교의 모델로 삼았다.

한 약속을 취소했다. 그는 전시회에서 쿠르트 볼프, 프란츠 베르펠, 빌리 하스, 라스커-쉴러 등을 만났다. 바로 그날 아침 세상을 뒤흔들게 될 사건이 일어났다. 오스트리아의 황태자 프란츠 페르디난트와 그의 부인 조세핀이 사라예보에서 살해되었기 때문이다.

그러나 전시회에 모인 문인들은 별로 놀라는 기색이 없었다. 그날 오후 카프카가 오토 피크와 함께 프라하로 돌아왔을 때 거리는 "황태자와 황태자비 살해되다"라는 제목으로 대서특필된 프라하 일간지들의 호외들로 넘쳐났다. 저격자는 가브릴로 프린치프라는

사라예보 사건에 관한 호외를 받으려고
≪프라거 타크블라트≫ 신문사 앞에
모인 군중(1914년)

열아홉 살의 병약한 세르비아 청년으로 오스트리아의 지배로부터 세르비아를 해방시키려는 비밀결사 조직원이었다. 당시에는 '사라예보 사건'이 세계대전의 불씨가 되리라고는 아무도 예측하지 못했다. 카프카의 일기나 편지에는 오스트리아 황태자의 저격 사건에 대해 아무런 언급도 없었다. 그에게 그것은 예전부터 있어온 강대국과 권력자들 사이에서 벌어진 불행한 사건에 불과한 듯했다.

# 첫 번째 파혼

1914년 6월 29일 카프카는 힘든 직장 일을 마치자마자 상점 일을 보아야
했다. 부모가 여름마다 프란첸스바트로 휴양을 떠났기 때문에 그때마다 몇
주일씩 상점을 돌보아야 했다. 그는 앞으로 있을 결혼 준비를 위해 가구를
보러 다니고 옷 등을 구입해야 했으므로 신경이 날카로워져 있었다. 그는
펠리스에게 "약혼했다는 사실로 인해 풍습이 부여하는 모든 권리가 내게는
혐오스럽고 전혀 쓸모가 없습니다. 약혼은 지금 결혼하지 않은 상태에서 다
른 사람들을 즐겁게 하기 위해 결혼 코미디를 공연하는 것 외에 아무것도
아닙니다. 나는 그렇게는 할 수 없습니다. 그 대신 미친 듯이 괴로워할 수
있겠지요"(F 549)라고 신경질적인 편지를 보냈다. 그리고 펠리스에게 5월 28
일 편지를 마지막으로 10월 말까지 편지를 보내지 않았다.

반면에 헬러라우에서 돌아온 후 나흘 동안 카프카는 그레테에게 다섯 통
의 편지를 썼다. 그리고 편지나 전화가 아니라 직접 그녀를 만나고 싶어
했다(F 606). 그는 일주일 안에 베를린을 거처 펠리스와 휴가를 떠날 예정이
었는데, 그레테에게 그 여행 계획을 자세히 알려주었다. 그러면서 그는 그녀
에게 재차 결혼에 대해 무한한 책임을 질 능력이 없다고 하소연했다. 그의
편지는 단순한 그레테에게 견디기 힘든 심적 압박감을 가져다주었다. 카프

카의 서른한 번째 생일인 7월 3일에 그녀는 갑자기 그에게 "자신의 우스꽝스럽고 무책임한 유약함으로 인해 그가 보낸 예전의 편지들에 응답했던 것"을 후회한다는 편지를 보냈다. 그녀는 약혼식으로 두 사람이 꼭 행복해지기를 원했기 때문에 자기로서는 감당하기 힘든 "무한한 책임"(F 608)을 느끼면서 두 사람을 중재했다고 강조했다. 그녀는 카프카에게 "분명하게 확고한 마음을 가지고 절대적으로 기쁜 마음으로" 펠리스를 대할 수 없다면 다음 주말에 베를린에 오지 말라고 권유했다. 그러나 그녀는 계속되는 카프카의 편지에 대한 부담감으로 결국 펠리스에게 그의 편지들을 보여주기에 이른다. 그레테는 그렇게 해서 친구인 펠리스에 대한 죄의식과 책임감에서 벗어나고 싶었다. 어쨌든 그로써 그동안 펠리스 몰래 이루어졌던 카프카와 그레테의 비밀스러운 관계는 일시에 공개되었고, 그것은 세 사람 모두에게 피할 수 없는 파국을 몰고 왔다.

오랫동안 비밀을 유지해오던 그레테가 갑자기 그런 결정을 내린 이유에 대해 후에 카프카 연구가들 사이에서 여러 가지 의견이 분분했다. 특히 가장 논란의 대상이 된 것은 카프카 사후 떠돌던 그와 그녀 사이의 스캔들이었다. 그것은 당시 그레테가 카프카의 아이를 갖게 되어 그 사실을 그에게 은폐하기 위해서였다는 것이다.[1] 그녀가 카프카의 아이를 낳았고 카프카는 그 사실을 몰랐다는 풍문이 카프카 사후에 심심치 않게 카프카 애호가 사이에 회자되었다. 더구나 그 이야기를 세상에 처음 알린 것은 그의 막역한 친구 막스 브로트였고 그래서 더욱 그 스캔들에 무게가 실렸다. 그러나 그도 이에 대한 확실한 증거를 가지고 있었던 것은 아니었다. 그렇다면 카프카와 그레테 사이에는 실제로 어떤 일이 있었던 것일까?

1940년 4월 21일, 오래전부터 피렌체에서 망명생활을 하고 있던 그레테

---

1 Ronald Hayman, *Franz Kafka. Sein Leben, sein Werk, seine Welt*, München 1986, S.211.

블로흐가 이스라엘에 살고 있는 친구인 음악가 볼프강 알렉산더 쇼켄에게 고백서 비슷한 편지를 보냈다. 그 편지에서 그녀는 수년 전에 프라하에 체류했던 일을 언급하면서 그때의 추억을 이렇게 밝혔다.

나는 당시 나에게는 한없이 아주 중요한, 1924년에 죽은 그 남자의 무덤을 찾아갔습니다. 그의 대가다운 정신은 오늘날에도 찬양을 받고 있습니다. 그는 거의 일곱 살쯤 될 무렵인 1921년 뮌헨에서 죽은 내 아들의 아버지였습니다. 나와 그는 멀리 떨어져버렸습니다. 이미 전쟁 중에 그와 헤어져야 했으며 그런 후로는 다시는 보지 못했습니다. 그는 치명적인 병에 걸려 나에게서 멀리 떨어진 자기 고향에서 죽었습니다. 나는 그것에 대해 이야기한 적이 없었습니다.[2]

생전에 그레테는 카프카를 종종 '대단한 인물'이라고 말한 적은 있으나 그와 그렇게 깊은 관계였다는 사실을 밝힌 적은 없었다. 그러나 쇼켄은 그녀가 편지에서 언급한 정황으로 미루어 분명히 카프카를 암시하는 것이라고 지레짐작했다. 8년 동안이나 이런 추측을 굳게 믿고 있었던 쇼켄은 막스 브로트에게 공개하지 않겠다는 약속을 받고 그 이야기를 들려주었다. 그러나 막스 브로트는 그 약속을 지키지 않고 쇼켄의 추측을 당연한 사실로 공표해버렸다.

그레테는 한 번도 자신의 애인이 카프카라고 실명을 거명한 적이 없었고 어떤 분야의 대가였는지도 밝히지 않았다. 게다가 카프카는 자신의 고향이

---

2 Wolfgang Alexander Schocken, "Wer war Grete Bloch?", *Exilforschung. Ein internatioanles Jahrbuch, Bd.4: Das jüdische Exil und andere Themen*, München 1986, S.63-97, hier S.96; und auch Max Brod, *Über Franz Kafka*, Frankfurt am Main 1966, S.209f.; auch B2 592f.

아닌 빈 근처의 키얼링 요양원에서 죽었다는 것 역시 사실과 배치되는 일이다. 당시 카프카, 펠리스, 그레테의 삼각관계를 잘 알고 있었고, 펠리스와 카프카의 관계에 깊이 관여했던 에른스트 바이스나 이차크 뢰비도 그 일에 대해 전혀 아는 바가 없었다. 막스 브로트는 1948년 당시에는 카프카가 그레테에게 보낸 편지뿐만 아니라 펠리스에게 보낸 편지 내용을 알 수 없었기 때문에 그 이야기의 진위를 가릴 수 있는 가능성이 전혀 없었다. 그러나 그레테가 한 아이의 어머니였다는 것은 사실이며 아이와 함께 찍은 사진도 있었다. 그리고 그녀의 말대로라면, 그 아이는 1914년이나 1915년에 태어났을 것이다.

1916년 카프카와 펠리스가 쓴 편지 가운데는 당시 그레테가 어떤 어려움을 겪고 있다는 것을 짐작하게 하는 글이 있다. 펠리스는 카프가에게 그레테가 큰 위기에 처해 있다고 알렸지만, 어떤 위기인지 구체적으로는 언급하지 않고 있다. 또한 카프카가 같은 해 8월 31일과 9월 1일에 펠리스에게 쓴 편지에도 "그레테 양의 괴로움이" 자신의 "마음에까지 전해진다"면서, 펠리스가 "이제는 그녀를 떠나지 않으리라 확신한다." 그녀에게 잘해주는 것이 또한 "자신을 대신해서 잘하는 것"(F 690)이라고 쓰고 있다. 그러나 그도 그녀가 어떤 '괴로움'을 겪고 있는지 언급하지 않았다. 그리고 그의 일기나 편지 어디에도 그녀에게 일어난 구체적인 사건에 대해서는 아무런 언급이 없다. 또한 그가 처음에 펠리스의 일로 그레테를 만난 이후로 단둘이 만났으리라는 단서도 그 어디에서도 찾아볼 수 없다. 더군다나 타인의 고통에 대해 그토록 예민한 카프카가 더구나 자신의 아이를 임신하고 출산한 그레테에 대해서 그리고 자신의 아이에 대해서 완벽하게 침묵과 무관심으로 일관할 수는 없었을 것이다.

그렇다면 그레테의 아이는 어떻게 된 것일까? 그녀는 카프카를 알고 지냈던 시기에 '뮌헨 출신 남자'와 어느 여인이 관련된 복잡한 삼각관계에 휘말려 있었다. 그녀는 그 문제를 비밀리에 해결하려고 했고 자신이 빈에 있다는 사실을 감추기 위해 자신의 정부(情夫)에게 보내는 편지를 카프카로 하여금 프라하에서 부쳐주도록 부탁한 적이 있었다. 그때 카프카는 그녀에게 이러한 거짓된 술수를 쓰지 말고 직접 그 남자와 만나 해결하도록 권유한 적이 있었다(F 508, 509). 이것이 그때 그레테가 그 남자의 아이를 임신한 상태가 아니었을까 추측할 수 있는 대목이다. 그러나 이러한 산발적인 간접 증거로 는 진실을 밝히기에 너무 빈약하다.

한편 '펠리스에게 보내는 카프카의 편지'를 발간한 편집자들은, "1940년 당시 피렌체에 망명 중이던 그레테는 정신적 장애 상태였기 때문에 그녀의 발언은 신빙성이 없다"(F 469f.)고 주장한다. 또한 카프카에 대한 실증주의적 전기 연구로 정평이 나 있는 하르트무트 빈더 역시 이 사건에 대해 "이와 같은 해석은 근거가 없다. 카프카가 아버지일 거라는 추측을 증명할 구체적 인 증거가 하나도 없기 때문이다. 게다가 모든 개별적인 상황도 그것과 배치 된다"(HBI 452)고 쓰고 있다. 위대한 작가와 한 여인 간의 확인되지 않은 스캔들은 언제나 부풀려지고 세간을 떠들썩하게 하는 가십거리가 되기 마련 이다. 또한 막스 브로트는 그레테의 편지를 읽은 쇼켄의 추측을 마치 진실인 것처럼 과대 포장해서 발표해 이런 결과를 초래했다는 느낌을 지을 수 없다. 그는 후에도 많은 결함을 지닌 구스타프 야누흐의 『카프카와의 대화』[3]를 마치 에커만의 『괴테와의 대화』처럼 평가하며 부풀려 발표했다. 그것 또한 카프카에 대한 여러 가지 오해와 의혹을 낳았다.

그레테 블로흐는 결코 결혼한 적이 없었다. 1935년 그녀는 나치를 피해 잠시 제네바에 머물렀고 그때 자신에게 쓴 카프카의 편지들을 펠리스에게

---

3 Eduard Goldstücker, "Kafkas Eckermann? Zu Gustav Janouchs Gespräche mit Kafka," Claude David(Hg.), *Franz Kafka. Themen und Probleme*, Göttingen 1978, S.238-255.

넘겨주었다. 그것은 후에 『펠리스에게 보내는 편지』에 함께 수록되어 발간되었다. 그 후 그녀는 팔레스티나로 도피했다가 이탈리아의 피렌체에 체류했다. 그리고 1945년 5월 16일 영국 적십자의 보고서에 따르면, 그녀는 이탈리아에서 1944년 다른 유대인과 나치에게 체포되어 이동 중에 죽었거나 강제수용소에서 죽었을 것으로 생각된다(MB 211). 그녀의 비극적인 죽음으로 그녀의 아이가 실제로 카프카의 아이였는지에 대한 의문은 영원히 미궁으로 빠지고 말았다.

한편 그레테가 가지고 온 카프카의 편지[4]를 읽은 펠리스는 경악했고 분노했다. 그녀는 처음으로 카프카에게 증오심을 느꼈다. 특히 공식적으로 약혼한 지 닷새 만에 그레테 블로흐에게 쓴 편지는 더 이상 참을 수 없는 내용이었다.

친애하는 그레테 양, 어제는 또다시 내가 완전히 결박당한 것 같은 기분이 되었던 날이었습니다. 꼼짝달싹할 수도 없었고, 당신에게 편지도 쓸 수 없었습니다. 내 안에 아직 생명의 여분으로 남아 있는 모든 것이 나로 하여금 당신에게 편지를 쓰도록 재촉했습니다. 당신이 당분간은 이 사실을 듣게 되는 유일한 여자가 되겠는데, 사실 나는 결혼하는 일에 대해서 지금과 같은 상태로 어떻게 책임을 질 수 있을지 통 알지 못할 때가 종종 있습니다. 여인의 단호함에 근거한 결혼이라고요? 그것은 기운 건물이 될 것입니다. 그렇지 않은가요(F 595).

---

4 그레테는 7월이나 8월 펠리스가 자신을 의심하지 않도록 자신에게 불리한 편지들을 제외하고 카프카가 자신에게 쓴 편지 모두를 펠리스에게 넘겼다. 또한 그때 제외된 나머지 편지들은 후에 망명 중에 친구인 볼프강 쇼켄에게 넘김으로써 카프카가 그녀에게 쓴 편지들이 펠리스에게 보낸 편지와 함께 거의 모두 출판될 수 있었다. 그것은 후에 카프카가 당시 일기나 다른 편지에 별도로 자료를 남기지 않았던 공백기를 메워주어 카프카 전기 연구에 큰 도움이 되었다.

배반의 증거는 이것으로 충분했다. 이 사실을 모르는 카프카는 7월 11일 그녀를 만나러 베를린으로 갔다. 그는 원래 결혼 후 펠리스가 프라하로 이사하는 일에 대해 논의하고 나서 그녀와 그레테와 셋이서 독일 북부 도시 뤼벡에서 멀지 않은 발트 해의 글레쉔도르프로 여름휴가를 떠날 계획이었다(F 640). 베를린에 밤늦게 도착한 카프카는 아스카니셔 호프 호텔에 방을 정하고 잠을 잤다. 다음 날 아침 그의 호텔 방은 무서운 '법정'으로 변해버렸다. 그는 피고석에, 펠리스는 원고석에 앉았다. 그녀의 옆에는 언니 에르나와 그레테가 앉아 있었다. 피고인을 변호하기 위해 카프카의 친구 에른스트 바이스도 호출되었다. 펠리스가 배반의 증거물로 핸드백에서 편지를 꺼냈고, 그레테는 카프카가 자신에게 쓴 편지를 친구에게 줄 수밖에 없었던 의무감을 설명했다. 펠리스는 그레테와 자신에게 보낸 편지에서 거북한 글귀들을 읽어 내려갔고, 결혼에 대해 그렇게 의구심을 가지고 있는 이유가 무엇이냐고 따져 물었다. 그녀는 거칠게 한숨을 내쉬면서 카프카를 몰아세웠다.

카프카는 우유부단하고 변덕쟁이이며, 결혼에 대해 불안과 의심으로 가득차 있으며, 양다리를 걸친 사기꾼으로 판결났다. 카프카는 변호도 변명도 하지 않고 침묵으로 일관했다. 그는 수백 통의 편지로도 그녀의 이해를 구하지 못한 것을 몇 마디의 말로 만회할 수 없으리라는 것을 잘 알고 있었다. 카프카를 글 쓰는 작가가 아닌 평범한 관리이자 시민적인 행복과 안정을 가져다줄 남편으로 기대하고 있는 펠리스를 위해서 그 자리에서 그가 할 수 있는 것은 아무것도 없었다. 더구나 다른 사람들이 있는 자리에서. 카프카는 그때의 황당했던 상황을 후에 펠리스에게 이렇게 썼다.

나는 결정적인 그 어떤 것에 대해서도 할 말이 없었습니다. 나는 모든 것을 잃어버렸다는 것을 알았습니다. 또한 내가 마지막 순간에라도 어떤 돌발적인 고백을 통해 잃어버린 것을 되찾을 수 있다는 것도 알았습니다. 그러

나 그 어떤 돌발적인 고백도
할 수 없었지요. 나는 그대를
오늘처럼 사랑했습니다. 그리
고 그대가 곤경에 처한 것을
보았습니다. 그대가 나로 인해
2년 동안이나 아무 죄도 없이

카프카가 묵었던 베를린의 아스카니셔 호텔의 레터헤드

괴로워했다는 것을 알았습니다. 죄인이라도 그렇게 괴로워해서는 안 될 것입
니다. 또한 그대가 내 처지를 이해할 수 없다는 것도 알았습니다(F 617).


펠리스는 머리를 쓸어 올리고 몸을 일으키더니 "그동안 그에 대해 가졌던
세세하게 이해할 수 없는 모든 것과 마음에 담아두었던 원망과 원한"(KKAT
658)으로 그에게 비난의 화살을 퍼부었다. 그러나 그는 여전히 침묵했다.
선고는 '파혼'이었다. 카프카는 아무 말 없이 자리에서 일어났고 펠리스는
망연자실한 채 자리에 앉아 있었다. 카프카는 우선 혼자 펠리스의 부모 집으
로 갔다. 그는 펠리스 부모에게 파혼의 이유와 그간의 과정을 알리고 사과했
다. 출장에서 막 돌아온 카를 바우어는 조용히 들었고, 안나 바우어는 식탁에
앉아 울었다. 그들은 카프카의 말을 믿었고, 그레테 블로흐의 불찰을 인정하
는 듯했다. 카프카가 작별 인사를 하고 집을 나서서 얼마쯤 걸은 후 뒤를
돌아보았을 때 펠리스의 부모와 숙모는 마치 역에서 작별 인사를 하듯 그에
게 어서 가라고 손짓을 했다.
다음 날 아침 카프카는 펠리스의 부모에게 간단한 작별의 편지를 썼다.
그동안의 배려에 감사하고 자신을 나쁜 사람으로 기억하지 말아달라는 사과
와 부탁의 글이었다.[5] 그리고 그는 혼자 슈트렐라우 언덕의 수영학교에서

---

5 Zitiert nach: Reiner Stach, *Kafka. Jahre der Entscheidungen*, 4. Aufl. Frankfurt am Main
2003, S.505, 638(Brief an Carl und Anna Bauer, 13. Juli 1914).

오후 내내 수영을 했다. 마치 모든 것을 털어버리려는 듯이 그는 온몸을 휘저으며 물살을 갈랐다. 집에 돌아온 펠리스는 아무 말도 하지 않은 채 다음 날 출장을 가기 위해 가방을 쌌다. 그녀의 부모는 그녀의 생각 없는 행동을 나무랐다.

7월 13일 카프카는 에르나 바우어와 슈트렐라우 다리 옆 벨베데레 레스토랑에서 만났다. 그녀는 일상적인 이야기를 나누면서 카프카의 기분을 북돋아주고 그의 상처받은 마음을 달래주고자 했다. 늘 자신에게 다정하고 친절했던 에르나의 마음이 고맙긴 했으나 그의 굳어진 마음을 돌릴 수는 없었다. 그녀와 헤어진 후 카프카는 오후 시간을 또다시 강변 수영장에서 보냈다. 저녁에 그는 에르나의 배웅을 받으며 베를린을 출발해서 북쪽 해안 도시 뤼벡으로 갔다. 도착 다음 날 무더위 속에 트라베뮌데로 홀로 산책을 나갔다. 모래톱에 부딪히는 파도가 맨발로 해변을 걷는 그의 슬프고 텅 빈 마음을 어루만져 주는 듯했다. 저녁에 그는 몇 시간 전에 뤼벡에 도착한 에른스트 바이스와 그의 애인이자 배우인 요한나 블레슈케[6]를 만나 저녁을 먹었다. 카프카의 괴로움을 알고 있는 그들은 마릴리스트로 휴가 여행을 같이 가자고 청했다.

카프카는 전화를 걸어 예약해두었던 글레쉔도르프의 방을 취소하고 그들과 함께 발트 해에 있는 덴마크의 팔스터 섬의 해수욕장 마릴리스트로 떠났다(Br 131). 하얀 모래톱과 푸른 바다, 빛나는 태양 속에서 카프카는 매일 수영과 일광욕으로 시간을 보냈다. 모래톱에서 책상다리를 하고서 모르는 사람들과 사진도 찍었다. 사진에 나온 그는 마른 모습이었지

---

6 요한나 블레슈케(Johanna Bleschke)는 본명이며, 나중에 배우가 된 후에는 라헬 잔차라(Rachel Sanzara)라는 예명으로 활동했다.

만 젊어 보였고, 입가엔 그의 특유의 미소가 흐르고 있었다.

7월 21일, 그는 오틀라에게 "매일 날씨는 변함없이 좋고, 멋진 해변에, 변함없는 온천장이구나. 하지만 거의 매일 고기를 먹어야 하는 게 고역이야" (O 21)라고 편지를 썼다. 혼자만 따로 채식을 할 수 없었기 때문이었다. 그는 베를린에 대한 기억, 즉 아스카니셔 호프 호텔 법정에 대한 악몽을 밝은 태양과 푸른 바닷물에 말끔히 씻어버리고 싶었다. 그러면 그가 그렇게 바라던 자유의 감정이 다시 솟아오를 것만 같았다. 그는 브로트와 벨치에게 자신의 파혼에 대해 담담한 심정으로 알렸다.

> 이제 내게 무슨 일이 일어났는지 알고 있겠지. 나는 파혼을 했어.……게다가 나는 분명히 알아, 이것이 모두에게 최선임을. 이 사건은 그토록 필연적이므로 사람들이 생각하는 것처럼 그렇게 불안한 것은 아니라네. 하지만 다른 일들은 썩 잘된 것은 아니야.……나는 내 약혼을 희생시킨 외관상의 고집을 포기했다네. 그래서 거의 고기만 먹는데 거북하다네. 그리고 지독한 밤을 새우고 나면 아침 일찍이 입을 떡 벌리고서 망가지고 벌 받는 몸이 무언가 낯선 불결한 존재처럼 내 침대에 누워 있음을 느낀다네(Br 131).

동행한 에른스트 바이스는 자신의 두 번째 소설 『투쟁』의 교정쇄를 가져와 수정을 보고 있었다. 이미 5월에 그는 그 작품의 문체와 표현에 대해 카프카와 논의한 적이 있었으므로 카프카도 그 내용을 잘 알고 있었다. 열심히 글을 수정하고 있는 바이스와 호텔 정원에서 글을 쓰는 또 다른 남자를 보면서 카프카는 새삼 자신이 글쓰기에 소홀했던 점과 문학적 무능력을 떠올렸다. 그는 이제 다시 쓰기 시작한 일기에 이렇게 적었다.

> 생각하고, 관찰하고, 깨닫고, 기억하고, 말하고, 함께 체험할 수 없는 나의

무능력이 점점 더 커져간다. 나는 돌처럼 굳어가고 있다. 그것을 깨닫지 않으면 안 된다. 나의 무능함은 사무실에서도 더욱 커져가고 있다. 글 쓰는 일로 나를 구원하지 못한다면 나에게는 희망이 없다(KKAT 663).

바이스는 고민하고 있는 카프카를 달래며 직장을 그만두고 프라하를 떠나 베를린으로 이주해 자유 작가로서 새로운 삶을 개척하도록 충고했다. 밤잠을 설쳐가며 오랜 숙고 끝에 그는 마침내 마음속으로 결단을 내렸다. 지금까지의 모든 굴레로부터 벗어나 자유롭게 글을 쓰는 작가로서의 새로운 삶을 시작해야겠다고 생각했다.

7월 22일, 카프카는 마릴리스트에서 부모에게 펠리스가 없는 미래의 계획을 뜻밖의 낙관적인 어조로 써내려갔다. 후에 쓰게 될 「아버지께 드리는 편지」를 연상케 하는 이 편지는 그러나 부치지 않은 채로 남겨졌다.

프라하를 벗어나면 저는 모든 것을 얻을 수 있습니다. 달리 말하면 제가 갖고 있는 모든 능력을 충분히 발휘하고, 선하고 올바른 일을 한 대가로 정말 살아 있다는 느낌과 지속적인 만족감을 느끼는 독립적이며 침착한 인간이 될 수 있을 것입니다.……다음과 같이 제 계획을 실행하려고 합니다. 현재 제 수중에는 5,000크로네가 있습니다. 이 돈이면 돈벌이를 하지 않더라도 베를린이나 뮌헨에서 2년 정도는 살 수 있습니다. 이 2년 동안 저는 문학 창작을 하면서 프라하의 내적 나태함과 아주 명백하고 과도하며 획일적인 외적 방해 때문에 해낼 수 없었던 것들을 제게서 끌어낼 수 있을 것입니다. 2년의 시간이 지난 뒤에는, 비록 보잘것없는 액수지만 문학 창작으로 번 돈으로 살 수 있을 것입니다.……제가 비록 적은 양이지만, 몇몇 작품을 썼는데 그 작품들이 상당히 인정을 받고 있기 때문입니다.……부모님의 생각은 별로 근거가 없습니다. 저는 전혀 게으르지 않은 데다 욕심도 없는 편이어서, 비록 희망이 물거품이 된다 해도 다른 생계수단을 찾아 어떤 경우든 부모님께 폐를 끼치진 않을 것입니다. 만약 그렇게 된다면 현재의 프라하 생활보다 훨씬 더 괴롭고 힘든 생활이 저나 부모님을 기다릴 테니까요. 그런 생활은 정말 견디기 힘들 것입니다.……이것이 유일하게 올바른 길이며, 이 계획을 이행하지 않으면 결정적인 것을 놓치게 되리라는 확신이 있습니다(O 23).

그러나 운명의 여신은 오랜 고난 끝에 내린 그의 꿈을 허락하지 않았다. 제1차 세계대전이 터진 것이다. 오래전부터 발칸 반도에서 유럽 열강이 첨예하게 대립하면서 독일과 오스트리아를 중심으로 한 범게르만주의와 러시아를 중심으로 한 범슬라브주의의가 팽팽히 맞서고 있었다. 1908년부터 오스트리아는 세르비아의 보스니아와 헤르체고비나 지방을 점령하고 있었다. 1914년 6월 28일 일요일 사라예보에서 오스트리아 육군 훈련을 참관하고 돌아가던 오스트리아 황태자 부부가 살해되었다. 공교롭게도 카프카가 프라하를 떠나 자유 작가로서 독립하겠다고 부모에게 보내는 편지를 쓴 다음 날인 7월 23일 오스트리아헝가리 제국은 세르비아에 최후의 통첩을 보냈다. 세르비아 내의 반(反)오스트리아 출판물 금지와 반오스트리아 단체의 해산, 세르비아 관리 파면, 암살자 재판에 오스트리아 대표 참여 등을 요구했다. 그러나 세르비아는 그중 일부만 수용하겠다는 입장이어서 양국 간의 정치적 협상은 결렬되었다.

7월 26일 카프카는 뤼벡에서 휴가를 마치고 베를린을 거쳐 프라하로 돌아왔다. 베를린에서 잠깐 만난 에르나는 어떻게든 그와 펠리스를 화해시키려 했으나 실패했다. 카프카는 글 쓰는 일에 전념해야겠다고 마음을 굳힌 상태였기 때문이었다. 프라하로 돌아오는 열차는 이미 징집당한 오스트리아 군인들과 휴가를 일찍 끝내고 돌아가는 사람들로 만원이었다.

1914년 7월 28일 급기야 오스트리아헝가리 제국은 세르비아에 선전포고를 했고, 7월 31일에는 오스트리아와 헝가리 전역에 전시동원령이 내려졌다.

그러자 서로 대립하고 있던 삼국동맹국(독일·오스트리아·이탈리아)과 삼국협상국(영국·프랑스·러시아)은 각자의 이해관계와 동맹관계에 따라 전쟁 참여를 고려했다. 프라하의 거리는 배낭을 메고 군도를 찬 군인으로 가득 찼고, 여러 정치집단의 구호와 호전적인 군가와 애국가로 넘쳐났다. 카프카는 1914년 7월 31일 일기에 소란스러운 세상일에 대해서는 아주 담담하게, 그러나 자신에 대해서는 확고하게 이렇게 썼다.

> 총 동원령이 내려졌다. K.와 P.는 징집되었다.……오후에는 공장에 있게 될 것이다. 나는 집에 머물지 않을 것이다. 왜냐하면 엘리가 두 아이들을 데리고 우리 집으로 옮겨왔기 때문이다. 그러나 나는 무조건 글을 쓸 것이다. 그것이 자아 보존을 위한 나의 투쟁이다(KKAT 543).

세상사는 그의 문학적 삶과는 별개인 듯했다. 펠리스에게서 벗어난 그는 자신의 내면세계로 몰입하고 있었다. 8월 1일 독일이 러시아에 선전포고를 하자 그는 8월 2일 일기에 제1차 세계대전의 시작을 이렇게 간단히 썼다. "독일이 러시아에 선전포고를 했다. 오후, 수영학교에 갔다"(KKAT 543). 그는 세상사에 초연한 듯 보였지만 약혼과 파혼으로 심신은 완전히 지쳐 있었고 무엇보다 그동안 창작세계를 떠나 외부로 떠돌던 자신을 추슬러야 했다.

8월 3일 독일은 프랑스에 선전포고를 했고, 즉각 중립국 벨기에와 룩셈부르크를 점령했다. 8월 4일에는 영국이 독일에, 8월 6일에는 오스트리아가 러시아에, 8월 12일에는 영국과 프랑스가 오스트리아헝가리 제국에 선전포고를 했다. 유럽의 여러 나라는 각기 이해관계에 따라 이들에 가세했다. 유럽은 세계 전쟁의 소용돌이 속으로 휘말려 들어가고 있었다.

# 『소송』의 창작 과정과 해설

제1차 세계대전의 발발은 카프카의 생활에도 많은 변화를 가져왔다. 우선 카프카가 알고 있는 독일어권 문화계를 대표하는 문인들이 징집되거나 지원병으로 전장에 나감으로써 문학계는 황폐해졌다. 빌리 하스, 프란츠 야노비츠, 에곤 에르빈 키슈, 오토 피크, 프란츠 베르펠 그리고 '바르 코호바'의 많은 회원들, 예를 들면 로베르트 벨치와 후고 베르크만 등이 전선으로 나갔다. 그리고 에른스트 바이스는 군의관으로 린츠의 보병연대에 입영했고, 로베르트 무질은 린츠의 국경수비대 소속 중위로 징집되었으며, 출판업자 쿠르트 볼프는 장교로 벨기에 전선에 배치되었다. 프라하에는 묘하게도 카프카 친구들만 남았다. 병역 미필로 소집을 기다리고 있는 펠릭스 벨치, 장님인 오스카 바움, 척추병이 있는 막스 브로트, 허약한 체질로 보충역 판정으로 징집이 연기되어 있는 카프카만 프라하에 남아 있었다.

그러나 카프카의 가족도 예외는 아니었다. 1914년 8월 1일 엘리의 남편 카를 헤르만과 발리의 남편 요제프 폴락이 징집되었다. 임신 중인 발리가 딸 마리안네를 데리고 체스키 브로트에 있는 시집으로 옮겨갔고, 엘리는 두 아이들을 데리고 친정으로 들어와 카프카의 방을 썼다. 카프카는 빌레크 거리 10번지에 있는 발리의 빈 집으로 거처를 옮겼다. 그때 카프카는 태어나서 처음으로 부모 곁을 떠나 있게 되었다. 그는 아무런 방해도 받지 않고 혼자 있을 수 있다는 게 무엇보다도 기뻤다. 이웃의 떠드는 소리도 들렸고 고약한 파이프 담배냄새가 바람을 타고 들어오기도 했다. 하지만 발리의 집은 외진 골목에 있어서 그는 그렇게 바라던 자기만의 완전한 고독을 즐길 수 있었다. 그는 일기장에 이렇게 썼다.

> 완벽한 고독이다. 그리운 아내도 문을 열지 않는다. 나는 한 달 후면 결혼하기로 되어 있었다. 그대[카프카 자신]가 원했던 대로 그렇게 되지 않았는가 (KKAT 544).

그러나 한 달 후 발리가 집으로 돌아왔기 때문에 카프카는 다시 네루다거리 48번지에 있는 엘리의 집으로 잠자리를 옮겨야 했다. 그는 1914년 9월 초에서 1915년 2월 9일까지 그곳에 머물렀다.

프란츠 요제프(오스트리아)와 빌헬름 2세(독일)의
동맹을 과시하는 포스터(1914년)

전쟁이 치열해지면서 프라하 거리는 매일 군장을 맨 군인과 호전적인 구호나 노래를 부르는 행진 대열과 부녀자들의 외침 소리로 가득했다. 그는 전쟁을 찬양하고 광분해 있는 시위대를 비난의 눈초리로 보고 있으면서도 한편으로는 허약한 육체를 가진 자신이 몹시 부끄러웠다. 그는 일기에 "전쟁하는 자들에 대한 시기와 증오감" (T2 166)에 대해 솔직하게 표현했다. 그는 펠리스와의 결혼 문제, 힘든 직장일, 가족과의 갈등 등 만사를 훌훌 털어버리고 군에 입대하고 싶은 마음도 없지 않았다. 그러나 현재 상황에서는 더욱 글쓰기에 정진해야 된다고 스스로에게 다짐하면서 오랫동안 침체 상태에 있는 창작력을 염려했다.

　문학으로 보면 나의 운명은 아주 간단하다. 나의 꿈과 같은 내적인 삶의 묘사에 대한 참된 의미는 다른 모든 것을 부수적인 것으로 밀쳐 내버렸다. 그 결과 다른 모든 것은 놀라울 정도로 위축되고 있고 또 그것을 멈추지 않는다. 다른 어느 것도 나를 결코 만족시킬 수 없을 것이다. 그러나 이제 저 묘사를 위한 나의 저력은 전혀 예측할 수가 없다. 어쩌면 그것은 이미 영원히 사라져버렸을지도 모르고 또다시 나를 엄습해올지도 모른다. 물론 나의 삶의 상황이 그것에 유리하지는 않다(KKAT 546).

　그는 잠시 팔베개를 한 채 침대에 누워 베를린의 아스카니셔 호프 호텔에서 있었던 파혼의 순간을 떠올렸다. 그는 1914년 7월 23일 처음으로 그때의 일과 연관시켜 자신의 일기에 '법정'이라는 메타포를 사용했다. 그는 일기에 파혼 앞에선 자신을 "법정에 선 자신"(KKAT 662)으로, 파혼을 "판결"로, 파혼 장소를 "호텔 안의 법정"(KKAT 658)으로 묘사했으며, 7월 27일에는 작별 편지를 "형장에 대한 요구"(KKAT 660)로 명명했다. 그러고는 그것에 대해 무엇인가 글을 씀으로써 파혼으로 인한 좌절감과 죄책감에 사로잡혀 있는 자신을 구원해야겠다고 생각했다. 7월 28일 그는 일기에 "글 쓰는 일로 나를 구원하지 못한다면 나에게는 희망이 없다"(KKAT 663)고 썼다.

　그는 즉각 다음 날 일기에 소설 『소송』의 전신이라 할 수 있는 새로운 단편을 쓰기 시작했다. 여기에서 처음으로 『소송』에 나오게 될 인물인 '요제프 K'와 '문지기'가 언급되었고 죄 없이 직장에서 퇴출당하는 고용인의 알 수 없는 죄와 처벌에 관한 이야기(KKAT 666ff.)도 다루어진다. 이야기들은 정리되지 않은 상태였지만 새로운 소설 구상을 위한 확실한 이미지로 그의 뇌리에 각인되고 있었다.

　2주 후인 8월 11일 카프카는 파혼에 대한 강한 죄책감과 앞서 쓴 단편들을 결합해 새로운 소설을 쓰기 시작했다. 그는 무엇보다 소설 작업을 통해 파혼과 펠리스에 대한 죄의식과 죄책감을 면밀히 살펴보고 거기에서 무엇인가 값진 결과를 얻어내고자 했다. 그는 글을 씀으로써 자신과 진지한 대화를 나눌 수 있었고 자기 본연의 모습인 독신자의 고독한 삶의 의미를 다시 찾고 있었다. 8월 15일 그는 일기에 이렇게 썼다.

> 며칠째 글을 쓰고 있는데, 이것을 계속 유지하고 싶다. 2년 전에 그랬던 것처럼 그렇게 아주 안전한 상태도 아니고 글 쓰는 일에도 깊이 파고들지 못한 상태이다. 그렇지만 적어도 어떤 의미를 얻고 있다. 나의 규칙적이고 공허하고 제정신이 아닌 독신 생활은 정당성을 지닌다. 나는 다시 나와의 대화를 이끌어갈 수 있고, 그러므로 완전한 공허 속을 응시하지는 않을 것이다. 오직 이러한 노정에서만 나는 개선될 수 있을 것이다(KKAT 548f.).

카프카는 자기 인생에서 두 번째로 생산적이고 창조적인 국면을 맞았다. 그는 소설을 써내려가면서도 예전에 서랍 속에 넣어두었던 『실종자』 원고를 꺼내 새로운 장면을 첨가하거나 마무리하기도 하고, 새로운 착상으로 떠오른 황량한 시베리아에 살고 있는 어느 독신자에 관한 이야기 「칼다반에 대한 회상」을 일기장에 쓰기도 했다(KKAT 549-553, 684-694).

여기에서 보듯이 카프카는 자주 병렬적으로 글을 쓴다. 한 작품을 써나가는 데 시간적 순서나 인과론적으로 사건을 전개시키기보다는 한 장을 썼다가 다른 장으로 옮겨가 쓰기도 하고 한 작품이 끝나지 않은 상태에서도 새로운 영감이나 착상이 떠오르면 그것을 중지한 채 다른 작품을 써내려간다. 카프카의 이러한 독특한 글쓰기는 그의 작품을 파편화된 구성과 미완의 형식으로 만들어낼 뿐만 아니라 수수께끼와 같은 다의적인 의미를 낳는다.

8월 21일 그는 「칼다반에 대한 회상」을 중단하고, 앞서 쓰던 소설로 다시 돌아갔다. 그리고 그 소설에 처음으로 '소송'이라는 제목을 붙였다(KKAT

675). 그러나 그 소설은 예상보다 더디게 진척되었다. 전쟁에 나간 사위들 때문에 걱정하는 가족들, 전쟁으로 인해 중단되다시피 한 석면공장, 직장 동료의 징집에 따른 가중된 업무로 그는 과로에 시달렸다. 그렇지만 그는 하루에 한두 쪽이라도 쓰려고 안간힘을 다했다.

완전한 무력감 속에서 두 쪽도 쓰지 못했다.……그러나 남은 삶의 방식을 통해 억제되었던 글쓰기의 가장 깊은 고통에서 벗어나 아마 나를 기다리고 있을 보다 큰 자유로 다가가기 위해서는 내가 결코 무너져서는 안 된다는 사실을 알고 있다(KKAT 676).

카프카는 『소송』을 쓰는 일에 몰두할 수 있도록 10월 5일에서 18일까지 2주간의 정규 휴가를 얻었다. 그는 황금 같은 귀중한 시간을 최대한 이용하려고 휴가도 떠나지 않은 채 엘리의 집에 머물면서 매일 새벽 5시까지, 어떤 때는 아침 7시 반까지 글을 썼다.

그는 휴가가 끝나갈 무렵인 10월 15일 "14일간 부분적으로는 훌륭한 작업이었다. 내 상황에 대한 완전한 파악"(KKAT 678)이라고 일기에 썼다. 바쁜 일정에도 카프카는 8월 중순경부터 10월 15일까지 약 두 달 사이에 『소송』의 대부분을 완성할 수 있었다. 그때 쓴 원고가 대략 200쪽에 달했는데, 그는 『소송』을 쓰면서도 그사이에 잔인하고도 그로테스크한 사형기계를 다룬 단편소설 『유형지에서』와 『실종자』의 「오클라하마의 야외극장」을 병행해서 썼다. 그 후에도 몇 달간 계속 조금씩 『소송』을 써나갔고, 12월 13일에는 제9장에 나오는 저 유명한 비유설화 「법 앞에서」를 썼다.

그런 후 카프카는 이미 완성된 소설의 장들을 다시 읽어보았는데 부분적으로 훌륭하다고 생각했다. 특히 스스로 '성담(聖譚)에 대한 해석'이라고 밝힌 비유설화 '법 앞에서'는 그에게 "만족감과 행복감"(KKAT 707)을 안겨주었다.

그러나 1915년 1월 중순으로 넘어가면서 그는 아예 소설에서 손을 떼었다. 기력도 창작력도 모두 소진된 듯했다. 그 결과 『소송』은 미완의 작품으로 남게 된다.

카프카가 『소송』을 쓰는 과정에서 발견되는 흥미로운 점은, 이 작품에서 그는 평소의 글쓰기 방식과는 달리 첫 장인 「체포」를 쓴 다음 바로 마지막 장인 「종말」을 씀으로써 전체 이야기에 미리 확고한 틀을 정해놓았다는 것이다. 앞서 쓴 『실종자』에서 보았듯이, 직선적·순차적으로 발전해나가는 서술 줄거리가 중간에 자꾸 분산되는 경향이 있어서 마지막 장을 마무리하지 못하고 미완으로 남겨야 했던 카프카는 이번에는 그런 위험을 미연에 방지하려고 했던 것이다. 그리고 나머지 장들도 직선적으로 전개되는 이야기의 부분으로서가 아니라 주인공이 체류하는 장소에 맞추어 이야기를 전개하는 서술방식을 꾀했다.[1] 그런 노력에도 불구하고 중간의 여러 장은 미완으로 남고 말았다. 그러나 어쨌든 처음에 소설의 첫 장과 마지막 장을 완성시켜놓은 덕에 『소송』은 명확한 결말로 끝날 수 있었다. 이로써 이야기 발단의 원인은 알 수 없지만 사건의 시작과 함께 주인공이 파국적 종말을 맞게 되는 소설 전체의 짜임새 있는 구조를 갖게 된 것이다.

소설 『소송』은 카프카 사후인 1925년 슈미데 출판사에서 처음 발간되었는데, 발간자 막스 브로트는 후기에서 이 소설을 카프카의 작품 중 '가장 위대한 책'으로 칭송했고, 동시대 작가 쿠르트 투홀스키는 이 작품을 "수년 이래 가장 엄청나고 강렬한 책"[2]으로 평가했다. 문학계가 그처럼 높게 평가한 것은 이 작품이 다양한 해석의 가능성을 내포하고 있으면서도 형식상으

---

1 Pasley Malcolm, *Franz Kafka. Der Prozeß. Die Handschrift redet*. Mit einem Beitrag von Ulrich Ott. Marbach a. N. 1990(Marbacher Mgazin 52), S.10f.

2 Kurt Tucholsky, "Der Prozeß," *Die Weltbühne*(Berlin), Jg.22, N.10 vom.9. März, 1926, S.383-386.

로는 사건의 흐름을 일어난 순서대로 유지하면서
시작과 끝이 있는 전통적 소설 구조를 지니고 있
기 때문이었다.

이 소설은 은행 대리인 요제프 K가 서른 살
되는 생일날 아침에 침대에서 이유도 모른 채 체
포 통고를 받는 것으로 시작된다. 그는 처음엔 그
일을 직장 동료의 생일 축하용 장난쯤으로 생각
한다. 그러나 이야기가 전개되면서 사건은 점차
미궁으로 빠져든다. 요제프 K는 스스로 아니면

『소송』 초판 속표지(1925년)

중재자들을 통해 자신의 죄가 무엇인지, 자신을 체포한 법원(법)의 의미를
밝히려고 노력하지만 계속 실패하고 만다. 숙부가 소개한 변호사도, 법정에
관계된 여성들과의 접촉도 아무런 도움이 되지 못한다. 비록 법정 판사들의
초상화를 그려주는 화가 티토렐리와 교도소 신부의 도움이 있지만, 그는 끝
내 자신의 죄가 무엇이고 자기에 관계된 법원(법)이 무엇인지를 밝혀내지
못한 채 채석장에서 두 명의 사형집행인에 의해 '개처럼' 처형된다.

이 기상천외한 일이 벌어지기 전만 해도 요제프 K는 은행 대리로 근무하
던 평범한 직장인이었다. 그는 매일 8시에 아침식사를 하고, 9시까지 은행에
나가서 일을 하고, 저녁식사 후에는 친지들과 함께 혹은 혼자 산보를 하고
밤에는 단골 맥주 집에서 11시까지 사회 인사들의 사교모임에 참석하며,
일주일에 한 번씩 술집 여급으로 일하는 애인 '엘자'를 찾아간다.

이렇게 시계추처럼 규칙적인 생활을 하던 요제프 K가 자기 침대에 누워
머뭇거리는 사이, 다시 말해서 순간적인 "방심한 상태, 자기망각의 상태, 일
에서 벗어난 상태, 비몽사몽의 상태"[3]에서 체포 통고를 받는다. 그는 실정법

---

3 Wilhelm Emrich, *Franz Kafka. Das Baugesetz seiner Dichtung. Der mündige Mensch jenseits*

에 저촉되는 아무런 죄를 짓지 않았음에도 자신을 압박해오는 낯설고 이해할 수 없는 법(법원) 앞에 속수무책이다. 만약 그의 체포가 은행 사무실에서 이루어졌다면 그는 항상 정신이 또렷하고 매사에 마음의 준비가 되어 있어서 그런 상황에 봉착하지는 않았을 것이라는 게 그의 주장이다. 그의 체포는 『변신』에서와 유사하게 그가 잠에서 깨어나 머뭇거리는 순간, 즉 잠과 꿈의 무의식 상태에서 일상적인 의식 상태로 전환되는 과정에서, 그것도 자신의 사적인 공간인 침대에서 일어난다. 이 사건은 결국 요제프 K에게 일상의 혼란을 가져올 뿐만 아니라 지금까지 확고했던 그의 사회적 지위까지 위협한다.

요제프 K는 위기를 벗어나 정상적인 일상의 질서를 회복하기 위해 자신을 기소한 법원(법)을 찾아 나선다. 그러나 여러 정황으로 보아 그 법원(법)은 분명히 정상적이고 합리적인 법원(법)은 아닌 것 같다. 왜냐하면 요제프 K는 법에 저촉될 만한 죄를 지은 일이 없을뿐더러 그의 첫 번째 심리가 외딴 교외에 있는 초라한 임대주택 다락방의 법정에서 열리고, 그는 어떤 합법적인 재판 절차나 판결도 없이 처형되기 때문이다. 이런 점으로 미루어보아 분명 그 법(법원)은 요제프 K의 말대로 '법치국가'에서 적용되고 있는 그런 '합리적인 법'은 아닌 것 같다.

알 수도 없고 이해할 수도 없는 법원(법)에 도달하려는 노력 끝에 요제프 K는 법원과 밀접한 관계를 맺고 있는 화가인 티토렐리를 만나 자신에게 '실제적인 무죄 판결'은 불가하다는 사실을 알게 된다. 티토렐리에 따르면 그는 생전에 한 번도 실제적인 무죄 판결을 본 적이 없으며 그것은 옛날 전설에나 있었다고 들었다는 것이다. 체포를 벗어날 수 있는 길은 기껏해야 "형식상의 무죄 판결"을 받거나 "판결을 지연시키는 것"(KKAP 208)뿐이라는 사실을 알게 되자 그는 몹시 실망한다. 그리고 마지막 두 번째 장 「대성당

---

*von Nihilismus und Tradition*, Bonn/Frankfurt am Main 1958, S.269.

에서」는 우연히 교도소 신부를 만나게 되는데, 그 신부는 '법 앞에서'라는 비유설화를 들려줌으로써 요제프 K에게 그가 현재 처해 있는 상황을 이해시키려 한다.

　한 시골 남자가 법 안으로 들어가고자 한다. 그러나 법문 앞을 지키는 문지기는 입장을 허락하지 않는다. 법 안으로 입장하는 것이 후에는 가능할지 모르지만 '지금'으로서는 불가능하다는 것이다. 시골 남자는 값진 물건을 뇌물로 써가며 법 안으로 들어가기 위해 온갖 노력을 다한다. 그러나 문지기가 하는 말은 언제나 지금은 입장을 허락할 수 없다는 것이다. 결국 시골 남자는 첫 번째 문지기의 무서운 모습에 질려 그의 허락만을 기다리다가 결국은 법 안으로 들어가지 못한 채 죽고 만다(KKAP 292ff.).

　앞서 언급한 것처럼 이 비유설화는 소설 『소송』과는 달리 카프카가 매우 만족했던 부분이다. 원래 카프카는 이 비유설화를 '성담(聖譚)'이라고 불렀다. 원래 성담이라는 장르는 '성인이나 현자'의 모범적인 삶을 통해 독자에게 삶의 '지혜'나 '성스러운 의미'를 일깨워주려는 교훈적 목적을 가지고 있다. 그러므로 성서나 계몽주의 시대의 고전 비유설화에서는 설화 전체가 지향하는 확실한 해결점이 있게 마련인데, 카프카의 비유설화에는 도덕적이거나 종교적인 교훈을 주는 어떤 해결점이 없는 것처럼 보인다. 대부분의 카프카 연구가들의 의견처럼 이 '법 앞에서'는 역설적인 형식과 고도의 심미적 기능이 결합된 카프카 특유의 '움직이는 비유설화'의 한 유형으로서 고전 비유설화와는 달리 해결점이 없는 개방 형식의 '현대 비유설화'로 이해된다.[4]
　이 비유설화는 알 수도 없고 도달할 수도 없는 법(법원)과 그것에 도달하고

---

4 이주동, 「카프카의 비유설화 'Von den Gleichnissen' 연구」, 『카프카 연구』, 제4집(1994), 89-107쪽.

자 하는 요제프 K의 미묘한 관계를 압축된 모델 형식으로 보여줌으로써 소설 『소송』의 이해에 '핵심적인 기능'을 한다. 법으로 입장하려는 시골 남자는 소설 속의 요제프 K에 해당하며, 문지기는 알 수도 없고 도달할 수도 없는 법(법원)을 위해 봉사한다고 생각하는 법원에 속해 있는 모든 사람을 의미할 것이다. 그들은 모두 법(법원)에 속해 있다고는 하나, 실상 그들 자신도 법(법원)에 대해 아는 게 없다. 그들은 단지 "모든 인간적 판단을 벗어나 있는 진실한 법", 즉 "절대적인 법"[5]을 전제로 만들어졌다고 여겨지는 현실적인 법 제도나 체제에 속해 있는 검사, 판사, 변호사, 사무처 직원, 법정 정리(丁吏) 그리고 그곳에 딸린 여러 기능의 여성 등을 의미할 것이다. 그들은 법원(법)에 속해 있기는 하지만 실제로는 시골 남자와 마찬가지로 그 절대적인 법(법정)을 본 적도 없고 그 안에 들어가본 적도 없다. 그러므로 그들 역시 문지기와 마찬 가지로 법문(法門) '안'에 있는 것이 아니라 법문 '앞'에 있는 것이다. 그런데도 그들은 제멋대로 법을 해석하고 자신이 해석한 것을 법령화하고 제도로 시행하고 그것에 따라 멋대로 권력을 행사하는 것이다. 1920년 10월 말 카프카는 「법에 대한 의문」이라는 산문소품에서 본래의 법에 대한 정당성을 깊이 있게 숙고하고 있다.

법은 정말 오래된 것이어서 수세기 동안 법에 대한 해석이 행해져왔다. 아마 이러한 해석은 이미 법이 되어버렸을 것이다. 법을 해석할 수 있는 자유가 여전히 존재하고 있기는 하지만, 매우 한정되어 있다.……물론 법에는 지혜가 담겨 있다 누가 옛날 법의 지혜를 의심하겠는가? 그러나 십중팔구 그것에 다가갈 수 없다는 것이 우리에게는 고통스럽다(KKANII 270).

---

5 Wilhelm Emrich, *Franz Kafka*. a.a.O., S.265.

원래의 법(계율이나 율법 같은 절대적인 법)은 지혜로운 것이었지만, 이제는 다가갈 수도 이해할 수도 없는 것이 되어버렸다. 세월이 지나면서 사람들은 그 법을 제대로 이해하지도 못하면서 자기 멋대로 해석하고 그것으로 또 새로운 법과 제도를 만들어 권력을 행사한다. 그렇게 사람들은 옛날의 지혜로운 법으로부터 점점 멀어진다. 법을 다루는 사람들은 진실하고 지혜롭고 절대적인 법을 수호하기 위해 법 안에 드나들려는 자들을 막고 있다지만, 그들은 오랜 세월에 걸쳐 변질되어온 법을 따르고 시행하면서 마치 그것이 예전의 지혜로운 법인 양 호도하고, 소송에 말려든 사람들에게 뇌물을 받기도 하고 그들(상인 블로크)을 마치 개처럼 다루고 있으며, 법원(법)에 속해 있는 여인들을 성적 대상으로 삼고 있다. 현제의 법은 지혜로웠던 예전의 법과는 거리가 먼 세속적인 권력 수행의 법이 되어버렸다.

이를 증명이나 하듯이 요제프 K가 펼쳐본 법원 판사의 법률 서적 사이에는 '대중 연애소설'이나 '포르노 화보' 등이 끼어 있다. 이것은 실정법의 조문이 본래의 절대적인 법과는 전혀 다르게 변질되어버렸거나 타락해버렸다는 것을 희화화한 것일 수 있다. 요제프 K가 자신의 소송 문제에 대한 도움을 청하기 위해 찾아간 법원의 화가 티토렐리가 그린 판사들의 초상화를 보면, 판사들은 매우 위선적인 모습과 위협적이고 폭력적인 태도를 하고 있다. 그들이 절대적인 법을 해석하고 그것을 바탕으로 세운 현실 세계의 법, 법정, 조직 그리고 거기 속해 있는 사람들 모두가 부패해 있다. 그래서 요제프 K는 첫 번째 심문을 받으러 법정에 갔을 때 실정법상 아무런 죄를 지은 적이 없다고 생각되는 자신을 체포한 일에 대해서 그리고 부패한 법원 조직 전체에 대해서 이렇게 비난을 퍼붓는다.

의심할 여지없이 이 법원의 모든 언행 배후에는 거대한 조직체가 있습니다. 그것은 부패한 감시인, 멍청한 감독관 그리고 기껏해야 유리한 사건이나 맡을 수 있는 예심판사뿐만 아니라 나아가서는 상급과 최상급의 판사들과 더불어 꼭 필요한 수많은 부하들인 정리, 서기, 경관, 다른 보조원, 그리고 서슴지 않고 말하지만, 아마 사형집행인까지도 거느리고 있는 거대한 조직체일 것입니다. 그럼 여러분, 이 거대한 조직체의 의미는 무엇일까요? 죄 없는 사람들을 체포하고, 그들을 무의미하고 대개는 제 경우처럼 아무 성과도 없는 소송 절차로 끌어들이는 데 그 의미가 있는 것입니다. 전체가 이렇게 무의미한 존재이니 어찌 관리들의 극악한 부패를 피할 수 있겠습니까? 그건 불가능한 일입니다. 최상급의 판사라도 결코 어쩔 수 없을 것입니다(KKAP 69).

비록 요제프 K가 법원 조직체 전체의 부당성을 비난하고 있지만, 요제프 K도 예외는 아니다. 그는 자신의 죄를 묻고 있는 이 소송을 제대로 이해하려 하지 않고, 단지 누군가 '꾸며낸 장난'이거나 은행에서 벌이는 '커다란 사업' 쯤으로 생각하고 법원과 밀접한 관계가 있는 여성들을 자기 소송에 유리한 성적 수단으로 이용한다.

여기서 독자는 카프카가 이 소설에서 사용하고 있는 '법원', '법정', '법' 등의 메타포가 지니는 양가적 의미에 주의해야 한다. 하나는 절대적인 법(법원)의 세계로 우리가 알 수도 접근할 수도 없는 그러나 모든 것 속에 편재하고 있다고 생각되는 세계이고, 또 다른 하나는 우리가 살고 있는 현세적인 법(법정)의 세계이다. 그런데 이들 세계가 서로 혼재해 있어서 무엇이 현실이고 비현실인지 분간하기 어렵다. 그러나 문제의 핵심은 요제프 K나 시골 남자 모두 내적인 절대적 법(법원)을 현세적인 법(법원)으로 착각하고 있다는 것이다. 문제는 그들 모두 전자의 이해할 수 없고 입장할 수 없는 절대적인 법을 후자의 현실적인 실정법의 입장에서 이해하고 접근하려는 데 있다. 그러므로 「대성당에서」 끝부분에서 교도소 신부가 요제프 K에게 죄가 없느냐고 물었을 때 그는 "죄가 없습니다. 그것은 오류입니다"(KKAP 289)라고 강하게 부인한다. 그것은 현세의 실정법을 기준으로 한 대답이지 내적인 절대적 법에 의한 판단은 아니다. 사실 그는 실정법에 저촉되는 범죄를 저지른 적이 없으므로 체포된 상태에서도 여전히 자유롭게 평소의 생활을 유지하고 있다. 그러나 교도소 신부는 요제프 K의 대답에 "하지만 죄 있는 사람은 늘 그렇게 말하곤 하지요"(KKAP 289)라고 말한다. 그리고 그는 알 수 없는 법을 암시하는 듯한 의미심장한 말을 이어간다. "법원은 당신에게서 아무것도 원하지 않습니다. 당신이 오면 받아들이고 당신이 가면 내버려둘 뿐입니다"(KKAP 304). 여기서 신부가 말하는 법(법원)은 요제프 K가 생각하고 이해하는 것과는 전혀 다른 법임을 알 수 있다.

이 말을 달리 해석해보면, 현실적인 법(법원)이 그를 강제로 소환한 것이 아니라, 비유설화 '법 앞에서'의 시골 사람이 스스로 법의 세계로 들어가려고 왔듯이 요제프 K도 자기 스스로 절대적인 내적인 법(법원)으로 다가간 셈이다. 그러나 문제는, 그가 어떤 죄의식이나 죄책감[6] 때문에 무의식 상태에서 느꼈던 내적인 양심의 법(법원)을 잠에서 깨어 의식 상태가 되자 그것을 다시 현실적인 법(법원)으로 착각한다는 데 있다. 카프카는 이처럼 법(법원)이라는 메타포가 지니는 양가적 의미를 통해 소설의 다층적 구조를 형상화함으로써 주인공으로 하여금 그 미로 속에서 끊임없이 무엇인가를 찾아 헤매게 만든다. 그러므로 인물적 시점이 주가 되는 이 소설을 읽는 독자 역시 요제프 K처럼 미로 속을 헤매게 되는 것이다.

이런 점에서 볼 때 요제프 K를 대변하는 인물인 '시골 남자'[7]가 법으로

---

6 카프카 연구가들은 요제프 K가 내적으로 느끼는 죄의식이나 죄책감에서 카프카 자신이 파혼을 '죄지은 것'으로 생각하고 있었다는 점과 자신의 일기에서도 요제프 K를 죄를 지은 자로 보았다는 점을 연결하고 있다. Hans H. Hiebel, "Der Proceß/Vor dem Gesetz," Bettina von Jagow und Oliver Jahraus, *Kafka-Handbuch. Leben-Werk-Wirkung*, Göttingen 2008, S.456-476, hier S.458f.

들어간다는 것은 처음부터 불가능해 보인다. 그는 자신의 무의식적인 내면의 양심이 호소하고 있는 절대적인 내적인 법을 찾는 대신, 오직 눈에 보이는 '현실적인 법(법정)'에만 매달려 있는 무지자이기 때문이다. '시골 남자'가 '문지기'의 환심을 사기 위해 자기가 가져온 값진 것을 뇌물로 사용하거나 그의 모피 코트에 붙어 있는 벼룩에게까지 애걸하는 촌극을 벌여가며 법의 세계로 들어가려 하듯이, 요제프 K도 내적인 절대적 법에 의해 기소당한 자신의 소송 사건을 깨닫지 못하고 일상적인 현실 법으로만 착각하고 있는 것이다. '시골 남자'나 요제프 K 모두 눈에 보이는 현상적인 것에만 얽매어 있기 때문에 그들은 첫 번째 법문조차 통과할 수 없는 것이다.

사실 법으로 들어가는 문은 그들의 생각처럼 닫혀 있는 것이 아니라 '항상 열려 있다.' 그러나 시골 남자와 요제프 K는 '초월적이고 절대적인 내면의 법'을 '현상적인 법이나 구체적인 법'으로 착각하고, 오직 세속적인 방법으로 그곳에 입문하려고 할 뿐이다. 그래서 요제프 K가 신부에게 앞으로 있을 재판 과정에 대해 묻자 신부는 "자네의 소송은 하급 법원을 전혀 넘지 못할 것"(KKAP 289)이라고 예단한 것이다. 그 내적인 무의식적인 법(이때의 법은 보는 사람에 따라 신, 율법, 존재 혹은 우리 마음속에 있는 파괴될 수 없는 어떤 절대적인 것으로 해석할 수 있다)은 언제나 모든 인간에게 평등하게 열려 있다.

다만 그 법에 이르는 길은 사람마다 다르다. 인간은 자유로운 고유한 존재이기 때문이다. 그러므로 '시골 남자'나 요제프 K 모두 각자 자신에게만 정해져 있는 고유한 길을 찾아야 한다. 개인에게 고유한 삶과 죽음이 부여되어 있듯이, 진리에 이르는 길 역시 자기만의 고유한 길이 있다. 그리고 그

---

7 시골 남자(Der Mann vom Lande)는 히브리어로 'Am ha-Arez'이며, 그 의미는 '무지자(無知者)'란 뜻이다. Karl E, Grözinger, "Trübselige Meinung," Mafred Voigts(Hrsg.), *Franz Kafka: 'Vor dem Gesetz.' Aufsätze und Materialien*, Würzburg 1992, S.211-222, hier S.211.

‘진리의 세계’는, 카프카가 잠언에서 말했듯이 오직 개인의 고유한 ‘직접적인 체험과 직관’에 의해서만 인식이 가능하다. 그러나 현실적인 목적과 소유 관계에 얽매어 있는 인간이라면 과연 진리의 세계를 체험하고 직관할 수 있을까? 다시 말해서 절대적인 내적인 법의 세계로 입문할 수 있을까?

그것은 불가능하다. 그것이 바로 시골 남자가 ‘지금’ 법으로 들어갈 수 없는 이유이며, 요제프 K가 “개처럼”(KKAP 312) 처형당하는 이유이다. 이것을 카프카는 구스타프 야누흐와의 대화에서 “삶을 얻기 위해 우리는 삶을 포기해야 한다”(J 250)고 역설적으로 표현했다. 알 수 없는 법, 초법적인 혹은 내적인 법 안으로 입문하려면 현상 세계를 뛰어넘는 어떤 결연한 도약이 필요할지 모른다.

# 펠리스와의 재회

『소송』을 쓰면서 창작에 집중하기 위해 휴가를 얻었던 카프카는 1914년 10월 15일 전혀 예기치 않게 그레테 블로흐의 편지를 받는다. 그녀는 지난 일로 자신을 미워하지 말아달라고 부탁하면서 다시 펠리스와 카프카의 화해를 주선할 뜻을 비쳤다. 카프카는 지난날의 사건으로 그레테를 원망하지 않았고 모든 책임을 자기 자신에게 돌리고 있었다. 모두 자신의 불찰에서 비롯된 것이며 사려 깊지 못한 행동의 결과라고 생각했다. 그는 파혼 후 석 달 동안 여전히 펠리스의 언니 에르나와 서신 교환을 하고 있었고 그녀의 가족 근황을 자세히 전해 듣고 있었다.

그러나 그는 독신으로 사는 것이 자신의 운명이라고 마음을 굳히고 있었다. 그사이 마음도 안정되었고, 무엇보다 아무런 방해 없이 글을 쓸 수 있었다. 그런데 그레테가 또다시 그의 마음을 흔들어놓고 있었다. 그는 저녁 내내 안절부절못한 채 일기에 이렇게 적었다.

그녀[펠리스]가 회신을 주지 않는 것이 우리 모두를 위해 가장 좋은 길일 테지만, 그래도 그녀는 답장을 할 것이고, 나는 그녀의 회답을 기다리게 될 것이다(KKAT 680).

파혼 때의 굴욕감과 혐오감을 다시 느끼면서도 그는 자신도 모르는 사이에 펠리스와의 재회를 염두에 두고 있었다. "지금 그녀에게로 다가갈 수 있는 가능성"이 있는 한 그는 펠리스가 "다시 만사의 중심점이 되어가는 것"(F 614)을 느꼈고, 동시에 그녀의 존재가 벌써 작품 쓰는 일을 방해하기 시작했으며 계속 방해하게 되리라는 것도 알고 있었다.

10월 25일 드디어 기다리던 그레테의 편지가 도착했다. 거기에 펠리스의 편지가 동봉되어 있었는데, 그녀는 "이제 지난 일들과 카프카의 문학적 의지를 이해할 수 있다"고 썼다. 카프카는 몹시 혼란스럽고 괴로웠다. 휴가가 끝나고 2주일이 지나도록 아무것도 손에 잡히지 않았다. 『소송』은 더 이상 진전되지 않았다. 그는 써지지 않는 글을 붙잡고 있는 대신에 다른 사람들의 작품을 읽으면서 마음의 평정을 찾아보려고 했다. 오토 피크의 이야기와 루돌프 푹스의 시를 읽고 나서 호프만이 쓴 도스토옙스키의 전기에 실려 있는 도스토옙스키의 「변명서」(KKAT 682) 등을 읽었지만, 펠리스에 대한 생각을 떨쳐버릴 수가 없었다. 그가 지금까지 작업하던 창작의 흐름은 깨어졌고 파도처럼 밀려오던 영감마저 사라지기 시작했다.

글을 쓰지 못하게 되자 마치 꿈이나 무의식 세계에서 깨어난 듯 그는 다시 현실 세계로 돌아왔다. 그의 눈앞에는 전쟁의 불행한 현실이 있었다. 거리는 아우성치는 피난민으로 물결쳤고, 신문은 전쟁 사상자 명단과 애도하는 기사로 넘쳐났으며, 매일 입영자와 부상병을 태운 열차가 프라하의 프란츠 요제프 역을 가득 메우고 있었다. 전선에서 돌아온 친구와 친척은 그에게 비참하고 처절한 전장의 이야기들을 들려주었다. 자신의 작품 세계에 몰입해 있

---

1 파혼 후에도 펠리스의 어머니 안나 바우어와 카프카의 어머니 율리에 카프카는 자녀들의 파혼 문제를 해결하려고 여러 차례 편지를 교환하면서 서로 자녀들의 근황을 알리고 있었다. 특히 안나는 파혼 때 펠리스가 취한 과도한 행동을 나무랐다(F 610-614).

던 카프카는 공동체로부터 완전히 고립되어 그 어느 때보다 참담한 이방인이 되어 있음을 느꼈다. 거기에 펠리스와의 재결합 문제는 고독한 독신자라는 개인적인 불행까지 일깨워주었다.

마침내 10월 말경 그는 파혼 이후 처음으로 펠리스에게 장문의 편지를 썼다. 그러나 그들 사이에는 "지난 3개월 동안 좋은 의미에서건 나쁜 의미에서건 아무것도 변한 것이 없었다"(F 615). 그는 여전히 자신의 삶은 오직 글 쓰는 일에 근거하고 있음을 강조하면서 지금까지 침묵했던 자신의 생각을 처음으로 솔직하고 분명하게 밝혔다. 그녀가 주장하는 결혼 절차는 번거롭고 낡은 종교적인 절차일 뿐이라는 것, 그녀가 바라는 허황된 취향의 가구와 집은 자신과는 맞지 않는다는 것, 그녀가 자신의 특이한 성격을 비난하기 때문에 그녀 앞에서는 늘 주눅 들거나 거짓 태도를 보여야 했다는 것, 그리고 무엇보다도 그녀에게서 자신과의 결혼에 대한 불안감과 불확실한 미래에 대한 공포를 느꼈다는 것 등이었다. 그러고는 펠리스의 공포심은 사랑이 아니라 순수한 의지력으로 극복되어야 하는 것이라고 분명히 했다(F 615f.).

그리고 그는 자신의 마음속에 늘 서로 싸우고 있는 두 가지 자아(自我)에 대해 이야기하면서 지금까지와는 다른 방식으로 펠리스에게 자신을 이해시키려 애썼다. 두 자아란, 하나는 펠리스가 바라는 일상적인 것에 속하고 싶은 자아이고, 또 다른 하나는 글을 쓰는 자아이다. 그 두 자아는 펠리스가 생각하듯이 서로에게 반목하는 자아가 아니다. 오히려 두 번째 자아가 행복하면 첫 번째 자아도 함께 행복해지고, 두 번째 자아가 불행해지면 첫 번째 자아가 이해해주고 북돋워주어 함께 상생해야 하는 그런 자아이다. 그는 펠리스가 이 상황을 인정해주고 통찰해주기를 바랐다. 말하자면 펠리스가 결혼생활이라는 공동의 일상적인 삶 속에서 자신의 글 쓰는 자아를 이해해주고 보듬어주기를 바랐던 것이다(F 617f.).

또한 그는 예전과 달리 침착하고 분명한 어조로 자신의 잘못을 인정했다.

그는 자신의 작가적 실존을 이해하지 못하는 그녀를 강력한 적으로 느꼈고
온 힘을 다해 그녀로부터 자신을 방어하려고 노력해왔다고 고백했다. 그리
고 그런 갈등이 없었던 지난 3개월 동안 그는 매일 글 쓰는 일에 매진할
수 있었고, 행복하다고는 할 수 없으나 자신의 실존적인 의무를 이행하면서
매우 만족하고 있다고 털어놓았다. 이제 다시 이틀째 전혀 작업을 하지 못하
고 있는데, 그것은 그녀에 대한 생각 때문이라고 솔직하게 고백했다. 카프카
는 이 편지를 부치고 난 다음 날인 11월 1일 일기에 "온종일 자족감에 넘쳤
다"(KKAT 682)라고 썼다. 지금까지 마음에 담아두었던 그녀에 대한 자신의
생각을 솔직하게 토로함으로써 무거웠던 마음이 한결 가벼워졌던 것이다.
그는 펠리스와 다시 시작하더라도 앞으로는 자신의 생각을 숨기지 않고 분
명히 밝혀야겠다는 단호한 생각을 갖게 되었다.

펠리스에게 편지를 보낸 그는 그녀가 어떤 답변을 할지 생각하느라 더
이상 글을 쓰지 못했다. 마음을 가라앉히려고 서재에 꽂힌 프랜시스 잠므의
프랑스어 텍스트를 꺼내 읽기도 하고, 오토 피크가 맡긴 「눈먼 손님」의 원고
를 수정하기도 하고, 요한 아우구스트 스트린드베리의 극작품을 읽기도 했
다. 그러나 그의 마음은 전혀 안정되지 않았다. 그는 그날 일기에 이렇게
썼다.

오늘은 8월 이후로 내가 아무것도 쓰지 않은 네 번째 날이다. 그 책임은
편지에 있다. 나는 앞으로 절대 편지를 쓰지 않거나, 쓰더라도 아주 간략한
편지만 쓸 것이다(KKAT 683).

실제로 카프카는 그 후 오랫동안 편지를 쓰지 않았다. 그녀에게 편지를
쓰면 쓸수록 오해와 고통이 뒤따르고 그런 와중에 창작력이 떨어지기 때문이
었다.

1914년 11월 4일 전장에서 부상을 당한 둘째 매제 요제프 폴락이 병가를 얻어 귀향했다. 다행히 큰 부상은 아니었지만 카프카 집안은 난리법석이었다. 그는 카프카에게 전장에서 벌어졌던 일을 호기롭게 들려주었다. 그는 참호 속을 헤매는 두더지를 살려주려고 참호를 빠져 나왔다가 그 순간 그곳에 집중된 사격에서 살아남을 수 있었던 기적 같은 이야기며, 돈을 훔치려고 죽은 자의 시체를 뒤지는 병사들의 비참한 이야기, 핏기가 없어질 때까지 나무에 묶여 체벌을 받는 병사들의 이야기 등을 들려주었다. 그리고 우아하게 차려입고 향수 냄새를 풍기며 오페라글라스를 목에 걸고 극장으로 들어가는 옛 직장 상사를 만났을 땐 울 뻔했다는 이야기도 했다. 카프카는 그런 이야기를 듣고 있는 자신의 처지가 초라하고 부끄러웠다. 그는 일상의 이런 저런 일로 괴로워하는 것보다는 차라리 군대에 입대해서 떳떳한 마음으로 모든 것을 잊은 채 매 순간 초긴장 상태에 있는 것이 더 나을지 모르겠다고 생각했다.

펠리스에게 편지를 보내고 나서 얼마 후인 11월 5일, 카프카는 펠리스의 아버지 카를 바우어가 쉰여덟의 나이로 갑자기 사망했다는 소식을 들었다. 부부 간의 갈등, 큰딸과 아들의 명예롭지 못한 사건, 펠리스의 파혼 등이 가장인 그에게 큰 부담이 되었을지도 몰랐다. 카프카는 자기로 인한 파혼이 바우어 가족에게 불행을 야기한 것 같아 그의 죽음에 책임감과 자책감을 느꼈다. 아버지의 죽음으로 슬픔에 빠진 펠리스는 카프카와 재회하기를 더욱 원하게 되었다. 카프카는 전쟁을 외면하고 있는 듯한 죄책감과 펠리스 아버지의 죽음에 대한 자책감으로 오전에는 직장 일에 매달리고 오후에는 막스 브로트 부부와 위트가 넘치고 근면한 카임 나겔 씨 등과 함께 갈리티아 피난민을 위해 옷가지나 이불 등 구호물품을 나눠주는 일(KKAT 698f.)에 정성을 기울였다. 그리고 밤에는 만사를 잊은 채 글을 쓰려고 노력했다. 그러나 글은 아무런 진전이 없었고, 아버지의 죽음으로 슬퍼하고 있을 펠리스에 대한 걱정이 그의 뇌리를 떠나지 않았다. 11월 30일 일기에 그는 이렇게 썼다.

더 이상 쓸 수가 없다. 궁극적인 한계에 도달한 것 같다. 다시 수년 동안을 그 앞에 앉아 있은 후에야 아마 새로운, 그리고 마무리되지 않은 이야기를 시작할 것이다. 이러한 운명이 나를 쫓아다닌다. 나는 또다시 춥고 의미가 없다. 완전한 안식을 위한 노쇠한 사랑만 남아 있을 뿐이다. 완전히 인간으로 부터 떨어져 나온 어느 동물처럼 나는 다시 목을 흔들며 그 틈에 다시 펠리스를 얻고 싶어 한다. 나 자신에 대한 역겨움이 그것을 방해하지 않는다면, 나는 실제로 그것을 시도할 것이다(KKAT 702).

이렇듯 펠리스에 대한 생각으로 번민하면서도 그는 예전과는 달리 그녀에게 편지 쓰는 일을 피하고 있었다. 그는 파혼 후 펠리스에게 첫 번째 편지를 쓰고 나서 1915년 1월 말까지 3개월 동안 한 장의 편지도 쓰지 않았다. 그는 가능한 글쓰기에 매달리거나 작품을 낭독하거나 독서로 시간을 보냈다. 카프카는 12월 2일 오후에는 막스 브로트와 오토 피크와 함께 프란츠 베르 펠을 찾아가 『유형지에서』를 낭독했고, 베르펠은 자신의 시와 희곡 『페르시아의 황녀 에스터』를 낭독했다. 다작을 하면서도 강렬하고 생명력 넘치는 작품을 발표하고 있는 베르펠에 자극받은 카프카는 집으로 돌아와 글 쓰는 일을 게을리해서는 안 되겠다고 다시 한 번 굳게 다짐했다. 그는 오랫동안의 침묵에서 벗어나 베르펠처럼 훌륭한 글을 발표하고 싶었다.

무조건 계속 글을 쓸 것. 오늘은 그럴 수가 없어 슬프다. 왜냐하면 피곤하고 머리가 아프기 때문이다. 오전 사무실에서도 그런 기미가 있었다. 무조건 계속 글을 쓰는 것, 그것은 불면과 사무실에도 불구하고 틀림없이 가능할 것이다(KKAT 704).

그날 그는 일기에 지난 밤 꿈속에서 보았던 빌헬름 황제, 성의 아름다운 전경, 마틸데 제라프에 관한 이미지를 모아 짧은 이야기로 옮겨 적었다 (KKAT 704). 카프카에게 꿈은 특별한 의미를 지닌다. 그는 밤사이에 꾸었던 꿈을 자주 일기에 옮겨 적었는데, 꿈에서 겪었던 무의식적인 사건을 마치 현실에서 일어난 것처럼 매우 사실적으로 생생하고 정밀하게 기술함으로써 그의 글들은 꿈과 현실, 의식과 무의식의 경계가 모호해진다. 사람들은 그의 이러한 창작 기법을 종종 "꿈의 논리"[2]라고 부른다. 이 기법은 사건의 무한 대로의 확대, 시간과 공간의 빠른 극복, 관점의 빠른 전환, 인과론적 결합의 상이한 이미지와 돌연적인 연상으로의 대치, 중심인물을 여러 다른 인간형 으로 분열시키는 기능 등을 함으로써(HM 136) 그의 작품은 다양한 해석의 가능성을 함의하게 된다. 뿐만 아니라 카프카는 글을 쓸 때 몽유 상태 또는 꿈과 현실이 혼재된 가면(假眠) 상태로 빠져드는 것으로 보인다. 그러므로 그의 글쓰기는 논리적인 이성이 지배하는 세계가 아니라 환상적인 '망아 상 태'에서 이루어지는 듯이 보인다. 이를 뒷받침이나 하듯 카프카 스스로도 자신의 글쓰기를 "꿈같은 내적인 삶의 기록"이라고 했고, 자신의 작품 『선고』 를 "밤의 유령"(J 54)으로, 『화부』를 "꿈에 대한 회상"(J 53)으로, 『변신』을 "무서운 꿈, 무서운 표상"(J 55) 혹은 "그 배후에 상상력이 남아 있는 듯한, 현실을 드러내는 꿈"(J 55f.)이라고 표현했다.

1914년 12월 5일 펠리스의 언니 에르나에게서 한 통의 편지가 날아왔다. 아버지의 죽음으로 온 가족이 침울한 상태에 빠져 있다는 것과 침묵하고 있는 카프카에게 펠리스에 대한 입장을 분명하게 밝혀주면 좋겠다는 내용이

---

2 Hans H. Hiebel, *Der Proceß/Vor dem Gestz*, a.a.O., S.463. 철학자이자 정신분석학자인 들뢰즈와 가타리는 카프카 문학의 이러한 특징을 '리좀(rhizome)'이라고 칭하는데, 그것은 중심이 없이 서로 다양하게 얽혀져 있는 뿌리줄기 모양의 의미 구조를 가리킨다. Gilles Deleuze, Félix Guattari, *Kafka. Pour une Litérature mineure*, Paris, 1975. S.7ff.

있다. 편지를 받은 카프카는 더욱더 자신이 펠리스 가족의 불행을 가져온 것처럼 괴로워했다.

가족 상황에 관한 에르나의 편지. 그 가족에 대한 나의 관계는 내가 그 가족을 불행에 빠뜨렸다고 생각할 때에만 일관된 의미를 갖는다.……나는 펠리스를 불행하게 만들었고, 모두가 지금 그렇게도 필요로 하고 있는 저항력을 약화시켰으며, 그 아버지의 사망을 도운 셈이 되었고, 펠리스와 에르나 사이를 떼어놓았으며, 결국 에르나조차 불행하게 만들고 말았다. 이 불행은 십중팔구 앞으로도 계속될 것이다.……나는 분명 그 모든 것 안에서 충분히 벌을 받고 있으며, 그 가족에 대한 나의 입장이 이미 충분한 형벌이다. 나 역시 결코 치유되지 못할 고통을 받았다.……하지만 지금 이 순간 그 가족과 맺고 있는 관계 때문에 받는 고통은 별로 없다, 어쨌든 펠리스나 에르나보다는 덜할 것이다(KKAT 704f.).

그는 펠리스 가족의 불행에 대한 책임을 느끼면서도 1915년 1월 17일까지 답장을 쓰지 않은 채 글쓰기에만 전념했다. 그는 거의 잠을 자지 않고 새벽까지 글을 썼다. 1914년 12월 18일에는 거대한 두더지를 발견한 나이든 선생의 연구 보고를 다룬 「마을 선생」을 썼는데(KKAT 710), 그러고 나서 비몽사몽간에 연속해서 세 개의 짧은 꿈을 꿨고 그것을 잊어버리지 않도록 일기에 기록해두었다. 다음 날 아침 아버지 헤르만은 밤새도록 글 쓰느라 피로한 기색이 역력한 아들을 보면서 그럴 시간이 있으면 부진한 석면공장 일이나 거들라며 화를 냈다. 카프카는 석면공장에 대한 책임감, 파혼에 대한 죄책감 그리고 아버지의 화난 얼굴이 두려워 저녁을 먹으러 부모의 집으로 가지도 않고 엘리의 집에 그냥 머물렀다. 그러나 심리적인 압박감으로 더 이상 글을 쓸 수 없었다.

12월 20일 막스 브로트가 두문불출하는 카프카를 크리스마스 파티에 초
대하기 위해 찾아왔다. 그날 그들은 때마침 카프카가 읽고 있던 도스토옙스
키의 『카라마조프가의 형제들』에 대해 이야기했는데, 카프카와 브로트의 도
스토옙스키에 관한 논쟁은 카프카가 다른 작가들에 대해 얼마나 예리한 통
찰력을 가지고 있는지를 잘 보여주는 대목이기도 하다.

막스 브로트는 도스토옙스키의 작품에는 너무나 많은 정신병자가 등장해
서 인물에 대한 신뢰성이 떨어진다고 비난했다. 그러나 도스토옙스키의 애
호가인 카프카[3]는 그것은 전혀 옳지 않은 주장이라며 맞섰다. 카프카는 그의
작품 속에 등장하는 백치, 간질병 환자, 알코올 중독자, 히스테릭 환자 등은
사실은 정신적으로 병든 자들이 아니라고 주장했다. 그는 그 인물들의 병을
인간의 심리적 다양성을 드러내려는 도스토옙스키의 고유한 '특성화 수단'
으로 보았다. 도스토옙스키가 어떤 인물을 단순하고 우둔한 존재로 집요하
게 반복해서 주장하고 있다면, 거기에는 그의 서술기법상의 '무한한 의도가
혼합되어 있는 것'으로, 외부로 드러난 그 인물의 독특한 개성을 각인시키면
서 배후에 숨겨진 또 다른 특성을 강하게 부각시키려는 의도라는 것이다.
이를테면 카라마조프 형제들의 아버지인 표도르는 겉으로 드러난 것처럼
단순한 "바보가 아니라 아주 영리한, 거의 이반에 버금가는, 물론 나쁜 남자

---

3 카프카는 자신의 서가에 도스토옙스키 전집(뮌헨, 1914)을 소유하고 있었고, 그의 작품을
  즐겨 읽었다. 1914년 6월에는 도스토옙스키의 『편지들(Briefe. Mit Porträts, Faksmiles und
  Ansichten)』(1914)을 읽었고, 두 권으로 나온 『죄와 벌』을 소유하고 있었다. 또한 1914년에
  는 『카라마조프가의 형제들』을, 1915년에는 『애송이』를, 1916년 여름에는 오토 크라우스
  (Otto Kraus)의 『도스토옙스키(Dostojewski. Zur Kritik der Persönlichkeit. Ein Versuch)』를,
  1919년에는 『자전적 작품들(Autographische Schriften)』과 호프만(Nina Hoffmann)의 『도스토
  옙스키 전기(Dostojewski-Biographie)』(1899)를 그리고 1909년에 뮌헨에서 '대도시의 어두움
  으로부터'라는 제목으로 나온 『죽음의 집의 기록』 등을 읽었다.

이지만, 훨씬 영리한 남자"(KKAT 711f.)라는 것이다. 이처럼 카프카는 막스 브로트와는 달리 도스토옙스키가 다양한 인물을 통해 인간의 숨겨진 심리적 양면성 또는 다면성을 가장 성공적으로 드러내고 있음을 간파하고 있었다.

카프카는 일주일 전부터 작업하고 있는 「마을 선생」을 나흘간의 크리스 마스 휴가 중에 끝내려고 했지만 거의 진행시킬 수 없었다. 그는 그것을 중지하고 24일과 25일 이틀간 막스 브로트 부부와 쿠텐베르크의 모라베츠 호텔에서 크리스마스 휴가를 보냈다. 크리스마스 파티가 끝나고 그는 홀로 호텔 난간에 기대어 어둠 속을 바라보면서 새해엔 "다시 새롭게 시간을 배 분"(KKAT 713)해서 글 쓰는 일에 더욱 집중해야겠다고 다짐하며, 만약 그렇 지 않을 경우 고통 외엔 "다른 어떤 구원도 오지 않을 것"(KKAT 713)이라고 생각했다.

1914년 12월 31일, 카프카는 한 해를 결산하듯 자신의 일기에 이렇게 썼다. "8월부터 글 쓰는 작업을 해왔다. 대체로 적지도 나쁘지도 않았다." 그러나 앞으로는 "불면증, 두통, 약한 심장" 때문에 "내 능력이 더 이상 지속 될 것 같지 않다"(KKAT 714). 더군다나 최근에는 피로와 펠리스에 대한 심적 고통 그리고 시간 부족으로 『소송』, 「칼다반에 대한 회상」, 「마을 선생」, 「검사시보」 등이 미완으로 있었고, 또 시작하다 만 단편도 몇 편 더 있었다. 그동안 완성된 것은 『유형지에서』와 『실종자』의 마지막 장 「오클라하마의 야외극장」뿐이었다. 어쨌든 5개월간에 걸쳐 쓴 이 작품들은 그의 생애에서 1912년 여름 이후 두 번째로 찾아온 창작 시기에 나온 것이었다.

1915년 1월 초 카프카는 새로운 마음으로 중단된 작품들을 진척시키고자 했다. 그러나 매제 카를 헤르만 대신 석면공장 일을 맡아보던 그의 동생 파울 헤르만마저 징집되면서 카프카가 그 일을 맡아야만 할 것 같았다. 전쟁 으로 원료 수입이 불가능하고 판로마저 끊겨 석면공장의 생산은 중단된 지 오래였지만 창고 정리와 재고 조사 그리고 고객과 채권자의 대금 처리 등

자질구레한 일이 많이 남아 있었다. 카프카는 공장 일 때문에 자신의 글쓰기가 중단될 것을 몹시 염려했다.

> 내일 공장에 간다. 파울이 입대한 후에는 아마 매일 오후에 그곳에 가야할 것이다. 그것으로 모든 것이 중단될 것이다(KKAT 715).

다음 날 저녁, 식사를 하러 집에 갔을 때 아버지는 화가 잔뜩 난 얼굴로 또다시 공장 일에 대한 그의 무관심한 태도를 비난했다. 그는 어쩔 수 없이 공장 일을 도맡아해야 했다. 그로 인해 중단된 「마을 선생」과 「검사시보」는 손도 대지 못했다. 직장에서 돌아와 쉬지도 못하고 매일 저녁 늦게까지 석면 공장에서 재고 조사와 서류를 검토해야 했던 것이다. 밤에 틈을 내어 끝나지 않은 작품들을 써보려고 했지만, 낮에 전혀 쉬지 못하고 잠을 자지 않아 눈만 감길 뿐 글쓰기에 집중할 수 없었다. 마치 예전에 아씨쿠라치오니 게네랄리 보험회사에서 혹사당하듯 힘들게 일하던 때와 비슷했다. 그는 1월 19일 일기에 이렇게 썼다.

> 공장에 가야 하는 한 아무것도 쓸 수 없을 것이다. 지금 내가 느끼고 있는 이 특별한 무능력은 내가 게네랄리에서 근무했을 때의 그것과 비슷하다는 생각이 든다(KKAT 718).

게다가 그는 5개월간 계속되었던 창작력과 영감이 점차 사라짐을 느꼈다. 그다음 날인 1월 20일 그는 일기에 "글 쓰는 일의 끝장. 그것이 언제나 나를 다시 받아들이게 될까? 이렇게 좋지 않은 상태에서 F[펠리스]를 만나게 되다니"(KKAT 721)라고 썼다. 그사이 펠리스는 카프카에게 전화와 편지로 안부와 공장의 상황을 물어왔고, 둘이서 한 번 만나는 게 어떠냐고 의사를 타진해왔다. 이젠 카프카보다 펠리스가 자주 편지를 쓰는 편이었다. 그들은 1월이 가기 전에 만나기로 합의했다. 카프카로서도 펠리스 가족의 불행을 더 이상 방관만 할 수 없었다. 전쟁 중이어서 외국 여행이 제한되어 있어 그들은 독일과 오스트리아의 작은 국경도시인 보덴바흐에서 주말인 1월 23일과 24일에 만나기로 약속했다.

그러나 헤어진 지 6개월이 지났는데도 그들의 만남은 예전과 변함이 없었다. 카프카는 토요일 오후에, 펠리스는 일요일 정오쯤에 그곳에 도착해서 함께 식사를 한 후 카프카가 묵고 있는 호텔로 갔다. 그들이 방에 머물러 있던 두 시간 동안 그간에 있었던 이런저런 일을 서로 묻고 답하는 사이에 긴 침묵이 흐르고 지루함과 따분함이 느껴졌다. 그들 사이에는 아직 파혼의 앙금이 사라진 것 같지 않았다. 카프카는 그녀에게서 어떤 친밀감도 욕망도 느끼지 못했다. 그들은 전혀 달라진 게 없었고 재결합은 어려워 보였다. 카프카는 아무 보람 없이 프라하로 돌아왔다. 그는 1월 24일 일기에 이렇게 적었다.

우리는 서로 전혀 변하지 않았음을 알았다. 누구나 다 속으로는 상대방이 요지부동이고 무정하다고 말할 것이다. 오직 나의 일만 위해서 맞추어진 환상적인 삶에 대한 나의 요구라면 나는 그 어느 것도 단념하지 않는다. 그녀는 모든 말없는 요구에는 둔감하면서 평범함, 아늑한 집과 공장에 대한 관심, 푸짐한 식사, 밤 11시부터의 취침, 난방이 된 방을 원하고, 석 달 전부터 한 시간 반 빨리 가고 있는 내 시계를 실제의 시간에 맞추어놓는다.……나는 그녀에게 무언가를 낭독해주기도 했지만, 문장은 뒤죽박죽되어 거슬렸으며, 눈을 감고 소파에 비스듬히 누워서 말없이 듣고 있던 그녀와는 아무런 연결을 느낄 수가 없었다.……누구나 상대방을 있는 모습 그대로 사랑한다. 나의 이 깨달음은 옳았고 옳다고 인정되었다. 그러나 그녀는 있는 모습 그대로의 상대방과 함께 살 수 있다고는 생각하지 않는다(KKAT 721f.).

펠리스는 여전히 카프카 고유의 문학적인 삶을 자신의 일상적이고 소시민적인 삶에 맞추고 있었다. 그러한 펠리스에게 카프카는 더 이상 예전처럼 탄식하고 애원하지 않았다. 그는 글쓰기에만 전력투구하겠다고 결심했기 때문이었다. 펠리스와 결별해 있던 5개월 동안 그는 그 어느 때보다 창작열에 불타 많은 작품을 쓰지 않았던가. 그는 펠리스와 보덴바흐에서 만나고 처음 쓴 편지에서 그녀와의 관계를 아주 냉정하게 바라보고 있었다.

이제는 그대에게 편지를 별로 쓰지 않을 겁니다. 편지는 드문드문 갈 겁니다. 평소처럼 자유롭게 쓰지도 못할 겁니다. 또한 편지 쓰기를 간청하는 식으로 그대를 몰아세우지도 않을 겁니다. 우리는 편지로 얻은 게 별로 없습니다. 우리는 다른 방법으로 무언가를 얻도록 해야 합니다(F 625).

처음에는 2주에 한 번 정도 편지 쓰기로 결심했지만, 그것마저도 제대로 지켜지지 않았다. 5년 동안 카프카가 펠리스에게 보낸 545통의 편지 가운데 1915년에서 1917년까지 3년 동안 쓴 편지는 174통으로 전체의 1/3에 불과했고, 길이도 짧아서 전체 분량의 1/6에 지나지 않는다. 그것도 대부분 그림엽서였는데, 그 시기가 전쟁 중이어서 서신 검열로 편지보다 그림엽서가 국경을 통과하기에 용이한 까닭도 있었다. 그는 예전처럼 자신의 글쓰기를 위해 그녀의 조력과 양해를 구하지 않고 확고하게 자신의 길을 가고 있었다.

보덴바흐에서 돌아온 이후에도 직장과 공장 일로 그의 글쓰기는 전혀 진전이 없었다. 그사이 입대해 훈련을 마치고 돌아온 파울 헤르만이 프라하에서 근무하게 되면서 오후에 한두 시간씩 공장 일을 맡게 되어 그의 공장일이 한결 줄어들었다. 그러나 2월 10일 엘리의 가족이 다시 프라하로 돌아오자, 카프카는 5개월간 혼자 살았던 조용한 그녀의 집에서 나와야 했다.

그러나 카프카는 부모의 집으로 돌아가지 않고 빌레크 거리 10번지 주택에 방을 하나 얻었다. 그는 난생 처음으로 자기만의 방을 가진 세입자가 되었고, 가족 외의 타인과 더불어 살아야 하는 방법을 익혀야 했다. 매일 아침식사를 가져다주는 여주인과 그 집에 함께 세 들어 살고 있는 발리 가족 그리고 낯선 이웃들도 접촉해야 했다. 더구나 소음에 지나치게 예민한 카프카는 옆방에서 들리는 괘종시계 소리, 잠자리에서 속삭이는 소리, 문을 여닫을 때마다 들리는 종소리, 기침소리 등(F 627)으로 몹시 힘들어했다. 사람들은 자주 어울려 왁자지껄 떠들며 지내기를 좋아했다. 글을 쓰기 위해 고독과 조용함과 심적 안정을 필요로 하는 카프카와는 아주 달랐다. 그들은 카프카와는 다른 삶의 질서 속에서 살고 있었다. 하숙집 주인의 친절한 배려에도 그는 한 달도 못 되어 집을 옮겨야 했다. 그때의 경험은 나중에 산문소품 「이웃」[4]을 님겼다.

그가 새로 방을 얻은 곳은 랑에 거리 18번지에 있는 15세기 건물로 '춤 골데넨 헤히트'라는 이름의 집이었다. 그 집은 예전에 그가 펠리스를 위해 임대했다 해약한 집 건너편에 있었다. 카프카의 방은 발코니가 딸린 6층의 구석방이었다. 두 개의 창문으로 아침 햇살이 잘 들고 널따란 하늘이 보였으며, 구시가의 지붕들, 두 개의 그로테스크한 뾰쪽 탑을 지닌 타인 교회 그리고 멀리 강 건너 라우렌치 산이 보이는 아름다운 전망을 가지고 있었다. 그러나 소음은 예전 집보다 열 배나 더했다(F 630). 위층에서는 무거운 장화를 끌거나 볼링공을 굴리는 듯한 큰소리가 들렸고, 부엌에서는 그릇들이 부딪혀 나는 소리나 무엇인가 깨어지는 소리가 났으며, 아래층에서 들리는 서툴게 치는 피아노 소리가 그의 귀를 거슬렸다. 카프카는 좋은 전망 때문에 그 집을 떠나지 못하고 베를린에서 "밀랍과 솜을 감아서 만든 귀마개"(F 632)

---

4 패슬리와 바겐바흐의 시대 분류에 따르면, 「이웃(Der Nachbar)」은 1917년 5~6월에 창작되었다.

를 주문해 그것으로 귀를 막고 생활했다. 그는 스웨덴 작가 스트린드베리의 소설 『망망대해』[5]를 읽고 거기에서 이 아이디어를 얻었다. 소음에 민감한 그 소설의 주인공은 독일에서 구입한 수면용 구슬을 사용했던 것이다. 카프카는 그 집에서 그렇게 2년 동안 살았다. 『관찰』 속의 산문소품 「독신자의 불행」에서 이미 부인도 아이도 없이 홀로 지내야 하는 독신자의 고독을 묘사하고 있지만, 그는 처음으로 독신자의 생활이 몹시 외롭고 힘들다는 것을 실제로 경험할 수 있었다.

카프카는 그때의 경험을 살려 1915년 2월과 4월 사이에 독신자를 주인공으로 한 이야기를 썼는데, 그의 사후에 막스 브로트에 의해 「나이 든 독신자 블룸펠트」라는 제목으로 발표되었다. 이 작품은 나이 든 독신자가 갑자기 자신의 사적인 공간에서 겪게 되는 그로테스크하고 코믹한 사건을 보여주고 있다. 어느 날 일에 미쳐 있는 노총각 블룸펠트가 일을 마치고 집에 돌아왔을 때 놀랍게도 자기 방에서 자력으로 움직이며 튀어 오르는 두 개의 기이한 셀룰로이드 공을 발견한다. 그 공들은 마치 그림자처럼 그의 뒤를 끊임없이 쫓아다니면서 지금까지 익숙했던 생활 리듬을 방해하고 그를 불안하게 만든다. 이 공들은 목적에서 자유로운 알 수 없는 법칙에 따라 움직이고 있고 제어할 수 없는 성질을 지니고 있어서 제한된 의식과 목적에 얽매어 있는 블룸펠트의 직업 세계와 모순적 관계에 있는 듯 보인다. 그러나 그의 일상적

---

5 카프카는 스웨덴 작가 아우구스트 스트린드베리(August Strindberg, 1849~1912)를 좋아해서 그의 작품을 여러 권 읽었다. 예컨대, 그의 소설 『고딕식 방(Die Gotischen Zimmer)』, 『검은 깃발(Schwarze Fahnen)』, 『망망대해(Am offenen Meer)』, 자서전 『불화(Entzweit)』 등을 읽었고 비극 <아버지(Der Vater)>의 공연을 구경하기도 했다. 이들 작품은 결혼 문제나 섹스에 대한 불안감, 여성과의 사랑이나 결혼으로 인해 상처받게 되고 창작 생활이 위험에 빠지게 되는 천재 예술가의 삶을 그린 것들로 카프카는 펠리스와 자신의 관계를 이 작품들이 반영해주고 있다고 자신의 일기에 기록했다(KKAT 718f.).

인 삶을 방해하는 것처럼 보이는 그것들은 사실은 독신자 블룸펠트가 잊고 있는 그의 진정한 삶의 동반자인 듯하다. 왜냐하면 블룸펠트는 내심 인간적이고 자유롭고 보편적인 내적 세계를 동경하고 있으며, 공들은 바로 그런 세계를 향한 블룸펠트의 억압된 소망과 자각 상태가 변형(déformation)된 투사체이기 때문이다. 이것은 「가장의 근심」에 나오는 '오드라데크'와 더불어 불가시적인 것의 가시화 혹은 숨어 있는 "상징의 구체화"(Br 235)라는 카프카의 독특한 묘사기법을 살린 작품이기도 하다.

제1차 세계대전으로 카프카가 일하는 노동자재해보험공사도 새로운 변화를 맞고 있었다. 많은 기업과 공장이 자원과 노동력 부족으로 일시적으로 문을 닫거나 폐업하는 반면, 전장에서 돌아온 귀환병이 점점 심각한 문제로 대두되고 있었다. 보험공사는 1915년부터 내무부로부터 '귀환병의 후생복지를 위한 보헤미안 왕립 지방본사'로 위임되어 상이군인, 전쟁증후군으로 생긴 신경쇠약증 환자, 폐결핵 환자 등을 위한 수용시설·치료시설·재교육시설을 운영하게 되었다. 그에 관한 일을 카프카가 담당하게 되었는데, 시설의 후생복지에 필요한 재원과 기부금을 마련하기 위해 그는 직접 광고기획안이나 호소문을 작성해야 했다. 그는 정해진 자신의 업무 외에도 후생복지시설의 유치를 위해 헌신적으로 일했다. 그의 여러 가지 제안과 발의에 주변 사람들이 적극적으로 참여해 많은 기부금과 헌금이 모아졌고, 그 결과 1916년 10월 룸부르크에 전쟁 귀환병을 위한 신경치료소가 문을 열었다.[6]

그러나 정작 카프카 자신은 과로로 심신이 모두 지쳐갔다. 보험공사 일 이외의 이런 부차적인 일들로 그의 책상에는 언제나 수많은 서류가 수북이 쌓였다. 따라서 근무시간이 예전의 14시에서 16시로 연장되었으며, 일요일

---

6 1918년 10월 카프카의 헌신적인 노력을 높이 평가한 당시 '노병(老兵)협회'는 그의 훈장을 상신하려고 했으나, 종전과 오스트리아 군주국의 붕괴로 훈장 건은 무효가 되었다.

은 아무것도 못한 채 집에서 하루 종일 쉬어야 했다. 그는 과로로 인해 편두통과 불면증에 시달렸고, 가끔 심장신경증 현상도 일어났다. 그는 영감은커녕 글을 쓰겠다는 열의조차 잃어버린 듯했다.

# 동구 유대인들, 프라하로 피난 오다

폴란드의 남동부와 우크라이나 북서부에 걸쳐 있는 갈리시아 지방은 러시아의 침공으로 내혼란에 빠졌고, 그곳의 유대인은 프라하로 피난을 왔다. 특히 1914년 동부 유럽 전선에서 오스트리아군이 패하자 프라하에는 폴란드와 갈리시아 지방에서 온 유대인 피난민의 숫자가 1만 5,000명을 넘어섰다. 서유럽에 동화된 프라하의 유대인은 그들을 곱지 않은 시선으로 바라보았지만, 프라하의 저명한 유대 인사들은 적극적으로 후원사업에 참여했다. 원호위원회가 발족되고 이스라엘의 종교공동체가 예치한 후원금을 피난민에게 나누어주고 필요한 도움을 주었다.

예전에 렘베르크 출신의 극단을 통해 동유럽 유대인의 연극과 생활과 종교에 남다른 관심을 갖게 된 카프카도 1914년 11월 정부에서 나온 첫 기금 할당액을 가지고 투후마흐 거리의 피난민 수용소를 방문했다. 그곳에서 그는 막스 브로트의 부모가 주도해 조직된 유대 단체와 함께 구호품을 전달했다. 또한 알프레트 엥겔이 건립한 피난민 학교에서는 유대 아동과 청소년 교육 프로그램을 운영했는데, 그곳에서 막스 브로트는 일주일에 두 시간씩 세계 문학 수업을 진행했다. 그는 호머, 플라톤, 아이스킬로스, 소포클레스, 괴테 작품 등을 발췌해서 가르쳤는데, 그때 카프카는 가끔 벨치와 방청자로 참여하곤 했다. 그리고 그는 시간이 나면 그곳 학생들을 데리고 시내 유적지를 돌아보거나 학교 소풍에 동참하기도 했다. 1915년 말에는 하누카 축제[1]를 맞아 그곳 동구 유대 유치원에서 개최하는 연극 상연에 누이동생 엘리의 아들인 펠릭스 헤르만을 데리고 가서 유대인의 생활과 예술을 구경시키기도 했다. 그는 당시 프라하 유대 시청 연회장에 임시로 거처하던 동구 유대인 피난민을 보게 되었는데, 후에 그들 속에 앉아 있던 한 어린아이의 모습을 떠올리며 밀레나 폴락에게 그때의 자기 심정을 이렇게 써 보냈다.

> 만일 하고 싶은 대로 하도록 내게 허용되었다면, 난 동부 유대인의 어린 소년이 되어 그 홀의 한구석에 아무런 근심의 기색도 없이 앉아 있고 싶었을 것입니다. 아버지는 한가운데서 다른 남자들과 토론을 하고, 두텁게 짐을 꾸려온 어머니는 누더기 같은 여행 보따리를 헤집고 있으며, 누이들은 다른 처녀들과 시시덕거리면서 예쁜 머리털을 긁적거립니다.……그것이 한 민족입니다(M 258).

카프카의 눈에 비친 동구 유대인은 서구 유대인이 오래전에 잃어버린 순수 유대교와 뿌리 깊은 민족공동체 의식을 가지고 있었다. 그들의 소박하고 평화로운 생활태도는 그의 눈에는 호머·플라톤·괴테 등의 고전작품을 읽는 것보다 더 고귀해 보였고 더욱 친밀하게 느껴졌다.

동구 유대인과 종교에 대한 그의 관심은 막스 브로트의 사촌형제인 게오르크 랑어를 통해 지속되었다(KKAT 751). 랑어는 열아홉 살 때 체코인 부모를 떠나 헝가리에서 하시디즘을 신봉하며 생활했으며 갈리시아 지방에서 '기적의 랍비' 추종자 무리를 따라 수행하기도 했다. 그는 귀향 후에도 정통

---

1 하누카(Hanukka=Chanukka) 축제일은 신전 정화를 위한 신전헌당기념일로 유대 달력으로 키슬레프(Kislev) 달(현행 태양력으로 11~12월) 25일부터 8일 동안 열린다.

유대인의 옷인 카프탄을 입고 수염을 기르고 관자놀이에 고수머리를 하고 넓은 테를 두른 모피 모자를 쓰고 다녔다. 그는 프라하 문학계의 기인이자 유대 중세 신비주의자로 자처하며 토라와 카발라 텍스트를 읽고 연구했다. 그의 형 프란티셰크 랑어는 체코의 유명한 희곡작가로 카프카와도 잘 알고 지내는 사이였다. 그는 일찍부터 카프카의 문학적 재능을 알아보았고 『관찰』의 일부를 발췌해 체코어로 번역하려고 했으나 출판 문제로 실행되지는 못했다(Br 127).

게오르크 랑어는 카프카에게 그가 경험했던 동유럽 유대인의 소박하고 경건한 삶 그리고 하시디즘의 신비주의적인 경향과 비유적이고 교훈적인 문학작품에 대해 이야기해주었고 토라의 율법과 게마라[2]에 들어 있는 주석을 설명해주기도 했다(T3 108ff, 116ff.). 랑어는 독일어와 체코어로 된 '카발라'에 관한 저서를 냈고, 후에 히브리어로도 두 권의 시집을 냈다. 그의 금욕적인 생활방식과 종교 서적은 브로트와 카프카에게 많은 호기심을 자극했는데, 그것은 프라하 문화 시온주의자에게서는 찾아볼 수 없는 유대 종교에 근거한 생활 전통을 보여주었기 때문이다. 1915년 6월 랑어의 자극을 받은 카프카는 알트-노이 유대교회당에서 미시나[3]에 관한 강연을 들었고, 집으로 돌아오는 길에 탈무드 학자인 이시도르 야이텔레스(Isidor Jeiteles)와 성서 해석의 "개별적인 논쟁 문제"(T3 115)를 논하기도 했다. 또한 랑어는 브로트와 카프카를 프라하 교외의 치츠코프에서 활동하고 있는 '그로데크를 따르는 기적의 랍비'에게 데려가 공동체 생활과 경건한 기도 예식을 참관하게 했다. 카프카는 그들의 간소한 의복과 식사 그리고 검소하고 소박한 생활태도에

---

2 게마라(Gemara)는 미시나(Mishnah)를 주석한 부분으로 『탈무드』의 제1부를 구성하고 있다.
3 '미시나'는 2세기 말 팔레스타나의 유다 하-나시(Judah ha-Nasi)가 편찬한 유대교 구전 율법집으로 『탈무드』의 기초가 되었다.

동감하고 존경심을 느꼈지만, 종교적인 예식에서는 미신적인 느낌을 받기도 했다. 언젠가 막스 브로트는 카프카를 안식일이 끝나가는 저녁에 설교와 하시디즘 노래를 부르는 '세 번째 식사'에 데려갔다. 거기서 브로트는 "마치 어느 옛 민족의 원시음에 감동된 듯한 카프카를 보았지만, 집으로 돌아오면서 그는 이렇게 말했다. '정확히 말하면 그것은 어느 거친 아프리카 민족에게나 있는 그런 거였어. 극단적인 미신이지'"(MB 137). 또한 그다음 해인 1916년 7월 카프카는 마리엔바트에서 휴가를 보내는 동안 게오르크 랑어가 수행하고 있는 유대교 율법학자인 랍비를 만났다. 동부 갈리시아 '벨츠 출신의 그 랍비'는 동유럽 하시디즘의 영향력 있는 대표자 중 한 사람이었다. 카프카는 랑어와 랍비의 산보에 동반했을 때 느꼈던 것을 막스 브로트에게 이렇게 전했다.

그분은 내가 어린 시절 도레-뮌하우젠 삽화에서 자주 보았던 술탄 황제와 같아 보인다네. 그러나 술탄으로 가장한 것이 아니라, 진짜 술탄이라네. 그리고 술탄일 뿐만이 아니라 아버지, 초등학교 교사, 김나지움 교수 등등이라네. 그분의 등 모습, 허리에 놓인 그분의 손 모습, 그 넓은 등의 돌아서는 모습, 그 모두가 신뢰감을 준다네. 이 집단의 모든 사람의 눈에서 나는 평안하고 행복한 이 신뢰감을 충분히 느낀다네.……그분은 모든 것을 시찰한다네. ……그분은 질문을 하고 모든 종류의 사물을 지적하네. 그분 행동의 특징은 경탄과 호기심이지. 전체적으로는 순회 중인, 아마 조금은 유치하고 기뻐하는 폐하의 하찮은 말이며 질문이지. 어쨌든 그것은 동반자의 모든 생각을 아무런 이의 없이 같은 수준으로 낮춘다네. 랑어는 이 모든 것 가운데서 좀 더 깊은 의미를 찾아보거나 예감한다네. 보다 깊은 의미란 바로 그런 것이 결여되어 있다는 것 자체인 듯하네. 내 생각으로는 그것으로 충분하다는 걸세(Br 143ff.).

그 랍비와의 만남은 카프카가 하시디즘 운동에 대해 느꼈던 양가적인 감정, 즉 "희열과 호기심과 회의와 동의 그리고 아이러니의 혼합"(Br 505)을 반영하고 있다. 카프카는 권위주의적 위계질서를 바탕으로 한 종교집단으로서의 하시디즘보다는 비합리적이고 신비적 체험과 명상에 근거한 전통적인 하시디즘에 더 끌렸다. 그는 단순 소박한 종교적 생활과 비유적이고 성찰적인 문학을 좋아했고, 특히 난민위원회를 통해 알게 된 동구 유대 작가인 아브라함 그륀베르크의 글과 마르틴 부버가 소개한 하시디즘 문학에 깊은 관심을 보였다. 또한 나중에 카프카가 폐결핵에 걸려서 취라우에 머물러 있을 때 막스 브로트가 보내준 잡지 ≪유대의 메아리≫[4]에 실린 하시디즘의 이야기를 읽고 다음과 같은 편지를 보냈다.

> ≪유대의 메아리≫에 있는 하시디즘적 이야기는 아마 최상의 것은 아니겠지? 그러나 다른 이야기들은, 잘 이해하지는 못하지만, 내가 내 체질과는 무관하게 즉시 그리고 언제나 편안함을 느끼는 유일한 유대적인 것이라네. 그래 다른 이야기들 속으로 그저 빨려 들어가는 것이야. 그러면 다른 바람이 나를 밖으로 다시 떠밀어낸다네. 나는 당분간 그 이야기들을 여기 가지고 있겠네. 자네가 반대만 하지 않는다면 말이야(Br 172f.).

이렇듯 동구 유대 작가들의 신비적이고 비유적인 민속문학은 새로운 영감과 창작욕에 메말라 있던 카프카의 애독서가 되었다.[5] 카프카는 미샤 요제프

---

4 ≪유대의 메아리(Jüdisches Echo)≫는 메타 모흐(Meta Moch)가 편집한 잡지로, 1914년부터 발간되었다. 히브리어 하시드(chassid)는 '신의 약속을 수호하는 사람들'이란 뜻이다.

5 카프카 작품에 영향을 준 하시드적 작품 중에는 미샤 요제프 빈 고리온(Micha Josef Bin Gorion, 1865~1921)의 『유대인의 전설. 태고로부터. 유대 전설과 신화(Sagen der Juden. Von der Urzeit. Jüdische Sagen und Mythen)』(1913) 외에도 이차크 라이프 페레츠(Jizchak Leib

카프카 작품에 영향을 준 하시드적 작가들. 미샤 고리온, 이차크 페레츠, 마르틴 부버(왼쪽부터)

빈 고리온의 『유대인의 전설. 태고로부터. 유대 전설과 신화』와 『이스라엘 민족의 가장들』을 구입해 읽었는데, 이것은 후에 그의 작품 「신임 변호사」, 「어느 개의 연구」, 「도시 문장(紋章)」 등에 영향을 주기도 했다.[6] 또한 마르틴 부버의 전설적인 하시디즘적 민속 이야기 모음집인 『위대한 마기드와 그의 추종자들』을 읽었는데(Br 443), 이 책의 중심에는 단순하고 소박하지만 즐거운 노동의 삶과 이웃 사랑과 공동체 의식을 통해서 신에게 자신들의 겸손과 존경심을 바치는 경건한 믿음이 담겨 있었다.

특히 하시디즘의 비유적인 전설은 카프카의 비유설화의 서술 형식에 많은 영향을 끼쳤다. 카프카의 비유설화는 성서나 계몽주의 시대의 고전 비유설화처럼 독자에게 교훈적인 것을 유추해낼 수 있는 그런 완결된 폐쇄 형식이라기보다는 오히려 현대인의 부조리성과 불확실성을 드러내는 개방 형식의

---

Perez, 1851~1915)의 『민속 이야기(Volkstümliche Erzählungen)』(1913)와 『이 세계와 저 세계로부터(Aus dieser und jener Welt)』(1919), 알렉산더 엘리아스베르크(Alexander Eliasberg)가 발췌 번역한 『폴란드 유대의 전설』(1916), 마르틴 부버의 『위대한 마기드와 그의 계승(Der große Maggid und seiene Nachfolge)』(1922) 등이 있다(HBI 472).

6 Hartmut Binder, "Hebräischstudien. Ein biographisch-interpretatorischer Versuch," *Jahrbuch der Deutschen Schillergesellschaft*, 11(1967), S.41f.

현대 비유설화이다. 카프카는 특히 '유동적 비유설화'[7]로 일컬어지는 그만의 변형된 독특한 작품 구조로 현대인의 고착된 사고와 인식의 한계성, 나아가 전통적 가치와 의미까지 해체시킨다. 이러한 현대 비유설화의 범례적인 작품으로는 그의 최초의 비유설화인 「나무들」을 비롯해서 「법 앞에서」, 「포기하라」,[8] 「돌연한 출발」, 「귀향」, 「팽이」, 「이웃 마을」, 「황제의 칙명」, 「가장의 근심」 그리고 말년의 「비유에 대하여」(KKANII 531f.) 등이 있다. 그의 비유설화는 특히 패러독스와 부정의 방식으로 독자의 예상을 뛰어넘는 다양한 사고 전환을 꾀하는 점에서 어떤 의미에서는 소설이나 단편보다 더 충격적이고 깊은 의미를 지니고 있다.

---

7 Norbert Miller, "Moderne Parabel?" *Akzente*, 6(1959), S.200-227.

8 원래 카프카는 이 작품을 「논평」이라고 칭했으나 막스 브로트는 이것을 「포기하라」로 자의적으로 고쳐 발표했다.

# 군인이 될 것인가, 결혼을 할 것인가

오래간만에 펠리스가 카프카에게 전쟁으로 고통을 겪지 않느냐는 안부 편지를 보내왔다. 카프카는 답장에 석면공장이 제대로 운영되지 않는다는 것, 헝가리 카르파티아 산맥에서 근무하는 매제 카를 헤르만은 비교적 안전하다는 것, 요제프 폴락이 손 부상으로 병가를 받아 치료받고 전선에 재투입되었지만 며칠 후 좌골신경통으로 테플리치로 후송되어 다시 치료받고 있다는 것 등을 전했다. 그리고 편지 말미에 자신이 "전쟁과 관련해 괴로운 것은 직접 참전할 수 없다"(F 633)는 것이라고 자신의 최근의 심경 변화를 밝혔다.

그는 두통과 불면증이 더욱 심해지고 몸 상태가 좋지 않아 집에 머무르는 일이 많아졌고, 또한 정치적으로 흘러가는 시온주의 운동에 비판적이었기 때문에[1] 친구들과 만나는 것도 꺼리고 있었다. 그는 저녁시간을 거의 집에서 홀로 보내고 있었지만, 글쓰기는 『소송』이 완전히 중단된 1915년 2월 이후 거의 진전이 없었다. 그리고 그가 참전에 관해 언급한 이래로 펠리스로부터

---

1 Anthony Northey, "Die Kafkas: Juden? Christen? Deutsche?" Kurt Krolop und Hans Dieter Zimmermann(Hrsg.), *Kafka und Prag*, Colloquium im Goethe-Institut Prag 24-27. November 1994, Berlin/New York 1994, S.11-32, hier S.31.

도 아무런 소식이 없었다. 4월 20일 무슨 일인지 궁금해진 그는 2주일 만에
펠리스에게 안부를 묻는 편지를 썼다.

> 펠리스, 그대로부터 소식이 끊긴 지 벌써 오래됐습니다. 무슨 일이 있나
> 요? 누군가가 오랫동안 답장하지 않으면 마치 그가 맞은편에 앉아서 침묵하
> 는 듯한 인상을 받지요. 그러면 무슨 생각을 하고 있느냐고 물어보게 됩니다
> (F 634).

이에 덧붙여 성령강림절 휴가 때 한 번 만나는 게 어떤지 물었다. 전쟁
중이어서 여권 관계로 독일에서 만나는 것보다 예전처럼 독일과 오스트리아
국경도시 보덴바흐에서 만나 보헤미아 지방의 스위스라고 부르는 곳으로
여행을 가자고 제안했다.

이틀 후인 4월 22일 카프카는 누이동생 엘리가 헝가리 전선에서 근무하는
남편 카를 헤르만을 면회하러 가는 데 동행했다. 그는 빈과 부다페스트를
거쳐 자토랄야 우이엘에서 하룻밤을 지내고 헝가리의 카르파티아 산맥 지역
에 있는 하트반과 나기미할리까지 긴 기차 여행을 했다. 그는 객실 구석에
앉아 승객을 관찰하고 그들의 이야기를 경청했다. 그는 자신이 보고 듣고
느끼는 것을 마치 스냅 사진을 찍듯이 자신의 뇌리에 담고 있었다.

카프카는 눈[眼]의 인간, 아니 눈 자체였다. 그렇게 뇌리에 남겨진 이미지
는 착상과 영감이 떠오르는 순간 마치 거미줄처럼 풀려나올 것이다. 앞서
언급했듯이 카프카는 여행 중에 꼭 여행일기를 쓰곤 했는데(KKAT 927-1064),
여행 중에 관찰했던 새로운 인간형과 장면 그리고 자신이 직접 체험한 사건
이나 생각을 담아두어 후에 창작의 소재나 모티브로 사용하기 위해서였다.

4월 27일 그는 엘리를 매제에게 데려다주고 혼자 기차를 타고 또다시
먼 길을 돌아 프라하로 돌아왔다. 오랜만의 긴 혼자만의 여행이어서 감회가

새로웠다.

5월 2일 일요일 카프카는 혼자서 도브리코비츠라는 시골로 소풍을 나갔다. 햇볕이 따스하게 비추는 푸른 숲 속 빈터에 누워 무기력해진 마음을 추스르고, 탄생 100주년을 맞은 독일의 철의 재상 비스마르크의 전기를 읽었다. 그는 이 책을 통해 독일제국 건립 과정과 역사적 배경을 알고 싶었고, 비스마르크의 건강과 병을 관리했던 주치의 에른스트 슈베닝어가 어떤 자연요법을 사용했는지 알고 싶었다. 누구보다도 자연친화적인 카프카는 자신도 약물을 사용하지 않고 식이요법과 수기요법 등의 자연적인 치유법으로 허약한 체질을 개선하고 잦은 소화불량과 불면증을 치료하고 싶었기 때문이다.

5월 4일에도 여전히 글을 쓰지 못하고 있는 괴로운 마음과 펠리스와의 지지부진한 관계 속에서 그는 그가 좋아하는 작가 스트린드베리의 자전적 작품 『불화』를 읽었다. 그는 스트린드베리의 불행한 삶에 진정으로 공감하면서 위안을 얻었다. 그도 자신과 똑같이 문학과 현실 사이에서 끊임없는 갈등을 겪었고, 특히 두 번째 결혼한 오스트리아 여류 언론인 프리다 울과의 격렬한 사랑과 증오로 인해 오랫동안 글을 쓰지 못했기 때문이다.

스트린드베리의 『불화』를 읽으니 상태가 좀 나은 듯하다. 내가 그를 읽는 것은, 그를 읽기 위해서가 아니라 그의 가슴에 안기기 위해서이다. 그는 나를 마치 어린아이처럼 왼쪽 팔로 안고 있다. 나는 마치 입상 위의 인간처럼 거기에 앉아 있다.……이곳에는 나를 온전히 이해해주는 사람이라곤 하나도 없다. 이런 이해심을 가지고 있는 사람, 이를테면 한 여성이 있다는 것은, 온 사방에 의거할 곳, 즉 산을 갖고 있다는 뜻이다. 오틀라는 여러 것을, 심지어 아주 많은 것을 이해한다. 막스, 펠릭스도 여러 것을 이해한다.……그러나 F[펠리스]는 아마 전혀 아무것도 이해하지 못할 것이다(KKAT 742f.).

1915년 5월 이탈리아가 오스트리아에 전쟁을 선포했다. 전쟁은 더욱 치열해졌으며 많은 희생자가 발생했다. 카프카는 김나지움 시절 외부 세계로의 창구 역할을 했던 오스카 폴락이 6월 11일 이손조 강 전선에서 이탈리아군 총탄에 쓰러졌다는 소식을 들었다. 슬픈 소식을 전해들은 카프카는 권태로운 사무실 일과 이해심 없는 펠리스로부터 벗어나 또다시 군에 입대하고 싶다는 생각이 들었다. 보충역이었던 그는 얼마 전에 더 많은 입영자를 필요로 하는 프라하 군사령부로부터 4주 안에 다시 신체검사를 받으라는 통지를 받아놓고 있었다. 입영을 생각하는 듯한 카프카의 지난번 편지에 절대불가 의사를 보내온 펠리스에게 그는 이렇게 회답을 보냈다.

왜 그대는 군인이 되는 것이 내게 행복일 수도 있다는 것을 (그리고 우리의 행복일 수도 있으나, 아마 우리의 괴로움은 아닐 겁니다. 그러나 어쨌든 우리의 행복은 내가 항상 의심을 품었던 『살람보』에도 불구하고 공동의 것이어야 합니다. 그렇지만 당신은 『감정교육』에 이것을 써 넣을 수는 없을 것입니다) 모르나요 물론 건강이 허락해야 한다는 전제가 있기는 하지만, 나는 그렇게 되기를 바랍니다. 이달 말이나 다음 달 초에 신체검사를 받으러 갑니다. 그대는 내가 원하고 있듯이 신체검사에 통과되기를 바라야 합니다(F 638).

그가 권태롭고 힘든 상황으로부터 "도피하려는 시도"(KWI 125)로 군복무를 택하려는 하는 것에 놀란 펠리스는 카프카에게 플로베르의 역사소설 『살람보』를 선물로 보내면서 책갈피에 슬픈 헌사를 끼워 보냈다. 카르타고의 총수 하밀칼의 딸 살람보와 반란군 맹장 마토의 비련을 다룬 이 소설을 읽은 그는 자신을 걱정하는 펠리스의 슬픔에 찬 마음을 어느 정도 이해할 수 있었다. 마음이 약해진 카프카는 그녀에게 위로의 편지를 썼다.

아무것도 끝난 것은 없지요. 어두움도 추위도 그럴 것입니다.……펠리스,
보세요. 그사이 생긴 일이라면, 유일하게 나의 편지가 드물어졌고 달라졌다
는 것뿐입니다. 비교적 자주 편지를 했던 예전 일들의 결과는 뻔한 것이었잖
습니까? 우리는 새로 시작해야 합니다(F 637).


그는 예전과는 달리 오해를 불러일으킬 수 있는 편지 교환보다 실제로
자주 만나 이야기를 나누는 것이 그들의 문제를 해결하는 데 도움이 될 거라
고 생각했다. 펠리스도 카프카의 입대를 저지하려면 그를 만나 직접 이야기
를 들어보는 게 낫겠다고 생각했다. 그래서 그들의 성령강림절 여행 약속은
아무런 갈등 없이 성사될 수 있었다. 이번에는 둘 사이의 서먹한 분위기를
없애려는 뜻에서 펠리스의 친구들이 동행하기로 했다.

카프카는 약속대로 5월 23일과 24일 성령강림절을 펠리스, 그레테 블로
흐 그리고 그녀의 여자 친구 에르나 슈타이니츠와 '보헤미아 지방의 스위스'
에서 보낼 수 있었다. 그들은 함께 숲으로 산보도 하고 관광안내서에 따라
볼 만한 곳에 들르기도 했다. 새로 합류한 명랑한 친구 슈타이니츠 덕분에
분위기는 예전보다 훨씬 즐겁고 자유스러웠다. 카프카와 펠리스는 둘이 있
을 때보다 더 마음 편하게 휴가를 보낼 수 있었다.

즐거운 휴가를 마치고 혼자 프라하로 돌아오는 열차 안에서 그는 상념에
잠겼다. 그 순간 자기 자리에 두 명의 다른 남자가 서로 마주보고 앉아 있는
것 같은 느낌이 들었다. 글을 쓰지 못해 괴로워하는 나이 들고 초췌한 모습
의 자신과 펠리스에게 완전히 빠져 라일락 꽃향기를 맡으며 그녀의 방을
찾는 신랑의 모습이었다(F 639f.). 그의 마음속에는 여전히 글을 쓰며 고독하
게 살아가는 독신자와 펠리스와 결혼한 행복한 신랑이라는 두 가지 모순적
인 형상이 갈등하고 있었다. 어떻게 할 것인가, 그것이 문제였다.

여행에서 돌아온 후에도 그는 여전히 펠리스의 의견과는 상관없이 입영

통지서가 오기를 기다렸다. 고갈된 창작의 샘, 결혼에 대한 갈등, 힘든 직장, 계속되는 두통과 피로감, 이 모든 것으로 인한 육체적·정신적 고통을 더 이상 감당해나갈 수 없었다. 그에게는 군대에 가거나 펠리스와 결혼하는 것, 그것만이 현재의 고통스런 상황에서 벗어날 수 있는 "두 가지 치료 수단"(F 644)인 듯했다. 그는 펠리스와 "같은 지붕 아래서 잠자고 같은 식탁에서 식사하는" 결혼생활이냐, 아니면 아무런 생각 없이 현실 상황에만 충실할 수 있는 "군대 입영"이냐를 놓고 고심하고 있었다. 그러나 입영이 받아들여지지 않을 경우 "상사의 반대를 무릅쓰고라도" 우선 장기 휴가를 내서 펠리스와 "발트 해로 함께 놀러 갈"(F 640) 작정이었다. 그러나 두 가지 중 어느 것을 택하든, 그것은 어떤 의미에서든 결국 작가로서의 실존을 포기하는 것을 의미했다. 그는 당시 자신의 상황을 "나는 파멸하고 있다. 무의미하고 불필요한 존재로 몰락해가고 있다"(KKAT 745)라고 일기에 썼다.

그러던 중 1915년 6월 3일, 드디어 징병 검사 통지서가 왔다. 전에는 몸이 너무 허약해서 보충역 판정을 받았기 때문에 또다시 '심장판막증'으로 불합격되지 않을까 염려했지만, 의사의 진단 결과는 합격이었다. 카프카는 몹시 기뻤다. 그러나 소집명령 전인 6월 10일 노동자재해보험공사의 이사회는 카프카가 보험공사의 행정 업무에 '꼭 필요한' 유능한 법률 전문 인력이므로 그의 징집은 불가하다며 이의 신청을 냈다. 프라하 군사령부는 보험공사 이사회의 요청에 따라 28보병연대 제3보충중대에 배속했던 카프카의 복무시기를 무한정 연기했다. 그 대신 카프카는 프라하 주민의 정신무

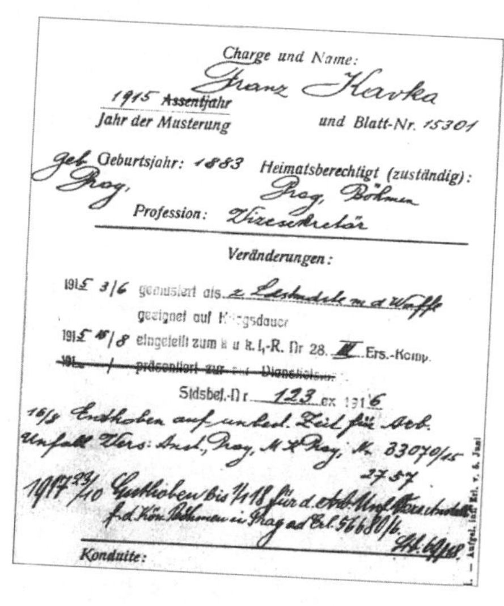

카프카의 징병검사 기록(1915년)

장을 위해 전시용으로 세워진 카이저인젤 섬의 참호 위장시설물을 둘러보는 것(KKAT 772)으로 만족해야 했다. 진퇴양난의 상황에서 벗어나 군대생활로 모든 고통을 잊은 채 공동체 의식을 배우고 몸도 단련할 수 있으리라고 생각했던 그의 기대감은 실망으로 변했다.

입대가 수포로 돌아가자 앞서 계획한 대로 며칠 후 휴가를 내어 카프카는 펠리스와 둘이서 온천지 카를스바트로 여행을 떠났다. 그러나 한 달 전에 있었던 휴가 때와는 모든 게 달랐다. 날씨도 고약한 데다가 두통과 불면증으로 잠을 자지 못한 카프카는 몹시 지쳐 있었다(F 647). 게다가 직장을 그만두고 군대에 가거나 자유 작가로 살겠다는 그의 계획을 펠리스에게 이야기한 후 두 사람은 심하게 말다툼을 했다. 그녀에게 그의 시도는 비이성적이고 무책임한 행동이라고 생각되었다. 그들은 또다시 냉전에 들어갔다.

거의 한 달이 지난 8월 9일의 편지에서 카프카는 그들이 카를스바트에서 아우시히까지 열차를 타고 오던 때를 정말로 "혐오스러운 여행"(F 643)이었다고 썼다. 그는 이러지도 저러지도 못한 채 다시 절망적인 상태에 빠져들었다. 구원의 수단이라고 생각했던 군복무도 펠리스와의 결혼도 모두 수월치 않아 보였기 때문이었다. 그는 자주 막내 동생 오틀라나 친구들과 주변 시골로 소풍을 가거나 할아버지가 살았던 슈트라코니츠 시골 마을에 다녀오거나 하면서 마음을 추슬러보려고 노력했다. 그러나 아무것도 변하지 않았다.

그는 다시 여름휴가를 내어 7월 20일부터 31일까지 북부 보헤미아의 룸부르크에 있는 요양원 프랑켄슈타인으로 숨어들었다. 그는 크고 작은 아름다운 숲과 강 그리고 나지막한 구릉으로 싸인 언덕(F 641)을 거닐며 마음의 안정을 찾고자 했다. 그는 거의 열흘이 지난 8월 9일 펠리스에게 편지를 보냈다. 그는 일인칭과 삼인칭의 두 인물을 등장시켜 대화 형식의 편지를 씀으로써 자신의 솔직한 심정을 펠리스에게 가능한 객관적으로 표현하려고 했다.

왜 자네는 편지를 쓰지 않는 거지? 왜 F.를 괴롭히지? 자네가 그녀를 괴롭히고 있다는 점은 그녀의 엽서에 역력히 드러나 있네. 자네는 편지를 쓰겠다고 약속하고서 쓰지는 않지. 자네는 '편지가 가는 중임'이라고 전보를 치지만 가는 편지는 없고, 그것은 이틀이나 지나서 겨우 써지겠지. 그 같은 일은 어쩌면 아가씨들이나 한 번쯤 예외적으로 할 일이야.……내 괴로움은 네 겹이나 된단 말이야. 한번 말해볼까. 나는 프라하에서 살 수 없어. 다른 곳에서 살 수 있을지는 나도 모르겠네. 어쨌든 내가 여기에서 살 수 없다는 것은 내가 알고 있는 가장 의심할 여지가 없는 사실이야.

더 나아가, 나는 그런 까닭에 지금 F[펠리스]를 얻을 수가 없네.

더 나아가, 나는 (심지어 벌써 출판되어 나왔지만)[2] 남의 아이들이나 보고 감탄해야겠지.

마지막으로 가끔 나는 사방에서 오는 이러한 괴로움으로 인해 부서지는 느낌이 들어. 그러나 순간적인 괴로움은 최악의 것은 아니지. 최악은, 시간이 흘러간다는 것, 이러한 괴로움으로 나는 점점 더 비참해지고 무능력해지며 미래에 대한 전망은 계속해서 더 흐려진다는 점이지(F 642f.).


불확실한 미래에 대한 불안감이 그를 거의 "정신박약 상태"(F 643)에 빠뜨리고 있었다. 결국 그는 8월 9일의 편지를 끝으로 12월 초까지 거의 4개월간 그녀에게 전혀 편지를 쓰지 않았다. 그 대신 5월 28일부터 중단했던 일기를 다시 썼다.

그는 작품을 쓰지 않을 때에도 거의 하루도 빠짐없이 편지나 일기, 그밖의 무엇이던 글 쓰는 일에서 손을 떼지 않았다. 그가 글을 쓰지 않고는 견디지 못하는 것은, 글쓰기가 바로 타고난 그의 운명이며 그의 실존이고 삶 자체였기 때문이다. 9월 13일의 일기에 그전과는 다른 그의 마음가짐이

---

2 작품집 『관찰』에 수록된 단편 「독신자의 불행」을 뜻한다.

드러나 있다. 카프카는 자기 스스로에게 이렇게 다짐했다. "새로운 일기. 그러나 예전과 같은 그런 식의 일기는 필요 없다. 나 스스로를 불안하게 만들어서는 안 된다"(KKAT 751). 더 이상 펠리스와의 갈등으로 비탄해하거나 애원하는 그런 일기는 쓰지 않겠다는 결심과 더불어 특별한 체험이나 인상적인 독서 그리고 새로 떠오르는 문학적 착상 등 그의 마음을 사로잡는 것만 일기에 쓰기로 마음먹었다. 모든 게 실패로 돌아간 상황에서 그는 정말로 다시 글쓰기에 정진하고 싶었다.

그의 작품 중에서 책으로 출판된 것은 99쪽의 산문 모음집『관찰』, 소설『실종자』의 첫 장인 47쪽의『화부』, 쿠르트 볼프 사의 총서 시리즈로 나온『변신』뿐이었고, 나머지 산문은 신문이나 잡지에 실렸다. 그리고 그가 가장 아끼는 단편『선고』는 막스 브로트가 기획한 단편 모음집에 실려 있었지만, 아무도 주목하지 않았다. 그는 이렇게 정체된 문학 활동을 타개하고 싶었다.

# 마리엔바트에 찾아온 행복

8월부터 12월까지 카프카에게서 아무런 소식을 듣지 못한 펠리스가 4개
월 만인 12월 초 여러 차례 그림엽서를 보내왔다. 그녀는 카프카로부터 자신
들의 지지부진한 결혼 문제에 대해 솔직한 대답을 듣고 싶어 보덴바흐나
베를린, 또는 프라하 어디에서든 다시 만나기를 원했다. 그러나 계속해서
우울증, 불면증, 두통에 시달리고 있는 카프카로서는 예전과 조금도 다르지
않은 상태에서의 상봉은 무의미해 보였다.

그대의 사랑스러운 엽서들이 도착했습니다. 만나면 좋겠지만, 그렇게 해
서는 안 됩니다. 그런 일은 단지 일시적인 것에 지나지 않는 것이며, 일시적
인 것으로 우리는 이미 충분히 고통을 당해왔습니다. 나는 그대에게 다시,
심지어 지금도, 실망만을 안겨줄 뿐입니다. 나는 불면증과 두통밖에 없는 기
형아입니다. 그러니까 이번에는 안 가겠습니다(F 645).

그러나 그는 펠리스의 언니 에르나의 딸 무치에게 크리스마스 선물을,
펠리스에게는 막스 브로트의 소설『신을 향한 티호 브라헤의 길』을, 에르나
에게는 새로 나온『변신』견본을 보내면서 간접적으로는 펠리스와의 관계를

이어갔다.

펠리스에게 보내는 12월 24일 편지(F 645f.)에서 알 수 있듯이, 그는 "지금의 모든 상황은 오래전에 프라하를 떠나지 않은 데 기인한다"고 생각하고 있었다. 그래서 전쟁이 끝나면 직장을 그만두고 베를린으로 이주해서 자유 작가로서 독립적인 생활을 해야겠다고 굳게 마음먹었다. 만약 자유 작가로 살아갈 수 없다면 저널리스트 자리를 알아볼 생각이었다. 이러한 결심이 서자 전쟁이 끝날 때까지는 우선 군대에 가서 모든 것에서 떠나 있는 것이 그로서는 최선의 길인 듯싶었다.

그는 부서의 과장이자 그사이 보험회사 감독관이 된 오이겐 폴과 두 시간에 걸쳐 상담을 했다. 특히 자신의 고통스러운 상황을 설명하면서 이 상태가 계속된다면 신경성 열병이 심각해져서 정신병에 걸릴지 모른다고 하소연했다. 그리고 또다시 휴가를 떠난다 해도 그것은 일시적인 것으로 아무런 도움이 되지 않으며, 그래서 직장을 그만두거나 군복무를 떠나야 하는데 현 상태로는 군복무가 가장 효과적인 것 같다고 솔직한 심정을 토로했다. 그러나 상관인 폴 역시 병에 걸려 있으면서도 회사 일을 떠나지 못하고 있었다. 그와 카프카가 없다면 그들의 부서는 버려진 고아원 같다는 것이 그의 의견이었다. 폴은 카프카에게 함께 일주일간 휴양을 떠나 '혈행성 치료'를 받으면 좀 기분이 나아 질 거라고 위로할 뿐이었다. 카프카는 직장 일에 대한 폴의 강한 책임의식과 그의 인간적인 호소 앞에서 다시 물러설 수밖에 없었다.

또다시 입대 계획이 수포로 돌아가자 그의 두통, 불면증, 소화불량이 가중되었다. 1915년 12월 25일 크리스마스 날 그는 지난 일기들을 하나하나 꼼꼼하게 읽어보았다. 그리고 "지난 삼사 년 동안에 썼던 수많은 기록이 똑같은 내용"을 담고 있다는 사실을 알고 소스라치게 놀랐다.

나는 무의미하게 나를 소모시키고 있다. 글을 쓰는 것으로 행복에 겨워했을지 모른다. 나는 쓰지 않겠다. 두통에서 더 이상 벗어나지 못할 것이다. 나는 내 자신을 정말 황폐하게 만들어왔다(KKAT 775).

그는 그동안 글도 쓰지 못하고 결혼 문제도 해결하지 못한 채 자신 스스로를 정신적·육체적으로 학대해왔음을 느꼈다. 그는 모든 힘이 축적되어 있었고 창작열이 불타올랐으며 아직 머리가 맑은 상태였던 1912년에 프라하를 과감히 떠나 자유 작가로서의 삶을 시작하지 않은 것을 뼈저리게 후회했다. 그는 그간 새로 쓰던 일기도 어느새 4개월이나 쓰지 않았고, 친구들에게도 거의 9개월간 편지를 쓰지 않으면서 펠리스에게만 간헐적으로 답장을 보내고 있었다. 그리고 펠리스에게 보내는 편지에서는 단어 하나 문장 하나를 더욱 신중하게 선택해서 쓰고 있었다. 왜냐하면 자신이 사용하는 "모든 단어가 글을 쓰는 사람이나 그 글을 읽는 사람의 신경을 건드릴" 수 있고 자신의 "글이 침묵보다 더 끔찍할 수 있다"(F 648)고 생각했기 때문이다.

1916년 1월 18일 펠리스에게 보내는 편지에서 그는 전쟁이 끝나면 어떻게든 베를린으로 이사하겠다는 자신의 결심을 밝혔다. 거기에는 아마도 펠리스와의 결혼을 다시 생각하는 그의 마음도 포함되어 있었는지 모른다. 그러나 펠리스는 그가 좋은 직장을 버리고 베를린에서 문학 활동을 하려는 것을 도무지 이해할 수 없었다. 그래서 그녀는 베를린으로의 이사 문제에 침묵으로 대응했다. 2개월 후인 1916년 3월 카프카는 변함없는 억압된 상황 속에서 여전히 절망하고 있었다.

나는 갇혀 있는 쥐처럼 절망하고 있습니다. 불면증과 두통이 나의 내면에서 날뛰고 있습니다. 정말 하루하루를 어떻게 보내는지 설명할 수조차 없습니다. 내 유일한 구원 가능성이자 제일의 요구는 사무실로부터의 자유입니다. 하지만 이를 방해하는 것이 있습니다. 공장과 지금 할 일이 많은 (추가 시행규

정에 따라 근무시간은 8시부터 오후 2시까지와 오후 4시부터 오후 6시까지) 사무실
에서 내가 이른바 꼭 필요한 존재라는 것입니다. 그러나 이 모든 장애물은
자유로워지려는 필연성에 비하면, 점점 더 빗나가고 있는 이 과오에 비하면
아무것도 아닐 것입니다. 그러나 내 기력이 충분치 못합니다. 아주 작은 장애
물조차도 내게는 버겁습니다. 나는 사무실 바깥에서의 삶에는 두려움을 가지
고 있지 않습니다. 밤낮으로 내 머리를 달구는 이 신열은 부자유에서 생긴
것입니다. 그러나 예를 들어 과장이 내가 나가면 부서가 붕괴될 뿐만 아니라
자신도 아프다는 등등의 푸념을 늘어놓기 시작하면, 내면에서 공무원의 체질
을 닦아온 나로서는 어쩔 도리가 없습니다. 그리고 계속해서 똑같은 밤과
낮을 보내야 합니다(F 649).

이 시기 카프카의 문학 창작활동은 거의 중단된 상태나 다름없었다. 그때
그가 쓴 것이라곤 70쪽가량의 보험공사의 연말 보고서가 전부였다. 1916년
4월 3일 오틀라는 애인인 요제프 다비트에게 당시 카프카의 불안정한 심신
상태를 이렇게 전했다.

어제 나는 자신의 슬픈 인생에 대해서 이야기하는 한 나이 많은 숙녀를
만났습니다. 그녀 주변에는 그녀를 돌봐줄 사람이 아무도 없는 것 같았습니
다. 오후에 나는 프란츠와 함께 있었는데, 그는 이 불쌍한 여인보다 자신이
더 나쁜 상태라고 말했습니다. 그는 실제로 좋지 않은 상태여서, 나는 이따금
그에 대해 인내심을 가져야 할 정도입니다(HBI 482f.).

그러던 중 4월 초 에른스트 바이스가 연대 배속 군의관 자리 문제로 프라
하에 며칠간 머물렀다. 카프카는 그와 마음이 통하는 사이여서 괴로운 속내
를 털어놓았다. 창작과 결혼 문제로 고통스러워하는 그를 보고 바이스는 완
전한 자유 속에서 창작을 하려면 더 이상 펠리스 일로 괴로워하지 말고 그녀

와 헤어지도록 재차 권유했다. 그러나 펠리스 문제에 대한 바이스의 지나친 간섭과 카프카의 우울증 증세가 자주 충돌하면서 둘 사이에 갈등이 생겨났다. 한번은 바이스가 카프카에게 자신의 두 번째 소설 『투쟁』에 대해 문예지 《디 바이센 블레터》에 서평을 써줄 것을 요청했지만, 카프카는 마음이 내키지 않아 응하지 않았다. 그 일로 그들 사이는 금이 갔다. 1914년 여름 함께 발트 해에서 휴가를 보내면서 카프카는 『투쟁』의 사본을 읽고 수정까지 해준 적이 있었고, 바이스는 그 화답으로 『화부』를 칭찬하는 서평을 썼었다. 카프카가 어째서 그의 서평을 거부했는지 자세한 내막은 알 수 없지만, 그들의 냉랭한 관계는 그 후로도 장기간 계속되었다.

급기야 어느 자리에서 바이스는 카프카를 가리켜 "비열한 자"라고 비난함으로써 힘께 있던 가프가의 승배지이지 빈 출신 작가인 조마 모르겐슈테른을 깜짝 놀라게 했다. 그리고 한 잡지에서 바이스는 카프카가 "훌륭한 친구들"과 "성실한 가족과 그의 연인이고자 했고 그가 10년 동안 오직 희망과 환영으로서 접근한 매혹적이고 순수하고 선한 여인을 가졌었다. 그러나 그는 어느 누구에게도 다가가지 않았다"[1]며 카프카를 사회적 자폐증 환자처럼 비난한 적도 있었다. 그전까지만 해도 바이스는 카프카에게 자신이 '매혹적이고 순수하고 선한 여인'이라고 부른 펠리스와 헤어지라고 설득했던 장본인이었다. 그 일로 인해 그렇듯 가까웠던 에른스트 바이스는 아이러니하게도 문학사 속에 카프카를 비난한 유일한 사람으로 남게 되었다.

바이스와의 불화까지 겹쳐 완전히 지쳐버린 카프카는 "더 이상 견딜 수가

---

1 Soma Morgestern, "Briefe an Peter Engel vom 22. April 1975," *Kritiken, Berichte, Tagebücher*, hrsg. von Ingolf Schulte, Lüneburg 2001, S.564f.; Ernst Weiß, "Bemerkungen zu den Tagebüchern und Briefen Franz Kafkas," *Mass und Wert*, 1(1937/38), S.319-325; *Franz Kafka. Kritik und Rezeption 1924-1938*, hrsg. von Jürgen Born, Frankfurt am Main 1983, S.439-451, hier S.443.

없게 되어"(F 652) 마침내 신경과 의사를 찾아가 상담을 받았다. 의사는 그에게 '심장신경증' 진단을 내렸고 전기 치료를 받도록 권했다. 그것은 당시 헝가리 의사인 빅토르 곤다(Viktor Gonda)가 신경병에 사용하던 치료법이었다. 그러나 자연요법에 익숙하고 그것의 효과를 믿고 있는 카프카는 과학적인 의학 치료방법을 거부했다. 그는 펠리스에게 이에 대해 편지를 썼다.

최근에 의사를 찾아갔습니다. 한마디로 쓸데없는 방문이었습니다. 진단: 심장신경증. 처방: 전기요법. 집에 돌아와 의사에게 거절 편지를 썼습니다. 후유증을 치료하는 것이 무슨 의미가 있겠습니까(F 653).

1916년 4월 14일 오후 보병 중위 계급장을 단 로베르트 무질[2]이 프라하로 카프카를 방문했다(F 652). 그는 원래 몸이 허약했지만 아주 훌륭하게 군대생활을 유지하고 있었고 외모로나 심적으로나 모두 건강해 보였다. 카프카는 무질의 모습을 보고 허약한 자신도 군대생활을 별 탈 없이 극복해낼 수 있을 거라는 용기를 얻었다.

로베르트 무질이 부대로 복귀한 4월 말경이었다. 여느 때보다 좀 늦게 잠자리에서 일어난 카프카는 출근시간인 8시까지 사무실에 도착하기 어려울 것 같았다. 직장 상사들은 그가 밤늦게까지 글을 쓴다는 것을 알고 있었기 때문에 약간 늦은 출근시간을 묵인해주고 있었다. 건물 맨 위층 그의 사무실에 들어서자 젊은 타이피스트 카이저 양이 가장 먼저 인사를 했다. 늘 그렇듯이 그는 목례와 미소로 답하고 서류가 수북이 쌓인 자신의 책상에 앉았다.

---

2 일찍이 카프카의 작가적 역량을 알아본 오스트리아 작가 로베르트 무질(Robert Musil, 1880~1942)은 1914년 2월 카프카를 문예지 ≪디 노이에 룬트샤우≫의 편집진에 참여시키고자 했으며, 1914년 이 문예지 8월호에 카프카의 『관찰』과 『화부』에 대한 호의적인 서평을 썼다.

그는 서류철 맨 위의 정부 훈령 서류에서 뜻밖의 사실을 발견했다. 정부는 직업상 이유로 군복무 면제를 받은 사람에게는 특별한 경우의 짧은 휴가를 제외하고 모든 휴가를 허락하지 않는다는 규정이었다. 그의 뜻과는 관계없이 직장의 요청으로 면제된 군복무가 정부에서는 명예롭지 못한 것으로 인정되고 있는 듯했다. 카프카는 낭패감을 느꼈다. 왜냐하면 5월 중순쯤 공무 여행이 계획되어 있었고, 그것과 연차 휴가를 연계시켜 마리엔바트에서 3주간 휴가를 보낼 예정이었기 때문이다(F 653). 더구나 휴가 동안 혼자 조용히 새로운 글을 쓸 계획이었다. 며칠을 생각한 끝에 그는 보험공사에 이의를 제기하기로 결심했다.

1916년 5월 9일 카프카는 부서 국장인 로베르트 마르슈너 앞으로 휴직을 청하는 모호한 편지를 보냈다. 전쟁이 가을에 끝나는 경우 장기간의 무급 휴가를 줄 것과 전쟁이 계속될 경우에는 군복무를 할 수 있도록 징집 이의 청구를 취소해달라는 내용이었다. 현실적으로 그는 직장을 그만두지 못하고 끊임없이 직장과 실랑이를 벌여야 했지만, 당시 일기에는 그의 숨겨진 마음이 잘 나타나 있다.

그것은 전부 거짓말이었다. 실은 즉시 장기 휴가를 달라고 청하고 거절할 경우에는 해고해달라고 청했더라면 아마 반거짓말이었을 것이다. 내가 아주 그만두었더라면 그것이 진실이었을 것이다. 그런데 나는 두 가지를 다 감행하지 못했으니 전부 거짓말이다(KKA 785).

국장 마르슈너는 카프카와 개별 면담을 했다. 그들 사이에는 직장 일 외에도 문학에 대한 관심으로 서로 신뢰하는 좋은 관계가 형성되어 있었다.[3] 그

---

3 로베르트 마르슈너(Robert Marschner, 1865~1934)는 독일 기술전문대학에서 교수 자격시험

러나 마르슈너는 보험공사의 가장 유능한 관리인 그를 군대에 보낼 수도 없었고, 또 인원 부족으로 장기간 휴직이나 퇴직을 허락할 수도 없었다. 특히 카프카의 문학적 능력을 높이 평가하고 있는 그로서는 죽음의 위험이 있는 전쟁 속으로 그를 보낼 수는 더더욱 없었다. 그는 이 모든 것을 정상적인 휴가를 얻어내려는 카프카의 압력 행사(F 656)로 이해하고 오이겐 폴과 상의해 카프카의 요구에 관계없이 곧바로 3주간의 휴가를 시행하도록 했다. 이러한 배려와 혜택은 이미 정부 규정과 상충되는 것이었고 그 이상은 마르슈너로서도 능력 밖의 일이었다. 그러나 그 시기 카프카는 여전히 입대를 가장 바라고 있었던 듯하다. 이것은 일기에 나타나 있듯이 이미 2년 전부터 간직하고 있던 그의 소망이었다(KKAT 786). 그러나 그러한 선택은 한편으로는 운명에 스스로를 내맡기는 절망의 표현이기도 했다. 그는 마르슈너의 호의를 받아들이면 휴가를 얻게 되겠지만, 군 입대로부터는 영원히 멀어질 것이라고 생각했다.

그 일이 있은 직후인 5월 13일에서 15일까지 카프카는 오틀라와 함께 카를스바트와 마리엔바트로 출장을 떠났다. 아름다운 전원 휴양지인 그곳에서 그는 오틀라와 오붓하게 조용한 시간을 보냈다. 전쟁과는 먼 조용한 도시의 아름다운 자연 풍광에 그는 한껏 취해 있었다. 그는 펠리스에게 이렇게 편지를 썼다.

---

을 딴 능력 있는 주무 국장으로 사회정치와 보험학에 관한 여러 저서를 썼다. 후에는 괴테, 슈티프터, 니체 등을 연구했고, 체코 공화국 초대 대통령인 토마시 마사리크, 막스 브로트 등 정치가, 예술가, 화가, 작가와도 친교를 맺었다. 특히 그는 1932년 괴테 연구로 카를스바트 시의 괴테 상을 받기도 했다. 그는 종종 사무실에서 머리를 맞대고 카프카와 하이네 시 등을 읽기도 했고, 카프카가 폐결핵으로 요양소를 전전할 때에도 그의 잦은 장기 휴가를 기꺼이 허락했으며, 정규적 인사와 봉급 인상을 적용시켜주는 등 그에게 큰 혜택을 주었다.

카를스바트는 정말 편안한 곳입니다. 한편 마리엔바트는 상상할 수 없을 정도로 아름답습니다. 나는 훨씬 오래전부터 내 본능을 따랐어야 합니다. 내게 그 본능은 가장 뚱뚱한 사람이 가장 영리한 사람이기도 하다고 말합니다. ……물론 지금의 아름다움은 고요함과 비어 있음, 그리고 모든 살아 있는 것과 생명이 없는 것을 받아들이려는 마음으로 한껏 고조되어 있습니다. 흐리고 바람 부는 날씨조차도 이를 방해할 수는 없습니다. 내가 만약 중국인이고 곧바로 집으로 돌아간다 하더라도(근본적으로 나는 중국인이며 집으로 갑니다), 어쩔 수 없이 다시 여기로 올 것만 같습니다. 과연 당신 마음에도 들런지요(F 657).

이 편지에 대해 1982년 노벨문학상 수상자인 엘리아스 카네티는 매우 흥미로운 언급을 하고 있다. 앞서 카프카를 가장 중국적인 작가라고 언급했듯이, 여기에서는 카프카의 자연에 대한 사랑이 '도교사상'과 상통하고 있다는 것을 강조하고 있다.

숲에 대한 그의 사랑 그리고 적막함과 공허함에 대한 그의 기호벽이며 여윔에 대한 문제와 뚱뚱한 사람을 거의 미신적으로 존중하는 그의 마음 따위가 그것이다. 적막감과 공허감, 흐리고 바람 부는 날씨, 모든 생물과 무생물을 수용하려는 태세 등은 도교[4]와 중국적인 풍경을 상기시켜준다. 더구나 내가 알기에 카프카는 여기서 유일하게 자기 자신에 관한 이야기를 이렇게 하고 있다. '근본적으로 나는 중국 사람이다'(EC 152).

---

4 Joo-Dong Lee, *Taoistische Weltanschauung im Werke Franz Kafkas*, a.a.O., S.11-33. 필자는 이 책에서 카프카의 중국의 철학, 종교, 문학, 예술의 수용 문제를 다루고 있다. 특히 카프카 작품에 나타난 도가적 세계관뿐만 아니라 사유방식, 보기방식, 그리고 비유설화 형식 등을 다루고 있다.

카프카는 이처럼 스스로를 중국인이라고 말할 정도로 중국적인 것을 사랑했다. 그는 당시 리하르트 빌헬름이 독일어로 번역한 사서오경을 읽었고, 중국의 문학과 예술(J 207ff.)을 사랑했다. 특히 노자와 장자의 책을 즐겨 읽었고, 이태백·도연명·소동파 등 중국 시인을 좋아해서 그들의 시를 읊으며 눈물을 글썽거린 적도 있었다.[5] 그는 깊은 적막감 속에 싸여 있는 마리엔바트의 아름다운 풍광 속에서 자신이 거대한 자연과 하나가 된 채 숨 쉬고 있는 중국인이 된 듯한 느낌이었다.

평안했던 마리엔바트 여행에서 돌아왔지만 5월 23일부터 28일까지 카프카는 밤낮으로 심한 두통에 시달렸다. 그는 "업무를 볼 수도 책을 읽을 수도 없으며 조용히 앉아 있을 수도 없을"(F 658) 정도였다. 그는 머리를 식히기 위해 혼자 몰다우 강변을 산보하거나 수영으로 시간을 보냈다. 또 막스 브로트가 가르치는 갈리시아 출신 피난민 학교 학생들을 데리고 프라하 근교 숲으로 소풍가기도 하고, 베르펠이 독일어로 옮긴 에우리피데스의 <트로이의 여인들>을 관람하기도 했다. 베르펠의 훌륭한 그리스어 번역 작업에 비해 레싱 극단의 공연은 원래 작품의 의도를 살리지 못해 실망스러웠다.

그때 뜻밖에도 펠리스가 요양원에 가기를 원했다. 카프카에게 좋은 요양원을 추천해달라고 부탁하며 동행 의향이 있지 물어왔다. 만약 그렇게 된다면, 거의 일 년 만의 상봉인 셈이었다. 카프카는 기뻐하며 오순절 때 마리엔바트에서 3주간 휴가를 보낼 생각임을 전했다. 6월 14일 편지에서 그들은 휴가를 보낼 곳으로 "우선 마리엔바트를 선택하기로 합의"(F 662)했다. 카프카의 휴가에는 마리엔바트 근처에 있는 테플 출장도 포함되어 있었다.

---

5 Max Brod, *Über Franz Kafka. Eine Biographie. Franz Kafkas Glauben umd Lehre. Verzweiflung und Erlösung im Werk Franz Kafkas*. Neue, vom Autor durchgesehene Aufl. mit Register, Frankfurt am Main 1966, S.345.

카프카는 7월 2일 유대교회당에서 거행된 삼촌 필립의 아들인 로베르트 카프카의 결혼식에 참석한 후 오후에 마리엔바트로 떠났다. 그는 또다시 결혼이라는 보이지 않는 시련의 문으로 다가가고 있었다.

카프카의 작품 속에는 닫혀 있거나 열려 있는, 그러나 통과할 수 없는 문들이 수없이 존재한다. 비유설화 「법 앞에서」의 법문은 입장이 불가능하고, 「황제의 칙명」에서는 죽어가는 황제의 칙명을 전달하고자 하는 칙사는 끝없이 펼쳐진 많은 궁궐과 성문 때문에 멀리서 그를 기다리는 '너'에게로 다가갈 수가 없다. 또한 산문소품인 「마당 문 두드리기」에서는 단순히 건드리기만 해도 고문이나 죽음을 끌어들이는 문이 중요한 메타포로 나타난다. 카프카에게 문은 언제나 열려 있으되 닫혀 있으며, 열리기를 그렇게 열망하면서도 결국 통과할 수 없다. 인간이 살아가는 현실 속에서는 그 문을 통과할 수 있는 방법을 찾아낼 수 없기 때문이다. 그것은 문 밖과 안의 삶의 원리가 다르다는 것을 극명하게 보여주는 카프카만의 문에 대한 패러독스한 메타포이다. 펠리스와의 상봉 또한 그의 인생에서 결국 이루어질 수 없는 결혼을 향해 다가가는 또 하나의 보이지 않는 문이었다.

7월 3일 카프카가 마린엔바트에 도착했을 때 펠리스가 역에서 기쁘게 맞아주었다. 첫날은 앞마당에 지저분한 물건들이 널려 있는 형편없는 호텔 방에서 보내야 했다. 비바람마저 몹시 몰아쳐 그는 잠을 이룰 수가 없었다. 그다음 날, 그의 서른세 번째 생일이기도 한 7월 3일 그들은 벨모럴과 오스번 성이라는 고급 호텔로 숙소를 옮겼다. 그들의 방은 나란히 붙어 있었는데 "문과 문이 맞닿아 있고 열쇠가 양쪽에 있었다"(KKAT 790). 혼자 지내는 생활에 익숙해 있는 그에게 방은 따로 쓰지만 펠리스와 함께 있다는 사실에 신경이 쓰였는지 카프카는 여기에서도 계속 심한 두통과 불면증으로 시달렸다. 사흘째 되는 날 그의 일기에 벌써 "공동생활의 어려움"(KKAT 791)이라는 문구가 보이는가 싶더니 7월 6일에는 아예 "불행한 밤. F와 산다는 것의 불가능성. 그 어느 누구와 함께 생활한다는 것의 참을 수 없음"(KKAT 791f.)
이라고 적었다.

5년 반 후인 1922년 겨울, 그는 그날 밤 펠리스와 가졌던 에로틱한 관계
를 "고통스러운 경계의 넘어섬"(T3 213)이라고 회상했다. 그는 서먹한 상황
에서 벗어나기 위해 펠리스에게 얼마 전에 쓴 「나이 든 독신자 블룸펠트」를
읽어주었으나, 그녀는 쓸데없는 이야기를 하거나 작품에 어울리지 않은 엉
뚱한 논평을 함으로써 그를 화나게 했다. 그러나 며칠간 몰아치던 비바람이
물러가고 날씨가 쾌청해지자 그들은 마리엔바트 근교에 있는 마을 테플의
프레몽트레 수도원을 구경하고 들로 소풍을 나갔다. 날씨의 변화에 따라 그
들의 관계도 놀랍도록 좋아져서 남은 5일간의 휴가는 행복한 나날이었다.
그는 일기에 그녀와의 행복했던 첫 순간을 이렇게 기술했다.

F[펠리스]와는 단지 편지로 가까워졌을 뿐이었고, 인간적인 관계는 비로소
이틀 전부터 이루어졌다. 그렇게 분명한 관계가 아니며 의심스럽긴 여전하다.
그러나 그녀의 부드러운 눈길, 즉 여성다운 심연이 열리는 것은 아름다운
일이다(KKAT 795).

지난 4년간 펠리스에게서 낯선 감정, 연민, 회의, 공허감, 자기모멸감 등
숱한 감정을 느껴왔던 그는 그때 생전 처음으로 연인과 함께 지내는 행복감
을 알게 되었다. 그 순간을 그는 죽기 얼마 전에 남긴 메모에서 자신의 초라
한 육체에 비해 펠리스는 "아름답지는 않지만 고상한 몸매"(Br 491)를 지니고
있었다고 기억했다. 그날 그들은 처음으로 정신적으로 육체적으로 하나가
되었다. 그들은 여느 연인처럼 팔짱을 끼고 관광안내서에 따라 구경할 만한
장소와 레스토랑 그리고 분위기 있는 술집을 찾아다녔고, 식탁의 다른 손님
들과도 즐겁게 어울렸다. 그리고 시내에 있는 서점을 구경하면서 막스 브로

트의 『신을 향한 티호 브라헤의 길』이 인기리에 팔리고 있는 것을 보고 반가
위했다. 그들은 처음으로 연인다운 연인이 되었다. 호텔로 돌아와 저녁을
먹은 후 등불을 밝힌 발코니에 앉아 밤늦게까지 지나온 일들을 이야기하고,
또 베를린에 있는 유대민족 가족 캠프에 관한 신문 기사에 대해 이야기를
나누었으며, 자연스럽게 앞으로의 결혼 계획에 대해서도 이야기했다.

그들은 다시 약혼을 결심하고 펠리스의 어머니 안나 바우어에게 약혼 계
획을 함께 편지로 알렸다(F 663f.). 펠리스의 휴가 마지막 날인 7월 13일 그들
은 카프카의 어머니 율리에와 누이동생 발리가 온천 휴양을 즐기고 있는,
마리엔바트에서 멀지 않은 프란첸스바트[6]에 들렀다. 그들이 화해했고 조만간
결혼하겠다는 소식을 전하자 모두 환호했다. 카프카는 자신이 어머니 앞에
서조차 결혼에 대해 행복한 느낌을 가지고 있다는 것에 몹시 놀랐다. 이에
따라 카프카의 건강도 놀라울 정도로 좋아져서 두통도 없어지고 몇 개월째
시달리던 불면증도 말끔하게 사라졌다. 펠리스와 헤어지기 전인 7월 중순경
그는 막스 브로트에게 그들이 처음 고통스러운 관계를 이겨내고 서로 새로
운 신뢰감을 갖게 되었다는 것과 전쟁이 끝나는 대로 결혼하기로 약속했다
는 편지를 썼다.


그러나 이제 나는 한 여자의 신뢰에 찬 눈길을 보았고, 그래서 내 자신을
억누를 수가 없다네. 내가 영원히 간직해두고자 했던 많은 것이 열려 젖혀진
게야. 그리고 이 틈새에서는 인간의 한평생보다 훨씬 더 많은 불행이 솟아
나온다는 것을 알아. 그러나 이 불행이란 불러일으켜졌다기보다는 차라리
강요된 것이라네. 나는 그것에 저항할 권리가 없지. 만일 일어날 일이 일어나

---

6 프라하에서 그리 멀지 않은 곳에 있는 프란첸스바트(Franzensbad)는 1793년 이래 보헤미아
  최고의 온천 요양지로 꼽히는데, 카프카의 부모는 그곳에서 자주 여름휴가를 보냈다.

지 않는다면. 다만 그 눈길을 다시 붙잡기 위해서라면 자발적으로 내 손으로
라도 그렇게 할 것 같으니, 더욱 저항할 수 없는 것이지. 나는 지금까지 그녀
를 정말 몰랐네. 다른 의구심은 제쳐두고라도, 그 당시에는 바로 그 편지를
쓴 여자의 실재에 대한 두려움이 나를 곤란하게 했지. 그녀가 약혼의 입맞춤
을 받기 위해 큰 방에서 나를 향하여 걸어왔을 때 전율이 엄습했어. 부모님과
함께한 약혼 여행은 여로의 한 걸음 한 걸음이 내게는 고문이었지. 결혼 전에
는 F.와 단둘이 있다는 사실만큼 두려운 것이 없었어. 이제는 모든 것이 달라
졌고 그리고 좋다네. 우리의 합의는 간단하네. 전쟁이 끝나면 곧바로 결혼한
다는 것, 베를린의 교외에 두세 칸짜리 집을 빌리고, 각자 자신을 위해 경제
적 책임을 지는 거야. F는 그동안 죽 해왔던 대로 일을 계속할 것이고, 그런
가 하면 나는, 글쎄 나 자신은 아직 말할 수가 없네. 누구든 그 상황을 시각화
하려면 카를스호르스트[7]쯤에 있는 방 두 개의 광경이면 될 거야. 그중 한
방에서는 F가 일찍 일어나고 나갔다가 그리고 밤에는 기진맥진해서 잠자리
에 나가떨어지는가 하면, 다른 방에서는 소파가 하나 있고 나는 거기 누워서
우유와 꿀을 섭취하는 거지. 그러니 거기에는 부도덕한 남편이 축 늘어져
있는 거지. 그럼에도 이제 거기에 안정감, 확실성 그리고 그것과 더불어 삶의
가능성이 있다네(Br 139f.).

7월 13일 펠리스는 연차 휴가를 마치고 프란첸스바트에서 바로 베를린으
로 떠났고 카프카는 남은 11일간의 휴가를 보내려고 마리엔바트로 되돌아왔
다. 그러나 호텔 측은 그의 방을 다른 손님에게 대여하고 그 대신 펠리스가
머물렀던 시끄러운 방을 그에게 내주었다. 주변의 시끄러운 소음과 양쪽 방
에서 떠드는 소리에 그간의 만족감과 평화로운 감정은 사라져버렸고 두통과
불면증이 다시 찾아왔다. 그러나 5일 후 안정을 되찾은 그는 낮에는 그녀와

---

7 카를스호르스트(Karlshorst)는 베를린의 동남쪽으로 5마일쯤 떨어져 있는 교외 지역이다.

걸었던 숲길과 음식점을 다시 찾았으며, 밤에는 둘이 앉았던 호텔 발코니의 탁자에 앉아 그녀에게 편지를 썼다. 또한 놀랍게도 그는 그녀의 충고대로 건강을 위해 시금치, 감자, 빵 이외에도 돼지고기 소금 절임과 같은 육식을 조금씩 시작했다(F 667). 그는 마리엔바트 이전에 펠리스에게 가졌던 생각을 점차 바꾸어가고 있었던 것이다.

7월 22일에 카프카는 그곳에 휴양 온 펠릭스 벨치 부부와 그의 남동생 그리고 펠릭스의 아버지를 만났다. 그들도 카프카의 약혼 계획을 진심으로 축하해주었다. 그리고 이틀 후인 7월 24일엔 프란첸스바트에 있던 어머니와 여동생이 카프카와 함께 집으로 가기 위해 마리엔바트로 왔다. 그들은 카프카의 안내로 펠리스와 그가 함께 식사하던 음식점 에거랜더에서 식사도 하고 주변을 구경하기도 했다. 마리엔바트에서 보내는 마지막 밤은 카프카에게 두통도 꿈도 없는 최상의 밤이었다. 마침내 펠리스와 결혼 약속도 했고, 가족과 외지에서 행복하게 지낸 시간 때문이었는지 그는 오랜만에 6시간을 푹 잘 수 있었다.

1916년 7월 25일, 3주간의 휴가를 마치고 사무실에 출근한 카프카는 라이프치히의 볼프 출판사로부터 편지 한 통을 받았다. 그에게 직장을 휴직하고 볼프 사의 원고 심사위원으로 와달라는 요청과 함께 새로 쓴 작품이 있으면 출판하자는 것 그리고 『선고』, 『변신』, 『유형지에서』를 하나로 묶어 '형벌'이라는 제목의 책으로 내는 게 어떤지 카프카의 의사를 타진했다. 카프카는 이에 대해 "3~4년 전, 심지어 2년 전만 하더라도 저의 외적 환경과 건강으로는 그렇게 할 수 있었고 또 그랬을 것"(Br 147)이지만, "지금은 건강상태가 좋지 않아 그럴 수 없다"고 거절했다. 그리고 『선고』, 『변신』, 『유형지에서』를 한 권으로 묶어 '형벌'이라는 제목으로 발간하자는 제안에 대해서는 반대 의사를 비쳤다. 그는 그 세 권을 각각의 단행본으로 발간하기를 원했기 때문에 『유형지에서』와 『선고』를 볼프 사의 총서 시리즈 '최후의 심판의 날’에 내는 것에는 동의했다. 특히 그는 『선고』의 단행본 출판에 깊은 관심을 보였는데, 그는 이 작품에 특별한 애착을 가지고 있었다. 이 작품은 소설이라기보다는 산문으로 된 시 같아서 페이지 둘레에 충분한 여백을 넣어 큰 글자로 출판하면 멋진 책이 될 거라고 생각했다. 그리고 『유형지에서』에 대해서는 볼프 사가 단행본으로 출판할 의사가 없다면 원고를 따로 문예지 ≪디 바이센 블레터≫에 보낼 수도 있음을 시사했다. 카프카가 이렇듯 세 작품을 한 권으로 묶어내는 것보다 각각의 단행본으로 내기를 원했던 것은 나름대로 이유가 있었다. 여러 권의 단행본 출판이 결혼 후에 그가 베를린에서 자유 작가로 독립하는 데 어떤 식으로든 도움이 될 거라고 생각했기 때문이었다.

쿠르트 볼프

그러던 중 전선에 있던 쿠르트 볼프가 에른스트 루트비히 대공의 도움으로 무기한 휴가를 얻어 9월에 라이프치히의 볼프 출판사로 복귀했다. 그는 카프카에게 『선고』는 단행본으로 출판할 수 있으나, 『유형지에서』는 너무 고통스러운 내용이어서 총서의 단행본으로 적합하지 않다는 회답을 보내왔다. 이에 카프카는 10월 11일 쿠르트 볼프에게 보내는 편지에서 『유형지에서』뿐만 아니라 그의 지금까지의 모든 작품들이 고통스러운 요소를 지니고 있으며, 그 이유를 밝혔다.

그 고통스러운 것에 대한 귀하의 비난은 제 의견과 완전히 일치합니다. 저도 물론 제가 지금까지 써왔던 거의 모든 것에 그런 의견을 가지고 있습니다. 어떤 형식의 작품이든 이 고통스러운 요소에서 벗어나 있는 것은 거의 없다는 것을 알아주십시오! 이 마지막 소설(『유형지에서』)을 설명하기 위해 덧붙여 말씀드립니다만, 이야기 자체는 고통스러울 뿐만 아니라 우리의 공동

시대와 저만의 특별한 시대가 매우 고통스러웠고 또 지금도 그러하다는 것, 그리고 저만의 특별한 시대는 공동의 시대에 비해 훨씬 오래도록 고통스럽고 또 고통스럽다는 것입니다. 제가 계속 글을 썼다거나 혹은 더 좋게 말해서, 만약 제 상황과 상태가……저에게 그 갈망했던 글쓰기를 허용했더라면, 제가 얼마나 더 깊이 이 길을 따라갔을지 하느님은 아실 겁니다. 그러나 그렇지가 못했습니다. 그러니 지금처럼, 다만 안정을 기다리는 일만 남아 있을 뿐입니다. 그래야 정말 제 자신을 적어도 외면상으로는 회의하지 않는 동시대인으로서 묘사하게 될 테니까요(Br 150).

카프카는 자신이 어째서 고통스러운 작품을 쓸 수밖에 없는지 그 이유를 밝히면서 동시대인의 이해를 얻지 못하는 자신의 카산드라적 고뇌와 통찰력을 보여주고 있다. 그는 자기 시대뿐만 아니라 앞으로 다가올 시대가 '고통과 상실의 시대'가 될 것임을 예지하고 있었고, 자기 자신이 겪고 있는 단말마적 고통이 개인의 고통이 아니라 전 유럽인, 아니 전 인류가 겪고 있고 또 겪게 될 고통이 되리라는 사실을 밝히고 있다.

볼프가 비난한 『유형지에서』의 끔찍스런 고통이란 바로 새로운 기술 혁신에 따른 최신 무기의 시험장이 된 제1차 세계대전과 그 반인류적인 범죄 행위 속에서 아무 이유 없이 죽어가는 죄 없는 인간 그리고 결국 스스로 파국을 맞게 될 인류의 미래를 비유적으로 보여주고 있는 선지자적인 카프카의 고통이며 동시에 모든 인류의 고통인 것이다. 이 편지에서 카프카는 시대의 출판사를 표방하고 있는 출판업자가 그것도 이해하지 못한다는 사실을 넌지시 일깨워주고 있다. 이로써 그는 『유형지에서』의 발간은 더 이상 추진하지 않았지만, 얼마 안 있어 그가 아끼던 『선고』가 볼프사의 총서 '최후의 심판의 날'의 제34권으로 출판될 수 있었다.

마리엔바트에서 돌아온 후 카프카는 밀린 사무실 일과 출판사와의 실랑이

로 또다시 두통과 악몽에 시달렸지만(F 672), 펠리스와의 화해와 휴가에서
얻은 힘이 그를 어느 정도 지탱해주고 있었다. 결혼하기로 결심한 그는 미래
의 결혼 생활을 위해 펠리스에게 자신의 검소하고 소박한 생활태도와 생각
을 알리고 싶었다. 그때 마침 카프카의 부모가 이전 달에 결혼한 사촌형제
로베르트 카프카를 위해 그림을 주문하고자 했다. 카프카는 펠리스에게 자
신을 대신해서 베를린에서 전위화가이자 그래픽 화가로 활동하고 있는 친구
프리드리히 파이글을 방문해서 그림을 하나 사서 보내주도록 부탁했다. 그
는 미래의 결혼생활을 염두에 두고 펠리스에게 파이글 부부의 소박하고 검
소하면서도 이상적인 공동생활, 즉 결혼과 예술작업의 성공적인 결합 속에
서 살고 있는 모습을 보여주고 싶었던 것이다. 카프카는 이미 몇 년 전에
펠리스에게 그들 부부의 이상적인 삶에 대해 이렇게 쓴 적이 있었다.

나는…… 그[파이글]가 결혼한 지 일 년이 되었고, 행복하게 살고 있으며,
하루 종일 작업을 하고 있으며, 빌머스도르프에 방이 두 개 딸린 정원 뒤채에
서 살고 있다는 등의 부러움과 기운을 북돋는 얘기만을 계속 듣고 싶습니다(F
140).

카프카의 부탁으로 펠리스는 파이글의 집을 찾아갔다. 그녀는 그들의 검
박한 생활과 열정적인 예술 활동을 보면서 미래의 결혼생활을 보는 것 같았
다. 그러나 그것은 그녀가 바라는 소시민적 행복과는 달랐다. 펠리스가 파이
글의 집을 방문한 일에 대해 별다른 반응을 보이지 않자, 카프카는 이번에는
마리엔바트에서 그녀와 함께 읽었던 친첸도르프의 에르드무테 도로테아 백
작부인에 대한 전기[8]를 언급했다. 헤른후트에 간호기숙사와 고아원을 설립·

<hr>

8 로이스 추 플라우엔(Reuß zu Plauen) 백작 가문 출신의 친첸도르프의 에르드무테 도로테아

운영하면서 경건한 청교도적인 삶을 살았던 그녀의 생애가 얼마나 훌륭한지 이야기했다. 그리고 펠리스에게 그런 생활의 실천으로 '유대인 국민보육원' 보호시설에서 봉사해보는 게 어떠냐고 그녀의 의향을 물었다. 가난하고 불쌍한 사람에 대해 유난히 배려하는 마음을 가지고 있던 카프카는 펠리스도 그들을 위해 봉사함으로써 보다 더 가치 있는 삶의 태도를 배울 수 있기를 바랐다. 더구나 그곳 보육원생은 카프카가 늘 연민과 애증으로 바라보고 있던 동구 유대의 피난민 청소년이 대부분이었다. 그는 펠리스에게 자신은 불쌍한 사람을 돕는다기보다는 오히려 인간적인 면에서 그들로부터 많은 도움을 받는다(F 673)고 썼다.

유대인 국민보육원 보호시설은 1916년 5월 베를린의 알렉산더 광장 가까이에 있는 느라곤 거리 22번지의 곡물창고 지역에 세워졌다. 그 보호시설에는 전쟁 초부터 동구 유대인 피난민과 폴란드에서 도망친 노동자가 모여들었다. 젊은 약사이자 시온주의 교육자인 지크프리트 레만[9]이 그 시설을 맡아 구호활동을 벌이고 피난민 아동과 청소년을 돌보면서 그들에게 시온주의 정신을 고취시키고 있었다. 그러나 그 시설은 점점 포화상태가 되어 피난민은 식량난과 숙소 부족으로 고통 받고 있었고, 보육원생 교육을 위한 일손도 부족했다.

카프카의 권유에 펠리스는 1916년 8월부터 유대인 국민보육원에서 자원

---

(Erdmuthe Dorothea von Zinzendorf, 1700~1756) 백작부인은 헤른후트(Herrnhut)에 원시 기독교 교구의 본보기에 따라 경건한 가족 및 거주 공동체를 형성하고 그곳의 간호기숙사 장으로 있으면서 피난민을 위해 고아원을 운영했다.

9 지크프리트 레만(Siegfried Lehmann, 1892~1958)은 유대인 학교제도와 관련해 처음에는 베를린에서, 나중에는 이스라엘에서 큰 역할을 했다. 1917년 3월 그의 논문 「유대인 주거시설과 주민 수용소의 개념」이 ≪유디세 룬트샤우(Jüdische Runschau)≫ 제22권 9호와 10호에 실렸다.

봉사요원으로 근무하기로 마음먹고 사전 준비를 했다. 그녀는 카프카에게
시온주의 이념에 대해 묻기도 하고 교육 대상과 수준 그리고 수업 방법 등을
알아보고 카프카가 추천하는 교육에 유익한 여러 책을 읽었다. 카프카는 펠
리스의 봉사활동 참여가 "시온주의 때문이 아니라" 어려운 처지에 있는 사
람을 도울 수 있다는 뜻있는 "일 자체와 그 일의 결과"(F 673) 때문이라는
것을 분명하게 일깨워주었다. 카프카는 펠리스에게 ≪유디세 룬트샤우≫에
실린 막스 브로트의 논문 「갈리시아 피난민을 위한 임시학교로부터」 등을
보내면서 불행한 처지에 놓인 같은 민족의 청소년을 위해 교육의 기회를
주고 그들에게 희망과 용기를 북돋아주는 일이 얼마나 의미 있는 일인지
생각해보도록 했다.

그러면서 카프카는 건강과 심신 단련을 위해 주말에는 농촌생활을 꿈꾸고
있는 막내 누이동생 오틀라와 트로야에서 원에 일을 하거나 가축을 돌보거
나 소 우유를 짜는 일을 했다. 그리고 어느 정도 익숙해져가는 시골생활에
대해 펠리스에게 이렇게 편지를 썼다.

어제 시골은 아름다웠습니다. 몇 년 사이에 나도 변했더군요. 나 자신도
의식하지 못한 채 도시 거주자에서 시골 사람으로요. 아니면 아주 그 비슷하
게요(F 732).

그러나 그런 노력에도 그의 몸 상태가 항상 좋은 것만은 아니었다. 늘
두통과 불면증과 악몽으로 시달렸다. 8월 18일 그는 내과 의사 뮐슈타인을
찾아가 진단을 받았는데(KKANII 24), 신경과민과 같은 특이한 신경병이라며
그는 그가 하지도 않는 "담배를 너무 많이 피우지 말고 술도 너무 많이 마시
지 말고, 고기보다는 채소를 먹고, 저녁에는 고기를 먹지 말며, 때때로 수영
장에 다닐 것, 그리고 밤에 조용히 누워 잘 것"(F 695) 등의 처방을 내렸다.

카프카는 의사의 엉터리 같은 처방에 엷은 미소를 지었다. 그 모든 것을 이미 카프카가 스스로 실천하고 있는 일이었기 때문이다. 물론 밤에 잠을 푹 자라는 진단만은 예외였지만.

그러는 사이에 펠리스로부터 드디어 유대인 국민보육원 일에 참여하겠다는 편지가 왔다. 카프카는 그녀가 바쁜 직장 일에도 불구하고 불행한 청소년 교육을 위해 참여를 결심한 것에 무척 놀랍고 기뻤다. 사실 마리엔바트 체류를 통해 펠리스는 그의 신뢰감을 얻으려면 우선 자신의 사고와 관습에서 벗어나야 한다는 것을 인식했다. 그러자 많은 것이 차츰 달라지기 시작했다. 그녀는 프라하 중심에 있는 넓은 주택 대신에 베를린 교외의 조용한 작은 집에서 살아야겠다고 생각했고, 가정주부가 아닌 직업여성으로 일하면서 고 성수입이 없는 자유 직가로 활동하게 될 남편을 도와야겠다는 생각까지 하게 되었다. 그리고 이제 카프카가 바라는 대로 유대인 국민보육원 청소년을 돌보려고 하고 있는 것이다. 이렇게 변화해가는 펠리스를 보면서 카프카는 진정으로 결혼하겠다는 마음을 굳히고, 자신의 여러 심적 갈등을 극복하려고 노력했다. 그의 트로야의 원예 일과 농촌 일도 그런 이유의 하나였다.

1916년 9월 펠리스는 사전 정보를 위해 그레테 블로흐와 보육원을 둘러보고 레만의 강연도 들었다. 그러나 그 강연의 내용은 시온주의를 표방하는 민족 노동, 민족의 삶, 민족의 육체, 힘의 원천으로서의 민족 등 그녀에게는 낯선 개념들뿐이었다. 그녀의 이해를 돕고 용기를 북돋워주기 위해 카프카는 예전에 자신이 선물했던 여성권리운동과 사회민주정치의 선구자였던 릴리 브라운의 『어느 여성 사회주의자의 회고록』[10]을 "지금 현재 가장 우선적이고, 가장 적절하고, 가장 활기 찬 격려"(F 695)가 되는 책으로 추천했다. 그는 그 책을 최근에 막스 브로트에게도 선물했고 조만간 오틀라에게도 선

---

10 Lily Braun, *Memoiren einer Sozialistin*, 2 Bde., München 1909-1911.

마리엔바트에 찾아온 행복 501

물할 예정이라고 했다. 그리고 지금 펠리스에게 필요한 것은 민족적·종교적·정치적 이념 문제에 참여하는 것이 아니라 어려움에 처해 있는 동포를 돕는 따뜻한 인간애와 봉사정신이라는 것을 계속해서 일깨웠다.

그대는 그곳에서 도움을 필요로 하는 사람들을 볼 것이고, 현명하게 도와줄 수 있는 기회를 갖게 될 것이고, 그대 안에 있는 이런 도움의 능력을 알게 될 것입니다. 그러니 도와주세요. 이것은 간단하지만 그 어떤 근본적인 생각보다 더 심오한 것입니다(F 696).

카프카는 거창한 종교 이론이나 정치적 이데올로기보다 주변에서 일어날 수 있는 작지만 따뜻한 '인간적인 것'에 언제나 세심한 관심과 배려를 기울였다. 그는 펠리스에게도 자신의 편안하고 행복한 삶만을 위해 살기보다 소박하고 검소한 생활 속에서 어려움에 처한 사람들에게 온정이 담긴 인간적인 관심을 갖기를 원했다. 1916년 9월 12일 펠리스에게 보내는 편지는 카프카에게서는 찾아볼 수 없었던 연설 투의 글이다.

나는 그대가 그곳에서 행할 모든 방법, 그곳에서 짊어질 모든 수고, 그런 것으로 ─ 그대의 지난번 편지로 살아나갔듯 ─ 살아나갈 것입니다. 내가 아는 한 그것만이 정신적 해방으로 이끌 절대적이고 유일한 길 또는 그 길로 나가는 문지방입니다. 그리고 도움을 받는 이보다 도움을 주는 이에게 더 먼저 그것이 주어질 것입니다. 그것과 반대되는, 오만한 의견에 주의하세요. 이것은 아주 중요합니다.……사람들은 피보호자들을 기껏해야 어떻게 해서든 그들의 본질을 없애지 않으면서 봉사자들의 정신 또는 좀 더 거리를 두고 봉사자들의 삶의 방식에 접근시키려 하겠지요. 다시 말해서 현대 교육을 받은 서유럽 유대인의 형편, 베를린의 경향 그리고 누구나 인정하듯, 이런 식으로는 아마 최선이 될 유형에 접근시키려 하는 것입니다. 그런 것으로는 별로 아무것도 이룰 수 없습니다.……동유럽 유대인의 가치와 대등한 것이 어떤 한 보육원에서 전수될 수는 없습니다. 이런 점에서 최근에는 혈연적 교육조차 점점 더 실패하고 있지요. 전수될 수는 없지만, 여기에 희망이 있는데, 아마 습득될 수 있고 얻을 수 있는 것들이 있습니다. 그래서 나는 보육시설의 봉사자들이 이런 습득의 가능성을 가지고 있다고 생각해봅니다. 그들은 거의 아무것도 할 수 없고 소수이기에 별로 달성할 수 있는 것이 없습니다. 그러나 그들이 그 일을 파악하게 되면 그들이 할 수 있는 모든 것을 해낼 것입니다. 그들이 그 모든 것을, 온 영혼의 힘을 다해 해내고 있다는 것, 그것만이 다른 한편으로 대단한 것입니다. 오직 그것만이 대단한 것입니다. 그것이 시온주의와 관계가 있다면(그러나 이것은 나한테만 해당되는 것이지 당신에게는 전혀 관계가 없습니다), 그것은 보육원에서의 일이 시온주의로부터 쉽고 활기찬 방법과 활력을 얻을 때, 다른 노력이 실패하는 곳에서 국민적 노력이 독려할 때, 물론 한계는 있지만 고대의 거대한 시대의 소명을 일깨울 때, 그것이 없이는 시온주의는 지속될 수 없습니다, 오직 그때뿐입니다. 그대가 시온주의를 어떻게 받아들이는지, 그것은 그대 자신의 문제입니다. 그대가 어떤 식으로든 시온주의에 몰두한다면……기쁘겠지요. 그러나 지금은 아직 그것에 대해서 이야기하지 맙시다. 만일 언젠가 그대가 시온주의자라고 느끼고, 나는 시온주의자가 아니라고 깨닫게 된다면, 그렇더라도 나는 걱정하지 않을 것이며 그대도 걱정할 필요가 없습니다. 시온주의는 선의의 사람들을 갈라놓는 그런 것이 아닙니다(F 697f.).

카프카는 펠리스가 보육원 봉사활동으로 이웃 간의 정, 편견으로부터의 자유, 근본적인 개방성에 도달할 수 있기를 바랐다. 그의 마음은 레만이 "모든 서유럽 유대인은 봉사하기 위해서만이 아니라 민족 속에서의 삶과 배움을 통해 민족과 하나가 되기 위해서 민족 속으로 들어간다"[11]라는 정치적이고 민족주의적인 구호와는 달랐다. 카프카는 고통 받는 개개 인간에게 봉사하고 헌신하는 정신 자세와 따뜻한 마음을 인간이 가져야 할 가장 기본적인 책임의식으로 생각했다. 그에게 무엇보다도 "주된 일은 인간, 오직 인간인 것이다"(F 694).

그것은 동화된 서구 유대인과 동구 유대인에게만 해당되는 것이 아니라 세상의 모든 인간은 차별 없이 자유롭고 평등하다는 그의 보편적 휴머니즘의 뜻이기도 했다. 막스 브로트, 마르틴 부버, 구스타프 란다우어 등이 스스로를 시온주의자로 규정하고 유대민족의 선민성이나 유대종교의 우월성을 증명하려고 노력했다면, 카프카는 민족적·종교적 관점과는 관계없이 순수하고 자유로운, 따뜻한 인간의 눈으로 유대인 국민보육원의 교육 활동을 바라보고자 했다. 더구나 어린 시절 권위적인 관습에 얽매인 '아버지의 세계'에서 겪었던 불합리한 교육을 잘 알고 있는 그로서는 청소년이 무엇보다 자유롭게 자신의 생각을 펼치면서 교육받을 수 있기를 기대했다.

펠리스는 일주일에 두 번 수요일과 토요일 밤 시간을 이용해 카프카가 제안한 대로 피난민 소녀들의 독서 과정을 가르쳤고 정규적인 일요일 소풍에도 참석했다. 카프카는 그녀의 열성적인 보육원 교육 참여에 매우 감격했다. 카프카는 그녀의 봉사 일에 도움을 주려고 최선을 다했다. 그는 청소년 교육에 관한 책들과 아델베르트 폰 샤미소의 환상적이고 동화 같은 이야기 『페터 슐레밀의 이상한 이야기』, 헵벨, 톨스토이, 안데르센 등의 작품, 샬롬 아슈의 『성경 이야기』, 알프레트 리이트바르크의 작은 책 『사진 관찰 연습』, 이츠코크 라이브 페레츠의 『민속 이야기들』, 샤프슈타인 출판사의 '푸르고

---

11 Siegfried Lehmann, "Die Stellung der westjüdischen Jugend zum Volke," *Der Jude*, 4. Jg., H.5(1919), S.207-215, hier S.211. 한편 카프카는 1920년까지 '민족'이라는 단어를 긍정적이거나 규범적으로 사용한 적이 한 번도 없었다(RSII 133).

작은 책' 시리즈 중 『설탕 남작』,[12] 찰스 디킨스의 『리틀 도릿』, 놀이책, 수수께끼에 관한 책, 노래책 등을 추천해주거나 자기 돈으로 구입해 보내주기도 했다. 그리고 직접 빈의 철학자이자 교육학자인 프리드리히 빌헬름 푀르스터의 『청소년 교훈론』[13]을 읽고 그녀가 보육원에서 발표할 보고서를 작성하는 데 도움을 주기도 했다. 또한 그가 프라하에서 막스 브로트의 갈리시아 피난민 청소년 문학 수업을 하며 얻은 지식과 보험공사에서 퇴역군인과 부상병 등의 구제 사업을 통해 익힌 경험 그리고 달크로체와 헬러라우 등에서 알게 된 교육 이론과 실험 등에 관한 것을 소개하기도 하고 베를린에서 열리는 교육 전시회 '어머니와 젖먹이'에 대한 정보까지도 알려주었다.

유대인 국민보육원 일은 카프카와 펠리스 두 사람에게 공동의 관심사를 깊게 해주었고, 이로써 그들 사이에는 확고한 정신적 유대감과 신뢰감이 싹트기 시작했다. 펠리스는 "어린아이들과 함께 있을 때 정말 마음이 편하고, 사실 사무실에 있을 때보다 훨씬 더 좋다"(F 724)고 쓸 정도였다. 카프카는 자신이 해야 할 일을 그녀가 대신 해주는 것이라고 생각하며 감사하고 행복해했다. 그는 펠리스에게 예전처럼 자주 긴 편지를 보냈다. 그들이 결혼해서 베를린에서 살 집에 대해 그녀의 의견을 묻기도 하고, 그녀가 그동안 저축해둔 예금에 대해 듣고는 그녀의 손을 "마법의 손가락"(F 698)이라고 칭찬하기

---

12 Oskar Weber, *Der Zuckerbaron. Schicksale eines ehemaligen deutschen Offiziers in Südamerika.* Mit Zeichnungen von Max Bürger. Schaffenstein's Grüne Bändchen, Nr.54, Köln 1914. 카프카는 이 시리즈를 즐겨 읽었다. 클라우스 바겐바흐가 거명한 책 이외에도 18권 『피르스터 플레크의 러시아 체험기 1812년부터 1814년까지』와 32권 『1870~1871년 우리들의 젊은이』도 읽었다(HBI 228, 481).

13 Friedrich Wilhelm Foerster, *Jugendjahre. Ein Buch für Eltern, Lehrer und Geistliche*, Berlin 1904. 이 책은 순결에 대한 계명, 자연의 이해, 단순하고 소박한 삶의 이상, 성교육 문제 등을 다룬 교육학 책으로 유대 국민보육원의 자원봉사자들이 교육적 자질 향상을 위해 공부했다.

도 했다. 그녀는 직업상으로도 유능하고 알뜰한 데다가, 불행한 어린아이들을 즐겨 보살피고 가르치는 새로운 면모를 보여주고 있었다. 이처럼 그녀의 유대인 국민보육원 활동은 카프카에게 결혼생활에 대한 긍정적인 생각 등 많은 것을 약속해주는 듯이 보였다.

카프카는 이제 펠리스가 자신의 문학에 대해서도 관심을 가질 수 있을 거라는 희망을 품기 시작했다. 그는 잡지 ≪유대인≫에 실린 막스 브로트의 논문 「우리 작가들과 공동체」에 관해 펠리스에게 써 보냈다. 이 논문에는 카프카의 작품에 대해 서로 다른 논평을 하고 있는 막스 브로트와 평론가 로베르트 뮐러의 생각이 소개되어 있었다. 뮐러는 문예지 ≪디 노이에 룬트샤우≫에 실린 글에서 『변신』에 대해 "그것은 기지가 넘치고 열심히 완벽하게 숙고한 작품으로 여겨지지만, 요구하는 바가 너무 크다.……평상시 무엇인가 순수 독일적인 것, 찬양할 만한 점잖음, 장인적인 서술을 지니고 있는 카프카의 고의성 없던 소설 기법이 아름다운 실제 의복에 불확실한 헝겊 조각을 덧붙임으로써 기형화되고 있다"[14]고 논평했다. 반면에 막스 브로트는 "비록 작품에서 결코 '유대인'이라는 말이 나오진 않지만, 그의 작품은 우리 시대의 유대인 기록에 속한다"[15]라고 쓰고 있었다.

카프카는 이에 대해 그들은 자기를 "두 말을 동시에 타고 서커스를 하는 사람처럼" 취급하고 있지만, 사실 자신은 그저 "땅 위에 엎드려 있는 자"(F 720)일 뿐이라고 썼다. 이런 언급과 함께 카프카는 자신이 그 순간에 행복을 느끼는 것은 논평자들의 자의적인 해석이 아니라 길고 힘든 투쟁 끝에 그녀가 자신의 생각과 마음을 공유하게 되었다는 것이라고 덧붙였다.

---

14 Robert Müller, "Phantasie," *Die Neue Rundschau*, 1916, Bd.2, S.1421ff.

15 Max Brod, "Unsere Literaten und die Gemeinschaft," *Der Jude* 1, Nr.7(Okt. 1916), S.457ff.

그러나 그대는 내게 속합니다. 나는 그대를 나의 것으로 만들었습니다.
동화에 나오는 그 어떤 여자를 얻기 위한 싸움도 그대를 얻기 위해 내가
싸운 내면의 싸움보다는 더 격렬하고 더 절실하지는 못합니다. 처음부터, 언
제나, 그리고 영원히요. 그래서 그대는 나의 것입니다(F 730).

그는 그녀와의 관계를 더욱 돈독하게 하고 자신의 문학에 관심을 갖게
하려고 뮌헨에서 있게 될 '신문학(新文學)을 위한 낭독회의 밤'에 그녀를 초대
했다. 카프카는 그녀가 보육원 일 외에도 조금씩 자신의 문학 활동에도 관심
을 가져주기를 원하고 있었던 것이다.

# 뮌헨에서 『유형지에서』를 낭독하다

카프카는 친구들 앞에서 다른 작가의 작품이나 자신이 쓴 작품을 낭독하는 것을 좋아했다. 특히 자기가 쓴 작품을 낭독한다는 것은 자신이 쓴 것을 다른 사람들 앞에서 시험적으로 선보이는 일이며 작품을 완성했다는 기쁨을 가까운 친구들과 함께 나누는 것을 의미했다. 자신의 작품에 관심을 가지고 있는 정선된 청중이야말로 언제나 가장 큰 반응을 보여주기 때문이었다. 그의 청중은 주로 누이들이나 친구들 혹은 마르슈너 국장 부인의 살롱에 모이는 몇몇 손님 등 극히 사적인 자리로 한정되어 있었다. 그가 공적으로 자신의 작품을 낭독했던 것은 빌리 하스의 초대로 자기가 가장 마음에 들어 했던 『선고』가 유일했다.

낭독할 때 카프카는 시청각적인 낭독의 효과를 높이고 작품 속 문장의 묘미를 살리기 위해 정확한 발음, 억양 그리고 부가적인 설명이 필요하면 제스처나 표정술을 즐겨 사용했다. 그는 성대 연습을 위해 기회 날 때마다 여러 작가의 텍스트를 낭독하곤 했다. 특히 숲 속이나 계곡 등에서 즐겨 낭독했는데, 주로 오틀라가 청자가 되어주었다.

1916년 9월 7일에도 숲으로 산책을 나가 둘이서 번갈아가며 스트라코프가 쓴 『도스토엡스키에 대한 추억』[1]을 낭독하면서(F 701) 서로의 억양과 발음, 낭독하는 자세 등을 지적해주기도 했다.

1916년 9월 12일 뮌헨에 있는 갤러리 신예술의 한스 골츠가 보낸 편지 한 통이 카프카에게 전달되었다. '신문학의 밤'에 그의 작품을 낭독해달라는 내용이었다. 이미 엘제 라스커-쉴러, 알프레트 볼펜슈타인, 테오도르 도이블러가 초대를 받아들였다고 했다. 발표자들이 모두 독일 표현주의 작가들이었고, 카프카에게도 당시 유행하는 작품을 발표해줄 것을 요구해왔다. 그는 그런 점이 마음에 걸렸지만 뮌헨 문학계의 분위기와 다른 발표자들의 경향을 알 수 있는 좋은 기회라고 생각했다.

뮌헨은 그가 오래전에 독문학을 공부하고 싶어 2주 동안 머물렀던 곳이었지만, 그 이후로는 1913년 리바 휴가에서 돌아오는 도중에 들러 몇 시간 동안 시내 구경을 한 게 전부였다. 그리고 서적상이자 출판업자이며 갤러리스트인 한스 골츠가 자신을 초대한 것은 뮌헨 문학계가 자신을 어느 정도 인정하고 있는 것이라고 생각했다. 또한 결혼 후 자유 작가로 활동하는 데 그런 사회적 활동이 도움이 될 수도 있지 않을까 생각에 초대에 기꺼이 응했다. 전시였던 당시에는 국경을 넘으려면 비자가 필요했기 때문에 그는 즉시 비자 발급 수속에 들어갔다.

그러나 며칠 후 카프카는 막스 브로트가 '신문학의 밤'에 응하는 조건으로 카프카도 초대해줄 것을 부탁했다는 사실을 알게 되었다. 9월 19일 카프카는 자신의 실망스러운 마음을 펠리스에게 "막스가 초대를 주선했다는 것을 오늘 알았습니다. 그래서 가고 싶은 마음이 줄어들었습니다"(F 705)라고 썼다. 그러나 그는 이를 거부하지는 않았다. 낭독회가 지금까지 침체되었던

---

1 추측하건대 이것은 스트라코프(N. N. Strakhov)가 쓴 도스토옙스키의 문학작품 입문서를 일컫는다. 스트라코프는 도스토옙스키의 전집(F. M. Dostojewski, *Sämtliche Werke*, Abt.2, Bd.12, München 1913)을 편집·발간했다.

자신의 문학 활동에 새로운 활력을 불어넣는 계기가 될 수도 있고, 펠리스와 다시 만날 수 있는 기회도 되었기 때문이었다. 그들은 낭독회가 열리는 11월 10일 뮌헨에서 만나기로 약속했다. 카프카가 신청한 경찰의 신원조회서에는 '신뢰할 수 있고 아무 문제가 없음'으로 기재되어 있었다.

카프카는 낭독할 작품을 결정해야 했지만, 최근 2년간 쓴 작품이 거의 없었다. 그동안 결혼, 직장, 건강 등 현실적 문제로 너무 많은 시간을 헛되이 흘려보냈음을 그 어느 때보다 뼈저리게 느꼈다. 이제 펠리스와의 화해로 결혼생활을 기대하고는 있지만, 자기 '존재의 유일한 가능성'으로서의 문학적 삶은 마치 "풀어헤쳐진 거미줄"(F 737)처럼 쓸모없이 느껴졌다. 당시 그가 써놓고 아직 발표하지 않은 작품으로는 쿠르트 볼프가 자기 출판사의 총서 시리즈로 발간하기를 거부했던 『유형지에서』[2]뿐이었다. 그는 하는 수 없이 이 작품을 낭독하기로 했다.

그러나 『유형지에서』는 인간성이 말살 당하던 당시의 병적인 시대상을 잘 반영하고 있었고 그러한 시대 속에서 살아가는 인간의 단말마적 고통을 적나라하게 드러내주고 있어서 낭독의 의미는 충분했다. 카프카는 그 누구 보다도 당대의 경악스런 고통을 잘 알고 있었다. 그는 얼마 전에 보헤미아 출신 군인과 민간인을 위한 정신과 병원 설립과 경제적 후원을 추진하는 독일 단체를 위한 호소문을 작성한 적이 있었는데, 10월 30일 펠리스에게

---

2 카프카는 『유형지에서(In der Strafkolonie)』를 1914년 10월 4일에서 18일 사이 휴가 중에 썼다. 이 작품은 프랑스 대중작가인 옥타브 미르보(Octave Mirbeau)의 『고통의 정원(Le Jardin des Supplices)』(1899)이라는 작품의 영향을 받았는데, 여기에 나오는 여주인공이 새디스트적 사형을 통해 성적 쾌락을 얻는다는 내용으로 오스트리아 당국에 의해 외설스러운 작품으로 판금되었다. Bernd Neumann, *Franz Kafka. Gesellschaftskrieger. Eine Biographie*, München 2008, S.495f.; Reiner Stach, *Die Jahre der Entscheidungen*. 4. Aufl., Frankfurt am Main 2003, S.556f.

보내는 편지에 동봉한 그 호소문을 보면 그는 과학기술을 동원한 세계대전이 주는 인간의 외적인 고통뿐만 아니라 보이지 않는 정신적 고통이 얼마나 심대한가를 강하게 비판하고 있다.

　　모든 인간적 불행을 가득 안고 있는 세계대전은 또한 신경전(神經戰)이기도 합니다. 예전의 전쟁보다 더욱 그러합니다. 이러한 신경 전쟁에서 너무나 많은 사람이 희생되고 있습니다. 지난 수십 년간 평화 속에서도 집중적인 기계 산업화로 인해 산업에 종사하는 사람들의 신경조직이 그 어느 때보다도 많은 침해를 당해서 장애를 일으켰듯이, 현재의 전쟁 속에서 어마어마하게 증가하는 기계화는 전쟁에 참여한 사람들의 신경조직에 심각한 위험과 장애를 야기하고 있습니다. 심지어 전문가조차도 그것에 대한 충분한 지식을 갖지 못할 정도입니다(F 764).

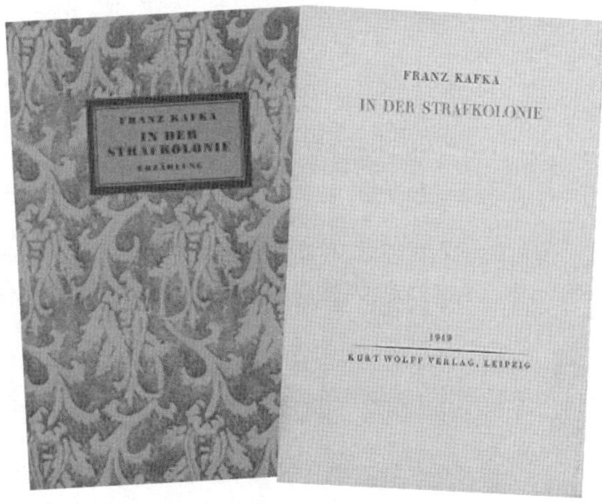

『유형지에서』 초판 표지와 속표지(1919년)

　　한편 뮌헨 문학의 밤 개최 측에서는 전시의 엄격한 검열을 염려해 '유형지에서'라는 제목을 아이러니하게도 '프란츠 카프카: 열대지방의 허황된 이야기'[3]라고 변경시켜 보도 허가를 받아냈다. 게다가 막스 브로트는 직장에서 휴가를 얻지 못해 본의 아니게 불참하게 되었고, 카프카만 낭독회

---

3 『유형지에서』는 1916년 11월 7일 ≪뮌헨 최신소식(Münchner Neueste Nachrichten)≫와 ≪뮌헨 신문(Münchner Zeitung)≫에 우습게도 '프란츠 카프카: 열대지방의 허황된 이야기 (Franz Kafka: Tropische Münchhausiade)'로 보도되었다.

에 참석하게 되었다. 펠리스와 카프카는 11월 10일 금요일 저녁에 각기 따로 뮌헨에 도착했다.

카프카는 우선 막스 브로트의 시 「코믹한 칸타타」 등 몇 편의 시를 대신 낭독한 후 『유형지에서』를 읽어 내려갔다. 그 낭독회에는 방청객으로 오이겐 몬트, 코트프리트 쾰벨, 막스 풀버, 라이너 마리아 릴케 등의 작가도 참석했는데, 스위스 작가로 당시 뮌헨서 활동하고 있던 막스 풀버는 카프카 사후 그가 당시 『유형지에서』를 낭독했을 때의 순간을 이렇게 기술했다.[4]

첫 마디부터 무미건조한 피 냄새가 확 퍼지는 듯했다. 이상야릇하게 맥 빠진 듯한 창백한 맛이 내 입술에 와 닿았다. 그의 목소리는 사죄하는 듯 울렸지만, 이미지는 칼처럼 예리하게 내 가슴을 파고들었다. 얼음 바늘로 찌르는 듯한 나락의 고통들. 고통을 가하는 자와 집행자의 억제된 희열에 찬 말 속에는 고문기구만이 아니라 무서운 고통이 기술되었다. 듣는 자도 지옥의 고통으로 끌려들어 갔고, 희생자처럼 진동하는 고문대 위에 누워 있었다. 그리고 새로운 말 하나하나가 새로운 가시처럼 희생자의 등 위에 처형을 새겨나갔다. 이때 한 사람이 둔중하게 쓰러졌다. 홀 안은 혼란이 일었다. 사람들이 실신한 숙녀를 데리고 나갔다. 그사이에도 낭독은 계속되었다. 그의 말들이 두 번이나 또 숙녀들을 실신시켰다. 일단의 방청객이 자리를 뜨기 시작했다. 작가의 비전이 그들을 압도해버릴 것 같은 마지막 순간에 많은 사람들이 도망치듯 사라졌다. 나는 구술된 말이 그토록 유사한 효과를 낸 적을 결코 본 적이 없었다. 한순간 심장이 멎는 듯했지만 나는 끝까지 남아서 들었다 (AK 142).

---

4 Max Pulver, "Spaziergang mit Franz Kafka," Max Pulver, *Erinnerungen an eine europäische Zeit*, Zürich 1953, S.50-57; AK 141-146.

여기에 언급한 막스 풀버의 진술이 사실이라면, 카프카는 이 작품을 통해서 자신이 의도했던 효과를 실제적으로, 그것도 낭독을 통해 매우 극적으로 얻어냈다고 볼 수 있다. 당시는 제1차 세계대전 중이었고, 전장은 새로운 가공할 무기들의 전시장이었다. 카프카는 인간이 만들어낸 살인기계를 작품 속에서 몸서리치는 처형기계로 둔갑시켰고, 결국 그 처형기계를 창안하고 사용한 형리 자신을 그 기계의 끔찍한 희생자로 보여주었다. 당시의 청중에게는 이 처형 장면은 너무나도 충격적이었을 것이다. 그러나 이미 1904년 1월 27일 청년 카프카는 친구 오스카 폴락에게 보내는 편지에서 "깨물고 찌르고, 두개골을 주먹으로 치고, 마음속의 얼어붙은 바다를 내리치는 도끼와 같은 책"(Br 27f.)을 읽고 쓸 것이라고 하지 않았던가.

그의 작품은 언제나 모든 고정된 사고와 관습의 틀을 깨는 충격적인 사건을 담고 있었다. 『선고』와 『변신』이 그랬고, 『소송』이 그랬다. 아버지가 아들에게 사형선고를 내렸고, 아들을 벌레나 물건으로 취급한 비정한 가족이 그랬으며, 아무런 죄도 없이 체포되어 사형에 처해지는 요제프 카가 그랬다. 그는 아무도 상상할 수 없는 사건과 비유적인 언어 형식으로 익숙하고 당연한 것으로 받아들여졌던 현실 세계의 배후에 숨겨진 어마어마한 부조리의 실체를 충격적으로 폭로했던 것이다.

그러나 언론은 물론이고 어느 누구도 그의 작품을 이해해주는 사람이 없었다. 뮌헨의 언론은 "불충분한 전달자", "놀라게 하는 것을 좋아하는 호색한", "너무 길고 매력이 없다"(RSII 155) 등의 엉뚱한 악평을 쏟아냈다. 카프카의 작품 낭독은 실패로 끝난 것처럼 보였다. 낭독회가 끝난 후에 있었던 작은 뒤풀이 자리에서 그가 낭독과 연관해서 동료 작가들에게 남긴 유일한 말은 "내 작은 더러운 이야기를 읽지 말았어야 했다"[5]는 것이었다. 그는 그

---

5 Eugen Mondt, "Ein Abend mit Franz Kafka," AK 139.

라이너 마이아 릴케(1900년)

결과에 몹시 실망했고 한탄했다. 펠리스가 낭독회에 대한 언론의 반응에 대해 물었을 때 부정적 논평의 원인을 자신이 오랫동안 글쓰기를 게을리한 탓으로 돌렸다.

그에게 유일한 위안이 되었던 것은, 릴케가 『화부』에 대해 긍정적인 평가를 했다는 오이겐 몬트의 이야기였다.

오로지 뮌헨에 가기 위한 수단으로 나는 내 글을 남용했습니다. 그렇지 않으면 그곳엔 아무런 정신적 연줄이 없으니까요. 게다가 2년이나 글을 쓰지 않았는데 뻔뻔하게도 대중 앞에서 낭독을 하다니요. 지난 일 년 반 동안 프라하에서 가장 친한 친구들 앞에서조차 한 마디도 낭독하지 않았으면서요. 그런데 프라하에서 나는 여전히 릴케의 말을 기억하고 있습니다. 『화부』에 대해 아주 호의적으로 말한 뒤 그는 『변신』이나 『유형지에서』는 그만큼의 성과를 이루지 못했다고 했습니다. 이런 관찰은 우선은 이해하기 어려울지 모르지만 통찰력이 있는 관찰입니다(F 744).

그는 겸허하게 비평계의 부정적인 평가를 받아들였다. 그동안 글도 쓰지 않고 낭독도 하지 않은 상태에서 공개석상에 나선 것은 '환상적 교만'이었다고 생각했다. 그러나 저명한 시인 릴케는 당시 무명이나 다름없던 그의 작품을 빠짐없이 읽고 있었고 또 그를 높게 평가했던 것 같다.[6] 나중의 일이지만,

---

6 릴케와 카프카가 개인적으로 만났는지는 확인할 길이 없다. 카프카는 아마도 작가 오이겐 몬트를 통해 그의 작품에 대한 릴케의 의견을 들었을 것이다. 당시 그들은 그 문화행사의 원고 심사위원들이었기 때문이다. 그 당시 『유형지에서』는 아직 출판되지 않았으므로, 뮌헨에 살고 있던 릴케가 9월 30일 낭독회 전에 도착한 원고를 읽고 오이겐 몬트와 논의했을 거라고 생각된다. 릴케는 카프카의 낭독회에 참석했을지는 모르나 뒤풀이 모임에는 참석하지 않았다. Eugen Mondt, *München-Dachau, ein literarisches Erinnerungsbüchlein* [Typoskript, Stadtbibliothek München], S.42f; RSII 638. 1922년 2월 17일 쿠르트 볼프에게

릴케가 카프카에게 지속적인 관심을 보이고 있었다는 것은 1922년 2월 17일 그가 쿠르트 볼프에게 보내는 편지에서도 증명되었다. 릴케는 "부디 카프카가 내놓는 모든 작품에 대해 항상 저를 위해 특별히 메모해주십시오. 확신하건대, 나는 그의 최악의 독자가 아닙니다"(F 744)라고 썼다.

11월 12일 카프카는 낭패감에도 불구하고 새로운 용기와 결연한 마음으로 프라하로 돌아왔다. 그리고 그동안 글쓰기에 게을렀던 자신을 책망하고 반성했다. 그러면서 그는 또다시 글쓰기를 위한 고독의 방에 칩거하기 시작했다. 펠리스와의 서신 교환도 가능한 자제하고 일기조차도 11월부터 이듬해 4월 초까지 쓰지 않았으며, 친구들과의 서신 교환도 10월 중순경부터 새해까지 거의 중단했다. 펠리스에게도 11월 14일 펠리스의 어머니에게 간단한 생일 축하 인사를 보내고, 11월 18일에는 에밀 카우츠시가 편집한 『신구 텍스트 바이블』을 친필 헌사와 함께 펠리스의 생일 선물로 보냈으며, 보육원 소녀 교육을 위한 책들과 추천할 만한 청소년 책 목록 그리고 자신의 원고료를 자선금으로 보냈을 뿐이었다.

펠리스는 카프카의 이런 태도에 불만이었다. 이미 뮌헨의 한 제과점에서 양쪽 가족을 위한 인사 문제로 사소한 다툼이 있었다. 펠리스는 미래의 사위가 될 그가 어머니와 자신의 생일에는 당연히 인사차 베를린에 와야 하며 자신도 시어머니 될 분을 찾아가 인사해야 한다고 생각했지만, 카프카는 상호간의 직접 방문은 시간 낭비라며 반대했다. 펠리스는 그의 태도가 너무 이기적이라고 비난하는 편지를 보냈고, 이에 화가 난 카프카는 11월 21일 편지에서 이렇게 반박했다.

---

보낸 편지에서 릴케는 카프카의 작품에 대해 대단한 관심을 보였다(KWB 152). 또한 루 알베르-라사르(Lou Albert-Lasard)는 릴케가 그녀에게 카프카의 『변신』을 읽어주었다고 적은 것으로 보아 릴케가 당시 카프카의 발표된 작품을 읽고 있었다는 것이 확실하다. Lou Albert-Lasard, *Weg mit Rilke*, Frankfurt am Main 1952, S.43.

그대가 나의 이기심에 대해 비난하는 것이 무심코 하는 것이든 당연한 것이든, 그러한 비난이 앞으로도 무한히 계속되리라는 위협을 생각할 때 이대로 놓아둘 수는 없겠습니다. 그것이 정당한 비난이기 때문에 내게는 더욱 심각한 영향을 미칩니다. 정당하지 못한 것은 나를 비난하는 사람이 바로 당신이라는 것입니다(F 741).

그는 더 이상 그런 문제로 싸울 의사가 없었다. 그런 문제로 지난 2년간 수없이 이해를 구하고 싸우지 않았던가! 그는 글 쓰는 일에만 전력투구해야 한다는 생각뿐이었다. 그는 펠리스가 크리스마스 휴가 때 베를린에 와달라는 요청마저 거부했다. "크리스마스요? 나는 갈 수가 없습니다"(B3 276). 이렇게 그들 사이에 또다시 긴장이 시작되고 있었다.

# 알히미스텐가쎄의 연금술사 집에서 글을 쓰다

뮌헨 낭독회의 실패는 카프카에게 새로운 전환점이 되었다. 그의 모든 생각은 글 쓰는 일에 집중되었다. 우선 그는 환경을 바꾸어야겠다고 생각했다. 소음이 많은 숙소에서 조용한 방으로 옮기는 것이 급선무였다. 그렇게 되면 무엇인가 새로운 희망을 찾을 수 있을 것만 같았다. 그는 1916년 11월 24일 펠리스에게 이렇게 편지를 썼다.

지금은 집 문제가 다시 나의 주된 관심사입니다.……얻지 못한다면 참을 수 없을 것입니다. 비록 집이 내게 내적인 평화를 주지 못한다 해도 일할 수 있는 가능성은 줄 겁니다. 또한 낙원의 문이 다시 활짝 열리지는 않겠지만, 어쩌면 그 벽에서 눈으로 들여다볼 수 있는 작은 틈새 두 개를 발견할지도 모른다는 겁니다(F 742).

그는 오틀라나 어머니와 같이 방을 구하러 다녔으나 허사였다. 방이 마음에 들지 않거나 마음에 들면 월세가 너무 비쌌다. 그런데 뜻밖에도 오틀라가 이 문제를 해결해주었다. 오틀라는 같이 일하는 사촌여동생 이르마 카프카와 잠시라도 부모로부터 벗어나 자유롭게 이야기를 나누거나 남자 친구 다

비트가 군대에서 휴가를 나오면 단둘이서 오붓하게 시간을 보내려고 작은
집을 하나 보아둔 게 있었다. 그 집은 월세가 겨우 20크로네였는데, 마침
그곳에 살던 가족이 나가게 되어 비게 되었다. 그 방은 "작고 너무 더럽고
전혀 사람이 살 곳이 못 되는 결점투성이"(F 750)였지만, 오틀라는 손수 페인
트칠을 하고 대나무 가구도 들여놓고 벽에는 옷걸이도 걸었다. 그랬더니 그
작은 방은 아늑하고 조용한 방으로 변했다. 오틀라는 그 방을 선뜻 카프카에
게 글 쓰는 방으로 내주었다. 카프카는 새로운 방을 구할 때까지 임시로
밤에는 그곳에서 글을 쓰고 식사는 부모의 집에서 해결하고 잠은 랑에 거리
의 자기 방에서 자기로 했다.

오틀라는 원래 고집이 세고 반항적이었지만, 유독 오빠에게만은 다정다감
했다. 그녀는 가족 중에서 가장 자유롭게 생각하고 행동하는 독립적인 여성
이었다. 다른 누이들은 중매로 부모의 조건에 맞추어 결혼했지만, 그녀만은
사랑하는 사람을 스스로 택해 자유롭게 연애했다. 후에 그녀의 남편이 될
요제프 다비트[1]는 독일인도 유대인도 아닌 체코인이었으며, 부모가 바라는
부자도 아닌 가난한 대학생이었고 게다가 종교는 가톨릭이었다. 오틀라를
누구보다도 사랑하는 카프카는 그와도 친하게 지냈다. 1915년 다비트가 군
대에 나가게 되자 오틀라는 자주 카프카와 함께 시간을 보냈다. 함께 괴테,

---

1 요제프 다비트(Josef David)는 대학에서 법학 공부를 하고 은행에서 근무했다. 그는 체코
국수주의자이자 보수주의자로 카프카 가족 사이에서도 언제나 체코어만 고집했지만, 따뜻
하고 너그러운 마음과 뛰어난 유머 감각을 가지고 있었다. 다비트의 첫 방문 후 어머니는
오틀라에게 이렇게 써 보냈다. "그는 우리에게 아주 좋은 인상을 주었단다. 하지만 그가
매우 낯설게 보이고 우선 그와의 소통에 익숙해야겠다는 사실은 부인할 수가 없구나. 그는
분명 성실하고 지적인 사람이지만, 아버지는 다른 생각을 가지고 계시다. 우선 봉급이 적다
는 것과 그다음엔 종교 말이다. 물론 모든 게 잘되리라 믿는다. 우리는 그저 네가 행복하기
를 바랄 뿐이란다"(O 188). 그는 가족 사이에서는 페파(Pepa)라는 애칭으로 불렸다.

쇼펜하우어, 함순, 플라톤, 도스토옙스키 등의 작품을 읽었으며 시온주의와 동구 유대 피난민 문제에 대해 의견을 나누기도 하고, 자신들의 미래를 이야기했다. 활달하고 너그러운 오틀라는 허약한 오빠를 위해 사소한 일에서 궂은일까지 헌신적으로 돌봐주었다. 카프카는 1916년 10월 19일 펠리스에게 보내는 편지에서 누이동생 오틀라에 대해 이렇게 썼다.

카프카와 오틀라

> 때때로 오틀라는 내가 옛날에 바라던 어머니 같다는 생각이 듭니다. 순수하고, 진실하고, 성실하고, 일관되고, 겸손과 자부심, 감수성과 신중함, 헌신과 자립, 소심함과 용기 등이 아주 정확히 평형을 이룹니다. 내가 오틀라를 언급하는 것은 비록 눈에 띄지는 않지만 그녀 속에 어머니가 존재하기 때문입니다(F 730).

카프카는 어머니에게서 받지 못한 사랑을 오히려 막내 여동생에게서 받는 기분이었다. 오틀라는 고등학교를 졸업하고 아버지의 상점 일을 돕고 있었는데, 부모로부터 빨리 자립하는 것이 그녀의 꿈이었다. 그녀는 도시보다는 농촌에서의 생활을 소망하고 있었으므로,[2] 앞으로 보조원으로 농사를 배우거나 농업학교를 다닐 생각이었다. 그리고 가능하다면 전쟁이 끝난 후 팔레스타나로 이주해 집단농장인 키부츠에서 일할 수 있기를 바랐다.

1916년 11월 그녀가 비밀리에 자신의 작은 방을 꾸미고 있을 때 처음으

---

2 Ottla Kafka an Josef David, 20. August 1916, zitiert nach Hartmut Binder, "Kafka und seine Schwester Ottla," *Jahrbuch der deutschen Schillergesellschaft*, 12(1968), S.403-456, hier S.439.

로 부모에게 상점 일을 그만두고 농사를 짓거나 원예 일을 하고 싶다는 계획
을 밝혔다. 그러나 이미 농촌생활의 비참함을 잘 알고 있고 도시생활이 주는
부와 편안함에 젖어 있는 아버지는 오틀라의 계획을 어리석은 짓이라고 비
난했다. 그러나 카프카만은 그녀의 목표와 용기를 북돋아주면서 사람은 자
신이 하고 싶은 일을 해야 한다며 그녀의 계획에 적극적인 지지를 보냈다.
오틀라는 3개월 후 농업학교를 알아보고, 우선은 프라하 교외의 원예농원에
서 채소 재배법을 배우기 시작했다. 카프카는 그녀를 위해 지방의 보험공사
지부를 통해 여러 곳의 농업학교를 알아보기도 했다. 아버지가 지적했듯이,
그들은 늘 남매간에 '부정한 동맹'을 맺고 아버지에게 반대하는 행동대원들
이었다. 그들은 오누이자 생의 동반자 같았다.

오틀라는 자신의 여가시간을 위해 마련한 소중한 공간을 사랑하는 오빠에
게 선뜻 내놓았다. 알히미스텐가쎄 22번지[3]에 위치한 작은 집은 '황금 소로
(小路)'라고 부르는 작은 골목길을 통해서만 들어갈 수 있는 외진 곳에 있어
한낮에도 한적하고 조용했다. 요란하게 삐걱거리는 마차 소리도, 돌바닥에
부딪치는 말발굽 소리도, 왁자지껄 떠드는 행인들의 소리도 들리지 않았다.
벽은 얇았지만 옆집에서는 아무 소리도 들리지 않았다. 작은 창문이 나 있는
골목길 아래로는 덩굴나무가 늘어져 있고 멀리서 간간히 새 울음소리만 들
려올 뿐이었다.

카프카는 직장 일을 마치고 오후 4시쯤 그곳으로 갔는데, 오틀라나 그녀
의 친구 루체나가 방을 깨끗하게 치워놓고 창문을 열어 공기를 환기시킨
후 따뜻하게 난방을 해놓았다. 그는 그곳에서 네댓 시간 동안 글을 쓴 후

---

3 황금 소로(Goldenes Gässchen)라고 부르는 알히미스텐가쎄(Alchimistengasse)는 1600년에 미
   친 황제인 루돌프 2세의 연금술사들이 거주했던 곳으로, 작은 집들이 다닥다닥 붙어 있다.
   집들의 문은 낮고 방은 비좁았으며 지하엔 화덕이 하나 놓여 있었다. 카프카는 그곳에서
   1916년 11월 24일부터 1917년 4월까지 머무르며 밤늦게까지 글을 썼다.

부모의 집으로 걸어 내려가 가족
과 저녁식사를 했다. 식사 후에는
다시 알히미스텐가쎄의 작은 방
으로 돌아가 밤늦게까지 글을 썼
고 한밤중이 되어서야 언덕 위에
있는 흐라드신 성의 계단을 걸어
내려와 랑에 거리의 집으로 자러

알히미스텐가쎄 22번지의 작은 집

갔다. 눈이 하얗게 쌓인 날도 있었고, 별들이 총총 빛나고 달이 환하게 뜬
날도 있었다. 밤길을 혼자 걷노라면 머리도 맑아지고 잠도 잘 와서 카프카는
아주 흡족했다. 오틀라는 오빠가 행복해하는 모습을 보면서 주말에는 그 방
을 자신이 사용하기로 했던 것도 취소했다. 그녀는 12월 3일 군대에 있는
다비트에게 이렇게 편지를 썼다. 편지를 읽어보면 오빠를 사랑하는 그녀의
따뜻한 마음을 느낄 수 있다.

> 나는 지금 별(모양의 성)을 향해서 걸어가고 있는 중이에요. 귀가하는 길에
> 나의 작은 집이 무얼 하고 있나 보러 가는 거랍니다. 단지 외부에서만 볼
> 수 있지만, 그 안에는 오빠가 있어요. 그곳에서 오빠는 정말 잘 지내고 있답
> 니다. 그래서 거리를 방황해야 돼도 아무렇지가 않아요.[4]

카프카는 착한 누이동생을 위해 "나의 집주인에게"(O 170)라고 써서 새로
단행본으로 나온 『선고』, 찰스 디킨스의 『크리스마스 캐럴』, 루트비히 리히

---

4 Brief Ottla Kafkas an Josef David, 3. Dezember 1916. Deutsche Übersetzung zitiert
  nach Hartmut Binder, "Kafka und seine Schwester Ottla," *Jahrbuch der deutschen
  Schillergesellschaft*, 12(1968), S.426. 슈테른(Stern, 별)은 프라하 성곽 서쪽에 있는, 큰 정원이
  있는 별 모양의 성을 말하며 당시에는 사랑받는 산책길이었다.

터의『고향과 민족』등을 그녀의 작은 책상 위에 놓아두곤 했다.

12월에 들어서면서 전쟁으로 인한 땔감 부족으로 밤에는 석탄 사용이 금지되었다. 연극, 영화, 강연회 등도 중지되거나 취소되는 경우가 허다했고 교통기관의 운행시간도 제한되었다. 카프카는 이 '어둡고 불행한 시대', '얼음 같은 차가운 시대'를 수도원의 작은 골방 같은 그곳에서 추위와 싸우며 글 쓰는 일로 이겨내고 있었다. 그러나 그는 그런 생활에 더 없이 만족하고 있었다. 왜냐하면 그가 원하는 "가장 좋은 삶의 방식은 문방구와 램프를 갖고 밀폐된……지하실의 가장 깊숙한 곳에 앉아"(F 250) 글을 쓰는 것이기 때문이었다. 그는 춥고 어둡고 한적한 작은 방에서 "은둔자가 아니라 죽은 자처럼 정적" 속에서 상상의 나래를 펼치고 있었다. 그에게 "창작은 깊은 잠, 곧 죽음"(F 412)과 같은 것이기 때문이었다. 그는 펠리스에게 당시의 생활을 이렇게 썼다.

이 집에서 나는 온갖 종류의 어려움과 싸우고 있습니다. 하루는 무엇인가를 만들어냈다가 그다음 날엔 그것을 만들어낼 때보다 더 힘겹게 없애버리고 있습니다. 하지만 이곳에서 지내는 일은 멋진 일입니다. 한밤중에 도시 안에 있는 오래된 성의 계단을 따라 집으로 어슬렁거리며 내려오는 것은 정말 멋지답니다(F 891, 747).

그는 작은 골방에서 1917년 4월까지 오직 글만 쓰는 은둔자적인 삶을 살았다. 1916/17년 겨울 사이에 그는 8절지 노트 네 권에 각각 약 80쪽의 원고를 썼다. 그때 쓴 원고는 주로 산문 형태의 글들이었고, 대화와 몇 편의 서정시 같은 글도 포함되어 있었다. 그 밖에도 일반적인 글씨체와 속기체로 번갈아 쓴 문장들, 줄을 그어버린 긴 문장의 행들, 편지의 구상 부분, 수수께끼 같은 이름, 알 수 없는 제목이나 날짜 등이 어지럽게 뒤섞여 있었다. 마치 머릿속에 떠오르는 영감을 형상기호로 옮겨 종이 위에 물감처럼 풀어놓은 것 같은 모양이었다.

B 노트 첫머리에는 "나는 딱딱하고 차가웠다. 나는 하나의 다리였다"라고 쓰여 있었다. 이것은 1916년 12월 중순에 쓴 「다리」라는 단편으로, 일인칭 화자가 타인과의 소통을 기대하며 겪는 체험과 좌절을 몽환적으로 그리고 있는 짧은 산문소품이다. 그리고 몇 쪽 뒤에는 미완성으로 남은 단상의 시작 부분인 "모든 사람은 각자 자기 안에 방을 하나 가지고 있다"라는 문장이 적혀 있다. 또한 마치 자기 작품에 대해 예언하듯 「사냥꾼 그라쿠스」에 나오는 "어느 누구도 내가 여기에 쓰고 있는 것을 읽지 못할 것이다"라는 글귀도 그때 탄생되었다. 그런가 하면 다음에는 갑자기 "어제 무력감이 나에게 찾아왔다. 그는 이웃집에 산다"라는 의인화된 문장이 나타나기도 한다. 이렇게 서로 다른 작품의 시작 부분이 어지럽게 병렬적으로 쓰여 있다.

D 노트는 "우리는 모두 로트페터를 알고 있다"라는 문장으로 시작된다. 이것은 「학술원에 드리는 보고」에 나오는, 인간화된 원숭이 로트페터를 말하는 것이다. 그리고 그에 대한 수많은 변형 텍스트들, 중단된 단락들 그리고 관점의 변환과 단락의 횡적 연결 등의 기록을 볼 수 있다.

이것으로 미루어보아 그가 그 시기에 얼마나 많은 착상과 구상을 하면서 창작에 매달려 있었으며, 하나의 원고를 완성하는 데 얼마나 많은 각고의 노력을 기울였는지를 짐작할 수 있다. 또한 그는 그 시기에 여러 형태의 장르를 실험해보기도 했다. 비유, 우화, 비유설화, 동화, 보고, 열거, 독백, 대화, 서정시, 죽은 선왕들의 영들이 나타나는 희곡까지 시도했다.

이때가 바로 카프카에게 찾아온 세 번째의 왕성한 창작 시기이다. 특히 현대 비유설화적인 색채를 띤 뛰어난 작품과 메타문학적인 산문이 이 시기에 많이 나왔다. 1916년 12월과 1917년 1월에 「시골 의사」, 「다리」, 「싸구려 관람석에서」, 「이웃 마을」, 「양동이를 탄 사나이」, 「형제 살해」 등을 썼고, 2월에는 「자칼과 아랍인」과 「신임 변호사」를, 3월에는 「낡은 종이쪽지」와 「열한 명의 아들」을, 4월에는 「가장의 근심」, 「광산의 방문객」, 「튀기」, 「학술원에 드리는 보고」를 썼다. 그 밖에도 카프카는 이와 병행해 1917년 1월부터 4월까지 「사냥꾼 그라쿠스」를, 2월이나 3월에는 「이웃」, 「마당 문 두드리기」, 「만리장성의 축조」 등의 단편(斷片)을 썼으며, 비유설화 「황제의 칙사」도 이때 완성했다.

특히 「사냥꾼 그라쿠스」는 여러 판본을 가지고 있는데, 판본마다 내용이 조금씩 다르지만 모두 미완성의 단편으로 남아 있다. 이 작품은 사냥꾼 그라쿠스가 아주 먼 옛날 산양을 쫓다가 바위에서 굴러 떨어져 죽은 후 그가 돌아가기로 되어 있는 '아름다운 고향'에 이르지 못한 채 저승과 이승 사이의 경계선상을 정처 없이 떠돌아다닌다는 이야기이다. 이러한 사냥꾼 그라쿠스의 운명은 바로 어디에도 속하지 못한 채 끊임없이 방황해야 하는 현대인의 '고향 상실'을 형상화한 것이다. 또한 주인공의 이름인 그라쿠스는 '까마귀'를 뜻하는 이탈리아어로, 체코어 카프카와 동의어이기도 하다. 따라서 카프카는 자신의 이름이기도 한 주인공 그라쿠스를 통해 과거와 현재, 꿈과 현실, 이승과 저승, 천상과 지상 사이의 중재를 위해 그 경계선상을 끊임없이 떠돌아야 하는 자신의 존재방식을 동시에 암시했다고도 볼 수 있다.[5]

한편 「황제의 칙명」은 앞서 논했던 「법 앞에서」와 대비되는 비유설화이다. 후자에서 법 안으로 입장하기를 원하는 시골 사람이 여러 가지 시도에도 불구하고 결국 입문하지 못한 채 죽는다는 이야기를 그리고 있다면, 전자에서는 죽어가는 황제의 칙명을 지닌 칙사가 막강한 힘과 권위의 표식에도 불구하고 저 멀리서 기다리고 있는 '너'에게 결코 도달할 수 없다는 이야기

---

5 이주동, 「「사냥꾼 그라쿠스」에 나타난 문명사의 비판과 작가의 사명」, 『카프카 연구』, 제10집 (2002), 139-171쪽.

를 그리고 있다. 황제의 칙사와 그의 소식을 기다리는 '너' 사이에 가로놓여 있는 무수한 궁궐과 성벽과 성문은 더 이상 소통이나 입장이 불가능해진 황제와 우리 인간의 완전히 단절된 관계를 보여준다. 니체의 신에 비견될 수 있는 카프카 작품 속의 황제는 죽어가고 있거나, 「낡은 종이쪽지」에서처럼 왕국의 수도가 거친 유목민에게 황폐화되어가는 것을 창가에서 바라보고만 있는 '무력한 자'로 나타나며, 「만리장성의 축조」에서처럼 "황제의 권위는 불멸일지 모르나 개개의 황제는 쓰러지고 추락한다." 미완성 희곡 「영묘지기」에서도 취임한 지 1년도 안 된 제후의 권위는 적과 내통한 아내로 인해 뿌리째 흔들린다. 「신임 변호사」에서도 전설적인 영웅 알렉산드로스 대왕 같은 이는 더 이상 존재하지 않으며, 인간을 인도로 이끌어갈 자는 물론이요, 그곳으로 향하는 방향조차 제시해줄 자도 더 이상 존재하지 않는다.

이것은 카프카 문학이 강조하고 있는 중요한 주제의 하나로 '위대한 상징의 몰락'이자 '전통적 가치의 붕괴'이며 '통일된 의미의 상실'을 의미한다. 그의 작품에서는 전통적 상징체계나 의미론적 기호체계는 해체되며, 그의 이해할 수 없는 수수께끼 같은 '절대적 메타포'의 세계만 존재할 뿐이다. 그 결과 그의 작품에는 개개의 독자에 의해 해석되어야 하는 언어의 양가성·다의성·다층성·다성성이 편재하게 된다.

1917년 3월 2일 카프카는 새 집으로 이사했다. 구시가 클라인자이테 구역에 있는 쉔보른 팔레 3층의 방 두 개와 넓은 홀이 딸린 집이었다. 그는 펠리스와의 결혼 준비를 위해 그 집을 이미 1월에 보아두었는데, 멋진 정원이 딸려 있고 "거리가 내려다보이고 창밖엔 흐라드신 성이 인접해 있으며", "쾌적하고 인간적이며 세간이 좀 더 수수하게 갖추어져" 있었지만 "욕실과 부엌"(F 751)이 없는 게 흠이었다. 그러나 그는 여전히 글쓰기는 알히미스텐가쎄의 작은 골방에서 식사는 부모의 집에서 해결했고 그 집에서는 잠만 잤다.

그때 카프카 가족의 석면공장이 더 이상 운영할 수 없는 지경에 이르러 휴가 중이던 카를 헤르만이 파산 정리에 들어갔다. 그는 투자금을 모두 날렸으나 고향인 북서 보헤미아 지방의 시골 마을 취라우에 농장을 하나 가지고 있었다. 그는 예전에 빚더미에 올라 있는 그 농장을 헐값으로 인수해서 그동안 친척에게 농사를 짓게 하고 있었다. 공장 파산에 책임을 느낀 카를과 엘리는 도시를 떠나 농촌생활을 하고 싶어 하는 오틀라에게 그 농장을 맡기고 대신 부모의 상점 일은 엘리가 돌보자는 안을 냈다. 오래전부터 농촌생활을 꿈꾸고 있던 오틀라는 대환영이었다. 카프카는 힘든 농촌생활을 결단한 그녀의 과감성을 칭찬했다. 상황이 이러하니 아버지를 포함한 어느 누구도 별다른 이의를 제기하지 않았고, 1917년 4월 중순 오틀라는 마침내 취라우로 떠날 수 있었다.

그즈음 프라하의 생활은 전쟁으로 점점 어려워지고 있었다. 식량과 땔감의 부족은 점점 더 심해졌고, 특히 민간인에게 석탄 공급이 제대로 이루어지지 않아 많은 사람들이 굶주림과 추위에 떨어야 했다. 비교적 부유했던 카프카 가족도 필요한 물건을 구하기 힘든 것은 마찬가지였다. 어떤 때는 영하 20도의 강추위에도 석탄 없어 추위에 떨어야 했다. 카프카는 글을 쓰다가도 손끝이 얼어 쓰다버린 원고지와 몇 개의 나무토막을 태워 잠시 녹여야 했다. 더구나 늘 어머니처럼 땔감과 먹을 것을 준비해주던 오틀라가 떠난 알히미스텐가쎄의 작은 방과 쇤보른 팔레의 집은 더욱 춥고 쓸쓸했다. 그는 취라우로 떠난 그녀를 생각하며 이렇게 편지를 썼다.

네가 떠난 뒤에 히르슈 언덕에 거센 폭풍우가 휘몰아쳤어. 우연이기도 하고 필연이기도 하지. 어제는 쇤보른 팔레의 셋집에서 늦잠을 잤어. 불이 꺼져서 무척 추웠고 그 바람에 잠을 설쳤기 때문이야. '오틀라가 떠난 첫날 저녁은 정말 엉망이구나!' 하는 생각이 들었지. 그리고 신문지와 원고지를 있는 대로 모았어. 잠시 후에 멋진 불길이 솟아올랐지(O 38).

혹한의 고통을 카프카는 블랙 유머의 「양동이를 탄 사나이」라는 작품으로 옮겼다. 추운 겨울인데도 한 톨의 석탄도 얻지 못한 주인공 '나'는 텅 빈 양동이를 타고 저 추운 "알 수 없는 빙산 지역으로"(KKAD 447) 사라져버린다는 이야기이다. 카프카가 실제로 체험한 겨울의 혹독한 추위는 그의 작품 속에서 더욱 극대화되어 결국 빙산 지역으로 사라지고 마는 이 불행한 시대의 고통을 뼈저리게 체감하게 한다. 이처럼 그의 작품에는 자주 혹한과 눈이 내리는 장면이 등장해 시대의 아픔과 파국을 암시해주고 있다.

「시골 의사」의 주인공은 눈 내리는 추운 겨울 날 10마일 떨어져 있는 마을로 왕진을 떠닌다. 그러나 그는 위독한 환자의 병명도 알아내시 못한 채 헛되이 돌아오는데, 그 길은 가도 가도 끝이 없는 추운 황량한 세계로 이어진다. 시골 의사는 스스로 "늙은 나는 벌거숭이로 이 불행한 시대의 혹한에 몸을 맡긴 채 현세의 마차와 비현세의 말을 타고 이리저리 떠돌고 있을 뿐"(KKAD 261)이라고 독백한다. 그것은 바로 암담한 시대의 현실을 살아야 했던 작가 카프카의 독백이기도 했다.

카프카가 앉아 있는 작은 방 저 너머 먼 곳에서는 아직도 전쟁이 계속되고 있었다. 연합군은 전쟁 후 소수민족을 독립시켜주겠다고 매일 선전해댔고, 오스트리아 제국은 그럴수록 더더욱 억압적인 통치를 펼쳤다. 특히 프라하는 제국의 진앙지였다. 그러나 작은 흔들림에도 가장 민감하게 반응하는 유대민족 외에는 어느 그룹도 목전에 다가온 제국의 붕괴를 위협적으로 생각하지 않았다. 소수민족을 법으로 보호해주던 프란츠 요제프 1세가 죽자 반유대적이고 극단주의적인 인물로 소문이 나 있던 카를 황제가 들어서면서 유대인은 더욱 불안해졌다. 게다가 오스트리아 사회주의 지도자의 아들이자 유대 무신론자인 프리드리히 아들러가 카를 폰 스튀르크 수상을 권총으로 살해한 사건이 일어나면서 반유대주의 운동이 격렬해졌다. 또한 러시아에서 2월 혁명이 일어나자 망명 중이던 체코 사회주의 정치지도자 토마시 마사리크는 이에 가담해 러시아 땅에서 체코 의용군을 조직했으며, 이에 따라 오스트리아 군대의 체코 출신 군인은 집단으로 탈영을 감행했다. 그리고 1917년 4월 미국이 공식적으로 연합군 측에 가담함으로써 전쟁의 결과는 확실해져 갔다. 오스트리아 군주국으로부터 독립하기를 원하는 프라하의 체코인은 환호했지만 독일인은 반발했고, 그 사이에 낀 유대인은 더욱 불안한 처지에 놓이게 되었다. 헤르만 카프카는 헤르만(Herrmann)의 'r'자를 하나 없애서 덜 독일적인 냄새를 풍기는 체코식 표기인 헤어만(Hermann)으로 고쳐 사용했다.

앞뒤를 가늠할 수 없는 외부적인 변화에도 카프카는 여전히 알히미스텐가쎄의 작은 방에 틀어박혀 글쓰기에 몰입해 있었다. 그는 파국으로 치닫는 시대의 흐름과 그 안에서 살아가야 하는 인간의 절망적인 상황을 온몸으로 절감하며 오로지 글쓰기에 전념했다. 막스 브로트는 작은 방의 은둔자를 방문해 그가 최근에 "대단히 아름다운 많은 작은 산문, 전설, 동화"[6] 등을 쓰고 있다는 것을 알았다. 브로트는 마르틴 부버에게 1916년 4월에 창간된 잡지 ≪유대인≫에 카프카의 작품을 실어줄 것을 부탁했다. 마르틴 부버는 이미 1916년 말 유대 일간지 ≪젤프스트베어≫의 편집진이 펴낸 종합지 ≪유대인의 프라하≫에 카프카의 짧은 산문작품 「어떤 꿈」을 싣도록 소개한 적이 있었다. 그것은 원래 소설 『소송』의 일부였던 것을 카프카가 따로 발췌해 발표한 것으로, 카프카는 여기서 "인간이 죽을 때에야 비로소 자아는 진실을 인식하게 되고 자신의 해방을 깨닫는다"(HM 135)는 것을 이야기하고 있다.

1917년 4월 중순 마르틴 부버가 카프카에게 ≪유대인≫에 기고할 글을 부탁해왔다. 그것은 카프카에겐 예상 밖의 일이었다. 왜냐하면 그는 한 번도

---

6 RSII 644; Max Brod an Martin Buber, 7. April 1917.

자신의 작품에서 '유대인'이라는 단어를 사용한 적이 없었고 스스로 시온주의 자임을 표방한 적도 없어서 그 잡지에 자신의 작품을 싣게 되리라고 생각지도 못했기 때문이었다. 4월 22일 카프카는 새로 쓴 12편의 작품을 정서한 한 후 복사본을 부버에게 보내면서 작품 선정은 편집진 자유의사에 맡겼다. 그러나 유대 독자층의 반응을 염두에 두어야 하는 편집진으로서는 작품 선정이 몹시 어려웠다. 카프카가 보낸 작품은 모두 다의적인 의미로 해석될 수 있는 텍스트인 데다가 서구 유대인을 바라보는 일부 유대인의 시각이 곱지 않기 때문이었다. 특히 ≪젤프스트베어≫의 편집장 지그문트 카츠넬존은 서구 문화에 동화된 유대계 비평가들인 막시밀리안 하르덴, 알프레트 케르, 카를 크라우스를 "이 시대의 창녀"[7]라고까지 혹평할 정도였다.

　부비는 사람들이 유대인에 관한 주제를 딤고 있다고 생각할 수 있는 두 개의 산문작품을 선정했다. 「자칼과 아랍인」과 「학술원에 드리는 보고」였다. 부버는 ≪유대인≫이 추구하는 윤리적·종교적 논점에 부합시키기 위해 두 작품을 '두 개의 비유(比喩)'라는 제목으로 아우르는 게 어떻겠느냐고 카프카의 의중을 물었다. 그러나 카프카의 의견은 이와 달랐다. 그 작품들은 교훈적이고 범례적인 이야기를 담은 전통적 비유가 아니기 때문에 독자에게 그 어떤 확약을 주는 제목을 붙여서는 안 되며 오히려 '두 개의 동물 이야기'라는 제목이 나을 것이라는 의견이었다. 카프카는 제한적인 제목이 자유롭게 접근하려는 독자의 이해를 고정시켜 작품의 의미를 오도시킬 수 있다고 생각했던 것이다.

　결국 「자칼과 아랍인」은 1917년 10월에, 「학술원에 드리는 보고」는 11월에 ≪유대인≫에 발표되었다. 이것은 카프카가 유대인 독자 앞에 처음 소개되는 자리이기도 했다. 그는 5월 12일 마르틴 부버에게 "이렇게 ≪유대

---

7 *Selbstwehr*, Nr.6, 11. 2. 1916.

인≫에 실리게 되었군요. 나는 항상 그것이 불가능하리라고 여겼습니다"(B3 299)라고 감사를 표하는 편지를 썼다. 10월 11일 ≪유대인≫에 실린 「자칼과 아랍인」을 읽은 카프카는 말할 수 없는 기쁨을 느꼈다. 일주일 후 그는 일기에 "항상 허영심과 자아도취에서 벗어났을 때 비로소 안도의 숨을 내쉰다. ≪유대인≫에 실린 이야기를 읽었을 때의 열광적인 느낌, 흡사 조롱 속의 한 마리의 다람쥐 같다"(KKANII 30)라고 썼다.

「자칼과 아랍인」은 마르틴 부버의 기대와는 달리 해석하는 사람에 따라 유대인에 대한 비판적 시각을 드러내고 있다고 볼 수 있다. 특히 독일 문학에서 유대민족은 종종 '동물 메타포'로 사용되어 경멸당하고 무시당해왔다. 여기에서도 자칼로 이해될 수 있는 유대민족은 순수성을 고집하면서도 오히려 썩은 짐승의 시체를 집요하게 찾아다니는 쓰레기 활용자나 우스꽝스런 광대로 비쳐지고 있는 반면에, 아랍인은 유대인의 소동을 잠재우고 참고 견디는 우수한 종족으로 그려지고 있다.

「학술원에 드리는 보고」도 이와 유사한 반유대적 해석이 가능했다. 이 작품은 인간의 폭력 앞에서 자신의 본성을 버리고 어쩔 수 없이 인간의 관습을 받아들이는 한 불행한 원숭이의 인간화를 그린 이야기이다. 무엇보다도 자연 속에서 무한한 본능적 자유를 누리고 있던 원숭이를 강압적으로 '평균 시민'으로 길들이는 훈련 과정은 자연법칙에 어긋나는 인위적인 문명의 역사를 의미한다고 볼 수 있다. 그리고 원숭이가 유대인을 나타내는 메타포라고 본다면, 이 작품에서 원숭이가 '평균적인 유럽 시민' 문화에로 동화되어 가는 과정은 결국 서구화로 자신의 근원적인 정체성을 상실해가고 있는 서구 유대인의 모습을 비유한 것으로 이해될 수 있다.

그러나 카프카는 자신의 작품을 구태의연한 관습적 해석에서 벗어나 자유롭고 다양하게 해석해주길 바랐다. 그러므로 이 작품들 또한 얼마든지 유대인과 연계되지 않고 다양하게 해석될 수 있으며, 그렇기 때문에 카프카는 이 작품들을 더욱 사랑했고 만족스럽게 생각했다.

막스 브로트는 카프카가 ≪유대인≫에 작품을 발표함으로써 앞으로도 계속해서 부버와 좋은 관계를 맺으며 시온주의를 표방하는 그의 잡지에 참여하고 협력할 수 있으리라고 기대했다. 그러나 카프카는 오히려 마르틴 부버가 쓴『말, 교리 그리고 노래』와『사건과 조우』를 읽고 "역겹고 불쾌한 책들"(Br 224)이라고 비판했다. 왜냐하면 그 책들이 키르케고르의『이것이냐 저것이냐』와 마찬가지로 선택받은 자들의 종교적 우월감에서 나온 것처럼 느껴졌기 때문이었다. 게다가 그는 부버가 종교와 정치적 동기를 결합시키려는 것은 순수하지 못하며, 시온주의 운동이나 동유럽 유대인의 경건한 신앙 양쪽 모두에게 어떤 정당성도 부여하지 못한다고 생각했다.

특히 당대의 시온주의 문화 프로그램이 표빙하는 '행복론'은 카프카에세 커다란 불신감을 불러일으켰다. 그에게 행복에 대한 기대감은 종교적·정치적 이데올로기의 대상이 될 수 없으며 오로지 개인이 자신만의 길을 찾아가는 멀고 지난한 삶의 과정에서 도달할 수 있는 목표라고 생각되었기 때문이다. 이처럼 그는 친구들이나 동시대의 유대 지도자들과는 달리 항상 정치적 시온주의 이념과는 거리감을 두고 객관적이면서도 결코 본질에서 벗어나지 않는 작가의 길을 가려고 했다.

# 펠리스와의 두 번째 약혼

카프카가 펠리스에게 보낸 편지 모음집에는 1917년 1월 초에서부터 9월 9일까지의 편지가 빠져 있다. 그러나 카프카가 그 시기에 편지를 전혀 쓰지 않았다고는 볼 수 없다. 여러 정황으로 미루어보아 그때 쓴 편지가 실종된 것으로 보인다. 왜냐하면 7월 9일 카프카와 펠리스는 프라하에서 두 번째 약혼식을 치렀고, 이를 위해 분명히 빈번하게 연락을 취했을 것이기 때문이다. 한 가지 가능한 추측은 1956년 펠리스가 빚을 갚기 위해 뉴욕의 쇼켄 출판사에 카프카가 그녀에게 쓴 편지들을 넘길 때 그 시기의 편지 속에 공개하기 어려운 사적인 이야기가 들어 있었거나 어떤 다른 이유로 그 부분을 제외시키지 않았나 하는 것이다.

1916년 8월 9일 카프카의 어머니 율리에 카프카가 펠리스의 어머니 안나 바우어에게 보낸 편지를 보면, 양쪽 부모도 전쟁이 끝난 후 두 사람의 재결합을 전제로 새로 연락을 취하고 있음(F 678)을 알 수 있다. 그렇다면 펠리스와 카프카 사이에도 분명히 두 번째 약혼에 관한 서신 왕래가 있었으리라고 짐작된다. 또한 1917년 1월 초 펠리스에게 보낸 편지를 보면 카프카가 펠리스와의 결혼을 위해 프라하의 마르크트 거리의 클라인자이테 구역에 있는 쉔보른 팔레라는 건물에 방을 구했음을 알 수 있다. 그 집은 18세기에 지어

진 궁으로 사람들이 방을 몇 개씩 임대해서 살 수
있는 임대주택으로 바뀌었다.

카프카가 살던 쉔보른 팔레

　　　전쟁이 끝나면 즉시는 아니더라도 가능하기만
하다면 우선 일 년 휴가를 얻으려고 노력할 겁니다.
자, 그럼 이제 우리 두 사람은 내가 프라하에서 생각할 수 있는 가장 멋진
집을 당신을 위해서 준비해놓은 겁니다. 물론 비교적 짧은 기간이 되겠지만,
당신은 당신만의 부엌이나 욕실 없이 지내야 합니다. 그렇다 해도 그것은
내 마음에 들고 당신은 두세 달 동안 푹 쉴 수 있을 겁니다(주인 가족은 집에
없습니다). 그리고 봄, 여름 또는 가을 같은 때의 형용할 수 없이 아름다운
정원.……그러나 내가 그리로 이사를 가건 돈을 내건 간에……지금 당장
그 집을 확보하지 않으면……그것을 얻지 못합니다(F 752).


그래서 카프카는 1917년 3월 2일 랑엔 거리의 집에서 나와 쉔보른 팔레
로 이사했다. 그리고 알히미스텐가쎄의 작은 방은 4월에 오틀라가 취라우로
떠난 지 얼마 후 계약이 취소되어 비워주었다. 이와 함께 그에게는 다시
글쓰기의 공백 기간이 찾아왔다. 그는 그때를 이용해 새로 이사한 집에 틀어
박혀 당시 널리 쓰이던 모제스 라트의 『수업과 독학용 히브리어 교과서』를
가지고 히브리어 공부에 매달려 9월 초까지 독학으로 45장을 끝냈다(MB
144f.).

그리고 카프카는 결혼 후의 계획을 바꾸기로 했다. 원래는 결혼 후 베를린
에서 거주하며 자신은 자유 작가로 활동하고 펠리스는 직장에 계속 다니기
로 했었지만, 두 사람은 우선 얼마 동안 프라하에서 결혼생활을 시작하기로
합의했다. 왜냐하면 전쟁 때문에 베를린에서 살기에는 경제적으로 어려웠고,
결혼 후 펠리스에게 얼마간의 휴식이 필요하다고 생각되었기 때문이다. 결

혼을 염두에 두고 카프카는 노동자재해보험공사에 비서관으로 승진을 요청했다. 그러나 보험공사는 전쟁으로 인한 재정상의 이유로 승진은 뒤로 미루고 약간의 봉급 인상만 승인했다.

1917년 7월 3일은 카프카가 서른네 번째 맞는 생일이었다. 막스 브로트의 종용으로 쿠르트 볼프는 생일 축하 인사말과 함께 카프카가 지난겨울에 쓴 새로운 작품을 발표하자는 의견을 보내왔다(B3 745). 카프카는 볼프의 제안을 받아들여 알히미스텐가쎄에서 쓴 작품을 포함해 13개의 산문작품을 7월 7일 쿠르트 볼프에게 보냈다. 그리고 약속한 대로 7월 9일 프라하에서 펠리스와 두 번째 약혼식을 가졌다. 두 사람이 함께 자리한 것은 1916년 7월 초 뮌헨의 낭독회를 마치고 헤어진 지 거의 일 년 만이었다. 약혼식은 가족만 모인 가운데 간소하게 치렀다. 약혼식 후 두 사람은 인사차 막스 브로트와 펠릭스 벨치 부부를 방문했다. 막스 브로트는 그 당시 카프카가 어색해하는 모습을 이렇게 적어놓았다.

두 사람은 상당히 당혹스러운 모습이었다. 특히 이례적으로 높은 스탠드 칼라를 한 프란츠의 모습은 눈물겹기도 하고 동시에 끔찍하기도 했다(MB 140).

카프카는 펠리스와 가구도 보러 다니고 미래에 결혼해서 생활할 쉔보른 팔레의 집을 보여줬지만 그녀는 모든 걸 마음에 들어 하지 않았다. 카프카가 본 가구는 너무 단순하고 실용성만 강조한 것이었고, 카프카가 거주하고 있는 집엔 신부에게 필요한 부엌과 욕실이 없기 때문이었다. 카프카가 다른 집을 더 찾아보기로 하고 이틀 후인 7월 11일 그들은 부다페스트로 여행을 떠났다. 그곳에서 펠리스의 언니 엘제 브라운이 결혼해서 살고 있는 헝가리 남동쪽의 작은 상업 중심지인 아라트로 가는 일정이었다. 그들은 부다페스

트에서 며칠을 함께 보냈는데 7월 12일 사진
관에서 약혼 사진을 찍었다. 그것은 그들이
함께 찍은 유일한 사진으로, 펠리스는 하얀
블라우스에 긴 치마를 입고 앉아 있고, 밝은
여름 양복을 입은 카프카는 상체를 약간 그녀
쪽으로 기울이고 서 있는 모습이다. 부다페스
트에서 함께 지낸 시간 동안 카프카는 마리엔
바트에서 보냈던 때와는 달리 낯설고 불편해
서 잠을 잘 수가 없었다. 그 후 그는 취라우에
있는 오틀라에게 보내는 편지에서 약혼한 사
실도 알리지 않은 채 이렇게 썼다.

카프카와 펠리스의 약혼 사신(1917년)

여행하는 동안 많은 것을 보고 들을 수 있었단다. 대체로 여행은 참아낼
만했어. 그러나 휴양이나 업무를 위한 여행은 아니었어. 특히 여행 후에는
늘 그랬듯이 프라하에서 며칠 동안 잠을 충분히 잤어. 그러나 지금은 잠을
잔다는 것이 거의 불가능하구나. 어서 가을과 겨울이 왔으면(B3 304).

무슨 일이 있었는지는 알 수 없으나, 카프카는 아라트로 가지 않았다. 펠
리스 혼자 언니를 만나러 갔고, 카프카는 부다페스트에 남아 그곳에 체류
중이던 이차크 뢰비를 만났다. 뢰비는 다시 꾸린 극단의 파산으로 마약을
복용할 정도로 절망 상태에 빠져 있었다. 카프카는 그가 어려운 정신적 위기
를 극복하고 자신의 상황을 인식할 수 있도록 파란만장한 생애를 자서전
형태의 에세이를 쓰도록 권유했다. 그리고 그것을 마르틴 부버가 관장하는
≪유대인≫에 실릴 수 있도록 해주겠다고 약속했다. 그 후 9월 카프카가
폐결핵에 걸려 취라우에 체류하고 있을 때 뢰비는 실제로 원고의 시작 부분

을 보내왔고 카프카는 이것을 가필해 막스 브로트의 추천을 받게 했다. 그러
나 그 후 이차크 뢰비의 편집중 증세가 더욱 심해져서 요양이 필요했으므로
그 계획은 더 이상 진척되지 못했다.

카프카는 부다페스트에서 이차크 뢰비와 헤어져 혼자 빈으로 갔다. 그곳
에서는 프라하의 카페 아르코 모임에서 알게 된 작가 루돌프 푹스가 그를
기다리고 있었다. 푹스는 그를 위해 호텔 방을 예약해주었고, 그들은 늦은
시각이었지만 작가들의 아지트 중 하나인 카페 센트럴을 찾아갔다. 카프카
는 루돌프 푹스가 보냈던 시들이 매우 훌륭했다며 6월 28일 마르틴 부버에
게 ≪유대인≫에 발표해달라고 보냈다고 알려주었다. 나중에 푹스는 카프
카와 만났던 그때의 일을 회상하면서, 카프카가 자신과 펠리스에게는 더 이
상 미래가 없을 것 같다는 투로 말했다고 기억했다. 아마도 부다페스트에서
카프카와 펠리스 사이에 어떤 갈등이 있었던 것 같다.

그다음 날 카프카는 루돌프 푹스의 배웅을 받으며 빈 역에서 프라하 행
밤기차를 탔다. 전쟁 탓으로 기차는 초만원이어서 그는 객실 앞 통로에 서서
가야 했다. 거기서 그는 우연히 저널리스트이자 에세이스트이며 낭독에 능
한 안톤 쿠와 정신의학자이자 심리분석학자인 오토 그로스, 그의 애인이자
안톤 쿠의 여동생인 마리아네 쿠 그리고 그녀의 8개월 된 딸 조피를 만났다.
안톤 쿠는 술에 취해 노래를 흥얼댔고, 오토 그로스는 끊임없이 독백하듯
중얼거리거나 카프카에게 자신의 새로운 이론을 알려준다며 창세기의 성경
구절을 하나하나 분석적으로 설명하려고 했다. 조용한 관찰자 카프카에게는
당황스러운 일이었지만 부자간의 갈등 문제로 고생했던 오토 그로스에게
내심으로 동질감을 느끼고 있었다. 오토 그로스는 그다음 주에 막스 브로트
와 만나기로 했는데 그때 다시 보자며 프라하 역에서 헤어졌다.

며칠이 지난 후 막스 브로트는 자신의 집에 오토 그로스, 카프카, 프란츠
베르펠 그리고 음악가 아돌프 슈라이버를 초대했다. 그 자리에서 오토 그로

스는 '권력의지의 퇴치를 위한 잡지'를 발간하려는 계획을 밝히면서 그들의
참여를 종용했다. 그것은 사회심리학적 경향의 도전적인 잡지로 '가부장적
지배 형태의 혁명적 극복을 위한 강령'을 내세울 것이라고 했다. 1913년
그가 쓴 에세이 「문화적 위기의 극복을 위하여」는 이미 그런 경향을 띠고
있었다.

> 우리는 이제야 비로소 가족 속에 모든 권위의 중심이 자리 잡고 있다는
> 것, 그리고 그것이 가족 속에서 여전히 통용되고 있는 부권으로 나타나고
> 있는 것처럼 성과 권위 간의 결합이 모든 개성을 쇠사슬로 얽매어 놓는다는
> 사실을 인식할 수 있다.[1]

카프카는 그의 글을 읽고 자기 가족의 문제점을 정확히 지적하고 있다는
느낌을 받았기 때문에 그로스의 잡지 발간 계획에 호의적이었다. 그러나 베
르펠은 그로스가 모르핀 중독자이며 군대에 적대감을 갖고 있다는 이유로,
막스 브로트는 계획에 구체성이 없다는 이유로 회의적인 반응을 보임으로써
잡지 발간 계획은 무산되었다. 3년 후인 1920년 2월 11일 오토 그로스는
베르펠이 염려한 대로 마약 과다복용으로 죽었다. 그러나 카프카는 후에 밀
레나 폴락에게 보내는 편지에서 "그로스의 말은 내가 이해하는 한에서는
전혀 틀린 것은 아닌 것 같았다"며, 그의 말과 표정 속에는 "무엇인가 본질
적인 것이 존재했다"(B4 195)고 썼다. 그는 사회적으로 크게 주목받았던 그로
스 부자의 심리적 갈등 사건을 누구보다 잘 이해할 수 있었다. 자신도 그러
한 갈등의 희생자이기 때문이었다.

---

1 Otto Gross, "Die Überwindung der kuturellen Krise," *Die Aktion*, 3. Jg., 1913(Nr.14),
  S.386.

7월 20일 쿠르트 볼프에게 보냈던 13편의 작품에 대한 회신이 왔다. 볼프는 이 작품들을 '비상하게 아름답고 훌륭한 것'으로 평가하고 한 권의 책으로 발간하자고 제안했다. 카프카는 출판사의 제안을 기꺼이 받아들이고 발간에 필요한 모든 기술적인 문제는 출판사에 일임했다. 그리고 전쟁으로 어려워진 출판사 사정을 고려해 인세 문제도 신경 쓰지 말라는 뜻을 전했다. 볼프 출판사의 제안에 용기를 얻은 카프카는, 전쟁이 끝나면 직장을 그만두고 프라하를 떠나 베를린으로 자리를 옮겨 자유 작가로 활동할 계획을 밝히고는 볼프 출판사가 자신을 전속 작가로서 받아줄 수 있는지 조심스럽게 의사를 타진했다. 이에 대해 볼프 출판사는 희망적인 회답을 보내왔다.

귀하의 미래 계획에 관해서 저는 모든 일이 잘되기를 진심으로 기원합니다. 가장 성실하게 그리고 가장 기쁘게 귀하를 돕기 위해 준비할 것과 전쟁 이후에도 물질적 원조를 지속할 것을 표명합니다.[2]

카프카는 몹시 기뻐했다. 그는 볼프 사에서 출간 예정인 책을 보완하기 위해 산문소품 「어떤 꿈」을 보내면서 이미 발표된 「양동이를 탄 사나이」를 제외시키는 대신 그것과 함께 쿠르트 볼프 사 연감에 실렸던 「법 앞에서」를 첨가시켜줄 것을 부탁했다. 볼프 출판사는 『유형지에서』도 포함시키기를 원했지만, 『유형지에서』의 마지막 두세 쪽이 여전히 카프카의 마음에 들지 않아서인지 그는 나중에 좀 더 보완해서 발간할 수 있도록 포함시키지 않는 편이 좋겠다고 했다. 또한 출판사에서 제시한 모음집의 제목 '책임' 대신에 중립적인 의미가 담긴 『시골 의사. 작은 이야기들』로 바꾸어 내도록 요청했다. 그러나 작품 모음집 『시골 의사』는 출판사의 재정적 어려움과 무성의로

---

2 Kurt Wolff an Kafka, 1. August 1917(B3 747).

그 후로도 한참이나 발간이 지연되었다.

여기에서도 알 수 있듯이, 카프카는 책 제목을 정할 때 작품의 주제를 미리 제시해주는 설정을 매우 경계했다. 책을 읽기 전에 독자에게 어떤 주제를 강요하면 자유롭고 자율적인 읽기의 가능성을 제한해버릴 수 있다고 생각했기 때문이었다. 그는 작가로서나 독자로서나 글을 읽는 독자가 가져야 하는 자유롭고 적극적인 독서를 매우 중요하게 생각했다. 그런 점에서 막스 브로트가 카프카 사후 제목이 없는 그의 작품에 임의로 제목을 붙이거나 수정을 가한 것은 분명 카프카의 의도에 정면으로 배치되는 것이다.[3]

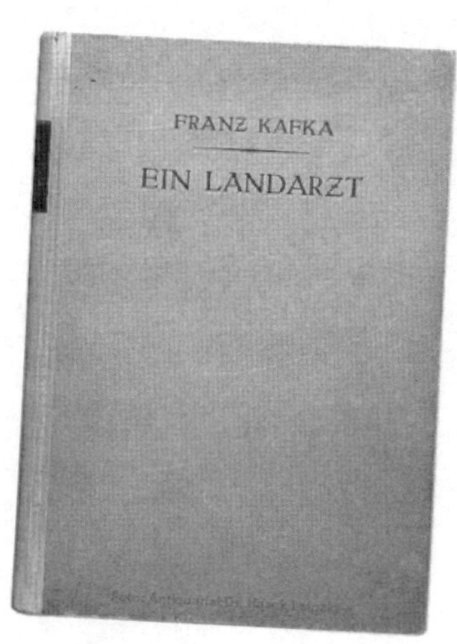

작품 모음집 『시골 의사』(1919년)

---

3 막스 브로트는 소설 『실종자』를 『아메리카』로, 비유설화 「논평」을 「포기하라」로, 「마을 선생」을 「거대한 두더지」로 제목을 바꾸거나 제목이 없는 작품에 자의로 제목을 붙임으로써 해석의 오류를 낳을 소지를 남겼다. 프란츠 카프카, 『꿈같은 삶의 기록』(카프카 전집 2), 이주동 옮김, 솔출판사, 2004, 1007쪽.

# 각혈을 하다

알히미스텐가쎄의 작은 방을 비워주고 두 번째 약혼을 하고 나자 활발했던 카프카의 글쓰기는 중단되었고 또다시 결혼에 대한 걱정에 휩싸였다. 카프카는 심한 신경증과 불면증과 두통으로 고생했다. 게다가 1917년 8월 9일 밤엔 예전에 없던 아주 기분 나쁜 꿈을 꾸었다. 반인반수의 요정 '사이렌'이 징그러운 물갈퀴 손으로 그의 옆구리와 가슴을 계속 때리는 꿈이었다(KKAT 828). 그리고 다음 날 클라인자이테 지역의 몰다우 강가에 있는 수영장에 갔을 때부터 이따금씩 침에 붉은 빛깔이 보였다. 카프카는 감기도 걸리지 않은 터라 언짢은 느낌이 들긴 했지만 과로 때문일 거라고 가볍게 넘겼다.

그런데 8월 11일 새벽 4시에 뜻하지 않은 일이 벌어졌다. 그가 잠자리에서 엄청난 양의 피를 토한 것이었다. 그는 8월 29일 오틀라에게 보내는 편지에서 그때의 상황을 자세히 밝히고 있다.

약 3주 전쯤 한밤중에 각혈을 했어. 새벽 네 시쯤 잠을 깼는데 입안에 이상할 정도로 침이 많이 고여 있는 거야. 의아하게 생각해서 침을 뱉었지. 그러고는 불을 켰어. 놀랍게도 한 뭉텅이의 핏덩어리가 아니겠니? 지금 드디어 시작됐어. 개운하다는 것이 올바른 표현인지는 몰라도 목구멍에서 이렇게 피가 솟구치는 것에 대한 적절한 표현이긴 해. 그칠 것 같지가 않아서 자리에서 일어나 서성거리다가 창가로 가서 창밖을 내다보다 다시 제자리로 돌아왔어. 그때까지도 여전히 각혈을 했어. 결국 멈추긴 했지. 그러고 나서 잠이 들었는데, 정말 오랜만에 푹 잤어(O 39).[1]

황당하고 이상야릇한 기분 속에 깊이 잠들어 있던 그를 아침 7시쯤 가정부 루첸카 베텐글로바가 깨웠다. "착하고 거의 희생적이면서도 아주 사무적인"(M 6) 그녀는 매일 아침 그맘때면 8시까지 직장에 가야 하는 카프카를 깨우고, 방 안의 난로에 불을 지피고, 그를 위해 간단한 아침식사를 준비했다. 그녀는 세면대에 묻은 붉은 핏자국을 발견하고 놀란 듯 카프카를 바라보면서 이렇게 말했다. "박사님, 당신은 더 이상 오래 사시지 못할 것 같습니다"(M 6). 그러나 그는 여느 때처럼 가벼운 미소로 답하고는 아무 말 없이 자리에서 일어났다. 오래간만에 잠을 푹 자서 그런지 몸은 가뿐했다.

그는 월요일 아침 평상시처럼 출근해 일하고 근무를 마친 후 지난번 두통 때문에 들렀던 오푸스 거리의 내과 의사 구스타프 뮐슈타인을 찾아갔다. 그는 간단하게 진단한 후 기관지염증이 있다며 액체로 된 기침약 세 병을 처방해주었다. 그는 각혈이 멎으면 한 달 후에 들르고 멎지 않으면 즉각 병원으로 오라고 일렀다. 그다음 날 밤에도 카프카는 적은 양이긴 하지만 각혈을 했다. 다음 날 의사는 카프카에게 일단 '폐첨 카타르'라고 진단을 내리고 "대도시 사람들은 누구나 조금씩 폐결핵 기미가 있다. 폐첨 카타르라 해도 그렇게 심각한 것은 아니어서 투베르쿨린[2] 주사를 맞으면 괜찮다"(O 39)고

---

1 카프카는 1917년 9월 9일에는 펠리스에게(F 753) 그리고 1920년 4월에는 연인 밀레나 폴락에게 이와 비슷한 내용의 편지를 썼다(M 6).
2 1890년 로베르트 코흐(Robert Koch)는 결핵에 대한 특효치료약으로 투베르쿨린을 발견했다. 그러나 투베르쿨린은 피부결핵에는 효과를 나타냈으나, 폐결핵이나 그 밖의 결핵에는 역효

안심시켰다. 그리고 그 주에 X레이 검사와 객혈 검사를 실시해 확인해보기로 했다.

카프카는 병의 원인으로 세 가지 가능성을 생각했다. 첫째는 급성감기, 둘째는 폐결핵 증상, 셋째는 5년 동안에 걸친 결혼과의 투쟁이었다. 그는 특히 병의 근본적인 이유로 길고 험난했던 결혼 문제에 대한 갈등이 불면증·두통·신열·긴장을 불러일으켰고, 그것으로 인해 몸이 쇠약해져 결핵에 쉽게 노출될 수 있었다고 생각하고 그것을 '정신적인 병'으로 결론을 내렸다.

그러한 그의 주장에도 불구하고 카프카는 실제로 여러 측면에서 폐결핵에 걸릴 수 있는 요인에 노출되어 있었다. 우선 프라하라는 도시의 지리적·환경적인 문제,[3] 전쟁으로 인한 불충분한 영양 공급, 부족한 난방, 당시의 비위생적인 상태 등은 프라하 시민을 쉽게 폐결핵에 노출시킬 수 있는 공통적인 요인이었다. 거기에 카프카는 2년 이상 전쟁 부상자들과 여러 가지 병에 걸린 사람들을 치료하는 치료위원회에서 활동했기 때문에 폐결핵에 감염될 확률이 더 높았다. 또한 그는 여러 해 동안 낮에는 직장에서 일하고 밤새도록 글 쓰는 일을 해왔고 결혼 문제로 끊임없이 내적 갈등을 겪어서 심신이 극도로 약해져 있었다. 거기다 항상 춥고 눅눅하고 곰팡이 냄새가 나는 쉔보른 팔레의 집[4]은 그가 직장에서 돌아와 편안하게 쉴 수 있는 곳이 아니었다.

---

과를 보였다. 그 후 투베르쿨린은 결핵의 진단(투베르쿨린 반응) 약으로 활용되고 있다.

3 프라하는 산들이 서풍을 가로막아 기류 유동이 안 되어 안개가 자주 끼고 주변에 산업지대가 많아 늘 먼지와 연기가 자욱했으므로 다른 지역보다 폐결핵 환자가 많았다(HBI 511). 1912년 보헤미아 지방의 폐결핵 환자 수는 5만 명에 이르고, 제1차 세계대전 후에도 프라하의 사망자의 약 30퍼센트가 폐결핵 환자였다(*Prager Presse*, 4, Nr.61, 1924. 2. 3, S.3). 카프카는 프라하로 오려는 로베르트 클롭슈토크에게 프라하 시내를 거닐면 마치 "통풍이 되지 않는 좁다란 방에 있는 것 같다"(Br 709, 362)고 편지에 쓴 적이 있었다.

4 헤르만 카프카는 후에 아들의 폐결핵의 원인을 쉔보른 팔레의 "차갑고 답답하고 곰팡이 냄새가 나는 방 때문이었다"(Br 401)고 했다.

그리고 전쟁 중이어서 식품 공급이 제한적이었음에도 계속된 그의 채식주의 식단도 체력 약화를 가져온 중요한 원인이었을 것이다. 그는 항상 마른 상태였고 30대 초반이었지만 관자놀이의 머리털은 하얗게 세어 있었다.

뮐슈타인이 실시한 가래침 검사와 뢴트겐 사진 결과는 예상한 대로였다. 폐 양쪽이 폐첨 카타르, 즉 폐결핵이라는 진단이 나왔다. 그는 그 사실을 우선 벨치와 바움 그리고 오틀라에게 알렸으나 부모에게는 숨겼다. 카프카가 각혈을 한 지 열흘 후인 8월 21일 휴가에서 돌아와 소식을 들은 막스 브로트는 그를 만나보고 나서 8월 24일 자신의 일기에 이렇게 적었다.

> 카프카의 병에 대한 조치. 그는 그것[폐결핵]을 정신적인 것으로, 동시에 결혼으로부터의 구원으로 표현하고 있다. 그는 그것을 자신의 궁극적인 패배라고 칭하고 있다! 하지만 그 이후로 잠을 잘 잔단다. 해방되었다고? 고통스러운 영혼이다(MB 144).

후에 밀레나 폴락에게 보내는 편지에서도 카프카는 자신의 병은 육체적인 것과 정신적인 것의 담판에서 나온 결과라고 이야기했다.

> 그것[발병]은 뇌가 자기에게 부과된 고민과 고통을 더 이상 견뎌낼 수 없었다는 것입니다. 뇌가 "나는 포기하겠다. 전체를 유지하는 데 어느 정도 힘을 미치는 그 누군가가 있다면 나의 짐을 약간이나마 좀 덜어 가다오. 그러면 한동안은 지낼 수 있을 것이다"라고 말했던 것입니다. 그래서 폐가 신고를 하게 되었는데, 폐는 물론 많은 손해를 보지는 않았지요. 내가 알지도 못한 채 진행된 뇌와 폐사이의 이러한 담판은 정말 처참했을 것입니다(M 7).[5]

---

5 막스 브로트에게 보내는 편지에서도 "가끔은 내 두뇌와 폐가 내 양해 없이 서로 합의에 이르렀다는 생각이 들어. '이런 식으로 계속할 수 없다'고 두뇌가 말했고, 5년이 지난 뒤

1917년 9월 1일 카프카는 우선 폐결핵에 좋지 않은 '눅눅하고 곰팡이 냄새나는 쉔보른 팔레'를 나와 다시 구시가 광장에 있는 부모의 집으로 돌아왔다. 그는 비어 있는 누이동생 오틀라의 방을 사용했다(O 41). 결국 그는 병 때문에 부모로부터의 독립을 포기하고 '돌아온 아들'이 되었다. 그러나 부모는 여전히 카프카의 각혈 사실을 모르고 있었다.

뮐슈타인의 뢴트겐 검사 결과가 나온 다음 날인 9월 4일, 막스 브로트는 정밀 검사를 위해 프라하 독일대학 후두학연구소 소장이며 전문의인 고트프리트 피크에게 카프카를 데리고 갔다. 진단 결과는 양쪽 폐첨에 결핵 균이 침투해서 3개월간 요양 치료가 필요하다는 것이었다(F 753). 카프카는 누이동생 오틀라가 있는 시골 마을 취라우로 가겠다고 했지만, 브로트는 스위스나 메란 혹은 그와 비슷한 전문 요양지에서 치료할 것을 종용했다. 모두가 그의 취라우 행에 적극 반대했다. 병원도 의사도 없는 한촌에서 모리츠 슈니처 같은 사람이 주장하는 비과학적이고 원시적인 자연치료요법만으로 생사가 걸린 병을 치료하려는 것은 매우 위험한 일이라고 여겼기 때문이었다.[6] 그러나 카프카는 자신에게 필요한 것은 무엇보다도 조용한 시골 마을에서 심신의 안정을 찾고 따뜻한 보살핌을 받는 것이라고 생각했다. 그는 취라우 행을 우겼고 하는 수 없이 의사는 규칙적으로 맑은 공기와 태양을 쐬고, 체중을 늘리고 고칼로리 음식을 섭취하고, 처방대로 비소 약제를 복용해야 한다는 조건하에 이를 허락했다.

9월 6일 카프카는 고트프리트 피크의 진단서를 첨부해 직장에 퇴직 의사를 밝혔지만, 그를 아끼는 마르슈너 국장과 부서 상관인 오이겐 폴의 반대와

---

페가 말했지. '도울 준비가 되어 있다'고"(Br 161; M 13)라고 쓰면서, 카프카 스스로가 자신에게 부여된 정신적 부담을 덜기 위해서 병을 끌어들였다고 했다.

6 당시에 폐결핵은 도시 풍토병으로 심각한 전염병이었다. 게다가 병의 발생원인과 전염경로가 아직 자세히 알려지지 않은 상태였다.

배려로 요양을 위한 3개월의 유급 휴가만 얻었다. 당시 관료주의적인 보험공사로서는 전례 없는 배려였다. 그것은 카프카의 뛰어난 업무능력과 따뜻한 인간관계에 따른 깊은 신뢰 덕분이었다. 그는 가벼운 마음으로 사무실과 가족과 전쟁의 소용돌이에서 벗어나 한적한 취라우로 갈 수 있었다. 이미 여러 요양원이나 휴양소를 경험한 적이 있는 그는 메란과 다보스 같은 전문 요양소의 엄격하고 무거운 분위기를 잘 알고 있었기 때문에, 그런 곳보다는 조용한 시골 마을에서 신선한 공기와 따뜻한 태양을 마음껏 누리며 자유롭고 평안하게 쉴 수 있기를 원했다. 취라우에는 치료소나 요양원 같은 시설은 없었지만, 어머니처럼 헌신적이고 따뜻한 누이동생 오틀라가 있었다. 활달하고 너그러운 오틀라는 힘든 농장생활에도 오빠의 취라우 체류를 환영했다.

취라우로 떠날 준비가 거의 끝날 즈음인 9월 5일 펠리스에게서 편지가 왔다. 그녀는 카프카의 신상에 어떤 일이 일어났는지 모른 채 예전과 같은 내용의 편지를 보냈다. 카프카는 막스 브로트에게 이에 대한 당시 심정을 이렇게 털어놓았다.

오늘 F로부터 편지들이 도착했다네. 차분하고 친절하며 별 소식도 없는, 아주 멋진 글 속에서 그녀를 보고 있는 듯한 편지들이었네. 이젠 그녀에게 편지를 쓰는 일은 곤란할 따름이네(Br 160).

카프카는 그녀와 영원히 작별해야 할 순간이 다가오고 있음을 의식하고 있었던 듯하다. 그는 9월 9일 답장을 쓰면서 비로소 그녀에게 자신의 병을 알렸다. 그는 펠리스에게 그간 일어났던 일을 담담한 어조로 보고했다.

의학적으로 자세하게 많은 것을 말하지 않고 결과만 말하겠습니다. 나의 양쪽 폐가 결핵입니다. 그런 병에 걸린 것이 놀랍지 않았습니다. 피도 그렇고요. 이미 나는 수년 동안 불면과 두통으로 심각한 병을 불러들였습니다. 그래서 결국 혹사당한 나의 피가 분출한 것입니다. 그런데 서른네 살에 하룻밤 새에 나를 덮친 것이 하필이면 폐결핵이라니요 가족 중 병력이 있는 사람은 하나도 없는데요 이 사실이 나를 놀라게 합니다. 받아들여야지요 사실 나의 두통은 피와 함께 휩쓸려나간 것 같습니다. 현재로선 앞으로의 경과를 모릅니다. 앞으로의 진행 상태는 비밀입니다. 어쩌면 내 나이가 그것을 더디게 진행하도록 할지도 모릅니다. 다음 주에 적어도 석 달 동안 오틀라가 있는 시골 취라우에 가 있으려고 합니다. 퇴사하려고 했지만, 그렇게 허락하지 않더군요……'가여운 펠리스'라고 지난 편지에 썼던가요? 이 말이 내 모든 편지의 마지막 말이 될까요? 칼은 단지 앞쪽만 찌르는 게 아닙니다. 돌아서 뒤쪽을 찌르기도 하지요(F 753f.).

카프카는 그다음 보낸 편지에서 자신은 병으로부터 "결코 건강해질 수 없을 것"(F 757)이라고 선언했다. 그것은 그녀에게 자신을 포기하라고 종용하는 것과 같은 말이었다. 그는 자신의 병은 의학적 치료로 나을 수 있는 게 아니라 문학적 삶 자체에 원인이 있어 낫기 힘들다고 생각했다. 카프카는 문학을 위해 건강하고 행복한 일상적인 삶을 멀리할 수밖에 없는 것이 작가의 운명이며, 또한 글을 쓰고자 하는 작가의 욕망 속에는 언제나 제어할 수 없는 '악마'가 숨어 있어 그의 운명을 장난질하는 거라고 생각했다.

# 취라우 체류와 두 번째 파혼

취라우로 떠나기 전 9월 5일 카프카는 어머니에게 "건강이 썩 좋지 않고 신경이 좀 예민해져서 징기긴 휴가를 내 오틀라에게 가겠나"(Br 160)고 이야기했다. 아들에게 무슨 일이 일어났는지 아무것도 모르고 있는 부모는 그의 말만 믿고 건강을 위해 휴가를 떠날 수 있도록 배려해준 보험공사가 고맙기만 했다.

1917년 9월 12일 카프카가 취라우로 떠나는 날, 막스 브로트는 점심시간을 이용해 그에게 작별 인사를 하러 갔다. 아직 카프카의 편지를 받지 못한 듯한 펠리스의 엽서가 막 도착해 있었다. 카프카는 그것을 막스 브로트에게 보여주면서 병 때문에 그녀와 결혼할 수 없을 것 같다고 말하고는[1] 어두운 표정을 지었다. 카프카는 그날 오후 2시 취라우 행 열차에 올랐다. 차창 밖으로 넓고 푸른 초원이 펼쳐지며 산들은 저 멀리 희미하게 멀어져갔다. 그의 양 어깨를 짓누르고 있던 모든 것이 하나하나 벗겨져 나가는 듯한 기분이 들었다. 펠리스, 사무실, 가족, 프라하가 그의 차창 뒤로 사라져갔다.

카프카는 미헬오프 역에서 마중 나온 오틀라와 만났다. 취라우는 미헬오

---

1 Max Brod Tagebücher(unveröffenrlicht), 1917. 9. 12.

프에서 1마일쯤 떨어진 곳에 있었다. 오누이는 덜거덕거리는 마차를 타고 취라우로 갔다. 그의 눈에 들어온 시골 마을 취라우는 도시 문명의 이기라고는 거의 찾아볼 수 없는 곳이었다. 그 흔한 전기도, 수돗물도, 제대로 된 포장도로도, 커피숍도, 영화관도, 책방도, 신문을 파는 가판대도 없었다. 그 대신 마을을 감싸 안고 있는 숲과 나무로 뒤덮인 낮은 구릉, 홉을 재배하는 푸르른 경작지, 평지 사이로 흐르는 작은 냇물 그리고 마을 한가운데 서 있는 텅 빈 시장마당이 딸린 작은 성당이 전부였다. 이처럼 평화롭고 아늑한 시골 분위기 속에서 그는 예전에 그 어디서도 느껴보지 못한 마음의 평화와 아늑함을 느꼈다.

그곳에서 카프카의 생활은 완전히 자연과 함께였다. 그는 느지막하게 일어나 침대에서 아침식사를 했다. 오전엔 주로 침대에 누워서 쉬고, 낮에는 집 앞 긴 의자에 누워 햇볕을 쬐며 독서를 하거나 나지막한 언덕이나 가까운 오버클레 숲으로 산책을 나갔다. 며칠 사이에 벌써 건강이 몰라보게 좋아진 듯했다. 그저 가끔 잔기침을 하거나 약간 미열이 있을 뿐 고통스럽던 불면증도 두통도 말끔히 사라졌다.

오틀라는 수호천사나 다름없었다. 그녀는 카프카에게 필요한 모든 것을 미리 알아서 준비해주었다. 방은 항상 따뜻하고 깨끗했고 제때에 따뜻하고 영양이 풍부한 식사가 제공되었다. 카프카는 9월 중순 막스 브로트에게 흡족한 마음으로 이렇게 썼다.

오틀라는 이 어려운 세상을 헤쳐가면서 자기 날개 위에 나를 떠받치고 있다네. 방은 (동북향이지만) 훌륭해. 통풍이 잘되고 따뜻하고, 그리고 이 모든 것이 거의 완벽한 정적 속에 있는 거야. 먹을 것도 풍부하고 질 좋은 것으로 나를 둘러싸고 있네. 그리고 자유, 무엇보다도 자유가 있지(Br 161).

또 다음 편지에는 오틀라와의 평화로운 생활을 이상적인 부부 생활에 빗대어 이렇게 묘사하고 있다.

> 오틀라와 더불어 단출하고 좋은 결혼생활을 하고 있네. 통상적인 난폭한 단전(斷電)이 아니라 작은 나선을 이루며 흐르는 직류(直流)를 바탕으로 하는 그런 생활이지. 우리는 나무랄 데 없는 살림살이를 꾸리고 있네. 짐작건대 자네들 모두의 마음에 들 거야(Br 165).

그는 농촌생활에 무척 만족하고 있었지만, 도시와는 다른 여러 가지 소음이 있었다. 맞은편 건물에서 나는 피아노 소리, 아침 일찍 일하러 나가는 농부들의 덜거덕거리는 마차 소리, 꽥꽥거리며 연못으로 내달리는 거위 떼 소리, 목수와 대장장이가 목재를 켜고 금속을 두드려대는 소리, 특히 밤에 천정에서 나는 쥐들의 소음은 소름이 끼칠 정도였다. 그러나 그는 프라하로 돌아갈 마음은 전혀 없었다. 아침의 신선한 공기와 정적은 그에게 말할 수 없는 마음의 안정과 평화를 주었기 때문이다.

한편 카프카가 병에 걸렸다는 소식에 놀란 펠리스는 즉각 취라우로 오겠다는 소식을 보내왔다. 그는 막스 브로트에게 "F가 오겠다고 단 몇 줄 적어 보냈네. 나는 그녀를 이해할 수 없어. 그녀는 특이한 사람이네. 아니 좀 더 제대로 표현하면, 나는 그녀를 이해하네. 하지만 그녀를 붙잡을 수가 없어" (Br 164)라고 썼다. 그의 마음은 이미 그녀의 곁을 떠나고 있었다.

9월 20일 펠리스가 오후에 도착한다는 전보를 보내왔다. 그녀는 베를린에서 30여 시간이나 걸려 힘들게 취라우에 왔다. 그녀는 그가 시골에서 제대로 보살핌을 받고 있는지 알고 싶었고, 그들의 장래에 관해 의견을 듣고 싶었다. 그러나 카프카는 이미 문학과 결혼 사이에서 갈등한 지난 5년간의 고통스런 시간을 끝내기로 마음먹고 있었다. 그는 폐결핵을 예시적인 징표로 받아들였다. 이제는 정말 그녀와의 관계를 청산하고 본질적인 것에 집중할 때라는 신호라고 생각했다. 펠리스가 본 카프카는 의사의 처방대로 생활하지 않았다. 여전히 채식 위주였고 의사의 처방약인 비소제도 복용하지 않았다. 펠리스는 그에게 풍부한 식사를 할 것, 우유를 끓여 먹을 것, 따뜻한 이불을 덮을 것, 의사 처방에 따라 생활할 것 등을 채근했지만 그는 그저 침묵으로 대하다가 그녀와 두서없는 몇 마디 말을 주고받을 뿐이었다. 카프카는 그날 일기에 자신의 심정을 이렇게 토로했다.

> F가 여기에 왔다. 나를 만나려고 그녀는 30시간 동안 차를 탄 것이다. 나는 그것을 제지했어야 했다. 내가 생각하고 있는 것처럼 그녀는, 근본적으로는 나의 책임 때문이지만, 불행의 극단적인 것까지도 참아낸다. 나 스스로도 나를 이해할 수가 없다. 나는 완전히 무감각하며 그만큼 속수무책이다. 나는 몇 가지 나의 편안함이 방해받는 것을 생각하면서, 내 자신에게 단지 약간의 연극만 허용하고 있다.……그러나 전체적으로 그녀는 죄 없이 힘든 고문에 처해진 여인이다. 나는 옳지 못한 일을 했고 그 때문에 그녀는 고문을 받고 있으며, 거기에 나는 고문도구까지 사용하고 있는 것이다(KKAT 835).

그렇게 침묵하고 있었지만 카프카는 자신의 문학적 삶 때문에 아무것도 모른 채 고통과 희생을 감내해야 했던 펠리스에게 깊은 자책감을 갖고 있었다. 펠리스는 카프카와의 불확실한 관계만 확인한 채 그냥 프라하로 돌아가야 했다. 마침 오틀라가 필요한 물품도 구입하고 농사지은 것을 부모에게 가져다주기 위해 프라하까지 펠리스와 동행했다.[2] 펠리스는 프라하에 들러 아무것도 모르는 카프카 부모에게 본래의 여행 목적을 비밀로 한 채 안부

---

2 카프카와 오틀라는 종종 취라우에서 나오는 곡물, 채소, 버터, 달걀, 고기 등을 부모와 친구들에게 나누어주곤 했다(Br 173, 175).

인사를 하고 브로트 부부를 비롯한 카프카 친구들에게만 카프카의 근황을 전하고 베를린으로 돌아갔다. 막스 브로트는 즉시 카프카에게 편지를 보내 그가 의사가 지시한 대로 병을 치료하지 않는 것을 질책했다.

그러나 카프카는 나름대로 건강을 회복하려고 노력하고 있었다. 가능한 한 빨리 취라우의 시골생활에 적응해서 한계에 다다른 심신의 피로를 씻고 자연 속에서 체력을 단련한다면 병을 이겨낼 수 있을 거라고 믿었다. 그는 농장에서 기르는 가축에게 먹이를 주고 부서진 울타리를 고치고 채소밭을 돌보았다(Br 201). 그리고 가끔 소박한 시골 농부들과 이야기를 나누거나 그들의 방언을 배우는가 하면, 시골 마을을 떠돌아다니는 늙은 방랑자에게서 그가 경험했던 여러 가지 흥미로운 이야기를 듣기도 했다. 오후엔 햇빛이 비치는 긴 의자에 거의 맨 몸으로 누워 일광욕을 즐기거나 독서를 했다.

그에게 독서는 항상 "본질적인 것을 가져다주는……음악"(Br 178) 같은 것이었다. 독서와 글쓰기를 통해 그는 일반적인 사고를 한 단계 뛰어넘는 '메타 인지'[3]의 사고능력과 자기 인식능력을 키우고자 했다. 현실 세계 속에서 지치고 병에 걸려 신음하는 카프카의 심신에 독서는 혼란스러운 현실에서 벗어나 생각을 정리하고 마음의 양식을 얻고 새로운 힘을 기를 수 있는 인생의 길잡이였다. 그는 막스 브로트가 펠리스를 통해 보내준 막스 셸러[4]의 『독일인 증오의 원인. 국가 교육적 논쟁』, 펠릭스 벨치가 보낸 빌헬름 슈테

---

3 메타 인지(metacognition)는 자신의 생각에 대해 비판적인 사고를 하고 한 차원 높게 자신을 객관적으로 바라보는 능력을 말한다.

4 독일의 철학자 셸러(Max Scheler, 1874~1928)는 윤리학의 형식주의적 전제를 비판하며 실질적 가치윤리학을 세우고자 했다. 즉, 전통적인 윤리학에서 무시되었던 체험층(충동이나 정서)의 적극적 의의를 강조하고 가치 실현의 구체적인 장으로 역사적 세계를 인식하고자 했다. 카프카는 셸러의 『독일인 증오의 원인(Die Ursachen des Deutschenhasses. Eine national-pädagogische Diskussion)』(1917)을 읽었다.

켈의『성생활과 정서생활의 병리학적 장애. 제2권: 자위와 호모섹스』[5] 그리고 체코 여류작가인 보체나 넴초바[6]의 소설, 스탕달, 플로베르 등의 체코어나 프랑스어로 된 전기나 서간집 등을 읽었고, ≪디 노이에 룬트샤우≫에 실린 토마스 만의 에세이「팔레스티나」를 탐독했다.[7] 또한 예전에 읽었던 찰스 디킨스의『데이비드 코퍼필드』를 다시 읽으면서『화부』를 그 소설처럼 쓰려는 것이 자신의 의도였다는 것을 떠올렸다(KKAT 841).

취라우의 평화롭고 한가한 생활 속에서 지금까지의 삶을 되돌아본 카프카는 마음속으로 펠리스와의 관계를 확실하게 정리해가고 있었다. 펠리스가 베를린으로 돌아간 지 8일 후인 9월 29일 카프카는 그녀에게 장문의 편지를 썼다. 여기서 그는 자신의 병이 발병하게 된 원인을 마치 의학자처럼 상세하게 분석하면서 지난 5년 동안 그들 사이에 있었던 모든 일을 정리하고 있다.

그대도 알다시피 내 안에는 둘이 서로 싸우고 있습니다. 둘 중 좋은 사람은 그대에게 속한다는 것, 그것에 대해 특히 지난 며칠간 나는 조금도 의심하지 않고 있습니다. 말로 또는 침묵으로 아니면 그 둘이 섞여서, 그대는 5년 동안 그 싸움의 진행에 대해 들어왔습니다. 그리고 그 대부분의 시간 동안 그대는 고통을 받았습니다. 내가 그대에게 언제나 진실했는지 그대가 물어본

---

5 빌헬름 슈테켈(Wilhelm Stekel, 1868~1940)은 오스트리아 출신의 내과 의사이자 정신과 의사이다. W. Stekel, *Krankhafte Störungen des Trieben-und Affektlebens. Bd.II: Onanie und Homosexualität*, Berlin/Wien 1917. 한 환자가 빈대로 변신한 꿈을 꾼 것과 관련해 카프카의 『변신』에 대해 477쪽 1행에 언급되어 있다.

6 보체나 넴초바(Božena Němcová, 1820~1864)는 위대한 체코 작가이며 동화와 전설의 수집가이기도 했다. 주요 작품으로는 소설『할머니(Babićka)』가 있다.

7 Thomas Mann, "Palästina," *Die Neue Rundschau*, Oktober 1917. 이 에세이는 1917년 6월 12일 뮌헨에서 첫 공연이 있었던 한스 피츠너(Hans Pfitzner, 1868~1949)의 오페라 <팔레스티나>를 다루고 있다.

다면, 내가 대답할 수 있는 것은 오직 이것뿐입니다. 즉, 의식적인 거짓말을 삼가기 위해서 그렇게 애쓴 적이, 아니 더 정확하게 말하면 그 어느 누구에게도 당신에게 그랬던 것처럼 그렇게 애쓴 적이 없었다는 것입니다. 숨긴 적은 종종 있지만 거짓말은 아주 조금 했습니다. 나는 정직하지 못한 사람입니다. 그게 내가 평형을 유지할 수 있는 유일한 길입니다. 내가 탄 배는 심히 파손되어 있는 상태입니다. 나의 궁극적인 목표를 검토해볼 때 내가 좋은 사람이 되려고 노력하지 않는 것과 최고의 재판관에 부응하는 사람이 되려고 하지 않는다는 것이 드러납니다. 바로 그 반대지요. 나는 모든 인간과 동물 사회에 대해 알려고 노력합니다. 그들의 기본적인 애호, 욕망, 도덕적 이상을 알려고 하고, 그것을 간단한 규칙으로 만들어 가능한 한 빨리 이 규칙을 누구에게나 만족스럽게 적응하려고 합니다. 그리고 실제로 너무 만족한 나머지 보편적인 사랑을 잃어버리지 않은 채 결국엔 불에 태워지지 않는 유일한 죄인으로서 나의 타고난 비열함을 온 세상이 볼 수 있게 행동으로 옮깁니다. 요약해서 말하면, 내가 관심을 갖는 것은 인간 재판소입니다. 그러나 그것마저 속이려 합니다. 물론 실질적인 기만 없이 말입니다.

우리의 경우에 적용한다면 그것은 임의적인 것이 아니라 나를 가장 잘 대변해주는 것입니다. 그대는 나의 인간 재판소입니다. 내 안에 싸우고 있는 둘은, 아니 그 둘로 이루어져 있는 나는 하나는 선한 것이고 하나는 악한 것입니다. 때때로 그들은 역할을 바꿉니다. 그래서 이미 혼란스런 그들의 싸움을 더욱 혼란스럽게 만들지요. 그러나 최근까지는 그러한 뒤바뀜에도 불구하고 가장 가능성이 없는 일이 그리고 언제나 찬란한 것으로 여겨졌던 그 일이 일어날 수 있었습니다. 수년 동안 가련하고 비참했던 내가 그대를 가질 수 있었습니다.

출혈이 너무 많다는 것이 갑자기 드러납니다. 그대를 얻기 위해 선한 쪽이 흘린 피는 악한 쪽에 이익이 됩니다. 필경 아니면 아마도, 악한 쪽이 자신의 방어를 위해 결정적인 새로운 무기를 스스로 발견하지 못했을 때는 선한 쪽

으로부터 그것을 제공받습니다. 나는 이를테면 비밀리에 이 병이 결핵이라고
는 전적으로 생각하고 있지 않거나 혹은 적어도 당분간은 결핵이 아니라 나
의 총체적인 파산이라고 생각하고 있습니다. 나는 싸움이 오래 계속되리라
생각합니다. 그러나 그렇지 않습니다. 피는 폐에서 오는 것이 아니라 두 투사
가운데 한쪽이 결정적으로 찌름으로써 나옵니다.

　아이가 어머니의 치마 주름을 붙잡음으로써 큰 힘을 얻듯이 한쪽은 나의
결핵에서 큰 힘을 얻습니다. 다른 한쪽이 무얼 덜할 수 있겠습니까? 싸움은
가장 멋지게 결말이 나지 않았나요? 그것은 결핵이고, 그것이 결말입니다.
……진짜이거나 아니면 명목상의 결핵이거나 간에 그것은 무기입니다. 그에
비하면 '육체적인 무능'에서 나의 '일', 또한 나의 '인색함'까지 그전에 셀
수 없이 사용했던 다른 것은 유용하고 소박하게 보입니다. 이제 나 자신조차
믿지 않는 한 가지 비밀을 그대에게 말하려고 합니다. 그것은 진실일 수밖에
없습니다. 나는 결코 건강해지지 못할 것입니다. 그것이 접의자에 누워 건강
해지기 위해 요양해야만 하는 결핵이어서가 아니라, 내가 살아 있는 한 지극
히 필수 불가결한 무기이기 때문입니다. 그리고 이 두 가지 모두 삶에 머물러
있을 수 없습니다(F 755ff.).


카프카는 이 편지에서 그동안 그녀가 겪었던 고통에 대해 위로나 감사를
표현하는 대신에 오히려 자신은 이제 '앞으로 더 이상 건강해질 수 없다'는
말로 그녀를 냉혹하게 떨쳐버리려 했다. 죽음을 사실로 받아들임으로써 그
녀의 속박에서 벗어나고자 할 뿐만 아니라 그녀를 예전의 일상적인 행복한
상태로 되돌려 보내려고 했다.

펠리스도 작별의 순간이 다가오고 있음을 예감하고 있었지만, 그녀는 예
전처럼 카프카의 일시적인 과도한 감정적 반응일 것이라고 자위하고자 했다.
펠리스는 연민의 정을 일으키려는 듯 자주 비탄의 편지를 썼다. 그리고 예전
의 중재자였던 그레테 블로흐를 통해 그의 마음을 돌려보려고도 했다. 그러

나 그것은 오히려 카프카에게 예전의 아스카니셔 호프 호텔 법정에 대한 슬픈 기억만 불러일으킬 뿐이었다. 카프카는 그 의도를 모르는 척 침묵했다.

그는 취라우의 자연과 소박한 삶에 더욱 몰입했다. 그는 여러 동물들 틈에서 지내면서(Br 176) 염소들에게 덤불 잎사귀를 가져다주고, 감자를 캐거나 잼을 만들기 위해 언덕에 올라 들장미 열매를 땄다(KKAT 840). 그리고 시골 사람처럼 장작을 패고 쟁기로 밭을 갈고 달구지를 몰았다. 그에게 자연과 벗하고 있는 소박한 농부의 삶은 진정한 지상의 시민이자 귀인의 삶으로 여겨졌다.

> 농부들에 대한 전반적인 인상: 농업 속으로 피신해 그 안에서 자신의 일을 아주 현명하고 겸허하게 조정한 귀인들. 그래서 그들은 빈틈없이 전체에 순응하며 축복받은 죽음을 맞이할 때까지 그 어떤 동요나 뱃멀미로부터도 보호되어 있다. 진정한 대지의 시민들(KKAT 840).

그는 마치 속세를 떠난 듯 자연의 리듬에 맞추어 생활했다. 그것이 가장 자유롭고 쾌적한 생활인 듯했다. 그는 펠릭스 벨치에게 "시골생활보다 더 쾌적하고……더 자유스러운 생활은 없네. 정신적인 의미에서의 자유스러움 말이야.……나는 언제나 여기에서 살고 싶네"(Br 181)라고 썼다. 한 달 만에 그의 몸무게는 7파운드나 늘었다.

그러나 펠리스에게서 편지가 오면 그는 그것을 뜯지도 않고 반나절 동안 그대로 방치해두었다. 그녀의 애절한 사연 때문에 그는 죄책감과 괴로움으로 식사도 제대로 하지 못했다. 그녀는 취라우를 방문했을 때 그가 보였던 냉담함과 무관심한 태도를 이해할 수 없으며 불행한 자는 그가 아닌 자신 같다며 한탄 섞인 편지를 보냈다. 카프카의 마음은 찢어질 듯 고통스러웠지만, 그것을 결코 내비치지 않았다. 카프카는 10월 16일 그녀에게 마지막 편지를 썼다. 막스 브로트가 보낸 편지를 인용하면서 "불행 속에서 행복해하다"(F 757)라는 표현이 자신의 어쩔 수 없는 지금의 상황이라고 했다. 그는 세상과 보조를 맞추어나갈 수 없고 펠리스의 바람에 응할 수 없으니 자신의 처지를 받아들여달라고 요청했다.

> 그대는 그대가 한 여행의 무의미성과 나의 이해할 수 없는 행동, 그리고 그 모든 것 때문에 불행했습니다. 나는 불행하진 않았습니다. '행복'했다고 하면 내 상태를 잘못 묘사하는 것이겠지만, 괴롭긴 해도 불행하지는 않았습니다. 나는 그 모든 비극을 내 스스로 보고 인식하고 그것이 내 능력으로는 (적어도 살아 있는 사람의 능력으로는) 감당할 수 없을 만큼 엄청난 것이라고 깨달았을 때보다는 그 비극을 덜 느꼈습니다. 이런 인식 속에서 나는 입술을 꽉, 아주 꽉 다물고 비교적 평온할 수 있었습니다(F 757f.).

취라우에서(1917년)

카프카는 편지의 마지막 부분에서 막스 브로트가 취라우에서 가까운 코모타우에서 시온주의에 대한 강연을 할 예정이고, 자신은 그 강연에 참석했다가 그들 부부와 함께 프라하로 잠시 귀향할 것임을 알렸다. 그리고 고트프리트 피크와 상담하고 치과를 방문한 후 곧 취라우로 돌아올 것이라고 적었다. 그리고 친지나 친구가 너무 자주 방문해 산만해져[8] 심신의 안정을 취할 수 없어 취라우 방문을 엄격하게 금지하고 있으

---

8  1917년 9월 21일에는 펠리스가, 9월 말에는 어머니와 마리 베르너가, 10월에는 강연회 일을 계기로 막스 브로트의 부부가, 11월에는 카프카의 여비서 율리 카이저와 그의 동료이자 나중에 남편이 된 아우구스트 코팔이, 12월 10일에는 상관인 오이겐 폴이 취라우로

며, 브로트가 취라우에 들르는 것도 순전히 강연 때문이라고 강조했다. 이것은 그녀에게 다시는 취라우로 오지 말라는 최후통첩 같은 것이었다. 그는 병을 핑계 삼아 펠리스와의 고통스러웠던 관계를 끝내고 있었다. 그는 수년간 썼던 일기를 중단하고 새로이 잠언적 성격의 수기를 쓰기 시작했다.[9] 이 수기를 쓰기 전인 11월 10일 그는 일기를 쓰며 자신의 새로운 각오를 다졌다.

지금까지 나는 결정적인 것은 기록하지 않았다. 나는 아직도 두 팔에 안겨서 떠내려가고 있기 때문이다. 대기하고 있는 작업은 엄청날 것이다(KKAT 843).

카프카가 언급하고 있는 '엄청난 작업'이란 지금까지와는 다른 글쓰기 계획이었다. 그러나 그 사실을 숨기고 있었다. 카프카가 취라우로 온 지 거의 한 달쯤 되었을 때 막스 브로트는 카프카가 보내준 채소가 담긴 소포에 감사의 답장을 보내면서 "무엇인가 글을 쓰고 있느냐"(BKB 176)고 물었다. 그러나 카프카의 대답은 간단했다. "나는 글을 쓰고 있지 않네. 내 의지 또한 글 쓰는 방향으로 가고 있지 않다네"(BKB 179). 이 답장으로 브로트와 펠릭스는 그가 글 쓰는 일에 힘을 소모하지 않고 병 치료에 전념한다며 이를 다행으로 여겼다. 그가 예전처럼 밤잠을 잊은 채 글을 쓴다면 폐결핵 치료에는 치명적이기 때문이었다.

10월 27일 카프카는 코모타우에서 열린 막스 브로트의 강연에 참석했다. 그것은 테오도르 헤르츨 연맹에서 주관한 '유대인 예술'에 관한 강연이었다.

---

그를 방문했다. 그들의 잦은 방문이 그를 번거롭게 했음을 짐작할 수 있다.

9 카프카는 1917년 11월 8일 종래에 써오던 일기를 중단하고 1919년 6월 27일 다시 일기를 쓸 때까지 그가 취라우로 가져온 8절지 노트에 새로운 형식의 수기를 써내려갔다. 그것이 바로 저 유명한 잠언이다.

그는 그곳에서 그들 부부와 하룻밤을 묵고 함께 취라우에 들러 오틀라를
데리고 프라하로 갔다. 카프카에겐 거의 한 달 반 만의 귀향이었다. 그것은
4주마다 재검을 받으라는 고트프리트 피크의 권고에 따른 것이었지만, 이제
그는 각혈이나 열은 없었고 가끔 잔기침을 할 뿐이었다. 그리고 그는 이빨이
아파 치과 치료를 받았다(F 759). 그가 잠시 들른 프라하는 전쟁의 여파로
마치 인간이 "식량을 얻기 위해 투쟁하는……황량하고……무서운 곳"(O
120, 130)으로 변해 있었다. 그곳에 비하면 취라우는 "완전한 고요 속에서
새들과 개울과 바람과 함께 살 수 있는"(O 125), "천상에 있는 것과 유사
한"(Br 71), "인간이 추방당한 후의 낙원"(F 693) 같았고 평화로운 "자유의
고향"(Br 195)처럼 느껴졌다. 시골생활에 취한 그는 오틀라에게 직장을 그만
두고 시골 마을에 영원히 머무르고 싶다고 말했다. 오틀라는 군대에 가 있는
남자 친구 요제프 다비트에게 카프카의 이런 소박한 마음을 편지에 썼다.

가능하다면 전쟁이 끝날 때까지 그[카프카]는 취라우에 머무를 것이고, 그
다음엔 마을 어디엔가 작은 집과 정원 그리고 감자를 심을 밭이 딸린 작은
경작지를 하나 살 거예요. 그것으로 일거리를 삼겠지요. 그것이 사실 그가
지금 바라고 있는 전부랍니다.……내 생각엔 신께서 그에게 이 병을 보내주
신 것 같아요. 병이 나지 않았더라면 그는 결코 프라하를 떠날 수 없었을
테니까요.[10]

오틀라는 시골에서 살고 싶다는 오빠의 소망을 들어주려고 그가 부탁한
대로 퇴직 신청을 하기 위해 11월 22일에서 25일까지 프라하에 머물렀다.
그리고 이에 앞서 퇴직할 경우를 대비해 그동안 비밀로 해두었던 오빠의

---

10 Ottla Kafka an Josef David, 8. November 1917; Hartmut Binder, "Kafka und seine
Schwester Ottla," *Jahrbuch der deutschen Schillergesellschaft*, 12(1968), S.403-456, hier S.445.

병을 아버지에게만 알렸다. 어머니에게는 당분간 비밀로 하기로 했으나, 아버지는 3주도 되지 않아 어머니에게 이 사실을 알렸다(O 39, 51). 특히 심장병을 앓고 있던 헤르만 카프카는 심한 충격을 받은 듯했다. 그는 취라우 생활이 병 치료에 정말 좋은지 캐물었고 아무런 대책도 없이 무작정 시골에 머물고 있는 오틀라와 카프카의 무모한 행동을 비난했다.

11월 23일 오틀라는 보험공사의 로베르트 마르슈너 국장을 찾아가 병 치료를 하면서 시골에서 살겠다는 카프카의 뜻을 전하고 조기 퇴직과 연금 지급을 요청했다. 그러나 마르슈너는 예전과 마찬가지로 그의 조기 퇴직을 허용하지 않았고, 그가 직접 취라우를 방문해 카프카와 상의해보겠다며 오틀라를 돌려보냈다.

마르슈너의 인간적인 배려가 고맙긴 했지만 카프카는 크게 실망했다. 조용히 시골에 묻혀 살고 싶은 마지막 꿈도 이루어지기 힘들다고 생각했다. 그러나 추수기에 접어들면서 더욱 극성스러워진 쥐들의 소음 때문에 그는 밤잠을 설치기 일쑤였다. 그는 펠릭스 벨치에게 "취라우의 첫 번째 치명적인 결함, 쥐새끼들의 밤, 끔찍한 경험이었네. 나는 다치지도 않았고 머리카락도 어제보다 더 희어지지는 않았지만, 그것은 세상에 없는 전율이었네"(Br 197f.)라고 썼다. 쥐들의 소음은 그를 히스테릭한 상태까지 몰고 갔다. 그는 잠을 잘 수도 글을 쓸 수도 없게 되자 고양이를 불러들여 쥐들을 퇴치하려고 했다.

그런 가운데서도 카프카는 낮에는 독서와 히브리어 공부를 했고 밤에는 글을 썼다. 그리고 막스 브로트가 취라우로 보내주는 ≪유디세 룬트샤우≫, 표현주의 잡지 ≪디 악치온≫, 쿠르트 힐러의 지성적·정치적 연감 ≪전망≫, 테오도르 타거의 격월간지 ≪마르시아스≫ 등을 읽었다. 그때 가장 카프카의 관심을 끈 기사는 ≪젤프스트베어≫ 11월 특별호에 실린 팔레스티나를 유대민족의 정착지로 표명한다는 '밸푸어 선언'[11]에 관한 기사였다. 더군다나 12월 4일 막스 브로트로부터 오스트리아가 러시아와 휴전했다는 소식을 전

해들은 카프카는 어쩌면 팔레스티나로의 이주가 실현될지도 모르겠다고 생
각했다. 이를 계기로 그는 1917년 봄부터 히브리어 공부에 박차를 가했다.
그는 취라우 시절 초기에 사용하기 시작한 8절지 노트에 깨알 같은 글씨로
히브리어 문법, 단어, 문장을 58쪽에 걸쳐 써놓았다. 그는 히브리어가 팔레
스티나의 민족공동체 생활에서 절대적으로 필요하다고 생각했다.

또한 카프카는 틈틈이 아우구스티누스의 『참회록』, 테오도르 타거의 『새
로운 성(性)』,[12] 프로이트 학파인 한스 블뤼어의 『남성사회에서의 에로틱의
역할』,[13] 알렉산더 헤르첸의 『회상』, 반 고흐의 『서간문』, 막스 브로트의
희곡 『에스터 왕비』, 루트비히 프로머의 『살로몬 마이몬의 전기』[14] 등을 읽
었다. 이 책들은 주로 그의 부탁으로 펠릭스 벨치가 도서관에서 빌려 보내준
것들이었다.

카프카는 이렇듯 많은 독서를 하면서 한편으로는 글을 쓰고 있었지만,
그 사실을 친구들에게 계속 함구했다. 1917년 11월 24일 막스 브로트에게
보내는 편지에서도 그는 글을 쓰지 않지만 자유롭고 한가로운 생활 속에서
자족하려고 노력하고 있다고 알렸다.

---

11 밸푸어 선언(Balfour Declaration)은 팔레스티나의 유대인 국가 건설에 대해 영국이 지지를
　약속한 것으로 영국 외상 밸푸어(A. J. Balfour, 1848~1930)가 시오니즘 운동 지도자 로드
　로스차일드(Lord Rothschild)에게 보낸 1917년 11월 2일의 서한에서 발표했다.

12 Theodor Tagger, *Das neue Geschlecht*, Berlin 1917.

13 Hans Blüher, *Die Rolle der Erotik in der männlichen Gesellschaft. Eine Theorie der
　menschlichen Staatsbildung nach Wesen und Art*. Neuausgabe, hg. von Hans Joachim
　Schoeps, Stuttgart 1962(zuerst 1917). S.76ff.

14 Ludwig Frommer, *Salomon Maimons Lebensgeschichte*, München 1911. 이 책은 게오르크
　밀러 편집으로 '인간적 기록총서'로 출판되었다. 살로몬 마이몬(Salomon Maimons,
　1753~1800)은 독일 유대인 철학자로서 흄의 영향하에 비판적 관념론의 입장에서 칸트
　철학에 대한 창조적 비판을 시도했다.

글을 쓰고 있지 않으니, 쥐 없는 불 밝힌 저녁과 밤의 정적을 두려워하지
도 않고……오전에는 침대에서 자유 시간을 보내고……잠시 책과 함께 있
다가(지금은 키르케고르), 저녁 무렵에는 시골길로 산책을 나가고, 고독 가운데
서도 항상 만족을 느끼고자 하지(Br 201).

12월에 들어서면서 그가 휴양 중이라는 소식을 들은 여러 문예 잡지로부
터 작품을 기고해달라는 연락을 받았다.[15] 그러나 그는 그것을 모두 거절한
채 시골의 은둔생활을 즐기고 있었다. 문학사가이자 비평가인 요제프 쾨르
너가 자신의 논문 「아힘 폰 아르님과 전쟁」을 보내면서 재차 자신의 잡지
≪도나우란트≫에 작품을 기고해달라고 요청하자, 그는 와병중이라고 정중
히 거절하면서 펠릭스 벤치를 추천했다. 카프카는 쾨르너의 문학비평과 문
학사에 대한 탁월한 재능을 인정하고 있었다. 또한 쾨르너는 ≪도나우란트≫
1917년 9월호에 실린 「독일어권 프라하 작가와 작품」이라는 평론에서 지금
까지의 부정적인 평가와는 달리 카프카 작품이 지니고 있는 고상하고 명쾌
한 스타일에 주목하고 특히 『변신』을 "이 시대의 독일 산문 중에서 그의
고귀하고 밝은 언어와 비견될 만한 것은 없으며……최신 서사예술이 창조
해낸 것 중 가장 훌륭한 작품"[16]이라고 높이 평가했다. 그 밖에도 레온티네

---

15 12월 초 오토 슈나이더(Otto Schneider)와 루트비히 울만(Ludwig Ullmann)이 발간하는 ≪시
  작. 시대의 전단(Der Anbruch. Flugblätter aus der Zeit)≫과 요제프 쾨르너(Josef Körner)의
  ≪도나우란트(Donauland)≫에서 카프카에게 원고 청탁을 해왔고, 1918년 2월 26일에는
  출판인 에리히 라이스(Erich Reiß)가, 3월 말경에는 베를린 출판업자 파울 카시러(Paul
  Kassierer)가 자기네 출판사의 전속 작가로 활동해달라는 초대를 보냈으며, ≪인간(Der
  Mensch)≫의 편집자인 요하네스 우르치딜(Johannes Urzidil)도 원고 청탁을 해왔지만, 카프
  카는 건네줄 작품이 없다는 이유로 모두 거절했다.

16 Franz Kafka. *Kritik und Rezeption zu seinen Lebzeiten. 1912-1924*, hrsg. von Jürgen Born,
  Frankfurt am Main 1979, S.150f.

자간이라는 여배우가 막스 브로트를 통해 카프카에게 프랑크푸르트에서 개최되는 오스트리아 문학의 밤에서 그의 작품을 낭독하고 싶다며 작품을 추천해달라고 요청했지만, 카프카는 이것도 거절했다.

카프카는 취라우 시절에 이전과는 달리 작품 발표에 더욱 신중한 태도를 보이고 있었다. 특히 공개적인 낭독을 통해 얻게 되는 직접적인 외부의 갈채와 찬사를 경계했다. 그에게 문학적 실존의 의미는 이리저리 흔들리는 외부의 평가와는 관계없이 작품을 쓰고 있는 고통스럽지만 희열적인 순간만 인정하는 듯했다. 그는 낭독의 밤에 작품을 거절한 이유를 막스 브로트에게 이렇게 적어 보냈다.

프랑크푸르트에는 아무것도 보내지 않겠네. 내가 참여해야 할 일로 느껴지지가 않아. 만약 그걸 보낸다면 단지 허영심에서 그렇게 하는 것이고, 그걸 보내지 않는다면 그것 역시 허영심 때문이네. 하지만 허영심만은 아니네. 그러나 무언가 더 낫지 않은가? 내가 보낼 수도 있었을 단편들은 나에게 본질적으로 아무것도 아닐세. 그것들을 쓴 그 순간만 나는 존중하네. 이제 그건 여배우 노릇이나 하고 있지. 자신의 이익을 위해서 훨씬 영향력 있는 것을 찾지만, 그녀가 빨리 또는 천천히 추락하게 될 허무에서 찾는 것이겠지. 하루 저녁 한순간 높이 뜨게 될 그런 여배우, 그건 무의미한 노력이야(Br 191).

앞서 언급했듯이, 카프카의 「자칼과 아랍인」과 「학술원에 드리는 보고」가 ≪유대인≫ 10월호와 11월호에 연달아 발표되자 특히 「학술원에 드리는 보고」는 문학계의 좋은 반응을 얻었다. 막스 브로트는 프란츠 베르펠이 이 글을 읽고 놀라 보낸 찬사의 속달 편지를 읽자마자 카프카에게 이렇게 소식을 전했다.

베르펠이 자네의 원숭이 이야기에 감격해서 자네야말로 가장 위대한 독일 작가라고 편지를 썼네. 그건 자네도 알다시피 오래전부터 갖고 있던 나의 생각이기도 하네(BKB 210).

막스 브로트의 부인 엘자 브로트도 이 비유적인 이야기에 감동해 카프카의 허락을 받고 1917년 12월 19일 '유대인 부인과 처녀 클럽'의 문학의 밤에 이 작품을 직접 낭독했다. 막스 브로트는 ≪젤프스트베어≫에 실은 「학술원에 드리는 보고」에 관한 논평에서 "예전에 쓴 동화에 대한 천재적인 풍자"라고 칭찬하면서 엘자의 낭독에 대한 청중의 엄청난 반응을 이렇게 기술했다. "내 아내는 단 한번 낭독했을 뿐인데, 엄청난 성공을 거두었다. 아내는 카프카의 「학술원에 드리는 보고」를 낭독했다."[17] 이 작품은 현재까지도 많이 읽히고 있는 그의 작품 중 하나이며 특히 일인극으로 변형·상연되어 큰 갈채를 받고 있다.

펠리스는 카프카와의 관계가 이제 "무의미하고 좋지 않다는 것"(F 213)을 알면서도 12월 20일 크리스마스 때 프라하를 방문하겠다는 편지를 보냈다. 카프카는 결혼 문제에 대해 최종 결정을 내려야 할 때가 왔다고 여겼다. 그는 그다음 날로 펠리스에게 크리스마스 때 만나자고 전보를 쳤고, 두 사람은 12월 25일 프라하에서 만났다. 그녀도 결정적인 순간이 목전에 와 있다는 것을 예감하고 있었지만, 어떤 경우라도 그의 곁을 지키겠다는 자신의 생각을 피력하고 싶었다. 그러나 그녀의 생각은 그의 결단을 바꿀 수 없었다. 카프카는 자신의 건강과 죄책감 때문에 더 이상 그녀의 희생을 강요할 수 없고 앞으로 누구와도 결혼하지 않을 것임을 분명히 했다. 그녀는 이미 결심이 확고한 환자와 더 이상 다툴 수가 없었다. 그들은 크리스마스 저녁에

---

17 Ebd., S.127f.

막스 브로트 부부의 초대를 받아 갔지만 두 사람 모두 말이 없었다. 다음 날 아침 일찍 카프카는 막스 브로트를 찾아가 카페 파리에서 함께 아침 식사를 했다. 브로트는 펠리스와의 이별을 재고하도록 설득했지만 그의 결정을 바꿀 수는 없었다.

그날 오후 카프카와 펠리스는 브로트, 바움, 벨치 그리고 그들의 부인들과 함께 프라하 서부 지역에 있는 대학생 술집 시프카파스(Schipkapaß)로 산책을 나갔다. 카프카는 불행했다. 그는 아무런 죄도 없는 펠리스에게 또다시 이별의 고통을 안겨준 것에 몹시 괴로워하면서 파혼의 이유가 단순히 병이나 건강 때문만은 아니라고 브로트에게 고백했다. "내가 해야만 하는 것은 나 혼자만이 할 수 있네. 최후의 것들에 대해 명백히 하는 것 말일세. 서유럽 유대인은 그것에 대해 명확하지 않기 때문에 결혼할 자격이 없네"(MB 147). 카프카는 결혼을 "가장 큰 인간적인 행복"(F 460)이라고 보았고, 자신은 그러한 진정한 의미의 결혼에 이를 자격이 없기에 운명의 여신은 폐결핵이라는 엄중한 형벌을 내린 것이며 그 형벌에서는 벗어나려면 먼저 자기존재의 근거인 문학에 대한 분명한 자각이 있어야 한다고 생각했던 것이다.

다음 날인 12월 27일 아침 카프카는 펠리스 바우어를 역까지 배웅했다. 그녀는 울고 있었다. 5년간의 고통과 행복했던 순간이 주마등처럼 스쳐 지나갔다. 그러나 이별의 순간에도 그녀는 일말의 희망을 놓지 않았던 것 같다. 기어코 그에게서 친구로서 서신 교환을 하겠다는 약속을 받아냈다. 그러나 그 후 그들은 편지를 교환한 적도 만난 적도 없었다. 그것이 그들의 영원한 이별이었다.

펠리스를 떠나보내고 난 후 카프카는 정신 나간 듯 멍한 상태가 되어 막스 브로트가 근무하는 우체국을 찾아갔다. 그의 얼굴은 창백했고 돌처럼 굳어 있었다. 그는 막스의 곁에서 잠시 쉬고 싶어 했다. 그는 전례 없이 막스 브로트의 책상 옆 고객용 작은 안락의자에 앉아 있었다. 잠시 후 그의 두 뺨에는 하염없이 눈물이 흘러내렸고 그의 입에서는 "이런 일이 일어나야 한다는 것은 얼마나 끔찍한 일인가"(MB 148)라는 탄식이 흘러나왔다. 다음 날 오틀라에게 보내는 편지에서도 "어제 오전에는 유년 시절 이후 가장 많은 눈물을 흘렸다"(O 47)며 이별의 고통을 토로했다. 그러나 일기에는 펠리스와의 작별에 대해 "모든 게 힘들고 옳지 못하지만, 올바른 선택"(KKANII 67)이었다고 썼다.

펠리스는 카프카와 헤어진 지 1년 3개월 후인 1919년 3월 25일 열네 살 위인 베를린의 은행 지배인 모리츠 마라세와 결혼했다. 막스 브로트가 카프카에게 그 소식을 조심스럽게 전했을 때 카프카는 그녀의 결혼을 진심으로 기뻐하며 축하하고 매우 감사해했다(MB 148). 펠리스는 결혼 후 딸 하나 아들 하나를 두었다. 1931년 그녀는 가족과 함께 스위스 주네브로 이주했다가 1936년에 나치를 피해 미국으로 건너가 편물점으로 성공했으며 1960년 10월 15일 뇌일혈로 캘리포니아에서 사망했다.[18] 그녀는 카프카가 죽은 후에도 36년 이상을 더 살았던 것이다.

펠리스와 헤어진 날 오후 카프카는 정기 검진을 받으려고 프리델 피크를 찾아갔지만, 공교롭게도 그는 여행 중이었다. 심적인 괴로움 때문인지 카프카는 기침이 심해졌고 가끔 숨 쉬는 것조차 힘들었다. 하는 수 없이 주치의인 뮐슈타인을 찾아갔는데, 그는 별다른 이상을 발견하지 못했다. 카프카의 부모는 그동안 중병을 속여 가며 결국 파혼에까지 이르게 된 카프카와 크리스마스인데도 찾아오지 않는 오틀라에게 하나같이 "미친 것들"이자 "부모를 저버린 배은망덕한 것들"(O 50)이라고 비난을 퍼부었다.

---

18 Guy Stern, "Felice before and after Kafka: Searching for her Views of Their Relation-ship," *Thurn-of-the-century and it's Legacy: Essays in Honor of Donald G. Daviau*, hrsg. von Jeffrey B., Berlin u.a.(Wien) 1993, S.239-250.

카프카는 1월 6일까지 프라하에 머물면서 그동안 밀린 일들을 처리했다. 12월 28일에는 석면공장의 청산을 위해 모든 서류상의 형식적 절차를 마무리했고, 1월 1일에는 1년마다 재심을 받아야 하는 군복무 면제를 위해 질병에 의한 군복무 면제신청서를 냈는데 보험공사에서도 다시 카프카의 군복무 면제신청서를 제출했다는 것을 확인했다. 1월 2일에는 여행에서 돌아온 프리델 피크를 만나 상세한 검진을 받았다. 그러나 검진 결과 폐결핵은 호전되기는커녕 오히려 진행 중이었다. 이별의 심적 고통이 병을 키우고 있었던 것이다. 카프카는 프리델 피크의 진단서를 가지고 보험공사에 다시 퇴직을 요청했지만, 마르슈너 국장은 여전히 그의 퇴직을 받아들이지 않았고 4개월간 "요양 휴가의 연장"(AS 451)을 허락했다. 퇴직이 받아들여지지 않아 여전히 자유스럽지는 못했지만, 그는 계속해서 긴 휴가를 취라우에서 보내게 되었고, 봉급도 정상적으로 받게 되었다. 이 점에서만은 그는 행운아였다.

카프카는 1월 6일 오스카 바움과 함께 취라우로 돌아갔다. 바움은 아내와 불화를 겪고 있었고 몸도 좋지 않아 카프카가 일주일간 취라우에서 휴양하라고 권했기 때문이었다. 카프카는 바움이 체류하는 동안 장애인인 그가 불편하지 않도록 매사에 조심하고 세심하게 배려했다. 그는 비서처럼 그를 대신해서 편지를 써주고 1917년 ≪디 노이에 룬트샤우≫ 10월호에 실린 에른스트 트뢸치의 에세이 「루터와 프로테스탄티즘」, 브로트의 소설 「대모험」, 레프 톨스토이의 「일기, 1895~1899」(Br 222) 등을 읽어주고 그것에 대해서 토론을 벌이기도 했으며, 바움이 쓰고 있는 소설 『불가능한 것으로의 문』과 자신이 계획하고 있는 희곡 「영묘지기」(Br 250)에 대해서도 의견을 나누었다.

그는 일주일간 "오스카와 더불어 유쾌한 시간을 즐겼지만"(Br 218), 그를 통해 결혼한 친구 모두가 가정불화를 겪고 있다는 사실을 알게 되었다. 바움은 결혼이란 결국 불가능하면서도 참을 수 없는 관습이라고 생각하게 되었고, 브로트도 베를린 여자와의 연애사건으로 가정생활이 거의 파탄상태에 빠져 있었다. 카프카가 프라하에 머물 때 막스와 엘자 브로트 사이에는 심한 언쟁이 벌어졌고, 엘자가 막스 브로트는 "결혼생활에 적합하지 않다"고 비난했던 일을 떠올렸다. 그는 이와 관련해서 막스 브로트에게 진심어린 편지를 써 보냈다. 카프카는 스스로 선택해 "아내와 결혼했으며, 그녀와 더불어 그리고 그녀를 넘어서 문학과 결혼했다는 것"을 강조하면서 "참된 남편이란 ……아내 안에서 세계와 결혼해야 하는 것이네. 아내 저편에서 결혼하게 될 세계를 바라보는 것이 아니라 세상을 통해서 아내를 바라보는 것이라네. 그렇지 않다면 모든 것은 아내에게 고통일 뿐이네"(Br 220)라고 썼다. 비록 자신은 포기했지만 결혼을 선택했다면 아내의 고통과 불행을 이해하고 배려해야 한다는 것이었다. 그리고 『쇠렌 키르케고르와 그녀의 관계』라는 책을 통해서 알게 된 이야기를 들려주면서 평범한 여자인 아내가 정신세계에 몰두하는 남편과 함께 살아가는 일이 얼마나 어려운 일인가를 상기시켰다.

키르케고르는 삼십대에 열네 살의 소녀 레기네 올센에게 반해서 그녀가 성년이 되기를 기다려 약혼했지만, 결국 자신의 철학 공부를 위해 일 년 만에 일방적으로 파혼했다. 하지만 올센에게는 키르케고르와의 고문 같은 생활에서 벗어난 것이 오히려 행복을 찾는 길이었고, 마찬가지로 펠리스에게도 문학 때문에 끊임없이 고뇌하는 자신에게서 벗어난 것이 오히려 잘된 일이라는 것이었다. 그녀들은 오로지 내적인 정신세계에 몰입해 있는 그들로부터 벗어남으로써 정신적·육체적으로 홀가분하게 건강한 일상생활을 이끌어갈 수 있게 되었다는 것이다. "결혼하라, 그러면 그대는 후회할 것이다. 결혼하지 마라, 그러면 그대는 또한 후회할 것이다." 카프카가 애독했던 키르케고르의 『이것이냐 저것이냐』에 나오는 이 말은 카프카에게도 진정으로 동감할 수 있는 말이었다.

1월 13일 오스카 바움이 프라하로 돌아갔다. 같은 날 오후에 카프카는 혼자서 리쉬비츠로, 그리고 15일과 17일 밤에는 오버클레 숲으로 산책을 나갔다. 오스카 바움이 떠난 후로 그는 명상에 잠긴 채 홀로 긴 산책을 하는 일이 잦아졌다(KKANII 68, 69). 그것은 새로운 글쓰기를 위한 모색의 조짐이 었다.

그즈음 카프카는 쿠르트 볼프 사로부터 이미 오래전에 계획했던 14개의 짧은 이야기로 구성된 『시골 의사』에 대한 교정 인쇄본을 받았다. 그는 1918년 1월 28일 수정한 교정본을 출판사로 되돌려 보내면서 '나의 아버지 에게'라는 헌정사(Br 228)를 책 앞장에 첨가해줄 것을 부탁했다. 이에 대해서 카프카는 1918년 3월에 막스 브로트에게 보내는 편지에서 아이러니하게 생 각될 수 있는 아버지에 대한 자신의 애증을 이렇게 표현했다.

> 그 책을 아버지에게 헌정하기로 결심한 이후 그것이 곧 출간된다는 사실
> 이 나에게는 매우 중요하다네. 내가 그것으로 아버지와 화해할 수 있을 것
> 같지는 않네. 이 적대감의 뿌리는 여기서는 뽑아낼 수가 없네. 하지만 난
> 적어도 무언가를 했어야 하네(Br 237).

그는 두 번씩이나 약혼을 파기한 자신을 향한 아버지의 비난과 경멸이 얼마나 큰 것인지 잘 알고 있었다. 그러나 그러한 헌정사를 통해 아버지가 생각하듯 자신이 인간 공동체에서 완전히 무용한 존재가 아님을 알리고 글 을 씀으로써 아버지의 억압적인 권력으로부터 벗어나 독립된 실존을 살고 있다는 것을 보여주기 위해서였다.

# 농촌생활과 팔레스티나에 대한 동경

취라우의 겨울은 매서웠다. 그러나 추위에도 카프카는 창문을 열어둔 채
옷을 빗고 잠을 잤다. 그리고 아침 일찍 일어나 집 안에 있는 수전자에 담긴
차가운 물로 벌거벗은 채로 머리에서 발끝까지 몸을 씻었다. 그래도 감기에
걸리지 않았다. 그것은 오래전부터 늘 해오던 습관이었다. 그는 겨울철 시골
의 깊은 정적을 만끽하며 홀로 산책을 나가거나 밤에는 초롱불 아래에서
글을 쓰거나 오틀라와 도스토옙스키, 쇼펜하우어, 클라이스트 등의 작품을
읽었다.

또한 카프카는 유대인이었지만 일요일이면 설교를 들으러 가끔 마을광장
에 있는 성당에 나가기도 했다. 언젠가는 루가복음 2장 41절에서 53절과
연관해서 부모와 자녀들 간의 교육 문제에 관해 강론하는 신부의 말을 음미
하며 듣기도 했다(Br 231). 그는 이곳에서도 말없는 낯선 아웃사이더였지만,
그를 알아본 그곳 출신의 무명 시인이 그를 위해 "박사님은 선한 사람이니,
하느님께서 이분을 긍휼히 여기시리라"(Br 234)고 기원해주기도 했다. 그는
종교에 대해 언제나 "매우 포괄적이었으며 절충적이고자 했다."[1] 그는 유대

---

1 Ritchie Robertson, *Franz Kafka. Leben und Schreiben*, aus dem Englischen von Josef Billen,

인이었지만 기독교, 힌두교, 도가사상[2] 등 다양한 종교와 철학에 관심을 갖고 있었고 어떤 종교에 대해서도 편견 없는 자유로운 사고를 가지기를 원했다.

취라우의 농촌생활에 익숙해지면서 카프카는 더욱더 농부처럼 소박하고 단순한 삶을 살고 싶어 했다. 그것은 물론 병을 치료하기 위해 선택한 삶이었지만, 그가 오래전부터 가지고 있던 자연에 대한 경배사상과 자연요법, 채식주의, 원예 재배 그리고 나무를 다루는 목공 일[3]까지 좋아하는 그의 자연친화적인 생활관과도 일치했다. 그래서 '밸푸어 선언'으로 제기된 유대인의 팔레스티나 이주와 그곳에서의 공동체생활 보장은 그에게 농촌생활을 구체화시킬 수 있는 가능성으로 다가왔다. 당시 팔레스티나는 유대 시온주의자의 입에 자주 오르내리던 '약속된 땅'으로, 유대인이 히브리어를 모국어로 구사하면서 단순 노동을 통한 검약하고 평화로운 공동체생활을 누릴 수 있는 유대인 정착지였다. 카프카는 ≪젤프스트베어≫, ≪유대인≫, ≪유디세 룬트샤우≫ 등의 유대 잡지를 통해 이 운동의 의미와 취지를 잘 알고 있었다.

이 팔레스티나 운동의 뿌리는 현대 정치적 시온주의의 기초자이며 오스트리아의 유대 작가인 테오도르 헤르츨[4]에서 출발했다. 그는 유대 국가 건립을

---

Darmstadt 2009, S.145; Richie Robertson, "Der Prozeß," Michael Müller(Hrsg.), *Interpretationen. Franz Kafka. Romane und Erzählungen*(Reclam), Stuttgart 1994, S.110.

2 Joo-Dong Lee, a.a.O., S.58-73.

3 카프카는 원예 일을 할 수 없는 추운 계절에는 회사가 끝난 후 카롤린넨탈의 가구 기능장 코른호이저(Kornhäuser)의 작업장에서 회사 동료인 구스타프 야누흐의 아버지와 함께 목공 작업을 했다. 그는 그것이 신경쇠약 치료와 건강에 도움이 된다고 생각했다(HBI 482).

4 테오도르 헤르츨(Theodor Herzl, 1860~1904)은 정치적 시온주의의 기초자로서 자신의 저서 『유대국가』(1896)에서 유대국가 건립의 필요성을 강조했고, 1887년 바젤에서 최초의 시온주의 세계대회를 개최해 시온주의 세계 조직의 초대 회장이 되었다. 그는 여러 주변 국가들과의 협상을 통해 팔레스티나를 유대민족의 정착지로 선정했다. 이것은 1948년 이스라엘

주장하고 당시 팽배해 있던 "반유대주의에 대한 유일한 대응책은 사회주의만이 가능하다"[5]고 설명하면서, 토지 공동소유, 사유재산 포기, 집단형태의 생활과 노동, 시민적 개인주의 파기, 민족정체성을 위한 통일된 교육 등이 자신의 정치적 시온주의 목표임을 강조했다. 그러므로 시온주의가 표방하는 팔레스티나 이주운동의 틀은 이러한 사회주의적인 이념에 기초한 정치적·경제적 공동체를 형성하는 것이었다.

테오도르 헤르츨

　이러한 새로운 공동체에 대한 논쟁이 마르틴 부버가 발간하는 ≪유대인≫에 여러 논문으로 소개되었다. 그중에서도 러시아 시온주의자이고 톨스토이[6]의 지지자이자 '노동을 통한 유대인의 구원'이란 에인직 포고자이며 이스라엘 집단농장 건립자의 한 사람인 아하론 다비드 고르돈(Aharon David Gordon)은 두 개의 주목할 만한 논문을 발표했다. 고르돈은 팔레스티나에 시온주의를 정립하려는 노동은 단지 빵을 얻기 위한 것이 아니라 기본적으로 유대 존립과 직결된 문제라고 강조했다. 그러므로 노동은 단순히 자본과 기술의 합작인 중부 유럽식 생산이 아니라 행동과 책임을 자각한 자율적인 육체적 공동노동을 통한 생산을 전제로 했다. 그는 이렇게 자신의 이념을 역설했다.

---

국가 건립의 전초가 되었다.

5 Theodor Herzl, *Briefe und Tagebücher*, 7 Bde., hier Bd.I, hg. von Alex Bein u.a. Frankfurt am Main 1983-1996, S.512.

6 톨스토이는 집에서 약간 떨어진 곳에 일종의 코뮌을 만들어, 여기에 자기의 철학과 신념을 따르는 젊은이들을 수용하여 농사를 지으며 집단농장생활을 하도록 했다. 톨스토이의 철학은 금욕, 채식 그리고 평화주의와 사회적 평등 등을 주장했지만, 국가에서 이러한 자유로운 공동체를 실천하기는 쉽지 않다는 것을 인정해야 했다. 카프카는 톨스토이의 이러한 자연친화적 자유사상에 대한 열렬한 지지자였다(HBI 157ff.).

아하론 다비드 고르돈

우리가 팔레스티나에서 소망하는 모든 것은, 삶이 결정하는 것을 우리 손으로 행하는 데 있고, 가장 박학다식하고 정교하고 쉬운 것부터 가장 거칠고 경멸적이고 어려운 것에 이르기까지 우리가 모든 일을 몸소 행하고 작업을 완성하고 위업을 달성하는 데 있다. 또한 이러한 일을 수행하는 노동자 자신이 느끼고 생각하고 체험하는 모든 것을 우리 스스로가 느끼고 생각하고 체험하는 데 있다. 그때 우리는 하나의 문화를 갖게 되는 것이다. 왜냐하면 우리는 그때 삶을 갖게 될 것이기 때문이다.[7]

카프카는 《유대인》과 《젤프스트베어》에 소개된 고르돈의 생각을 기초로 금욕주의를 표방하는 독신자로 구성된 이상적인 집단공동체를 구상하기도 했다. 1918년 초 그의 일기에는 이에 대한 흥미로운 기록이 남아 있다. 개별적이면서 소수집단 공통체적인 삶에 대한 계획안으로 시온주의자가 꿈꾸고 있는 팔레스티나의 집단농장생활과 그가 체험한 취라우의 농촌생활을 혼합시킨 형태의 것으로 보인다. '무산노동자 그룹'이라는 제목을 단 이 계획안은 단순 소박함과 승려적인 금욕주의에 근거하는 사회주의적인 색채가 배어 있는 작은 집단공동체를 초안한 것으로 보인다. "최소한의 노동 시간, 노동 종류의 자유로운 선택, 기본적인 검소한 의식주생활, 병자나 노인을 위한 무료 양로원 시설과 병원 운영, 사치품이나 돈 거래와 임금 지급 금지, 자영업자와 기혼자 여성의 배제"(KKANII 105) 등을 내용으로 하고 있으며, 공동체 구성단위는 500명으로 한정하고 있다. 기혼자 여성을 배제시킨 것은 아마 가족과 같은 위계적 구조를 금지하고 육체적 노동생활을 고르

---

7 Aharon David Gordon, "Arbeit," *Der Jude*, I. Jg.(1916), S.37-43, hier S.40.

돈이 주장한 "인간의 양심과 믿음의 일"(KKAT 93)로 정착시키려는 의도였던 것 같다. 그는 아마도 단순 소박한 육체노동을 매개로 개인과 자연 그리고 윤리적 정신이 조화롭게 융합된 이상적인 공동체를 꿈꾸었던 것 같다. 즉, 유대교의 추상적인 이론과 정치적 제도에 근거한 집단적 노동생활이 아니라 자연 속에서 스스로 선택한 기본적인 육체노동으로 자유롭게 살아가면서 동시에 인간의 욕망을 스스로 절제할 줄 아는 양심적이고 믿음에 찬 새로운 삶의 가능성을 기대했던 것 같다.

'무산노동자 그룹' 계획안은 카프카를 급진적 사회주의자로 평가하려는 연구가들에 의해 자주 인용되지만, 그것은 과장된 해석이라고 단언할 수 있다. 앞서 언급했듯이, 카프카는 모든 정치적인 주장과 활동을 싫어했고, 정치적 색채를 띤 운동에 직접 참여해 활동한 적도 없으며, 급진격인 사회주의 운동을 실천하는 사회운동가는 더더욱 아니었다. 나아가 민족주의적이고 정치적 색채가 강한 프라하의 시온주의 운동에 대해서도 주변 친구들과는 다르게 항상 비판적 거리감을 두었다.

카프카는 단지 자유로운 생각과 믿음 속에서 소박·검박한 인간으로 자연과 더불어 조용하고 평화롭게 살아가기를 원했을 뿐이며, 그것이 팔레스티나에서 가능하다면 그곳을 택하고 싶었을 것이다. 카프카는 실제로 건강이 허락한다면 언젠가는 팔레스티나에 가서 살고 싶었다. 팔레스티나는 날씨가 따뜻하고 건조해서 폐결핵 치료와 건강 유지에도 좋은 여건이었기 때문이었다. 그래서 친구 후고 베르크만이 관장하는 예루살렘 도서관의 제본공(Br 277)이나 텔아비브 레스토랑의 웨이터로 일할 생각도 해보았다. 이런 미래를 꿈꾸며 카프카는 취라우의 농촌생활에 익숙해져갔다.

# 잠언을 쓰다

    카프카는 취라우의 농촌생활에 즐거움을 느끼면서도 마음속으로는 새로운 글쓰기를 염두에 두고 있었다. 비록 막스 브로트에게는 글을 쓰지도 않고 글을 쓸 의향도 없다고 말했지만, 사실은 그렇지 않았다. 오히려 지금까지와는 다른 "엄청난 작업"(KKAT 843), 즉 새로운 형태의 글쓰기를 계획하고 있었다. 그는 취라우에 온 지 얼마 되지 않아 종래의 단편소설들과는 다른 형태의 글을 쓰기 시작했는데, 전통적 "교양 신화를 아이러니하게 해체"(RSII 252)하거나 변형시킨 새로운 유형의 산문 텍스트가 그것이다. 1917년 10월에는 세르반테스의 『돈키호테』의 일부를 변형시킨 「산초판자에 관한 진실」(KKANII 38)과 사이렌에 관한 그리스 신화를 변형시켜 아름다운 노래가 아닌 침묵으로 지나가는 배들을 유혹하는 「사이렌의 침묵」(KKANII 40ff.)을 썼다. 1918년 1월에는 「프로메테우스」와 「포세이돈」 등을 썼는데, 그중에서도 특히 「프로메테우스」는 가장 의미 해체적이고 '탈신화적 경향'을 띤 산문 텍스트로서 전통 신화를 전혀 다른 다각적인 시각에서 재해석하고 있다. 프로메테우스는 원래 인간에게 금지된 불을 가져다줌으로써 신들의 노여움을 사서 코카서스 산의 쇠사슬에 묶인 채 독수리에게 간을 쪼아 먹히고 있었다. 그러나 카프카는 이 전통 신화를 각기 다른 네 가지 전설로 변형시켜 병렬적으로 기술하고 있다.

프로메테우스에 관해서 네 가지 전설이 전해진다. 첫 번째 전설에 의하면, 그는 신의 비밀을 인간에게 누설했기 때문에 코카서스 산에 쇠사슬로 단단히 묶였고 신이 독수리를 보내어 자꾸자꾸 자라는 그의 간을 쪼아 먹게 했다고 한다. 두 번째 전설에 의하면, 프로메테우스는 쪼아대는 부리가 주는 고통으로 자신을 점점 바위 속 깊이 밀어 넣어 마침내 바위와 하나가 되었다고 한다. 세 번째 전설에 의하면, 수천 년이 지나는 사이에 그의 배반은 잊혔고, 신도 잊었고, 독수리도, 그 자신도 잊었다고 한다. 네 번째 전설에 의하면, 한도 끝도 없이 되어버린 것에 사람들이 지쳤다고 한다. 신이 지치고, 독수리도 지치고, 상처도 지쳐 아물었다고 한다. 남은 것은 설명될 수 없는 바위산이었다(KKANII 69f.).

카프카는 여기에서 전통적 신화가 본래 지니고 있는 초월성이나 본질성을 상대화해 다양한 해석의 가능성을 제시하고 있을 뿐 아니라 극단적으로는 신화가 지닌 "진실 근거의 불가해성"[1]까지 선언하려는 듯이 보인다. 카프카는 이 작품 서두에 전설이 본래 지니고 있는 긍정적 기능을 제시하고 그 문장 끝에 가서는 오히려 그 전설의 불가해성을 강조해버린다. "전설은 불가해한 것을 설명하려고 한다. 그러나 전설은 진실의 바탕에서 비롯된 것이어서 다시금 불가해한 것으로 끝나야 한다"(KKANII 69). 카프카의 작품은 이렇듯 '부정의 변증법적' 서술방식과 패러독스한 사고로 인해 전통적 의미의 해체뿐만 아니라 다양한 해석의 가능성을 야기한다. 이것은 더 나아가 카프카 자신의 자아성찰적인 형식으로 변모해간다.

---

1 Peter U. Beicken, *Franz Kafka. Eine Kritische Einführung in die Forschung*, Frnakfurt am Main 1974. S.316.

취라우로 오기 얼마 전에 썼던 작품 모음집 『시골 의사』의 몇몇 작품을 보면 이미 문학과 작가의 실존에 대한 자아반영적이고 자아성찰적인 형식을 취하고 있거나 시대 비판적 논평 같은 사실적인 산문 형식을 시도하고 있었다. 특히 그중에서도 「열한 명의 아들」, 「가장의 근심」, 「광산의 방문객」 등은 카프카 자신의 "문학에 대한 문학",[2] 즉 자아성찰적인 '메타 문학'적 성향을 지닌 매우 독특한 형식을 취하고 있다. 「신임 변호사」는 카프카 스스로 산문 모음집인 『시골 의사』의 첫 번째에 넣기 원했던 작품인데, 그것은 놀라운 착상, 현재와 과거의 환상적 전환 그리고 그 둘의 동시성을 보여주면서도 순수 서사문학 작품이라기보다는 오히려 실용서에서 볼 수 있는 시대 진단적 성격을 띤 산문 텍스트에 가깝다.

오늘날에는 — 아무도 이것을 부인하지 못한다 — 위대한 알렉산드로스란 없다. 물론 많은 사람이 살인할 줄을 안다. 연회 식탁 위로 창을 날려 친구를 맞추는 역사적인 일도 없지 않다.……그러나 어느 누구도, 정작 어느 누구도 인도로 이끌지는 못한다. 이미 당시에도 인도의 성문은 도달하기 어려웠다. 하지만 그것의 방향을 왕의 칼이 가리키고 있었다. 오늘날 그 성문은 전혀

---

2 Malcolm Pasley, "Drei literarische Mystifikationen Kafkas," *Kafka-Symposion*, hrsg. von Jürgen Born u.a. Berlin 1965, S.21-37. '열한 명의 아들'은 카프카가 당시 쓰고 있던 열한 개의 이야기를 뜻한다. 첫째는 「꿈」, 둘째는 「법 앞에서」, 셋째는 「황제의 칙명」, 넷째는 「이웃 마을」, 다섯째는 「낡은 쪽지」, 여섯째는 「자칼과 아랍인」, 일곱째는 「싸구려 관람석에서」, 여덟째는 「양동이를 탄 사나이」, 아홉째는 「시골 의사」, 열째는 「신임 변호사」, 열한째는 「형제 살해」를 말한다. 그리고 「가장의 근심」에 나오는 '오드라데크'는 「사냥꾼 그라쿠스」의 주인공을 의미하며, 「광산의 방문객」에 나오는 열 명의 광산 엔지니어는 쿠르트 볼프 사의 1917년 ≪신소설≫이라는 연감 카탈로그에 실린 하인리히 만, 후고 폰 호프만스탈, 카를 슈테른하임, 막스 브로트, 막심 고리키 등을 포함한 열 명의 작가를 그리고 나머지 한 명의 광부는 카프카 자신을 나타낸다.

다른 쪽으로 향해 있고 더 멀리 더 높이 건재해 있다. 그러나 아무도 그 방향을 가리키지 않는다. 많은 이들이 칼을 들고 있으나, 그것은 다만 휘두르기 위해서일 뿐이다. 그러니 그 칼들을 뒤쫓고자 하는 사람들의 시선은 혼란스럽기만 하다(KKAD 251).

이 글은 역사적 사건을 비유적으로 변형시켜 묘사함으로써 한편으로는 작품의 서사적 효과를 높이고 다른 한편으로는 독자에게 자신이 표현하고 있는 시대의 부정성을 보편타당한 것으로 받아들이도록 요구하는 것처럼 보인다. 왜냐하면 카프카는 여기에서 우리가 살고 있는 현대 사회는 고대의 정신적 유산으로부터 무엇인가 공동체가 추구해야 할 의미 있는 목표나 방향을 취하기보다는 오히려 그것을 폭력의 수단으로 받아들이는 혼란에 빠져들고 있다는 것을 강력하게 부각시키고 있기 때문이다.

취라우에 머무는 동안 카프카는 자신의 글쓰기가 새로운 문학적 경향으로 전환되어가는 것에 만족하고 있는 듯하다. 일기에 "나는 『시골 의사』와 같은 작품으로부터 이따금씩 만족을 얻을 수 있다.……그러나 이렇듯 세계를 순수하고 진실하며 불변적인 것으로 고양시킬 수 있을 경우에만 행복하다"(KKAT 838)라고 쓴 것을 볼 수 있다.

알히미스텐가쎄와 취라우에서의 체류 초기에 쓴 카프카의 산문작품을 보면, 그가 그 시기에 자신의 문학작품과 작가적 실존에 대한 성찰적 논평, 그리고 자기가 속해 있는 시대의 부정성을 부각시킴으로써 글쓰기에 새로운 형식을 부여해가고 있었음을 알 수 있다. 그때 그는 펠리스와의 결혼 실패와 폐결핵이라는 '죽음에 이르는 병'을 동시에 떠안고 있는 상황이었다. 결혼을 한 개인과 인간 공동체의 대표적인 결합이라고 생각했던 그에게 5년간의 힘든 투쟁이 가져다준 결혼 실패와 병마로 인한 육체적 황폐함은 자기 실존의 결정적 패배로 다가왔을 것이다. 그는 그 시점에서 자기가 처한 위기상황

을 새로이 철저하게 점검하고 성찰하고 그 원인을 밝혀내는 것이 자기가
앞으로 써야 할 글이라는 것을 깨닫고 있었다.

취라우에 온 지 한 달여 만인 1917년 10월 19일부터 1918년 2월 26일까
지 카프카는 편지와 일기 그리고 원고 등에 산발적으로 썼던 성찰적이거나
명상적인 글을 모아 8절지 노트 제3권과 제4권[3]에 하나하나 써내려갔다. 짧
은 단락 형태의 잠언적·명상적 기록, 단편(斷片)적 성격의 산문 스케치, 간단
한 서정적 시행 그리고 현대 비유설화 형태의 수수께끼 같은 이야기가 주를
이루었다. 1917년 년 말 막스 브로트와의 대화에서 밝힌 대로, 생사의 기로
에 선 그 순간 카프카는 순수 문학작품을 쓰는 것보다 자신의 문학적 삶과
윤리적·도덕적 문제에 관심이 더 쏠려 있는 듯했다. "내가 해야만 하는 것은
나 혼자만이 할 수 있다. 최후의 것들에 대해 명백히 하는 것이다."[4]

이제 카프카는 지금까지 자신이 배우고 익혔던 철학적·종교적 문제를 언
급해나간다. 인간과 신, 죄와 고통, 창조, 낙원, 원죄, 선과 악, 소외와 구원,
삶과 죽음, 언어와 인식, 존재, 진리 등에 관한 문제를 자신의 명상과 성찰에
따라 재해석하고 설명하고 있다. 그것은 여러 상이한 내용의 단상으로서 완
결된 형식이 아닌, 다양한 형이상학적 이미지로 엮어진 단락 형식의 명상적·
잠언적인 형태의 글이어서 마치 파스칼이 쓴 『팡세』의 형식을 연상시킨다.
파스칼이 『팡세』에서 자신의 뇌리에 떠오르는 정신적·종교적 명상을 그때
그때 발생시기별로 통일성 없이 기록하고 있듯이, 카프카의 잠언도 주제적·
체계적인 순서가 아닌 발생 시간순서별로 씌어져 있어[5] 주제의 통일성이나

---

3 오늘날에는 카프카 비평본인 FKK에는 이것을 '8절지 노트 G와 H'라고 부른다.

4 Tagebuch Max Brod, 26. Dezember 1917(unpubliziert). Brief an Max Brod, vor dem
  28. März 1918(B4 33).

5 Hartmut Binder, *Kafka-Kommentar zu den Romanen, Rezensionen, Aphorismen und zum Brief
  an den Vater*, München 1976.

일관성이 없다. 카프카는 병들기 직전 우연히 『팡세』를 읽었는데, 파스칼의 종교적 믿음과 인간학적 깊이와 그리고 직관적 사유가 담긴 이 명상적 글쓰기 형식이 그의 잠언 모델 형식이 되었던 것으로 생각된다.

카프카는 잠언 기록에 사상적·성찰적인 이념을 더욱 보충하기 위해 톨스토이의 일기, 키르케고르의 철학서와 자서전, 쇼펜하우어의 『의지와 표상으로의 세계』, 고흐의 『서간문』, 그리고 헤르첸, 막스 셸러, 에른스트 트뢸치, 마이모니데스[6] 등의 책과 유대서인 카발라, 시온주의, 하시디즘에 관한 이야기 등을 읽었다. 카프카는 다양한 독서를 통해 자신이 생각하고 느꼈던 형이상학적·도덕적인 성찰을 하나하나 정리해나갔다.

카프카는 그로부터 3년 후인 1920년 8월과 10월 사이에 8절지 노트를 가로세로로 4등분한 가가의 작은 종이쪽지 위에 일련번호를 매기고 앞서 모아둔 잠언을 하나씩 기록해나갔다. 그러나 어떤 것은 연필로 지우거나 이중의 번호를 매기고 있어서 앞으로 더 손볼 예정이었던 것 같다. 그러나 잠언 역시 카프카의 다른 많은 문학적 작품처럼 미완의 상태로 남게 된다.

명상록에 가까운 잠언은 그의 서사 작품보다 이해하기 더 어려워 보인다. 그것은 일관되고 통일된 주제를 각인시키기보다는 카프카의 뇌리에 그때그때 떠오르는 명상과 성찰을 기록한 것이어서 정확한 내용의 이해나 심미적 판단이 매우 어렵기 때문이다. 그것은 마치 풀기 어려운 수수께끼나 비술적인 문자 기호를 나열한 불연속선과 같은 인상을 주지만, 자유롭고 심오한

---

6 모제스 마이모니데스(Moses Maimonides, 1135~1204)는 중세의 유명한 유대 종교철학자, 학자이자 의사로 12세기 이집트, 에스파냐 등에서 랍비로 활동했다. 그는 십계에 나오는 유대의 신 '야훼'를 가리켜 "그것은 기초의 기초를 제정한 것이다. 또 모든 과학의 근거가 되는 것이고, 모든 사물의 제1원인이 되는 것, 즉 신이 있다는 것을 가르치고 있다. 그것은 존재하는 모든 것을 존재시키고 있다. 하늘과 땅 사이에 존재하는 것은 모두 신의 존재라는 진리를 통해 존재하는 것이다"라는 주석을 붙였다.

문학적 상상력 속에서 직관된 사고와 깊은 성찰이 없다면 결코 표현해낼 수 없는 놀라운 창작물이었다. '상상이나 꿈의 논리'로 알려져 있는 그의 '직관적 형상 사유'는 종종 "최후의 지상적 경계를 향해 돌진"(KKAT 878)함으로써 종종 인간의 인지능력의 한계선상을 넘나드는 듯이 보인다. 나아가 어떤 때 그것은 상상력과 지혜의 경계선상을 자유롭게 넘나들면서 전통적인 형이상학, 종교, 역사 같은 거대 담론의 일의적 의미와 가치를 해체시키기까지 한다. 과거의 전통적 진리를 옹호하고 전수하기 위한 직선적·단선적·비가역적·역사적·절대적인 거대 담론은 카프카가 기록하고 있는 문장, 단어, 이미지 하나하나를 통해 새로운 담론으로 변형되거나 전도된다. 즉, 부정의 형태로서 복합적·다선적·가역적·비역사적·상대적인 담론으로 또는 극단적으로는 '패러독스의 순환' 형태로 전환되기도 한다. 그것이 바로 카프카가 취라우로 떠나오면서 생각하고 예견했던 '가장 위대한 작업'이자 '엄청난 과제', 즉 문학적 상상력의 직관적·심미적 사유 속에서 흘러나오는 새로운 도약 단계의 명상적·성찰적 글쓰기였다.

몇 차례 수정되었지만 보류된 채 미완으로 남은 109개의 명상록(KKANII 113-140)은 카프카 사후인 1931년 막스 브로트와 한스-요아힘 쉐프스에 의해서 처음으로 발간되었다. 그들은 명상적 기록물을 '잠언'이라고 명명하고, 여기에 「죄, 희망, 고통 그리고 진실한 길에 대한 성찰」이라는 제목을 붙여 카프카의 유고 선집인 『만리장성의 축조』에 함께 발표했다. 시온주의를 새 시대 유대인의 희망으로 신봉했던 막스 브로트는 자기 생각에 따라 카프카를 대표적인 유대 작가로 규정하고 그의 작품에서 유대교의 구도자적인 깨달음을 이끌어내고자 했다. 그는 특히 카프카의 잠언을 신학적으로 해석해 거기에서 유대교적 신앙과 교리를 발견하고자 했다. 그리하여 카프카의 비의적인 명상 기록은 여러 가지 해석의 가능성에도 불구하고 주로 성서적 텍스트와 주제, 유대적 그노시스, 카발라적 신화, 하시디즘의 이야기와 연계되어 해석되었다. 카프카는 유대 전통에서 비교적 자유로웠던 서유럽 유대인으로 태어나고 자랐지만, 유대인으로서 자신의 정체성을 부인한 적은 결코 없었다. 그는 한때 동구 유대 연극과 함께 하시디즘 전통과 카발라 그리고 『탈무드』 등에도 관심을 보였고, 자신의 정체성을 찾기 위해서 스스로 현대 히브리어를 배우려 했으며 팔레스티나로의 여행을 꿈꾸기도 했다. 하지만 앞서 언급했듯이, 그는 프라하의 다른 유대 작가들처럼 유대교에 심취한 적도 시온주의를 자신의 중심 이념으로 내세운 적이 없었다. 그는 오히려 모든 종교에 대해 선입견이나 편견 없는 자유로운 입장을 취했다. 그의 수많은 독서물 중에는 유대서뿐만 아니라 다양한 종교에 관한 책이 기록되어 있다는 것을 잊지 말아야 한다.[7]

카프카가 결코 유대교의 관점에만 치우쳐 있지 않다는 것을 잘 보여주는 사례로, 그가 덴마크의 실존주의 철학자이자 기독교신학자인 키르케고르에 대해 깊은 관심을 가지고 있었다는 것을 들 수 있다.[8] 카프카는 1913년 8월 빌리 하스를 통해 키르케고르의 저서들을 알게 된 후 특히 1917년 가을 취라우 체류를 기해 그의 여러 작품을 탐독했다. 그는 『순간』, 『이것이냐 저것이냐』, 『두려움과 떨림』, 『반복』, 『인생행로의 여러 단계』 그리고 예전에 읽었던 그의 일기 발췌본 『심판자의 서(書)』 등을 열독했다. 그리고 그는 키르케고르에 대해 브로트와 편지로 많은 의견을 나누었다.

그러나 카프카는 키르케고르의 신학적 이론보다 오히려 진정한 신앙 속에서 치열하게 살아가는 그의 실존적 삶과 개인적 특성에서 자신의 작가적 실존과의 유사성을 발견했다. 키르케고르는 자기 본래의 삶을 외적인 가시

---

7 Jürgen Born, *Kafkas Bibliothek. Ein beschreibendes Verzeichnis*, Frankfurt am Main 1990.

8 Pierre Klossowski, " Préface," F. Kafka, *Journal Intime suivi de Esquisse d'une autobiographie introduction et traduction par P.K.*, Paris, 1945, S.9-17. 그는 카프카의 사고에 기독교적인 전통 유산인 '구원의 희망'이 깔려 있다고 주장한다.

적인 세계에서가 아닌 "저 내면 깊숙한 곳에 충만해 있는 영혼의 비밀 속에서"[9] 찾고 싶었으므로 자신의 성격적인 결함을 약혼녀 레기네 올센에게 솔직하게 밝히고 의도적으로 파혼을 유도했다. 그는 신앙에 몰입하고 싶었고 신학 공부를 위해서는 결혼할 수 없다고 믿었기 때문이었다.[10] 키르케고르는 자신의 철저한 신앙적 삶 때문에 카프카처럼 불면증, 신경쇠약, 우울증 등으로 고생했으며, 무엇보다 고독을 사랑했고 거기서 오는 실존의 불안을 기꺼이 감내했다. 그런 점에서 카프카는 그를 "세상의 같은 편에 서 있는 친구 같은"(T2 191) 사람으로 보았다.

그러나 1918년 3월 초 막스 브로트에게 보낸 편지는 카프카가 정작 키르케고르의 신학적·추상적 이론에는 부정적인 시각을 가지고 있었음을 잘 보여주고 있다. 카프카는 키르케고르에게 "결혼을 실현시키는 문제야말로 그의 의식 속에 끊임없이 떠올랐던 중요한 과제"(Br 235)였다고 보았다. 카프카는 그의 『두려움과 떨림』의 추상적인 개념은 단지 "그의 정신, 애도, 신앙이 섞인 혼돈의 일부일 뿐"(Br 238)이며, "뜬 구름 너머에서 쓴 유혹자의 혼란스러운 서한"일 뿐이라고 보았고, 그의 엄청난 신앙적 긍정성에 이의를 제기했다. 바로 그런 점에서 키르케고르는 이제 "이웃"으로부터 멀리 떨어진 "별"(Br 235)처럼 느껴졌다. 키르케고르의 신학적 긍정성은 미약한 일상의 인간이 아닌 "어떤 길도 없는 곳에서도 마치 요술 마차를 타고 지상 위를 달리는" 초인적 능력을 지닌 선택된 인간만 요구하므로 "겸손한 바람이 횡포"로, "명예로운 신앙이 오만"(KKANII 105)으로 변했다고 비판했다. 평범한 사람에게는 키르케고르처럼 '자아를 신 앞에 단독자로 세우고 신의 뜻에 따라 자유롭게 선택할 수 있는' 초인적인 결단 능력이 없기 때문이다.

---

9 O. P. Monrad, *Sören Kierkegaard. Sein Leben und seine Werke*, Jena 1909, S.27.

10 Ebd., S.86, 102, 109 und 118.

카프카 자신도 '내면에 있는 불멸의 것'을 부인하는 것은 결코 아니지만, 키르케고르처럼 그것을 신앙을 통해 표현하고 인식하고 도약적인 결단을 내릴 수는 없었다. 그것은 인간의 실존적 부조리성과 시대의 부정성을 드러내는 지표라고 볼 수 있었다. 카프카는 자신의 50번째 잠언에서 이런 자신의 사상을 가장 적절하게 표현하고 있다.

> 인간은 자기 안에 존재하는 어떤 불멸의 것에 대한 지속적인 신뢰 없이는 살아갈 수 없는데, 이때 그 불멸의 것뿐만 아니라 신뢰 역시 언제까지나 그에게 감추어져 있을 수 있다. 이렇게 감추어진 것이 표현될 수 있는 여러 가능성 중 하나가 어떤 인격적 신에 대한 믿음이다(KKANII 124).

이에 따르면, 인간을 지탱해주는 것은 인간 안에 살아 있는 불멸의 것에 대한 믿음이다. 그러나 그것은 숨겨져 있어서 인식할 수도 없거니와 우리의 언어로 표현이 불가능하며, 기껏해야 다양하게 표현될 가능성만 존재할 뿐이다. 불멸의 것이 지니고 있는 비의적인 성질 자체뿐만 아니라 언어가 가지고 있는 한계성 때문에,[11] 그것은 언어로 완벽하게 표현될 수도 인식될 수도 없으며 그 자체로 존재할 수도 없다. 그러므로 그는 진리에 대한 인식 역시 부정적이다. "오로지 두 가지만 존재한다. 진리와 거짓이다. 진리는 나뉠 수 없다. 따라서 그 자체는 인식될 수 없는 것이니, 진리를 인식하려는 자는

---

11 카프카는 세기전환기의 뚜렷한 문화 경향이었던 언어 비판과 인식 비판자였다. 니체, 마우트너, 란다우 등과 같은 철학자뿐만 아니라 호프만스탈, 무질, 릴케 등의 작가 역시 언어 회의 및 언어 비판자들이었다. 카프카는 잠언에서 "언어는 감각적인 세계 밖의 모든 것에 대해서는 다만 암시적으로 사용될 수 있을 뿐, 결코 거기에 가깝게 사용될 수 없다. 왜냐하면 그것은 감각적 세계와 상응해 다만 소유와 소유관계만을 다루기 때문이다"(KKAN II 59)라고 썼다.

거짓임에 틀림없다"(KKANII 69). 이로써 카프카는 언어의 한계뿐만 아니라 이성적 인식의 한계를 분명히 하고 있다.

키르케고르나 시온주의자의 종교적인 "믿음은 자기 안에 있는 불멸의 것을 해방시키는 것을 말한다. 아니, 보다 바르게 말하면, 자기 스스로를 해방시키는 것이다. 아니, 보다 바르게 말하면, '불멸의 것'으로 있는 것이다. 아니, 보다 바르게 말하면, '존재'이다"(KKANII 55). 그러나 카프카는 종교인처럼 신과의 직접적인 관계를 산출해내지 않는다. 그는 그들처럼 그것과 직접적인 관계를 가질 수 없다. 그는 자신이 조치할 수 있는 모든 수사적인 수단을 다해서 초월적인 것(법, 진리, 불멸의 것)을 불러오지만 동시에 초월적인 것을 표현할 수도 도달할 수 없는 먼 것으로 다시 되돌려놓는다. 카프카는 자신의 독자에게 이러한 방향에 주목하라고 말하고 있다. "방향은 정해져 있다. 거기에 있다. 그러나 그대의 눈은 미치지 못한다. 그리고 앞으로도 결코 거기에 미치지 못할 것이다." 눈을 부릅뜨고 바라보려는 곳에는 공허만이 보일 뿐이다.

그(인간)는 자유로우면서도 안정된 지상의 시민이다. 왜냐하면 그는 모든 지상공간을 자유로이 활보하기에 충분한 길이의 쇠사슬에 매어 있기 때문이다. 그러나 그 길이는 그가 지상의 경계를 넘어설 수는 없는 길이이다. 그와 동시에 그는 지상의 그것과 유사한 길이로 천상의 쇠사슬에도 매어 있기 때문이다. 이제 그가 지상으로 가려고 하면 천상의 쇠사슬이 그의 목을 죌 것이고, 천상으로 가려고 하면 지상의 쇠사슬이 죄어올 것이다(KKANII 63).

카프카의 잠언은 이렇듯 철학적이고 종교적인 색깔을 띠고 있지만, 그에게는 신과 인간, 지상적인 것과 천상적인 것 사이에 더 이상 그 어떤 통일도 연관도 없어 보인다. 이것이 그가 키르케고르나 시온주의자와 다르게 현대 종교의 한계성을 주장하는 이유이다. 모든 신앙인이 믿고 있는 저편 세계로의 도약은 작가인 카프카에게는 이 시대에서는 불가능한 것처럼 보이기 때문이다. "이승의 세계는 피안의 세계를 따를 수 없다. 왜냐하면 피안의 세계는 영원하고, 그렇기 때문에 이승의 세계와는 시간적인 관계 속에 있을 수 없다"(KKANII 94).

카프카는 1920년 2월 28일 막스 브로트와 대화하면서 인간의 창조를 "신의 머릿속에 떠오른 허무주의적인 생각"이라고 표현했다. 신앙의 긍정성을 굳게 믿고 있는 브로트는 이에 대해 "세상을 신의 인류의 타락으로 보는 나쁜 창조자, 데미우르고스의 그노시스파의 이론과 일치하는 것"이라고 비판했다. 그러나 카프카는 "그렇지 않다"고 분명하게 말하면서 "인간은 근본적인 신으로부터의 하강이 아니라 그의 기분이 안 좋은 언짢은 어느 날에 불과할 뿐"이라고 말했다. 그렇다면 "우리 세계 밖에는 희망이 존재할 수 있을까" 하는 브로트의 질문에 그는 "많은 희망이 있네. 신에 대한 무한히 많은 희망이 있지. 그러나 우리에게만은 희망이 없네"(MB 71)라고 미소 지으며 대답했다. 그는 이처럼 우리가 살고 있는 시대가 구원은 물론 어떤 희망도 기대할 수 없는 절망적인 상황에 처해 있음을 밝히고 있다. 그는 바로 이러한 불행한 시대에 살고 있는 자아상을 현대 인간의 보편적인 전형으로 그리려 했다.

그런 점에서 볼 때 카프카가 취라우에서 쓴 잠언을 단지 유대교적으로 해석해서 이해하려는 것은 심각한 우를 범하는 것이다. 왜냐하면 그의 유일한 구제는 종교가 아니라 문학적 상상력과 심미적 성찰을 통해 자기 존재의 의미를 분석하고 자신의 문학적 실존에 대한 의미를 표출해내는 데 있었기 때문이다. 그는 글쓰기를 통해 자신의 현존과 문학적 실존에 대한 확고한 정당성을 추구하고자 했다. 그리하여 자신의 실존적 문제와 고통 속에서 시대의 대표적이고 보편적인 상황을 찾아내고, 그의 작품 속에 반복되어 나타나는 끊임없는 고립과 추방 속에서 방황하는 작중 인물들을 통해 불행한 시대를 살고 있는 부조리한 현대 인간상을 부각시키려 했다.

1918년 2월 25일 그의 유고는 이러한 생각을 뒷받침해주고 있다. 여기에서 카프카는 자신의 고통스럽고 불행한 삶이 오직 자신의 개인적인 나약함이나 무능에서 나온 것이 아니라 자신이 태어나서 살고 있는 시대의 불행에서 온 것임을 분명하게 밝히고 있다.

내가 가정생활, 우정, 결혼, 직업, 문학, 이 모든 것에서 실패하거나 혹은 실패조차 못하게 하는 것은……나태함, 나쁜 의지, 미숙함이 아니라 대지와 공기와 계율의 결핍이다. 이 결핍을 창조하는 것이 내 과제이다. 그것은 태만했던 것을 어느 정도 만회할 수 있기 위해서가 아니라 무슨 일에든 태만하지 않기 위해서이다. 왜냐하면 그 과제는 또 다른 과제와 마찬가지로 훌륭하기 때문이다.……내가 알고 있는 한 나는 인생에 필요한 조건이라곤 아무것도 갖추고 있지 않았고, 단지 일반적인 인간의 나약함만 지니고 있었다. 이 나약함과 더불어 이런 점에서 이것은 하나의 거대한 힘이기도 한데 나는 매우 가까이 느낄 수 있는 우리 시대의 부정적인 것도 기꺼이 받아들였다. 나는 결코 시대와 싸워 이길 권리는 없으나, 어느 정도 그것을 대표할 권리는 있다. 나에게는 약간의 긍정적인 면이나 긍정적인 것으로 바꿀 수 있는 극단적인 부정적인 것에 관여할 수 있는 어떤 유산도 갖지 못했다. 나는 키르케고르처럼 이미 무겁게 그리스도교에 의해 드리워진 삶에 인도된 것도 아니고, 시온주의자처럼 날아 가버리려는 유대교도의 기도예복용 모자 끝을 잡은 적이 아직까지 없다. 나는 끝이거나 시작이다(KKANII 97f.).

카프카는 개인적인 위기 상황을 자신이 살고 있던 불행한 시대의 표본으로 바라보고 그 안에서 작가의 사명을 찾아내고자 했다. 그는 개인적으로 심신의 나약함에다 시대의 부정적인 면을 한 몸에 받고 있었지만 자신의 정신을 지탱해줄 수 있는 그 무엇도 물려받지 못했다고 고백한다. 서유럽의 오랜 정신 유산인 그리스도교도 유대민족으로서의 유대교도 그에겐 아무런 도움도 의지도 주지 못했다. 그의 시대는, 니체가 지적한 것처럼 전통적 질서와 척도와 가치와 의미가 상실된 종말의 시대이고 허무적인 무(無)로부터 새로 시작해야 할 시대였다. 카프카는 시대의 불행을 전혀 의식하지 못한 채 살아가고 있는 동시대의 인간에게 숨겨져 있는 '시대의 부정성과 삶의 부조리성'을 인식하고 표출해내는 것이 동시대 작가의 소명이라는 것을 누구보다도 뼈저리게 깨닫고 있었다.

# 스페인 유행성독감에 걸리다

취라우에서의 농촌생활과 오틀라의 헌신적인 노력으로 카프카는 서서히 건강을 되찾게 되었다. 그는 얼마 전에 프리델 피크로부터 폐결핵이 호전되었다는 진단을 받았다. 그는 4월 초 오이겐 폴과 마르슈너 국장에게 5월부터 다시 일을 시작하겠다고 보고했다(AS 433). 4월 27일 카프카는 마지막으로 자신이 돌보던 채소밭을 손질했다. 프라하로 떠나기 전 자신이 맡았던 채소밭의 일을 마무리하고 싶었기 때문이다. 그는 같이 일하는 그레쉴과 다비드와 상의해서 지난해 작황이 좋지 않았던 당근을 비롯해서 양파·상추·시금치·무 등을 심었다. 그리고 그동안 정이 들었던 몇몇 농부들을 찾아가 작별인사를 했다.

4월 30일 그는 오틀라가 끄는 마차를 타고 8개월간의 취라우 생활을 뒤로한 채 미헬로프 역으로 갔다. 거기서 그는 열차를 타고 다시 프라하로 돌아갔다. 그는 평화롭고 한적한 시골생활을 떠나 다시 복잡한 도시생활로 돌아가야 한다는 게 못내 아쉬웠다.

5월 2일 아침 8시 카프카는 가끔 잔기침을 할 뿐 건강한 모습으로 사무실로 출근을 했다. 그러나 그는 처음 며칠 동안은 모든 일을 헌신적으로 돌보아주던 오틀라도 없고 잠자리도 바뀌어 잠을 제대로 잘 수 없었다. 그는 잠들지 못한 채 취라우의 오틀라에게 이렇게 편지를 썼다.

> 잠드는 게 너무 힘들어. 처음 며칠은 제대로 깨어 있지도 못했단다. 하지만 이런 증상은 과도기에 불과할 거야. 나머지 일과 관련해서는 이곳으로 온 것을 지금까지는 후회하지는 않는단다. 네 얼굴을 다시 한 번 보고 네 귀를 살짝 잡아당기고 싶구나(O 53).

전쟁이 길어지면서 프라하의 분위기는 많이 달라져 있었다. 오스트리아 제국은 점점 패색이 짙어가고 있었다. 이에 체코인은 독립을 요구하며 동맹 파업을 했고, 거리에서 부족한 물자와 식량을 요구하는 시위를 벌였다. 또한 소수민인 독일인은 기득권 유지에 반하는 모든 위험요소를 미리 차단하려 했으므로 끊임없이 체코인과 충돌했다. 카프카가 다니는 노동자재해보험공사도 예외는 아니었다. 1917년 말 사장인 오토 프리브람이 사망하자 공석이 된 후임 자리를 놓고 기존의 지배세력인 독일인과 새로 부상한 체코인 사이에 심한 마찰이 일었다. 마르슈너 국장이나 오이겐 폴 과장 같은 카프카의 독일인 상관도 체코인의 적대적 분위기에 몹시 불안한 상태였다. 카프카는 독일어를 모국어로 사용하는 유대인으로서 독일인 편으로 분리되어 있었으나 누구에게나 비정치적인 유대 작가로 인정되었고, 더구나 유창하게 체코어를 구사하고 평소 좋은 인간관계를 가지고 있었기 때문에 개인적으로는 별로 문제될 것이 없었다.

그러나 오스트리아 군대가 엄격하게 통제했지만 거리에는 독일인에 대한 적대적 증오의 글이 난무했고, 독일인이나 유대인 할 것 없이 백주에 테러를 당하는가 하면 그들이 경영하는 상점과 사무실이 습격을 당했다. 카프카 부모의 잡화상점에서도 체코인 직원들이 집단파업에 동참하고 헤르만 카프카에게 노골적으로 불만을 터뜨리는 일이 잦아졌다. 이로 인해 헤르만 카프카는 계속 사업상 손해를 보았을 뿐만 아니라 신변의 위협마저 느꼈다. 그는 1918년 1월 상점을 팔았을 경우 생길 경제적 손실과 노후 준비를 위해 그동안 모은 50만 크로네를 들여 빌레크 거리 4번지에 여러 층으로 된 현대식 임대용 주택을 구입해서 세를 주고 있었다. 그리고 몇 달 후인 7월 초 상점을 아내의 친척인 베드리히 뢰비에게 아예 팔아넘겼다.

이렇듯 혼란스러운 외중에도 카프카는 전쟁이 야기하는 여러 가지 혼란과 변화에 가능한 한 무관심한 태도로 일관했다. 그는 모든 사회문제에 거리를 두었고, 병을 이유로 친구들과 어울리는 것도 가능한 피했다. 그는 예전보다 더 내면의 세계로 침잠하고 있었다. 단지 건강이나 글을 쓰기 위한 것만은 아니었다. 그렇다고 예전처럼 절망적인 태도를 보이는 것도 아니었다. 아버지는 예전과 달리 병든 아들을 조심스럽게 대했고 어머니는 아들이 편안한 마음으로 생활할 수 있도록 정성을 다해 보살폈다. 카프카는 날씨가 화창하고 몸 상태가 좋으면 건강을 위해 몰다우 강변에 있는 시민 수영학교에서 수영을 즐기거나 혼자서 산책을 했다.

몰다우 강변의 시민 수영학교

그러나 무엇보다 프라하에서도 취라우의 농촌생활을 계속하고 싶었다. 그는 취라우 생활을 통해 자연과 함께 사는 단순하고 소박한 생활이야말로 몸과 마음에 진정한 평안함과 즐거움을 준다는 것을 깊이 깨달았다. 그는 5월 중순경부터 사무실 일이 끝난 오후에는 프라하 북쪽 트로야의 바로크 성 옆에 붙어 있는 과수재배연구소에 다녔다. 그곳은 일종의 주말농장으로 간단한 원예교육 과정과 함께 실습을 병행해 실시하고 있었다(Br 301). 카프카는 프라하 도시 전경이 한눈에 들어오는 그곳에서 포도재배와 원예 일을 했다.

어느 날 카프카가 일하고 있는 트로야의 과수재배연구소로 막스 브로트가 불쑥 찾아왔다. 브로트는 유대교에서 가톨릭으로 개종한 카를 크라우스가 편집을 맡고 있는 문예 잡지 ≪횃불(Die Fackel)≫에 반유대주의 및 반시온주의적인 글과 자신에 대한 악의적인 글을 썼다고 이야기했다. 막스 브로트는 크라우스가 자신을 "형편없는 잡지를 위해 젊고 미숙한 시인 프란츠 야노비츠에게서 일련의 시들을 교활한 방법으로 편취해냈다"[1]고 비난함으로써 자신뿐만 아니라 프라하 문학 그룹의 명예를 실추시켰다고 분개했다. 크라우스는 1907년 12월 말에 유대주의는 "아름다운 인간의 영혼에 독을 투여해……인간을 파멸시키고 있다"[2]고 증오 섞인 반유대주의를 표명한 적이 있었다. 그러나 카프카는 막스 브로트의 이야기에 아무런 응답도 하지 않은 채 묵묵히 하던 일을 계속했다. 막스 브로트는 그의 태도에 몹시 십십했지만, 태양 아래 땀을 흘려가며 원예 일에 열중해 있는 그의 모습에서 마치 세상일을 초월한 듯한 느낌을 받았다.

원예 일 외에도 카프카는 취라우에서 중단했던 히브리어 공부를 계속하기 위해 브로트, 벨치, 이르마 징어[3]와 게오르크 랑어에게서 히브리어 수업을 받았다. 그는 유대인으로서 모국어도 모르면서 독일식 교육과 문화로 독일적인 것에 은혜를 입은 "반(半)독일인"(O 67)이라는 사실을 부끄럽게 생각했다. 그러나 그는 이미 친구들이 놀랄 정도의 상당한 히브리어 지식을 지니고 있었다. 그리고 9월 30일부터 혼자서 프리드리히 티베르거[4]에게서 신(新)히

---


1 Max Brod, *Streitbares Leben, 1884-1968*, München u.a. 1969, S.78.

2 *Die Fackel*, Nr.239-240(1907. 12. 31), S.1-11, hier S.8.

3 이르마 징어(Irma Singer, 1898~1987)는 제1차 세계대전 동안 프라하에서 동부 갈리시아 지역 피난민을 헌신적으로 돌보았다. 1919년 그녀는 유대 동화집 『닫힌 책(Das Verschlossne Buch)』을 발표했으며, 1920년에는 팔레스티나로 이주해 데가니아(Degania) 집단농장에 들어갔다. Miriam Singer, "Begegnungen mit Kafka," *Die Horen*, 19(1974), S.83-84.

브리어 수업을 받았는데, 특히 구어체 히브리어를 배우기를 희망했다. 그것은 카프카가 유대민족으로서의 기본적인 정체성을 유지하고 싶었고 또한 언젠가 팔레스티나로 이주할지도 모른다는 막연한 기대 때문이기도 했다. 카프카와 티베르거는 서로 가까운 곳에 살았기 때문에 티베르거가 그의 집에 와서 히브리어를 가르쳤다. 티베르거는 당시 히브리어를 배우는 카프카의 진지한 태도를 이렇게 전했다.

> 그는 온갖 정성을 다해 히브리어를 배웠다.……여러 주에 걸쳐 우리는 정확히 정해진 시간에 그의 집에서 만났다. 대부분 부엌 뒤쪽의 안마당을 향해 있는 작은 방에서 수업을 했다(AK 132f.).

이렇게 카프카는 한편으로는 교외에서 원예 일을 하고 다른 한편으로는 집에서 히브리어를 배우며 전쟁과 병으로 힘든 생활 속에서도 '자기 나름대로 긍정적인 삶'을 찾고 있었다.

한편 카프카가 취라우를 떠나온 후 오틀라의 농장은 농사에 대한 기초지식과 경험의 부족 그리고 전쟁으로 악화된 경제공황으로 한계에 부딪쳤다. 필요한 종자를 제때에 구할 수 없었고 가축용 사료 공급도 합법적으로 이루어지지 않았으며, 한촌이어서 교통 여건도 좋지 않아 정부의 행정적 도움을

---

4 프리드리히 티베르거(Friedrich Thieberger, 1888~1958)는 랍비의 아들로 히브리어에 능통했다. 그는 프라하 대학의 아우구스트 자우어(August Sauer)에게 독어독문학을 공부했고 그 후 김나지움 교사가 되었으며, 1911년에는 철학박사 학위를 땄다. 학창 시절 그는 '독서와 강연' 모임과 '바르 코흐바' 회원으로 활동했으며, 1912년 한 책방에서 카프카를 알게 되었다. 카프카는 그의 여동생들인 트루데(Trude)와 넬리(Nelly)와도 친하게 지냈다. 특히 넬리는 엘제 베르크만(Else Bergmann, 1886~1969)과 리제 벨치(Lise Weltsch) 다음으로 시온주의의 '유대인 부인과 처녀 클럽(Klub jüdischer Frauen und Mädchen)'의 회장을 역임했다. 브로트의 부인 엘자와 카프카의 누이동생 오틀라도 이 클럽의 회원이었다(HBI 374, 432; AK 250).

받을 수도 없었다. 오틀라와 그녀의 조력자인 이르마 카프카 등은 지치고 실의에 빠졌다. 8월 취라우를 방문해 상황을 파악한 농장 소유자인 카를 헤르만은 오틀라와 합의해 농장을 접고 그 땅을 팔기로 했다.

1918년 10월 취라우 농장을 포기한 후 프라하에 돌아온 오틀라는 부모의 기대와는 달리 계속 농업교육과 훈련을 받겠다고 결심했다. 그녀는 정식 교육이나 취직을 기대하기 어려운 당시의 여성에게 농사야말로 부모로부터 자립할 수 있고 또 미래에 팔레스타나로 이주해 살 수 있는 유일한 발판이라고 생각하고 있었다. 오틀라의 강한 의지와 소망을 누구보다도 잘 이해했던 카프카는 보헤미아 곳곳에 있는 보험공사 지부를 통해 그녀에게 적합한 원예학교와 농업직업훈련소를 찾아보고 거기에 드는 모든 비용을 부담하기로 약속했다.

전체적인 비용 문제로 아버지와 이야기할 필요는 없어. 내가 기꺼이 그 비용을 지불할 테니 말이다. 돈의 가치는 어차피 떨어지는 거잖니? 그래서 그 돈을 네게 투자하는 거야. 그 돈은 네 장래 경제에 최초의 부채가 될 테지(O 5).

수소문 끝에 오틀라는 카프카가 출장 때 자주 들렀던 프리트란트에 있는 농업학교의 겨울학기 과정에 등록하기로 했다. 그 일로 부모와 카프카 남매 사이에는 또다시 갈등이 벌어졌다. 카프카는 아버지의 계속되는 비난을 피하려고 출장이나 휴가를 핑계 삼아 룸부르크에 있는 프랑켄슈타인 요양원이나 투르나우의 삼림학교를 찾았다. 특히 룸부르크에 있는 독일 재향군인과 민족 신경치료소는 그가 예전에 마르슈너와 오이겐 폴 등과 함께 건립 기금을 조성해주었던 곳이었다. 그는 그곳에서 보험공사 업무 외에도 개인적으로 요양을 할 수 있었다. 그리고 9월 후반 2주간의 정규 휴가를 받자 그는 투르나우에 있는 보헤미아 지방에서 가장 큰 원예식물재배업체인 마셰크 원예재배원에서 휴가를 보내며 원예 일에 열중했다(Br 243, 301).

요양에서 돌아온 카프카는 다시 사무실 일과 오후의 트로야에서의 원예 일, 친구들과의 산책과 수영, 정상적인 수면 그리고 요양소의 요양과 휴식 등 건강을 위해서 안정적인 생활에 힘쓰고 있었다. 그로 인해 가쁜 숨, 지속적인 기침, 잠잘 때 흘리는 식은땀 그리고 두통이 사라졌다. 그를 검진한 프리델 피크도 깜짝 놀랄 정도로 폐결핵이 호전되어 있었다.

잠시 모든 일이 잘 되어가기는 듯싶었다. 그러나 운명의 여신은 또다시 그를 놓아주지 않았다. 10월 14일 정오쯤 카프카는 갑자기 심한 두통과 온몸에 고통을 느끼면서 코가 막히고 호흡곤란에 빠졌으며, 심한 기침으로 완전히 기진맥진한 상태가 되었다. 급히 왕진 온 주치의 하인리히 크랄이 체온을 재어보니 40도가 넘었다. 그러나 폐결핵이 아니라 9월 말 유럽에서 발생해 무서운 속도로 번지고 있는 '스페인 유행성독감' 때문이라는 것이었다. 스페인 독감으로 10월 첫 주에 빈과 베를린에서만 200여 명이 죽었고, 10월 중순에는 매일 200여 명씩 죽어나갔다. 이미 프라하 주민의 1/3, 유럽 주민의 15퍼센트 이상이 스페인 독감에 걸렸고, 유럽뿐만 아니라 미국, 아시아, 아프리카로까지 급속도로 번져나갔다. 사실 스페인 유행성독감 자체는 별로 치명적인 병이 아니었지만, 3~4일의 잠복기를 거쳐 급성폐렴으로 발전하면 치명적인 상황이 될 수 있었다. 특히 가장 건강하고 활달한 20대에서 40대에게 더 잘 전염되었고, 병에 걸린 사람은 피를 토하거나 질식해서 죽었다. 당시 스페인 독감으로 죽은 사람이 전 세계적으로 2,000만 명이 넘었다.

이런 상황에서 폐결핵을 앓고 있고 채식주의자인 카프카에게 스페인 독감은 치명적일 수밖에 없었다. 카프카의 몸은 점점 쇠약해져서 직장에 편지조차 쓸 수 없을 정도였다. 그러나 오틀라와 어머니의 헌신적인 노력으로 카프카는 겨우 죽음의 위기를 넘길 수 있었다. 80년이 지난 후에야 '바이러스

H1N1'으로 밝혀진 스페인 독감은 당시 의학으로서는 효과적인 치료방법이 없었다. 기껏해야 아스피린이나 해열제 등을 사용했을 뿐이고 주로 가정의 치료방법에 의존했다. 오틀라와 어머니 율리에는 사람들의 왕래를 금하고 여러 가지 위생적인 조치를 취했다. 또한 카프카를 햇빛이 잘 들고 공기가 잘 통하는 따뜻한 부모의 방으로 옮겼다. 10월 14일 오틀라는 오빠를 대신해서 보험공사에 결근 사유서를 썼으며, 당시 상황을 애인인 요제프 다비트에게 이렇게 알렸다. "어머니께서 온종일 우셔서 할 수 있는 한 잘 위로해드렸어요……내가 오빠 곁에 있을 때면 그가 꼭 건강해질 거라는 확신이 늘 들어요"(O 183).

오틀라는 11월 2일 시작하는 농업학교의 겨울학기에 맞춰 프리트란트로 떠났다. 11월 11일 카프카는 이픈 상태에서도 그동안 자신을 위해 헌신적으로 간호해주고 이제는 먼 타지에서 힘든 생활을 하고 있는 누이동생의 용기를 북돋아주기 위해 편지를 썼다.

오틀라야, 내 병은 그런대로 참을 만하단다.……네 형편이 좋지 않다는 사실을 알아. 굶주림에 시달리고, 자기만의 방도 없고, 프라하에 오고 싶어도 공부할 게 너무 많아서 오지 못하는 것 등은 큰 시련이지. 이 시련을 극복하는 일은 위대한 일일 거야. 너와 너의 목적을 위해서는 취라우에서의 상황이 훨씬 나았지. 처음 며칠 동안 어리둥절하겠지만, 곧 네가 그 일을 어느 정도 인정받을 수 있을 만큼 해낼 수 있을지 그 여부를 알게 될 거야. 공부하기 힘들거나 여의치 않으면 돌아와라. 네가 돌아오게 된다면 채식주의를 포기해야 할 거야.……정기적으로 밀가루를 보내주마. 밀가루는 살 수 있을 거라고 하니 말이다.……사랑하는 오틀라야, 공부가 힘들거나 건강이 여의치 않으면 돌아오려무나. 네가 공부를 끝까지 마친다면 오빠는 널 존경할 거고, 만약 돌아온다고 해도 널 위로해줄 거야(O 59ff.).

그러나 카프카는 스페인 독감의 희생양이 되어가고 있었다. 독감에 걸리기 전까지만 해도 폐결핵이 많이 호전된 상태여서 치료가 가능해 보였고, 그는 신체적으로나 정신적으로 꽤 건강을 되찾고 있었다. 그러나 아직 완치되지 않은 폐가 독감 바이러스에 감염되어 폐렴으로 발전했고, 그 때문에 며칠 동안 고열로 사경을 헤맸다. 그는 그때 난생 처음으로 가족의 따뜻한 사랑을 느꼈다. 온종일 눈물을 흘리면서 자기를 헌신적으로 돌보고 있는 어머니에게 진심으로 감사하는 마음과 감동을 느꼈다. 그는 몇 년 후에 쓴 「아버지께 드리는 편지」에서 당시의 느낌을 이렇게 적었다.

> 지난번 병이 났을 때 아버지께서 오틀라 방에 있는 나에게 살그머니 오셔서는 문지방에 서서 고개를 내밀고, 침대에 있는 저를 보고는 배려해주시느라 손으로만 인사하셨지요. 그런 일이 있을 때면 저는 자리에 누운 채 행복에 겨워 울었습니다. 저는 이 편지를 쓰면서도 다시 한 번 울고 있습니다(KKANII 165).

3주 후 자리에서 일어났을 때 그의 심신은 허약해질 대로 허약해 있었다. 그는 열이 나는 것 외에도 숨이 가빴고 식은땀을 비 오듯 흘렸다. 그는 유행성감기에서 회복된 후에도 너무 기력이 없어 11월 18일까지 계속 집에서 쉬어야 했다. 11월 19일 마침내 그가 피폐해진 몸을 이끌고 사무실에 나갔을 때는 세상이 완전히 변해 있었다. 그가 사경을 헤매던 10월 마지막 두 주 사이에 그는 더 이상 오스트리아 황제국의 국민이 아닌 체코 공화국의 시민이 되어 있었던 것이다.

# 체코슬로바키아 공화국의 탄생

1918년 10월 24일 오스트리아 군대는 이탈리아 군대에 대한 모든 저항을
포기했다. 오스트리아 군주국은 마지막 몰락의 길을 가고 있었다. 그 기회를
틈타 10월 28일 오랫동안 오스트리아의 지배를 받던 프라하의 체코인은 '각
민족은 자신의 정치적 운명을 스스로 결정하며 외부의 간섭을 받지 않아야
한다'는 미국의 윌슨 대통령이 주장한 민족자결주의 원칙에 힘입어 프라하
에서 대규모 군중집회를 가졌고, 새로 결성된 체코 국민위원회는 임시정부
를 구성했다. 10월 30일에는 오스트리아 사회주의자들이 빈에서 황제로부터
권력을 이양 받아 연합군과 휴전을 체결했다. 또한 베를린에서는 11월 9일
무장한 노동자와 폭동을 일으킨 군인이 권력을 장악하고 황제 빌헬름 2세를
퇴위시켰다. 그리고 이틀 후에는 연합군에 대항하는 모든 전쟁 행위의 금지
를 알리는 휴전이 선포되었다.

11월 13일 합스부르크가의 카를 황제가 마침내 황제의 자리에서 물러났
다. 그 결과 다민족국가로 형성되었던 오스트리아헝가리 제국은 오스트리아
공화국과 헝가리로 분리되어 재탄생했다. 11월 14일 프라하에서 체코슬로바
키아 국민의회가 처음으로 소집되었고, 그사이 총리로 선출된 카렐 크라마
르쉬는 체코로부터 합스부르크가의 퇴출을 선언했다. 드디어 11월 24일 체

망명에서 돌아오는 토마시 마사리크(1918년. 옆에 있는 여성은 그의 딸 알리스 마사리크이다)

코인은 400년 동안 지속된 합스부르크가의 보헤미아 왕국의 지배에서 벗어나 자주 독립 국가인 체코슬로바키아 공화국을 선포했다. 프랑스, 영국, 이탈리아, 러시아, 미국은 체코 국민위원회를 새로운 체코슬로바키아 정부로 인정했다. 11월 16일 전직 교수이자 신문사 발행인이며 정치가인 토마시 마사리크가 망명에서 돌아와 체코 공화국 초대 대통령으로 취임했고, 체코 사회민주당 당수 에드바르트 베네시가 외무부장관으로 임명되었다.

체코 정부는 체코인의 새로운 국가를 형성하기 위해 지난 400년간의 공백을 지혜롭게 메워나갔고 확고한 결단과 추진력으로 새로운 정부의 권위를 높여갔다. 그들은 재빨리 군대, 경찰, 우체국, 법원 등의 관공서를 접수해 독일인 고위 관리들을 해임하고 체코인으로 대치했다. 국가기관이 아니더라도 은행과 같은 금융기관의 독일인 최고관리자도 자리에서 물러나게 했다. 그리고 공용어로 체코어를 사용하게 했으며, 공공기관의 서류뿐만 아니라 거리의 광고나 교통안내 표지판 등도 모두 체코어로 바뀌었다.

카프카의 직장도 예외가 아니었다. 노동자재해보험공사의 새로운 구성을 위해 20명으로 구성된 체코인 행정위원회가 구성되었고, 1919년 3월 마사리크의 측근인 베트리히 오드슈트르칠이 새로운 국장으로 그리고 알베르트 호셰크가 이사회 회장으로 취임했다. 보헤미아 왕국 노동자재해보험공사라는 이름이 '프라하 보헤미아 노동자재해보험공사'[1]로 바뀌었다. 카프카의 상관이었던 마르슈너 국장과 오이겐 폴 부장은 1919년 초 자리에서 물러났는데, 부비서관 자리에 있던 카프카는 이런 변화에도 살아남을 수 있었다. 그가

---

1 프라하 보헤미아 노동자재해보험공사는 체코어로는 Delnička úrazoavá pojištovna pro Čechy v Praze였다.

지닌 업무능력, 신뢰도, 객관적·중립적인 태도, 따뜻한 인간성 등이 무엇보다 중요하게 작용했고, 특히 어린 시절부터 체코어를 배우고 사용했던 카프카는 모든 서류나 서신을 체코어로 작성하고 처리하는 데 아무런 지장이 없기 때문이었다. 또한 8개월간의 취라우 요양과 스페인 독감으로 얻은 한 달 이상의 병가가 그를 직접적인 변화의 소용돌이에서 비켜가게 했다.

그리고 유능하고 모범적인 독일계 유대인인 카프카를 존속시킴으로써 반유대주의와 독일인적대주의에 대한 체코 정부의 관용적인 태도를 보여주려는 정치적 의도도 숨어 있었다. 그러므로 카프카가 자리를 지킬 수 있었던 것은 "과시용 유대인 정책"(J 233)이나 다름없었다. 카프카는 막스 브로트에게 자신에 대한 신임 국장 오드슈트르칠의 태도를 이렇게 전했다.

> 그는 매우 선하고 친절하며, 나에게 특별히 좋은 분이었네. 물론 거기에는 정치적 동기가 부분적으로 작용했지. 왜냐하면 그는 독일인에게 자기가 독일인 중 한 사람에게 각별히 잘 해주었다는 것을 말할 수 있을 테니까. 하지만 사실은 유대인에 불과한데 말이야(Br 308).

마사리크 정부의 가장 시급한 과제는 정치적 안정화와 행정·관리 조직의 정비 그리고 무엇보다 소수민족인 독일인, 유대인, 헝가리인, 슬로바키아인 등을 절대 다수인 체코인과 화합시켜 하나의 통일된 다민족 국가를 건설하는 것이었다. 일부 지방에서는 여전히 독일인과 유대인에 대한 테러가 계속되어 상당수의 독일인은 독일이나 오스트리아로, 유대인은 팔레스티나로 이주했다. 그러나 합리적이고 온건적인 마사리크 정부는 소수민족에 대해 최대한 평화적이고 관용적인 화합정책을 펼침으로써 위험한 반유대주의나 독일인적대주의 문제를 어느 정도 해소할 수 있었다. 체코 공화국의 새 헌법은 유대인과 독일인을 포함한 모든 소수민족의 국민적·종교적 권리를 보장했으

며 그들의 국회 진출도 허용했다. 그래서 막스 브로트는 세 명의 유대인으로
구성된 집행위원회 위원으로 선출되어 국회에 진출할 수 있었고 시온주의
당의 당수로도 일할 수 있었다.

　그러한 정치적·사회적 변화에 카프카가 어떤 견해를 가지고 있었는지 분
명치 않다. 그의 일기나 편지 어디에도 그에 대한 언급이 없다. 사실 그는
폐결핵과 스페인 유행성독감에 걸려 육체적으로나 정신적으로 몹시 피폐한
상태였으므로 세상사에 관심을 가질 만한 여유가 없었을 것이다. 실제적인
정권 교체가 이루어지던 시점에 그는 스페인 유행성독감에 걸려 생사를 넘
나들고 있었고, 11월 19일 사무실에 나가서야 비로소 새로운 변화를 느낄
수 있었다. 그리고 직장에 복귀한 지 나흘 만에 그는 다시 두통과 고열, 식은
땀과 숨이 차오르는 증상에 시달렸고 폐결핵이 다시 악화되었다는 진단을
받았다. 심한 스페인 독감으로 진정되어가던 폐결핵이 급속히 악화되었던
것이다. 주치의 하인리히 크랄은 양쪽 폐첨에 침투한 폐결핵의 뚜렷한 증상
을 발견하고 즉각 장기 요양을 종용했다. 11월 25일 그는 다시 4주간의 병가
를 얻었다.

# 율리 보리체크를 만나다

카프카는 어디서 4주 동안 요양할 것인지 정하지 못하고 있었다. 취라우 농장도 없어졌고, 수호천사인 오틀라도 프리트란트에 있는 농업학교로 떠나고 없었다. 카프카는 프라하에서 북쪽으로 30킬로쯤 떨어진 리보흐 근처의 작은 마을인 셸레젠으로 가기로 했다. 셸레젠은 1902년 8월 카프카와 가족이 리보흐에 체류했을 때 오스카 바움이 여름휴가를 보낸 곳으로 카프카도 그곳을 방문한 적이 있었다. 비록 교통사정은 나빴지만, 엘베 강과 몰다우 강이 만나 숲과 어우러지는 매우 아름다운 곳이었다. 그곳에는 카프카와 친분이 있는 40대 중반의 올가 슈튀틀이 작은 펜션을 운영하고 있었는데, 손님은 주로 폐결핵 환자들이었다. 카프카는 그녀의 펜션에 방을 빌리기로 했다. 그리고 이번에는 어머니 율리에가 카프카를 그곳까지 동행하기로 했다.

카프카가 셸레젠으로 떠나기 전인 11월 27일 오틀라의 남자 친구 요제프 다비트가 갑자기 부모에게 인사를 하러 왔다. 그는 제대 후 전쟁 전 공부했던 법학 공부를 계속하기 위해 프라하의 시립은행에 취직해 있었다. 그는 유대인이 아닌 가난한 집안의 체코인으로 가톨릭 신자였고 중매를 통하지 않았기 때문에 카프카의 부모는 그를 받아들이기 힘든 상황이었다. 또한 당시 대다수의 체코인과 마찬가지로 그 역시 체코 민족주의를 표방하는 청년으로 자산가인 독일 유대계 시민계급에게 심한 반감을 가지고 있었다. 물론 오틀라에 대해서만은 예외였지만, 오틀라도 그 점을 항상 염려하고 있었다. 그러나 카프카는 오틀라에게 편지를 써서, 가족이 요제프 다비트와 처음 만난 "그날 저녁은 상당히 자연스럽게 지나갔고 마음의 부담을 별로 느끼지 않았다"(B4 62)고 그녀를 안심시켰다. 다비트는 비록 가난한 집안 출신이었지만, 체코 공화국이라는 새로운 세상의 국민이었고 근면하고 성실한 자립적인 청년이었다. 그는 자기 힘으로 법학 공부를 했고 또 박사 학위를 바라보고 있었으며, 프랑스어와 영어를 구사할 줄 아는 능력 있고 직장이 확실한 은행원이었다. 게다가 그는 마음이 따뜻하고 너그러웠으며 뛰어난 유머 감각까지 겸비해서 카프카 가족에게 웃음을 가져다주었다. 다비트에게 호감을 느낀 어머니 율리에는 오틀라에게 이렇게 편지를 썼다.

> 다비트는 우리에게 좋은 인상을 주었단다. 그렇지만 우리에게 낯설게 느껴져서 우리가 그와의 교제에 익숙해져야만 한다는 사실을 부인할 수는 없구나. 다비트는 분명 성실하고 지적인 사람이지. 하지만 아버지는 여러 가지 걱정을 하신단다. 적은 봉급과 종교 문제로 말이야. 아무튼 모든 것이 잘되기를 바란다. 우리가 원하는 것은 오직 너의 행복한 모습이란다(O 188).

카프카의 가족은 후에 다비트를 여러 차례 만나면서 그가 문화적·정치적으로 다양한 소양을 갖추었다는 것을 알게 되었고, 카프카의 친척인 변호사 로베르트 카프카 역시 그를 직접 만나보고 확실한 직업능력과 장래성을 인정하게 되었다. 그는 곧 카프카 가족으로부터 '페파'라는 애칭을 받을 정도로 가까워졌다.

요제프 다비트를 만나고 난 이틀 후인 11월 30일 카프카는 어머니와 함께 셀레젠으로 요양을 떠났다. 슈튀틀이 경영하는 펜션에는 손님이라곤 카프카 혼자뿐이었다. 그곳은 비용은 쌌지만, 오틀라가 있었던 취라우처럼 그렇게 마음에 들지는 않았다. 그래도 혼자서 조용하고 편안하게 지낼 수 있어 좋았다. 그는 낮에는 신선한 공기와 햇볕을 쬐며 베란다에 누워 일광욕을 하거나 조용한 숲으로 산보를 나갔고, 밤에는 책상에 앉아 히브리어 교과서를 복습하거나 막스 브로트가 보낸 히브리어 질문지에 답을 쓰곤 했다. 그리고 날씨가 좋지 않은 날에는 슈튀틀 펜션에 있는 장서 중에서 마이스너의 자서전인 『내 생애 이야기』[1]를 꺼내 읽었다. 그 책은 "19세기 중엽의 보헤미아·독일·프랑스 및 영국의 정치와 문학에 관한 일화들로 가득 채워져"(Br 247) 있어 카프카의 흥미를 끌었다. 또한 프라하에서 가져온 ≪유대인≫에서 막스 브로트가 쓴 「우리 작가들과 공동체」[2]를 읽고 브로드에게 자신이 생각하는 두 종류의 작가군에 대한 의견을 피력했다.

사실상 모든 인간은 사회적이며, 예외가 있다면 아마도 가장자리에서 어정거리다가 머지않아 낙오하는 이들, 그리고 작은 가슴속에 전 인간 공동체를 품을 수 있는 초인간적인 이들일 것이네. 그러나 모든 사람은 철저히 사회적이어서, 다만 자신의 다양한 강점으로 자신의 다양한 어려움을 극복하기만 하면 되네. 판단이 아니라 적어도 어떤 판단의 내용이 되는 논문에서는 아마도 이런 것이 함께 작용해야 할 것이네(Br 248).

카프카에 따르면, 대부분의 작가는 사회적 존재이지만 몇몇 작가는 비사회적인 고독한 존재이다. 그러나 그들은 사회의 흐름을 전혀 모르는 문외한

---

1 Alfred Meissner, *Geschichte meines Lebens*, 2 Bde., Teschen 1884. 마이스너(1822~ 1885)는 많은 나라를 여행하며 여러 인물을 만난 보헤미아 출신의 작가이자 시인이다.

2 Max Brod, "Unsere Literaten und die Gemeinschaft," *Der Jude*, 1916. 10.

이 아니라 오히려 초인적인 영감으로 사회적 작가가 개관하지 못하는 인간 공동체의 진면목을 조망할 수 있고 예감할 수 있는 존재라는 것이다. 그러한 존재는 다름 아닌 고독과 은둔 속에 거리를 두고 인간사와 사회를 관찰하고 직시할 수 있는 카프카 자신과 같은 작가일 것이다. 나중에 다른 장에서 언급하겠지만 말년의 작품에서 카프카는 작가와 사회 혹은 공동체와의 긴장 관계를, 그리고 사회와 공동체 속에서의 예술의 합법성 문제를 주된 주제로 다루고 있다.

카프카는 크리스마스가 끼어 있는 마지막 4주째 휴가는 가족과 함께 보내려고 셸레젠 지역 의사인 에른스트 프륄리히의 허락을 받고 프라하로 돌아왔다(Br 250). 오틀라도 크리스마스 휴가를 보내러 집에 와 있었는데, 아버지는 그녀가 돈도 없는 비유대인과 결혼하려 한다는 것과 비천한 농사 교육에 시간과 돈을 낭비한다고 오틀라를 심하게 비난했다. 화가 난 오틀라는 다시 프리트란트의 농업학교로 떠나버렸다. 카프카는 그녀의 상한 마음을 달래주기 위해서 '성실하고 정직한 체코인 요제프 다비트가 욕심 많은 열 명의 유대인보다 낫다'는 위로의 편지를 보냈다.

그러나 4주간의 요양생활에도 카프카의 건강은 더욱 악화되어갔다. 기침은 심해졌고 밤에는 고열과 가쁜 숨에 시달렸다. 1919년 1월 8일 노동자재해보험공사의 공의 요제프 포퍼는 병의 증세가 심각해 적어도 석 달간의 요양이 더 필요하다고 진단을 내렸다.[3] 카프카는 새로운 체코인 상관인 인드리히 바렌타 부장의 도움으로 1919년 1월 22일 우선 3주간의 휴가를 다시 얻어 셸레젠의 슈튀틀 펜션으로 돌아갔다. 그곳에는 카프카 외에 프라하에서 온 헤르미네라는 열아홉 살의 젊은 처녀가 체류하고 있었다.[4] 그녀는 가

---

3 Siehe das Attest vom Dr. Josef Popper, 8. Januar 1919(B 4).
4 빈의 부유한 유대 집안 출신인 그녀의 이름은 당시 헤르미네 포머란츠(Hermine Pomeranz)였

벼운 폐첨 카타르를 앓고 있었는데, 몹시 수줍음을 탔다. 카프카는 그녀와 햇볕이 잘 드는 발코니에 나란히 누워 담소하거나 그녀에게 자신이 외운 히브리어 단어를 물어보게 하고 그 답을 맞히는 놀이를 했다. 당시 그 소녀는 이 키 큰 중년의 신사가 누구인지 알지 못했다. 카프카는 간간히 독서를 할 뿐, 글도 일기도 여행일지도 거의 중단한 상태였으므로 그녀는 그가 글 쓰는 사람이라는 것을 전혀 알아차릴 수 없었던 것이다.

카프카가가 셸레젠에 온 지 약 2주가 지나서 또 다른 폐결핵 환자가 왔다. 그녀는 야위고 우울해 보였으나 꾸밈이 없는 곱상하고 날씬한 여성이었다. 그녀는 프라하 교외인 쾨니클리헤 바인베르게에서 온 율리 보리체크로 몇 주 후면 스물여덟 살이 되는 처녀였다. 보리체크는 가난한 유대인 구두장이이자 프라하 바인베르크 유대교회당의 시환으로 일히고 있는 에두아르트 보리체크[5]의 딸로 상업학교를 졸업한 후 여러 직장 특히 변호사 사무실을 전전했으며, 지금은 여동생인 루체나가 경영하는 양장점에서 일하고 있었다.

카프카는 그녀를 처음 보는 순간 그레테 블로흐를 연상했다. 카프카는 소녀도 숙녀도 아닌 듯한, 그러나 따스함과 차가움이 묘하게 혼합되어 있는 그녀의 모습에 자기도 모르게 마음이 끌렸다. 그러나 그들은 서로 마주치면 민망한 듯 멋쩍게 미소를 지을 뿐 어느 누구도 먼저 말을 걸지 않았다. 식사

---

는데, 나중에 결혼해 헤르미네 베크(Herimine Beck)가 되었다. 1985년 여든여섯 살이 된 그녀는 열아홉 살 때 슈튀틀 펜션에서 만났던 카프카가 모제스 라트의 히브리어 교과서를 가지고 체계적으로 히브리어 공부를 했다고 기억하고 있었다(AK 157-159).

5 율리 보리체크(Julie Wohryzek, 1891~1944)의 아버지 에두아르트 보리체크(Eduard Wohry-zek)는 프라하 동부에 있는 차에츠데크에서 식료품 상인으로 살다가 1888년 부인 미나 보리체크(Mina Wohryzek)와 사회적 상승을 꿈꾸며 프라하의 요제프쉬타트로 이주했으나, 출세하지 못하고 구두장이와 유대교회당의 시환으로 눌러 앉았다. 그들은 세 딸(케테, 율리, 루체나)과 아들 하나를 두었는데, 집안이 가난해 그들은 모두 일찍부터 생활전선에 뛰어들어야 했다.

율리 보리체크

를 하거나 산보를 할 때도 서로 마주 앉아 있을 때도 마찬가지였다. 그녀를 만난 순간부터 카프카는 예전의 상처가 되살아난 듯해 1년 이래 처음으로 잠을 이룰 수가 없었다. 그는 내심 그녀와 어떤 관계가 이루어질지 모르겠다는 불안과 두려움에 사로잡혀 있었다. 그래서 "상대방으로부터 좀 더 멀리 떨어져 있으려 하고, 함께 식사하지 않으려 하고, 될 수 있으면 서로 쳐다보지 않으려고 했다"(Sym 45). 그러나 헤르미네가 2주쯤 지나 프라하로 돌아갔기 때문에 그들은 어쩔 수 없이 더 자주 마주칠 수밖에 없었다. 같이 식사를 해야 했고 일광욕을 해야 했고 산보를 나가야 했기 때문이다. 그는 2월 8일 막스 브로트에게 보내는 편지에서 그녀를 이렇게 소개했다.

평범하면서도 놀라운 모습이라네. 유대 여자는 아니면서 유대 여자가 아닌 것도 아니고, 독일 여자가 아니면서 독일 여자가 아닌 것도 아니네. 영화와 오페레타와 희극에 빠져 있고, 분과 베일에 덮여서 지칠 줄도 멈출 줄도 모르는 무례한 속어를 엄청나게 사용한다네. 대체로 매우 무지하고, 침울하기보다는 오히려 쾌활하지. 그녀는 대충 그런 식이네. 만약 누군가가 그녀가 속한 부류를 정확하게 설명한다면, 그녀는 점원 부류에 속한다고 말해야 할 걸세. 게다가 그녀는 진심으로 용감하고 정직하며 자기를 망각할 줄 아네. 한 몸에 그렇게 대단한 특성을 지닌 사람이라니……물론 신체적으로도 아름다움을 갖추었다네. 그러나 나의 램프 불에 날아드는 모기처럼 공허하지(Br 252).

카프카는 율리 보리체크와 자주 어울리면서 서로 사정이 아주 비슷하다는 사실을 알게 되었다. 그녀는 전쟁 중에 시온주의자인 약혼자를 잃었고 또 폐결핵을 앓고 있었다. 그녀의 비극적인 이야기를 들은 후 카프카는 며칠 동안 잠을 이루지 못했다. 잊혀져가던 예전의 깊은 상처가 다시 터져 나오는 듯했다. 그는 가능한 시간을 혼자 지내려 했고 발코니에 누워 숲으로 덮인 언덕을 멍하니 바라보거나 무밭에서 일하는 농부들의 이해하기 힘든 사투리에 귀를 기울이기도 했다. 그리고 저녁에는 등불 아래서 프리트란트의 농업학교에서 어렵게 공부하고 있는 오틀라에게 용기를 북돋아주는 말과 함께 앞으로 있을 그녀의 강연 연습을 위해 여러 가지 주제에 대한 제안과 조언을 하고, 그것에 필요한 책들[6]을 추천하는 편지를 썼다. 하지만 하염없이 내리는 하얀 눈과 텅 빈 들을 바라보며 보리체크에 대한 연민과 고독감을 떨쳐버릴 수는 없었다.

그사이 펜션에는 손님들이 모두 떠나가고 오직 두 사람만 남게 되었다. 그들은 자연스럽게 가까워졌고, 외로운 그들의 마음은 서로를 끌어당겼다. 대화를 하다가 보리체크는 약혼자를 잃은 사람으로서 어느 누구와도 결혼하지 않겠다는 결심과 자식도 바라지 않는다는 자신의 속마음을 털어놓았다. 카프카 스스로도 펠리스와 헤어지면서 그녀와 똑같은 마음을 가지고 있었기에 누구보다도 그녀의 마음을 잘 이해할 수 있었다. 카프카는 같은 처지의 그녀에게 더더욱 연민과 호감을 느끼면서 더 이상 이 운명적인 만남을 피하지 않았다. 그는 그녀에게 책을 읽어주고 시온주의에 대해 같이 이야기를 나누기도 했다.[7] 그녀는 시온주의에 관심이 있었고 생각보다 쉽게 이해했다.

---

6 카프카가 추천한 책은 프리드리히 빌헬름 푀르스터의 『청소년론: 부모·교사·성직자를 위한 책』(1909)이었다. 카프카는 베를린 유대인 국민보육원에서 펠리스가 봉사할 때도 이 책을 추천했다. 또한 오틀라에게 아돌프 다마슈케(Adolf Damaschke)의 『토지개혁』(1902)도 보냈는데, 당시 그 책은 중판을 거듭하면서 널리 읽혔다.
7 보리체크의 약혼자는 시온주의자였고, 언니 케테는 유대인 강좌에 다니고 있었으며, 그녀의

1919년 2월 28일 그는 다시 프뢸리히의 진단을 받아 3월 말까지 휴가를
연장했다. 그러나 이번에는 보험공사가 요구하면 언제든 복귀해야 한다는
조건이 붙었다.

보리체크와 함께 지내는 시간은 빨리 흘러갔다. 그들은 주변의 강과 숲으
로 산책을 나가거나 발코니에 함께 누워 수다를 떨거나 각자의 과거에 있었
던 체험담 등을 나누었다. 그리고 카프카는 이따금씩 그녀를 위해 책을 읽어
주는 등 즐거운 시간을 보냈다. 예전에 펠리스와는 이렇게 마음을 터놓고
이야기하고 스스럼없이 웃어본 적이 별로 없었다. 그들은 편지라는 간접적
인 매개체 안에 갇혀 있었지만, 보리체크와의 관계는 실제 삶 속에서 매일
만나면서 교제가 이루어지는 것이어서 사랑의 감정은 훨씬 빨리 진전되었다.

3월 초 6주간의 휴양을 마친 보리체크가 프라하로 돌아가게 되자 카프카
는 예전의 리바에서 있었던 달콤한 연애사건에서처럼 이 만남도 헤어짐과
동시에 곧 끝날 거라고 생각했다. 3월 6일 서로 헤어질 때도 그들은 서로를
‘박사님’, ‘보리체크 양’이라고 부르며 여전히 존칭을 사용하고 있었다. 카프
카는 셸레젠에 3월 말까지 머물렀는데, 그동안 그는 그녀에게 편지 쓰고
싶은 마음을 억누르면서도 내심 그녀의 안부 편지를 기다리고 있었다. 그러
나 그녀에게선 아무런 소식도 없었다.

1919년 3월 말 휴양을 마친 카프카는 프라하로 돌아오자마자 놀랍게도
보리체크에게 자신의 도착을 알렸다. 누가 먼저라고 할 것도 없이 그들의
마음은 이미 서로를 향해 있었다. 그가 1919년 11월 24일 보리체크의 언니
케테 네틸에게 보낸 편지를 보면 당시 두 사람의 마음이 어떠했는지 금방

---

가장 친한 친구는 청백회(Blau-Weiß)라는 유대 청소년소녀연맹의 회원으로 막스 브로트의
강연을 빠짐없이 들었다(Br 253). 그러므로 카프카는 율리 보리체크가 시온주의에 관심이
있으리라 생각했다. 그녀는 브로트가 보내준 그의 1917년 1월 20일 ≪미래≫의 특별인쇄
판으로 나온 기사 「시오니즘의 3단계」를 꼼꼼히 읽었고 단번에 이해했다.

알 수 있다.

제가 프라하에 왔을 때 우리는 쫓기는 듯 서로에게 달려갔습니다. 다른
도리가 없었습니다. 우리 둘 중 그 누구에게도 외면상 이 모든 것을 이끌어
간 것은 물론 저였습니다. 그리고 이제 비교적 행복하고 안정된 시간이 왔습
니다. 우리는 서로 멀리 떨어져 있을 수가 없었기에 이런 수고를 그만두었습
니다. 사람들은 우리를 깊은 숲 속에서, 저녁에는 골목길에서, 체르노직에서
수영하는 것을 볼 수 있었을 것입니다. 그리고 누군가 우리에게 앞으로 결혼
할 것인지 물었다면 언제든 우리 두 사람은 "아니오"라고 대답했을 것입니다
(Sym 48; B4 89f.).


두 사람은 서로에게 열정적으로 끌리고 있었지만, 결혼에 대한 슬픈 체험
때문에 결혼할 의사는 없어 보였다. 카프카는 그녀와의 관계에 대해 부모와
친구들에게 침묵함으로써 그녀를 주변으로부터 보호하고자 했다. 그러나 오
틀라는 예외적으로 그들의 관계를 알고 있었다.[8] 마음이 여린 보리체크는
카프카가 이끄는 대로 새로운 사랑의 마력에 빠져들었다. 비록 각자가 결혼
하지 않겠다는 결심을 보이긴 했지만 그녀를 만나면 만날수록 카프카는 결
혼에 대한 새로운 동경을 갖게 되었다. 보리체크의 언니에게 말한 것처럼,
그는 여전히 "결혼과 아이는 분명히 지상에서 가장 높이 추구할 만한 것"
(Sym 46)으로 생각하고 있었고, 병들고 지친 몸과 마음을 사랑하는 사람에게
의지하고 싶은 생각도 없지 않았다. 어느 날 그는 구시가 시청에서 열린
가정부 마리 베르너의 여동생 안나의 결혼식에 결혼 입회인으로 참석했다.
그는 신랑신부의 기뻐하는 모습을 바라보면서 결혼이 주는 행복감에 대해

---

8 1919년 5월 1일경 오틀라에게 보내는 편지를 보면, 분명히 오틀라는 카프카가 율리 보리체
크와 결혼하는 것에 대해 주저하고 있다는 것이 분명하게 드러나 있다(B4 125).

다시 한 번 생각해보았다. 그리고 마침 막스 브로트로부터 펠리스 바우어가
3월 25일에 결혼했다는 소식을 듣고 그는 그녀에 대한 오랜 죄책감으로부터
벗어날 수 있었다. 그는 이제 자신의 결혼 가능성을 자유롭게 생각해볼 수
있게 된 것이다. 그는 홀가분한 마음으로 보리체크와 더욱 자주 어울렸다.
1919년 6월 말 그는 1년 7개월 동안이나 쓰지 않던 일기를 다시 쓰면서
보리체크와의 관계를 이렇게 기록했다.

> 6월 30일, 리거 공원에 갔다. 재스민 관목 숲 옆을 J[율리 보리체크]와 이리
> 저리 거닐었다. 거짓과 진실, 한숨 속의 거짓, 구속, 신뢰, 보호 속의 진실,
> 불안한 마음(KKAT 845).

그는 혹시 그녀와 결혼하고 싶은 마음이 자기만의 이기적인 생각에서 나
온 것이 아닌가 하고 의심도 하고 불안해하기도 했다. 그러나 7월 6일 일기
에서, 비록 그가 계속 그녀에 대한 열망과 불안감에 사로잡혀 있긴 하지만
그녀와 함께 있을 때면 "큰 진전이 있는 것처럼 예전보다 훨씬 더 안정된"
마음을 갖게 되었다는 것을 알 수 있었다(KKAT 845).

그는 보리체크에게 진지하게 결혼에 대해 말했다. 조심스럽고 조용하며
담담한 태도로 임하는 그녀는 그에게 "거의 미술적인 존재"로 다가왔고 자
주 만나면서 더욱더 그녀와 깊은 동질감을 느끼게 되었다. 그녀의 한없이
소박하고 수줍은 듯한 태도와 알 수 없이 풍기는 은은한 매력은 그에게 이성
간의 친근감과 은밀함을 불러일으켰다. 모든 상황이 펠리스 때와는 달리 카
프카에게 결혼을 결심하는 데 더 없이 유리한 조건으로 다가왔다(Sym 48).
서로가 이성으로 끌리고 서로의 형편을 잘 이해하고 있으며 항상 같이 있고
싶은 심정을 느끼는 것, 바로 그러한 이성관계야말로 그가 생각하는 "사랑에
서 우러나오는 결혼"이자 "더욱 본질적인 고귀한 의미의 이성적 결혼"(Sym

49)인 것 같았다. 그뿐만 아니라 자기가 어머니처럼 의지했고 애인처럼 사랑했던 오틀라가 곧 다른 남자와 결혼하게 되리라는 생각도 그에게 결혼을 결심하게 한 또 다른 동기였다. 오틀라가 없는 가족은 더욱 낯설 것이고, 그 낯선 가족 안에서 그는 더욱더 고독해질 것이었다.

카프카는 보리체크에게 그녀와 결혼하고 싶고 아이도 낳기를 원하는 자신의 마음을 전했다. 갑작스러운 제안에 보리체크는 몹시 당황한 듯했다. 작가로 남기 위해 그렇듯 독신을 고집해서 병까지 얻고 파혼까지 한 사람이 새삼스럽게 가정을 꾸리려 한다는 사실이 그녀에게는 의외로 느껴졌던 것이다. 그녀는 처음에는 거부감을 느끼긴 했지만, 그녀도 이 성실하고 진지한 남자를 잃고 싶지 않았다. 그녀는 순순히 그의 의견에 따라 9월 중순경 아무 증인도 없이 둘이서만 몰래 약혼을 했다. 그것은 카프카에는 세 번째 약혼이었고, 보리체크에게는 두 번째 약혼이었다. 그리고 결혼은 11월에 하기로 약속했다. 약혼식이 있기 며칠 전인 9월 11일 카프카는 브로트에게는 매우 가난한 유대교회당 사환의 딸과 결혼할 계획이라고 처음 밝혔다. 막스 브로트는 예상치 못한 갑작스러운 약혼 소식에 의아해했다.

둘이서 약혼식을 올린 지 며칠이 지난 후 카프카는 부모와 식탁에 마주 앉아 처음으로 보리체크와의 약혼식 이야기를 꺼내며 그녀와 결혼할 의사가 있다고 밝혔다. 그러나 아버지 헤르만 카프카는 그의 급작스러운 통보에 놀랐을 뿐만 아니라 더욱이 그런 가난하고 비천한 여자와의 결혼에 동의할 수 없었다. 권익을 중시하는 그에게 그것은 가문의 수치이고 명예를 실추시키는 일이었다. 더구나 그는 오틀라의 남편감에 대한 불만으로 심기가 몹시 불편한 상태였기 때문에 카프카의 결혼 이야기를 듣자 분노가 폭발할 수밖에 없었다. 그는 격앙한 나머지 입에 담지 못할 욕을 해댔다. 그런 천한 여자와 결혼하려면 사창가에나 가라고 소리쳤던 것이다.

그 여자는 틀림없이 프라하의 유대 여자들이 하듯이, 고르고 고른 블라우
스를 입었을 테지. 그래서 너는 그걸 믿고 그녀와 결혼하기로 결심했겠지.
그것도 될 수 있는 대로 빨리, 일주일 내에, 내일 아니 오늘도 될 수 있겠구나.
나는 네 의향을 모르겠다. 넌 어른이 아니냐? 도시에 살고 있고 그런데도
마음에 드는 여자만 나타나면 서둘러 결혼이나 하려 들고 어찌할 바를 모르
는구나. 다른 가능성이 그렇게도 없단 말이냐? 네가 정 겁이 난다면 내가
직접 데리고 가마(KKANII 205f.).

감정이 예민한 사춘기 때에도 그런 경멸적인 말을 들은 적이 있었던 카프
카는 아버지의 파렴치한 반응에 분개하며 더욱 결혼할 결심을 굳혔고, 그답
지 않게 직접 나서서 결혼을 추진해나갔다. 전후의 극심한 주택난에도 불구
하고 그는 프라하 교외의 브르쇼비츠 지역에서 아직 공사가 마무리되지 않
은 신축 건물을 찾아냈다. 임대비가 카프카 연봉의 거의 반에 해당될 정도로
비쌌지만, 그는 11월 1일 부엌이 딸린 아늑한 방 하나에 이사하기로 계약을
마쳤다. 카프카와 보리체크는 결혼식과 함께 입주하게 될 날만 기다리고 있
었다.

그때 예상치 못한 문제가 발생했다. 막스 브로트가 우연히 예전의 여자
친구들로부터 보리체크에 대한 이야기를 듣게 되면서 카프카가 비밀로 하려
던 결혼뿐만 아니라 보리체크의 사생활 전력까지 낱낱이 알려지게 된 것이
다. 거기에는 보리체크가 예전에 창녀생활을 했다는 치명적인 소문도 들어
있었다. 그것은 즉각 카프카의 부모에게 전해졌고, 그들은 카프카 몰래 홍신
소를 통해 그 소문을 사실로 확인할 수 있었다. 헤르만 카프카는 의지가
박약한 어리석은 아들이 여우 같은 여자의 유혹에 넘어간 것이라고 확인한
셈이었다. 카프카는 브로트와 바움을 통해 그 사실을 알게 되었다.

그러나 셸레젠에서 카프카가 만났던 보리체크는 성적인 면에서 매우 냉담

한 태도를 보였고, 그녀의 행동 하나하나에서 어떤 허위나 부정(不貞)을 연상시킬 만한 생각이나 태도를 느낄 수 없었다. 그는 자신의 느낌을 믿고 싶었다. 또한 설사 소문이 사실이라 하더라도 그는 과거를 문제 삼지 않겠다는 확고한 태도를 보였다. 부모와 친구들의 적극적인 반대에도 그의 결심은 전혀 흔들리지 않았다. 오히려 카프카는 결혼 전 보리체크 가족에게 자신의 건강상태를 확인시켜주기 위해 9월에 프리델 피크에게 다시 한 번 철저한 건강검진을 받았다. 카프카는 체중을 늘린다는 조건으로 결혼생활을 해도 좋다는 의사의 진단서를 받아냈다. 그리고 10월 말 그는 프라하 시청 호적계에 11월 첫 주에 자신들의 결혼 계획을 고시하도록 신청했다.

카프카는 비록 글쓰기를 위해 파혼을 두 번이나 하면서 결혼을 극구 피하려 했지만, 결혼에 대한 그의 근본적인 생각이 부정적이었던 것은 결코 아니었다. 그의 개인적인 상황과는 관계없이 인간의 삶에서 결혼이란 가장 중요한 문제 중 하나이고, 특히 "결혼은 생의 대표자"(KKANII 95)라는 생각을 가지고 있었다. 누구를 막론하고 결혼은 인간에게 "실존의 고향"(F 308)이며, "삶 전체의 성취를 위한 시금석"[9]인 것은 분명했다. 이제 카프카는 자신의 삶에서 그런 의미를 지닌 결혼을 앞두고 있다고 생각했다. 매일 아침 사랑하는 여인과 함께 잠자리에서 일어나 생활할 수 있는 실제의 삶, 그것은 그에게 놀라운 것이었다. 결혼 공고도 이미 신청한 터라 결혼이 성사된 것이나 다름없었다.

그러나 운명의 여신은 또다시 그를 놓아주지 않았다. 그는 계약한 집으로 이사하기 이틀 전에 그 집이 다른 사람에게 양도되었다는 소식을 받은 것이다. 카프카와 보리체크는 함께 살 집이 없이는 결혼할 수 없었기 때문에

---

9 Heinz Hillmann, *Franz Kafka, Dichtungstheorie und Dichtungsgestalt*, Bonn 1964, 2. Aufl., 1973, S.21.

11월 1일에 있을 예정이던 결혼식은 무한정 연기되었다. 그의 소설 속 사건들처럼 카프카의 삶은 '지연과 유예'의 연속이 되어버린 것이다.

카프카는 이 불행을 자신의 또 다른 정신적 패배로 받아들였다. 그는 예전 펠리스의 경우에서처럼 사태의 근본 원인이 우연이 아닌 자신의 정신적인 무능력과 함께 운명적이라고까지 생각했다(KKANII 208). 그는 자신을 너무 과신했다고 보리체크에게 고백했다. 그리고 펠리스에게 했던 것처럼 언니 케테에게 자신과의 결혼이 보리체크를 불행으로 몰고 갈 것이라는 암시의 글을 써 보냈다. 그것은 파혼 선언과 같은 것이었다. 그는 자신을 "신경과민에 걸린 자, 일찍이 문학이라는 모든 위험의 낚싯밥이 되어버린 자, 폐는 약하고, 사무실의 무미건조한 문서에 지쳐버린 처지"(Sym 50)에 있는 남자로서 결혼에 부적합한 자임을 강조했다. 케테는 카프카의 태도가 성실하지 못한 성격과 생활태도에서 나왔다고 생각하고 보리체크에게 그와 헤어지도록 충고했다. 카프카는 단지 결혼에 대한 자신의 결단이 진실이었음을 말할 수 있을 뿐이었다. 이번 일로 그는 또다시 육체적·정신적으로 깊은 상처를 받고 있었다. 그는 눈에 띄게 기력을 잃어갔고 심한 신경쇠약 증세까지 보였다. 또 한 번의 결혼 실패는 그에게서 모든 삶의 희망과 가능성을 앗아가버린 듯했다.

11월 4일 이를 보다 못한 브로트는 그를 데리고 다시 셸레젠의 슈튀들 펜션으로 갔다. 열차를 타고 가면서 카프카는 브로트에게 최근 자신이 읽은 크누트 함순의 『대지의 축복』에 대해 얘기했다. 그는 특히 "부분적이긴 하지만 작가의 의지와는 반대로 모든 나쁜 일이 여성들에게서 비롯된다"(MB 182)는 함순의 글에 주목했다. 그는 자신의 삶을 돌이켜보았을 때 사랑과 결혼 문제가 자신의 삶에 여러 모로 걸림돌이 되었다는 결론에 도달한 것처럼 보였다. 그는 사랑도 얻지 못했고 결혼도 못했으며 중병에 걸려 그렇게도 바라는 글도 마음껏 쓰지 못하고 있었기 때문이었다. 열차가 목적지에 도착했을 때 카프카는 슬프고 지친 표정으로 이렇게 말했다. "죽음으로 가는 길에는 참으로 많은 정거장이 있네. 그것도 아주 느리게 지나가는구먼"(MB 182). 카프카의 이 말은 앞으로 요양지를 전전하다가 죽어가게 될 자신의 미래를 예감하는 듯했다.

두 사람에게 그 여행은 아주 오랜만에 이루어진 것이었다. 셸레젠에 머무는 동안 그들은 매일 주변의 숲과 강변으로 산책을 나갔다. 카프카는 결혼이 또다시 무산된 데 대한 죄책감 때문에 계속 두통과 불면증에 시달려 몰골이 말이 아니었다. 그의 크고 검은 눈은 횅했고 얼굴은 백지장처럼 창백했다. 그는 눈이 하얗게 덮인 전나무가지들을 바라보면서 브로트에게 자신의 관자놀이 주변에 생긴 흰 머리를 기리키며 쓸쓸히 웃었다. 왕성한 작가 활동과 유대 입법의회의 의장단 임원으로 바쁜 막스 브로트는 며칠 후 셸레젠을 떠났다. 이것이 그들이 함께한 마지막 여행이었다. 카프카는 다시 셸레젠에 쓸쓸이 홀로 남았다.

# 「아버지께 드리는 편지」를 쓰다

막스 브로트가 떠나고 셀레젠에 홀로 남게 되자 카프카는 자기 자신에 대해 깊이 자문할 시간을 갖게 되었다. 특히 두 번에 걸친 결혼 실패로 자신을 정신적 패배자로 생각하고 있던 카프카는 이제 진정으로 무엇이 문제인가를 돌아보았다. 자신의 숨겨진 성격상 결함은 무엇인가, 그것은 어디에서 비롯되었는가, 나아가 자기 본래의 고유한 정체성은 무엇인가를 스스로에게 절실하게 물었다. 그리고 그는 지금까지의 침묵을 깨고 새로이 글을 쓰기 시작했다. 그러나 결코 새로운 창작욕구가 생긴 것도 아니었고, 다시 문학으로 돌아간 것도 아니었다.

카프카는 자신의 모든 문제점 그 저변에서 자신과 아버지 사이의 근본적인 갈등 문제를 발견할 수 있었다. 그것은 태어나면서 겪었던 자신의 의식과 잠재의식을 잠식한 불안과 두려움과 고통이기도 했다. 그는 그동안에도 일기와 편지 속에서 자주 어린 시절부터 아버지와 살아오면서 경험해야 했던 많은 것을 기록해두었다. 이제 그는 아버지와의 문제를 철저히 파헤쳐 모든 것의 원인을 정확하게 짚어보고자 했다. 그렇게 함으로써 그는 아버지와의 모든 갈등에서 자유로워지고 싶었고 자신을 알게 모르게 억눌러왔던 악몽으로부터 벗어나고 싶었다. 이렇게 해서 세계문학사에서 거의 유례를 찾아볼

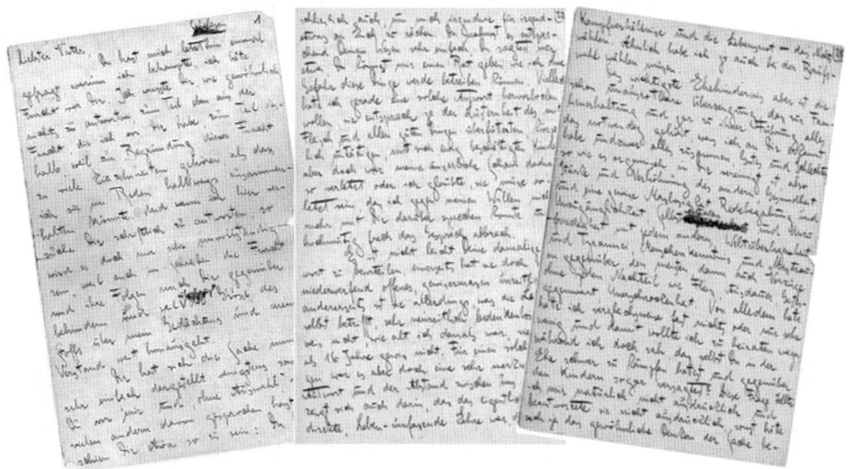

「아버지께 드리는 편지」 친필 원고(1919년)

수 없는, 부자간의 깊은 심리적 갈등 문제를 다룬 「아버지께 드리는 편지」가 탄생하게 되었다.

원래 「아버지께 드리는 편지」는 1919년 11월 10일과 13일 사이에 셸레 젠에서 썼는데, 친필로 쓴 원고는 100쪽이 넘었다. 프라하로 돌아온 후 11월 21일 카프카는 그것을 사무실에서 타자기로 정서했는데 그 분량은 대략 45 쪽이었다. 편지의 분량이 말해주듯, 이것은 부자간에 있을 수 있는 단순한 일상적인 가족 통신문이 아니라 아버지와의 관계 속에서 그가 겪어야 했던 정신적 고통의 근본 원인을 아버지에게 소상히 밝히고자 하는 일종의 인생 고백서 같은 글이었다. 편지는 아들인 카프카가 아버지인 자신을 왜 그렇게 두려워하는지 모르겠다는 아버지의 의아스러움에 대한 답변 형식으로 시작 된다. 그는 어린 시절부터 최근의 율리 보리체크와의 결혼 문제에 이르기까 지 부자간에 일어난 여러 가지 갈등의 요인을 하나하나 짚어간다.

우선 유전적 특성으로 생활욕, 사업욕, 정복욕이 강한 카프카 가문의 아버 지와 감성적이고 소심하며 지적이고 경건한 어머니 뢰비 가문의 특성을 지 닌 아들인 자신의 차이점을 들었다. 카프카에 의하면, 아버지는 "강인함, 건 강, 식욕, 성량, 화술의 재능, 자기만족, 우월감, 끈기, 침착함, 사람에 대한 인식력, 어느 정도의 아량"(KKANII 146)과 같은 장점을 지녔으나, 성질이 사납고 지나치게 엄격하며 독재적이고 강압적인 사람이어서 그것이 위태로운 부자관계를 낳게 된 동인이 되었다고 했다. 특히 아버지의 교육방식은 안하무인격이고 독선적이며 이기적이어서 어린 시절부터 아들에게 성격상 결함을 초래했다고 지적했다. 이를테면 세 살 된 어린 카프카가 칭얼댄다고 한밤중에 발코니에 홀로 세워두고 문을 닫아버린 아버지의 냉혹함과 무자비함으로 어린 카프카는 자신이 무력하고 무의미한 존재라는 사실에 오랫동안 심한 고통을 받았다고 했다.

> 그로부터 수년이 지난 후에도 거인인 아버지, 즉 최종심급인 아버지가 별 이유도 없이 나타나서 한밤중에 저를 침대에서 끌어내어 발코니로 데려갈 수도 있다는 사실, 그러니까 제가 아버지에게 그처럼 무가치한 존재라는 사실이 고통스러운 상념이 되어 저를 괴롭혀왔습니다(KKANII 149).

카프카에게 각인된 아버지의 초상(肖像)은 폭군과 같은 존재로 거칠고 잔인하고 편파적이며 악의적인 인물이었다. 그는 자녀들과 친척뿐만 아니라 상점의 고용인, 카프카의 친구들에게까지 경멸적이고 비하적인 "욕설과 위협과 반어법, 그리고 악의적인 웃음"(KKANII 160)을 서슴지 않았다. 이런 아버지 밑에서 자란 카프카는 "마음 약하고 겁이 많으며, 결단성이 부족하고 불안한 인간"(KKANII 146)으로, 자신감을 상실한 "무가치한 존재"(KKANII 150)로, "무한한 죄의식"(KKANII 184)에 사로잡혀 있는 나약한 인간이 되었다. 그리고 그것은 카프카에게 순종보다는 오히려 반항심과 혐오감과 증오심을 유발했으며, 나아가 학교와 직장, 사회생활 등 모든 삶의 분야에서 부정적으로 작용했다. 그 결과 그것은 카프카가 남들처럼 정상적으로 살아가며 결혼해서 단란한 가정을 꾸미고 자신감 있게 사회생활을 영위하는 것을 불가능하게 만들었다.

또한 서유럽 문화에 동화된 유대인인 아버지는 유대교에 대해 무지했고 단지 형식적으로 종교의식에 참여함으로써 카프카에게 종교적·민족적 정체성에 대한 혼란을 야기했고 아들은 민족종교인 유대교에서 찾을 수도 있었을 어떤 구원이나 삶의 단초도 구할 수가 없었다.

제가 아는 한, 그것[유대교]은 실로 아무것도 없었어요. 그저 장난이었죠. 아니 장난도 아니었습니다. 아버지께서는 일 년에 나흘 정도 교회당에 가셨고, 거기 가서도 진지하게 받아들이는 사람보다는 아무래도 좋다는 식의 무관심한 사람에 더 가까운 편이었습니다. 기도도 형식적으로 건성으로 끝냈습니다(KKANII 186).

유대교 공동체를 통해 사회생활을 배워나가는 다른 유대인 아이들과 달리 교회 의식이 '희극적'인 장난으로까지 여겨질 정도로 '유대교 신앙이 전무한' 가정에서 자란 어린 카프카는 외부 사회에 대해 폐쇄적이고 고립적인 태도를 가진 청소년으로 자라게 되었고, 그것은 성인이 된 후에도 그의 생활 전반에 영향을 미쳤다. 더구나 아버지 헤르만 카프카는 성인이 된 카프카가 이런 결함을 극복하고 자신의 정체성을 찾기 위해 동구 유대 극단에 관심을 갖는 것까지도 비난했다. 또한 카프카는 자신의 유일한 실존근거이자 존재 이유라고 생각하는 글쓰기와 그것에 관련된 일에서까지 아버지의 심한 거부감과 혐오감을 감내해야 했다. 아버지에게 신뢰감과 존경심과 너그러움을 느끼기는커녕 항상 피해의식과 죄의식에 시달려야 했던 그는 자신의 심정을 마치 "뒷부분을 발로 짓밟혀서 터진 상태로 옆으로 기어가는 벌레"(KKANII 192) 같았다고 고백할 정도였다.

그러나 카프카는 아버지와의 관계가 개선되기를 고대했다. 그는 아버지에게 벤저민 프랭클린의 체코어 판 자서전 『청춘 시절의 회상』 같은 책을 선물해서 사랑과 존경으로 맺어진 가족관계와 이해와 헌신으로 이루어진 아버지의 교육관 등을 보여주려고 노력했다.[1] 또 아버지를 기쁘게 하려고 새로 장정되어 나온 『유형지에서』에 '아버지께 바칩니다'라는 헌정사를 써 자신의 존재감을 인식시키고자 했다. 그러나 그가 그 책을 드렸을 때 아버지는 눈길도 주지 않은 채 카드놀이에만 정신이 팔려 건성으로 "침실 탁자 위에 놓아두어라"(KKANII 192)라고 말했다. 그때 그는 크게 심적인 상처를 받았을 뿐만 아니라 실망감과 수치스러움을 느꼈지만, 아버지와의 관계 개선에 대한 희망의 끈을 놓지 않았다.

그는 앞서 아버지 요구대로 법학을 공부했고 학교를 마치자마자 경제적 독립을 위해 노동자재해보험공사에 취직했다. 나아가 자신의 글쓰기에 방해가 되는 것을 알면서도 결혼해서 아버지와 화해할 수 있는 길을 열려고도 했다. 『탈무드』가 가르치고 있듯이, 카프카는 "결혼은 한 가정을 이루고 태어날 모든 자식을 떠맡아……양육할 뿐만 아니라 그들을 올바르게 이끌어주는 일로서……한 인간의 성패를 판가름 짓는 궁극적인 일"(KKANII 200)이라고 생각해왔기 때문이다. 그러므로 그에게 "결혼은 확실히 가장 강력한 자기 해방과 독립을 보증하는 것"이고 "아버지와 동등해질 수 있는"(KKANII 209) 행위이며 동시에 "아버지로부터 벗어날 수 있는 가장 훌륭하고 희망적인 시도"(KKANII 199)이기도 했다. 아버지의 지배로부터 벗어나 아버지와 동등한 성인으로서 서로 인간적인 화해를 할 수 있으리라 기대했던 것이다.

그러나 카프카의 결혼 실패는 오히려 부자간의 갈등을 더욱 부추겼다.

---

1 프랭클린은 자서전에서 20대에 정했던 13가지 도덕적 목표인 절제, 침묵, 질서, 결단, 검약, 근면, 진실함, 정의, 온건, 청결, 침착, 순결, 겸손을 어떻게 실천하려고 노력했는가를 기술했는데, 이는 카프카 삶에도 깊은 영향을 주었다(HBI 542).

아버지는 흥신소를 통해 펠리스의 가족 상황과 재정상태를 사전에 알아보는가 하면, 보리체크는 가난하고 비천하다는 이유로 단번에 반대하고 나섬으로써 카프카를 분노하게 했다. 카프카는 아버지의 계속되는 간섭에서 벗어나기 위해 그의 반대에도 그녀와 약혼하고 집을 예약하고 결혼식 날짜까지 잡았던 것이다. 그러나 집 문제로 결혼이 성사되지 못하자 그는 실패의 보다 큰 원인은 자신의 의지박약과 비사회성이며, 그것은 결국 자신이 "정신적으로 결혼할 능력이 없는" 사람이기 때문이라고 결론지었다. 그리고 「아버지께 드리는 편지」에서 이것은 근본적으로는 자신이 어린 시절부터 겪어왔던 아버지의 폭력적이고 이기적인 교육이 낳은 "불안과 심약함과 자기 자신을 멸시하는……강박 증세에서"(KKANII 209) 비롯된 것이라고 자기 자신을 변호하고 있다. 이처럼 카프카는 「아버지께 드리는 편지」를 통해 아버지의 일방적인 교육과 억압에 대해 자신의 입장을 변호할 수 있는 "책략"적인 "변호인의 서신"(M 85)을 보내고 있는 것이다.

카프카는 「아버지께 드리는 편지」에서 단순히 자전적인 이야기만 연대기적으로 재현하고 있는 것은 아니다. 그는 자신이 바라본 아버지의 개인적 특성과 강압적인 교육방식을 이야기하고, 그것이 자신의 삶과 개성의 발전에 어떤 영향을 끼쳤는지 소상하게 밝히고 있다. 작가의 주관적이지만 보다 보편적인 시각으로 아버지의 일방적인 사고와 행동을 새롭게 해석하고 아버지의 고착화된 의식과 가치관이 두 사람 사이의 대화를 불가능하게 한다는 것을 알리고 있다. 또한 자신의 성격적 결함과 사회생활 불능의 원인을 아버지와의 관계 속에서 밝혀나감으로써 자신과 아버지의 관계가 지금까지와는 다른 관계로 개선되어야 한다는 것을 고백하고 있다.

「아버지께 드리는 편지」의 마지막 문장에서 카프카는 자신의 편지가 얻을 수 있는 효과를 이렇게 밝히고 있다. "그것[부자간의 관계]을 정정한다면 우리 두 사람은 진실에 훨씬 더 가까이 도달할 수 있으며 어느 정도 마음이

안정되고 삶과 죽음을 좀 더 편안한 마음으로 맞이할 수 있으리라고 생각합니다"(KKANII 217). 서로의 성격상의 결함과 갈등의 원인을 밝히고 인정함으로써 그들이 얼마 남지 않은 삶 속에서나마 갈등 없는 편안한 마음으로 살 수 있기를 눈물로 호소하고 있는 것이다.

제 글은 아버님에 관한 것이었습니다. 저는 이 글에서 단지 아버님의 가슴에 기대어 하소연할 수 없었던 것을 하소연했을 뿐입니다. 그것은 일부러 오래 끌어왔던 아버님과의 이별이었습니다. 그 이별이란 것이 비록 아버님으로부터 강요받은 것이기는 하지만 그러나 제가 정해놓은 방향으로 흘러간 것입니다(KKANII 192).

카프카는 「아버지께 드리는 편지」를 쓰기 전에도 『선고』와 『실종자』 그리고 『변신』을 통해 부자간의 알 수 없는 수직적 권력관계를 폭로했다. 아버지라는 존재는 그에게 언제나 판결을 내릴 수 있는 '절대적인 심급'으로 존재해왔고, 그는 글쓰기를 통해 이러한 심급으로부터의 독립 가능성을 타진해보고 그 굴레에서 벗어나고자 했다. 그의 일기에서도 나타나듯이, 그의 글쓰기는 절대적 심급의 존재에 대한 자기 방어와 공격의 "무기"였다. 글쓰기는 전혀 이해할 수도 접근할 수도 없는, 오직 위협과 명령밖에 모르는 '절대적 심급'으로서의 아버지에 맞서 대응할 수 있는 유일한 것이었으며, "그가 실제로 그[아버지]로부터 어느 정도 독립적으로 벗어나"(KKANII 192) 자유롭게 숨 쉴 수 있고 안주할 수 있는 가상적 자유공간이었다. 그 속에서는 이유 없이 그를 억압하고 멋대로 판결을 내리는 아버지의 부당한 처사에 항의할 수 있고 자기 존재의 정당성을 변호할 수 있었다. 그러기에 글쓰기는 카프카에게 처음부터 유일한 그의 실존형식이자 "내면적 존재의 유일한 가능성"(F 367)이었던 것이다.

셀레젠의 슈튀틀 펜션에 머물면서 「아버지께 드리는 편지」를 쓰는 동안 카프카는 펜션 주인인 슈튀틀과 그곳에서 요양 중인 열여덟 살의 유대 소녀 민체 아이스너 외에는 어느 누구와도 접촉을 꺼렸다. 아이스너는 테플리츠 출신으로 학업보다는 농사나 원예에 관심이 많은 소녀였다. 아버지가 죽은 후 폐결핵으로 긴 요양소 생활 끝에 그곳에서 회복기를 보내고 있는 그 소녀에게 카프카는 마음씨 좋은 아저씨처럼 그녀의 장래 문제에 대해 상담해주었다. 그는 그녀에게 그동안 자신이 배우고 습득했던 농사와 원예에 대한 지식과 경험을 들려주면서 그녀가 정녕 농사나 원예 일을 좋아한다면 그것을 삶의 목표로 삼는 것도 좋다고 충고해주었다. 왜냐하면 관심도 없는 직업을 얻기 위해 쓸데없이 대학에 진학하는 것보나 사신이 좋아하는 일을 하는 것이 가장 좋은 생활목적과 수단이 될 수 있고 행복하고 만족스러운 삶이 될 수 있다고 여겼기 때문이었다.

그녀는 그의 충고대로 대학 진학을 포기하고 1921년 초 독일 북부 발트 해안의 포메른 지방에 있는 원예식물 재배업소의 도제로 들어갔고 후에 원예식물 재배원으로 자립했다. 1923년 3월 그녀가 결혼할 때까지 그들은 자주 서신 왕래를 했으며(Br 429), 1921년 가을에는 그녀가 삶의 영원한 멘토가 되어준 카프카에게 감사하기 위해 직접 프라하로 그를 방문하기도 했다.

한편 1919년 3월 말 프리트란트의 농업학교 졸업 시험에 합격한 오틀라는 프라하의 부모 집에 와 있었다. 그녀는 백방으로 뛰어다니며 취직자리를 알아보았지만 적당한 자리가 없어 잠시 쉬고 있었다. 카프카는 그동안 쓴 「아버지께 드리는 편지」를 아버지에게 전달하기 전에 우선 오틀라의 의견을 듣고 싶어 그녀에게 주말을 이용해 셀레젠을 방문하도록 부탁했다. 카프카가 쓴 편지를 읽어본 오틀라는 경악했다. 고루하고 성깔 있는 아버지가 그러한 직접적인 비판과 폭로를 이해할 수도 없거니와, 그것은 화해는커녕 오히려 엄청난 파국을 초래할 것이라는 게 그녀의 생각이었다. 더군다나 그즈음 엘리가 셋째아이 한나를 낳아서 나이 들고 병약한 부모가 손녀딸을 안고 즐거워하는 것을 낙으로 삼고 있다고 했다. 오틀라의 충고에 카프카는 편지를 전하는 일에 신중을 기하기로 했다.

「아버지께 드리는 편지」가 그사이 어떻게 수정되었는지는 알 길이 없다. 그리고 편지가 완성된 후의 행방도 명확하지 않다. 막스 브로트에 따르면, 카프카는 어머니를 통해 아버지에게 그 편지를 전달할 생각이었는데, 그것을 직접 읽었는지는 알 수 없으나 어머니는 좋은 말로 다독여서 그것을 아들에게 되돌려주었고 그 후로 그 편지에 대해 언급이 없었다고 했다(MB 22f.). 이 사실이 맞는다면, 카프카는 가족을 배려해서 아버지에게 편지를 넘기지 않았을 거라고 추측할 수 있다. 그러나 막스 브로트의 주장과는 달리, 카프카 스스로 그 편지를 아버지에게 넘기는 것을 미루었을 가능성도 있다. 후에 연인이 된 밀레나 폴락에게 보내는 편지에서 카프카는 "내가 대략 반년 전에 나의 아버지께 썼지만 아직 보내지 않은 장문의 편지"(B4 190)를 그녀에게 보낼 예정이라며 혹시 "언젠가 그 편지를 아버지에게 보내고 싶을 수도 있을 테니, 될 수 있으면 그것을 아무도 읽지 못하도록 하십시오"(B4 201)라고 썼기 때문이다. 이것으로 미루어보아 카프카는 오틀라가 바라는 대로 처음부터 편지를 아버지에게 전달하는 것을 보류했을 가능성이 높다. 여하튼 그는 그 편지를 다른 원고들과 함께 서랍 속에 간직했다. 그 편지는 후에 막스 브로트가 편집한 카프카 전집 중 『시골에서의 결혼 준비 그리고 유고의 다른 산문』에 포함되어 1953년에 처음 발표되었다.

2주간의 셸레젠 요양을 마치고 11월 20일 카프카는 프라하로 돌아왔다. 보리체크와의 관계는 지속되고 있었지만 예전 같지 않았다. 앞서 언급한 대로 1919년 11월 24일 보리체크의 언니 케테에게 보낸 장문의 편지에서 카프카는 결혼할 수 없는 이유가 단순히 집을 얻지 못한 것뿐만 아니라 여러 가지 심신상의 결함과 문학에 대한 경도 때문이라고 밝혔다. 그리고 보리체 크가 현재 행복한 결혼에 대한 다른 전망이 없는 한 그들의 관계를 그대로 유지할 수 있도록 그냥 내버려두어 달라고 부탁했다. 보리체크는 결혼을 유 보한 채 예전과 같은 관계를 유지했다. 그녀도 예전에 펠리스가 그랬던 것처 럼 그렇게 지내다보면 언젠가 좋은 결과가 올지 모른다는 기대감을 갖고 있었던 것이다. 1919년 12월 11일 카프카는 일기에 "추웠다. 리거 공원에서 말없이 율리와 함께 있었다.……모든 게 너무 힘들다. 나는 충분히 준비가 되어 있지 않았다"(KKAT 846)라고 썼다. 보리체크와의 관계가 주는 "고통과 기쁨 그리고 죄와 무죄는 마치 서로 풀어질 줄 모르는 교차된 손처럼"(KKAT 845f.) 그의 마음을 옥죄어왔다.

# 메란으로 요양을 떠나다

카프카는 1919년 11월 말부터 다시 출근했다. 노동자재해보험공사는 여전히 조직 재편 중이었으나 신임 체코인 국장 베트리히 오드슈트르칠의 지도하에 차츰 정상을 찾아갔다. 카프카는 1919년 1월에 신청했으나 보류되었던 승진과 봉급 인상을 1920년 2월에 다시 요청했다. 봉급 인상은 1월 1일부로 받아들여졌으나, 승진은 3월 1일에 적용하기로 했다. 그는 보험공사의 비서관으로 승진했는데, 그사이 카프카가 맡고 있던 부처가 네 분과로 세분화되어 그중 하나인 공동기획분과를 맡게 되었다. 특이한 것은 특별히 법률적인 일만 따로 관리하는 이 분과는 카프카가 수장인 동시에 직원인 일인 부서라는 점이었다.

카프카의 새로운 업무는 다른 분과에서 진행되는 모든 일에 대한 법률적 평가, 외부로부터 전달되는 법률 사건에 대한 공사의 입장 표명, 그리고 공공기관이나 기업체와의 공적인 서신 왕래 담당 등이었다. 간단히 말해, 그의 주된 업무는 법률적으로 합당한 "편지를 쓰는 일"(M 115)이었다. 그러나 직책의 중요성과 혼자 하는 일이라 업무량이 훨씬 줄어들었다. 게다가 국장을 비롯한 직장 동료들이 그가 병자라는 점을 감안해 여러 가지로 배려해주었기 때문에 카프카는 예전보다 훨씬 여유가 있었다.

일처리도 독립된 분과의 장으로서 신임 국장 오드슈트르칠과 직접 대면할 수 있어 훨씬 빨랐다. 새 국장은 카프카의 인간성과 업무능력을 잘 알고 있었기 때문에 늘 그를 신임했고 친절하게 대했다. 카프카가 병으로 1919년에 단지 7개월밖에 근무하지 않았지만, 국장은 그의 법률가로서의 경험과 전문지식을 누구보다 인정해주었다. 프라하의 왕립기술전문학교 사회보험 교수였던 국장은 창조적인 언어능력이 뛰어났고 달변가이며 타자도 능숙하게 쳤다. 그래서 카프카는 뛰어난 체코어 실력을 가졌지만 국장에게 보여야 하는 편지는 미리 체코인 매제인 요제프 다비트의 수정을 받곤 했다. 카프카는 새 국장과 일하면서 우아하고 세련된 체코어를 배울 수 있었다(Br 308).

이렇게 노동자재해보험공사는 그의 빈번한 결근 그리고 휴가와 병가에도 불구하고 아무런 제재 없이 정기적인 승진과 월급 인상을 집행해주었고, 상사와 동료는 여러 면에서 그를 배려해주었다. 카프카도 이에 대한 보답으로 건강이 허락하는 한 최선을 다해서 열심히 일하려고 노력했다.

그러나 그의 건강은 그리 좋은 편이 아니었다. 시간적인 간격을 두고 규칙적으로 열이 나거나 잔기침을 했고, 보리체크와의 결혼이 수포로 돌아간 후 또다시 심한 죄책감에 시달리면서 만성적인 우울증에 빠져들었다. 이런 상태로는 글도 손에 잡히지 않았다. 그가 최근에 쓴 것이라고는 「아버지께 드리는 편지」가 전부였고, ≪젤프스트베어≫의 편집을 맡고 있는 펠릭스 벨치와 넬리 엥겔의 부탁으로 두 개의 비유설화 「황제의 칙명」과 「가장의 근심」을 각각 9월호와 12월호에 개재했을 뿐이었다. 이 작품들은 1917년 봄에 쓴 것으로 작품 모음집 『시골 의사』에 포함되어 출판을 기다리고 있었던 것들이었다.

이처럼 그의 창작은 침체상태에 빠져 있었지만, 독일어권 문화계는 계속 그의 글들을 기대하고 있었다. ≪젤프스트베어≫에 「가장의 근심」을 실으면서 편집진은 '중요한 문학 신간들'이라는 소개란에 1920년 4월이나 5월쯤 발간이 예상되는 카프카의 작품 모음집 『시골 의사』를 매우 기대되는 책으로 소개했다. 특히 작품집에 들어 있는 「가장의 근심」에서 언급되는, 사물이기도 하고 인간이기도 한 '오드라데크'는 해석의 불가능성을 가장 전형적으로 드러내고 있는 수수께끼 같은 존재로서 독자에게 신선한 호기심을 유발하기에 충분했다.

전쟁이 끝나자 재정 문제로 고생하던 출판사들이 기지개를 켜기 시작했고, 카프카의 작품 모음집 『시골 의사』를 내기로 한 쿠르트 볼프 사 역시 마찬가지였다. 그들은 앞서 1919년 10월 말경 카프카의 작품 『유형지에서』를 '드루굴린 인쇄물(Drugulin-Drucke)' 시리즈로 발간했다.

1920년 1월 초 카프카는 문학적 침체상태에서 벗어나기 위해 얼마간 건드리지 않고 있던 일기를 다시 썼다. 그리고 이 일기장에 1월 6일부터 2월 29일까지 또다시 새로운 형태의 성찰적 단상을 기록하기 시작했다. 그것은 취라우에서 썼던 109개의 잠언과 같은 철학이나 종교에 관한 명상이 아니라 자기 자신의 실존과 직결된 문제, 즉 투쟁, 처벌과 법정, 삶의 불안과 삶의 동경, 무력감, 외로움, 슬픔, 인간존재의 부조리성, 자신의 분리된 의식 등에 관한 문제가 중심 주제를 이루고 있었다.

여기에서 그는 자기 자신을 일인칭이 아닌 삼인칭 '그(Er)'로 서술하고 있는데, 그것은 아마도 "자신을 개입시키지 않은 표현으로 제시된 판단과 인식에 어느 정도 거리감을 두기 위해서"[1]였을 것이다. 그렇다고 그의 자전적 요소가 모두 감추어지는 것은 아니었다. 그런 유형의 서술 형식은 이미 펠리스에게 보내는 편지에서도 여러 번 시도된 적이 있었다. 그는 그런 식의 글쓰기를 거의 6주 동안 유지했는데, 그것은 훗날 막스 브로트가 「그 1920년의 기록」이라는 제목으로 1931년 『만리장성의 축조』에 잠언 모음인 「죄,

---

1 Hartmut Müller, *Franz Kafka. Leben, Werk, Wirkung*, ETB 1985, S.80.

희망, 고통 그리고 진실한 길에 대한 성찰」과 함께 발표했다.

카프카와 보리체크의 관계는 답보 상태나 다름없었다. 그는 주말에 가끔 보리체크와 주변 공원이나 과수원 등지로 산보를 나갈 뿐이었다. 그의 건강은 여전히 좋지 않았다. 밤에는 열과 식은땀이 났고 잔기침이 계속되어 가슴이 답답할 때가 많아 글도 쓰지 못한 채 침대에 누워 지내는 일이 잦았다. 그는 보리체크의 언니 케테에게 약속한 대로 이번에 얻게 될 휴가를 보리체크와 뮌헨에서 보내고 싶었다. 왜냐하면 1919년 10월 라이프치히에서 뮌헨으로 이전한 쿠르트 볼프 출판사에서 출판사 일을 도와달라는 편지를 보내왔기 때문이었다. 카프카는 이 기회에 프라하, 직장 그리고 양친으로부터 벗어나 독립하고 싶었다. 그는 계속 좋은 건강상태가 유지될 경우 5주간의 정규 휴가에 무급 휴가를 합쳐 3개월 정도 뮌헨에 머물면서 볼프 사를 위해 글을 쓸 생각이었다. 반대로 더욱 건강이 나빠질 경우 뮌헨에서 가까운 바이에른 지방의 한 요양원에 체류하면서 볼프 사와 관계를 계속 유지할 계획을 세우고 있었다.

그러나 2월 20일경 계속되는 혹독한 추위 속에 카프카는 심한 고열과 계속되는 기침으로 침대에 누워 지내야 했다. 일주일이 지나서야 겨우 자리에서 일어난 그는 노동자재해보험공사 공의인 오돌렌 코딤에게 진단을 받았다. 양쪽 폐첨에서 폐결핵 진행 증상이 포착되어 그는 3개월간 요양을 권유받았으나(O 86) 우선 8주간의 휴가를 얻을 수 있었다. 그는 쿠르트 볼프 사에 건강 때문에 뮌헨으로 가지 못하고 바이에른 알프스 지역에서 요양할 예정이라고 소식을 보냈다.

의사는 전체 상태를 주시했고, 뮌헨에 대해서 알게 되었을 때 극구 만류했으며, 그 대신 메란이나 그 비슷한 곳을 추천했습니다. 제 건강이 믿음직스럽지 못하기 때문에 자유롭고 안전하게 휴가를 보낼 수 없으리라는 것, 또 휴가

만으로는 제 건강에 유용하지 않으리라고 말했는데, 그 점에 대해 저는 그 의사가 옳다고 인정해야 했습니다. 그래서 이제 뮌헨과 또는 그러한 휴가를 가질 수 없기에……바이에른의……파르텐키르헨 근교의……카인첸바트 요양원에 광고 전단을 보내달라고 부탁했습니다(Br 260f.).

그러나 이 계획도 포기해야 했다. 그가 머물려던 카인첸바트 요양원에서 예약 취소 통보가 온 것이다. 바이에른 주가 3월 15일부로 충분치 못한 치료 시설과 물자 부족으로 모든 요양소에 "바이에른 교구의 입국허가증이 없이는 요양원 장기 체류를 위한 비자 발급을 허락하지 않기"(Br 268)로 지시했기 때문이다. 그는 쿠르트 볼프 사에게 바이에른 요양원으로 가지 못하는 것을 못내 아쉬워하는 편지를 띄웠다. 이렇게 해서 카프카가 자립해보려는 노력은 또다시 수포로 돌아가고 말았다.

그때 민체 아이스너에게서 그의 건강에 대한 안부를 묻는 편지와 그녀가 하노버에 있는 알렘 원예학교에 입학할 거라는 소식이 왔다. 카프카는 그녀가 바라는 원예학교에 입학하게 된 것을 진심으로 축하하는 글과 함께 자신의 폐결핵이 심각한 수준에 와 있음을 농담 반 진담 반으로 알렸다.

내가 병이 나서 편지가 지연되었습니다.……의사들이 다른 때보다 더 어쩔 줄 몰라 하는 그런 병이라는군요. 그래요, 틀림없이 폐는 폐지요. 그러나 또 폐가 아니라는군요. 아마 나는 그래도 메란에 가게 될지, 아니면 달나라에 가게 될지. 그곳이라면 도대체 공기라곤 없으니 폐가 최선의 휴식을 취할 수 있을 게 아닙니까(Br 265).

그는 의사와 친구들의 충고에 따라 비록 비용이 만만치 않았지만 여러 가지 사정을 고려해 메란으로 요양을 가기로 결정했다. 보험공사로부터 정식 허가가 떨어지기를 기다리던 카프카는 드디어 두 달간의 병가를 얻어 4월 2일 오틀라의 배웅을 받으며 홀로 메란 행 밤 열차에 올랐다. 그는 함께 뮌헨에 가지 못해 실망한 보리체크에게 여름에는 꼭 함께 카를스바트에서 휴가를 보내자고 약속했다.

메란은 동부 알프스 산맥에 위치한 훌륭한 휴양지였다. 전후 오스트리아 영토에서 이탈리아 영토에 속하게 된 이 작은 도시는 아름다운 풍광과 온화한 아열대기후로 인기 있는 관광도시이자 요양도시였다. 그곳은 요양 치료 외에도 수영, 온천욕, 테니스, 산책, 피크닉, 콘서트, 경마, 가든파티 그리고 여러 가지 오락 문화를 즐길 수 있는 곳이었다. 카프카는 첫날 메란 역 근처의 엠마 호텔에 묵었으나, 아직 전흔이 가시지 않은 상태여서 역 주변은 불결하고 혼란스러웠다. 이튿날 그는 메란-운터마이스 주택가에 있는 오토 부르크 펜션으로 숙소를 옮겼다. 그곳은 대나무 숲으로 둘러싸여 있어 주변 환경이 아름답고 조용했으며 숙박료도 저렴했다. 게다가 친절한 여주인의 배려로 혼자서도 채식을 즐길 수 있는 이점도 있었다.

여러 가지로 엠마 호텔보다 못했고 손님들 사이에 반유대적인 분위기가 감돌아 불쾌하기는 했지만, 카프카는 홀로 낯선 곳에서 적요를 즐길 수 있다는 게 행복했다. 그가 정원으로 나 있는 발코니의 긴 의자에 누워 햇볕을 쪼이고 있으면 새들과 도마뱀들이 놀러왔다. 서늘한 저녁에는 이따금씩 야자수와 실측백나무와 소나무가 우거진 거리를 산보하거나 주변의 숲과 강변을 거닐었다. 그는 아침나절에는 정원의 "마구 자라난 잡초를 베는 일, 감자밭 흙을 돋우는 일, 장미 가지를 쳐주는 일, [죽은] 개똥지빠귀를 묻는 일"(O 90) 등을 하고, 오후에는 발코니에 벌거벗고 누워 오틀라가 보내준 신문을 읽거나 새들에게 빵부스러기를 던져주며 혼자만의 느긋한 시간을 보냈다.

메란으로 온 지 사흘째 되는 4월 6일 그는 가장 먼저 오틀라에게 "메란은 셀레젠과 비교할 수 없을 정도로 자유롭고, 넓고, 다채롭고 웅장하고, 공기가

1900년대의 메란(우편엽서)

맑고, 햇빛이 강렬하다"(O번 106)고 편지를 썼다. 그는 특별한 일이 없다면 당분간 날씨 좋고 조용한 그곳에 계속 머물러야겠다고 생각했다. 그는 오틀라에게 노동자재해보험공사에 5월 말까지 유효한 병가에 덧붙여 5주간의 정규 휴가를 신청해달라고 부탁했다(O 85).

## 밀레나 폴락과 서신을 교환하다

메란에 온 지 며칠 되지 않은 1920년 4월 초였다. 카프카는 따뜻한 햇볕이 내리쬐는 발코니의 긴 의자에 누워 몇 달 전의 일을 떠올렸다. 빈에 살고 있는 은행원이자 문필가인 에른스트 폴락의 아내인 밀레나 폴락에게서 편지를 받았다. 저널리스트와 번역가로 활동하려는 스물세 살의 그녀가 카프카에게 『화부』를 체코어로 옮기고 싶다며 허락해달라는 편지였다. 그는 체코 독자에게 자신의 작품을 알릴 수 있는 기회라 생각하고 기꺼이 승낙했다. 그리고 그 일을 인연으로 1919년 10월 프라하의 카페 아르코에서 그녀를 잠깐 만났고 이후로도 그녀는 발간된 그의 작품을 번역하는 문제로 카프카에게 여러 차례 편지를 보내왔었다.

카프카는 그녀의 얼굴을 세세하게 기억할 수는 없으나, 그녀가 탁자 사이로 걸어가던 모습과 세련된 옷맵시를 머리에 떠올릴 수 있었다(M 5). 카프카는 그녀가 번역 문제로 자신을 다시 찾을 수 있다는 생각에 이미 프라하와 메란에서 엽서를 띄웠다. 그러나 그녀에게서 아무런 소식이 없었다. 그는 펜을 집어 들고 체코어로 '사랑스러운'이란 뜻을 가진 '밀레나'[1]에게 편지를

---

1 Margarete Buber-Neumann, *Milena: Kafkas Freundin. Ein Lebensbild*, Ullstein/Berlin/

쓰기 시작했다. 그녀는 프라하 문인 사이에 잘 알려진 이지적이고 정열적인 여성이었다. 그는 흥미롭고 매혹적인 여성에게 서신을 보냄으로써 은연중에 그동안 중단되었던 영감과 창작력에 새로운 불씨를 당기려 하고 있었다.

밀레나 예젠스카(1920년경)

밀레나 예젠스카는 1896년 8월 10일 프라하 출신 체코인 얀 예젠스키와 밀레나 하이츨라로바의 외동딸로 태어났다. 아래로 세 살 아래 남동생이 있었으나, 어린 나이에 죽었다. 밀레나는 체코의 유서 깊은 가문 출신으로, 그녀의 선조인 얀 예세니우스는 프라하 대학 총장을 역임했고 가톨릭교회의 억압에 반대하며 학문의 자유와 양심의 자유를 옹호하는 운동에 참여하다가 1621년 순교한 체코의 자유운동가였다. 그리고 아버지의 고모인 마리 예젠스카와 루체나 예젠스카는 여류작가이자 체코인의 사랑을 받는 영국 소설을 번역한 번역가들이었다. 밀레나의 아버지 얀 예젠스키는 유명한 치과의사로 프라하 카를 대학의 턱 외과 전문의 교수였다. 그는 엄격한 국수주의자이자 명예욕이 강한 보수주의자로 독선적이었으며, 체코인이 아닌 모든 소수민족 특히 유대인을 몹시 경멸했다. 1894년 그는 온화하고 예술적 재능을 지닌 부인 밀레나 하이츨라로바와 결혼했다. 그녀는 바트 벨로프스의 온천을 소유한 부유한 집안 출신으로, 그녀의 지참금으로 얀 예젠스키는 개인 치과병원을 운영할 수 있었다.

밀레나 예젠스카가 열세 살 되던 해 악성 빈혈을 앓고 있던 어머니가 세상을 떠났다. 그러나 아버지는 항상 밖으로만 나돌면서 모든 가사일과 어머니

Frankfurt am Main 1989(마가레테 부버노이만, 『카프카의 연인 밀레나』, 장홍 옮김, 범조사, 1987, 74쪽).

의 병간호마저 어린 밀레나에게 도맡아 하게 했다. 게다가 그의 잦은 구타로 밀레나는 아버지에게 증오심마저 갖게 했다. 밀레나는 1907년에서 1915년 사이에 체코의 최초 인문계 여자고등학교인 '미네르바'에 다녔다. 당시 여자 고등학교는 유럽 전역에 걸쳐 몇 개 되지 않았다. 1890년에 설립된 그 사립학교는 카프카와 브로트가 다녔던 고전적인 공립학교와는 달리 진보적이고 자유스러운 분위기 속에서 학생을 교육시켰다. 그녀들은 자유 분망한 사고를 기르고 다양한 언어, 예술, 스포츠 등을 즐기면서 배울 수 있었다. 미네르바 출신 여성들은 후에 체코 여성운동의 선구자가 되어 체코 공화국의 정치와 문화 활동에 중요한 역할을 했다. "후에 체코 공화국 대통령이 된 토마시 마사리크의 딸인 의사 알리스 마사리크도 그중 한 사람이었다"(MK 47).

밀레나는 그 학교의 예술적·지적 동아리의 리더로 활동했고 모든 분야에 뛰어난 재능을 보였다. 그러나 어머니의 죽음으로 그녀의 사고와 행동은 아버지에 대한 반항심과 증오심으로 변해갔다. 온화하고 지적인 어머니의 죽음이 아버지의 횡포와 무관심에서 비롯되었다고 생각했기 때문이었다. 그녀는 단짝들인 야르밀라와 스타샤와 어울려 무모하고 방탕한 생활을 했다. 아버지의 사인을 도용해 수표를 사용하고 상점에서 옷가지를 훔치고 아버지의 병원에서 모르핀을 훔쳐 사용하기도 하고, 성적 쾌락을 즐기는 일도 마다하지 않았다. 이기적이고 독선적인 얀 예젠스키는 자신의 가업을 물려주고자 딸의 성향과는 관계없이 그녀를 의사로 만들려고 했다. 그러나 해부학이나 외과수술 등을 견딜 수 없어 했던 그녀는 두 학기 만에 의예과를 포기하고 문학과 언론학으로 전공을 바꾸었다.

얀 예젠스키는 어떻게 해서든지 딸의 자유분방한 생활을 통제하고자 했으나 허사였다. 그리고 마침내 체코인이며 기독교인인 밀레나가 프라하의 문필가이며 독일계 유대인인 에른스트 폴락과 애정행각을 벌이고 있다는 염문이 들려왔다. 함순, 도스토옙스키, 톨스토이, 야콥센, 토마스 만 등 당대 유럽 작가에 관심이 많았던 밀레나는 친구들과 함께 카페 아르코를 들락거렸다. 그곳은 에른스트 폴락을 위시해서 빌리 하스, 프란츠 베르펠, 루돌프 푹스, 파울 코른펠트, 에곤 에르빈 키슈 같은 유대 문인·작가의 단골 카페여서 그들은 자주 어울리게 되었다. 특히 밀레나는 엄청난 지식의 소유자이자 달변가이며 소문난 난봉꾼인 '멋쟁이' 에른스트 폴락에게 반해버렸다.

에른스트 폴락(1917년경)

1886년생인 에른스트 폴락은 밀레나보다 열 살 위였다. 그는 창작 '작품이 없는 문인'이었지만, 방대한 독서로 매우 박식했다. 그는 달변인 데다가 섬세한 문학적 소양과 비평능력을 지니고 있어서 프라하 작가들의 조언가 역할을 했다. 그는 카프카와 브로트처럼 직업을 가진 문인으로서 오스트리아 국제은행의 외국어 통신원으로 근무했다. 밀레나의 아버지 얀 예젠스키에게 이 유대인 바람둥이이자 떠버리 문필가를 사위로 맞는다는 것은 상상할 수 없는 일이었다. 그는 딸을 달래보기도 하고 윽박지르기도 했지만 그녀는 그와의 결혼할 의사를 결코 포기하지 않았다. 그러자 얀 예젠스키는 1917년 6월 밀레나의 친구 스타샤의 아버지인 의사 프로치츠카의 도움으로 밀레나를 프라하 교외 벨레슬라빈 정신병 치료소에 강제로 입원시켰다. 그녀가 '도덕적 개념과 감정의 병적 결함'을 지니고 있다는 것이 이유였다. 그러나 밀레나는 몰래 외부와 접촉하고 폴락과도 만났다. 결국 얀 예젠스키는 포기하고 더 이상 그녀를 딸로도 여기지 않고 유산상속 권리를 박탈해버렸다. 1918년 3월 14일 밀레나 예젠스카와 에른스트 폴락은 결혼했지만, 얀 예젠스키의 강요에 못 이겨 빈으로 떠나야 했다. 폴락은 빈 지점의 환거래 담당 직원으로 취직했다.

당시 전쟁 패전국 오스트리아의 수도 빈은 경제적으로 무척 어려운 상황이어서 땔감이나 생필품이 모두 부족했다. 그러나 밀레나는 결혼 후에도 낭비벽이 심하고 사치스러운 생활을 계속했고, 워낙 가정생활에 관심이 없고 바람둥이였던 에른스트 폴락은 생활비도 내놓지 않고 밖으로만 나돌았다. 결국 밀레나는 몇 달 사이에 자기가 가져온 결혼지참금을 모두 써버리고 혼수품도 다 팔아치웠다. 반면 에른스트 폴락은 빈의 카페 헤렌호프를 아지트로 삼아 프란츠 베르펠, 오토 그로스, 안톤 쿠 등과 어울렸으며 수많은 여성과 스캔들을 뿌렸다. 수중에 돈이 다 떨어지자 밀레나는 하는 수 없이 스스로 돈을 벌어야 했다. 독립심이 강한 그녀는 체코어 과외를 하기도 하고 가정부로 일하거나 빈의 남부 역에서 가방을 나르는 짐꾼 일도 마다하지 않았다. 어떤 때는 연명하기 위해 몸까지 팔아야 했다. 그러면서 몸과 마음은 더욱 피폐해졌고 가끔씩 각혈을 했다. 이렇게 지친 삶은 자살 기도로 이어지기도 했다.

정신적·육체적으로 더 이상 견딜 수 없게 되자 그녀는 힘에 부치는 노동 대신 자유 문필가나 독일어를 체코어로 옮기는 번역가가 되기로 결심했다. 카프카 작품을 체코어로 번역하려고 한 것도 그러한 시도의 하나였다. 1919년 10월 그녀는 용기를 내어 카프카에게 편지를 띄웠고, 카프카는 이를 기꺼이 받아들여 즉각 쿠르트 볼프 출판사에 연락해서 자신의 작품들을 밀레나 폴락에게 보내줄 것을 요청했다.

글재주가 있는 그녀는 1919년 말부터 빈의 전후 경제적 실정과 비참한 사회상에 대한 짧은 기사를 리포트 형식으로 써서 프라하 신문들에 보내기 시작했다. 그 결과 1919년 12월부터는 야로슬라브 하제크와 에곤 에르빈 키슈가 기고하고 있는 체코 일간지 ≪트리부나(Tribuna)≫에서 정규적으로 밀레나의 에세이를 실어주었고, 문학 주간지 ≪크멘(Kmen)≫에는 그녀의 여러 번역물이 게재됨으로써 그녀의 재정적인 어려움이 조금씩 해소되었다. 그녀의 기사는 문학, 연극, 건축, 예술에서 유행, 영화, 춤에 이르기까지 아주 다양했다. 1922년부터 그녀는 정치적 노선은 달랐지만 보수가 더 나은 국가

보수주의 신문인 ≪나로드니 리스티(Národni Listy)≫를 위해 일했다. 에른스트 폴락은 신문에서 그녀의 체코어 기사를 읽고 비웃었으나, 그녀는 언제나 밀레나 폴락(M. P)이라는 서명과 함께 그 기사들을 아버지에게 보내곤 했다. 자신의 건실함을 아버지에게 보여주기 위해서였다.

메란에서 휴양 중인 카프카는 4월 8일 밀레나에게 보낸 첫 번째 편지에서 그동안의 안부를 묻고 프라하와 메란에서 번역 건으로 두 번 엽서를 보냈으나 답장이 없어서 궁금하다는 것과 전에 그녀가 말했듯이 빈이 마음에 안 들면 보헤미아 지방이나 메란으로 옮기는 것도 괜찮을 거라는 권유와 함께 몇 줄이라도 회답을 받기를 희망한다고 썼다. 곧바로 그녀에게서 답장이 왔다. 그녀는 빈에서 겪고 있는 삶의 문제, 즉 남편의 부정(不貞)한 행동과 고독하고 빈곤한 생활이 주는 고통에 대해 솔직하게 이야기하며 그것은 자신이 선택한 운명이니 스스로 극복해야 하는 일이라고 말했다. 그녀의 솔직 담백한 성격, 긍정적인 사고와 활달하면서도 깊이 있는 편지 내용은 카프카의 마음을 금방 사로잡았다. 이를 계기로 그들 사이의 서신 교환은 빈번해졌고, 그녀는 금방 카프카의 또 다른 '편지 연인'이 되고 있었다.

밀레나가 체코어로 번역한 『화부』가 실린
≪크멘≫ 6호(1920년 4월 22일)

5월 초 여전히 메란에서 지내고 있던 카프카는 밀레나에게 4월 22일에 발행된 ≪크멘≫ 6호를 받았다. 거기에는 그녀가 체코어로 번역한 『화부』가 실려 있었다. 그녀의 번역은 "작은 문장 하나하나까지 아주 충실하게" 체코어로 재현해내고 있어서 "독일어와 체코어가 몹시 가깝게" 느껴질 정도로 "깊은 감동"(M 9)을 주었다. 그는 그녀의 번역에 대해 깊은 신뢰감을 갖게 되었고, 곧바로 프라하에 있는 오틀라에게 보로비 서점[2]에서 ≪크멘≫ 6호를 20권 사두도록 부탁했다.

카프카가 묵고 있는 오토부르크 펜션 손님 중에는 유대인을 아주 싫어하는 독일 기독교인들이 있었다. 그들은 카프카 앞에서 "유대인의 악질성, 후안무치, 비겁함"(Br 275) 등과 같은 반유대주의적인 발언을 서슴지 않았다. 모욕감과 불쾌감으로 카프카는 종종 잠들 수가 없었다. 그러나 그에게 점차 더욱 "극심한 불면증"(Br 274)을 가져다주는 것은 바로 밀레나였다. 그녀의 활달하고 생명력 넘치는 삶의 의지와 강한 자의식 그리고 날카로운 직관력과 뛰어난 언어 감각은 카프카를 그녀에 대한 강렬한 사랑의 감정으로 이끌기에 충분했다. 그는 1920년 5월초 막스 브로트에게 밀레나와의 새로운 서신 교환에 대해 이렇게 편지를 썼다.

나는 건강하게 잘 지내고 있네. 만일 잠잘 수만 있다면 말이네. 체중은 늘어나기까지 했네만, 불면증이 근래엔 더 기승을 부리네. 거기에는 여러 가지 이유가 있지. 그중 하나가 아마 빈과의 서신 교환일 걸세. 그녀는 살아 있는 불꽃이야. 내가 지금껏 보지 못한 것 같은 바로 그런 불꽃이라니까. 그 모든 것에도 불구하고 오직 그[에른스트 폴락]를 위해서만 타오르는 불꽃. 그러면서 동시에 극도로 부드럽고 용기 있고 현명하고 그리고 모든 것을 희생하지. 또는 달리 표현한다면, 아마도 그 희생을 통해 모든 것을 획득하든가. 도대체 그런 사람은 어떤 인간일까? 그것을 불러일으킬 수 있는 사람 말일세 (Br 275).

카프카는 이미 개인적으로 에른스트 폴락을 알고 있었고, 신뢰감을 주는 좋은 사람으로 생각하고 있었다. 그러므로 카프카는 그가 극심한 생활고로

---

2 1912년 카프카의 친구인 프란티셰크 랑어가 문을 연 서점으로 일반서점과 고서점을 겸하고 있었다.

폐결핵에 걸린(M 6f.) 아내를 모른 척 한다는 것을 이해할 수 없었다.

> 당신 남편을 나는 아마도 달리 판단했나 봅니다. 카페의 동료 사이에서 그는 가장 신뢰할 만하고 이해심이 깊으며 침착한 사람처럼 보였고, 좀 과장한다면 아버지답고, 물론 의중을 알 수 없기도 하지만, 그로 인해 앞서 말한 것이 없어지는 것은 아니었지요(M 23).

카프카는 조금만 보호를 받는다면 그녀의 폐결핵은 곧 나을 수 있을 거라고 생각했다. 그는 그녀에게 병 치료를 위해 돈을 빌려줄 테니 빈을 떠나 요양하지 않겠냐며 고통만을 안겨주는 남편 곁을 떠날 것을 조심스럽게 권유했다. 그러나 밀레나는 그토록 어렵게 얻어냈던 폴락과의 결혼생활을 포기하고 싶지는 않았다. 그러면서도 천재적인 작가적 역량을 가진 그리고 자신을 향한 진지한 사랑의 감정을 표시하고 있는 카프카에게도 깊이 끌리고 있었다.

사실 처음 시작된 카프카와 밀레나의 서신 교환은 문학적 소통에서 비롯되었다. 밀레나에게 보내는 그의 편지는 "신중하게 생각하지 않은 말이라곤 단 한 마디도 없었고" 그의 "문장은 간단하면서도 크리스털처럼 투명하고 영롱했다"(B4 168). 그녀가 카프카의 언어 표현에서 순수한 문학적 천재성을 알아보고 감동했다면, 카프카는 활달하고 솔직한 성격 속에 드러나는 밀레나의 예술적 재능을 사랑하고 아꼈다. 그래서 카프카는 그녀의 편지에서 가장 밀레나적인 느낌을 찾기 위해 그녀에게 독일어가 아닌 체코어로 편지를 쓰도록 부탁했고, 자신은 독일어로 썼다(M 9). 체코어는 마치 음악언어처럼 리드미컬해 그 의성적·시적 효과는 그녀의 감정과 내면세계를 섬세하고 생생하게 표출해낼 수 있기 때문이었다.

카프카는 가능한 이미지를 부각시키는 형상언어를 사용함으로써 자기 내면의 살아 있는 정신과 영혼을 생생하게 드러내 보이도록 노력했으며, 감각적이고 정열적인 밀레나에게 아름다운 영혼을 부여함으로써 자신이 그리는 이상적인 연인 상으로 부각시키고자 했다. 그는 자신이 쓴 편지와 그녀에게 받은 편지의 이미지를 모아 자신의 뇌리에 아름답고 숭고한 밀레나의 모습으로 용해시켰다. 그것은 카프카에게 피폐했던 삶에 대한 강한 의욕과 사랑의 쾌감을 불러일으켰다. 밀레나에게도 카프카는 더 없이 중요한 사람이 되어갔다. 그는 그녀에게 잊어가던 사랑의 감정을 되살려줄 뿐만 아니라 자신이 쓴 기사들을 읽고 진정한 마음을 담아 평해줌으로써 자신의 지적 요구를 충족시켜주기 때문이었다. 카프카는 ≪트리부나≫에 실린 그녀의 기사를 읽고 이렇게 논평했다.

이것을 쓴 여인은 평범한 필자가 아닙니다. 이 글을 읽고 나서 나는 당신의 기사에 대해서도 당신에게 가지고 있는 만큼의 신뢰감을 가지게 되었습니다. 나는 체코어에서 단지 하나의 언어음악, 즉 보체나 넴초바의 언어음악을 (보잘것없는 수준이지만) 알고 있지요. 거기엔 다른 음악이 들어 있어요. 하지만 당신의 글은 단호함과 정열, 사랑스러움과 무엇보다도 꿰뚫어보는 듯한 영리함에서 넴초바와 닮아 있습니다(M 22).

그때까지 삭막하고 고독하게 살았던 밀레나에게 카프카의 내면 깊숙한 곳에서 울려나오는 영혼의 목소리는 생명수와 같았고 그가 부르는 사랑의 찬가는 그녀를 한껏 설레게 하고 자랑스럽게 만들었다. 문학적 수단으로서의 서신 교환이 이제 서로 감정과 영혼을 울리는 사랑의 음성으로 들려오고 있었다.

서신 교환을 시작한 지 거의 두 달이 지난 6월 12일부터 카프카는 그녀에 대한 호칭을 형식적인 존칭이 아니라 친밀한 이인칭으로 사용했으며(M 55),

밀레나도 이에 대한 응답으로 프란츠 카프카를 줄이고 합쳐 '프랑크(Frank)'
라는 애칭으로 불렀고 사랑을 표시하는 전보와 함께 꽃다발을 보냈다.

그러나 젊고 활달한 그녀는 그의 육체 없는 영혼의 목소리에 귀 기울이는
것만으로 고독과 공허한 마음을 채울 수 없었다. 열정적이고 생명력 넘치는
젊은 그녀에게 편지는 뜨거운 사랑, 즉 정신적·육체적 결합을 위한 매개체에
불과했다. 그녀는 당장 빈에서 그를 보고 싶어 했다. 갑작스러운 그녀의 제안
에 당황한 카프카는 우선 병을 핑계로 이를 회피했다.

> 나는 빈에 가는 것을 원치 않아요. 정신적 긴장을 이겨내지 못할 테니까요.
> 나는 정신적으로 병들어 있어요. 폐결핵이란 이 정신적인 병의 강변에 나타
> 나는 것일 뿐입니다. 처음 두 번의 약혼이 있은 후 4~5년이 지나면서 이렇게
> 병이 들었습니다(M 29).

밀레나의 적극적인 상봉에 대한 요구는 그에게 새로운 고민으로 다가왔고
또다시 불면과 두통을 가져다주었다. 그리고 밀레나는 카프카가 여전히 보
리체크와 약혼 상태에 있다는 사실을 소문으로 알고 있었기 때문에 그가
병을 핑계로 빈에 오지 않는 것으로 생각했다. 그녀는 그의 예전 약혼녀들에
대해 모든 사실을 알고 싶어 했다. 카프카는 담담한 어조로 그녀에게 모든
사실을 밝혔다.

> 당신은 나의 약혼에 대해 물으셨지요. 나는 두 번 약혼을 했었는데(원한다
> 면 세 번이라 하겠으나, 같은 처녀와 두 번 약혼을 했으니까요), 세 번 모두 단지
> 며칠 사이로 혼인이 깨지고 말았습니다. 첫 번째 처녀는 완전히 지나가버렸
> 고(내가 듣는 바로는 결혼해서 벌써 어린 사내아이까지 낳았다고 합니다) 두 번째
> 처녀는 아직 살아 있으나 결혼할 전망은 전혀 없습니다(M 10).

카프카가 보리체크와의 관계에 대해 "결혼할 전망은 전혀 없다"(M 10)고 밝혔지만 밀레나는 카프카와 보리체크의 관계를 확실하게 매듭짓기 위해서라도 계속 빈으로 오라고 강권하다시피 했다. 그런 밀레나에게 카프카는 메란으로 떠나오기 전에 이미 6월의 마지막 휴가를 보리체크와 카를스바트에서 보내기로 약속했으며 최근 그녀에게서 그들의 휴가 약속을 상기시키는 전보를 받았다고 솔직하게 밝혔다. 밀레나는 그로 인해 더욱 그와 보리체크의 관계를 의심하게 되었고 그녀와의 관계를 청산하도록 요구했다(M 28). 카프카는 난처하긴 했지만 그녀의 질투가 싫지 않았다. 그러나 카프카는 빈으로 가는 것을 주저했다. 또다시 새로운 사랑의 모험을 하는 것이 두려웠기 때문이었다.

카프카는 메란에서 알게 된 바이에른 출신의 공장주이자 엔지니어인 루트비히 오트와 자주 어울렸다. 그는 친절하고 명랑하고 분별이 있는 사람이어서 함께 산책을 하기도 하고 보첸으로 가 해발 1,200미터나 되는 클로벤슈타인 산에 오르기도 했으며 그의 집을 찾아가 아이들과 놀면서 그들이 그린 그림을 구경하기도 했다. 그는 결혼해서 가정을 꾸미고 사는 가족의 생활을 직접 체험하고 싶었던 것이다.

5월 말이 되자 빈으로 오라는 밀레나의 독촉은 잦아졌고, 프라하의 보리체크는 오틀라를 통해 카프카와 약속한 휴가 계획을 계속 상기시켰다. 카프카는 난처한 상황에 빠졌다. 마침내 밀레나는 자신과의 만남을 지나치게 불안해하고 망설이는 카프카의 태도에 화가 나서 그가 유대인이 아니냐고 물었다. 이에 대한 카프카의 반응은 예상외로 강력하고 날카로웠다.

당신은 내가 유대인이냐고 물었는데, 아마도 그냥 농담이겠지요. 아마도 내가 저 불안해하는 유대민족에 속하는지를 물었을 뿐이겠지요……당신이 유대인의 특별한 공포심을 비난해도 좋습니다. 그럼에도 불구하고 그러한 일반적인 비난은 실제적이라기보다는 오히려 이론적인 인심세태를 아는 정도를 내포하고 있지요. 이론적이라 함은 첫째로 이러한 비난은 당신의 옛날 서술에 따른다면 당신 남편에게는 해당되지 않으며, 둘째로 나의 경험으로 미루어보아 대개의 유대인에게도 해당되지 않으며, 셋째로 이런 비난은 오로지 몇몇 개인에게만, 예를 들어 나와 같은 사람에게만 해당되나, 이들에게는 매우 강하게 작용하고 있습니다. 가장 이상한 것은 이 비난이 보편적으로는 들어맞지 않는다는 것입니다(M 46).

밀레나의 아버지 얀 예젠스키는 종교와 민족과 국가에 대한 편협한 사고와 행동을 보여주었고, 밀레나는 그에 대한 거부의 태도로 유대인 에른스트 폴락과 결혼했기 때문에 그녀는 카프카의 이런 반응에 당황하지 않을 수 없었다. 그녀는 즉각 사과하면서 결코 유대인에 대한 적대적인 태도 때문에 그런 것이 아니라고 해명했다. 그에 대해 카프카의 응답은 단순하고 명쾌했다. 그러나 그 속을 자세히 들여다보면, 거기에는 미래의 처참한 유대인 학살을 예언하는 듯한 무서운 메타포가 담겨 있었다.

그대는 내가 하는 바보스러운 농담을……모두 진지하게 받아들이고 있군요. 이렇게 해서 나는 그대를 약간만이라도 웃게 하려 했었는데, 우리는 공포감 때문에 서로를 오해하고 있군요……거기에는 하등의 비난의 자취가 없었으며, 그보다는 그대는 그대가 알고 있는 (나를 포함해서) 유대인에 대해 — 다른 유대인들도 있지요! — 너무나도 착한 생각을 하고 있다고 내가 비난할 수 있을 정도입니다. 때때로 나는 유대인으로서의 그들(나를 포함해서)을 모두 저기 있는 빨래상자의 서랍 속에다 처박아 넣고 싶을 정도랍니다. 그다음에 그들이 이미 모두 질식해 죽었는지 알아보려고 서랍을 약간 빼냈다가 아직 죽지 않았으면 다시 서랍을 밀어 넣고 마지막까지 그런 짓을 계속하고 싶습니다(M 61).

카프카가 밀레나를 보러 빈으로 가지 못하는 또 다른 이유가 있었다. 그것은 그녀의 남편 에른스트 폴락 때문이었다. 그는 카프카보다 훨씬 사교적이고 활달할 뿐만 아니라 동료들에게 카리스마적인 존재였다. 카프카는 밀레나가 그런 그를 떠날 수 없으리라고 생각했다. 카프카는 밀레나에게 간밤에 꾼 꿈 이야기를 하며 빈에 갈 수 없는 이유를 간접적으로 내비쳤다. 밀레나와 폴락이 그들의 집 발코니에서 다정하게 식사하고 있었고, 자신은 먼발치에서 부러운 듯 바라보고 있는 꿈이었다. 그것은 그녀가 폴락의 아내로 남아 있는 한 그녀에게 다가갈 수 없다는 카프카의 잠재의식을 드러내 보인 것이었다. 카프카는 같은 문인이고 유대인인 에른스트 폴락에 대한 양심의 가책으로 밀레나와의 관계를 더 강하게 발전시킬 수 없었다.

카프카는 사랑의 환상과 미로에서 벗어나 점차 현실 세계로 돌아오고 있었다. 보리체크와의 문제도 아직 해결되지 않은 상태였다. 그때 보리체크에게서 카를스바트에서 6월 8일 만나기로 했던 약속을 상기시키는 전보가 또 날아왔다(M 30). 이에 당황한 카프카는 우선 부모가 휴가를 보내고 있는 프란첸스바트로 가려던 가족과의 약속을 취소하고 보리체크에게 개인 사정으로 카를스바트에서의 휴가 약속을 지킬 수 없다고 전보를 쳤다. 그리고 밀레나에게는 뮌헨을 거쳐 카를스바트나 마리엔바트로 혼자 요양 휴가를 떠날 예정이라고 편지했다. 그는 복잡한 상황에서 벗어나 혼자 있고 싶었다. 그러나 밀레나는 그에게 휴가를 마치고 프라하로 돌아가는 도중에라도 꼭 빈에 들려달라고 요구했다. 그러나 카프카는 한사코 그녀가 빈을 떠나겠다고 약속하는 것을 조건으로 내세웠다.

1920년 6월 12일 카프카가 밀레나와 빈 행 문제로 옥신각신하고 있을 때 막스 브로트에게서 놀라운 소식이 도착했다. 작가이자 비평가인 빌리 하스와 밀레나의 체코인 여자 친구인 야르밀라 암브로초바 사이에 일어난 스캔들이었다. 빌리 하스와 야르밀라의 밀회 사건을 알게 된 야르밀라의 남편인 《트리부나》의 체코인 편집장 요제프 라이너가 자살했다는 것이었다. 밀레나가 이 사건을 알고 있음을 짐작하면서도 카프카는 의도적으로 그녀에게 스캔들에 대한 자세한 내용을 써 보내면서 자신이 처한 난처한 입장을 넌지시 내비쳤다. 카프카는 자신이 빌리 하스와 같은 난처한 처지에 빠질 수 있음을 암시하는 동시에 그녀가 폴락을 떠나야 하는 이유를 밝히려는 의도였다. 특히 이 스캔들에는 첨예하게 대립된 종교와 민족 간의 복잡한 문제가 얽혀 있어 세간의 관심이 집중되어 있었다. 어찌됐건 유대인 빌리 하스가 체코인이자 기독교인 야르밀라의 가정을 파괴한 것이었기 때문이다. 만약 카프카와 밀레나의 관계가 스캔들로 발전하게 된다면 그것은 결과적으로 유대인 카프카가 체코인이자 기독교인 밀레나와 유대인 에른스트 폴락의 가정을 파괴한 것이 될 것이다. 카프카는 1899년 폴르나에서 있었던 유대인 레오폴트 힐스너 사건을 떠올렸다. 그 사건은 아무 죄가 없는 힐스너가 오직 유대인이라는 이유로 '종교의식'을 위해 열아홉 살의 기독교 처녀를 성폭행하고 살해했다는 혐의를 뒤집어쓰고 언론몰이 당하면서 유대인을 증오스러운 인종의 표본으로 낙인찍었던 충격적인 사건이었다.

카프카는 이미 많은 언론 보도 외에도 프라하 거리에서 벌어지는 유대인에 대한 멸시와 폭력행위를 직접 보아왔다. 유대인 작가들도 예외는 아니어서, 막스 브로트의 작품을 상연하던 뮌헨 극장에서는 그가 유대인이라는 이유로 야유가 터져 나왔고, 카프카가 체류하고 있는 메란의 오토부르크 펜션에서까지도 유대인을 비난하고 경멸하는 폭언이 일상화되어 있었다. 이처럼 카프카는 스캔들에 따르는 두려움과 불안감으로 더더욱 빈으로 갈 수 없었다. 그리고 오히려 젊고 건강하며 용기 있는 밀레나가 그를 사랑하고 있다고 믿는 것은 그의 문학 작품과 편지가 주는 미혹 때문일지도 모른다며 오히려 그녀에게 현실을 돌아볼 것을 권유했다. 그는 밀레나에게 자신의 실제 모습을 보여주려고 「아버지께 드리는 편지」를 보내면서 자신의 내적 모순과 불안의 근원을 알려주고 싶어 했다. 그는 밀레나에게 한편으로는 자신에 대한 그녀의 잘못된 판단 가능성과 다른 한편으로는 그녀의 남편인 폴락에 대한 부담감 그리고 사회적인 편견을 걱정하고 있었다.

이러한 카프카의 불안이 가라앉은 것은 그들 사이에 3주 이상 20여 통의 편지가 오고 간 후였다. 그는 6월 23일 편지에서 지속적인 관계를 유지하려면 그녀가 빈을 떠나야만 하며, 자신은 돈을 "많이 벌지는 못하지만 두 사람을 위해 충분하리라 생각한다"(M 75)고 썼다. 그는 밀레나와 함께 살 생각도 염두에 두었던 것 같다. 밀레나가 비록 다른 사람의 부인이고 기독교인이자 체코인이었지만, 그녀가 폴락 곁을 떠날 수만 있다면 서로가 문학적 삶을 누구보다도 충분이 이해하고 있기 때문에 결혼생활이 불가능할 것 같지 않아 보였다. 그의 눈에는 밀레나가 그의 고독한 문학적 삶을 이해하고 동반자적 삶을 살아갈 수 있는 충분한 능력을 갖춘 여인으로 보였다. 밀레나는 그의 갑작스러운 반응을 약간 의외라고 생각했지만, 7월 5일 휴가가 끝나고 프라하로 돌아가는 길에 빈에 들러 이야기를 나누어보자고 했다. 결국 카프카는 빈 행을 수락했다.

1920년 6월 28일 카프카는 그동안 메란에서 알았던 사람들과 작별하고 밤차로 블레너, 잘츠부르크, 린츠를 거쳐 빈으로 향했다. 밤늦게 빈에 도착한 그는 남부역 가까이에 있는 호텔 리바에 방을 잡았다. 월요일에는 밀레나가 일이 있어 그는 호텔에서 혼자 지냈고, 화요일에 연락이 닿아 수요일 오전 10시 호텔 앞에서 그녀를 만날 수 있었다. 그들이 1919년 10월 프라하 카페에서 잠깐 만난 지 거의 8개월 만이었다. 그들은 혹시나 아는 사람을 만날까봐 교외의 언덕으로 산보를 갔다. 그리고 그들은 빈에서 나흘간을 함께 지냈다. 첫날은 좀 어색하고 서먹서먹했지만 활달하고 수줍음 없는 그녀는 그의 불안감과 어색함을 말끔히 없애주었고 그에게 처음으로 사랑받고 사랑할 수 있다는 생생한 삶의 감정을 느끼게 해주었다. 그녀는 사랑의 미술사 같았

고, 그녀의 사랑은 거침없는 불꽃같았다. 후에 밀레나는 막스 브로트에게
그때의 즐거웠던 시간을 이렇게 말했다.

제 곁에서 보낸 처음 나흘 동안 그는 자신의 불안을 피할 수 있었습니다.
우린 그 불안을 비웃었습니다. 저는 그 어떤 요양소도 그의 병을 고치는 데
성공하지 못하리란 것을 확신했습니다. 막스, 불안이 그를 떠나지 않는 한
그는 결코 건강해지지 못할 것입니다. 그리고 어떠한 정신적인 강인함도 불
안을 극복할 수는 없을 것입니다. 왜냐하면 불안이 강인함을 방해하기 때문
입니다. 불안은 나에게만 관계되는 것이 아니라 부끄러움을 모르고 살고 있
는 모든 것에 해당됩니다. 예를 들어서 고기에도 해당됩니다. 고기는 너무
노출되어 있어서 그는 그것을 바라보는 것을 견디지 못합니다. 당시 나는
그것을 없앨 수 있었습니다. 그가 불안을 느끼게 될 때면 그는 내 눈을 빤히
들여다보았으며, 우린 마치 숨을 다시 쉴 수 없는 것 같은 혹은 우리의 발이
아파올 것 같은 순간을 기다렸습니다. 그리고 잠시 후에는 불안은 사라져갔
습니다. 그것은 최소한의 의식적인 노력도 필요하지 않았습니다. 모든 것이
간단하고 분명했습니다. 저는 그를 시가지 뒤에 있는 언덕 위로 데리고 갔습
니다. 저는 그가 천천히 걸었기 때문에 앞서 달려갔습니다. 그는 무거운 걸음
걸이로 제 뒤를 따라왔으며, 내가 눈을 감으면, 그의 하얀 와이셔츠와 햇볕에
그을린 그의 목덜미가 아직도 보이며, 힘들게 따라오는 모습이 보입니다. 그
는 언덕을 오르내리며 온종일 걸었습니다. 태양 속을 걸으면서도 한 번도
기침을 한 적이 없었고, 엄청나게 많이 먹었으며, 백파이프처럼 잠을 잤고,
말하자면 아주 건강했습니다. 그렇게 우리가 함께 보낸 며칠 동안 그의 병은
한낱 작은 감기에 불과했습니다(M 370f.).

밀레나는 어떤 여인도 그에게 보여주지 못한 '살아 있는 불꽃' 같은 엄청
난 사랑의 힘을 갖고 있었다. 그녀의 젊음, 활달함, 스스럼없음, 신선함, 건강

함은 그의 불안과 소심함을 몰아내주었고 그에게 사랑하는 사람과 함께 있어야 한다는 삶의 의지와 용기를 북돋아주었다. 함께 있었던 마지막 날인 7월 3일 토요일은 카프카의 서른일곱 번째 생일이었다. 그들에게 처음으로 영혼과 육체가 가장 가까운 날이기도 했다. 펠리스와는 달리 밀레나는 젊고 지적이고 매혹적이며 생동감이 넘쳤으며, 사랑과 섹스는 정비례한다고 생각하는 개방적인 여성이었다. "그녀에게 사랑은 삶의 위대함을 대변하는 유일한 것"(MK 100)이기 때문이었다. 카프카는 자신의 모든 것을 이해하고 사랑해준 그녀와의 행복했던 순간을 이렇게 떠올렸다.

그대의 편지들 중에서 가장 좋은 것(그것은 많은 의미가 있는 것입니다. 왜냐하면 그 전체에, 거의 한 줄 한 줄에 내 생애에서 생길 수 있는 가장 아름다운 것이 깃들어 있으니까요)은 그대가 나의 '불안'에 정당성을 인정하면서도 동시에 불안해해서는 안 된다는 설명을 하고 있는 편지들입니다. 왜냐하면 비록 내 자신이 가끔 내 '불안'에 매수된 변호인인 것처럼 보인다 하더라도 가장 내면적으로는 내 자신도 불안의 정당성을 인정하고 있으니까요. 그렇습니다. 나는 불안으로 이루어져 있으며, 그것은 아마도 내 최선의 것일 겁니다. 그리고 불안이 내 최선의 것이기 때문에 그것은 또한 그대가 사랑하는 유일한 것이겠지요. 그렇지 않고서야 내게 어떤 사랑할 만한 요소를 찾아볼 수 있겠습니까? 이것만이 사랑스러운 것입니다.

그리고 가슴속에 불안을 품고서도 어떻게 내가 토요일이 '좋다'고 여길 수 있었는지를 그대가 묻는다면 어렵지 않게 설명할 수 있습니다. 내가 그대를 사랑하기 때문에 (그대, 이해가 더딘 사람이여. 그러니까 나는 바다가 그 밑바닥에 깔린 작은 조약돌들을 사랑하는 것과 마찬가지로 그대를 사랑하며 그와 꼭 마찬가지로 나의 사랑은 그대 위에 넘쳐흐르고 있습니다. 그리고 하늘이 허락한다면 나는 그대 곁에서 다시 조약돌이 될 것입니다) 나는 온 세상을 사랑하는 것입니다. 그리고 거기에는 그대의 왼쪽 어깨도 속하고 있으며 아니, 우선 오른쪽 어깨였습니다. 그 때문에 내 마음에 들면 나는 거기에 키스하는 것이지요(그리고 그대는 기꺼이 그쪽 블라우스를 밀어내겠지요). 그리고 왼쪽 어깨도, 숲 속에서 내 위에 있던 그대 얼굴과 숲 속에서 내 아래에 있던 그대 얼굴, 그리고 거의 벌거숭이가 되었던 그대 앞가슴에서의 휴식도 거기에 속하는 것입니다. 그 때문에 그대가 우리는 이미 하나가 되었다고 한다면 그것은 옳은 말입니다. 내가 그 때문에 불안감을 가지기는커녕 그것은 나의 유일한 행복이며 유일한 자랑입니다(M 202f.).

7월 4일 일요일 카프카는 밀레나와 헤어져 프라하로 돌아가고 있었다. 그는 자신의 오스트리아 비자가 두 달 전에 만기된 것을 모르고 있었다. 뮌트 역의 여권조사국에서 난처한 입장에 처하게 되었으나, 그는 조사국 직원과 감독관의 호의로 무사히 프라하로 돌아올 수 있었다(M 85f.). 카프카가 집에 도착했을 때는 부모는 아직 프란첸스바트에서 휴가를 보내고 있었고, 오틀라 혼자 집에 남아 곧 다가올 다비트와의 결혼을 준비하고 있었다. 오틀라는 그에게 보리체크가 카를스바트 휴가가 취소된 것에 대해 몹시 화나 있다고 전해주었다. 그는 난처한 입장이었지만 그녀에게 밀레나와의 관계를 솔직하고 분명하게 알려야겠다고 생각했다.

7월 5일 카프카는 휴가 후 처음으로 출근하고 늦은 오후에 카를스 광장에서 율리 보리체크를 만났다. 카프카는 그녀에게 밀레나에 관해 이야기하고 며칠간 함께 지냈다고 솔직하게 고백했다. 몹시 충격을 받은 그녀는 몸을 심하게 떨며 밀레나의 이름과 주소를 캐물었고 그녀에게 직접 편지를 쓰겠다고 으름장을 놓았다. 그는 부모의 심한 반대와 비난으로부터 그녀를 보호하려고 그토록 애썼는데 이제 와서 그녀를 떠나야 한다는 게 몹시 가슴 아프고 괴로웠다. 밤 9시쯤 막스 브로트가 그를 찾아오는 통에 그녀와의 힘든 상황에서 벗어날 수 있었다. 그는 막스와 더불어 밤늦게까지 거리를 돌아다니며 그간 있었던 일들을 빠짐없이 털어놓았다. 그날 밤 카프카와 만났던 일에 대해 막스 브로트는 이렇게 기록했다.

> 그가 프라하로 돌아왔을 때 거의 알아볼 수 없을 정도였다. 평소에 그렇게 조용하던 그가 밀레나와 빈에서 있었던 날들에 대해 매우 행복하고도 정열적으로 이야기했다(MB 195).

그러나 당시 그는 일기에서 "그는 매우 행복해 보였다. 하지만 그가 과연 이런 폭풍에 맞설 수 있을까"(RSII 383)라고 카프카의 새로운 사랑의 모험을 염려했다. 막스 브로트가 이렇게 일기를 쓰고 있는 그 순간 카프카는 자기 책상에 앉아 행복감에 젖어 밀레나에게 편지를 쓰고 있었다.

> 인간이 행복으로 인해 죽을 수 있다면 바로 그런 일이 내게 일어나야 합니다. 또한 죽도록 운명 지어진 존재가 행복으로 인해 살아 있을 수 있다면 나는 계속 살아갈 것입니다(M 91).

밀레나와의 사랑은 절망적이던 그의 삶에 새로운 희망의 날개를 달아주었다. 그러나 보리체크는 여러 차례 카프카를 찾아와서 "그를 떠날 수 없다"(M 91)고 압박했다. 그녀는 밀레나에게 쓴 편지를 가지고 와서 카프카에게 직접 보내라고 강요하기도 하고 그녀의 남편에게 알리겠다고 위협하기도 했다. 카프카는 그녀에 대한 양심의 가책 때문에 속수무책이었다. 자칫하면 삼각관계, 나아가 사각관계로 번질 가능성이 있는 상황이었다. 그는 밀레나에게 전보를 쳐서 긴박한 상황을 알릴 수밖에 없었다. 비록 시간이 오래 걸리긴 했지만, 밀레나의 이해와 현명한 대처로 보리체크와의 일은 별 탈 없이 끝날 수 있었다. 카프카는 현실적인 무능력과 거기서 오는 절망으로 고통 받는 자신에 비해 삶의 지혜와 사랑으로 문제를 해결하고 자신을 감싸준 밀레나를 바라보며 그녀에게서 "스승"(M 23)이나 "어머니 밀레나"(M 136) 같은 모습을 보았다.

카프카와 헤어지고 율리 보리체크는 1921년 11월 나이 많은 신용은행 치츠코프 지점장 요제프 베르너와 결혼했다. 그들 사이에 아이가 없었고 수년 동안 루마니아의 부쿠레슈티에서 살았다. 베르너는 그곳에서 체코의 고용주 대표로 근무하다가 1930년대에 체코 공화국으로 돌아왔다. 율리 보리체크는 1943년 프라하에서 나치에 체포되어 1944년 4월 아우슈비츠로 이송된 후 1944년 8월 26일에 학살되었다.[3]

7월 7일 알프레트 뢰비 외삼촌이 오틀라의 결혼식에 참석하기 위해 파리에서 왔다. 그는 프라하에서 2주간 머무를 예정이었다. 마침 동생 엘리와 카를 헤르만 부부가 8월 초까지 마리엔바트로 휴가를 떠나고 없었기 때문에 카프카는 자기 방을 삼촌에게 내어주고 마네스 거리 45번지에 있는 동생 집으로 거처를 옮겼다. 그리고 회사에는 별로 일이 없어서 휴가에서 돌아온 후 8일이 지나도록 카프카는 단지 6개의 간단한 서류를 처리했을 뿐이었다. 그는 대부분의 시간을 우두커니 서서 사무실 창밖을 내다보거나, 안락의자에 누워 밀레나에게서 온 편지를 읽거나 ≪트리부나≫에 실린 그녀의 문예란이나 번역물을 뒤져보거나 그녀에게 편지를 썼다. 그사이 그녀에게 쓴 편지는 15통에 달했다.

한편 밀레나는 프라하에 있는 친구 스타샤 일로프스카의 조언으로 남편과 카프카 사이에서 자신의 입장을 확실히 하려고 한 가지 일을 꾸몄다. 그녀는 남편에게 카프카와의 관계를 밝히고 프라하로 돌아갈 수도 있음을 알렸고,

---

3 Anthony Northey, "Julie Wohryzek, Franz Kafkas zweite Verlobte," *Freibeuter*, 59(1994),
S.3-16, hier S.13.

카프카에게는 에른스트 폴락이 그들 사이의 관계를 모두 알게 되었다고 통보했다(BKB 504f.). 카프카는 갑작스러운 소식에 깜짝 놀랐다. 그는 이제 사랑하는 여인을 난처한 상황에서 구해내기 위해 확실한 결단을 내리지 않으면 안 될 지경이 되었다. 카프카는 마침 사무실로 찾아온 막스 브로트와 그 일을 상의했다. 두 사람의 결론은, 밀레나를 진정으로 사랑한다면 폴락과 관계없이 그녀와의 관계를 계속 밀고나가야 한다는 것이었다. 카프카는 즉시 우체국으로 달려가서 특별지급전보를 쳤다.

> 그것만이 정당한 일임. 안심하오. 이곳이 그대의 고향이오. J.[밀레나의 친구 스타샤의 남편 일로프스카]는 일주일 후에 부인과 함께 빈으로 갈 것임. 어떻게 그대에게 송금해야 할까요(M 103)

그 순간 카프카는 오직 밀레나에 대한 사랑으로 침착하고 확고해 보였지만 사태의 심각성을 잘 모르고 있었다. 에른스트 폴락은 그간 카프카를 생존하는 독일어 작가 중 최고 작가로 평가해왔는데,[4] 그런 카프카가 자신의 아내와 사랑한다는 것은 자의식이 강한 플레이보이에게는 엄청난 충격이었을 것이다. 밀레나는 폴락이 자신에게 폭력을 휘둘렀고 카프카를 직접 만날 것을 벼르고 있다고 알려왔다. 카프카는 몹시 놀랐지만 밀레나에게 세 사람이 서로에게 가지고 있는 각각의 관계를 객관적으로 주지시키고자 노력했다. 카프카는 밀레나에게 폴락은 결코 자신과 그녀의 사랑에 방해물이 될 수 없으며, 카프카 역시 그들 부부 사이의 방해물이 아니라는 것을 확인시키고자 했다.

---

4 하이미토 폰 도테러(Heimito von Doderer)는, 에른스트 폴락과 그의 빈 친지들이 카페 센트럴에서 '카프카 예찬론'을 추진했었다고 주장했다("Nicht alle zogen nach Berlin," *Magnum*, 9, 1961, S.61).

나는 그[에른스트 폴락]의 친구는 아닙니다. 나는 친구를 배반한 적이 없습니다. 그러나 나는 그와 단순히 아는 사이만은 아니며, 매우 밀접한 관계로서 여러 가지 점에서는 오히려 친구 이상이라고 하겠지요. 당신 또한 그를 배신한 적이 없습니다. 그대가 무어라 하든, 그대는 그를 사랑하고 있으니까요. 그리고 우리가 결합한다면……그것은 그의 범위 안에서가 아니라 전혀 다른 영역에서 이루어지는 것입니다(M 99).

그러나 밀레나에게서 아무런 연락이 없었다. 그녀는 카프카의 모호한 태도와 에른스트 폴락의 비난에서 벗어나기 위해 제3자인 친구 스타샤의 도움을 받고자 했다. 그녀는 스타샤 부부의 조언을 들으려고 편지를 주고받았고 그들을 빈으로 초대했다. 카프카는 자신을 제외시킨 밀레나의 행동에 서운한 마음을 가졌지만, 스타샤 부부와 만나고 나서 밀레나의 생각을 읽을 수 있었다. 그녀가 프라하로 올 생각이 전혀 없고 카프카가 빈으로 오거나 폴락에게 편지를 쓰는 일도 원치 않는다는 것을 알았다. 카프카는 결심을 굳히기 위해 그녀에게 남편을 여전히 사랑하고 있는지 물었고 밀레나는 분명하게 대답했다. "네, 당신이 옳아요. 나는 그를 좋아합니다. 그렇지만 F[프란츠], 당신도 좋아해요"(M 112). 그녀는 카프카를 사랑하고 있지만 남편과 헤어질 생각은 조금도 없었다. 카프카는 이 문장을 여러 번 반복해서 읽으면서 또다시 무력감에 빠져들 수밖에 없었다. 카프카는 며칠 밤을 자지 못했다. 열도 나고 기침도 심했으며 숨쉬기도 어려웠다.

7월 13일 그는 건강상태와 메란에서의 요양 결과를 알기 위해 주치의 하인리히 크랄을 찾아갔다. 그는 진단 결과를 밀레나에게 이렇게 알렸다.

이제 주치의에게 갔습니다. 메란에 가기 전과 거의 같은 상태라고 하더군요. 3개월간 폐에는 아무런 이상 없지만 왼쪽 폐첨 부분에 그때처럼 병이 새로이 재발하고 있습니다. 그는 이러한 결과를 절망적으로 여기지만, 나는 상당히 좋은 편이라고 생각하고 있지요. 왜냐하면 내가 프라하에서 같은 시간을 보냈다면 어떤 꼴이 되었겠습니까? 그는 내 체중이 조금도 늘지 않았다고 생각하지만, 내 계산으로는 3킬로 정도 늘었습니다. 그는 가을에 주사를 놓으려고 하는데, 그걸 견딜 수 있을 것 같지 않습니다(M 113).

카프카의 건강상태가 점점 나빠지고 있는데도 밀레나는 여전히 폴락과 카프카 사이에서 아무런 결단을 내리지 못하고 있었다. 카프카는 기약 없는 미래에 대한 불안으로 우울한 나날을 보냈다. 7월 15일은 사랑하는 오틀라와 요제프 다비트의 결혼식이었지만 카프카는 그들을 축하할 기운조차 없었다. 그날 그는 밀레나에게 이렇게 편지를 썼다.

오후, 단추 구멍에 '뮈르테 천인화'를 꽂고, 고통스러운 두통에도 불구하고 어느 정도 분별력 있게……매제의 선량한 누이동생들 사이에서 피로연을 끝까지 마쳤습니다. 그러나 이제는 녹초가 되었습니다(M 118).

카프카는 해결 기미가 보이지 않는 밀레나와의 줄다리기에 마음도 육체도 지쳐갔다. 그는 그녀에게서 온 모든 편지를 전체적인 맥락에서 다시 훑어보기 시작했다. 그리고 그는 그녀에게 빈을 떠나 프라하로 오라고 설득하는 일을 포기하고 스스로 빈에 가려는 의지도 버렸다. 그는 자신이 또다시 세상사에 떠밀려가고 있다는 것을 인식했다. 그는 이 기(氣) 싸움의 책임이 자신이 아니라 밀레나의 결단에 달려 있다는 것을 분명히 했다.

나는 그대를 놓고 그대의 남편과 싸우는 것이 아닙니다. 이 싸움은 오로지 그대 안에서만 일어나고 있는 것입니다. 결과가 그대의 남편과 나 사이의 싸움에 달려 있는 일이라면 모든 것이 이미 오래전에 결정되었을 것입니다.

이 일에서 나는 결코 그대의 남편을 과대평가하고 있지 않으며, 오히려 십중
팔구 과소평가하고 있을 것입니다. 그가 나를 좋아한다면 그것은 가난에 대
한 부유한 남자의 친절이라는 것 또한 알고 있지요(그대와 나의 관계도 어느
정도 그러하지요). 그와 함께 살아가는 그대의 분위기 속에서 나는 실로 '대갓
집'의 생쥐일 뿐입니다. 거기서는 고작해야 일 년에 한 번쯤이나 자유롭게
양탄자 위를 가로질러 뛰어갈 수 있겠지요(M 122f.).

이처럼 카프카는 밀레나가 에른스트 폴락과는 계속 확고부동한 관계를
유지하고 있으면서 자신과의 관계를 한낱 집 안의 작은 소동으로 즐기고
있다고 생각했다. 카프카는 그런 상황에 심한 수치감과 자괴감을 느꼈다.
그는 기력이 떨어져서 집에서건 사무실에서건 아무것도 할 수 없었다. 밀레
나는 그가 걱정되어 막스 브로트에게 연락했고, 브로트는 그의 병 상태가
염려스러우니 그에게 심적 고통을 주는 일을 피해달라고 부탁했다. 밀레나
는 카프카가 최근에 받은 의사 진단 결과에 대해 물었지만 그의 응답은 담담
하기만 했다.

나는 결코 그렇게 아픈 게 아니고 조금 잠을 자고 나면 메란에서는 그래본
적이 없을 정도로 기분이 상쾌해지지요 폐병은 대체로 모든 것 중에서 가장
친절한 편입니다. 뜨거운 여름에도 그렇지요. 내가 늦가을을 잘 극복할 수
있을 것인가 또한 나중 문제입니다. 현재 나에게는 한두 가지 사소한 고통이
있을 뿐인데, 예를 들면 사무실에서 아무것도 할 수 없다는 따위입니다. 그대
에게 편지를 쓰지 않을 때면 안락의자에 누워 창밖을 내다보지요……그렇
게 창밖을 내다볼 때 특히 우울해진다고 말하고 싶지는 않습니다. 아니, 전혀
그렇지 않아요. 다만 그 우울을 뿌리칠 수 없을 뿐이지요(M 128).

카프카의 건강상태가 염려된 밀레나는 그를 따라 프라하로 갈 수 없는

이유를 밝힐 필요성을 느꼈다. 그녀는 남편도 병이 들어 있다고 말했다. 그리고 자신의 입장과 생각을 설명하고 싶으니 다시 한 번 빈으로 와달고 부탁했다. 그러나 카프카는 병고(病苦)가 아닌 거짓 휴가를 낼 수 없다며 빈 행을 거절했다.

밀레나는 그때 결혼 후 처음으로 아버지 얀 예젠스키에게 편지를 받았다. 에른스트 폴락과의 결혼을 청산하고 프라하로 돌아오면 재정적인 도움을 주겠다는 화해의 편지였다. 밀레나는 순간 흔들렸다. 그녀는 폐결핵에 걸려 있었고 생활은 경제적으로 어려웠으며 두 남자 사이에서 괴로워하고 있었다. 그녀는 프라하로 돌아가면 아버지와 화해할 수 있을 뿐만 아니라 병든 남편에게 재정적인 도움을 줄 수도 있고 프라하에서 카프카와 함께 지낼 수도 있겠나고 생각했나. 밀레나는 그 문세를 카프카와 상의하고 싶어서 빈으로 와달라고 애원했지만 그는 계속 거부의사를 밝혔다.

그대의 남편과 나 사이에는 그대 아버지가 볼 때는 아무런 차이가 없습니다. 유대인인 우리는 똑같이 검둥이 얼굴을 한 셈이 될 테니까요(B4 279).

카프카는 밀레나가 프라하의 다른 유대인과 살기 위해 빈의 유대인을 떠난다는 것은 아버지에게 더 큰 화를 자초할 수 있으니 밀레나다운 자기의 삶을 살아가는 것이 낫다고 충고했다. 밀레나는 어려운 결정을 내려야 하는 자신의 상황을 이해해주지 못하는 카프카를 원망했고, 자기로 인해 불면과 두통과 불안 그리고 자기학대로 밤을 지새우고 있으면서도 오지 않는 그를 정말 이해할 수 없었다. 후에 그녀는 그때의 상황을 막스 브로트에게 이렇게 밝혔다.

나는 그에게……전보도 치고 전화도 하고 편지도 썼습니다. 제발 하루

동안만 나에게 와달라고 애원했어요. 당시 나는 그가 몹시 필요했습니다. 나는 그를 철저히 저주했어요. 그는 며칠 밤을 잠도 못 자고 괴로워하면서 자멸에 가득 찬 편지들을 쓰면서도 끝내 오지 않았습니다. 왜냐구요? 그는 휴가를 신청할 수 없었습니다. 타이프를 매우 잘 치기 때문에 열광적으로 흠모하는 (우스갯소리가 아니에요!) 바로 그 국장에게 나를 보러 간다고 말할 수 없었던 것예요. 다시 놀라운 편지가 왔는데 "도대체 어떻게 그럴 수가 있습니까? 거짓말을 하라는 겁니까? 국장에게 거짓말을 하라니요, 불가능합니다"라는 내용이었어요.[5]

그러나 카프카는 그 문제를 다르게 보고 있었다. 모든 일이 밀레나의 결단에 달려 있다고 생각했다. 그리고 필요할 때마다 언제든지 병가를 허락하도록 조치해주고 참을성 있게 기다려주는 마음씨 좋은 오드슈트르칠 국장에게 사적인 일로 휴가를 얻어낼 수 없었다. 그는 사실대로 편지를 썼다. "직장에 거짓말을 할 수 없어서 난 갈 수 없습니다"(M 167). 그러나 밀레나는 매일 그의 빈 행을 독촉했고 그럴수록 심적 고통으로 인해 카프카의 건강은 날로 눈에 띄게 악화되어갔다. 보다 못한 막스 브로트는 카프카의 절대적 안정과 휴양을 위해 밀레나에게 이해와 도움을 청했다. 카프카는 점차 자신이 그렇게 열정을 다해 썼던 편지 교환에 회의를 품기 시작했다. 진전 없는 똑같은 내용의 서신 교환에 불과했기 때문이었다. 그는 1920년 7월 26일 밀레나에게 이렇게 썼다.

사실 우리는 계속해서 똑같은 것을 쓰고 있습니다. 내가 그대에게 아프냐고 물으면 그대는 그것에 대해 쓰고, 내가 죽고 싶다고 하면 그대도 그렇게 씁니다. 내가 어린아이처럼 그대 앞에서 울고 싶다고 하면 그대도 어린 소녀

<hr>

5 Milena Jesenská, *Ich hätte zu Antworten Tage- und Nächtelang*, S.42. Und auch MK 111.

처럼 내 앞에서 울고 싶어 합니다. 그리고 내가 한 번, 열 번, 천 번을 계속해서 그대 곁에 있고 싶다고 하면 그대도 역시 그렇게 말합니다. 이것으로 충분해요, 충분해(M 148).

카프카의 건강상태가 악화되자 의사는 폐결핵 전문 요양원인 저지(低地) 오스트리아에 있는 그림멘슈타인 요양원이나 빈의 발트 요양원에서 엄격한 치료를 받을 것을 권했다. 그러나 밤낮으로 기침소리가 들리고 고기를 먹어야 하고 주사를 맞아야 하며 유대인 의사도 유대인을 무시하는 요양원에는 절대로 가고 싶지 않았다. 그는 그런 요양원으로 떠나느니 차라리 밀레나를 만나보는 것이 심신의 안정을 가져다줄지 모르겠다고 생각했다. 그는 빈 행 열차시각표와 안내책자를 보면서, 주말에 빈으로 가면 두 사람은 몇 시간밖에 만날 수 없지만, 오스트리아와 체코 사이의 중간 국경역(國境驛) 그뮌트에서 만나면 서로 승차시간도 절약되고 함께 지낼 수 있는 시간도 많아진다는 것을 알아냈다. 그곳은 묘하게도 역은 체코 공화국에, 도시는 오스트리아에 속해 있었다. 마치 두 사람의 만남을 상징이나 하듯이 양 국가의 교차점이 그들의 만남의 장소가 되었다.

카프카와 밀레나는 8월 14일과 15일 주말을 이용해 그뮌트에서 만났다. 그들은 주변 숲을 거닐면서 그들이 처한 상황을 이야기하고, 밀레나의 아버지 문제에 대해서도 상의했다. 그녀는 카프카에게 프라하에서 자신의 아버지와 한 번 만나 재정 문제를 상의해달라고 부탁했다. 그리고 밤에는 같은 호텔에 묵었다. 그러나 그들의 비밀스러운 두 번째 만남은 빈에서의 첫 만남과는 매우 달랐다. 두 사람은 모두 육체적 만족감도 정신적 위안이나 안정감도 얻을 수 없었다. 그들의 사랑의 궤도는 서로 다른 곳을 향하고 있었기 때문이었다. 밀레나는 여전히 현 상태를 유지하고 싶어 했고 카프카는 그녀가 무조건 폴락 곁을 떠나기를 원했다. 카프카는 그녀가 남편을 떠나지 못하는 한 그녀와의 관계를 지속할 수 없었고, 젊은 밀레나는 카프카의 문학세계와 정신적인 사랑은 인정했지만 병든 육체와 금욕주의적인 생활을 받아들이기 힘들었다. 카프카는 다음 날 오후 4시 45분 기차를 타고 프라하로 떠났고(M 175), 밀레나는 병든 폴락과 몇 주간의 휴가를 보내기 위해 볼프강 호숫가의 도시 상트길겐으로 떠났다. 밀레나는 그곳에서도 가명으로 된 우체국 개인사서함을 이용해 남편 모르게 카프카와 서신 왕래를 계속했다. 프라하로 돌아온 카프카는 밀레나가 그의 남편과 함께 여행을 떠나 있는 것에 질투심과 수치심을 느꼈다. 밀레나의 사랑 고백 모두가 거짓으로 느껴졌다.

> 자꾸만 나는 그대가 "당신은 나의 것이에요" 하던 말 이외의 다른 말을 듣고 싶군요. 그런데 왜 하필이면 그 문장인가요? 그것은 사랑이라기보다는 오히려 친밀함과 밤을 뜻하는 것이지요. 그래요, 그 거짓말은 대단한 것이었으며 나도 함께 거짓말을 했지요(M 223).

카프카는 밀레나를 알게 됨으로써 원치 않았던 일상적인 일에 말려들었다. 그는 밀레나의 사적인 일로 그녀의 친구들인 스타샤나 야르밀라[6]와 그 주변 인물의 조야한 일에 관여되거나 병든 몸을 이끌고 37도가 넘는 무더위 속에서 밀레나의 죽은 남동생 무덤을 찾아 꽃을 바치거나(M 130f., 156), 밀레나가 원하는 트리코를 사기 위해 몇 시간씩 시내를 돌아다녀야 했으며, 그녀의 일로 전혀 알지 못하는 인물들을 만나거나 편지를 전달하는 중개인 역할까지 했다. 낯설기만 한 모든 일은 그를 혼란에 빠뜨렸고 가뜩이나 건강하지 못한 그의 심신을 지치게 만들었다. 게다가 그는 그들에게 밀레나의 다음에

---

6 카프카는 밀레나의 여자 친구들을 가리켜 지옥에서 온 "죽음의 천사"라고 불렀다(3-4. September 1920, B4 334 und 13. Juli 1920, B4 221).

올 '사랑의 계승자'로 비치는 것이 부담스러웠다. 그에게는 조야하고 복잡한 일상적인 일에 계속 말려드는 것 자체가 심한 모욕과 고통으로 인식되었다.

그러나 그런 고통 속에서도 카프카는 밀레나를 위해서라면 최선을 다하려고 노력했다. 그는 밀레나와 그녀 아버지의 관계를 중재하기 위해 얀 예젠스키의 여조교 블라스타 크나포바를 만났다. 그는 그녀에게 밀레나가 병마와 기아로 어려운 생활을 하고 있으며 에른스트 폴락이 진 많은 빚 때문에 생활비를 벌기 위해 글을 쓰거나 번역을 하고 있고, 경우에 따라서는 막일까지 하며 생계를 유지하고 있다고 자세히 설명했다. 또한 그녀가 더 이상 마약이나 절도 같은 비도덕적 행위를 하지 않고 건전한 여성으로 살아가고 있다고 전해주었다. 크나포바는 얀 예젠스키도 예전처럼 그녀의 결혼생활 포기를 요구하거나 그녀가 빈을 떠나 프리히로 이주할 것을 꼭 주장하는 것은 아니라고 알려주었다. 그리고 밀레나의 매달 생활보조금을 더 이상 높일 수는 없으나 그녀의 요양치료비는 고려할 수 있을 것이라고 했다. 그러나 카프카는 적어도 밀레나가 빈에 있는 단골 식당 바이서 한[7]에서 매일 점심과 저녁만이라도 해결할 수 있는 기본적인 생활비를 보조해줄 것을 간청했다.

그러나 밀레나는 카프카가 자신을 위해 힘들게 협상하고 있음에도 그런 구차한 화해를 할 수 없다고 전보를 쳤다. 그로써 어렵게 성사되었던 것이 무효화되고 크나포바와의 협상은 원점으로 돌아갔다. 카프카는 자신의 힘들고 굴욕적인 노력은 아랑곳하지 않고 오직 자존심만 내세우는 밀레나에게 몹시 당황했다. 그는 밀레나의 전보를 찢어버리고 스스로 냉정해지려고 노력했다. 그는 처음으로 밀레나의 태도를 "전혀 분별없는……고집스럽고 어린아이처럼 바보스러우며 자기만족적이고 심지어는 여하한 것도 개의치 않

---

7 바이서 한(Weißer Hahn)은 '흰 닭'이라는 뜻을 가진 빈에 있는 식당으로 밀레나가 단골로 이용했다.

고 똑같은 짓을 하는" 것으로 비난했다. 그는 펠리스와의 관계에서처럼 밀레나와도 편지를 하면 할수록 더욱더 고통에 빠져든다고 느꼈다.

편지를 매일 쓰지 않는 지금이 훨씬 더 좋습니다. 그대는 나보다 먼저 그것을 남몰래 깨닫고 있었지요. 매일매일의 편지는 강하게 해주는 대신 오히려 약하게 할 뿐이지요. 전에는 편지를 들이켜고 나면 그와 동시에 열 배나 더 강해지고 열 배나 갈증이 심해지곤 했지요. 그러나 지금은 아주 진지해졌고 편지를 읽을 때에는 입술을 잘근 깨물며 관자놀이 속의 작은 두통 이외엔 아무것도 확실한 게 없지요.(M 231).

그가 편지 쓰는 일에 별 흥미를 느끼지 못한다는 것은 바로 밀레나에 대한 사랑과 믿음이 점차 줄어들고 있음을 의미했다. 편지 왕래가 점차 줄어들면서 카프카는 밤에 규칙적으로 글을 쓰던 습관인 '기동연습'을 다시 시작했다. 1920년 8월 26일부터 그는 밀레나에게 요청이나 비탄조의 글과는 전혀 다른 분위기의 편지를 쓰기 시작했다.

며칠 전부터 나는 나의 '군대식 생활' 혹은 '기동연습' 생활을 시작했습니다. 몇 년 전에는 때때로 그것이 내게 최선이라고 여겼었지요. 오후에는 될 수 있는 한 침대에서 잠을 자고, 다음 두 시간 동안 산책하고, 그다음에는 될 수 있는 한 잠을 자지 않는 것이지요. 그러나 이 '될 수 있는 한'에 어려움이 숨어 있습니다. '오래 지속되지는 못한다는 것이지요.' 오후에도 그렇고, 밤에도 그렇고, 내가 사무실에 나가면 일찍부터 아주 지쳐버리지요. 그리고 진짜 노획품은 깊은 밤에 둘째, 셋째, 넷째 시간에야 걸려들지요. 그러나 늦어도 자정까지 잠자러 가지 않으면 나는 밤과 낮을 잃어버리고 맙니다. 그렇지만 그 모든 것은 아무 상관이 없으며, 아무런 성과가 없다 하더라도 이렇게 근무 중이라는 사실 자체가 좋은 것입니다. 아무런 성과도 없겠지만 우선 내 '말문을 열게 하고' 그것이 끝났다는 것, 즉 근무를 해도 좋다는 허가가 끝났다는 것을 알기 위해서는 한 반년쯤 걸릴 것입니다. 그러나 내가 말한 대로 늦든 빠르든 간에 기침이 폭군처럼 가로막는다 해도 그 자체가 좋은 것입니다(M 229).

밀레나는 이 편지가 무슨 뜻을 담고 있는지 알 수 없었을 것이다. 1914년 7월 말 카프카는 베를린의 아스카니셔 호프 호텔에서 펠리스에게 일방적으로 파혼당한 후에도 오히려 만족스럽고 구원된 듯한 감정으로 자신의 의무이자 밤 작업인 글 쓰는 일로 돌아갔었다. 또한 폐결핵으로 두 번째 파혼을 하고 취라우에 은둔했을 때도 명상적인 잠언을 썼었다. 그뮌트에서 밀레나와 아무런 합의점을 찾지 못하게 된 이후로 그녀와의 결합은 더 이상 불가능해 보였다. 그녀와 연관된 일상적인 사소한 일은 그를 단지 번거롭고 고통스럽게 했으므로 그에게는 자기 본연의 삶인 글쓰기로, 즉 '기동연습' 생활로 돌아가는 일만 남아 있었다.

카프카는 밀레나에게 일상적인 고통과 호소로 반복되는, 결국 '근본적으로 지난번 편지들과 별로 다를 것이 없는' 그들의 서신은 중단되어야 한다고 선언했다. 그러면서도 밀레나의 사랑을 잃는 것은 모든 것을 잃은 것과 같았다. 그는 자신을 고도에 버려진 로빈슨 크루소보다 더욱 고독한 존재처럼 느꼈다.

보십시오, 로빈슨은 모집에 응해 위험한 여행을 하고 파선을 당하는 등 여러 가지 고난을 겪어야만 했었는데 나는 겨우 그대를 잃고서 벌써 로빈슨이 되어버린 것 같습니다. 아마 나는 그보다 더 로빈슨일지 모릅니다. 그에겐 아직 섬과 프라이데이 등 여러 가지가 있으며 종국에는 그를 데리러 오고 모든 것을 다시 꿈으로 만들어버릴 배가 있지만, 내겐 전혀 아무것도, 심지어는 이름조차도 없으니 나는 그 사람까지도 그대에게 주어버린 격입니다(M 252f.).

그러면서도 그는 동시에 그녀와의 결별에서 오게 될 고독이 자신에게 나쁜 결과를 초래하기보다는 오히려 자기 본래의 세계로, 즉 문학적 삶의 세계로 되돌아갈 수 있는 계기가 될 것이라고 자위하고 있었다.

그대가 내게서 사라져간다면 나쁜 것이 아니라 오히려 전혀 아무렇지도 않은 것입니다. 그러면 질투도 괴로움도 두려움도 전혀 아무것도 없을 테니까요. 이렇게 한 인간에게 의지한다는 것은 정말 성가신 일이지요(M 253).

카프카는 밀레나를 통해 밝고 생생하고 자유로운 삶을 꿈꾸었으나, 그것이 헛된 망상이었음을 깨달았다. 이제 그는 고통스럽고 힘든 현실 세계에서 떠나 다시 자기 원래의 세계, 고독과 고요와 침묵이 지배하는 자신만의 '실존의 숲'으로 회귀하기를 원했다. 그리고 그 이유를 밀레나에게 상세히 설명했다.

숲 속의 동물인 나는 그 당시 숲 속에 있는 일이 거의 없었고, 어디엔가 더러운(물론 나의 현존으로 더러울 뿐이지요) 구덩이 속에 누워 있었는데, 그때 탁 트인 바깥에서 이제까지 보았던 중에서 가장 경이로운 존재인 그대를 보았습니다. 난 모든 것을 잊고 내 자신도 완전히 잊은 채 일어서서 가까이 다가갔지요. 이 새롭지만 고향과도 같은 자유 속에서 두려운 감이 들기는 했지만, 그래도 다가가 그대가 있는 곳까지 갔습니다. 그대는 그렇게도 착했고, 나는 그대 곁에 주저앉아서는 마치 허락을 받기라도 한 듯 그대 손에 얼굴을 묻었지요. 나는 그렇게도 행복했고, 그렇게도 자랑스러웠으며, 그렇게도 자유로웠고, 그렇게도 막강했고, 꼭 내 집에 있는 듯했습니다. 언제나 이처럼 내 집에 와 있는 듯했지요. 그러나 나는 근본적으로 동물에 지나지 않았고 오로지 숲 속에 속하는 존재였어요. 그렇지만 단지 그대의 자비로 인해 여기 이 드넓은 곳에서 살고 있었고, 그것을 알지 못한 채 (난 정말 모든 것을 잊었기 때문이지요) 그대 눈을 보고서야 내 운명을 알아채게 되었습니다. 그것은 지속될 수가 없었습니다. 그대가 인자한 손으로 나를 쓰다듬어준다 할지라도 숲, 이 근원과 이 실제적 고향을 암시하는 기이함을 그대는 틀림없이 알아챘을 것입니다. '공포심'에 대한 논쟁이 일어났지만, 그것은 불가피하고 부득이하게 반복되면서 나를 (그리고 아무런 잘못도 없는 그대를) 극도로 성가시게 했습니다. 그것은 나에게서 점점 더 많이 나타났으니, 그 고통은 어찌 그리 정리되지 못하는 것일까요. 나는 도처에서 그대를 방해하는 장애물이었고, 그것을 막스와의 오해가 일깨워주었어요. 그것은 이미 그뮌트에서 분명했었지요. 그다음에는 야르밀라의 이해와 오해가 생겨났고, 마지막에 가서는 블라스타의 바보스럽고 거친 냉담이 나타났으며, 그사이에 여러 가지 사소한 일이 있었던 것입니다. 나는 내가 누구라는 것을 기억해냈고, 그대의 눈 속에서 더 이상 실망을 보지 않았으며, 나는 (소속되지 않는 그 어느 곳에서 마치 내 집에라도 있는 듯 행동하는) 꿈속의 공포를 가지게 되었어요. 현실에서도 난 이 공포를 가지고 있었고, 어둠 속으로 되돌아가야만 했어요, 난 태양을 이겨내지 못했으니까요. 나는 절망적이었어요, 정말 길 잃은 동물처럼 나는 할 수 있는 한 달리기 시작했으며 끊임없이 '내가 그녀를 함께 데리고 갈 수 있다면!' 하는 생각과 '그녀가 있는 곳에 어둠이 있을까' 하는 반대 생각을 하였습니다(M 262).


카프카는 이제 자기 본연의 세계로 돌아가고 있었다. 그것은 그의 고유한 작가적 실존의 세계였고, 그것이 그에게는 유일한 구원의 세계였다. 그러나 사랑의 실패에서 오는 고통은 그의 건강을 더욱 악화시켰다. 카프카의 편지는 현저히 줄었지만 그녀에 대한 거부의 몸짓은 빈번해졌다. 그러면서 카프카는 9월에서 11월 사이에 「도시의 문장」, 「포세이돈」, 「공동체」, 「밤에」, 「시험」, 「징병」, 「조타수」, 「법에 대한 의문」, 「독수리」, 「팽이」, 「귀향」[8] 등 짧고 비유적인 산문작품을 썼다.

카프카의 편지가 뜸해지고 건강이 좋지 않다는 막스 브로트의 소식에 밀레나는 점차 양심의 가책을 느꼈다. 그녀는 10월 중순 카프카에게 갈 가능성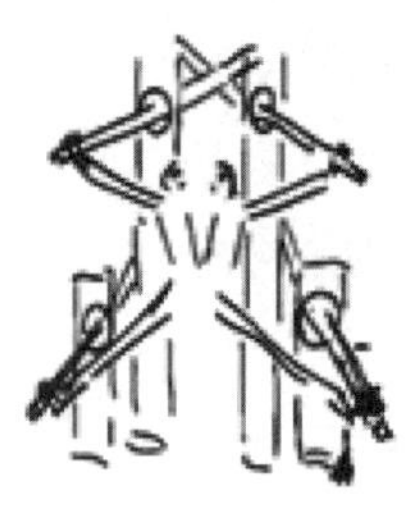을 내비치는 편지를 썼지만, 카프카의 마음은 이미 떠나 있었다. 그는 두 개의 기둥에 사지가 묶인 채 양쪽으로 찢기는 고통을 당하고 있는 남자의 그림을 그려 그녀에게 보냈다 (M 271). 그것은 사랑의 고통과 이별의 슬픔을 나타내는 그림이었다. 그는 이제 그들이 함께 살 수 없다는 것을 거듭 밝혔다.

밀레나, 그대는 무엇 때문에 결코 오지도 않을, 함께 지낼 수 있는 미래에 대해 편지를 하는 것입니까?……확실한 일이란 거의 없다지만, 우리가 결코 함께 살지는 못하리라는 것, 즉 같은 집에서 육체를 맞대고 같은 식탁에서 살아갈 수는 결코 없으며 심지어 같은 도시에서조차 살지 못하리라는 것은 확실합니다(M 279).

10월 18일 카프카를 만났던 막스 브로트는 일기에 "카프카는 그사이에 다시 사랑을 거부했다. 자세한 것은 모르겠다. 카프카는 병들어 있다"[9]라고

---

8 특히 작품 「귀향」은 고전 비유설화의 전범 중 하나인 성서에 나오는 '탕자의 비유'를 현대적 의미로 변형한 것으로, 왜 아들이 집을 떠났는지, 왜 그가 귀향했는지, 맞아줄 아버지는 어디 있는지 아무런 이유도 해답도 주어져 있지 않다. 이 작품은 아마 신의 죽음(부재)과 현대적 인간의 고향 상실을 비유한 것 같다.

9 Roger Hermes u.a.(Hrsg.), *Franz Kafka. Eine Chronik*, Berlin 1999. S.172.

썼다. 막스 브로트의 말대로 그의 병은 눈에 띄게 악화되어갔다. 그는 오한에 시달렸고, 진땀을 흘렸으며, 밤새도록 잠을 이루지 못할 정도로 기침을 했고, 가슴이 답답해 제대로 숨을 쉴 수가 없었다. 오빠의 병이 걱정된 오틀라는 그가 모르게 노동자재해보험공사의 오드슈트르칠 국장을 찾아가 또다시 병가를 신청했다. 국장은 그다음 날로 카프카를 불러 보험공사의 공의인 오돌렌 코딤의 검사를 받도록 지시했다.

검사 결과 양쪽 폐첨에 결핵이 깊이 침투한 증상이 나타났다. 엑스레이 사진에는 죽음을 예감케 하는 어두운 영상이 나타나 있었다(AS 435). 의사는 적어도 3개월의 요양이 필요하다고 진단 내렸지만, 카프카는 요양할 마음이 없었다. 예전과 같이 성과 없는 요양이 될 것이 뻔하다고 생각했기 때문이다. 의사는 빈 근처의 '빈 숲 요양원'과 그림멘슈다인 요양원을 추천했지만, 카프카는 예전에도 그랬듯이 큰 요양원에서 행해지는 비인간적인 치료를 전혀 원치 않았다. 그는 밀레나에게 당시의 심정을 이렇게 밝히고 있다.

차이는 매우 크지만, 두 곳 모두 지나치게 비싸군요. 아마 주사를 맞을 수 있다는 것에도 돈을 내라고 할 거예요 주사 자체는 개인적으로 돈을 내야만 하지요. 시골이라면 나는 기꺼이 갈 것이고, 그보다는 오히려 프라하에 머무르며 수공업을 배우고 싶지, 요양원으로는 정말 가고 싶지 않습니다. 거기서 대체 무엇을 한단 말입니까? 수석의사의 무릎 사이에 붙잡혀서 석탄산 냄새 나는 손가락으로 내 입을 틀어막고 식도를 따라 고기 덩어리를 내리누르면 억지로 꾸역꾸역 삼키겠지요(M 279).

가족과 친구들의 종용으로 그는 그림멘슈타인 요양원으로 가기로 결정하고 체제 허가를 받기 위해 주정부의 특별승인을 기다렸다. 그러는 동안 11월 16~19일 프라하에서 유대인과 독일인에 대한 체코인의 대대적인 폭력 사태가 벌어졌다. 체코 국수주의자 시위대는 독일 신문사나 상점을 유린하고 거리에서는 독일인이나 유대인으로 보이는 행인을 무조건 구타했다. 그들은 독일 극장과 유대인 시청에 침입해 기물을 파손하고 '구신(舊新) 유대교회당' 앞에서 희귀한 로브역어 필사본인 토라 두루마리 등을 불태웠다. 그러나 프라하 시장은 그 행위를 모두 체코 국민의식의 공통된 표명이라고 옹호하고 나섰다. 병든 카프카는 오후 내내 "유대인은 '옴에 걸린 인종'이라고 부르짖는 소리"(M 288)를 들어야 했다. 그는 밀레나에게 이런 글을 써 보냈다.

> 오후 내내 나는 지금 작은 거리에서 유대인을 증오하는 소리로 목욕을 하고 있습니다.……나는 지금 창밖을 내다보고 있습니다. 기마경찰, 총검으로 공격하기 위해 준비 중인 경찰대, 아우성치며 사방으로 흩어지는 군중, 그리고 이 위의 창문 안에서 언제나 보호를 받으며 살아야 하는 이 역겨운 치욕(M 288).

11월 17일 쿠르트 볼프 출판사에서 1920년 1월 17일부터 6월 30일까지 팔린 『관찰』 38권, 『시골 의사』 86권, 『유형지에서』 607권에 대한 판매 대금으로 756.73마르크를 보내왔다. 카프카는 이들 작품 중 『유형지에서』 를 가장 만족스럽지 못하게 생각했지만 예상과 달리 가장 많이 팔려 그를 놀라게 했다.

12월 13일 노동자재해보험공사가 기다리던 최종 병가 날짜를 카프카에게 통보해주었다. 1921년 3월 19일까지 석 달간 휴가였다(AS 435). 체제 허가서는 프라하에서 받을 필요가 없이 가는 도중에 빈에서도 받을 수 있다는 소식을 들었다. 그런데 카프카는 빨리 그림멘슈타인 요양원으로 떠나려 하다가 주저했다. 그림멘슈타인 요양소는 빈에서 남쪽으로 열차로 두 시간 거리에 있어서 밀레나를 다시 보게 될지 모른다는 두려움 때문이었다. 그는 그림멘슈타인 요양소로 가는 길에 며칠간 빈에 들려 밀레나를 만나기로 한 계획(M 287)도 취소했다. 그녀를 보게 되면 지금까지 가라앉았던 불안과 고통이 되살아나 안정됐던 마음이 다시 흐트러질까 두려웠기 때문이었다. 그는 빈으로 가는 대신 그녀에게 편지를 썼다. "나는 떠날 만한 힘이 없습니다. 그대 앞에 서게 되리란 것을 미리부터 견디어낼 수 없으며 머릿속의 압박을 견디지 못하고 있습니다"(M 298).

12월 13일 카프카는 막스 브로트에게는 잠정적이긴 하지만 '고산지 타트라'가 있는 마틀리아리로 갈 생각이라고 알렸다(BKB 284). 밀레나는 카프카가 자신으로부터 떠나고 있음을 깨달았다. 그녀는 그의 병이 악화되고 이별한 원인이 자기 때문이라고 자책했다. 그녀는 여러 차례 카프카에게 자신의 우유부단한 때문에 모든 것이 깨어져비렸다(M 298)고 썼다. 그리고 후에 막스 브로트에게 자신의 평범한 아녀자 같은 생각이 그를 떠나게 했고 불행에 빠뜨렸다고 고백했다.


사람들이 비정상적이라고 여기는 프랑크[프란츠 카프카]의 어떤 것이 바로 그의 뛰어난 점입니다. 그를 만났던 여자들은, 정확히 말하면 다른 여자들과 조금도 다르지 않게 살았던 지극히 평범한 여자들이었습니다. 오히려 저는 우리 모두가, 온 세상이 그리고 모든 사람이 병들어 있고, 그만이 유일하게 건강한 사람이고 올바로 파악하고 올바로 느끼는 사람이며 유일하게 순수한 사람이라고 생각합니다. 저는 그가 생을 거부하는 것이 아니라 이런 종류의 현재의 생만 거부한다는 것을 알고 있습니다. 제가 그와 함께 떠날 수만 있었더라면, 그는 저와 행복하게 살 수 있었을 것입니다. 그러나 저는 이 모든 것을 오늘에야 비로소 알게 되었습니다. 그 시절 저는 이 세상의 모든 다른 여자들과 다름없는 한 평범한 여자, 아주 하찮고 충동적인 철없는 여자였습니다. 그리고 거기에서부터 그의 불안이 생겨난 것입니다. 불안이 맞습니다.

이런 사람이 불안이 아닌 그 어떤 것을 느낀다는 게 있을 법한 일이겠습니까?
그는 모든 세상 사람보다 몇 천 배나 더 많이 세상을 알고 있습니다. 이와
같은 그의 불안은 당연한 것이었습니다.……그가 저를 사랑하고 있음을 저
는 알고 있습니다. 그는 이를 과오처럼 여길지도 모릅니다. 그는 항상 자신은
죄인이며 나약한 인간으로 여기고 있습니다. 온 세상을 뒤져봐도 그만큼 범
상한 능력을 가진 사람은 한 사람도 없습니다. 이것이야말로 완전함과 순수
함 그리고 진실함의 절대적 필연성입니다.[10]

그렇게 그들의 사랑은 종말로 접어들고 있었다. 카프카는 지금까지 가명
으로 사용했던 빈 우체국의 사서함을 이용하지 않고 그녀의 집으로 마지막
편지들을 보냈다. 더 이상 편지를 쓰지 않겠다는 의사 표시였다. 카프카는
마지막 두 번째 편지에 요제프 프라이헤르 폰 아이헨도르프의 시 「이별」과
유스티누스 케르너의 「제재소의 방랑자」(M 259)를 써 보냈다. 아이헨도르프
의 시는 작가가 번잡한 세상을 떠나 깊은 숲 속에서 시인으로서의 새로운
삶을 추구하는 작품으로 카프카의 마음가짐을 적절하게 대변해주고 있었다.

이별


오, 멀리 골짜기여, 오 높은 산들이여,
오 아름다운 푸른 숲이여,
그대 내 환희와 비애의
경건한 거처여!
저기 바깥에선, 끊임없는 속임수 속에서

---

10 "Milena Pollak an Max Brod, Januar oder Februar 1921," *Jesenská*; *Ich hätte zu
Antworten Tage-und Nächtelang*, S.48.

번잡한 세상이 질주한다.
그대 푸른 천막이여, 나를 에워싸는
호선(弧線)들을 다시 한 번 그려다오!

동이 트기 시작하면,
대지가 김을 뿜으며 빛나고,
새들이 즐겁게 날갯짓 하면,
그대 가슴은 두근거리리.
그땐 사라져버리겠지
우울한 지상의 고통,
그땐 그대 다시 살아나야지
생동하는 웅장함으로!

저기 숲에 적혀 있는 것은
올바른 행위와 사랑,
그리고 인간의 재보에 관한
조용하고 진지한 말.
단순하고 참된 이 말들을
나는 충직하게 읽었다오,
그리고 그것은 내 온 존재를 통해
말할 수 없이 명백해졌소

곧 나는 그대를 떠나
타향에서 낯설게 살아갈 것이오
잡다하게 요동치는 길거리에서
삶의 요지경을 볼 것이나,

삶의 한가운데서
그대의 진지한 힘은
고독한 나를 이끌어 올릴 것이니
나의 마음 늙지 않을 것이오[11]

그러나 그들은 그 후에도 서로 끈끈한 우정을 이어갔다. 1921년 밀레나는 아버지와의 화해를 다시 추진했고 그해 마지막 3개월을 프라하에서 아버지와 함께 보냈다. 카프카는 당시 부모의 집에서 병으로 누워 있었고 그녀는 네 번이나 그를 방문했다. 비록 병문안이거나 인사차 방문이었지만, 그때마다 카프카는 사랑이 주는 고통의 파고(波高)를 다시금 느껴야 했다.

11 『독일 낭만주의 시』, 송동준 옮김, 탐구당, 1990, 186-189쪽.

# 마틀리아리에서 로베르트 클롭슈토크를 만나다

1920년 12월 13일 막스 브로트에게 보낸 편지에 의하면, 카프카는 그림 멘슈타인 요양원으로 가지 않고, 잠정적으로 주치의 하인리히 크랄이 추천한 고산지대인 타트라 마틀리아리의 포르베르거 요양원[1]으로 가기로 결정했다. 12월 18일 그는 혼자 2등 열차를 타고 여행길에 올랐다. 원래는 오틀라가 동반할 예정이었으나 그녀는 임신 중이어서 포기했다. 카프카는 저녁 늦게야 타트라 롬니츠 역에 도착했다. 그는 역에서 두 마리 말이 끄는 썰매를 타고 달빛 속에 눈 덮인 숲과 들판을 지나 포르베르거 요양소로 갔다.

카프카가 머물기로 한 본관 옆 건물의 방에는 시트도 없이 이불과 베게만 있는 철 침대와 부서진 옷장이 놓여 있었고, 발코니로 통하는 문도 홀창으로 바람이 세차게 들어왔다. 그는 매우 실망스러웠지만, 같이 예약해두었던 오틀라의 방을 둘러보니 그 방이 훨씬 크고 따뜻하고 조명도 밝았으며 나무로 만든 좋은 침대와 새 옷장이 들어 있었다. 그러나 그 방에는 발코니가 딸려

---

1 욜란 포르베르거(Jolan Forberger) 부인이 경영하는 폐결핵 치료 요양원으로 '빌라 타트라'라고도 불렸다. 부다페스트에서 북쪽으로 60마일 떨어진 슬로바키아에 있는 타트라 고산지대에 위치해 있다.

있지 않았다. 그는 오틀라의 방을 쓰면서 발코니는 원래 자기 방의 것을 사용하기로 합의했다.

아침에 일어나 발코니로 나가보니 요양원의 주위 환경이 한층 마음에 들었다. 타트라 마틀리아리는 해발 900미터의 고산지대여서 우거진 전나무 숲과 멀리로는 눈 덮인 웅장한 롬니츠 산 정상이 한눈에 들어왔다. 요양원 건물은 남향이어서 햇빛이 잘 들고 계곡과 숲에서 불어오는 신선한 공기는 그의 마음을 편안하게 했다. 무엇보다 카프카의 마음을 사로잡은 것은 주변의 조용한 적막감이었다. 그러나 식사는 본관 식당에서 해야 했는데, 30명가량의 입원 환자 외에도 주변의 관광객과 산 위에 있는 군병원이나 막사의 장교도 그곳에서 식사하는 일이 잦아 그 큰 식당은 항상 손님들로 북적거렸다.

카프카는 그곳에서 투병 중인 오십대의 체코인을 만났다. 그는 카프카를 자기 방으로 초대해 결핵균이 침투해서 생긴 자신의 후두종양 그림을 보여주더니 두 개의 거울를 이용해 후두결핵의 진행 상태를 보여주었다. 카프카는 그것을 보고 큰 충격과 무기력에 빠졌다(Br 294). 살고자 하는 간절한 욕구에도 불구하고 죽음 앞에서 무기력한 그 환자의 모습은 카프카에게 처음으로 "죽음에 대한 공포"(Br 290)를 확연하게 느끼게 했다. 그는 이번에는 전문의의 지시에 따라 꼭 완치해서 오라고 신신당부하는 막스 브로트의 편지에 이렇게 답했다.

거기 그 병상에서 보게 되는 것은 정말이지 처형보다 훨씬 나쁜 것이네. 그래 정말 고문보다도 나쁘지. 사실 그 고문은 우리가 직접 고안해낸 게 아니라 질병에서 보고 배운 것이지. 그러나 질병이 하듯이 그렇게 고문을 감행하는 사람은 결코 없네. 여기서는 수년간 고문이 자행되었네. 의도적으로 잠깐 씩 쉬어가면서 너무 빨리 결단나지 않게 말이지. 가장 특이한 점은 그 고문을 당하는 사람은 자의적으로 그 불쌍한 내면으로부터 고문을 지연시킬 것을 스스로 강요당한다는 걸세. 이 비참한 침대 속의 삶, 발열, 호흡곤란, 투약, 그 괴롭고 위험한……검강경(檢腔鏡) 진찰은, 결국 그를 질식시키게 될 농종 의 성장을 지연시켜서 바로 발열 등의 이 비참한 삶을 가능한 한 오래 지속시 킬 수 있도록 하는 것 외에는 다른 목적이 있을 수 없지(Br 294).

주치의 하인리히 크랄의 추천이 있긴 했지만, 카프카가 고산지대의 타트 라를 택한 이유는 채식과 정원 일을 할 수 있고 비용이 다른 요양원에 비해 저렴했기 때문이었다. 그가 그곳에서 만난 의사 레오폴트 슈트렐링어는 전 문의라기보다는 기본적인 결핵 치료법에 의존하는 평범한 시골 의사였다. 그는 결혼해서 딸 하나를 둔 중년의 유대인으로 겸손하고 착한 의사였지만, 카프카가 받을 수 있는 치료는 발코니에 몇 시간 동안 누워 있는 대기 안정 요법, 고지의 따가운 햇볕 쬐기, 기도(氣道) 강화를 위해 숲의 신선한 공기 속에서 산책하기, 풍부한 식사를 통한 영양 섭취, 우유와 생크림 먹기, 비소 (砒素) 주사 맞기, 하루 7번의 규칙적인 체온 재기 등이 전부였다. 물론 주사 맞기를 싫어한 카프카는 비소 주사를 거부했고, 채식주의자인 그가 먹는 육 식은 정어리와 연어 등의 생선이 전부였고 우유와 생크림도 반으로 줄였다. 그는 취라우에서 그런 식이요법으로 효과를 보았다고 믿고 있었다. 물론 카 프카는 음식도 훌륭했고 모든 것이 위생적이어서 흡족했다.

그러나 간단한 기본적인 치료 소식에 놀란 가족과 친구들은 당장 이름 있는 전문 요양소로 옮길 것을 강력하게 권했다. 시골 의사인 지크프리트 뢰비 외삼촌과 아버지 헤르만까지 나서서 전문 요양소로 옮기지 않으면 그 를 찾아오겠다고 했다. 카프카는 그동안 위아래 방으로 들어온 젊은 환자들의 잡담과 노랫소리 그리고 옆방에서 일꾼이 난로를 두드리며 홍얼대는 노래와 휘파람소리(Br 328) 등으로 몹시 신경이 날카로워져 있었다. 그는 소음도 피할 겸 가족이 원하는 대로 좀 더 시설이 좋은 곳으로 옮길 겸 그곳에서 한 시간 거리에 있는 이름 있는 요양소 '노비 스모코베츠'를 찾아갔다. 그곳은 예전에 그를 진단한 적이 있던 의사 폰 존타흐가 운영하는 요양원이기도 했다. 그러나 그곳은 길가에 있어 시끄러울 뿐만 아니라 치료 절차도 까다로워 석 달 이상을 기다려야 했다. 그런 사정을 알게 된 포르베르거 부인의 배려로 카프카의 윗방을 조용한 부인이 사용하도록 조치함으로써 그는 다시 그곳에 눌러 앉았다.

그때 막스 브로트에게서 연락이 왔다. 밀레나가 자기의 행방을 찾고 있다는 것이었다. 카프카는 1921년 1월 초 그녀에게 더 이상 편지도 보내지 말고 만나지도 말자는 편지를 보냈다(BKB 309). 그러나 그녀는 그를 여전히 변함없이 사랑하고 있다는 내용의 답장을 보냈다(BKB 314). 카프카는 이에 대해 아무런 답장도 쓰지 않았다.

1월 말 거의 2주간에 걸쳐 혹한과 더불어 눈을 동반한 폭풍이 몰아쳤다(Br 302, 306). 카프카는 심한 기침과 가래로 고생했으며 숨쉬기까지 어려워 나흘간이나 침대에 누워 지내야 했다. 그는 예전처럼 여전히 다른 손님들과 거리를 두고 있었으나, 그중에는 적극적으로 말을 걸어오는 사람도 있었다. 한 체코 미혼 여성은 늘 그 옆으로 와서 수다스럽게 자신이 다닌 요양소의 장단점을 이야기하거나 반유대 경향의 농민 신문 ≪벤코프≫를 들먹이며 유대인은 세상에서 아예 근절되어야 한다고 떠들어댔다. 또한 헝가리 카샤우 출신 스물다섯 살의 아르투르 시나이라는 청년은 우울증과 위장 장애를 앓고 있었는데 헝가리어밖에 할 수 없었지만 여러 가지 일에 관심을 보이며 참견을 했다. 동유럽 출신 유대인으로 어린 시절 히브리어와 『탈무드』와 『조정목록』[2] 등을 공부한 적이 있는 이 젊은이는 카프카에게 같은 요양원에 와 있는 헝가리 출신 유대 청년에 대해 이야기하며 두 사람이 만나면 서로가 통할 것이라고 말했다. 그 청년이 바로 카프카를 후에 아버지처럼 그리고 인생의 스승처럼 따르게 될 스물한 살의 부다페스트 출신 의대생 로베르트 클롭슈토크(Robert Klopstock)였다. 그는 폐결핵을 치료하기 위해 여러 곳을 전전하다 그곳에 오게 되었는데, 아직까지 카프카와 직접 대면할 기회는 없었다.

며칠간의 폭풍과 폭설이 지난 후 오랜만에 햇빛이 나자 카프카는 한적한 시골길로 혼자 산책을 나갔다. 그때 맞은편에서 오고 있던 한 청년이 그에게 다가와 "프라하에서 오신 카프카 선생님이 아니십니까? 시나이 씨가 거의 매일 선생님에 대해서 이야기했습니다"[3]라고 인사를 했다. 그는 자신을 헝가리에서 온 로베르트 클롭슈토크라고 소개했다. 그때까지도 클롭슈토크는 카프카가 그저 날카로운 눈빛 그리고 매력적인 개성과 미소를 지닌 공무원으로만 생각했을 뿐 작가인지는 전혀 몰랐다.

카프카에게는 젊은이의 마음을 끄는 매력이 있었다. 그는 젊은이의 취향과 성격 그리고 청소년의 개혁적인 교육방식을 이해하고 그것을 개발시키는 데 뛰어난 재능을 보였다. 그는 이미 어린 누이동생들을 비롯해 민체 아이스너, 한스 클라우스[4] 그리고 구스타프 야누흐 같은 젊은이의 교육 문제, 직업

---

2 『조종목록(Schulchan Aruch)』은 체계적으로 정리한 유대인의 종교법 및 시민법으로서 『탈무드』에 기초하고 있다. 이 책은 요셉 카로(Joseph Karo, 1488-1575)에 의해 1565년에 출판되었다(Br 512).

3 "Mit Kafka in Matliary. Nach Aufzeichnungen von Robert Klopstock," Hans-Gerd Koch(Hrsg.), *Als Kafka mir entgegenkam...*, Erweiterte Neuausgabe, Berlin 2005, S.164-167, hier S.166.

4 카프카가 셸레젠에서 요양하고 있을 때 펠릭스 벨치의 사촌인 화학자 빅토르 클라우스와 옆방을 썼는데, 그의 동생인 열일곱 살의 한스 클라우스가 찾아왔다. 문학청년인 그는 카프카의 개성과 작품에 매혹되어 1919년 말 이후 프라하에 온 그를 자주 방문했다. 그는 설립

선택, 문학 수업 등에 대해 훌륭한 스승이자 상담자 역할을 해주었다. 카프카
는 그곳에서 다른 사람들과 나누는 일상적인 이야기로 삭막하고 적적하던
차에 새로운 젊은 친구를 만난 것이 기뻤다. 그는 2월 초 막스 브로트에게
보내는 편지에서 클롭슈토크를 이렇게 소개했다.

> 간밤에 방해를 받았네. 그러나 기분 좋게 말이네. 스물한 살의 의과대학생
> 이 있는데, 부다페스트 유대인이며 매우 노력형이고 지적이며, 또한 지극히
> 문학적이네. 그런데 그는 외모가 전체로 보아서는 어딘지 더 거칠게 보이지
> 만 베르펠을 닮았네. 타고난 의사들이 그렇듯이 사람을 그리워하고 반시온주
> 의자야. 예수와 도스토옙스키가 그의 안내자라네. 그가 9시가 넘었는데 본관
> 건물에서 내게 건너왔네. 나에게 (거의 그럴 필요가 없었는데) 냉찜질을 해주려
> 고 나에 대한 그의 특별한 친절은 사실상 자네 이름의 효과에서 온 듯했네.
> 그는 자네 이름을 매우 잘 알고 있었네. 그와 그 카샤우 인에게는 자네가
> 이곳을 방문할 가능성이 있다는 것은 당연히 굉장한 뉴스거리였다네(Br 302).

클롭슈토크는 염세적이고 우울한 성격의 소유자였다. 그는 1899년 헝가
리의 소도시 돔보바르에서 태어났다. 유대인인 그의 아버지는 그곳의 왕립
헝가리 국철의 주임기사였다. 그가 일찍 죽었기 때문에 그의 부인 기첼라(본
명은 슈피츠였다)는 두 아들인 로베르트 클롭슈토크와 후고 게오르크를 데리
고 부다페스트로 이사했다. 로베르트 클롭슈토크는 1912년에서 1917년까지

---

회원으로 있는 문학 그룹 '프로테스트(Protest)'에 대한 여러 가지 충고와 자문을 구했을
뿐만 아니라 자신이 쓴 작품들에 대해 카프카의 평가를 받았다. 카프카는 그에게 필요한
책들을 소개해주고 신문·잡지사 등과의 접촉을 알선해주었다. 그때 한스 클라우스는 구스
타프 야누흐를 카프카의 사무실에서 만났으며 그의 서정시들을 발표하는 데 여러 가지
도움을 주었으나 그의 작품은 빛을 보지 못했다. Hartmut Binder(Hrsg.), *Prager Profile.*
*Vergessene Autoren im Schatten Kafkas*, Berlin 1991, S.62f.

부다페스트에서 김나지움을 다녔는데, 특히 독일어에 관심이 많아서 열일곱 살에 이미 그는 원서로 독일 고전 문학을 읽을 수 있었고, 친구들에게 그것을 즐겨 낭송해 주었다. 그는 헝가리 문인들과도 자주 어울렸으며 자연과학에도 남다른 재능을 보였다. 그가 부다페스트에서 의학을 전공으로 선택한 것은 특히 윤리적인 이유에서였다. 의학 공부를 함으로써 고통 받는 인간을 육체적·정신적

로베르트 클롭슈토크(1924년)

으로 구제할 수 있는 직업을 가질 수 있다고 생각했기 때문이었다.

그는 랍비들로부터 종교적인 가르침을 받기는 했지만, 서유럽 유대인들이 그랬듯이 오히려 기독교적인 삶의 목표에 강한 애정을 보였다. 그는 카프카에게 예수를 자신의 개인적 삶의 전형으로서 칭힐 징도였다. 그는 특히 전생의 체험을 통해 더욱 자신의 생각을 굳혀가고 있었다. 그는 의대 첫 학기때 입영통지를 받았고 위생병으로 동부전선과 이탈리아에서 복무하면서 잔혹한 전쟁의 체험으로 거의 심적인 혼란 상태에 빠진 적도 있었다. 그는 위생병으로 근무하는 동안 폐결핵에 감염되었으나 전쟁이 끝난 후 의대에 복귀한 뒤에야 그 사실을 알았다. 그는 학업을 중단하고 몇 해 동안 여러 요양원을 전전하다가 1920년 가을 고산지대의 타트라로 다시 돌아왔다.

요양생활이 끝나가는 클롭슈토크는 기혼자가 되어버린 사촌여동생과의 가슴 아픈 사랑의 기억 때문에 부다페스트로 돌아가는 것을 주저하고 있었다. 그는 자신의 슬픈 사랑을 표출할 수 있는 작가가 될까도 생각했다. 그러나 카프카는 그가 작가보다 의학도로서 재능이 있음을 깨닫고 그에게 의학 공부를 지속할 것을 권유했다. 그는 클롭슈토크를 위해 베를린과 프라하의 친지들을 동원해 그가 프라하나 베를린에서 다시 의학 공부를 할 수 있도록 여러 가지 조력을 아끼지 않았다. 그는 후에 부다페스트 의대에 복학했다가 프라하 대학 의대로 옮겨 공부했는데, 후에 카프카의 병 수발을 위해 공부를

중단하기도 했다.

카프카가 죽은 후 클롭슈토크는 1928년 베를린에서 의학 공부를 마친 후 자선병원의 외과의 일반의사로 근무했다. 1929년에는 좀머펠트의 결핵 전문병원의 의사가 되었고, 같은 해 헝가리 출신 여선생인 기젤레 도이취와 결혼했으나 그들 사이에는 자녀가 없었다. 그는 문학적 욕망을 버리지 못해 한때 헝가리 작품들을 독일어로 옮기는 작업을 병행하기도 했다. 그는 나치가 집권하자 1933년 부인과 함께 부다페스트로 피했다가 1938년 토마스 만과 그의 아들 클라우스 만의 도움으로 미국으로 망명했다. 그때 그는 이미 폐결핵 전문의로 명성을 날리고 있었다.

클롭슈토크는 7년 동안 매사추세츠의 종합병원에서 '폐결핵 발병 시 폐 절제술에 관한 연구 프로젝트'를 맡아 일했다. 그는 1945년 미국 시민권을 얻고 1950년 뉴욕에 자리를 잡았는데, 그곳에서 폐결핵 외과 전문의로 활동하는 동시에 뉴욕 대학 교수로 활동했다. 그는 1958년 예전부터 깊은 관심을 가지고 있던 기독교로 개종했다. 그가 자기 직업에 바친 정성과 환자들을 돌보는 헌신적인 마음은 곧 그를 전설적인 인물로 만들었으며, 평상시 늘 많은 사람들에게 자비로운 인물로, 재능 있는 외과의사로 존경받았다. 클롭슈토크는 1972년 6월 12일 뉴욕에서 죽었다.

카프카를 알게 된 후로 클롭슈토크는 그를 마치 스승이나 아버지를 모시 듯 했다. 예의 바르고 이지적이고 감성이 풍부한 카프카의 모습은 늘 그에게 존경의 마음을 갖게 했다. 카프카가 계속되는 혹한과 폭풍 속에서 감기로 고생하며 침대에 머물러 있을 때 그는 의학도로서 할 수 있는 모든 도움을 주었다. 밤에는 카프카에게 냉찜질을 해주고 그를 위해 여러 가지 잔심부름도 마다않고 했다. 카프카는 영리하면서도 사심 없는 상냥한 젊은이의 인간적인 헌신에 감동했다. 1920년 2월 10일경 그들이 만난 지 채 2주일도 안 되었을 때 카프카는 오틀라에게 그가 아끼는 책들인 키르케고르의『공포와 전율』, 플라톤의『향연』, 호프만의『도스토옙스키 전기』, 막스 브로트의『죽은 자들에게 죽음을』등을 그를 위해 부쳐달라고 할 정도로 서로 가까워져 있었다(O 108).

그런데 카프카의 건강상태는 여전히 호전되지 않았다. 기침도 날로 심해지고 호흡도 곤란해졌으며, 천골 부위에 농양도 생기고 새로 시작한 육식 때문인지 소화불량과 치질까지 겹쳤다. 게다가 그는 종종 뼈 마디마디에 납덩이 같은 피로감을 느꼈고, 자신이 어렸을 때 할아버지에게서 목격했던 의식이 몽롱해지는 상태를 가끔 느끼곤 했다. 카프카는 자신이 병에서 회복될 수 없다고 생각하는 듯했고 또 회복되기를 바라지도 않은 듯했다. 그는 회복 가능성이 불투명해지자 장기간 병가로 인해 노동자재해보험공사에 미안한 마음과 죄책감이 들어서인지 휴가가 끝나면 다시 프라하로 돌아갈까도 생각했다. 그는 계속되는 병가 연기로 면목이 없어서인지 휴가 연장을 종용하는 오틀라에게 "무슨 낯으로 또 휴가를 요구하겠니"라고 편지를 썼다.

그러나 오틀라와 가족의 성화로 3월 11일 카프카는 다시 요양원 담당의사 슈트렐링어에게 정밀한 검사를 받았다. 슈트렐링어는 요양 중단이 가져올 위험성을 경고하고 5~6개월 지속적인 치료를 받아야 한다는 진단을 내렸다. 3월 19일까지로 되어 있던 병가는 슈트렐링어의 강력한 소견서와 오틀라의 노력으로 2개월 더 연장되었다(AS 436). 그리고 3월 27일 오틀라는 건강하게 맏딸 베라를 낳았다.

계속 요양했음에도 카프카의 건강에 여러 가지 좋지 않은 증상이 나타나고 있었다. 고약한 종기가 계속 생겼고 감기 기운과 장 카타르가 계속되면서 40도가 넘는 고열과 심한 복통이 뒤따랐다. 그것은 병이 오래 지속되어 면역력이 급격히 떨어지고 있다는 증거였다. 그러던 어느 날 그는 예전에 거울을 가지고 후두결핵의 진행 상태를 보여주었던 환자가 부활절을 지내러 프라하로 가던 도중 급행열차에서 뛰어내려 자살했다는 소식을 들었다(Br 314). 그 소식은 카프카를 또다시 충격에 빠뜨렸다. 그는 머지않아 자신에게도 죽음의 사자가 찾아오리라는 느낌에 전율했다.

4월 중순 뜻밖에 밀레나에게서 편지가 왔다. 그녀는 그사이에 아버지 얀 예젠스키와 화해해 프라하에 체류하고 있으며 자신도 폐결핵 때문에 이탈리아로 요양을 떠날 거라는 내용이었다. 카프카는 그녀를 혹시 프라하나 타트라에서 만날까 두려워 막스 브로트에게 그녀의 근황을 미리 알려달라고 부탁했다.

그러니까 자네가 M의 프라하 체류와 그 기간을 내게 알려달라는 말일세. 그래서 내가 대강 그 시기에 프라하에 가지 않도록 말이네. 또 M이 언제쯤 타트라에 오게 되어 있는지도 알려주게나. 그래서 내가 제때 이곳을 떠나도록 말이네. 왜냐하면 이제 재회는 더 이상 머리카락을 쥐어뜯을 정도의 절망으로 그치지 않고 두개골과 뇌를 할퀴어 자국을 내놓고 말거거든(Br 316f.).

그는 사랑의 고통이 건강에 치명적이라는 것을 잘 알고 있었다. 밀레나는 마지막으로 그의 건강상태와 근황을 듣고 싶어 했지만, 그는 그 편지에 답장을 하지 않았다. 막스 브로트가 그들 사이에서 중재할 기미를 보이자 카프카는 "만일 자네가 나에 대해 그녀에게 말하게 된다면, 죽은 자에 대해 이야기하듯이 하게나"(Br 322)라고 썼다. 그는 그녀에 대한 미련으로 더 이상 고통의 밤을 지새우기를 원하지 않았다. 오틀라는 오빠가 사랑 때문에 얼마나 고민했는지를 잘 알고 있었으므로 그에게 요양원에 있는 젊은 여성 환자들과 접촉을 피하라고 충고했고, 그는 충실하게 따르고 있었다(O 105). 오틀라에게 오빠의 건강상태는 생사의 문턱에 와 있는 것처럼 보였기 때문이었다.

타트라 요양원에서 카프카는 거의 클롭슈토크와 함께 지냈다. 클롭슈토크는 카프카를 위해 모든 번거로운 일들을 미리 알아서 처리해주었다. 카프카는 막스 브로트에게 "사실상 나는 그 의대생하고만 소통한다네. 다른 모든 것은 부차적이지. 만일 누군가가 내게 뭔가를 원하면 그는 그것을 그 학생에게 말한다네. 내가 만일 누군가에게 무언가를 원한다면 나 또한 그에게 그걸 말하지"(Br 323)라고 쓸 정도였다. 카프카는 클롭슈토크와 숲으로 산책을 가기도 하고, 햇빛이 비치는 발코니의 긴 의자에 누워 양심의 윤리 문제와 종교에 관해 이야기도 나누었다. 때때로 그 대화에 클롭슈토크의 친구이자 그곳에 환자로 와 있던 치과의사인 글라우버도 종종 함께했다.

클롭슈토크는 시온주의를 반대했는데, 그것은 기독교의 도덕 개념에 근거한 윤리적인 인간의 의무감과는 다르게 시온주의가 지나치게 민족주의적인 정치 색깔을 띠고 있다는 점 때문이었다. 종교와 윤리에 관해 카프카와 클롭슈토크가 종종 벌이는 논쟁의 중심에는 이들 이삭을 제물로 바치게 해 아브라함의 믿음을 시험하는 신에 관한 키르케고르의 해석이 있었다. 카프카는 하느님이 아브라함에게 요구한 시험 상황을 미로와 같은 삶의 구조에 대한 상징으로 파악하는 회의론자의 역할을 수행한 반면에, 클롭슈토크는 지상적인 고뇌란 결국 형이상학적인 종교적 믿음에서 해결책을 찾아야 한다고 이해하고, 아들을 제물로 바쳐야 하는 시험에서도 인간적 고뇌보다는 오히려 영적인 심급에 대한 절대적 신뢰가 당연하다는 논리를 폈다(Br 333).

그들의 대화는 시온주의, 기독교, 도스토옙스키 그리고 인간적 사랑과 하느님의 사랑 등 다양했다. 카프카는 말없이 경청하는 클롭슈토크의 진지한 얼굴 표정과 꿈꾸는 듯한 모습, 문학에 대한 열정을 옆에서 지켜보며 자신의 젊은 날의 모습을 보는 듯했다.

그들 사이에 또 한 사람이 가끔씩 어울렸는데, 안톤 홀루프라는 체코군 참모부 소속 대위였다. 그도 폐결핵을 앓는 환자였지만 예술적 감정이 풍부한 사람으로 플루트를 멋지게 불었고 스케치를 하고 수채화를 그렸는데, 그의 그림은 아마추어의 그림 같지 않게 훌륭했다(O 119ff.). 그는 마틀리아리에서 '타트라의 그림들'이란 제목으로 전시회를 열고 싶어 했다. 요양원에서 전시회를 연다는 것은 특이한 일이었지만, 예술 애호가들은 아마추어의 그림에 별 관심이 없었다. 이에 카프카와 클롭슈토크는 홀루프 모르게 그의 전람회에 대한 기사를 써서 그를 돕기로 했다. 4월 말경 카프카는 독일어판 지방 신문인 ≪카르파텐-포스트≫에, 클롭슈토크는 헝가리 신문에 그의 전시회에 대한 기사를 썼다. 이것이 카프카가 그림에 대해 쓴 유일한 평론인 「마틀라르하차[5]로부터」(KKAD 443)였다. 재미있는 것은, 그 사실을 전혀 모르고 있던 안톤 홀루프가 우연히 클롭슈토크의 논평이 실린 헝가리 신문을 들고 클롭슈토크에게 찾아와 번역해달라고 하는 바람에 모든 사실이 밝혀지게 되어 한바탕 웃음보가 터지기도 했다.

카프카는 만우절이 다가오자 더욱 장난스런 기지를 발휘했는데, 매제 다비트에게는 국장 오드슈트르칠에게 보낸 자신의 독일어 편지를 그가 체코어로 번역한 것이 문법 규칙에 위반되는 사례가 아주 많은 것처럼 거짓으로 밑줄을 쳐서 보냄으로써 그를 놀라게 했고, 가족에게는 만우절에 실린 기사, 즉 아인슈타인의 상대성 원리가 폐결핵의 치료에 획기적인 변화를 가져올 것이라는 기사를 오려 보냄으로써 한껏 희망에 부풀게 하기도 했다. 이처럼 카프카는 마틀리아리의 요양원 생활을 가능한 한 아무 일도 하지 않고 즐거운 마음으로 지내려고 했다.

따뜻한 봄이 되자 그는 종종 발코니와 숲 속 빈터에 웃통을 벗고 누운 채 자연과 하나 되어 흘러가는 구름을 바라보거나 꾸벅꾸벅 졸기도 했다. 그는 얼마 전 쥐 죽은 듯이 고요한 숲 속에서 자그마한 텅 빈 초원을 하나

---

5 마틀리아리(Matliary)는 헝가리의 고산지 휴양지여서 원래는 헝가리어로 마틀라르하차(Matlárháza)라고 부른다. 그러므로 이 지방 신문인 ≪카르파텐-포스트(Karpathen-Post)≫에는 평론 제목이 「마틀라르하차로부터(Aus Matlárháza)」로 되어 있었다.

발견했다. 그곳은 "새들과 개울과 바람"(O 125)만 찾는 마음에 쏙 드는 장소였다. 그는 이제 힘에 부쳐 주변을 오랫동안 산보하거나 답사하는 일도 그만두고, 그 빈 터에 누워 책을 읽거나 명상에 잠기곤 했다. 최근에는 시온주의 잡지 ≪젤프스트베어≫와 카를 크라우스가 발간하는 반유대주의를 표방하는 기독교 잡지 ≪횃불≫만 가끔 읽을 뿐이었다. 그는 항상 유대인에 대한 서로 다른 경향의 의견을 듣고자 했고 그럼으로써 스스로 편협한 사고에 빠지지 않으려 했다. 그는 자신의 담당 의사인 슈트렐링어를 설득해서 ≪젤프스트베어≫의 구독자가 되게 했고, 잠시 헝가리에 가 있는 클롭슈토크에게는 ≪횃불≫를 빠뜨리지 말고 보내줄 것을 부탁하기도 했다. 그러나 그는 편지 쓰는 것도 줄였고, 작품을 쓰는 것도 중지한 상태였다. 그는 이제 아무린 욕밍이나 바림 없이 조용한 시긴을 보내려는 듯이 보였다.

오틀라의 도움과 마음씨 좋은 국장의 배려로 병가가 다시 8월 19일까지 3개월 더 연장되자 그는 마틀리아리의 조용하고 고독한 요양원의 삶 속에 파묻혀 더욱 현실 세계에 등을 돌리고 있었다. 그는 과거의 추억에 잠기거나 꿈과 잠의 몽롱한 상태에 빠져들어 자신이 마치 세계 밖에서 살고 있는 듯 착각할 정도였다. 그는 더 이상 현실 세계로 돌아갈 마음이 없는 듯 보였다. 그리고 자신의 병세에 대해 외부에 알리는 것을 가능한 한 피했다. 몸무게는 조금 늘었으나 병이 호전될 기미는 없어 보였다.

막스 브로트만이 끈질기게 그의 건강상태를 문의하고 치료에 대한 변화의 필요성을 요구할 뿐이었다. 그는 카프카의 주치의 하인리히 크랄을 찾아가 마틀리아리 요양소가 실시하고 있는 카프카의 기본 치료방법의 효율성에 대해 문의했다. 크랄로부터 그는 그곳의 치료방법이 현 상태의 카프카에게는 별 효과가 없을 거라며 빨리 전문 요양원으로 옮겨 적극적인 치료를 받아야 한다는 충고를 들었다. 막스 브로트가 카프카에게 즉시 전문 요양원으로 옮겨 전문적인 치료를 받으라는 편지를 하자 카프카는 이렇게 회답을 했다.

자네는 계속해서 건강 회복에 대해서 쓰고 있군 그래. 그건 정말이지 나에게는 당치도 않네(폐에 관련해서만이 아니라 그 밖에 매사에 관련해서). 근래에는 불안의 파고가 나를 덮쳤네(Br 322).

그사이에 부다페스트에 가 있던 클롭슈토크도 그에게 단조로운 생활과 환경을 바꾸기 위해 요양소를 바꿀 것을 권했다. 새로운 분위기 조성이 병 치료에 도움이 된다는 것이었다. 그리고 연인과 함께 발트 해로 3주간 휴가를 떠나기로 한 막스 브로트는 그의 침체된 분위기를 바꿔보려고 카프카에게 동행할 것을 제안했지만, 그는 폐결핵 환자에게 바다는 좋지 않다며 응하지 않았다. 또한 몇 주 동안 서부 보헤미아 지방의 타우에서 함께 휴가를 보내자는 오틀라 가족의 제안도 어린 조카 베라에게 병이 전염될까 염려된다며 거절했다. 더구나 그곳에서 가까운 보헤미아 숲에서 밀레나가 요양을 하고 있었기 때문이기도 했다(BKB 357f.).

클롭슈토크, 글라우버, 카프카
(앞줄 왼쪽부터. 타트라 요양원에서)

그는 시나이, 클롭슈토크, 글라우버, 그리고 몇몇 여성 환자들과 두세 번 1,300미터 고지에 있는 음식점 타라이카와 취르머 호수로 소풍을 나갔을 뿐이었다(Br 335). 그는 높고 깊은 산중에 자리 잡고 있는 마틀리아리의 고요함과 고독에 익숙해져 있었다. 그가 그곳에서 지낸 8개월 동안 그 주변에서 강연을 했던 알프레트 에렌슈타인이 잠시 들렀을 뿐(Br 322), 그 외에는 어느 누구도 그를 방문한 적이 없었다. 병이 거의 완치된 클롭슈토크도 이제 장래의 일을 알아보기 위해 자주 마틀리아리를 비우고 없었다.

# 프라하 독일어와 소수 문학

마틀리아리에 홀로 남게 된 카프카는 멀리 떠나 있는 클롭슈토크와 자주 편지를 주고받으며 지냈다. 그는 편지로 기독교에 관심이 많은 클롭슈토크와 성서에 나타난 신앙과 윤리에 관해 논쟁을 벌이기도 하고, 경제적으로 어려운 그를 위해 헬러라우의 출판업자인 야콥 헤그너에게 연락해 자리를 구해주려고도 애썼다. 카프카는 여름이 되면서 햇볕이 들지 않는 발코니나 숲 속 그늘을 찾아 성서 외에도 다른 책들을 조금씩 읽기 시작했다. 특히 프란츠 베르펠과 그의 작품 『거울 인간』을 패러디화한 카를 크라우스의 『문학, 또는 우리는 거기서 알게 될 것이다』[1]를 관심 있게 읽었다. 크라우스는 프란츠 베르펠의 극작품들이 지니고 있는 지나치게 격정적이고 비약적인 양식을 패러디화하면서, 특히 모던성을 앞세워 예전의 전통 가치와 형식을 무조건 파괴하려는 그의 전위주의적인 태도에 주목했다. 그는 프라하 유대 문학 그룹의 시대 유형적 경향을 대표하는 베르펠이 전통적인 언어와 문화

---

1 카를 크라우스(Karl Kraus, 1874~1936)는 그의 풍자적인 오페레타 『문학, 또는 우리는 거기서 알게 될 것이다. 마법의 오페레타(Literatur, oder Man wird doch da sehen. Eine magische Operette)』(1921)에서 프란츠 베르펠의 표현주의 드라마 '마법의 3부작' 『거울 인간(Der Spiegelmensch)』이 지니고 있는 격정적이고 비약적인 모던 문체를 희화화시켜 비판했다.

의 내적 결합에서 벗어나 방향도 없이 고립을 자초하고 있으며, 프라하의 유대 작가들이 사용하는 독일어는 은어적이고 방언적인 생소한 표현을 만들어내 순수 독일어의 발전을 저해하고 있다고 비난했다. 이에 대해 막스 브로트와 베르펠 등은 장광설적인 독설이라며 강한 반응을 보였지만, 카프카는 크라우스 책을 읽음으로써 지금까지 무심코 지나쳤던 서유럽, 특히 프라하 유대 작가들이 처해 있는 언어적 위기상황을 되돌아보게 되었다. 카프카는 이와 연관해서 막스 브로트에게 장문의 편지를 썼다.

꽤 오래전에 크라우스의 『문학』을 읽었네. 자넨 분명히 그것을 알고 있지? 그때 당시의 인상으로는 마음속에 적중한 듯 비상하게 마음에 와 닿았어. 시간이 지남에 따라 약해지긴 했지만. 그는 정말 이 작은 독일계 유대인 문학 세계를 지배하고 있지. 아니 그가 대변하고 있는 원칙이 그렇다고 할 수 있지. 그는 경탄스러울 정도로 그 원칙에 순응한 나머지, 심지어 자기 자신을 그 원칙과 혼동하고 있고 다른 사람들까지도 그 혼동에 참여하게 하지. 내게는 구분이 꽤 잘된다고 생각되네. 그 책 속에 있는 것은, 다만 재치에 지나지 않는 것, 어쨌든 현란한 재치이네. 그다음엔 연민을 자아내는 가련함, 그리고 마침내 진실인 것, 적어도 나의 글 쓰는 손이 진실인 만큼 그 정도의 진실, 그렇게 분명하고도 불안할 정도로 육체적인 것이기도 한 진실이지. 재치라면 주로 유대인 투의 언어,[2] 그런 유대인 투의 말을 크라우스만큼 잘하는 사람은

---

2 Andreas B. Kilcher, "Sprachdiskurse im Jüdischen Prag um 1900," Marek Nekular, Ingridfrischmann, Abrecht Gruele(Hrsg.), *Franz Kafka im sprachnationalen Kontext seiner Zeit*, Weimar 2007, S.74. 사람들은 당시 동유럽 유대인의 독일어인 '이디시어'를 멸시하고 조롱하는 의미로 '유대인 투의 독일어(Mauscheldeutsch)' 혹은 '은어(Jargon)'라고 불렀다. 그러나 이디시어는 히브리어, 아랍어와 슬라브어에서 나온 단어들이 많이 섞여 있음에도 독자적인 게르만 언어이고, 많은 외래어로 구성되어 있지만 독일어에 가까운 자기 고유의 문법을 가지고 있었다. Hans Dieter Zimmermann, "Kafkas Prag und die kleinen

없지. 비록 이 독일계 유대 세계에서 누군들 유대인 투의 말 이외에 어떤
다른 것을 할 수 있을까만은, 유대인 투의 말을 가장 넓은 의미로 사용해서,
하긴 그렇게 밖에는 사용할 수가 없지만, 곧 낯선 유산의 큰 소리, 또는 조용
히 침묵하는, 또는 자학하는 오만불순으로 말이야. 그것은 받는 것이 아니라
어떤 (상대적으로) 재빠른 쟁취를 통해 도둑질하는 것이며, 그렇게 해서 그
낯선 유산은 유지되는 것이야. 단 하나의 언어 오류도 입증될 수 없다 하더라
도, 왜냐하면 여기에는 정말이지 후회의 순간에 양심의 아주 작은 외침을
통해서 모든 것이 입증될 수 있으니까. 유대식 언어를 반대해서 하는 말은
아니네. 유대식 언어는 그 자체는 아름답기까지 하지. 그것은 탁상 독일어와
동작 언어……의 유기적인 결합이기도 하지. 그것은 또 부드러운 언어 감각
의 결과이네. 그 언어 감각으로 보면, 독일어에는 다만 사투리와 그 밖에는
다만 극히 개인적이고 고지 독일어만 실제로 살아 있고, 그 반면 나머지 언어
적 중산층은 잿더미일 뿐이야. 그리고 이 재는 살아남은 유대인의 손이 그것
을 파헤침으로써 오직 가상의 생명을 얻을 수 있는 것이라고 그것은 사실이
야. 재미있든 끔찍하든 마음대로 생각하라지. 그러나 어찌하여 유대인은 그
렇게도 저항할 수 없이 그 언어에 유혹되는 것인가? 독일 문학은 유대인의
해방 이전에도 존재했고 위대한 영광을 누렸네. 특히 그 문학은 내가 보기로
는 평균적으로 오늘날에 비해 결코 덜 다양했다고 할 수 없지. 어쩌면 오늘날
그 다양성을 잃었다고 할 게야. 그리고 이 두 가지가 본디 유대정신과 연관되
어 있다는 것, 더 자세히 말하면 젊은 유대인이 자신의 유대 문화와 갖는
관계, 이 세대의 끔찍스러운 내적 상황과 연관되어 있음을, 그것을 특히 크라
우스가 인식했다는 것이야. 더 바르게 말하면, 그에게 비견되어서 더욱 분명
하게 드러났다는 것이지(Br 336f.).


Literaturen," Bettina von Jagow u. Oiver Jahraus(Hrsg.), *Kafka Handbuch. Leben, Werk,
Wirkung*, Göttingen 2008, S.170f.

마지막 문장에서 볼 수 있듯이, 카프카는 막스 브로트를 비롯한 프라하 문인 그룹이 깨닫고 있지 못한 사실, 즉 카를 크라우스의 문학이 오히려 서유럽 유대 작가가 처해 있는 딜레마를 무심코 반영하고 있다는 것을 지적하고 있다. 유대인이면서 가톨릭으로 개종한 카를 크라우스는 막스 브로트, 프란츠 베르펠 그리고 카프카와 같은 프라하 문학 그룹의 유대 작가를 가리켜 독일어를 '유대인 투의 말'과 '은어'로 실추시키는 자들이라고 비난했다. 그는 보기에 순수한 독일어를 사용하고 있다고 생각되는 산문 속에서도 이디시어적 요소와 유대적 사고와 감정을 표출하고 있는 요소를 하나하나 지적해내면서, 독일어로 쓰고 있는 유대인은 불법적으로 타인의 문화유산을 탈취해 그것을 남용하고 있다고 주장했다. 그리하여 카를 크라우스는 독일어로 쓰는 프라하 유대 작가의 문학을 "요람에서 독일 어린아이를 훔쳐온 집시 문학"(Br 338)이라고까지 폄하했다.

그러나 카프카는 크라우스 역시 유대인이었으므로 그의 주장에는 모순이 있다고 생각했다. 온갖 재기 넘치는 아이디어를 발휘해서 프라하 독일 유대 문학을 비웃고 있는 그의 장광설은 때로는 매우 날카롭고 때로는 매우 흥미롭지만, 결국 권태로운 자기변명에 지나지 않아 보였다. 카프카는 크라우스가 사용하는 기발한 "위트는 주로 유대인 투의 언어" 자체이며, 또 "그런 유대인 투의 말을 크라우스만큼 잘하는 사람은 없다"고 인식했다. 왜냐하면 그가 프라하의 소수 유대 문학에 나타나고 있는 이디시어적 요소와 은어와 방언에 대한 지적은 바로 그 자신이 유대식 독일어에 대해 많은 지식을 가지고 있을 뿐만 아니라 그것에 길들여 있다는 것을 반증하기 때문이었다. 그러므로 카프카는 "독일계 유대인 세계에서는 어느 누구도 유대인 투의 말 이외에 그 어떤 다른 것을 할 수 없다"(Br 336)는 사실을 강조했다. 카프카는 프라하 유대 문학에 대해 현란한 위트와 날카로운 풍자로써 비판을 가하는 크라우스 자체가 "유대인 투 말의 대가"(RSII 526)라는 역설적인 진실을 지적하고 있다.

그러나 카프카는 크라우스가 지적하고 있는 프라하 유대 작가가 가지고 있는 언어의 한계성에 대한 비판에는 의견을 같이한다. 서유럽 문화에 동화되어 있는 프라하 유대 작가들의 독일어는 예전의 이디시어도, 또 순수 표준 독일어도 아닌 그 경계선상에 있었다. 그러므로 카프카는 그들의 문학이 지금까지 겉으로는 독일 문학인 듯 보였지만 사실은 순수 독일 문학이 될 수는 없다고 생각했다. 카프카는 막스 브로트에게 프라하 독일계 유대인의 소수 문학[3]이 안고 있는 문제점을 이렇게 지적했다.

> 곧, '글을 쓰지 않을 수 없다는 것', '독일어로 쓸 수 없다는 것', 그렇다고 '다른 방식으로 쓸 수 없다는 것,' 여기에 네 번째 불가능성을 첨가한다면, 그건 '글을 쓸 수 없다'는 사실일 것이네.……그러니까 그것은 어느 모로 보나 불가능한 문학이지. 요람 속에 있는 독일 어린아이를 훔쳐서 어떻게든 마무리지어버린 집시 문학이야(Br 337f.).

카프카는 "비독일인 어머니에게서 배운 독일어"(Br 178)가 모국어로서의 한계를 가지고 있다는 것을 뼈저리게 느끼는 동시에 '프라하 독일어'가 "슬라브어와 체코어를 이웃으로 하고 있고 또 프라하 유대 독일어에 의해 여러

---

3 Gilles Deleuze und Félix Guattari, *Kafka. Für eine kleine Literatur*, Frankfurt am Main 1976. 여기에서 들뢰즈와 가타리는 카프카가 말하고 있는 소수 문학을 다수의 지배적인 문학에 대한 사회혁명적 요소를 지닌 정치적인 문학, 즉 민중문학으로 간주하고 있으나 이는 자신들의 1970년대 정치·사회상에 따른 주관적인 해석에 불과하다. Michael Müller, *So viele Meinungen! Ausdruck der Verzweiflung?* Zur Kafka-Forschung I; ders., Wo aber ist Kafka? Er bleibt unsichtbar. Zur Kafka-Forschung II, in: Franz Kafka, Text+Kritik. Zeitschrift für Literatur, Sondeband, hrsg. v. Heinz Ludwig Arnold, München 2006, S.8-41, 322-330.

모로 채색되어” 있어서 “억양과 관용어, 어휘 선택은 물론이고 문법 사용에
서도” 그리 “풍부하지 못하다는 것”’을 인식하고 있었다. 그러므로 그는 모
든 면에서 불가능한 문학을 독창적 문학으로 창출해내기 위해 단어 하나하
나 문장 하나하나까지 세심하게 살피고 새롭게 창조해내려고 무한히 애썼다.

내가 쓰고 있는 단어들은 거의 서로 조화를 이루지 못하고 있다. 자음들이
함석처럼 서로 맞부딪치는 소리가 나는가 하면, 모음들이 민스트럴 쇼의 흑
인처럼 노래하는 소리가 들린다. 각각의 단어마다 의심에 싸여 있어서 나는
단어보다 의심을 먼저 본다. 아무려면 어떠랴, 내가 단어를 전혀 보지 못하는
것을! 난 그 사실을 발견해낸다(KKAT 130).

문학적 삶만이 유일한 실존이었던 카프카에게 언어란 그 무엇보다도 중요
한 방편이자 실존을 위한 매개체였다. 그러므로 그는 ‘프라하 독일어’가 지
니고 있는 언어적 한계성을 극복하려고 끊임없이 글쓰기 연습을 해왔다. 그
는 문학적 삶의 방향을 잃지 않으려고 마치 사람들이 “혜성을 향해 망원경을
조준하듯 매일 나[자신]를 향해 단 한 줄의 글이라도 써야”(KKAT 14) 하는
사람이었다. 항상 작품을 쓰거나 그것이 안 되면 일기나 편지를 썼으며, 노동
자재해보험공사의 여러 가지 보고서 등을 쓰며 의식적으로 글쓰기 연습을
했다. 그러한 것을 통해 그는 명쾌한 간결성, 독창적인 표현, 새로운 유연성
과 강렬함을 띤 메타포, 아이러니, 패러독스를 지닌 그만의 특유한 언어 세계
를 이룩했고 남이 흉내 낼 수 없는 수수께끼 같은 ‘비유적인 이야기’를 창작
해냈다.

---

4 Heinz Politzer, *Problematik... der Kafka-Forschung, Monatshefte*, Wisconsin XLII/6 Oktober
  1950, S.280.

카프카는 다른 프라하 유대인 작가들과는 달리 자기가 이루어낸 고유한 형상언어로 '유대적인 것'만 표현하려 하지 않았다. 그에게 문학은 단순히 정치적·민족적·이데올로기적인 것에 한정된 도구가 아니기 때문이었다. 진정한 작가일수록 자신의 체험을 논하거나 설명하는 것이 아니라 그것을 가능한 심미적인 '순수한 형식'으로 완벽하게 표출해내고 싶어 한다. 그는 영(靈)과 육(肉)이 자유롭게 열려 있는 '망아 상태'에서 현실 원리나 지적인 평가 등에 구애받지 않고 자신이 체험한 모든 것을 원래의 상태 그대로 표현하고자 했다. 그러므로 그의 문학작품 속에서 특정한 유대적 개념을 찾아볼 수 없다. 그만큼 그의 문학은 프라하 유대인 문학이 아닌 보다 뛰어난 보편적 예리함과 예측할 수 없는 깊이를 담고 있는 자유로운 문학이다.

카프카는 언제나 작가의 의도적인 생각이나 표현보나 예술작품 자체의 심미적 형식에 절대적 우위를 부여했다. 이러한 카프카의 문학적 태도는 유대인으로서, 프라하의 서유럽 유대 작가로서 가질 수밖에 없는 비극적이고 지엽적인 한계 상황을 뛰어넘어 인간의 근본적인 비극적 상황을 다양한 시각에서 살펴볼 수 있게 했다. 이것이 바로 카프카를 독일어를 사용하는 프라하의 어느 작가보다 위대한 세계적 작가로 발돋움할 수 있게 한 계기였다.

# 구스타프 야누흐와 낭송자 루트비히 하르트를 만나다

카프카가 마틀리아리에 온 지도 8개월이 되어가고 있었다. 건강상태는 별로 호전되지 않았지만 몸무게는 8킬로나 늘었다. 기침과 호흡곤란 그리고 신열은 좀 나아지는 것 같다가도 날씨에 따라 매우 달라졌다. 그는 그곳보다 오히려 취라우와 메란에서 지냈던 때가 효과적이었다고 생각하고 있었다(O 127). 오틀라는 가족과 함께 보헤미아 숲의 타우스라는 요양지에 가 있었다. 그녀는 8월 20일로 끝나가는 카프카의 병가가 걱정되어 어떻게 할 것인지 그의 의향을 물었다. 그는 더 머물고 싶지만 병가를 더 연장할 이유도 염치도 없었다.

무엇보다도 휴가가 끝나는 8월 20일에 프라하에 있고 싶구나. 언제까지 구걸할 수도 없고, 대리 청원자인 너도 프라하에 없고, 의사도 병에 차도가 없을 거라고 여기기 때문이야. 어쨌든 의사는 가끔 그렇게 말하지만, 사실이 그럴 거야. 아주 고약한 종기 때문에 순간적으로 목뼈가 화끈거린다. 종기는 이곳에서 생겼어. 좀 눕고 싶구나(O 129f.).

종기가 원인이 되었는지 복직 일주일 전인 8월 14일 갑자기 대퇴부 근육에 이상이 오면서 고열과 심한 기침으로 카프카는 며칠간 잠도 자지 못하고 괴로워했다. 담당의사인 슈트렐링어는 그것을 폐의 발작현상으로(Br 339) 보고 그다지 심각하게 여길 필요는 없다고 진단을 내렸다. 그러나 당장 직장 복귀가 어려워진 카프카는 국장에게 양해의 편지를 써야 했다(O 207). 오틀라가 딸 베라와 타우스에서 휴가 중이었기 때문에 그는 매제 요제프 다비트에게 그 일을 부탁했다. 다비트는 카프카의 체코어 편지를 수정해 그의 상관인 인드리히 바렌타 부장에게 직접 전달했다(O 208). 8월 26일 어느 정도 건강이 회복되자 그는 매제가 데리러 오겠다는 제안도 마다하고 홀로 프라하 행 열차에 올랐다.

카프카는 주말을 집에서 쉬고 월요일인 8월 29일 출근했다(AS 452). 노동자재해보험공사에 대한 고마움과 미안함, 그리고 직부에 대한 의무감 때문에 프라하로 돌아오긴 했지만, 그의 체력은 사무실 일을 감당할 수 없을 정도였다. 햇볕에 그을어 건강해 보이는 겉모습과는 달리 실제 그의 건강은 예전보다 조금도 나아진 게 없었다. 그는 전문 요양원에서 강도 있게 치료하지 않은 것을 비로소 후회했다(O 202). 출근한 지 며칠 되지 않은 9월 초 그는 클롭슈토크에게 이렇게 편지를 썼다.

나는 건강이 썩 좋지 않네. 사무실에서 돌아온 뒤 곧바로 침대에 계속 누워 있지 않으면 견딜 수 없네. 처음 며칠을 그렇게 하지 않았더니 곧 나쁜 결과를 가져오더군.……피곤하기도 해.……손도 들지 못하겠어(Br 350).

가을철로 접어들면서 프라하의 날씨는 매우 스산했다. 계속해서 날씨가 흐리고 비도 종종 내렸다. 피로감과 기침 그리고 이따금 찾아오는 고열로 몸 상태는 좋지 않았지만 카프카는 조심스럽게 주위 사람들과 만남을 다시 시작했다. 9월 7일 그동안 소원했던 에른스트 바이스가 자신의 작품을 추천해달라고 그를 방문했다. 이를 계기로 옛 친구들인 오토 피크, 파울 아들러, 프란츠 베르펠, 게오르크 랑어, 알베르트 에렌슈타인 등이 병문안을 왔다. 그리고 그사이 포메른 지방의 원예사가 된 민체 아이스너가 인사 왔고, 마틀리아리에서 만난 호기심 많은 헝가리 청년 시나이도 병문안을 왔다. 그리고 마틀리아리의 요양원 주인의 딸인 이레네 북쉬가 학교 입학 문제로 조언을 구하기 위해 그를 찾아왔다. 그렇게 그를 찾아오는 사람들 중에 젊은 시인 지망생인 구스타프 야누흐도 있었다. 그는 프라하 시외에 있는 부모의 집에 살고 있었는데, 종종 아무 예고도 없이 카프카를 만나러 그의 사무실에 나타나곤 했다.

카프카가 그를 처음 만난 것은 셸레젠에서 프라하로 돌아온 1919년 4월 초로 추측된다.[1] 당시 야누흐는 카프카의 직장 동료의 아들로 시를 쓰는 문학 지망생인 열여섯 살의 감나지움 학생이었다. 사춘기 학생인 야누흐는 부모의 불화로 고통당하고 있었으며 곧 문학세계에 빠져들어 학교에 가는 대신 카페나 도서관에 다니며 시와 소설에 몰두했다. 그는 닥치는 대로 많은 책을 읽었고 피아노 연주와 리놀륨 방식의 판화 인쇄기술에도 재능을 보였다. 그러나 그는 무엇보다 시인으로서 인정받고 싶어 했다.

야누흐는 자주 카프카의 사무실을 찾아와 자신의 습작 시들에 대한 평가를 부탁했다. 카프카는 남의 부탁을 거절할 줄 모르는 데다가 특히 젊은이에 대해 깊은 이해심을 가지고 있었기 때문에 야누흐에게 늘 친절하고 깍듯하게 대했다. 그는 업무가 끝난 후 종종 사무실에 남아 야누흐와 대화를 나누거나 귀갓길에 그를 동반하기도 했다. 밀레나에게 보내는 편지(M 135, 148,

---

1 Hartmut Binder(Hrsg.), *Prager Profile*, a.a.O., S.55. 구스타프 야누흐(Gustav Janouch, 1903~1968)는 『카프카와의 대화(Gespräche mit Kafka)』(1968), 29쪽에서 그가 카프카를 처음 만난 것이 1920년 3월 말경이라고 쓰고 있으나, 빈더의 실증적인 분석에 따르면 1919년 4월 초로 추정된다. 이렇듯 야누흐의 진술은 진실 면에서 여러 가지 문제점을 안고 있다.

157, 255)에서 보듯이, 야누흐는 카프카에게 75편의 습작 시를 읽어달라고 하는가 하면 자신이 만든 목판화를 가져와 보여주기도 하고 어떤 때는 심한 감정의 기복을 보이거나 책을 한 아름 가져와 카프카에게 읽기를 강요해 그를 곤란하게 만들기도 했다. 카프카는 1921년 9월 중순 클롭슈토크에게 이렇게 편지를 썼다.

최근에 야누흐가 여기에 왔네, 시골에서 단 하루 일정으로. 그는 자기의 방문을 편지로 통지했다네. 그가 악의가 있는 것은 결코 아니네. 그리고 특히 자네 편지가 그에게 큰 기쁨을 주었네. 그는 사무실로 나를 찾아왔지. 울며 웃으며 외치면서. 그리고 내가 읽어야 할 책 한 무더기와 사과를 가져왔고, 끝으로 자그맣고 친절한 산림지기의 딸인 자기 애인을 데려왔다네.……그는 스스로 행복하다고 말하지만, 때때로 걱정스럽고 혼란스러운 인상을 주네. 좋지 않아 보이기도 하고, 졸업 시험을 보겠다고 하다가, 다음엔 의학……이나 법률……을 공부하고 싶어 하지. 이런 불을 지피는 것이 도대체 어떤 악마인지(Br 352).

구스타프 야누흐는 30년 후인 1951년 『카프카와의 대화』를 발표하고 17년 후인 1968년 초판에는 없었던 상당량의 대화 부분을 첨가해 증보판을 내놓았다. 막스 브로트는 야누흐를 『괴테와의 대화』를 쓴 요한 페터 에커만에 비견하며 '카프카의 에커만'이라고 추켜세웠다.

그러나 이러한 막스 브로트의 평가는 신중하지 못했다는 것이 여러 측면에서 드러난다. 많은 비평가들이 『카프카와의 대화』에 나타난 여러 가지 모순과 허위사실을 지적하고 있기 때문이다.[2] 가장 확실하게 대조될 수 있는

---

2 Eduard Goldstücker, "Kafkas Eckermann? Zu Gustav Janouchs *Gespräche mit Kafka*," Claude David(Hrsg.), *Franz Kafka. Themen und Probleme*, a.a.O., S.238-255, bes. S.246ff.;

작품 제목이나 발간 날짜 등의 착오뿐만 아니라 인명이나 대화의 날짜 등도 앞뒤가 맞지 않는다는 것이 밝혀졌다. 특히 초판 이후 많은 세월이 지난 후에 나온 증보판에는 그사이에 출판된 막스 브로트의『카프카 평전』,『카프카의 편지』,『밀레나에게 보내는 편지』등을 참고해 수정·보완했으리라고 추정되는 흔적들이 발견되었다. 또한 카프카의 성격을 생각해볼 때 납득이 가지 않는 진술 내용이 있고, 카프카와 만났으리라 추측되는 시간에 비해 너무나 많은 분량의 대화가 실려 있으며, 시기적으로 당시 카프카와 중요한 관계에 있던 오틀라, 율리 보리체크 등을 전혀 언급하지 않을 뿐만 아니라 밀레나를 간단히 여류 번역가라고 소개하는 등 내용에 대한 신뢰성이 떨어지고 전체적으로 카프카에 대한 실증적인 증거보다는 허구적인 색채가 더 농후하다는 게 문학계의 평가이다.

카프카는 실제로 젊은 야누흐의 희망을 꺾지 않으려고 또한 그의 욕망의 분출을 완화시키기 위해 그가 쓴 첫 시들의 발간을 도와주었고, 그의 거짓 발언 때문에 다른 사람에게 대신 용서를 빈 적도 있으며, 카프카를 따랐던 문학청년인 한스 클라우스의 문학 그룹에 소개시켜 사회적·정신적 후원을 받도록 도와주기도 했다. 그러나 야누흐는 카프카의 노력에도 불구하고 그의 초창기 문학능력을 더 이상 발전시키지 못했다(RSII 300).

한편 여러 가지 어려운 상황에서도 카프카는 아직 마틀리아리에 체류하고 있는 클롭슈토크와 서신 교환을 계속했다. 그는 온갖 정성을 다해 새로 사귄 이 젊은 친구를 돌보아주려고 했다. 앞서 그를 위해 일자리를 부탁했던 헬러라우에 있는 출판업자 야콥 헤그너에게서 아무 소식이 없자 저널리스트 계통의 일자리를 알아봐주기도 하고, 그가 프라하에서 의학 공부를 계속할 수

---

Reiner Stach, *Kafka. Die Jahre der Erkenntnis*, Frankfurt am Main 2008, S.299f.; Peter-André Alt, *Franz Kafka. Der ewige Sohn*, München 2005, S.561.

있는지 알아보기도 했다. 또한 벨치와 함께 그의 먼 친척이 되는 내과의사 에그몬트 뮌처를 찾아가 클롭슈토크를 병원 조수로 써줄 수 있는지 알아보기도 했다. 또한 비용을 들이지 않고 체코 체류 허가를 연장하는 법과 그가 체류할 경우 체코와 헝가리 간의 정치적 긴장으로 혹시 체포될 가능성은 없는지도 자세히 알아보았고, 시베리아로 추방되었던 클롭슈토크의 형 후고 게오르크와 접촉할 수 있도록 도와주기도 했다.

10월 초 베를린 출신 배우이자 유명한 낭송자인 루트비히 하르트가 프라하의 모차르트 기념관에서 낭송회를 가졌다. 전쟁 전 카프카는 막스 브로트를 통해 그를 잠시 만난 적도 있었고, 1920/21년 겨울에 그가 카프카의 『시골 의사』 모음집에 나오는 몇 작품을 로베르트 발저, 게오르크 하임, 크리스티안 모르겐슈테른, 모파상, 하이네 등의 작품들과 함께 낭송한 적도 있었다. 특히 그가 낭송한 카프카의 산문작품 「열한 명의 아들」이 독일 ≪보시시 신문≫에 "그날 저녁의 가장 강력한 인상"을 남긴 작품으로 높이 평가됨으로써 작가 카프카의 이름이 독일 여러 도시에 알려지게 되었다. 카프카는 모차르트 기념관에서 열린 그의 낭송회를 방청했고, 하르트는 그가 보는 앞에서 그의 세 작품, 그중에서도 「열한 명의 아들」을 읽어 내려갔다. 그는 낭랑한 목소리, 억양의 높낮이, 리드미컬한 어조 그리고 시시때때로 자연스러운 얼굴 표정과 몸짓을 섞어가며 마치 복잡한 음악 총보를 협연하듯이 카프카의 수수께끼 같은 산문 텍스트를 낭송해갔다. 낭송이 끝나자 우레와 같은 박수갈채가 터져 나왔고 환호소리가 줄어들지 않자 그는 고트프리트 켈러의 시를 앙코르로 화답했다. 카프카가 자신의 작품이 전문적인 낭독자의 입을 통해 낭독되는 것을 처음 들었다. 그것은 그에게 지금까지 느껴보지 못한 행복한 감흥을 안겨주었다.

1921년 10월 5일 카프카는 하르트에게 호텔 블라우어 슈테른의 로비에서 만나자는 편지와 함께 혹시 못 만나게 되면 다음번에 꼭 클라이스트의 『일화 모음집』을 낭송해달라고 부탁했다. 그리고 그는 하르트가 자신의 "마음을 두근거리게 하고 기쁨과 경외감의 순간을 준 것에 감사"(Br 358)의 뜻을 전했다. 건강 때문에 카프카는 클라이스트 작품 낭송에는 참석하지 못했으나, 낭송해준 데 대한 감사의 뜻으로 하르트에게 "헤벨에게 기쁨을 주는 루트비히 하르트를 위하여"라는 헌사가 담긴 요한 페터 헤벨의 책『라인 지방 가정의 벗, 작은 보물 상자(Schatzkästlein des rheinischen Hausfreundes)』를 선물했다. 이에 대한 감사의 뜻으로 하르트는 카프카의 사무실을 직접 방문했다.

하르트는 카프카의 겸손하고 소박한 태도, 인간의 마음을 끄는 미소와 행동, 그의 문학적 삶 그리고 죽음의 병마와 싸우면서도 조금도 흐트러지지 않은 담담한 모습에 완전히 매료되었고 외경심을 가지고 돌아갔다. 베를린으로 가기 전 그는 출판업자 쿠르트 볼프에게 중요한 작가인 카프카를 잊지 말고 더 깊은 관심을 가져달라는 편지를 보냈다. 하르트는 그 후에도 카프카의「학술원에 드리는 보고」를 낭송 프로그램의 단골 메뉴로 삼았으며 그것은 큰 반향을 불러일으켰다. 유명인 하르트가 카프카의 작품을 즐겨 낭송함으로써 카프카는 비로소 독일어권 독자의 관심을 얻기 시작했다.

하르트가 며칠간의 낭송회를 마치고 베를린으로 돌아간 후 10월 23일 토요일 오후 카프카는 영화관 '리도-비오'에서 팔레스티나에 관한 영화 <시온으로의 귀향>을 관람했다(KKAT 870). 그것은 팔레스티나의 아코와 야파 지역의 생활과 예루살렘 성지에 대한 인상 및 팔레스티나 운둔자의 삶을 영상으로 담은 것이었다. 그 영화는 반유대주의자의 눈을 피하기 위해 두 번에 나뉘어 아는 사람들만 초대해 상연되었다.

10월 25일 카프카는 기분 전환을 위해 오랜만에 신독일극장에서 카를 슈테른하임이 각색하고 카프카가 좋아했던 배우 막스 팔렌베르크가 주인공으로 나오는 몰리에르의 <수전노>를, 10월 30일에는 역시 같은 배우가 주인공으로 나오는 파울 시르메르의 희극 <장관님>을 구경했다(KKAT 872).

그러나 그의 병은 점차 악화되고 있었다. 그럴수록 그는 주변 세계와 점점 내적인 거리감을 느끼고 있었다. 시간이 갈수록 자기 주변의 모든 것이 마치 머릿속의 환상처럼 느껴졌다. 그는 더 이상 그 세계에 속해 있지 않았고, 오직 문학적 상상력 속에서만 그 존재의 가치와 의미를 지니는 것 같았다.

모든 게 환상이다. 가족, 사무실, 친구, 거리, 모든 게 환상이다. 먼 것이건 가까운 것이건. 여성은 가장 가까운 환상이다. 그러나 진실은 내가 창문도 문도 없는 작은 방의 벽에 머리를 눌러대는 것뿐이다(KKAT 869).

그러다 10월 초 카프카는 갑작스런 밀레나의 방문을 받았다. 그녀는 보헤미아 숲에서 요양을 마치고 집으로 돌아가는 길에 프라하의 아버지 집에 머물게 되자 병문안을 빌미로 카프카의 집에 불쑥 찾아왔다. 그들이 그뮌트에서 만난 지 거의 14개월 만의 일이었다. 카프카의 가족은 그의 건강을 염려해 그녀의 방문을 탐탁하게 여기지 않았지만, 카프카와 그녀는 서로 곧 동질감을 느낄 수 있었다. 정신적으로나 정서적으로 그녀는 언제나 그와 깊은 내적 의사소통이 가능했다. 말레나의 등장은 카프카에게 또다시 육체적·정신적 고통을 안겨다주었다(Br 353). 그러나 밀레나가 프라하를 떠난 12월 초까지 그들은 네 번이나 만났고 서로에게 더욱더 깊은 신뢰감을 느끼고 있었다.

10월 8일 카프카는 그녀에 대한 마지막 신뢰의 표시로 그때까지 어느 누구에게도 보여준 적이 없는 자신의 일기장을 그녀에게 주면서(MB 190), 자신이 죽은 후에 그것을 막스 브로트에게 넘겨주기를 바랐다(KKAT 863). 예전에도 그는 그녀에게 자신의 심리적 불안과 비사회적 성격 형성에 관한 자전적 의미가 담겨 있는 「아버지께 드리는 편지」를 부쳐주겠다고 말했으나 실천에 옮기진 않았다. 일기는 11개의 노트와 12번째 노트에 쓴 부분을 떼어내어 합친 것이었다. 그렇게 자신의 일기장을 그녀에게 공개하는 것은 그녀에 대한 카프카의 깊은 이해와 신뢰감에서 나온 것이기도 하지만, 다른 한편으로는 사랑의 관계에서 오는 압박감에서 어느 정도 자유로워진 까닭이기도 했다.

밀레나는 1921년 12월 2일 프라하에서 카프카와 헤어진 후 4개월 만인 1922년 4월 중순 카프카에게 다시 사랑이 담긴 편지를 띄웠다. 옛 사랑에 대한 기억으로 괴로워진 카프카는 밀레나에게 긴 편지를 써서 더 이상 편지를 쓰지 말아달라고 부탁했다. 그녀는 1922년 4월 27일에도 프라하로 그를 방문했고, 5월 8일 다시 카프카를 방문했는데 아마 최후의 만남이었던 것 같다. 그때 카프카는 밀레나의 부탁으로 그녀에게『실종자』원고를 넘겨주었던 것 같다. 그녀는 1920년 체코어로 옮겼던『화부』다음에 계속될 이야기에 깊은 관심을 가지고 있었는데, 카프카에게서 받은 일기에서『화부』외에도 제2장의 시작 부분을 발견했던 것이다. 그녀는 그것을 계속 번역하고 싶었다. 물론 밀레나가 소유했던 카프카의 일기와『실종자』원고는 그의 유언에 따라 사후에 막스 브로트에게 넘겨졌다. 그리고 밀레나에게 보낸 카프카의 마지막 편지는 그가 도라 디아만트와 살고 있던 베를린에서 1923년 12월 중순에 보낸 것이었다.[3]

밀레나는 카프카의 죽음 직후인 1924년에 에른스트 폴락과 헤어졌다. 그리고 몇 년 후 그녀는 자버 샤프고취 백작과 함께 살았는데, 그는 오스트리아 귀족 출신 공산주의자로 밀레나를 마르크스주의와 좌파 경향의 그룹으로 이끌었다. 1925년 그녀는 샤프고취 백작과 헤어져 프라하로 돌아왔다. 그녀는 체코 일간지 ≪트리부나≫와 아버지 얀 예젠스키의 추천으로 보수 경향

---

3 Nahum N. Glatzer, *Frauen in Kafkas Leben. Aus dem Amerikanischen Von Otto Bayer*, Zürich 1987, S.109.

의 민족주의 신문 ≪나로드니 리스티≫에 기고하는 명성 있는 저널리스트
가 되었고, 후에 그 신문의 편집장이 되었다. 1927년 밀레나는 '현대 건축
그룹'의 건축가 야로미르 크레지카와 재혼했다. 그녀는 1928년 첫 딸 혼차
를 낳았는데, 그때 밀레나는 패혈증으로 거의 죽을 뻔했다. 그로 인해 그녀는
관절염을 앓게 되었고 통증을 완화시키려고 종종 마약을 복용했다.

사회운동에 관심이 많았던 밀레나는 1931년 체코 공산당에 입당했으나
비판적 발언과 돌출된 행동으로 당에서 축출되었다. 그 경험은 그녀가 올바
른 정치 저널리스트로 성장하는 데 커다란 밑거름이 되었다. 그녀는 객관적
인 입장에서 정치 현장을 관찰하고 동료보다 탁월한 시각으로 기사를 썼다.
그녀의 날카로운 저널리스트적인 감각은 이미 오래전부터 독일 나치 정권에
대한 우려를 표명하고 끊임없는 경고를 보냈다.

밀레나의 예상대로 1939년 3월 14일과 15일 밤사이 독일 나치군은 체코
를 점령했다. 그녀의 나치에 대한 비판 기사는 매우 기지가 넘쳤고 코믹하고
해학적인 암시로 엄격한 검열을 무사히 통과하곤 했다. 그러는 사이에 그녀
의 집은 소위 불법조직의 중심이 되어갔다. 그녀는 정치적 레지스탕스를 도
왔으며 유대인에게 피난처를 제공하고 해외로 탈출시키는 데 중추적인 역할
을 했다. 유대인 작가 빌리 하스는 당시 밀레나의 영민하고 용기 있는 인도
적 활동을 이렇게 적었다.


밀레나는 자연적 재앙에 대처하는 데 타고난 능력을 지니고 있었다. 주변
이 술렁이면 술렁일수록 그녀는 더욱더 안정되고 흔들리지 않고 그리고 힘이
있다는 인상을 주었다(MK 222).


그녀의 용기는 놀라운 것이었다. 그사이 정치, 문화, 과학을 다루는 월간
지 ≪프리톰노스트≫의 편집장이 된 밀레나는 유대인과 마찬가지로 자신의

외투에 노란 별표를 달고 다니며 다른 체코인이 자신의 의사를 따라주리라는 희망을 잃지 않았다.

그러나 1939년 그녀는 결국 게슈타포에 의해 체포되어 프라하와 드레스덴의 형무소를 전전하다 라벤스브뤼크의 강제수용소로 이감되었다. 거기서 그녀는 마가레테 부버노이만을 만나게 되어 우정을 쌓았다. 마가레테는 1940년 러시아 강제수용소에서 나치에게 인계되어 그곳에 수용되어 있던 정치범으로 후에 밀레나의 전기를 쓰게 된다. 특별한 여인들의 우정은 밀레나가 1944년 5월 17일 라벤스브뤼크에서 신장종양 수술을 받다가 죽으면서 끝이 난다. 당시 밀레나의 수술 담당의였던 페르시 프라이트는 그녀의 아버지 얀 예젠스키의 제자였다. 그는 예젠스키에게 연락해서 딸의 시체를 프라하로 옮겨가도록 허락해주었다. 밀레나의 딸 혼차(후에 결혼해서 야나 체르나라는 이름을 가졌다)는 전쟁에서 살아남아 그녀의 어머니처럼 글을 쓰는 작가가 되었고, 1981년 자동차 사고로 죽었다.

카프카가 프라하로 돌아온 후로 그의 작가적 위치에 차츰 새로운 변화가 일고 있었다. 독일 베를린의 유명한 낭송자 하르트가 낭독회에서 매번 카프카 작품을 낭독했고 신문과 잡지에서 그의 여러 작품이 다시 실리면서 논평의 대상이 되었다. 앞서 언급했듯이, 3월 9일 ≪보시시 신문≫은 하르트가 낭송한 카프카 작품에 대해 이야기하면서 특히 「열한 명의 아들」이 그날 저녁 가장 강력한 인상을 남겼다고 평가했다. 3월과 4월 사이에는 오토 에리히 헤세가 ≪책 친구들을 위한 잡지≫에서 카프카의 『유형지에서』를 "센세이션을 겨냥한 것"이라고 평가절하하면서도 카프카를 "강력한 서술적 재능"[4]을 지닌 작가로 평가했다. 새로 창간된 ≪프라거 프레세≫는 4월 3일 카프카의 단편 「싸구려 관람석에서」를 실었고(이 작품은 조르주 쇠라의 그림

---

4 Otto Erich Hesse, "In der Strafkolonie," *Zeitschrift für Bücherfreunde*, H.2, S.59f.

<서커스>에서 영감을 받았다고 한다),[5] 9월 11일 아침 판에 초기 작품 모음집인 『관찰』에서 발췌한 「사기꾼의 탈을 벗기다」를 실었다. 그리고 9월 30일 ≪젤프스트베어≫에 그의 산문 스케치 「낡은 종이쪽지」가 실렸다. 11월에는 문예지 ≪디 노이에 룬트샤우≫에 막스 브로트가 쓴 장문의 논문 「시인 프란츠 카프카」[6]가 게재되어 처음으로 카프카의 작품이 자세하게 다루어졌다. 게다가 토마스 만이 "카프카의 작품에 매우 큰 관심을 보였으며"[7] 1921년 11월 29일에는 대백과사전을 출판하는 브로크하우스 사에서 "사전용 목적으로" 카프카의 "생과 창작품에 대한 짧은 개요"(RSII 672)를 부탁하기도 했다.

이제 독일어권 문학계는 카프카를 진정한 독일 작가로 인정하기 시작했다. 그리고 상연회나 카페에서 많은 사람들이 카프카를 알아보고 그의 이름을 속삭이거나 신경이 쓰일 정도로 그를 빤히 쳐다보기도 하고 눈짓이나 목례를 보내거나 테이블로 직접 찾아와 인사하기도 했다.

9월 말 또는 10월 초쯤 젊은 신인 낭송 배우 로니 라퍼-쉬트리히가 오토 피크, 프란츠 베르펠, 에른스트 바이스, 카프카 등의 작품을 낭독하는 사적 모임이 열렸는데, 카프카도 초대되었다. 그는 낭송회가 끝난 후 스위스 작가 프레드 베랑스[8]와 함께 벤첼 광장에 있는 카페 에디슨으로 뒤풀이를 하러 갔는데(AK 168ff.), 그곳에 있던 많은 사람들이 카프카를 알아보고는 소곤거렸다. 군중 속의 조용한 아웃사이더이기를 좋아하는 카프카는 모르는 독자

---

5 Franz Kafka, "Auf der Galerie," *Prager Presse*, Nr.7, Sonntags-Beilage, S.9; HM 59.

6 Max Brod, "Der Dichter Franz Kafka," *Die Neue Rundschau*, H.11, S.1210ff.

7 Thomas Mann, *Tagebücher 1918-1921*, Frankfurt am Main 1979, S.542, 547. 토마스 만은 카프카의 작품을 "세계 문학이 산출해낸 가장 읽을 만한 작품"이라고 평가했다.

8 Fred Bérence, "Zwei Abende mit Franz Kafka," Hans-Gerd Koch(Hrsg.), *Als Kafka mir entgegenkam... Erweiterte Neuausgabe*, Berlin 2005, S.168-172.

들의 관심에 심한 부담감을 느꼈다. 그는 그날로 클롭슈토크에게 이렇게 편
지를 썼다.

> 카페에 갔다가 신경이 곤두서서 집에 돌아왔다네. 이제 더는 사람들의 눈
> 길을 견딜 수가 없네. (인간적인 혐오 때문이 아니라 사람들의 시선, 그들의 존재,
> 그들이 거기에 앉아서 건너다보는 것, 그 모든 것이 내게는 너무 격렬해서.) 새벽
> 잠자리 몇 시간 내내 기침을 했고, 차라리 삶에서 헤엄쳐 나가버리고 싶을
> 지경이었네. 그것은 이제 노정이 얼마 남지 않은 것 같아서 더 쉬워 보였다네
> (Br 357).

카페에서 느낀 독자들의 관심은 몇 년째 병으로 작품다운 작품을 쓰지
못한 카프카에게는 오히려 무거운 자책감으로 다가왔다. 1916/17년 겨울
알히미스텐가쎄의 골방에서 작품을 쓴 이래로 순수 작품을 쓰지 않은 지가
거의 4~5년이나 흘렀기 때문이었다.

1921년 크리스마스 날 그는 여전히 슬픔에 잠긴 채 ≪프라거 프레세≫
를 펼쳤다. 거기에 자신의 작품 「양동이를 탄 사나이」가 실려 있었다. 그
순간 그는 혹독한 겨울 흐라드신 언덕의 냉기가 흐르던 골방의 작은 책상에
앉아 손을 호호 불어가며 글을 쓰던 자신의 모습을 떠올렸다. 그러나 그는
이제 병에 걸려 글도 제대로 쓰지 못한 채 이곳저곳을 떠도는 유랑자의 신세
가 되어 있었다. 그는 말없이 일어서서 어두운 창밖을 내다보았다. 더 없이
쓸쓸한 크리스마스였다. 그는 지난달에 왔던 쿠르트 볼프의 편지를 떠올렸
다. 『시골 의사』의 발간에 오랜 시간을 지체해 카프카의 마음을 상하게 했던
그가 낭송자 루트비히 하르트의 강력한 추천으로 병문안 겸 새로운 작품
원고를 청하는 편지를 보냈던 것이다.

우리는 서신 교환을 아주 드물게 합니다. 우리가 알고 지내는 작가 중에서 선생님처럼 아무것도 바라지도 문의하지도 않는 분은 없습니다. 또한 어느 누구에게서도 출판된 책들의 외적 운명에 대해 선생님처럼 그렇게 무관심하다는 느낌을 가져본 적이 없었습니다. 작가가 책의 운명에 무관심한 것이 출판업자에게 이미 발간된 작품이 지니고 있는 특별한 가치를 믿고 신뢰하는 데 혼란을 주지 않는다고 가끔 그 작가에게 말해주는 것이 아마 적절한 일인지 모르겠습니다. 솔직히 저는 우리 출판사를 대표하고 있고 사회적으로 널리 알리고 있는 작가 중에서 작가와 그 창작품에 대해 내적으로 그렇듯 열정적으로 강력한 관계를 갖고 있는 분은 두세 분밖에 없다고 확신합니다. 선생님께서는 우리가 작품을 가지고 목표로 하고 있는 외적인 성공 반향이 곧바로 오는 게 아니라 나중에야 비로소 오는 그런 작품이 대개 가장 훌륭하고 가장 가치 있는 것이라는 것을 잘 알고 있습니다. 그러므로 우리는 독일 독자층이 언젠가 이 책들을 받아들일 만한 능력을 가지게 될 거라는 믿음을 가지고 있습니다.

선생님께서 우리에게 발간할 수 있는 또 다른 작품을 넘겨줌으로써 당신과 당신의 작품이 우리와 결합되어 있다는 확고한 신뢰감을 외부로 실제 확인시켜줄 수 있는 가능성을 우리에게 주신다면 그것은 특별히 큰 기쁨이 될 것입니다. 우리에게 보내기로 결심할 수 있는 원고라면 무엇이든 환영할 것이며, 사랑과 배려로써 그것을 책으로 발표해드릴 것입니다.[9]

볼프는 하르트에게 카프카가 아직 발표하지 않은 소설을 보관하고 있다는 언질을 받았을 뿐만 아니라 ≪디 노이에 룬트샤우≫에 실린 막스 브로트의 「시인 프란츠 카프카」를 보고 『실종자』와 『소송』이 거의 완성 단계에 와

---

9 Kurt Wolff, *Briefwechsel eines Verlagers 1911-1963*, hrsg. von Berhard Zelller und Ellen Otten, Ergänzte Ausgabe, Frankfurt am Main 1980, S.54f.

있다는 것을 알고 있었다. 볼프는 이것을 자신의 출판사에서 발표하기를 원했다. 그러나 카프카는 이에 대한 아무런 회답도 보내지 않았다. 카프카는 이 소설들을 "문학적으로 완성된 전형"[10]으로 보는 막스 브로트의 의견과는 달리, '완성될 수 없는 미완성작'으로 발간될 수 없다고 생각했기 때문이었다. 볼프는 카프카의 건강을 고려해서 언제든 원고가 준비되는 대로 보내달라는 두 번째 편지를 보냈으나, 카프카는 여전히 침묵을 지켰다. 그는 이미 막스 브로트에게 '내가 쓴 모든 것 혹은 초안된 것을 남김없이 읽지도 말고 불태워 달라는 요청'을 생각하고 있었던 것이다.

추운 가을 날씨는 카프카의 건강에 좋지 않았고 어두운 사무실에서 일하는 것은 점점 더 힘에 겨웠다. 그는 퇴근 후에 내내 침대에 누워 있어야 했고, 기침과 담의 양도 증가되었으며, 통풍을 위해 창문을 여는 것까지도 힘겨울 정도였다.[11] 그는 침대에 누워 플로베르의 일기들과 성서를 조금씩 읽는 게 고작이었다. 특히 그는 아름답고 조용한 가우베 호수에서 프랑스 낭만주의 시인 샤토브리앙과 어느 부인이 나눈 대화 속에 나타나는 밝고 위트 넘치는 명랑성에 대한 일화를 몹시 부러워하며 읽었다(Br 350f.). 이제 그는 그렇듯 즐거운 여행을 더 이상 기대할 수 없는 몸이 되어버린 것이다.

카프카는 이미 9월 초부터 올 겨울에는 회사 일을 결코 버텨낼 수 없으리라고 예감하고 있었다. 9월 13일 카프카의 건강상태를 진찰한 보험공사의 담당의사 코딤은 사무실 일을 그만두고 폐결핵 전문 요양소에서 치료를 받으라고 말했다. 처음엔 카프카도 보헤미안 지방이나 라인 강변 혹은 함부르크 주변의 요양원과 셸레젠의 유명한 폐결핵 요양소인 괴르벤스도르프, 스

---

10 Max Brod, "Der Dichter Franz Kafka," *Die Neue Rundschau*, November 1921, S. 1210-1216.

11 Hugo Wetscherek(Hrsg.), *Kafkas letzter Freund. Der Nachlaß Robert Klopstock*, Wien 2003, S.27.

위스의 다보스 혹은 지중해에서 장기간 체류하려고 생각했으나, 비용이 너무 많이 들 뿐만 아니라 또다시 예전처럼 요양원에서 누워 지내고 싶은 마음이 없었다. 그는 당시의 솔직한 심정을 클롭슈토크에게 이렇게 썼다.

바닷가로는 갈 수 없네. 어디에서 돈을 구하겠는가? 또한 내가 돈을 구하려 한다 해도 그럴 수 없을 거야. 게다가 너무 멀어. 건강을 이유로는 세상 끝까지도 가고 싶지. 허나 병 때문에 고작 열 시간 정도나 가겠지(Br 353).

치료에 대한 카프카의 소극적인 태도에 그의 부모는 몹시 불안해했다. 마침내 카프카 부모는 국장을 찾아가 그런 상태로는 더 이상 일을 계속할 수 없으니 전문의의 진단을 받도록 해달라고 요청했다.

10월 17일 아침 카프카는 부모들이 이미 예약해놓은 니클라스 거리에 있는 오토 헤르만을 찾아갔다. 진단 결과는 양쪽 폐첨에 폐결핵이 심각하게 진행되어 있고, 오른쪽 기관지의 거친 숨소리와 양쪽 폐의 어두운 암영 등 여러 가지 심각한 증상이 있다는 것이었다. 비록 의사는 진단 결과를 분명히 밝히진 않았지만, 카프카는 지금까지의 진단 결과보다 훨씬 나쁜 상태라는 것을 느낄 수 있었다. 카프카는 먼 요양원에서 다시 치료를 받을 생각이 없었지만, 다행히 의사는 프라하에서도 근본적인 치료가 가능하다고 말해주었다. 카프카가 보험공사의 코딤에게 검진 결과를 제출했을 때 그는 보험공사에 다시 병가를 허락할 것을 권유하면서 이렇게 써 넣었다. "하지만 완전한 치료는 거의 불가능할 것 같다. 퇴직하는 게 환자나 회사를 위해서 낫지 않을까 하는 생각이 든다"(AS 438).

카프카는 의사가 보험공사에 제출한 제안서만으로도 퇴직이 가능하리라 여겼다. 그러나 10월 29일 보험공사는 퇴직 문제는 보류한 채 그에게 또다시 3개월의 휴가를 허락했다. 고맙기도 하고 미안하기도 한 카프카는 오토 헤르만의 충고대로 프라하에 머물면서 치료를 받기로 했다. 그는 자신에게 늘 따뜻한 은혜를 베풀어준 회사에 대해 진정으로 고마운 마음을 간직한 채 아마 마지막이 될지 모른다고 여기면서 사무실과 작별했다. 보험공사가 그렇게 오랫동안 카프카를 포기하지 않고 치료를 도와준 것은 그에게는 크 나큰 행운이었다. 그는 지난 봄 직장을 그만두고 본격적인 병 치료를 받으라 고 충고했던 오틀라에게 보험공사에 대한 고마움을 이렇게 썼었다.

노동자재해보험공사는 내겐 깃털 이불과 같은 존재야. 따뜻한 만큼 무겁 지. 거기에서 기어 나오는 즉시 난 감기에 걸릴 거야. 세상은 따뜻하지 않거 든(O 111).

정말 그랬다. 그는 자유로운 문학 활동을 위해 끊임없이 직장을 혐오하고 그만두고 싶어 했다. 그러나 직장은 그를 부양해주었고 전쟁으로부터 보호 해주었으며, 병의 치료 과정에서 수호천사처럼 모든 편의를 제공해주었다. 노동자재해보험공사는 그가 청하는 병가나 휴가를 한 번도 거절한 적이 없 었고 봉급도 매달 빠짐없이 보내주었으며, 병가 중인 그에게 될 수 있는 대로 정규적인 진급과 봉급 인상도 빠뜨리지 않고 해주었다. 그에게 현실적 인 삶의 가장 중요한 버팀목이 되어준 보험공사는 진심으로 고마운 직장이 었다.

카프카는 비싼 요양원을 전전하며 예전과 같은 치료를 받는 것보다 가족 의 보호 속에 프라하에서 치료받는 것이 낫겠다고 생각했다. 그는 젊고 정열 적인 오토 헤르만의 치료법을 따르기로 했다. 그는 마틀리아리 요양원 의사 보다 더 철저하게 정해진 규칙에 따라 치료했다. 시간에 맞추어 긴장 완화, 산책, 마사지, 체조, 자외선 쬐기, 엄격한 다이어트, 비소 주사 투약 등 당시 로서 가능한 체계적인 치료 방법을 모두 동원했다. 그러나 12월 초 그는

클롭슈토크에게 보내는 편지에서 규칙적으로 병을 치료하고는 있지만 별
효과가 없는 상태라는 것을 알렸다.

이제는 아예 내가 전혀 시간이 없는 사람 부류에 속한다네. 하루가 누워
있기, 산보하기 그런 등속으로 정확히 나뉘고, 책을 읽을 시간도 힘도 없다네.
며칠 열이 없더니 다시 열이 오르고 의사는 특별한 차 한 잔을 처방해줄
뿐이네. 그 차는 내가 그 의사를 올바르게 이해한다면 규산이 함유되어 있는
데, 어디선가 읽은 바에 의하면, 상처를 빠르게 아물게 한다는군(Br 365).

카프카의 병은 오토 헤르만의 치료에도 불구하고 별 차도가 없었다. 체온
도 내리지 않았고 체중도 늘지 않았다. 카프카는 "가끔 절망에 싸여 텅 빈
골목길을 거닐거나 안락의자에 앉아 조용히 쉬거나 끊임없이 무심코 흘러가
는 구름을 바라보곤 했다"(KKAT 873). 그가 할 수 있는 것이라곤 침대에
누워 틈틈이 독서하는 것뿐이었다. 마치 다가올 죽음을 예감하듯 『라베의
추모서』[12]와 톨스토이의 『이반 일리치의 죽음』을 읽었다. 카프카는 12월 20
일 일기에 간략하게 이렇게 썼다. "죽어가는 라베. 아내가 그의 이마를 쓰다
듬어주었다. 아름답다"(KKAT 876). 그러나 그 곁에는 연로한 부모 외에 아무
도 없었다.

그는 자신의 병이나 죽음과 연관해 문학적 실존을 다시 생각해보았다.
그는 발병하면서부터 점차 글쓰기를 그만두었고 이제는 완전히 손에서 놓은
상태였다. 병이 찾아오기 전 글쓰기는 그에게 삶을 위기에서 구하는 치유의
의미를 담고 있었다. 첫 번째 파혼 후 쓴 『소송』은 내적인 죄책감에서 벗어
날 수 있도록 그를 도와주었다. 평범한 일상의 행복과 쾌락조차 자신에게

---

12 C. Bauer und H. M. Schulz(Hrsg.), *Raabe-Gedenkbuch*, Berlin 1921.

친구인 화가 프리드리히 파이글이 그린 책을 읽는 카프카(생전에 카프카를 묘사한 유일한 그림이다)

허락지 않으며 오직 글쓰기를 위한 삶을 살았던 그는 글쓰기로 삶의 위기를 넘기는 자신만의 고유한 실존 방식을 터득해나갔다. 발병 전 글쓰기는 분명히 카프카에게 "규칙적이고 공허하고 정신착란적이고 독신자적인 삶에 정당성"(KKAT 548)을 부여해주었다.

그러나 그를 죽음으로 몰고 있는 병의 원인은 그가 그토록 거부해왔던 시민적 삶의 강요나 규정이 아니라 그것을 끊임없이 거부하면서 고수해왔던 실존방식에 있었다. 글쓰기라는 치열한 정신적 탐닉은 그에게 폐결핵이라는 병을 가져왔고, 그의 삶 자체를 점점 불가능하게 만들고 있었다.

어느 날 그는 책상 서랍에서 흰 종이 한 장을 꺼내 무언가를 천천히 써내려갔다. 막스 브로트에게 보내는 유언장이었다.

사랑하는 막스, 내 마지막 부탁이네. 내 유고(그러니까 책 상자와 세탁물 장, 그리고 집과 사무실에 있는 책상, 또는 그 외에 어디든 치워놓은 것과 자네에게 떠오르는 것이면 무엇이든) 그리고 일기장, 원고지, 편지들(다른 이들 것이든 나의 것이든), 스케치 등 그 안에 있는 것을 남김없이 읽지 말고 불태워주게. 자네나 다른 이들이 가지고 있는 내가 쓴 모든 것이나 스케치들도 마찬가지이네, 그들에게는 자네가 내 이름으로 그렇게 부탁해야 할 걸세. 다른 사람들이 자네에게 넘길 마음이 없는 편지들은 적어도 그들 스스로가 태워버릴 의무가 있네.

자네의 프란츠 카프카[13]

---

13 이것은 첫 번째 유언장으로 막스 브로트는 카프카가 죽은 후에야 읽어볼 수 있었다. 접혀진 종잇조각에 막스 브로트의 주소가 적혀 있었다. 이 유언장은 1921년 가을과 겨울 사이에 쓴 것으로 추측된다(BKB 365).

# 구원적 위안으로서의 글쓰기

1922년 1월 중순, 카프카는 전에 없던 극도의 신경쇠약으로 심각한 상태에 빠졌다. 모든 것이 끝나는 듯했다 3주 동안 전혀 잠을 자지 못했고 시속되고 있는 삶을 더 이상 견디어낼 수 없을 것만 같았다.

지난주에는 2년 전 어느 날 밤에 그랬던 것처럼 완전히 정신착란에 빠진 듯했다. 그때 말고는 그런 일을 겪은 적이 없었다. 모든 게 끝나가는 듯했고, 오늘도 역시 전혀 달라진 게 없는 것 같다. 그것은 두 가지 형태로 이해할 수 있으며 또한 그것을 동시에 그렇게 이해할 수도 있을 것 같다. 첫째, 정신착란, 잠을 잘 수도 깨어날 수도, 삶을 더 정확히 말하면 삶의 지속을 견디어낼 수 없다. 시간은 일치하지 않아서, 내적인 시간은 악마적이거나 악령 같거나 때에 따라서는 비인간적인 방법으로 쫓기듯 서두르고 있고, 외적인 시간은 재깍거리며 평소대로 가고 있다. 상이한 두 세계가 갈라지는 것 외에 무슨 다른 일이 일어날 수 있을까? 그들은 갈라서거나 끔찍한 방법으로 서로에게서 끊어져 나온다. 내적인 진행이 사나운 데에는 여러 가지 이유가 있을 것이다. 가장 명백한 이유는 어떠한 생각도 안정시키지 못하는 자기 관찰 때문인데, 각각의 모든 자기 관찰은 스스로가 생각으로서 다시 새로운 자기 관찰에 의해 계속 추적당하기 위해 끌어올려지기 때문이다. 둘째, 이러한 추적의 방향은 인간에게서 벗어난다. 예전부터 대부분은 나에게 떠맡겨졌고 부분적으로는 나에 의해서 추구되었던 ― 그러나 이것은 강요와는 다르다 ― 고독은 이제 아주 분명해지고 극단을 향해가고 있다. 고독은 어디에 이를 것인가? 그것은 정신착란에 이를 수 있으며, 이는 가장 불가피한 것으로 보인다. 그것에 대해서는 더 이상 아무것도 말할 수 없다. 그 추적은 나를 관통하고 나를 찢어버린다. 그러나 그렇지 않다면 나는 아주 작은 부분이라도 나를 지탱할 수 있고, 그럼으로써 그 추적이 나를 실어 나르게 할 수 있다. 과연 나는 할 수 있을까? 그렇다면 나는 어디로 갈 것인가? '추적'은 하나의 비유에 불과하므로 나는 그것을 '지상의 마지막 경계로의 돌진'이라고도 말할 수 있을 것이다. 그러니까 아래로부터의, 인간들로부터 오는 돌진이라고 말할 수 있을 것이며, 그리고 이것 역시 비유이기 때문에 '위로부터 나에게 내려오는 돌진'이라는 비유로 그것을 대치할 수 있을 것이다(KKAT 877f.).

카프카는 '시민적 실존'(결혼과 직업)과 '작가적 실존'(글쓰기) 사이에서 끊임없이 갈등했다. 최근까지도 그는 결혼과 여성관계를 포기하지 않으면서도 그것이 자신의 글쓰기를 방해하게 될 것을 몹시 두려워했다. 극도로 섬세하고 예민한 카프카의 성정으로 갈등과 거기서 파생되는 여러 가지 문제를 오래 견디어내기 힘들었을 것이다. 그러나 그는 이러한 '정신적인 병'으로 고통스러워하면서도 그것을 이겨내려고 더욱더 글쓰기에 전력투구했다.

그러나 계속되는 '정신적인 병'은 결국 육체적인 병으로 이어질 수밖에 없었다. 그는 자주 병가를 받아 직장 생활로부터 벗어날 수 있었지만, 그것은 글쓰기를 위한 완전한 자유를 주지는 못했다. 오히려 그의 병은 작가로서의 활동을 점차 축소시켰고 결국 중단 상태에 빠뜨렸다. 더구나 가장 신뢰하고 사랑했던 밀레나와의 관계마저 수포로 돌아가자 그에 따른 정신적·육체적 고통은 그가 한 번도 경험해보지 못했던 무서운 정신착란까지 가져왔다. 그것은 깨어 있는 자의식도 살려고 하는 강한 의지도 한순간에 무력화시켰다.

이제 카프카에게는 지금까지 살아온 삶에 대한 최종 결산이 필요했다. 그는 다시 매일 일기를 쓰면서 자신의 변화된 상황을 정밀하게 관찰했다. 글쓰기를 통한 "자기 관찰"(KKAT 874) 그리고 자기 관찰을 통한 '글쓰기'만이 그에게 남은 유일한 자구책이었다. 그래야만 '정신착란'과 '죽음에 이르는 병'의 공포로부터 벗어날 수 있을 것이다. 계속 치료를 받았지만 1월 말이 거의 끝나도록 신경쇠약 증상은 더욱 심해져만 갔고 불면증과 고열로 체력은 급격히 떨어졌다. 카프카는 마틀리아리에 체류할 때까지만 해도 없었던 극한 상황이 다가오고 있음을 의식했다(Br 369).

이제 남아 있는 시간은 별로 많지 않았지만, 그는 결코 그대로 끝낼 수는 없다고 생각했다. 그는 어떻게 해서든지 글을 써야 했다. 우선 위기 상황에서 벗어나기 위해 1922년 1월 22일 긴 여행을 위한 "밤의 결단"(KKAT 885)을 내린다. 카프카는 프라하에서의 치료를 중단하고 전에 베르펠이 초대한 적이 있는 해발 985미터의 알프스 휴양지인 젬머링 마을로 떠나기로 결심했다. 그는 1월 24일 '밤의 결단'을 위해 2월 4일로 끝나는 병가를 다시 3개월 연장 신청을 했다. 그때 주치의 오토 헤르만은 1월 말에 2주 예정으로 계획되어 있는 자신의 가족여행에 동행할 것을 권유했다. 그의 여행지는 체코에서 가장 높은 리젠 산맥에 있는 휴양지 슈핀델뮐레였다(Br 366).

1922년 1월 27일 카프카는 오토 헤르만과 그의 가족과 함께 슈핀델뮐레로 떠났다. 반나절이 걸려 도착한 그곳은 폴란드 국경과 멀지 않은 엘베 강변의 높은 산악지대에 있는 작은 마을로 온통 눈으로 덮여 있었다. 카프카는 호텔 크로네에 예약해둔 상태였다. 엘베 강 오른쪽 언덕에 자리 잡고 있는 이 호텔은, 뒤로는 전나무 숲들이 우거져 있고 앞으로는 눈 덮인 언덕 사이로 푸르른 엘베 강이 흐르고 있었다. 카프카가 호텔 프런트로 다가갔을 때 그가 편지로 예약할 때 분명 서류에 자기 이름을 써서 보냈음에도 벽

게시판 예약자 명단에는 자신의 이름이 아니라 『소송』의 주인공인 '요제프 K'라고 기록되어 있었다. 카프카는 마치 귀신에 홀린 기분이었다.

카프카가 예약한 호텔방은 조명이 흐렸고 창가의 책상은 낡아서 조그만 건드려도 흔들거렸다. 그러나 그는 더 이상 그런 것에 신경 쓰지 않는 듯했다. 역에서 두 마리의 말이 끄는 썰매를 타고 눈 내리는 하얀 초원을 지나 한적한 마을로 들어오는 동안 그의 머리에 근래에 없던 새로운 영감과 착상이 떠올랐던 것이다.

그는 도착한 지 몇 시간도 안 되어 마을로 들어오면서 본 설경과 뇌리에 스쳐지나간 영감을 혼합해 원고지에 글을 써내려갔다. 그는 그때 8절지로 세 쪽 분량 정도를 썼는데, 늦은 밤 눈 덮인 마을에 도착한 한 낯선 남자가 겪는 이야기였다. 글을 쓰면서 마치 「시골 의사」를 쓸 때처럼 "무에서 무언가가 나올 수 있고……무너진 돼지우리에서 말들과 함께 마부가 기어 나올 수 있을 것"(KKAT 892) 같은 느낌을 받았다. 그동안 그렇게도 침묵하고 있던 영감이 준동하기 시작한 것이었다.

그가 글을 몇 쪽 쓰고 나자 창작 활동이 가져오는 정신집중이 심리적 치료 효과를 가져다줄 것 같다는 생각이 들었다. 카프카는 예전에 밤이면 규칙적으로 글을 쓰던 '기동훈련'을 떠올리며 이제 결혼·가족·자손 등에 대한 기대 감이나 헛된 노력, 죽음에 대한 불안감으로 시간을 보내는 일은 결코 없을 것이며 오직 글 쓰는 일에 전력투구하겠다고 굳게 다짐했다. 단어 하나 문장 하나를 써내려가는 순간 그에게는 새로운 생명력이 솟는 듯했고, 다리 아래쪽에 단단한 땅이 그를 받쳐주는 기분이었다. 그가 그곳에 도착한 1월 27일 일기에 글쓰기가 자신에게 부여하는 깊고 고귀한 뜻을 이렇게 썼다.

글쓰기의 기묘하고 비밀스럽고 아마 위험스러울지도 아마 구원적일지도 모르는 위안. 그것은 살인자의 대열로부터 뛰쳐나가는 '행위 관찰', 즉 보다 높은 종류의 관찰이 이루어진다는 점에서 '행위 관찰'이다. 그것은 결코 더 엄격한 관찰이 아니라 보다 높은 관찰이다. 그 관찰이 높으면 높을수록, 그 '대열'로부터 도달하기 어려우면 어려울수록, 그 관찰은 더욱 독립적이 되고 더욱더 행위의 고유한 법칙에 따르게 되며, 그 관찰의 길은 더욱더 예측할 수 없고, 더욱더 기쁨에 넘치며, 더욱더 고양된다(KKAT 892).

이제 그의 글쓰기는 현실의 일상생활이 그에게 야기했던 불안과 죽음의 병으로부터 벗어나 자신의 내적 진실을 향한 '행위 관찰(Tat-Beoachtung)'이어야 했다. 글쓰기는 이제 인간의 한계에 대한 도전, 다시 말해서 생사의 갈림길을 뛰어넘는 도약이어야 했다. 이렇게 글쓰기에 매달리고 있는 카프카에게 슈핀델뮐레를 덮고 있는 하얀 눈과 산지의 맑은 공기와 상쾌한 바람은 더없는 영혼의 식량이었다. 그는 건강을 위해 낮에는 썰매를 타고 등산을 하고, 눈 내린 언덕에서 스키 타는 법도 배우고 이웃 마을로 스키 점프 시합도 구경하러 갔다. 그러나 그의 의욕적이고 활기 넘치는 생활은 채 5일을 넘기지 못했다. 그의 체력은 이미 바닥이 나 있었다. 그는 브로트에게 보내는 편지에서 "지금까지 닷새쯤 좋은 밤을 지냈네. 그러나 여섯 번째, 일곱 번째 날엔 벌써 형편없어졌다네"(Br 371)라고 허탈한 심정을 토로했다.

1월 29일 늦은 저녁 카프카는 홀로 눈 덮인 산으로 긴 산책을 나갔다. 그는 어둠 속에서 또다시 정신착란에 빠져 정신없이 눈 속을 헤매고 다녔다. 어두운 깊은 숲 속에 홀로 남겨졌다는 생각이 들자 세상으로부터 완전히 내쳐진 것 같은 두려움이 그를 엄습했다. 그것은 카프카에게 "실존의 위협이 아니라 즉결처형"과 같은 공포를 가져다주었고 산속이 "마치 하나의 무덤처럼 느껴졌다"(KKAT 897). 서너 시간을 정신없이 눈 속을 헤맨 끝에 겨우 요양소로 통하는 다리를 발견할 수 있었다. 다리를 건너면서 그는 아무런 목적도 없이 무의미한 길을 한없이 방황하고 있다는 생각이 들었다. 그 순간 카프카는 자신이 더 이상 정상적인 삶으로 복귀할 수 없을 것 같다는 강한 느낌을 받았다.

죽음이 멀지 않다는 생각이 들어서일까, 2월 초 카프카는 느닷없이 막스 브로트에게 며칠간 자신과 함께 지냈으면 좋겠다는 엽서를 띠웠다. 그는 병 들기 이전처럼 막스와 함께 마지막 휴가를 그곳에서 즐겁게 보내고 싶었다. 그러나 바쁜 일정 때문에 막스가 올 수 없다고 하자 그는 못내 아쉬워했다.

사랑하는 막스, 자네가 며칠 동안도 올 수 없다니 참 유감이군, 유감이야. 행운이 그리만 해준다면 온종일 등산, 썰매타기(스키도 지금까지 다섯 발자국을 옮겼네), 그리고 글쓰기. 특히 후자의 것은 종결을, 기다리고 있는 종결, 평화 로운 종결을 이끌어낼 것이네. 서두르게, 아니면 자넨 그걸 원하지 않는 겐가 (Br 370).

카프카는 오랫동안 삶과 영혼을 같이해온 친구와 며칠만이라도 함께 휴가 를 보내고 싶었고, 자신의 마지막 소설이 될 『성(城)』에 대해서도 건강했던 젊은 시절처럼 밤을 새워가며 이야기하고 싶었다. 그러나 그는 멀리 산속에 홀로 남겨져 있었다.

2월 14일 보험공사로부터 비서장(秘書長)으로 승진되었으며 봉급도 인상되 었다는 소식을 받았다. 물론 그것은 그가 실제로 업무에 복귀했을 때 효력이 발생하는 것이어서(AS 438f.) 별 의미가 없었다. 그의 몸은 날이 갈수록 쇠약 해졌고 신경쇠약증과 불면증으로 점점 절망 상태(Br 370)에 빠져들고 있었다. 깊은 밤 홀로 요양소 창문으로 어둠 속을 바라보고 있으면, 그는 마치 인간 공동체로부터 완전히 고립되고 배제된 느낌을 받았다. 그는 자신의 "주식(主 食)은 다른 대기 속에서 자라는 다른 뿌리로부터 오기 때문"(KKAT 896)이라 고 중얼거리며 스스로 자위했다. 매일 밤 잠들기 전 마치 유령이 찾아와 그를 괴롭히는 듯했고 자면서도 악몽에 시달려야 했다. 그는 아무런 고통 없이 단순하고 활기찬 삶을 살아가는 이웃 마을의 건강한 마부와 아낙네의 행복이 부러웠고(KKAT 899), 예전부터 소박하고 건강한 삶을 위해 수공업을 배웠으면 차라리 좋았을 거라는 생각도 들었다(KKAT 900).

계속되는 불면증과 악몽에 시달려 그는 더 이상 글쓰기도 어려웠다. 그럴 땐 예전에도 늘 그랬던 것처럼 침대에 누운 채 가끔씩 책을 읽었다. 아이나르 미켈젠의 북극 탐험에 관한 보고서『북극의 로빈슨』과 요하네스 우르치딜[1]이 보내준 카를 브란트의『어느 젊은이의 유산』[2]을 읽었다. 그것은 '출구' 없는 방황 끝에 죽어가는 어느 젊은이의 비참한 삶을 그린 작품으로, 카프카는 젊은이의 죽음을 예전에 읽었던 톨스토이의『이반 일리치의 죽음』과 연관시켜 생각했다. 그렇게 카프카는 최근 자신도 모르는 사이에 죽음에 관한 책들을 자주 읽고 있었다. 그는 자기 죽음의 순간까지도 뇌리에 상상하고 있었는지 모른다.

슈핀델밀레에서 3주간의 요양 치료가 끝난 후에도 카프카의 신경쇠약증은 전혀 개선되지 않았다. 1922년 2월 17일 그는 아무런 성과도 없이 프라하로 돌아와야 했다. 프라하에 돌아오자마자 그는 클롭슈토크의 프라하 체류를 위해 시청 여권과를 방문해 그간 미루어졌던 여권 연장과 수수료 문제를 해결했다. 그리고 3월 1일 그는 혼자서 독일극장의 객원 감독인 레오폴트 예스너의 지도로 공연되는 셰익스피어의 비극 <리처드 3세>를 보았다. 그러나 끝까지 보기에는 힘이 부쳤다. 그는 소박한 문화생활도 할 수 없는

---

1 우르치딜(Johannes Urzidil, 1896-1970)은 체코의 서정시인, 소설가, 저널리스트로 카프카의 유년 시절 여자 친구였던 게르트루트 티베르거의 남편이며, 카프카 가족과도 친분이 두터웠다. 그는 후에『저기 카프카가 간다(Da geht Kafka)』(1965)를 썼다.

2 Karl Brand, *Das Vermächtnis eines Jünglings*, hrsg. von Johannes Urzidil, Wien 1920. 이것은 1918년 오랜 폐결핵 투병 끝에 죽은 프라하의 시인 카를 브란트의 미발표작이다.

무력한 자가 된 듯했다.

그는 곧 다시 은둔자의 생활로 돌아갔다. 그는 자신의 방에 파묻혀 글을 쓰거나 피곤하면 침대에 누워 창을 통해 높이 솟은 교회 탑과 푸른 하늘을 바라다볼 뿐이었다. 그리고 거리가 적막에 싸이는 밤이 되면 혼자서 혹은 개를 데리고 산보를 나가는 것이 고작이었다(KKAT 908). 3월 5일 그는 또다시 심한 기침과 고열로 꼼짝도 못하고 사흘간 침대에서 누워 지내야 했다. 그는 글을 한 자도 쓸 수 없는 날이면 완전히 무력감과 패배감에 젖었다. 현재의 위기상황을 극복할 수 있는 것은 오로지 글쓰기밖에 없다는 것을 확신하고 있었기 때문이었다. 그는 클롭슈토크에게 당장 삶의 의지를 고갈시키는 한적한 마틀리아리에서 벗어나 프라하로 올 것을 종용하면서 그 당시 자신의 글쓰기가 갖는 의미를 이렇게 썼다.

나는 사람들이 신경증이라고 부르는 것에서 나를 구하기 위해 얼마 전부터 조금씩 글을 쓰기 시작하였네. 저녁 7시부터 이따금씩 책상 앞에 앉아 있지. 그러나 그건 별게 아니네. 세계대전에서 엄폐물을 손톱으로 긁어대는 것과 다름없지. 다음 달에는 그 또한 멈추게 될 거야. 사무실 생활이 시작되거든(Br 374).

글쓰기는 실존적 위기에 처해 있을 때 그에게 늘 자정(自淨)과 치유의 방편이 되어주었다. 펠리스와 파혼할 때『소송』이 그랬고, 율리 보리체크와 이별하고 고통 받을 때「아버지께 드리는 편지」가 그랬다. 최근의 글쓰기는 밀레나와의 이별과 자신의 죽음에 대한 불안을 극복하기 위한 마지막 '투쟁'의 불꽃이었다. 그는 특히 최근에 작가라는 존재 그리고 자신의 문학적인 삶에 대해 생각하는 시간이 길어졌다. 요사이 자신은 "정말 책상에 종속되어 있는 존재이며, 정신착란을 모면하고 싶다면 절대로 책상에서 떠나지 않고 이빨

로라도 그것을 꼭 잡고 있어야 한다"(Br 386)며 자신이 처한 처절한 실존
상황을 표현했다. 그리고 그는 작가로서의 삶을 돌아보며 막스 브로트에게
작가라는 존재와 그의 영향에 대한 정의를 이렇게 내렸다.

> 작가의 정의는, 그러한 작가의 정의는, 그리고 작가의 영향에 대해 설명하
> 자면, 도대체가 영향이 있다면, 이런 것이네. 그는 인류의 속죄양이다. 그는
> 인간에게 죄를 죄 없이, 거의 죄 없이 향유하도록 허락한다(Br 386).

인류의 죗값을 대신하는 속죄양 같은 작가가 되
기 위한 전제 조건으로서 카프카는 자신의 처절하
고 무서운 '문학적 삶'이 반영된 글들을 슈핀델뮐
레에 체류할 때 그리고 프라하에 돌아와 썼는데, 그
것이 단편 「첫 번째 시련」과 「어느 단식 광대」, 소
설 『성』이다. 앞의 두 작품은 예술작품이란 작가의
처절한 극기 수련과 극한의 금욕적인 자기희생 속
에서만 탄생된다는 것을 그리고 있는 동시에 타인
이 누리는 생명력 넘치는 삶을 살 수 없는 작가의
고뇌와 고독을 반영하고 있다. 이 작품들은 작가의

『어느 단식 광대』(1924.
「첫 번째 시련」과 「어느 단식 광대」 등이 실렸다)

자전적인 요소가 혼합된, 즉 카프카 자신의 문학세계와 작가적 실존에 대한
깊은 고찰이자 탐구이다. 카프카는 슈핀델뮐레에 오기 얼마 전에 쓴 일기에
서 앞으로 쓰게 될 자신의 새로운 작품의 특성을 다음과 같이 강조했다.

> 나는 글을 쓸 수 없게 되었다. 그래서 자전적인 조사나 해볼 계획이다.
> 자서전이 아니라 가능한 나의 작은 구성부분을 조사하고 발견하자는 것이다.
> 그렇게 함으로써 나 자신을 구축해보려는 것인데, 이렇게 하는 것은 자신의

집이 안전하지 못해서 그 옆에 안전한 집을 세우려는, 그것도 가능하다면
예전 집의 재료를 가지고 세우려는 사람과 같은 것이다(KKANII 373).


새로운 형태의 글쓰기는 불안전했던 자신의 작은 구성 부분을 해부하고
탐구해서 거기로부터 나온 요소를 새로 모아 구성해서 보다 안전한 '자아의
집', 즉 작가로서의 실존적 자아상을 글로써 구축하는 것이었다.

카프카는 작가가 '문학적 삶'을 사는 데 필요한 전제조건으로서 무엇보다
도 생각하고 느끼고 거리감을 두고 조망할 수 있고 그리고 상상할 수 있는
자기만의 고유한 내면 공간을 착안하고 있었던 것 같다. 그곳은 고독의 공간
이고 독신자의 공간이며, 관망자의 공간이고 이미지가 형상언어로 전환되는
상상의 공간이다. 그곳은 배의 난파로 머무르게 된 로빈슨 크루소의 섬처럼
인간사회로부터 외따로 떨어져 있지만 계속 구원의 신호를 보낼 수 있는
공간, 즉 "고독과 공동체 사이에 있는 경계지역"(KKAT 873)이다. 그 경계지
역은 비좁고 고독하고 위태롭지만 양극적인 모든 것을 조망할 수 있고, 또
완벽하지는 않지만 불연속선으로라도 이들을 연계시킬 수 있는 그만의 내적
인 이상적 장소이다. 그는 자기가 체류하고 있는 불안하고 위험스러운, 그러
나 이상적인 경계지역을 「첫 번째 시련」[3]에서 비유적으로 묘사하고 있다.

그네를 타고 곡예를 펼치는 공중 곡예사가 고독한 자기희생 속에서 더욱
예술적 완성도를 높이려 한다. 그러나 그러한 노력은 현실적인 삶과의 연관
성을 점차 악화시킨다. 그는 예술적 자율성을 방해받지 않고 예술가로서의
정체성을 고수하면서 고도의 예술적 능력을 발휘하기 위해 사람들의 발길이

---

3 「첫 번째 시련(Erstes Leid)」의 창작 시기는 1922년 1월 말경이나 그것이 처음 발표된 것은
1923년 1월 뮌헨의 문예 잡지 ≪게니우스(Genius)≫에서였다. 이 잡지는 '미래와 과거
예술을 위한 잡지(Zeitschrift für werdende und alte Kunst)'라는 부제가 붙어 있었다. 이 작품
은 후에 카프카의 작품 모음집인 『어느 단식 광대』(1924)에 재수록되었다.

닿지 않는 서커스 천정에 매달려 있는 공중그네 위에서만 생활한다. 그곳은 위험하긴 하지만 삶과 예술, 예술가와 관객, 조직과 자유, 지상과 천상, 현실과 비현실 사이를 자유롭게 넘나들 수 있고 동시에 양자의 세계를 조망할 수 있는 자신만의 체류 장소이기도 하고 고도의 예술수단이 되기도 한다. 그러나 그의 무조건적이고 절대적인 예술의지는 또 다른 제2의 공중그네를 요구한다. 그것은 하나로 고정된 장소가 아닌, 보다 고도의 예술혼을 펼칠 수 있고 보다 높고 넓게 비상할 수 있고 조망할 수 있는 새로운 공간을 얻기 위해서이다. 그러나 그는 자신이 보다 높은 예술적 완성도를 추구하면 추구할수록 자기 존재의 파멸까지 초래할 수 있다는 것을 알고 있다. 그러나 그는 보다 높은 경지에 도달하기 위해 계속 그것을 갈구할 수밖에 없다. 그것이 바로 카프카가 그즈음 생각하고 있던 예술가적 운명이다.

  비슷한 시기인 5월 말쯤에 쓴 것으로 추정되는 「어느 단식 광대」[4] 역시 서커스에서 단식을 기예로 공연하는 어느 광대의 이야기이다. 관객은 처음에는 남이 하기 어려운 단식 광대의 기예에 대단한 호기심을 보인다. 그러나 그는 정해진 40일간의 단식 기간이 지났는데도 주위의 만류에도 불구하고 계속 단식을 강행한다. 그러나 흥행사뿐만 아니라 관객 역시 계속되는 그의 단식에 흥미를 잃게 된다. 변해가는 시대는 관객을 흥(興)과 낙(樂)을 북돋을 수 있는 다른 센세이셔널한 볼거리를 원하기 때문이다. 그는 모든 사람의 무관심 속에서도 기력이 다할 때까지 단식을 계속한다. 마침내 그가 자유자재로 단식할 수 있는 경지에 이르렀음에도 순회공연에서 제외된다. 그는 서커스 한쪽 구석 우리에 방치된 채 죽어간다. 감독관이 어째서 계속 단식을 하느냐고 묻자 그는 "이 지상에서 단식 외에는 달리 아무것도 할 수 없으며"

---

4 「어느 단식 광대(Ein Hungerkünstler)」는 1922년 5월 22일에 쓴 것으로 추정되며 1922년 10월 ≪디 노이에 룬트샤우≫에 처음 발표되었다.

이 세상 어디에서도 자신의 "입맛에 맞는 음식을 발견하지 못했기 때문"(KKAD 349)이라고 대답한다. 그 광대의 삶은 바로 사회로부터 고립되고 잊어져가는 작가의 소외를 암시한다. 현대의 작가는 자기가 필요로 하는 영혼적·정신적 양식을 현실적 삶에서 더 이상 구할 수가 없다. 그러므로 그는 현실적인 일상의 삶이 그에게 제공하는 것에 결코 익숙해질 수가 없다. 그에게 남는 것은 스스로 죽음에 이를 때까지 계속 단식하는 것뿐이다. 급변하는 시대의 상황적 변화와 유행에 관계없이 그의 예술가 정신은 죽음까지도 감내해야 한다. 광대가 죽은 후 사람들은 빈 우리에 어린 표범을 집어넣는다. 표범은 단식 광대의 예술로는 관철시킬 수 없는 자유롭고 기쁜 활력적인 삶을 제공해준다. 이제 표범이 만인의 호기심의 대상이 되는 시대가 된 것이다. 예술가적 정신세계는 관객의 관심으로부터 멀어졌고 살아 있는 몸체와 감각만 강조되는 세계의 중심으로부터 사라져가고 있는 것이다.

카프카는 작가의 실존 문제와 예술적 목표와 연관해서 단식과 양식에 관한 메타포를 말년의 작품까지 계속 주된 주제로 이어갔다. 1922년 2월 10일 일기에서 카프카는 자신을 "좌우로 매우 강력한 적들이 공격해" 피할 수 없는 상태에서 "먹을 수 있는 양식, 숨 쉴 수 있는 공기, 자유로운 삶을 추구하는……굶주린 동물"(KKAT 903)[5]로 비유했다. 1922년 여름에 쓴 것으로 추측되는 미완성 작품 「어느 개의 연구」(KKANII 423-494)는 앞서의 작품들과 일기에서처럼 단식과 양식 문제를 주된 문제로 다루고 있다. 이 작품에서는 두 가지 종류의 음식이 언급되는데, 하나는 모든 개에게 익숙하고 그리고 일상적으로 갈망하는 '먹이(Fraß)'이고, 또 다른 하나는 먹이의 충동을 단식이라는 '최고 행위'를 통해서만 넘어설 수 있고 얻어낼 수 있는 '최고 경지의

---

5 카프카는 1922년 1월 29일 일기에서도 자신의 "근본 양식은 다른 공기 속에서 자라는 다른 뿌리에서 나온다"(KKAT 896)고 쓰고 있다.

양식'이 있다. 그러나 작품의 화자이자 중심인물인 '양식'을 탐구하는 개[犬]인 나는 「어느 단식 광대」에서처럼 '먹이'에 대한 거부 행위인 단식 그 자체만을 다루지 않고, 단식은 먹이와는 다른 '양식'에 대한 '굶주림'으로 전환시켜 다루고 있다. 그뿐만 아니라 이 작품에서는 '먹이'만 갈구하는 일상적인 삶의 세계를 '허위의 세계'로, '단식'과 '굶주림' 같은 행위를 '자아 극복'과 '전력을 다한 노력'으로, 그리고 '양식'을 '진실(진리)' 자체로 제시한다. 주인공 '탐구 개'인 나는 "진실을 그 어느 누구에게서도 감지할 수 없는 허위의 세계로부터 벗어나 진실(진리)에 이르기 위해서" 죽음과 같은 "고독"(KKANII 475)을 추구하고 감내해온 자라고 고백하고 있다.

이렇듯 말년의 작품들은 주인공을 하나같이 어떤 알 수 없는 힘에 의해 소명을 받은 것처럼 오직 "특별한 위치와 예외적인 입장"에서 보다 높은 "고귀함과 영예"[6]를 추구하는 존재로서 부각시키고자 했다. 카프카는 이들 작품을 통해 은연중에 인간 최고의 극기 행위 중 하나인 단식을 자신의 글 쓰는 행위에, 최고의 경지인 '양식'을 진리(진실)와 맞닿아 있는 문학작품에, 그런 고뇌 속에 문학작품을 쓰는 작가를 인류의 속죄양이자 "남들이 다 잠들어 있을 때 홀로 깨어 있는 파수꾼"(E 309)에 비유하고 있다.

---

6 Walter H. Sokel, *Franz Kafka. Tragik und Ironie*, Frankfurt am Main 1976, S.431ff.

# 플라나에 머물다

건강상 더 이상 사무실 일을 볼 수 없게 된 카프카는 1922년 6월 7일 노동자재해보험공사에 잠정적인 은퇴 신청을 하고 회사의 통보도 기다리지 않고 6월 23일 플라나로 요양을 떠났다. 당시 프라하에 와 있던 클롭슈토크[1]가 열차 타는 곳까지 배웅했다. 그는 카프카의 도움으로 5월 8일 프라하 독일 대학의 의과대학에 등록했고, 카프카의 주치의인 오토 헤르만의 실험실에서 조수 일을 보고 있었다.

플라나는 남부 보헤미아 지방의 루쉬니츠 강변에 위치한 숲 속의 작은 마을로, 이미 그곳에는 오틀라가 시골 여름별장을 임대해 딸 베라와 함께 지내고 있었다. 플라나의 풍경은 마치 한 폭의 수채화 같았다. 넓은 계곡과 나무들 사이로 루쉬니츠 강이 흐르고 있었고, 여기저기에 수영을 할 수 있는 깨끗한 모래톱도 있었다. 주변으로는 목초지와 경사가 완만한 언덕과 조용한 숲이 둘러싸고 있었다.

---

1 1922년 4월 로베르트 클롭슈토크는 프라하의 독일 대학인 카를 대학에 입학하기 위해 프라하에 왔다. 카프카는 그가 자신의 집에서 임시로 거처하도록 배려했다. 후에 그는 볼차노 거리와 클라인자이테 구역의 환상도로 옆에 방을 얻어 지냈다. Rotraut Hackermüller, *Kafkas letzte Jahre. 1917-1924*, München 1990, S.83.

플라나 전경

오틀라와 함께하는 카프카의 생활은 아주 편안했다. 그것은 "믿을 수 없을 정도로 오틀라가 자신의 편안함을 희생한 덕분이었다"(Br 375). 주말에만 그곳으로 오는 오틀라의 남편 요제프 다비트는 두 개의 커다란 창문이 달린 햇빛이 잘 드는 따뜻한 큰방을 카프카에게 쓰게 했고, 자신들은 어린 딸과 함께 추운 작은 방을 사용했다(Br 376). 그렇지만 카프카는 어느 곳에서나 마찬가지로 그곳의 새로운 소음과도 싸워야 했다. '숲과 강과 정원'으로 이루어진 플라나에서도 제재소의 날카로운 전기톱 소리, 가축들의 울음소리, 장작 패는 소리, 망치질 소리, 농부 소년이 불어대는 뿔 나팔 소리, 아이들의 뛰노는 소리 등이 귀마개에도 불구하고 카프카의 신경을 건드렸다. 그는 그곳에 온 지 사흘 만에 막스 브로트에게 이렇게 썼다.

시골과 소통하는 것은 묘하지. 첫날은 소음이 없었는데, 둘째 날에는 와 있더군. 나는 급행열차로 왔는데, 그놈은 아마 완행을 타고 왔나보네(Br 375).

이따금 오틀라가 창 아래에서 떠드는 아이들에게 사탕을 주어 쫓아버리긴 했지만, 그는 차라리 넓고 조용한 프라하의 자기 방이 나을 뻔했다고 생각했다. 다행히 소란스러운 낮과는 달리 저녁부터는 조용했다. 그는 매일 밤 어두움이 찾아오면 별장 집주인 여자가 기르는 검은 점박이 개를 데리고 산책을 나갔다. 그는 언덕의 숲 가장자리에 있는 벤치에 앉아 지나간 날의 추억을 더듬어가며 작가로서의 고통스럽고 고독하고 힘들었던 삶을 하나하나 머릿속으로 정리해나갔다. 종종 막스 브로트와 로베르트 클롭슈토크가 신문과 잡지를 보내주어 바깥세상을 엿볼 뿐, 그는 슈핀델뮐레에서 쓰기 시작했던 소설 『성』에 매진하고 있었다.

7월 5일 카프카는 노동자재해보험공사로부터 7월 1일부로 정식으로 퇴직 처리되었다는 통보를 받았다. 카프카는 연봉 3만 크로네로 비교적 풍족하게 생활하던 비서장에서 연봉 1만 608크로네의 연금 은퇴자가 되었다. 생활비가 빠듯했으므로 더 이상 좋은 시설의 요양원을 기대할 수는 없었지만, 난생처음 새장을 벗어난 자유로운 새가 된 기분이었다. 그러나 그의 퇴사 소식을 들은 막스 브로트, 펠릭스 벨치, 오스카 바움, 클롭슈토크 등은 카프카의 병이 얼마나 심각한지 절감하고 애통해했다. 그들은 오로지 문학을 위해 모든 것을 희생하는 카프카의 결단에 경외심을 가지면서도 자학적으로까지 보이는 그의 결단을 이해할 수가 없었다. 그는 도대체 무엇을 위해 생사를 건 투쟁을 하는 것일까?

그는 서서히 다가오는 죽음 앞에서 시간을 낭비할 수 없었다. 글을 쓸 수 있는 시간이 얼마 남지 않았다는 것을 절감하고 있었기 때문이었다. 1922년 6월 말경 오스카 바움이 튀링엔의 게오르겐탈 계곡에서 몇 주간 자기 가족과 함께 여름을 보내자고 연락을 보냈다. 카프카는 오틀라 부부를 위해서 그리고 낮의 소음을 피하고 매제 가족이 오는 휴가시기를 피하기 위해 7월 20일경에 그곳에 가겠다고 승낙했다(Br 377, 381). 그러나 며칠 안 있어 힘든 긴 기차여행과 새로운 환경 변화에 대한 불안 그리고 언제 닥칠지 모르는 "죽음에 대한 공포감"(Br 382)으로 약속을 취소했다. 그는 더 이상 보헤미아 밖으로 나가지 않고 자신의 공간을 오직 자기 침대와 책상으로 한정시켰다. 그는 7월 5일 막스 브로트에게 보내는 편지에 이렇게 쓰고 있다.

이 모든 이야기를 작가적으로 요점을 정리하기 위해서 — 내가 요점을 정리하는 것이 아니라 일 자체가 그러네 — 덧붙여 말하지 않을 수 없는 것은, 여행에 대한 내 공포심에는 심지어 내가 적어도 며칠간 책상에서 떨어져 있겠구나 하는 생각도 한몫한다는 사실이네. 그리고 이 우스꽝스러운 생각이야말로 실제로는 유일한 바른 생각이라는 것이지. 왜냐하면 작가의 현존재는 실제로 책상에 의존해 있으니까. 작가는 본래 정신착란에서 벗어나려면 절대로 책상을 멀리해서는 안 되고 이로 꽉 물고 달라붙어 있어야 하네(Br 386).

그는 날씨가 화창한 날에는 루쉬니츠 강변에서 수영하거나 홀로 산보하고, 피곤하면 주변 숲 속에 누워 휴식을 취하며 잠을 청하거나 책을 읽거나 명상에 잠겼다. 그리고 집에 돌아와 글을 썼다. 조용한 숲 속 마을에서도 소음은 그의 생각과 글 쓰는 일을 방해했다. 그는 가끔 보헤미안 출신의 작곡가 구스타프 말러가 머물렀던 조용한 숲 속의 오두막집을 생각했다. 말러는 1897년부터 1908년까지 빈 궁정 오페라 극장의 음악감독 겸 지휘자로 재직하면서 1900년에서 1907년까지 여름철 3개월 휴가 동안 그곳에 머물며 우주적이고 형이상학적인 음악 창작에 몰두했다. 그는 말러가 작곡하던 그때의 고요한 숲 속 마을을 그리워하며 펠릭스 벨치에게 자신의 고통스러운 상황을 호소했다.

나는 말러를 생각해보네. 그의 여름 생활이 어디엔가 기록되어 있었지. 그는 날마다 아침 5시 반이면 일어났고, 그 당시 매우 건강했고, 아주 잘 잤고, 야외에서 목욕을 하고, 그리곤 숲으로 달려가곤 했다지. 그곳에 '작곡의 오두막'이 있었으니까(아침이 이미 그곳에 준비되어 있고). 그러고는 낮 1시까지 그곳에서 일하고, 나무들은 나중에는 톱날 속에서 많은 소음을 내겠지만 그때는 조용히 소리 없이 무리지어 그의 주위에 서 있었다네. 그런 다음 오후에는 잠을 자고 4시 이후에야 그는 가족들과 생활을 했고, 그의 아내는 어쩌다가 겨우 그가 자신의 아침 작업에 대해서 말하는 것을 듣는 행운을 맛보곤 했다네. 그런데 원래 톱 이야기를 하려고 했지. 나 혼자서는 그것에서 벗어날 수가 없네. 누이가 와서 그 처지에서는 믿을 수 없으리만치 쾌적감을 희생하고서라도 내게 다른 방을 내주어야 하네(그것 역시 '작곡의 오두막'은 아니지만, 그것에 대해서는 이제 더 말하지 않으려네). 이제 잠시 동안 톱에서 해방되나보이(Br 389).

그러던 중 7월 14일 아버지 헤르만이 프란체스바트 휴양지에서 배꼽탈장에서 오는 장 중첩으로 쓰러져 프라하에서 수술 받게 되었다는 전보를 받았다. 카프카는 프라하의 병원으로 달려갔다. 일흔의 고령임에도 아버지의 수술 경과는 좋아 회복이 빨랐고, 아버지가 어머니와 단둘이 있는 걸 원했기 때문에 그는 7월 19일 다시 플라나로 향했다. 그는 플라나로 돌아가는 열차에서 테오도르 슈토름의 자서전『추억과 가족사』를 읽었는데, 슈토름은 단편「프라하로의 여행 중인 모차르트」를 쓴 작가 뫼리케와의 대화에서 "독일 문학의 문은 괴테의『파우스트』와 하이네의『노래의 책』이라는 두 마력적인 작품들로 인해 활짝 열렸다"(Br 397)라고 말했다. 삶의 의미를 끊임없이 추구하고 노력하는 괴테와 하이네가 쓴 실연의 슬픔에 괴로워하는 젊은이의 노래를 생각하며 카프카는 지난날의 고뇌에 찬 삶을 돌이켜보았다.

카프카는 플라나에 도착한 다음 날 막스 브로트가 신문 ≪석간≫에 쓸 자료가 부족해서 고민하고 있다는 것을 알고, 그에게 조각가 빌레크[2]에 관한 에세이를 쓰라고 권했다. 카프카는 빌레크가 체코 민족의 고통과 희생 그리고 자유와 해방에 대한 열망을 후스 동상에 담은 작가라는 점에서 그의 '후

------

2 프란티셰크 빌레크(František Bílek, 1817~1888)는 체코의 조각가로 콜린(Kolín)에 있는 '후스 기념물'을 제작했다. 카프카와 막스 브로트 부부가 1914년 12월 쿠텐바르크에 갔을 때 그 기념물을 보러 가자는 카프카의 제안으로 콜린을 방문한 적이 있었다.

스 기념물'을 프라하 구시가 광장에 있는 라디슬라브 잘룬의 후스 기념 동상
보다 더 높게 평가했다. 그는 또한 막스 브로트에게 자신이 준 『성』의 일부
원고를 읽었는지 묻고 그 원고를 숙독해달라고 재차 부탁했다. 아직 완성되
지 않은 원고를 읽어달라는 부탁은 전례 없는 일이었지만, 그는 그만큼 『성』
을 쓰는 일에 신경을 쏟고 있었다.

그러니까 자네를 보러 갈 틈이 없었네. 하지만 아마 시간이 있었더라도
갈 수 없었을 거야. 자네가 내 노트를 벌써 읽었다면 매우 부끄러웠을 테니
까. 그러니까 단지 쓰기 위해서일 뿐, 읽기 위한 것이 아니라는 사실을 알면
서도 내가 자네 노벨레 뒤에 감히 덧붙여놓은 노트 말이네. 그렇게도 완벽하
고, 그렇게도 순수하고, 그렇게도 바로 써내려간, 그렇게나 신선한 소설 다음
에는 희생이 따르는 법이지. 그러나 그 희생적인 희열이 위에서는 마음에
들 것이 틀림없어. 그것이 내게는 너무나 소중하므로 시작을, 즉 맨 앞 시작
만이 아니라 교수 가족이 나오는 대목까지 그리고 그다음엔 맨 나중 종결
부분을 다시 한 번 숙독해주길 부탁하네. 시작은 조금 이리저리 혼란스러워,
적어도 전체를 알지 못하는 사람에게는 말이네. 마치 그가 휴식을 위해서는
쾌적한 그러나 실제로는 전체에 해를 입히는 부차적인 허구를 찾는 것 같지.
그것은 정말이지 실제에서는 전체적으로 완전히 거부감을 주지. 그러나 모든
시작에서는 번개가 번쩍하는 듯해. 그런데 종결은 숨이 너무 긴 것 같아.
그동안 여전히 숨과 더불어 싸우고 있는 독자는 그로 인해 혼란되어 시선의
방향을 잠시 잃게 되는 거야. 이 말로써 나를 설득한 바 있는 편지 형식에
대해 이의를 제기하려는 것은 아니네. 나로서는 이 소설이 나의 '작가'라는
견해에 어떻게 삽입되는지 전혀 모르겠다는 거야. 그렇지만 내 걱정은 말게.
나는 소설이 존재하는 것만으로 행복하다네(Br 396).

카프카에게는 글 쓰는 과정 자체가 완성된 작품보다 더 중요했다. 그에겐

문학적인 삶, 즉 글쓰기가 삶 자체였다. 카프카가 플라나에 온 지도 벌써 두 달이 지나가고 있었다. 그는 "섬의 맨 꼭대기에 세워둔 로빈슨 크루소의 깃발"(Br 392)처럼 흔들림 없이 글을 씀으로써 정신적·육체적 위기로부터 벗어나고자 했고 구원적 희망을 잃지 않으려 했다.

그러나 7월 중순 이후 아버지 병 때문에 두 번이나 프라하로 가야 했으므로 글쓰기의 리듬은 흐트러졌고, 8월이 되면서 마음은 더욱 초조해졌다. 게다가 그를 돌보아 주던 오틀라가 휴가를 마치고 9월 1일 프라하로 돌아가기로 되어 있었다. 시간이 허락한다면 겨울까지 그곳에 머무르려던 카프카에게는 낭패였다. 누가 어머니이자 아내 같은 존재인 오틀라를 대신할 수 있단 말인가. 오틀라도 병든 오빠를 한적한 그곳에 홀로 남겨두는 것이 몹시 마음에 걸렸다.

8월 내내 카프카는 이런 걱정으로 또다시 두통과 불면증에 시달렸고, 소설『성』은 중단되었다. 그는『성』을 거의 포기한 상태였지만(Br 413), 글을 쓰지 못하는 순간이 두렵고 괴로웠다. 언제나 그랬듯이 카프카는 슬픈 공백을 주로 독서로 채웠다. 카를 크라우스의『인류의 최후의 날』, 발터 헤르만이 편집한 레클람 판『젊은이와 민족을 위한 유니버설 도서』, 빌헬름 슈파이어의 소설『계절의 우수』, 게르하르트 하우프트만의 희곡『안나』등이 그때 읽은 책들이다. 그리고 클롭슈토크가 보내주는 잡지 ≪횃불≫과 ≪젤프스트베어≫를 읽었다. ≪횃불≫이 반유대주의적인 색채를 띤 잡지라면 ≪젤프스트베어≫는 시온주의를 대변하는 유대 잡지였으므로, 그는 여전히 그 어느 쪽에도 편향됨 없이 양자 모두에게 관심을 가지고 있었다.

어느 날 카프카가 여느 때처럼 산책을 마치고 돌아왔을 때 마당에서 별장 여관집 여주인 흐닐리츠카를 만났다. 그녀는 오틀라가 떠나간 다음에도 카프카가 더 머물기를 원한다면 자기가 그를 위해 식사 준비를 할 수 있다는 뜻밖의 제안을 했다. 카프카는 마치 구원자를 만난 듯 기뻤다. 그는 비싼 음식을 사먹을 필요도 없고 원하는 채식도 할 수 있을 것이기 때문이었다. 겨울이 되어 소음이 사라지면 글 쓰는 일에 더 집중할 수 있을 터였다.

그러나 기쁜 마음으로 이층 자기 방으로 올라가는 계단에서 그는 정신을 잃고 쓰러졌다. 바닥에 누운 채 다시 깨어났을 때 그는 깊은 겨울 산속에 홀로 "완전한 고독 속에 남게 되리라는 것에 대한 두려움"(Br 415)에 휩싸였다. 놀란 오틀라는 오빠가 그곳에서 혼자 겨울을 나려는 계획에 반대했다. 그의 쇠약한 건강상태로 혼자 지낸다는 것은 무리였다. 그리고 산악지대의 겨울 공기는 너무 차고 바람도 거셀 뿐만 아니라 계곡의 운무와 안개가 폐에 좋지 않으리라는 생각 때문이었다. 우선 그의 마음을 안정시키기 위해 오틀라는 플라나에 한 달 더 머물기로 했다(Br 416). 카프카는 오틀라의 충고를 받아들여 플라나에서 한 달 동안 함께 더 머문 후 10월이나 11일쯤 프리하로 돌아가 겨울을 보내기로 했다. 그리고 그 후에는 건강이 허락한다면 트리쉬에 있는 지크프리트 뢰비 외삼촌에게 가리라고 마음먹었다(Br 412).

반복되는 정신착란 증세와 반년 이상을 매달렸지만 결국 중단되어버린 소설 『성』 때문에 카프카는 몹시 우울하고 절망적인 기분에 빠졌다. 『성』은 그의 세 번째 소설이자 분명 마지막 소설이 될 작품이기에 더욱 그러했다. 그런 상황을 모르는 막스 브로트는 『성』의 중단이 카프카의 일시적인 감정 기복에서 오는 것이라 여기고 "매우 재미있고 생생한 작품"이니 한시라도 빨리 마무리하라고 종용했다. 그때 막스 브로트는 베를린 여자 문제로 결혼 생활의 파경을 맞고 있었다. 카프카는 복잡한 상황에서도 상담자를 자처하며 브로트에게 프라하와 베를린 사이를 방황하지 말고 부인과 애인과 셋이서 만나 솔직하게 이야기할 것을 충고했다.

# 소설 『성(城)』의 창작 과정과 해설

카프카의 소설 『성』은 1922년 1월 말 슈핀델뮐레 요양소에서 쓰기 시작해 1922년 8월 말이나 9월 초 프라나에서 중단된 것으로 보인다. 슈핀델뮐레에서 3주간의 요양을 마친 카프카는 1922년 2월 17일 프라하에 돌아왔다. 건강상태가 여전히 좋지 않은 가운데서도 그는 3월 중순 『성』의 1장을 끝냈고, 3월 15일 그의 집을 방문한 막스 브로트에게 처음으로 그것을 읽어주었다. 카프카는 『성』을 쓰는 일을 '가장 중요한 일'로 생각했다. 그는 최근 밀레나와의 사랑 때문에 괴로워했고 병으로 인해 여러 요양소를 전전해야 했으며 최근에는 정신착란 증세로 거의 절망상태에 빠져 있었다(Br 370). 늘 그랬듯이 글쓰기는 이런 '삶의 위기'에서 벗어날 수 있는 유일한 방법이었다. 그는 반복되는 정신착란 증세와 불면증의 희생자로 전락하지 않기 위해서 전력을 다해 글쓰기에 매달렸다.

카프카는 1922년 1월 27일 슈핀델뮐레에 도착한 날부터 소설 『성』을 쓰기 시작했다(KKAS APP 63). 그는 처음엔 자신이 늦은 밤 눈 덮인 마을 슈핀델뮐레에 도착하던 광경과 연관시켜 일인칭 시점으로 쓰기 시작했다. 그러나 3장 헤렌호프 여관에서 측량사 K가 카운터에서 술을 팔고 있는 프리다와 사랑을 나누는 장면부터 삼인칭 서술로 바뀌었다. 일인칭 소설의 주인공이 작가 자신으로 비칠 수 있기 때문이라기보다 사건에 대해 좀 더 자유로운 시점을 확보하기 위해서였다. 그러나 소설을 써나가는 도중에 서술 시점을 바꾸는 바람에 사건 전개에 혼란이 온 듯 그는 잠시 소설 작업을 중단했다.

슈핀델뮐레에서 3주간의 휴가를 마치고 2월 17일 프라하에 돌아온 카프카는 계속해서 병 치료와 병행해『성』을 써나가는 일에 몰두했다. "적어도 일 년간은 노트를 들고 숨어서 어느

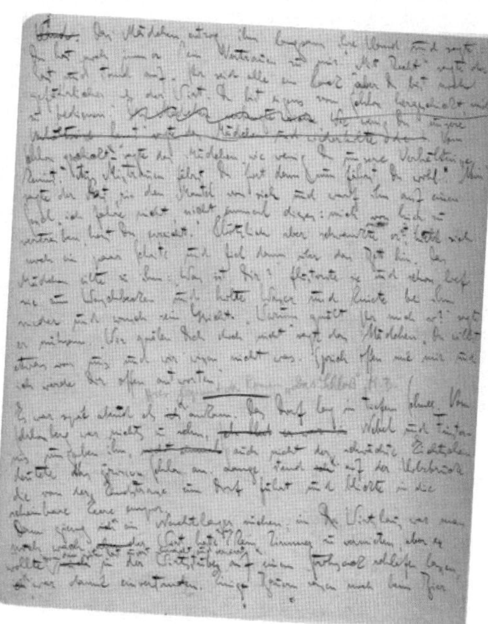

『성』의 원고 첫 페이지

누구와도 이야기하고 싶지 않다"(Br 374)고 할 만큼 그는 그 무엇에도 방해받지 않고 오로지 소설 쓰는 일에만 정신을 집중하고 싶었다.

그는 오직 집필에 집중하고 싶어서 가능한 빨리 은퇴를 신청한 후 홀가분한 마음으로 플라나로 가 6월 말까지 그곳에서 머물며 소설『성』을 쓰는 일에 전념한다. 카프카는 올가와 K가 바르나바스의 사자(使者)의 임무에 관해 이야기를 나누는 16장까지 비교적 수월하게 써내려갔다. 그러나 7월 14일에서 19일까지 아버지의 수술 때문에 그는 잠시 프라하에 머물러야 했다. 그때 그는 막스 브로트에게 앞서 읽어주었던 앞부분을 제외하고『성』의 두 번째 원고를 넘기면서 정독해줄 것을 부탁했다(BKB 389). 막스 브로트는 처음으로 이 원고에 대해 상세한 논평을 써서 보냈는데, 소설『성』은 자기의 "기대에 부응하는 이야기"이며 "매우 흥미롭고 생생한 책"으로 과연 어떻게 마무리될지 "매우 긴장이 된다"(KKAS APP 69)고 했다.

닷새간 프라하에 머물고 플라나로 돌아온 카프카는 7월 31일까지 '성'과

마을을 연결시키는 역할을 하는 비서 '뷔르겔'의 에피소드가 담긴 23장까지 마무리했다. 그러나 생각보다 사건의 진척이 더뎠고 유연하지 못했다. 아버지의 병 때문에 프라하에 잠시 들렀던 것이 글의 흐름을 방해한 듯했다. 게다가 8월 마지막 주엔 정신착란 증세가 계속되는 통에 『성』을 쓰는 일을 중단해야 했다. 카프카는 중단 사실을 막스 브로트에게 이렇게 알렸다.

이번 주를 그리 재미있게 보내지 못했네. 왜냐하면 『성』의 이야기를 사실상 영원히 멈춘 채 내버려두어야 했기 때문이지. 프라하에 가기 일주일 전에 시작되었던 '정신착란' 이후 그것을 다시 연결시킬 수가 없었네. 자네가 알다시피 플라나에서 썼던 부분이 그리 나쁘진 않았는데 말이야(Br 413).

소설 『성』을 읽다보면 특히 25장에 나오는 객실하녀인 '페피'가 미국으로 이민 간 후 가족이 겪었던 비참했던 미국 생활을 길게 언급하는 과정에서 갑자기 이야기의 흐름이 혼란에 빠지는 것을 느낄 수 있다. 그 후에도 카프카는 여러 차례 그 이야기를 이어가려고 시도했으나 그 어느 것에도 만족할 수 없었다.[1] 그러나 그것은 카프카의 독특한 글쓰기 방법에도 기인한다. 카프카는 『성』을 쓰기 전에 "어떤 초안도 구상도 또 사전 기록도 없었다." 그리고 "주제가 비슷한 이야기나 단편"과 같은 "사전 연구"도 없었다(KKAS- APP 72). 그는 아무런 사전 계획이나 구상 없이 단지 영감에 따라 마치 "유령의 손에 이끌리듯"(KKAT 926) 소설을 써내려갔던 것이다. 그러므로 소설의 줄거리가 어떤 결말로 흘러갈지는 그 스스로도 예측할 수 없었다. 그 결과 『성』은 결국 여기에서 중단된 채 결말 없이 끝나고 말았다.

---

1 Hartmut Binder, *Kafka-Kommentar zu den Romanen, Rezensionen, Aphorismen und zum Brief an den Vater*, München 1976, S.263.

미완으로 끝난 카프카의 소설 『성』은 그가 죽은 후인 1926년 막스 브로트에 의해 라이프치히의 쿠르트 볼프 출판사에서 처음 출판되었다. 막스 브로트는 이 책의 편집 후기에서 소설의 줄거리가 어떻게 끝날 예정이었는지 그리고 이 작품의 주제는 무엇인지에 대해서 밝혔다.

『성』 초판(1926년)

    카프카는 마지막 장을 쓰지 못했다. 그러나 그는 언젠가 어떻게 소설이 끝날 것인지 묻는 나의 질문에 이야기를 한 적이 있다. 자칭 토지측량사 K는 적어도 부분적으로는 내적 만족감을 얻는다. 그는 투쟁을 중단하지 않지만, 쇠약한 나머지 죽는다. 임종을 맞은 그의 침상 주위로 마을 사람들이 모여든다. 그리고 바로 이때 성은 마을에 거주하겠다는 K의 요구를 들어주지 않지만 어떤 부수적인 사정을 고려해서 그가 이 마을에서 생활하고 일하는 것을 허가한다는 결정을 내려 보낸다.……

    소설 『소송』의 주인공이 불가시적이고 비밀스러운 당국에 의해 추적당하고 법정에 소환된다면 『성』에서는 바로 그러한 심급부로부터 거부당하는 것이 특징이다. '요제프 카'가 자신을 숨기고 도망친다면, K는 스스로 나서서 공격한다. 서로 방향은 다르지만 근본 감정은 동일하다. 이상한 서류들과 불가해한 관리들의 위계질서로, 변덕과 악의로 절대적인 존경심과 절대적인 복종을 요구(철저히 정당한 요구)하는 '성(城)'은 무엇을 의미하는가?……K가 결코 입장하지 못하는, 무슨 일인지 결코 제대로 접근할 수도 없는 이 '성'은 신학자들이 '은총', 즉 인간 운명(마을)의 '신적 조종'이라고 부르는 바로 그것이다.……그러므로 『소송』과 『성』에서는 (카발라의 의미로) 신성(神性)의 두 가지 현상형식인 '법정'과 '은총'이 묘사된다.[2]

---

2 Franz Kafka, *Das Schloss, Roman*, München 1926, Nachwort, S.495f.

이처럼 막스 브로트는 주인공 K가 성으로 들어가기 위해 수없이 노력했지만 죽은 뒤에야 비로소 그를 받아들이는 '성'을 초월적인 힘인 '신적인 은총'으로 보았다. 그러나 사실 이러한 긍정적인 종교적 해석으로는 『성』을 이해하기 힘들어 보인다.

미하엘 뮐러 등이 지적했듯이, 이 소설은 처음 시작부터 긍정적인 느낌보다는 오히려 유럽의 괴기소설이나 스릴러 소설[3]를 대할 때 갖게 되는 부정적인 느낌을 주고 있기 때문이다.

K가 도착했을 땐 늦은 저녁이었다. 마을은 눈 속에 깊이 파묻혀 있었다. 성이 있는 언덕은 안개와 어두움에 잠겨 아무것도 볼 수 없었으며, 어렴풋이나마 큰 성이 있음을 알려주는 불빛도 없었다. K는 오랫동안 국도에서 마을로 이어지는 나무다리 위에서서 공허하게 보이는 곳을 쳐다보았다(KKAS 7).

소설의 시작과 함께 독자가 마주치게 되는 첫 장면은 눈으로 덮여 있는 황량한 마을 풍경과 '밤과 안개 그리고 어두움'에 싸여 있는 언덕 위에 위치한 으스스한 분위기의 성의 모습이다. 소설의 주인공 이름은 암호와 같은 K이고 서른 살의 남자로 고향을 떠나 긴 방랑 끝에 이 먼 낯선 성의 마을로 들어온 이방인이다. K가 마을의 부뤼켄호프 여관에서 잠을 청하고 있을 때 성의 하급집사의 아들인 슈바르처가 이 마을에서 거주하거나 숙박하려는 사람은 성의 허가를 받아야 한다고 통보한다. K는 자신을 성과 마을의 주인인 "백작이 초대한 토지측량사"(KKAS 8)라고 소개한다. 그러나 마을 사람들은 K의 부랑자 같은 모습에 정말 측량사인지 의심하는 눈치였고, 성과 전화

---

3 Michael Müller(Hrsg.), *Franz Kafka. Romane und Erzählungen. Interpretationen*, Stuttgart 1994, S.254; Peter-André Alt, *Franz Kafka. Der ewige Sohn. Eine Bigraphie*, München 2005, S.591.

통화를 한 슈바르처는 그가 초대 받은 토지측량사가 아니라는 사실을 확인하고 "뻔뻔스러운 거짓말을 일삼는 떠돌뱅이"(KKAS 12)라고 비난한다. 그러나 곧바로 성으로부터 걸려온 전화에서 놀랍게도 그가 토지측량사로 성의 부름을 받았다는 것이 확인된다. 그런데 성의 통보에 대한 K의 반응이 기이하다. K는 성이 자신을 측량사로 받아들인 것을 의외라고 생각할 뿐만 아니라 자신에 대한 성의 '투쟁 선언'으로 받아들인다.

> K는 귀를 기울였다. 성이 그를 측량사로 임명했던 것이다. 그것은 한편으론 그에게 불리했다. 성이 그에 대해 필요한 것을 다 알고, 세력관계를 저울질해보고선 웃으면서 투쟁을 받아준 셈이기 때문이었다(KKAS 12).

인용문에서 보듯, K가 측량사라는 것은 스스로 자칭한 것이고[4] 그 사실을 알고 있는 성은 그것을 자신의 권위에 대한 도전으로 보고 있다는 것이다. 정해진 직업도 없이 오랫동안 방랑생활을 해온 낯선 이방인이 성과 마을의 "토지 상황과 소유 상황을 점검"하는 토지측량사를 사칭한다는 것은 성의 권위에 도전하는 "혁명적 행위"[5]나 다름없기 때문이다. 왜 K는 그런 무모한 희생과 도전을 자청한 것일까? 독자는 작품을 읽어가면서 K가 스스로 자신에게 어떤 확고한 정체성을 부여하고 정해진 역할을 하고 있는 듯한 인상을 갖게 된다.

K가 스스로 자신에게 부여하고 있는 정체성과 마을에서의 역할은, 마치 작가로 살아가며 자신에게 끊임없이 작가로서의 정체성을 요구해온 카프카

---

4 Richard Scheppard, "Zum Schloss," Hatmut Binder(Hrsg.), *Kafka-Handbuch*, Bd.II, Stuttgart 1979, S.460f.

5 Wilhelm Emrich, *Franz Kafka. Das Baugesetz seiner Dichtung. Der Mündige Mensch jenseits von Nihilismus und Tradition*, Bonn/Frankfurt am Main 1958, S.300.

자신을 연상시킨다. 카프카는 『성』을 쓰기 시작한 다음 날인 1922년 1월 28일 일기에 '가나안'과 같이 안정되고 행복한 일상의 삶과 멀어져 있는 작가로서 자신의 고행과 같은 문학적 삶을 우언법(迂言法)으로 이렇게 표현했다.

> 황야와 농경지가 서로 다른 관계에 있는 것처럼, 지금 나는 이미 일상적인
> 세계와는 다른 세계의 시민이 되어 있고(나는 40년간을 가나안을 떠나 방랑했다),
> 이방인으로서  되돌아보고 있다(KKAT 893).

카프카는 일생 동안 일상적인 행복한 생활과는 거리가 먼 비사회적인 작가로서 고독한 방랑자와 같은 고난에 찬 삶을 살아왔음을 밝히고 있는데, 그의 삶은 소설 속의 주인공 K가 마을에 도착하기 전에 겪었던 오랜 방랑생활과 일맥상통하는 느낌을 준다.

또한 이것과 연관해서 소설 『성』의 2장에 나오는 에피소드를 자세히 읽어보면 방랑자 K가 그곳에 온 목표가 무엇인지 어느 정도 유추해낼 수 있다. K는 여러 가지 시도에도 불구하고 다가갈 수 없는 언덕 위의 성 주위를 맴돌면서 계속해서 어린 시절 고향 마을에서 겪었던 일을 떠올린다. 그의 고향 마을에는 오래된 묘지를 둘러싸고 있는 '미끄럽고 높은 담'이 있었다. 아이들은 모두 그 담을 기어오르고 싶어 했지만 성공한 아이들은 단지 몇몇에 불과했다. 그는 노력 끝에 그 힘든 담을 넘어섬으로써 주위의 동료보다 우위에 서게 되었고 높은 '성취감'에 사로잡히게 되었다. 이러한 우월감과 성취감은 오랫동안 그의 삶에 내적인 근거를 마련해주었고 "수년이 지난 지금에도 그에게 도움이 되고 있었다"(KKAS 50). K는 그곳 마을 주민이 말없이 복종하고 있지만 두려움을 가지고 있는 저 알 수 없는 강력한 권력과 권위를 지닌 어떤 심급부처럼 보이는 성에 도전함으로써 어린 시절 고향 마을에서 느꼈던 '고양된 승리의 감정'을 되살려보고 싶었고 마을 사람과는

다른 '예외적인 우위'를 차지하고 싶었다. K는 타인이 두려워하고 회피하는 일을 감행함으로써 자신의 의지와 행동에 의미를 부여할 수 있기 때문이다.

그러나 카프카는 어디에서도 누가 혹은 무엇이 성 안에 있는지 구체적으로 제시하지 않고 또한 그 성이 K에게 선의를 가지고 있는 권력인지 아니면 악의를 품고 있는 권력인지 분명하게 언급하고 있지 않다. 단지 독자가 느낄 수 있는 것은 성 안에는 어떤 위계질서에 따른 "거대한 관료주의적 기구"[6] 같은 것이 작동하고 있다는 것뿐이다. 그리고 독자가 성 안에 무엇인가 '어떤 나쁜 것'이 있을 것 같다는 느낌을 갖게 되는 것이 사실이다. 이것은 앞에서도 지적했듯이 『성』이라는 제목과 그 성이 주는 어두운 분위기가 18~19세기 유럽에서 유행했던 환상 문학 장르인 유령 이야기나 동화 장르에 나오는 '나쁜 성의 이미지'를 연상케 하기 때문일 수도 있다. "유럽 문학에서 성은 잔인하고 위험한 세속적인 권력자, 즉 오만하고 폭군적인 제후와 포악한 봉건귀족의 본거지일 뿐만 아니라 피에 굶주린 흡혈귀, 나쁜 마녀와 막강한 마술사의 활동영역이고 강탈해온 처녀들과 달갑지 않은 경쟁자를 감금해두는 감옥과 같은 무서운 장소이기"[7] 때문이다.

카프카 소설에 나오는 언덕 위의 성 역시 '밤과 안개와 어두움'에 싸여 있고 온통 공허한 눈으로 덮여 있으며 날씨마저 고약해서(KKAT 186) 으스스한 기분 나쁜 분위기를 자아낸다. 더군다나 카프카의 전형적인 서술방식이 소설의 시작부터 K에게 동질감을 가지고 있는 독자에게 K가 성에 대해 가지고 있는 두려운 시각과 비판적인 생각을 함께 느끼게 한다.

카프카의 소설을 독특한 서술적 관점에서 해석하려고 했던 프리드리히

---

6 Michael Müller, "Das Schloß," Bettina von Jagow und Olver Jahraus(Hrsg.), *Kafka-Handbuch*, a.a.O., S.522.

7 Michael Müller, "Das Schloß," ders.(Hrsg.), *Interpretationen. Franz Kafka. Romane und Erzählungen*, a.a.O., S.255.

바이스너는 카프카 고유의 전형적인 서술방식을 "동일시점적"[8]이라고 정의
내렸다. 여기서 '동일시점적'이라는 의미는 카프카의 서사 텍스트는 모두
그때그때 주인공이 보고 듣고 느끼고 생각한 것만 묘사할 뿐, 그 서술 속에
는 전통적 유형의 전지적 화자가 존재하지 않아 K가 없는 곳에서 일어난
일이나 다른 인물의 생각은 독자에게 알려지지 않는다는 것이다. 그러므로
소설 『성』의 독자는 오직 주인공 K의 시점에 근거해서 성에 대해 알 수
있을 뿐이다. K가 성을 적대자로, 적대적인 권력으로 혹은 악의적인 것으로
느낀다면, 독자도 똑같이 그렇게 느낄 수밖에 없다. 성 당국이 K의 예상과는
달리 자신을 토지측량사로 확인해주었을 때 K가 저 '위' 성에서 그에게 필
요한 모든 정보를 알고 있고 세력관계를 꼼꼼하게 따졌으며, 또 자신의 투쟁
을 미소로 받아들였다는 믿음에 이르게 된다면, 독자 역시 이러한 생각을
따르게 된다. 그리고 마을 주민이 위의 성으로부터 압박을 당하거나 혹은
가학행위를 당하고 있다는 인상을 K가 갖게 된다면, 독자 역시 성에 대해
똑같이 나쁜 인상을 갖게 되는 것이다.

K의 눈에 비친 마을 농민의 모습은 "고통스러운 기색이 확연한 얼굴(머리
는 마치 위를 납작하게 얻어맞은 것 같고, 얼굴 모양은 그러한 고통 속에서 생겨난
것 같았다), 그리고 툭 튀어나온 혹 모양의 입술, 벌어진 입술"(KKAS 39)을
하고 있어서 그들이 언덕 '위'에 위치한 성의 권력하에 있고 그것에 의해
억압과 폭력을 당하고 있음을 추측할 수 있다. 게다가 K가 만나는 마을 사람
의 상당수가 병에 걸려 있거나 장애인으로 나타난다. 병색이 짙은 마부 게어
슈태커는 절름발이이고, 헤렌호프 여관의 여주인은 심장병을, 바르나바스의
아버지는 통풍을, 마을 이장은 통풍발작을 앓고 있다. 이렇듯 K가 성을 위협

---

8 Friedrich Beißner, *Der Erzähler Franz Kafka und andere Vorträge*, mit einer Einführung
  von W. Keller, Frankfurt am Main 1983, S.38.

적이고 적대적인 권력으로 느끼고 있는 것처럼 독자 역시 그와 똑같이 성을 위협적이고 적대적으로 느끼게 되는 것이다.

그러나 소설을 좀 더 자세하게 관찰해보면, K가 성과 마을에 대해 가지고 있는 견해가 정말 사실과 부합하는지 의심이 든다. 왜냐하면 카프카의 서사 텍스트가 항상 주인공의 시점에서만 보고 있지 않기 때문이다. 거기에는 가끔 중립적인 화자가 등장해 그의 시점으로도 보고 있다.[9] 중립적 화자의 개입은 독자에게 주인공이 성에 대해 가지고 있는 생각과 행동에 대해 비판적 거리감을 갖게 한다. 리처드 셰퍼드[10]는 작가 내지 화자가 독자에게 K의 의식으로부터 거리감을 취하도록 하는 양식 수단을 사용하고 있다는 사실을 확인해주었다. 화자는 종종 한 문장 속에 '~처럼 보인다'라는 동사나 '아마도'라는 부사나 '마치 ~인 것처럼'이라는 접속사나 '~ 일지 모른다'는 접속법 등을 사용하고 있는데, 이는 적어도 주인공 K의 인지나 주장이 현실이나 사실에 부합하지 않을 수도 있다는 가능성을 열어놓고 있다. 그 밖에도 K가 독자에게 넘겨주는 자료에서 K의 사고에 편협하고 모순적인 요소가 들어 있음을 알 수 있다. 그 자료는 K가 성에 관한 모든 진술을 그에게 반대하는 도전이나 '투쟁 선언'으로 바꾸어 자기 식으로 해석하고 있음을 보여준다.

이를테면 2장에서 K는 성과 마을을 연결해주는 사자 바르나바스를 통해서 성 당국으로부터 '관청 서신'을 받는다. 그것은 성의 고위 관리인 클람에게서 온 것이다. 원래의 편지 내용에 따르면, K는 영주에게 고용되었으나 측량사가 아닌 어떤 직무로 부름을 받았고, 그의 직속상관은 마을 면장이며 그에게서 업무와 임금조건을 전달받도록 되어 있다. 또한 클람은 때때로 사

---

9 Winfried Kudszus, "Erzälhaltung und Zeitverschiebung in Kafkas *Prozeß* und *Das Schloß*," Heinz Politzer(Hrsg.), *Franz Kafka*, Darmstadt 1973, S.331-350, hier S.335f.
10 Richard Sheppard, *On Kafkas' Castle. A Study*, London, 1973, pp.35-126.

자 바르나바스를 통해서 K의 요구를 들어줄 것이고 K가 만족스럽게 일할 수 있도록 배려를 아끼지 않겠다는 친절한 인사말도 적혀 있었다(KKAS 40). 독자는 그 편지 어디에서도 내용이 위협적이거나 도전적이라고 생각할 수 없다. 그러나 K는 이러한 편지 내용을 전혀 다른 의도로 해석한다. K는 편지 내용이 '일관성도 없고' '모순에 차' 있으며 자신을 '하찮은 일꾼'으로 취급한다고 해석한다. 그리고 자기를 그곳에 채용한 배후에는 국외자인 K 자신과 투쟁을 벌이려는 의도가 숨어 있다는 결론에 이른다.

그 편지에 노골적으로 만일 싸움이 벌어질 경우 무모하게 싸움을 시작한 건 K라고 했는데, 그것이 교묘하게 표현된 것이어서 오직 불안한 양심 — 나쁜 양심이 아니라 불안한 양심 — 만이 그걸 느낄 수 있었다. 그의 직무 채용과 관련된 "당신이 알고 있듯이"라는 세 마디 말이 그것이었다(KKAS 43).

편지 건을 염두에 두고 볼 때 K가 측량사로서 채용되었다는 것도 그에 대한 투쟁 선언도 모두 성에서 내려온 것이 아니라 K 자신의 해석에 따른 판단임을 알 수 있다. 사실 성 당국은 K가 마을에 도착한 지 얼마 되지 않았지만 낯선 이방인이자 방랑자인 K에게 그곳 마을에서 정상적인 사회생활을 할 수 있는 터전을 마련해주었다. K가 거주할 교실과 학교 소사라는 직무를 주었고, 성의 고위 관리인 클람의 애인인 프리다와 가정을 꾸미는 것조차 허락해주었다. 그러나 K는 성 당국을 '악한 권력'을 가진 심급부로 해석하고 있고 그것에 대항해 자발적으로 투쟁을 벌이는 공격자가 되려고 한다.

이로써 독자는 처음에 적대자들에게 둘러싸여 있는 외로운 방랑자이며 고향을 등진 자로 보였던 K에게 의심의 눈초리를 보내게 된다. 그리하여 처음에 가졌던 K와의 동질감과 그에 대한 연민에서 어느 정도 벗어나게 된다. 왜냐하면 이야기가 진행되면 될수록 독자는 주인공 K가 자기 자신이 구축한 가상 세계 속에서 생각하고 행동하고 있다는 것을 점차로 인식하기 때문이다.

게다가 독자가 그의 심중에 더욱 의심을 품게 되는 또 다른 이유가 있다. 독자는 K가 성 '아래의' 마을에서 만나는 모든 인물을 완전히 '자기가 정해 놓은 관점', 즉 자신이 필요로 하는 '유용성'에 따라 마을 사람을 평가하고 있다는 사실을 차츰 알게 된다. K는 만나는 사람마다 그들이 '위'의 성과 어떤 관계에 있느냐를 염두에 두고 있다. 그들이 조금이라도 '위'의 성과 관계가 있거나 그곳 출신이라는 인상을 갖게 되면 K는 그들을 특별한 가치가 있는 존재로 평가하고 접근한다. 그러나 그의 본능적인 판단은 종종 오류를 범한다. 이를테면 성의 사자인 비르니비스는 K의 눈에 처음엔 '고상한 권력의 빛'을 지니고 있는 듯 보인다. 특히 카프카에게서 주요한 모티브의 하나로 자주 등장하는 '옷'에 대한 메타포에서 그 사실이 뚜렷이 반영된다. 바르나바스는 "거의 흰색 같은 옷을 입었는데, 겉옷은 비단 같지 않고 보통의 겨울옷이었지만, 거기엔 비단옷이 지닌 부드러움과 화려함이 있었다. 얼굴은 밝고 순박했으며 눈이 매우 컸다"(KKAS 38). 그러나 K의 기대와는 달리 바르나바스가 그를 성으로 데려가지 않고 자기가 사는 초라한 집으로 인도하자 K는 자신의 판단이 오류였음을 시인한다.

그러니까 그것은 오해였다. 짜증스럽고 저급한 오해였는데, K는 온통 거기에 빠져 있었던 것이다. 바르나바스의 꼭 끼는 번쩍이는 윗도리에 매료되었었는데, 그가 막 단추를 풀자 웃옷 밑으로 머슴답게 듬직하고 떡 벌어진 가슴을 덮은, 검게 때에 찌들고 기운 데 투성이의 남루한 셔츠가 드러났다. 게다가 주변의 모든 게 그와 일치하는 정도가 아니라 오히려 그 이상이었다 (KKAS 52).

K가 그때까지 그곳 마을에서 "만난 누구보다도 더 가까웠던 사람이며 동시에 겉으로 드러난 지위를 훨씬 뛰어넘어 성과 밀접한 관계를 맺고 있었다고 믿었던 바르나바스"(KKAS 53)는 이제 K에게는 초라한 속옷을 입은 존재로 변하고 만다.

이러한 K의 판단은 그가 만나는 여성에게서도 드러난다. K가 성의 관리들이 이용하는 헤렌호프 여관 술집에서 카운터 일을 하는 처녀 프리다를 처음 보았을 때, 그녀는 "수수하고 키가 작으며 슬픈 표정과 여윈 뺨을 지닌 금발의 소녀"(KKAS 59f.)로 보였다. 하지만 그녀가 성의 고위 관리인 클람의 애인이라는 사실을 알게 된 순간 K는 그녀에게서 "예사롭지 않은 우월감에 찬 눈빛"(KKAS 60)을 발견하게 되고 그녀를 "매우 존경스러운 인물"(KKAS 62)로 간주한다. K가 그녀에게 접근하는 이유는 그녀를 사랑해서가 아니라 그녀의 도움으로 성과의 투쟁을 유리하게 이끌어갈 수 있다고 생각하기 때문이다. 이것은 『소송』에서 요제프 K가 법정 당국에게 체포된 후 여성들에게 접근해 법정과의 투쟁에 그녀들을 이용하려 했던 것과 유사하다. 그러나 프리다가 K와 사랑에 빠져 클람 곁을 떠나게 되자 그녀는 갑자기 그에게 더 이상 "유혹적"이지 않은 "마치 그녀가 그의 팔에서 시들어버리는 꽃과 같은 생각이 든다." 그녀가 이제 성의 고위 관리인 "클람으로부터 멀어진"(KKAS 214) 까닭이다. 프리다는 나중에서야 K가 자기중심적이고 오로지 자기 관점에 따라서만 생각하고 행동하는 사람이며, 클람과 접촉하려고 자기에게 접근했다는 사실을 깨닫고 K를 비난한다.

그래서 당신은 내가 헤렌호프의 일자리를 잃어도, 브뤼켄호프마저 떠나야 하고 힘든 학교 소사 일을 하게 되어도 개의치 않지요 정은커녕 당신은 내게 시간조차 내주지 않아요 나를 조수들에게 내맡기고, 질투도 모르며, 당신에게 나의 유일한 가치는 내가 클람의 애인이었다는 것뿐이고, 아무것도 모르면서 내가 클람의 애인이었다는 것을 잊지 않도록 애쓰고 있지요(KKAS 245).

측량사 K가 자신이 생각하고 의도하고 있는 목적에 따라 사람을 자의적으로 평가하고 판단하려는 근본적인 특성은, 미하엘 뮐러가 지적했듯이[11] 카프카 자신의 작가적 실존적 특성을 연상케 한다. "글 쓰는 것이야말로……지상의 일 가운데 가장 중요한 것"(Br 431)으로 생각했던 카프카는 문학이 아닌 모든 것을 부수적인 것으로 여겼다. 그는 오직 문학을 위해 일반 사람이 누리고 있는 일상적인 "섹스, 음식, 술, 철학적 사고, 특히 음악이 주는 즐거움"까지도 포기했다. 자신의 부족한 힘을 모두 "글을 쓰는 목적"(KKAT 341)에 모으기 위해서였다.

그러나 자신이 글 쓰는 일에만 집중하다보니 타인에게 무엇인가 해를 끼쳤다는 의식과 더불어 자기 스스로에게도 무엇인가 소홀히 했다는 감정이 뒤따랐다. 그는 "글쓰기를 위해 인간의 가장 큰 행복"(F 460) 중 하나인 결혼마저도 포기했고 상대방 여성들을 불행에 빠뜨렸으며 자기 자신도 '죽음의 병'에 이르게 된 것이다. 그렇다면 일상의 가장 큰 '행복'도 포기하고 '죽음' 마저도 감내하고 있는 글쓰기, 즉 문학적인 삶은 그에게 어떤 의미일까?

카프카는 1922년 7월 5일 막스 브로트에게 보내는 편지에서 글쓰기가 지니고 있는 숙명적인 의미에 대해 썼다. "글쓰기"는 알 수 없는 "악마에 대한 봉사"이며 그 대가로서 "달콤하고 신기한 보상"을 받게 되는데, 거기서 얻어지는 작가의 "허영과 향락욕"(Br 385)이 일상의 진부함을 허락하지 않을 뿐더러 주위의 모든 것으로부터 자신을 '예외적이고 우월적'인 존재로 남아 있기를 요구하게 만든다는 것이다.

---

11 Michael Müller, "Das Schloß," Bettina von Jagow und Oliver Jahraus(Hrsg.), *Kafka-Handbuch*, Göttingen 2008, S.518-529, hier S.526.

이렇듯 숙명적인 글쓰기가 카프카에게 '예외적이고 우월한 지위와 가치'를 부여하는 한 그는 타인의 정상적이고 일상적인 생활방식에 만족할 수 없었다. 그러므로 그는 매 순간 "자신이 서 있는 장소를 다른 장소로 파악하고자 했고"(KKAT 889), 자신에게 안락과 만족감을 줄 수 있는 일상적인 것, 평범한 것, 진부한 것에 안주하지 않고 그것으로부터 벗어나고자 끊임없이 '투쟁'함으로써 작가적 정체성과 예외적인 위치를 잃지 않으려 했다. 그는 작가적 실존이란 자신에게 만족감을 줌으로써 안이한 생활에 젖어들게 하는 모든 굴레로부터 매 순간 벗어나는 것이다.

> 그 발전은 단순하다. 내가 만족해하고 있을 때도 나는 만족하려 하지 않았다. 나는 내가 다가갈 수 있었던 시대와 전통의 온갖 수단을 다해 내 자신을 불만족 상태로 밀어 넣었다. 그러고는 다시 되돌아갈 수 있기를 원했다. 그러므로 나는 항상 불만족스러워 했고 또한 내가 만족하는 것에도 불만족스러워 했다(KKAT 889).

『성』의 주인공 K를 살펴보면, 카프카는 K를 통해 바로 이러한 자신의 작가적 실존을 함의한 만족과 불만족의 순환적 상황을 반영하고 있다는 것을 알 수 있다.

비록 축소된 형태이긴 하지만 K는 마을에서 시민생활이 얻을 수 있는 일상적인 행복에 도달했을 때에도 그것에 만족하지 못한다. 그는 숙소와 일자리와 가족을 얻었지만 "가끔 이런 일들만 생각하면 자기 상황이 만족할 만한 게 아니었다"(KKAS 92). 마을 사람들은 그들의 상황을 별 불만 없이 받아들이지만, 그는 자기에게 주어진 현재의 시민적 삶에 안주하지도 만족하지도 못한다. 그는 성에 복속되어 살아가는 삶에 만족하지 못하고 또다시 성에 새롭게 도전을 시작하려고 한다. 이런 점에서 카프카와 K는 모두 안정과 만족을 꾀하는 "그런 유쾌한 일들" 속에는 오히려 자신의 실존방식을 파괴하는 어떤 "위험"(KKAS 92)이 도사리고 있다고 생각한다. 그래서 그들은 매 순간 새로운 저항을 시작할 수밖에 없다. 그들은 결국 한순간도 그 어느 곳, 어느 것에 안주할 수도 만족할 수도 없는, 끊임없이 '투쟁'해야 하는 '아웃사이더'적인 존재인 것이다.

그러나 카프카에게 평범하고 일상적인 행복, 사랑하는 여인들, 안정된 결혼생활 등에 대한 거부는 결국 절체절명의 삶의 위기라는 결과를 가져올 수밖에 없었다. 이제 죽음을 앞두고 그는 마지막으로 자신의 삶을 총결산하는 의미에서 새로운 시각의 소설을 쓰고 싶었다. 그것은 그가 지금까지 이끌어온, 문학을 향한 극단의 투쟁적인 삶을 반영한 자전적 소설이어야 했다.[12] 그러나 그가 경험한 사실 자체를 재현하는 전통적 의미의 자서전 소설이 아니라 허구적 구성물 안에 자신의 독특한 문학적 삶을 형상화시킨 자아 반영적 '메타 픽션'에 가까운 그런 소설이어야 했다. 소설 『성』을 창작하기 직전인 1922년 1월경의 일기에 나타나 있듯이, 그는 자신을 이루고 있는 작은 구성부분을 찾아내어 그것으로 다시 자신의 작가적 실존 상(像)을 구축하려 했다.

나는 글을 쓸 수 없게 되었다. 그래서 자전적인 조사나 해볼 계획이다. 자서전이 아니라 가능한 나의 작은 구성부분을 조사하고 발견하자는 것이다.

---

12 Hartmut Binder, *Kafka-Kommentar zu den Romanen, Rezensionen, Aphorismen und zum Brief an den Vater*, a.a.O., S.269. 빈더는 『성』을 "극단적 의미에서 자서전적 소설"로 보았는데, 거기에 나오는 개별 인물과 인물들의 배열 그리고 줄거리의 흐름 등이 작가 고유의 개성적 관점과 전기적 문제를 구현하고 있다는 것이다. 야르아우스도 "소설 『성』은 자서전적으로 읽혀질 수 있다"고 쓰고 있다(Oliver Jahraus, *Kafka. Leben, Schreiben, Machtapparate mit 24 Abbildungen*, Stuttgart 2006, S.389).

그렇게 함으로써 나 자신을 구축해보려는 것인데, 이렇게 하는 것은 자신의
집이 안전하지 못해서 그 옆에 안전한 집을 세우려는, 그것도 가능하다면
예전 집의 재료를 가지고 세우려는 사람과 같은 것이다. 건축하는 도중에
힘이 다해서 불안전하지만 완전한 집 대신에 반쯤 파괴되고 반쯤 완성된 집,
그러니까 아무것도 아닌 것을 갖게 된다면 그것은 물론 낭패일 것이다. 그
결과는 미친 짓이 될 것이다(KKANII 373).


이 일기와 연관시켜보면 『성』은 카프카가 지금까지 살아온 고독하고 투
쟁적인 문학적 삶의 제반 요소를 재구성해 허구화한 독특한 작품을 창작하
는 과정에서 나온 산물이었다. 자신이 직접 체험하고 보고 읽고 들었던 것,
뇌리에 남아 있던 기억, 일기와 편지 등에 기록해놓거나 성찰했던 것, 그리고
최근 자신이 겪고 있는 정신적·육체적인 위기상황을 기초로 환상적이고 수
수께끼 같은 자서전적 요소가 반영된 독창적인 소설을 창작하고자 한 것이
었다.

앞서 언급했듯이 카프카는 『성』을 처음에는 자서전적 요소를 엿볼 수
있는 일인칭 시점으로 시작했다가 이야기를 전개하다가 삼인칭으로 바꾸었
다. 이야기로부터 거리감을 두고 보다 자유로운 사건을 전개시키려는 의도
였다. 그러나 삼인칭으로 시점을 바꾼 후에도 그는 자전적 요소와 동시에
사건의 수수께끼 같은 상황을 연출하려는 듯이 주인공 이름을 자기 이름의
첫 자를 딴 이니셜 K로 사용했다. 게다가 프리다와 밀레나, 클람과 에른스트
폴락, 바르나바스의 누이인 올가와 오틀라, 바르나바스와 클룹슈토크 등 작
가가 알았던 실제 인물과 소설 속의 인물을 연관시키는 것도 잊지 않았다.
그리고 에른스트 폴락을 위시한 여러 작가들이 자주 찾았던 비인의 카페
헤렌호프를 『성』에서는 관리들이 체류하는 여관 이름으로 사용했다는 것
(RSII 671)도 카프카가 자아 반영적 요소와 기능이 담긴 수수께끼 같은 창작

품을 만들어내려고 했음을 짐작할 수 있다.

또한『성』을 한창 집필 중이던 1922년 4월 초 카프카는 클롭슈토크에게 보낸 편지에서 자신의 고통스럽고 투쟁적인 삶을 형상화한 새로운 소설을 쓰고 있음을 고백하고 있다.

> 나는 망상의 시간을 통해서 호되게 얻어맞은 다음에야 글을 쓰기 시작했고, 이 글쓰기는 내 주변의 모든 사람을 가장 끔찍하게……하네만, 내게는 지상에서 가장 중요하다네. 미친 자에게 광기(그가 그걸 잃는다면 아마 '미치게' 되겠지)가 또는 여자에게 수태가 그러하듯이 말이네(Br 431).[13]

그가 말하는 '망상의 시간'이란 결혼과 글쓰기를 병행하기 위해서 노력했던 수많은 고뇌의 시간을 말할 것이다. 그의 나르시스적 글쓰기는 결국 주변 사람에게는 '끔찍할 정도로' 해가 되었을 뿐만 아니라 그의 실질적인 삶을 잃게 만들었다. 세 번의 파혼과 밀레나와의 사랑 실패는 그녀들에게 슬픔과 고통을 안겨주었고, 자신에게는 '정신착란'과 '죽음에 이르는 병'뿐만 아니라 자신의 유일한 실존방식인 창작까지도 부진을 면치 못하게 했다.

이러한 실존의 위기상태는 카프카에게 그동안 자신이 헛된 '망상의 시간'을 보냈다는 생각을 들게 했다. 따라서 그는 자신의 실패한 자아상 옆에 비록 가상적이긴 하지만 주어진 운명에 대항해서 싸우는 "시지포스"(KKAT 881)[14] 같은 독신자이고 아웃사이더로서 자신의 작가적 실존이 반영된 허구적인 소설로 된 '자아의 상'을 구축하려고 한 것이다. 그렇게 탄생된 "문학작

---

13 이 편지는 편집 오류로 1923년 3월 말로 되어 있으나, 사실은 1922년 3월에 쓴 것이다 KKAS APP. 64f.; Hartmut Binder, *Kafka in neuer Sicht: Mimik, Gestik und Personengefüge als Darstellungsform des Autobiographischen*, Stuttgart 1976, S.346ff.

14 알베르 카뮈는 카프카의 영향으로 부조리 철학서 『시지포스의 신화』를 썼다.

품"은 끊임없이 "최후의 지상적 한계를 향해 돌진"(KKAT 878)하는 영웅적인 "투쟁의 기록"(KKAN I 54; KKAT 900) 같은 것이어야 했다.

마지막 장편소설인 『성』을 통해 자신의 작가로서의 실존 상황을 규명하면서 카프카는 지금까지 살아오는 동안 자신이 속해 있던 현실 세계는 그에게 고유한 삶과 정체성을 형성할 수 있는 어떤 자유도 허락한 적이 없었다는 것을 인식했다. 그는 다만 이해할 수도 벗어날 수도 없는 어떤 강압적이고 폭력적인 권력의 지배와 억압 속에서 살아왔던 것이다. 가족 속에서는 아버지의 가부장적인 권위와 폭력 속에서, 직장에서는 거대한 관료주의 조직 속의 작가라는 낯선 이방인으로, 사회에서는 독일계 유대인이라는 경멸 속에서, 체코 공화국 시대에는 '기회주의적인 유대인'으로 그는 늘 고립되고 소외된 존재로 살아야 했다. 그러므로 그가 속해 있던 현실은 인간의 자유와 고유성을 억압하고 말살시키는 "감옥과 같은 삶, 새장 속의 삶"(RSII 483)의 세계였다.

'천리안'적 혜안을 가진 천재 작가 카프카는 타인들이 아직 의식하지 못한 채 살고 있는 '불행한 시대와 부조리한 세계'를 비유적이고도 예언적인 글로써 드러내 보이려고 했다. 그것이 그 시대를 사는 작가의 투쟁이고 사명이며 운명이었다. 카프카는 "건강은 어떠하며 소설[『성』]은 계속 쓰고 있느냐"(BKB 375)고 묻는 막스 브로트의 편지에 대한 회답으로 7월 6일의 편지에서 최근 소설을 쓰면서 느낀 자신의 작가적 실존의 불가피성을 이렇게 설명하고 있다.

글 쓰는 일이 나를 지탱해준다네. 그러나 이런 유의 삶을 지탱해준다고 말하는 것이 옳은 말이 아닐 것 같네. 물론 그렇다고 내가 글을 쓰지 않으면 내 삶이 더 낫다고 말하려는 것은 아니네. 그렇게 되면 오히려 더 나쁘고 정말 참을 수 없게 될 것이며, 틀림없이 정신착란으로 끝나버리고 말 것이네.

그러나 그것은 물론 실제 그렇기도 하지만 글을 쓰지 않는다 해도 나는 역시 작가일세. 글을 쓰지 않는 작가는 어쨌거나 정신착란을 부르는 괴물이라는 전제하에서 말이네(BKB 377).

그는 오로지 글을 씀으로써 폭력적인 권력에 저항할 수 있었고, 오로지 글을 씀으로써 자유롭게 사유할 수 있었고, 오로지 글을 씀으로써 자신의 존재를 성찰할 수 있었으며, 오로지 글을 씀으로써 존재할 수 있었다. 소설 『성』은 삶의 종말에 와 있는 카프카가 자신의 문학적 삶, 즉 글쓰기가 자신의 삶에서 어떤 작용을 하고 어떤 의미를 지녔는지를 보여주려고 한 것이다.

그러나 놀라운 것은 카프카가 소설 『성』에서 K가 추구하고 도전하는 성이 무엇인지 소설의 마지막 순간까지 분명히 밝히고 있지 않다는 점이다. '유예의 열린 형식', 이것이 20세기의 어떤 작가도 넘볼 수 없는 '카프카적인 문학'이 지닌 최고의 창조적 심미성이다. 주인공도 독자도 모두 추구하고 도전하고 파악하려는 궁극적 목표인 성을 '파악할 수 없는 빈자리'로 남겨놓은 것이다. 그것은 독자의 몫이다. 독자는 자신의 '전(前) 이해'에 따라 그것에 각각의 의미를 부여할 수 있다. 독자가 자기 삶 속에서 어떤 목표를 추구하고 어떤 길을 택하느냐에 따라 그것이 성의 의미가 될 것이다.

그러므로 성의 의미는 신의 세계, 존재의 세계, 법의 세계, 권력의 세계, 관료주의 세계, 자아의 세계 등 다양하게 해석될 수 있다. 그러나 카프카에게 글쓰기가 '기도(祈禱)의 형식'이고 '투쟁의 기록'이었듯이, K에게는 성에 대한 끊임없는 도전과 투쟁 그 자체가 의미 있고 가치 있는 일이었다. 그것이야말로 그가 마을 사람에게 "영웅이자 여성 해방자"(KKAS 453)로 칭송받게 되는 이유이기도 하다.

소설 『성』뿐만 아니라 비슷한 시기에 쓴 「첫 번째 시련」, 「어느 단식 광대」, 「어느 개의 연구」, 「요제피네, 여가수 또는 서씨족(鼠氏族)」에서도 주변 세계와의 끊임없는 투쟁 속에서 자신의 '예외적인 위치와 우월성'을 강조하는 주인공들을 만날 수 있다. 그들 또한 K처럼 보다 '고귀하고 영원한 것'을 위해 끊임없이 열망하고 추구하고 도전함으로써 '파우스트적인 노력'[15]의 대열에 서게 되는 것이다.

---

15 Walter Sokel, *Franz Kafka. Tragik und Ironie*, Frankfurt am Main 1976, S.453.

1922년 9월 18일 카프카는 거의 3개월 만에 플라나에서 오틀라와 함께 프라하로 돌아왔다. 건강상태는 짐짐 악화되고 있었다. 그는 내부분의 시간을 부모의 집에 있는 자기 방 안에서 지냈다. 그는 그런 상황을 '체포된 생활'이라고 표현했지만, 오틀라와 그녀의 가족이 같은 건물에 임대해 살고 있어서 큰 위로가 되었다. 그는 하루 종일 집에 머물게 되면서 처음으로 가족을 가깝게 느끼기 시작했다. 어머니는 수술을 받아 힘든 몸이었지만 아들을 사랑과 헌신으로 보살폈다. 그는 처음으로 어머니의 깊은 사랑을 몸으로 느꼈고 또한 연로한 부모의 청에 못 이겨 같은 테이블에 앉아 저녁 카드놀이를 구경하기도 했다(KKAT 870).

카프카는 오래전부터 자신을 돌봐준 가정부 마리 베르너에게 감사의 표시로 극장표를 마련해주거나(Br 426) 그녀의 생일에 사탕을 매단 예쁜 우산을 선물하기도 했다(MB 116f.). 또한 조카 펠릭스와 다섯 명의 조카딸을 자주 보긴 했지만 결핵에 전염될까 염려되어 일부러 항상 거리를 두었는데, 조카딸 게르티 헤르만은 후에 그 당시 외삼촌 카프카의 모습을 이렇게 기억했다.

외삼촌의 세 누이동생들은 완전히 그의 영향하에 있었습니다. 그녀들은 그를 사랑하고 보다 고귀한 존재로 존경했습니다. 어린아이였던 우리는 그분을 그리 좋아하지 않았습니다. 그분은 우리를 가까이하지 않으려는 듯했고 약간 무서워 보였기 때문에 우리는 보통 그분을 피했습니다. 나는 언젠가 그분이 미쿨라스카 트리다 거리에서 손수건으로 입을 가린 채 크고 어두운 모습으로 내 곁을 지나가던 것을 생생히 기억합니다. 그분은 당시 이미 병들어 있었고 다른 사람에게 옮기지 않도록 매우 신중을 기했습니다(AK 223).

카프카가 프라하에 머물자 그의 건강을 걱정하는 사람들이 찾아오거나 연락을 해왔다. 친구들 외에도 동료 작가들인 오토 피크, 프란츠 베르펠, 표현주의 극작가이자 희곡 『칼레의 시민』으로 유명해진 게오르크 카이저 등이 찾아왔고, 카프카에게서 인생과 교육에 대해 상담을 받았던 이레나 북쉬와 민체 아이스너도 찾아오거나 안부 편지를 보냈다. 그는 자신에게 건강 상태를 묻는 민체 아이스너에게 마치 건강이 별 문제가 안 된다는 듯 답장을 썼다.

당신은 내 병에 관해 묻는데, 그게 닫힌 병실문 밖에서 보는 것처럼 그렇게 나쁘지는 않아요. 하지만 건물이 좀 부서질 것 같지요. 그래도 지금은 꽤 좋아지고 있고, 그렇지만 예컨대 2개월 전에는 정말로 좋았어요. 이건 아무래도 어딘가 혼란스러운 전쟁 상황입니다. 이 병 자체는 전투 병력으로 볼 때 세상에서 복종을 가장 잘하는 미물이지요. 두 눈은 전적으로 본부에 고정시켜놓고 거기서 명령이 떨어지면 무엇이든 수행하거든요. 다만 종종 상부에서 결정이 불확실하거나 아예 오해하는 것들이 있어요. 본부와 전방부대의 분리는 중지되어야 합니다(Br 421).

금방 쓰러질 것 같은 불안한 건강상태에서도 그는 끊임없이 글을 쓰려고 노력했다. 그는 프라하에 머무는 첫 두 달 동안 짧은 신문 스케치인 「부부」,

비유설화 「논평」과 「비유에 대하여」, 단편소설 「어느 개의 연구」의 두 번째 수정판 원고(KKANII 423-482)를 끝냈고, 몇 개의 짧은 단편을 써나갔다. 특히 그의 대표적인 비유설화 「비유에 대하여」는 현자의 말인 '비유(比喩)'와 그것을 이해할 수도 일상생활에 적용할 수도 없는 만인 사이에 존재하는 건널 수 없는 무한한 간극을 작품화'하고 있다. 말년의 작품에 현자의 어법인 '비유' 문제를 비유설화(譬喩說話) 형식으로 환원시켜 다룬 것으로 볼 때 카프카는 아마 비유를 자신의 표현어법으로 그리고 비유설화를 이상적인 표현형식으로 생각했던 것 같다. 실제로 그는 현자의 "위대한 고르디우스의 매듭"(Br 295) 같은 완벽한 작품을 쓰기 원했다.

10월에 접어들면서 카프카의 작품이 여러 곳에서 발표되었다. 10월 7일에는 ≪디 노이에 룬드사우≫, 10월 11일에는 프라하 소산 신문 ≪프라거 프레세≫, 11월 5일에는 미국의 독일어 판 ≪뉴욕 민족 신문 일요판≫, 11월 11일에는 '뉴욕 민족 신문 주간지'인 ≪전진≫, 11월 15일에는 '프롤레타리아의 이익을 위한 기관지' ≪선구자≫ 등에 단편 「어느 단식 광대」가 연달아 실렸다(FC 190). 이제 카프카의 작품은 멀리 미국의 독일 이민자에게도 알려지기 시작했던 것이다. 언제나 카프카 작품에 시큰둥한 반응을 보였던 카프카의 부모도 그때만큼은 처음으로 자기 아들을 자랑스럽게 여겼다.

그때 쿠르트 볼프 사에서 막스 브로트를 통해 카프카의 건강과 안부를 묻는 인사를 전해왔다. 카프카는 쿠르트 볼프에게 자신의 주소가 더 이상 포리츠 7번지의 사무실이 아니라 알트슈타트 로터리 6번지 부모님 집이라는 것을 알렸다. 그리고 헝가리 작가 산도르 마라이가 『변신』과 『선고』를 헝가리어로 번역해 카샤우의 신문 ≪세바드샤크≫에 발표했고, ≪카싸이 나쁠

---

1 이주동, 「카프카의 비유설화 'Von den Gleichnissen' 연구」, 『카프카 연구』, 제4집(1994), 89-107쪽.

로≫ 1922년 부활절 판에 「형제 살해」를 발표했음을 알려주었다. 카프카는 앞으로 헝가리어 번역권을 자신의 젊은 친구인 로베르트 클롭슈토크에게 일임해달라고 요청했다(Br 421). 카프카는 그의 문학적 표현 능력을 인정했을 뿐만 아니라 어려운 대학 생활에 재정적 도움을 주기 위해서였다.

1922년 11월이 되자 그는 고열에 시달리며 점차 힘을 잃어갔고 더 이상 글을 써나갈 기력조차 없었다. 그는 11월 14일 일기에 "저녁에는 항상 37.6, 37.7도였다. 책상에 앉아보지만 아무것도 할 수 없다. 거리에도 거의 나가지 못한다"(KKAT 925)라고 쓰고 있다. 그는 몇 주간을 침대에 누워 지내며 이것으로 자기 생이 끝날 것 같은 느낌을 받았다. 너무 허약한 상태여서 트리쉬에 있는 지크프리트 뢰비 외삼촌에게 가서 치료받기로 했던 약속도 지킬 수 없게 되었다. 이제 더 이상 폐결핵에서 벗어날 수 없을 것 같은 예감이 들자 그는 11월 29일 막스 브로트에게 자기 작품들의 처리에 대한 두 번째 유언장을 썼다.

사랑하는 막스, 아마 이번에는 더 이상 일어날 것 같지 않네. 아마 폐열(肺熱) 달이 지난 후라 폐렴인 것 같아. 분명 그것이 힘이 세긴 해도 내가 지금 써내려가는 것을 결코 막지는 못할 거야.

그러나 만일을 대비해서 내가 쓴 모든 것과 연관해서 나의 마지막 의지는 이렇다네. 무엇보다도 내가 쓴 것 중 『선고』, 『화부』, 『변신』, 『유형지에서』, 『시골 의사』와 단편 「어느 단식 광대」(『관찰』의 견본 몇 부는 남겨도 좋네. 나는 어느 누구에게도 파기하도록 할 의사는 없네. 하지만 그중 어떤 것도 새로 인쇄되어서는 안 되네), 이 책들만 남겨놓게. 내가 저 다섯 책과 단편을 남겨놓으라고 말한다고 해서, 그것이 새로 인쇄되어 미래에 전해져도 좋다는 뜻은 아니네. 그 반대라네. 그것은 완전히 사라져야 한다는 게 내 본래의 소망이네. 이미 현재 나와 있는 것에 대해서는, 그들이 그것을 간수하기를 원한다면 어느 누구도 말릴 순 없겠지.

그 외에 내가 쓴 모든 것(원고나 편지 혹은 신문에 인쇄된 것), 즉 손에 미치거나 수신자 — 대부분 자네가 아는 사람들이지. 펠리스 M. 여사,[2] 율리 여사(결혼하기 전 성인 보리체크) 그리고 밀레나 폴락 여사라네. 특히 폴락 여사가 가지고 있는 몇 가지 노트를 잊지 말게 — 에게 청해서 받을 수 있는 한 받아서 모두 예외 없이 보존되어서는 안 되네. 이 모든 것은 예외 없이 전혀 읽어서는 안 되네(하지만 자네가 보는 것은 막지 않겠네. 자네가 그렇게 하지 않는 게 나에겐 물론 가장 바람직하지만 말이네. 하지만 다른 어느 누구도 보아서는 안 되네). 이 모든 것은 예외 없이 불살라져야 하네. 그것도 가능한 한 빨리 시행해주었으면 하네.

프란츠[3]

두 번째 유언장은 자신이 쓴 모든 것을 남김없이 불살라달라고 했던 처음 유언장보다 사뭇 완화된 것이었다. 더 이상의 창작 활동이 불가능하리라고 생각했던 처음 유언 때와는 달리 일 년 남짓 작품을 썼고 주변으로부터 작가로서 어느 정도 인정받고 있음을 인식했기 때문일지 모른다. 그러나 카프카는 이 유언장도 친구에게 건네지 않고 자신의 책상 서랍에 보관해두었다. 당장 유언을 실행한다는 것이 불가능해 보였기 때문일 것이다.

카프카를 누구보다 사랑하고 그의 작품을 높이 평가하는 막스 브로트가 그의 작품을 파기할 수 없으리라는 것은 카프카 자신도 예감할 수 있었을 것이다. 카프카와 막스 브로트는 사후의 일을 서로에게 부탁할 정도의 막역한 친구였다. 앞서 막스도 자신에게 불행한 일이 닥쳤을 때 사무실에 간직해둔 일기와 기록을 세간의 이목을 끌지 않고, 특히 아내인 엘자 브로트가

---

2 펠리스 바우어는 후에 은행 대리 모리츠 마라세(Moritz Marasse)와 결혼했으므로 남편의 성인 Marasse를 얻게 되었다. 여기에 M.은 Marasse의 첫 철자를 딴 것이다.
3 이 유고는 카프카 사후 그의 책상 서랍에서 발견되었으며, 1922년 11월 29일로 되어 있다. 그것은 봉투 속에 넣어져 있었으며, 봉투 위에 '막스'라는 이름이 쓰여 있었다(BKB 421f.).

보지 않게 처리해달라고 카프카에게 부탁한 상태였다. 이런 전후의 상황적 맥락으로 보아 아마 카프카나 막스 브로트나 누가 됐든 살아남은 친구에게 유언의 실행 유무에 대한 모든 선택권을 위임하지 않았나 싶다. 여하튼 막스 브로트는 카프카 사후에 그의 유언을 실행하지 않았다. 카프카 작품에 대한 그의 존경심과 평가는 개인적인 양심을 훨씬 뛰어넘는 것이었다. 사실 막스 브로트야말로 누구보다 먼저 카프카의 문학적 천재성을 알아보았으며 그를 현대 독일어권 작가 중 최고 작가의 한 사람으로 평가하고 있었던 것이다.

12월 2일 루트비히 하르트가 프라하에 와서 다시 한 번 카프카의 작품을 낭독했다. 그것은 '인생은 한순간도 허비할 수 없을 정도로 짧다'는 교훈적인 내용이 담긴 비유설화 「이웃 마을」이었다. 12월 5일 일간지 ≪프라거 타크블라트≫는 "오직 하르트만이 선입견 없는 청자에게 이 엄격하게 짜인 문장들 속에 담겨진 형이상학적인 줄거리를 일깨워주려는 시도를 할 수 있다. 그가 그 일을 성공적으로 해내고 그로써 너무 알려지지 않은 작가와 청중을 도와주고 있다는 것이 바로 그의 능력을 증명해주고 있다.……그의 음성, 제스처 그리고 정신력"이 청중의 마음을 사로잡았고, 사람들은 "그 마술사에게 열렬한 환영을 보냈다"[4]라고 극찬했다. 그러나 카프카는 고열로 낭독회에 참석하지 못하고 하르트에게 헌사를 적어 넣은 기행문 책을 선물로 보냈을 뿐이었다. 그는 계속 위경련과 장 질환으로 고열과 불면증에 시달려야 했다.

그러나 카프카는 침대에 누워서도 헛되이 시간을 보내려 하지 않았다. 그는 기분이 조금이라도 나아지면 침대에 누워 책을 읽었다. 발자크의 철학소설이라는 부제가 달린 『나귀 가죽(La Peau de chagrin)』, 키르케고르의 『인

---

4 Jürgen Born(Hrsg.), *Franz Kafka. Kritik und Rezeption zu seinem Lebzeiten 1912-1924*, Frankfurt am Main 1979, S.136f.

생행로의 여러 단계』와 『이것이냐 저것이냐』(KKAT 925), 취라우 시절에 읽었던 『죽음에 이르는 병』, 『불안의 개념』, 『살 속의 가시』 등을 다시 읽었다. 카프카는 다양한 분야의 책을 많이 읽되 자신의 마음과 맞닿아 있는 책은 여러 번 반복해서 읽었다. 그가 키르케고르의 책을 자주 반복해서 읽은 것은 그의 삶이 아버지와의 갈등, 약혼자와의 파혼, 여러 번의 졸도, 세속적이고 범속한 것에 대한 거부, 소외된 삶, 부족한 신앙심에서 오는 불안, '죽음에 이르는 병'으로 다가온 인간적인 절망 등 여러 가지 점에서 카프카의 삶과 많이 닮아 있었기 때문이었다.

11월 중순경 그의 건강상태가 매우 좋지 않다는 소식이 알려지자 또다시 친지들이 찾아왔다. 알프레트 볼펜슈타인은 자기가 번역한 메리 셸리의 작품을 가져다주었고, 프라하 작가 오토 피크와 프란츠 베르펠도 그를 찾아왔다. 그런데 오토 피크가 돌아가고 프란츠 베르펠과 단둘이 남았을 때 카프카는 최근에 읽은 베르펠의 비극 『말없는 사람』에 대해 전례 없이 날카롭게 비판했다. 그가 지금까지 베르펠의 작품에 대해 그렇게 비판한 적이 없었다. 특히 중세의 종교극을 모델로 구성한 정거장식 희곡 『거울 인간』은 열정과 화려한 문체로 이루어진 "생명력이 충만한"(M 283) 작품으로 평가했고, ≪프라거 프레세≫에 연재되었던 희곡 『염소의 노래』를 읽고 베르펠을 파도와 싸우는 "위대한 수영선수"(Br 363)라고 칭찬했었다.

그러나 카프카는 베르펠의 최신작 『말없는 사람』에서 심리분석가이자 무정부주의자인 의사 오토카르 그룬트가 비사회적인 시계 수리공의 인간적인 고통과 갈등을 시대 유행에 따른 통속적인 심리 분석으로 치료가 가능한 것처럼 격하시킨 데 대해 몹시 분개했다. 그는 베르펠에게 이 작품은 "혐오스러운 것 중에서도 가장 혐오스러운"(Br 423) 억지 부리는 "3막짜리 진흙탕"(Br 424) 희곡이라고 호되게 비판했다. 왜냐하면 카프카는 이 희곡의 주인공처럼 인간적 고통을 겪고 있으며, 그것은 근본적으로 심리 분석이 발견했다

고 믿는 심리적 현상을 넘어서는 높은 정신적인 의미를 지니고 있다고 생각
했기 때문이었다.

이미 1920년 밀레나에게 보내는 편지에서 볼 수 있듯이 카프카는 "심리
분석의 치료 부분"을 "무력한 오류"라고 평가하고 있었다. 그는 인간의 실존
적 고통을 한 개인의 병리학적 정신질환으로 보려 하지 않았다. 심리 분석은
카프카에게 그 당시 세대의 고통에 대한 부수적인 논평에 불과한 것으로
보였다. 심리 분석이 한 인간을 단지 개인적인 개별 사건에 한정된 시각으로
보고 있다면, 문학은 개인적인 개별 사건을 넘어서 특수한 것 속에 보편적인
것을 가시화해야 한다는 것이 카프카의 생각이었다.

카프카는 자신의 충실한 문학 친구인 베르펠이 당시의 유행하는 사회심리
학적 경향에 휩쓸려 그가 원래 표방하던 청춘의 강렬한 삶의 전형을 잃지
않을까 두려웠던 것이다. 카프카는 당시 베르펠의 작품에 격렬하게 반응했
던 이유를 얼마 후 그에게 솔직하게 규명하려고 했다.[5]

자넨 분명히 한 세대의 인도자이네, 이건 아첨이 아니고 또 누구에게도
아첨으로 쓰일 수가 없지. 왜냐하면 이 수렁 속의 사회는 여러 사람이 인도할
수 있는 것이니까. 그렇기 때문에 자네는 단지 인도자일 뿐만 아니라 그 이상
이지(자네는 그 비슷한 말을 스스로도 브란트의 유작에 대한 멋진 서문에서 말했지.
"기꺼이 기만적으로 의도된 것"이라는 단어까지도 멋졌지). 그리고 사람들은 격렬
한 긴장감을 가지고 자네의 길을 따르고 있네. 그런데 이제 이 작품이 나왔
네. 그것은 연극적인 것에서부터 더 높은 것에 이르기까지 모든 장점을 가졌
을지 모르네. 그러나 그것은 지도자적 품성의 후퇴요, 거기에는 지도자적인
것이란 아예 없으며 오히려 세대에 대한 배신이요, 은폐요, 일화로 만들어버
렸으며, 그러니까 세대가 지닌 고통의 존엄성에 대한 훼손이네(Br 424f.).

---

5 이 편지는 써놨을 뿐 직접 부치지 않은 것으로 추정된다(Br 424).

카프카의 의견에 따르면, 베르펠의 희곡 속 주인공이 겪고 있는 인간적 갈등과 고통은 한낱 개인이 주변 환경과 부딪히는 사회심리적 사건이 아니며, 당시 표현주의 작가들이 추구했던 대로 각 개인의 무의식 속 깊이 자리 잡고 있는 절대적 권력과의 투쟁이라는 문제에서 비롯된 것으로 형상화되어야 한다. 그래야만 그 작품은 비로소 문학적인 보편성을 띨 수 있고, 베르펠은 당대의 표현주의 세대를 이끄는 인도자가 될 수 있다는 것이다.

그러나 다른 한편으로 그 작품에 대해 카프카가 그토록 격하게 토로한 것은, 그 희곡이 그리고 있는 주인공의 치명적인 심리적 병적 요소가 마치 카프카 자신에게 해당되는 것 같은 느낌을 받았기 때문이기도 하다(Br 424). 그는 자신의 정신착란과 폐결핵이 단순히 개인적인 심리적 고통에서 나온 것이 아니라 보다 근원적이고 보편적인 것을 추구하는 정신적 노력 때문에 생겨난 것으로 생각하고 있었다. 그 후 베르펠의 희곡은 카프카의 평가와 마찬가지로 언론으로부터 거친 비판을 받으며 공연에 실패했다.

카프카의 격한 반응에 베르펠은 놀라기도 하고 수치스럽기도 했다. 그러나 베르펠은 활달하고 사교적이며 화해적인 인물이었다. 더구나 그도 예전에 카프카의 작품을 제대로 알아보지 못해 형편없이 격하했던 적이 있었다. 빈으로 돌아온 후 그는 카프카의 비판에 대해 함구한 채 오스트리아의 알프스 지역 젬머링으로 그를 초대했다. 젬머링에는 구스타프 말러의 미망인이자 베르펠의 애인이 된 알마 말러의 별장이 있었다. 그리고 다음 해 이른

프란츠 베르펠

봄에는 베니스로 함께 여행을 가자는 초대장을 보냈다. 카프카는 베르펠의 따뜻하고 너그러운 마음씨에 거듭 감사의 마음을 표했다. 그러나 그는 초대를 받아들일 수 없었다. 건강 때문만이 아니라 넉넉지 않은 연금이 그것을 허락지 않았고, 베니스의 사교모임에서 혼자 채식한다는 것이 번거롭기도

했기 때문이었다(Br 425).

　카프카는 겨울 내내 거의 집 안에만 머물렀다. 소화불량과 불면증은 그의 심신을 점점 더 약화시켰다. 자연요법만 고집했던 카프카도 극심한 경우에는 어쩔 수 없이 수면제를 복용했지만 그 효력은 일시적일 뿐이었다. 그러던 중 1922년 12월 말 프라하의 문예 주간잡지 《체스타》에 밀레나 폴락이 번역한 카프카의 체코어판 『선고』가 실렸다. 그것은 그녀가 번역한 카프카 작품 중 두 번째 체코어 번역이었다.

## 팔레스티나 행을 꿈꾸다

1922년 7월 말경 막스 브로트와 펠릭스 벨치는 건강상태를 이유로 집에 칩거하다시피 하는 카프카를 그들의 시온주의 그룹에 끌어들이려고 마르틴 부버가 맡아왔던 ≪유대인≫의 편집장 자리를 카프카에게 제안했다(BKB 397). 그러나 카프카는 자신이 사회적이지도 못하고 유대적인 바탕도 없다는 이유로 사양했다.

≪유대인≫의 공석에 나를 생각했다는 것은 그저 농담이었거나 비몽사몽 중에 떠오른 생각으로 여기겠네. 그 일에 대해 한없이 무지하고 사람과의 관계도 전무한, 그리고 발아래에 확고한 유대적 바탕이라곤 전혀 없는 내가 어찌 그와 같은 것을 생각할 수 있단 말인가? 아냐, 그건 아니야(BKB 402).

사실 그는 시온주의뿐만 아니라 유대인의 전통 예식에도 전혀 익숙하지 못했다. 부림절인 1922년 3월 12일 그는 조카딸 마리안네 폴락이 카니발에 등장하기 때문에 함께 참석했지만, 그날이 무엇을 축하하는 날인지조차 몰랐다. 또한 유대교에서는 열세 살 생일을 맞이해 '바르 미츠바'라는 성인식을 치르는데, 생일날이 아니라 그 앞 주의 토요일에 열린다. 카프카는 그 사실을 몰랐기에 오스카 바움의 아들 레오의 열세 살 생일에 참석하지 못했다. 그 사실을 나중에서야 알게 된 카프카는 뒤늦게 레오에게 책을 선물을 보내고는(Br 428) 무안해했다.

또한 시온주의에 전혀 관심이 없는 것은 아니었지만, 그것이 지향하는 정치적이고 민족주의적 주장에는 항상 거리를 두었다. 그는 정치적이고 급진적인 유대민족주의는 결국 유럽 민족주의나 국수주의의 우스꽝스러운 모방에 불과하며 "종교를 국가로 변형시키는 유대교의 세속화"[1]라고 생각했다. 그러므로 정치적 시온주의와 그것의 교의, 경향, 내적 투쟁의 역사는 카프카의 개인 기록 속에서 그리 중요한 자리를 차지하지 않았다. 막스 브로트의 『이교도, 기독교, 유대교』에 나타나는 유대교의 우수성과 유대민족의 선민 사상, 팔레스티나의 위대한 민족국가 건설을 강조하는 쇼비니즘적 민족주의 경향을 카프카는 별로 내켜하지 않았다.

그러나 사람들이 유대인에 대해 무조건 비난하거나 편협한 시각으로 평가할 때는 결코 그냥 넘어가지 않았다. 1922년 6월 24일 유대인에게 호의적이었던 독일 외무부장관 발터 라테나우가 두 명의 극우파 회원에게 차 안에서 살해당하자 카프카는 그것을 미래의 "유대인의 운명이자 독일의 운명"(Br 378)이 될 것이라고 자신의 의견을 분명히 밝혔다. 이는 역사적으로 사실이 되어 마치 나치의 유대인 학살을 예언하는 듯한 발언이 되었다. 또한 반유대 작가 한스 블뤼어가 『제체시오 유다이카』[2]에서 유대교를 퇴폐주의와 보신술

---

1 Ernst Pawel, "Der Prager Zionismus zu Kafkas Zeit," Kurt Krolop und Hans Dieter Zimmermann(Hrsg.), *Kafka und Prag*, a.a.O., S.33-43, hier S.36.

2 Hans Blüher, *Secessio Judaica. Philosophische Grundlegung der historischen Situation des Judentums und der antisemitischen Bewegung*, Berlin 1922. 블뤼어(1888~1955)는 철학자이자 반유대 작가로서 독일청년운동에 관심이 많았다.

이 야합된 종교라고 비판했을 때, 카프카는 즉각적으로 그의 반유대주의적 근거에 대해 반박문을 쓰려고 했다. 그러나 당시 그는 요양을 위해 플라나로 급히 떠나야 했기 때문에(KKAT 923f.), 이것은 이루어지지 않았다. 블뤼어는 그 소책자에서 유대인이 오직 상업적 이익 추구와 낯선 주변 환경에 적응하며 살아가기 위한 위장술에 능한 족속이며, 모든 유대인은 "본질적으로 병들어 있다. 그것은 어떤 다른 민족에게서는 나타나지 않는 것이다"[3]라고 비난했다. 카프카는 자기를 대신해서 오스카 바움에게 ≪젤프스트베어≫에 그에 대한 반박문을 쓰도록 했다.[4]

말년에 이르러 카프카는 유대인의 운명과 관계되는 것이라면 무엇이든 관심을 가졌다. 기대했던 전후의 사정이 전전보다 유대인에게 더 불리한 상황으로 돌아가자 자신이 "유대인으로 태어난 것을 증오하면서도 그는 그의 민족에 대한 애정의 솟구침과 생생한 유대감, 더 없이 강한 공감대를 느끼지"[5] 않을 수 없었다. 그는 자신을 포함한 유대인 모두가 하나의 공통된 운명을 짊어지고 있다는 것을 깨닫고 있었던 것이다.

그는 수동적이긴 했지만 시온주의 그룹의 모임에 가끔 참석하고 팔레스티나 건설을 위해 연금을 떼어 기부금을 내기도 했다. 유대교의 형식적인 면에 거의 무관심했지만 그는 늘 자신의 정체성과 민족의식을 고취시킬 수 있는 종교사, 유대 민담, 유대 역사의 '좋았던 시절'을 다룬 글들[6]을 찾아서 읽었

---

3 Ebd., 20.

4 Oskar Baum, "philosophischer Antisemitismus. Bemerkungen zu Blühers 'Secessio Judaica'," *Selbstwehr*, 16. Jg., H.50.

5 마르트 로베르, 『프란츠 카프카의 고독』, 이창실 옮김, 동문선, 2003, 106쪽.

6 당시에 카프카가 읽은 중요한 책으로는 카를 마르크스의 『유대인 문제에 대하여(Zur Judenfrage)』(1919), 이차크 라이프 페레츠(Jizchak Leib Perez)의 동유럽 유대인에 관한 이야기 『이 세계와 저 세계로부터(Aus dieser und jener Welt)』(1919), 제마흐(S. Zemach)의 『유대인 농부들. 새로운 팔레스티나에서 온 이야기(Jüdische Bauern. Geschichten Aus dem neuen

고, 민족성과 민족혼이 깃들어 있는 히브리어를 혼자서 또는 개인 교습을 받아가며 지속적으로 공부했다. 이와 동시에 카프카는 몇 년 전부터 마음속으로 반유대주의의 분위기와 죽음의 병으로부터 벗어날 수 있는 한 가지의 해결 가능성을 타진하고 있었다. 수년 전 영국의 '밸푸어 선언'이 지지했던 유대인의 팔레스티나 국가 건립이 그것이었다.

카프카는 유대인이 팔레스티나로 옮겨가 공동체생활을 할 수 있을지 모른다는 희망의 불씨를 늘 간직하고 있었다. 시온주의 운동가들이 주장하듯이, 유대인이 팔레스티나의 약속의 땅에서 히브리어를 사용하면서 유대인 공동체를 형성해서 살아갈 수 있다면, 그것이야말로 유대인으로서 세상의 모든 편견에서 벗어나 자유롭게 살아갈 수 있는 유일한 길이었다. 더구나 죽음의 병에 걸린 말년의 그로서는 그것이 마지막 탈출구였을지도 모른다.

그가 오래전부터 원예와 목공을 배운 것은 취미이자 건강을 위해서이기도 했지만 한편으로는 팔레스티나 행을 염두에 두었기 때문이기도 했다. 그는 셸레젠 요양 중에 만났던 민체 아이스너에게도 미래에 팔레스티나 집단농장에서 생활할 수 있는 발판을 마련할 수 있도록 미리 원예학교를 다니도록 추천했고(Br 281f.), 오틀라(Br 264f.)[7]와 클롭슈토크가 농사짓는 일과 수공업 일에 익숙해지기를 바랐으며, 특히 클롭슈토크에게는 의사로서 팔레스티나

---

Palästina)』(1919), 아돌프 뵘(Adolf Böhm)의 『시온주의 운동(Die zionistische Bewegung)』(1920/21), 마르틴 부버의 『위대한 마기드와 그의 후계(Der große Maggid und seine Nachfolge)』(1921), 테오도르 헤르츨(Theodor Herzl)의 『일기 제1권(Tagebücher I. Band)』(1922), 구스타프 크로얀커(Gustav Krojancker)의 『독일 문학 속의 유대인(Juden in der deutschen Literatur)』(1922), 하인리히 그레츠(Heinrich Graetz)의 『유대인의 민족사(Die Volkstümliche Geschichte der Juden)』 3 Bände(1923), 아르투르 홀리처의 『유대인의 팔레스티나로의 여행(Reise durch das jüdische Palästina)』(1922) 등이 있다.

7 오틀라는 쾰른에서 가까운 오플라덴에서 하크샤라(팔레스티나에서 농사짓는 훈련)에 참가하기를 원했다.

에서 살아가는 데 필수적인 히브리어를 배우도록 모제스 라트의 히브리어 교과서를 주기도 했다(Br 364f.). 팔레스티나, 그것이 그에게는 아마 고향을 상실한 채 방황하는 서유럽 유대인이 바랄 수 있는 유일한 가능성으로 보였을지 모른다.

1923년 봄 카프카는 정신착란 증세와 불면증과 죽음에 대한 공포로부터 벗어나기 위해 예전부터 마음속에 간직했던 계획을 실행에 옮기기로 했다. 프라하를 떠나 어느 남쪽 나라에 가서 간단한 수공업 일을 하며 지내고 싶다는 오랜 소망(Br 315)을 실천해보자는 것이었다. 그는 마침내 "팔레스티나로 떠날 계획"(O 146)을 세웠다. 그것은 그에게 "무엇인가 획기적인 조치"로서 홍해의 기적에 비견될 만한 엄청난 사건이었다(Br 463). 그가 팔레스티나로 이주하기로 결심한 데에는 여러 가지 이유가 있었다. 우선 그곳에서는 소박하고 건전한 노동을 통해 유대인으로 자유롭게 살아갈 수 있고, 따뜻하고 건조한 기후가 폐결핵에 도움이 되며, 후고 베르크만 등 이미 그곳에 자리 잡은 친구들의 도움으로 비교적 적은 비용으로도 생활할 수 있으며, 그동안 익힌 히브리어로 유대 공동체와 어느 정도 소통할 수 있어서 그곳 생활에 익숙해질 수 있으리라고 생각했기 때문이다.[8]

후고 베르그만

1922년 늦은 가을 프라하 유대인 사이에 작은 소동이 일어났다. 예루살렘에서 온 열여덟 살 소녀 푸아 벤-토빔[9] 때

---

8 Hartmut Binder, "Kafkas Hebräischstudien. Ein Biographisch-interpretatorischer Versuch," *Jahrbuch der deutschen Schillergesellschaft*, II(1967), S.527-556, hier S.546f.

9 푸아 벤-토빔(Puah Ben-Tovim, 1904~1991)은 1904년 예루살렘에서 태어났다. 그녀는 독일 루터파 선교사들이 이끄는 김나지움을 졸업한 후 1922년 늦가을 프라하 독일 대학에 입학해 수학을 공부했다. 그는 그곳에서 시온주의 그룹과 관계를 맺었고, 1923년엔 베를린에서 어린이 사회교육 과정을 공부했다. 그 후 교육학자인 요제프 멘크첼(Josef Menczel)과 결혼해

문이었다. 그녀는 팔레스티나에서 태어나 자란 유대인 처녀로 성서 히브리어를 현대 구어체로 개혁한 신히브리어의 창립자 엘리처 벤-에후다[10]에게 직접 현대 히브리어를 배웠다. 그녀는 팔레스티나에서 태어나 히브리어를 모국어로 사용하며 유대 교육을 정식으로 받았을 뿐만 아니라 그곳에서 독일 선교사들이 운영하는 김나지움을 다녔기 때문에 독일어도 할 수 있었다. 2개 국어를 구사하는 이 재능 있는 처녀는 예루살렘 대학 도서관 설립자

푸아 벤-토빔

이자 도서관장이 된 후고 베르크만의 눈에 띄게 되었다.

그녀의 재능을 알아본 후고 베르크만은 그녀를 프라하의 독일 대학에서 수학을 공부하도록 프라하 유대 대교회당의 율법학자인 보로디에게 추천서를 써주고, 그녀의 생활비를 아껴주기 위해 자기 부모의 집에서 기거하도록 했다. 그녀는 여러 곳에서 현대 히브리어를 가르쳤고, 프라하 시온주의자와 유대인의 강연회나 회합에서 팔레스티나 유대인의 생활상을 생생하게 전달해주었다. 팔레스티나 행을 꿈꾸고 있던 프라하 시온주의자들에게 푸아 벤-토빔은 유대인의 미래이자 삶의 본보기처럼 보였다.

카프카도 그녀에게 팔레스티나 생활에 대한 생생한 이야기를 듣고 싶었고, 살아 있는 현대 히브리어를 배우고 싶었다. 후고 베르크만 부모 집은 카프카의 집에서 두 블록쯤 떨어진 곳에 있었고 어머니들끼리도 친한 사이었다. 카프카는 베르크만의 어머니 소개로 푸아에게 히브리어 개인 교습을 받았다.

---

서 그와 함께 팔레스티나로 돌아갔다.

10 엘리처 벤-에후다(Eliezer Ben-Yehuda)는 1858년 리타우엔(Litauen)에서 태어나 1881년 예루살렘에 정착했다. 그는 1880년대 러시아에서 팔레스티나로 이주한 푸아 벤-토빔 부모의 친구이자 이웃이었다. 그는 옛 성서 히브리어를 실제로 소통 가능한 현대 언어로 개혁했다. 그의 현대 히브리어의 첫 번째 사전이 1911년부터 베를린에서 발간되기 시작했는데, 1922년에 그가 죽자 그의 제자들이 완성했다.

1922년 가을부터 1923년 봄까지 푸아는 카프카 집을 방문해서 일주일에 두 번 그에게 현대 히브리어 회화를 가르쳤다. 그녀는 후에 카프카를 그녀에게서 히브리어를 배운 제자 중에서 가장 단호한 의지와 열정을 가졌던 학생으로 기억했고, 그가 팔레스티나에 관해 많은 질문을 던졌다고 말했다.

그는 팔레스티나 개척자의 삶에 대해 모든 걸 알고 싶어 했고 농사짓는 일에 익숙해지고자 했다. 왜냐하면 그는 밭에서 일하고 싶다고 말했기 때문이다. 히브리어 공부는 그에게 적어도 팔레스티나와의 상징적 결합 가능성을 제공하는 듯했다. 왜냐하면 실제적인 결합은 그의 육체적인 허약함과 모순적인 개성 때문에 이루어지지 않았기 때문이다(AK 179).

푸아의 수업은 예전과 같은 단어 외우기와 문법 위주가 아니라 회화 중심의 현대 히브리어 수업이었다. 당시 팔레스티나로 이주하려는 사람들에게는 무엇보다도 히브리어 언어 소통이 가장 큰 문제였다. 수업 방식은 주로 질의응답 식이었다. 카프카의 유고 속에 포함되어 있는 히브리어 기록 노트는 카프카가 푸아 벤-토빔으로부터 일상생활에 사용되는 명칭과 관용적인 현대 히브리어 어법을 철저하게 배웠음을 보여준다. 그는 그의 유일한 『메노라-단어사전』에 나오지 않는 단어를 그녀에게 배워 꼼꼼하게 기록해놓았다. 그는 수업준비도 철저히 해서, 묻고 싶은 단어와 문장을 미리 적어놓았고 그 옆 빈자리에는 수업 시간에 그녀가 알려준 단어와 설명을 자세하게 기록했다. 노트의 왼쪽에는 독일어를, 오른쪽에는 히브리어를 기록했다(AK 152). 그의 유고 속에 남아 있는 350쪽에 달하는 히브리어 기록 노트는 그가 얼마나 히브리어에 열심이었는지를 알려주는 증거이기도 하다.

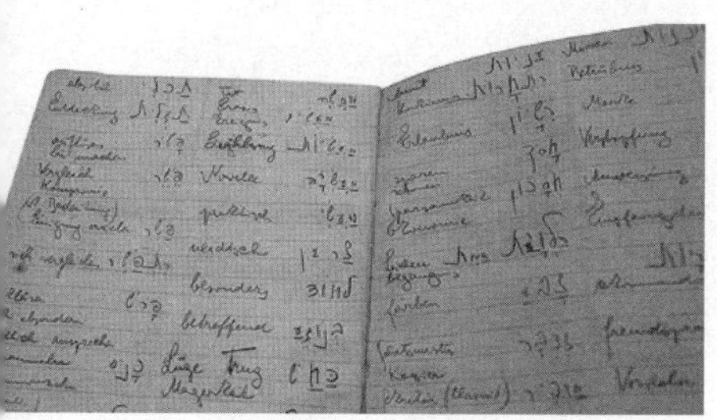

카프카가 히브리어를 공부하면 쓴 노트(1920년대)

카프카가 항상 "나의 귀여운 팔레스티나 소녀"(PE 482)라고 부르며 따랐던 푸아는 1923년 봄 팔레스티나에 있는 부모의 뜻에 따라 프라하에서의 수학 공부를 중단하고 어린이 사회교육을 위한 실용적인 학문을 배우기 위해서 베를린으로 대학을 옮겼다.

카프카의 팔레스티나 이주 계획은 1923년 3월 후고 베르크만이 부인 엘제와 함께 재정적 어려움에 빠져 있는 시온주의 팔레스티나 건립 기금을 모으기 위해 프라하로 전도 여행(AK 29)을 오면서 더욱 강화되는 듯했다. 카프카는 베르크만 부부를 직접 대면할 수 있다는 것이 매우 "흥분되고 황홀했다"(Br 433). 베르크만은 이미 팔레스티나에서 유대정신계의 지도자로 성장해 있었다.

1923년 4월 26일 프라하의 상품거래소에서 베르크만이 '팔레스티나의 상황'이라는 제목으로 강연을 했는데, 카프카는 매우 들떠 있었다. 그는 강연이 끝나자마자 무대 뒤로 베르크만을 찾아가 그의 두 손을 잡은 채 떨리는 목소리로 이렇게 말했다. "이 강연은 오직 나를 위한 것이었네"(AK 29). 카프카는 자기 집으로 베르크만 부부와 막스 브로트 부부를 초대해서 팔레스티나의 생활 이모저모를 상세하게 물었다. 그러나 팔레스티나의 상황은 겉으로 드러난 것처럼 그렇게 낙관적인 것만은 아니었다. 아랍인과 유대인 사이의 긴장감은 점점 증대하고 있었고, 국제연맹이나 미국이 그곳에 대한 책임을 회피한 채 모든 걸 영국에 위임해버린 상태였다. 더군다나 영국 정부는 팔레스티나의 모든 문제를 정치적 실용주의에 입각해서 처리하려고 했다. 베르크만도 개인적으로 전망이 그리 밝은 것은 아니었다. 그는 앞으로 헤쳐 나가야 할 많은 일, 특히 재정문제가 산재해 있음을 솔직하게 털어놓았다.

카프카는 진지한 표정으로 그의 이야기에 귀를 기울였다. 그는 자신의 마지막 삶을 팔레스티나에서 농사나 간단한 수공업 일을 하면서 살고 싶다고 말했다. 그의 진지한 태도에 감동한 베르크만의 부인 엘제는 그를 우선 팔레스티나의 자기 집에 머무르도록 초대했다. 그러나 아내보다 먼저 팔레스티나로 돌아간 베르크만은 아내 엘제에게 비좁은 집, 환자에 대한 책임, 자녀들에게 감염될 수도 있는 그의 병을 걱정하며 카프카의 초대를 신중하게 고려하라는 편지를 보냈다.[11] 베르그만 부부를 만나기 전까지만 해도 카프카는 팔레스티나 이주에 관해 구체적인 계획이 없었다. 그러나 엘제의 초대를 받자 정말로 팔레스티나 이주가 가능한 것처럼 보였다. 그는 베르크만의 수입보다 많은 자신의 연금으로 정착할 수 있고, 예전에 배워두었던 원예나 목공도 수입에 도움이 될 것이며, 히브리어도 배워 의사소통에도 별 문제가 없다고 생각했다. 더구나 엘제 베르크만이 그곳까지 동반하기로 했고 또 그곳에 도착하면 잠자리도 마련되어 있었던 것이다. 그는 가능한 한 10월에 팔레스티나로 이주하기로 마음먹었다. 그리고 팔레스티나로 장거리 여행을 할 수 있을지 건강상태를 점검할 겸 우선 짧은 여행을 시험해보기로 했다.

카프카는 6개월 동안 머물렀던 집을 떠나 1923년 5월 초 오랜만에 열차로 반시간쯤 떨어져 있는 도브리코비cm로 여행했다. 팔레스티나로 떠나기 위한 사전 예행연습이었다(Br 436). 지난겨울 불면증과 위경련과 장경련으로 고생했던 그는 봄이 오면서 약간 차도를 보이는 듯했다. 그러나 "이곳은 죽기 직전의 며칠 동안만 지내면 좋을 정도로 비용이 너무 비쌌기"(M 267) 때문에 그는 오틀라가 둘째 딸 헬레나를 낳은 다음 날로 프라하로 돌아와야만 했다.

첫 번째 여행에 어느 정도 용기를 얻은 카프카는 좀 더 긴 여행을 떠나기로 했다. 마침 누이동생 엘리가 아이들을 데리고 북쪽의 뮈리츠로 여름휴가를 떠날 예정이었다. 의사는 북쪽 지방을 피하는 게 좋다고 충고했으나, 가족들은 여러 상황으로 보아 카프카에게 그것이 최상의 선택이라는 결론을 내

---

11  Ebd.  170f.

렸고 카프카도 기꺼이 찬성했다. 여행 도중 거쳐 갈 베를린은 자유 작가로서
활동하며 살고 싶어 했던 정신적 도피처였는데, 그는 그곳에서 막스 브로트
의 연인 에미 잘베터와 팔레스티나 처녀 푸아 벤-토빔을 만나볼 생각이었다.

카프카는 7월 3일 프라하에서 마흔 살 생일을 보낸 후 이틀 후인 7월 5일 엘리외 두 이이들 펠릭스와 게르디, 그리고 가징부 베르너와 함께 베를린으로 떠났다. 그는 뮈리츠로 향하는 일행과 헤어져 베를린에서 묵었다. 그는 우선 그동안 소원해진 쿠르트 볼프 사 대신에 자신에게 관심을 표명했던 베를린의 슈미데 출판사[1] 사람들을 만났다. 그 출판사에서는 카프카가 전속 작가로 활동한다면 쿠르트 볼프 사가 제안했던 것과 유사한 재정적 도움을 주겠다는 약속을 해주었다. 그리고 일단 가까운 장래에 카프카의 단편모음집을 내기로 약속했다. 그리고 다음 날 오후 막스 브로트와 약속한 대로 에미 잘베터를 찾아갔다. 그녀는 활달하고 매력적인 젊은 여인이었다. 그들은 카프카의 요청대로 에버발트의 유대민족 가족 캠프로 푸아를 만나러 가기로 했다. 그러나 그곳으로 가는 도중 시간이 너무 지체되어 그들은 중간 시골 역인 베르나우에서 내려 주변을 산책하고 다시 베를린으로 돌아왔다.

---

1 슈미데(Schmiede) 출판사는 극장 에이전트 율리우스 베르톨트 잘터(Julius Berthold Salter)와 국민경제학자 프리츠 부름(Fritz Wurm)에 의해 1922년 11월에 창립되었다. 당시 이 출판사의 집필진은 고트프리트 벤, 알프레트 되블린, 발터 하젠클레버, 에곤 에르빈 키슈, 카를 슈테른하임, 에른스트 봐이스 등이었으나 1927년에 재정 적자로 해체되었다.

그는 마스 브로트에게 보낸 엽서에 이렇게 썼다.

> 그녀는 매력적이더군. 그리고 아주 전적으로 자네에게 몰입해 있더군. 어
> 떤 계기에도 자네를 끄집어내지 않는 일이란 없었어.……진정으로 강한 독
> 창성, 솔직성, 진지성, 어린애다운 사랑스러운 진지성이었네(Br 435).

카프카는 에미와 헤어진 후 그날 저녁으로 엘리와 아이들이 기다리는 발
트 해의 뮈리츠로 떠났다. 그가 바닷가에서 체류하기로 결정한 것은 신체적
부담감의 한계를 실험해보기 위해서였다. 그에게 바다는 예전과는 많이 달
라 보였다. 그는 팔레스티나로의 여행에 대한 부푼 희망을 반영이나 하듯
엘제 베르크만에게 이렇게 썼다. "바다는 제가 마지막으로 보았던 10년 사
이에 참으로 한층 더 아름다워졌군요. 더 다양해지고 더 활기차며 더 젊어졌
어요"(Br 437).

뮈리츠는 멋진 해수욕장을 갖춘 휴양지였다. 어둡고 울창한 숲이 해변
주변까지 닿아 있었고, 호텔과 펜션은 숲가에 자리 잡고 있어서 발코니의
전망과 풍광이 아름다웠다. 카프카와 누이동생의 방은 펜션 글뤼카우프 3층
에 있었는데, 앞쪽으로는 아름다운 작은 정원이 있었고 옆과 뒤로는 몇 발자
국 안 가서 울창한 숲이 펼쳐 있었다. 또 해변으로 나가는 길은 참나무와
너도밤나무가 터널을 이루고 있었다. 카프카는 해변 모래사장에서 등의자에
앉아 책을 읽거나 조카들이 축구하는 모습과 모래톱에서 놀고 있는 아이들
을 바라보았다.

그러나 카프카를 놀라게 하고 마음 설레게 한 것은 아름다운 해변의 풍광
보다는 그들의 펜션 뒤편으로 50보쯤 떨어진 숲 속에 있는 동유럽 피난민
유대인의 아이들을 위한 '베를린 유대민족 보호소'의 휴양시설이었다. 그가
뒤편 발코니에 앉아 일광욕을 하고 있을 때면 그곳에서 어린아이들이 부르

는 이디시어 노래나 하시디즘 신봉자들의 서툰 노랫소리가 들려왔다. 그즈음 팔레스티나로부터 후고 베르크만의 히브리어 편지가 도착했다. 팔레스티나로부터 처음 받는 히브리어 편지여서 그는 몹시 감격했다.

> 나는 침상과 두통에 묶여 수년 여를 지낸 뒤 내 이동능력을 실험해보기 위해 발트 해로 짧은 여행을 떠나는 만용을 부려보았다네. 어쨌거나 거기서 행운을 만났네. 내가 있는 발코니로부터 50보 전방에 베를린 유대민족 보호소의 휴양시설이 있으니 말이야. 나무들 사이로는 아이들이 뛰어노는 것을 볼 수 있어. 즐거워하는, 건강한 아이들일세.……낮이고 밤이고 절반은 집이고 숲이고 해변이고 노래 천지네. 내가 그들 중에 있다고 행복하지는 않겠지만 행복의 문턱에는 있겠지(Br 436).

그 보호소는 7년 전 그가 펠리스 바우어에게 참가하라고 권유했고 또 스스로 기부금을 냈던 보호소였으나 한 번도 직접 가본 적이 없었다. 그는 그 보호시설의 어린아이들을 직접 보게 되니 감개무량하기도 하고 또 그 사실이 어떤 운명처럼 느껴지기도 했다. 그러나 그 운명적인 느낌은 놀랍게도 사실로 다가왔다. 매일 두 아이들을 데리고 해변에서 등의자에 몇 시간이고 앉아 어둡고 우울한 눈길로 아이들이 모래성을 쌓고 있는 모습을 바라보고 있는 그의 모습이 유대민족 보호소의 여자 견습생의 눈길을 끌었다. 그녀는 호기심에서 모래밭에서 놀고 있는 아이들(게르티와 펠릭스)에게 다가가 그 키다리 아저씨의 존재를 물었고, 그가 작가 프란츠 카프카라는 것을 알게 되었다. 그 소녀는 열여섯 살의 틸레 뢰슬러[2]였다. 그녀는 베를린의 한 책방

---

2 틸레 뢰슬러(Tile Rössler, 1907~1959)는 1920년대 중반에 드레스덴의 팔루카 학교(Palucca-Schlue)에서 마리 비크만(Mary Wiegmann)의 제자로 모던 댄스를 공부했고, 후에 이스라엘로 이주해 그곳의 지도적인 안무가 중 한 사람이 되었다. 또한 1943년에는 카프카와의 만남을

에서 일하면서 이미 카프카의 『화부』를 읽었는데, 그 작품을 읽는 순간부터 카프카에게 매료된 문학소녀였다. 그녀는 용기를 내어 카프카에게 다가가 말을 걸었고 그들은 곧 친숙해졌다. 그들은 가끔 함께 해변과 숲 속을 산책했고 그때마다 그녀의 "부모의 집, 꿈, 신, 시온주의, 유대교" 등 "모든 것" (AK 182)에 대해 이야기를 나누었다. 그녀는 작가 카프카를 동료 친구들에게 자랑하고 싶은 마음에 그를 안식일 축제가 시작되는 금요일 저녁에 휴양소로 초대했다.

카프카는 틸레에게 미리 히브리어로 된 유대 기도서인 『시더(Siddur)』를 가져가 그중 어느 장이 읽고 낭독하기에 편한 음률을 지녔는지 물었다(AK 185). 그는 유대 축제 과정을 잘 몰랐기 때문에 축제에서 실수하지 않도록 하기 위해서였다. 사실 그는 일생 동안 한 번도 그렇게 멋지게 장식된 홀에서 축복의 기도와 하시디즘의 음악과 풍성한 저녁식사를 겸한 축제에 참석해본 적이 없었다. 그는 1923년 7월 13일 엘제 베르크만에게 보내는 편지에서 당시 자신의 기쁨을 이렇게 표시했다.

제게 더한 기쁨을 주는 것은 베를린 유대민족 보호소랍니다. 건강하고 즐거워하는 아이들, 그들에게서 나는 따뜻함을 얻는답니다. 오늘 그들과 함께 금요일 저녁 만찬을 경험할 것입니다. 제 생애 처음인 것 같습니다(Br 437).

7월 13일 저녁 카프카는 기도서를 주머니에 넣은 채 들뜬 마음으로 휴양소로 갔다. 일층 창문을 통해 부엌이 들여다보였는데, 반쯤 길고 숱이 많은 곱슬머리와 둥근 뺨과 도톰한 입술을 가진 젊은 여성이 그곳에서 일하고

___

소재로 한 『다이너와 작가 카프카(Dina and the writer Kafka)』라는 소설 형식으로 된 작품을 텔아비브에서 발표하기도 했다(RSII 684f.).

있었다. 그녀는 손에 칼을 들고 막 생선 비늘을 다듬고 있는 중이었다. 그는 그 모습에 잠시 망설이다가 그녀가 위를 올려다볼 때야 비로소 안으로 들어서며 부드러운 목소리로 이렇게 말했다. "그렇게 부드러운 손으로 이렇듯 피가 흐르는 일을 해야 하다니요"(AK 194). 그것이 바로 카프카와 그의 마지막 삶의 동반자가 된 도라 디아만트와의 운명적인 만남의 순간이었다.

그녀의 이름을 도라 디만트 또는 도라 디아만트라고 부르는 이유는 히브리어의 기호를 이디시어와 독일어로 옮길 때 각기 달라지기 때문이다. 후에 확인한 독일의 서류 기록에는 도라 디아만트로 기재되어 있으나, 그녀가 타인에게 기증한 카프카의 단편모음집 『시골 의사』에 쓴 헌사에는 이디시어 표기인 '도라 디만트-카프카'라고 서명되어 있었다. 이름이 말해주듯, 그녀 역시 카프카처럼 그 어디에도 확실하게 속하지 못한 이방인이었다.

도라 디아만트는 1898년 3월 4일 당시 서부 포메른 산업지역인 파비아니체에서 태어났다.[3] 그녀의 아버지는 "극단적으로 보수적인 정교주의"(AK 167)를 표방하는 하시디즘의 신봉자였다. 그러나 그녀는 아버지의 엄격한 가정교육과 크라카우의 베트 야곱 학교의 엄격하고 규율적인 유대정교 기숙사 생활을 거부하고, 헤르츨과 같은 시온주의자들의 책을 읽고 동유럽 유대인 연극에 깊은 관심을 가졌으며 스스로 연극 활동에 참여하기도 했다. 자유

---

3 도라 디아만트(Dora Diammant or Dora Dymant, 1898~1951)의 어린 시절에 대해서는 오랫동안 알려진 것이 없었으나, 후에 그녀의 딸 카티 디아만트의 소개로 자세히 알려지게 되었다. 디아만트는 1898년 3월 4일 러시아의 지배하에 있던 폴란드의 산업지역인 파비아니체(Pabianice)에서 공장제 수공업자이자 유대정교의 랍비인 헤르쉘 아론(Herschel Aron)과 프라이다 아론(Frajda Aron)의 8명 자녀 중 세 번째 딸로 태어났다. 카프카 사후 그녀는 베를린의 공산주의자와 결혼해 딸 하나를 두었으며, 남편과 소련으로 망명했다가 후에 딸과 런던으로 돌아와 1952년 그곳에서 죽었다(Kathie Diamant, *Kafka's Last Love. The Mystery of Dora Diamant*, Vintage, 2004, p.402).

도라 디아만트

롭고 넓은 세상에 나아가 독자적인 삶을 살고자 했던 그녀는 전쟁의 혼란스러운 틈을 타 열아홉 살 때 크라카우에서 독일로 도망쳤다. 그녀는 독일 슐레지엔 지방의 브레슬라우의 사회민주당 국회의원이자 유대교 구장 헤르만 바트의 가정부로 일하면서 틈틈이 독일어를 익혔고 어린이 보호소의 보조원으로 직업 경험을 쌓았다. 그녀는 이디시어, 히브리어, 독일어 등을 구사했고 검약한 생활이 몸에 배어 있을 뿐만 아니라 어린이들을 보살피는 일에도 경험이 많았던 관계로 1918년 이후 지크프리트 레만이 운영하는 '베를린의 유대민족 보호소'에 취직할 수 있었다. 그녀는 곧 능력을 인정받아 보호소의 주방장이자 집사이며 노래와 음악을 가르치는 선생으로 일하게 되었다. 그러나 그녀는 꿈 많은 고독한 처녀였다. 낯선 나라에서 젊은 여자의 몸으로 온갖 삶의 풍파를 헤쳐 나가야 했다. 그녀는 자신을 "도스토옙스키의 소설에나 나올 법한 꿈과 예감으로 차 있는 어두운 인간"(AK 175)으로 회상했다. 그런데 그녀가 처음 참석한 여름 휴양소에서 그녀는 '카스파보다 더 고독한 카프카'를 만나게 된 것이다.

도라 디아만트는 아이들과 함께 해변에 자주 나타나는 그를 처음엔 가족과 휴가 온 결혼한 남자로 생각했다. 그러나 그녀는 그의 첫인상이 하도 강렬해서 몰래 그를 뒤따라간 적도 있었다. 훗날 그녀는 당시 카프카에게서 느꼈던 첫 인상을 이렇게 회상했다.

그는 크고 날씬했으며 까무잡잡한 피부를 가지고 있고 성큼성큼 큰 걸음으로 걸었기 때문에 나는 처음엔 그가 유럽인이 아닌 혼혈 인디언이 틀림없다고 생각했다(AK 174).

그가 프라하 출신 유대인 독신자이고 작가라는 사실을 알게 되면서 그녀는 그와 급속도로 가까워졌다. 그는 친절하고 겸손한 태도로 그녀에게 접근했으며, 여름 유대민족 보호 휴양소 생활의 이모저모를 알고 싶어 했다. 도라는 그의 진지한 태도와 인간미 넘치는 행동에 더욱 호감을 갖게 되었다. 카프카 역시 발랄하고 아름다운 젊은 처녀에게 호감 이상의 것을 느꼈다. 더구나 이국풍의 동유럽 여인인 그녀가 히브리어와 이디시어 그리고 독일어를 유창하게 구사할 수 있다는 것은 그에게 큰 매력으로 다가왔다. 점점 자주 만나게 되면서 그들은 상대에게 사랑이 넘치는 따뜻한 인간미와 정신적인 일치감을 느꼈다. 그들은 함께 숲과 바닷가를 거닐었고 나무 그늘에서 히브리어 텍스트를 읽었으며 모래톱에 앉아 지는 해를 바라보며 지나온 과거시와 앞으로의 계획을 이야기했다. 그들은 마치 오래된 연인 사이처럼 보였다.

한편 틸레 뢰슬러는 카프카가 도라 디아만트와 자주 어울리자 질투를 느끼고 심술을 부렸다. 카프카는 그녀에게 초콜릿과 꽃 등을 선물하며 그녀의 마음을 달래주려고 애썼지만, 그녀는 질투심을 이기지 못하고 베를린으로 훌쩍 떠나버렸다. 그녀가 떠난 후 카프카는 그녀에게 자상한 긴 편지를 써 보냈다. 그는 그녀가 선물한 꽃병 이야기, 음악에 취해 피아노를 치던 일 등을 상기시키며 그녀가 없는 동안 휴양소에서 일어났던 일을 이것저것 이야기해주었다. 그리고는 자신은 도라와 많은 시간을 보내고 있으며 그녀가 자신에게는 아주 "특별한 존재"(Br 439)임을 그녀에게 이해시키고자 했다.

그러던 중 7월 엘제 베르크만이 팔레스티나로 돌아가기 직전 카프카에게 팔레스티나 이주에 대한 그의 결단을 묻는 서신을 보내왔다. 그러나 카프카는 건강도 좋지 않은 데다가 도라와 깊은 사랑에 빠져 있었다. 그는 엘제 베르크만에게 자신의 건강상태로는 긴 여행이 불가능해 팔레스티나에 갈 수 없다고 고백했다.

저는 제가 이제 확실히 항해를 떠나지 않으리라는 것을 알고 있으며, 제가 어떻게 항해를 할 수 있겠습니까? 그러나 또한 부인의 편지와 더불어 사실상 그 배가 제 방문턱에 정박해 있고, 부인께서 거기에 서서 제게 묻고 있고, 또 그렇게 물으시는 이유를 압니다. 그러나 그것은 결코 작은 일은 아니지요 ……그건 이제 원래의 팔레스티나 항해가 아닌 것이 되어버렸습니다. 나는 이제 전혀 갈 수가 없습니다.……팔레스티나 항해는 없겠습니다(Br 437).

8월 1일 ‘베를린 유대민족 보호소’에서 사회교육 실습을 하고 있던 푸아 벤-토빔이 자신의 친지인 프리다 베르와 함께 뮈리츠로 카프카를 방문했다. 그의 병문안 겸 여름 휴양소인 유대인 보호시설을 돌아보기 위해서였다. 비록 단 하루의 짧은 방문이긴 했지만 “자기 확신”과 “조용한 쾌활성”(Br 440) 을 갖춘 팔레스티나 출신 처녀의 등장은 뮈르츠의 유대민족 보호시설에 있 는 사람들을 놀라게 하고 격려해주기에 충분했다. 그녀는 그들 모두가 동경 하는 팔레스티나 출신의 전형적인 인물이기 때문이었다.

8월 초 누이동생 엘리의 남편 카를 헤르만이 며칠간 가족과 함께 여름휴 가를 보내기 위해서 뮈리츠에 왔다. 그러나 갑자기 날씨가 나빠지고 기온이 떨어져서 그들은 부모가 휴가를 보내고 있는 마리엔바트로 가기로 했다. 그 러나 그곳도 날씨가 나빠 부모도 이미 프라하로 돌아간 상태였으므로 그들 도 모두 프라하로 돌아가기로 했다. 그러나 카프카는 사흘 동안 베를린에 머물 예정으로 도중에 혼자 베를린에서 내렸다.

카프카는 앞으로 도라 디아만트와 함께 베를린으로 이주할 계획을 가지고 있었다. 그가 오래전부터 꿈꿔왔듯이, 그는 이제 드디어 프라하와 부모 곁을 떠나 자유 작가로서 베를린에 머물고자 했다. 그에게는 이제 자신을 믿고 따르는 건강하고 젊은 여인도 있었다. 오랜 타향 생활로 힘들고 외로웠던 도라는 카프카가 고독하고 고통스러운 삶에도 불구하고 오로지 작가로서 전념하며 살아가는 확고한 삶의 태도에 깊은 감동을 받았다. 도라는 카프카에 대해서 존경심과 더불어 여인으로서 연민과 모성애적인 사랑을 느끼기 시작했다. 그녀는 진심으로 그의 건강과 고독한 삶을 보살펴주기로 마음먹었다.

카프카는 베를린으로 이주하기에 앞서 미리 그곳의 주택 사정을 알아보고 또한 도라가 추천했던 베를린의 주택 지역을 살펴볼 예정이었다. 도착한 날 오후 그는 우선 틸레 뢰슬러가 근무하는 샤를로텐부르크의 유로비츠 서점을 찾아갔다. 그는 도라 때문에 심통이 나 있는 그녀의 마음을 위로해주기 위해 아름다운 제비꽃다발을 선사하고 독일 극장으로 초대했다. 그들은 뮈리츠 휴양소에서 만났던 두 명의 다른 동유럽 유대 소녀들과 함께 프리드리히 실러의 <군도(群盜)>를 구경했다. 관람 도중 상난기가 발동한 카프카는 옆에 앉은 틸레 뢰슬러를 팔꿈치로 툭 치면서 속삭이듯 이렇게 말했다. "이봐 틸레, 프란츠는 악당이잖아"(AK 191). 카프카는 도라 때문에 떠나야 했던 그녀에게 미안한 마음에 <군도>에 나오는 주인공과 자신의 이름이 똑같이 프란츠인 것을 이용해 넌지시 빗대어 말했던 것이다.

카프카는 베를린에 머무는 동안 막스 브로트와 푸아 벤-토빔도 참석할 예정인 8차 시온주의자 회의가 열리는 카를스바트도 방문할 계획이었다. 그러나 그는 두통과 불면증, 여독으로 이를 포기하고(Br 441f.), 8월 9일 혼자서 프라하로 돌아왔다. 그는 돌아오자마자 잊지 않고 베를린에서 가져온 슈미데 출판사의 계약서에 서명한 후 출판사로 부쳤다. 그가 앞으로 베를린에 체류할 경우 슈미데 출판사는 그에게 매우 중요했다.

프라하에 돌아오자 4주간의 뮈리츠 요양도 카프카의 건강에 별로 도움이 되지 못했다는 것이 드러났다. 몸은 물에 젖은 솜뭉치처럼 무거웠고 체중도 오히려 줄어 겨우 54.5킬로그램에 불과했다(Br 443). 결핵 환자에게 체중 감소는 적신호나 다름없었다. 상심한 가족은 카프카를 다시 요양소로 보내기로 결정했다. 이번에는 오틀라가 동행하기로 했다. 마침 그녀는 5월에 둘째 딸 헬레네를 낳고 산후조리를 하느라 아직 여름휴가를 가지 못한 상태였다.

8월 16일 카프카는 오틀라와 그녀의 두 딸과 함께 프라하에서 가까운 셀레젠으로 떠났다. 그들은 오틀라의 남편 요제프 다비트가 주말에 쉽게 들를 수 있도록 가까운 곳을 택했던 것이다. 그들은 어느 상인의 집에서 5주 동안 머물렀다. 그때 폐결핵 악화로 학업을 중단하고 다시 마틀리아리 요양원에 체류 중이던 클롭슈토크에게서 연락이 왔다. 그의 친구이자 카프카를 좋아했던 치과의사 글라우버가 결국 폐결핵으로 죽었다는 소식이었다. 카프카는 마르틴 부버의 『위대한 마기드와 그의 추종자들』에 나오는 죽음의 공포 속에서만 보인다는 혈관 이야기를 하면서(Br 443) 가장 낙천적이었던 글라우버의 이른 죽음을 애도해했다. 그는 자신도 얼마 가지 못하리라는 예감 때문에 마음이 우울했다. 그는 클롭슈토크에게 이렇게 답장을 썼다.

체중을 불리려고 열심히 노력하고 있네. 내가 여기에 왔을 때 나는 54.5킬로그램이 나갔지. 여태 그렇게 적게 나간 적은 없었네. 그런데 조금도 불어나지 않네. 너무나 큰 반대세력이 있나보네. 이제 투쟁이네. 이 지역은 나에게 잘 맞고 날씨도 지금까지는 호의적이었지. 그러나 나는 이 반대세력의 귀중한 소유물임에 틀림없어. 그들은 악마처럼 싸우거나 아예 악마인지도 몰라(Br 443).

셀레젠에 체류하면서 카프카는 남은 생을 걸고 새로운 모험에 도전해야 된다고 생각했다. 요양소를 전전하면서 얼마 남지 않은 시간을 낭비하기보다는 자신을 사랑하고 믿고 따르는 도라 디아만트와 함께 그렇게 원했던 자유 작가로서 살면서 글 쓰는 일로 최후를 맞고 싶었다. 카프카는 가족 중 가장 믿을 수 있는 오틀라에게만 도라와의 베를린 체류 계획을 털어놓았다. 물론 가족들이 반대하리라는 것을 잘 알았지만, 오틀라는 마지막이 될지 모르는 그의 최후의 모험을 이해해주었고 적극적으로 도와주기로 약속했다. 그녀의 말에 용기를 얻은 카프카는 베를린 이주 계획을 확실하게 실행해나갔다.

한편 카프카가 셸레젠에 머무는 동안 여러 출판사에서 연락이 왔다. 9월 초순경 빈에 있는 'E. P. 탈' 출판사의 편집인 카를 젤리히⁴는 생존하는 유명 작가의 총서를 12권으로 출판 중이라고 알려왔다. 그는 당시로는 거액인 100프랑을 제안하며 카프카에게 아직 출판되지 않은 작품이 있다면 총서에 함께 출판하기를 원했다. 또한 총서에 포함시킬 재능 있는 젊은 작가를 추천해주기를 요청했다. 그러나 카프카는 자신의 "수중에 가지고 있는 글들은 모두 쓸모가 없다"(Br 444)며 나중에라도 작품을 쓰게 되면 꼭 출판하겠다고 약속했다. 9월 20일경에는 잡지사 두 곳으로부터 선도가 유망한 "귀중한 젊은 작가를 추천해달라는"(Br 446) 요청을 받았다. 하나는 로볼트 출판사에서 나오는 잡지 ≪시와 산문≫의 편집자 프란츠 헤셀의 요청이었고, 다른 하나는 빈에서 발간되는 유대계 월간 문예지 ≪더 텐트(The Tent)≫의 편집장 오이겐 회플리히의 청탁이었다.

이처럼 카프카는 독일어권에서는 이미 지명도 있는 작가가 되어가고 있었다. 카프카는 요양을 마치고 다음 학기부터 다시 베를린 대학으로 가려는 클롭슈토크에게 젊은 작가 청탁 건에 관심이 없는지 물었다. 그는 의학을 공부하면서도 항상 문학에 관심이 있는 가난한 문학청년인 그를 돕고 싶었던 것이다. 그러나 그도 써놓은 작품이 없었다.

---

4 카를 젤리히(Carl Seelig, 1894~1962)는 스위스 취리히 출신의 작가, 서정시인, 비평가였다. 그는 탈(E. P. Tal) 출판사 편집장으로 일하며 게오르크 하임 전집, 노발리스, 스위프트, 와일드, 발저 등의 작품을 신판으로 발간했다. 당시 그는 12권의 총서로 메테어링크, 헤세, 로망 롤랑, 바르뷔스(Henri Barbusse), 슈테판 츠바이크, 에른스트 톨러 등의 작품을 총서로 내고 있었다(Br 517f.).

카프카는 셸레젠에서 도라와 자주 편지를 주고받았다. 그녀는 우선 베를린에서 적합한 숙소를 찾아보기로 했다. 그리고 베를린으로 이주한 다음에는 도라가 전적으로 생활에 필요한 모든 것을 돕기로 했다. 8월 말쯤 그녀가 베를린의 슈테클리츠 지역 외곽에 적당한 가격의 가구 달린 방을 구했다는 연락을 보내오자, 카프카는 9월 21일 급히 프라하로 돌아왔다. 그는 다음 날 베를린에 갈 예정인 막스 브로트와 잠시 만나 자신도 이삼 일 안으로 베를린에 들를 예정이라는 것을 알렸다. 막스는 카프카가 베를린에서 도라와 함께 생활하려 한다는 것을 전혀 모르고 있었다.

카프카는 부모에게도 베를린에 잠시 다녀온다고만 말했을 뿐 자세한 이야기는 하지 않았다. 부모는 병이 깊은 그가 별다른 준비 없이 대도시로 혼자 떠나는 것은 무리라며 만류했지만, 그는 도라와 만나 베를린 체류를 위한 모든 준비를 해야 했다. 그는 베를린 대학으로 가기로 한 클롭슈토크에게 자기는 건강 때문에 팔레스티나 행을 포기했으며 머지않아 베를린에서 만날 수 있을 것이라고 편지를 썼다. 그는 자세한 이야기는 생략한 채 베를린 행에 대한 자신의 단호한 결심을 이렇게 썼다.

나는 내일 떠나네. 다음 열두 시간 내에 어떤 큰 장애가 음침한 매복처럼 나를 덮치지 않는 한 베를린으로 가네(Br 446).

그는 베를린으로 떠나기 전날 밤 자신의 무모한 계획을 전혀 모르고 있는 부모에 대한 죄책감과 가족도 없는 낯선 땅에서 새로운 삶을 살아야 한다는 불안감으로 꼬박 뜬눈으로 밤을 지새웠다. 어느 순간 중병에 든 자신의 처지를 생각하며 어리석은 계획을 포기해야 한다고 생각했지만, 다음 순간 그는 마음을 다시 잡았다. 마지막 자유 작가로서의 살 수 있는 기회를 놓치고 싶지 않았던 것이다. 창가엔 벌써 먼동이 터오고 있었다.

1923년 9월 23일 카프카는 "베르너 양의 위로를 받으면서, 페파의 근심 어린 인사말을 들으면서, 아버지에게 애정이 담긴 잔소리를 들으면서, 어머니의 슬픈 시선을 느끼면서"(O 133) 집을 나섰다. 그는 베를린 행 급행열차에 몸을 실은 후에야 비로소 10년 전 펠리스를 만났을 때 꿈꾸었던 소망을 비로소 이룬다고 생각했다. 프라하와 직장과 부모의 곁을 벗어나 자유 작가로서 베를린에 거주하는 것이 그의 유일한 소망이었다. 그가 프라하를 떠나고자 했을 때 늘 첫 번째로 떠오른 곳이 베를린이었다. 그는 예전에 그레테 블로흐에게 보내는 편지에서도 이렇게 쓴 적이 있었다.

베를린은 이 죽어가는 거대한 마을 빈보다는 훨씬 나은 도시입니다.……사람을 강하게 해주는 베를린의 힘을 내 자신이 느끼고 있습니다. 아니 그보다는 내가 베를린으로 이사를 가면, 그 힘을 느끼게 되리라는 것을 알고 있습니다(F 545).

한편으로 그의 마음은 자신을 탓하고 있었다. 중환자의 몸으로 프라하와 가족 곁을 떠나 낯선 타향인 베를린에서 한 여자와 새로운 삶을 꾸리려는 것이 만용이라는 것을 잘 알고 있기 때문이었다. 그는 친구 오스카 바움에게 이렇게 썼다.



친애하는 오스카, 하루하고 반을 프라하에 있었는데, 자네에게 가지를 못 했네. 정말 자네들 모두를 몹시 보고 싶었는데도 말이네. 그렇지만 무모한 행동을 앞두고서 내가 어찌 갈 수 있었겠는가? 그것은 며칠간 베를린으로 떠나려는 것이었네, 내 처지에서 말하자면 그것은 만용이지. 그런 비슷한 일 은 역사를 뒤적여보면, 나폴레옹의 러시아 진군쯤 되겠지(Br 447).

카프카가 살던
슈테클리츠의 집

카프카가 거주할 집은 베를린 외곽의 그린벨트 지역인 슈테클리츠의 미크벨슈트라세 8번지에 있었다. 방은 크고 아늑했으며, 가구 또한 잘 갖추어져 있었다. 작은 돌출창이 나 있고, 언제든지 집주인 모리츠 헤르만 부부와 공동으로 사용할 수 있는 발코니도 딸려 있었다. 주변 환경도 훌륭해서 집에서 몇 발자국 떨어지지 않은 곳에 아름다운 정원들과 시골 전원풍의 빌라가 늘어서 있고, 그 사이로는 울창한 가로수 길이 나 있었다. 그는 기쁜 마음으로 오틀라에게 이렇게 편지를 썼다.

이곳 외곽 지역은 일시적이지만 평화롭고 아름다워. 공기가 부드 러운 이런 저녁에 집에서 걸어 나오면 오래된 울창한 정원에서 뿜어 나오는 향기가 나를 향해 불어오지. 그렇게 부드럽고 짙은 향기를 다른 어느 곳에서 도 맡아본 적이 없어. 셸레젠에서도, 메란에서도, 마리엔마트에서도(O 134f.).

게다가 걸어서 30분 정도도 못 가서 깊고 조용한 그루네발트 숲이 있었고, 집에서 1킬로미터도 떨어지지 않은 곳에 유리 온실 속에 온갖 식물과 꽃이

만발한 달렘 신(新)식물원이 있었다. 또한 교통도 나쁘지 않아 집에서 조금만 걸어 나가 거리 모퉁이를 돌면 슈테클리츠의 중앙통인 쉴로스 거리가 나왔는데, 그곳은 상점들과 슈테클리츠 구청 등이 있는 번화로 베를린 시내로 가는 전차정류장이 있었다.

카프카와 도라는 처음에는 같이 살지 않았다. 전쟁 후라 경제 사정이 나빠 아침이면 카프카는 우유단지를 들고 줄을 서서 우유 배급을 기다려야 했고, 집주인 여자가 차려주는 식사를 했다. 멀리 떨어진 빈민 지역에 살고 있는 도라는 오전 중에 와서 카프카에게 필요한 일들을 돌보아주었다. 도라가 집안일을 하는 동안 카프카는 오후에 꼭 낮잠을 잤다. 저녁식사는 도라가 만들어주었고 한 달에 한두 번 정도 베를린 시내로 나가 프리드리히 거리에 있는 채식 레스토랑에서 함께 식사했디(Br 457f.).

그리고 날씨가 허락하는 한 함께 주변을 산책했고, 날씨가 좋지 않을 때에는 침대에 누워 있거나 도라의 도움을 받으며 토라와 히브리어로 된 소설책[1]과 그리고 토라와 『탈무드』에 대한 『리쉬 주해서』를 읽었다. 또한 카프카는 그녀에게 그림 동화책이나 호프만의 환상적인 이야기,[2] 그리고 자기가 좋아하는 클라이스트의 작품과 안데르센의 동화와 요한 페터 헤벨의 짧은 산문집 『라인 지방 가정의 벗, 작은 보석상자』 등을 읽어주었다.

카프카는 기분이 좋을 때는 손으로 그림자놀이를 했는데, 그는 이에 특별

---

1 카프카는 이때 러시아 출신 히브리어 작가인 요제프 카임 브렌너(Josef Chaim Brenner, 1881~1921)의 소설 『불모와 좌절(Shechol uchichalon)』(1920)을 읽었다. 브렌너는 1909년 팔레스티나에 정착했으며, 팔레스티나 노동자운동의 지도자로서 아랍민족과 평화적으로 협력할 것을 주장했다. 그는 텔아비브 근교의 아랍 소요 와중에서 피살되었다. 그의 소설은 극단적인 염세주의 경향을 띠고 있지만 그의 팔레스티나 건설 의지는 투철했다.
2 카프카는 도라에게 호프만(Ernst Theodor Amadeus Hoffmann)의 「팔룬의 광산(Die Bergwerke zu Falun)」과 「고양이 무르의 인생관(Lebensansichten des Katers Murr)」 등을 읽어주었다.

한 재능을 가지고 있었다. 그가 손가락과 손을 사용해 여러 가지 동물 모양이나 괴물의 형태를 벽에 비추면 도라는 그의 기술에 놀라워하고 박수를 치며 좋아했다. 그러나 방 안은 항상 어두웠다. 전기불도 없어 가스등과 작은 석유램프를 사용했는데, 그것이 몹시 불편해 솜씨 좋은 도라가 "부품 하나하나를 얻거나 사 모아 조립해"(Br 461) 멋진 석유등잔을 만들어냈다.

당시 베를린의 정치적 혼란과 경제 사정은 최악의 상태였다. 독일은 제1차 세계대전 중에 진 엄청난 전쟁 빚뿐만 아니라 승전국에 대한 배상금으로 최악의 경제 파국을 맞고 있었다. 프랑스는 독일이 배상금을 지불하지 못했다는 이유로 루르 지역을 점령해 석탄과 산업용 재료를 운반해갔고 점령 비용까지 물게 했다. 정치권력을 잡기 위해 매일 밤 좌파와 우파 간의 싸움이 벌어지거나 정치적 테러 행위가 공공연하게 자행되었고, 잦은 파업과 시위는 물론 폭동과 약탈로 공적인 생활 역시 거의 마비 상태나 다름없었다. 물가는 천정부지로 뛰어올랐고 독일제국의 마르크화는 폭락했다. 10월 2일 카프카는 셸레젠에 아직 머물고 있는 오틀라에게 당시 베를린의 사정에 대해 편지를 썼다.

셋집 여주인이 나를 만족스러워 한다는구나. 하지만 유감스럽게도 방값은 더 이상 20크로네(체코의 화폐단위)가 아니고 9월에는 70크로네, 10월에는 적어도 180크로네까지 치솟았어. 물가가 너희 집에 있는 다람쥐처럼 올랐단다. 어제는 그 때문에 현기증이 일 정도였어. 또 도심지의 방값도 천정부지로 치솟았어(O 134).

카프카가 사는 슈테클리츠는 외곽 지대였으므로 비교적 평온한 편이었으나, 그가 베를린 시내로 나가면 곳곳에서 벌어지는 혼란스러운 정치적 사건과 만나게 되었다. 그가 베를린 시내에서 할 일이란 베를린에 오는 막스 브로트를 만나러 요스티 카페에 들르거나, 유대민족 보호소 '빅토리아 하임 II'에서 일하는 벤-토빔을 만나러 가거나, 브로트의 애인 에미 잘베터를 방문하거나, 베르트 하임 백화점에서 여권 사진을 찍고 은행에 돈을 찾는 일이 고작이었다. 그럴 때마다 그는 "거의 매번 처량한 느낌으로 돌아왔고" 그가 "슈테클리츠에 살고 있다는 데 깊은 감사를 느꼈다"(Br 453). 카프카는 가능한 모든 정치적·사회적 사태에 초연하고자 했다. 그러나 막스 브로트에게 보내는 편지를 보면, 그가 얼마나 주의 깊게 독일의 정치 상황을 살피고 있었는지 알 수 있다.

그사이에 나는 지금까지 벌써 며칠간을 피했던 일이지만 슈테클리츠 소식
지를 꼼꼼히 읽었네. 상황이 나쁘네, 나빠. 그러니 그 안에 정의가 있긴 하네.
독일의 운명과 결부되어서, 자네와 나처럼(Br 449).

베를린의 경제적 대공황 상태는 좌·우파 간의 극단적인 정치적 대립과 더불어 경제적 기반층인 유대인에 대한 적대 감정을 더욱 증폭시켰다. 프라하에서처럼 사람들은 유대인에게 욕지거리를 퍼붓거나 뭇매를 가하고 그들의 상점과 쇼윈도 등을 부수었다. 한 번은 카프카 역시 여학생으로부터 씁쓸한 봉변을 당한 일도 있었다. 1923년 10월 4일 누이동생 엘리에게 보내는 편지에서 그는 그때의 일을 아이러니한 표현으로 들려주고 있다.

최근 나는 사랑의 모험을 했단다. 내가 식물원에 있는 벤치에 앉아 햇볕을
쬐고 있는데……한 무리의 여학생이 지나갔어. 그녀들 중 아름답고 긴 블론
드 머리를 한 사내 같은 소녀가 있었는데, 그녀가 나에게 교태를 부리며 미소
를 지어보이고 귀여운 입을 내밀고 나에게 뭐라고 소리치는 거야. 나는 그녀
가 나중에 자신의 여자 친구들과 자주 내 쪽으로 몸을 돌렸을 때도 과하다

싶을 정도로 친절하게 미소로 답했지. 그녀가 내게 말한 것이 무엇이었는지를 깨닫게 될 때까지 말이야. "유대 녀석!"이라고 그녀가 내게 말했던 거야.[3]

베를린에 체류하는 동안 카프카는 그 어느 때보다 자주 부모에게 편지를 썼다. 그러나 정치적인 상황이나 자신의 건강 또는 도라에 대해서는 전혀 언급하지 않았다. 그는 주로 물가고와 환율로 필요한 옷가지와 가정살림에 필요한 것, 특히 식품에 대한 걱정거리를 썼다. 최악의 인플레 현상으로 9월에 작은 버터 한 조각이 160만 마르크가 나가더니 나중에는 달걀 하나가 30억 마르크나 했고 노동자 월급은 수레로 운반해야 할 정도였다. 물가도 비쌀 뿐만 아니라 식품을 구경하기조차 어려웠기 때문에 그는 오틀라와 어머니에게서 버터나 채소류 등의 식료품, "겨우살이 물건들(외투, 옷, 약간의 속옷, 잠옷, 무릎 담요)"(O 138) 그리고 다른 생활필수품을 자주 소포로 받아야 했다.

이렇듯 카프카의 슈테클리츠 생활은 빠듯했다. 그는 생활비 외에도 집안일을 돌봐주는 도라에게 얼마간의 사례비를 지불했다. 그는 돈을 아끼려고 편지 대신에 주로 엽서를 사용했다. 펠릭스 벨치가 규칙적으로 보내주는 ≪젤프스트베어≫ 외에는 신문이나 잡지도 구독하지 않았고, 프라하에서 즐겨 찾던 영화관이나 극장 구경도 가지 않았다. 도라는 에틸알코올이 떨어지면 타다 남은 양초조각에 찬 음식을 데울 때도 있었다. 새로운 책을 구입할 수 없어 그의 책꽂이에는 집에서 가져온 책뿐이었다. 그러나 그가 몹시 싫어하는 전화는 있었는데, 혹시 일어날지 모를 급한 사태에 대비하기 위해서였다. 카프카가 독일 최악의 인플레의 정점이었던 1923년 11월과 12월 사이에 집세도 내고 굶주리지 않고 버틸 수 있었던 것은, 그나마 체코의 화폐 크로네가 독일 마르크에 비해 훨씬 안정되고 가치가 있었기 때문이다.

----

3 Briefe An Elli Hermann, 4. Oktober 1923(B 5).

또한 노동자재해보험공사 오드슈트르칠 국장은 카프카가 베를린 교외의 슈테클리츠 지역에 체류하는 것을 요양소에 체류하는 것으로 인정해주었기 때문에 카프카는 연금 외에도 얼마간의 부가비용을 더 받을 수 있었다.[4] 그러나 카프카가 안정된 체코화로 상당한 금액의 연금을 타고 있는 박사 관료 출신 휴직자라는 사실을 안 여주인은 임대료와 난방비를 너무 자주 올려 이익을 챙기려 했다. 그 일로 여주인과 카프카 사이에 자주 언쟁이 벌어졌고 그는 11월 중순 다른 곳으로 이사를 해야 했다.

카프카는 그 당시 여주인과의 긴장관계를 문학작품으로 남겼는데, 1923년 말쯤에 나온 산문소품 「작은 여인」이다. 이 이야기의 두 번째 단락에서 카프카는 아이러니로 가득 차 있는 한 작은 여인에 대해 "이 작은 여인은 나를 매우 못마땅하게 생각한다. 그녀는 언제나 나에 대해 무언가를 비난하고 있으며, 그녀에게는 언제나 나 때문에 부당한 일이 생긴다. 나는 어디로 가든 그녀를 화나게 한다"(KKAD 322)고 묘사하고 있다. 이 구절은 분명 카프카와 여주인 사이에 있었던 당시의 갈등을 반영한 것으로 보인다. 그러나 다른 한편으로 작품 속의 작은 여인은 "독특한 개성, 즉 미적 감각, 정의감, 설득력 있는 판단력, 수미일관한 태도 등을" 동시에 보이기도 하는데, 이로 미루어보아 그녀는 카프카가 생각하고 있는 예술가 상(像)을 연상시킨다. 따라서 이것은 그의 현실 체험이 작품 속에서 일의적인 의미로 재현되는 것이 아니라 다양한 형태와 의미로 변형·확대되고 심화되어 나타나고 있다는 것을 확연하게 알 수 있는 부분이다.

도라는 그 집에서 두 블록쯤 떨어진 그루네발트 거리 13번지에 있는 사법 시보 에리히 자이페르트의 빌라 2층에 방 두 개짜리 집을 찾아냈다. 카프카

---

4 Franz Kafka, *Briefe an die Eltern aus den Jahren 1922-1924*, hrsg. von Josef Čermák und Martin Svatoš, Frankfurt am Main 1990, S.103.

는 11월 15일 이사하는 날짜를 여주인에게 알리지 않은 채 그가 얼마 전부터 다니고 있는 베를린 시내의 유대학 전문학교로 수업을 받으러 나갔다. 돌아오는 길에 시내에서 뮈리츠에서 알고 지내던 사람을 우연히 만나 그의 집에서 저녁식사를 한 후 저녁 6시쯤 집에 돌아왔을 때는 이미 도라가 짐을 모두 그루네발트 빌라로 옮긴 뒤였다(O 141f.). 새로 임대한 집은 두 개의 큰 방에 전기가 들어오고 중앙난방이었으며 임대료는 이전 집과 비슷하게 비쌌지만 더 이상 인상하지 않겠다는 조건을 붙였다.

1924년 1월 3일이나 4일경 카프카는 오틀라에게 편지를 보내는데, 그 추신란에 도라가 쓴 편지가 첨가되어 있다. "정말 진심으로 인사를 보내요 아주 피곤하답니다. 벌써 졸음이 오네요. 안녕히 주무세요"(O 154)라고 쓰고 있는 것으로 보아 그때쯤 카프카와 그녀가 함께 살기 시작한 것으로 추측된다. 그러나 1월 중순까지 도라는 여전히 개인 주소를 가지고 있는데, 그들이 본격적으로 함께 산 것은 그 이후였던 것 같다.

카프카는 자이페르트 집에서 1923년 11월 15일부터 1924년 1월 31일까지 10주간을 거주했다. 그곳에서도 이전 집에서의 생활과 별반 다르지 않았다. 그는 7시와 8시 사이에 일어났지만 오전 시간은 주로 침대에 누워 지냈다. 프라하에서 하던 대로 11시쯤 간단한 아침식사를 하고 늦게야 점심식사를 했다. 집에 머물러 있는 경우엔 혼자서 아니면 도라와 히브리어 텍스트를 읽었고, 날씨가 좋으면 함께 식물원이나 주변 공원으로 산책을 나갔다.

나중에 도라는 산책 중에 있었던 카프카에 관한 아름다운 에피소드를 들려주었는데, 그것은 그의 따뜻한 인간미를 알게 해주는 이야기였다. 한번은 풍선을 놓쳐버려 아쉬운 모습으로 날아가는 풍선을 바라보며 망연히 서 있는 아이를 위해 카프카는 새 풍선을 사다가 그 소년의 손에 말없이 건네주어 그를 활짝 웃게 만들었다. 또한 공원에서 인형을 잃어버린 채 울고 있던 어린 소녀를 위해 카프카가 몇 주간에 걸쳐 썼던 편지 이야기는 그녀뿐만 아니라 세상의 모든 독자에게 생생한 감동으로 다가온다.

　우리가 베를린에 있었을 때였다. 카프카는 종종 슈테클리츠의 공원으로 산책을 나갔다. 나는 그와 자주 동행했다. 어느 날 우리는 울고 있는 한 어린 소녀를 만났는데, 그녀는 아주 절망적인 표정이었다. 우리는 그녀와 이야기를 했다. 프란츠는 그 소녀에게 슬퍼하는 이유를 물었고, 그녀가 인형을 잃어버린 것을 알게 되었다. 그는 인형이 사라진 이유를 설명하기 위해 곧바로 그 소녀가 납득할 만한 이야기를 꾸며냈다. "내가 알기로 네 인형은 지금 막 여행 중이란다. 그 인형이 나에게 편지를 보냈거든." 어린 소녀는 못 믿겠다는 듯한 표정이었다. "아저씨가 그 편지를 가지고 있나요?" "아니, 그걸 집에 놔두었단다. 하지만 내일 내가 그걸 너에게 가져다줄게." 호기심으로 그 소녀는 슬픔을 벌써 반쯤은 잊은 듯했다. 카프카는 곧 집으로 돌아와 편지를 쓰기 시작했다.

　그는 마치 작품을 창작하듯 아주 진지하게 작업을 했다. 그가 편지를 쓰거나 엽서를 쓸 때 책상에 앉자마자 항상 갖는 그런 긴장한 모습이었다. 그것은 더욱이 다른 창작 작업들과 똑같은 본질적인 하나의 실제 작업이었다. 어떤 일이 있어도 그 어린아이가 실망하지 않고 만족해야 했기 때문이다. 그러니까 거짓이 픽션의 진술함을 통해 진실로 변신되어야만 했던 것이다. 다음 날 그는 편지를 공원에서 기다리고 있는 소녀에게 가지고 갔다. 그 소녀는 읽을 줄 모르기 때문에 그가 그녀에게 소리 내어 읽어주었다. 편지 속의 인형은 항상 같은 가족 속에 살아온 것에 충분히 만족스러운 것 같아 이제 좀 장소를 바꾸어보았으면 한다고 했다. 한마디로 말해서, 그 인형은 자기가 매우 좋아하는 꼬마 소녀를 잠시 떨어져 있고 싶다고 해명했다. 그 대신 인형은 매일 편지를 쓰겠노라고 약속했다. 그리고 카프카는 실제로 매일 편지를 썼다. 그는 그 편지에서 인형의 특별한 생활 리듬에 맞게 매우 빨리 전개되어가는 항상 새로운 모험에 대해 보고했다. 며칠이 지나자 그 아이는 실제로 장난감을 잃어버렸다는 사실을 잊게 되었고, 그것을 대신해서 그녀에게 제공된 픽션만 생각하게 되었다. 프란츠는 그 이야기의 모든 문장을 매우 자세하고도 매우 유머러스하게 기술함으로써 인형의 상황을 구체적으로 완전히 이해하게 했다. 그 인형은 성장해서 학교에 가게 되었고 다른 사람을 알게 되었다. 그 인형은 그 소녀에게 항상 자신의 사랑을 확인해주었으며 동시에 자신의 삶의 어려움과 다른 의무감과 공동의 삶을 다시 받아들이는 것이 당분간 허락되지 않은 여러 가지 다른 관심사를 암시해주었다. 인형은 그 꼬마 소녀에게 그것에 대해 곰곰이 생각해보도록 청했다. 그 결과 그 소녀로 하여금 어쩔 수 없이 포기할 수밖에 없다는 마음을 갖게 했다.

이 놀이는 적어도 3주간 계속되었다. 프란츠는 어떻게 끝을 맺어야 할지를 생각하며 아주 불안해했다. 왜냐하면 종말은 올바른 끝이어야 하기 때문이었다. 즉, 그것은 장난감을 잃어버림으로 해서 야기된 무질서를 대신할 수 있는 질서를 가능케 해야 하기 때문이었다. 그는 오랜 고심 끝에 그 인형이 결혼하는 것으로 결정을 내렸다. 그는 우선 젊은 남자와 약혼식, 결혼 준비를 기술한 다음 아주 상세하게 젊은 부부의 집을 기술했다. "네 스스로 우리가 미래에 재회를 포기할 날이 오리라는 것을 알게 될 거야." 프란츠는 어린아이의 작은 갈등을 예술을 통해서, 즉 세계 속에 질서를 가져오기 위해서 그가 개인적으로 다룰 수 있는 가장 효과적인 수단을 통해서 해결해주었던 것이다(AK 196ff.).

이 감동적인 이야기는 카프카의 '인간적인 너무나도 인간적'인 모습을 반영하고 있으며, 작가로서의 삶의 태도를 극명하게 드러낸 것이기도 하다. 카프카가 언젠가 한 이야기, 즉 문학은 "거짓 없는 거짓"(F 756)[5]을 말함으로써 그 어느 무엇보다도 더 깊은 진실을 이야기하는 것임을 구체적으로 보여

---

5 KKAT 840; Br 177ff.

주고 있는 것이다. 그는 픽션을 통해 어린아이의 고통과
슬픈 마음을 원래의 평화로운 상태로 돌려놓았다. 그것은
그가 사랑했던 플로베르의 말대로 차갑고 카오스적인 세
계의 상태를 따뜻하고 '올바른 상태로(Dan la vrai)' 되돌려
놓은 것이다.

　카프카는 예전에 프라하와 투르나우에서 했던 원예 일
을 베를린의 달렘 원예학교에서도 하고 싶어 했다. 그러
나 몸이 너무 약해 간단한 육체노동이나 이론 교육도 받
을 수 없었다. 그 대신 그는 도라와 함께 11월부터 일주일에 두 번 날씨가
좋은 날이면 베를린 시내에 있는 유대학 전문학교에 다녔다. 그곳은 국가나
종교 조직과는 무관한 독립적인 자율 유대 학술연구소였다. 그는 거기에서
히브리어 과정과 『탈무드』에 관한 강의를 들었다.[6] "건물 전체가 좋은 강의
실, 커다란 도서실, 평화, 그리고 난방도 잘되고……모든 것이 무료인" 그곳
은 그에게 "황량한 베를린 속 평화의 장소"(Br 470)였다. 그러나 그 학교가
종교와는 거리가 먼 "자유주의적이고 개혁주의적인 것, 전체적으로 학문적
인 것"에만 관심을 쏟고 있어서 카프카는 거리감을 느꼈다(Br 470). 하지만
카프카와 도라는 그 학교에 다니면서 그들만의 공동의 꿈을 꾸고 있었다.
그들은 언젠가는 예루살렘이나 텔아비브에 작은 커피하우스나 레스토랑을

---

6　유대학 전문학교(Hochschule für Wissenschaft des Judentums)는 1872년에 건립된 사립 유대
　　학술연구소로 1883년 베를린 시의 인가를 받았다. 카프카는 여기서 하리 토르크치너(Harry
　　Torczyner, 1886~1973)와 율리우스 구트만(Julius Guttmann, 1880~1950)에게 탈무드 강의를
　　들었다. 이 학교는 랍비와 학자들을 훈련하는 기관으로 레오 베크(Leo Baeck) 학장을 마지막
　　으로 1942년에 문을 닫았다가 1989년 이후 개축되어 '레오 베크 하우스'라는 이름으로
　　독일 유대 최고위원회의 중심부로 사용되고 있다(Hans-Gerd Koch, *Kafka in Berlin*, Berlin
　　2008, S.129f.).

열어 도라는 부엌에서 카프카는 웨이터로 일하기를 바랐다. 푸아 벤-토빔에
게 팔레스티나에는 그들처럼 자유롭고 소박한 삶을 추구하는 부부가 많다는
소식을 전해 듣고 있었기 때문이다.

카프카가 경제적 이유와 건강 때문에 베를린의 문화 중심지에서 벗어나
있었지만, 그가 베를린에 거주한다는 소식이 전해지면서 많은 문학계 인사
들이 그의 집을 찾아오거나 연락을 해왔다. ≪디 노이에 룬트샤우≫의 루돌
프 카이저, 빌리 하스, 에른스트 블라이, 에른스트 바이스, 루트비히 하르트,
에곤 에르빈 키슈, 프란츠 베르펠 등이었고, 막스 브로트는 에미 잘베터를
방문할 겸 그의 생활을 들여다보러 자주 왔다. 특히 막스 브로트는 난방도
잘 되지 않는 추위 속에서 사랑과 진실된 마음으로 병든 카프카를 극진히
돌보고 있는 도라에게서 이상적인 유대 여인상을 보는 듯했다.

또한 여러 출판사도 소식을 전해왔다. 쿠르트 볼프 사에서는 1922~1923
년의 결산서를 송부하면서 현재로는 카프카의 작품 판매실적이 보잘것없지
만 "훗날 산문들의 비상한 질적 가치가 인정받을 것을 확신"한다는 편지를
보냈다. 카프카는 쿠르트 볼프 사에서 결산대금 대신 자기가 선택한 책들을
받았는데, 그중에는 회화에 관한 책, 특히 동양화에 관한 책이 여러 권이
들어 있었다. 그가 말년에 이르기까지 동양 예술에 관심을 계속 가지고 있었
음을 보여준다.[7] 또한 카프카는 슈미데 출판사의 원고 심사위원인 루돌프
레온하르트와 친밀한 관계를 유지하고 있었는데, 그들은 이미 잡지에 발표
되거나 쓴 「첫 번째 시련」, 「작은 여인」, 「어느 단식 광대」와 앞으로 나올

---

7 카프카는 회화에 관한 책으로 어거스트 로댕의 『예술. 대가의 대화(Die Kunst. Gespräche
  des Meisters)』, 게오르크 짐멜(Georg Simmel)의 『렘브란트(Rembrandt)』(1919), 고갱의 자서전
  적 기록인 『이전과 이후(Vorher und Nachher)』(1920), 바흐호퍼의 『일본의 목판화』, 피셔의
  『중국의 풍경화』, 페르진스키의 『중국의 신들』 등을 선택했다(Br 467). 그 외의 자세한 사항
  은 Joo-Dong Lee, a.a.O., S.11-33, 92-102 참조.

작품을 합쳐 『어느 단식 광대』라는 제목의 책을 내기로 합의했다.

그 외에도 카프카가 개인적으로 알고 있었던 밀레나의 여자 친구이자 그 사이에 빌리 하스의 부인이 된 야르밀라 하스, 틸레 뢰슬러와 그녀의 친구 젊은 화가, 푸아 벤-토빔, 에미 잘베터, 카츠넬존 부부,[8] 오틀라, 마틀리아리에서 만났던 이레네 북쉬, 그리고 낭송 여배우 미디아 피네스 등이 그를 방문했다. 특히 푸아 벤-토빔은 카프카에게 히브리어를 다시 가르치기 위해 가끔 그의 집에 들렀다. 그러나 그녀는 어느 날 갑자기 히브리어 수업을 중단한 채 오지 않았다. 갑자기 사라진 이유를 알 수 없어 궁금해 하던 카프카는 클롭슈토크로부터 프라하에서 그녀를 만나게 될 것 같다는 소식을 듣고 "자네가 푸아를 만나게 된다면, 아주 잘된 일이네. 그렇게 된다면 그녀에 대해서 뭔가 소식을 듣게 되겠지. 그녀는 수개월 전부디 연락이 딓지 않네. 내가 그녀에게 무슨 일을 저지르기라도 했나"(Br 470)라고 안타까운 마음을 전했다. 카프카에게 관심을 쏟았던 푸아 벤-토빔은 그의 곁에 도라가 있다는 사실을 알게 되자 질투심을 느껴 갑자기 떠나버렸다는 이야기도 있고, 그즈음 그녀가 나중에 남편이 된 교육자인 요제프 맨크첼을 만나기 시작했기 때문이라고도 했다.

사람들의 잦은 방문과 베를린의 추운 겨울은 카프카의 건강에 좋지 않은 영향을 미쳤다. 거기다가 경제 사정도 더욱 악화되었다. 1923년 12월 독일에 갑자기 화폐개혁이 실시되었던 것이다. 지금까지 사용되던 1조 제국마르크를 제1차 세계대전 후 통화팽창 시에 쓰인 금 마르크와 동일한 1렌텐마르크로 교환했다. 1달러당 4.2렌텐마르크로 평가함으로써 환율상 안정된 균형

---

8 카프카의 친구 펠릭스 벨치의 여동생 리제 벨치는 카프카가 오래전부터 프라하에서 알고 지낸 사이로 그녀는 그의 남편 지그문트 카츠넬존(Siegmund Kaznelson)과 베를린에서 살았다. 카츠넬존은 저명한 시온주의자로 1918년까지 유대지 ≪젤프스트베어≫의 발간인이었고, 후에 유대 출판사의 사업가로 크게 성공했다.

을 취하긴 했으나 독일에 살고 있는 외국인은 지금까지의 환율 혜택을 하루
아침에 잃게 되었다. 외화를 달러 가격에 상응해 환불함으로써 지금까지 제
국마르크화에 대해 고가로 평가되던 체코 화폐 크로네 역시 어떤 혜택도
받지 못하게 된 것이다. 게다가 오스트리아와 체코슬로바키아와 비교해 독
일의 물가가 워낙 비싸 외국 연금자는 더욱 살기 힘들었다. 카프카도 연금만
으로는 비싼 물가와 올라만 가는 임대료 때문에 겨울철을 견디어내기 어려
웠다. 카프카와 도라의 생활은 더욱 궁핍해져서 부모와 누이동생들의 도움
을 더 자주 받아야 했다. 부모로부터 벗어나 독립적인 생활을 하려 했던
그는 여전히 가족에 의존해 있는 상태나 다름없었다. 어느 날 어머니가 카프
카에게 부쳐준 버터조각을 싼 신문 ≪프라거 타크블라트≫에는 아이러니하
게도 「베를린의 불쌍한 외국인들」이라는 제목의 기사가 실려 있었다. 카프
카는 노동자재해보험공사 국장에게 비싼 물가고와 환차손 때문에 베를린으
로 직접 연금을 이체하지 말고 프라하의 부모에게 보내줄 것을 부탁했고
국장은 기꺼이 이를 들어주었다(AS 317ff.).

　카프카의 건강은 매서운 겨울철 날씨로 날로 나빠져만 갔다. 난방도 식사
도 모두 충분치 못했기 때문이었다. 그는 외출도 하지 못하고 침대에 머물렀
다. 그는 고열과 오한에 시달렸고 소화장애로 고생을 했다. 1923년 12월
24일 오전에 도라가 베를린 시내에 크리스마스 축제를 위해 장을 보러 나갔
다 오후 늦게 돌아오니 카프카는 고열로 인사불성이 되어 있었다. 당황한
도라는 가장 가깝게 지냈던 리제 벨치에게 전화로 도움을 청했다. 그녀는
즉각 친척 중 폐결핵 전문의인 오이겐 키슈에게 부탁해 그의 조수가 카프카
를 왕진하도록 도와주었다. 그러나 그는 고열 외에 별다른 증상을 발견하지
못했고, 카프카는 그저 침대에 누워 열이 떨어지기만 기다릴 수밖에 없었다.
그럼에도 왕진비용은 160크로네로 엄청나게 비쌌다(Br. 471). 카프카는 베를
린의 비싼 생활비와 치료비용 때문에 셀레젠이나 가르다 호수나 빈으로 옮

기는 일도 생각해보았다. 그러나 지금의 건강상태로는 힘들어 보였다.

1924년 1월 초 독일에서 고생하는 유대인을 돕는 프라하의 '유대 부인연맹'에서 카프카가 베를린에서 어려운 생활을 하고 있다는 소식을 듣고 그에게 식료품이 담긴 커다란 소포를 보냈다. 그러나 카프카와 도라는 자신들보다 더 어려운 이웃을 돕기 위해 그 식료품으로 케이크를 구워 주변의 고아원에 보냈다(BKB 451).

카프카의 마지막 사진(1923~1924년)

1924년 1월 들어 카프카의 병세는 눈에 띄게 나빠졌다. 계속 몸무게가 줄었고 고열뿐만 아니라 사라졌던 기침과 가래가 다시 심해졌다. 1월 말에는 유대학 전문학교에 다니는 것마저 포기해야 했다. 설상가상으로 1월 중순쯤 빌라 주인이 임대료를 더 받기 위해 카프카가 들어 있는 방을 포함해 위층 전체를 세놓을 생각이었다. 세 개의 방 전체를 쓰기에는 카프카와 도라에게 경제적으로 큰 부담이었으므로 그들은 엄동설한에 어쩔 수 없이 또다시 집을 구해야 하는 처지가 되었다. 카프카는 그때의 처량한 상황을 막스 브로트에게 이렇게 썼다. "우리는 가난하고 지불 능력이 없는 외국인 처지가 되어 2월 1일부터 매우 아름다운 우리 집에서 쫓겨난다네"(Br 472). 그때까지 모든 어려움을 잘 참아냈던 카프카도 그때는 막스 브로트에게 중병과 재정적인 어려운 상태를 벗어날 수 있으면 좋겠다는 심정을 털어놓았다.

내 존재가 이렇게까지 쇠약하지만 않다면 얼마나 좋을까? 사람들은 내 모습을 대충 이렇게 그릴 수 있겠지. 왼쪽에서는 도라가 받쳐주고 오른쪽에서는 저 남자[막스 브로트]가 받쳐주고 있고, 그리고 예컨대 '잔글씨로 끄적거려놓은 것'이 내 존재를 끝까지 버티도록 격려해줄 수 있을지 모르지. 그러니

이제 그가 딛고 있는 바닥이 견고해졌다면 그의 앞에 가로놓인 낭떠러지가
메워지고, 그의 머리 주위를 맴도는 독수리들이 쫓겨 가고, 그의 머리 위의
폭풍우가 가라앉는다면, 정말 그 모든 일이 이루어진다면 그렇다면 조금은
그럭저럭 되어갈 텐데(Br 472f.).

1월 28일부터 베를린에 머물던 막스 브로트가 카프카의 집을 방문했을
때 그는 1923년 11월부터 1924년 1월 말 사이에 쓴 「작은 여인」과 「굴」의
몇 군데를 읽어주었다(KKANII APP 143f.). 1923년 11월 말에서 12월 말 사이에
쓴 「굴」은 카프카의 자서전적 색채가 짙게 드러나 있는 작품이다(AK 199).

일인칭 화자이자 주인공인 한 동물이
지하에 자신만을 위한 굴을 판다. 그는
전체 계획에 맞추어 건축물의 중심점인
'성의 광장'을 중심으로 철저하게 위장
된 입구를 비롯해서 열 개의 미로와 같
은 복잡한 통로가 사방으로 연결된 굴을
완성한다. 이 굴은 단순한 거주 목적이
아닌 외부 세계의 침입으로부터 자신의
"삶을 보호하고 삶을 구원하기" 위해 건
설한 "자기 소유의 집"(KKANII 600)이다.
그러나 그는 외부의 적들로부터 이 굴이
자신을 방어할 수 있을지 여전히 그 완
벽성에 대해선 의심하고 불안해한다. 그
러던 어느 날 그는 정체를 알 수 없는

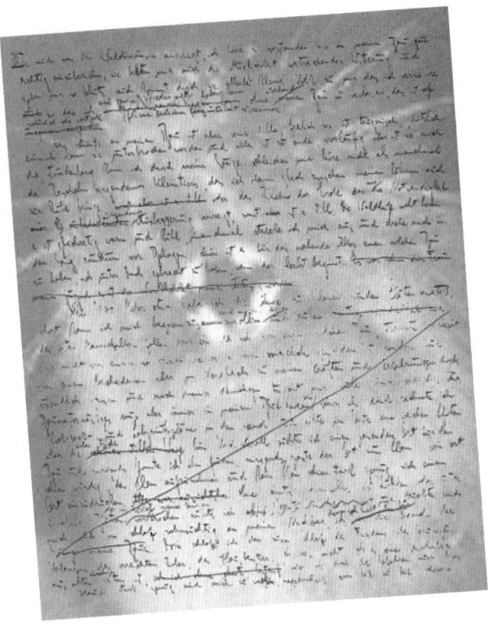

1923년 겨울에 쓴 「굴」의 원고

위협적인 적이 자신을 향해 파고들어오는 소음을 듣게 되면서 진원지를 밝
혀내려고 노력한다. 그러나 소음은 사방으로부터 들려올 뿐 진원지를 알 수

가 없다. 이 이야기는 여기서 중단되고 미완성으로 끝난다.

이 작품의 주인공 동물과 그의 건축물인 굴의 관계를 기술하는 장면에서 카프카의 삶과 문학작품의 관계를 연상케 하는 많은 특징을 발견할 수 있다. 굴을 문학작품으로, 굴을 파는 작업을 글쓰기로, 일인칭화자인 동물을 작가 카프카로 환원시키면 그들 간에 상응되는 많은 점을 발견할 수 있기 때문이다. 밤낮을 가리지 않고 이빨과 이마로 흙을 물고 부수고 짓찧고 다지는 행위는 피나는 노력 속에 행해지는 카프카의 글쓰기를 나타내며, 동물이 굴 안에 파놓은 '리좀'처럼 복잡하게 얽혀 있는 갱도는 카프카의 문학작품이 함의하고 있는 수수께끼 같은 다양한 의미를 연상시키며, 또한 굴이 동물의 삶을 보호해주고 실존을 구제해주듯이, 카프카의 글쓰기와 작품은 그의 삶의 위기로부터의 보호이고 구원이며 존재의 존립 근거이기도 한 것이다. 이런 점에서 작품 「굴」은 작가 카프카의 고통과 위기에 찬 문학적인 삶과 힘든 노력 끝에 얻어진 문학작품과 그 의미를 비유적으로 형상화한 것으로 볼 수 있다.

곧 방을 비워야 하는 카프카와 도라는 지역 신문 광고란에 값싼 방을 구한다는 광고를 냈는데, 뜻밖에도 1월 28일 늦은 저녁에 발트제 호수 남쪽에 있는 빌라 지역 첼렌도르프에 사는 부세 부인이 전화를 해왔다. 그녀는 하이데슈트라쎄 25/26번지에 있는 자신의 집 위층을 세놓으려고 했다. 난로와 난방시설을 갖춘 큰 방과 작은 방이 있고 베란다가 딸린 집이었다. 카프카가 전화부를 뒤져 찾아보니 작가이자 비평가인 카를 부세의 집이었다. 그는 평소에 모던적인 독일계 유대 작가에 대해 비판적인 시각을 가지고 있었다. 카프카는 그도 만나고 집도 구경할 겸 직접 그 집을 찾아갔다. 그러나 카를 부세는 1918년 스페인 독감으로 세상을 떠났고 미망인 파울라 부세와 어린 딸과 함께 살고 있었다. 임대료는 좀 비쌌지만 당시로서는 다른 선택의 여지가 없었고, 부세 부인의 친절한 태도와 나무들로 둘러싸인 깨끗한 집이 마음에 들었다.

2월 1일 카프카와 도라는 그 집으로 이사했는데, 이전 집보다 그리 조용하지는 않았다. 그리고 슈테클리츠보다 베를린 중심가로부터 멀리 떨어져 있어서 베를린 시내로 나가려면 첼렌도르프 역까지 15분 정도 걸어야 했다. 그러나 나무가 우거진 정원이 내려다보이는 베란다가 있어 그는 흔들의자에 앉아 책을 읽거나 야외용 접이의자에 누워 오수를 즐길 수 있었다.

그곳으로 이사한 후에도 카프카는 잦은 고열과 기침으로 침대에 누워 있는 시간이 더욱 많아졌다. 그는 계속되는 고열로 2월 3일 포츠담 광장 옆 마이스터 홀에서 개최되는 루트비히 하르트의 낭독회 참석 약속도 지킬 수 없어 도라만 혼자 보내야 했다. 그날 하르트는 낭독회의 단골 메뉴가 되다시피 한 카프카의 「학술원에 드리는 보고」를 낭송했다. 2월 5일 카프카의 초대로 그의 집을 찾은 하르트는 병상에 있는 카프카를 위해 바로크 시대의 시인 마티아스 클라디우스의 시들을 낭독해주었고, 얼마 후에 있을 자신의 이탈리아 여행에 카프카를 초대했다. 물론 카프카는 갈 수 없을 게 뻔했지만, 그는 얼마 전에 읽었던 시베리아에 관한 책에 "함께할 이탈리아 여행에 대한 준비로서"(AK 213)라는 헌사를 써서 하르트에게 선물했다.

카프카가 심한 폐결핵 환자인 데다 그와 도라 모두 유대인인데도, 부세 부인은 늘 친절하고 예의 바르게 대했다. 숨겨진 비밀이었지만, 그녀 역시 유대인이기 때문이었다.[9] 카프카는 따뜻한 봄이 오면 자신의 건강상태가 예전처럼 한결 나아지리라 생각했다. 그러나 도라는 눈에 띄게 허약해져가는 그가 염려되어 자신이 브레슬라우에서 알고 지냈던 루트비히 넬켄[10]에게 전

---

9 Heike Faller, "Die Suche," *Die Zeit*, 2001, H. 2, Rubrik Leben, S.4. 파울라 부세의 딸 크리스티네 가이어에 따르면, 어머니는 부모가 유대 출신이며 후에 기독교로 개종했으나 나치에게 체포되어 테레지엔슈타트 집단수용소로 이송되었다가 요행히 살아남았다고 한다.

10 루트비히 엘라자르 넬켄(Ludwig Elasar Nelken, 1898~1985)은 브레슬라우 출신으로, 베를

화를 걸어 왕진을 부탁했다. 그는 베를린 유대인 병원에서 일반의사로 근무하고 있었다. 그는 기꺼이 왕진을 왔지만 그가 '심각한 상태'의 카프카에게 할 수 있는 일이란 단지 열과 기침을 완화시키는 약을 처방해주는 것뿐이었다. 그들의 어려운 경제 사정을 안 넬켄은 왕진비도 받지 않았다. 카프카는 고마움에 대한 답례로 쿠르트 볼프 사로부터 받은 게오르크 짐멜의 에세이 『렘브란트. 예술 철학적 시도』를 그에게 보냈다(AK 211f.).

부세 부인 집으로 이사하기 직전 카프카의 집에 들렀던 막스 브로트는 이미 그가 위중한 상태라는 것을 알았다. 프라하로 돌아간 막스 브로트는 그 사실을 카프카의 부모에게 알렸고, 그들은 여행을 계획하고 있던 지크프리트 뢰비에게 카프카의 건강상태를 직접 점검해달라고 요청했다. 2월 21일 지크프리트 뢰비는 베를린으로 카프카를 찾아갔다. 그의 건강상태는 말이 아니었다. 그는 카프카에게 즉시 베를린을 떠나 전문 요양원에서 전문의의 치료를 받을 것을 종용했다(Br 476). 이에 카프카는 부모가 걱정할까봐 도라와의 관계를 숨긴 채 이렇게 편지를 썼다.

아저씨께서 저를 쫓아내고 D[도라]도 저를 쫓아냅니다. 하지만 저는 머물러 있고 싶습니다. 조용하고 자유롭고 햇빛이 잘 들고 통풍이 잘되는 집에, 마음에 드는 가정부도 있고, 그리고 베를린에서 가까운 아름다운 지역입니다. 봄도 시작되고 있고요. 단지 이상한 겨울날씨 때문에 조금 체온이 올랐고, 또 아저씨께서 좋지 않은 날씨에 이곳에 오셔서 햇빛 속의 저를 단 한번

---

린의 유대국민 보호소 활동에 참여했고 1922년부터 유대인 병원에 근무했으며, 1925년부터는 자신의 개인병원을 차려 일했다. 그는 1933년 팔레스티나로 이주해 후에 이스라엘에서 가장 저명한 의학자 중 한 사람이 되었다. 브레슬라우에서부터 도라를 알고 지냈던 그는 후에 그녀를 "유대교를 열정적으로 믿었던 아름답고 지적인 여인"(AK 211)이라고 기억했다.

보시고, 그리고 작년 프라하에서 그랬었던 것처럼 침대에 있는 저를 몇 번
보신 것뿐인데, 이 모든 것을 떠나야 하다니요. 정말 저는 떠날 마음이 없으
며 임대한 집을 취소하기란 저에게 어려운 결단이 될 것입니다.[11]

카프카는 고열과 심한 기침을 베를린의 혹독한 겨울 탓으로 돌리고 있었
지만, 지크프리트 뢰비 외삼촌이 머물고 있던 일주일 내내 그는 침대에 누워
지내야 했다. 카프카는 결국 도라와 외삼촌의 의견을 따르기로 했다. 그는
우선 프라하에 가서 반년 이상 보지 못한 부모를 만난 후 요양원을 정해
떠나기로 했다. 그러나 그는 부모와 도라가 만나는 것을 원치 않았기 때문에
도라는 베를린에 남도록 했다. 프라하로 떠나기 전인 3월 7일 그는 『어느
단식 광대』라는 제목으로 발간될 예정인 단편모음집 판권을 슈미데 출판사
와 계약했다(KKAD APP 391). 카프카는 아마도 그 시점에서도 요양을 잘 마
치고 나면 다시 베를린으로 돌아올 수 있으리라고 생각했던 것 같다. 그렇기
때문에 그는 새로운 출판사와 지속적인 관계를 유지하려고 했던 것이다.
　카프카가 베를린에서 필요한 모든 일을 마무리한 후인 3월 14일에 막스
브로트가 베를린으로 왔다. 그가 독일어로 각색한 레오스 야나체크의 오페
라 <수양딸(Janufa)>이 베를린에서 초연되었고, 카프카를 데리고 프라하로
돌아가기 위해서였다. 그사이에 클롭슈토크도 카프카를 보러 왔다. 3월 17
일 카프카와 브로트는 도라와 클롭슈토크의 배웅을 받으며 프라하로 떠났다.
베를린에 체류한 지 약 6개월 만이었다.
　1914년 카프카가 여행했던 베를린은 그에게 '모든 면에서 유익했으나'
10년 후인 1924년 혹독한 겨울에 잠긴 베를린은 깊이 병든 그를 떠나보내고
있었다. 너무나도 쇠약해진 그의 모습에 슬픔을 억눌렀던 막스 브로트는 그

---

11 Josef Čermák und Martin Svatoß(Hg.), a.a.O., S.64.

날 일기에 "내 생애에 가장 힘든 날"이었다고 기록했다.

카프카는 도라에게 대부분의 소유물을 맡긴 채 베를린을 떠나 다시는 그곳으로 돌아가지 못했다. 당시 베를린에는 카프카가 쓴 많은 기록물과 구상이 담긴 노트들이 남겨져 있었다. 도라의 진술에 따르면, 카프카는 항상 몸에 노트를 지니고 다녔고, 산책할 때 착상이 떠오르거나 사물의 색다른 특성이나 이미지를 발견할 때면 노트에 기록하곤 했다고 한다. 이러한 노트는 20권 정도가 되었는데, 도라는 대부분 카프카의 지시대로 그가 보는 앞에서 불태웠다고 했다. 그러나 사실은 카프카가 베를린 시절에 기록한 노트의 상당 부분은 도라의 옷장 속에 비밀리에 간직되어 있었다. 그녀는 카프카의 동거인으로서 그의 영혼과 숨결이 담긴 그 유고들이 자신의 소유물이라고 생각했다. 특히 그녀는 카프카의 성격으로 보아 짧은 기록이나 미완의 단편들이 발간되는 것을 결코 원하지 않았으리라고 단정했다. 1930년 막스 브로트가 카프카의 유고 발간을 위해 도라가 간직하고 있을 유고들을 요구하자 그녀는 거부의 입장을 밝혔다.

저는 아직도 프란츠와 직접 가까이에서 살고 있는 것처럼 오직 그와 저만을 볼 뿐입니다. 그 자신이 아닌 것은 그 무엇도 전혀 의미가 없으며 때로는 우습기까지 합니다. 그의 작품이 아무리 훌륭하다고 해도 저에게는 중요치 않습니다. 그의 작품을 그의 일부로 묘사하려는 시도는 저에게는 정말이지 우스운 일입니다. 그것이 바로 제가 그의 유고 발간에 대해 거부적인 태도를 보이는 이유입니다. 그렇지 않았다면 그때 당시에 그의 작품을 공유해야 한다는 감정이 있었겠지요. 저는 그것을 지금에서야 의식하고 있습니다. 저는 모든 공적인 발언, 모든 개개의 대화를 내 영역에 대한 폭력적인 침범으로 생각했습니다. 온 세상은 프란츠에 대해서 아무것도 모릅니다. 그는 세상과 관련이 없습니다. 왜냐하면 세상이 그를 이해하지 못하기 때문이지요. 저는,

지금도 그렇게 생각한다고 믿습니다만 그를 알지 못하면서 프란츠를 마냥 이해한다거나 또는 그에 대해 추측만 하는 것은 완전히 잘못된 일이라고 생각했습니다. 그리고 그의 작품에 도달하려는 모든 수단이 프란츠의 눈길이나 악수 하나라도 전달할 수 없다면 그런 수단은 희망이 없는 것입니다. 그래요, 그렇게 할 수 없지요.[12]

도라는 카프카에 대해서 아무것도 알지도 이해하지도 못하는 세상이 그의 작품에만 관심을 가지고 그를 이해하는 척하는 것을 용납할 수 없었다. 그녀는 카프카의 모든 것을 깊은 애정과 존경심으로 영원히 자신 곁에 간직하고 싶어 했다. 그러나 그녀는 몇 년 후 세상에 대한 자신의 거부적인 태도가 어떤 손실을 가져오게 되었는가를 깨닫게 되면서 깊은 도덕적 딜레마에 빠졌다.

1933년 2월 나치가 프라하를 침공했을 때 그녀는 공산주의자 루트비히 라스크와 결혼해서 베를린에 살고 있었다. 1933년 3월 게슈타포는 그녀의 남편에 대한 증거물을 찾기 위해 그녀의 집에 들이닥쳤다.[13] 그들은 그녀의 집을 샅샅이 뒤져 보관된 모든 책과 노트 기록물, 글자가 적힌 종이쪽지까지 압수해갔다. 그중에는 카프카가 그녀에게 썼던 대략 35편에 달하는 편지[14]와 그녀가 비밀리에 간직해두었던 카프카의 노트들도 포함되어 있었다(그중에는 희곡 한 편과 '오데사의 종교적 의식살인 소송'에 관한 이야기도 포함되어 있었다).

---

12 Max Brod, *Der Prager Preis. Mit einem Nachwort von Peter Demetz*, Frankfurt am Main 1979, S.132.

13 1920년대 후반 도라 디아만트는 독일 공산당의 지도적인 인물이었던 루트비히 라스크와 결혼해 딸을 낳았다. 1933년 2월 나치가 집권하자 라스크는 외국으로 도피했고 도라와 딸은 베를린에 남아 있었다.

14 Chris Bezzel, *Kafka-Chronik. Daten zu Leben und Werk*, München/Wien 1975, S.195.

도라는 막스 브로트에게 자신이 어리석었음을 한탄하면서 도움을 청했다. 막스 브로트는 당시 베를린 주재 체코 문정관이자 프라하 시인 카밀 호프만을 통해 카프카의 유고를 찾아달라고 부탁했다. 호프만은 백방으로 노력했지만, 게슈타포는 산더미같이 쌓여 있는 압수된 서류나 기록물 중에서 특정한 것을 찾는다는 것은 불가능하다는 회답을 보내왔다. 그것으로 베를린에 남아 있던 카프카의 유고는 결국 빛을 보지 못한 채 영원히 사라져버리고 말았다.

# 영원히 잠들다

프라하의 부모님 집으로 돌아온 카프카는 가족의 배려에도 불구하고 자신의 독립적인 삶을 위한 시도가 실패한 것에 깊은 좌절감을 느껴야만 했다. 그는 처음에는 지크프리트 뢰비 외삼촌의 제안에 따라 가장 유명한 스위스의 다보스 요양원으로 갈 계획을 세우고 3월 19일 노동자재해보험공사의 국장에게 이 사실을 알렸다. 그러나 여행 허가증 관계로 다보스 요양원으로 갈 수 없게 되자 그는 이곳저곳 여러 나라의 비자를 신청해야만 했다. 그 당시 그는 얼마 전 베를린에서 쓰기 시작했던 「요제피네, 여가수 또는 서씨족(鼠氏族)」을 마무리하는 중이었다. 계속적인 고열에 시달리면서 그는 마지막 작품이 될지도 모를 이 작품에 온 힘을 쏟았고 3월 20일에 완성했다.

결국 「요제피네, 여가수 또는 서씨족」은 그가 쓴 마지막 작품이 되었다. 이 작품에서 카프카는 「어느 단식 광대」에서 다루었던 중심 주제인 예술가와 공동체(사회, 민족) 사이의 미묘한 갈등과 호혜적 관계 그리고 사회 속에서의 예술의 기능과 그 합법성 문제를 더욱 심화시켜나갔다. 이 작품에서 카프카는 서씨족의 디바이자 종족의 일원인 가수 요제피네를 통해 독자에게 '사회적 합법성이 과연 미학적 합법성을 의미하는가 의미하지 않는가'라는 질문을 던지고 있을 뿐 아니라 아이러니하게도 '사회적으로 합법화될 수 없는 예술가는 더 이상 실존할 수 없으며' 몰락하고 만다는 결론을 내린다. '현실은 그렇게 사회적으로 정의되고 확립되어 있기 때문에 사회적 합법성에 대한 모든 상실'을 잃은 자는 그것이 누가 되었건 '사라지도록 결말이 나 있다'는 것이다.[1] 마지막 작품의 요제피네뿐만 아니라 카프카의 예전 작품의 주인공인 벤데만, 잠자, 로스만, 요제프 K 역시 같은 종류의 비극적 운명에 떨어진다.

카프카가 이 작품을 마무리지어가던 때 그의 목소리에 이상이 오기 시작했다. 다시 프라하에서 의학 공부를 계속하고 있던 클롭슈토크는 후에 당시의 상황에 대해 이런 이야기를 들려주었다.

이즈음에 그는 「요제피네, 여가수 또는 서씨족」을 썼으며, 그 마지막 장을 끝낸 어느 날 저녁 나에게 이렇게 말했다. "나는 때마침 동물이 찍찍 우는 것을 조사하기 시작한 것 같네. 내가 그것에 대해 어떤 이야기를 방금 끝냈거든." 나는 차마 그에게 그것을 읽어달라고 말할 용기가 나지 않았다. 또 같은 날 저녁 말하기를 자신이 "어떤 음료, 특히 과일 주스를 마시려고 하면 언제나 그의 목이 이상하게 타는 듯하다"고 했다. 그리고 자신의 후두도 감염된 것이 아닌가 하는 우려를 나타냈다(Br 521).

카프카는 이번이 친구와 마지막이 될지 모른다는 생각에서인지 막스 브로트에게 자기가 프라하에 있는 동안에 매일 방문해줄 것을 부탁했다. 막스 브로트는 그의 목소리가 점차 평상시와 달라질 뿐만 아니라 숨소리도 거칠게 쌕쌕거리며 힘겨워지는 것을 지켜보아야 했다. 날이 갈수록 그의 목에서는 쉰 소리가 났고 음식을 먹을 때도 불편함을 느꼈다. 그러나 왕진 온 의사

---

1 Oliver Jahraus und Bettina von Jagow, "Kafkas Tier- und Künstlergeschichten," ders.(Hrsg.), *Kafka-Handbuch*, a.a.O., S.530-552, hier S.551.

는 그 점에 별로 개의치 않는 듯했다. 프라하에도 후두과 의사가 있었으나, 카프카는 폐결핵의 체계적인 치료와 요양을 위해서 폐결핵 전문 치료요양원인 비너 발트(Wiener Wald)로 가기로 했다. 지크프리트 뢰비가 그 요양원의 소유주이자 주임 의사와 친분이 있어 체류 및 치료비를 10퍼센트 할인받기로 약속했던 것이다.

4월 3일 카프카는 프라하 주재 오스트리아 외교대표부로부터 기다리던 여행 허가서를 발급받았다. 이틀 후인 4월 5일 빈을 거치고 중간에 여러 번 열차를 갈아타고 나서야 오스트리아 서부 티롤 주의 주도(州都)인 오르트만 근교의 비너 발트 요양원에 힘들게 도착했다. 도라는 카프카의 출발 소식을 듣고서야 베를린을 출발해 빈을 거쳐 4월 8일 오르트만에 도착해서 요양원 가까이에 있는 농가에 숙소를 정했다. 그들이 베를린에서 헤어진 지 꼭 21일 만의 재회였다.

비너 발트 요양원은 호텔 수준의 5층짜리 건물로 스위스의 유명한 다보스 요양원을 모델로 요양실, 사교실, 독서실, 음악감상실, 방사선 치료실 그리고 독자적인 수술실까지 갖춘 이름 있는 요양원이었다. 또한 주변은 넓은 공원과 수 킬로미터에 달하는 광활한 숲으로 둘러싸여 있어 아름답고 조용했다. 그러나 이 크고 전문적인 요양원은 그가 우려했던 대로 "좋지 않은 억압적"(Br 481)인 분위기였다. 갑작스러운 장소의 변화, 그에게 집중된 사람들의 시선과 과도한 배려, 여러 가지 낯설고 공포감을 느끼게 하는 의료기구들, 특별한 치료도 하지 않고 병에 대해서도 자세히 설명하지 않는 무뚝뚝한 의사들, 이 모든 것이 예민한 그에게는 견디기 힘들었다. 그는 4월 7일 의학도인 클롭슈토크에게 보내는 편지에서 이렇게 썼다.

해열제는 액체 피라미돈 1일 3회, 기침약으로 데모폰(유감스럽게도 듣지 않아), 그리고 아네스테신 정제. 내 착각이 아니라면, 데모폰에 아트로핀을 추

가. 요는 아마도 후두일걸세. 물론 어떤 정확한 이야기는 듣지 못했네. 그도
그럴 것이 후두결핵을 상담할 때는 누구나가 머뭇거리고 회피하며 멍한 눈을
하고서 말을 하게 되니까. 그러나 '뒤쪽에 부기', '침윤', '악성은 아닌' 그러
나 '정확한 것은 아직 말할 수 없소' 그것이면 아주 악랄한 통증과 관련지어
서 충분히 알게 되지(Br 480).

카프카 자신도 후두에 문제가 있다는 것을 잘 알고 있었는데, 그곳 의사들
은 열을 내리게 하거나 기침을 완화시키는 간단한 투약 조치만 할 뿐이었다.
카프카는 자신의 병이 중병임을 예감하고 도라에게 며칠만 머물고 집으로
돌아갈 것을 권유했지만 그녀는 완강히 거부했다. 그는 비싼 치료비 외에도
앞으로의 전문적인 치료와 도라의 생활을 위해서도 "상황에 따라서는 엄청
난 비용이 들 것"(Br 480)을 생각하고 4월 9일 막스 브로트에게 편지를 썼다.
그는 병상에 누워 있으면서 힘들게 완성한 작품 「요제피네, 여가수 또는
서씨족」을 ≪프라거 프레세≫[2]와 슈미데 출판사[3]에 보내 비용을 조달할 수
있도록 부탁했다. 그리고 도라는 카프카 모르게 이 편지에 추가로 이렇게
적었다.

막스 부탁이에요 가능한 것이라면 무엇이든 팔아주세요 저는 어떤 희생
을 치르더라도 여기에 머물러야 해요 사실 저에게 필요한 건 거의 없어요
그러니 가능할 거예요 하지만 아주아주 심각한 상태예요(BKB 453).[4]

---

2 막스 브로트는 이 작품을 오토 피크에게 넘겼으며, 그는 그것을 프라하 신문사 편집장인
　아르네 라린(Arne Larin, 1889~1945)에게 넘겼다. 그리하여 이 작품은 ≪프라거 프레세≫
　부활절 특집호인 1924년 4월 20일 문학 부록에 게재되었다(HBI 582).
3 막스 브로트의 중재로 이 출판사에서 「첫 번째 시련」, 「작은 여인」, 「어느 단식 광대」,
　「요제피네, 여가수 또는 서씨족」이 『어느 단식 광대』라는 제목의 모음집으로 카프카 사후
　에 출판되었다.

카프카가 그곳에 온 지 5일이 되도록 후두결핵을 의심하지 못했던 비너 발트의 의사들은 그제야 그의 병이 그곳 시설로는 진단 및 치료가 불가능하다고 결론을 내리고 빈의 후두학 전문의를 찾아가도록 조치했다. 카프카는 빈으로 떠나기 전에 클롭슈토크에게 자신의 병 상태를 이렇게 고백했다.

나는 M. 하예크 교수의 대학병원으로 옮기네. 빈 IX 라자렛 거리 14번지이네. 그러니까 후두가 너무 부어올라서 음식을 먹을 수가 없네. 신경에다 (사람들 말이) 알코올 주사를 놔야 한다는구먼. 틀림없이 또 절제방식이겠지. 그러니 나는 몇 주간은 빈에 있게 될 거야.……자네의 코데인[아편으로 만든 진통제]이 염려되네. 오직 코데인 0.03을 먹었는데, 오늘 그 작은 병을 다 써버렸네. "속 안이 어떤 모양일까요" 하고 간호사에게 물었지. "마녀의 부엌 같겠지요." 그 여자는 정직하게 말했네(Br 480f.).

다음 날 비너 발트 요양원은 그를 빈으로 보내야 했다. 그러나 마땅한 차편을 구할 수 없었던 병원 측이 찾아낸 것은 무개차(無蓋車)였다. 카프카와 도라는 무개차를 타고 몰아치는 비바람을 맞으며 요양원에서 5킬로미터 떨어진 오르트만 역까지 가야 했다.[5] 도라는 추위로 떨고 있는 카프카를 온몸으로 감싸 안고 비바람을 막아주어야만 했다. 이러한 병원 측의 처사는 중환자에게 치명적일 수 있는 위험한 일이었다. 결국 비너 발트 요양원은 카프카의 치료를 돕기는커녕 시급한 치료를 지연시키고 무리한 일까지 치르게 했

---

4 이에 따라 막스 브로트는 1924년 4월 20일 ≪프라거 타크블라트≫에 「작은 여인」을 게재하게 했다.

5 막스 브로트는 도라의 진술에 따라 이들이 오르트만에서 빈까지 45킬로미터를 꼬박 한 시간에 걸쳐 비를 맞으며 달렸다고 기술하고 있으나, 비너 발트 요양원이 그렇게까지 무리한 일을 시켰다고는 믿어지지 않는다. 아마 그것은 병원에서 가까운 오르트만 역까지였을 것이다(Max Brod, *Franz Kafka. Eine Biographie*, Frankfurt am Main 1963, S.215).

던 것이다.

카프카는 친척의 소개로 빈에 있는 후두 전문병원에 입원할 수 있었다. 그곳 병원장은 마르쿠스 하예크[6]로 그는 유명한 이비인후과 전문의였다. 그의 명성은 클롭슈토크도 익히 알고 있어서 "그는 이 분야에 놀라운 사람입니다. 그의 객관적인 학문이 아니라 그분 자체가 놀라움입니다"(RSII 599, 692)라고 오틀라에게 편지를 썼다.

하예크의 정밀 진단 결과 그들이 예상한 대로 인두강(咽頭腔)까지 확대·침투된 '후두결핵'이었다. 그 상태에서는 최고의 시설을 갖춘 최고 의료진도 더 이상 손쓸 수 없어 보였다. 사실 1924년 당시엔 장기간 방치된 결핵병원체를 박멸할 효과적인 약이 존재하지 않았다. 최악의 수단인 수술은 피한 채 우선 후두에 멘틀(박하 기름)을 두여힘으로써 고통과 기침을 완화시키고 삼키는 데 주는 부담을 덜어줄 수 있을 뿐이었다. 그러나 카프카는 여전히 병원의 강요적인 분위기와 많은 낯선 환자들, 그리고 죽음을 기다리는 사람들과의 공동생활을 참아내기 힘들었다. 그러나 그는 부모에게 그들의 마음을 걱정해서 농담 섞인 편지를 써 보냈다. 그는 병원 생활의 모든 불편한 점을 "명령된 군대생활을 대신하는 매우 작고 약한 추가적인 보충물"[7]에 불과한 것으로 표현했다. 그러던 중 같은 후두결핵을 앓고 있던 옆 침대의 가난한 구두장이 요제프 슈람멜이 자신의 병 상태가 어떤지도 알지 못하고 병원 측에 의해 거의 방치된 채 죽어갔다. 그것은 카프카에게 큰 충격이었다. 카프카는 그때의 기억을 후에 자신의 대화 메모지에 이렇게 기록했다.

---

6 마르쿠스 하예크(Markus Hajek, 1862~1941)는 오스트리아 작가 아르투르 슈니츨러의 아버지이자 저명한 후두과 전문의인 요한 슈니츨러(Johann Schnizler)의 제자이다.

7 Franz Kafka, *Briefe an die Eltern 1922-1924*, a.a.O., S.73.

내 옆 사람을 그들이 죽였어. 한순간에 조수란 조수는 다 모였으면서도
아무런 질문도 하지 않았지. 그들은 폐렴이 있는 그를 그대로 방치해두었어.
41도의 고열인 그를. 놀라운 것은 밤중에 모든 조수는 침대에 들었고 단지
신부님만 복사와 함께 있었을 뿐이야(Br 487).


다음 날 슈람멜의 침대는 비어 있었고 카프카는 불안한 마음을 가라앉힐
수 없었다. 침상에 누운 그의 눈에서는 하염없는 눈물이 흘러내렸다. 그는
다시 열이 오르기 시작했다.

카프카를 차가운 병원 분위기 속에 있게 해서는 안 된다고 판단한 도라는
하예크의 반대에도 카프카를 조용한 다른 병원으로 옮겨야겠다고 생각했다.
도라의 연락으로 가족과 친구들이 모두 도우러 왔다. 매제인 카를 헤르만이
재정 문제를 해결하러 왔고, 펠릭스 벨치는 프라하에서 더 가까운 요양원을
알아보았으며, 클롭슈토크는 카프카의 완강한 반대에도(Br 481) 불구하고 프
라하로부터 달려왔고, 막스 브로트는 빈에 살고 있는 프란츠 베르펠에게 도
움을 청했다. 당시 작가로서 유명세를 타고 있던 베르펠은 하예크에게 더
깊은 관심을 가져달라는 친서를 보내는 동시에 자기가 잘 아는 여의사를
카프카를 위해 따로 보냈다. 그는 카프카에게 치유를 비는 인사와 함께 방금
나온 자신의 『베르디. 오페라 소설』과 장미꽃 다발을 보냈다(Br 481f.). 하예
크는 베르펠의 요청대로 며칠 내로 카프카를 조용한 독방으로 옮겨주겠다고
약속했고, 그가 다른 요양원으로 떠나는 것을 극구 반대했다.

그러나 카프카와 도라는 이미 클로스터노이부르크 근교의 조용한 산림
지역에 있는 키얼링 요양원으로 옮기기로 마음을 굳힌 상태였다. 4월 16일
도라는 카프카 부모에게 이렇게 편지를 썼다.


그사이에 커다란 계획이 성사되었습니다. 프란츠는 토요일에 요양원으로

갑니다. 빈에서 25분 거리입니다. 의사
가 치료를 위해 그리로 오기로 되어 있
습니다. 저는 오늘 그곳에 남쪽으로 난
멋진 발코니가 딸린 방을 구했습니다.
그곳은 삼림 지역이어서 놀라운 곳에 자
리 잡고 있습니다(BE 73f.).

키얼링에 있는 호프만 요양소

4월 19일 화창한 봄날이었다. 카프카와 도라는 키얼링 요양원으로 가기
위해서 열차에 올랐다. 그것은 카프카에게 돌아올 수 없는 마지막 여행길이
었다. 카프카가 찾아간 후고 호프만의 키얼링 개인 결핵요양소는 국도변에
있는 3층짜리 단출한 건물이었다. 요양원 간판이 없었다면 작은 펜션쯤으로
보였을 것이다. 환자를 돌보는 사람은 호프만과 그의 조수 그리고 간호사가
전부였고, 중요한 환자 기록일지도 없었다.

의료기구로는 흡입기와 자외선이 전부일 정도로 치료시설도 보잘것없었
으나 카프카와 도라에게는 이 요양소가 아주 편안했다. 도라가 자유롭게 요
양소 내에 체류할 수 있었고 필요하면 부엌에서 카프카의 입맛에 맞는 식사
를 조리할 수도 있었다. 그리고 환자가 원하면 진료를 강요받지 않고 따로
조용히 지낼 수도 있었다. 그들이 머물고 있는 햇볕이 잘 드는 3층 발코니에
서는 장미꽃밭과 개울과 포도밭 그리고 푸른 숲이 보였다. 카프카는 가능한
한 발코니에서 많은 시간을 보냈고 가볍게 산책을 하면서 신선한 봄의 향기
를 맛보았다. 오랜만에 어두운 폐쇄된 공간과 억압되고 음울한 분위기에서
해방된 기분이었다. 도라는 그의 우울한 마음을 풀어주려고 함께 마차를 타
고 키얼링 주변 숲을 돌아다녔다.

그사이 요양을 위해 고지 타트라에 돌아가 있던 클롭슈토크는 카프카에게
병을 방치하지 말고 계속해서 하예크의 전문 치료를 받으라는 경고의 편지

를 보냈다. 특히 도라가 위중한 카프카의 상태에서 새로이 자연요법 의사와
접촉하려 한다는 소식을 듣고 강하게 반대했다. 그 계획은 호프만의 불허로
무산되었다. 그런 가운데서도 카프카는 계속해서 무엇인가 읽고 쓰는 행복
을 느끼고자 했다. 그는 4월 28일 막스 브로트에게 읽을 책을 부쳐준 것에
대해 감사의 글을 썼다.

> 자네 소포는 둘 다, 특히 두 번째 소포는 내게 큰 기쁨을 주었네. 레클람
> 책들은 나를 위해 미리 예정되어 있었던 것 같네. 내가 정말로 읽고 있다는
> 말은 아니네(아니, 베르펠의 소설은 한없이 천천히 그러나 규칙적으로 읽는 중이네).
> 그러기에 나는 너무나 지쳐 있다네. 감겨 있는 것이 내 눈의 자연스러운 상태
> 이지. 그러나 책과 노트와 노는 것이 나를 행복하게 하네. 잘 있게. 나의
> 친애하는 좋은 막스(Br 482).

5월 초에 들어서면서 카프카의 고통이 다시 시작되었다. 고열과 기침을
동반한 강력한 고통이 뒤따랐다. 음식이나 음료수를 삼키는 일도 힘들었다.
이미 후두에 결핵의 진행이 매우 빠르게 진척되고 있다는 징표였다. 도라의
요청으로 카프카의 친구들이 다시 급히 움직였다. 프란츠 베르펠과 막스 브
로트의 추천으로 율리우스 탄들러와 후두 전문의인 쿠르트 치아스니가 위급
한 경우 카프카를 무료로 치료해주기로 했으며, 펠릭스 벨치가 아는 대학병
원의 이학(耳學) 강사인 오스카 베크의 부탁으로 '빈의 폐결핵 의사의 왕'이라
고 불리는 하인리히 노이만이 5월 2일 키얼링으로 왕진을 왔다. 그러나 그들
의 진단 결과는 회복 불가능이었다. 이제는 멘톨 투약에도 음식물을 삼키거
나 음료수를 마실 때 엄청난 고통이 따랐고 식욕도 급격히 떨어졌다.
　1924년 5월 3일 오스카 베크가 최종적으로 카프카를 진단한 소견서를
펠릭스 벨치에게 보냈다. 그것은 카프카의 병 상태에 대한 가장 솔직하고

정확한 판단이었다. 펠릭스 벨치는 막스 브로트 외에는 그 누구에게도 이 소견서를 보여주지 않았다.

카프카 씨는 후두에 매우 강력한 고통을 느끼고 있습니다. 특히 기침할 때 그렇습니다. 음식을 먹을 때는 삼키는 것이 거의 불가능할 정도로 고통이 배가됩니다. 나는 후두 속에서 무너져 내리고 있는 결핵의 진행 과정을 확인할 수 있었습니다. 거기엔 회염연골(會厭軟骨)의 일부도 포함되어 있습니다. 이 소견으로 볼 때 그 어떤 수술도 생각할 수 없었습니다. 그래서 나는 상부 후두신경에 알코올 주사를 주었습니다. 오늘 다시 디아만트 양이 전화를 했는데, 그 결과는 일시적이었을 뿐 똑같은 강도로 통증이 다시 나타났다는 것을 알려왔습니다. 나는 디아만트 양에게 카프카 박사를 프라하로 모셔가도록 조언했습니다. 왜냐하면 노이만 교수도 그의 생존기간을 대략 3개월쯤으로 예측했기 때문입니다. 디아만트 양은 이것을 거부했는데, 왜냐하면 그렇게 되면 환자가 자기 병의 위중함을 알게 될 거라고 생각했기 때문입니다. ……그래서 나는 그녀에게 어느 전문가도 카프카 박사에게 그의 폐뿐만 아니라 후두에도 더 이상 도움을 줄 수 없으며, 그저 판토폰이나 마약으로 고통을 완화시킬 수밖에 없는 상태라는 것을 설명해야 했습니다.[8]

도라는 카프카를 집으로 데려가는 게 좋겠다는 오스카 베크의 조언에 눈앞이 캄캄했다. 카프카에게 귀향을 종용하는 것은 죽음이 가까이 왔다는 것을 알리는 것이나 다름없기 때문이었다. 또한 지금까지 카프카의 부모에게는 후두의 고통이 큰 문제가 아닌 것으로 말해왔다. 물론 그의 누이들에게는 카프카가 알코올 주사를 맞지 않고서는 잠을 이루지 못하며, 그것도 더 이상

---

8 Oscar Beck an Felix Weltsch, 3. Mai 1924. Zitiert nach Brod, *Über Franz Kafka*, a.a.O. S.179.

도움이 되지 않는다는 사실을 알렸다. 카프카의 병이 심해질수록 재정 문제는 물론 도라 혼자 중환자를 돌보기에는 너무나 버거웠다.

도라는 폐결핵 환자에 대한 경험이 많은 클롭슈토크에게 도움을 청했고, 5월 6일 클롭슈토크가 급히 키얼링에 도착했다. 그는 요양원의 작은 방을 사용하면서 스스로 의료 근무 일정표 일을 맡아 처리했다. 또한 도라를 도와 프라하와의 서신 교환과 전화 거는 일을 거들어줌으로써 그녀의 일이 한결 수월해졌다. 도라와 클롭슈토크는 카프카가 불편해하거나 불안해하는 일이 없도록 모든 일을 사전에 차단했다. 병의 상태에 대해서도 가능한 한 숨기거나 불확실하게 알려주어 그의 죽음에 대한 두려움을 없애고자 했다. 카프카는 마치 따뜻한 '작은 가족'의 품속에서 보호받고 있는 듯했다.

펠릭스 벨치에게서 카프카의 상태에 대한 소식을 들은 오틀라가 5월 11일 카를 헤르만과 외삼촌 지크프리트 뢰비와 함께 키얼링 요양원을 방문했다. 그들은 카프카가 모르게 마지막 작별 인사를 하러 온 것이었다. 키얼링에 온 이후 카프카는 후두를 안정시키기 위해 가능한 한 말을 적게 하고 속삭이는 어조로 의사소통을 하라는 의사의 지시를 받았다. 그러나 카프카는 말 대신에 문자로 의사표시를 했다.

충실한 클롭슈토크는 그 대화 쪽지들을 하나하나 모았고 카프카 사후에 그것을 막스 브로트에게 넘겨 카프카의 다른 편지들과 함께 발간하도록 했다(Br 484-491). 그의 대화 쪽지들은 다른 작품이나 편지들과는 달리 가까운 주변에서 일어나는 순간적인 일을 기술한 것으로 주로 자신의 육체적 상태, 먹고 마시는 일, 타인과의 대화 그리고 잠깐 동안의 명상 등에 관한 것이었다. 이제 카프카에게 순수한 로고스 속의 의식과 감정의 세계를 생생하게 그려내는 구어(口語)는 말라버리고 없었다. 목소리가 사라져버린 그 끝에 존재하는 것은 영원한 '지연과 유예의 매개체인 문자'뿐이었다.[9]

카프카는 오직 문자를 통해서만 자신의 살아 있는 육체와 영혼의 상태를 드러낼 수 있고 시시각각 다가오는 죽음에 대한 공포를 이겨낼 수 있었다. 그 힘든 상태에서도 작은 식물에서부터 타인에 이르기까지 그의 배려하는 마음은 놀랍고 감동적일 뿐이었다. 그는 바닥에 떨어진 유리조각을 누가 밟지 않을까 걱정했고, 자기 방문객이 이웃 발코니에 있는 사람을 방해하지 않도록 쪽지 글을 썼으며, 방문객이 가져온 꽃들 하나하나에 대해서도 물을 주었는지 꽃에 따라 햇빛이나 그늘에 놓아두었는지 묻는 것을 잊지 않았다. 그는 침대에 누워 화분이나 화병의 꽃이 말라보이면 힘없는 손으로 "잠깐 시간 있으세요? 그러시다면 작약에 물을 조금 뿌려주십시오"(Br 485)라고 써서 쪽지를 내밀곤 했다.

또한 카프카가 마지막 쓴 대화 기록은 도라와 클롭슈토크의 헌신적인 사랑과 눈물겨운 우정을 보여주고 있다. 특히 도라는 그의 수족이나 다름없이 온 마음을 다해 그를 보살펴주었다. 카프카를 돌보는 일은 물론이고 그의 가족과 친구에게 대신 편지를 쓰고 모든 일을 전화로 처리해주었고, 그의 기호와 기분에 따라 여러 가지 음식을 마련해주었다(O 214, 215). 카프카는 도라가 따라주는 포도주나 맥주를 조금씩 마시며 좋아했다. 도라는 그에게 어머니요, 연인이요, 간호사였다. 아니, 수호천사였다.

펠릭스 벨치와 엘리에게 카프카가 죽음에 가까이 와 있다는 사실을 알게 된 막스 브로트는 5월 12일 키얼링으로 카프카를 방문했다. 그는 카프카가 자기 건강에 대해 의심하지 않도록 오전에 빈에서 강연이 있었기 때문에 오게 되었다고 둘러댔다. 그때 카프카는 왠지 실망한 듯 보였고 몹시 처연한 표정을 하고 있었다. 막스는 도라로부터 카프카가 그녀에게 청혼했지만 그

---

9 Jacques Derrida, *Die Stimme und Phänomen. Einführung in das Problem des Zeichens in der Philosophie Husserls*, Aus dem Französischen von Hans-Dieter Gondek, Frankfurt am Main 2003, S.108f.

녀의 아버지가 거절했기 때문에 그가 슬퍼하고 있다는 것을 알게 되었다.

카프카는 도라의 경건한 아버지에게 진심어린 편지를 보내 도라와의 결혼을 허락해달라고 요청했다. 그는 편지에 자기는 비록 도라의 아버지가 생각하는 그런 의미의 독실한 신앙을 가진 유대인은 아니지만, 그것을 후회하고 있고 다시 믿음이 있는 유대인으로 돌아가고자 한다는 것과 자기를 경건한 집안의 가족으로 받아주기를 희망한다고 썼다. 도라의 아버지는 이 편지를 들고 그가 가장 존경하는 게르의 '기적의 랍비'를 찾아갔다. 그러나 그 랍비는 편지를 읽은 다음 아무런 설명도 없이 그저 "안 돼!"라는 말만 했다(MB 181). 카프카는 바로 그런 내용의 거절 편지를 막스 브로트가 도착하기 직전에 받았던 것이다.

이번으로 카프카는 세 번째 청혼을 한 셈이었다. 그러나 이번에는 앞서의 두 경우와 달리 카프카가 스스로 결혼을 결정해서 청혼했고, 또한 카프카가 아닌 상대방 가족이 먼저 거부해온 것이다. 카프카는 슬펐지만 자신의 상황으로는 결혼의 축복을 받을 수 없다는 것을 암시하는 징표로 받아들였다.

도라는 두 눈을 감고 누워 있는 카프카의 마음을 달래려고 애쓰는 막스를 데리고 조용히 발코니로 나갔다. 그리고 아주 걱정스러운 듯이 매일 밤 부엉이 한 마리가 프란츠의 창가에 와서 운다고 작은 목소리로 속삭였다. 그것은 정말 카프카의 죽음을 예고하는 죽음의 새(MB 182)였는지도 모른다. 막스 브로트는 그날 저녁 침통한 마음으로 카프카에게 작별 인사를 하고 귀가 길에 올랐다.

도라와 클롭슈토크의 헌신적인 보살핌과 의사들의 노력에도 후두의 고통은 더욱 자주 찾아왔고 점점 심해져갔다. 카프카는 이미 4년 전에 만약 자기가 더 이상 고통을 참지 못하게 될 경우 꼭 모르핀 주사를 놓아달라고 클롭슈토크에게 부탁해놓았었다. 그의 후두결핵은 의사들이 예상한 것보다도 훨씬 빨리 진행되었다. 이제 진통제 주사도 거의 듣지 않았고 후두를 조금만 움직여도 고통을 참을 수 없었다. 그는 점점 마실 수조차 없게 되어 갈증으로 괴로워했다. 그는 대화 쪽지에 "문제는 단 한 잔의 물도 마실 수 없다는 것. 하긴 욕구 자체만으로도 조금은 만족해"(Br 488)라고 적었고, 적은 양의 미음으로 겨우 연명하고 있는 지금 마치 "젖먹이 시대"(BE 79)를 연상케 한다고 썼다.

그러나 카프카의 정신적 자제력과 의지는 고통스러운 상황을 뛰어넘을 만큼 흔들리지 않았다. 그는 한 번도 가본 적 없는 시실리 섬에 대한 엽서를 구상해 종이 위에 지도를 그리며 마치 그가 늘 꿈꿔왔던 "영원한 봄의 섬"(Br 484)과 남쪽 나라의 "따뜻한 날씨"(Br 489)를 불러일으키려는 듯했다. 또한 도라와 클롭슈토크의 제지를 무릅쓰고 가족과 친구들이 보내주는 신문과 잡지를 조금씩이라도 읽었고, 슈미데 출판사에서 『어느 단식 광대』의 교정쇄가 나오기만 기다렸다. 그는 아직 의식이 있을 때 자기 손으로 직접 교정쇄를 수정하고 싶었다. 카프카의 뜻을 알아챈 막스 브로트가 출판사에 카프카의 위중함을 알리고 빨리 조판을 끝낼 것을 종용했다.

마침내 5월 중순경 카프카는 슈미데 출판사로부터 첫 교정쇄를 받았다. 카프카는 이미 거의 아무것도 먹지 못하는 기아 상태에 있었고 온종일 거의 수면 상태에 빠져 있었다. 정말 아이러니하게도 카프카는 아무것도 먹지 못하는 상태에서 더 이상 아무것도 먹으려 하지 않는 『어느 단식 광대』의 교정쇄를 하나하나 수정해나갔다. 교정쇄를 수정하는 동안 그의 두 눈에서는 하염없는 눈물이 흘러내렸다. 그 처절한 순간을 클롭슈토크는 후에 이렇게 기억했다.

이 시기 카프카의 몸 상태와 그가 말 그대로 아사하고 있다는 그 전체적인 상황은 정말로 소름끼치는 것이었다. 그가 교정을 끝마쳤을 때 그의 뺨에는 오래도록 눈물이 흘러내렸다. 엄청나게 힘을 쏟은 그 일은 영적인 노력일 뿐만 아니라 그에게는 감동적인 자신과의 정신적 재회였다. 내가 카프카에게서 이런 종류의 감격스런 표현을 함께 겪은 것은 이것이 처음이었다. 그는 언제나 초인적인 통제의 힘을 지니고 있었다(Br 520).

그는 5월 말 다시 도착한 조판 교정에 죽기 전날까지 매달렸다. 그는 죽음의 순간까지 인식능력을 놓치지 않으려고 안간힘을 썼고, 작가로서의 의연한 태도와 의지를 잃지 않으려 노력했다. 그에게 죽음을 감추려는 모든 주위 사람의 노력에도 불구하고 그는 자신의 죽음을 누구보다 잘 알고 있었다.

카프카의 대화 기록을 보면 주변 사람은 그의 마음을 진정시키고 희망을 잃지 않게 하려 애썼지만, 그는 죽음을 담담하게 받아들이고 있었음을 분명하게 엿볼 수 있다. "현재의 음식이 내부에서 치유를 이끌어내기에 부족한 게 사실이라면, 그럴 개연성이 많아, 그렇다면 모든 것은 전망이 없는 거지. 기적이라면 몰라도"(Br 488). 그리고 다시 한 번 강조하듯 이렇게 쪽지에 썼다. "우리는 후두에 대해 이야기할 때 마치 그게 꼭 좋은 쪽으로만 발전할 수 있는 것처럼 말하지. 헌데 그건 사실이 아니야"(Br 489).

그러나 카프카도 다른 사람들과 마찬가지로 어떤 기적이 일어나기를 바랐는지도 모른다. 한번은 매주 왕진을 오는 치아스니가 후두 진단 결과가 놀랍게도 지난주보다 좋아 보인다고 하자 카프카는 도라를 껴안으며 기쁨의 눈물을 흘렸다. 그리고 그녀에게 지금처럼 그가 그렇게 삶과 건강을 소망한 적이 없었다고 말했다(MB 182).

카프카는 고통을 줄이려고 매일 한두 번 맞는 강력한 알코올 주사와 진통·해열제인 피라미돈에 중독되어 자주 혼수상태에 빠져들었다(Br 483). 아들의 병세가 좋지 않다는 소식을 들은 헤르만과 율리에 카프카는 아들을 방문하려고 했다. 그 소식을 들은 카프카는 죽기 하루 전인 6월 2일, 예전과 마찬가지로 부모님을 안심시켜 그들의 방문을 막으려는 장문의 편지를 썼다. 그는

비록 최근에 걸린 장염 등으로 좀 어려운 상태이지만 도라와 클롭슈토크의
도움으로 불편 없이 잘 지내고 있으며, 병이 호전의 기미를 보이고 있으니
나중에 부모님과 "아름다운 고장에서 함께 평화로운 며칠을 보내자"(BE 80)
는 편지였다.

> 모든 것이 최상의 시작 단계에 있습니다. 최근에는 어느 의대 교수 한
> 분이 저의 후두 상태가 근본적으로 좋아졌다고 확인해주시더군요. 그분은
> 매주 한 차례 차를 타고 오시는데, 그 대가로 거의 아무것도 요구하시지 않는
> 대단히 친절하고 사심 없는 분입니다. 그분의 말은 정말 제게 큰 위로가 되었
> 습니다. 말씀드린 대로 모든 일이 긍정적인 조짐을 보이기 시작합니다만, 크
> 게 눈에 띌 정도는 아닙니다. 방문객에게, 더군다나 두 분과 같은 방문객에게
> 뚜렷하고 부인하기 어렵고 보통 사람의 눈으로도 알아볼 수 있을 정도의 차
> 도를 보여줄 수 없을 바에는 차라리 방문객을 받지 않는 게 나을 겁니다.
> 그러니 사랑하는 부모님, 당분간은 손님을 받지 말아야겠지요(BE 82).

그는 에두른 말로 부모의 마음을 안심시키고 또 그들의 방문을 자제시키
고자 했다. 그리고 언젠가 "좋은 맥주 한잔"(BE 80)을 함께하자며 과거 좋지
않았던 아버지와의 관계를 평화롭게 끝맺고자 했다. 그러나 어머니의 예감
에서일까, 율리에 카프카는 클롭슈토크에게 아들의 의학적 예단을 요청했지
만 클롭슈토크는 카프카의 부모가 충격을 받을까봐 침묵으로 일관했다.

이제 진통제나 해열제는 물론이고 횟수가 늘어난 알코올 주사도 후두의
통증을 해소시킬 수 없었다. 그럼에도 의사들은 쇼크사를 일으킬 수도 있는
아편의 사용은 피했다. 도라와 클롭슈토크의 헌신적인 희생을 바라보는 카
프카는 크나큰 양심의 가책을 느끼고 있었다. 그는 쪽지에 "내 자네들 모두
를 얼마나 괴롭히는지, 이건 완전히 미친 짓이야"(Br 486)라고 쓰기도 하고,

"자네들이 내게 너무도 잘해주니까, 물론 그런 의미에서는 이 병원이 아주 좋지만, 나는 더 고통을 느끼는 거야"(Br 487)라고 괴로운 심정을 표현하기도 했다. 그러나 도라의 존재는 그의 마지막 삶의 구원의 힘이요 은총이기도 했다. 그는 조금이라도 의지가 흔들릴 때면 마치 어린아이처럼 도라에게 이렇게 청했다. "내가 용기를 가질 수 있도록 잠시 내 이마에 당신의 손을 얹어주오"(Br 491).

1924년 6월 2일 월요일이었다. 햇볕이 밝게 비추는 따뜻한 날씨였다. 그날따라 카프카는 기분이 훨씬 좋아 보였다. 꺼져가는 마지막 불꽃이었을까, 그는 발코니에 누워 5월 말에 도착한 『어느 단식 광대』의 조판을 읽었다. 빈 시내로 장을 보러 갔던 클롭슈토크가 싱싱한 딸기와 버찌를 사들고 왔다. 카프카는 그것에 코를 가까이 한 채 오랫동안 달콤하고 향긋한 과일 향을 맡고는 천천히 그것을 먹기 시작했다. 그는 기절할 것 같은 고통을 참아가며 마지막 과일을 음미했다. 그런 다음 앞에 소개한 부모에게 긴 편지를 썼다. 그러나 고통에 지친 나머지 편지를 다 끝낼 수 없었다. 옆에 있던 도라가 그의 손에서 쓰던 편지를 받아 그가 힘들게 부르는 대로 계속 써내려갔다(BE 80ff.). 그러나 잠시 후 그는 아무 말이 없었다. 도라가 눈을 들어 쳐다보았을 때 그는 기진맥진한 채로 잠들어 있었다. 그 편지 역시 카프카의 많은 작품처럼 그렇게 미완으로 끝나버렸다.

6월 3일 오전 4시경 도라는 이상한 소리에 잠이 깼다. 카프카가 숨을 쉬지 못하고 헐떡거리기만 했다. 놀란 도라는 클롭슈토크의 방으로 달려가 그를 깨웠다. 클롭슈토크는 그가 위독하다는 것을 금방 알아차렸다. 그는 즉각 당직 의사를 깨웠고 의사는 즉시 호흡 중추를 자극하는 근력주사를 놓았다. 그리고 열을 내리기 위해서 그의 목 주위에 얼음주머니를 갖다 댔다. 그러나 아무런 효과가 없었다. 카프카는 호흡곤란과 고통으로 축 늘어진 상태였다.

카프카는 혼수상태에서 클롭슈토크에게 화를 내며 약속했던 모르핀 주사를 놓아달라고 소리를 질렀다. "자네는 4년 전부터 항상 약속해오지 않았는가? 자네는 나를 괴롭히고 있고 늘 나를 괴롭혀 왔네. 난 자네와 더 이상 말하지 않겠네. 이렇게 바로 죽어갈 것이네." 클롭슈토크는 처음엔 망설였으나 카프카의 엄청난 분노에 할 수 없이 마취제인 판토폰을 두 차례 투여했다. 그러나 카프카는 여전히 의심에 차 이렇게 말했다. "속이지 말게. 자네는 내게 해독제를 주고 있잖아!" 그러면서 "나를 죽여주게. 그렇지 않으면 자넨 살인자야"(MB 185)라고 외쳤다.

마취제가 효력을 발휘하자 의식이 몽롱해진 카프카는 클롭슈토크를 자기 누이동생인 엘리로 착각했다. 그가 그녀에게 병을 옮길까봐 두려워서인지 "가거라, 엘리, 그렇게 가까이 있지 말고 그렇게 가까이 있지 마." 그리고 클롭슈토크가 몸을 일으키자 그는 만족해하며 "그래 그렇게, 그래 그게 좋다"(MB 185)라고 말했다. 잠시 후 클롭슈토크가 주사기를 씻으러 침대에서 멀어져 가자 카프카가 말했다. "떠나가지 말게!" 클롭슈토크가 "가지 않습니다"라고 대답하자 프란츠는 가라앉은 목소리로 다시 말했다. "하지만 내가 떠나가네"(MB 185).

이에 앞서 카프카의 임종을 예감한 클롭슈토크는 일부러 도라를 마을로 심부름을 보냈다. 그것은 예전부터 카프카와 클롭슈토크 사이에 약속된 것이었다. 그러나 마지막 순간에 카프카는 도라를 찾았다. 그래서 도라를 데리러 방 청소를 맡은 처녀를 마을로 보냈다. 도라는 단숨에 달려왔고 그의 침대 머리맡에 앉아 무언가를 중얼거리며 자신이 가져온 꽃들을 그의 얼굴에 가져갔다. "프란츠, 이 아름다운 꽃들을 한번 봐요. 냄새를 맡아보세요"(AK 220). 카프카는 그녀가 내민 꽃송이에 코를 갖다 댄 채 입가에 엷은 미소를 지으며 서서히 의식을 잃어갔다. 그 순간 도라는 미친 듯이 울부짖었고 클롭슈토크는 눈물범벅이 된 채 도라를 진정시키느라 정신이 없었다.

카프카는 1924년 6월 3일 정오경에 영면했다. 그의 나이 마흔 하고도

11개월이었다. 한 달 후면 마흔한 살이 되는 날이었다. 막스 브로트가 정오쯤 키얼링 요양원으로 전화했을 때 친구는 이미 세상을 떠난 후였다. 막스는 전화를 끊은 채 오열했다. 그 지역 사망기록 문서에 카프카의 사인은 '심장마비'로 기록되어 있다. 외삼촌 지크프리트 뢰비와 매제 카를 헤르만이 키얼링으로 와 사자에 대한 모든 수속을 마쳤다.

6월 4일 클롭슈토크는 막스 브로트에게 도라와 자신의 슬픔을 그리고 죽은 카프카의 마지막 모습을 편지로 써 보냈다.


아, 우리는 가련합니다. 세상의 어느 누가 우리만큼 그렇게 처량하겠습니까. 도라는 조금 전에 잠이 들었습니다. 그러나 잠결에서도 그녀는 끊임없이 중얼거리고 있습니다. 알아들을 수 있는 말이라곤 "내 사랑, 내 사랑, 오 나의 착한 그대여! 뿐이었습니다." 나는 그녀가 이제 누워 잔다면 오늘 오후에 프란츠에게 갈 거라고 약속했습니다. 그리하여 그녀는 이제 누워 있습니다. "그렇게 홀로 있는, 그렇게 완전히 홀로 있는 그를 위해서, 아무 일도 하지 못한 채 여기에 앉아 있다니. 우리는 아무것도 덮지 않은 그를 홀로 거기[시체보관소]에 남겨두었어요. 오 내 착한 이, 내 사랑 그대." 그렇게 계속 되뇌고 있습니다. 여기 우리에게 일어나고 있는 일은 기술될 수도 없고 또 기술되어서도 안 됩니다. 도라를 아는 이만이 사랑이 무엇인지를 알 수 있습니다. 그것을 이해하는 사람은 많지 않습니다. 그러므로 그것은 괴로움과 고통을 확대시킵니다. 하지만 당신은, 하지만 당신은, 그래요, 당신은 그것을 이해할 겁니다. 그렇지 않나요? 우리는 우리에게 무슨 일이 일어났는지 아직도 전혀 모릅니다.……이제 우리는 프란츠에게 갑니다. 그의 정신이 순수하고 엄격했던 것처럼 그의 용모는 그렇게 확고하고 엄격하며 접근할 수가 없습니다. 가장 고상하고 가장 오랜 종족의 왕의 용안처럼 그렇게 엄숙합니다. 그의 인간적 존재의 온화함은 사라지고 오직 그의 비교할 수 없는 정신만이 그의 확고하고 값진 용모를 형성할 뿐입니다. 그의 용모는 오래된 대리석 흉상처럼 그렇게 아름답습니다(MB 186).

이틀 후 카프카의 시체는 도라, 클
롭슈토크, 지크프리트 뢰비, 카를 헤르
만이 탄 열차로 프라하로 옮겨졌다.
카프카가 죽은 다음 날부터 연이어 프

카프카의 사망 기사(≪프라거 타크블라트≫ 1924.6.10)

라하의 독일어판 신문에는 그를 위한 애도사가 실렸다. 막스 브로트는 ≪프
라거 타크블라트≫에, 루돌프 푹스는 ≪프라거 아벤트블라트≫에, 오스카
바움은 ≪프라거 프레세≫에, 펠릭스 벨치는 ≪젤프스트베어≫에 애도사
를 실었고, 몇몇 체코어 판 신문에는 그의 사망 기사가 간략하게 실렸다.
마지막까지 카프카를 사랑했던 밀레나 폴라은 6월 5일 체코 신문 ≪나로드
니 리스티≫[10]에 가장 감동적인 애도사를 썼다.

프라하에 살았던 독일 작가 프란츠 카프카 박사께서 그저께 빈 근처 클로
스터노이부르크에 있는 키얼링 요양원에서 작고하셨습니다. 그곳에 있는 소
수의 사람들만 그를 알았습니다. 왜냐하면 그는 외톨이였고, 세상을 잘 알았
고 세상에 대해 두려워했던 사람이었기 때문입니다. 그는 벌써 몇 해 전부터
폐결핵으로 신음했으며, 그가 비록 치료를 받긴 했지만 그는 의식적으로 병
을 키우고 무심코 병을 장려했습니다. "영혼과 심장이 인간의 짐을 더 이상
견딜 수 없을 땐 폐가 다소 공정한 방법으로 즉각 응답하는 방법을 통해
그 짐의 반을 떠맡는다"라고 언젠가 그는 편지에서 쓰고 있으며, 바로 그와
같이 그는 자신의 병과 함께 생활했던 것입니다. 그 병은 그에게 가장 무시무
시한 결과를 초래할지도 모르는 온갖 타협으로부터 그를 멀리 떨어지게 한,

---

10 ≪나로드니 리스티(Národní Listy)≫는 '민족일보'란 뜻으로 체코의 보수적 민족주의 신문
  이다. 밀레나는 이 신문의 저널리스트로 명성을 날렸다.

믿기 어려울 정도의 부드러움과 거의 소름 끼칠 정도의 화해를 모르는 지적 순수성을 부여했습니다.……그는 겁 많은, 고뇌에 찬, 순하고 선한 인간이었지만, 그가 썼던 작품들은 잔인하고 고통스러운 것이었습니다. 그는 아무런 방어책도 없는 한 인간을 쓰러뜨리는 눈에 보이지 않는 악마들로 채워진 이 세상을 보았습니다. 그는 혜안을 가진 인간이었으며, 삶을 꾸리기에는 너무도 현명했으며, 더욱이 그런 세상을 헤쳐 나가기엔 너무나 연약한 인간이었습니다. 그러나 이미 공포와 오해와 사랑의 부재(不在)와 지적 기만, 이 모든 것과 싸우기에 부적합한 고귀하고 아름다운 나약성을 가진 인간이었습니다. ……상상을 초월하는 예민한 신경을 가진 그는 마치 점쟁이처럼 단순히 얼굴 위에 나타난 순간적인 표정을 포착함으로써 한 인간의 가장 깊은 비밀을 헤아려 볼 수 있었습니다. 그의 인간에 대한 혜안은 심오하고 비범했습니다. 그는 젊은 독일 문학 중 가장 주목할 만한 책들을 썼습니다. 그의 책들 속에는 그 어떤 경향적인 입장을 취하지 않았음에도 온 세상의 시대적 투쟁이 담겨져 있습니다. 그 책들은 너무나 진실하고 적나라하고 고통스러운 나머지 상징적으로 표현되는 곳에서조차 거의 자연주의적인 색채를 띠고 있습니다. 그의 책들은 한 인간의 날카로운 조소와 예리한 시각으로 가득 차 있습니다. 그는 세상을 너무 투명하게 바라본 나머지 그것을 견디지 못하고 죽어가야만 했습니다.……그의 모든 작품은 인간으로 하여금 죄책감을 갖게 하는 기이한 오해와 규정할 수 없는 실수에 대한 공포를 불러일으키고 있습니다. 그는 너무도 양심적이어서 다른 인간들이, 귀머거리들이 이미 확실하다고 느끼고 있는 바로 그 점에서조차도 여전히 경계를 늦추지 않았던 양식을 부여받은 한 인간이었으며 예술가였습니다(M 379ff.).

6월 11일 오후 4시쯤 카프카는 무더운 날씨 속에 유대 의식에 따라 프라하의 교외에 있는 슈트라코니츠 신유대 공동묘지에 매장되었다. 장례 행렬엔 친척들과 친구들 그리고 카프카가 아는 문인들이 참석했다.[11] 그러나 정치

권이나 문화단체에서는 어느 대표자도 참석하지 않았다. 그와 그의 작품에 관심을 보였던 정치인이나 문화계 인사는 하나도 없었던 것이다. 막스 브로트의 어깨에 의지한 채 흐느끼는 도라의 울음소리는, 신의 신성함을 찬미하고 죽은 자에 대한 구원을 기원하는 랍비의 히브리어 기도소리와 함께 슬프게 울려 퍼졌다. 죽는 전날까지도 연필을 놓지 않았던 카프카의 "기도의 형식으로서의 글쓰기"와 "비록 구원이 결코 오지 않는다 하더라도 나는 매 순간 그에 상응하는 존재이고자 한다"라고 했던 이승에서의 마지막 순간이 그렇게 기도 속에 끝나가고 있었다. 장례식이 끝나고 사람들이 뿔뿔이 흩어져 갈 무렵 흐린 하늘에서 비가 내리기 시작했다.

장례식 후 8일째 되는 날인 6월 19일 오전 11시, 막스 브로트와 프라하 독일 연극평론가이자 서정시인인 한스 데메츠가 중심이 되어 프라하 독일 실내극장 클라이네 뷔네에서 카프카의 추도식을 거행했다. 이 모임에는 그를 사랑하고 흠모하는 500여 명의 추도객이 참석했다. 막스 브로트와 스물여덟 살의 젊은 작가이자 저널리스트인 요하네스 우르치딜이 젊은 세대 작가를 대표해서 추도사를 읽었고, 그다음엔 어느 배우 한 사람이 카프카의 「어떤 꿈」, 「법 앞에서」, 「황제의 칙명」을 낭독했다.

우르치딜의 추도사는 나중에 베를린 예술잡지 ≪다스 쿤스트블라트≫에 실렸는데, 그의 글은 카프카에 대한 놀라운 예감을 보여주고 있다. 그는 카프카를 "내적 진실에 대한 열광자", "고결하고 단순한 시인", "이상하고 신비한 천재"라고 불렀다. 또한 그는 "어느 경우이든 삶과 예술정신이 혼연일치된 경우라 한다면 그것은 바로 카프카를 두고 한 말일 것이다"[12]라고 표현함으로써 카프카의 진지한 작가적 실존을 정확하게 지적했다. 아마 그런 상태

---

11 Johannes Urzidil, *Da geht Kafka*, dtv. Frankfurt am Main 1966, S.98f.

12 Ebd., 106f.

카프카가 그린
'지팡이를 들고 걷는 사람'

에서만 카프카가 바라던 저 "위대한 고르디우스 매듭"(Br 295) 같은 완벽한 문학작품이 탄생할 수 있을 것이다.

카프카가 죽은 지 2개월이 훨씬 지난 후인 1924년 8월 말경 그가 죽음의 순간까지도 놓지 않고 수정했던 『어느 단식 광대. 네 개의 이야기』가 베를린의 슈미데 출판사에서 나왔다. 그가 쓴 수수께끼 같은 문자만 남았을 뿐 이제 죽은 자는 말이 없었다.

본문에 약호 표시한 문헌은 다음과 같다.

## 1차 문헌

**AS** Franz Kafka: Amtliche Schriften. Hrsg. von Klaus Hermsdorf. Berlin 1984.

**B1** Franz Kafka: Briefe 1900-1912. Hrsg. von Hans-Gerd Koch. Frankfurt am Main 1999.

**B2** Franz Kafka: Briefe 1913-1914. Hrsg. von Hans-Gerd Koch. Frankfurt am Main 1999.

**B3** Franz Kafka: Briefe 1914-1917. Hrsg. von Hans-Gerd Koch. Frankfurt am Main o. J.

**B4** Franz Kafka: Briefe 1917-1920. Hrsg. von Hans-Gerd Koch. Frankfurt am Main o. J.

**B5** Franz Kafka: Briefe 1921-1924. Hrsg. von Hans-Gerd Koch. Frankfurt am Main o. J.

**BE** Franz Kafka: Briefe an die Eltern aus den Jahren 1922-1924. Hrsg. von Josef Čermák und Martin Svatoš. Frankfurt am Main 1990.

**BK** Beschreibung eines Kampfes. Novellen, Skizzen, Aphorismen aus dem Nachlaß. Hrsg. von Max Brod. Frankfurt am Main 1954.

**BKB** Max Brod und Franz Kafka: Eine Freundschaft(II). Briefwechsel. Hrsg. von Malcolm Pasley. Frankfurt am Main 1989.

**BKR** Max Brod und Franz Kafka: Eine Freundschaft(I). Reiseaufzeichnungen. Hrsg. von Malcolm Pasley. Frankfurt am Main 1987.

**Br** Franz Kafka: Briefe 1902-1924. Hrsg. von Max Brod. Frankfurt am Main 1958.

**E** Franz Kafka: Sämtliche Erzählungen. Hrsg. von Paul Raabe. Frankfurt am Main 1982.

**F** Franz Kafka: Briefe an Felice und andere Korrespondenz aus der Verlobungszeit. Hrsg. von Erich Heller und Jürgen Born. Frankfurt am Main 1967.

**HW** Hugo Wecherk(Hrsg.): Kafkas Letzter Freund. Der Nachlaß Robert Klopstock(1899-1972). Wien 2003.

**KKA** Franz Kafka: Kritische Ausgabe der Schriften, Tagebücher, Briefe. Hrsg. von Jürgen Born, Gerhard Neumann, Malcolm Pasley und Jost Schillemeit. Frankfurt am Main

1982ff. Mit den Zusatzbuchstaben S, V, NII, NI, D für die Textbände.

**KKAD** Drucke zu Lebzeiten. Hrsg. von Wolf Kittler, Hans-Gerd Koch, Gerhard Neumann (1996).

**KKAD APP** Drucke zu Lebzeiten. Apparatband. Hrsg. von Wolf Kittler, Hans- Gerd Koch und Gerhard Neumann(1996).

**KKANI** Nachgelassene Schriften und Fragmente I. Hrsg. von Malcolm Pasley(1993).

**KKANII** Nachgelassene Schriften und Fragmente II. Hrsg. von Jost Schillemeit(1992).

**KKANII APP** Nachgelassene Schriften und Fragmente II. Apparatband. Hrsg. von Jost Schillemeit (1992).

**KKAP** Der Prozeß. Hrsg. von Malcolm Pasley(1990).

**KKAS** Das Schloß. Hrsg. von Malcolm Pasley(1982).

**KKAS APP** Das Schloß Apparatband. Hrsg. von Malcolm Pasley(1982).

**KKAT** Franz Kafka: Tagebücher. Hrsg. von Hans-Gerd Koch, Frankfurt am Main 1990.

**KKAV** Der Verschollene. Hrsg. von Jost Schillemeit(1983).

**KKAV APP** Der Verschollene Apparatband. Hrsg. von Jost Schillemeit(1983).

**M** Franz Kafka: Briefe an Milena, 2. Aufl. Jürgen Born und Michael Müller. Frankfurt am Main 1986.

**O** Franz Kafka: Briefe an Ottla und die Familie. Hrsg. von Hartmut Binder und Klaus Wagenbach. Frankfurt am Main 1974.

**T1, 2, 3** Franz Kafka: Tagebücher. Nach der Kritischen Ausgabe. Hrsg. von Hans-Gerd Koch. Frankfurt am Main 1994(Gesammelte Werke in zwölf Bänden: Bde. 9-12). Mit den Zusatzziffern 1, 2, 3 und dem Zusatzbuchstaben für: Bd.1: 1909-1912; Bd. 2: 1912- 1914; Bd. 3: 1914-1923; Reisetagebücher.

## 2차 문헌

**AK** Hans-Gerd Koch(Hrsg.): Als Kafka mir entgegenkam... Erinnerungen an Franz Kafka. Berlin 1995.

**EC** Elias Canetti: Der andere Prozeß. Kafkas Briefe an Felice. In: ders.: Das Gewissen der Worte. Frankfurt am Main 1981. S.78-169.

**EP** Ernst Pawel: Das Leben Franz Kafkas. Aus dem Amerikanischen von Michael Müller.

München/Wien 1986.

**FC** Roger Hermes u. a.: Franz Kafka. Eine Chronik. Berlin 1999.

**HBI** Hartmut Binder(Hrsg.): Kafka-Handbuch in zwei Bänden. Bd. I: Der Mensch und seine Zeit. Stuttgart 1979.

**HBII** Hartmut Binder(Hrsg.): Kafka-Handbuch in zwei Bänden. Bd. II: Das Werk und seine Wirkung. Stuttgart 179.

**HM** Hartmut Müller: Franz Kafka. Leben-Werk-Wirkung. ETB 1985.

**J** Gustav Janouch: Gespräche mit Kafka. Aufzeichnungen und Erinnerungen. Erweiterte Neuausgabe. Frankfurt am Main 1968.

**KKino** Hanns Zischler: Kafka geht ins Kino. Reinbek bei Hamburg 1996.

**KW** Klaus Wagenbach: Franz Kafka. Eine Biographie seiner Jugend. 1883-1912. Bern 1958(Neuausgabe. Berlin 2006).

**KW1** Klaus Wagenbach: Franz Kafka in Selbstzeugnissen und Bilddokumenten. Hamburg 1964.

**KWB** Kurt Wolff: Briefwechsel eines Verlegers. 1911-1963. Hrsg. von Bernhard Zeller und Ellen Otten. Frankfurt am Main 1966.

**MB** Max Brod: Über Franz Kafka[Inhalt: Franz Kafka. Eine Biographie; Franz kafkas Glauben und Lehre; Verzweiflung und Erlösung im Werk Franz Kafkas]. Frankfurt am Main 1968.

**MK** B. N. Neumann: Milena: Kafkas Freundin. Ein Lebensbild. Ullstein. Frankfurt am Main/ Berlin 1996(『카프카의 연인 밀레나』, 장홍 옮김, 범조사, 1987).

**RSI** Reiner Stach: Kafka. Die Jahre der Entscheidungen. Frankfurt am Main 2002.

**RSII** Reiner Stach: Kafka. Die Jahre der Erkenntnis. Frankfurt am Main 2008.

**Sym** Jürgen Born. Ludwig Dietz. Malcolm Pasley. Paul Raabe. Klaus Wagenbach(Hrsg.): Kafka-Symposion. Berlin 1965.


## 기타 문헌

『카프카 연구』, 제1집(1984)~제25집(2011). 한국카프카학회.

김태환. 『미로의 구조: 카프카 소설에서의 자아와 타자』. 알음. 2008.

들뢰즈, 질. 가타리, 펠릭스 『카프카: 소수적인 문학을 위하여』. 이진경 옮김. 동문선.

2001.

로베르, 마르트 『프란츠 카프카의 고독』. 이창실 옮김. 동문선. 2003.

바겐바하, 클라우스 『카프카』. 전영애 옮김. 홍성사. 1981.

________. 『카프카, 프라하의 이방인』. 전영애 옮김. 한길사. 2005.

부버노이만, 마가레테. 『카프카의 연인 밀레나』. 장홍 옮김. 범조사. 1987.

야누흐, 구스타프 『카프카와의 대화』. 정규화 옮김. 녹진. 1988.

엠리히, 빌헬름. 『카프카를 읽다』 1·2. 편영수 옮김. 유로 2005.

이주동 편역. 『카프카: 광대야 오늘도 왜 밥을 굽느냐』. 서울문화사. 1992.

카네티, 엘리아스 『카프카의 고독한 방황』. 허창운 옮김. 홍성사. 1983.

카프카, 프란츠 『악은 인간을 유혹할 수는 있지만 인간이 될 수는 없다: 카프카 아포리
즘』. 이주동 옮김. 솔. 1998.

________. 『카프카 전집 1: 변신 (단편 전집)』. 이주동 옮김. 솔. 1997(개정판 2003).

________. 『카프카 전집 2: 꿈같은 삶의 기록』. 이주동 옮김. 솔. 2004.

________. 『카프카 전집 3: 소송』. 이주동 옮김. 솔. 2005.

________. 『카프카 전집 4: 실종자』. 한석종 옮김. 솔. 2003.

________. 『카프카 전집 5: 성』. 오용록 옮김. 솔. 2000.

________. 『카프카 전집 6: 일기』. 이유선 외 옮김. 근간.

________. 『카프카 전집 7: 행복한 불행한 이에게. 카프카의 편지 1900~1924』. 서용
좌 옮김. 솔. 2004.

________. 『카프카 전집 8: 밀레나에게 보내는 편지』. 오화영 옮김. 근간.

________. 『카프카 전집 9: 카프카의 편지. 약혼녀 펠리체 바우어에게』. 변난수·권세훈
옮김. 솔. 2002.

________. 『카프카 전집 10: 카프카의 엽서. 누이에게』. 편영수 옮김. 솔. 2001.

Abraham, Ulf: *Der verhörte Held. Verhöre, Urteile und die Rede von Recht und Schuld
im Werk Franz Kafkas*. München 1985.

________: *Franz Kafka: Die Verwandlung*. Frankfurt am Main 1993.

Adler, Jeremy: *Franz Kafka*. London, 2001

Allemann, Beda: *Zeit und Geschichte im Werk Kafkas*. Göttingen 1985.

Adorno, Theodor W.: "Aufzeichnungen zu Kafka." *Prisemen. Kulturkritik und Gesellschaft*.
Frankfurt am Main 1969. S.302-342.

Alt, Peter-André: *Franz Kafka. Der ewige Sohn.* München 2005.

Anders, Günther: *Kafka. Pro und Contra.* München 1951.

Anz, Thomas: *Franz Kafka.* München 1989.

Arendt, Hannah: "Sechs Essay." *Kafka.* Heidelberg 1948.

__________: *Macht und Gewalt.* München 1970.

Arnold, Heinz Ludwig(Hrsg.): *Text+Kritik. Sonderband zu Franz Kafka.* München 2006.

Baioni, Giuliano: *Kafka. Literatur und Judentum.* Stuttgart/Weimar 1994.

Beicken, Peter: *Franz Kafka. Eine kritische Einführung in die Forschung.* Frankfurt am Main 1974.

__________: *Franz Kafkas 'Der Prozeß'.* München 1995.

Beißner, Friedrich: *Der Erzähler Franz Kafka.* Stuttgart 1952.

Benjamin, Walter: *Über Kafka. Texte, Briefzeugnisse, Aufzeichnungen.* Hrsg. von Hermann Schweppenhäuser. Frankfurt am Main 1981.

Bezzel, Chris: *Kafka-Chronik. Daten zu Leben und Werk.* München/Wien 1975.

Billen, Josef(Hrsg.): *Die Deutsche Parabel. Zur Thorie einer modernen Erzählform.* Darmstadt 1986.

Binder, Hartmut(Hrsg.): *Kafka Handbuch in zwei Bänden. Bd. 2: Das Werk und seine wirkung.* Stuttgart 1979.

Binder, Hartmut: "Franz Kafka und die Wochenschrift 'Selbstwehr'." *Deutsche Vierteljahresschrift für Literaturwissenscht und Geistesgeschichte,* 41(1967). S.283-304.

__________: *Kafka-Kommentar zu den Romanen, Rezensionen, Aphorismen und zum Brief an den Vater.* München 1976.

__________: Kafka-Kommentar zu sämtlichen Erzählungen. München 1975.

__________: *Kafka in neuer Sicht. Mimik, Gestik und Personengefüge als Darstellungsformen des Autobiographischen.* Stuttgart 1976.

__________: *Kafkas 'Verwandlung'. Entstehung, Deutung, Wirkung.* Frankfurt am Main 2004.

__________: *Kafka. Der Schaffensprozeß.* Frankfurt am Main 1983.

__________: *Motiv und Gestaltung bei Franz Kafka.* Bonn 1966.

__________: *Vor dem Gesetz. Einführung in Kafkas Welt*. Stuttgart/Weimar 1993.

Blanchot, Maurice: *Von Kafka zu Kafka*. Frankfurt am Main 1993.

Boa, Elizabeth: *Kafka: Gender, Class und Race in the Letters and Fictions*. Oxford 1996.

Bogdal, Klaus-Michael(Hrsg.): *Neue Literaturtheorien in der Praxis*. Göttingen 2006.

Bohrer, Karl Heinz: *Ästhetische Negativität*. München 2002.

Bohrer, Karl Heinz(Hrsg.): *Mythos und Moderne. Begriff und Bild einer Rekonstruktion*. Frankfurt am Main 1983.

Bokhove, Niels, Dort, Marijke van(Hrsg.): *Einmal ein großer Zeichner. Franz Kafka als bildender Künsler*. Prag 2006.

Born, Jürgen(Hrsg.): *Franz Kafka. Kritik und Rezeption zu seinen Lebzeiten 1912-1924*. Frankfurt am Main 1979.

__________: *Franz Kafka. Kritik und Rezeption 1924-1938*. Frankfurt am Main 1983.

Born, Jürgen: *Kafkas Bibliothek. Ein beschreibendes Verzeichnis*. Frankfurt am Main 1990.

Bridgewater, Patrick: *Kafka und Nietzsche*. Bonn 1974.

Brod, Max: *Der Prager Kreis*. Frankfurt am Main 1979.

__________: *Streitbares Leben. Autobiographie 1884-1968*. Frankfurt am Main 1979.

__________: "Über 'Der Dichter Franz Kafka'." *Die Neue Rundschau*, 32(1921). S.1210- 1216.

Buber, Martin: *Briefwechsel aus seinen Jahrzehnten*. In 3 Bänden. Hrsg. u. eingel. von Grete Schaeder. *Bd.1: 1897-1918*. Heidelberg 1972.

Caputo-Mayer, Maria Luise/Herz, Julius Michael(Hrsg.): *Franz Kafka: Internationale Bibliographie der Primär-und Sekundärliteratur. Eine Einführung*. 2 Bde. 2. Erweiterte und überarbeitete Aufl., München 2000.

Cersowsky, Peter: *Phantastische Literatur im ersten Viertel des 20. Jahrhunderts. Kubin-Meyrink-Kafka*. 2. Aufl., München 1989.

__________: "Mein Ganzes Wesen ist auf Literatur gerichtet." *Franz Kafka im Kontext der literarischen Dekadenz*. Würzburg 1983.

David, Claude(Hrsg.): *Franz Kafka. Themen und Probleme*. Göttingen 1980.

Deleuze, Gilles und Félix Guattari: *Kafka. Für eine kleine Literatur. Aus dem Französischen übers*. von Burkhard Kroeber. Frankfurt am Main 1976.

Derrida, Jacques: *Préjués, Vor dem Gesetz*. Hrsg. von Peter Engelmann, Wien 2005.

Diamant, Kathi: *Kafkas Last Love: The Mystery of Dora Diamant*. Vintage 2004.

Dietz, Ludwig: *Franz Kafka. Veröffentlichungen zu seinen Lebzeiten(1908-1924). Eine textkritische und kommentierte Bibliographie*. Heidelberg 1982.

Elm, Theo u. Hiebel, Hans Heinz(Hrsg.): *Die Parabel. Parabolische Formen in der deutschen Dichtung des 20. Jahrhunderts*. Frankfurt am Main 1986.

Elm, Theo: *Die moderne Parabel. Parabel und Parabolik in Theorie und Geschichte*. München 1982.

Emrich, Wilhelm: *Franz Kafka. Das Baugesetz seiner Dichtung. Der Mündige Mensch jenseits von Nihilismus und Traditio*n. 3. Aufl., Frankfurt am Main/Bonn 1961.

Engel, Manfred u. Lamping, Dieter(Hrsg.): *Franz Kafka und die Weltliteratur*. Göttingen 2006.

Falk, Walter: *Franz Kafka und Expressionismus im Ende der Neuzeit*. Frankfurt am Main 1990.

_________: *Handbuch der literaturwissenschaftlichen Komponentenanalyse. Theorie, Operation, Praxis einer Methode der neuen Epochenforschung*. Frankfurt am Main/Bern/New York 1983.

Fingerhut, Karl-Heinz: *Die Funktion der Tierfiguren im Werke Franz Kafkas*. Bonn 1969.

_________: "Die unendliche Suche nach der Bedetung: Kafka in der Schule." *Praxis Deutsch. H.*, 120(1993). S.13-21.

Flores, Angel(ed.): *The Kafka Debate. New Perspectives for our Time*. New York 1977.

Foucault, Michel: *Überwachung und Strafen. Die Geburt des Gefängnisses*. Frankfurt am Main 1977.

Fromm, Waldemar: *Artistisches Schreiben. Franz Kafkas Poetik zwischen Prozeß und Schloß*. München 1998.

Gagow, Bettina von und Jahraus, Oliver(Hrsg.): *Kafka-Handbuch. Leben-Werk-Wirkung*. Göttingen 2008.

Gilman, Sander L.: *Franz Kafka*. London 2005.

Glatyer, Nahum: *Frauen in Kafkas Leben*. Zürich 1987.

Goldstücker, Eduard: *Weltfreunde. Konferenz über die Prager deutsche Literatur*. Prag 1967.

Grözinger, Karl Erich: *Kafka und Kabbala. Das Jüdische im Werk und Denken von Franz Kafka*. Frankfurt am Main 1992.

__________(Hrsg.): *Kafka und Judentum*. Frankfurt am Main 1987.

Guntermann, Georg: *Vom Fremdwerden der Dinge beim Schreiben. Kafkas Tagebücher als literarische Physiognomie des Autors*. Tübingen 1991.

Haas, Willy: *Die literarische Welt. Lebenserinnerungen*. Frankfurt am Main 1983.

Heilmann, Hans(Hrsg.): *Chinesische Lyrik vom 12. Jahrhundert bis zur Gegenwart*. München 1905.

Heller, Erich u. Beug, Joachim(Hrsg.): *Dichter über ihre Dichtungen. Franz Kafka*. München 1969.

Herzl, Theodor: *Der Judenstaat. Neudruck der Erstausgabe 1896*. Osnabrück 1968.

Hiebel, Hans Helmut: *Franz Kafka: Form und Bedeutung*. Würzburg 1999.

__________: *Die Zeichen des Gesetzes. Recht und Macht bei Franz Kafka*. München 1983.

__________: *Franz Kafka. Ein Landarzt*. München 1984.

Hillmann, Heinz: *Franz Kafka. Dichtungstheorie und Dichtungsgestalt*. Bonn 1964.

Hockaday, Mary: *Kafka, Love and Courage: The Life of Milena Jesenska*. London 1997.

Horkheimer, Max u. Adorno, Theodor W.: *Dialektik der Aufklärung*(1. Aufl., 1944). Amsterdam 1968.

Jahraus, Oliver: *Kafka. Leben, Schreiben, Machtapparate*. Stuttgart 2006.

__________ u. von Jagow, Bettina(Hrsg.): *Kafka-Handbuch*. Göttingen 2008.

Jesenská, Milena: *Alles ist Leben. Feuilletons und Reportagen 1919-1939*. Hrsg. von Dorothea Rein. Frankfurt am Main 1984.

Joo-Dong, Lee: *Taoistische Weltanschauung im Werke Franz Kafkas*. Frankfurt am Main/Bern/New York 1985.

Kessler, Susanne: *Kafka, Poetik der sinnlichen Welt. Strukturen sprachkritischen Erzählens*. Stuttgart 1983.

Kienlechner, Sabina: *Negativität der Erkenntnis im Werk Franz Kafkas. Eine Untersuchung zu seinem Denken anhand einiger später Texte.* Tübingen 1981.

Kittler, Wolff: *Der Turmbau zu Babel und das Schweigen der Sirenen. Über das Recht, die Stimmen und die Schrift in vier Texten von Franz Kafka.* Erlangen 1985.

__________ u. Neumann Gerhard(Hrsg.). *Franz Kafka: Schriftverkehr.* Freiburg/Br. 1990.

Kobs, Jörgen: *Kafka: Untersuchungen zu Bewußtsein und Sprache seiner Gestaltung.* Hrsg. von Ursula Brech. Bad Homburg v. d. H. 1970.

Koch, Hans-Gerd: *Kafka in Berlin. Eine historische Stadtreise.* Berlin 2008.

Kraft, Herbert: *Mondheimat Kafka.* Pfullingen 1982.

Kraus, Wolfgang u. Winkler, Norbert(Hrsg.): *Das Phänomen Franz Kafka.* Prag 1997.

Kremer, Detlef: *Die Erotik des Schreibens. Schreiben als Lebensentzug.* Berlin 1998.

Krusche, Dietrich: *Kafka und Kafka Deutung. Die Promatisierte Interaktion.* München 1974.

Kurz, Gerhard: *Traum-Schrecken. Kafkas literarische Existenzanalyse.* Stuttgart 1980.

__________(Hrsg.). *Der junge Kafka.* Frankfurt am Main 1984.

Lacan, Jacques: *Schriften.* I. Ausgewählt und hrsg. von Norbert Haas. Frankfurt am Main 1975.

Lange-Kirchheim, Astrid: "Franz Kafka 'In der Strefkolonie' und Alfred Weber 'Der Beamte'." *Germanisch-Romanische Monatsschrift*, 27(1977), S.202-211.

Liebrand, Claudia(Hrsg.): *Franz Kafka. Neue Wege der Forschung.* Darmstadt 2006.

Luhmann, Niklas: *Gesellschaftsstruktur und Semantik. Studien zur Wissenssoziologie der modernen Gesellschaft.* 4 Bde. Frankfurt am Main 1980-1995.

__________: *Die Kunst der Gesellschaft.* Frankfurt am Main 1995.

Man, Paul de: *Allegorie des Lesens. Aus dem Amerikanischen von Werner Hamacher und Peter Krumme.* Frankfurt am Main 1988.

Mecke, Günter: *Franz Kafkas offenbare Geheimnis. Eine Psychopathographie.* München 1982.

Miethe, Hegle: *Sören Kierkegaards Wirkung auf Franz Kafka. Motivische und sprachliche Parallelen.* Marburg 2006.

Müller, Michael(Hrsg.): *Franz Kafka. Romane und Erzählungen. Interpretationen.* Stuttgart 1994.

Murray, Nicholas: *Kafka.* London 2004.

__________: *Kafka und die Frauen: Felice Bauer, Milena Jesenská, Dora Diamant.* Düsseldorf/Zürich 2007.

Nagel, Bert: *Franz Kafka. Aspekte zur Interpretation und Wertung.* Berlin 1974.

__________: *Kafka und die Weltliteratur. Zusammenhänge und Wechselwirkungen.* München 1983.

Nabokov, Vladimir: *Franz Kafka 'Die Verwandlung'.* Frankfurt am Main 1997.

Nekula, Marek: *Franz Kafkas Sprachen. 'In einem Stockwerk des inneren Babylonischen Turmes...'.* Tübingen 2003.

Nekula, Marek und Koschmal, Walter: *Juden zwischen Deutschen und Tschechen. Sprachliche und kulturelle Identitäten in Böhmen 1800-1945.* München 2006.

Neumann, Gerhard: "Umkehrung und Ablenkung Franz Kafkas 'Gleitendes Paradox'." *Deutsche Vierteljahresschrift für Literaturwissenschaft und Geistesgeschichte,* 42(1968).

Nicolai, Ralf: *Kafkas Amerika-Roman 'Der Verschollene'. Motiv und Gestalten.* Würzburg 1986.

Northey, Anthony: *Kafkas Mischpoche.* Berlin 1988.

Pasley, Malcolm: *'Die Schrift ist unveränderlich...' Essays zu Kafka.* Frankfurt am Main 1995.

Philippi, Klaus-Peter: *Reflexion und Wirklichkeit. Untersuchungen zu Kafkas Roman 'Das Schloß'.* Tübingen 1966.

Politzer, Heinz: *Franz Kafka, Der Künstler.* Frankfurt am Main 1965.

__________(Hrsg.): *Franz Kafka.* Darmstadt 1973.

Prinz, Aloi: *Auf der Schwelle zum Glück. Die Lebensgeschichte von Franz Kafka.* Weinheim/Basel 2005.

Raabe, Paul(Hrsg.): *Expressionismus. Aufzeichnungen und Erinnerungen.* Oltenburg/ Freiburg 1965.

Rasch, Wolfdietrich: *Die literarische Décadence um 1900.* München 1986.

Ries, Wiebrecht: *Franz Kafka. Eine Einführung.* München 1987.

__________: *Transzendenz als Terror. Eine religionsphilosophische Studie über Franz Kafka.* Heidelberg 1971.

Robert, Marthe: *Einsam wie Franz Kafka.* Frankfurt am Main 1985.

Robertson, Ritchie: *Franz Kafka. Judentum·Gesellschaft·Literatur.* Stuttgart 1988.

__________: *Franz Kafka. Leben und Schreiben.* Aus dem Englischen von Josef Billen. Darmstadt 2009.

Rothe, Wolfgang: *Kafka in der Kunst.* Stuttgart/Zürich 1979.

Schärf, Christian: *Franz Kafka. Poetischer Text und heilige Schrift.* Göttingen 2000.

Schillemeit, Rosamarie(Hrsg.): *Kafka-Studien.* Göttingen 2004.

Schirrmacher, Frank(Hrsg.): *Verteidigung der Schrift. Kafkas 'Prozeß'.* Frankfurt am Main 1987.

Schmidt-Dengler, Wendelin(Hrsg.): *Was bleibt von Franz Kafka?* Positionsbestimmung. Kafka/Symposion. Wien 1983.

Schoeps, Hans J.: *Der vergessene Gott. Franz Kafka und die tragische Position des modernen Juden.* Berlin 2006.

Scholem, Gershom: *Zur Kabbala und ihrer Symbolik.* Frankfurt am Main 1973.

Sokel, Walter Heinz: *Franz Kafka. Tragik und Ironie.* 2. Aufl., München/Wien 1976.

Sontag, Susan: "Kunst und Antikunst. 24 literarische Analysen." *Gegeninterpretation.* Frankfurt am Main 1982.

Stözl, Christoph: *Kafkas böses Böhmen Zur Sozialgeschichte eines Prager Juden.* Frankfurt am Main 1989.

Strelka, Joseph P.: *Der Paraboliker Franz Kafka.* Tübingen 2001.

Unseld, Joachim: *Franz Kafka. Ein Schriftstellerleben. Die Geschichte seiner Veröffentlichungen. Mit einer Bibliographie sämtlicher Drucke und Ausgaben der Dichtungen Franz Kafkas 1908-1924.* Frankfurt am Main 1984.

Urzidil, Johannes: *Da geht Kafka.* Zürich/Stuttgart 1965.

Vogl, Joseph: *Ort der Gewalt. Kafkas literarische Ethik.* München 1990.

Wagenbach, Klaus: *Franz Kafka. Bilder aus seinem Leben. Zweite Neuausgabe.* Berlin 1995.

__________: *Franz Kafka. Eine Biographie seiner Jugend 1883-1912.* Bern 1958

(Neuausgabe. Berlin 2006).

Walser, Martin: *Beschreibung einer Form*. München 1961.

Weber, Alfred: "Der Beamte." *Die Neue Rundschau*, 21(1910), S.1321-1339.

Weinberg, Kurt: *Kafkas Dichtungen. Die Travestien des Mythos*. Bern/München 1963.

Weltsch, Felix: *Religion und Humor. Im Leben und Werk Franz Kafkas*. Berlin 1957.

Wolf, Kurt: *Autoren, Bücher, Abenteuer. Betrachtungen und Erinnerungen eines Verlegers*. Berlin 1965.

Wolff, Kurt: *Briefwechsel eines Verlegers 1911-1963*. Hrsg. von Bernhard Zeller und Ellen Otten. Ergänzte Ausgabe. Frankfurt am Main 1980.

Zimmermann, Hans Dieter: *Kafka für Fortgeschrittene*. München 2004.

_________(Hrsg.): *Nach erneuter Lektüre. Franz Kafkas 'Der Proceß'*. Würzburg 1992.

Zischler, Hanns: *Kafka geht ins Kino*. Reinbek bei Hamburg 1996.

| 연보 |

## 1883년

_7월 3일 독일어를 사용하는 체코계 유대인 상인 헤르만 카프카와 율리에 카프카(뢰비 가문)의 장남으로 프라하에서 태어남.
_이후 누이동생 엘리(1899), 발리(1890), 오틀라(1892)가 태어남.

## 1889~1893년

_플라이쉬마르크트 거리에 있는 독일 소년학교에 다님.

## 1893~1901년

_프라하 구시가에 있는 왕립 김나지움에 다님.
_작가가 되기로 결심하고 글쓰기를 시작함.

## 1896년

_6월 13일 바르 미츠바(유대교의 성인식)를 받음.

## 1898년

_후고 베르크만, 루돌프 일로비, 오스카 폴락 등과 알게 됨.
_15~16세부터 스피노자, 다윈, 헤겔, 니체 등을 탐독하고, 무신론과 사회주의에 관심을 가짐.
_첼트너 거리로 이사함.

## 1901년

_7월 김나지움 졸업 자격시험을 치름.
_8월 프라하의 독일 대학에 입학. 철학과 독문학을 공부하고 싶었으나, 미래의 직업을 위해 처음에는 화학을 수강했고, 그 후 법학으로 전공을 바꿈.

1902년

_리보흐를 여행한 후 트리쉬에 있는 시골 의사인 지크프리트 뢰비 외삼촌댁에서 여름방
  학을 보냄.
_대학생 동아리 '독서와 강연 회관' 활동 중에 막스 브로트를 처음으로 알게 됨.
_프란츠 브렌타노의 철학을 접하면서 카페 루브르 클럽에 들어감.

1903년

_「아이와 도시」(전하지 않는다)를 집필. 이 소설의 일부와 몇 편의 시 그리고 산문들을 오스
  카 폴락에게 보내 평가를 부탁함.

1904년

_『어느 투쟁의 기록』을 쓰기 시작함.

1905년

_추크만텔에서 여름방학을 보내면서 처음으로 연상의 여인과 열애에 빠짐.
_평생의 친구들인 오스카 바움, 막스 브로트, 펠릭스 벨치 등과 정기적으로 만나기 시작함.

1906년

_6월 18일 알프레트 베버 교수 지도하에 법학박사 학위를 받음.
_지방법원과 형사법원에서 법무 실습을 함.

1907년

_미완성 소설 『시골에서의 결혼 준비』를 씀.
_8월 트리쉬에서 여름방학을 보내던 중 빈 대학에서 철학 공부를 하고 있는 헤드비히
  바일러를 알게 되어 이후 편지 교환을 함.
_10월 이탈리아계 보험회사인 '아씨쿠라치오니 게네랄리'에 입사함.

1908년

_3월 몇 개의 산문들을 「관찰」이라는 제목으로 문예지 ≪히페리온≫에 발표함.
_7월 오후 2시까지 근무하는 프라하 노동자재해보험공사에 입사함.

1909년

_창작과 자아성찰을 위해 일기를 쓰기 시작함.

_9월 막스 브로트, 그의 동생 오토 브로트와 함께 리바에서 휴가 여행 중 브레시아에서
열린 비행기 대회를 관람하고 「브레시아의 비행기」라는 여행기를 씀.


1910년

_베르타 판타 부인이 주재하는 문화 살롱 '판타 하우스'에서 알베르트 아인슈타인, 수학
자 코발레프스키, 철학자 크리스티안 폰 에렌펠스, 물리학자 필리프 프랑크, 인지학자
루돌프 슈타이너 등의 강연을 들으면서 현대 과학과 학문을 접함.

_10월 막스 브로트, 오토 브로트와 함께 파리 여행을 함.

_12월 누이동생 엘리가 카를 헤르만과 결혼함.


1911년

_1~2월 프리트란트로 출장을 가면서부터 여행일기를 쓰기 시작함.

_4월 바른스도르프로 출장을 가서 자연치료법 전문가 슈니처를 만남.

_8~9월 막스 브로트와 루가노, 스트레사, 밀라노, 파리를 여행. 여행 중 막스 브로트와
공동으로 미완의 여행소설 『리하르트와 자무엘』을 집필. 그 후 혼자 취리히 근교 에를
렌바흐의 자연치료 요양소에 체류함.

_10월 프라하에서 렘베르크 동부 유대인 극단의 공연을 여러 차례 관람. 극단 배우인
이차크 뢰비와 깊은 우정을 나눔.

_12월 엘리의 첫아들 펠릭스가 태어남.


1912년

_2월 이자크 뢰비의 낭독의 밤을 개최하고 '은어에 관하여'라는 개회 연설을 함.

_6월 28일~7월 7일 막스 브로트와 라이프치히와 바이마르로 휴가 여행을 떠남. 바이마르
에서 괴테와 실러의 집을 방문함.

_7월 하르츠의 융보른에 있는 자연치료 요양원을 찾아감.

_8월 13일 프라하의 막스 브로트 집에서 펠리스 바우어를 처음 만남.

_9월 누이동생 발리가 요제프 폴락과 약혼. 처음으로 펠리스 바우어에게 편지를 보내기
시작함.

_9월 22/23일 밤사이 여덟 시간 동안 그의 창작의 전환점이 된 「선고」를 완성함.

_9월 25일 『실종자』를 새로 다시 쓰기 시작함.
_10월 석면공장 때문에 불화가 생겼을 때 오틀라는 오빠가 아닌 부모 편을 들었고, 석면
 공장 일을 도와야 되므로 창작 시간을 잃은 카프카는 자살을 생각함.
_11월 「변신」을 쓰기 시작함.
_12월 프라하 '헤르더 협회'가 주최한 작가의 밤에서 「선고」를 낭독함.
_12월 6/7일 사이 「변신」을 완성함.


1913년
_1월 발리가 결혼함.
_3월 노동자재해보험공사에서 부서기로 승진함. 펠리스와 베를린에서 만남.
_4월 프라하 근교 트로야에서 정원 일을 하기 시작함.
_9월 빈에서 열린 구호제도와 재해예방을 논의하는 국제회의에 참석. 제11회 시온주의
 세계회의에 참석하여 알베르트 에렌슈타인, 리제 벨치, 펠릭스 슈퇴싱어, 에른스트 바
 이스를 만남. 트리스트를 거쳐 베니스로 가서 베니스, 베로나, 가르다 호숫가의 데젠차
 노를 여행함.
_9월 말~10월 리바에 있는 하르퉁엔 박사의 요양원에서 지냄. 스위스 출신의 18세 처녀
 와 잠시 사랑에 빠짐.
_11월 카프카의 가족이 구시가 환상도로 6번지의 오펠트 하우스로 이사함. 펠리스와
 카프카의 중재자인 펠리스의 친구 그레테 블로흐를 알게 됨.
_12월 토인비 홀에서 클라이스트의 「미하엘 콜하스」를 낭독함.


1914년
_2월 말 로베르트 무질이 카프카에게 ≪디 노이에 룬트샤우≫에서 함께 일하기를 청함.
_6월 1일 베를린에서 펠리스 바우어와 약혼함.
_7월 베를린의 호텔 아스카니셔 호프에서 그레테 블로흐, 에르나 바우어, 에른스트 바이
 스의 참석하에 펠리스와 파혼함.
_7월 중순 혼자 뤼벡과 트라베뮌데를 여행한 후, 에른스트 바이스와 요한나 블레슈케와
 함께 덴마크 동해 온천장 마릴리스트에서 휴가를 보냄.
_8월 발리가 시부모 댁에 가면서 빌레크 거리에 있는 발리의 집에서 처음으로 혼자 지내
 게 됨. 『소송』을 쓰기 시작함.
_10월 『소송』 집필에 몰두하기 위해 휴가를 냄. 이때 동시에 『실종자』의 마지막 장인

「오클라하마의 야외극장」과 단편 「유형지에서」를 씀.
_12월 「마을 선생」을 쓰기 시작함.

1915년

_1월 보덴바흐에서 펠리스와 재회함.
_2월 「나이 든 독신자 블룸펠트」를 쓰기 시작함. 처음으로
  부모의 집에서 나와 빌레크 거리에 자신의 방을 얻어 이
  사함.
_3월 빌레크 거리의 집이 너무 시끄러워 다시 랑엔 거리에 방을 얻어 이사함.
_7월 북부 보헤미아 지방의 룸부르크 근처 프랑켄슈타인 요양원에 체류함.
_10월 폰타네 문학상을 수상한 카를 슈테른하임이 프란츠 블라이의 제안으로 젊은 작가
  인 카프카에게 상금을 양보함. 르네 시켈레가 편집인으로 있는 잡지 ≪디 바이센 블레
  터≫에 「변신」이 실림.

1916년

_4월 신경쇠약 증세로 고통을 받아 신경과 의사를 찾아감.
_7월 휴식을 위해 펠리스와 함께 마리엔바트에서 지냄. 쿠르트 볼프 출판사로부터 편집
  위원 제의를 받음.
_10월 뮌헨의 골츠 화랑에서 「유형지에서」를 낭독함.
_11월 오틀라가 세를 얻어 수리를 한 알히미스텐가쎄의 작은 집에서 지냄. 여기서 쓴
  단편들이 나중에 『시골 의사』라는 제목의 모음집으로 발간됨.

1917년

_4월 오틀라는 카를 헤르만이 사놓았던 취라우의 농장에서 농사일을 시작함.
_7월 프라하로 온 펠리스와 다시 약혼함.
_8월 12일 밤에 각혈을 함.
_9월 뮐슈타인 박사가 카프카에게 폐결핵 진단을 내림. 프리델 피크 교수도 뮐슈타인
  박사와 같은 진단을 내림. 알히미스텐가쎄의 작은 집을 떠나 부모의 집으로 다시 들어
  감. 노동자재해보험공사에서 3개월간의 병가를 허락함. 오틀라가 있는 취라우로 휴양을
  떠남. 펠리스가 취라우로 와서 카프카를 만나 그의 병세를 알아봄.
_10월 카프카는 잠시 프라하로 돌아와 치과 치료를 받고 피크 교수에게 진찰을 받음.

사무실을 방문하고 막스 브로트와 만남. 명상적인 '잠언'을 쓰기 시작함.
_12월 25일 펠리스와 다시 파혼함.


1918년

_1월 친구 오스카 바움과 함께 취라우로 돌아감.
_5월 노동자재해보험공사에서 다시 업무를 시작함.
_여름 취라우의 농촌생활의 연장으로 건강을 위해 프라하 근교 트로야에서 정원 일을
계속함.
_9월 투르나우에서 요양하며 정원 일을 하고 히브리어를 배움.
_10월 당시 유럽 전역에 유행하던 스페인 독감에 걸려 건강이 악화됨.


1919년

_1월 휴양과 치료를 위해 셸레젠에서 지내면서 율리 보리체크를 만남.
_가을 율리 보리체크와 결혼하려던 계획이 집 문제로 무산됨.
_11월 셸레젠에서 「아버지께 드리는 편지」를 쓰기 시작함.


1920년

_1월 1일 노동자재해보험공사의 서기로 승진함. 성찰적 단상 「그」를 쓰기 시작
_2월 병 때문에 근무를 할 수 없게 됨.
_4월 치료를 위해 메란으로 감. 여기서 밀레나 폴락에게 편지를 쓰기 시작함.
_5월 오틀라가 노동자재해보험공사 총무부에 병가 연장 신청서를 제출함.
_12월 폐결핵이 악화되어 타트라에 있는 마틀리아리에서 치료를 받음.


1921년

_1월 밀레나에게 결별의 편지를 씀.
_2월 마틀리아리에서 의대생 로베르트 클롭슈토크를 처음으로 알게 됨.
_3월 카프카의 동의 없이 오틀라가 노동자재해보험공사에서 병가를 얻음. 오틀라의 딸
베라가 태어남. 고열을 동반한 장 카타르로 심하게 앓음.
_5월 오틀라가 또다시 노동자재해보험공사에서 병가를 얻음.
_9월 프란츠 베르펠, 에른스트 바이스, 구스타프 야누흐, 민체 아이스너와 밀레나 등이
프라하로 카프카를 찾아옴.

_10월 작품 낭독자 루트비히 하르트를 만남. 자신의 일기를 밀레나에게 모두 넘겨줌
노동자재해보험이 또다시 요양을 허가함.
_11월 프라하에서 치료를 받기 시작함.


1922년

_1월 신경쇠약에 시달림. 슈핀델뮐레로 휴양을 떠남. 그곳에서 소설 『성』을 쓰기 시작함.
_2월 서기장으로 승진함. 슈핀델뮐레에서 돌아옴. 단편 「첫 번째 시련」을 씀.
_7월 1일 노동자재해보험공사가 그의 임시 퇴직을 허락함. 아버지가 온천장에서 프라하
로 후송되어 수술을 받음.
_8월 오틀라가 떠나고 플라나에 혼자 남겨지게 될 것을 염려하면서 다시 신경쇠약 증세
가 나타남. 『성』의 집필이 중단됨.
_9월 프라하로 돌아옴. 날씨가 몹시 좋지 않아 계속 신경쇠약 증세에 시달림. 단편 「어느
개의 연구」를 쓰기 시작함.
_10월 단편 「어느 단식 광대」가 ≪프라서 프레세≫에 실림.
_12월 루트비히 하르트가 프라하에서 카프카의 작품을 낭독함.


1923년

_대부분 침대에서 누워서 지냄.
_젊은 팔레스티나 여자 푸아 벤-토빔한테 현대 히브리어를 배움.
_4월 후고 베르크만을 만나서 팔레스티나의 현 상황을 전해 듣게 됨. 팔레스티나 이주
계획을 세움.
_5월 도브리코비츠에 머물며 휴양함. 오틀라의 딸 헬레네가 태어남.
_6월 프라하에서 밀레나와 마지막으로 만남.
_7~8월 초 엘리와 그녀의 아이들과 함께 동해의 온천장 뮈리츠에서 지냄. 도라 디아만트
를 알게 됨.
_9월 도라 디아만트와 베를린으로 감. 베를린 교외 슈테클리츠에서 지내며 유대인 문화
전문학교에서 강의를 들음. 푸아 벤-토빔과 브로트 여자 친구 에미 잘베터 등을 만남
_11월 베를린 교외 그루네발트 13번지로 이사함. 막스 브로트와 오틀라 등이 차례로
카프카를 방문함.
_12월 오틀라가 카프카의 해외 체류 허가를 얻기 위해 노동자재해보험공
사를 찾아감.

1924년

_2월 도라와 함께 베를린 첼렌도르프로 이사함. 건강이 급속도로 악화됨.

_3월 막스 브로트와 함께 프라하로 돌아옴. 「요제피네, 여가수 또는 서씨족」을 씀. 폐결핵이 후두까지 퍼져서 말을 하지 못하게 됨.

_4월 오스트리아 남부의 요양원 '비너 발트'에 체류하며 후두결핵이라는 진단을 받음. 빈 대학 병원에 며칠 머물며 하예크 교수의 진찰을 받고 후두결핵 판정을 받음. 클로스터노이부르크 근처 키얼링에 있는 호프만 박사의 요양원으로 옮김.

_5월 로베르트 클롭슈토크가 와서 도라와 함께 카프카를 간호함. 도라 디아만트의 아버지에게 도라와의 결혼을 허락해줄 것을 요청하나 거부당함. 단편집『어느 단식 광대』의 교정본을 수정하기 시작함. 막스 브로트가 카프카를 마지막으로 방문함.

_6월 3일 세상을 떠남.

_6월 11일 프라하 슈트라코니츠에 있는 신유대인 교회의 공동묘지에 묻힘.

_8월 말 카프카의 마지막 책인『어느 단식 광대. 네 개의 이야기』가 베를린의 슈미데 출판사에서 나옴.

# 찾아보기